IMPÉRIO DO VAMPIRO

DO MESMO AUTOR, PELA **PLATAFORMA21**

As Crônicas da Quasinoite
Nevernight: A sombra do corvo (volume 1)
Godsgrave: O espetáculo sangrento (volume 2)
Darkdawn: As cinzas da república (volume 3)

IMPÉRIO do VAMPIRO

JAY KRISTOFF

Ilustrações de Bon Orthwick

TRADUÇÃO
EDMUNDO BARREIROS

TÍTULO ORIGINAL *Empire of the Vampire*

Copyright © 2020 by Neverafter Pty Ltd.
First Published by St. Martin's Press. Translation rights arranged by Adams Literary and Sandra Bruna Agencia Literaria, SL. All rights reserved.
Publicado originalmente por St. Martin's Press. Direitos de tradução geridos por Adams Literary e Sandra Bruna Agencia Literaria, SL. Todos os direitos reservados.
© 2021 VR Editora S.A.

Plataforma21 é o selo jovem da VR Editora

DIREÇÃO EDITORIAL Marco Garcia
EDIÇÃO Thaíse Costa Macêdo
PREPARAÇÃO Juliana Bormio de Sousa
REVISÃO Natália Chagas Máximo e Alessandra Miranda de Sá
DIAGRAMAÇÃO Pamella Destefi
ARTE DE CAPA © Kerby Rosanes 2021
MAPAS © Virginia Allyn 2021
ESTRELA DE SETE PONTAS © James Orr 2021
ILUSTRAÇÕES DE MIOLO © Bon Orthwick 2021

**Dados Internacionais de Catalogação na Publicação (CIP)
(Câmara Brasileira do Livro, SP, Brasil)**

Kristoff, Jay
Império do vampiro / Jay Kristoff; ilustrações de Bon Orthwick; tradução Edmundo Barreiros. – Cotia: Plataforma21, 2022. – (Império do vampiro; 1)

Título original: Empire of the vampire.
ISBN 978-65-88343-17-3

1. Ficção australiana 2. Ficção de fantasia 3. Sobrenatural na literatura I. Orthwick, Bon. II. Título. IV. Série.

21-89285   CDD-A823

Índices para catálogo sistemático:
1. Ficção: Literatura australiana A823
Eliete Marques da Silva – Bibliotecária – CRB-8/9380

Todos os direitos desta edição reservados à
VR EDITORA S.A.
Via das Magnólias, 327 – Sala 01 | Jardim Colibri
CEP 06713-270 | Cotia | SP
Tel.| Fax: (+55 11) 4702-9148
plataforma21.com.br | plataforma21@vreditoras.com.br

1ª edição, jan. 2022 | 1ª reimpressao, jun. 2023

FONTE Adobe Garamond Pro Regular 11/16,3pt e 20/20pt
PAPEL Ivory Cold 65g/m^2
IMPRESSÃO Gráfica Santa Marta
LOTE GSM070623

Segure minha mão,
Pois você não está mais sozinho.
Caminhe comigo no inferno.
— Mark Morton

E diante de Deus e seus Sete Mártires, eu aqui juro;
Que as sombras conheçam meu nome e desespero.
Enquanto queimar, eu sou a chama.
Enquanto sangrar, eu sou a espada.
Enquanto pecar, eu sou o santo.
E eu sou prata.

— O Juramento de San Michon

NÃO ME PERGUNTE SE Deus existe, mas por que ele é tão cretino.

Nem o maior dos tolos pode negar a existência do mal. Nós vivemos em sua sombra todos os dias. Os melhores de nós se erguem acima dele, os piores, o engolem por inteiro, mas todos caminhamos mergulhados no mal até a cintura, todos os momentos de nossas vidas. Maldições e bênçãos recaem igualmente sobre o cruel e o justo. Para cada oração atendida, dez mil ficam sem resposta. E santos sofrem junto com os pecadores, presas de monstros cuspidos direto do estômago do inferno.

Mas, se existe o inferno, não deve também haver um céu?

E, se há um céu, então não podemos perguntar por quê?

Porque se o Todo-poderoso está disposto a dar fim a toda essa maldade, mas de algum modo é incapaz de fazer isso, então ele não é tão todo-poderoso quanto os padres querem que você acredite. Se ele ao mesmo tempo está disposto e é capaz de parar com isso tudo, como esse mal pode, para começar, existir? E se ele não está disposto nem é capaz de acabar com isso, então ele não é deus nenhum.

A única possibilidade restante é que ele pode acabar com isso, mas simplesmente escolhe não fazê-lo.

A criança arrancada dos braços dos pais. As planícies infinitas de túmulos não identificados. Os Mortos não mortos que nos caçam sob a luz de um sol escurecido.

Nós agora somos presas, mon ami.
Somos alimento.
E ele nunca levantou a porra de um dedo para parar com isso.
Ele podia ter parado.
Ele simplesmente não parou.
Você já se perguntou o que nós fizemos para que ele nos odeie tanto?

PÔR DO SOL

ERA O 27º ANO da morte dos dias no domínio do Rei Eterno, e seu assassino estava esperando para morrer.

O matador vigiava através de uma janela estreita, impaciente pela chegada de seu fim. Mãos tatuadas estavam entrelaçadas às costas, sujas de sague seco e cinzas pálidas como a luz das estrelas. Sua cela ficava bem no alto de uma torre solitária, beijada pelo vento das montanhas que não dormia. A porta era reforçada com ferro, pesada, trancada como um segredo. De seu ponto de observação, o matador viu o sol baixar na direção de um descanso não merecido e se perguntou como seria o sabor do inferno.

As pedras do calçamento abaixo prometiam um voo curto para um escuro sem sonhos. Mas a janela era estreita demais para se espremer por ela, e seus carcereiros não haviam deixado nada mais para ajudá-lo a dormir. Apenas palha onde se sentar e um balde no qual cagar, e uma vista do pôr do sol frágil para servir de tortura até que a verdadeira chegasse. Ele usava um casaco pesado, botas velhas, calça de couro manchada por estradas longas e fuligem. Sua pele pálida estava molhada de suor, mas seu hálito pairava frio no ar, e não havia fogo na lareira às suas costas. Os sangues-frios não iam arriscar uma chama, mesmo em suas celas de prisão.

Eles logo viriam buscá-lo.

O *château* abaixo dele estava acordando. Monstros se levantando de leitos de terra fria e assumindo a fachada de algo próximo ao humano. O ar do lado de fora estava denso com o hino das asas de morcego. Soldados controlados vestindo aço escuro patrulhavam as muralhas abaixo, com dois lobos e duas luas enfeitando capas negras. O lábio do matador se retorceu enquanto ele os observava; homens montando guarda onde nenhum cachorro se aviltaria.

O céu acima estava escuro. O horizonte, vermelho como os lábios de sua mulher na última vez em que a beijara.

Ele passou o polegar pelos dedos, as letras riscadas abaixo dos nós.

– Paciência – sussurrou.

– Posso entrar?

O matador não se permitiu se retrair – ele sabia que o sangue-frio teria gostado disso. Em vez disso, continuou a olhar pela janela, para os artelhos quebrados das montanhas ao longe, encimadas por neve branco-cinza. Ele podia sentir a coisa parada atrás dele; agora, seu olhar passando por sua nuca. Sabia o que ele queria, por que ele estava ali. Torcendo para que fosse rápido e sabendo, no fundo, que eles iam saborear cada grito.

Finalmente se virou, sentindo uma chama crescer dentro de si ao vê-lo. A raiva era uma velha amiga, bem-vinda e cálida. Fazia-o esquecer a dor em suas veias, o repuxar de suas cicatrizes, os anos em seus ossos. Olhando para o monstro a sua frente, ele se sentiu positivamente jovem outra vez. Levado adiante para sempre nas asas de um ódio puro e perfeito.

– Boa noite, *chevalier* – disse o sangue-frio.

Ele era apenas um garoto quando morreu. Quinze ou dezesseis anos, talvez, ainda possuidor daquela leve androginia encontrada à beira da maturidade como homem. Mas só Deus sabia quantos anos ele realmente tinha. Um toque de cor animava suas bochechas, olhos grandes e castanhos emoldurados por cachos densos e dourados arrumados cuidadosamente sobre a testa. Sua pele não tinha poros e era pálida como alabastro, mas os lábios eram obscenamente vermelhos, o branco de seus olhos igualmente vermelho. Recém-alimentado.

Se o matador não soubesse, teria dito que ele parecia quase vivo.

Sua sobrecasaca era de veludo escuro, enfeitada com arabescos dourados. Um manto de penas de corvo estava jogado sobre seus ombros, com a gola erguida como uma fileira de lâminas negras reluzentes. O brasão de sua linhagem estava bordado em seu peito; dois lobos rampantes diante de duas luas. Calções escuros, uma gravata de seda, meias e sapatos engraxados completavam o retrato. Um monstro vestindo pele de aristocrata.

Ele estava parado no centro de sua cela, embora a porta ainda estivesse trancada com um segredo. Havia um livro grosso apertado entre as palmas das mãos brancas como ossos, e sua voz era doce como uma canção de ninar.

— Sou o marquês Jean-François do sangue Chastain, historiador de sua majestade Margot Chastain, primeira e última de seu nome, imperatriz imortal de lobos e homens.

O matador não disse nada.

— Você é Gabriel de León, o último dos santos de prata.

Mesmo assim, o matador chamado Gabriel não emitiu nenhum som. Os olhos da coisa ardiam como a luz de velas no silêncio, o ar dava uma sensação sombria, grudenta e sumarenta. Pareceu, por um momento, que Gabriel estava parado à beira de um penhasco, e que só a pressão fria daqueles lábios de rubi em seu pescoço poderia salvá-lo. Ele sentiu a pele se arrepiar, uma agitação involuntária em seu sangue ao imaginar isso. O desejo da mariposa pela chama, implorando para queimar.

— Posso entrar? – repetiu o monstro.

— Você já entrou, sangue-frio – respondeu Gabriel.

A coisa olhou abaixo do cinto de Gabriel e lhe presenteou com um sorriso astuto.

— É sempre educado perguntar, *chevalier*.

Ele estalou os dedos, e a porta reforçada com ferro se escancarou. Uma bela escrava usando corpete e um vestido preto comprido entrou. Seu vestido era de um veludo adamascado amassado, com cintura de abelha e um laço justo em torno do pescoço. Seu cabelo ruivo comprido estava preso em tranças, enroladas em torno de seus olhos como correntes de cobre polido. Ela devia ter trinta e poucos anos, a mesma idade que Gabriel. Velha o bastante para ser a mãe do monstro, se ele fosse apenas um garoto comum e ela apenas uma mulher comum. Ela carregava uma poltrona de couro tão pesada quanto ela, com os olhos baixos enquanto a botava sem esforço ao lado do sangue-frio.

O olhar do monstro não se afastou de Gabriel. Nem o de Gabriel dele.

A mulher trouxe outra poltrona e uma mesinha de carvalho. Pôs a poltrona ao lado de Gabriel, a mesa entre eles e parou com as mãos entrelaçadas como uma prioresa rezando.

Gabriel agora podia ver as cicatrizes em seu pescoço; perfurações reveladoras por baixo daquele laço que usava. Ele sentiu desprezo rastejar por sua pele. Ela tinha carregado a cadeira como se não pesasse nada, mas, parada agora na presença do sangue-frio, a mulher estava quase sem fôlego, seus seios pálidos arquejando acima do corpete como uma donzela em sua noite de núpcias.

– *Merci* – disse Jean-François do sangue Castain.

– Sou sua criada – murmurou a mulher.

– Deixe-nos agora, querida.

A escrava olhou o monstro nos olhos. Ela passou lentamente a ponta dos dedos no arco de seu peito até a curva branca leitosa de seu pescoço e...

– Logo – disse o sangue-frio.

A boca da mulher se entreabriu. Gabriel podia ver seu pulso se acelerar com a ideia.

– O seu vai estar pronto, mestre – sussurrou ela.

E sem nem mesmo olhar para Gabriel, ela fez uma reverência e saiu da cela, deixando o matador sozinho com o monstro.

– Vamos nos sentar? – perguntou ele.

– Vou morrer de pé, se não fizer diferença – retrucou Gabriel.

– Não estou aqui para matá-lo, *chevalier*.

— Então o que você quer, sangue-frio?

A escuridão sussurrou. O monstro se moveu imperceptivelmente; num momento parado ao lado da poltrona, no outro, sentado nela. Gabriel o observou tirar uma partícula imaginária de poeira do brocado de sua sobrecasaca e botar o livro no colo. Era a menor exibição de poder – uma demonstração de potência para alertá-lo contra qualquer ato de coragem desesperada. Mas Gabriel de León vinha matando a espécie daquela coisa desde que tinha 16 anos e sabia muito bem quando estava em desvantagem.

Ele estava desarmado. Com três noites de cansaço. Faminto, cercado e sofrendo de abstinência. Ouviu a voz de Mãocinza ecoar através dos anos, as marcas das botas de salto de prata de seu velho mestre sobre as pedras do pavimento de San Michon.

Primeira Lei: Os mortos não podem matar os Mortos.

— Você deve estar com sede.

O monstro tirou uma garrafinha de cristal de dentro do casaco, e a luz mortiça se refletiu em suas facetas. Gabriel estreitou os olhos.

— É só água, *chevalier*. Beba.

Gabriel conhecia esse jogo; bondade oferecida como um prelúdio à tentação. Mesmo assim, sua língua parecia uma lixa contra seus dentes. E, embora nenhuma água pudesse aplacar a sede em seu interior, ele pegou a garrafa da mão pálida como a de um fantasma do monstro e derramou um pouco na palma da mão. Límpida como cristal. Sem cheiro. Nenhum traço de sangue.

Ele bebeu, envergonhado com seu alívio, mas ainda assim balançou até a última gota. Para a parte dele que era humana, aquela água era mais doce que qualquer vinho ou mulher que ele havia provado.

— Por favor. – Os olhos do sangue-frio estavam afiados como vidro quebrado. – *Sente-se.*

Gabriel permaneceu onde estava.

— Sente-se – ordenou.

Gabriel sentiu a vontade do monstro pressioná-lo, aqueles olhos escuros crescendo até serem tudo o que ele conseguia ver. Havia uma doçura naquilo. A atração da flor para a abelha, o sabor de pétalas nuas e jovens úmidas com o orvalho. Mais uma vez, Gabriel sentiu o sangue se agitar na parte baixa de seu corpo. E novamente ele ouviu a voz de Mãocinza em sua mente.

Segunda Lei: Línguas dos Mortos ouvidas são línguas dos Mortos provadas.

E, assim, Gabriel permaneceu onde estava. Alto e de pé sobre pernas de potro. Um fantasma de sorriso passou pelos lábios do monstro. Pontas de dedos finas alisaram um cacho dourado da frente daqueles olhos sangrentos de chocolate e tamborilaram no livro em seu colo.

— Impressionante — disse ele.

— Gostaria de poder dizer o mesmo — respondeu Gabriel.

— Cuidado, *chevalier*. Você pode magoar meus sentimentos.

— *Os Mortos são como feras, parecem homens, morrem como demônios.*

— Ah. — O sangue-frio sorriu, com uma sugestão de navalha nas bordas. — Quarta Lei.

Gabriel tentou esconder sua surpresa, mas ainda sentiu o estômago se revirar.

— *Oui* — assentiu o sangue-frio. — Estou familiarizado com os princípios de sua ordem, De León. Aqueles que não aprendem com o passado sofrem no futuro. E, como você pode imaginar, as noites futuras têm bastante interesse para os imortais.

— Devolva-me minha espada, sanguessuga. Vou lhe ensinar o quanto imortal você realmente é.

— Que interessante. — O monstro estudou suas unhas compridas. — Uma ameaça.

— Um juramento.

— *E diante de Deus e seus Sete Mártires* — citou o monstro. — *Eu aqui juro; Que as sombras conheçam meu nome e desespero. Enquanto queimar, eu sou a chama. Enquanto sangrar, eu sou a espada. Enquanto pecar, eu sou o santo. E eu sou prata.*

Gabriel sentiu uma onda de nostalgia suave e venenosa. Parecia que uma vida inteira tinha se passado desde que ele ouvira essas palavras pela última vez, ecoando na luz dos vitrais de San Michon. Uma oração por vingança e violência. Uma promessa para um deus que nunca tinha realmente ouvido. Mas ouvi-las repetidas em um lugar como aquele, dos lábios de um *deles*...

– Pelo amor do Todo-poderoso, sente-se. – O sangue-frio deu um suspiro. – Antes que você caia.

Gabriel podia sentir a vontade do monstro pressionando-o, toda a luz do quarto agora reunida em seus olhos. Ele quase podia ouvir seu sussurro, dentes provocando seu ouvido, prometendo sono depois da estrada mais longa, água fresca para lavar o sangue das mãos e uma escuridão quente e silenciosa para fazê-lo esquecer a forma de tudo o que dera e perdera.

Mas ele pensou no rosto de sua mulher. Na cor de seus lábios na última vez em que a beijou.

E permaneceu de pé.

– O que você quer, sangue-frio?

O último alento do pôr do sol tinha deixado o céu, o cheiro de folhas há muito mortas beijou a língua de Gabriel. O desejo chegara plenamente, e a necessidade estava a caminho. A sede passou dedos frios em sua espinha, estendeu asas negras sobre seus ombros. Quanto tempo fazia desde que ele tinha fumado? Dois dias? Três?

Deus do céu, ele mataria a própria mãe por uma prova...

– Como eu lhe disse – respondeu o sangue-frio. – Sou o historiador de sua majestade. Guardião de sua linhagem e mestre de sua biblioteca. Fabién Voss está morto, graças a suas ministrações delicadas. Agora que as outras cortes de sangue começaram a dobrar os joelhos, minha senhora voltou sua atenção na direção da preservação. Por isso, antes que o Último Santo de Prata morra, antes que todo o conhecimento de sua ordem seja varrido para uma cova não identificada, minha pálida imperatriz Margot ofereceu, em sua infinita generosidade, oportunidade para você falar.

Jean-François sorriu com lábios de vinho.

– Ela gostaria de ouvir sua história, *chevalier*.

– Sua espécie, na verdade, nunca levou jeito para brincar, não é? – perguntou Gabriel. – Vocês deixam isso na terra na noite em que morrem. Junto com o que quer que passasse pela porra de sua alma.

– Por que eu brincaria, De León?

– Animais frequentemente brincam com sua comida.

– Se minha Imperatriz desejasse caçar, eles iam ouvir seus gritos até Alethe.

– Que interessante. – Gabriel estudou suas unhas quebradas. – Uma ameaça.

O monstro inclinou a cabeça.

– *Touché*.

– Por que eu iria desperdiçar minhas últimas horas na terra contando uma história para a qual ninguém dá a mínima? Eu não sou ninguém para vocês. Nada.

– Ah, pare com isso. – A coisa ergueu uma sobrancelha. – O Leão Negro? O homem que sobreviveu às neves vermelhas de Augustin? Que queimou mil kith até virarem cinza e apertou a Espada Louca no pescoço do próprio Rei Eterno? Tsc, tsc – disse Jean-François, como uma professora escolar com uma criança indisciplinada. – Você foi o maior de sua ordem. O único ainda vivo. Esses ombros tão largos não são adequados para o manto da modéstia, *chevalier*.

Gabriel observou o sangue-frio à espreita entre mentiras e lisonja como um lobo com o cheiro limpo de sangue. Enquanto isso, ele refletiu sobre a pergunta de o que ele realmente queria, e por que ele ainda não estava morto. E finalmente...

– Isso se trata do Graal – entendeu Gabriel.

O rosto do monstro estava tão imóvel que parecia esculpido em mármore. Mas Gabriel supôs ter visto um tremor no olhar sombrio.

– O Graal foi destruído – respondeu ele. – Por que nos importaríamos com o cálice agora?

Gabriel inclinou a cabeça e falou por hábito:

"Do cálice sagrado nasce a sagrada seara;
A mão do fiel o mundo repara.
E sob dos Sete Mártires o olhar,
Um mero homem esta noite sem fim vai encerrar."

Uma risada fria ecoou nas paredes nuas de pedra.

– Eu sou um cronista, De León. A história me interessa, não a mitologia. Guarde suas superstições imaturas para o gado.

– Você está mentindo, sangue-frio. *Línguas dos Mortos ouvidas são línguas dos Mortos provadas.* E se você acredita por um momento que vou trair...

Sua voz diminuiu, então faltou completamente. Embora o monstro nunca tenha parecido se mover, ele agora estava com uma das mãos estendidas. E ali, na planície branca como neve da palma de sua mão, havia um vidrinho com um pó marrom-avermelhado. Como pó de chocolate e pétalas de rosa esmagados. A tentação que ele sabia estar chegando.

– Um presente – disse o monstro, tirando a tampa.

Gabriel pôde sentir o cheiro do sangue em pó de onde estava. Denso, saboroso e com o travo adocicado de cobre. Sua pele formigou com o cheiro. Seus lábios se entreabriram em um sussurro.

Ele sabia o que os monstros queriam. Ele sabia que uma prova apenas iria deixá-lo sedento por mais. Ainda assim, ele se ouviu dizendo como se estivesse longe. E se todos os anos e todo o sangue não tivessem há muito tempo partido seu coração, com certeza ele teria se partido então.

– Perdi meu cachimbo... Em Charbourg, eu...

O sangue-frio pegou um cachimbo de osso da sobrecasaca, botou-o junto com o vidrinho sobre a mesinha. E, furioso, gesticulou para a poltrona em frente.

– Sente-se.

E finalmente, desgraçado como estava, Gabriel de León obedeceu.

– Sirva-se, *chevalier*.

O cachimbo estava em suas mãos antes que ele percebesse, e ele derramou uma dose do pó grudento no fornilho, tremendo tanto que quase deixou seu prêmio cair. Os olhos do sangue-frio estavam fixos nas mãos de Gabriel enquanto ele trabalhava; as cicatrizes, calos e lindas tatuagens. Uma coroa de crânios estava desenhada acima da mão direita do santo, uma trança de flores na esquerda. A palavra P A C I Ê N C I A estava gravada em seus dedos abaixo dos nós. A tinta era escura sobre a pele pálida, bordejada com um brilho metálico.

O Santo de Prata afastou uma mecha de cabelo preto e comprido dos olhos enquanto tateava seu casaco e seus calções de couro. Mas é claro, eles tinham levado sua pederneira.

– Preciso de fogo. Uma lanterna.

– Você *precisa*.

Com uma lentidão agonizante, o sangue-frio levou os dedos magros unidos aos lábios. Não havia mais nada nem ninguém em todo o mundo, então. Só os dois, matador e monstro, e aquele cachimbo carregado de chumbo nas mãos trêmulas de Gabriel.

– Vamos falar então de necessidade, Santo de Prata. Os porquês não importam. Os menos, também não. Minha imperatriz exige que se conte sua história. Então, podemos ficar aqui sentados socialmente enquanto você se permite seu pequeno vício sórdido, ou podemos nos retirar para salas nas profundezas deste *château* que até os demônios temem. De qualquer jeito, minha imperatriz Margot vai ter sua história. A única pergunta é se você vai suspirá-la ou gritá-la.

Ele o havia pegado. Agora que o cachimbo estava em sua mão, ele já tinha caído.

Com saudade do inferno e com medo de voltar.

– Me dê a porra do fogo, sangue-frio.

Jean-François do sangue Chastain estalou os dedos novamente, e a porta da cela se abriu. A mesma escrava esperava do lado de fora, com uma lanterna com uma grande cúpula aberta de vidro nas mãos. Ela era apenas uma silhueta contra a luz: vestido preto, espartilho preto e fita preta no pescoço. Podia ser filha de Gabriel. Sua mãe, sua mulher – não fazia nenhuma diferença. Tudo o que importava era a chama que ela levava.

Gabriel estava tenso como duas cordas de arco, vagamente consciente do desconforto do sangue-frio na presença do fogo, o sibilar macio como seda de seu hálito sobre dentes afiados. Mas ele agora não ligava para nada, exceto aquela chama e a mágika ameaçadora que se seguia, sangue em pó em fumaça em prazer.

– Traga aqui – disse ele à mulher. – Depressa, agora.

Ela pôs o lampião sobre a mesa e pela primeira vez o olhou nos olhos. E o olhar azul-pálido dela falou com ele sem que ela tivesse dito uma palavra.

E você acha que eu sou escrava?

Ele não ligava. Nem um pouco. Mãos habilidosas prepararam a mecha, acenderam a chama até a altura perfeita, e o aroma do óleo se misturou ao ar. Ele podia sentir o calor contra o frio da torre, segurando o fornilho do cachimbo na distância perfeita para transformar o pó em vapor. Seu estômago se empolgou quando ele começou: aquela alquimia sublime, aquela chymica sombria. O sangue em pó borbulhando, agora, cor se derretendo em cheiro, o aroma de raiz-santa e cobre. E Gabriel apertou os lábios naquele cachimbo com mais paixão do que jamais havia beijado uma amante e... ah, doce Deus no céu, inalou.

Seu fogo cegante encheu seus pulmões. Um paraíso agitado enchendo sua mente. Se cristalizando, se desintegrando, ele inalou aquele vapor sangrento para dentro do peito e sentiu o coração batendo forte contra suas costelas como um pássaro em um caramanchão de ossos, seu pau forçando o calção de couro e o rosto do próprio Deus a apenas mais uma tragada de distância.

Ele mirou os olhos da escrava e viu que ela era um anjo que havia ganhado forma terrestre. Quis beijá-la, bebê-la, morrer dentro dela, tomá-la em seus braços, passar os lábios por sua pele enquanto seus dentes vibravam nas gengivas, sentindo a promessa pulsando logo abaixo do arco de seu queixo, as marteladas de seu pulso contra sua língua, vivo, *vivo*...

– *Chevalier*.

Gabriel abriu os olhos.

Ele estava de joelhos ao lado da mesa, o lampião lançando uma sombra trêmula abaixo dele. E não tinha ideia de quanto tempo havia se passado. A mulher havia desaparecido, como se nunca tivesse estado ali.

Ele podia ouvir o vento lá fora, uma voz e dezenas; sussurrando segredos ao longo dos seixos e uivando maldições e silenciando seu nome através dos galhos de árvores sombrias e nuas. Ele podia contar cada haste de palha no chão, perceber cada pelo de seu corpo se arrepiar, sentir o cheiro de poeira velha e morte nova, as estradas que caminhara sob as solas de suas botas. Todo sentido estava afiado como uma lâmina, partido e ensanguentado em suas mãos tatuadas.

– Quem...

Gabriel sacudiu a cabeça, tentando se agarrar às palavras como se fossem punhados de xarope. O branco de seus olhos tinha ficado vermelho como assassinato. Ele olhou para o vidrinho, agora de volta à palma da mão do monstro.

– De quem... é esse sangue?

– Minha senhora abençoada – respondeu o monstro. – Minha mãe sombria e senhora pálida, Margot Chastain, primeira e última de seu nome, imperatriz imortal de lobos e homens.

O sangue-frio estava olhando para a chama da lanterna com um ódio suave e pensativo. Uma mariposa pálida como um crânio tinha surgido de algum canto frio e úmido da cela, esvoaçando agora em torno da luz. Dedos pálidos como porcelana se fecharam em torno do vidro, escondendo-o.

– Mas você não vai receber mais nenhuma gota dele até que me conte sua história. Então fale, e como se fosse para uma criança. Suponha que as pessoas que vão lê-la, daqui a eras, não sabem nada deste lugar. Pois essas palavras que ponho agora em pergaminho vão durar tanto quanto este império imortal. E esta crônica vai ser a única imortalidade que você vai conhecer.

De sua casaca, o sangue-frio produziu um estojo de madeira entalhado com os dois lobos e as duas luas. Ele puxou uma pena comprida do interior, preta como a fileira de penas em torno de seu pescoço, pôs um vidro sobre o braço de sua poltrona. Mergulhando a pena na tinta, Jean-François ergueu olhos escuros e cheios de expectativa.

Gabriel respirou fundo, o sabor da fumaça vermelha em seus lábios.

– Comece – disse o vampiro.

Livro Um

A Morte dos dias

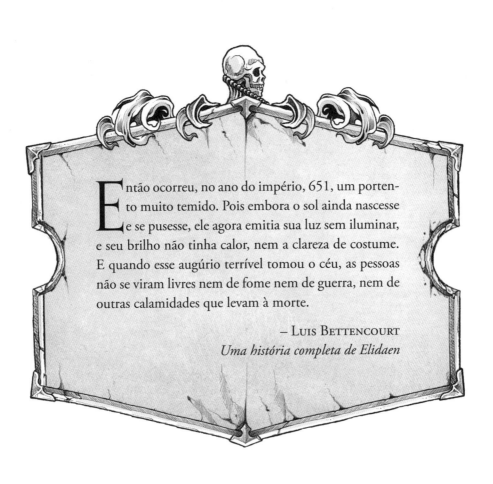

Então ocorreu, no ano do império, 651, um portento muito temido. Pois embora o sol ainda nascesse e se pusesse, ele agora emitia sua luz sem iluminar, e seu brilho não tinha calor, nem a clareza de costume. E quando esse augúrio terrível tomou o céu, as pessoas não se viram livres nem de fome nem de guerra, nem de outras calamidades que levam à morte.

– Luis Bettencourt
Uma história completa de Elidaen

✦ I ✦
DE MAÇÃS E ÁRVORES

– TUDO COMEÇOU COM uma toca de coelho – disse Gabriel.

O Último Santo de Prata olhou fixamente para a chama tremeluzente da lanterna como se fossem rostos há muito tempo mortos. Um toque de fumaça vermelha ainda feria o ar, e ele podia ouvir cada fio na mecha da lanterna queimar com uma melodia diferente. Os anos passados entre aquela época e agora pareciam apenas minutos para sua mente, em uma excitação de hino de sangue correndo.

– Me parece engraçado. – Ele suspirou. – Olhando para trás para tudo isso. Há uma pilha de cinzas atrás de mim, tão alta que podia tocar o céu. Catedrais em chamas, cidades em ruínas e túmulos transbordando com os devotos e os maus, e foi aí que isso realmente começou. – Ele sacudiu a cabeça, atônito. – Só um buraco pequeno no chão.

"As pessoas vão se lembrar disso se forma diferente, é claro. Os menestréis videntes vão tocar harpa sobre a profecia, e os padres vão berrar sobre o plano do Todo-poderoso. Mas nunca conheci um menestrel que não fosse mentiroso, sangue-frio. Nem um homem santo que não fosse um escroto."

– Evidentemente, *você* é um homem santo, Santo de Prata – disse Jean-François.

Gabriel de León olhou o monstro nos olhos, com um leve sorriso.

– A noite já tinha boas duas horas quando Deus decidiu mijar no meu mingau. Os moradores locais tinham derrubado a ponte sobre o Keff, por isso fui forçado a ir para o sul até o vau perto de Dhahaet. Era um terreno rústico, mas a Justiça tinha...

— Espere, *chevalier*. — O marquês Jean-François do sangue Chastain ergueu uma das mãos, pôs a pena entre as páginas. — Assim não vai dar.

Gabriel piscou.

— Não?

— Não — respondeu o vampiro. — Eu lhe disse, esta é a história de quem você é. Como tudo isso aconteceu. Histórias não começam na metade do caminho. Histórias começam no começo.

— Você quer saber sobre o Graal. Uma toca de coelho é onde essa história começa.

— Como eu disse, registro essa história para aqueles que vão viver muito depois de você virar alimento para os vermes. Comece com delicadeza. — Jean-François acenou com uma mão magra. — Eu nasci. Eu cresci...

— Eu nasci em uma poça de lama chamada Lorson. Cresci como filho de um ferreiro. O mais velho de três. Eu não era ninguém especial.

O vampiro olhou para ele, de cima a baixo.

— Nós dois sabemos que *isso* não é verdade.

— As coisas que você sabe sobre mim, sangue-frio? Bom, se você juntasse todas elas e as espremesse até secarem, poderiam quase render a porra de um dedal cheio.

A coisa chamada Jean-François deu um pequeno bocejo.

— Me ensine, então. Seus pais. Eles eram pessoas devotas?

Gabriel abriu a boca para uma repreensão. Mas as palavras morreram em seus lábios enquanto ele olhava para o livro no colo de Jean-François. Ele percebeu que o sangue-frio não estava apenas escrevendo todas as suas palavras, ele também estava desenhando; usando aquela velocidade sobrenatural para traçar algumas linhas a cada respiração. Gabriel viu as linhas se aglutinarem em uma imagem, agora; um homem em três quartos de perfil. Olhos cinzentos assombrados. Ombros largos e cabelo comprido, escuro como a meia-noite. Um queixo cinzelado coberto de barba rala por fazer e sujo de sangue seco. Havia duas cicatrizes entalhadas embaixo do olho direito, uma comprida, a outra curta, quase como lágrimas caindo. Era um rosto que Gabriel conhecia tão bem quanto o seu próprio rosto.

Porque, é claro, *era* seu próprio rosto.

– Está bem parecido – disse ele.

– *Merci* – murmurou o monstro.

– Você desenha retratos dos outros sanguessugas também? Deve ser difícil se lembrar da própria aparência depois de um tempo, se mesmo um espelho se profana com seu reflexo.

– Você desperdiça seu veneno em mim, *chevalier*. Se essa água é veneno.

Gabriel olhou para o vampiro, passando a ponta de um dedo no lábio. Sob os poderes do hino de sangue – aquele dom veloz e pulsante do cachimbo que tinha fumado – toda sensação era amplificada mil vezes. A potência dos séculos dentro de suas veias.

Ele podia sentir a força que ele lhe dava, a coragem que caminhava de mãos dadas com essa força; uma coragem que o levara através do inferno de Augustin, através das espiras de Charbourg e das fileiras da legião infinita. E embora ele soubesse que isso iria acabar em breve, por enquanto, Gabriel de León estava completamente destemido.

– Vou fazê-lo gritar, sanguessuga. Vou sangrá-lo como um porco, guardar o melhor de você em um cachimbo para mais tarde e depois lhe mostrar quanto realmente vale sua imortalidade. – Ele olhou nos olhos vazios do monstro. – Venenoso o bastante?

Um sorriso curvou os lábios de Jean-François.

– Eu ouvi dizer que você era um homem raivoso.

– Interessante. Eu não ouvi dizer nada sobre você.

O sorriso aos poucos derreteu.

Levou uma grande fatia de silêncio até que o monstro voltasse a falar.

– Seu pai. O ferreiro. Ele era um homem devoto?

— Ele era um bêbado incorrigível com um sorriso que podia seduzir o impossível de uma freira e punhos temidos até pelos anjos.

— Estou pensando em maçãs, e nas distâncias que elas caem de seus pés.

— Não me lembro de pedir sua opinião sobre mim, sangue-frio.

O monstro estava preenchendo as sombras em torno dos olhos de Gabriel enquanto ele falava.

— Conte-me sobre ele. O homem que criou uma lenda. Qual era o nome dele?

— Raphael.

— Em homenagem aos anjos que o temiam, então. Assim como você.

— E não tenho dúvida de como eles estão putos por causa disso.

— Vocês dois se davam bem?

— Será que pais e filhos se dão bem? Só quando você mesmo é um homem você pode ver o homem que o criou como ele realmente era.

— Não tenho como saber.

— Não. Você não é um homem.

Os olhos da coisa morta brilharam quando ele ergueu o rosto.

— Elogios levam você a toda parte.

— Essas mãos brancas como lírios. Esses cachos dourados. — Gabriel examinou o vampiro, com os olhos estreitos. — Você nasceu elidaeni?

— Se você está dizendo — respondeu Jean-François.

Gabriel assentiu.

— O que você precisa saber sobre minha família, vampiro, antes de chegarmos ao que importa, é que éramos gente nórdica. Vocês são feitos bonitos no leste, é verdade. Mas em Nordlund? Somos feitos fortes. Os ventos das Montanhas dos Anjos cortam como espadas através de minha terra natal. É uma região indomada. Uma região violenta. Antes da paz de Augustin, Nordlund tinha sido invadido mais que qualquer outro domínio na história do império. Já ouviu a lenda de Matteo e Elaina?

— É claro — assentiu Jean-François. — O príncipe guerreiro nórdico que se casou com uma rainha elidaeni em uma época antes do império. Dizem que Matteo amava Elaina com ardor suficiente para quatro homens comuns. E quando eles morreram, o Todo-poderoso os botou como estrelas nos céus, para que pudessem ficar juntos para sempre.

— Essa é uma versão da história. — Gabriel sorriu. — E Matteo amava muito sua Elaina, isso é verdade. Mas em Nordlund contamos uma história diferente. Sabe, a beleza de Elaina era reconhecida em todos os cinco reinos, e cada um dos quatro outros tronos enviou um príncipe para buscar sua mão. No primeiro dia, o príncipe de Talhost ofereceu a ela uma tropa de magníficos cavalos da tundra, inteligentes como gatos e brancos como as neves de sua terra natal. No segundo, o príncipe de Sūdhaem levou para Elaina uma coroa feita de vidro de ouro reluzente, garimpado nas montanhas de sua terra natal. No terceiro, o príncipe de Ossway ofereceu a ela um navio feito da valiosa madeira-da-fidelidade, para levá-la através do Mar Eterno. Mas o príncipe Matteo era pobre. Desde o ano de seu nascimento, sua terra natal tinha sido invadida por Talhost e Sūdhaem e Ossway também. Ele não tinha cavalos, não tinha vidro de ouro, nem navios para dar. Em vez disso, ele jurou a Eliana que ia amá-la com o ardor de quatro homens comuns. E para provar isso, enquanto estava diante de seu trono e lhe prometia seu coração, Matteo botou aos pés de Eliana os corações dos outros quatro pretendentes. Aqueles príncipes que tinham invadido sua terra natal. Quatro corações no total.

O vampiro escarneceu.

— Então você está dizendo que todos os nórdicos são loucos assassinos?
— Estou dizendo que somos um povo de paixões — respondeu Gabriel. — Para o bem e para o mal. Para conhecer *ma famille*, para *me* conhecer, você precisa saber disso. Nossos corações falam mais alto que nossas cabeças.

— Seu pai, então? — disse Jean-François. — Ele também era um homem de paixões?

— *Oui*. Mas não para o bem. Não ele. Ele era doente, completamente.

O Santo de Prata se inclinou para a frente, com os cotovelos sobre os joelhos. A cela estava em silêncio exceto pelos rabiscos rápidos do sangue-frio em seu retrato, a miríade de sussurros do vento.

— Ele não era tão alto quanto eu sou, mas era forte como uma parede de tijolos. Ele tinha servido como batedor no exército de Philippe IV por três anos, antes da morte do velho imperador. Mas ele foi pego por um deslizamento de neve em uma campanha nas Terras Altas de Ossway. Sua perna quebrou e nunca curou direito, então ele virou ferreiro. E, trabalhando no castelo do baronato local, ele conheceu minha mãe. Uma beleza de cabelos escuros como um corvo, majestosa e cheia de orgulho. Ele não pôde evitar e se apaixonou por ela. Nenhum homem podia fazer isso. Ela era a filha do próprio barão. *La demoiselle* De León.

— O nome de sua mãe era De León? Eu tinha a impressão de que os nomes são herdados dos pais entre sua espécie, santo. Mulheres abrem mão de seus nomes quando se casam.

— Meus pais não estavam casados quando eu fui concebido.

O vampiro cobriu a boca com dedos finos.

— *Que escândalo.*

— Meu avô sem dúvida achou que foi. Ele exigiu que ela se livrasse de mim assim que começasse a aparecer, mas minha mãe se recusou. Meu avô a expulsou com todas as maldições que podia conjurar. Mas ela era uma rocha, minha mãe. Ela não se curvava para ninguém.

— Qual era o nome dela?

— Auriél.

— Bonito.

— Como ela era. E essa beleza permaneceu inabalável, mesmo em uma poça de lama como Lorson. Ela e meu pai se mudaram para lá com nada além da roupa do corpo. Ela me deu à luz na igreja da aldeia, porque sua casa ainda não tinha teto. Um ano depois, minha irmã Amélie nasceu. E depois minha irmã caçula, Celene. Minha mãe e meu pai já estavam casados, e minhas irmãs levaram seu nome, "Castia". Perguntei ao meu pai se eu podia

37

adotá-lo, também, mas ele me disse que não. Essa devia ter sido minha primeira pista. Isso e o jeito como ele me tratava.

Os dedos de Gabriel delinearam uma cicatriz fina em seu queixo, com olhos distantes.

– Aqueles punhos temidos pelos anjos? – murmurou Jean-François.

Gabriel assentiu.

– Como eu digo, ele era um homem de paixões, Raphael Castia. E essas paixões acabaram por governá-lo. Minha mãe era uma mulher religiosa. Ela nos criou profundamente na Fé Única e no amor abençoado do Todo-poderoso e da Virgem-mãe. Mas o amor dele era diferente.

"Havia alguma doença nele. Eu agora sei disso. Ele só lutou na guerra por três anos, mas levou isso consigo pelo resto da vida. Ele nunca viu uma garrafa que não se apressasse a acabar. Nem uma garota bonita para quem dissesse não. Todos também preferíamos suas indiscrições, verdade seja dita. Quando ele saía com as putas, simplesmente desaparecia por um ou dois dias. Mas quando estava em casa bebendo... era como viver com um barril de ignis preta. O pó esperando apenas uma fagulha.

"Uma vez ele quebrou um cabo de machado nas minhas costas, quando eu não cortei madeira suficiente. Ele socou minhas costelas até quebrar quando me esqueci de tirar água do poço. Ele nunca tocou em mamãe, Amélie ou Celene, nem uma vez. Mas eu conhecia seus punhos como sabia meu nome. E eu achava que era amor.

"No dia seguinte, a história se repetia. Mamãe ficava furiosa, e meu pai jurava por Deus e todos os Sete Mártires que ia mudar, ah, ele ia *mudar*. Ele prometia parar de beber e ficávamos felizes por um tempo. Ele me levava para caçar ou pescar, me treinava nas artes da espada que tinha aprendido como batedor, na vida selvagem. Como fazer o fogo pegar em madeira úmida. A habilidade para andar sobre folhas mortas sem fazer barulho. A confecção de um laço que não mate o que você pegar. E, acima de tudo, ele me ensinou sobre gelo. Me ensinou sobre neve. Como ela cai. Como ela mata. Ele usava aquela perna quebrada dele para me ensinar as verdades sobre tempestades de neve, cegueira de neve e avalanches. Dormindo sob as estrelas nas montanhas como um pai de verdade devia fazer.

"Mas isso nunca durava muito tempo.

"'A guerra não ensina você a ser um matador', ele me disse uma vez. 'É só uma chave que abre nossa porta. Tem um animal no sangue de todo homem, Gabriel. Você pode deixá-lo com fome. Enjaulá-lo. Mas, no fim, você paga ao animal o que é devido, ou ele cobra esse preço de você.'

"Eu me lembro de estar sentado à mesa em meu oitavo dia de santos, minha mãe limpando o sangue do meu rosto. Ela me adorava, minha mãe, apesar de tudo o que meu nascimento havia custado a ela. Eu sabia disso do mesmo jeito que reconheço a sensação do sol em minha pele. E eu perguntei a ela por que meu pai me odiava, se ela podia me amar tanto. Ela me olhou nos olhos, nesse dia, e deu um suspiro do fundo do coração.

"'Você é igual a ele. Deus me ajude, você é igualzinho a ele, Gabriel.'"

O Último Santo de Prata esticou as pernas e olhou para o desenho do vampiro.

– O engraçado é que meu pai era largo e baixo, e eu já era alto então. Sua pele era bronzeada, e a minha era pálida como fantasmas. Eu podia ver minha mãe na curva de meus lábios e no cinza de meus olhos. Mas a verdade era que eu e meu pai não nos parecíamos nada.

"Ela tirou o anel, o único tesouro que tinha trazido da casa de seu pai. Era de prata, gravado com o brasão da casa De León; dois leões ao lado de um escudo e duas espadas cruzadas. E ela o botou em meu dedo e apertou minha mão com firmeza.

"'O sangue de leões corre em suas veias', ela me disse nesse dia. 'E um dia como leão vale dez mil como ovelha. Nunca se esqueça de que você é *meu* filho. Mas há uma fome em você. Você deve tomar cuidado, meu doce Gabriel. Ou ela vai devorá-lo por inteiro.'"

– Ela parece uma mulher formidável – disse Jean-François.

– E era. Ela andava pelas ruas lamacentas de Lorson como uma dama de alta estirpe nos salões decorados com ouro da corte do imperador. Embora tivesse nascido um bastardo, ela me disse para usar meu nome nobre como uma coroa. Para cuspir veneno em qualquer um que dissesse que eu não tinha direito a ele. Minha mãe sabia o que dizia, e há um poder terrível nisso. Saber exatamente quem você é e *exatamente* do que você é capaz. A maioria das pessoas chamaria isso de arrogância, imagino. Mas a maioria das pessoas é idiota.

– Seus padres não pregam de seus púlpitos sobre a graça que existe na humildade? – perguntou Jean-François. – Eles não prometem que os humildes vão herdar a terra?

– Vivi 35 anos com o nome que minha mãe me deu, sangue-frio, e nenhuma vez vi os humildes herdarem nada além dos restos da mesa dos fortes.

Gabriel olhou pela janela para as montanhas ao longe. O escuro, caindo como um pecador de joelhos. Os horrores incontidos que circulavam por ali. As pequenas centelhas de humanidade, tremeluzindo como velas em um vento faminto, prestes a serem apagadas para sempre.

– Além do mais, quem ia querer herdar uma terra como esta?

✦ II ✦

O COMEÇO DO FIM

O SILÊNCIO ENTROU NA cela com os pés calçados de chinelos. Gabriel olhava fixamente, perdido em pensamentos e na memória do canto do coro, do sino-de-prata e de pano preto se afastando para revelar curvas suaves e pálidas, até que as batidas delicadas da pena na página interromperam seus devaneios.

– Talvez devêssemos começar com a morte dos dias – disse o monstro. – Você devia ser apenas uma criança quando a sombra cobriu o sol pela primeira vez.

– *Oui*. Só um menino.

– Conte-me sobre isso.

Gabriel deu de ombros.

– Foi um dia como qualquer outro. Algumas noites antes, eu me lembro de ser acordado por um tremor de terra. Como se a terra estivesse se mexendo durante o sono. Mas aquele dia não pareceu nada especial. Eu estava trabalhando na forja com meu pai quando começou: aquela sombra subindo pelo céu como melado, transformando o azul-claro em cinza-escuro, e o sol preto como carvão. Toda a aldeia se reuniu na praça e observou o ar esfriar e a luz do dia se apagar. Nós temíamos feitiçaria, é claro. Mágika fae. Coisas do diabo. Mas, como tudo passa, achamos que também ia passar.

"Você pode imaginar o terror que se instalou quando se passaram semanas e meses e a escuridão não cedia. No início, nós a chamamos por muitos nomes: o escurecimento, o grande véu negro, a primeira revelação. Mas os astrólogos e filósofos na corte do imperador Alexandre III a chamaram de "morte dos dias" e, no fim, nós também. Em seu púlpito na missa, *père* Louis pregava que tudo o que precisávamos era de fé no Todo-poderoso para nos tirar daquilo. Mas é difícil acreditar na luz do Todo-poderoso quando o sol não brilha mais que uma vela moribunda, e a primavera é fria como o inverno profundo."

– Quantos anos você tinha?

– Oito, quase nove.

– E quando vocês descobriram que nós tínhamos começado a andar durante o dia?

– Eu tinha 13 anos quando pus os olhos em meu primeiro atroz.

O historiador inclinou a cabeça.

– Nós preferimos o termo *sangue-ruim*.

– Desculpe, vampiro. – O Santo de Prata sorriu. – Eu de algum modo dei a impressão de que dou a mínima para o que você prefere?

Jean-François simplesmente ficou olhando. Mais uma vez, Gabriel foi atingido pela ideia de que o monstro era de mármore, não de carne. Ele podia sentir a radiação sombria do desejo do vampiro, o horror do que ele era e a mentira do que ele parecia ser – bonito, jovem, sensual –, tudo em guerra em sua cabeça. Em algum canto mal iluminado por uma vela de sua mente, Gabriel tinha consciência da facilidade com que eles podiam feri-lo. Como podiam acabar rapidamente com suas ilusões de que estava no controle ali.

Mas esse é o problema de tirar tudo o que um homem tem, não é?

Quando você não tem nada, você não tem nada a perder.

– Você tinha 13 anos – disse Jean-François.

– Quando vi meu primeiro atroz. – Gabriel assentiu. – Fazia cinco anos desde a morte dos dias. Em seu ponto mais brilhante, o sol ainda era apenas uma mancha escura por trás da sujeira no céu. As neves caíam cinza em vez de brancas, e cheiravam a enxofre. A fome ceifou a terra como uma foice, perdemos metade de nossa aldeia para a fome ou o frio naqueles dias. Eu ainda era um menino e já tinha visto mais cadáveres do que podia contar. Nosso meio-dia era escuro como o anoitecer, e o anoitecer escuro como a meia-noite, e todas as refeição eram cogumelos ou a porra de batatas, e ninguém, nem filósofos nem loucos rabiscando na merda, conseguia explicar quanto tempo aquilo devia durar. *Père* Louis pregava que esse era um teste de nossa fé. Nós éramos tolos, acreditamos nele.

"Então Amélie e Julieta desapareceram."

Gabriel parou por um instante, perdido na escuridão em seu interior. Ecos de risos em sua cabeça, um sorriso bonito, cabelos escuros compridos e olhos tão cinza quanto os dele.

– Amélie? – perguntou Jean-François. – Julieta?

– Amélie era minha irmã do meio; Celene, a caçula; eu, o mais velho. E eu amava as duas, tão queridas e próximas a mim quanto minha doce mãe. Ami tinha cabelo escuro e pele pálida como eu, mas no temperamento nós éramos tão diferentes quanto o amanhecer e o anoitecer. Ela lambia o polegar e o passava na ruga entre minhas sobrancelhas, me alertava a não franzir demais a testa. Às vezes eu a via dançando, como se houvesse uma música que só ela ouvia. Ela nos contava histórias à noite, quando Celene e eu deitávamos para dormir. Ami gostava mais das assustadoras. Jovens fadas malignas, feitiçaria sombria e princesas condenadas.

"A família de Julieta vivia na casa ao lado. Ela tinha 12 anos, o mesmo que Amélie. Ela e minha irmã me provocavam muito quando estavam juntas. Mas, um dia, quando estávamos sozinhos na floresta colhendo botões brancos, eu dei uma topada e usei o nome do Todo-poderoso em vão, e Julieta ameaçou contar a *père* Louis sobre minha blasfêmia a menos que eu a beijasse.

"Eu protestei, é claro. Garotas eram assustadoras para mim, na época. Mas *père* Louis estava em seu púlpito todo *prièdi* e falava de inferno e perdição, e um pequeno beijo parecia preferível ao castigo que eu sofreria se Julieta contasse a ele sobre meu pecado.

"Ela era mais alta que eu. Tive de ficar na ponta dos pés para alcançar. Me lembro que nossos narizes atrapalharam, mas finalmente apertei meus lábios nos dela, quentes como o sol há muito perdido. Delicado e com suspiros. Ela sorriu para mim depois. Disse que eu devia blasfemar com mais frequência. Aquele foi meu primeiro beijo, sangue-frio. Roubado sob as árvores moribundas por medo do Todo-poderoso.

"Era fim do verão quando a dupla desapareceu. Elas sumiram um dia quando saíram para colher cogumelos cantarelos. Não era raro que Amélie demorasse mais do que dizia. Minha mãe a alertava sobre andar pela vida com a cabeça nas nuvens, e minha irmã respondia:

"'Pelo menos posso sentir o sol lá em cima.'

"Mas quando anoiteceu, soubemos que havia alguma coisa errada.

"Eu procurei com os homens da aldeia. Minha irmã pequena, Celene, veio também – ela tinha a força de leões, mesmo com 11 anos, e ninguém ousava dizer não a ela. Depois de uma semana, a voz de meu pai estava rouca de tanto gritar. Minha mãe não comia, não dormia. Nós nunca encontramos seus corpos. Mas dez dias depois, elas nos encontraram."

Gabriel delineou a curva de sua pálpebra, sentindo o movimento de cada cílio sob a ponta de seu dedo. Um vento frio soprou o cabelo comprido sobre seus ombros.

– Eu estava empilhando combustível para a forja com Celene quando Amélie e Julieta chegaram em casa. O sangue-frio que as matou jogou os corpos em um pântano depois de terminar, e elas estavam imundas pela água, os vestidos ensopados de lama. Elas pararam na rua diante de nossa casa com os dedos entrelaçados. Os olhos de Julieta tinham ficado de um branco mortal, e aqueles lábios que eram quentes como o sol estavam negros, mostrando dentinhos afiados quando ela sorriu para mim.

"A mãe de Julieta saiu correndo de casa, chorando de alegria. Ela tomou sua menina nos braços e agradeceu a Deus e aos Sete Mártires por levarem-na de volta para casa. E Julieta rasgou sua garganta bem na nossa frente...

abriu-a como se fosse uma fruta madura. Ami caiu sobre o corpo, também, arranhando e sibilando com uma voz que não era dela." Gabriel engoliu em seco. "Eu nunca me esqueci dos sons que ela fez quando começou a beber.

"Os homens da aldeia elogiaram meu valor pelo que veio em seguida. E eu gostaria de dizer que foi coragem o que senti quando minha irmã mergulhou o rosto naquela enchente, pintando as bochechas e os lábios de vermelho-escuro. Mas quando eu olho, agora, sei o que realmente me fez resistir quando a pequena Celene saiu correndo gritando."

– Amor? – perguntou o sangue-frio.

O Último Santo de Prata sacudiu a cabeça, hipnotizado pela chama da lanterna.

– Ódio – disse ele, por fim. – Ódio pelo que minha irmã e Julieta tinham se tornado. Pela coisa que tinha feito *aquilo* com elas. Mas principalmente ódio por pensar que eu me lembraria das duas garotas sempre daquela forma. Não o beijo roubado de Julieta sob as árvores moribundas. Não Amélie nos contando histórias à noite. Mas aquilo. A dupla de quatro, lambendo sangue da lama como cães famintos. Ódio era tudo o que eu conhecia naquele momento. Toda sua promessa e todo seu poder. Ele se enraizou em mim naquele dia frio de verão e, na verdade, acho que nunca me deixou.

Jean-François voltou os olhos para a mariposa, ainda se debatendo em vão sobre o vidro da lanterna.

– Muito ódio queima um homem até as cinzas, *chevalier*.

– *Oui*. Mas pelo menos ele vai morrer quente.

Os olhos do Último Santo de Prata foram para suas mãos tatuadas, e seus dedos se fecharam.

– Eu não podia machucar minha irmã. Eu ainda a amava. Por isso, peguei o machado de lenha e golpeei, bem no pescoço de Julieta. O golpe foi bastante sólido. Mas eu só tinha 13 anos, e mesmo um homem totalmente crescido vai ter dificuldade para decepar uma cabeça humana, mais ainda a de um sangue-frio. A coisa que tinha sido Julieta caiu na lama, tentando

pegar o machado em seu crânio. E Amélie levantou a cabeça, com uma baba sangrenta pingando do queixo. Eu a olhei nos olhos e foi como encarar o rosto do inferno. Não o fogo e o enxofre que *père* Louis prometia de seu púlpito, apenas... vazio.

"A porra do *nada*.

"Minha irmã abriu a boca, e vi que seus dentes estavam compridos e brilhantes como facas. E a garota que me contava histórias toda noite antes de dormirmos, que dançava uma música que só ela ouvia, se levantou e me bateu.

"Meu Deus do céu, ela era *forte*. Eu não senti nada até atingir a lama. Então ela estava montada em meu peito, e eu senti o cheiro de decomposição e sangue fresco em seu hálito, e quando suas presas roçaram meu pescoço, soube que estava prestes a morrer. Ao olhar para aqueles olhos vazios, mesmo odiando e temendo, eu queria aquilo.

"Eu *recebia* aquilo com prazer.

"Mas, então, alguma coisa em mim se agitou. Como um urso andando faminto depois de seu sono de inverno. E quando minha irmã abriu sua boca podre, eu segurei seu pescoço. Meu Deus, ela era forte o suficiente para transformar ossos em pó, mas, mesmo assim, eu a empurrei para trás. E enquanto ela tentava agarrar meu rosto com dedos ensanguentados, senti um calor tomar meu braço, formigando por cada centímetro de pele. Algo sombrio. Algo profundo. E com um grito que transformou meu estômago em água, Amélie recuou, segurando a carne borbulhante de seu pescoço.

"Um vapor vermelho subia de sua pele, como se o sangue em suas veias estivesse fervendo. Lágrimas vermelhas correram por seu rosto quando ela gritou. Mas, àquela altura, os gritos de Celene tinham trazido toda a aldeia correndo. Mãos fortes seguraram Amélie e a jogaram para trás enquanto o conselheiro pressionava uma tocha em seu vestido, e ela queimou como uma fogueira de Primal. Julieta estava rastejando com meu machado ainda preso em seus cachos quando eles atearam fogo nela também, e o som que ela fez ao queimar... meu Deus, foi... terrível. E eu me sentei na lama com Celene agachada ao meu lado, e observamos nossa irmã se revirar e girar como uma tocha viva. Uma última e horrível dança. Meu pai teve de segurar minha mãe para impedir que ela se jogasse nas chamas. Seus gritos estavam mais altos que os de Amélie.

"Eles examinaram meu pescoço uma dúzia de vezes, mas eu não tinha um arranhão. Celene apertou minha mão, perguntou se eu estava bem. Uma pessoa me olhou com estranheza, se perguntando como eu tinha sobrevivido. Mas *père* Louis declarou que foi um milagre. Afirmando que Deus tinha me poupado para coisas maiores.

"Mesmo assim, ele se recusou a enterrar as meninas, o bastardo. Elas tinham morrido sem perdão, disse ele. Seus restos foram levados para as encruzilhadas e espalhados, para que nunca mais conseguissem encontrar o caminho para casa outra vez. O túmulo de minha irmã ia ficar para sempre vazio em solo profano, sua alma amaldiçoada para toda a eternidade. Mesmo sendo adorado, eu *odiava* Louis por isso.

"Senti o cheiro das cinzas de Amélie durante dias. Sonhei com ela por anos. Às vezes, Julieta vinha com ela. As duas sentadas em cima de mim e me beijando inteiro com lábios muito negros. Mas, embora eu não tivesse ideia do que tinha acontecido comigo, ou como, em nome de Deus, eu tinha sobrevivido, eu sabia que uma coisa era certa."

– Que os kith eram reais – disse Jean-François.

– Não. Em nossos corações, acho que já acreditávamos, sangue-frio. Ah, os senhores empoados de Augustin, Coste e Asheve teriam nos achado atrasados. Mas histórias de fogueira em Lorson sempre foram sobre vampiros. Sobre dançarinos da noite, faekin e outras feitiçarias. Nas províncias de Nordlund, monstros eram tão reais quanto Deus e seus anjos.

"Mas os sinos da capela tinham acabado de marcar meio-dia quando Amélie e Julieta voltaram para casa. E o dia não parecia incomodá-las em nada. Todos conhecíamos o que atingia os Mortos. As armas que nos mantinham seguros: fogo, prata, mas principalmente, luz do sol."

Gabriel fez uma pausa por um momento, perdido em pensamentos, os olhos de um cinza enevoado.

— Era a morte dos dias, sabe? Mesmo anos depois, no mosteiro em San Michon, nenhum santo de prata conseguia explicar por que isso tinha acontecido. O abade Khalid disse que uma grande estrela tinha caído no leste do outro lado do mar, e suas chamas ergueram uma fumaça tão densa que escureceu o sol. Mestre Mãocinza nos disse que houvera outra guerra no céu, e que Deus tinha jogado para baixo os anjos rebeldes com tanto rancor que a terra tinha sido explodida para o céu, e pairava agora em uma cortina entre seu reino e o inferno. Mas, na verdade, ninguém sabia por que esse véu tinha coberto o céu. Não na época, e talvez nem mesmo agora.

"Tudo o que as pessoas de minha aldeia sabiam era que nossos dias tinham ficado quase tão escuros quanto as noites, e as criaturas da noite agora andavam livremente pelo chamado dia. Parado na encruzilhada nos arredores de Lorson, enquanto eles espalhavam as cinzas de minha irmã, segurando a mão de Celene enquanto nossa mãe gritava sem parar, eu soube. Acho que alguma parte de nós sempre soube."

— Soube o quê?

— Que aquele era o começo do fim.

— Para seu conforto, *chevalier*, todas as coisas terminam.

Gabriel olhou para ele, os olhos vermelho-sangue brilhando.

— *Oui*, vampiro. *Todas* as coisas.

✦ III ✦
A COR DO DESEJO

– O QUE ACONTECEU DEPOIS? – perguntou Jean-François.

Gabriel respirou fundo.

– Minha mãe nunca mais foi a mesma depois que minha irmã morreu. Nunca mais vi meus pais se beijarem depois disso. Era como se o fantasma de Amélie tivesse finalmente matado o que quer que ainda restasse entre eles. A tristeza se transformou em culpa, e a culpa em raiva. Eu cuidava de Celene da melhor maneira possível, mas ela estava ficando uma peste, sempre procurando encrenca e criando alguma quando não encontrava. Minha mãe estava marcada pela tristeza, vazia e furiosa. Meu pai buscou refúgio na garrafa, e seus punhos batiam com mais força que nunca. Lábios cortados e dedos quebrados.

"Não há desgraça tão funda quanto aquela que você encara pessoalmente. Nenhuma noite é mais escura do que aquelas que você passa sozinho. Mas você pode aprender a viver com qualquer peso. Suas cicatrizes ficam tão grossas que viram uma armadura. Eu podia sentir algo crescendo dentro de mim, como uma semente esperando na terra fria. Achei que essa era a sensação de me transformar em homem. Na verdade, eu não tinha a porra da menor ideia do que estava me tornando.

"Mesmo assim, eu estava crescendo. Tinha ficado alto, e trabalhar na forja me deixou duro como o aço. Comecei a perceber as moças da aldeia olharem para mim do jeito que garotas fazem, sussurrando entre si quando eu passava. Eu não sabia por que, na época, mas alguma coisa em mim as atraía. Eu aprendi a transformar aqueles sussurros em sorrisos, e esses sorrisos em algo ainda mais doce. Em vez de ter beijos roubados, eles eram dados a mim.

"No meu 15º inverno, comecei a me encontrar em segredo com uma garota chamada Ilsa, filha do conselheiro, sobrinha do próprio *père* Louis. Na verdade, eu podia ser um bastardinho bem sorrateiro quando eu queria – eu ia escondido à casa do conselheiro à noite e subia pelo carvalho que estava morrendo em frente à janela de Ilsa. Eu sussurrava para o vidro, e ela me convidava a entrar, mergulhando em beijos famintos e desesperados e naquelas primeiras carícias desajeitadas que ateiam fogo ao sangue de um jovem.

"Mas minha mãe não aprovava. Nós não discutíamos muito, mas quando se tratava de Ilsa, Deus Todo-poderoso, a gente abalava a porra do céu. Ela me avisou para ficar longe daquela garota, várias e várias vezes. Uma noite estávamos à mesa. Meu pai bebendo sua vodka em silêncio, e Celene remexendo seu guisado de batatas enquanto minha mãe e eu discutíamos. Mais uma vez ela me alertou sobre a fome em meu interior. Para tomar cuidado, ou ela me devoraria inteiro.

"Eu estava cansado do medo que meus pais tinham de que eu fosse cometer o mesmo erro que eles tinham cometido. E furioso, sem paciência, apontei para papai e gritei:

"'Eu não sou ele! Eu não sou nada como ele!'

"E meu pai olhou para mim, então, antes tão bonito, agora bêbado e mole com a bebida.

"'Você tem razão, não é. Você não é mesmo, seu bastardo.'

"'Raphael!', gritou minha mãe. 'Não fale assim!'

"Ele olhou para ela, e um sorriso amargo e secreto retorceu seus lábios. E tudo podia ter terminado ali se o leão dentro de mim não estivesse furioso demais para deixar para lá.

"'Graças a Deus eu sou um bastardo. Melhor não ter pai nenhum que um tão inútil quanto você.'

"'Inútil, eu?' Meu pai me olhou com fúria. 'Se você soubesse o valor que eu demonstrei, garoto. Quinze anos, e eu não disse uma palavra, criando um pecado como você.'

"'Se sou um pecado, então esse pecado pertence a você. E só porque você foi tolo o bastante para semear um filho na garota que você arrancou de um casamento, isso não sign...'

"Eu nem terminei a frase. Seu punho voou como tinha voado centenas de outras noites. Minha mãe gritando, como sempre tinha feito. Mas, naquela noite, o punho de meu pai nunca achou seu alvo. Em vez disso, eu o segurei a alguns centímetros de meu rosto. Eu era mais alto que ele, mas ele tinha braços grossos como uma mulher de padeiro. Ele devia ter conseguido me afastar como uma mosca. Em vez disso, eu o empurrei para trás, seus olhos arregalados com o choque. Meu sangue estava pulsando, e quando a cabeça de meu pai acertou a lareira, esse pulso começou a roncar nas sombras por trás de meu rosto. Quando ele caiu, vi que tinha aberto o couro cabeludo na cornija. E do corte jorrou uma mancha de vermelho vivo e reluzente.

"Sangue.

"Eu já tinha visto antes, é claro. Espalhado por meus dedos quebrados e sujando meu rosto inchado. Mas eu nunca tinha notado antes o quanto a cor é viva, o quanto o cheiro é inebriante, sal e ferro e o perfume de flor, misturados agora com a canção de meu coração trovejante. Minha garganta estava seca; minha língua, como couro velho; meu estômago, um buraco aberto e com garras enquanto eu estendia uma mão trêmula na direção da mancha que aumentava.

"'Gabe?', murmurou Celene.

"'Gabriel!', gritou minha mãe.

"E como um feitiço quebrado com o canto do galo, ela foi embora. Aquela dor. Aquele anseio seco e empoeirado. Eu me erguia sobre pernas trêmulas, olhando minha mãe nos olhos. Eu podia ver segredos escondidos ali. Um horror, um peso que aumentava a cada ano.

"'O que está acontecendo comigo, mãe?'

"Ela só sacudia a cabeça, ajoelhada ao lado do meu pai.

"'Está dentro de você, Gabriel. Eu esperava... eu rezei a Deus para que não fosse assim.'

"'O que está dentro de mim?'

"Ela não disse nada, olhando fixamente para as sombras no chão.

"'Mãe, conte-me! Me ajude!'

"Ela me olhou nos olhos. Aquela leoa que tinha me criado, que tinha me ensinado a usar meu nome como uma coroa. Eu pude ver, então; o desespero da mãe que faria qualquer coisa para proteger sua cria, percebendo que restava apenas uma coisa a fazer.

"'Não posso, meu amor. Mas talvez eu conheça alguém que possa.'

"Eu não tinha ideia do que mais perguntar. Não sabia a resposta de que precisava. Minha mãe não falou mais, e Celene tinha começado a chorar, então fui cuidar de minha irmã como sempre tinha feito. As coisas nunca mais foram as mesmas depois dessa noite. Tentei conversar com meu pai, que Deus me ajude, cheguei até a me desculpar, mas ele nem olhava para mim. Eu o observava martelar sua bigorna, a mão em volta do martelo. Coisas grandes e terríveis, suas mãos. Eu podia me lembrar delas se fechando em torno das minhas quando eu era pequeno, grandes e quentes, me mostrando como preparar uma armadilha ou usar uma espada. Eu me lembrei delas se fechando em punhos e caindo como chuva. Ele construía coisas, e ele quebrava coisas, meu pai. E eu percebi que talvez uma das coisas que ele tinha quebrado tivesse sido eu.

"Meu único refúgio era o círculo dos braços de Ilsa. Por isso, eu o procurava sempre que podia, saindo escondido a qualquer hora e subindo por sua janela. Nos encontrando naquele lugar onde as palavras não têm significado. Nós dois tínhamos sido criados na Fé Única, e o espectro do pecado sempre pairava sobre nós. Mas nem mesmo o próprio Deus pode se meter entre um garoto e uma garota que realmente desejam um ao outro. Nenhuma escritura, rei ou lei na terra tem esse poder.

"Uma noite, estávamos próximos. Tão próximos que os dois ardiam com isso. Sua camisola jogada para o lado e meus calções desamarrados, meus lábios quase doendo com a pressão de sua boca. A sensação de seu corpo nu contra o meu era atordoante, e o desejo por ela, uma sede que crescia dentro de mim. Eu podia sentir o cheiro de seu desejo, enchendo meus pulmões e me fazendo doer, suas tranças castanho compridas emaranhadas entre meus dedos enquanto sua língua se mexia contra a minha.

"'Você me ama?', sussurrei.

"'Amo você', respondeu ela.

"'Você me quer?', perguntei.

"'Eu quero você', arquejou ela.

"Nós rolamos por sua cama, sua respiração se acelerou, e seus olhos viam apenas a mim.

"'Mas não podemos, Gabriel. Não podemos'

"'Isto não é pecado', supliquei, beijando seu pescoço. 'Você tem todo o meu coração.'

"'E você o meu', sussurrou ela. 'Mas é minha lua, Gabriel. Meu sangue está em mim. Nós devíamos esperar'

"Meu estômago se empolgou com isso. E, embora ela falasse outra vez, a única palavra que ouvi foi sangue. Eu percebi que esse era o cheiro, essa era a vontade, roncando agora dentro de mim.

"Eu não podia ter dito a ela por quê. Não havia porquê em meus pensamentos na época. Mas minha boca foi descendo, passando pelas colinas e vales suaves de seu corpo, e pude sentir seu coração batendo sob a ponta dos meus dedos enquanto minhas mãos viajavam por suas curvas. Ela estremeceu quando minha língua circundou seu umbigo, murmurou um protesto fraco mesmo enquanto afastava as pernas e passava os dedos pelos meus cabelos. E eu mergulhei entre suas coxas e pressionei a boca sobre ela, sentindo-a estremecer. E uma parte de mim era apenas um garoto de 15 anos, nervoso como um cordeiro de primavera, implorando apenas para servir e querendo apenas agradar. Mas o resto de mim, a maior parte de mim, estava cheio de uma fome mais sombria do qualquer outra que eu conhecia.

"Ilsa apertou os dedos sobre a boca, apertando minha cabeça com as coxas. E, quando pressionei minha língua para dentro dela, senti o gosto, Deus, eu senti o gosto, e ele quase me deixou louco. Sal e ferro. Outono e ferrugem. Inundando minha língua e respondendo todas as perguntas que eu nunca soube fazer. Porque a resposta era a mesma.

"Sempre a mesma.

"Sangue.

"Sangue.

"Eu me senti completo de um jeito que nunca soubera ser possível. Conheci uma paz que nunca acreditara ser real. Senti aquela garota se contorcendo sobre os lençóis e sussurrando meu nome, e embora um momento antes eu tivesse prometido a ela todo o meu coração, agora ela não era nada, nada além da coisa que podia me dar, o tesouro trancado por trás das portas daquele templo de seda me chamando sem dizer palavra. Eu senti um movimento em minhas gengivas, e ao passar a língua sobre os dentes, senti que tinham crescido afiados como facas. Eu podia ouvir o pulso nas coxas de Ilsa, apertadas contra meus ouvidos, lutando para virar minha cabeça enquanto ela suspirava em protesto. Então, Deus me ajude, cravei os dentes nelas, suas costas se arqueando, todos os seus músculos tensionados enquanto ela jogava a cabeça para trás e me puxava para mais perto, tentando não gritar.

"E então eu soube qual era a cor do desejo. E sua cor era vermelha.

"O que eu sou? O que estou fazendo? O que, em nome de Deus, está acontecendo comigo? Esses são pensamentos que você poderia esperar estarem correndo pela minha cabeça. As perguntas que qualquer pessoa sã podia ter feito a si mesma. Mas, para mim, não havia nada. Nada além de meus lábios sobre a pele de Ilsa e a inundação daquela veia perfurada em minha boca. Eu bebi como areia seca do deserto, com mil anos de amplitude. Bebi como se todo o mundo estivesse acabando e apenas mais um gole dela pudesse salvá-lo, me salvar, salvar a todos nós do *grand finale* à espera na escuridão. Eu não podia parar. Eu não ia.

"'Pare...'

"O sussurro de Ilsa atravessou o hino sem limites em minha cabeça, aquele coral de nossos batimentos cardíacos entrelaçados. Os dela estavam silenciando, agora, fracos e frágeis como um passarinho machucado, e o meu pulsando mais forte que nunca. Mesmo assim, a parte de mim que amava aquela garota percebeu o que o resto de mim estava fazendo. Então, finalmente, afastei bruscamente minha boca com uma expressão de horror.

"'Ah, meu Deus...'

"Sangue. Nos lençóis. Em suas coxas e minha boca. E quando passou o feitiço de meu beijo, quando o desejo sombrio que a tomara se esvaiu, Ilsa viu o que eu tinha feito. A parte animal dela assumiu, e mesmo enquanto eu erguia a mão para silenciá-la, ela abriu os lábios azulados e gritou. O grito de uma garota que entende que o monstro não está mais embaixo da cama. Ele está na cama com ela.

"Ouvi passos rápidos. Um xingamento baixo. Ilsa gritou outra vez, puro horror em seus olhos. E esse horror também me atingiu, transformando meu estômago cheio em água. O horror de um garoto que feriu a pessoa amada, de um garoto na cama com uma filha enquanto os passos de seu pai chegam correndo pelo corredor, de um garoto que acordou de um pesadelo para descobrir que o pesadelo é ele.

"A porta se abriu bruscamente. O conselheiro estava ali parado em seu camisolão, com um punhal na mão. Ele gritou, enquanto eu saía da cama arruinada, com as mãos e o queixo encharcados de vermelho:

"'Meu bom Deus Todo-poderoso!'

"Ilsa ainda estava gritando, o conselheiro rosnou e golpeou com o punhal. Levei um susto quando uma linha de fogo cortou minhas costas, mas eu já estava fora dali, movendo-me tão rápido que o mundo virou um borrão, saindo pela janela para a escuridão.

"Aterrissei descalço na lama, subindo o calção enquanto tropeçava, com as mãos grudentas e vermelhas. Pude ouvir a aldeia acordar, os gritos de Ilsa ecoando pela praça lamacenta, e os passos das botas dos vigias quando pequenas luzes brilharam no escuro.

"Eu estava perdido e sozinho e correndo só Deus sabia para onde. Mas percebi, com um assombro terrível, que a noite estava viva a minha volta, ardendo tão brilhante e bela quanto o dia já tinha ardido. Minhas pernas eram aço, meu coração era trovão, e eu me sentia inteiramente o leão que me emprestava o nome. Naquele momento, estava mais vivo e com medo do que jamais estivera, mas meus pensamentos estavam claros o suficiente agora para perguntar. O que estava acontecendo comigo? O que eu tinha feito? Amélie havia passado alguma medida de sua maldição para mim? Ou eu era uma coisa completamente diferente?

"Começou a nevar. Ouvi os sinos da igreja tocando. E corri em frente, na direção do único lugar que conhecia onde achava que poderia encontrar segurança. Para onde corre o filhote, vampiro, quando os lobos estão em seus calcanhares? Por quem grita o soldado quando se esvai em sangue no campo de batalha?"

— Mãe – respondeu Jean-François.

— Mãe – assentiu Gabriel. – Ela tinha tentado me dizer alguma coisa na noite em que eu derrubei meu pai. Naquela noite em que o sangue me chamou pela primeira vez. Por isso, entrei pela porta de nossa casa e chamei apenas por ela. Ela se levantou da cama, e minha irmã pequena olhou para mim, de olhos arregalados e com medo do sangue nas minhas mãos e no meu rosto. Meu pai resmungou:

"'Ah, meu Deus, o que você fez, garoto?'

"E Celene murmurou uma oração delicada. Mas minha mãe me envolveu nos braços e sussurrou: 'Não tema, meu amor. Tudo vai ficar bem.'

"Punhos pesados bateram na porta. Vozes raivosas. Minha mãe e meu pai trocaram um olhar, mas meu pai não moveu um músculo. E com os lábios estreitados, minha leoa enrolou um xale nos ombros e pegou minha mão ensanguentada, levando-me novamente para o frio lá fora.

"Metade da aldeia nos esperava. Alguns carregavam lanternas, ferros em brasa ou ícones do Redentor. O conselheiro estava entre eles, assim como *père* Louis, o padre agarrado a uma cópia dos Testamentos como uma espada na mão. Ele ergueu o livro sagrado e apontou para mim, a voz rouca com a mesma fúria virtuosa com a qual ele havia amaldiçoado minha irmã.

"'Abominação!'

"Minha mãe gritou em protesto, mas sua voz se perdeu sob o clamor. O ferrador de cavalos segurou meu braço. Mas o sangue que eu havia roubado pulsava quente e vermelho em todos os meus lugares vazios, e eu o joguei longe como se ele fosse palha. Mais homens vieram, e eu ataquei, sentindo ossos quebrarem e carne se rasgar em minhas mãos. Mas eles caíram sobre mim como uma turba, com o padre berrando.

"'Derrubem-no! Em nome de Deus!'

"'Ele é um deles!', gritou alguém.

"'Perdido como a irmã!', rosnou outro.

"Minha mãe começou a gritar, e Celene estava proferindo pragas, e em algum lugar do tumulto ouvi meu pai gritando, também, que eu era apenas um garoto, apenas um garoto. Eu senti a multidão me botando de pé ensanguentado e meio inconsciente, e então pensei em Amélie, dançando e gritando de dor enquanto queimava. Perguntando-me se o mesmo destino me esperava, olhei para os olhos de *père* Louis, aquele que tinha negado o enterro a minha irmã, com ódio em minha língua.

"'Descrente covarde de merda!', disse eu com raiva. 'Rezo para que você morra gritando.'

"Um tiro cortou o ar, o disparo de uma pistola ecoando em meus ouvidos. E a turba ficou imóvel, todos os olhos se voltando para as figuras montadas que chegavam lentamente pela estrada lamacenta.

"Duas delas em garanhões brancos, como anjos da morte das páginas dos Testamentos. Um sujeito esguio ia na frente, magro como um espantalho. Ele usava um sobretudo de couro, preto e pesado. Seu tricórnio estava abaixado, a gola cobrindo a boca e o nariz. Tudo o que eu podia ver de seus traços eram uma mecha de cabelo seco e cor de palha e seus olhos. Suas íris eram do tipo de verde mais claro, mas o branco dos olhos estavam tão injetados de sangue que pareciam quase totalmente vermelhos. Ele tinha um saco de aniagem no lombo de seu robusto cavalo da tundra. A forma no interior era semelhante à de um homem. Em seu ombro se empoleirava um falcão, com penas cinza lustrosas e olhos dourados brilhantes.

"O segundo cavaleiro era mais jovem, com ombros mais largos, mas, novamente, eu pouco podia ver de seu rosto. Ele usava o mesmo traje do primeiro, com uma espada longa embainhada na cintura. Seu tricórnio estava baixo, e ele olhou para a multidão com um olhar azul como gelo.

"A neve caía com mais força, seu frio penetrando minha pele nua. Os cavaleiros tinham pequenas lanternas de caçador em suas selas, e a luz reluzia nos flocos que caíam grandes e congelantes do céu, com a estrela de sete pontas de prata bordada no peito.

"Meu pai tinha pegado sua velha espada de guerra da parede, e minha mãe estava sem fôlego, com o cabelo se soltando da trança. Celene estava com os punhos cerrados, minha pequena peste agindo para defender seu irmão maior enquanto aqueles cavalos se aproximavam lentamente de nossa casa. Todos nós podíamos sentir a gravidade daquele momento. Eu observei aqueles homens estranhos e notei como seus cavalos eram bons, como seus sobretudos eram bem cortados, como os fios naquelas estrelas em seus peitos não eram nenhum fio, mas prata de verdade, real. E o que estava à frente guardou a pistola no casaco e exclamou acima da canção de meu pulso.

"'Sou *frère* Mãocinza, Santo de Prata de San Michon.'

"Ele apontou para mim.

"'E estou aqui pelo garoto.'"

✦ IV ✦
CORDEIRO PARA O ABATEDOURO

— O VENTO UIVAVA como um lobo faminto, e a neve se agarrava a minha pele ensanguentada. Eu olhei para *père* Louis e vi sua expressão se fechar.

"'*Monsieur*, esse garoto é um praticante de feitiçaria e ritos perversos de sangue. Ele é maligno. Ele está *amaldiçoado*!'

"Um murmúrio raivoso se espalhou entre a assembleia. Mas aquele homem chamado Mãocinza simplesmente levou a mão ao interior do sobretudo e pegou um rolo de velino. Ele estava adornado com o selo imperial; um unicórnio e cinco espadas cruzadas em uma bolha endurecida de cera vermelho-maçã.

"'Por ordem de Alexandre III, imperador de Elidaen e protetor da Santa Igreja de Deus, a quem nenhum homem sob os céus pode se opor, tenho o poder de recrutar todo e qualquer cidadão de minha escolha para nossa causa virtuosa. E eu o escolho.'

"'Recrutar?', vociferou o conselheiro. 'Essa *monstruosidade*? Para quê?'

"O homem sacou a longa espada da bainha, e eu perdi o fôlego. Sangrando e surrado como eu estava, eu ainda era um filho de ferreiro, e aquela espada era o suficiente para provocar sonhos molhados. O aço tinha fios de prata, como espirais claras em madeira mais escura. O botão do punho era uma estrela — de sete pontas para os Sete Mártires, cercada pelo círculo da roda do Redentor. À luz fraca das lanternas, ela parecia quase brilhar.

"'Nós somos a Ordo Argent — respondeu Mãocinza. — Da Ordem da Prata de San Michon. E monstruosidades são *exatamente* os recrutas de que precisamos, *monsieur*. Pois os inimigos que combatemos são ainda mais monstruosos, e, se fracassarmos, o mesmo vai acontecer com a poderosa igreja de Deus e seu reino na terra, e todo o mundo dos homens.'

"'Quem é o inimigo?', perguntou *père* Louis.

"Mãocinza olhou para o padre, com a luz da lanterna brilhando nos olhos vermelho-sangue. O falcão em seu ombro alçou voo quando o *frère* se virou para o saco na traseira de seu garanhão, soltou a corrente ao seu redor e o jogou na lama. Ele deu um gemido ao bater na terra e, como pensei, a forma no interior era a de um homem. Mas a coisa que conseguiu se soltar da aniagem não era nada perto disso.

"Ele estava vestido de andrajos, com uma magreza mortal. A carne se esticava sobre os ossos como um esqueleto mergulhado em pele. Tinha olhos brancos como a morte, lábios machucados afastados e estava mostrando dentes brancos, compridos e afiados como os de um lobo. Ele se levantou da lama, e um som como de gordura fervente borbulhou de sua garganta. Todos os aldeões a minha volta gritaram de terror.

"De repente, eu tinha 13 anos outra vez, parado na rua enlameada no dia em que Amélie e Julieta voltaram para casa. E, certamente, eu estava aterrorizado. Mas junto com esse medo veio a memória de minha irmã. Senti aquele ódio velho e familiar queimar meu peito e tensionar meu maxilar. Há força a ser encontrada no ódio. Há uma coragem forjada apenas na fúria. E em vez de gritar e cambalear para trás, como fizeram os homens ao meu redor, parei com os pés afastados. E respirei. E ergui a porra dos punhos."

– Impressionante – murmurou Jean-François.

– Não fiz isso para impressionar – rosnou Gabriel. – Sabendo o que eu sei agora, eu desejaria a Deus *ter* fugido. Queria ter mijado nas calças e chorado pela minha mãe.

Gabriel passou a mão para trás nos cabelos e deu um suspiro.

– Chame como quiser. Instinto. Estupidez. É só o jeito como nascemos. Não há como mudar isso, não mais do que é possível mudar a força do vento ou a cor dos olhos de Deus. Claro, aquela coisa que avançou em minha direção não dava a mínima para meus punhos erguidos. Mas uma corrente de prata que o prendia à sela de Mãocinza o deteve, enquanto suas mãos tentavam agarrar meu rosto. O *frère* desceu de sua montaria e, ao som de suas botas tocando a lama, o monstro magro e faminto se virou, e juro por todos os Sete Mártires que eu o ouvi choramingar. Mãocinza ergueu o braço, com a espada brilhando no escuro. E ele golpeou, meu Deus, tão rápido que mal consegui ver.

"O punho de prata atingiu o queixo do monstro. Vi um jorro de sangue escuro e dentes. Mãocinza era aterrorizante com aquela espada, e eu me encolhi quando ele bateu repetidas vezes no monstro até ele desabar gemendo em uma pilha surrada. Quando Mãocinza empurrou o rosto da coisa na lama com a bota e eu olhei para *père* Louis, vi nele o mesmo ódio que fervia em meu próprio coração.

"'Quem é nosso inimigo, padre?'

"Ele olhou para os aldeões aterrorizados, e seus olhos vermelhos finalmente pararam sobre mim.

"'Os Mortos.'"

Ali, no frio de sua cela, Gabriel de León fez uma pausa, passando a mão pelo queixo com barba por fazer. Ele podia ouvir essas palavras com tanta clareza que era como se Mãocinza estivesse preso com ele. Ele ficou até tentado a olhar para trás para ver se encontrava o velho bastardo.

– Quanto melodrama – bocejou Jean-François do sangue Chastain.

Gabriel deu de ombros.

– Mãocinza tinha jeito para isso. Mas quando ele me olhou com aqueles olhos brilhantes e sangrentos, eu pude senti-lo me avaliando. Ele ergueu uma das mãos enluvadas, desamarrou a gola para que eu pudesse vê-lo. Pele pálida como a morte. Um rosto esculpido da crueldade. Parecia capaz de deixar hematomas nos lençóis em que dormia.

"'Você já viu um desses antes', disse ele, apontando o monstro com a cabeça.

"Tive de me esforçar e procurar muito pelas palavras.

"'Minha... minha irmã.'

"Ele olhou para minha mãe e depois novamente para mim.

"'Seu nome é Gabriel de León.'

"'É, *frère*.'

"Ele sorriu como se achasse meu nome engraçado.

"'Você agora pertence a nós, Pequeno Leão.'

"Eu então me virei para minha mãe. E quando vi a resignação em seu rosto, finalmente entendi. Aqueles homens estavam ali a seu pedido. Aquele Mãocinza era a ajuda que eu havia pedido a ela, a ajuda que ela mesma não podia dar. Havia lágrimas em seus olhos. A agonia de uma leoa que faria qualquer coisa para proteger seu filhote, sabendo que agora não restava nada a fazer.

"'Não!', exclamou Celene. 'Vocês não vão levar meu irmão.'

"'Celene, quieta, agora', sussurrou minha mãe.

"'Eles não vão levá-lo!', gritou ela. 'Fique atrás de mim, Gabe!'

"Eu entrei entre o *frère* e minha irmã pequena enquanto ela erguia os punhos, e a abracei apertado enquanto ela olhava furiosamente para os cavaleiros atrás de mim. Eu sabia que ela arrancaria os olhos de Mãocinza do crânio se tivesse meia chance. Mas, ao encarar o olhar frio do homem, eu pude ver a verdade daquilo.

"'Esses são homens de Deus, irmã', disse eu a ela. 'Isso é vontade dele.'

"'Você não pode ir!', disse rispidamente Celene. 'Não é justo!'

"'Talvez não. Mas quem sou eu para contrariar o Todo-poderoso?'

"Eu estava aterrorizado, não vou mentir. Não tinha desejo de deixar *ma famille*, nem meu pequeno mundo. Mas os aldeões ainda estavam reunidos a nossa volta, olhando para mim com olhos temerosos e furiosos. Meus dentes estavam sem fio, como tinham sido antes, mas a onda vermelha do sangue de Ilsa ainda permanecia em minha boca. E pareceu por um momento que tudo estava parado no gume de uma faca. Você sente esses momentos em sua alma. Aqueles homens estavam me oferecendo salvação. Um caminho para a vida que eu nunca tinha imaginado. E, mesmo assim, eu sabia que aquilo teria um custo terrível. E minha mãe sabia disso também.

"Mas que escolha eu tinha? Eu não podia ficar, não depois do que tinha feito. Não sabia em que estava me transformando, não tinha nenhuma resposta, mas talvez aqueles homens tivessem. E, como eu havia perguntado a minha irmã, quem era eu para desafiar a vontade do céu? Para desafiar aquele que me fez? Assim, depois de respirar fundo, estendi a mão e peguei o que Mãocinza oferecia."

Gabriel olhou para o alto e deu um suspiro.

— E foi isso. O cordeiro para o abatedouro.

— Eles levaram você ali mesmo na hora? – perguntou Jean-François.

— Eles me deram um momento com *ma famille*. Meu pai tinha pouco a dizer, mas vi a espada em sua mão, e soube que, quando minha vida estava em jogo, ele tinha feito o que pôde para salvá-la. Eu temia pelo que podia acontecer com Celene, sem mim para cuidar dela, mas não havia nada que eu pudesse fazer. Mesmo assim, eu alertei meu pai. Eu o avisei, *porra*.

"'Cuide de sua filha. Ela é o único filho que você ainda tem.'

"Minha mãe chorou quando lhe dei um beijo de despedida, e eu estava chorando também, segurando Celene nos braços. Minha mãe me disse para tomar cuidado com o animal. O animal e todas as suas fomes. Todo o meu mundo estava se despedaçando, mas o que eu podia fazer? Eu estava sendo arrastado por um rio, mas eu já tinha idade suficiente para saber; há uma diferença entre aqueles que nadam com a corrente e outros que morrem lutando contra ela. E seu nome é sabedoria.

"'Não vá, Gabe', suplicou Celene. 'Não me deixe sozinha.'

"'Eu vou voltar', prometi, beijando sua testa. 'Cuide da mamãe por mim, peste'.

"O homem mais jovem que cavalgava atrás de Mãocinza afastou Celene de mim, sem oferecer nenhuma palavra de conforto quando me empurrou para o lombo de seu cavalo. Então ele tornou a prender o monstro choroso em correntes de prata e aniagem e o jogou sobre a montaria de Mãocinza. O *frère* olhou para a multidão com olhos pálidos e sangrentos.

"'Nós capturamos esse monstro três dias a oeste daqui. E vai haver mais deles antes de haver menos. Dias sombrios estão por vir, e noites ainda mais sombrias. Ponham velas em suas janelas. Não convidem estranhos para suas casas. Sempre mantenham o fogo aceso em suas lareiras e o amor de Deus queimando em seus corações. Nós *vamos* triunfar. Pois nós somos prata.'

"'Nós somos prata', repetiu o mais jovem.

"A pequena Celene estava chorando, e eu estendi a mão para me despedir. Gritei para minha mãe que a amava, mas ela estava apenas olhando fixamente para o céu, lágrimas congelando em seu rosto. Quando saíamos de Lorson, eu não me lembrava de me sentir tão perdido, e olhei para *ma famille* através da neve que caía até ficarem distantes demais para ver, e a escuridão os engoliu por inteiro."

– Um garoto de 15 anos. – Jean-François deu um suspiro, alisando as penas em seu pescoço.

– *Oui* – assentiu Gabriel.

– E vocês chamam a nós de monstros.

Os olhos de Gabriel encontraram os do vampiro, e sua voz se tornou aço.

– *Oui.*

✦ V ✦
FOGO NA NOITE

JEAN-FRANÇOIS DEU UM LEVE sorriso.

— Então, de Lorson para San Michon?

Gabriel assentiu.

— Levamos algumas semanas, cavalgando pela Estrada Sagrada. O tempo estava congelante, e o casaco que eles me deram nada fazia para manter o frio afastado de meu estômago. Eu ainda estava atordoado com aquilo tudo. A lembrança do que eu tinha feito com Ilsa. O paraíso sombrio de seu sangue em minha boca. A visão daquele monstro que Mãocinza tirara do saco, ainda jogado atrás dele na sela. Eu não sabia o que pensar de nada daquilo.

— *Frère* Mãocinza contou a você o que o aguardava?

— Ele me contou um quinto de três oitavos de porra nenhuma. E, no início, eu tinha medo de perguntar. Havia um fogo tão grande em Mãocinza que ele parecia poder calcinar você se ficasse perto demais. Ele era todo pele e ossos, bochechas e queixo pronunciados, cabelo como palha suja. Ele mastigava sua comida como se a odiasse, passava quase todo momento de descanso em oração, fazendo pausas de vez em quando para vergastar suas costas com o cinto. Quando eu tentava falar com ele, ele apenas olhava para mim até que eu ficasse em silêncio.

"A única afeição que ele demonstrava era com aquele falcão com o qual ele cavalgava. Ele o chamava de Arqueiro, e cuidava daquela porra de ave como um pai de um filho. Mas a parte mais estranha dele foi revelada na primeira manhã em que ele se lavou a minha frente.

"Quando ele tirou a túnica para se banhar em nosso balde, vi que Mãocinza era *coberto* de tatuagens. Tinha visto tatuagens antes, espirais de fae em habitantes de Ossway e coisas assim, mas as tatuagens do *frère* eram algo novo."

Gabriel passou os dedos sobre os desenhos em suas próprias mãos.

– A tinta era assim. Escura, mas metálica. Prata no pigmento. Mãocinza tinha um retrato da Virgem-mãe cobrindo suas costas. Uma espiral de rosas-dos-santos, espadas e anjos percorria seus braços, e ele tinha sete lobos para os Sete Mártires no peito. O jovem aprendiz que viajava com ele tinha menos tatuagens, mas ainda usava uma bela trança de rosas e serpentes no peito. Naél, anjo do êxtase, cobria o antebraço esquerdo, Sarai, anjo das pragas, enchia seu bíceps, suas belas asas de mariposa abertas. E os dois tinham a estrela de sete pontas tatuada na mão esquerda.

Gabriel virou a mão e mostrou a palma para o vampiro. Ali, em meio aos calos e cicatrizes, havia uma estrela de sete pontas dentro de um círculo perfeito.

– Estou curioso – refletiu Jean-François. – Por que sua ordem profanava tanto os seus corpos?

– Os santos de prata chamavam isso de aegis. Não faz sentido usar armadura quando se enfrenta monstros que podem destruir placas de metal com os punhos. Armaduras deixam um homem lento. Barulhento. Mas se sua fé no Todo-poderoso for forte o suficiente, o aegis o deixa *intocável*. Não importa de que monstro da noite você esteja à espreita, dançarino da noite, faekin, sangue-frio, ninguém suporta o toque da prata. E Deus odeia sua espécie em especial, vampiro. Vocês têm medo até da *visão* de ícones sagrados. Vocês se encolhem diante da estrela de sete pontas. Da roda, da Virgem-mãe e dos Mártires.

O vampiro gesticulou para a palma da mão de Gabriel.

– Então por que eu não me encolho, De León?

– Porque Deus me odeia mais do que odeia você.

Jean-François sorriu.

— Imagino que você tenha mais.
— Muito mais.
— ...posso ver?

Gabriel olhou a coisa nos olhos. Silêncio passou entre eles, com três respirações de profundidade. O vampiro passou a língua pelos lábios, vermelhos e molhados.

O Santo de Prata deu de ombros.

— Como quiser.

Gabriel se levantou, e a poltrona embaixo dele rangeu quando ele fez isso. Erguendo as mãos lentamente, ele se livrou do sobretudo, desamarrou a túnica e a tirou pela cabeça, deixando o torso nu. Um pequeno suspiro, delicado como um murmúrio, deixou os lábios do vampiro.

O Santo de Prata era magro e musculoso, as sombras da lanterna se gravavam profundamente nos sulcos e depressões de seu corpo. Um grupo de cicatrizes decorava sua pele – trabalho de lâminas, garras e o Redentor sabe do que mais. Mas, acima de tudo, Gabriel de León era coberto de tatuagens, do pescoço ao umbigo e aos dedos. O desenho seria de tirar o fôlego se o historiador tivesse fôlego. Eloise, anjo da vingança, descia pelo braço direito do Santo de Prata com a espada e o escudo prontos. Chiara, anjo cego da misericórdia, e Eirene, anjo da esperança, estavam no esquerdo. Um leão rugindo cobria seu peito, a estrela de sete pontas nos olhos, e um círculo de espadas se estendia sobre os músculos rígidos de sua barriga. Pombas e raios de sol, o Redentor e a Virgem-mãe, tudo decorava seus braços e seu corpo. Havia uma corrente escura e densa no ar.

— Bonito – sussurrou Jean-François.

— Minha artista era muito especial – respondeu Gabriel.

O Santo de Prata vestiu a túnica outra vez e se sentou novamente.

— *Merci*, De León. – Jean-François continuou a desenhá-lo, aparentemente de memória. – Você estava falando de Mãocinza. Do que ele lhe contou antes de você chegar.

— Como eu disse, no início ele falava o mínimo possível. Assim, eu

ficava em silêncio com meus pensamentos. O quanto eu havia machucado Ilsa? Como eu tinha ficado forte o suficiente para jogar homens para longe como se fossem brinquedos? Achei que o punhal do conselheiro tinha me cortado até os ossos, mas agora o ferimento não parecia tão ruim. Como, em nome do Todo-poderoso, tudo aquilo era possível? Eu não tinha respostas para nada. – Gabriel tornou a dar de ombros. – Mas finalmente a situação chegou a uma crise. Nosso pequeno grupo variado estava se preparando para dormir certa noite nas florestas de Nordlund, à sombra de pinheiros moribundos, perto da Estrada Sagrada. Estávamos viajando havia nove dias.

"O jovem cavaleiro que acompanhava Mãocinza era um iniciado na ordem e chamava-se Aaron de Coste. Um aprendiz, se preferir. Ele era um jovem de aparência principesca; cabelos louros fartos e olhos bem azuis, e um rosto que fazia as garotas desmaiarem. Ele era mais velho do que eu. Dezoito anos, eu pensei. 'Coste' era o nome de um baronato no oeste de Nordlund, e achei que ele de algum modo devia ser aparentado com eles, mas ele não me contou nada sobre si mesmo. Ele se referia a Mãocinza como "mestre", mas me chamava de "camponês", cuspindo as palavras como se tivessem gosto de merda.

"Sempre que éramos forçados a parar ao ar livre, Mãocinza pendurava o cadáver que havia capturado em um galho de árvore próximo. Na época, eu não tinha ideia de por que ele simplesmente não matava a coisa. De Coste me mandava juntar lenha, depois acendia um fogo o mais alto e quente que podia. O aprendiz ou seu mestre dormiam enquanto o outro ficava de guarda, frequentemente fumando um cachimbo cheio de um pó estranho e vermelho-sangue enquanto estavam de vigília. Quando eles fumavam, eu via que seus olhos mudavam de cor, o branco ficando tão injetado de sangue que ficava vermelho. Pedi a De Coste para provar uma noite, e o garoto simplesmente escarneceu.

"'Logo, camponês.'

"Enfim, De Coste estava afiando a espada naquela noite. Era uma bela arma. Prata e aço, com o anjo da morte Mahné ao lado na guarda. Arqueiro estava pousado em um galho acima, os olhos brilhantes de falcão reluzindo no escuro. O corpo cativo de Mãocinza estava pendurado em seu saco de aniagem havia horas, sem se mexer. Mas um dos troncos na fogueira explodiu com um estouro, e De Coste se distraiu e fez um corte fundo no dedo. E, de repente, aquela coisa no galho acima começou a gemer e a se debater como um peixe fora d'água.

"Mãocinza estava rezando, como sempre, as costas em vermelho-vivo da autoflagelação. Ele abriu os olhos e rosnou:

"'Cale a boca, sanguessuga', mas o cadáver apenas se debateu mais.

"'Comiiii', implorou ele. 'Medeemcomiiii.'

"Olhei para o sangue que pingava do dedo de De Coste, e meu estômago se apertou quando o cheiro dele fez com que eu sentisse um pequeno arrepio de empolgação. E Mãocinza proferiu a maldição mais sombria que eu tinha visto em minha jovem vida, levantou-se de onde estava ajoelhado e sacou sua bela espada prateada.

"Então foi andando em torno do fogo, soltou o saco e deu uma surra naquela coisa como eu nunca tinha testemunhado em todos os meus anos. Ela gritava quando ele batia nela com o cabo da espada, a prata chiando onde tocava sua pele destruída. Mãocinza continuou batendo, e os gritos do monstro se transformaram em choro, e mesmo assim ele continuou a bater, quebrando ossos, esmagando carne, até, como Deus é testemunha, que a coisa começou a balbuciar como uma criança.

"'*Pare*!', gritei.

"Mãocinza se virou para mim, com olhos de fogo. Muito corajoso ou muito burro, você pode decidir, mas, monstro ou não, aquilo me pareceu uma espécie de tortura. E eu olhei para aquela coisa horrível soluçando em seu galho e declarei:

"'Ele já recebeu o suficiente, *frère*, por piedade.'"

Gabriel deu um suspiro, com os cotovelos apoiados nos joelhos.

— Meu Deus, eu achava que tinha visto raiva no meu pai antes. Mas não tinha visto nada tão aterrorizante quanto a expressão que passou então pelo rosto de Mãocinza.

71

"'*Piedade?*', retrucou ele com rispidez.

"Ele andou até mim, e reconheci a expressão em seus olhos – a mesma que tinha meu pai quando estava prestes a erguer os punhos. Tentei afastar Mãocinza, mas, Deus, ele era forte, e me puxou de pé e me deu um tapa no rosto com as costas da mão. Meu lábio se cortou, e estrelas negras explodiram por trás de meus olhos. Senti Mãocinza me arrastar na direção daquela coisa pendurada na árvore, me segurando pelo cangote. E como uma chama apagada pela água, o choro morreu, e o cadáver ganhou vida outra vez. Loucura ardia em seus olhos. Fome como eu nunca tinha visto. Eu gritei de horror, mas Mãocinza me aproximou mais enquanto o monstro tentava agarrar meu lábio sangrando.

"'Você tem *piedade* dessa abominação?'

"'Por favor, *frère*! Pare!'

"Mãocinza me deu outro tapa, com mais força do que meu pai jamais tinha me batido, me jogando esparramado no chão. Olhei da lama congelada para De Coste à procura de ajuda, mas o aprendiz não moveu um músculo. Mãocinza se erguia alto sobre em mim, com fogo e fúria nos olhos.

"'Livre seu coração de piedade, garoto. Acenda um fogo em seu peito e queime-a pela raiz! Nosso inimigo não conhece amor, nem remorso nem laços de amizade! Eles só conhecem *fome*!' Ele apontou para aquela coisa, ainda berrando por meu sangue. 'Se essa abominação pudesse, rasgava suas partes até o queixo e se alimentava como um porco em um cocho. E amanhã à noite, talvez na outra noite, você poderia se levantar, tão sem alma quanto a coisa que o matou! Querendo apenas saciar sua sede no sangue do coração de *tolos* que falam o nome da piedade!'

"Seu grito ressoou acima do fogo crepitante, do martelar de meu pulso. Olhando para os olhos daquele cadáver vivo enquanto ele estendia as mãos na direção de minha boca ensanguentada, eu me senti cheio da mesma aversão, do mesmo ódio que no dia em que minha irmã voltou para casa.

"'O que eles são?', eu me ouvi murmurar.

"O olhar de Mãocinza queimava como a fogueira.

"'Nós os chamamos de atrozes, Leãozinho.'

"'Mas o que *são* eles?'

"Ele olhou fixamente para mim, e, por mais que eu quisesse, me recusei a afastar os olhos. Ele, então, foi tomado por um silêncio. O arrependimento suavizou as linhas cruéis de seu rosto. Ele ofereceu a mão e, como nunca tinham me dito o contrário, eu a peguei. E Mãocinza me levou até a beira do fogo e me sentou, olhando para as chamas crepitantes enquanto De Coste observava em silêncio.

"'O que você sabe sobre sangues-frios, garoto?', perguntou finalmente Mãocinza.

"'Eles se banqueteiam no sangue dos vivos. Não têm idade. Não têm alma,'

"'*Oui*. E como eles são feitos?'

"'Todos os mortos por eles se tornam eles.'

"Mãocinza então olhou para mim.

"'Graças a Deus e ao Redentor isso não é verdade, garoto. Se fosse, nós já estaríamos perdidos.'

"O silêncio caiu, interrompido apenas pelo crepitar do fogo. Eu podia sentir um peso no ar. Uma onda de adrenalina. Essas eram as primeiras respostas reais que Mãocinza me oferecia em nove dias, e agora que ele estava falando, eu não queria que parasse.

"'Por favor, *frère*. O que *são* eles?'

"Mãocinza passou a mão pelo queixo pontudo, olhou profundamente para as chamas. Calculei sua idade em torno apenas dos 30, mas pelas rugas de preocupação ao redor de seus olhos e boca, ele parecia um homem muito mais velho. Eu ainda o temia – temia seus punhos como tinha temido os de meu pai –, mas me perguntei o que o havia deixado assim. Se em alguma época ele tinha sido apenas um garoto igual a mim.

"'Agora, escute com atenção', disse ele. 'E escute bem. Sangues-frios passam sua maldição para aqueles que matam. Mas *nem* sempre. Eles não podem escolher para quem sua aflição é passada. E parece não haver nenhuma razão por que algumas de suas vítimas se transformam e outras simplesmente ficam mortas. Às vezes, as vítimas se levantam apenas alguns batimentos cardíacos após a morte. Mas, com mais frequência, dias ou mesmo semanas se passam. E nesse meio-tempo acontece com seus corpos o que acontece com toda carne. Quando se levanta, a vítima de um sangue-frio fica presa para sempre no estado em que se transformou. Bela e inteira. Ou o contrário.' Ele olhou para o monstro pendurado. 'No passado, se a vítima se transformasse muitos dias depois de morrer, o sol acabava rapidamente com ela. O cérebro apodrece com o corpo, sabe? E sem saber o que fazer, sangues-frios sem mente simplesmente pereciam com o primeiro amanhecer. Mas agora...'

"'Morte dos dias', sussurrei.

"'*Oui*. O sol não faz mais mal a eles. Então eles continuam a viver. Andando a esmo. E matando. E nos sete anos desde que a estrela do dia nos falhou, se multiplicando.'

"'Existem quantos deles?', murmurei, passando a língua pelo lábio cortado.

"'A oeste de Talhost, além das Montanhas dos Anjos? Milhares.'

"'Sete Mártires...'

"'É pior do que você sabe, Pequeno Leão. Os mais velhos e mais perigosos, os belos que podem chamar a si mesmos de altos-sangues? Eles costumavam viver em segredo. Mas, quatro meses atrás, um senhor alto-sangue liderou um exército de atrozes contra os muros de Vellene. Ele andou pelas ruas como o anjo da morte, pálido, levemente louco e invulnerável a qualquer lâmina. Ele matou o próprio primo de sua majestade imperial e tomou o castelo para si. E continua a invadir mais através de Talhost mesmo agora – e a cada massacre que seu grupo comete, mais Mortos se juntam a seus números. Alguns se levantam como altos-sangues, para sempre jovens e imortais. Mas cada vez mais se tornam atrozes, malignos e apodrecidos. E *todos* os mortos ficam submetidos à sua vontade. Dizem os rumores que ele é o sangue-frio mais antigo que caminha nesta terra. Seu nome é Fabién Voss. Mas ele se declarou o Rei Eterno.'

"Meu estômago se revirou com a ideia. Tentei visualizar *legiões* inteiras de sangues-frios cercando cidades humanas. Criaturas com séculos de idade andando durante o dia com pés terrenos.

"'E como...'

"Sacudi a cabeça, com a garganta seca. Eu me lembrei do mel do sangue de Ilsa cascateando sobre minha língua. O prazer *quando* meus dentes penetraram a pele macia de sua coxa. Meus caninos não estavam mais afiados como antes, mas, mesmo assim, eu podia senti-los e aquela sede à espera sob minha superfície. Me perguntando se ou quando ela poderia emergir outra vez.

"'Como eu me encaixo em tudo isso?'

"Mãocinza me olhou de soslaio. Um tronco estalou na fogueira, e uma chuva de fagulhas se derramou na noite.

"'O que você sabe sobre seu *pai*, Pequeno Leão?'

"'Ele era soldado. Um batedor dos exércitos de Phili...'

"'Não o homem que o criou, garoto. Seu pai.'

"E então eu entendi. A verdade com uma avalanche. Eu soube por que os punhos de meu pai caíam apenas sobre mim, não em minhas irmãs. O que ele queria dizer quando gritava que tinha criado um pecado sob seu teto. Meus lábios estavam dormentes e inchados; as palavras, grandes demais para falar.

"'Meu pai...'

"'Era um vampiro.'

"Foi Aaron de Coste que falou, olhando para mim, agora, do outro lado das chamas.

"'Não', disse eu. 'Não... *não*, minha mãe nunca ia...'

"'Ela esperava que você não fosse dele. Os dois esperavam.' Mãocinza deu um tapinha em meu joelho, e algo próximo da piedade suavizou seu olhar. 'Não foi culpa dela, Pequeno Leão. Para olhos que não conseguem ver de verdade, altos-sangues são bonitos. Poderosos. Suas mentes podem dobrar até a maior força de vontade, e suas bocas gotejam o mais doce mel.'

"Pensei em Ilsa, impotente de paixão enquanto eu a bebia quase até a

morte. Olhei para aquele cadáver pendurado no galho de árvore, depois para minhas mãos, com repulsa absoluta.

"'Eu sou... como *eles*?'

"'Não, camponês', disse De Coste. 'Você é como *nós*.'

"'Você é como *nós*.'

"'Você é um mestiço, garoto', disse o *frère*. 'O que chamamos de um sangue-pálido.'

"Eu olhei para a dupla, vi que sua pele era branca como fantasmas, exatamente como a minha.

"'A mudança acontece em nós perto da vida adulta', disse Mãocinza. 'E ainda piora com o tempo. Nós herdamos alguns dons de nossos pais. Força. Velocidade. Outras vantagens, dependendo da linhagem à qual eles pertenciam. Mas nós, também, herdamos sua sede. A sede de sangue que os leva ao assassinato, e nós, à loucura. Somos produto de *pecado*, garoto. Não se engane, somos os amaldiçoados de Deus. E a única forma de podermos recuperar sua graça eterna e conquistar um lugar no céu para nossas almas malditas é lutar e morrer por sua Santa Igreja.'

"'Essa... Ordem da Prata da qual você falou?'

"'A Ordo Argent', assentiu Mãocinza. "Nós somos a chama de prata ardendo entre a humanidade e a escuridão. Nós caçamos e matamos esses monstros que devorariam o mundo dos homens. Faekin e caídos. Dançarinos da noite e feiticeiros. Erguidos e atrozes. E *oui*, até altos-sangues. Antes, os vampiros viviam nas sombras. Mas, agora, os altos-sangues não temem o sol. E a legião sombria do Rei Eterno cresce noite após noite. Então, *nós*, filhos de seu pecado, devemos carregar esse fardo. Nós vamos resistir, ou vamos cair.'

"'Então nós... devemos lutar contra esse Rei Eterno e seu exército?'

"'Exércitos lutam contra exércitos. Mas a imperatriz Isabella convenceu o imperador Alexandre de que ele precisa de uma navalha assim como de um martelo. A Ordo Argent é essa navalha. Somos uma irmandade com uma tradição sagrada, mas nunca antes trabalhamos com o patronato real. Os generais do imperador vão empreender seus cercos e passar suas linhas em revista. Mas nós vamos atacar a cabeça da serpente. Vamos matar os pastores e ver suas ovelhas se espalharem.'

"'Assassinos', murmurei.

"'Não, garoto. *Caçadores*. Caçadores com um mandato divino. Caçadores das presas mais perigosas'. Mãocinza tornou a olhar para as chamas, o fogo retornando aos seus olhos. 'Nós somos a esperança para os desesperançados. O fogo na noite. Vamos caminhar pelas sombras como eles, eles vão conhecer nossos nomes e desespero. Pois enquanto eles queimarem, nós seremos chama. Enquanto eles sangrarem, seremos espadas. Enquanto eles pecarem, seremos santos.'

"Mãocinza e De Coste, então, falaram, suas vozes como uma.

"'*E nós somos prata.*'

"*Frère* Mãocinza olhou para meus olhos cheios de perguntas. Senti seu olhar como um punho em meu coração. Então ele se levantou, voltando para suas orações, tão quieto como se nunca tivesse falado.

"Mas ele *tinha* falado. E suas palavras agora enchiam minha mente. Eu estava com medo como nunca tinha estado. Horrorizado com a verdade de quem eu era. Eu tinha acabado de descobrir que a porra da minha vida tinha sido uma mentira. Meu pai não era meu pai. Em vez disso, eu era filho de um pecado monstruoso, agora crescendo como um câncer dentro de mim. Ainda assim, Aaron e Mãocinza eram filhos dessa mesma escuridão, e eles se erguiam altos na defesa do imperador, da Igreja e do próprio Todo-poderoso.

"Irmãos da Ordem da Prata de San Michon.

"Minha mãe sempre falava do leão em meu sangue. Mas, pela primeira vez na vida, eu pude senti-lo acordando. Minha irmã tinha *morrido* nas mãos daqueles sangues-frios. E, embora então eu não pudesse salvá-la, agora eu *podia* vingá-la e talvez redimir minha alma condenada além disso. Embora eu tivesse nascido do mais sombrio dos pecados, isso parecia uma salvação. E olhando para aquelas chamas, jurei que, se fosse me juntar àqueles homens, seria o melhor deles. O mais feroz. O mais fiel. Que eu não ia vacilar, não ia falhar, não ia descansar até que todos aqueles monstros fossem mandados aos gritos de volta para o inferno que os gerou, e lá, dar meu amor a minha irmã."

Gabriel deu um suspiro e sacudiu a cabeça.

– Eu não tinha ideia de para o que estava entrando.

✦ VI ✦
UM MOSTEIRO NO CÉU

— CHEGAMOS A SAN Michon no último *findi* do mês, envoltos por uma névoa cinzenta de neve. *Frère* Mãocinza ia na frente, Aaron de Coste em seguida, e eu na sela atrás dele. Quando entrei na sombra do mosteiro, não sabia ao certo o que sentir. Medo do pecado dentro de mim. Tristeza por tudo o que eu deixara para trás em Lorson. Mas, na verdade, o que eu mais sentia enquanto olhava para as escarpas acima de mim era respeito. Um respeito simples de cair o queixo.

"San Michon parecia nascido de um conto de fadas. Foi construído em um vale ao longo do rio Mère, aninhado entre grandes rochedos negros. Sete pilares enormes de pedra coberta de líquen se erguiam como lanças no fundo do vale, como se tivessem sido deixados ali por gigantes na Era das Lendas. O rio corria entre os pilares de granito que ele havia escavado, como uma serpente de safira escura. E naqueles pedestais poderosos, o mosteiro de San Michon me esperava.

"A um sinal de cabeça de Mãocinza, Aaron pegou um chifre ornado com prata e soprou uma nota longa que atravessou o vale. Sinos responderam acima, e tive uma sensação nervosa em meu estômago enquanto descíamos pelo xisto coberto de cogumelos na direção do pilar central. Sua base era vazada, a entrada encerrada por portões de ferro com a estrela de sete pontas gravada. Senti o cheiro de cavalos em seu interior, percebendo que os santos de prata tinham construído seus estábulos ali dentro.

"Ao lado dos portões, uma ampla plataforma de madeira estava sendo baixada com grandes correntes de ferro. Depois de entregarmos nossos cavalos para dois jovens cavalariços, mestre Mãocinza jogou o atroz capturado no ombro, então andou até o elevador com Aaron e eu seguindo em seu encalço. A plataforma balançava agourentamente enquanto subíamos trinta, depois sessenta metros do fundo do vale. Daquela altura, eu podia ver as Montanhas dos Anjos a noroeste, aquela grande espinha de granito encimado de neve que dividia Nordlund de Talhost.

"Arqueiro voava em círculos sobre nós enquanto subíamos, e eu me vi me agarrando à grade com uma força que deixou brancos meus nós dos dedos. Eu nunca tinha subido em nada tão alto. Em vez de olhar para baixo, virei os olhos para cima, para um lugar que eu achava poder existir apenas em uma história para crianças. Um mosteiro no *céu*.

"'Com medo de altura, camponês?', escarneceu Aaron.

"Eu olhei para o rapaz louro, com minha pegada se apertando ainda mais.

"'Pare com isso, De Coste.'

"'Você se agarra a essa grade como se fossem as tetas de *sua* mãe.'

"'Na verdade estou visualizando as tetas da sua mãe. Embora tenham me dito que você prefere as de sua irmã.'

"Mãocinza rosnou para que nós dois nos acalmássemos. De Coste conteve a língua, olhando fixamente para mim pelo resto da viagem. Mas eu não me importava. Depois de três semanas sendo tratado como se fosse uma coisa que Aaron tivesse encontrado sujando sua bota, eu estava achando a companhia daquele babaca bem-nascido tão agradável quanto um caso de chatos na virilha.

"Nossa plataforma rangeu e parou. A nossa esquerda, um homem com dentes grandes vestindo couro escuro operava a casa do guincho. Seu cabelo era comprido e sebento, e percebi que não havia prata em suas mãos.

"'Bom amanhecer, Guardião Logan', assentiu Mãocinza.

"O homem magro se curvou e falou em um sotaque pesado de Ossway.

"'Bom dia, bom *frère*.'

"Olhando para baixo, percebi que devíamos estar a quase 150 metros do fundo cinzento do vale. Mestre Mãocinza apenas olhou furiosamente para mim até que soltei os dedos da grade de proteção.

"'Não tema, Pequeno Leão.'

"'Não se eu não olhar para baixo', disse eu, tentando conjurar um sorriso.

"'Em vez disso, olhe para a frente, garoto.'

"Afastei o cabelo soprado pelo vento de meus olhos e dei um suspiro.

"'Nossa, que *vista*...'

"À nossa frente assomava uma catedral, a primeira que eu via na vida. Nossa capelinha em Lorson parecia um palácio para meus olhos jovens, mas *aquela*, aquela era uma verdadeira casa de Deus. Um grande punho circular de granito preto com espiras que sangravam o céu. Em seu pátio havia uma fonte de pedra clara adornada com um círculo de anjos. Chiara, anjo cego da misericórdia. Raphael, anjo da sabedoria. Sanael, anjo do sangue, e seu gêmeo, meu homônimo, Gabriel, anjo do fogo. O trabalho em pedra da catedral estava desmoronando, algumas janelas estavam cobertas, mas, ainda assim, eu nunca tinha visto *nada* tão grandioso. Trabalhadores rastejavam sobre ela como carrapatos sobre um tronco caído, e gárgulas sorriam do alto dos beirais. Havia portas duplas enormes nas fachadas leste e oeste, e nas pedras acima das portas do amanhecer, havia uma janela magnífica com vitrais.

"Ela tinha a forma de uma estrela de sete pontas, cada uma delas retratando a história de um dos Sete Mártires: San Antoine abrindo o Mar Eterno, San Cleyland guardando os portões do inferno, San Guillaume queimando os infiéis em suas piras. E, é claro, San Michon e seu cálice de prata, com seu cabelo louro e olhos ferozes, olhando para minha alma.

"Um homem nos esperava no alto da escada do leste, vestindo o sobretudo de um santo de prata. Ele era nascido em Sūdhaem; sua pele, escura como mogno lustrado, seus olhos de um verde-claro delineados com *kohl*. Era mais velho que Mãocinza, os cabelos escuros presos em tranças longas e torcidas. Uma cicatriz horizontal feia cortava profundamente as duas bochechas, transformando sua boca em um sorriso malicioso e sem humor permanente, e havia belas tatuagens prateadas no alto de suas mãos. Ele tinha ombros largos como meu pai, mas irradiava uma formalidade que nunca houve em meu pai e seus punhos.

"*Esse*, pensei comigo mesmo, *é um líder de homens.*

"Mãocinza fez uma reverência profunda a sua frente, assim como fez De Coste.

"'Bem-vindos ao lar, irmãos. Sentimos falta de vocês na missa.' O homem poderoso se voltou para mim, com a voz profunda como uma melodia de violoncelo. 'E bem-vindo você também, jovem sangue-pálido. Meu nome é Khalid, alto abade da Ordo Argent. Sei que você viajou muito para estar aqui. E esta vida pode não ser o que você imaginou para si mesmo. Mas ela *é* sua vida agora. Você foi ao mesmo tempo abençoado e amaldiçoado, chamado pelo Deus Todo-poderoso para esta tarefa sagrada. Você não deve se esquivar. Você *não pode* cair. Pois, se isso acontecer, o mesmo vai ocorrer com tudo o que conhecemos e amamos.'

"Fiz uma reverência para ele. Eu não sabia o que mais fazer.

"'Abade.'

"'Até você fazer seus votos como um *frère* completo da ordem, você vai olhar para seu mestre em busca de orientação. Iniciados não têm permissão para deixar o alojamento depois dos sinos da noite, nem podem visitar a seção proibida da grande biblioteca. A missa do anoitecer vai ser realizada esta noite, e você vai ter seu primeiro gosto de prata. Amanhã, seu treinamento começa.' Khalid olhou para Mãocinza. 'Se pudermos ter uma palavra, bom *frère*...'

"'Pelo sangue, abade. De Coste, mostre ao nosso Pequeno Leão o lugar.'

"'Pelo sangue, mestre.' Aaron olhou para mim e rosnou: 'Venha.'

"Depois de deixar Mãocinza e Khalid para conversarem, De Coste me conduziu por uma das grandes passarelas de pedra. Percebi que todos os sete pilares deviam ser naturalmente conectados no passado, mas as mãos do tempo haviam derrubado a maioria daquelas pontes, agora substituídas por longas extensões de corda e madeira. Em vez de olhar para a queda vertiginosa, olhei para a silhueta, para os prédios belos e antigos ao nosso redor e os homens rastejando pelos muros.

"'Para que são todos esses guindastes? Os trabalhadores?'

"'Você vai se referir a mim pelo título de iniciado, camponês', respondeu De Coste, sem nem mesmo olhar para mim. 'Quando *frère* Mãocinza não está, sou o membro mais graduado desta companhia.'

"Eu segurei a língua. Estava cheio das merdas de Aaron. Mas ele *era* superior a mim.

"'Em resposta à sua pergunta, a Ordem da Prata ganhou apenas recentemente o patronato do imperador Alexandre. Este mosteiro resistiu por séculos antes disso, e, por muitos anos, estes prédios foram deixados para apodrecer. Nem sempre desfrutamos do favor com o qual contamos agora.'

"Eu pensei nisso por um momento, olhando com os olhos de um garoto camponês para os prédios à nossa volta. Eles eram de pedras negras, com projeto austero e majestoso, dispostos com espiras elevadas acima do vale do Mère como as coroas de antigos reis. Eu não estava certo do que esperava encontrar ali em meio àquela ordem sagrada de matadores de monstros, mas, mesmo envelhecido e desmoronando, San Michon era o lugar mais maravilhoso onde eu tinha estado em toda a minha vida.

"Aaron apontou para o prédio atrás de nós.

"'A catedral é o coração de San Michon. Os irmãos se reúnem para a missa duas vezes por dia, ao anoitecer e ao amanhecer. Se você perder a missa, vai se ver perdendo os testículos logo depois.'

"De Coste acenou para o noroeste, para uma estrutura de muitas janelas em reparos modestos.

"'O alojamento, onde descansamos nossa cabeça. O refeitório é no andar mais baixo, assim como as latrinas e as casas de banho. Santos de prata passam grande parte de sua vida caçando, por isso eu normalmente aconselharia

você a tirar proveito dos banhos enquanto puder. Mas duvido que um verme malnascido como você reconhecesse uma barra de sabão se ela o acertasse nos dentes'.

"Eu revirei os olhos enquanto De Coste indicava a estrutura ao sul com a cabeça, um prédio circular com estandartes vermelho-sangue decorados com a estrela de sete pontas tremulando nas paredes.

"'A manopla. Enquanto estiver em San Michon, você vai passar grande parte do tempo treinando aqui. Na estrela, você vai aprender a arte da espada. Combate desarmado. Pontaria. A manopla é a fornalha onde os santos de prata são forjados.'

"Meu maxilar se cerrou com isso, e pensando em minha irmã, assenti.

"'Estou pronto.'

"Aaron escarneceu.

"'Se você durar mais que duas semanas aqui, vou mandar uma missiva pessoal para o grande pontífice, proclamando isso um milagre.' De Coste apontou outro prédio com a cabeça, redondo e sem telhado. 'Para o norte fica o cesto de pães. O reino do bom *frère* Alber. Lá, guardamos nossos estoques de comida e galinheiros, a estufa onde cultivamos nossas ervas. Para o nordeste fica o priorado, onde a sororidade dorme.'

"'Sororidade?'

"Aaron deu um suspiro como se eu de algum modo já devesse saber tudo aquilo.

"'A Sororidade da Prata de San Michon. Antes que nossa ordem encontrasse patronato na boa imperatriz Isabella, era seu trabalho manter todo este mosteiro funcionando.'

"Vi pequenas figuras com hábitos pretos compridos entrando e saindo daquele prédio grandioso e gótico. Suas roupas adejavam ao vento da montanha, os véus de renda se agitando contra seus rostos.

"'Elas são sangues-pálidos como nós?', perguntei.

"'Não *há* sangues-pálidos mulheres. O Todo-poderoso achou adequado poupar suas filhas de nossa maldição. Essas irmãs são mulheres de Deus, devotas da Fé Única e noivas do Todo-poderoso.'

"'Eu não esperava encontrar freiras em meio a uma ordem de Irmãos Guerreiros.'

"'Uhm.' De Coste me olhou de lado. 'E você passou muito tempo entre Irmãos Guerreiros, Gatinho?'

"Eu pisquei ao ouvir isso.

"'Eu...'

"'A grande biblioteca.' De Coste apontou com a cabeça para o sexto pilar, o belo salão com vitrais nas janelas e coruchéus no topo. 'Uma das melhores coleções de conhecimento e aprendizado do império. Há uma seção proibida em seu interior, e se o arquivista Adamo pegar você sequer *olhando* para ela, ele vai arrancar seu couro e usá-lo para encadernar livros. Eu normalmente recomendaria que você investigasse as prateleiras genéricas em seu tempo livre, mas duvido que você na verdade saiba ler.'

"'Eu sei ler.' Eu fechei a cara. 'Minha mãe me ensinou.'

"'Então vou me assegurar de lhe enviar uma carta quando eu começar a me importar.' Aaron gesticulou outra vez para a biblioteca. 'Livros são mantidos no andar inferior, e as Irmãs da Prata trabalham na encadernadora acima. Junto com os Irmãos da Lareira, elas criam os tomos mais bonitos do Império.' Ele ergueu a mão para interromper minha pergunta. 'Há dois castelos dentro da Ordo Argent. Os Irmãos da Caçada são sangues-pálidos como eu e Mãocinza, homens que sujam as mãos espreitando horrores na escuridão. Os Irmãos da Lareira são homens simples de fé, que mantêm a biblioteca, produzem nossas armas e... outras ferramentas. Por falar nisso...'

"De Coste apontou para um vasto prédio à frente. Ele tinha poucas janelas, mas muitas chaminés. Todas cuspiam fumaça negra, menos uma, que liberava um dedo magro de vapores vermelhos.

"'O arsenal.' Aaron aprumou os ombros e alisou os fartos cabelos louros para trás. 'Venha. Você vai querer ver isso.'

"'Espere', disse eu. 'O que é aquilo?'

"Apontei para uma estrutura de pedra que se projetava do pilar da catedral. Parecia uma ponte, exceto que não levava a lugar nenhum, terminando em um balcão sem grade de proteção e em um mergulho até o rio Mère. Havia uma grande roda de carruagem na borda, presa em uma estrutura de pedra – o mesmo tipo de roda em que o Redentor tinha sido esfolado, e que agora adornava os pescoços de todos os padres e irmãs sagrados no império.

"'Essa', disse Aaron, 'é a ponte do céu.'

"'Para que ela serve?'

"O jovem nobre sem importância cerrou os dentes.

"'Logo você vai descobrir.'

"De Coste fez a volta e saiu andando na direção do arsenal. Após empurrar e abrir grandes portas duplas decoradas com a estrela de sete pontas, ele me conduziu para o grande salão de entrada. E lá, dei um suspiro, impressionado.

"O espaço era iluminado por uma miríade de esferas de vidro suspensas do teto. Eu não sabia como, mas cada uma delas brilhava como uma vela acesa. Era como se as estrelas há muito perdidas de minha juventude tivessem voltado ao céu, banhando o salão em uma luz melíflua. E, olhando ao redor, vi o brilho cálido se refletir em uma multidão de armas, enfileiradas em suportes ao longo das paredes.

"Pude ver espadas como as que Mãocinza e De Coste levavam, o aço entremeado com traços de prata. Espadas longas, espadas médias, machados e martelos de batalha. Mas também havia armas mais estranhas – de tipos sobre os quais eu só tinha ouvido sussurros. Pistolas, fuzis e revólveres, feitos de belo metal e gravados com a escritura.

"EU SOU A ESPADA QUE DERRUBA O PECADOR. EU SOU A MÃO QUE ERGUE ALTO O FIEL. E EU SOU A BALANÇA QUE PESA OS DOIS NO FIM. ASSIM DIZ O SENHOR.

"Se eu estava apaixonado pelo mosteiro antes desse momento, agora eu estava completamente arrebatado. Tinha sido criado como filho de um ferreiro e soldado, lembre-se. Eu tinha sido treinado no uso de uma espada, mas eu também conhecia a arte de fazer armas belas assim. Os ferreiros que trabalhavam naquele arsenal eram gênios...

"'Espere aqui', ordenou De Coste. 'Não toque em *nada*.'

"O jovem saiu por outro conjunto de portas, e captei a música familiar de martelos e bigornas além. Senti muita saudade de casa ao ver aquilo. Sentia falta de minha irmã Celene, de minha mãe e, *oui*, até de meu pai. Eu supunha que devia parar de chamá-lo assim em minha cabeça, mas, Sete Mártires, era mais fácil dizer isso que fazê-lo. Eu tinha passado a vida inteira pensando em Raphael Castia como meu pai. Nunca achei nem uma vez que fosse o filho de um monstro de *verdade*.

"Quando as portas pesadas se fecharam atrás de Aaron, eu me aproximei das espadas longas, maravilhado com sua beleza. O botão de cada punho era decorado com uma estrela de sete pontas, as guardas tinham alguma variação do Redentor preso a sua roda ou anjos. Mas os padrões em prata em cada espada eram como os veios em boa madeira; cada um sutilmente diferente do outro.

"Estendi a mão até a espada mais próxima e, ao passar as costas da mão no gume, fui recompensado por uma pontada de dor e uma linha fina vermelha em minha pele.

"*Afiada como navalha.*

"'Você tem bom gosto', disse uma voz profunda às minhas costas.

"Eu me virei, assustado, e encontrei um jovem sūdhaemi me observando. Ele tinha entrado no salão por uma segunda porta, ágil como um gato e silencioso como um camundongo. Tinha vinte e poucos anos, de pele escura como todos os seus conterrâneos. Não tinha tatuagens na carne, mas os pelos queimados em seus antebraços e o avental de couro que ele usava me disseram que aquele jovem era um ferreiro, completamente. Era algo, extremamente bonito, o cabelo com tranças curtas junto ao couro cabeludo. Ele atravessou o salão e pegou a espada de minha mão.

"'Quem lhe disse para testar uma lâmina assim?', perguntou ele, apontando com a cabeça para meu corte.

"'A força de um espadachim está em seu braço. Mas sua destreza está em seus dedos. Você não os arrisca no gume da lâmina. Meu pai me disse isso.' Eu, então, me repreendi e cerrei os dentes. 'Bom... o homem que eu achava que era meu pai, enfim...'

"Ele assentiu, com uma compreensão delicada nos olhos.

"'Qual o seu nome, garoto?'

"'Gabriel de León, milorde.'

"O jovem então riu, tão profundamente e alto que eu senti em meu próprio peito.

"'Eu não sou nenhum lorde. Embora eu seja um servo devoto. Baptiste As-Ismael, irmão da lareira e dedo preto da Ordem da Prata, a seu dispor.'

"'Dedo preto?'

"Baptiste sorriu.

"'É uma expressão do mestre da forja Argyle. Dizem que um homem que ama cultivar coisas tem um dedo verde. Então nós, que amamos a bigorna, o fogo e a lei do aço...?' O ferreiro deu de ombros. Cortando o ar com a espada longa, ele sorriu carinhosamente para ela. 'Você tem um olho sagaz. Esta é uma de minhas favoritas.'

"'Você forjou todas elas?'

"'Só algumas. Meus Irmãos Ferreiros fizeram o resto. Toda lâmina neste salão foi feita para recrutas como você. Um pedaço pequeno do coração de quem a fez é deixado em cada espada. E depois de forjada, resfriada e terminada, o aço de prata espera aqui pela mão de seu mestre.'

"'Aço de prata', repeti, saboreando a expressão em minha língua. 'Como ele é feito?'

"O sorriso de Baptiste se alargou.

"'Todos nós temos segredos dentro desses muros, Gabriel de León. E *esse* segredo pertence aos Irmãos da Lareira.'

"'*Eu* não tenho segredos.'

"'Então você não está se esforçando o suficiente.' Ele riu.

"No início, achei que ele estivesse zombando de mim, mas havia um calor nos olhos do dedo preto de que gostei imediatamente. Cruzando os braços, ele olhou para mim, dos pés à cabeça.

"'De León, hein? Estranho...'

"Virando-se para as armas às nossas costas, Baptiste percorreu a fileira. Quase com reverência, ele pegou uma espada da parede. E, ao voltar até mim, ele a pôs em minhas mãos.

"'Forjei essa beleza no mês passado. Eu não sabia para quem. Até agora.'

"Olhei para ele totalmente incrédulo.

"'Sério?'

"Em minhas mãos trêmulas estava a espada mais bonita que eu tinha visto na vida. Eloise, anjo da vingança, estava gravada no punho, as asas flutuando ao seu redor como fitas de prata. Arabescos brilhantes de prata ondulavam pelo aço mais escuro da lâmina, e eu podia ver um belo trecho dos Testamentos gravado em sua extensão.

"SABEI MEU NOME, PECADORES, E TREMEI, POIS ESTOU EM VOSSO MEIO COMO UM LEÃO ENTRE CORDEIROS.

"Meu olhar se encontrou com o de Baptiste, e eu o vi sorrir.

"'Acho que talvez eu tenha sonhado com você, Gabriel de León. Acho que talvez sua vinda tenha sido ordenada.'

"'Meu Deus', disse eu, totalmente maravilhado. 'Ela... ela tem um nome?'

"'Espadas são apenas ferramentas. Mesmo as feitas de aço de prata. E um homem que dá nome a sua arma é um homem que sonha que os outros vão, um dia, conhecer *seu* nome também.'

"Baptiste olhou para nós, com os olhos brilhando ao se inclinar para perto para sussurrar.'

"'Chamo a minha de Luz do Sol.'

"Sacudi a cabeça, sem saber ao certo o que dizer. Nenhum filho de ferreiro no mundo já havia sonhado ter uma espada tão inigualável quanto aquela.

"'Eu... Eu não tenho como lhe agradecer.'

"O humor de Baptiste ficou sombrio. Seus olhos, então, estavam distantes, como se estivesse perdido em uma sombra distante.

"'Mate alguma coisa monstruosa com ela', disse ele.

"'Você está *aí*...', disse uma voz.

"Eu me virei e vi Aaron de Coste na porta por onde havia saído. O humor sombrio que havia se abatido sobre Baptiste desapareceu, e ele atravessou o salão, de braços abertos.

"'Você ainda está vivo, seu bastardo!'

"Aaron sorriu enquanto era pego no abraço de urso do rapaz mais velho. Acho que foi o primeiro sorriso de verdade que vi no seu rosto.

"'É bom ver você, irmão.'

"'Claro que é! Sou eu!' Baptiste libertou Aaron de seu abraço, franzindo o nariz.

"'Doce Virgem-mãe, mas você fede a cavalo. Acho que é hora de um banho.'

"'Essa é minha intenção. Assim que esse camponês imundo estiver situado. Você', rosnou Aaron. 'Gatinho. Venha pegar seu maldito equipamento.'

"De Coste estava carregando uma calça de couro escuro, um sobretudo pesado e botas resistentes com saltos prateados como as dele. Sem cerimônia, ele jogou aquilo no chão. Mas eu não tinha interesse em calças ou botas novas. Em vez disso, sopesei minha espada magnífica, testando seu equilíbrio.

"O aço de prata reluziu à luz mortiça; o anjo na guarda pareceu sorrir para mim. A incerteza que eu senti ao entrar no mosteiro diminuiu um pouco, a lembrança de casa me fez sofrer só um pouco menos. Eu sabia que tinha muito a aprender; que, em um lugar como aquele, eu tinha de andar antes de correr. Mas a verdade era que, apesar do pecado do qual eu tinha nascido, do monstro que vivia em meu interior, eu ainda sentia Deus dentro de mim. A espada era prova disso. Era como se os ferreiros de San Michon soubessem que eu estava chegando. Como se eu estivesse *destinado* a estar ali. Olhei para a bela escritura em minha espada nova, pronunciando as palavras para mim mesmo.

"ESTOU EM VOSSO MEIO COMO UM LEÃO ENTRE CORDEIROS.

"'Garra de Leão', sussurrei.

"'Garra de Leão', repetiu Baptiste, esfregando o queixo. '*Gostei*.'

"O ferreiro me entregou um cinto, uma bainha, um punhal afiado de aço de prata para acompanharem a espada que ele havia me dado – o anjo da vingança abrindo suas asas na guarda. E, olhando para a espada em minha mão, jurei que seria digno dela. Que eu *ia* matar alguma coisa monstruosa com ela. Que eu não ia apenas andar. Não apenas correr.

"Não, naquele lugar, eu ia voar."

✦ VII ✦
COM A FORMA DE UM CORAÇÃO PARTIDO

– ERA O FINAL da tarde daquele primeiro dia quando eu a conheci.

"Tinha lavado a sujeira da estrada na casa de banho, vestido minha roupa nova. Calça de couro escuro com túnica, botas pesadas, da altura do joelho e com saltos de prata. As solas tinham a estrela de sete pontas gravada, e percebi que ia deixar a marca dos Mártires onde quer que eu andasse. Ao jogar fora minhas roupas velhas, de algum modo estava jogando fora o que eu tinha sido. Eu ainda não tinha ideia de em que eu ia me transformar. Mas quando voltei para o alojamento, encontrei o abade Khalid esperando, com um sorriso nos olhos para compensar aquele que assombrava seu rosto implacável.

"'Venha comigo, Pequeno Leão. Tenho um presente para você.'

"Segui o abade até a guarita do portão, maravilhado com o simples tamanho do homem. Ele era uma montanha andando, com as tranças longas agitando-se às suas costas como serpentes indomadas. O elevador balançou com o vento frio enquanto descíamos, e eu o observei de soslaio, os olhos se dirigindo para as cicatrizes horizontais que dividiam suas bochechas.

"'Você está se perguntando como eu as consegui', disse ele com os olhos no vale frio abaixo.

"'Desculpe, abade', disse eu, baixando os olhos. 'Mas o *frère* Mãocinza... ele disse que nós, sangues-pálidos, não nos curamos como as pessoas comuns. Na noite em que ele me pegou em minha aldeia, recebi um corte tão fundo que a faca atingiu osso. Mas agora não tem praticamente nenhuma marca.'

"'Você vai se curar mais rápido quando crescer e seu sangue se adensar. Embora compartilhemos de algumas das fraquezas de nossos pais malditos – a prata nos corta fundo, por exemplo, e o fogo deixa sua marca. Mas você está se perguntando sobre o que provocou essa cicatriz?'

"Assenti em silêncio e olhei em seus olhos verdes delineados com *kohl*.

"'O escuro é cheio de horrores, De León. E, apesar de os sangues-frios nos ocuparem na maioria das noites, Irmãos da Ordem da Prata caçaram todo tipo de mal, e foram caçados da mesma forma.' Ele delineou as cicatrizes. 'Estas me foram presenteadas pelas garras de uma dançarina da noite. Um monstro, amaldiçoado, que podia assumir a forma de homem e animal. Eu a mandei para o inferno que ela merecia.' A cicatriz em forma de sorriso se alargou uma fração. 'Mas ela se recusou a ir embora sem um beijo de despedida.'

"Chegamos ao chão e, com uma risada baixa, Khalid me deu um tapinha no ombro e me conduziu adiante, com cem perguntas brigando por trás de meus dentes.

"O estábulo era escavado dentro do coração do pilar da catedral, sustentado por colunas de rocha escura. Fedia ali dentro, como acontece como estábulos: cavalos, palha e merda. Mas desde a noite em que eu tinha bebido o sangue de Ilsa, eu podia jurar que meus sentidos tinham ficado mais aguçados, e, por baixo do fedor do dia a dia, captei um aroma de morte. Decomposição.

"Dois garotos estavam encilhando uma égua castanha peluda perto da entrada – rapazes sūdhaemis de pele escura como Khalid. O primeiro tinha em torno de minha idade; o outro, talvez um ano a menos. Eles eram saudáveis e estavam vestindo um tecido artesanal com o cabelo escuro cortado rente ao couro cabeludo. Pelo tom de mel igual de seus olhos e pela forma de seus queixos, achei que eram *famille*.

"'Bom amanhecer, Kaspar. Kaveh.' O abade gesticulou com a cabeça para o mais velho e, então para o mais novo ao lado dele. 'Este é Gabriel de León, um novo recruta da ordem.'

"'Bom amanhecer, Gabriel', disse Kaspar, apertando minha mão.

"'Bom dia, Kaspar.' Eu assenti e olhei para seu irmão. 'Kaveh?'

"'Desculpe', disse Kasper. 'Meu irmão nasceu sem língua. Ele não fala.'

"O garoto mais novo olhou para mim como se me desafiasse, e pude adivinhar por quê. Em partes supersticiosas do império, seu problema poderia ser considerado uma marca de feitiçaria, o bebê queimado com a mãe ao lado. Mas minha mãe havia me ensinado que pensar nisso era tolice, algo nascido apenas do medo. Que o Todo-poderoso amava todos os seus filhos e que eu devia me esforçar para fazer o mesmo. Por isso, ofereci minha mão.

"'Bom, eu não sou mesmo assim tão interessante para se conversar. Bom amanhecer, Kaveh.'

"A expressão fechada do garoto relaxou enquanto eu falava, e as palmas de nossas mãos se encontraram, seus lábios se curvaram em um sorriso. O abade Khalid grunhiu sua aprovação e gritou para o outro lado dos estábulos com sua voz cálida de barítono.

"'E um bom amanhecer para você também, prioresa Charlotte. Irmãs Noviças.'

"Segui o olhar do abade e vi meia dúzia de figuras em torno de uma pilha de bornais – irmãs do priorado acima, percebi. Elas estavam todas usando hábitos e toucas brancos como pombas de noviças, exceto uma mulher de aparência severa com um hábito preto, que estava em pé enquanto as outras estavam sentadas. Ela era mais velha, tão magra que era quase esquelética. Quatro cicatrizes compridas desciam por seu rosto – como se ela tivesse sido atacada por um animal selvagem.

"'Bom dia, abade Khalid', cantaram as irmãs, todas em uníssono.

"'Este é Gabriel de León', disse Khalid. 'Um novo filho da Ordo Argent.'

"Mantive a cabeça baixa por respeito, mas olhei para as irmãs através dos cílios. Todas eram jovens. Estavam sentadas nos bornais com blocos de papel no colo, bastões de carvão na mão. Elas estavam desenhando os cavalos, percebi. Notei entre elas uma noviça tão pequena que parecia quase uma criança, com grandes olhos verdes e pele sardenta. E, sentada na frente, como um anjo caído na terra, estava uma das garotas mais bonitas que eu já tinha visto."

Jean-François revirou os olhos e se encostou na poltrona.

Gabriel ergueu os olhos e franziu o cenho.

– Problema?

– Eu não disse nada, Santo de Prata.

– Acabei de ouvir um gemido nítido, sangue-frio.

– O vento, garanto a você.

– Vá se foder – rosnou Gabriel. – Ela *era* linda. Ah, talvez não o tipo que você veria pendurada em um retrato em uma galeria ou enfeitando o braço de algum bastardo rico. Ela não era uma beleza que você envolvia em seda ou escondia dentro de um pote de ouro. Mas ainda me lembro da imagem dela naquela tarde. Todos os anos entre aquele momento e agora, e parece que foi ontem.

Gabriel ficou tão imóvel que parecia um espelho para o vampiro em frente. Até o monstro parecia consciente do peso no ar, sentado pacientemente até que o Santo de Prata tornou a falar.

– Ela era mais velha que eu. Acho que tinha 17. Havia uma marca de beleza que parecia posicionada pela própria Virgem-mãe logo à direita de seus lábios. Uma sobrancelha estava arqueada mais alta que a outra, dando a ela um ar constante de leve desdém. Sua pele era leite; sua bochecha, a curva de um coração partido. Não havia perfeição nela. Mas sua assimetria provocava... fascinação. Ela tinha o rosto de um sussurro meio ouvido, de um segredo não compartilhado. Ela estava sentada com um bloco de pergaminho no colo, com um belo desenho parcialmente finalizado de um grande castrado negro.

"O abade Khalid olhou para seu trabalho. Era difícil dizer com suas cicatrizes, mas percebi que ele estava realmente sorrindo.

"'Você tem um olho muito bom e uma mão melhor ainda, irmã noviça.'

"A garota baixou os olhos.

"'O senhor me honra, abade.'

"'É o Todo-poderoso que guia nossas mãos', disse a prioresa Charlotte, com um olhar de reprovação para a jovem irmã. 'Nós somos apenas seu veículo.'

"A garota ergueu os olhos para a prioresa e assentiu.

"'Véris.'

"Eu sabia que não devia olhar por muito tempo. Na estrada para San Michon, Mãocinza me disse que os santos de prata faziam votos de celibato, por medo de que pudéssemos perpetuar o mal de nosso nascimento e fazer mais sangues-pálidos repugnantes como nós. Depois do que eu tinha feito com Ilsa, confesso que a ideia fez sentido para mim. Eu ainda podia ver o terror em seus olhos se eu tentasse, e o horror de tê-la machucado ainda me assombrava. Eu não tinha desejo de tocar outra garota enquanto vivesse, e aquelas também não eram apenas garotas – eram noviças da Sororidade da Prata. Que iriam se casar em breve com o próprio Deus.

"Mesmo assim, alguma coisa naquela garota me atraiu. Enquanto eu a observava, seus olhos adejaram e se encontraram com os meus. Eu não afastei o olhar. Mas, surpreendentemente, ela também não.

"'Bom, bom dia, filhas de Deus.' Khalid fez uma reverência. "Que a Virgem-mãe as abençoe.'

"'Bom amanhecer, abade.' A prioresa estalou os dedos. 'De volta ao trabalho, garotas.'

"Parei de olhar, e o abade me segurou pelo ombro e me conduziu para o coração do estábulo. E todos os pensamentos com irmãs noviças de cabelos pretos como o corvo sumiram com o que encontrei ali.

"Vários cavalos aguardavam em um grande cercado. Eram cavalos da tundra de Talhost – aquela raça resistente conhecida como sosyas. Menores que seus primos, os sosyas têm pelo farto e estômago de ferro, perfeitamente adaptados aos anos de privação que se seguiram à morte dos dias. Esses bastardos mastigam qualquer coisa. Uma vez conheci um homem que jurava cegamente que seu sosya tinha comido a porra de seu cachorro. Aqueles animais pareciam da melhor linhagem. Mas, enquanto eu os admirava, mais uma vez senti aquele cheiro de decomposição. E, ao erguer os olhos, finalmente descobri sua origem.

"'Virgem e Mãe...'

"Dois sangues-frios atrozes estavam pendurados do teto. Um homem mais velho, magro e apodrecido, e um garoto, não mais velho que eu. Suas peles eram pálidas, suas roupas eram trapos, e seus olhos ardiam com fome e maldade enquanto olhavam para mim.

"'Não tenha medo, De León', disse Khalid. 'Presos com prata, eles ficam impotentes como bebês.'

"Olhando com mais atenção, vi que os vampiros estavam presos com correntes de prata, balançando como lustres horrendos. E, finalmente, percebi por que aqueles sangues-frios estavam ali.

"O senhor os mantém para os cavalos...'

"'Isso mesmo', assentiu o abade. 'As criaturas de Deus não suportam a presença dos monstros da noite. Mas esses cavalos devem nos carregar em batalha contra as trevas. Então nós os expomos, desde cedo e com frequência, para que eles se acostumem com o mal dos não mortos.' Khalid deu um de seus sorrisos do rosto com cicatrizes. 'Você tem uma mente alerta, Pequeno Leão.'

"Eu assenti, vendo a sabedoria daquilo. O abade me deu alguns cubos de açúcar – um luxo desde o fracasso de todas as colheitas, mas um luxo que San Michon aparentemente ainda podia pagar com o patronato da imperatriz.

'Pode escolher, filho.'

"'Deus, verdade?'

"Khalid assentiu.

"'Um presente para suas provas que estão por vir. E tome o cuidado de escolher bem, rapaz. Esse cavalo vai levá-lo para a batalha contra todos os horrores que chamam a escuridão de lar.'

"'Mas então... como eu devo decidir?'

"'Confie em seu coração. Você vai saber qual é.'

"*Ma famille* não tinha nem uma ovelha quando eu era garoto. Só os nobres podiam sonhar em ter animais tão bons quanto aqueles. Maravilhado pela sorte que tinha me proporcionado os presentes de ter a minha própria espada e o meu próprio cavalo no mesmo dia, eu entrei no cercado. E ali, em meio ao tropel, eu o encontrei. Seu olhar era profundo como a meia-noite; sua pelagem farta, do ébano mais escuro. Sua crina estava presa em tranças grossas, assim como sua cauda, balançando de um lado para o outro quando me aproximei. Percebi que era o mesmo castrado que a talentosa irmã noviça estava desenhando, e, olhando na direção dela, vi seus olhos escuros sobre mim outra vez. Ela pareceu ficar tensa quando me aproximei do cavalo. Mesmo assim, eu fiz isso.

"'Oi, garoto', murmurei.

"Ele pegou o torrão de açúcar que ofereci. Relinchando, ele esfregou o focinho em meu rosto querendo mais, e acariciei o cetim peludo de sua bochecha, rindo de alegria."

Gabriel sacudiu a cabeça.

– Os cínicos dizem que não existe algo como amor à primeira vista. Mas amei a porra daquele cavalo no momento em que o encontrei. E ao dar a ele mais um torrão, soube que tinha feito um amigo para toda a vida.

"'Qual o seu nome?', perguntei, pasmo com sua beleza.

"'O nome dele é Justiça.'

"Ao me virar, vi que a irmã noviça tinha falado, agora furiosa. Mas antes que eu pudesse perguntar o que tinha feito para merecer sua ira, a voz da prioresa cortou o ar.

"'Irmã noviça Astrid, silêncio!'

"'*Não*.' Seus desenhos se espalharam quando a garota se levantou, e vi que todos os desenhos eram do mesmo cavalo. 'Por que esse *camponês* pode ficar com Justiça? Eu...'

"As palavras da garota foram interrompidas pelo tapa da prioresa.

"'Como você *ousa* falar nesse tom comigo.' Charlotte estava furiosa. "Uma irmã do Priorado da Prata não tem bens. Ela não cobiça nenhuma posse terrena. E ela obedece seus superiores.'

"'Eu *não* sou uma irmã do Priorado da Prata" retrucou rispidamente a garota, desafiadora.

"Eu me encolhi quando a prioresa botou a garota de joelhos com outro tapa, seu rosto com cicatrizes se retorcendo enquanto ela rosnava:

"'Continue com essa insolência e você nunca vai ser!'

"'Bom! Eu nunca quis *estar* aqui!'

"'Isso é evidente! Mas há dois lugares neste mundo para uma filha bastarda, Astrid Rennier! De joelhos, diante do altar de Deus, ou deitada em um bordel!'

"Uma imobilidade horrível se abateu sobre os estábulos. Astrid ergueu os olhos para a prioresa, furiosa. Eu olhei para Khalid, mas um olhar me disse que ele não ia interceder. Então, tolo como eu era...

"'Com licença', disse eu. 'Se o cavalo pertence a essa boa *demoiselle*...'

"'Ela não é nenhuma *demoiselle*', disse rispidamente a prioresa. 'Ela é uma irmã noviça do Priorado da Prata. Ela não tem nada, além da roupa no corpo. Ela não merece nada, exceto a punição que vai ter. E a menos que deseje compartilhar dela, *você* faria bem em cuidar da própria língua.'

"'Fique quieto, De León', ordenou Khalid.

"Olhei para o abade, incerto. A prioresa levou a mão à manga e sacou um chicote de couro com uma espora curta de ferro na ponta.

"'Implore o perdão de Deus', ordenou ela à garota.

"A noviça apenas olhou para ela.

"'Eu não imploro na...'

"Suas palavras se transformaram em um grito estrangulado quando o chicote atingiu suas costas.

"'Implore, filha de uma rameira'

"A garota ergueu a cabeça e retrucou, furiosa:

"'Vá se *foder*.'

"Uma expressão de espanto ecoou entre as noviças. Eu estava atônito com o ódio nos olhos da garota, pasmo com sua teimosia. Mas, principalmente, enojado com a violência que estava sendo feita com ela. Eu sabia o que era sofrer uma surra como aquela. Sabia a coragem necessária para aguentar sem fazer nenhum som. A tira de couro caiu mais seis vezes, mas mesmo assim a garota não cedeu. Então, finalmente, temendo que ela não implorasse até que aquilo a matasse, eu implorei no lugar dela.

"'Priorisa, pare, por favor! Se uma punição deve ser aplicada...'

"Dedos fortes seguraram meu braço, com tanta força que fiz uma expressão de dor. Ao me virar, encontrei o abade Khalid atrás de mim.

"'Aqui não é lugar para você falar, iniciado.'

"'Abade, isso é crueldade além...'

"Sua pegada se apertou, tão forte que eu podia sentir meus ossos gemendo.

"'Não. É. Lugar.'

"Eu me senti um covarde. Minha boca azedou e meu estômago gelou. Mas, com aquela pegada esmagadora em meu braço, e eu era só um garoto, afinal de contas, não ousei falar outra vez. Charlotte continuou a bater, as cicatrizes em seu rosto ficando de um vermelho lívido com sua raiva. Meu estômago se revirou enquanto aqueles estalos horríveis soavam na imobilidade. E, finalmente, como qualquer um teria feito, a garota cedeu.

"'Pelo amor de Deus, *pare*!'

"'Você implora o perdão do Todo-poderoso, Astrid Renier?'

"*Slapt.*

"'*Oui*!'

"*Slapt.*

"'Implore, então!'

"'Desculpe!', gritou ela. 'Imploro que Deus me perdoe!'

"A priorisa finalmente recuou, com uma voz congelante.

"'Levante-se.'

"Continuei a olhar impotente enquanto a garota parava um instante para reunir suas forças. Então, ela se ergueu com esforço, com os braços envoltos em torno do corpo. Olhei para as Irmãs Noviças e vi medo da prioresa em seus olhos. Medo de Deus acima de tudo. Havia apenas uma que parecia realmente preocupada – a garota pequena com olhos verdes e sardas, que olhava para Astrid com a mesma pena que eu sentia em meu próprio coração. Mas a prioresa Charlotte claramente não sentia nenhuma.

"'Você vai aprender seu lugar, filha de uma rameira. Está me ouvindo?'

"'*O-oui*, prioresa', murmurou a garota.

"'Isso serve para *todas* vocês!' Charlotte se virou agressivamente para as garotas sob seus cuidados, com fervor cintilando nos olhos. 'Vocês agora são protegidas de Deus. Vocês vão servir a ele e a Sua Igreja como fariam esposas fiéis. Ou vocês vão responder a mim e ao próprio inferno!'

"A mulher olhou furiosamente para mim como se estivesse convidando uma resposta. Mas, embora as palavras estivessem incomodando por trás de meus dentes, o abade Khalid ainda segurava meu braço. Assim, eu fiquei mudo.

"'Minhas desculpas por essa exibição inconveniente, abade', disse Charlotte, com os lábios finos.

"'É desnecessário prioresa', respondeu Khalid. '*As ovelhas perdidas são presa para lobos.*'

"'Exatamente.' A mulher magra assentiu brevemente ao ouvir a citação dos Testamentos e se virou para suas noviças. 'Venham então, garotas. Vamos passar o dia em contemplação silenciosa. Irmã noviça Chloe, ajude a irmã noviça Astrid.'

"A garota pequena e sardenta assentiu e ajudou a outra noviça a recolher suas coisas. As mãos de Astrid estavam tremendo. Ela me olhou brevemente nos olhos – um olhar fugaz e nublado, manchado de lágrimas. Só quando elas saíram de vista Khalid soltou meu braço delicadamente.

"'E um bom coração se revela um escudo contra os perigos das sombras.

Mas se você questionar minhas ordens outra vez, vou arrastá-lo para a roda e arrancar a pele das suas costas. Você é um servo de Deus. Mas você agora é *meu* soldado. Você entende?'

"Olhei nos olhos de Khalid para ver se ele estava com raiva, mas sua voz estava prosaica, e seu olhar, firme. O abade da Ordo Argent não ficava furioso. Não levantava a voz. Foi naquele momento que aprendi que um verdadeiro líder não precisava fazer isso.

"'*Oui*, abade.' Eu fiz uma mesura.

"Khalid assentiu, como se a questão já estivesse esquecida. Olhando para o portão por onde as irmãs tinham saído, ele murmurou:

"'A prioresa Charlotte é uma mulher de Deus, devotada ao Todo-poderoso e à Virgem-mãe. E se hoje estava mal-humorada, você deve perdoá-la. A missa esta noite vai ser dolorosa para você, sangue-jovem. Mas para a maioria de nós, vai ser uma agonia.'

"'Por quê? O que acontece na missa esta noite?'

"'Alguém morre, De León.'

Khalid emitiu um suspiro e olhou para fora, para o frio.

"'Um homem bom morre.'"

✦ VIII ✦
O RITO VERMELHO

— QUANDO O SOL fraco se punha, fui conduzido até a catedral pela música dos sinos poderosos.

"Figuras estavam respondendo ao chamado pelo mosteiro, e fiquei impressionado com como eram poucos. Meia dúzia de santos de prata, talvez uma dúzia de aprendizes, trabalhadores, criados e Irmãs da Sororidade da Prata. Mas, enquanto eu subia os degraus da catedral com Aaron de Coste ao meu lado, eu ainda sentia arrepios na pele. Não importava o quanto ela parecesse velha ou vazia, eu podia sentir a santidade naquele lugar. E, ao entrar, senti a respiração ser roubada de meus pulmões.

"A catedral era entalhada em granito escuro, circular como o símbolo da Igreja Sagrada de Deus. Como era tradição, dois pares de grandes portas eram escavados em suas paredes – um a leste, para o amanhecer e os vivos, e um ao oeste, para o anoitecer e os mortos. Pilares esculpidos se erguiam até a cúpula, mais altos que as maiores árvores, e o espaço era delicadamente iluminado pelos mesmos globos de vidro que pendiam do teto do arsenal. Muitas das janelas estavam em conserto, mas as que estavam descobertas eram de tirar o fôlego. Luz escura se esforçava para atravessar a grande janela da estrela de sete pontas na fachada, projetando arcos-íris pouco luminosos no chão. Bancos de madeira estavam arrumados em círculos concêntricos em torno de um altar de pedra no coração do prédio, e acima dele pendia uma grande estátua de mármore do Redentor sobre sua roda. Suas mãos estavam amarradas, as costas esfoladas, a garganta cortada de orelha a orelha.

"Em cima daquele altar havia um braseiro, e uma tigela de vidro cheia de um líquido prateado borbulhante. Diante dela havia um único cálice de prata.

"Eu não sabia para que o braseiro servia, mas toda alma temente a Deus conhecia o Graal. Como em todas as outras igrejas em Elidaen, aquele era apenas uma imitação, é claro. Mas, enquanto o cálice estivesse presente ali, assim também estava o espírito do Redentor. E eu juro que podia *senti-lo*.

"Apesar do tamanho da catedral, havia apenas umas cinquenta pessoas na missa. Baptiste Sa-Ismael estava sentado com mais três que sem dúvida eram outros dedos pretos. Meu mestre, *frère* Mãocinza, estava ajoelhado na primeira fila em meio a um grupo de homens trajados como santos de prata. Eles tinham rostos severos e estavam vestidos de preto, e cada um me parecia uma lenda viva. Mas percebi que muitos estavam de algum jeito mutilados; pulsos sem mãos e rostos sem olhos. No fim de sua fileira estava sentado um santo de prata com cabelo grisalho liso. Vi que ele estava balançando suavemente, para frente e para trás. Seus olhos estavam profundamente injetados de sangue; seu rosto, marcado com rugas de dor.

"O ar estava cheio de uma música fantasmagórica, angelical e bela. Vi Irmãs da Sororidade da Prata em uma galeria elevada, vestidas de preto, cantando todas em uníssono. Suas vozes fizeram minha pele formigar, a beleza de sua música encheu meu peito com um fogo antigo.

"Por uma escada em caracol abaixo do piso, o abade Khalid ascendeu ao altar. Ele estava vestindo túnicas pretas, e as cicatrizes em suas bochechas retorciam seus lábios naquele estranho sorriso permanente. Quando ele levantou as mãos, vi tinta prateada na pele negra de seus antebraços – Sanael, anjo do sangue, um entrelaçado de espadas e pombos, a Virgem-mãe segurando o bebê Redentor.

"'*Eu sou a palavra e o caminho, disse o Senhor*', entoou Khalid. '*Através de meu sangue, o pecador vai encontrar a salvação, e o penitente, as chaves para meu reino eterno.*'

"Todos na catedral murmuraram a resposta habitual de uma congregação na missa.

"'*Véris.*'

"É uma antiga palavra elidaeni, que significa: *Uma verdade além da verdade.*

"'Nós damos as boas-vindas a um novo irmão aqui, em sua casa, oh Senhor.' Khalid olhou diretamente para mim. 'Seu nascimento, uma abominação. Sua vida, uma transgressão. Sua alma, destinada à perdição. Mas nós imploramos, Senhor, dê a ele a força para superar o malfeito de sua concepção e resistir alto contra essa noite sem fim.'

"'*Véris*', responderam os irmãos.

"O sino do altar tocou. Eu podia sentir o próprio hálito de Deus em meu pescoço.

"'Gabriel de León', ordenou Khalid. 'Aproxime-se.'

"Olhei para o mestre Mãocinza, e ele assentiu uma vez. Fazendo o sinal da roda, eu me vi diante daquele braseiro e da tigela com líquido prateado sobre dele.

"Seis pessoas subiram pela escada, banhadas pela luz suave e quente daqueles globos acima. A prioresa Charlotte estava à frente delas, seguida por três mulheres de hábitos pretos entremeados de prata. Suas cabeças estavam cobertas de renda, os rostos empoados de branco, estrelas de sete pontas vermelhas pintadas sobre os olhos. Mas as duas pessoas que as seguiam vestiam o branco das noviças, com o rosto descoberto e sem adornos.

"Enquanto elas tomavam seus lugares no altar à minha frente, reconheci as duas daquela tarde nos estábulos. A primeira era a garota pequena com os olhos verdes e sardas – Chloe, eu me lembrei de como ela se chamava. A segunda era a bela garota de cabelos escuros que tinha sido surrada pela prioresa por sua desobediência. Seus olhos escuros mais uma vez se encontraram com os meus.

"Astrid Rennier.

"Observei a irmã noviça Chloe desenrolar uma bolsa de couro com a estrela de sete pontas em relevo. Havia um conjunto de agulhas arrumado no interior, longas e reluzentes sob a luz melíflua.

"'Como Deus deu ao Redentor sobre a roda', disse Khalid, 'oramos a ele para que dê a você força para resistir ao sofrimento das noites vindouras. Por enquanto, nós lhe damos uma prova.'

"Olhei para o abade, me perguntando o que ele queria dizer.

"'Ponha sua mão esquerda sobre o altar', ordenou ele.

"Fiz como me mandaram, e pus a mão sobre a madeira. Só quando a irmã noviça Chloe virou delicadamente minha palma para cima, eu entendi o que estava acontecendo. Ela passou um tecido fresco sobre minha pele, e senti o cheiro forte e pronunciado de substâncias voláteis. Astrid Rennier mergulhou uma agulha no líquido metálico borbulhando sobre o queimador. E, olhando em meus olhos, ela falou, repetida pelas outras irmãs ao seu redor.

"'Esta é a mão,

"'Que leva a chama,

"'Que ilumina o caminho,

"'E transforma o escuro,

"'Em prata.'

"Astrid enfiou a agulha na palma da minha mão. A sensação foi forte e nítida, mas breve, e eu só me encolhi um pouco. Olhando para baixo, vi um pequeno ponto de sangue e prata gravado em minha carne. A prioresa Charlotte se inclinou para perto para inspecionar a espetada da agulha e assentiu rapidamente. Eu inspirei fundo e engoli em seco. Pensando que a picada não tinha sido tão ruim.

"Astrid espetou a palma da minha mão outra vez. E outra vez. Na altura da vigésima picada da agulha, o desconforto tinha se transformado em dor. E na centésima, a dor tinha se transformado em agonia."

Gabriel sacudiu a cabeça, olhando fixamente para a estrela tatuada na palma de sua mão esquerda.

– É uma coisa estranha ser marcado desse jeito. A dor se transforma em delírio. O breve alívio entre cada espetada de agulha parece ao mesmo tempo céu e inferno. Meu pai me batia como em um cachorro em seus dias ruins. Mas eu nunca tinha sentido nada como a dor que conheci ao toque de Astrid. Ela era... incandescente. Como se eu estivesse fora de meu corpo, observando como em um sonho febril.

"Eu não sabia como ia administrá-la. E, ainda assim, eu sabia que aquilo era um teste – o primeiro de muitos. Se eu não conseguisse aguentar uma agulha, como iria enfrentar os monstros da escuridão? Como vingaria minha irmã, ou defenderia a poderosa Igreja de Deus, se eu não conseguisse vencer aquilo?

"Tentei me concentrar na música do coro, mas eu a ouvia apenas como um hino fúnebre. Fechei os olhos, mas senti apenas medo ao não saber quando a próxima espetada podia acontecer. Assim, olhei para o Redentor acima.

"Eles o haviam esfolado vivo, diziam os Testamentos. Sacerdotes dos velhos deuses, se recusando a aceitar a Fé Única – eles o penduraram em uma roda de carruagem e o açoitaram com espinhos, queimaram-no com fogo, depois cortaram sua garganta e o jogaram nas águas. Ele podia ter pedido ao Pai Todo-poderoso para salvá-lo. Em vez disso, aceitou seu destino, sabendo que seria o catalisador para unir aquela igreja e espalhar sua palavra para todos os cantos do império.

"*Por este sangue, eles terão a vida eterna.*

"E agora aquele império estava em perigo. Aquela igreja sob o cerco dos Mortos não mortos. Então olhei em seus olhos e rezei.

"*Dê-me a força, irmão. E eu vou lhe dar tudo.*

"Eu não saberia dizer quanto tempo levou. No fim, a palma de minha mão era a porra de uma sujeirada ensanguentada. Mas Astrid finalmente se afastou, e Chloe derramou bebida em minha pele. E através da névoa fervente, eu a vi, gravada na palma da minha mão; a marca dos Mártires em tinta prateada.

"Uma estrela de sete pontas perfeita.

"'*Frère* Mãocinza', disse Khalid. 'Aproxime-se.'

"Mestre Mãocinza fez o sinal da roda e veio andando.

"'Você jura diante do Deus Todo-poderoso conduzir este garoto indigno pelos princípios da Ordo Argent? Jura diante de San Michon ser a mão que guia, o escudo que protege, até sua alma amaldiçoada estar forte o suficiente para ele mesmo proteger este império?'

"'Pelo Sangue do Redentor', respondeu Mãocinza. 'Eu juro.'

"Khalid se voltou para mim.

"'Você jura diante de Deus Todo-poderoso se comprometer com os princípios de nossa ordem? Superar o pecado vil de sua natureza e viver uma vida a serviço da Igreja Sagrada de Deus? Jura diante de San Michon obedecer seu mestre, ouvir sua voz, ser guiado por sua mão até que você mesmo esteja santificado?'

"Pensei no dia em que minha irmã tinha voltado para casa. Sabendo que naquela irmandade, dentro daquela ordem sagrada, eu encontraria forças para impedir que aquele horror voltasse a acontecer.

"'Pelo sangue, eu juro.'

"'Gabriel de León, eu o nomeio iniciado da Ordem da Prata de San Michon. Que o Pai Todo-poderoso lhe dê coragem. Que a abençoada Virgem-mãe lhe dê sabedoria. Que o Único Verdadeiro Redentor lhe dê força. *Véris*.'

"Meu olhar encontrou o do abade, e todo meu corpo formigou de orgulho quando seus lábios se curvaram um pouco mais em seu sorriso de vilão. Mãocinza assentiu de leve – o primeiro sinal de aprovação que ele mostrava desde que me salvara em Lorson. Minha cabeça estava leve, a dor, agora, uma bendição. Mas, através daquela névoa, eu me senti mais em paz do que jamais tinha estado.

"Mãocinza voltou para seu lugar, e fui andando ao lado dele. Um sino tocou, sinalizando que a congregação devia ficar de pé. As irmãs e noviças em torno do altar baixaram a cabeça. Khalid voltou os olhos para a janela com o vitral dos mártires.

"'Da alegria mais vibrante à tristeza mais profunda. Nós imploramos que sejas testemunha, abençoada Michon. Nós oramos ao Senhor, Deus Todo-poderoso, para abrir os portões de seu reino eterno'. Seus olhos caíram sobre o santo de prata grisalho no fim de nossa fileira. '*Frère* Yannick. Aproxime-se.'

"O coro tinha ficado em silêncio. Observei o homem cerrar os maxilares, erguer os olhos para o céu. O rosto de *frère* Yannick era magro, com rugas de sono entalhadas em torno de seus olhos injetados de sangue. Ao lado dele, um homem mais novo de cabelos cor de areia apertou sua mão, pálido de tristeza – outro aprendiz, percebi. E, inspirando fundo, Yannick deu um passo à frente e foi até o abade Khalid.

"'Está pronto, irmão?', perguntou Khalid.

"'Estou pronto', respondeu o homem, sua voz como vidro quebrado.

"'E você tem certeza, irmão?'

"O santo de prata olhou para a estrela de sete pontas na palma de sua mão esquerda.

"'Melhor morrer como um homem que viver como um monstro.'

"'Para o céu, então', disse Khalid, com delicadeza.

"Yannick assentiu.

"'Para o céu.'

"O coro recomeçou sua música, e reconheci o hino cantado em missas fúnebres; a bela e triste 'Memoria Di'. Khalid foi andando pelo corredor oeste da catedral. *Frère* Yannick seguiu atrás dele como um sonâmbulo. Um por um, o resto da congregação seguiu, saindo pelas portas para os mortos até o pátio depois delas. Eu não ousava falar e quebrar a horrível santidade. Eu podia sentir o momento. Mas o mestre Mãocinza sabia as perguntas que eu tinha na cabeça.

"'Este é o Rito Vermelho, Pequeno Leão', sussurrou ele. 'Esse é o destino que aguarda por todos nós.'

"Nós nos formamos no pátio, observando o abade Khalid e o *frère*

Yannick marchando até a plataforma de pedra que eu tinha visto mais cedo – a que De Coste tinha chamado de 'ponte do céu'. Vi a roda na beira do balcão, olhando para a queda até o rio abaixo. E parte de mim soube, então, o que estava por vir.

"'Nós somos filhos de um pecado terrível', murmurou Mãocinza para mim. 'E, no fim, esse pecado corrompe a todos nós. A sede de nossos pais vive dentro de nós, Pequeno Leão. Há maneiras através das quais podemos dominá-la por algum tempo, para podermos conquistar nosso lugar no reino do Todo-poderoso. Mas, no fim, Deus nos castiga pelo sacrilégio de nossa concepção. Quando sangues-pálidos envelhecemos, ficamos mais fortes. Mas também o animal imoral que existe em nossa concha mortal. A sede terrível que exige ser saciada com o sangue de inocentes.'

"'Yannick... ele matou alguém?', sussurrei. 'Ele bebeu...'

"'Não. Mas a sede se tornou grande demais para ele aguentar. Ele a sente, se espalhando como um veneno. Ele a ouve quando fecha os olhos à noite.' Meu mestre sacudiu a cabeça, com a voz contida. 'Nós a chamamos de *sangirè*, Pequeno Leão. A *sede vermelha*. Um sussurro no início, suave e doce. Mas ela cresce e se torna um grito infinito. E, a menos que você a silencie, você *vai* sucumbir a ela, tornando-se nada mais que um animal voraz. Pior que o mais baixo dos atrozes.'

"Mãocinza acenou com a cabeça para *frère* Yannick, sua voz carregada de tristeza e orgulho.

"'É melhor acabar com esta vida que perder sua alma imortal. No fim, essa é a escolha diante de todo sangue-pálido vivo. Viver como um monstro ou morrer como um homem.'

"Eu ainda conseguia ouvir o coro na catedral. Observei *frère* Yannick tirar seu sobretudo, retirar a túnica. Seu corpo era coberto por uma bela tinta prateada: ícones dos Mártires e da Virgem-mãe, os anjos da morte, da dor e da esperança. A tinta contava a história de uma vida passada a serviço de Deus. Por fora, ele parecia saudável e forte, mas uma olhada em seus olhos disse que as coisas não eram assim dentro dele. E, então, me lembrei da minha noite com Ilsa. O coro de suas veias inundando minha boca. O ritmo de meu coração enfurecido ficando mais forte enquanto o dela enfraquecia a cada gole. A sede que tinha me levado tão fundo.

"O que ela ia virar quando eu ficasse mais velho?"

"O que *eu* ia virar?"

"'Imploramos que testemunhe, Pai Todo-poderoso', chamou o abade Khalid. 'Da mesma forma que seu primogênito sofreu por nossos pecados, nosso irmão também vai sofrer pelos dele.'

"'*Véris*', veio a resposta ao meu redor.

"Yannick se virou para olhar para nós, pondo a mão sobre a roda. Minha boca azedou quando vi a prioresa Charlotte se aproximar com um chicote de couro adornado com esporões de prata. Mas a prioresa apenas pressionou o chicote sobre os ombros de *frère* Yannick – sete toques rituais para as sete noites em que o Redentor sofreu. Uma vela foi tocada na pele do irmão, para simular as chamas que queimaram o filho primogênito de Deus. E, então, o abade Khalid baixou a cabeça e sacou uma faca prateada. O coro estava perto do fim de seu hino.

"'Abençoada Virgem-mãe...', disse eu, em voz baixa.

"'Do sofrimento vem a salvação", entoou Khalid. 'No serviço de Deus, encontramos o caminho para seu trono. Em sangue e prata esse santo viveu, e assim ele morre agora.'

"'Em seus braços, Senhor!', gritou Yannick. 'Eu entrego minha alma indigna!'

"Eu me encolhi quando a lâmina brilhou nas mãos do abade e cortou o *frère* de orelha a orelha. Um grande jato de sangue jorrou do ferimento, e Yannick fechou seus olhos famintos de sono. As notas finais do Memoria Di ecoaram sobre a congregação. Eu não conseguia encontrar ar para respirar. Então, com um empurrão delicado, como um pai conduzindo seu filho para a cama, Khalid jogou Yannick do balcão, na direção das águas 150 metros abaixo.

"Ao meu redor, o grupo fez o sinal da roda. Um horror frio tinha se estabelecido em meu estômago. Entre as noviças, vi Astrid me observando outra vez com aqueles olhos escuros. O abade Khalid olhou ao redor enquanto os sinos dobravam. E ele assentiu, como se estivesse satisfeito.

"'*Véris*', disse ele.

"'*Véris*', responderam os outros.

"Olhei para a tatuagem nova na palma da minha mão. Latejando de dor. Queimando como fogo.

"'*Véris*', sussurrei."

✦ IX ✦

O MAIS DOCE E O MAIS ESCURO

– NAQUELA NOITE, NÃO consegui dormir. Eu me deitei nos alojamentos, ouvindo as velhas vigas de carvalho rangendo acima. Verdadeiros santos de prata tinham celas individuais nos andares superiores, mas nós, iniciados, dormíamos em um quarto comunitário. Havia mais camas do que o necessário – suficientes para pelo menos cinquenta. Mas, quando voltamos da missa, apenas cerca de uma dúzia retornou comigo.

"Eu me deitei, com a cabeça acelerada. No espaço de um dia eu tinha ganhado os bens mais refinados que já havia possuído, tinha sido introduzido em uma ordem sagrada, havia prometido minha vida a Deus. Mas também vi um membro dessa mesma ordem ser ritualmente assassinado antes que sucumbisse à loucura em seu interior e aprendi que, no fim, o mesmo destino me aguardava.

"Não se. *Quando.*

"Olhei para o iniciado na cama ao meu lado. Era o garoto que tinha apertado a mão de *frère* Yannick antes que ele se dirigisse ao altar – o aprendiz do irmão morto. Um rapaz forte, de cabelos claros, e seu sotaque formal me disse que ele era tinha origem elidaeni. Seus olhos azuis brilharam quando ele me olhou de esguelha. Eu podia ver que estavam injetados de sangue por causa das lágrimas.

"'Que dia', concordei.

"'Gostaria de poder prometer que fica mais fácil. Mas não tenho língua de mentiroso.'

"'Não vou culpá-lo por isso', assenti. 'Meu nome é Gabriel de León.

"'Theo Petit', disse o garoto, apertando minha mão.

"'Minhas condolências por seu mestre. Vou rezar por sua alma.'

"Seus olhos, então, brilharam, e sua voz endureceu.

"'Guarde isso para você, garoto. Reze para viver tempo o bastante para encarar a mesma escolha que ele. E mostrar a mesma coragem ao fazer isso.'

"Theo soprou e apagou o lampião e mergulhou o quarto na escuridão. Fiquei ali deitado, olhando para o breu. Me revirando de um lado para outro até que De Coste, depois de algum tempo, rosnou da cama em frente à minha:

"'Vá dormir, camponês. Você vai precisar disso amanhã.'

"Eu não tinha ideia de como essas palavras de Aaron iam se provar verdadeiras. Na manhã seguinte, fui despertado pelos sinos da catedral, e sentia como se não tivesse dormido. Estava meio ávido, meio aterrorizado, me perguntando o que estava por vir. A tatuagem em minha mão estava doendo, ensanguentada, e depois de uma missa sombria de amanhecer, *frère* Mãocinza me deu um pote com uma sálvia de cheiro doce.

"'Graça dos anjos', explicou ele. 'A prata em sua tatuagem significa que ela vai demorar mais a curar que uma ferida normal. A graça vai ajudar até seu sangue fazer seu trabalho. Agora, siga-me. E deixe essa espada aqui. Ela não é seu pau, você pode tirar a mão dela de vez em quando.'

"Fiz como meu mestre mandou e o segui no ar da manhã. Lembro-me que naquele dia estava tão frio que meus testículos pareciam ter entrado em meu corpo. A luz fraca da manhã sobre o mosteiro era frágil, bonita, e, enquanto percorríamos nosso caminho pela ponte de cordas na direção da silhueta da manopla, eu podia sentir palpitações agitadas no estômago. Arqueiro cortava o ar frio à nossa volta, chamando por Mãocinza enquanto pairava acima.

"'Mestre... aonde nós vamos?', perguntei.

"'Sua primeira prova.'

"'E o que eu devo esperar dessa prova?'

"'O que você sempre deve esperar desta vida, Pequeno Leão. Sangue.' Mãocinza olhou para o rio que corria sinuosamente através dos pilares abaixo e deu um suspiro. Ele estava em um humor estranho, mas, se eram pensamentos sobre o rito vermelho da noite anterior ou outros problemas, eu não sabia. 'Parte de mim inveja você no dia de hoje, garoto. O primeiro gosto é sempre o mais doce. E o mais sombrio.'

"Não tinha ideia do que ele quis dizer, mas Mãocinza não parecia no clima para perguntas. Enquanto atravessávamos as grandes portas duplas da manopla, vi que o campo de provas de San Michon tinha a forma de uma vasta arena; circular, a céu aberto. As pedras de seu pavimento eram granito, mas havia uma grande estrela de sete pontas de calcário entalhada em sua superfície. Manequins de treinamento e um estranho aparato circundavam nas margens, e estandartes com brasões desconhecidos adornavam as paredes.

"No centro da estrela, um grupo esperava, suas sombras fracas estendendo-se em minha direção. O mais à frente era o abade Khalid, parado com os braços cruzados, seu sobretudo se agitando ao vento. Uma bela espada de aço de prata estava pendurada em suas costas – de punho duplo e mortal, mais alta que eu. O grandalhão assentiu quando nos aproximamos, e Mãocinza e eu fizemos uma reverência.

"'Bom amanhecer, iniciado De León. *Frère* Mãocinza.'

"'Bom dia, abade', respondemos.

"Khalid apontou para as pessoas ao seu redor.

"'Esses são luminares da Ordem da Prata, De León. Vieram testemunhar sua prova do sangue. A boa prioresa Charlotte, líder da Sororidade da Prata e senhora do aegis, você já conhece.'

"Eu me curvei para a severa mulher, com os olhos baixos. Ela estava vestida dos pés à cabeça em seu hábito preto de irmã, e sua pele parecia branca à luz fraca do amanhecer, aquelas quatro cicatrizes recortando as raivosas linhas rosa em seu rosto. Eu me perguntei distraidamente como ela as havia conseguido, e ela me deu um sorriso estreito e exangue.

"'Bom amanhecer, iniciado. Que a Virgem-mãe o abençoe.'

"Khalid acenou com a cabeça para um homem mais velho com uma túnica preta ao seu lado.

"'Este é o arquivista Adamo, mestre da grande biblioteca e guardião da história da Ordo Argent.'

"O homem piscou para mim, parecendo levemente confuso por trás de seus óculos grossos. Sua pele era enrugada como papel molhado; seus cabelos, brancos como as neves de minha juventude. Suas costas eram curvadas pela idade, e eu não via nenhuma tatuagem em prata sobre suas mãos com manchas de idade.

"'Argyle á Sadhbh', disse Khalid, seguindo até um homem mais alto que todo o grupo. 'Serafim dos Irmãos da Lareira e mestre da forja de San Michon.'

"O enorme homem me olhou nos olhos, saudando-me com um aceno da cabeça. Ele era nascido em Ossway, com certeza – pelos que nasciam ruivos flamejantes cobriam seu couro cabeludo, e seu queixo era pesado como um bloco de granito. Mas seu olho esquerdo era branco leitoso, o lado esquerdo de seu rosto, desfigurado por uma queimadura profunda, e o mais estranho de tudo, sua mão esquerda era de metal, não carne – um simulacro inteligente forjado em ferro, preso a seu antebraço com um braçal de couro. Seus bíceps eram grossos como as coxas de um homem, e sua pele clara era marcada por cicatrizes de fagulhas de sua forja. Ele era um ferreiro, sem dúvida.

"'Iniciado', grunhiu ele. 'Que Deus possa lhe dar força neste dia.'

"'Esta é a *soeur* Aoife', disse Khalid. 'Adepta da Sororidade da Prata.'

"O abade gesticulou para uma jovem irmã ao lado de Charlotte, me observando com olhos azuis curiosos. Ela era magra, bonita, com uma sugestão de cachos avermelhados na borda de sua touca. Segurava uma fina caixa de carvalho polido, e suas unhas estavam roídas até a raiz.

"'Bom dia, iniciado.' Ela fez uma mesura. 'Que a Virgem-mãe o abençoe.'

"'A boa irmã vai ajudar na prova de hoje. E em relação a seu mestre da prova', aqui Khalid compartilhou seu sorriso de vilão com Mãocinza. 'Vou deixar que ele se apresente.'

"Olhei para o irmão em questão, parado ao lado do abade como uma forte sombra. Seu bigode grisalho, mas escuro, era tão comprido que podia ser amarrado em um laço no alto de seu crânio raspado, e seus olhos pareciam buracos de mijo em sua cabeça. Ele parecia mais velho que Khalid e Mãocinza – mais de 40, achei. E tinha uma constituição delicada, a gola de seu sobretudo amarrada alta em torno de seu pescoço. Com exceção de uma longa vara de freixo polido, ele estava desarmado.

"'Meu nome é Talon de Montfort, serafim da caçada', declarou o homem magro com um forte sotaque elidaeni. 'Você vai aprender a me odiar mais que a puta que o cuspiu de sua barriga e o demônio que jorrou você lá dentro.'

"Olhei para meu mestre, depois para Khalid, surpreso. Aquele Talon era serafim da caçada, o segundo santo mais alto da ordem. Mesmo assim, nenhum bastardo vivo falava daquele jeito sobre minha mãe.

"'Minha mãe não era...'

"*Swakk!*, veio o som da vara de Talon em minhas pernas.

"'Ai!'

"'Nesta prova, você vai falar quando falarem com você. Entendeu?'

"'*O-oui*', consegui dizer, massageando minha coxa açoitada.

"*Swakk!*

"'*Oui* o que, seu merdinha fodedor de porcos?'

"'*O-oui*, serafim Talon'', arquejei.

"'Esplêndido.' O homem magro olhou para Mãocinza, os outros luminares. 'Vocês podem ocupar seus lugares nos ringues, irmãos e irmãs de Deus. O tempo está frio, mas isso não vai demorar muito. Após uma hora, a prova vai estar concluída, ou o funeral vai estar encaminhado.'

"Eu fiquei um pouco assustado com isso. Mas meu mestre apenas me deu um tapinha no ombro.

"'Não tema. Escute o hino, Pequeno Leão.'

"Mãocinza se virou e, com o abade Khalid e a prioresa ao seu lado, andou até as arquibancadas descobertas. Argyle ajudou o arquivista Adamo; o velho pegou a mão de ferro do ferreiro e saiu andando lentamente da estrela. Ventos frios sopravam entre Talon e mim, jogando meus cabelos nos meus olhos. A irmã Aoife estava ao lado do serafim, com aquela caixa de madeira nas mãos. O homem magro olhou para mim como uma coruja avaliando um camundongo especialmente suculento, e observei aquela vara em sua mão como se fosse uma víbora pronta para atacar.

"'O que sabe do sangue-frio que originou você, garoto?', perguntou Talon.

"A pergunta me pegou desprevenido, principalmente porque eu não tinha uma boa resposta. Pensei, então, em minha mãe, com uma pontada de ressentimento no peito. Todos aqueles anos que ela tinha passado me avisando das fomes interiores, e nem uma vez ela me alertou sobre o que eu realmente era. Imaginei que ela estivesse com vergonha do pecado daquilo tudo. Mas ela podia ter me contado *alguma coisa*...

"'Nada, serafim.'

"*Swakk!*

"'Ai!'

"'Fale, seu malparido desprezível!'

"Olhei para os rostos de pedra na galeria e falei mais alto.

"'Nada, serafim!'

"Ele assentiu.

"'Agora devo fazer esta pergunta como se o mundo precisasse que sua mãe cagasse você nele, mas você é de algum modo versado nos mistérios divinos da chymica?'

"Meu coração se acelerou com isso. A chymica era uma arte sombria, da qual se falava em voz baixa pela minha aldeia. Minha mãe uma vez me contou que era algo entre alquimia, feitiçaria e loucura. Mas, por garantia, sacudi a cabeça.

"Talon deu um suspiro.

"'Então deixe-me esclarecer o que você chama de mente, sua doninha de merda com porra na cabeça. Os inimigos que você vai enfrentar na Caçada são as criaturas mais mortais sob o próprio céu de Deus. Sangues-frios. Faekin. Incansáveis dançarinos da noite. Caídos. Mas o Todo-poderoso não deixou você desprovido de ferramentas na noite sem fim. E vamos ensinar você a fazer *todas* elas. Pó negro de ignis que explode com toda a fúria do céu com uma única fagulha. Prata cáustica para queimar a carne de seus inimigos como ácido. Escudo do rei. Graça dos anjos. Hálito do espírito. Espinho da tristeza...' De dentro de seu sobretudo, Talon sacou um vidro com um pó escuro escarlate. 'E, finalmente, seu maior presente de todos.'

"Minha boca ficou seca. Era o mesmo pó que eu tinha visto Mãocinza e De Coste fumar ao longo da Estrada Sagrada, seus olhos ficando injetados de sangue vermelho quando eles inalavam a fumaça.

"'O que *é* isso, serafim?'

"'Isto, sua poça de mijo imbecil, é *sanctus*. Uma destilação química da essência nas veias de nossos inimigos. Por meio dela, aliviamos a sede sombria herdada pelos homens que nos geraram. *E* liberamos os dons que Deus nos deu para mandá-los de volta para o inferno.'

"'O senhor quer dizer que isso é...'

"Ele assentiu.

"'Sangue de vampiro.'

"'Caralhos me fodam', disse eu.

"'Os Testamentos consideram a sodomia um pecado mortal, então eu prefiro não.' Talon ofereceu um sorriso rápido. 'Mas você é muito bonito, De León, e agradeço pela oferta.'

"Eu ri, achando que ele estava fazendo uma piada.

"*Swakk!*

"Ai!'

"'*Sanctus* é o maior sacramento de San Michon. A maior arma de um sangue-pálido contra a noite sem fim e nossas naturezas amaldiçoadas. Hoje, você começa a usá-lo e ele a usar seus dons. E nosso primeiro passo, minha querida mácula de um mendigo, é determinar a qual das quatro linhagens pertencia o pau imortal de seu pai. Mas antes de começarmos...' Ele girou a vara entre os dedos e franziu o cenho. 'Você precisa me dar permissão para fazer isso.'

"Engoli em seco enquanto massageava a perna.

"'Permissão, serafim?'

"'Os sangues-pálidos não podem usar seus dons uns nos outros sem consentimento, sob o castigo do açoite. Nós somos irmãos de armas, de propósito e de sangue, e devemos confiar uns nos outros acima de qualquer coisa, De León. Então. Você consente?'

"Olhei para a irmã Aoife, inseguro.

"'O que acontece se eu não permitir?'

"*Swakk!*

"'Ai!'

"'Você. Permite?'

"'Permito!'

"Talon assentiu, estreitando o olhar. Tive, então, uma sensação muito estranha. Como dedos roçando delicadamente meu couro cabeludo. Um sussurro penetrando por meus olhos. Eu me encolhi, como se estivesse olhando para o sol, com a cabeça girando.

"O que... o q-que o senhor está fazendo?'

"'Todos os vampiros têm habilidades comuns que os sangues-pálidos herdam. Mas cada linhagem de sangue também tem talentos únicos.' Talon apontou para um dos brasões que eu não conhecia na parede – um corvo branco usando uma coroa dourada. 'Os *corações de ferro*. Do kith sangue Voss. Eles têm a carne como aço. Podem afastar a prata. Os mais velhos podem até resistir à fúria do fogo. Mas muito mais impressionante é sua capacidade de ler a mente de homens mais fracos.'

"Percebi que *aquela* era a sensação que eu tinha – o serafim *estava na porra da minha cabeça*. Eu podia senti-lo, agora, como uma sombra dentro de meu crânio. Mas com a mesma rapidez que começou, a sensação terminou.

"'Você precisa aprender a resguardar seus pensamentos, meu fracote babão', alertou Talon. "Ou os membros da linhagem Voss vão arrancá-los dessa sua cabeça de merda.'

"Pisquei com força, percebendo que o pai de Talon devia ter sido um desses corações de ferro, e que seu filho tinha tomado seus dons para si. Então, me perguntei mais uma vez sobre meu pai. Quem era ele? Que benefícios seu sangue maldito tinha conferido a mim? Estava nervoso que Talon pudesse simplesmente entrar à força em minha mente se decidisse fazer isso, mas, ao mesmo tempo, parte de mim sentiu uma excitação por esse dom também poder ser meu.

"O serafim apontou para outro estandarte, bordado com dois lobos negros e dois círculos vermelhos ornamentados – as luas gêmeas, Lánis e Lánae.

"'Sangue Chastain. Os *pastores*. Esses sangues-frios impõem sua vontade sobre habitantes do mundo animal. Veem através de seus olhos. Controlam-nos como fantoches. Os mais velhos podem até assumir a forma das criaturas mais sombrias da terra e do céu. Morcegos. Gatos. Lobos. Não confie em nenhum animal quando caçar um Chastain, garoto. Pois eles comandam os olhos da noite.'

"O serafim apontou com a cabeça para um terceiro estandarte; um escudo em forma de coração com um belo trançado de rosas e cobras.

"'Sangue Ilon. Os encantadores. Uma linhagem mais perigosa que um saco cheio de serpentes sifilíticas. Todos os vampiros podem dobrar os fracos de coração sob sua vontade. Mas os Ilons podem manipular todo tipo de emoção. Aumentar a raiva. Provocar o medo. Inflamar a paixão. E o caçador que não pode confiar em seu próprio coração não pode confiar em nada.'

"Talon girou sua vara na direção do último estandarte; um campo azul enfeitado com um urso branco e um escudo partido.

"'Sangue Dyvok. Os *indomados*. Possuidores de uma força que faz até os outros bastardos da noite do mal se cagarem em suas calças profanas. Essas criaturas podem despedaçar homens adultos com as próprias mãos. Seus antigos podem destruir muralhas de castelos com os punhos, e fazem a terra tremer sob suas botas. Até os outros sangues-frios parecem crianças impotentes perto deles.'

"Minha mente estava girando quando Talon se voltou para a jovem a seu lado.

"'Boa *soeur*?'

"Aoife abriu sua caixa de carvalho e produziu um cachimbo de prata ornamentado. Ele era feito à imagem de Naél, anjo da felicidade, suas mãos em concha para fazer um fornilho. Enquanto eu observava, Talon derramou uma pequena quantidade de *sanctus* nas palmas das mãos do anjo.

"'Agora, o monstro que embarrigou sua mãe pertencia a uma dessas quatro linhagens. E você vai possuir o dom de sangue dele, embora em uma forma reduzida. Você se lembra da primeira vez que exibiu alguma habilidade estranha? Você mostrava afinidade com os animais quando era menino? A habilidade de sempre conseguir o que queria? Talvez você soubesse o que os outros iam dizer antes que eles falassem?'

"Eu mordi o lábio.

"'Minha irmã Amélie. Ela foi assassinada por um sangue-frio e voltou para nossa aldeia como um dos atrozes. Eu lutei com ela com minhas mãos nuas.'

"'Uhmm.' O homem magro assentiu. 'Dyvok, talvez. O mesmo sangue amaldiçoado que corre dentro de nosso abade. Muito bem, vamos começar por aí.'

"Virei para as arquibancadas, de onde Khalid me olhou nos olhos e assentiu. A ideia de que eu pudesse ser da mesma linhagem que um homem tão poderoso fez com que eu sentisse novamente palpitações no estômago.

"Talon bateu sua vara no chão três vezes. Ouvi o atrito lubrificado de pedra sobre pedra e vi o centro da estrela de sete pontas se abrindo inteiro.

"Erguendo-se sobre um bloco de granito escuro estava o mesmo atroz que Mãocinza tinha arrastado até o mosteiro desde Lorson. Sua carne estava devastada, manchada e cinzenta; sua boca, um poço de navalhas. Uma corrente de prata o prendia ao chão, metal fervilhando quando tocava aquela pele podre. Olhando nos olhos vazios do atroz, eu me vi novamente em minha aldeia, no dia em que minha irmã voltou para casa.

"Outros segmentos da estrela de sete pontas se abriram, e nos blocos de pedra que subiram vi uma matilha de cães mestiços – meio cães, meio lobos – seguros pelas correntes de prata. Eles estavam ficando loucos, rosnando para o atroz no centro da estrela. Mas o monstro olhava apenas para mim, os olhos cheios de uma fome infinita e eterna.

"Talon ergueu o cachimbo de haste longa na direção de meus lábios.

"'Respire fundo', aconselhou ele. 'Assim como San Michon pegou o sangue do Redentor na roda e voltou o pecado de seu assassinato para a própria causa de Deus, nós também refazemos nosso próprio pecado. Dos piores horrores são forjados os maiores heróis.'

"Olhei para meu mestre, depois para a irmã Aoife, ainda incerto. Os olhos azuis brilhantes dela cruzaram com os meus, e, por baixo de seu véu, vi os lábios da irmã se movendo, articulando exatamente as mesmas palavras que Mãocinza tinha me dito:

"*Escute o hino.*

"Meu coração estava batendo depressa. Medo em meu estômago. Mas, se aquilo era um teste, eu estava determinado a não falhar diante dos olhos de todos os luminares da Ordem. O serafim Talon pôs o cachimbo em meus lábios, acendeu-o com sua pederneira e me mandou respirar, *respirar*."

Jean-François estava desenhando em seu livro, sua voz um murmúrio baixo.

– O primeiro gosto é sempre o mais doce. E o mais sombrio.

– Foi o que Mãocinza prometeu – assentiu Gabriel. – Se eu soubesse então o que sei agora... Eu teria saído correndo até chegar nos braços de

minha mãe, fecharia a porta para o escuro e os monstros que caçavam nele e aqueles homens que andavam com saltos de prata. Porque não foi um herói que Talon forjou naquele dia enquanto eu inalava o belo veneno em meus pulmões. Foi uma *corrente*. E uma que nunca vou romper.

"Eu vi isso começar nas mãos prateadas do anjo. Uma pitada escarlate dançando em minha língua. Senti se abater sobre mim pesado como chumbo e leve como plumas, eu inteiro em chamas. E, por dentro, ouvi as primeiras notas de uma sinfonia iluminada como o céu e vermelha como sangue.

"*Escute o hino, Pequeno Leão.*

"'Ah, meu *Deus*', arquejei. 'Ah, doce e abençoado Redentor...'

"Não sei por quanto tempo me perdi. Lutando para surfar aquela onda sangrenta, controlar meus sentidos espalhados, banhados em vermelho fervente. Só me lembro do som que finalmente me arrastou para fora daquilo. Por baixo daquela sinfonia vermelho-sangue, outro barulho estava aumentando, distinto o bastante para me abalar, alto o suficiente para me despertar. Metal sobre pedra.

"Eu abri os olhos e vi. Com o coração pulsando pesado em meu peito. O atroz estava avançando direto para cima de mim.

✦ X ✦
SANGUE DOS FRÁGEIS

— O SERAFIM TALON e a irmã Aoife não estavam em nenhum lugar à vista. Eu estava sozinho. Desarmado. Minutos eram horas, momentos eram minutos, o monstro correndo em minha direção com dedos curvados como garras. Os cães mestiços estavam latindo, enlouquecidos na presença do sangue-frio. Meu coração estava acelerado. E, na palma de minha mão esquerda, uma chama estava ardendo, brilhante como prata.

"Eu tinha sido criado profundamente na Fé Única. Eu ia à capela todo *prièdi* quando menino, e ainda dizia minhas orações antes de dormir toda noite. Eu amava Deus. Temia Deus. Adorava Deus. Mas, pela primeira vez na vida, eu podia *sentir* Deus de verdade. Seu amor. Seu poder se manifestando em mim. Então eu me movi, como se meus ombros estivessem coroados com asas de anjo. A boca do atroz estava escancarada, a língua inchada entre as presas. Mas eu desviei das mãos que tentavam me agarrar e o monstro passou aos tropeços e bateu contra a parede.

"Peguei a corrente de prata ainda enrolada no pescoço do atroz e a estalei como se fosse um chicote. A criatura se virou e senti sua força profana quando mãos mortas se fecharam em meu pescoço. Mas eu me vi igualmente forte — tão forte quanto tinha estado no dia em que Amélie voltou para casa. Girei o braço uma vez, duas, enrolando a corrente de prata em torno do punho. Então eu o recuei e soquei direto a porra da boca preta daquele monstro.

"Osso despedaçado. Dentes lascados. Eu bati outra vez, vagamente consciente do baque surdo e molhado da prata em carne rançosa. Meu velho amigo, o ódio, se agachou em meu ombro, minha mente iluminada com a imagem de minha irmã dançando uma música que só ela podia ouvir, o hino que eu agora também podia ouvir – vermelho, vermelho, vermelho. E, quando terminei, a cabeça do monstro era uma mancha escura na parede atrás dele, uma pasta disforme pendurada no fim de um pescoço quebrado.

"*Escute o hino, Pequeno Leão.*

"Deixei o corpo cair. Uma onda vermelha inundou meus olhos, todos os anjos cantando no tempo. Minha mão direita estava uma massa ensanguentada, com os nós dos dedos esfolados até os ossos. Eu estava tão doidão que podia ter ficado na ponta dos pés e beijado os lábios da própria Virgem-mãe. Mas, do meio da multidão na arquibancada, Talon chamou.

"'Temo que não. O próximo!'

"Ouvi pés correndo, garras sobre pedra fria. E, ao me virar, vi a matilha de mestiços famintos atacando desde o outro lado do círculo. Apertei a corrente em minha mão, sem saber o que fazer comigo mesmo. Havia uma dúzia dos bastardos se lançando em minha direção como flechas, com olhos selvagens e dentes expostos. Em um pânico crescente, girei a corrente ao meu redor para afastá-los. Os cães desaceleraram, rosnando e latindo, formando um círculo fechado ao meu redor enquanto eu recuava até a parede. Eu não tinha ideia de por que eles estavam me atacando. Eu não tinha a intenção de machucá-los, mas também não desejava virar jantar, minha mente correndo com o hino de sangue enquanto aquele pedaço de corrente girava ruidosamente em torno de minha cabeça.

"'Mande que eles sentem!', gritou Mãocinza. 'Comande-os!'

"'Saiam daqui!', gritei para os animais. 'Vão daqui, seus bastardos!'

"'Não com sua voz, seu falador de cérebro cagado!', disse rispidamente Talon. 'Com a mente!'

"Eu não tinha a menor ideia de como fazer o que o serafim queria, mas, mesmo assim, eu tentei. Girando a corrente para manter os cães afastados, fixei o olhar no maior deles – um bruto de dentes projetados com pelo sarapintado e olhos brilhantes. Mostrei os dentes e rosnei para ele em minha cabeça, me sentindo completamente tolo ao fazer isso. E enquanto eu concentrava a atenção no grandalhão, um dos merdas menores resolveu arriscar, passando correndo por baixo da corrente e investindo sobre meu peito.

"Com uma praga, eu o afastei para o lado, mas uma coisa pesada me atacou e senti presas afundando em meu antebraço. Gritei quando minha carne foi rasgada, me debatendo e socando o cachorro que tinha me pegado. Outro atacou minha perna e me jogou no chão. Senti dentes rasgarem meu ombro, sangue quente escorrendo pelas minhas costas. Tornei a atacar, corpos voaram, mas havia tantos deles que eu não sabia para que lado me voltar. Meus braços estavam em torno de meu rosto, e eu estava gritando enquanto eles me rasgavam, me perguntando o que os havia levado a tamanha loucura. Eles pareciam possuídos, quase como se seu desejo não lhes pertencesse."

– Ah – disse Jean-François. – Entendo.

– *Oui* – respondeu Gabriel. – E com a mesma rapidez com que tinham atacado, as mandíbulas em torno de meus membros se soltaram. Rolei e fiquei de pé, coberto de sangue, e peguei minha corrente outra vez. Mas os cães estavam se afastando, lambendo mandíbulas ensanguentadas, seus olhos agora fixos em *frère* Mãocinza. Meu mestre acenou com uma das mãos, e os meios-lobos voltaram para seus lugares na estrela de sete pontas, como cães pastores nórdicos bem treinados ao chamado de seu pastor.

"Enquanto os outros continuavam olhando, o serafim Talon voltou para o círculo. Suas botas ecoavam na pedra enquanto ele caminhava em minha direção, com a irmã Aoife ao seu lado. Eu mal conseguia ficar de pé, o sangue quente correndo por meus braços e pernas rasgados. O hino de sangue estava funesto em meus ouvidos, o *sanctus* ainda correndo em minhas veias junto com minha raiva pelo que eles tinham feito.

"'Bom, você sem dúvida não é Chastain. Não tem nenhuma afinidade com animais, com toda a certeza.' Talon pegou uma de minhas mãos feridas.

"Também não é um Voss, pela aparência. Sua carne macia se rasgou como papel, não foi, garoto?'

"'Tire a porra das suas mãos de mim!'

"Talon gritou para Khalid:

"'Acredito que ele está aborrecido, bom abade!'

"'Eles podiam ter me *matado*!'

"Talon escarneceu.

"'Você é um sangue-pálido, garoto. Você não morre tão fácil. Em algumas horas, não vai ter nenhuma marca em você.' O serafim alisou seu bigode impressionante e girou aquela vara maldita entre os dedos. 'Nossos dons se manifestam em momentos de dificuldade. Esta prova é feita para infligir isso. Então pare de choramingar, seu estrumeiro dentuço.'

"'Vocês fizeram isso de propósito?' Eu olhei para os olhos acima. 'Vocês estão *loucos*?'

"'*Você* está, filho de uma rameira?' Talon sorriu.

"Eu cerrei os dentes, sentindo meus dedos se fechando em um punho.

"'Eu não faria isso se eu fosse você, meu pequeno camponês sodomita', alertou Talon. 'Agredir um serafim da Ordem da Prata sem provocação faria com que você fosse chicoteado como uma inquisidora no dia da festa do anjo da felicidade.' Ele alisou o bigode escuro e comprido, com um leve sorriso surgindo em seu rosto. 'Mas talvez... se eu batesse em você primeiro...'

"'...O quê?'

"'Se eu bater em você primeiro, você pode me bater também. Sangue por sangue, hein, abade?'

"Na arquibancada, Khalid assentiu.

"'Sangue por sangue.'

"'Então faça-me fazer isso, seu manja-rola', rosnou Talon. 'Pegue a raiva. Pegue a fúria. Pegue a indignação que faz esse lábio bonito tremer todo e force-a sobre mim. Se eu bater em você primeiro, você pode me bater de volta. Então me deixe com raiva, garoto. Me deixe *furioso*.'

"'Eu...'

"*Swakk!*

"'Vamos! Me faça sentir!'

"'Eu não...'

"*Swakk!*

"'Pelos Sete Mártires, *pare* com essa porra!'

"'Eu quero ver!' Talon me empurrou na parede, com uma força assustadora. Seu rosto estava a centímetros do meu, e pude ver que seus olhos estavam tomados de sangue vermelho enquanto ele sibilava com presas expostas. 'Abrace o que está dentro de você! A *maldição* em seu sangue!'

"Eu cerrei os dentes, com as têmporas pulsando. A irmã Aoife não fez nenhum movimento para me ajudar. Os anciãos da ordem continuavam a observar, frios e impiedosos. Mas eu sabia que aquilo ainda era um teste, e queria desesperadamente criar um lugar para mim ali, para aprender a verdade sobre os dons que meu pai tinha passado para mim. Então, tentei fazer o que Talon mandava. Abracei minha fúria, aquele fogo nórdico em meu sangue, tão real que eu podia sentir seu calor sob minha pele. E imaginei o serafim queimando, chamas saindo de mim e ateando fogo nele. Meus punhos ensanguentados se cerraram, o peito arquejava enquanto eu reunia toda a minha força e minha dor e as pressionava sobre ele.

"Os olhos de Talon se arregalaram. Ele deu uma única respiração curta.

"'Não', suspirou ele por fim. 'Nada.'

"Talon soltou minha túnica. Com olhos de buraco de mijo cintilando, o serafim da caçada se virou, acariciando o bigode enquanto olhava para os luminares acima. O serafim Argyle estava com a expressão fechada, sua mão de ferro estava em torno da orelha de Khalid enquanto ele sussurrava. O rosto de Mãocinza estava impassível. O arquivista Adamo parecia ter dormido no ombro de Charlotte. Eu permaneci ali, inseguro, a dor de meus ferimentos era uma chama fraca sob a onda do *sanctus*. Sangue escorria de meus dedos, se empoçava dentro de minhas botas. A irmã Aoife olhou para mim com preocupação, mas, ainda assim, não fez nada para me ajudar. O serafim arrastou os pés quando fez um círculo lento em minha direção, com os lábios apertados.

"'Nós não vemos um de vocês há um bom tempo. Que deprimente.'

"'O que quer dizer com isso?'

"'Quero dizer que você não é particularmente forte." Talon apontou para o atroz destroçado. 'Forte como um sangue-pálido comum, é claro, mas com certeza não um descendente do sangue Dyvok. Você não tem afinidade com animais, não tem resistência a ferimentos na carne, então isso tira Chastain e Voss da lista. E parece que você tem tanto talento para manipulação emocional quanto uma boceta cheia de água gelada, então você também não pode ser Ilon.'

"'Então.... o que eu sou?'

"Talon olhou para mim com uma expressão azeda.

"'Você é um sangue-frágil.'

"Eu olhei para meu mestre.

"'Um o quê?'

"'O filho de um vampiro jovem e fraco demais para ter passado seu legado', respondeu Talon. 'Você não tem linhagem de sangue. Não tem nenhum dom de sangue além daqueles que todos nós compartilhamos.'

"A dor de meus ferimentos foi esquecida. Pude sentir meu estômago se apertar sem saber bem por quê.

"'T-tem certeza? Talvez o senhor não tenha me testado di...'

"'Eu sou o serafim da caçada há uma década, garoto. Conduzi essa prova o suficiente para conhecer um sangue-frágil quando vejo um.' Os lábios de Talon se curvaram. 'E eu vejo um em você.'

"Acariciando o bigode, o serafim saiu andando pela estrela de sete pontas. A irmã Aoife finalmente se aproximou de mim, deu um tapinha em meu ombro ensanguentado enquanto murmurava:

"'Você ainda vai fazer o trabalho de Deus aqui, iniciado. Mantenha o amor da Virgem-mãe em seu coração e os ensinamentos do Todo-poderoso em suas mãos, e tudo vai ficar bem.'

"Olhei para Mãocinza e para o abade Khalid, com um aperto no estômago. E quando me levantei ali na onda do hino de sangue, com os membros rasgados trêmulos, molhado de suor e com o cabelo caindo sobre os olhos, ouvi o golpe de despedida de Talon como um soco em minha barriga.

"'Decepcionante.'"

✦ XI ✦
COMO HISTÓRIAS FUNCIONAM

– *DECEPCIONANTE.*

"Essa era a palavra que pairava sobre minha cabeça mais tarde naquela noite. Se o mestre Mãocinza estivesse desanimado com a notícia sobre seu aprendiz, ele tinha escondido bem – permanecendo estoico como sempre enquanto me conduzia de volta aos alojamentos. Mas, mesmo assim, o olhar soturno do mestre da forja Argyle, os lábios franzidos da prioresa Charlotte, as palavras de Talon – nenhum deles ia me deixar. E enquanto estava sentado em minha cama limpando o sangue de minhas botas novas, ainda podia ouvir sua voz ecoando em meus ouvidos.

"*Decepcionante.*

"'Eu devia ter arrebentado com a porra da cabeça dele', grunhi.

"'Ora, olhe o que os vermes deixaram para trás', disse uma voz.

"Ergui os olhos e encontrei Aaron de Coste olhando para mim da porta do alojamento. Ele estava com outro iniciado – um rapaz alto e de cabelo escuro chamado Séverin, que se portava da mesma maneira que De Coste, parecendo ter uma colher de prata na bunda. Pelo sorriso de come merda no rosto de Aaron, notícias de minha prova já tinham circulado entre os outros iniciados.

"'Eu sabia que você era malnascido, Gatinho', escarneceu ele. 'Mas não tanto assim.'

"'Vá comer merda, De Coste. Não estou com paciência para isso agora, estou avisando.'

"'Suponho que isso faz sentido', refletiu o jovem nobre com Séverin. 'Vampiros camponeses indo para a cama com humanos camponeses. Tudo parte da rica tapeçaria da sarjeta?'

"Seu amigo riu, e o fogo dentro de mim ardeu forte.

"'Minha mãe não era camponesa. Ela era da casa De León.'

"'Ah, a senhora da mansão, tenho certeza. Então aquele buraco esquálido e pequeno de onde você foi arrastado era sua casa de verão?' Aaron franziu o cenho, como se estivesse pensativo. 'Cabana de verão, talvez?'

"De Coste era mais velho que eu. Aproximadamente uns três anos, e ele tinha alguns centímetros a mais que eu, na época. Eu não tinha certeza se poderia enfrentá-lo, mas jurei a Deus que se ele fizesse mais uma piada sobre minha mãe, eu ia tentar.

"'Então não tenho linhagem de sangue', retruquei. 'Ainda sou sangue--pálido. Ainda posso lutar.'

"De Coste riu.

"'Tenho certeza de que o Rei Eterno está tremendo em suas botas.'

"'Ele devia estar', respondi rispidamente, voltando a limpar as minhas.

"O nobre jovem foi até sua cama e pegou uma cópia dos Testamentos. Mas ele ainda estava olhando para mim.

"'É assim que você se vê, não é? O pequeno e corajoso Gabriel de León atacando o trono de cadáveres de Fabién Voss com sua nova espada prateada e salvando sozinho o reino?' Aaron riu. 'Você não tem mesmo a menor ideia do que está acontecendo aqui, não é?'

"'Sei tudo de que preciso saber. Sei que estava destinado a estar aqui. E sei que esta ordem é a única esperança real contra o Rei Eterno.'

"'Nós não somos a esperança real de *nada*, Gatinho.'

"Eu franzi o cenho.

"'O que você quer dizer com isso?'

"'Quero dizer que meu irmão Jean-Luc é um cavaleiro do exército imperial em Augustin. A hoste dourada. As forças sendo reunidas na capital vão *aniquilar* o Rei Eterno antes que seus mestiços rastejantes cheguem a Nordlund. Ah, nossa causa pode ser virtuosa. Mas a triste verdade é que ninguém na corte acredita que os santos de prata vão fazer alguma diferença.' Aaron gesticulou para o alojamento a nossa volta com o lábio curvado. 'A única razão para este mosteiro estar *sendo* financiado é porque a imperatriz Isabella é enamorada pelo misticismo, e o imperador Alexandre gosta que seu pau seja chupado por sua nova noiva.'

"'Isso é besteira, De Coste', disse eu.

"'E o que você sabe disso, sangue-frágil?' De Séverin deu um suspiro.

"'Sei que estou aqui pela vontade de Deus. Minha irmã *morreu* nas mãos desses monstros. E se eu puder fazer alguma coisa para detê-los, eu vou fazer.'

"'Bom para você', disse Aaron. 'Mas, no fim, com toda sua fé e sua fúria, você não vai ser nada além de mijo no vento. Quero dizer, olhe para você. *Ma famille* pode traçar nossa linhagem até Maximille, o Mártir. Minha mãe é a baronesa da província mais rica de Nordlund e...'

"'E mesmo assim ela não estava acima de ir para a cama com um vampiro.'

"De Coste ficou em silêncio quando Theo Petit entrou pela porta. O rapaz grande estava vestindo sua calça de couro, mas a túnica estava desamarrada, e eu pude ver uma sugestão de tinta metálica por baixo dela. Havia um belo anjo tatuado dos nós de seus dedos ao cotovelo no antebraço esquerdo, e o que parecia ser um urso rosnando desenhado em seu peito. Ele estava com um prato de coxas de galinha em uma mão e caiu na cama, comendo ruidosamente.

"'Isso é o que há de engraçado nas mulheres nobres', refletiu Theo. 'Elas são do mesmo tamanho que todas as outras quando estão de quatro.'

"'Sangue da sarjeta e uma boca de esgoto', escarneceu Séverin. 'Se não é Theo Petit. A resposta para a pergunta que ninguém estava fazendo.'

"'Somos todos bastardos dos Mortos aqui, Aaron. Somos todos merda nas botas do imperador. Estamos *todos* condenados.' Theo enfiou uma coxa de galinha na boca e falou com De Coste com ela cheia. 'Então pare com esse sermão do filho torturado da nobreza, hein?'

"Aaron apenas olhou de cara fechada.

"'Só porque você perdeu seu mestre para o *sangirè* isso não lhe dá permissão para se esquecer de seus modos, Petit. *Eu* sou o iniciado mais velho desta companhia.'

"Theo parou de mastigar por um momento, com os olhos brilhando.

"'Se você mencionar meu mestre outra vez, podemos ter de testar essa teoria, Aaron.'

"De Coste olhou para o rapaz alto de cima a baixo, mas não pareceu disposto a insistir. Em vez disso, ele se deitou em seu travesseiro, murmurando baixo.

"'Pau mole...'

"Theo escarneceu e pôs as botas sobre a cama.

"'Sua irmã não diz isso.'

"Eu ri baixo, registrando o detalhe em minha cabeça.

"'De que diabos você está rindo, Gatinho?', rosnou Aaron.

"Lancei um olhar venenoso para De Coste, mas o assunto já parecia estar resolvido. Olhei nos olhos de Theo, assentindo um agradecimento silencioso, mas o garoto grande simplesmente deu de ombros em resposta – acho que a discussão foi menos sobre Theo me defendendo e mais por ele não gostar de De Coste. Por isso, em silêncio e machucado, e ainda sem amigos, voltei a limpar minhas botas, tentando não pensar demais sobre meu fracasso na manopla. Eu não tinha linhagem nem dons para chamar de meus, exceto aqueles que todos tinham. Eu não descobri nada sobre meu pai. Mas, apesar de tudo o que Aaron disse, apesar das provas, eu ainda sentia que estava destinado a estar ali. Deus me queria em San Michon. Sangue-frágil ou não."

Gabriel fez uma pausa por um instante. Entrelaçando os dedos, ele olhou para suas mãos.

– Mas quer saber a pior coisa, sangue-frio?

— Conte-me a pior coisa, santo — respondeu Jean-François.

— Estava na cama mais tarde naquela noite. Meus ferimentos não passavam de lembrança, e pensei no que De Coste tinha me contado sobre seu irmão no exército. Sobre a restauração daquele mosteiro ser apenas o capricho de uma imperatriz. E meu primeiro pensamento não foi para as pessoas que podiam ser poupadas se o Rei Eterno fosse esmagado pela hoste dourada. Não foi para os soldados que podiam morrer para derrotá-lo nem sobre o horror por aquele conflito ter acontecido. Meu primeiro pensamento foi rezar para que a guerra não estivesse terminada quando eu chegasse lá.

Gabriel deu um suspiro e olhou o historiador nos olhos.

— Pode acreditar nisso? Eu, na verdade, estava com medo de *perder* tudo.

— Não é esse o desejo de todos os jovens com espadas? Conquistar a glória ou uma morte gloriosa?

O Último Santo de Prata sacudiu a cabeça.

— Eu não tinha ideia do que estava para acontecer. Nenhuma pista do que eles iam fazer comigo. Mas eu sabia que essa era minha vida, agora. E, por isso, jurei novamente fazer o melhor possível. Independentemente do que Aaron dissesse, eu sentia nos ossos que San Michon ia ser a salvação do império. Eu realmente acreditava que tinha sido escolhido, que tudo aquilo, o assassinato de minha irmã, o que eu tinha feito com Ilsa, o sangue amaldiçoado e bastardo em minhas veias, tudo era parte do plano de Deus. E se eu confiasse nele, se dissesse minhas orações, louvasse seu nome e seguisse sua palavra, tudo ficaria bem.

Gabriel escarneceu, olhando para a estrela de sete pontas na palma de sua mão.

— Que idiota eu fui.

— Coragem, De León. — A voz do sangue-frio estava suave como o arranhar de sua pena. — Você não estava sozinho em sua esperança. Mas ninguém pode vencer um inimigo que não pode morrer.

— As montanhas em Augustin não ficaram encharcadas apenas com o sangue vermelho dos mortais. Vocês morreram aos montes naquela noite, sangue-frio.

Um leve dar de ombros.

– Nossos mortos *ficam* mortos, Santo de Prata. Os seus se levantam contra vocês.

– E você acredita que isso é uma coisa *boa*? Diga, você nunca se pergunta onde tudo isso termina? Depois que todos os monstros que vocês geraram tiverem exaurido essas terras de todo homem, mulher e criança, *todos vocês* vão passar fome. Atrozes e altos-sangues igualmente.

– Por *isso* a necessidade de um governo firme. – Dedos pálidos esfregaram os lobos bordados na sobrecasaca do vampiro. – Uma imperatriz previdente o bastante para construir, em vez de destruir. Fabién Voss foi sábio em usar os sangues-ruins como arma. Mas seu tempo está chegando ao fim.

– Os atrozes superam vocês na razão de cinquenta para um. Há quatro linhagens de sangue kith principais, e todas têm exércitos de cadáveres em servidão. Você acha que essas víboras vão abrir mão de suas legiões sem luta?

– Eles podem lutar o quanto quiserem. Eles vão fracassar.

Gabriel, então, olhou para o monstro, com uma expressão fria e calculista nos olhos. O hino de sangue ainda pulsava em suas veias, aguçando sua mente assim como seus sentidos. O rosto do sangue-frio estava como pedra; seus olhos, escuridão líquida. Mas até uma rocha nua pode contar uma história para aqueles com ensinamentos para vê-la. Apesar de tudo – da carnificina, da traição e do fracasso – Gabriel de León era um caçador que conhecia sua presa. E, num piscar de olhos, ele viu a resposta, tão clara e límpida quanto se o monstro tivesse escrito as palavras naquele livro maldito.

– É por isso que você procura o Graal – disse ele. – Você acha que o cálice pode dar a vitória a vocês contra as outras linhagens de sangue.

– Histórias de crianças não têm nenhum interesse para minha imperatriz, santo. Mas *sua* história tem. – O monstro tamborilou sobre o livro em seu colo. – Então volte a ela, faça o favor. Você era um garoto de 15 anos.

Bastardo mestiço de um pai vampiro, arrastado da sordidez provinciana para os muros impenetráveis de San Michon. Você cresceu para se tornar um modelo de perfeição da ordem, como você jurou. Eles cantam canções sobre você, De León. O Leão Negro. Portador da Bebedora de Cinzas. Matador do Rei Eterno. Como alguém ascende de um lugar tão baixo e se torna uma lenda? – Os lábios do vampiro se curvaram. – E, depois, cai tão profundamente?

Gabriel olhou para a chama da lanterna com a boca apertada. A fumaça de sangue agitava-se dentro dele, aguçando não apenas sua mente, mas sua memória. Ele passou um polegar pelos dedos tatuados, a palavra PACIÊNCIA escrita abaixo dos nós de seus dedos.

Os anos em suas costas pareciam meros momentos, e esses momentos eram claros como cristal. Ele podia sentir o cheiro de sino-de-prata no ar, ver chama de vela refletida no olho de sua mente. Podia sentir quadris macios balançando sob suas mãos. Olhos escuros de desejo. Lábios vermelhos como cerejas abertos contra os dele, unhas arranhando suas costas nuas. Ele ouviu um sussurro, então, quente e desesperado, e ele o ecoou sem pensar, as palavras saindo de seus lábios em um suspiro.

– *Não podemos fazer isso.*

A cabeça de Jean-François se inclinou.

– Não?

Gabriel piscou, se viu de volta àquela torre fria com aquela coisa morta. Ele podia sentir o gosto de cinzas. Ouvir os gritos dos monstros que tinham negado a morte por séculos, abatidos finalmente por sua mão. E seu olhar se encontrou com o do sangue-frio, sua voz carregada com sombra e chama.

– Não – disse ele.

– De León...

– *Não.* Não tenho mais desejo de falar de San Michon neste momento, se for de seu agrado.

– *Não* é de meu agrado. – Um leve franzir marcou a testa imaculada de

Jean-François. – Eu gostaria de ouvir sobre seus dias no mosteiro dos sangues-pálidos. Seu aprendizado. Sua ascensão.

– E você vai ouvir tudo sobre isso na hora certa – rosnou Gabriel. – Temos a noite inteira, você e eu. E todas as noites de que vamos precisar depois disso, aposto. Mas se você busca conhecimento sobre o Graal, então devemos voltar para o dia em que eu o encontrei.

– Não é assim que as histórias funcionam, Santo de Prata.

– Essa é minha história, sangue-frio. E se eu entendi bem, essas vão ser as últimas palavras que vou falar nesta terra. Então, se essa vai ser minha última confissão, e você meu padre, confie que sei a melhor maneira de compartilhar a contagem da porra dos meus próprios pecados. Quando eu terminar de contar, vamos ter voltado a Lorson. A Charburg. Às neves vermelhas de Augustin. E *oui*, até a San Michon. Mas, por enquanto, vou falar do Graal. Como ele chegou a mim. Como eu o perdi. E o que houve no meio disso. Acredite em mim quando digo que nossa imperatriz vai ter suas respostas no fim.

Jean-François do sangue Chastain não ficou satisfeito, com um vislumbre de presas em seu rosnado silencioso. Mas, no fim, o monstro passou os dedos magros nas penas em seu pescoço e concordou com um gesto do queixo.

– Muito bem, De León. Como você quiser.

– Sempre fiz isso, sangue-frio. Essa foi metade da porra do problema.

O Último Santo de Prata se encostou em sua poltrona e juntou as pontas dos dedos no queixo.

– Então – começou ele. – Tudo começou com uma toca de coelho.

Livro Dois

ESTA NOITE SEM FIM

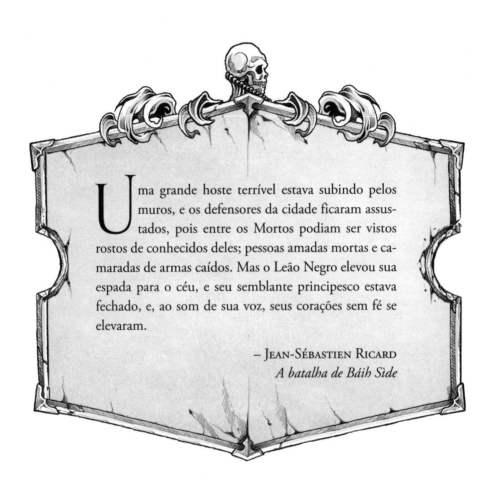

Uma grande hoste terrível estava subindo pelos muros, e os defensores da cidade ficaram assustados, pois entre os Mortos podiam ser vistos rostos de conhecidos deles; pessoas amadas mortas e camaradas de armas caídos. Mas o Leão Negro elevou sua espada para o céu, e seu semblante principesco estava fechado, e, ao som de sua voz, seus corações sem fé se elevaram.

— Jean-Sébastien Ricard
A batalha de Báih Side

✦ I ✦

INJUSTIÇA

— A NOITE TINHA caído havia duas horas quando aconteceu — disse Gabriel. — Estava cavalgando para o norte através de campos agrícolas arruinados, cobertos de garoa cinza. A primeira mordida amarga do inverno estava no vento, e a terra ao meu redor tinha um ar assombrado. Cordas de fungos pálidos pendiam de árvores mortas, a estrada apenas quilômetros de lama suja. As aldeias pelas quais passava eram cidades fantasmas — prédios vazios e cemitérios cheios. Eu não via uma pessoa viva há dias. Fazia mais de uma década desde que eu tinha viajado pelos domínios do imperador Alexandre, terceiro de seu nome. E tudo parecia pior do que quando eu o havia abandonado.

— Há quanto tempo foi isso exatamente? — perguntou Jean-François.

— Três anos atrás. Eu tinha 32 anos.

— Onde você tinha estado?

— Sul. — Gabriel deu de ombros. — Até Sūdhaem.

— E por que você deixou sua amada Nordlund?

— Paciência, sangue-frio.

O vampiro franziu os lábios, mas não respondeu nada.

— Eu estava usando meu velho sobretudo para me proteger da chuva. Manchas de sangue esmaecidas. Couro preto. O tricórnio abaixado, a gola amarrada alta, como meu velho mestre me ensinou. Fazia anos desde que eu vestia aquilo, mas ainda se encaixava como uma luva. Minha espada estava pendurada numa bainha envelhecida em minha cintura, minha cabeça curvada para se proteger do clima enquanto cavalgávamos pelo dito dia triste.

"Justiça odiava chuva. Sempre tinha odiado. Mas ele seguia firme como sempre fazia, adentrando o frio e o silêncio vazio. Ele era uma beleza: negro, corajoso e sólido como a muralha de um castelo. Para um castrado, aquele cavalo tinha mais colhões que a maioria dos garanhões que conheci."

Jean-François ergueu os olhos.

– Você ainda tinha o mesmo cavalo?

Gabriel assentiu.

– Ele estava um pouco mais cansado do que costumava ser. Assim como eu. Mas era como o abade Khalid tinha me dito – Justiça era meu amigo mais verdadeiro. Na época, ele tinha salvado minha vida mais vezes do que eu podia contar. Nós tínhamos passado pelo inferno juntos, e ele tinha me levado para casa. Eu o amava como a um irmão.

– E você manteve o nome que aquela irmã noviça de boca suja deu a ele? Astrid Rennier?

– *Oui*.

– Por quê? A garota tinha algum significado para você?

Gabriel dirigiu os olhos para a lanterna, a chama dançando em suas pupilas.

– Paciência, sangue-frio.

O silêncio pairou na cela, o único som era o murmúrio da ponta da pena no pergaminho. Demorou um bom tempo até o Santo de Prata continuar.

– Eu estava cavalgando havia meses sem muito descanso. Tinha planejado ter passado do Volta antes da chegada do inverno profundo, mas as estradas estavam mais difíceis de percorrer do que eu esperava, e o mapa que eu levava, muito desatualizado. Os moradores locais tinham destroçado a estrada pedagiada em Hafti e destruído a ponte sobre o Keff, para começar. Não havia nem um barqueiro trabalhando que eu pudesse encontrar, nenhuma alma viva pela porra de quilômetros. Então eu fui forçado a fazer a volta e seguir rio acima.

– Por quê? – perguntou Jean-François.

Gabriel piscou.

– Por que eu fiz a volta?

– Por que os moradores locais destruíram a ponte sobre o rio Keff?

– Como eu disse, isso foi há apenas três anos. Fazia 24 anos desde a morte dos dias. Àquela altura, os senhores de sangue tinham transformado o reino em um abatedouro. Nordlund era uma terra arrasada. Com a exceção de alguns fortes costeiros, Ossway tinha caído. Os exércitos do Rei Eterno estavam se aproximando cada vez mais de Augustin, e atrozes sem mestre rastejavam pelo norte de Sūdhaem como piolhos em uma jezebel da beira do cais. Os moradores locais tinham destruído a ponte para interromper seu avanço.

O vampiro tamborilou com a pena, de cenho franzido.

– Eu lhe disse, De León. Fale como se fosse para uma criança. Por que razão os moradores locais destruíram a ponte?

O Santo de Prata olhou de cara fechada, com os maxilares cerrados. Então ele falou, não só como se fosse para uma criança, mas para uma criança que tivesse sido deixada cair alegremente e repetidas vezes de cabeça pela sua mãe.

– Vampiros não podem atravessar água corrente. Exceto em pontes, ou enterrados em terra fria. Os mais poderosos dentre eles podem conseguir com um ato supremo de força de vontade. Mas, para os Mortos recém-nascidos, um rio de corrente rápida é o mesmo que um muro de chamas.

– Obrigado. Por favor, prossiga.

– Tem certeza? Mais nenhuma besteira cuja resposta você já sabe?

O vampiro sorriu.

– Paciência, *chevalier*.

Gabriel respirou fundo e continuou.

– Então. Eu não fumava desde de manhã, e minha sede estava me tomando silenciosamente. Eu sabia que não conseguiria ir muito mais longe naquele dia. Mas, ao consultar meu velho mapa, vi que a cidade de Dhahaeth ficava a menos de uma hora de viagem para o norte. Supondo que o lugar ainda estivesse de pé, a promessa de um fogo e de algo quente em meu estômago foi suficiente para manter as preocupações sob controle. Então, na esperança de compensar o tempo perdido, saí da estrada e segui por um extenso carpete de picos brancos e uma floresta de fungos vivos e árvores há muito tempo mortas.

"Mal estava na floresta havia dez minutos quando o primeiro atroz me encontrou.

"Uma mulher. Talvez 30 anos quando foi assassinada. Ela estava tão silenciosa quanto fantasmas, mas Justiça sentiu seu cheiro, com as orelhas abaixadas sobre o crânio. Um segundo depois, eu a vi, movendo-se como uma caçadora direto em minha direção. Seu cabelo era um emaranhado louro selvagem, e ela avançava com a rapidez de um lobo, magra e nua, pele pendendo em dobras úmidas em torno da ferida aberta em seu pescoço.

"Ela estava correndo *depressa*. Muito mais rápido do que um homem mortal. Eu não tinha medo de um único atroz, mas esses bastardos são como menestréis – onde há um, sempre há outros, e, quanto mais eles encontram você, mais irritantes ficam. Então dei um cutucão em Justiça e começamos a correr em meio aos destroços de árvores.

"Soltei a espada da bainha quando vi outro atroz à minha direita. Um garotinho sūdhaemi, correndo entre as altas espiras de trufas e cogumelos. Avistei, então, outro à frente. E mais um. Todos silenciosos como cadáveres. Todos correndo depressa. Nenhum deles se movia tão rápido quanto Justiça, veja bem. Mas eu podia dizer que eles eram uma matilha. Cada um com pelo menos uma década de idade."

Jean-François ergueu uma sobrancelha e tamborilou com sua pena.

– Como se fosse para uma criança, De León.

Gabriel deu um suspiro.

– Atrozes recém-nascidos são perigosos, não me entenda mal. Mas em uma escala de um a dez, sendo que "um" são os valentões medianos dos bares de Ossway, e "dez" são as criaturas mais temerárias que a barriga do inferno pode cuspir, eles estão mais ou menos no nível quatro. Nem mesmo os mais velhos entre eles são páreo para um alto-sangue. Mas atrozes mais velhos não podem ser subestimados. Sua espécie fica mais poderosa com o tempo em que seu sangue adensa. Aqueles eram perigosos, e eram muitos. Mas Justiça avançou pela floresta morta, desviando das colônias de fungos a todo galope. Seus cascos eram trovão, e seu coração não se deixava intimidar, então logo deixamos os bastardos sem sangue para trás.

"Acariciei Justiça enquanto ele descia a galope para o vale e murmurei em seu ouvido:

"'Meu irmão. Meu melhor camarada.'

"Então seu casco encontrou a toca de coelho. Sua pata dianteira afundou na terra, sua junta partiu com um *craack* horrendo, e seus gritos encheram meus ouvidos quando caímos. Eu bati com força no chão, senti alguma coisa quebrar e arquejei de agonia enquanto rolava para me apoiar em um toco de árvore apodrecido. Minha espada tinha se soltado da bainha e estava jogada na lama. Meu crânio zumbia, fogo queimava pelo meu braço. Soube imediatamente que o havia quebrado – aquele triturar familiar de vidro quebrado sob minha pele. Nada tão ruim que não fosse estar curado pela manhã. Mas o mesmo não podia ser dito do pobre Justiça."

Gabriel deu um suspiro longo e profundo.

– Eu me levantei do estrago em que estava meu cavalo, com as mãos e o queixo enegrecidos de lama. Olhei para a ponta de osso rasgada na parte de baixo de sua pata, bravo até o fim.

"'Ah, não', disse eu. 'Não, *não*.'

"Justiça gritou outra vez, louco de agonia. Eu virei o rosto para os céus, com uma raiva familiar crescendo no peito. Olhei para meu amigo, com o braço sangrando, a garganta se apertando e o coração partindo. Ele estava comigo desde aquele primeiro dia em San Michon. Enfrentando sangue e guerra, fogo e fúria. Dezessete anos. Ele era tudo o que me restava. E agora... aquilo?

"'Deus me odeia', murmurei.

"*E por que você acha isso, a-acha isso?*

"A voz veio como sempre fazia. Ondas suaves e prateadas dentro de minha cabeça. Eu a ignorei da melhor maneira possível, observando enquanto meu irmão tentava se levantar sobre a pata quebrada. Com a parte de baixo da pata virada para o lado errado, ele caiu outra vez, revirando os grandes olhos castanhos. Sua agonia era minha agonia.

"*Você sabe o que d-deve ser feito, Gabriel,* disse a voz prateada outra vez.

"Olhei para a longa espada aos meus pés, nua e salpicada de lama. O punho para duas mãos estava envolto em couro escuro, seu botão prateado com a forma de uma bela mulher, com os braços abertos para formar a guarda. A lâmina tinha uma forma curva e elegante, em estilo talhóstico antigo, mas ainda possuía uma graça mortal. Forjada do estômago negro de uma estrela caída em uma era cujo nome era lenda. Mas ela estava quebrada. Há muitas vidas, parecia agora.

"Vinte centímetros de ponta quebrados.

"'Cale a boca', disse eu a ela.

"*Eles vão farejá-lo. Fazê-lo em pedaços, vão, vermelho grudento, vermelho grudento, enquanto ele grita e grita e griiiitaaa. Isso é uma doce misericórdia.*

"'Por que você sempre me diz o que eu já sei?'

"*Por que você sempre p-precisa que eu faça isso?*

"Olhei meu cavalo nos olhos, a dor de meu braço quebrado esquecida. De todos aqueles que eu tinha chamado de amigo ao longo dos anos, Justiça era o único que restava. E através de sua dor e seu medo, na mais sombria de todas as suas horas, ele olhou para mim. Seu Gabriel. O que o havia conhecido quando garoto nos estábulos em San Michon, que o havia montado daquele lugar para o exílio quando nenhum de seus ditos irmãos apareceu para se despedir. Ele confiava em mim. Apesar de sua dor, ele sabia que de algum modo eu faria a coisa certa.

"E enfiei minha espada direto em seu coração.

"Não foi o fim mais rápido que eu podia ter dado a ele. Eu tinha um tiro carregado em minha pistola. Mas a noite cairia em apenas duas horas, e a cidade de Dhahaeth ficava a pelo menos quatro a pé. Os atrozes eram aparentemente muitos, como moscas na merda em torno daquela área, e um homem sem cavalo era só uma refeição não comida.

"É sempre melhor ser um bastardo que um tolo.

"Mas, mesmo assim, eu me sentei com Justiça enquanto ele morria. Sua cabeça caindo fundo no meu colo enquanto ele sangrava até o fim na lama. O céu estava escuro como sombra, minhas lágrimas quentes sob a chuva congelante. Minha longa espada quebrada estava enfiada na lama, brilhando com o sangue de meu amigo. Eu olhei fixamente para os céus, para o Deus que eu sabia estar observando.

"'Vá se foder', disse eu para ele.

"*G-gabriel*, sussurrou a lâmina em minha cabeça.

"'E vá se foder você também', sibilei.

"*Gabriel*, repetiu ela com mais urgência.

"'*O quê?* Eu olhei para a espada, com a voz embargada. 'Você não pode me dar um instante para chorar por ele, sua vadia ímpia?'

"A lâmina falou outra vez, gelando meu sangue.

"*Gabriel, e-eles estão vindo.*"

✦ II ✦

OS TRÊS CAMINHOS

— O GAROTO CORREU primeiro. O pequeno. Não devia ter mais de 6 anos quando se Transformou. Ele se movia com a rapidez de um cervo, descendo o vale em minha direção. Os outros seguiam: a mulher loura, um homem de aspecto selvagem, outro homem mais baixo e mais forte. Pelo menos duas dúzias no grupo, agora.

"Com um susto, eu pulei de pé, com o braço quebrado balançando inútil ao meu lado. A dor voltou quando abri meus alforjes com a mão boa e embainhei a espada quebrada. Eu me despedi de meu pobre irmão e então saí correndo, descendo o vale na direção daquela faixa distante de estrada. O vau do rio ficava pelo menos cinco quilômetros depois dela. Havia pouca chance de que eu conseguisse ser mais rápido que um grupo de atrozes por tanto tempo. Mas eu sabia que eles iam parar por Justiça – seu sangue estava empoçado na lama, maduro no ar. Híbridos como aqueles não iam conseguir resistir.

"Eu podia sentir os tremores, a sede fazendo meu coração gaguejar, meu estômago doer. Aos tropeções, quase escorregando na lama, peguei um frasco de vidro de minha bandoleira. Restava apenas uma pitada de pó no fundo, da cor de pétalas de rosa e chocolate, sua promessa fazendo minha mão tremer ainda mais. Mas ao levar a mão ao interior de meu sobretudo, meu coração se apertou quando percebi que minha pederneira tinha desaparecido.

"'Que merda...', murmurei.

"Tateei em torno de meu cinto, de meu casaco, mas já sabia a história;

eu devia tê-la perdido quando Justiça me derrubou. E agora eu não tinha como equilibrar as chances contra mim.

"Por isso continuei correndo, enfiando o braço quebrado por dentro da bandoleira como tipoia e me contorcendo de agonia. Ele ia curar com o tempo, mas os atrozes não iam me dar nenhum. Minha única esperança agora era o rio, e era no máximo uma esperança muito tênue. Se eles me pegassem, eu estaria morto como Justiça."

Jean-François ergueu os olhos de seu tomo.

– Você os temia tanto assim?

– Os cemitérios do mundo estão cheios de tolos que só pensavam no medo como um amigo.

– Talvez sua lenda tenha crescido ao ser contada, De León.

– Isso sempre acontece com as lendas. E sempre na direção errada.

O vampiro afastou os cachos dourados para o lado, os olhos escuros observando os ombros largos de Gabriel.

– Dizem que você foi o espadachim mais temível que já viveu.

– Eu não iria tão longe. – O Santo de Prata deu de ombros. – Mas vamos dizer assim: você não ia querer trocar meus pais se eu tivesse alguma coisa afiada por perto.

O vampiro piscou.

– Trocar seus pais?

Gabriel ergueu a mão direita, com dedos estendidos, então segurou o antebraço com a esquerda.

– Um velho insulto nórdico. Ele sugere que sua mãe teve tantos homens em sua cama que é impossível determinar sua paternidade. E insultar minha mãe é um bom jeito de fazer com que sua cara seja esfaqueada.

– Então por que fugir? Um exemplo da Ordem da Prata? O próprio portador da Bebedora de Cinzas? Correndo como um filhote espancado de uma matilha de sangues-ruins?

– Terceira Lei, vampiro.

Jean-François inclinou a cabeça.

– *Os Mortos correm rápido.*

Gabriel assentiu.

– Havia duas dúzias dos bastardos. Meu braço da espada estava quebrado em pelo menos dois lugares. E, como disse, eu não tinha como fumar.

Jean-François olhou para o cachimbo de osso na mesa à frente deles.

– Você contava tanto assim com o *sanctus*?

– Eu não contava com o *sanctus*, eu era *viciado* nele. E *oui*, eu tinha outros truques na bolsa, mas meu braço estava duplamente fodido, e era muito arriscado lutar contra tantos. Eu também tinha pouca esperança de ser mais rápido que eles, verdade seja dita, mas sempre fui teimoso demais para apenas deitar e morrer. Por isso, tentei correr. Chuva em meus olhos. Coração na garganta. Pensando em tudo o que eu queria fazer ao voltar ali e me perguntando se conseguiria fazer alguma daquelas coisas. Olhei para trás e vi que os atrozes estavam terminando com o corpo de Justiça. Eles se levantaram da lama e seguiram em frente, os lábios vermelhos, os dentes brilhantes.

"Cheguei à estrada, cambaleando pela lama enquanto trovões rolavam acima. Eu estava quase acabado, então. Os atrozes estavam perto de meus calcanhares. Saquei a espada em desespero.

"*Se você for b-brutalmente assassinado aqui*, sussurrou ela, *e eu terminar meus dias pendurada nos quadris de um monte de vermes sem mente, vou ficar terrivelmente aborrecida com você.*

"'Que diabos você quer de mim?', sibilei.

"*Corra, Pequeno Leão*, respondeu ela. *CORRA.*

"Fiz o que a espada me disse. Uma última explosão de velocidade. E, quando um raio cruzou os céus, estreitei os olhos através da chuva e a vi à minha frente. Um milagre. Uma carruagem, puxada por um pangaré cinzento, estava parada no meio da estrada."

– Intervenção divina? – murmurou Jean-François.

– Ou o diabo ama os seus. A carruagem estava cercada por uma dúzia de soldados. Comida era escassa naquelas noites, e manter um cavalo nunca tinha sido coisa de homem pobre. Mas cada um daqueles homens também tinha montaria – bons sosyas fortes, parados abatidos sob a chuva enquanto seus donos discutiam, com lama até as canelas. Eu vi imediatamente seu problema – o clima tinha transformado a estrada em um lodaçal, e sua carruagem estava presa até os eixos.

"Os soldados estavam bem equipados e bem alimentados. Vestindo tabardos vermelhos e peitorais de ferro com crostas de sujeira, eles tentavam soltar a carruagem. E, paradas a sua frente, chicoteando aquele pobre cavalo de tração como se a lama fosse culpa dele, havia duas mulheres altas e pálidas. Elas eram quase idênticas – talvez gêmeas. Seus cabelos eram compridos e pretos, cortados em franjas com pontas, e elas usavam tricórnios com véus curtos e triangulares sobre os olhos. Elas estavam vestindo couro, e seus tabardos também eram vermelho-sangue, marcados com a flor e o mangual de Naél, anjo da felicidade. Eu, então, percebi que aqueles não eram soldados comuns.

"Aquela era uma unidade da Inquisição.

"Os homens me ouviram chegar, mas não pareceram muito incomodados. Então viram a matilha de cadáveres em meu encalço, e todos eles pareceram prontos para se borrar.

"'Que os Mártires nos salvem', disse um.

"'Fodeu', gritou outro, e os queixos das inquisidoras quase caiu de suas cabeças.

"*Gabriel, cuidado!*

"O sussurro ecoou em minha mente, prata por trás de meus olhos. Eu me virei com um grito quando o primeiro atroz me alcançou, estava tão perto que eu podia sentir seu hálito de carniça, ver a forma do garotinho que ele tinha sido. A decomposição tinha avançado muito antes de ele se Transformar, mas ele se movia rápido como moscas, olhos mortos de boneca brilhando como vidro quebrado.

"Minha espada cortou o ar, um golpe improvisado que estava longe de ser poético. A espada atingiu a coxa do monstro e continuou a avançar, decepando a perna da coisa em uma massa de sangue pútrido. Ele caiu sem nenhum som, mas os outros continuaram a chegar, muitos e rápidos demais para que eu pudesse superá-los. Os sosyas relincharam em terror ao ver os Mortos, e dispararam em todas as direções, com os cascos trovejando. Os soldados saíram atrás deles gritando de raiva, de medo."

Gabriel juntou a ponta dos dedos no queixo. Uma pausa para pensar.

– Agora, uma pessoa pode reagir de três formas quando olham a morte nos olhos, a sangue-frio. As pessoas falam sobre fugir ou lutar, mas, na verdade, é lutar, fugir ou *congelar*. Aqueles soldados viram as duas dúzias de cadáveres atacando-os, e cada um escolheu um caminho diferente. Alguns ergueram as espadas. Outros sujaram as calças. E aquelas gêmeas inquisidoras olharam uma para a outra, sacaram facas compridas e malignas do cinto e cortaram os arreios que prendiam o cavalo à carruagem.

"'Corra!', gritou uma, subindo nas costas do animal aterrorizado.

"A outra subiu atrás dela e bateu selvagemente com os calcanhares no cavalo.

"'Corra, sua puta!'

"*Gabriel, você dev...*

"Embainhei minha espada, silenciando sua voz em minha cabeça. Então levei a mão esquerda ao cinto, e ela voltou trêmula segurando a pistola. A pistola era prateada, com uma estrela de sete pontas gravada no punho de mogno. O tiro que eu podia ter dado em Justiça ainda estava carregado no cano. Grato por tê-lo economizado, eu o disparei nas inquisidoras.

"O disparo ecoou, a bala de prata penetrou nas costas de uma mulher em um jato de sangue. Ela caiu do cavalo sem gritar. O cavalo empinou e jogou sua irmã na lama. Sem fôlego, passei correndo pelos soldados confusos e pulei no lombo do cavalo.

"'Espere!', gritou a primeira mulher.

"'Bastardo!'. A outra tossiu, ensanguentada na lama.

"Mas eu não tinha tempo para nenhuma delas. Segurando a crina do cavalo de tração com minha mão boa, ergui os calcanhares para golpeá-lo. Mas ele não precisou de estímulo, gritando de horror enquanto os atrozes se aproximavam. O cavalo enterrou os cascos no lodaçal e disparou, e, em um jorro de lama escura, seguimos em frente na direção do rio sem nem olhar para trás."

Gabriel se calou.

Um silêncio ecoou naquela cela fria, longo como anos.

– Você deixou todos lá – disse, por fim, Jean-François.

– *Oui*.

– Você os deixou todos para morrer.

– *Oui*.

Jean-François ergueu uma sobrancelha.

– As lendas nunca o chamaram de covarde, De León.

Gabriel se inclinou na direção da luz.

– Olhe nos meus olhos, sangue-frio. Eu pareço a você o tipo de homem que tem medo de morrer?

– Você me parece o tipo que receberia isso bem – admitiu o vampiro. – Mas os santos de prata deviam ser exemplos da Fé Única. Matadores dos monstros mais terríveis e guerreiros do Deus mais elevado. E você era o melhor deles. Você chorou como uma criança por um cavalo morto, mas atirou em uma mulher inocente pelas costas e deixou homens tementes a Deus para serem mortos por sangues-ruins. – O historiador franziu o cenho. – Que tipo de herói é você?

Gabriel riu, sacudindo a cabeça.

– Quem disse a você que eu era um herói?

✦ III ✦

PEQUENAS BÊNÇÃOS

— ATRAVESSAMOS O VAU do Keff algum tempo depois. O rio chegava aos ombros de minha égua, mas ela era forte, e desconfio que estivesse grata por estar livre das inquisidoras e seus chicotes. Eu não sabia qual era seu nome, e achei que não ia ficar com ela por muito tempo. Então eu a chamei apenas de "Jez" enquanto seguíamos pela escuridão.

Jean-François piscou.

— Jez?

— Abreviação de "Jezebel". Como eu só a conhecia por uma noite e tudo mais.

— Ah. Humor de prostitutas.

— Não caia de rir, sangue-frio.

— Vou fazer o possível, santo.

— Meu braço estava se curando devagar – prosseguiu Gabriel. – Mas eu sabia que ia precisar de uma dose de *sanctus* para que ele realmente ficasse bom. E, sem minha pederneira, eu não tinha um jeito razoável de acender um cachimbo, muito menos uma lanterna, então corremos às cegas para Dhahaeth, na esperança de que a cidade ainda resistisse. Qualquer luz que o sol desse tinha terminado quando as avistei a distância, mas meu coração ainda se animou com a imagem: chamas, ardendo como faróis em um mar negro.

"Jez estava tão desconfortável quanto eu no escuro, e seguiu com mais força na direção da luz. Pelo pouco que eu tinha ouvido falar sobre Dhahaeth, era uma cidade de apenas uma capela em torno de um moinho às margens do Keff. Mas o lugar no qual cheguei era parecido com uma pequena fortaleza.

"Eles não podiam pagar por muito trabalho de pedra, mas uma paliçada pesada de madeira tinha sido erguida nos limites, com quatro metros de altura, correndo até a margem do rio. Um fosso profundo acompanhava a paliçada, cheio de madeiras pontiagudas, e no alto dela ardiam fogueiras, apesar da chuva. Eu podia ver cadáveres enegrecidos pelo fogo no fosso quando paramos em frente ao portão, e figuras em uma passarela elevada por trás das extremidades pontiagudas da paliçada.

"'Alto', gritou uma voz com forte sotaque sūdhaemi. 'Quem vem lá?'

"'Um homem sedento sem tempo para bobagens.'

"'Há uma dúzia de bestas apontada para seu peito, agora, fodebunda. Eu falaria com mais educação se fosse você.'

"'Fodebunda. Essa é boa", assenti. 'Vou me lembrar dela da próxima vez em que eu montar a sua mulher.'

"Ouvi uma risada baixa de uma das outras figuras, e a voz tornou a falar.

"'Boa sorte na estrada, estranho. Você vai precisar dela.'

"Dei um suspiro baixo, puxei a luva com os dentes e ergui a mão esquerda. A estrela de sete pontas desenhada na palma da minha mão emitia um brilho baço à luz das fogueiras. E eu então ouvi um murmúrio, percorrendo as figuras como febre vermelha.

"'Santo de Prata.'

"'*Santo de Prata*!'

"'Abra a droga do portão!', gritou alguém.

"Ouvi o barulho pesado de madeira, e as portas da paliçada se abriram. Dei um cutucão em Jez, e meus olhos se estreitaram diante da luz das tochas. Um grupo de guardas esperava em um pátio. Eles estavam enlameados, nervosos como cordeiros de primavera. Percebi ao primeiro olhar que eles eram uma milícia reunida à força – a maioria tinha visto muito poucos invernos;

os outros, demais. Eles vestiam couro velho e fervido e carregavam bestas, tochas acesas e lanças de freixo – todas apontadas em minha direção.

"Desci de Jezebel e lhe dei um tapinha de gratidão. Então me voltei para a pia de pedra à direita do portão. Ela tinha a forma de Sanael, anjo do sangue, suas mãos estendidas segurando uma taça de água límpida. Os milicianos ficaram tensos, com as armas prontas. E, olhando-os nos olhos, mergulhei os dedos e os mexi."

Jean-François piscou em uma pergunta silenciosa.

– Água benta – explicou Gabriel.

– Interessante – respondeu o vampiro. – Mas, diga-me, por que insultar o guardião do portão? Quando você podia simplesmente ter exibido a palma da mão e entrado sem confusão?

– Eu tinha acabado de matar meu melhor amigo. Quase tinha perdido a vida para uma matilha de cadáveres híbridos. Meu braço estava latejando como o pau de um virgem em sua primeira viagem à mata, eu estava cansado, faminto e louco para fumar, e sou meio bastardo no melhor dos dias. E aquele dia estava longe de ser o meu melhor.

O olhar de Jean-François examinou Gabriel dos pés à cabeça.

– Nem este, eu temo?

Gabriel bateu em uma bolsa de couro em seu cinto.

– Veja a bolsa na qual eu guardo o tanto que me importo com o que você pensa de mim.

O vampiro inclinou a cabeça e esperou.

– Os milicianos saíram do caminho – prosseguiu Gabriel. – A maioria nunca tinha visto um santo de prata, eu acho, mas a guerra estava em andamento havia anos, então, e todos tinham ouvido histórias sobre a Ordo Argent. Eu podia ver assombro nos mais jovens, um respeito silencioso entre os homens mais velhos. Sabia o que eles viam quando olhavam para mim. Um bastardo mestiço. Um lunático enviado por Deus. A chama prateada ardendo entre o que restava da civilização e a escuridão pronta para engoli-la por inteiro.

"'Eu não tenho esposa', disse um deles para mim.

"Eu pisquei para ele. Era um jovem e dentuço lixo sūdhaemi: pele escura, cabelo cortado rente, velho o bastante para brincar com suas bolas.

"'Você disse que ia montar em minha mulher depois', disse ele, desafiador. 'Eu não tenho mulher.'

"'Considere-se abençoado, garoto. Agora, para onde fica a porra do bar?'

✦ IV ✦
SOBRE OS PERIGOS DO MATRIMÔNIO

— A PLACA ACIMA da porta da taverna dizia: O MARIDO PERFEITO. As letras desbotadas eram acompanhadas da imagem de uma cova recém--aberta. Eu ainda não tinha posto os pés no lugar e já gostava dele.

"A cidade tinha visto noites melhores, mas, 24 anos depois da morte dos dias, havia poucos lugares no império em que isso não fosse verdade. Melhor dizendo, ela tinha sorte só de ter sobrevivido. As ruas de Dhahaeth eram lama congelante, seus prédios apoiados uns nos outros como bêbados no fim da noite. Havia dentes de alho antigos ou o cabelo trançado de virgens presos em todas as portas, prata crua ou sal espalhados em todas as janelas — por todo o bem que isso podia fazer. Todo o lugar fedia a merda e a cogumelos, as ruas cheias de ratos, e as pessoas pelas quais passei davam uma rápida olhada para mim e se apressavam através da chuva congelante, fazendo o sinal da roda.

"A cidade, porém, ainda tinha tráfego suficiente para ter um estábulo. O cavalariço pegou o meio-royale que joguei para ele e guardou a moeda no bolso enquanto eu desmontava.

"'Dê a ela a melhor ração e uma boa escovada", eu disse a ele, dando tapinhas no pescoço de Jez. 'Essa dama fez por merecer.'

"O rapaz olhava fixamente para a estrela de sete pontas na palma da minha mão, assombrado.

"'O senhor é um santo de prata. O senhor...'

"'Só cuide da porra do cavalo, garoto.'

"Minhas mãos estavam tremendo quando eu entreguei as rédeas, e a dor em meu braço quebrado e em meu estômago vazio tornaram fácil ignorar sua expressão magoada. Sem dizer mais palavra, saí andando pela lama, por baixo de uma coroa de sinos de prata, e empurrei e abri a porta do Marido Perfeito.

"Apesar da sinalização sombria, o bar era confortável como uma velha cadeira de balanço. As paredes eram cobertas de cartazes das maiores cidades de Elidaen – Isabeau, ou mesmo Augutin. Espetáculos em bordéis, em sua maioria, e burlescos. As aquarelas emolduradas pelo salão eram de mulheres pouco vestidas em rendas e corpetes, e o retrato de corpo inteiro acima do bar era de uma bela mulher de olhos verdes com pele marrom escura vestindo apenas um boá de penas. O salão tinha uma luz suave, estava cheio de clientes, e eu pude ver por quê. Toda taverna que já visitei tem a impressão de seu dono impregnada nas paredes. E a daquela era cálida e carinhosa como os braços de uma velha amante.

"A conversa parou quando eu entrei. Todos os olhares se voltaram para mim enquanto soltava o cinto com a espada e tirava o sobretudo com uma expressão de dor. Eu estava encharcado por baixo, com um frio mortal, a calça de couro e a túnica agarradas à minha pele. Eu teria socado os peitos da minha própria avó por um banho quente, mas primeiro precisava de comida. E, Deus Todo-poderoso, eu precisava fumar.

"Pendurei meu casaco e o tricórnio, e fui andando pelo salão. A mesa mais perto do fogo estava ocupada por três jovens em traje de milícia. À frente deles havia alguns pratos vazios e, mais importante, uma vela acesa em cima de uma garrafa empoeirada de vinho.

"'...Gostaria de se juntar a nós, *adii*?', perguntou um deles.

"'Não. E não sou seu amigo.'

"Um silêncio desconfortável se abateu sobre o salão. Eu simplesmente permaneci parado e olhando. E, finalmente, entendendo a deixa, os rapazes pediram licença e liberaram a mesa."

Jean-François riu, com a pena arranhando.

– Você *era* mesmo um bastardo, De León.

– Agora você está entendendo, sangue-frio.

Gabriel coçou a barba por fazer e passou a mão nos cabelos enquanto continuava.

– Tirei as botas e as deixei perto do fogo. Ia pegar meu cachimbo quando uma garota da taverna se materializou ao meu lado.

"'O que deseja, *adii*?', perguntou ela com um delicado sotaque sūdhaemi.

"Ergui os olhos e vi tranças escuras. Olhos verdes. Pisquei para o retrato acima do bar.

"'Minha mãe', explicou ela, com o ar cansado de quem tinha de fazer isso com frequência. Ela apontou com a cabeça para uma mulher atrás do balcão, de proporções generosas e vinte anos mais velha, mas sem dúvida a pessoa na pintura. Eu me perguntei despreocupadamente se ela tinha guardado o boá.

"'Comida', disse eu para a garota enquanto mexia em meu cachimbo. 'E um quarto para a noite.'

"'Como quiser. Bebida?'"

"'Uísque', pedi, esperançoso.

Ela escarneceu, revirando os olhos.

"'Isso aqui parece a torre de um lorde para você?'

"Agora, uma pequena parte de mim teve de admirar essa moça me respondendo com sarcasmo enquanto aqueles garotos da milícia tinham se recolhido como uma mão de cartas ruim. Mas a maior parte de mim estava ficando pior a cada instante.

"'Isso está longe de se parecer com a torre de um lorde, verdade. E você, longe de ser uma dama. Então cale a boca, *mademoiselle*, e só me diga o que você tem.'

"Sua voz, então, ficou mais fria.

"'Temos o que todo mundo tem, *adii*.'

"'A porra da vodka.'

"'Isso.'

"Franzi o cenho.

"'Uma garrafa, então. Da coisa decente. Nada de porcaria.'

"Ela se abaixou no tipo mais preguiçoso de mesura e me deu as costas. Eu não devia ter perguntado. Destilado de grãos, àquela altura, era tão difícil de encontrar quanto um homem honesto em um confessionário. Desde a morte dos dias, os fazendeiros tinham sido reduzidos a cultivar colheitas que pudessem brotar na pouca luz que o sol bastardo ainda nos dava. Repolho. Cogumelos. E, claro, a detestável batata."

O Último Santo de Prata deu um suspiro.

– Eu *odeio* a porra de batatas.

– Por quê?

– Coma a mesma coisa todos os dias de sua vida, sangue-frio, e veja como você ficará entediado.

Jean-François estudou suas unhas compridas.

– Nunca ouvi um argumento melhor contra o sacramento do matrimônio, Santo de Prata.

– Agradeci com um aceno de cabeça quando a moça entregou minha bebida. Os clientes voltaram à conversa, fingindo não estarem me observando. A taverna estava cheia, e em meio aos sūdhaemis locais, percebi outras pessoas de pele pálida, *kilts* sujos e uma expressão desesperada – refugiados de Ossway, muito provavelmente fugindo das guerras do norte. Mas a distração da minha chegada, pelo menos, pareceu terminar. Então peguei um frasco de vidro em minha bandoleira.

"Eu normalmente não fumava com companhia, mas a necessidade estava pesando sobre mim como chumbo. Medi uma dose saudável, então peguei a garrafa de vinho com sua vela vermelho-sangue e aproximei meu cachimbo da chama.

"Há uma arte ao fumar *sanctus*. Se aproximar demais da chama, o sangue queima. Se não aproximar o suficiente, ele derrete devagar demais, se liquefazendo em vez de vaporizar. Mas quando você acerta...", Gabriel sacudiu a cabeça, com os olhos cinza brilhando. "Deus todo-poderoso, você acerta, e é mágika. Uma felicidade vermelho-vibrante, que preenche cada centímetro de seu céu. Eu me debrucei sobre a haste do cachimbo, consciente dos olhares em minha direção, mas sem dar a mínima. Era o tipo mais pobre de sangue que eu estava fumando. Ralo como água suja. Mas, mesmo assim, no instante em que ele atingiu minha língua, eu me senti em casa."

— Como ele é? – perguntou Jean-François. – O amado sacramento de San Michon?

— Palavras não conseguem descrevê-lo. É a mesma coisa que tentar explicar o arco-íris para um homem cego. Imagine o momento, aquele primeiro segundo em que você mergulha entre as coxas de uma amante. Depois de uma hora ou mais de orações no altar, quando todo o resto terminou e não resta nada além de desejo por você nos olhos dela, e finalmente ela sussurra aquelas palavras mágikas... *por favor*. – O Santo de Prata sacudiu a cabeça, olhando para o cachimbo sobre a mesa entre eles. – Pegue esse paraíso e multiplique cem vezes. Talvez você chegue perto.

— Você fala do *sanctus* como nós, kith, falamos de sangue.

— O primeiro era um sacramento da Ordem da Prata; o segundo, pecado mortal.

— Você não acha hipocrisia que sua ordem de caçadores de monstros contasse tanto com o sangue quanto os chamados monstros que vocês caçavam?

Gabriel se inclinou para frente, apoiando os cotovelos nos joelhos. As mangas compridas de sua túnica descobriram seus pulsos, expondo as tatuagens ornamentadas em seus antebraços. Mahné, anjo da morte. Eirene, anjo da esperança. O desenho era lindo, tinta prateada cintilante à luz da lanterna.

— Nós éramos filhos de nossos pais, sangue-frio. Nós herdamos sua força. Sua velocidade. Nós não nos importávamos com ferimentos que levariam um homem comum para o túmulo. Mas você conhece o horror da sede com a qual somos amaldiçoados. O *sanctus* foi um meio de saciá-la sem sucumbir a ela, ou à loucura em que mergulharíamos se a negássemos completamente.

Nós precisamos de *alguma* coisa.

— Precisam — disse Jean-François. — Essa foi a fraqueza de sua ordem, santo.

— Todo mundo tem um vazio por dentro. — Gabriel deu um suspiro. — Você pode tentar preenchê-lo com o que quiser. Vinho. Mulheres. Trabalho. No fim, um buraco ainda é um buraco.

— E, cedo ou tarde, você vai voltar rastejando para seu favorito — disse o vampiro.

— Fascinante — murmurou Gabriel.

Jean-François fez uma mesura.

— Quando aquela fumaça chegou aos meus pulmões — prosseguiu Gabriel —, o salão entrou em foco. Eu pude sentir os olhos dos clientes sobre mim. Ouvir cada palavra sussurrada. Chamas cantavam na lareira, e chuva tamborilava no telhado. O cansaço deixou meus ossos como um sobretudo encharcado de água. Meu braço parou de doer. Eu estava inteiramente – paladar, tato, olfato, visão – *vivo*.

"Então, como sempre, começou. Minha mente ficou mais aguçada como meus sentidos. O peso do dia me atingiu como um martelo. Eu podia ver meu pobre Justiça outra vez, ouvir seus gritos em minha cabeça. O rosto daqueles soldados que eu havia deixado para morrer, a inquisidora que baleei. As ruínas em meu rastro, e a sombra a seguir. Medo. Dor. Tudo isso amplificado. Cristalizado.

"Então, peguei a vodka. Minha fera tinha sido alimentada, e eu queria ficar entorpecido. Bebi um quarto da garrafa em um único gole. Outro alguns minutos depois. Eu me encolhi ao lado do fogo, fechando os olhos enquanto a bebida lutava contra o hino de sangue, o negro afogando o vermelho, dando as boas-vindas ao começo do cinza doce e silencioso.

"Eu bebi para esquecer.

"Bebi para nao sentir, ver nem ouvir nada.

"Então, ouvi alguém dizer meu nome.

"'Gabriel?'

"Era uma voz que eu não ouvia em anos. Uma voz que me fez lembrar dias mais jovens. Dias de glória. Dias quando meu nome era um hino, quando eu não podia fazer nada nem perto de errado, quando os Mortos falavam de mim com medo, e as pessoas comuns, com assombro.

"'Gabe', perguntou a voz outra vez.

"Eles me chamavam de Leão Negro. Os homens que eu liderava. Os sanguessugas que matávamos. Mães batizavam seus filhos com meu nome. A própria imperatriz me sagrou cavaleiro com sua espada. Por alguns anos, pensei honestamente que estávamos ganhando.

"'Pelos Sete Mártires, *é* você...'

"Abri os olhos, então, e soube que estava sonhando. Havia uma mulher parada à minha frente, pequenina e encharcada, os grandes olhos verdes tomados de perguntas.

"Sua forma estava borrada pela bebida, mas, mesmo assim, eu a teria reconhecido em qualquer lugar. E me perguntei por que minha mente a havia conjurado, dentre todas as pessoas. De todos os rostos que eu podia ver quando fechava os olhos à noite, eu a teria escolhido por último.

"Mas ela chegou ao meu lado e jogou os braços ao meu redor. E eu pude sentir o cheiro de couro e pergaminho, sangue em sua pele e sangue velho em seu cabelo. E enquanto ela sussurrava 'Deus seja louvado' e me esmagava contra o peito, a parte de meu cérebro menos entorpecida pela bebida finalmente entendeu que aquilo não era sonho.

"'Chloe?'

✦ V ✦
PROVIDÊNCIA DIVINA

— A ÚLTIMA VEZ que eu a havia visto, Chloe Sauvage ainda estava usando as vestimentas da Sororidade da Prata; um gorro engomado e um hábito preto com a escritura bordada em prata. Ela estava chorando, então. E agora estava vestida como uma guerreira: um sobretudo acolchoado por cima de uma cota de malha, calça de couro e botas pesadas – tudo encharcado pela chuva. Havia um fuzil pendurado em seu ombro, uma espada longa pendurada em seu cinto com um chifre ornado de prata ao lado. Uma estrela de sete pontas pendia de seu pescoço

"Ela, porém, ainda estava chorando. Eu tenho esse efeito nos meus amigos.

"'Ah, doce e abençoada Virgem-mãe, achei que nunca mais ia vê-lo'"

"'Chloe', murmurei, com o rosto ainda afundado em seu peito.

"'No meu coração, eu tinha esperança. Mas no dia em que você partiu...'

"'Ch-chloe', disse em com um assovio, esforçando-me para respirar.

"'Ah, doce Redentor, desculpe, Gabe.'

"Ela largou minha cabeça e finalmente me deixou inspirar. Pisquei com força, pontos escuros se dissipando em meus olhos enquanto ela me dava tapinhas no ombro.

"'Você está bem?'

"'Ainda estou vivo...'

"Ela apertou minha mão, com um largo sorriso.

"'E eu agradeço ao Todo-poderoso por isso.'

"Dei um sorriso débil e olhei para ela com olhos cautelosos. Ela sempre tinha sido pequena, Chloe Sauvage. Pele sardenta e olhos verdes grandes e uma massa teimosa de cachos castanhos. Seu sotaque era puro elidaeni, contida e de nascimento nobre. Se houvesse uma mulher sob o céu mais em casa em um convento, eu ainda tinha de conhecer. Mas ela parecia mais dura do que era em San Michon. Nada como a garota que estava no altar na noite em que fui marcado com minha estrela de sete pontas. Chloe, agora, estava cansada pela estrada. Ela não usava vestimentas sagradas, mas a estrela de sete pontas ainda pendia de seu pescoço e estava gravada no botão do punho daquela espada longa em sua cintura. A espada era de longe muito grande para ela.

"*Aço de prata*, percebi.

"Ela olhou ao redor do salão, e vi que quatro pessoas tinham entrado atrás dela. Um padre idoso estava à frente, o cabelo grisalho raspado baixo, sua barba longa e pontuda. Como a maioria das pessoas ao nosso redor, ele era sūdhaemi de nascimento, olhos escuros e pele de um marrom profundo, enrugada pela idade. Mas ele tinha um ar intelectual – mãos ágeis e óculos apoiados em um nariz pontudo. Eu o avaliei com uma piscada: mole como merda de bebê.

"Havia uma mulher jovem e alta parada atrás dele. Cabelo louro amorangado raspado de um lado de seu crânio, trançado em tranças de assassina do outro, e duas linhas vermelhas estavam entrelaçadas em seu rosto, descendo por sua testa e sua bochecha direita. *Naéth*, percebi; as tatuagens de guerreiro dos povos das Terras Altas de Ossway. Ela usava um colar de couro trabalhado, uma capa pesada de pele de lobo nos ombros largos e mais facas que a porra de um açougueiro. Um capacete com chifres estava embaixo de seu braço, e um machado de batalha e um escudo, em suas costas. Não reconheci as cores do clã em seu *kilt* no início. Mas ela podia esmagar a garganta de um homem entre suas coxas, com certeza.

"Havia um jovem ao lado dela, e logo percebi que era um menestrel vidente. Ele tinha talvez 19 anos, bonito de trancar as filhas em casa – grandes olhos azuis e um queixo quadrado salpicado de barba por fazer. Um alaúde de seis cordas de bom pau-sangue estava pendurado em suas costas, ele usava um colar com seis notas musicais penduradas, e seu chapéu de bico estava inclinado de um jeito que só podia ser descrito como "confiante e atraente".

"*Punheteiro*, pensei.

"E, finalmente, entre o grupo havia um garoto. Quatorze anos, talvez. Magro e desajeitado, sem ainda ter crescido totalmente para seus ossos. Ele era pálido, bonito, talvez de sangue Nordlund. Mas seu cabelo era branco – e eu não estou falando em louro, agora, estou falando branco como as penas de uma pomba. Ele o usava despenteado, com uma mecha tão densa jogada sobre os olhos que eu me perguntei como ele conseguia enxergar.

"Bastava uma olhada em seu guarda-roupa, e você seria perdoado por achar que ele fosse um jovem príncipe. Ele tinha uma marca de beleza no rosto e usava uma sobrecasaca de nobre, azul meia-noite com arabescos prateados, mangas em babados. Mas sua calça de couro estava remendada nos joelhos, e suas botas estavam caindo aos pedaços. Ele era nascido na sarjeta, com certeza, fingindo ser alguma coisa melhor.

"O garoto viu Chloe parada ao meu lado e fez o movimento de vir andando em nossa direção. Mas a mulher ergueu a mão, quase rápido demais.

"'Não. Fique com os outros, Dior.'

"O garoto observou minha garrafa quase vazia, depois me fixou com olhos desconfiados. Eu o encarei, e ele aprumou os ombros magros em seu casaco roubado e me olhou num desafio silencioso. Mas nossa competição foi interrompida pelo grito da taverneira.

"'Mãe e abençoada Virgem!'

"O salão se encheu de expressões de surpresa quando um último recém-chegado entrou em silêncio pela porta, pingando chuva nas tábuas enquanto se sacudia inteiro, do focinho à cauda. Era um gato. Bom, para ser honesto, a porra de um *leão* – uma das raças da montanha que costumavam assombrar as Terras Altas de Ossway antes que todos os grandes predadores morressem por falta de presas. Seu pelo era de um vermelho ferrugem; seus olhos, sarapintados de dourado, com uma cicatriz cortando sua testa e sua bochecha. Ele parecia uma fera que devoraria recém-nascidos no café da manhã, depois terminaria com uma porção saudável de criancinhas.

"Os homens pelo salão pegaram suas armas. Mas a mulher de Ossway com as tranças de assassina apenas escarneceu.

"'Segurem seus paus trêmulos nas mãos, seus malditos maricas. Phoebe aqui não machucaria um camundongo.'

"A taverneira apontou um dedo trêmulo.

"'Isso é um *leão-da-montanha*!'

"'É. Mas é mansa como um gato de estimação.'

"Como se quisesse provar isso, a fera se sentou no umbral e começou a limpar as patas. Eu vi que ela tinha uma coleira de couro, enfeitada com os mesmos desenhos usados pela mulher. Mesmo assim, a taverneira permaneceu do lado seguro de não se impressionar.

"'Bom... ele não pode entrar aqui!'

"'Tsc.' A mulher ossiana revirou os olhos. 'Está bem, então. Para os estábulos, Phoebe.'

"O gato grande lambeu o focinho e bufou.

"'Não seja insolente, sua vadia desrespeitosa! Você conhece as regras. Fora!'

"Com um rosnado baixo, a leoa saiu outra vez para a chuva. A mulher ossiana se sentou no reservado sem falar mais nada, o padre e o garoto elegante se sentaram ao lado dela. O punheteiro pediu bebidas. Quando uma aparência de calma voltou ao salão, olhei outra vez para Chloe, com uma sobrancelha erguida.

"'Amigos seus?'

"Ela assentiu e puxou uma cadeira.

"'De certa forma.'

"Eu dei um sorriso malicioso, a vodka trazendo um brilho quente para meu rosto.

"'Uma freira, um padre e uma leoa entram em um bar...'
"Chloe deu um breve sorriso, mas o tom de sua voz era sombrio.
"'Como você tem passado, Gabe?'
"'Está tudo muito bem comigo.'
"'A última notícia que tive de você foi que estava morando em Ossway.'
"Eu sacudi a cabeça.
"'Sul. Depois de Alethe.'
"Chloe deu um assovio baixo.
"'O que você está fazendo de volta aqui em cima, tão longe?'
"'Sei de um sanguessuga que precisa ser morto.'
"'Onze anos e você não mudou nada.'
"Chloe colocou seus cachos revoltos para trás e sorriu. Vi o pensamento se formar em seus olhos. A pergunta inevitável.
"'...Azzie está com você?'
"'Não', respondi.
"Chloe esticou o pescoço e examinou os reservados, como se esperasse ver seu rosto.
"'Astrid está em casa, Chloe.'
"'Ah.' Ela assentiu, se ajeitando na cadeira. 'É claro. Onde mais ela estaria?'
"'*Oui*. Onde mais.'"

No alto daquela torre de um triste amor, Gabriel de León se inclinou para frente, esfregando a barba por fazer. E deu um suspiro vindo do fundo do coração. O historiador continuou a olhar em silêncio. O vento soprava em torno deles enquanto Gabriel baixava a cabeça, as longas madeixas de cabelo preto como tinta caindo sobre seu rosto marcado por cicatrizes. Ele fungou profundamente. Cuspiu uma vez.

– Astrid Rennier – disse finalmente Jean-François. – A irmã noviça que deu nome ao seu cavalo. Que tatuou a palma de sua mão. Você ainda a via, então, depois de todos aqueles anos?

Gabriel olhou para seu cronista. Seu carcereiro. Ele percebeu que Jean-François estava ilustrando outra página – uma imagem de Dior. Sobrecasaca, colete, traços bonitos e olhos pálidos.

– Você tem o dom – comentou ele de má vontade.

– *Merci* – murmurou o vampiro, continuando a desenhar.

– Você pode vê-lo em meus olhos? Ou em minha cabeça?

– Eu sou do sangue Chastain – respondeu Jean-François, sem erguer os olhos. – Nosso domínio é sobre os animais da terra e do céu. Não sobre a mente. Você sabe disso, Santo de Prata.

– Sei que não é por nada que Margot chama a si mesma de imperatriz dos lobos e homens. Mas o sangue é caprichoso. Sangues-frios antigos podem exibir... outros dons.

– Creio que você está tentando desvendar meus segredos, De León. Mas eu sou o mestre das chaves, aqui, não você. Faz dezessete anos desde que você entrou em San Michon. Mais de uma década desde que você percorreu as estradas do império. Quem era Astrid Rennier para você, agora?

O silêncio ecoou em resposta, o arranhar da pena do vampiro e a canção do vento da montanha eram os únicos sons. E quando Gabriel finalmente respondeu, ele ignorou a pergunta, e em vez disso seguiu em frente com sua história.

– 'Então esse sanguessuga que você está caçando', disse Chloe. 'Onde ele está?'

"'Elidaen. Em algum lugar perto de Augustin.'

"'Você está seguindo para o norte, então.' Ela ergueu as mãos para o céu. 'Graças a Deus.'

"Dei um gole em minha vodka e fiz uma careta ao ouvir a observação.

"'Graças a Deus por quê?'

"A pequena Chloe gesticulou com a cabeça para seus camaradas reunidos em seu reservado. O padre estava com a cabeça baixa, em oração. O garoto de cabelo branco estava fumando o que parecia ser um *cigarelle* de

raiz-armadilha, olhando para mim como se eu fosse algo que ele tivesse encontrado na sola de sua bota.

"'Também estamos viajando nessa direção', disse Chloe. 'Podemos viajar juntos.'

"'Ohhhhhh', disse eu, tomando outro gole. 'Isso não seria ótimo?'

"Chloe franziu o cenho, sem ter certeza sobre meu tom de voz.

"'Há segurança nos números. Ossway é uma região difícil. E alguns dos pés que estão nos seguindo não pertencem a homens mortais.'

"'Só alguns?'

"Chloe ficou em silêncio enquanto a garota da taverna voltava, largando ruidosamente a chave de meu quarto à minha frente, junto com uma tigela de guisado fumegante de cogumelos e um pedaço de pão de batata. Olhando para o páo com desprezo, comecei a devorar o resto.

"'Mais alguma coisa, *adii*?', perguntou a garota.

"Dei outro gole para empurrar meu bocado ambicioso.

"'Mais vodka.'

"A garota me olhou com nítido ceticismo.

"'Tem certeza?'

"'Certeza *terrivelmente* absoluta, *mademoiselle*.'

"A garota olhou para Chloe e então deu de ombros e nos deu as costas. Sorri quando senti o salão virar com sua passagem e empurrei minha garrafa para Chloe.

"'Bebida?'

"A irmã estava olhando para mim de um jeito estranho. Olhos verdes bonitos examinando meu rosto, a espada na mesa à minha frente, os furos de agulha no peito de meu sobretudo onde antes havia uma estrela de sete pontas costurada. Ela ficou sentada em silêncio enquanto eu terminava minha refeição. Acabei comendo até o pão de batata. E, finalmente, ela falou:

"'Você está bem, Gabriel?'

"'Maravilhoso, *soeur* Sauvage.' Eu derrubei a garrafa de vodka vazia.

'Mas esqueça de mim. A última vez em que a vi, você estava escondida na biblioteca de San Michon, onze anos e mil quilômetros atrás. Que diabos você está fazendo aqui em Sūdhaem?'

"Chloe olhou em torno da taverna, desconfiada dos poucos olhos curiosos que ainda estavam em nós. Ela puxou sua cadeira para mais perto e falou em tom conspiratório:

"'Obra de Deus.'

"Olhei para o traje que ela estava vestindo, para as companhias com quem ela estava viajando.

"'Eu não sabia que as Irmãs da Sororidade tinham permissão de deixar San Michon desacompanhadas de santos de prata. Muito menos vestidas como um mercenário comum.'

"'É... complicado.' Chloe baixou a voz até um sussurro. 'Não vou falar sobre isso aqui. Mas as coisas mudaram muito no mosteiro depois que você e Astrid...'

"Ela se deteve e olhou para minha expressão fechada.

"'Vá em frente', disse eu a ela. 'Depois do quê?'

"Chloe afastou um cacho castanho-claro do rosto sardento. Ela falava devagar, escolhendo as palavras com o maior cuidado.

"'Você e Azzie não mereciam o que eles fizeram com vocês. Fiquei enojada com aquilo todos os dias seguintes, e sinto muito que...'

"'Sente muito que você nem tenha aparecido para se despedir de nós?'

"'Você sabe que eu queria. Não seja um bastardo, Gabriel.'

"'Na vida, sempre faça aquilo que você ama.'

"Chloe, então, franziu o cenho.

"'Você está bêbado.'

"'Você é observadora.'

"A garota voltou com minha segunda garrafa, e fiz para ela uma reverência teatral, aparentemente com charme o bastante para que ela desse um sorriso em resposta. Meu braço já não doía mais nada.

"'*Merci, chérie.*' Eu suspirei, rompendo o selo. 'Seu sangue é digno de ser fumado.'

"'Talvez eu devesse deixar você em paz.' Chloe me olhou de alto a baixo enquanto eu tomava um novo gole. 'Podemos conversar mais de manhã quando você estiver com a cabeça limpa.'

"'...Falar sobre o quê?'

"'Sobre a estrada que vamos dividir. Quando você quiser f...'

"'Não acho que vamos dividir uma estrada tão cedo, *mon amie*.'

"'Você disse que estava viajando para o norte.'

"'*Oui*.' Eu brindei a ela com minha nova garrafa. 'Mas eu planejo flutuar, não andar.'

"O cenho franzido de Chloe se aprofundou.

"'Gabe, isso não é brincadeira. As estradas através de Sūdhaem e Ossway estão cheias de Mortos. Preciso de uma espada como a sua.'

"'Agora precisa?'

"A irmã voltou seu olhar para a espada na mesa à nossa frente, salpicada de sangue e lama.

"'Não foi apenas por acaso que *encontrei* a Bebedora de Cinzas outra vez esta noite. Nem foi pura sorte me reencontrar com seu mestre depois de todos esses anos.' Ela olhou para mim, com fogo nos olhos. 'Isso é a vontade de Deus Todo-poderoso. E abençoados são aqueles que compartilham de sua providência divina.'

"'Ora, viva!', assenti, engolindo outro gole que queimava.

"Chloe tornou a olhar ao redor do salão. Debruçando-se para a frente, ela baixou a voz, quase inaudível acima do burburinho da taverna.

"'Gabe, eu consegui. Eu o encontrei.'

"'Parabéns, *soeur*.' Havia três Chloes à minha frente, agora, e dirigi minha pergunta para a do meio. 'Mas o que você... encontrou?'

"'A resposta.' Ela estendeu a pequena mão e segurou a minha. 'A arma de que precisamos para ganhar esta guerra e finalmente acabar com esta noite sem fim.'

"'Uma arma?'

"Ela assentiu. 'Uma à qual nenhum sangue-frio sob o céu pode resistir.'

"Senti minha testa se franzir.

"'É uma espada?'

"'Não.'

"'Alguma obra de chymica, então?'

"Chloe tornou a apertar minha mão, com a voz cheia de fervor.

"'É o Graal, Gabriel. Estou falando sobre a droga do Graal.'

"Olhei Chloe Sauvage em seus olhos grandes e bonitos.

"Tornei a me encostar lentamente em minha cadeira.

"Então, eu caí dela, rindo."

✦ VI ✦
PROMESSAS, PROMESSAS

— O GRAAL DE San Michon — murmurou Jean-François.
— *Oui* – respondeu Gabriel.
— O cálice que recolheu o sangue de seu Redentor quando ele morria.
— É o que dizem os Testamentos.
— Finja que você é um maior especialista na escritura que eu, santo. Explique.
Gabriel deu de ombros.
— Bom, depois que seus acólitos o traíram, o primogênito do Todo-poderoso foi capturado por sacerdotes dos velhos deuses. Depois de sete noites de tortura, os sacerdotes o prenderam a uma roda de carruagem. Eles esfolaram sua pele para satisfazer o Irmão Vento, queimaram a pele por baixo para agradar o Pai Chama, cortaram sua garganta para alimentar a Mãe Terra. E, no fim, eles jogaram seu corpo nas Águas Eternas. Mas sua última seguidora fiel, a caçadora Michon, ficou tão atormentada ao ver o sangue de seu mestre perdido na terra que o recolheu em um cálice de prata. Esse cálice se tornou a primeira relíquia da Fé Única. E Michon, a primeira Mártir. — Gabriel fungou. — Na verdade, um trabalho irritante.
— Histórias de crianças — refletiu o vampiro.
O Último Santo de Prata se encostou e entrelaçou os dedos atrás da cabeça.
— Como você quiser.
— Essa mulher, Sauvage, devia ser uma simplória.
— Ela era uma das mulheres mais astutas que eu já conheci, verdade seja dita.

— E mesmo assim ela acreditava em uma superstição camponesa?

— Há 27 anos, sanguessugas eram considerados superstição de camponeses pela maioria. E sua imperatriz imperecível deve acreditar nisso também. Ou eu já estaria morto.

Jean-François olhou para Gabriel com olhos cintilantes.

— A noite é jovem, *chevalier*.

— Promessas, promessas.

— Você primeiro escarneceu da história, assim como eu.

— Isso eu fiz.

O vampiro alisou as bordas de sua pena com uma unha afiada.

— Como a irmã Chloe reagiu, então, quando você riu na cara dela?

— Bom, ela não saiu dando piruetas. Mas eu estava bêbado demais para me importar. Chloe olhou para mim com uma expressão entre pena e raiva enquanto eu rolava pelas tábuas do chão do Marido Perfeito, rindo como se ela fosse o bufão do próprio imperador Alexandre.

"O velho padre sūdhaemi se aproximou, com as mãos enfiadas nas mangas. Sua pele era enrugada como uma noz, escura como a noite. Ele usava a insígnia da roda do Redentor em torno do pescoço; um círculo perfeito forjado de prata pura. Valia uma fortuna naquelas noites.

"'Está tudo bem, Irmã Chloe?', perguntou ele, olhando para mim, confuso.

"'Ah, está mais do que bom, padre.' Eu ri, esfregando as lágrimas. 'Nossa Chloe aqui encontrou a resposta, você não sabia?'

"'Cuidado com a língua, Gabriel', murmurou ela.

"'Ela encontrou o fim para a porra da noite sem fim, só isso!'

"'Cale a *boca*!', ordenou ela, chutando minha canela.

"A conversa em torno do salão tinha parado, e os clientes no bar estavam ocupados com o meu espetáculo ao fazer o papel de um idiota completo. A garçonete olhou triste para a bagunça que eu tinha feito. Dior estava olhando fixamente para mim com puro desprezo através da fumaça de seu *cigarelle*, embora o jovem menestrel tivesse erguido seu copo e sorrido.

"Foi nesse momento que a porta da taverna se abriu, admitindo uma lufada de chuva e neve e um homem elidaeni flácido de meia-idade. Seu rosto estava vermelho; sua peruca empoada, torta. Dedos parecendo salsichas estavam enfeitados com anéis de prata, e ele segurava um cajado curvo na ponta. Suas túnicas vermelhas eram bordadas com escritura, e havia o símbolo da roda pendurado em seu pescoço. Ele estava cercado por milicianos do portão.

"Olhando ao redor, os olhos do homem pararam na taverneira.

"'Madame Petra', disse ele. 'As visitas a seu estabelecimento de pessoas tão honradas são tão frequentes que ninguém pensa em me chamar quando um *santo de prata* chega aqui?'

"'Ficamos com medo de perturbar suas orações, bispo Du Lac', respondeu a mulher, com os olhos baixos. 'Desculpe.'

"Eu olhei para o padre. Percebi como o estado de ânimo tinha caído no salão com sua entrada. Embora ele fosse elidaeni por nascimento, nitidamente sabia como funcionava a cidade. Nas noites de fome depois da morte dos dias, não houve um único negócio no império que tenha prosperado como a Santa Igreja. Quando o inferno abriu seus portões, foi apenas natural que as pessoas comuns se voltassem para os padres em busca de aconselhamento. Mas eu conheci crentes em meus tempos, sangue-frio. E conheci políticos. E apostaria meu anel de fidelidade que aquele bastardo era o segundo. Bem alimentado demais, bem-vestido demais, seguro demais de ser bem-vindo no mundo. Então eu afastei o cabelo dos olhos. Apontei um dedo trêmulo na direção de sua túnica.

"'Adorei seu vestido.'

"'É melhor controlar sua língua, *monsieur*', alertou o homem. 'Ou vou mandar chicoteá-lo pelas ruas como um cachorro desobediente.'

"'Bom, isso não é muito educado.'

"Ele me examinou – esparramado no chão com vodka na mão, rosto sem barbear, pés descalços e sujos.

"'E você dificilmente parece um homem que mereça educação.'

"Apoiado em seu cajado prateado, o homem se empertigou como um pavão.

"'Sou Alfonse Du Lac, bispo de Dhahaeth. Fui informado de que há um membro da Ordo Argent entre nós." Ele olhou para um cliente de cada vez. 'Por Deus, onde está o bom *frère*? Eu desejava uma ou duas palavras, nenhuma das quais pode esperar.'

"A garçonete me apontou com a cabeça.

"'É ele, eminência.'

"O bispo ficou boquiaberto.

"'É... mesmo?'

"O homem olhou para Chloe ao meu lado, que simplesmente deu de ombros. Meu estômago borbulhou uma forte reclamação enquanto eu me levantava cambaleante. A desconfiança de que eu não devia ter bebido uma garrafa inteira de vodka de camponês estava lentamente crescendo, junto com a ameaça de um segundo jantar.

"Para seu crédito, o bispo se recuperou depressa, atravessando o salão e apertando minha mão de forma tão vigorosa que sua peruca começou a escorregar.

"'É uma honra para mim, santo irmão.'

"'Como quiser', rosnei, soltando a mão.

"Du Lac ajeitou a peruca, completamente confuso.

"'Perdoe-me, por favor. Se soubesse que o senhor estava a caminho, eu o teria recebido no portão. Há muitos meses implorava para que o alto pontífice Gascoigne nos enviasse ajuda contra os Mortos agressivos. Achei que talvez Sua Santidade pudesse enviar algumas tropas. Se eu soubesse que ele ia mandar um *santo de prata* de boa-fé...'

"Meu estômago borbulhou de forma agourenta. Eu o segurei firme com uma das mãos enquanto o resto de mim balançava com o prédio a nossa volta.

"'Eu nunca devia ter comido aquele pão de batata...'

"Chloe segurou meu braço para me equilibrar.

"'Gabe, você devia se sentar.'

"'*Frère*, por favor', suplicou o bispo. 'Eu gostaria, se possível, de falar com o senhor sozinho.'

"Estreitei os olhos para os cachos empoados em cima da cabeça do homem.

"'Acho que seu gato morreu.'

"'Gabriel, você devia beber um pouco de água', alertou Chloe.

"'Desculpe.' O bispo olhou fixamente para Chloe, com as bochechas enrubescendo. 'Eu estou em meio a negócios da paróquia, aqui. Quem exatamente é você, madame?'

"'Bom, antes de mais nada, eu não sou uma dama. Sou uma *demoiselle*.'

"'Perdão. Imaginei que fosse casada. Uma mulher de sua idade...'

"'O que o senhor disse?'

"'Ele não parece muito bem', disse um dos milicianos, olhando para mim.

"'Ele também não se sente muito bem, porra', confessei.

"'Você só bebeu uma garrafa inteira de vodka, Gabriel.' Chloe franziu o cenho.

"'Quem é você, minha mãe?'

"'Quisera Deus que eu fosse. Eu ia ter ensinado você a não fazer papel de babaca em público.'

"'Na vida, sempre faça o que você ama.'

"O resto dos camaradas de Chloe tinha se juntado à comoção crescente ali no salão. A garota ossiana com as tranças estava parada ao lado de Chloe, uma das mãos perto de uma de suas muitas facas. O dândi estava atrás dela, aquela cabeleira branca caindo sobre seus olhos. Tive uma vontade quase irresistível de afastar aquela merda de seu rosto.

"O bonito estava no bar, conversando com a garçonete.

"'Bom *frère*', disse-me o bispo. 'Gostaria de jantar em minha casa? Quanto tempo vai ficar conosco? O senhor tem uma missiva do pontífice Gascoigne?'

"'Por que eu teria uma carta daquele merda gorducho?'

"Chloe me deu uma cotovelada nas costelas para me silenciar.

"'Bispo Du Lac, desculpe, mas o bom irmão não está em Dhahaeth a negócios de sua santidade. Ele vai partir conosco de manhã.'

"O dândi interveio.

"'Não, não vai.'

"'Dior.' Chloe se virou para o rapaz. 'Por favor, deixe que eu cuido disso.'

"'Ele não vem conosco.'

"'Você sabe ao menos quem ele é?'

"'Não me *importa* quem ele é.'

"'Dior, esse é sir Gabriel de León.'

"Uma expressão de espanto se espalhou pelo salão. Eu senti um tremor percorrer os milicianos, o bispo olhando para mim com uma perplexidade renovada enquanto fazia o sinal da roda.

"'O *Leão* Negro...'

"'Este homem já matou mais sangues-frios que o próprio sol', explicou Chloe. 'Ele é uma espada do Império Sagrado, cavaleiro pela mão da própria imperatriz Isabella. Ele é um *herói*.'

"O rapaz deu um trago em seu *cigarelle* e me olhou de cima a baixo.

"'Herói é o cacete.'

"'Dior...'

"'Ele não vai viajar conosco.'

"'Você está certo, eu não vou', grunhi.

"'Viu? Ele nem quer vir.'

"'Você tem razão, não quero.'

"'E que necessidade temos de um porco bêbado, afinal de contas?'

"'Você tem ra... Espere, que merda você disse?'

"'Você é um porco bêbado." O rapaz se empertigou em seu casaco elegante e soprou fumaça em meu rosto. "E temos tanta necessidade de você quanto um touro tem de tetas.'

"'Vá se foder, seu merdinha", rosnei.

"'Ah. Além do mais, uma inteligência rápida.'

"'Talvez você queira sentir minha bota nessa sua bunda.'

"'Você não está calçando nenhuma, *monsieur*.'

"O padre sūdhaemi riu por trás da barba.

"'*Touché.*'

"'Quem caralhos perguntou a você, perturbador de Deus?'

"'Basta!' O bispo bateu seu salto polido. 'Todo mundo que não esteja diretamente envolvido nos negócios da cidade vai esvaziar este estabelecimento, imediatamente! Alif, esvazie este salão, rápido.'

"O homem ao lado do bispo assentiu, e os soldados começaram a mandar a clientela se levantar e sair. Os moradores da cidade resmungaram, mas os milicianos pouco se importaram. Então um dos soldados tentou segurar o dândi metido a esperto, e de repente a confusão começou.

"'A mulher ossiana segurou o pulso do soldado. Girando-o com um movimento suave e com um chute rápido em sua bunda, ela mandou o homem cambaleando sobre seus companheiros.

"'Não toque nele.'

"Previsivelmente, os milicianos levaram as mãos a seus cassetetes. Mas, rápida como serpentes, a mulher de clã tirou o machado de batalha das costas, belo e reluzente. O homem sedutor no bar de repente estava em cima dele com uma besta na mão. E Chloe sacou aquela longa espada de aço de prata o mais rápido que eu já vi uma freira se mover.

"'Não se aproximem', avisou ela, soprando um cacho rebelde dos olhos.

"'Eu sou o bispo desta paróquia, e minha palavra é lei!', berrou Du Lac. "'Baixem suas espadas, ou por Deus Todo-poderoso, vai haver sangue!'

"Clientes se esconderam embaixo das mesas enquanto os soldados sacavam seu aço. A ameaça familiar de violência pairava no ar, pulsando em minhas veias como o hino de sangue, o fogo da vodka e a adrenalina em meu estômago ainda roncando. Toda aquela cena se dirigia para o inferno mais rápido que uma punheta em um beco.

"Então, com um suspiro, peguei minha espada caída e a saquei.

"A música da lâmina ecoou no ar. Todo mundo no salão ficou imóvel, com os olhos na arma em minha mão. Havia glifos ilegíveis gravados em sua extensão, o aço de estrela escuro brilhando como óleo na água. Seu gume era curvo, sua ponta irregular, com vinte centímetros faltando na extremidade. A bela mulher no punho tinha os braços abertos, prateada, sempre sorrindo.

"'A Bebedora de Cinzas', disse o libertino.

"*Eles nos conhecem, Gabriel*, veio a voz em minha cabeça. *A l-lâmina que dividiu o escuro em dois. O homem que os imperecíveis temiam. Eles se l-lembram de nós... mesmo depois de todos esses anos.*

"Fiz um círculo em meio à multidão, assegurando-me de que todo mundo estivesse imóvel.

"*Por acaso, você está com uma expressão de merda socada.*

"'Cale a boca!', murmurei.

"O rosto do bispo estava brilhando de suor.

"'Eu não disse nada, *chevalier*.'

"'Que então continue assim.' Eu olhei para Chloe, depois novamente para as espadas dos milicianos. 'Talvez você e seus amigos tenham ficado por mais tempo do que eram bem-vindos, *soeur* Sauvage.'

"'Talvez.' Ela assentiu, e se dirigiu para a porta. 'Onde está seu cavalo?'

"Eu escarneci.

"'Não vou com vocês.'

"'Mas, Gabriel...'

"'Ah, esplêndido.' O bispo sorriu, secando o lábio com um lenço. 'Esse grupo de pessoas não tem nenhuma importância. Peço que venha para minha casa, *chevalier*, nós temos um...'

"'Eu também não vou com você, perturbador de Deus.'

"'Mas...' Du Lac olhou para seus homens. 'Para onde, então, o senhor vai?'

"'Eu vou para a porra da cama.'

"O salão irrompeu em um falatório.

"'Mas *chevalier*, os Mortos crescem em números todos os d...'

"'Nosso encontro não aconteceu apenas por acaso, Gabriel, isso é a vontade de D...'

"*Droga, Gabriel, dê ouvidos a e...*

"'Cale a boca!', rosnei, apertando o punho da espada.

"Silêncio soou no salão e, abençoadamente, em minha cabeça.

"'Já perdi um velho amigo hoje, eminência', alertei o bispo. 'E, aparentemente, estou enfrentando isso muito mal. Então aconselho que você e seus homens a deixem ir em paz.' Eu olhei para olhos tristes e bonitos. 'Mas isso é tudo o que vou fazer por você, Chloe.'

"'Gabe...'

"'*Chevalier...*'

"'Deixe que ele vá.'

"A voz estava clara e cristalina, trazendo uma estranha imobilidade para o salão. Todos os olhos se voltaram para Dior, parado atrás do círculo de seus camaradas. O garoto esmagou seu *cigarelle* com o salto e jogou a cabeça, o cabelo branco saindo de seus olhos, e pela primeira vez vi que eram de um azul-claro penetrante.

"'Dior', começou Chloe.

"'Você não vê?', escarneceu o garoto. 'Ele não dá a mínima para você. Ele não liga para esta cidade nem para seus problemas. Ele não é nenhum herói. Ele é apenas um bêbado. E um homem morto que anda.'

"Um sussurro de prata ecoou em minha cabeça.

"*Da boca de b-b-bebês...*

"Mas silenciei a voz, enfiando a Bebedora de Cinzas de volta em sua bainha. Um pouco zonzo, cambaleei na direção da lareira para pegar minhas botas. Aprumando-me com uma careta, olhei em torno do salão, parando nas trigêmeas borradas da taverneira atrás do balcão.

"'Vou tomar café da manhã ao meio-dia, por favor, madame.'

"Chloe olhou para mim com olhos magoados; o bispo e seus homens, com simples espanto. Mas sem me virar para olhar para ninguém, subi cambaleante para a cama."

✦ VII ✦
ESTRELAS EM UM CÉU DE ONTEM

– ACORDEI QUANDO O escuro estava mais profundo, e a esperança parecia mais distante do céu.

"Abri os olhos no negro-veludo. Ainda podia sentir o gosto de vodka na língua, um toque de fumaça e velas, o cheiro de couro e poeira pairando no escuro como uma velha promessa. Meu braço não estava mais doendo. Eu me perguntei onde estava, o que tinha me acordado. E então ele voltou – o som que sempre voltava, que fazia meu coração bater acelerado contra minhas costelas e me arrastava pelo muro em frangalhos do sono.

"Arranhando a janela.

"Eu me sentei, com a roupa de cama embolada em minhas pernas, olhando na direção do batente. E, embora meu quarto estivesse no segundo andar da taverna, mesmo assim eu a vi lá fora, esperando por mim. Flutuando, como se submersa em água negra, braços bem abertos enquanto passava as unhas pelo vidro. Pálida como o luar. Fria como a morte. Nenhum hálito no vidro quando ela aproximou seu rosto em forma de coração e sussurrou:

"'Meu leão.'

"Ela não estava vestindo nada exceto o vento. Seu cabelo era de um piche sedoso, flutuando em torno de seu corpo como fitas em uma maré sem lua. Sua pele era pálida como as estrelas em um céu de ontem, sua beleza nascida das canções de aranhas e dos sonhos de lobos famintos. Meu coração doía ao vê-la – aquele tipo temerário de dor que você não podia esperar aguentar,

exceto pelo vazio que deixaria se você a pusesse para trás. E ela olhou para mim, do outro lado do vidro da janela, e seus olhos eram de uma gravidade sombria.

"'*Deixe-me entrar*, Gabriel', disse ela em voz baixa.

"Ela passou aquelas mãos pálidas pelo corpo, demorando-se nas curvas nuas que eu conhecia tão bem quanto meu próprio nome. Lábios exangues se afastaram quando ela sussurrou de novo.

"'Deixe-me entrar.'

"Fui até a janela e abri o trinco, convidei-a para meus braços à espera. Sua pele era fria como covas rasas, e sua mão, dura como lápides enquanto ela as entrelaçava em meu cabelo. Mas seus lábios eram macios como travesseiros, e pude sentir as lágrimas correndo pelo meu rosto, manchando nosso beijo de sal e tristeza.

"Suas mãos estavam em meu corpo, e sua boca urgente contra a minha, e senti o gosto de folhas caídas e da ruína de impérios em sua língua. Senti seus dentes, então, afiados e brancos em meu lábio; uma pontada extática de dor e uma onda de cobre quente como o sangue, e todo seu corpo estremeceu quando ela se apertou com mais força em meu abraço. Ela me empurrou para trás na direção da cama, e seus dentes roçaram meu pescoço enquanto ela tirava a roupa e o couro entre nós, deixando-me mais nu a cada beijo.

"Então ela estava em cima de mim, nua e se apertando contra mim, toda sombra e branca como leite, rosnando no vazio faminto de seu peito. Seus beijos desceram, e ela sibilou em dor e prazer com o toque fervilhante da tinta de prata em sua boca. Mas não havia tatuagens abaixo de meu cinto, nenhum aegis para impedir o caminho até seu prêmio, e lá ela finalmente se afundou, suspirando enquanto levava as mãos ao interior de minha calça e me deixava livre, dolorido e quente no frio de sua mão. Arquejei quando ela me tocou delicadamente, soprou um hálito ofegante sobre mim, quando molhou os lábios vermelhos com a ponta da língua e então a passou por toda minha extensão, deixando-me trêmulo, latejante.

"'Senti sua falta', suspirou ela.

"Seus lábios roçaram minha glande quando ela falou, torcendo-se em um sorriso sombrio, língua provocante e toque delicado ateando fogo a cada centímetro de mim.

"'Amo você...'

"E ela afastou aqueles lábios de rubi e me engoliu inteiro, e minhas costas se arquearam, e as madeiras rangeram quando segurei a cama e me agarrei à vida. Eu, então, estava impotente. À deriva no movimento de suas mãos, seus lábios, sua língua, um ritmo tão velho quanto o tempo, tão profundo quanto sepulturas e tão quente quanto sangue. Ela me levou ainda mais alto, para um céu ardente sem estrelas, e tudo o que eu conhecia era a sensação dela, o som dela, os gemidos famintos e movimentos rápidos e sedosos que me levavam cada vez mais perto de meu limite.

"E finalmente, enquanto eu caía, em algum lugar entre os suspiros, a luz cegante e a torrente de minha pequena morte em sua boca à espera, eu senti. A pontada de navalhas gêmeas, um corte de agonia em meio ao êxtase, uma onda vermelha antes da onda de meu término.

"E ela bebeu.

"Muito tempo depois que eu terminei, ela ainda bebia."

✦ VIII ✦
NOS PORTÕES

— ACORDEI PARA ENCONTRAR uma legião de pequenos demônios fazendo uma festa em meu crânio.

"A maioria estava se revezando chutando meu cérebro com botas de pregos, embora um aparentemente tivesse rastejado até minha boca, vomitado e morrido. Arrisquei abrir os olhos, recompensado com um raio de luz tão cegante que achei que por um momento a morte dos dias tinha finalmente terminado, e o sol tinha voltado aos céus em toda sua glória abençoada.

"'Minha nossa', grunhi.

"Meu braço estava curado como se nunca tivesse quebrado. Levei a mão ao pescoço, ao interior de minha calça, não senti traço de feridas. A sede estava agachada em meu ombro como um amigo indesejado, tordo e pássaro-das--cem-línguas. Afastei a lembrança de curvas pálidas e lábios vermelhos como sangue quando o que parecia um garanhão enfurecido chutou minha porta.

"'*Chevalier* De León?'

"As dobradiças gritaram quando a garçonete enfiou a cabeça no quarto. Estava deitado na cama sem camisa, com a calça desamarrada e perigosamente baixa. A janela estava destrancada. Depois de uma olhada tímida para minha pele tatuada, a garota baixou os olhos.

"'Desculpe, *chevalier*. Mas o bispo mandou chamá-lo.'

"'Que h-horas são?'

"'Passa do meio-dia.'

"Olhei com esforço para o jarro em sua mão.

"'Isso é m-mais vodka?'

"'Água', respondeu, entregando-o para mim. 'Achei que o senhor fosse precisar.'

"'*Merci, mademoiselle.*'

"Tomei um gole muito demorado, depois virei o resto no rosto. A luz sufocada do dia entrava pela janela aberta como uma lança branca de tão quente. Minhas entranhas começaram a fazer barulho como se preferissem estar do lado de fora e pudessem encontrar seu caminho se eu me recusasse a mostrar a elas.

"'*Chevalier*', disse a garota, sem firmeza na voz. 'Os Mortos estão nos portões.'

"Eu me sentei com um gemido, afastando o cabelo úmido do rosto.

"'Não tenha medo, *mademoiselle*. Vocês têm muitos homens e muros fortes também. Alguns atrozes não vão...'

"'Esses não são atrozes.'

"Ergui os olhos ao ouvir isso. Meu pulso arrastado se acelerou. 'Não?'

"A garota sacudiu a cabeça, com os olhos arregalados.

"'O bispo mandou o senhor vir com toda a pressa.'

"'Está bem, está bem... Onde está minha calça?'

"'O senhor a está vestindo, *chevalier*.'

"'...Pelos Sete Mártires, não consigo sentir minhas pernas.'

"Esfreguei os nós dos dedos nos olhos. Meu crânio estava latejando como se eu tivesse fodido três vezes com ele. A garota se aproximou quando tentei me levantar e, com sua ajuda, fiquei de pé, cambaleante, com a mão na cabeça e chiando de dor.

"'Quer que eu vá buscar mais água?'

"'Qual o seu nome, *mademoiselle*?'

"'Nahia.'

"E com um suspiro, sacudi a cabeça.

"'Só encontre meu cachimbo, Nahia.'

"Dez minutos depois, estava caminhando com dificuldade pela lama na direção do portão sul de Dhahaeth, com chuva e neve congelantes nos ombros, ratos em volta de meus calcanhares. Nahia vinha atrás, retorcendo as mãos. Eu tinha vestido o sobretudo, felizmente seco, e calçado as botas, infelizmente ainda úmidas. Mas, ao me vestir, não consegui evitar a lembrança de dias mais jovens. Dias de glória. E, com a Bebedora de Cinzas na cintura, torci para me parecer pelo menos um pouco melhor do que me sentia.

"O bispo estava esperando no portão. Na luz tênue, os milicianos pareciam ainda menos impressionantes do que na noite anterior. Informação sobre meu nome tinha sem dúvida se espalhado entre eles. Conversas sobre as paunocuzices da bebedeira da noite anterior no bar, obviamente, também tinham.

"'Graças ao Todo-poderoso', começou o bispo. '*Chevalier*, o fim chegou p...'

"'Contenha seu ânimo, eminência.'

"Um grito veio do outro lado da paliçada e fez os homens ao meu redor estremecerem.

"'Tragam-no para fora! Podemos ter a eternidade, mas não vamos desperdiçá-la com gado mugindo!'

"Fui até a escada, os velhos pregos rangendo, e subi até estar de pé sobre a madeira rústica e lascada da passarela elevada. Abracei as sombras como velhas amigas, escondido por trás das mais altas extremidades pontiagudas, o bispo seguindo em meus calcanhares com nítida relutância. Havia uma dúzia de homens ali parados, vestindo velhas armaduras de couro e capacetes de metal enferrujados. O babaca magrelo que tinha me desrespeitado na noite anterior estava entre eles, junto com um homem que supus ser seu líder. Ele era um sujeito corpulento com o rosto marcado e pele castanha, com um cachimbo de osso de baleia nos lábios. Mãos calejadas. Queixo marcado por cicatrizes. O único soldado de verdade entre eles.

"'*Capitaine*', assenti.

"'*Chevalier*', resmungou ele, olhando além dos muros. 'Um belo dia para se encontrar com o criador.'

"A voz do homem estava firme, assim como seu queixo. Mas todos os seus companheiros pareciam prestes a encher as calças. E, olhando entre as madeiras, vi a fonte de todo o seu medo.

"Havia uma carruagem parada no meio da estrada. Era ricamente decorada; tinta negra brilhante e arremates em ouro, duas lanternas projetando uma luz pálida como o luar através da chuva com neve. Mas, em vez de cavalos, essa carruagem era puxada por uma dúzia de atrozes. Cada um tinha sido uma garota adolescente antes de ser assassinado. Esfarrapadas e apodrecidas, elas olhavam para os homens nos muros com nada além de fome em seus olhos mortos. E, sentado no lugar do cocheiro, havia algo ainda mais faminto.

"Ela também tinha a forma de uma jovem. Mas, ao contrário das sangues-frios puxando a carruagem, essa tinha uma beleza perfeita. Ela usava um corpete de couro, uma meia-saia, botas altas. Seus lábios estavam pintados de uma cor escura e brilhante, olhos azuis profundos delineados com *kohl* e emoldurados por cabelos pretos compridos. Sua pele era branca como a morte, seu queixo sujo com leves manchas de assassinato.

"'Dyvok, aposto', grunhiu o *capitaine*.

"'Não', respondi, examinando a sangue-frio. 'Ela é uma Voss.'

"'Ancien?', perguntou o bispo, tremendo.

"Sacudi a cabeça.

"'Só uma recém-nascida, pelo que parece.'"

O historiador de repente bateu com a pena no tomo em seu colo.

– Sério? – Gabriel deu um suspiro. – De novo?

– Como se fosse para uma criança, De León – disse o vampiro. – Como você podia dizer a linhagem de sangue dessa só de olhar para ela?'

– Porque eu não tinha caído recentemente com as chuvas? Vocês Chastains raramente viajam de carruagem. Os Dyvoks ainda estavam ocupados destruindo Ossway, e os Ilons eram muito mais sutis para fazer uma aparição tão afetada. Mas os descendentes do Rei Eterno ficaram arrogantes depois do sucesso de sua *famille* em Nordlund. *Todos devem se ajoelhar* era o credo do sangue Voss, e os filhos de Fabién se viam como a realeza vampírica, destinada a governar a noite eterna do alto de tronos construídos com os ossos do velho império. Chegar em um buraco de camponeses em uma carruagem elegante puxada por uma dúzia de cadáveres era *exatamente* um estilo Voss.

Jean-François assentiu.

— E o termo. Que você usou? *Recém-nascido*?

— Você *sabe* o que é a porra de um recém-nascido.

— Mesmo assim, gostaria que você explicasse.

— Bom, eu queria um copo de *single malt* fino e uma cortesã com mil peitos reais para ler para mim uma história de ninar, mas nem sempre conseguimos o que queremos.

O vampiro me olhou furiosamente.

— Margot Chastain, primeira e última de seu nome, imperatriz imortal dos lobos e homens, consegue.

Gabriel conteve um insulto e respirou fundo para se acalmar.

— Há três estágios na existência de um sangue-frio. Três idades para sua chamada vida. Os novos Mortos são chamados de recém-nascidos. Jovens, comparativamente fracos, ainda abrigando os restos de sua humanidade e encontrando seu caminho no escuro. Depois de aproximadamente cem anos de assassinatos, um recém-nascido pode ser considerado um mediae; um vampiro na posse completa de seus dons, *extremamente* perigoso e desprovido de qualquer coisa que se aproxime da moralidade humana. Os últimos, e mais mortais, são os anciens. Os anciãos.

— E você sabe dizer a diferença só de olhar?

— Recém-nascidos, às vezes. — O Santo de Prata deu de ombros. — Embora eles não respirem mais, eles fazem coisas como inalar repentinamente em surpresa. Piscam por hábito. Alguns até se iludem que podem ver mortais como qualquer coisa além de refeições. Mas *tudo* passa. Tudo termina. E quando você é um mediae, você é uma coisa totalmente diferente.

– Alguma coisa mais – assentiu Jean-François.

– E muito, muito menos – respondeu Gabriel.

O vampiro passou os dedos pelas borlas emplumadas de suas lapelas, a luz da lanterna reluzindo nos olhos escuros.

– Quantos anos você acha que eu tenho, *chevalier*?

– Velho o suficiente para não haver mais nada dentro de você – respondeu Gabriel.

E, sem vontade de entrar no jogo, o Santo de Prata voltou a sua história.

– Olhei do alto da paliçada para a sangue-frio, estudando-a. Ela desceu do assento do cocheiro, afundando os saltos na lama meio congelada. Passando por aquelas garotas vazias e atrozes que puxavam a carruagem, ela se aproximou dos muros de Dhahaeth através da chuva com neve congelante, totalmente despreocupada com as flechas apontadas para seu peito.

"Achei que ela não devia ter mais de 13 anos quando tinha sido morta, o corpo preso a um ou dois anos do limiar da vida adulta. Seu sorriso era afiado como navalha enquanto ela olhava para os milicianos acima. O medo dela tomou os muros como uma névoa pálida.

"'Vocês todos vão morrer', declarou ela.

"Um dos homens mais jovens perdeu a calma com isso e disparou sua besta com um ruído repentino. A pontaria do rapaz foi boa, mas a flecha simplesmente bateu no peito da sangue-frio como se ela fosse feita de pau--ferro. Com olhos fixos no jovem que tinha atirado nela, a vampira ergueu a mão e soltou a seta de seu peito. Lábios escuros se entreabriram, ela lambeu a ponta com uma língua comprida e esperta.

"'Você primeiro, garoto', prometeu ela.

"'Atirem!', gritou o *capitaine*.

"As bestas cantaram, uma dezena de outros dardos lançado velozes depois do primeiro. Mas a sangue-frio simplesmente permaneceu parada onde estava. As flechas a atingiram em uma dúzia de lugares, mas, novamente, não causaram praticamente nada. Uma a atingiu bem no rosto, deixando nada além de um arranhão em sua face de porcelana. E, quando a chuva terminou, ela olhou pesarosa para os buracos em sua roupa, arrancando mais uma flecha e a jogando na lama.

"'Eu *gostava* deste vestido...'

"'*Oui*', murmurei. 'Ela é Voss, com certeza.'

"'Agora com piche!', gritou o *capitaine*. 'Preparar!'

"Os milicianos recarregaram. Mas as pontas desses novos dardos estavam envoltas em pano, mergulhadas em piche. Os arqueiros de Dhahaeth se reuniram em torno de seus barris em chamas, prestes a atear fogo em seus disparos.

"A sangue-frio vacilou com isso. Ela podia ter se exibido parada na chuva, mas se há uma coisa que todos os Mortos temem é o fogo. Um pequeno tremor de coragem passou pelo muro com sua hesitação.

"Então, a porta da carruagem se abriu.

"Uma figura desceu na lama. Através da chuva e da neve, pude ver que estava vestido como nobre – uma sobrecasaca escura, camisa de seda e um belo sabre no cinto. Pendurada em um dos ombros, levava uma capa comprida de duelista, grossa e de pele de lobo, forrada de cetim vermelho. O cabelo preto estava alisado para trás de sua testa pálida formando um bico de viúva pronunciado. Ele era bonito como uma cama cheia de anjos caídos. Mas suas mangas estavam salpicadas de vermelho, e seus olhos eram como buracos negros de faca em seu crânio. Ele se juntou à sua companheira e tomou sua mão pequena na dele, e fui atravessado por uma sensação de fúria perfeita, dos pés à cabeça.

"'*Aquele* é um ancien', disse eu.

"'...Você o conhece?', perguntou o *capitaine*.

"Eu assenti, sem acreditar em minha sorte.

"'Aquele é a Fera de Vellene.'

"Um murmúrio percorreu os muros. O bispo Du Lac ficou branco como ossos de bebê.

"'Meu nome é Danton Voss', declarou o homem. 'Filho de Fabién e príncipe da eternidade.'

"O sangue-frio mexeu nas bordas em babados de suas mangas e tirou uma mecha de cabelo escuro da testa. As garotas atrozes puxando a carruagem permaneceram imóveis como rochas, em silêncio mortal. Eu sabia que elas eram todas produto da Fera, agora – mantidas imóveis pela vontade imortal de seu criador. A pequena mulher também era originária dele, provavelmente, mas ela tinha se Transformado antes de ter uma chance de apodrecer. O olhar do monstro parou em Du Lac, e seu lábio se curvou com a visão da roda pendurada no pescoço do bispo em sua corrente fina de prata.

"'Traga-o para mim, eminência. Ou eu vou entrar aí para buscá-lo.'

"Eu podia sentir o poder naquela voz. Fria como tumbas e com séculos de profundidade. Os outros milicianos lançaram olhares desconfortáveis em minha direção. Eu tinha visto os cadáveres empalados em torno das fortificações – aqueles homens tinham lutado contra os Mortos antes daquele dia. Mas estava claro que nenhum deles tinha enfrentado inimigos como aqueles, e ainda mais claro que nenhum deles estava no espírito de morrer por mim.

"'O senhor acha que ele está falando sério?', perguntou o bispo.

"'Acho que sim.', respondi.

"O *capitaine* olhou ao redor para os rapazes e homens de barbas grisalhas, todos eles tremendo. Mascando seu cachimbo de osso de baleia, ele soprou um jato de fumaça cinza no ar.

"'Então eu acho que estamos fodidos.'"

✦ IX ✦
A FERA DE VELLENE

"– OLHEI PARA BAIXO para os sangues-frios, me perguntando se aquele dia poderia realmente ser meu último, ou o dia em que tudo começaria. Conferi a bandoleira atravessada sobre meu peito, meus frascos de ignis negra, prata cáustica e água benta. Então apontei com a cabeça para a fumaça que saía dos lábios do homem corpulento.

"'Pode me emprestar sua pederneira, *capitaine*?'

"Levei a chama a meu cachimbo enquanto descia a escada, inalando fumaça vermelha como a morte em meus pulmões. O hino de sangue estava ativo quando minhas botas tocaram a lama, a sede em mim esquecida, minha ressaca nada mais que um sonho enfumaçado, o tambor de guerra de meu pulso, primal, gritando, querendo e precisando, concentrado apenas naquela coisa à espera lá fora. Eu guardei o cachimbo, ergui a gola em torno do rosto e assenti para o vigia do portão.

"As madeiras rangeram, e a paliçada de troncos se abriu. Eu deixei o abrigo dos muros de Dhahaeth, com um vento cortante agitando meu sobretudo ao meu redor, com a cabeça baixa quando o portão rangeu e se fechou atrás de mim.

"A Fera de Vellene olhou para mim através da chuva e da neve que caíam, olhos negros estreitos enquanto eu o saudava tocando meu chapéu.

"'Bom amanhecer, Danton', exclamei. 'Seu pai sabe que você está aqui?'

"A garota morta se aproximou, seu olhar negro percorrendo minhas botas, meu sobretudo, até meus olhos vermelho-sangue.

"'Afaste-se, mortal.'

"'Afastar? Foram vocês que exigiram que eu saísse, sanguessuga.'

"Ela escarneceu.

"'Não viemos aqui por você?'

"Pisquei curioso. Pensamentos corriam com o *sanctus* em meus pulmões. Eu achei que eles estavam me caçando; que o Rei Eterno talvez tivesse pensado melhor e enviado seu filho para terminar o trabalho que ele havia começado. Mas um olhar para aqueles olhos negros como pederneiras me disse que Danton ainda não tinha nem me reconhecido.

"Eu era um homem morto, afinal de contas.

"Minha mente voltou à taverna na noite anterior. As palavras de Chloe: *Alguns dos pés que estão nos seguindo não pertencem a homens mortais*. E me lembrei dos camaradas da boa irmã, seu fervor e espadas reluzentes, o modo como intervieram para proteger...

"'O garoto.' Eu entendi. 'Dior.'

"'Traga-o para nós', ordenou a recém-nascida, os olhos vazios nos meus.

"'Eu lhe diria para pedir por favor, pequena. Mas ele nem está aqui'.

"'Você vai continuar mentindo assim, eu gostaria de saber, com sua língua ensanguentada na palma da minha mão?'

"'Eu sem dúvida ia falar muito menos que você, *chérie*.'

"A recém-nascida me olhou com raiva, estreitando os lábios escuros. Mas Danton olhou para mim com mais atenção, então para a cidade atrás. Seus olhos há muito mortos percorreram a paliçada pontiaguda, a milícia em cima dela. Tudo estava em silêncio, exceto pelos gemidos do vento, e ele estava imóvel como pedra.

"A Fera de Vellene, eles o chamavam – o filho mais novo do Rei Eterno. Ele tinha recebido esse nome dezessete anos antes, quando o exército de seu pai esmagou sua primeira capital a oeste das Montanhas dos Anjos. Quando os portões de Vellene caíram, e a legião sem fim matou todos os homens e mulheres que havia ali. Mas Danton tinha um gosto por jovens donzelas. Era infame por isso. Segundo rumores, ele assassinou todas as garotas da cidade com menos de 16 anos com as próprias mãos.

"Olhei para a carruagem atrás de Danton, então. Vi aquelas garotas atrozes, completamente sob o domínio daquele que as havia massacrado. E Danton voltou seu olhar negro para mim e falou como martelos caindo.

"'*Diz-nos aonde foi o garoto.*'

"Senti sua mente se forçando sobre a minha. Sua força de vontade pressionando a minha, todo o poder de seus muitos anos de trevas formigando em minha pele e minha alma. O desejo de obedecer, de *agradar*, era tão incontestável quanto o próprio tempo. Eu queria ceder. Me rebaixar diante dele. Mas meu ódio por aquela coisa, por sua *famille* e o que eles tinham tirado de mim, pelo que ele era e fingia ser, cantava ainda mais alto. Pisquei com força. E sacudi a cabeça.

"'Honestamente, você não esperava que isso funcionasse em um santo de prata, esperava?'

"Danton se encheu de desprezo enquanto seus olhos tremeluziam sobre mim. Eu não devia parecer grande coisa – esgotado e enlameado, olhos envoltos em bolsas de sombras.

"'Um casaco preto e um pulmão cheio de sangue de patifes não fazem um santo de prata', disse ele.

"Saquei a espada em meu cinto, a música prateada de sua voz em minha cabeça.

"*Eu estava... tendo o s-sonho mais estranho...*

"'Hora de acordar, Bebedora. Temos trabalho a fazer.'

"*Ah?... Ah, ahhhhh, sim, sim, sim...*

"As atrozes puxando a carruagem se agitaram, com bocas abertas e presas afiadas. O lábio pálido de Danton se curvou. E, apenas com um piscar, ele as liberou de seu domínio.

"Elas largaram as barras da carruagem e vieram em uma enxurrada, malignas, sem alma e rápidas. Eram quase tantas quanto no dia anterior, quando tinha perdido o pobre Justiça e fugido para salvar minha vida infeliz. Mas, naquele dia, eu não era apenas um homem sem cavalo e uma refeição não comida. Naquele dia, o *sanctus* estava pulsando em minhas veias e meu braço da espada estava de ferro. E quando a Bebedora de Cinzas começou a cantar uma velha cantiga infantil alquebrada dentro de minha cabeça, eu estava correndo em sua direção, e seus olhos vazios se encheram de surpresa quando minha espada começou a dançar.

"É uma coisa estranha, lutar sob o poder do hino de sangue. Cada momento parece ter uma década de duração, e, mesmo assim, o mundo inteiro se move em um borrão vermelho-sangue. Cortei através daquela dúzia de sangues-frios como uma navalha através de seda, e, em seu rastro, o ar se encheu com as cinzas que davam nome à minha espada. Uma doce libertação era o único presente que eu podia dar àquelas pobres meninas, e eu fiz isso, com todas elas. Quando terminei, fiquei ali parado na estrada lamacenta, meu casaco, minha pele, minha espada, todos grudentos de sangue e marcados de cinza, e, por um momento terrível, eu me perguntei como podia ter deixado tudo aquilo para trás.

"'Deus Todo-poderoso', ouvi alguém murmurar nos muros acima.

"'Magnífico...', murmurou o *capitaine*.

"Meus sentidos estavam tão aguçados quanto a espada em minha mão, meu pulso trovejando. Sacudi um filete de sangue da lâmina da Bebedora de Cinzas na lama gelada aos meus pés; e, limpando fuligem da minha lapela, olhei a Fera de Vellene nos olhos.

"'O que você quer com o garoto, Danton?'

"O vampiro não deu resposta, e seus olhos passaram brevemente pela carnificina aos meus pés, pela espada ensanguentada em minha mão. Examinei aqueles olhos escuros, à procura de um resto, uma migalha.

"'Ouvi algumas bobagens sobre o cálice do Redentor.'

"A mulher escarneceu.

"'Você não sabe nada, mortal.'

"'Sei que você cometeu um erro, sanguessuga, vindo aqui com o sol ainda alto.'

"Vi *esse* golpe finalmente atingir. Um leve tremeluzir disso nos olhos escuros como a noite de Danton enquanto ele olhava para o céu de aquarela acima. A Fera de Vellene era filho do vampiro mais poderoso sob o céu. Ele obviamente tinha ido até aqueles muros achando que ia passar por cima deles e pelos camponeses em seu topo. Mas, em vez disso, ele me encontrou.

"Os olhos da recém-nascida se estreitaram, as presas reluzindo.

"'Quem é você?'

"'Você não deve ser grande coisa, *chérie*', funguei, 'se não sabe nem quem eu sou.'

"*Mostre a eles, G-gabriel*, disse um sussurro de prata.

"Ergui a mão e desamarrei minha gola para que eles pudessem ver meu rosto. A mulher nem pensou, mas Danton, com certeza, o reconhecimento estilhaçando o gelo negro de seus olhos. Ele olhou outra vez para a espada quebrada em minha mão. O lugar no meu casaco onde antes havia uma estrela de sete pontas costurada. A ponta de sua língua pressionada sobre a borda de um canino afiado.

"'De León. Tu estás vivo.'

"'Infelizmente.'

"'*Como?*', sibilou ele.

"'Deus não me quis. E o diabo estava com medo de abrir a porta.' Eu dei um passo à frente, estreitando os olhos. 'Você também parece assustado, Danton.'

"'Eu não temo nenhum homem', escarneceu ele. 'Eu sou um príncipe da eternidade.'

"Eu ri disso. Tão alto quanto o céu era vasto.

"'Não há ninguém com mais medo de morrer que aqueles que acreditam ser imortais. Sua irmã me ensinou isso.'

"Fúria atravessou seus olhos.

"'Tu te intrometes em assuntos que não podes possivelmente compreender.'

"Eu dei de ombros.

"'Os negócios de outras pessoas sempre foram meu tipo favorito.'

"Eles, então, se moveram. Um clarão entrecortado de tecido preto e pele de mármore. Minha pistola estava em minhas mãos em um piscar de olhos, seguindo a mulher enquanto ela atacava. Ela era rápida, sem dúvida. Mas um tiro de pistola se move mais rápido que uma recém-nascida, atinge com dez vezes mais força que qualquer flecha. E com uma dose fresca de *sanctus* em minhas veias, eu não ia errar àquela distância.

"O tiro de prata a *atingiu* no rosto, bem no pequeno sinal em sua bochecha onde a flecha já havia acertado, jogando-a para trás com um grito borbulhante.

"Danton se moveu mais rápido, e eu estava sobre o pé de apoio em um instante. Ele veio como um tiro de canhão – mais velho, mais forte, apenas um borrão de olhos mortos e dentes reluzentes. Seu sabre brilhou como um raio em sua mão. Seus ataques eram um furacão. Um golpe de sua arma quase levou o queixo de meu rosto, e o sangue correu vermelho e quente pelo meu pescoço. Sua bota me atingiu no estômago, e senti minhas entranhas se romperem enquanto voava trinta metros para trás sobre a lama congelante.

"Todos os sangues-frios são fortes como pregos. Como sangues-pálidos, eles ignoram ferimentos que deixariam órfãs a maioria dos filhos dos homens. Mas a carne da linhagem Voss pode desviar a prata. Os mais velhos podem até resistir ao beijo das chamas. Com todos meus desafios, aquele bastardo era mortal, e eu sabia que, se vacilasse só uma vez, ele ia fatiar minha bunda como pão de batata fresco.

"Rolei e fiquei de pé, desviei de golpes, o hino de sangue tinindo em minhas veias. Como eu disse, a partida que eu tinha fumado não era das melhores. Mas só porque vocês sangues-frios podem circular durante o dia, agora, isso não quer dizer que vocês ainda não são dez vezes mais temerários na calada da noite. Por mais débil que fosse, a luz escura do sol deixava Danton mais fraco do que se estivesse escuro como o breu. E, no fim, essa era a vantagem à qual eu me agarrava.

"Levei a mão à bandoleira e joguei um frasco de vidro no rosto do vampiro. Ele detonou em um clarão, uma nuvem de ignis negra e prata cáustica explodindo no ar. A bomba de prata mal foi suficiente para queimá-lo de leve, mas um pouco do pó atingiu seus olhos, e Danton recuou, agitando os braços. E, com toda minha força, desci minha espada.

"A Bebedora de Cinzas cortou o ar, ainda cantarolando dissonante em minha cabeça enquanto tirava o braço da espada de Danton no cotovelo. Sua carne era de ferro, mas, à luz do dia, a espada era páreo para ela, com todo meu ódio e minha fúria por trás do golpe. A mão decepada de Danton explodiu em cinzas, anos de decomposição negada se passando em um batimento cardíaco. Ele rosnou, suas garras passaram perto de meu queixo enquanto eu quebrava um vidro de água benta em seu rosto. Seu rosnado se transformou em grito, os olhos arregalados de agonia e ficando vermelhos de sangue.

"'Tu *ousas*...'

"Tentei sua garganta, então, desesperado para agarrá-lo. Uma das mãos era tudo de que eu precisava. Mas meus dedos pegaram apenas ar. A Fera de Vellene, agora, estava a quinze metros de distância, novamente sob a chuva e a neve que caíam, segurando o braço decepado. O coto estava fumegando; seu sabre, jogado na lama. Levei a mão ao interior de meu casaco e soltei a corrente de prata com o mangual. Arquejando e sangrando. Costelas quebradas me apunhalavam toda vez que eu respirava.

"'Não vai ficar para o funeral?', disse eu.

"Dei outro passo à frente, mas o vampiro recuou cinco metros em um piscar de olhos. A Fera de Vellene tinha avaliado a situação, e, embora tivesse me enchido de porrada, ele nitidamente ainda via que o equilíbrio não era favorável. O sol estava alto. Ele não parecia preparado para o inimigo que estava enfrentando. Você não vive por séculos sendo impaciente.

"Ao contrário de mim, Danton tinha tempo.

"Ouvi, então, um grito às minhas costas. Virei-me e vi a recém-nascida se arrastando na lama ensanguentada. Um buraco negro irregular tinha sido explodido através de seu rosto, seu único olho bom fixado em seu criador.

"'Mestre?'

"Caminhei pela lama até onde ela estava tentando se levantar. Ela gritou, a voz estridente e irregular de agonia e medo, os olhos ainda fixos em seu pai sombrio.

"'*Mestre!*'

"A recém-nascida se virou para correr, mas meu mangual de prata se enrolou em suas pernas, fazendo-a cair novamente na lama. Enquanto ela tentava se soltar com as mãos, enfiei a Bebedora de Cinzas em suas costas, prendendo-a à terra congelante. Ela se retorceu para me morder, mas meu pé forçou seu rosto na lama e, levando a mão a meu cinto, saquei uma faca afiada feita de puro aço de prata, com o anjo da vingança se erguendo no punho.

"'Não, o q-que você está fazendo, o que vo...'

"O monstro gritou quando enfiei a faca em suas costas e comecei a cortar as costelas logo abaixo da omoplata esquerda. Ela podia ser uma recém-nascida, mas ainda era uma Voss, e mais que obra da sede, a coisa tentava se soltar de baixo de mim, se debatendo e uivando.

"'Danton, *me ajude!*'

"*Não é uma garota, Gabriel. Não é humana. Só um m-m-monstrocomoorestodeles.*

"Meus dentes estavam cerrados, o rosto sujo de cinzas e sangue podre – nada de um espadachim inigualável, agora apenas um açougueiro. E, enquanto eu trabalhava, com a faca prateada cortando ossos duros como aço, senti aquela velha excitação familiar, aquela alegria sombria se erguendo enquanto eu olhava nos olhos daquela coisa e via sua conscientização – que depois de todo assassinato, de todas as noites de sangue, beleza e júbilo, era ali que tudo acabava.

"*Não tema.*

"'Por favor', implorou o monstro enquanto eu pegava um frasco vazio. 'P-por favor...'

"*Apenas fúria.*

"Forcei os dedos entre as costelas da recém-nascida. Sua súplica se transformou em grito quando fechei a mão em torno de seu coração e o arranquei de seu abrigo. O órgão começou a apodrecer assim que se soltou; anos roubados correndo de volta com vingança. Mas eu o segurei na mão, espremendo um jato de sangue escuro e saboroso em meu frasco antes de tudo virar cinza. A espinha da vampira se arqueou enquanto o ladrão do tempo tomava conta, roubando de volta o que era dele. E, em um momento, estava acabado – restando pouco mais que uma casca dentro daquele vestido do qual ela gostava tanto.

"Eu respirei fundo. Cinza e vermelho. Olhei para o monstro, para a destruição, a garotinha aos meus pés. Depois para os olhos daquele que a havia assassinado.

"'Você disse a ela que a amava, Danton? Você prometeu a ela a eternidade?'

"A Fera de Vellene olhou fixamente para mim do outro lado do espaço sangrento. Segurando o braço arruinado, olhando para os destroços em que eu tinha transformado suas filhas, olhos como carvões em brasa em seu crânio.

"'Tu vais sofrer por isso, Santo de Prata. E vai ser *lendário.*'

"E, com pouco mais que um sussurro, ele desapareceu na bruma.

✦ X ✦
NEVE VERMELHA

– *ELES VIERAM DURANTE o d-dia, Gabriel.*

"'Eu sei', disse eu, caminhando de volta para o portão de Dhahaeth.

"Mesmo em uma poça de lama como esta, um príncipe da eternidade se arriscando sob o sol do m-meio-dia... ele deve estar desesperado para encontrar esse garoto antes que outra coisa o encontre. Nós precisamos localizá-los. P-precisamos conhecer a verdade, a v-verdade.

"'Acho sempre muito agradável', disse eu, olhando para a espada, 'quando você insiste em me dizer merdas que eu já sei.'

"Você devia ter escutado Chloe, Gabriel. Tanto antes quanto agora, a-agora e antes. Pense em tudo de que p-podíamos ter sido poupados, se você tivesse...

"'Cale a boca, Bebedora', avisei.

"A culpa é minha t-tanto quanto...

"Enfiei a Bebedora de Cinzas na bainha, silenciando sua voz enquanto o portão se abria. Os milicianos esperavam atrás dele, a garota da taverna, outros moradores da cidade, todos me observando com horror e assombro. Du Lac desceu dos muros e eu olhei para a roda em torno de seu pescoço e para seus olhos.

"'*Merci* pela ajuda, eminência.'

"Du Lac teve a decência de parecer envergonhado.

"'O senhor pareceu ter a situação sob controle...'

"'Em que direção eles foram?'

"'...De quem o senhor está falando?'

"'Da taverna ontem à noite, seu esnobe empoado', rosnei. 'A mulher pequena com o cabelo grande. O padre. O garoto. Eles foram para o norte como disseram?'

"'Me desculpe, mas...'

"'*Oui, chevalier*', disse a garota da taverna. 'Eles foram para o norte.'

"*Merci*, mlle. Nahia", assenti e passei por ela. 'Digo outra vez que seu sangue merece ser fumado.' Olhando para a passarela elevada, chamei os milicianos. 'Vou ficar com a pederneira, se estiver tudo bem, *capitaine*.'

"O homem grisalho assentiu.

"'Com minha bênção, *chevalier*. Que Deus o acompanhe.'

"'Eu preferia que ele se ocupasse dos próprios negócios, se não fizer diferença.'

"Fui até os estábulos, barganhei por uma sela, provisões e arreios para substituir os que eu tinha perdido quando o pobre Justiça morreu. Provavelmente deixei a cidade alguns royales mais leve do que deveria, mas eu estava muito mal-humorado para insistir naquilo.

"Quebrada e confusa como estava, a Bebedora de Cinzas tinha falado com verdade. Vampiros eram criaturas que viviam para sempre se soubessem jogar suas cartas. Os anciens raramente eram estúpidos e *nunca* irresponsáveis. Eu mal pude acreditar que uma criatura tão velha quanto Danton tivesse se colocado sob tamanho risco. E se aquele garoto, Dior, era tão importante para ser caçado pelo Rei Eterno...

"Encilhei Jezebel e cavalguei com determinação pelo portão norte de Dhahaeth. Chloe e seu grupo tinham uma boa dianteira, e eu teria de cavalgar depressa para alcançá-los. O corte que Danton fizera em meu rosto estava lentamente se fechando, mas minhas costelas quebradas ainda doíam toda vez que eu respirava. O sol fraco lançava uma luz mortiça sobre a estrada à frente, o meio-dia de outono tão desolado quanto um crepúsculo de inverno.

"Eu sabia que, décadas antes, aquela tinha sido uma região de trigo –

que aquelas terras antes tinham ondulado com hastes de um dourado reluzente. Agora, as poucas fazendas que tinham conseguido resistir cultivavam a única coisa que podiam: batatas, outras raízes e grandes campos extensos de cogumelos. Fungos brotavam *em toda parte*. Mosto-de-maria luminoso tomava as cercas e pedras. Filamentos pálidos de asphyxia se envolviam em torno das árvores há muito tempo mortas, e grandes colônias de cogumelos venenosos invadiam a estrada lamacenta.

"Podres. Crescendo. Se espalhando.

"Enquanto seguíamos para o norte, o *sanctus* começou a perder efeito, e minha ressaca alcançou a sensação de queda e o início da dor pela minha surra. Os campos agrícolas ficaram para trás, e Jez e eu chegamos a uma estrada aberta. O rio Ūmdir era uma serpente prateada ao longe, e eu podia ver uma densa floresta morta através da escuridão a leste, uma colina encimada por uma torre de vigia em ruínas. Passamos por uma placa presa a um olmo sem vida, coberto de fungos.

"Mortos à frente.

"A Bebedora de Cinzas era um conforto pesado em meu quadril. A ideia do sangue que eu extraíra do coração daquela recém-nascida era um conforto ainda maior. A sede já estava voltando para mim com pés vermelhos e chinelos. A noite se aproximava, ouvi a corrente do Ūmdir à frente. E, me esforçando para olhar através da escuridão, senti um aperto no coração.

"'Que merda...'"

– Permita-me adivinhar – ofereceu-se Jean-François. – Os moradores de Dhahaeth tinham destruído a ponte.

– *Oui*. – Gabriel franziu o cenho. – Aquele babaca do bispo devia ter pelo menos me avisado. Quando cheguei à margem do rio, vi apenas pedras de um ancoradouro e alguns arcos quebrados no meio do rio. Eu não tinha encontrado nenhum atroz na estrada, então destruir os pontos de travessia estava obviamente ajudando a manter os Mortos fora da província. Mas o rio era muito rápido e profundo para Jez atravessá-lo.

"E, para coroar tudo, começou a nevar.

"Baixei meu tricórnio ainda mais e dei um tapinha triste em Jez.

"'Desculpe, garota. Eu devia ter lhe avisado que o Todo-poderoso gosta de cagar no meu prato em toda oportunidade.'

"A égua relinchou em resposta.

"Não havia sinal de Chloe e seu grupo. Verifiquei em meu mapa onde ficava o ponto de travessia mais próximo e continuei em frente, seguindo uma trilha de terra até uma colina coberta de árvores mortas à medida que a escuridão se aprofundava. Visualizando o rosto da santa irmã da noite anterior. Seu sussurro enquanto apertava a minha mão.

"*É o Graal, Gabriel. Estou falando sobre o maldito Graal.*

"O sol enegrecido havia mergulhado abaixo do horizonte, e a neve estava caindo pesada quando me embrenhei entre árvores há muito tempo mortas. Consegui acender minha lanterna e a pendurei na sela de Jez. Mas eu sabia que estávamos a apenas um tropeção de distância do funeral do dia anterior.

"'Acho que é hora de parar para a noite, garota.'

"Um som, então, cortou a tempestade. Piscando neve de meus olhos, inclinei minha cabeça. Um disparo de pistola, jurei. Outro som se seguiu – uma nota longa, aguda e abafada, do tipo que uma vez havia me levado em asas de prata até as mandíbulas do inferno. E eu me lembrei de Chloe no bar na noite anterior. Um fuzil no ombro. E uma trompa bordejada de prata em seu cinto.

"'Merda', resmunguei.

"Dei um tapa na anca de Jez e subimos a encosta irregular. A égua de carga não era ágil, mas tinha coragem, galopando diretamente para o escuro. Ouvi a trompa outra vez, adrenalina azedando minha língua, uma onda de memórias de noites em San Michon – o juramento em meus lábios, meus irmãos ao meu redor, o amor meu escudo e a fé minha espada.

"*E diante de Deus e seus Sete Mártires, eu aqui juro; que as sombras conheçam meu nome e desespero. Enquanto queimar, eu sou a chama. Enquanto sangrar, eu sou a espada. Enquanto pecar, eu sou o santo.*

"*E eu sou prata.*

"Ouvi um grito distante, vi a torre de vigia em ruínas se erguendo à minha frente. Formas escuras estavam se movendo em direção a ela através das árvores mortas, olhos sem vida e caninos afiados. A trompa tocou outra vez, uma nota precisa como prata se erguendo acima do barulho surdo dos passos dos Mortos. Porque os Mortos estavam ali, e correndo depressa – pelo menos uma dúzia de atrozes atraídos pelas figuras que eu então vi através da neve que caía.

"Saquei a Bebedora de Cinzas em uma das mãos, e a outra segurou as rédeas de Jez.

"*Onde e-estamos, Gabriel?*

"'Estamos na merda, Bebedora', sibilei.

"*Ahhh. Só mais um dia, mais um d-dia, então?*

"Pude ver Chloe parada na base da torre em ruínas, com a espada na mão, golpeando um atroz que se aproximou como um lenhador numa árvore. Ela lutava com toda a fúria do inferno, mas era uma freira, afinal de contas, e aquela espada era grande demais para ela. O menestrel estava ao lado dela, a barba por fazer cheia de neve, um bastão em brasa em uma das mãos e uma longa espada de aço na outra. Atrás deles, apertado contra as paredes quebradas da torre, estava o garoto, Dior. Ele tinha um punhal prateado na mão, um *cigarelle* apagado pendurado nos lábios, uma fúria gelada nos olhos.

"'Voltem, seus bastardos ímpios!', gritou o menestrel.

"'Chloe!', berrei.

"Eu não tinha ideia de onde a garota ossiana ou sua leoa estavam, nem o velho padre. Mas aqueles três estavam na mais funda das merdas. O menestrel era rápido com a tocha, acertando um atroz no crânio e ateando fogo em sua cabeça com um grito de triunfo. Chloe atacava com a longa espada qualquer coisa que se aproximasse demais, e o aço de prata rasgava a carne dos Mortos como palha podre. Mas os atrozes eram muitos.

"Jez era corajosa ou burra, ou estava apenas se movendo rápido demais para reduzir a velocidade. Atingimos um atroz e o jogamos longe. Mas, quando os outros Mortos se voltaram para nós e exibiram suas presas rançosas, a égua perdeu a coragem, e empinou tão forte que quase me derrubou.

"A Bebedora de Cinzas, pelo menos, parecia estar agora com a cabeça no jogo.

"*Ela não é um cavalo de guerra, idiota, o que em nome dos* Deuses *você está fazendo?*

"Soltei os pés dos estribos no momento em que outro atroz me atacou saído do escuro. A sede estava de volta em mim, a luz da lanterna louca e piscando. Era uma aposta ruim, e eu sabia disso, mas eu tinha pouca escolha agora além de pegar pesado ou morrer.

"'Gabe, cuidado!', gritou Chloe.

"*Atrás!,* alertou a Bebedora de Cinzas.

"Girei a tempo de me defender do ataque das garras, e o sangue-frio agitou os braços quando dividi seu peito ao meio. Mesmo com poucas chances, eu tinha alguns truques na manga. Tirei a tampa de um frasco de vidro e o joguei. Dois atrozes caíram com a explosão de prata cáustica, sua pele enegrecida, os olhos borbulhando enquanto a bomba de prata rasgava o ar.

"Aqueles eram apenas Mortos recém-nascidos, mas formigas suficientes podem matar um leão. A Bebedora de Cinzas sussurrou um alerta quando outro atroz se lançou através do escuro – um velho com o cabelo coberto de sangue seco. Ele devia ter morrido na cama, aquele homem, cercado por pessoas amadas. Em vez disso, ele acabou aos pés de uma torre em ruínas ao sul do Ūmdir, e sua cabeça voou quando minha espada brilhou no escuro. Atirei um frasco de água benta, ouvi outro toque da trompa de Chloe quando o vidro se espatifou e carne de Morto fervilhou.

"Um homem de olhos selvagens e mãos ensanguentadas passou pela tocha do menestrel e atacou Chloe pelo lado. Ela berrou, sua espada de aço de prata voou de sua mão, e ela gritou quando a coisa cravou as presas em seu braço.

"'Chloe!', gritou Dior.

"'Irmã!', exclamou o menestrel.

"O homem saltou para salvá-la, só para que outro atroz o atacasse pelas costas. Dior pegou a tocha caída e atacou o sangue-frio que agitava os braços. Um grito de dor sem alma ecoou pela floresta quando o monstro pegou fogo, girando os braços enquanto caía, e, enquanto eu observava surpreso, o garoto girou a tocha entre os dedos e acendeu a porra de seu *cigarelle*. Arremessei meu último vidro de água benta, esvaziei a pistola no rosto de outro atroz. Mas, com tantos inimigos, com minha sede ardendo mais forte, eu estava começando a desconfiar de que pudéssemos estar fodidos.

"Então, ouvi um sussurro. Vi um brilho azul meia-noite, uma fita vermelha. Um atroz desabou sem cabeça, outro caiu para trás em convulsões, vapor vermelho subindo de seus olhos. Uma figura, então, se moveu entre os monstros, tão fria quanto o vento norte, rápida como um raio em uma tempestade no Mar Eterno. Cabelos compridos escuros e uma espada vermelha, cortando através daqueles atrozes como uma dose de remédio ruim.

"*Não fique impressionado, Gabriel, lute!*

"Eu me pus a fazer isso, atacando os sangues-frios enquanto aquela recém-chegada corria entre as árvores mortas, espalhando os atrozes como pétalas de flores em torno de seus pés. E enquanto despachávamos os últimos monstros juntos, eu soube o tipo de monstro que era.

"A alto-sangue estava agora parada em meio aos cadáveres espalhados. Não estava suando. Não estava respirando. Ela estava vestindo uma sobrecasaca vermelha e comprida e calça de couro preto, uma camisa de seda aberta sobre peito branco como osso, o pescoço envolto em uma echarpe de seda vermelha. Ela tinha o corpo de uma donzela, embora eu soubesse que não era nada perto disso. A espada em sua mão era tão alta e graciosa quanto ela, brilhando vermelha e gotejando sobre a neve ensanguentada aos seus pés. Seus cabelos eram do negro azulado da meia-noite, escorrido até a cintura, repartido como cortinas dos olhos da coisa morta. Mas seu rosto estava coberto por uma máscara pálida de porcelana, pintada como uma madame na corte no inverno – lábios escuros e olhos com *kohl*.

"Olhei para trás, para Chloe, que estava arquejante e sangrando.

"'Ela está com você?'

"'Deus Todo-poderoso, não', respondeu ela, recuperando sua espada caída.

"A recém-chegada ofereceu uma mão magra para Dior. Sua voz era suave como fumaça de cachimbo, mas ela falava com um estranho ceceio sibilante.

"'Venha conossssco, criança. Ou morra.'

"*Cuidado com essa, Gabriel. Ela p-parece... errada.*

"O sussurro da Bebedora de Cinzas soou em minha mente enquanto eu me atrevia entre a vampira e os outros. Pela primeira vez a alto-sangue voltou seus olhos em minha direção. Suas íris eram brancas como linho velho. O ar à nossa volta estava congelante, minha respiração caindo sobre meus lábios em nuvens pálidas.

"'Para trás', alertei.

"'*Para trássssss*', comandou ela, suave e venenosa.

"Mas, mesmo enquanto sua força de vontade caía sobre meus ombros como chumbo, eu resisti.

"'Caço sua espécie desde garoto, sanguessuga. Você vai ter de se esforçar mais que isso.'

"Seus olhos, então, percorreram meu corpo, parando na espada quebrada em minhas mãos.

"'*Nós* ouvimos dizer que você estava morto, Santo de Prata.'

"'Nós quem, sua vadia profana?'

"A alto-sangue escarneceu de leve, como se eu tivesse dito algo divertido. Ela voltou olhos mortos outra vez para Dior, e unhas afiadas cintilaram quando ela gesticulou para chamá-lo.

"'*Venha conossssco, cri...*'

"Uma luz forte penetrou através das árvores. Fantasmagórica e brilhante. Olhando para trás, vi o velho padre cambaleando em nossa direção, a roda que ele usava em torno do pescoço agora em sua mão. Ele segurava o símbolo sagrado alto, cuspindo escritura como um marinheiro cuspia palavrões.

"'*E eu estou em vosso meio como um leão entre cordeiros!*'

"Luz estava emanando de sua roda como se viesse de uma lanterna espelhada. A alto-sangue se encolheu quando ela a atingiu, olhos pálidos como a morte se estreitando contra o brilho. Fiquei surpreso por um momento, me lembrando das noites em que minha fé brilhava tão forte quanto a daquele padre, quando a visão da tinta em minha pele era suficiente para queimar e cegar os Mortos. E, enquanto o velho corria em nossa direção, um urro soou pela mata. Eu vi que a leoa vermelha da taverna tinha saído correndo da escuridão, e sua cara marcada por cicatrizes se retorceu quando ela mostrou as presas. A assassina ossiana corria pela neve atrás dela, o elmo com chifres na cabeça, aquele belo machado de batalha nas mãos.

"Ao ver a leoa e à luz ardente do padre, a alto-sangue sibilou. Seu olhar pálido ainda estava fixo em Dior, mas o medo daquele homem santo estava superando sua força de vontade, o frio no ar desaparecendo quando o padre finalmente chegou à clareira, com a roda segura no alto.

"'Eu expulso você!', gritou o velho. 'Em nome do Todo-poderoso, *fora*!'

"'Padre maldito', disse a coisa com rispidez, erguendo a mão para se proteger da luz. 'Você...'

"'E eu vos digo, meus filhos, eu sou a luz e a verdade!' O velho avançou com a roda na mão enrugada. 'Você não tem *nenhum* poder aqui!'

"Outro ceceio saiu de trás daquela máscara fria e pintada. A leoa urrou novamente, avançando para mais perto, e o corpo da sangue-fria pareceu tremer nas bordas. E quando o animal saltou em sua direção, com as garras para fora, a vampira se envolveu em seu casaco e se dissipou em uma tempestade de asas pequeninas – mil mariposas vermelho-sangue jorrando na escuridão e desaparecendo em meio à neve que caía.

"Engoli em seco, com o gosto de terra e ossos na boca.

"Estava acabado.

"Olhei ao redor para o grupo. Chloe segurava o braço onde o atroz a havia mordido, com o rosto retorcido de dor. O menestrel vidente se ajoelhou ao

lado dela, pálido de preocupação. A assassina olhou para mim, seu machado brilhando na luz da roda do velho padre que se esvaía.

"Mas eu tinha olhos apenas para o garoto. Ele estava agachado na lama, o ferro em brasa ainda seguro em um punho com os nós dos dedos brancos, com um *cigarelle* fumegante pendurado nos lábios.

"*Idiota filho de uma rameira, você quase matou todos nós. O que em nome dos deuses...*

"Enfiei a Bebedora de Cinzas na bainha para calá-la. Então olhei para o garoto de cima a baixo. Não parecia haver nada especialmente estranho nele. Mesmo assim, apesar do que minha espada podia ter dito, eu não era tolo.

"'Então, qual é a porra da sua história?'

✦ XI ✦
AO ABRIGO DA TEMPESTADE

— "NÃO DIGA NADA, Dior", alertou a mulher de clã.

"'Eu não tinha planos de fazer isso, Saroise', respondeu o garoto, olhando para mim de cara fechada.

"'Irmã, você está bem?' O jovem menestrel se ajoelhou ao lado de Chloe. 'É profundo?'

"'Está tudo bem, Bellamy', respondeu ela, erguendo a manga ensopada de sangue. 'Um arranhão.'

"Bastou uma olhada na ferida para eu saber que não era nada disso. O bíceps de Chloe estava sangrando de uma mordida maligna, a pele já escurecendo devido à força profana daquele monstro.

"'A boca dos atrozes está cheia de podridão', disse eu. 'Isso vai infeccionar se não for cuidado. Tenho um pouco de escudo do rei e fio em meus alforjes. Bebida forte também.'

"'Odiaríamos separá-lo de seus prazeres, herói.' Dior tragou sua fumaça.

"'É álcool medicinal, garoto. Você teria de ser grosso como merda de porco para bebê-lo.'

"'Você não facilita as coisas, não é?'

"'Olhe, quem diabos *é* você?'

"'Será que as apresentações não podem esperar?' Chloe fez uma expressão de dor, acenando para a tempestade e a carnificina ao nosso redor. 'Tirando o fedor dos corpos desmembrados, está ficando pior aqui fora.'

"'Uma mulher corajosa saboreia o beijo selvagem em sua pele, irmã', disse a assassina.

"'E um homem sábio sabe se proteger da chuva.' O padre sorriu.

"O menestrel apontou com a cabeça para a torre em ruínas.

"'Vamos nos abrigar lá dentro.'

"O grupo reuniu seus pertences, o libertino ajudando Chloe a ficar de pé enquanto eu ia buscar Jezebel. Encontrei a égua a algumas centenas de metros de distância, ao abrigo de um elmo sem folhas. Dei nela um tapinha delicado e uma examinada completa, e por sorte ela parecia bem. Pegando suas rédeas, eu a conduzi de volta até a torre.

"Dei uma olhada melhor na ruína quando me aproximei – três andares de altura, pedra escura, encimada por ameias destruídas. As paredes estavam cobertas de velho líquen e novos fungos, a argamassa se desfazendo em pó. Ela erguia-se havia séculos, muito provavelmente – construída por sūdhaemis na época em que Elidaen ainda eram cinco reinos em conflito, e San Michon começou sua cruzada para levar a Fé Única para todos os cantos da terra.

"O grupo estava reunido no interior, protegido da chuva da melhor maneira possível. A assassina olhava furiosamente das sombras, duas linhas gêmeas entrelaçadas riscadas em sua testa e bochecha direita, tirando o cabelo trançado do rosto enquanto aquela leoa se enroscava aos seus pés. Dior estava tirando neve de seu belo casaco roubado. O padre e o libertino se reuniram em torno de Chloe, limpando seu braço ensanguentado. Eu afastei a dupla e me ajoelhei ao lado de minha velha amiga, botando uma garrafa pequena de álcool puro e um frasco de um pó amarelo pálido sobre a pedra.

"'Isso vai queimar como uma boceta de puta quando a frota está na cidade', alertei. 'Mas é muito melhor que gangrena.'

"'*Merci, mon ami*', assentiu Chloe.

"Eu cuidei da ferida, com mãos rápidas e seguras, lavando e esterilizando enquanto Chloe chiava em suave agonia.

"'Está bem, quem *são* vocês? Além de um ímã para os Mortos?'

"'A-amigos.' Chloe se encolheu.

"'Escolhidos', respondeu a assassina.

"'Crentes', murmurou o padre.

"'Ah, que os Sete Mártires me salvem'", suspirei.

"'Meu nome é Bellamy Bouchette', declarou o jovem libertino com uma pequena mesura. 'Menestrel vidente, aventureiro, amante de mulheres e compositor de imperadores.' Ele afastou cachos molhados dos cintilantes olhos azuis. 'É um prazer conhecê-lo, Santo de Prata. Ouvi suas aventuras cantadas desde Asheve até as margens do Mar da Mãe. Temo que sua lenda não faça justiça... à realidade.'

"*Oui*, pensei comigo mesmo. *Com certeza um punheteiro.*

"'Esse é o bom *père* Rafa As-Araki', disse Bellamy, apontando com a cabeça para o padre sūdhaemi. 'Estudioso, astrólogo e membro devoto da Ordem de San Guillaume. Nunca houve sob o céu um homem que precisasse tanto que seu alaúde fosse tocado profissionalmente, mas ele na verdade é um sujeito esplêndido por baixo da repressão.'

O velho padre falou com uma voz que teria soado como música em qualquer púlpito da terra.

"'Obrigado por sua ajuda, *chevalier*. Que os Sete Mártires o abençoem.'

"'Nossa açougueira, padeira e fabricante de velas residente', disse Bellamy, acenando para a jovem ossiana. 'Mmlle Saoirse à Rígan. Por acaso, ela é péssima como padeira e com as velas, mas sua habilidade como açougueira mais do que compensa isso. Sua companheira de quatro patas é Phoebe. Eu não aconselharia tentar acariciar a pequena se você gosta de seus dedos.'

"A garota apenas olhou para mim, com as mãos no machado, enquanto a leoa lambia seu rosto.

"'Nossa boa *soeur* Sauvage, você já conhece', prosseguiu Bellamy. 'E o mais jovem de nosso grupo.' O menestrel acenou para o garoto de cabelo branco. 'Gabriel de León, permita-me que lhe apresente Dior Lachance, príncipe de ladrões, senhor dos mentirosos e um bastardinho incorrigível.'

"'Você esqueceu filho da puta', murmurou o garoto, por trás de sua fumaça.

"'Dior, um cavalheiro nunca se refere a uma mulher que faz um trabalho honesto como puta.'

"'Minha mãe não era nenhuma dama. E você não é um cavalheiro, Bellamy.'

"'Você me magoa, *monsieur*', o sujeito sorriu, tocando seu chapéu idiota.

"Terminei de limpar o ferimento de Chloe, com uma agulha de aço entre os dentes enquanto pegava meu rolo de fio.

"'Então agora eu sei seus nomes. Mas ainda não sei quem porra vocês são.' Passei os olhos pelo grupo e, finalmente, parei no garoto. 'Você em especial.'

"'Eu não sou ninguém especial.'

"'É mesmo?' Eu olhei para Chloe, na esperança de passar por cima de toda aquela besteira. 'Alguém chegou a Dhahaeth procurando o *monsieur* Ninguém Especial depois que vocês saíram. E eles teriam passado por cima daquela cidade rapidamente se eu não estivesse lá para impedi-los.'

"'Eu disse a vocês.' Saoirse olhou para o grupo ao redor. 'Phoebe podia sentir o cheiro deles a quilômetros. Nós tínhamos sangues-frios em nossos calcanhares desde Lasháame.'

"'Esse não era um sangue-frio qualquer', respondi. 'Era Danton Voss.'

"'...Quem?'

"'Doce Virgem-mãe, vocês idiotas não têm ideia do que estão fazendo, têm?'

"'Controle sua língua, Santo de Prata', disse a garota com raiva.

"'Danton Voss é o herdeiro mais jovem de Fabién. Um descendente direto do vampiro mais poderoso que anda pela terra. Se o Rei Eterno quer que alguém seja encontrado, Danton é o filho que ele envia, e ele ainda não falhou com seu pai.' Olhei seriamente para Chloe enquanto começava a costurar seu braço que sangrava. 'Você quer me dizer o que vocês fizeram para que o Rei Eterno enviasse seu cão mais fiel em seu encalço?'

"'Pelos Sete Mártires.' Chloe fez o sinal da roda. 'A Fera de Vellene.'

"'Eu o expulsei', disse eu, ainda com dificuldade para acreditar. 'Mas só porque ele chegou àqueles muros durante o dia e me encontrou, e não a vocês. Por que uma criatura tão velha quanto Danton ia se arriscar assim, Chloe? É essa besteira de Graal sobre a qual você estava falando ontem à noite?'

"O grupo olhou para Chloe, consternado.

"'Você *contou* a ele?', chiou Saoirse.

"'Nem tudo.' Chloe olhou para o grupo, fazendo uma expressão de dor enquanto eu costurava. 'Mas, para começar, Gabe foi o homem que me botou neste caminho. *Anos* atrás. E Deus o trouxe até nós por uma razão. Ele é o maior espadachim da Ordem da Prata que já viveu.'

"'Grande coisa os espadachins da Ordem da Prata fizeram por você até agora, irmã.'

"'Nós *precisamos* dele, Saoirse.'

"'Por quê?'

"'Porque a Fera vai voltar. E, na próxima vez, ele virá *à noite*.'

"'O que Voss quer com esse garoto?', perguntei. 'Com certeza isso não tem nada a ver com histórias de crianças.'

"'O Graal não é nenhuma história de crianças, Santo de Prata', disse *père* Rafa, limpando sujeira de seus óculos. '*Do cálice sagrado nasce a sagrada seara; a mão do fiel o mundo repara. E sob dos Sete Mártires o olhar, um mero homem esta noite sem fim vai encerrar.*'

"Eu olhei para Chloe.

"'Agora estamos declamando poesia ruim?'

"'Isso não é um simples poema', disse o padre.

"'É uma profecia, Gabe', disse Chloe. 'O Rei Eterno. A legião sem fim. Morte dos dias. O Graal pode dar um fim a *tudo* isso.'

"'Isso não é um de seus livros da biblioteca, Chloe. Achei que a essa altura você teria crescido e deixado essa merda. É melhor um de vocês malucos começar a falar diretamente.'

"'O cálice do sangue do Redentor *pode* dar fim a essa escuridão', insistiu o padre.

"'Besteira', retruquei com rispidez. 'O cálice está perdido há séculos! E mesmo que vocês o tivessem, há dez mil Mortos se reunindo ao norte de Augustin. Nordlund está perdido. Ao norte de Dílaenn, os lordes de sangue fizeram o império em pedaços! Como a porra de um cálice vai consertar isso?'

"'Porque ele contém o sangue do Redentor. O próprio filho de Deus que morreu sobre a ro...'

"'Poupe-me, incômodo de Deus.'

"'Gabriel, faça a si mesmo a seguinte pergunta', disse Chloe. 'Se o Graal é tamanha bobagem, se a profecia não vale nada, por que o Rei Eterno mandou seu filho atrás de nós?'

"'Não sei, porra! O que o Graal tem a ver com *qualquer* de vocês?

"'Ele sabe onde ele está.'

"Olhei para a assassina, que me encarava como um falcão faz com uma lebre. Seu cabelo louro-amorangado caía sobre os olhos enquanto ela me encarava, e seus olhos finalmente se voltaram para Dior enquanto a neve dançava no ar lá fora.

"'O menino', disse ela. 'Ele sabe onde está.'

"Olhei para o garoto. Dior lançou um olhar acusador para a assassina, depois para Chloe.

"'*Você* sabe onde está o Graal?', perguntei

"O garoto deu de ombros, soprando um jato de fumaça cinza e esmaecida de seus lábios.

"'O cálice de prata de San Michon', escarneci. 'O cálice que os cruzados levaram a sua frente quando lutaram as Guerras da Fé e forjaram os cinco reinos em um império.'

"O garoto esmagou o *cigarelle* de raiz-armadilha sob seu salto.

"'É o que dizem os Testamentos.'

"'Ele diz muita merda', disse com raiva, olhando para Chloe.

"'Não, Gabe.' Chloe se encolheu de dor enquanto eu envolvia seu ferimento. 'Ele sabe onde está o Graal. E o Rei Eterno *sabe* que ele sabe. Por que mais a Fera de Vellene estaria nos caçando?'

"Olhei para o garoto, com pensamentos em guerra em minha cabeça. Esse parecia o grau mais sombrio de loucura. O tipo de podridão com o qual os ocupantes de púlpitos alimentam as crianças quando elas estão com medo da noite. Não havia feitiço mágico, nenhuma profecia sagrada que daria fim àquela escuridão. Aquele era nosso aqui e agora e nosso para sempre.

"Mas, aparentemente, Fabién Voss acreditava. E se o Rei Eterno estava desesperado o suficiente para enviar seus próprios filhos para caçar aquele garoto...

"Chloe se levantou com uma careta, flexionando o braço com a atadura, murmurando um agradecimento. E, pegando minha mão com delicadeza, ela me levou para longe para que os outros não pudessem ouvir.

"'Essa é uma tarefa para tolos, Chloe Sauvage.'

"'Então me chame de tola, Gabriel de León.'

"'Vou chamar você disso e muito mais. Para onde você planeja levar esse desfile de paunocuzice?'

"'San Michon.'

"'San Michon? Você perdeu o juízo? Você está levando essas malditas crianças para Nordlund? Você não vai *nunca* conseguir chegar ao mosteiro antes do inverno profundo. Danton vai encontrar vocês, e quando ele encontrar...'

"'Preciso de você, Gabriel. Eu já lhe disse, não foi por acidente que nos esbarramos outra vez. Para encontrarmos um ao outro depois de todos esses anos, no meio de toda essa escuridão... Você *precisa* ver a mão do Todo--poderoso em ação, aqui, você...'

"'Pelo amor de Deus, pare com isso, Chloe. Você está repetindo a mesma música desde que Astrid a arrastou para aquela biblioteca dezessete anos atrás.'

"Sua expressão se fechou.

"'Eu desejava a Deus que ela estivesse aqui, então. Azzie sempre conseguia botar juízo no seu rabo burro e na sua cabeça de porco de garoto bonito.'

"Não consegui deixar de rir dos insultos e cocei o queixo com pesar.

"'Aparentemente, fazer o marido ter juízo é a tarefa de toda esposa.'

"Os olhos de Chloe se arregalaram.

"'Vocês estão... *casados?*'

"Ergui a mão para mostrar o anel de prata de fidelidade em meu dedo.

"'Onze anos.'

"'Ah, Gabriel', murmurou ela. '...Filhos?'

"Eu assenti, com olhos brilhantes.

"'Uma filha.'

"'Doce Redentor.' As mãos grudentas de sangue de Chloe deslizaram até as minhas. 'Ah, piedoso Deus no céu, estou tão feliz por vocês dois, Gabe.'

"Eu, então, pude ver alegria pura em seu sorriso. O tipo de alegria que só os melhores amigos sentem ao saber que seus amigos também encontraram alegria. Seus olhos se encheram de lágrimas. E eu me lembrei do bom coração que ela tinha, Chloe Sauvage. Melhor do que o meu jamais tinha sido.

"Então seu sorriso lentamente morreu. Seus ombros se curvaram, e ela olhou para seu pequeno grupo, ensanguentado e sozinho no escuro. Eu podia ver a estrada à frente em seus olhos. A devastação causada pela guerra em Ossway. O deserto estéril de Nordlund depois. O crescente mar de escuridão na qual a humanidade derretia como uma vela, para logo ser apagada totalmente.

"Chloe abaixou a cabeça.

"'Não posso pedir a você para arriscar isso tudo.'

"Ela me soltou, e minhas mãos tatuadas caíram das dela.

"'Dê um alô para Azzie por mim. Diga a ela... diga que estou feliz por ela.' Chloe fungou e engoliu, com os cachos molhados caindo sobre as bochechas sardentas.

"'*Adieu, mon ami.*'

"E ela se virou para ir embora.

"'...Chloe.'

"Ela tornou a olhar para mim, com a sobrancelha erguida. Eu abri a boca para falar, sem saber ainda o que diria. E pareceu por um momento que tudo estava equilibrado no gume de uma faca. Esses momentos acontecem apenas uma ou duas vezes na vida. Eu podia ver dois caminhos, os dois lados da lâmina. Um em que eu ajudava essa minha velha amiga. E o outro em que eu a deixava para morrer.

"'...Posso viajar um pouco com vocês. Pelo menos, até vocês chegarem ao Volta.'

"'Não posso pedir que você faça isso, Gabe.'

"'Você não pediu. E é por isso que estou oferecendo.' Olhei para o grupo maltrapilho, e meus olhos pararam em Dior. 'Quem sou eu para ficar no caminho da providência divina?'

"'Mas Astrid... Sua filha...'

"'Elas vão entender. Logo estarei novamente com elas.'

"Vi minhas palavras fazerem efeito, o peito de Chloe esvaziando, todo o peso que ela estava carregando saindo de seus ombros. Um soluço de choro escapou de seus lábios, contido imediatamente por um sorriso impetuoso. Ela jogou os braços em torno de meus ombros, e era tão baixinha que teve de dar uma corridinha e um pulo. Tentei não rir enquanto ela me abraçava apertado e pressionava os lábios em minha face.

"'Você é um homem bom, Gabriel de León.'

"'Sou um bastardo, é isso o que sou. Agora pare de me beijar. Você é uma freira, pelo amor de Deus.'

"Chloe soltou seu abraço. Mesmo assim, ainda deu um último aperto em minha mão, e toda a luz e a vida estavam brilhando mais uma vez em seus olhos, exatamente como quando éramos jovens. Ela olhou para o teto daquela torre em ruínas, com lágrimas correndo pelo rosto. Levou a mão à estrela de sete pontas em torno de seu pescoço e murmurou:

"'Louvado seja Deus Todo-poderoso.'

"Eu podia ver sua alegria, o alívio da fé recompensada, e essa própria fé inalterada pelo trabalho pesado ou pelo tempo. E pelo mais breve momento eu a invejei mais do que qualquer outra pessoa que já havia conhecido.

    "'Qual é o nome dela?'

    "'Hein?'

    "'Sua filha', insistiu Chloe. 'Qual é o nome dela?'

    "Respirei fundo, passando o polegar pelos nós dos dedos.

    "'Paciência.'"

✦ XII ✦
DOIS COPOS

— NÃO — DISSE o vampiro.

Gabriel ergueu os olhos.

— Não?

— Não. Assim não vai servir.

— Não vai? — respondeu Gabriel, erguendo a sobrancelha.

— *Não*. — Jean-François acenou com a pena como se estivesse aborrecido. — Na última vez que você a mencionou, essa garota Rennier era apenas uma irmã noviça no mosteiro que treinou você, e agora ela se tornou sua *mulher*? A mãe de sua filha? É a vontade de minha imperatriz conhecer toda a sua história.

Gabriel levou as mãos à calça e procurou sob o olhar do monstro. Finalmente, ele pegou um royale sem brilho em seu bolso.

— Aqui.

— Para que é isso? — perguntou Jean-François.

— Quero que você leve esta moeda ao mercado e compre um caralho para ver se eu me importo.

— Esse não é o jeito que histórias são contadas, santo.

— Eu sei. Mas estou torcendo para o suspense matar você.

— Você vai nos levar de volta. De volta aos muros de San Michon.

— Eu vou?

O sangue-frio ergueu o frasco de *sanctus* entre o polegar e o indicador.

— Você *vai*.

Gabriel ficou olhando por um momento longo e silencioso. Seu maxilar se retorceu, e ele agarrou os braços da poltrona com tanta força que a madeira rangeu. Por um segundo pareceu que ele poderia se levantar, poderia atacar, poderia liberar o ódio terrível que se agitava profundo e sombrio por trás de seus olhos. Mas o marquês Jean-François do sangue Chastain estava imperturbado.

Gabriel olhou fixamente o vampiro nos olhos. Em seguida, seu olhar se desviou para o frasco entre as pontas daqueles dedos afilados. O hino de sangue ainda estava forte nele, mas isso não significava que sua sede estivesse saciada. Um cachimbo não era suficiente.

Nunca tinha sido suficiente, tinha?

Na verdade, ele não sabia se estava pronto para voltar. Não queria remexer nos fantasmas do passado. Eles tinham fome, também. Trancados dentro de sua cabeça, a porta fechada e enferrujada por muito tempo de falta de uso. Se ele fosse abri-la...

– Se eu for voltar para San Michon – declarou ele por fim –, vou precisar de uma bebida.

Jean-François estalou os dedos. A porta se abriu imediatamente, aquela escrava já estava esperando. Seu olhar estava baixo, as tranças ruivas finas encobrindo seus olhos.

– Seu desejo, mestre?

– Vinho – ordenou o vampiro. – O Monét, acho. Traga dois copos.

O olhar da mulher cruzou com os olhos do rapaz Morto, e um rubor repentino tomou seu rosto. Ela fez uma reverência pronunciada, e suas saias pretas e compridas murmuraram quando ela foi embora apressada. Gabriel a ouviu se afastar por uma escada de pedra e olhou na direção da porta agora destrancada. Sons baixos de vida subiam do *château* abaixo – passos, uma risada, um grito fraco e melodioso. Gabriel contou dez passos entre a poltrona e a porta. Uma gota de suor escorreu entre suas omoplatas.

Ele viu que Jean-François estava ilustrando o grupo do Graal, agora.

235

Père Rafa em seu hábito, a roda em seu pescoço, os alertas do padre ecoando na cabeça de Gabriel. Ele viu Saoirse com suas tranças prateadas e o olhar de caçadora, com a leoa Phoebe ao seu lado como uma sombra vermelha. Bellamy com seu chapéu de libertino e sorriso fácil, e na frente a pequena Chloe Sauvage, com sua espada de aço de prata e rosto sardento e toda esperança do mundo brilhando em seus olhos de mentirosa.

O vampiro ergueu os olhos.

— Ah, esplêndido...

A serva estava parada na porta segurando uma bandeja dourada. Havia dois cálices de cristal sobre ela, juntos com uma garrafa de um bom Monét dos vinhedos elidaeni. Uma safra como aquela era rara como prata naquelas noites. A fortuna de um imperador em vidro verde empoeirado.

A escrava pôs os dois cálices sobre a mesa e serviu uma dose generosa para Gabriel. O vinho era vermelho como sangue do coração, seu perfume, uma mistura estonteante de palha mofada e ferro enferrujado. O segundo copo permaneceu vazio.

Sem dizer palavra, Jean-François estendeu a mão. O Santo de Prata observou, com a boca ficando seca, quando a mulher se ajoelhou ao lado da poltrona do monstro. Seu rosto estava corado, os seios arquejando quando ela pôs a mão na dele. Mais uma vez, Gabriel se surpreendeu com a ideia de que ela parecia velha o suficiente para ser mãe do vampiro, e seu estômago podia ter azedado com a mentira daquilo tudo não fosse pela ideia e a empolgação pelo que estava por vir.

O vampiro olhou para Gabriel quando ergueu o pulso da mulher até seus lábios.

— *Pardon* — murmurou ele.

O monstro mordeu. A mulher gemeu delicadamente quando os punhais de marfim atravessaram sua pele pálida e entraram na carne flexível por baixo. Por um momento, pareceu que tudo o que ela podia fazer era respirar, presa no feitiço daqueles olhos, daqueles lábios e daqueles dentes.

O Beijo, era como eles chamavam – aqueles monstros que usavam a pele dos homens. Um prazer mais sombrio do que qualquer pecado da carne, mais doce que qualquer droga. Gabriel podia ver que a mulher agora estava perdida, à deriva em um mar vermelho-sangue. E, por mais horrível que fosse, parte dele se lembrou daquele desejo, pulsando quente em suas têmporas e descendo entre suas pernas. Ele pôde sentir os dentes crescendo afiados, uma picada de agulha de dor quando ele pressionou a língua em um canino.

Por baixo da gola de renda, ele espionou as antigas cicatrizes de mordida no pescoço da mulher. Seu sangue se agitou quando se perguntou onde mais ela podia esconder as marcas de suas fomes. A cabeça da mulher caiu para trás, as tranças compridas deslizando sobre os ombros nus enquanto ela apertava a mão livre sobre o peito, com as sobrancelhas adejando. Os olhos de Jean-François ainda estavam fixos em Gabriel, se estreitando levemente quando uma expressão de prazer escapou de seus lábios.

Mas, então, o monstro interrompeu seu beijo profano, com um filete de sangue rubi se esticando e arrebentando quando ele afastou a mão da mulher. Com os olhos ainda fixos nos do Santo de Prata, o vampiro segurou o pulso aberto da serva acima do copo vazio e o sangue jorrou, denso, quente, vermelho dentro do cristal. Seu cheiro encheu o aposento, fazendo a respiração de Gabriel se acelerar, sua boca agora seca como túmulos. Querendo. *Precisando*.

O vampiro cortou a ponta do próprio polegar com suas pressas e o apertou contra os lábios da mulher. Os olhos dela se abriram repentinamente e ela arquejou, sugando como um bebê faminto, com uma das mãos pressionada entre as pernas enquanto bebia. Quando o cálice estava cheio, *gota, gota, gota*, o vampiro ergueu o pulso ferido da mulher. E, como um anfitrião esquecido, ele o ofereceu a Gabriel.

– Quer dividi-la? Se for de seu agrado?

Os olhos da mulher correram até os dele, o peito arquejando e os dedos se agitando enquanto ela bebia. E Gabriel, então, se lembrou – do gosto, do calor, de uma alegria sombria e perfeita que nenhuma fumaça podia jamais proporcionar. A sede se ergueu dentro dele, uma excitação pulsando de sua virilha latejante até as pontas formigantes de seus dedos.

E tudo o que ele conseguiu fazer foi sibilar entre dentes cerrados e afiados como facas.

– Não. *Merci*.

Jean-François sorriu, lambeu o pulso sangrando da mulher com uma língua brilhante. Tirando o polegar da boca dela, o monstro falou, com uma voz densa e pesada como aço.

– Deixe-nos agora, amor.

– ...Seu desejo, mestre – sussurrou ela sem fôlego.

A mulher se levantou sobre pernas trêmulas e se apoiou na poltrona do monstro. Com a ferida em seu pulso já se fechando, ela se curvou em uma mesura trêmula e, com um último olhar lascivo para Gabriel, saiu do quarto.

A porta se fechou delicadamente às suas costas.

Jean-François ergueu o copo cheio de sangue. Gabriel observou, fascinado, o vampiro segurá-lo junto à luz da lanterna, girando-o de um lado para outro. Tão vermelho que era quase negro. Os lábios do monstro se curvaram em um sorriso, com os olhos ainda nos do Santo de Prata.

– *Santé* – disse Jean-François, desejando-lhe saúde.

– *Morté* – respondeu Gabriel, brindando a sua morte.

A dupla bebeu, o vampiro tomando um gole lento, Gabriel virando seu copo inteiro de uma só vez. Jean-François deu um suspiro, sugando o inchaço de seu lábio inferior e mordendo delicadamente. Gabriel pegou a garrafa e tornou a encher seu copo.

– Então – murmurou Jean-François, alisando o colete. – Você era um garoto de 15 anos, De León. Um pirralho nórdico de sangue-frágil, arrastado da lama esquálida de Lorson para os muros inexpugnáveis de San Michon. Eles fizeram de você um leão. Eles criaram uma lenda. Um inimigo que até o Rei Eterno aprendeu a temer. Como?

Gabriel ergueu o cálice até os lábios e o bebeu com um gole demorado.

Um filete de vinho escorreu por seu queixo e, enquanto ele o limpava, olhou para a coroa de crânios tatuada em cima de sua mão direita. Aquelas letras escritas em seus dedos:

PACIÊNCIA

– Eles não fizeram de mim um leão, sangue-frio – respondeu ele. – Como dizia minha mãe, o leão já estava em meu sangue.
Ele fechou a mão lentamente e deu um suspiro.
– Eles só me ajudaram a liberá-lo.

Livro Três

SANGUE E PRATA

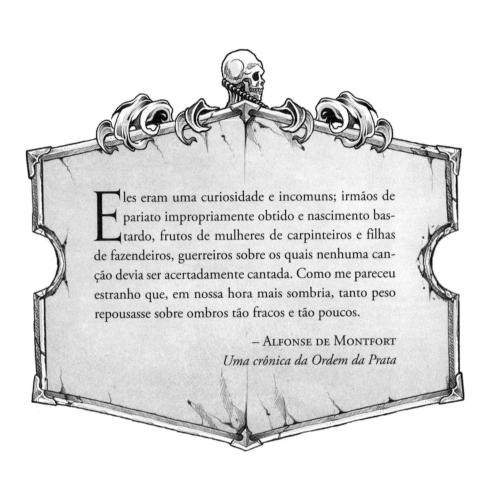

Eles eram uma curiosidade e incomuns; irmãos de pariato impropriamente obtido e nascimento bastardo, frutos de mulheres de carpinteiros e filhas de fazendeiros, guerreiros sobre os quais nenhuma canção devia ser acertadamente cantada. Como me pareceu estranho que, em nossa hora mais sombria, tanto peso repousasse sobre ombros tão fracos e tão poucos.

– Alfonse de Montfort
Uma crônica da Ordem da Prata

✦ I ✦
INÍCIO AUSPICIOSO

– MEIO ANO TINHA se passado desde que havia feito o juramento como um iniciado da Ordem da Prata, e todos os dias *frère* Mãocinza havia me matado de trabalhar.

"Como Aaron de Coste havia prometido, a manopla era o fogo no qual eu seria forjado ou derretido em escória. A dança era diferente todo dia, e, por meses seguidos, fui posto em teste por meu mestre, ou por dispositivos engenhosos construídos pelos Irmãos da Lareira.

"Havia o 'homem com espinhos' – um conjunto de bonecos de treinamento que podiam atacá-lo de volta quando você os atingia. 'O debulhador' era uma série giratória de troncos de carvalho a dez metros das pedras – um escorregão durante um treino significava que você ia passar o resto do dia cuidando de ossos quebrados. A pista de obstáculos movediços chamada 'a cicatriz', a pista de corrida chamada 'a foice' – todos projetados para nos deixar mais duros. Mais rápidos. Mais fortes.

"O *sanctus* que eles me davam para fumar toda missa do anoitecer estava despertando o animal em meu interior: a força, os reflexos, o aguçamento de meus sentidos de sangue-pálido. Eu me sentia como uma espada que tivesse ficado guardada em um porão frio, finalmente desembainhada sob o sol. Mas, mesmo assim, eu sabia que não estava tão afiado quanto os outros garotos à minha volta, e nunca estaria.

"*Frère* Mãocinza não fez nenhuma menção à minha ascendência de sangue-frágil depois da prova do sangue, mas as provocações de Aaron e seus amigos eram lembrete suficiente. Os iniciados em San Michon chegavam e partiam, ficando por dias ou semanas, depois voltando à Caçada com seus mestres. Muitos eram de nascimento nobre, o que fazia certo sentido – altos-sangues geralmente gostavam de se alimentar em meio à alta sociedade. Mas, no fim, o que isso significava para mim era um fluxo constante de babacas arrogantes que me desprezavam por meu nascimento e meu sangue. Babacas, todos eles. Juro, havia mais idiotas naquele alojamento do que em uma despedida de solteiro.

"Quando podia, Aaron estava na companhia de um garoto chamado De Sèverin – filho de uma baronesa elidaeni. De Séverin tinha olhos escuros e lábios grossos; seu rosto, verdade seja dita, me lembrava o de um peixe morto. O outro amigo de Aaron era um filho de nobre bonito, de cabelo castanho e olhos azuis. Havia uma crueldade em seu olhar – eu imaginei que os criados em sua casa deviam tomar muito cuidado perto do herdeiro aparente. Seu nome era *Mid* Philippe."

Jean-François piscou.

– Mid Philippe?

– O pai do Imperador Alexandre, Philippe IV, ficou no trono das cinco partes por vinte anos. Alguns pais dão a seus filhos o nome dos famosos, na esperança de que essa fama seja transmitida. Havia *três* Philippes entre os iniciados. Nós apelidamos o menor deles de Pequeno, o mais alto, de Grande, e o entre os dois, de Mid.

– Engenhoso, De León.

– Rapazes adolescentes podem conjurar apelidos muito piores, acredite em mim. E eu ouvi todos eles. Das duas dúzias de iniciados que conheci ao longo daqueles seis meses, houve apenas dois que não me trataram como um merda completa. Theo Petit, o grande rapaz de cabelos claros que tinha me defendido de Aaron quando eu cheguei em San Michon, e um garoto ossiano magro chamado Fincher. Finch tinha um rosto que parecia uma torta murcha e olhos diferentes, um verde e um azul. Isso não me incomodava muito, mas deixava os outros rapazes nervosos.

– Por quê? – perguntou Jean-François.

– Superstição. Algumas pessoas acreditam que um sinal como esse marca você como um faekin. Que alguém em sua linhagem familiar estava transando com o povo da floresta. Mas eu gostava de Fincher. Ele era do sangue Voss, duro como prego. E dormia com um garfo de trinchar embaixo do travesseiro. Ele o levava até para o banho. Era doido como um balde de gatos molhados.

– Por que um garfo de trinchar?

– Perguntei a mesma coisa. "Presente de minha avó antes de morrer", ele me disse, girando-o entre os dedos. "Prata de verdade, rapaz."

"Mas nem Finch nem Theo eram realmente meus *amigos*. Eles simplesmente não me provocavam abertamente. Todos os outros iniciados no mosteiro seguiam a mesma estrada que De Coste. 'Camponês.' 'Sodomita.' 'Gatinho.' Esses eram os nomes com os quais me chamavam, e Aaron era o pior de todos. Papa em minhas botas. Merda em minha cama. Durante toda minha vida não tinha sido ninguém especial. Mesmo em meio àqueles escolhidos por Deus, parecia que eu tinha sido relegado à base da pilha pelo que eu era. O próprio nome falava de fraqueza.

"*Sangue-frágil.*"

Jean-François assentiu.

– Não foi um começo muito auspicioso, De León.

– Na verdade, não era algo sobre o que se escrevesse para casa. Então, embora eu tivesse curiosidade sobre meu verdadeiro pai, quem ele era e como tinha conhecido minha mãe, eu não escrevia nunca para casa. Minha irmã menor, Celene, me enviava uma carta a cada dois meses, me mantendo informado sobre tudo o que acontecia em casa, em Lorson. Minha pequena peste parecia não estar fazendo nada de bom, mas eu não estava em posição de mudar nada disso. Eu tinha de lidar com minha própria merda. Então, eu a ignorava.

Gabriel sacudiu a cabeça.

– Me envergonha pensar sobre isso agora. Mas eu era jovem. Jovem e tolo.

– Mas pode mesmo ser verdade? O Leão Negro, herói de Augustin, portador da Espada Louca e assassino do próprio Rei Eterno... um canalha de sangue aguado?

– Algumas pessoas nascem com sorte, sangue-frio. Outros têm de fazer a própria sorte.

– Mas sem dúvida havia algum lugar em San Michon onde você superava as expectativas.

– Não no início. Eu era bom com uma espada. Mas só porque meu pai tinha me treinado tão duro quanto um adulto. Eu gostava de estar na manopla. Eu *adorava* aprender o hino das espadas que Mãocinza nos mostrava. Sabe, o aço nunca me julgou. O aço era mãe. O aço era pai. O aço era amigo. Mas eu nunca comecei uma coisa e descobri que eu era *simplesmente* bom nela. O que me fez brilhar em minha vida foi ser um bastardo teimoso demais para desistir.

– Você é um grande bastardo, vou concordar com você.

– Não gosto de perder, sangue-frio.

– O pecado do orgulho, então, lhe cai bem.

– Sabe, eu nunca entendi isso. Por que o orgulho é visto como um mal. Você trabalhar duro em algo em que você não nasceu bom? Claro que você deve se sentir orgulhoso. Desistir resulta em nada além do conhecimento de que você não terminou.

Gabriel sacudiu a cabeça.

– Só em contos de fadas tudo funciona bem com um feitiço mágico ou um beijo de princesa. Só em livros de histórias algum bastardo pega uma espada e a usa como se tivesse nascido fazendo isso. O resto de nós? Temos que trabalhar muito. E podemos nunca saborear o triunfo, mas pelo menos ousamos falhar. Nós nos destacamos desses covardes que ficam de fora sussurrando sobre como os fortes caíram sem nunca ousar botar eles mesmos o pé no ringue. Os vitoriosos são apenas pessoas que nunca se contentaram em ser vencidas. A única coisa pior que terminar em último é nem começar. E que *se foda* terminar em último.

O vampiro olhou para a noite do lado de fora da janela, o império que se erguia além.

— Eu pensei que uma pessoa como você já estaria acostumada com isso a essa altura, De León.

— *Touché.*

— *Merci.*

— Espertinho.

— Então, depois de seis meses você ainda não era santo totalmente treinado da ordem?

— Não estava nem perto. Eu precisava completar mais duas provas antes mesmo de terminar o básico de minha orientação. — Gabriel passou os dedos pelo braço esquerdo, sobre as tatuagens de prata. — O braço era tatuado depois da prova da Caçada, supondo que você sobrevivesse. Seu outro braço seria preenchido depois que você matasse seu primeiro horror com sua própria espada. A prova da espada.

— O que, então, você tinha ganhado na prova do sangue?

Gabriel baixou a gola de sua túnica, mostrando um pedaço do leão rugindo em seu peito.

— Parece que isso foi dolorido — refletiu o vampiro.

— Não fez nem cócegas. Mas, como sempre, eu não tinha ideia do que esperar no dia em que eu a fiz. — Gabriel sacudiu a cabeça, com um leve sorriso. — Eu estava tão empolgado na noite anterior que não consegui dormir. As tatuagens em Mãocinza no abade Khalid e nos outros santos de prata sempre tiveram um fascínio para mim. Mas aquela seria a primeira parte de meu aegis. O primeiro sinal verdadeiro de que eu realmente *pertencia* àquele lugar.

"Enquanto eu entrava na grande catedral de San Michon num findi de manhã, vi quatro figuras à minha espera no altar, banhadas em luz suave e música de coral. Mesmo sob o véu, reconheci o rosto sério marcado por cicatrizes de Charlotte, prioresa da Sororidade da Prata. Ela e a irmã ao seu lado usavam hábitos pretos, o rosto empoado de branco, estrelas de sete pontas vermelhas pintadas sobre os olhos. Mas as outras duas figuras usavam as túnicas brancas como pombas de noviças. A primeira era baixa, de olhos claros e sardenta, com uma mecha rebelde de cabelo louro-escuro escapando da beira de seu gorro."

– Sua Chloe Sauvage, imagino? – perguntou Jean-François.

Gabriel assentiu.

– E, olhando para a garota ao lado dela, vi os cílios escuros e misteriosos, uma sobrancelha erguida, uma marca de beleza ao lado dos lábios retorcidos. Percebi que era a irmã noviça que tinha conhecido nos estábulos no dia em que escolhi meu cavalo. A mesma que tatuou a palma da minha mão em minha primeira missa.

– Astrid Rennier – disse o vampiro.

– "'Tire sua túnica e deite-se sobre o altar, iniciado', comandou a prioresa Charlotte.

"Fiz o que me mandaram. A irmã Chloe me prendeu com tiras de couro, fivelas brilhantes de prata, e me contraí com o frio dos líquidos que ela derramou em minha pele. Aquelas quatro eram mulheres santas do Priorado da Prata, noivas ou prometidas ao próprio Deus, e eu não ousava nem olhar para elas. Em vez disso, olhei para a estátua do Redentor acima. Mas, ainda assim, eu podia sentir a irmã noviça Astrid ao meu lado, o cheiro de água de rosas em seu cabelo, ouvir o sussurro de sua respiração enquanto ela passava uma navalha sobre os músculos de meu peito.

"Havia algo absurdamente íntimo naquilo. Mesmo com outros olhos sobre nós. Seu toque era delicado como penas, a pressão das pontas de seus dedos em minha pele fazendo com que eu ficasse todo arrepiado. Meu coração estava a galope. E, apesar de todo o meu esforço, senti meu sangue correr para um lugar onde eu não queria de jeito nenhum que ele estivesse."

Gabriel riu consigo mesmo.

– Você já teve uma ereção diante de um grupo de freiras, sangue-frio?

– Não que eu me lembre. – Jean-François franziu levemente o cenho. – Embora, eu reconheço, nunca tenha precisado de uma quando se tratava de freiras.

– Bom, não é o ideal. Para crédito delas, se alguma das irmãs percebeu, elas foram educadas demais para chamar atenção para isso. Achei que talvez a excitação do toque da irmã noviça fosse passar quando a priorisa Charlotte começasse a espetar aquelas agulhas em minha pele. Mas, quando vi Astrid pegar uma longa lanceta prateada, percebi que era ela quem ia me tatuar.

"'Abençoada Michon', rezou ela. 'Primeira dos Mártires, atenda esta oração em sangue e prata. Nós consagramos esta carne em seu nome e oferecemos este garoto a seu serviço. Que todas as hostes do céu sejam testemunhas, e toda a legião do inferno trema. Doce Virgem-mãe, dê-me paciência. Grande Redentor, dê-me força. Pai Todo-poderoso, dê-me visão.'

"'Véris', responderam as outras irmãs"

Gabriel sacudiu a cabeça, com um leve suspiro.

– O ambiente estava cheio de música de coral, mas, ainda assim, tudo era silêncio. Estávamos cercados por irmãs do Priorado e, de algum modo, completamente sozinhos. Havia, então, apenas dor entre mim e aquela garota. Dor e promessa. A respiração dela estava fria e eu a sentia em minha pele nua sangrando. Suas mãos quentes como a luz de uma fogueira enquanto ela me queimava mais e mais.

"Eu acreditava que minha estrela de sete pontas havia sido dolorosa, mas agora ela era um deleite de mel se comparada a isso. Fiquei naquele altar durante treze horas, banhado em luz de velas e dor nas mãos daquela garota incomum e bela. Agonia. Euforia. E, em algum lugar no meio disso, nos tornávamos interligados. Eu não aguentava mais. E não queria que aquilo acabasse. Eu queria que ela parasse, e queria que ela continuasse me machucando, um dique de pressão se soltando por dentro. A dor era um castigo quando eu era criança. Mas, agora, ela tinha se tornado recompensa. Êxtase no tormento. Salvação no sofrimento.

"Não percebi que estava chorando até terminar. E a irmã noviça Chloe derramou um pouco do que pareceu fogo congelante sobre minha pele ensanguentada, e Astrid Rennier falou como um anjo em meu ouvido.

"'Esta é a mão,
"'Que porta a chama,
"'Que ilumina o caminho,
"'E transforma o escuro
"'Em prata.'"

O Último Santo de Prata deu de ombros.

– E então terminou.

Jean-François continuou escrevendo em seu tomo, embora seus olhos passassem rapidamente pelo pequeno sorriso secreto de Gabriel.

– O desenho tem alguma importância?

Gabriel piscou com força, como se estivesse voltando a si. E lentamente, ele assentiu.

– O desenho no peito do aegis significa a linhagem de um sangue de prata. De Coste tinha aquela coroa de rosas e cobras, que junto com sua habilidade em me irritar o marcava como do sangue Ilon. Tanto Theo quanto o abade Khalid tinham o escudo quebrado e o urso rosnando de Dyvok. Os lobos no peito de Mãocinza eram do sangue Chastain, o que explicava sua afinidade com Arqueiro. Eu sempre achei que aquele falcão entendia quando Mãocinza falava com ele. Na verdade, eu não estava errado.

– E é por isso que você tem o leão. – O historiador sorriu. – Sua querida mãe.

– Eu mesmo não tinha nenhuma linhagem de vampiro. Eu não sabia nada de meu pai, nem o que minha mãe tinha sido para ele. Sua amante? Sua vítima?

Sua escrava? Mas, no meio de qualquer incerteza que eu tinha em relação ao vampiro que me gerira, eu sabia pelo menos que era dela. Então me agarrei àquela verdade que ela me dissera quando garoto. *Um dia como leão vale dez mil como ovelha.* Eu usava isso como uma armadura. E trabalhava mais duro do que tinha trabalhado na porra da minha vida, não importavam as merdas que os outros garotos jogassem sobre mim. Não só na manopla, também. Esperava-se que nós dominássemos todo tipo de conhecimento, a geografia do império, catecismos da Fé Única e táticas de grandes batalhas. As destruições dos horrores que caçávamos, a preparação de armas chymicas – ignis negra, prata cáustica, centelha do inferno e, o mais importante de todos, *sanctus*.

"Eu nunca fui muito de estudar. O serafim Talon nos dava aulas na grande biblioteca ou no arsenal, ajudado como sempre por sua auxiliar diligente, Aoife. A boa irmã era uma tutora paciente e não era relapsa quando se tratava da arte da chymica. Mas Talon era, pura e simplesmente, um bastardo. Aquele seu bastão de freixo provou as palmas das minhas mãos mais vezes do que posso me lembrar. Cada erro meu era recebido por uma surra sangrenta e um xingamento criativo sobre a merda em minhas veias ou a virtude de minha mãe. Mas seus castigos só me motivavam a seguir em frente.

"Abri cortes em meus calcanhares para me lembrar de quantos gramas de enxofre havia em uma bomba de prata de meio quilo. Toda manhã eu marcava a quantidade de baga-da-sombra para uma dose de graça dos anjos ou a quantidade de água amarela em uma carga de ignis negra na ponta de meus dedos com a espada. Todos os dias, por quatro semanas, arranquei cabelo para registrar o número de gotas de raiz-santa em uma dose de *sanctus* em minha mente. Qualquer coisa, *tudo* o que eu pudesse fazer para me lembrar."

– Você arrancou cabelo da cabeça para se lembrar de uma receita?

– Não da cabeça.

O historiador olhou para a virilha do Santo de Prata, com uma sobrancelha erguida.

Gabriel assentiu.

– Todo dia, por quatro semanas.

– Quantas gotas de raiz-santa há em uma dose de *sanctus*?

– Dezesseis – respondeu imediatamente Gabriel.

– Bom Deus Todo-poderoso, De León.

– Eu lhe disse, sangue-frio. Algumas pessoas nascem com sorte. E algumas pessoas fazem a própria sorte. Nada nunca me foi dado de mão beijada, exceto essa maldição em minhas veias. Mas essa era minha vida, agora. E, se eu ia passá-la em meio àqueles caçadores no escuro, então eu ia ser o melhor deles, ou morrer tentando. E minha oportunidade para essa última alternativa finalmente chegou, depois de meio ano de sangue e suor e tinta prateada.

"Um frágil verão tinha se passado e terminado em San Michon, e o frio do inverno pairava no ar. Eu estava treinando no homem com espinhos, cuidando de um lábio cortado e um maxilar fraturado. Mestre Mãocinza estava no alto do debulhador, repreendendo Aaron. Era perto dos sinos do meio-dia quando as portas da manopla se abriram, e o abade Khalid entrou na área de treinamento.

"Eu tinha medo de Khalid. Mãocinza era um espadachim preciso e rápido, mas o abade era uma força da natureza. O sangue Dyvok corria em suas veias como nas de Theo, e eu o havia visto treinando, brandindo duas espadas de empunhadura dupla, uma em cada mão. Todos os sangues-pálidos eram fortes, mas Khalid era aterrorizante.

"Ele entrou no círculo da estrela das sete pontas, e Mãocinza e Aaron desceram em um pulo do debulhador. Nós três fizemos uma reverência em respeito quando os olhos verdes e delineados com *kohl* de Khalid encontraram os de nosso mestre.

"'A cidade de Skyefall foi atingida por uma enfermidade. Uma doença devastadora que ninguém consegue explicar. Talvez feitiçaria. Uma maldição de fae, ou cultistas dos caídos. De minha parte, sinto cheiro de trabalho de sangue-frio. Mas, independentemente disso, nosso imperador Alexandre exige respostas. Vão com Deus e os Mártires para buscar a verdade.'

"Mãocinza fez o sinal da roda.

"'Pelo Sangue.'

"Khalid assentiu, então olhou para mim.

"'Deixe-nos orgulhosos, Pequeno Leão.'

"Arqueiro voava acima de nós, seu chamado agudo perfurando o céu. Meu coração cresceu em meu peito. Depois de seis meses de trabalho incansável, eu finalmente tinha sido considerado digno de deixar San Michon. O queixo orgulhoso de De Coste estava prógnato. Quando Khalid nos deu as costas, mestre Mãocinza se voltou para nós. E, embora sua expressão estivesse, como de costume, como uma rocha, me pareceu haver um leve sorriso em sua voz.

"'Finalmente, rapazes', disse ele. 'Vamos caçar.'

✦ II ✦

AS CINCO LEIS

— A ESPADA DE Mãocinza moveu-se na direção de minha garganta, brilhando vermelha à luz do fogo. Com um susto, eu a desviei para o lado, sentindo a força de seu golpe chacoalhar meu braço enquanto ele me empurrava, cambaleando.

"'Iniciado De Coste', disse ele. 'Quando estamos caçando vampiros, qual é a Primeira Lei?'

"Aaron desviou do ataque de Mãocinza e revidou com seu próprio golpe. Nosso mestre defendeu a estocada de De Coste, prendendo o rapaz e esperando por sua resposta.

"Estávamos viajando por Nordlund havia duas semanas, e a cidade mineira de Skyefall estava a apenas um dia de viagem. Tínhamos acampado no pé da encosta abaixo dela, ao sul do rio Velde. E, como era nosso ritual noturno, antes de comer, ganhávamos a porra de nosso jantar.

"'Primeira Lei', arquejou Aaron. '*Os mortos não podem matar os Mortos.*'

"'Bom. O que isso significa?'

"'Não podemos matar sangues-frios se formos mortos, mestre.'

"A bota de Mãocinza atingiu o peito do garoto e o jogou para trás sobre o cadáver de um abeto. De Coste atingiu o tronco com força suficiente para rachar as raízes, e toda a árvore se inclinou como um bêbado. Girando a espada, Mãocinza falou como se estivesse em um passeio de *prièdi*.

"'Verdade. De todas as presas que os santos de prata caçam, os sangues-

-frios talvez sejam os mais perigosos. Você precisa ser astuto e cauteloso na perseguição dos Mortos. Eles com certeza não sobreviveram séculos sendo menos que isso. Não confundam estupidez com coragem. Não sejam escravos do medo, mas seus amigos. Vejam. Pensem. Então ajam.'

"'Não seja um idiota', murmurei.

"Mãocinza desviou o ataque de Aaron, afastou sua espada para o lado e o socou bem no rosto, jogando o jovem nobre de costas. Ele se virou e caminhou pelo chão congelado em minha direção.

"'Já que você está tão falante, De León, recite a Segunda Lei.'

"Me abaixei para me esquivar de sua espada e recuei na direção do fogo.

"'*Línguas mortas ouvidas são línguas dos Mortos provadas*, mestre.'

"'E o que isso significa?'

"'Não escute nada do que eles dizem.'

"Mãocinza fez uma finta, e, como um idiota, eu mordi a isca. Rápido como uma serpente, ele golpeou meu braço da espada, abrindo meu bíceps até o osso. Eu dei um grito, senti minhas pernas ficando bambas e caí no chão enlameado.

"'Muito bom, Pequeno Leão', disse Mãocinza. 'Todos os altos-sangues podem dominar a mente dos homens. Seus olhos podem enfeitiçar, suas *palavra*s são comandos de ferro para aqueles de vontade fraca. Especialmente os sangue Ilon. Mas, principalmente, sua moeda corrente é a mentira. Sangues-frios são raposas e serpentes. Não escute uma palavra do que esses bastardos disserem, ou você vai se transformar em sua refeição.'

"Me levantei do chão e Mãocinza defendeu meu golpe, os olhos verdes claros brilhando. Trocamos uma série de golpes, com a luz do fogo dançando no aço. Rápido como as asas de um colibri, Mãocinza enfiou o punho da espada em meu estômago com tanta força que quase vomitei. E, com uma investida de baixo para cima do botão do cabo de sua espada, fui jogado para longe com um jato de sangue e saliva.

"'Agora, jovem senhor De Coste. A Terceira Lei?'

"Aaron esquivou-se do ataque de Mãocinza e defendeu outro.

"'*Os Mortos correm depressa*, mestre.'

"'Sei que você pode dizer isso por hábito, garoto. O que você *pensa?*'

"Aaron contra-atacou, abrindo uma fina linha vermelha no peito de Mãocinza.

"'Nosso inimigo corre depressa.' O jovem nobre girou a espada em triunfo. 'Mais rápido que *nós*.'

"'Excelente.' Mãocinza passou os dedos pelo sangue e sorriu.

"'Notem bem isso, iniciados. Seu inimigo é mais forte que vocês. Mais rápido. Mais resiliente. Um único atroz é páreo para uma dúzia de homens. Um alto-sangue ancien pode quebrar seus ossos com um toque, e se mover rápido como o vento de inverno. Vocês têm armas e treinamento para equilibrar a balança. Mas, se subestimarem esse inimigo, vocês *morrem*.'

"Mais uma vez, Mãocinza atacou, mas agora com duas vezes mais velocidade e precisão. Aaron se moveu devagar demais, e, com a expressão inalterada, Mãocinza enfiou a espada na barriga do jovem nobre até sair pelas costas. Aaron arquejou quando Mãocinza *girou* e soltou a espada e o largou gemendo no chão.

"'Quarta Lei', disse Mãocinza, voltando-se para mim. '*Os Mortos são como feras, parecem homens, morrem como demônios.* O que isso significa?'

"Levantei a espada com a outra mão, com o coração martelando.

"'Eles são... complicados.'

"Mãocinza avançou sobre mim como um raio. Reconheci seus padrões da manopla, contra-atacando os meus. Cheguei perto de espetar o bastardo, também. Mas, então, ele jogou minha espada para o lado e enfiou a dele em mim com tanta força que fiquei preso à árvore atrás de mim. Gemendo de agonia, agarrei o metro e meio de aço agora espetado em meu peito enquanto Mãocinza voltava até o fogo para verificar o jantar.

"'Complicados, *oui*', refletiu ele, mexendo a panela fumegante. 'Mas, de muitas maneiras, na raiz, sangues-frios são iguais. Ah, eles podem agir como homens. Mas você só precisa deixar um deles com fome por uma ou duas noites para descobrir o que há por baixo das roupas de seda elegantes e dos lábios cereja. Um homem mortal vai lutar com tudo o que tem para proteger sua família. Mas, juro pelo Deus Todo-poderoso e todas as hostes do céu, você não viu fúria de verdade até ter testemunhado a ira ciumenta com a qual esses demônios lutam para preservas a própria vida.'

"Aaron tinha se levantado, e uma baba ensanguentada escorria de sua boca. Seu rosto estava mais pálido que o habitual, o cabelo louro grudado às bochechas vermelhas. Mas Mãocinza ergueu a mão.

"'Não, não, está quase pronto. Ajude De León.'

"De Coste assentiu, enfastiado. Enfiando sua espada de treinamento no chão enlameado, ele deu a volta no fogo para me ajudar. Eu estava com as duas mãos ensanguentadas em torno da espada de Mãocinza, tentando soltá-la da árvore em que ele tinha me prendido.

"'O senhor se esqueceu da Quinta Lei, mestre', gemi.

"Mãocinza deu um gole em sua concha de ferro e estalou os lábios.

"'Precisa de sal.'

"Aaron segurou a espada cravada em meu peito, me dando um sorriso sádico.

"'*Até os Mortos têm leis.*'

"'*Até os Mortos têm leis*', assentiu Mãocinza, salpicando uma pitada de tempero na panela. 'Essa é a mais simples, iniciados, e mais reconfortante. Pois, mesmo que esses monstros tenham sido cuspidos direto da boca do inferno, eles ainda são governados por *regras*. Eles não podem atravessar rios a não ser em pontes, nem entrar em uma casa sem convite. Eles não podem pôr os pés em solo sagrado, nem suportar a visão de ícones sagrados brandidos por uma pessoa de fé pura. Eles têm *fraquezas*, essa é a questão. Fraquezas que vocês vão aprender a explorar.'

"Tentei não gritar quando De Coste arrancou a espada. Caindo de joelhos, apertei forte para estancar o sangue, o ferimento no meu peito borbulhando quando eu respirava.

"'De León, ser obstinado não é uma vantagem em combate, isso só significa que você é fácil de enganar', declarou Mãocinza. 'Isso é esgrima, não amor. Não vá para onde seu parceiro conduzir você, vá para onde você precisa estar.'

"'*Oui*, mestre', gemi, esfregando os nós dos dedos no queixo ensanguentado.

"'De Coste, sua finta anuncia sua chegada a duas províncias de distância, e você é convencido demais. Não comece a celebrar até que sua presa esteja na droga do chão.'

"'Entendido, mestre', disse o jovem aristocrata, cuspindo mais vermelho.

"'Bom. Agora venham comer enquanto está quente.'"

Jean-François estava olhando fixamente para Gabriel, sua expressão em algum lugar entre a diversão e a descrença.

– Era assim que seu mestre treinava vocês na esgrima?

Gabriel deu de ombros.

– Não era como se ele estivesse causando nenhum dano permanente. Nós éramos sangues-pálidos, e nossas espadas de treino eram de aço comum. Os ferimentos superficiais iam desaparecer em uma hora. Até os piores deles estariam curados ao amanhecer. Mas a *dor*, isso era real. Você quer ensinar uma lição a alguém sobre manter a guarda alta, espete-os no peito algumas vezes, e eles vão entender a mensagem.

"Machucados e ensanguentados, nos instalamos em volta do fogo. Mãocinza disse o agradecimento a Deus como sempre, e eu servi a refeição enquanto Arqueiro observava dos galhos acima. O jantar era um guisado de cogumelos, um dos favoritos de nosso mestre. Ele não era o melhor cozinheiro do império, mas eu só conseguia mesmo sentir o gosto de meu sangue.

"O curto verão tinha acabado, e a mordida do inverno estava no vento. Eu mal conseguia me lembrar das primaveras de minha juventude, o mundo inteiro envolto em flores. Eu me lembrava de minha irmã Amélie tecendo coroas para o cabelo de minha mãe quando éramos crianças. Celene e eu correndo nos campos verdes. Mas neve caía por seis meses do ano, agora, e toda a terra parecia saturada de escuridão e do cheiro de enxofre. Folhas raquíticas se agarravam aos galhos de árvores mortas, sendo lentamente cobertos por um fungo novo e luminoso chamado mosto-de-maria. O frio penetrava até os ossos. A canção do rio estava distante, abafada, quando pensei em uma coisa enquanto comíamos, provocado pela conversa de Mãocinza sobre a Quinta Lei.

"'Mestre? O que acontece quando os rios congelam?'

"De Coste escarneceu, segurando a barriga ferida.

"'Além do óbvio?'

"'Você precisa ser um babaca de língua solta a vida inteira? Estou falando dos exércitos do Rei Eterno. Se os sangues-frios não podem atravessar água corrente, mas os rios congelam...'

"'Você entendeu a verdade disso, Pequeno Leão', disse Mãocinza. 'O inverno profundo não é nosso amigo. No verão, os generais do imperador podem guardar pontes contra as hostes do Rei Eterno. Impedi-los de atravessar ou pelo menos forçar uma batalha de sua própria escolha. Mas quando o gelo se abate outra vez...'

"'Voss pode atravessar onde quiser', murmurei.

"'É o que tememos', assentiu Mãocinza, mexendo sua tigela.

"'Quanto tempo até ele marchar?'

"'Não sabemos. O trabalho de batedores nessas florestas congeladas é difícil, mas não temos notícias de Talhost há meses. A região sem dúvida é uma terra arrasada, a essa altura. O Rei Eterno provavelmente espera em Vellene sobre seu trono de cadáveres que o congelamento comece, entretanto é apenas questão de tempo antes que ele siga para o leste para alimentar sua legião. Mesmo assim, temos vantagem.' Mãocinza apontou com a cabeça para os picos nevados acima. 'Tem apenas dois lugares onde ele pode atacar, afinal de contas.'

"Olhei para as silhuetas escuras da cadeia de montanhas ao nosso redor, escutando o vento uivar em meio a toda sua extensão. No passado, a grande espinha de granito marcava o limite da civilização nórdica e o início das terras indomadas de Talhost a oeste. Daí seu nome: Montanhas dos Anjos. Cada montanha na cordilheira tinha o nome de um anjo das hostes sagradas. O pico acima de nós era Eirene, anjo da esperança. A cordilheira se estendia por toda a borda noroeste de Nordlund, e havia apenas duas passagens naturais para o leste. Dois gargalhos guardados por duas das fortalezas mais poderosas do império.

"'Avinbourg no norte', murmurou De Coste. 'Ou Charinfel no sul.'

"Mãocinza assentiu.

"'Essas duas cidades fortificadas guardam o flanco de Nordlund desde as Guerras da Fé. E Voss precisa tomar uma delas se deseja conquistar o império. Não sabemos qual ele vai atacar, mas, uma coisa é certa: quando os rios congelarem, seu martelo vai agir.'

"Mãocinza olhou para os céus escurecidos, seu estado de ânimo ficando estranho.

"'É verdade o que o senhor me disse, mestre?', perguntei. 'Sobre o ataque em Vellene?'

"'Isso é verdade', assentiu Mãocinza, com voz soturna. 'Voss tomou a cidade e matou todos no interior de seus muros. Dizem que um de seus herdeiros, a fera Danton, assassinou todas as donzelas de Vellene com as próprias mãos. Os gêmeos sombrios Alba e Alene atearam fogo à grande catedral com mil ou mais pessoas dentro, assassinando qualquer um que fugisse das chamas. E a filha mais nova de Fabién, Laure, reuniu todos os bebês recém-nascidos em Vellene, encheu a fonte na praça do mercado com o sangue deles e se *banhou* nela.'

"Meu estômago se revirou lenta e desagradavelmente dentro de mim.

"'Laure Voss', murmurou Aaron. 'A Aparição de Vermelho.'

"'Uma abominação feita carne', disse Mãocinza com raiva. 'Mas não é por sua brutalidade que a prole do Rei Eterno deve ser temida. Nem a lenda que o próprio Fabién não pode ser morto por nenhum guerreiro nascido de uma mulher. Não, a verdadeira razão para temer Voss é sua ambição. Nas noites antes da morte dos dias, gerar um atroz era considerado um embaraço entre a sociedade kith. Mas foi Voss quem pensou pela primeira vez em forjar o número crescente de atrozes em um exército. Foi Voss que viu um meio para que os vampiros pudessem conquistar este império.'

"Mãocinza afastou a tigela e olhou para cima, para os céus negros.

"'Mas essa não é a parte mais sombria disso, rapazes. Os kith são criaturas solitárias e cheias de ódio. Territoriais. Vingativas. Mas os Voss são *famille*. Fabién tem sete descendentes altos-sangues que conhecemos. E, embora criaturas tão sem alma como eles não sejam capazes de sentir o verdadeiro amor, e isso *pode* ser dito de todo o mundo, os filhos de Voss pelo menos odeiam menos uns aos outros. Seu pai profano os chama de príncipes da eternidade. O abade Khalid diz que eles são as criaturas mais mortais que caminham na terra de Deus. Mas não importa o nome pelo qual vocês os chamarem, se você ataca um deles, ataca os sete. E seu pai profano também.'

"Mãocinza olhou para nós novamente, com a voz fria como pedra.

"'Por isso *nós* vamos ter de matar todos eles.'"

✦ III ✦

CAÇADORES E PRESA

— A CIDADE DE Skyefall se aninhava em uma encosta de rocha negra, envolta em névoa cinzenta. Tão rica quanto um padre depois que o prato de coleta foi passado e tão estranha quanto a ideia de que o criador do céu e da terra precisa de dinheiro, para começo de conversa. Para um garoto que tinha crescido em uma poça de lama como Lorson, parecia a maior das metrópoles. Mas, ao entrar em suas sombras naquele dia frio de inverno, eu não tinha noção dos horrores que encontraríamos ali.

"A fortuna de Skyefall tinha sido feita com prata. Só onze meses tinham se passado desde que o Rei Eterno havia dizimado Vellene, e naqueles dias ainda não se sabia muito bem como esse nobre metal seria importante nas noites futuras. Rumores tinham começado a se espalhar, é claro, escorrendo dos lábios de profetas bêbados ou gritados por lunáticos sem rumo. Mas os ricos de Skyefall não deram atenção aos boatos sobre os exércitos dos Mortos se reunindo a oeste, ou sangues-frios caçando livremente pelas estradas locais.

"Eles eram ricos. Deus os havia claramente abençoado. E isso era suficiente.

"As ruas de Skyefall eram de pedra; sua catedral, de mármore e ouro. A arquitetura era barroca e gótica – muitas grandes espiras e escadas levando até sabe-se lá onde. Mas, quando nosso grupo atravessou seus portões, senti uma sombra sobre a cidade. Ela era construída em uma encosta de granito, com ruas sinuosas e prédios cinzentos assomando por todos os lados. Neblina pairava pesada em suas ruas, e as paredes eram decoradas com relevos de flores que não cresciam desde que a luz do sol tinha falhado. Na praça da cidade havia uma gaiola cheia de corvos com um esqueleto em decomposição em seu interior: B R U X A , garantia a placa. Havia transeuntes com joelhos ralados na entrada solitária de becos, e mineiros com o rosto sujo cambaleavam pelas ruas, calados e bêbados.

"O ar estava frio. Úmido. E silencioso demais.

"Eu não sabia o que, mas alguma coisa naquele lugar parecia *errada*.

"Justiça era sempre uma rocha embaixo de mim, com a cabeça alta enquanto soltava vapor e pisava forte. Mas, enquanto seguíamos pelas ruas sinuosas de Skyefall, elas ficaram estreitas demais, e as escadas, traiçoeiras demais. Depois de algum tempo, fomos forçados a deixar nossas montarias para trás em um estábulo comunitário e continuamos a pé através da cerração, subindo na direção da área nobre acima da cidade.

"Mãocinza seguia na frente, depois De Coste, e eu por último, meus saltos de prata ecoando nas pedras. Moradores locais observavam enquanto passávamos por suas portas e janelas, alguns com surpresa, alguns com medo. E mesmo assim...

"'Todos estão olhando para nós, mestre', murmurei.

"'Essa é a maldição em nossas veias', respondeu Mãocinza. "E só vai aumentar conforme você envelhecer. As pessoas são atraídas pelo escuro em nosso interior, Pequeno Leão, assim como pelos sangues-frios que nos fizeram.' Ele olhou de lado para mim. 'Com certeza você percebeu isso, mesmo quando menino, não?'

"Pensei, então, nas garotas em minha aldeia. Seus olhos seguindo quando eu passava. Seus beijos dados tão livremente. Mas eles tinham sido dados a mim? Ou àquela coisa em meu interior?

"'*Oui*', murmurei. 'Talvez.'

"'Conforme envelhecemos, mergulhamos mais fundo em nossa maldição e nos poderes que ela nos dá.' Mãocinza gesticulou com a cabeça na direção dos moradores da cidade. 'Ainda assim, pessoas normais vão sentir

o cheiro de algo do predador sob sua pele, De León. Alguns vão odiá-lo por isso. Outros vão adorá-lo. Nenhum vai ignorá-lo. Um lobo não pode se esconder por muito tempo entre os cordeiros. Mas Deus Todo-poderoso sabe quem nós *realmente* somos. E nosso serviço à sua Santa Igreja vai ser recompensado no reino do céu.'

"Eu me confortei com disso. Estimulado pela ideia de que, embora eu fosse amaldiçoado, embora eu ainda não entendesse completamente o que eu era e em que estava me transformando, tudo aquilo era vontade do Todo-poderoso. E, através dele, eu encontraria a salvação.

"'Véris', respondemos Aaron e eu, fazendo o sinal da roda.

"Nosso mestre seguiu por uma ponte comprida calçada com pedras e chegou a uma avenida com belas propriedades. Lanternas em postes de ferro iluminavam a neblina acima de nós. As casas pelas quais passamos pareciam o rosto de estranhos; suas janelas, olhos cegos.

"'Quando chegarmos, não digam nada', avisou Mãocinza. 'Se houver um sangue-frio em ação neste lugar, alguns dos moradores da cidade podem ser escravos. Criados mortais do inimigo.'

"Eu pisquei ao ouvir isso.

"'O senhor quer dizer que as pessoas servem deliberadamente esses demônios?'

"'Vacas', rosnou Aaron. 'Vacas rezando pela noite em que possam se tornar açougueiros.'

"'Mas por que as pessoas se submeteriam a essa maldade?', eu me perguntei. 'Sangues-frios não podem escolher quem eles transformam. Não é como se a imortalidade pudesse ser oferecida como uma recompensa.'

"Mãocinza franziu o cenho.

"'Pode surpreender você, De León, o que algumas pessoas arriscariam por apenas uma *chance* de viver para sempre. Sangues-frios negociam com a tentação. Seu poder está na escuridão. Seu poder está no medo. Mas, acima de tudo, seu poder está no desejo. Beber o sangue de um ancien pode desacelerar o envelhecimento mortal e curar ferimentos que mandariam qualquer homem para a sepultura. E, além disso, o ato em si é viciante. Beba do mesmo vampiro por três noites diferentes, e você vai estar sob seu poder. Impotente para resistir a seus comandos. Em todos os sentidos, um escravo.' Ele deu um tapinha no cachimbo em seu bolso. 'Por isso fumamos uma destilação dele, em vez de bebê-lo.'

"Paramos em frente aos muros de uma grande propriedade. Arqueiro voava em círculos nos céus escuros acima, mantendo um olho vigilante sobre seu mestre. O *frère* baixou a gola alta e respirou fundo.

"'Esta cidade fede a pecado.'

"Observei meu mestre pelo canto do olho. Embora Mãocinza fosse severo e cruel, mesmo assim eu tinha passado a admirá-lo ao longo dos últimos sete meses. Ele açoitava suas costas até ficarem sangrentas todas as noites. Ele lia para nós os Testamentos por uma hora toda manhã. Sua devoção era um farol; sua fé, um conforto luminoso. E, embora eu fosse um sangue-frágil, ele não me julgava por isso. Ele era tão parecido com um pai quanto eu já tinha conhecido, e eu queria deixá-lo orgulhoso.

"De Coste tocou um sino de ferro no portão. *Ele*, eu admirava muito menos. Tinha de admitir que ele trabalhava duro – mesmo com sua conversa de que San Michon não fazia diferença, Aaron ainda parecia *acreditar* no que estávamos fazendo. E mesmo assim ele me tratava como merda comum. Em sete meses, ele não tinha me chamado pelo nome nem uma vez.

"Trabalhasse duro ou não, eu o odiava.

"Pela aparência, a casa à nossa frente era a maior de Skyefall. O terreno antes devia estar colorido com folhagens, mas agora, apenas fungos cresciam aos pés das árvores frutíferas ressequidas. Uma mansão magnífica erguia-se no coração da propriedade, cheia de pilares gravados e janelas com persianas. A neblina pairava pesada sobre o local.

"Um homem baixo com um rico casaco e peruca empoada caminhou em meio à névoa em nossa direção, com uma lanterna na mão. Ele parou atrás do portão e nos examinou.

"'Esta é a casa de Alan de Blanchet, conselheiro de Skyefall?', perguntou Mãocinza.

"'Sou seu humilde criado. Quem seria o senhor, *monsieur*?'

"Mãocinza pegou seu rolo de velino. Os olhos do criado se arregalaram quando ele viu aquela bolha de cera vermelho-sangue, gravada com um unicórnio e cinco espadas cruzadas: o selo de Alexandre III, benfeitor da Ordem de San Michon, imperador do reino e escolhido do próprio Deus.

"'Meu nome é *frère* Mãocinza. E vou falar com seu mestre.'

"Cinco minutos depois, estávamos em uma grande sala íntima, segurando copos de licor de chocolate. As paredes eram decoradas com belas obras de arte, e uma armadura de metal montava guarda ao lado de uma estante de livros. De Coste parecia perfeitamente à vontade. Nem mesmo estava impressionado. Mas eu nunca tinha visto riqueza como aquela em minha vida. Os cinzeiros daquele homem podiam ter alimentado *ma famille* por um ano.

"Mãocinza tinha afrouxado a gola e removido o tricórnio desgastado por viagens. Como sempre, fiquei surpreso ao ver como eram frios os traços de nosso mestre. Eu imaginava que, se tocasse seu rosto, ele não ia parecer carne, mas pedra. Mesmo assim eu o observava como um falcão, absorvendo tudo o que ele fazia e dizia. *Aquilo* era a Caçada, percebi. E, mais do que qualquer coisa, eu queria ser um caçador.

"'Iniciado De Coste', murmurou ele. 'Quando o mestre da casa chegar, quero que esteja pronto para usar os dons de seu sangue. Se os ânimos se incendiarem, quero que os mantenha contidos. Se um bom estímulo for necessário, forneça-o.'

"'Pelo sangue, mestre.'

"'Iniciado De León...' Mãocinza então olhou para mim. Fiquei triste ao saber que um sangue-frágil não tinha nada de especial a oferecer ali. 'Não toque em nada.'

"A porta da sala se abriu e um homem corpulento entrou com pouca cerimônia. Ele tinha quarenta e poucos anos, era bem alimentado e bem fornido, com uma faixa ornamentada de conselheiro sobre o peito. Mas, apesar da moda nobre da época, ele não usava peruca. Seu cabelo era desgrenhado e amarrado em um rabo de cavalo grisalho. Ele tinha os olhos de um homem que havia se esquecido do gosto do sono, seus ombros curvados por algum peso oculto.

"Atrás dele veio outro cavalheiro, um pouco mais jovem. Ele usava um traje preto com uma gola vermelha rígida, representando a garganta cortada do Redentor. Cabelo escuro e farto estava cortado em uma cuia curta, e havia o símbolo da roda pendurado em seu pescoço. O padre da paróquia de Skyefall, pensei.

"Nosso mestre tirou as luvas e ofereceu a mão.

"'M. De Blanchet, sou *frère* Mãocinza, Irmão da Ordem da Prata de San Michon.'

"Quando o conselheiro a apertou, Mãocinza pressionou sua palma da mão tatuada sobre a mão do homem. *Tocando-o com prata*, percebi. *Testando se ele estava corrompido.*

"'O prazer é meu, *frère*', disse o conselheiro, com a voz delicada como papel.

"'Estes são meus aprendizes.' Mãocinza apontou com a cabeça. 'De Coste e De León. Estamos aqui por ordens imperiais de investigar o rumor de uma doença em meio ao povo de Deus de Skyefall.'

"'Graças à Virgem-mãe', disse o padre.

"'É verdade, então? Esta cidade está sofrendo?'

"Esta cidade está *amaldiçoada, frère*', disse rispidamente o conselheiro. 'Uma maldição que já levou as flores mais belas de nosso jardim. E agora ameaça tudo o que nos resta neste mundo.'

"O padre pôs uma mão reconfortante no ombro do conselheiro.

"'A esposa de M. De Blanchet, Claudette, foi atingida pela doença. E seu filho...'

"De Blanchet desmoronou, como se seu rosto estivesse se rasgando nas emendas.

"'Meu querido Claude...'

"'Tenha força, M. De Blanchet', aconselhou o padre.

"'Eu já não demonstrei a força de titãs, Lafitte?', retrucou ele, afastando a mão do padre. 'Uma força que um pai deve conjurar para botar o próprio filho na terra?'

"De Blanchet se recostou em uma *chaise longue* de veludo, com a cabeça baixa. Mãocinza se virou para o jovem padre, frios olhos verdes fitando a roda de prata em torno de seu pescoço.

"'Seu nome é Lafitte?'

"'*Oui, frère.* Pela graça de Deus e do sumo pontífice Benét, sou o padre de Skyefall.'

"'Há quanto tempo sua paróquia sofre dessa doença, padre?'

"'O jovem Claude morreu pouco antes da festa de San Guillaume. Quase dois meses atrás.' Lafitte fez o sinal da roda. 'Criança preciosa. Tinha só 10 anos de idade.'

"'Ele foi o primeiro a morrer?'

"'Mas não o último. Pelo menos uma dúzia dos melhores da cidade tombou desde então. E ouvi boatos sobre o bairro mais pobre. Uma doença devastadora varrendo a margem do rio.' O jovem padre estreitou os lábios. 'Também já ouvi outros rumores. De pessoas desaparecendo à noite. De feitiçaria e sombras. Temo que esta cidade *esteja* amaldiçoada, *frère*.'

"'E agora madame De Blanchet foi atingida?'

"'Como se o céu não tivesse me testado o bastante', murmurou o conselheiro.

"'Leve-nos até ela', ordenou Mãocinza.

"De Blanchet e *père* Lafitte nos conduziram por uma escada em caracol até o coração da propriedade, e, embora eu tentasse dar ouvidos apenas a Mãocinza, a opulência do lugar me atingiu com força. A fome tinha feito Nordlund em pedaços nos anos depois da morte dos dias. Comunidades inteiras tinham sido destruídas, cidades inundadas de fazendeiros, produtores de vinhos e similares – pessoas cujo meio de vida tinha murchado e apodrecido quando o sol falhou. Só o pedido da imperatriz Isabella para que seu marido abrisse os celeiros imperiais tinha salvado as pessoas naqueles anos antes que encontrássemos nosso novo normal. Em meio a tudo isso, aquele homem tinha vivido como um lorde, cercado por objetos de arte, mogno polido e grandes fileiras de livros não lidos.

"Mas toda essa riqueza não foi capaz de salvar seu filho.

"Chegamos a portas duplas, e De Blanchet hesitou.

"'Minha mulher não está... adequadamente vestida para ter companhia.'

"'Nós somos servos de Deus, M. De Blanchet', respondeu Aaron. '*Não tenha medo.*'

"Ouvi a inflexão na voz de De Coste, vi um brilho de predador em seus pálidos olhos azuis – o dom do sangue Ilon. Os Ilon eram conhecidos como *os encantadores* entre a sociedade kith, e sua habilidade para influenciar as emoções dos outros era incomparável. Aaron tinha herdado o mesmo de seu pai vampiro, e, enquanto ele falava, o rosto de De Blanchet relaxou. Com um murmúrio de assentimento, o conselheiro empurrou e abriu a porta, e, com um gesto de cabeça para De Coste, Mãocinza o seguiu, comigo em seus calcanhares.

"Uma lareira crepitante projetava um brilho vermelho no quarto. Portas de vidro se abriam para uma varanda de pedra, mas as cortinas estavam praticamente fechadas. Uma cornija de lareira de mármore. Detalhes em ouro. Senti cheiro de suor, doença e ervas secas. Repousando sobre uma montanha de travesseiros em uma cama magnífica de dossel, havia uma mulher que parecia estar à beira da morte.

"Sua pele parecia papel encerado, o peito magro se erguendo e descendo rápido como um pássaro ferido. Embora o *boudoir* estivesse desconfortavelmente quente, sua camisola estava amarrada até o queixo, e havia cobertores empilhados em cima dela. Ela estremecia enquanto dormia.

"Mãocinza atravessou o aposento e pressionou a estrela de sete pontas de prata na palma de sua mão sobre a testa pálida da mulher. Ela soltou um gemido alto, mas seus olhos permaneceram fechados.

"'Há quanto tempo ela está assim?'

"'Sete noites', respondeu De Blanchet. 'Eu tentei todas as tinturas. Todas as curas. E mesmo assim minha Claudette piora a cada dia, como aconteceu com o nosso Claude. Temo que minha mulher logo vá seguir nosso filho para o túmulo.' O conselheiro olhou para o céu, com as mãos trêmulas cerradas. 'Qual é meu pecado para você impor isso sobre mim?'

"Mãocinza acendeu um ramo de sino-de-prata e o pôs na cornija da lareira, murmurando uma prece e observando-o queimar. Levou a mão à sua bandoleira e jogou punhados de pó metálico no chão em torno da cama, estudando os padrões.

"'O que é isso, *frère*?', perguntou o padre.

"'Raspas de metal. Faekins deixam pegadas que nenhum ferro frio pode tocar. Conte-me, M. De Blanchet, o senhor percebeu a cor de seus fogos se inclinando para o azul perto da meia-noite? Leite azedando de manhã, talvez, ou galos cantando ao pôr do sol?'

"'...Não, *frère*.'

"'Uma abundância de animais inferiores na mansão? Gatos pretos, ratos ou coisas assim?'

"'Nada do gênero.'

"Mãocinza franziu os lábios. Eu sabia que ele estava eliminando possibilidades – feitiçaria, os fae ou escravos dos caídos.

"'O senhor me perdoe, *monsieur*. Mas preciso examinar sua esposa. Temo que isso seja desconfortável de se ver. Entendo se o senhor quiser esperar lá fora.'

"'Não vou fazer uma coisa dessas', retrucou o conselheiro, erguendo-se mais alto.

"'Como quiser. Mas alerto que não interfira em meu exame,'

"Aaron se aproximou lentamente do conselheiro e falou palavras de conforto. Mais uma vez, vi aquele brilho predatório em seus olhos, e a determinação de De Blanchet derretendo. Não pela primeira vez, eu me vi com inveja de meus companheiros sangues-pálidos. O poder que seus pais tinham dado a eles. Controle sobre animais. Domínio da mente dos homens. E ali estava eu, com pouca coisa para fazer além de olhar.

"Mãocinza se voltou para madame De Blanchet e abriu a gola de sua camisola. O conselheiro ficou tenso, *père* Lafitte franziu o cenho, mas nenhum deles emitiu um protesto enquanto Mãocinza examinava o pescoço da mulher. Sem encontrar nada errado, ele inspecionou seus pulsos, murmurando baixo.

"Eu estava parado junto de uma das portas da varanda, e por mais que quisesse estudar Mãocinza, me pareceu impróprio ficar olhando para uma mulher adormecida de camisola. Baixei os olhos para o chão. E ali, entre minhas botas, espiei uma pequena mancha escura na madeira.

"'Mestre Mãocinza...'

"Ele se virou da cama e me viu apontando.

"'Sangue.'

"Mãocinza assentiu, tornou a calçar as luvas. E, sem mais cerimônia, ele segurou a camisola da mulher e a rasgou.

"O padre Lafitte exclamou em protesto, e o conselheiro deu um passo à frente.

"'Agora veja a...'

"'Estou aqui por ordem do próprio imperador Alexandre', retrucou rispidamente Mãocinza. 'Se a aflição de sua mulher for a que eu penso, talvez consiga salvar sua vida. Mas não sem risco para sua modéstia. Então decida agora, *monsieur*, o que acha mais importante?'

"De Coste deu tapinhas no braço do conselheiro.

"'*Está tudo bem, monsieur.*

"E, cheio de raiva, De Blanchet recuou. Era um testamento à habilidade de Aaron o homem já não ter se rebelado – se alguém tivesse deixado minha esposa seminua na minha frente, eu estaria abrindo ao meio seu crânio.

"'Iniciado De León, traga essa luz para mais perto.'

"Fiz como Mãocinza mandou, segurando uma lanterna acima de madame De Blanchet. Afastando a camisola destruída, ele começou a examinar o corpo nu e pálido. Mas assim que ele pôs a mão enluvada em seu seio o conselheiro finalmente explodiu.

"'Isso é um ultraje!'

"Aaron segurou o braço de De Blanchet.

"'*Acalme-se, monsieur.*'

"*Père* Lafitte deu um passo à frente.

"'Por favor, *frère*, eu insisto...'

"Eu me voltei para o padre e lhe avisei que ficasse quieto. O conselheiro gritou por seus criados, e o quarto mergulhou no caos antes que o grito de Mãocinza cortasse o ar.

"'ESPEREM!'

"Nosso mestre olhou para De Blanchet, com a voz sombria pela aversão.

"'Venha ver, *monsieur*.'

"De Coste o soltou, e, ajeitando o casaco com uma expressão indignada, De Blanchet caminhou até o lado de sua mulher na cama. Mãocinza apontou enquanto eu segurava a lanterna no alto. E ali, na carne escura do mamilo direito de madame De Blanchet, vimos duas feridas pequenas e iguais.

"'Há mais entre suas pernas', disse Mãocinza. 'Difíceis de identificar, mas recentes.'

"'Marcas da peste?, murmurou o padre.

"'Marcas de mordida.'

"'O que em nome de Deus Todo-poderoso...', disse o conselheiro.

"'Algum visitante veio a Skyefall por volta da época em que seu filho adoeceu?'

"Os olhos do conselheiro estavam fixos naquelas feridas pequeninas na carne de sua mulher, com o rosto tomado por puro horror. Mãocinza estalou os dedos para chamar sua atenção.

"'*Monsieur*? Houve visitantes?'

"'Esta... e-esta é uma cidade mineira, *frère*. Temos visitantes constantemente...'

"'Algum estranho com o qual o jovem Claude possa ter entrado em contato? Andarilhos ou artistas viajantes? Do tipo de gente que vem e vai com facilidade?'

"'Claro que não. Nunca permitiria que meu filho se misturasse com esse tipo de gente. Eu... eu acredito que ele passou algum tempo com o garoto Luncóit enquanto sua mãe cuidava de seus assuntos nos arredores. Ele era um pouco mais velho que Claude, mas um bom rapaz, de bom nascimento.'

"'O garoto Luncóit', repetiu Mãocinza.

"'Adrien', assentiu o conselheiro. 'Sua mãe veio a Skyefall para examinar uma área perto das Montanhas dos Anjos. Ela é de uma velha família de mineradores de Elidaen. Ela passou a maior parte do tempo examinando as terras em torno da cidade, e por isso Adrian ficou na companhia de Claude enquanto sua mãe trabalhava. Marianne, o nome dela. Uma mulher fascinante.'

"O velho padre cruzou os braços e sua expressão se fechou.

"'Você não a achou tão fascinante, padre?', perguntou Mãocinza.

"'Eu... não estou sendo bondoso', disse Lafitte. 'Admito que nunca a conheci.'

"'Nem mesmo nos serviços sagrados?'

"'Ela trabalhava até no *prièdi*', disse ele, obviamente insatisfeito. 'Embora tivesse muito tempo para *soirées* e coisas assim, ela nunca ia à missa.'

"Mãocinza olhou De Blanchet direto nos olhos.

"'Onde você enterrou seu filho, *monsieur*?'

✦ IV ✦
CASA DOS MORTOS

'— DE COSTE, DE León, nós três vamos verificar a *tombe de famille* – disse Mãocinza. – Se o garoto se Transformou, ele é apenas um recém-nascido. Mas, a essa altura, ele pode não estar sozinho, e, mesmo jovem, ainda é mortal. Mantenham a calma e se lembrem das Cinco Leis.'

"Tínhamos voltado aos estábulos para pegar os cavalos, e meu coração estava batendo forte como se eu tivesse acabado de treinar. A sepultura dos De Blanchet ficava no coração da necrópole de Skyefall, e, faltando ainda algumas horas para o pôr do sol, Mãocinza tinha decidido investigar. Nós não sabíamos se Claude era realmente responsável pela predação sombria sobre sua mãe, ou pelas mortes da cidade. Mas removê-lo da lista de suspeitos era o próximo e sensato passo.

"Mãocinza pegou um mangal cheio de pontas com uma longa corrente de prata em seus alforjes.

"Mesmo pressionados, não desembainhem suas espadas. Se ele se transformou, quero esse garoto preso, não morto.'

"'Com que finalidade, mestre?', perguntou De Coste.

"'Talvez não seja nada' Mãocinza olhou para o sol escuro, agora mergulhando na direção das montanhas. 'Mas o nome *Luncóit* significa *filho do corvo* em elidaeni antigo.'

"'O emblema do sangue Voss é um corvo branco', murmurei.

"'Como eu disse, talvez não seja nada. Mas talvez essa Marianne tenha um senso de humor sombrio.'

"Mãocinza pegou um frasco de sua bandoleira, cobriu as mãos e o rosto e esfregou as roupas de couro com o preparado chymico em seu interior. Quando ele o passou para De Coste, vi que o vidro estava marcado com um espírito uivante.

"*Hálito dos espíritos*, observei. *Para esconder nosso cheiro de vivo dos Mortos.*

"Eu me ocupei com meu equipamento – ignis negra e vidros de água benta. Cheguei se minha pistola estava carregada, então peguei os produtos chymicos que De Coste me passou. Aaron jogou um pedaço de corrente em torno do peito junto com sua bandoleira. Ele parecia se erguer um pouco mais alto, envolto em suas roupas de couro preto e com uma estrela de sete pontas reluzente no peito. Se eu não soubesse, diria que aquele babaca mimado quase parecia um matador de vampiros.

"'Vamos.' Mãocinza montou em seu cavalo. 'O pôr do sol não espera por nenhum santo.'

"Skyefall era uma cidade de camadas e níveis, com as pessoas mais ricas vivendo no alto, e os mais pobres vivendo nas partes mais baixas da encosta. A necrópole ficava na extremidade mais baixa, perto da catedral alta. Avançamos através do nevoeiro cinzento, passamos por moradores de cara fechada e algumas carroças em movimento. Quando atravessamos uma das velhas pontes de pedra, imaginei os rios ao norte, o inverno profundo que se aproximava, os exércitos do Rei Eterno. Perguntando-me que papel San Michon teria para detê-lo, e se eu seria parte disso.

"A catedral era uma espira circular de mármore à beira de um penhasco baixo. As portas eram de bronze, trabalhadas com relevos lúgubres de anjos combatendo os caídos. Grandes sinos tocavam no campanário, e Arqueiro chamou em resposta enquanto seguíamos uma estrada sinuosa até a base do penhasco e finalmente encontramos a entrada para as casas dos mortos de Skyefall.

"Como era costume, duas arcadas levavam até o interior da necrópole – uma dando para o oeste, para os mortos, a outra, que normalmente dava para leste, para os vivos. Havia grandes relevos entalhados na pedra – esqueletos humanos com asas de anjo e a Virgem-mãe segurando o Redentor bebê. Acima da entrada, havia palavras gravadas do Livro das Lamentações.

"EU SOU A PORTA QUE TODOS VÃO ABRIR. A PROMESSA QUE NINGUÉM VAI QUEBRAR.

"Tentei manter os nervos calmos enquanto desmontávamos. Mãocinza fechou os olhos, com uma das mãos estendidas na direção da necrópole. Eu fiquei intrigado com seu comportamento, mas em alguns minutos minha resposta surgiu na forma de vários ratos sarnentos. Eles emergiram da escadaria nas sombras que levavam às criptas, farejando e piscando às últimas luzes do dia.

"'Bom amanhecer, pequenos senhores.'

"Meu mestre se ajoelhou sobre a pedra fria e ofereceu aos animais pedaços tirados de um de seus bolsos. Mais uma vez, senti aquela pontada de inveja, observando-o comungar com aqueles animais. O sangue Chastain era uma maldição, mas mesmo assim devia ser um tanto maravilhoso falar com animais da terra e do céu. Dei um tapinha em Justiça, dei nele um breve abraço e me perguntei como seria saber algo de sua mente. Algo sobre de onde eu tinha vindo.

"'Quais são as notícias, pequenos senhores?', perguntou Mãocinza. 'Quais os problemas?'

"O rato mais ousado, um tipo gordo com uma orelha faltando, guinchou com raiva. Mãocinza assentiu com simpatia, como um velho amigo conversando sobre uma caneca de vinho quente.

"'Uma história triste. Vamos resolvê-la imediatamente.'

"Nosso mestre se levantou, e os ratos saíram correndo de volta para o escuro.

"'Eles falam de *coisas sombrias* nas criptas. *Coisas erradas.*' Mãocinza sacudiu a cabeça. 'Mesmo as criaturas mais inferiores de Deus reconhecem o mal dos Mortos. Mas parece que há mais de um.'

"'Quantos?', perguntei.

"'Eles são ratos, não guarda-livros. Eles só sabem *um* e *mais de um*.'

"Mãocinza assentiu consigo mesmo, agora certo: sangues-frios estavam no coração da doença que afligia a cidade. Senti uma empolgação quente no estômago quando meu mestre sacudiu um frasco de *sanctus* de sua bandoleira e botou uma dose em seu cachimbo. Em San Michon, na estrada, tomávamos o sacramento ao anoitecer, uma rotina que fazia parte de nossas orações diárias. Mas recebíamos apenas a menor das provas, só para manter nossa sede saciada.

"Mãocinza estava medindo uma dose pesada. Obviamente esperando problemas.

"Ele o acendeu com a pederneira e ofereceu o cachimbo para De Coste. Eu observei o jovem aristocrata inalar, com todos os seus músculos se tensionando. Enquanto ele exalava uma nuvem escarlate, vi que os dentes de Aaron tinham ficado compridos e afiados, seus olhos se enchendo de vermelho-sangue. Em seguida, foi minha vez, e a dose me atingiu como um machado de guerra no peito, ateando chamas a todo o meu sangue. Mãocinza tomou o sacramento profano por último, terminando o cachimbo e o inalando, o corpo inteiro tremendo. Quando ele abriu os olhos, eles estavam da cor de assassinato.

"Ele pegou dois vidros de centelha do inferno de nossos alforjes e os derramou sobre as escadas que adentravam a necrópole. Quando ele terminou, as duas escadas estavam cobertas com o líquido vermelho e oleoso e cheirava tanto a enxofre que meus olhos lacrimejaram.

"'De Coste, você guarda as portas do anoitecer. De León, as do amanhecer. Se ouvirem o som de minha trompa, os kith escaparam de mim. Acendam a centyelha do inferno para impedir sua fuga.'

"'Pelo sangue, mestre', respondemos os dois.

"'Deus caminha conosco neste dia, rapazes. Resistam em seus postos e não temam nenhuma escuridão.'

"Mãocinza tirou o sobretudo e a túnica, deixando seu torso e seus braços tatuados nus. Ele era puro músculo, definido e duro como aço, seu aegis desenhado em belas linhas de prata. Pendurando a bandoleira e o mangual, ele tocou no tricórnio, então entrou na escuridão."

Jean-François tamborilou com a pena na página, interrompendo a história de Gabriel.

– Honestamente? – disse furiosamente o Santo de Prata. – Você está me interrompendo *agora*?

– Um breve esclarecimento. Mas importante. – O historiador ergueu uma sobrancelha que se estreitava na ponta. – Você está mesmo dizendo que guerreiros da Ordem da Prata tiravam parte da roupa para lutar?

Gabriel assentiu.

– Chamamos isso de estar vestidos de prata. A vergonha tem pouca utilidade para um cadáver. E armadura tem ainda menos utilidade quando seu adversário pode esmagar aço com as mãos.

– Mas e os escravos? Sem dúvidas eles usam facas e outras armas mundanas...

– Nós não estávamos preocupados com lacaios, sangue-frio. Estávamos preocupados com seus mestres. As pessoas que morrem em batalha? A maioria morre quando a batalha termina. Não é o golpe de espada ou a flecha que mata você. É o sangramento que vem depois. Nós éramos sangues-pálidos, nós nos *curávamos*. Então, ao mesmo tempo em que um escravo com raiva e bem treinado com uma bela espada afiada era uma ameaça, ela esmaecia em comparação com a ameaça de ter seu coração mostrado a você pelo bastardo ímpio que acabou de arrancá-lo de seu peito com as mãos nuas.

"Não é que o aegis nos deixasse inatingíveis. Mas ele servia como um canal através do qual o poder de Deus podia ser sentido no campo de batalha. A luz do aegis queima os olhos dos profanos. Seu toque queima sua carne. É como uma armadura de fé cegante, tornando mais difícil que se concentrem em nós, punindo e golpeando. Era uma vantagem e, contra faekin, dançarinos da noite e sangues-frios, precisávamos de todas que pudéssemos conseguir." Gabriel se encostou em sua poltrona. "Agora, posso continuar com minha história? Ou você prefere contá-la?"

Jean-François acenou com a pena.

– Como você quiser.

– Certo. Então Mãocinza desceu para a necrópole. De Coste e eu trocamos um olhar vermelho, mas havia pouco a dizer. Aaron permaneceu nas portas do anoitecer enquanto eu desci a encosta com dificuldade para cobrir a outra entrada. E ali me instalei para esperar.

"Nos melhores casos, os sentidos de um sangue-pálido são aguçados, mas com uma dose de *sanctus* em nós, todo o mundo ganha vida. Eu podia ouvir a cidade acima: carroças nas pedras das ruas, coral ensaiando na catedral e os chamados de um bebê faminto. Observei Arqueiro voando em círculos intermináveis no céu austero. A centelha do inferno na escada estava com um cheiro forte, mas eu não conseguia sentir meu cheiro sob o hálito dos espíritos. A Garra de Leão estava pesada na bainha em meu quadril. Li a inscrição acima da porta da necrópole várias e várias vezes. Palavras do Livro do Redentor.

"GUARDA APENAS ALEGRIA EM SEU CORAÇÃO, CRIANÇA ABENÇOADA. POIS, NESTE DIA, A VIDA É FRÁGIL.

"Dez minutos se passaram sem nenhum som. Depois vinte. Avancei um pouco mais pela porta, com a cabeça inclinada, mas tudo o que consegui ouvir foi um leve gotejar em algum lugar lá dentro.

"'Ele já foi há muito tempo', gritei.

"De Coste ergueu os olhos do pequeno círculo apertado que ele estava percorrendo.

"'Respire com calma, camponês. Mãocinza é um caçador cuidadoso. Os mortos não podem matar os Mortos.'

"Eu assenti, mas meu desconforto estava crescendo. Eu me sentia inútil ali parado de guarda. Estava nervoso e inquieto, um gato de cauda longa em uma sala cheia de cadeiras de balanço, aquele fogo infame de Nordlund quente em minhas veias. Então, das escadas para a cripta veio um som baixo.

"'Você ouviu isso?'

"'...Ouvi o quê?'

"Entrei outra vez pelo arco e olhei com os olhos apertados para as escadas.

"'Um grito?'

"'Foi o vento. Pare de encher, seu peão medroso.'

"'Ouvi um grito agora mesmo. E se Mãocinza estiver em dificuldades?'

"'Mãocinza estava à espreita no escuro antes que seu pai inútil enfiasse o pau morto em sua mãe camponesa. Agora cale a boca, sangue-frágil. Guarde sua posição.'

"Eu cerrei os dentes, esforçando-me para ouvir. Eu *jurava* ter ouvido alguma coisa nas profundezas. Definitivamente um grito, baixo, mas... talvez de dor? Meu pulso estava martelando em meus ouvidos, o hino de sangue em fúria em minha cabeça. Se Mãocinza tivesse caído vítima das coisas dentro daquelas tumbas, e nós só ficamos ali sem fazer nada...

"Então ouvi com certeza. Um chamado distante. Um homem com dor.

"'Você ouviu *isso*?'

"Os olhos de De Coste estavam estreitados.

"'Eu acho...'

"'Mãocinza está com problemas', disse eu, pegando meu mangual. 'Precisamos ajudá-lo, De Coste.'

"'Não, o que precisamos fazer é exatamente o que ele nos *disse* para fazer. Mantenha sua maldita posição, camponês. Na ausência de Mãocinza, eu sou o membro mais antigo deste grupo.'

"'Para o inferno com isso', disse eu, verificando novamente minha pistola. 'Você quer ficar aqui esperando com o polegar enfiado no rabo? Que Deus o abençoe. Mas eu não vou ficar parado.'

"'De León, espere! Mãocinza nos disse para *ficarmos aqui*!'

"Eu, então, senti a pressão de sua vontade sobre a minha, sangue Ilon em ação em minha mente. Mas o hino cantou mais alto, o *sanctus* e minha própria teimosia abafando a ordem de Aaron. E, com o mangual na mão e o coração na garganta, eu entrei na casa dos mortos de Skyefall."

Jean-François deu um suspiro.

– Tolo.

– *Oui*, mas lembre-se, eu ainda não tinha nem 16 anos. Tinha trabalhado muito no mosteiro. Mas as demonstrações dos dons de De Coste e Mãocinza tinham me deixado em um clima. Por mais que eu fingisse não me importar, ser um sangue-frágil fazia com que me sentisse menos que meus companheiros. Eu estava desesperado para provar meu valor, e *essa* podia ser minha chance.

"Eu não era um idiota completo, e acendi a centelha do inferno ao partir. Ela brilhou com um ronco baço, e eu me encolhi do calor furioso. Ouvi De Coste gritar outra vez, mas não dei atenção. E com os ombros aprumados entrei pelas tumbas à procura de meu mestre.

"Um corredor comprido se estendia pela escuridão, mas meus olhos de sangue-pálido viam como se estivesse claro como o dia. As paredes tinham portas enfileiradas com o nome dos cadáveres inscritos. As pessoas mais pobres não tinham nenhuma tumba, seus ossos ficavam empilhados em cima uns dos outros em nichos empoeirados. As lajes de pedra sob meus pés também eram sepulturas, e achei lúgubre estar andando sobre cadáveres. Mas eu não era covarde para ficar com medo de ossos velhos ou da ideia da morte. A única coisa que me assustava naquela época era a de morrer sem nunca ter feito algo de valor.

"Eu me vi em um cruzamento que levava mais fundo na necrópole. Ratos passavam correndo pelos meus pés, o cheiro de morte velha enchia o ar. Tentei ouvir, mas não escutei nada e xinguei em voz baixa. Talvez fosse minha imaginação, mas os corredores de pedra abaixo daquela cidade pareciam *muito mais* antigos que a própria cidade.

"'Mestre Mãocinza?', chamei.

"Nenhuma resposta, exceto pelo sussurro do vento. Então, rezando a Deus, segui por um labirinto sinuoso e cheio de curvas, passando por pilhas de crânios sem nome. Estátuas de belos anjos erguiam-se em cada canto, guardando aqueles que dormiam eternamente nas tumbas além.

"Então, no escuro à frente, ouvi um grito.

"Com um susto, eu parti, as botas batendo pesadamente na laje das sepulturas, segurando firme o mangual. Pude ver uma luz fraca à frente, agora, um brilho frio como prata nas paredes. Ouvi outro grito de dor, uma voz alta que finalmente reconheci como a de meu mestre.

"'Venham, seus cães malditos!'

"'Mãocinza!', gritei.

"Fiz uma curva e parei com a imagem à frente de meus olhos. Havia uma grande cripta a minha frente, cercada por uma dúzia de sarcófagos. O chão era cheio de lajes de sepulturas, e uma escultura de Mahné, anjo da morte, erguia-se acima da cena com sua grande foice na mão. Abaixo dele estava Mãocinza, seu mangual cantando ao cortar o ar, envolvido em combate com duas sombras ágeis.

"Senti arrepios – não pelo frio congelante, mas por ver as tatuagens na carne de meu mestre. A Virgem-mãe e o Redentor, os anjos da hoste, os sete lobos, do pescoço ao pulso e à cintura. Aquela mágika sagrada, empregada pelas mãos das Irmãs da Prata. A armadura do Santo de Prata. O aegis.

"E elas estavam *brilhando*.

"Mãocinza era uma estrela branca ardendo no escuro, um círculo de luz alcançando cinco metros ao seu redor. Senti a mão esquerda esquentar, como se estivesse próxima demais de chamas, e, ao tirar a luva, vi a estrela de sete pontas na palma da minha mão ardendo com a mesma luz terrível.

"Dois sangues-frios se moviam pelo escuro, vestindo as roupas em que tinham sido enterrados. Os dois eram de uma pele bonita, pálida e azulada, como marfim, olhos negros, e meu estômago se revirou ao vê-los. Eu tinha visto atrozes antes, *oui* – aquelas monstruosidades nascidas da podridão e da maldição dos sangues-frios. Mas aqueles dois estavam presos para sempre em uma perfeição sombria. Os primeiros vampiros altos-sangues que eu via.

"A velocidade do homem não era deste mundo; seus olhos, lanternas negras. Ele estava diante da mulher como se quisesse protegê-la, empregando toda sua força sombria. Mas, Grande Redentor, Mãocinza estava magnífico. Achei que tinha sentido a presença de Deus quando encarei a prova de sangue, mas então eu o senti de verdade, banhando-me à luz da costa do Céu.

"'Deixe-nos em paz!', implorou a mulher.

"'Fique longe dela!', gritou o homem. 'Fique longe, ou, por Deus, vou *matar* você!'

"'Deus?', exclamou rispidamente Mãocinza. 'Você profana seu nome com sua língua negra, sanguessuga.'

"Mãocinza lançou uma bomba de prata, e eu me encolhi quando ela explodiu em uma detonação de chamas e luz branca. Os sangues-frios se espalharam, e Mãocinza atacou com seu mangual, envolvendo-o nas pernas do homem. Preso em prata, seus membros se tornaram tão inúteis quanto chumbo, e ele desabou no chão. A mulher gritou e correu para a luz:

"'Eduard!'

"A espada de Mãocinza desceu sobre seu braço estendido. Ela gritou e se agarrou ao osso despedaçado enquanto recuava a mão, e na hora eu soube que era verdade – aqueles vampiros eram do sangue Voss. Qualquer outro recém-nascido não estaria segurando nada além de um coto fumegante depois de um golpe daqueles.

"'Mestre!', gritei.

"'De León? Eu mandei você guardar sua...'

"Um terceiro recém-nascido saiu da escuridão atrás de Mãocinza – uma criança de rua em farrapos, dedos apodrecidos curvados em garras. Meu mestre arquejou quando a garota se jogou sobre suas costas, mas a prata em sua pele queimou a sanguessuga como fogo, e ela cambaleou para trás, a boca escancarada em agonia.

"Mãocinza se voltou para a criança atroz, ardendo com luz abençoada. Ele jogou um frasco de água benta, e o vidro se estilhaçou contra a pele da menina. Ela emitiu um grito agudo e cambaleou mais para trás enquanto meu mestre enfiava a espada através de seu peito.

"'*Lisette!*', gritou a mulher.

"O homem caído tinha desenrolado o mangual de Mãocinza das pernas, suas mãos agora enegrecidas e fumegantes. Ele se voltou para a mulher em desespero.

"'Vivienne, corra!'

"'Não, Eduard, nós...'

"'CORRA!'

"O sangue-frio se virou para mim, com os olhos mortos brilhantes enquanto avançava como um disparo de pistola. Mas eu ergui a mão esquerda e fui recompensado por um sibilo de agonia quando a luz de minha estrela de sete pontas perfurou aqueles olhos frios e mortos. Meses de treinamento entraram em ação, e peguei uma bomba de prata de minha bandoleira e a joguei no peito do monstro. Um clarão prateado e um grito sombrio cortaram o ar.

"Mãocinza arrancou a espada do peito da criança e, com quatro golpes poderosos, arrancou sua cabeça. Sem ser vigiada, a mulher aproveitou a oportunidade. Ela não tinha forma, não tinha treinamento, mas, mesmo assim, atacou com uma força aterrorizante, me jogando contra um sarcófago e estilhaçando-o como se fosse vidro. Senti algo dentro de mim se romper, desabando em uma confusão de pedras quebrando e ossos antigos. E, sem restar ninguém em seu caminho, ela saiu correndo pelo corredor por onde eu tinha entrado, apenas um brilho de seda e cabelo escuro.

"'Pelos Sete Mártires, *detenha-na*!'

"Mãocinza sacou sua pistola e se ajoelhou. Apontando com cuidado, ele apertou o gatilho e disparou um tiro de prata na sangue-frio que fugia. Ele acertou sua perna, mas errou o osso, e ela seguiu em frente, cambaleante. Segurando as costelas, disparei um tiro torto quando Mãocinza tocou uma nota longa em sua trompa. Mas, mesmo que ele quisesse fechar a entrada, Aaron agora não podia fazer isso – eu já havia acendido a centelha do inferno para cobrir minha retaguarda. Só rezei a Deus que ela ainda estivesse queimando.

"Meu mestre se virou, o homem caído rastejando para trás enquanto o *frère* se aproximava. A carne pálida do vampiro estava enegrecida por minha bomba de prata; suas roupas finas de funeral, uma bagunça fumegante.

"'Não', implorou ele. 'Não, Deus, nós não pedimos...'

"Mãocinza atacou o pescoço da coisa. Embora a força fosse suficiente para cortar aço, a pele do vampiro não se abriu, em vez disso estalando como pedra sob um martelo. Outro frasco de água benta se quebrou contra seu rosto, e o sangue-frio uivou quando Mãocinza atacou novamente, finalmente abrindo seu pescoço. Parte de mim sentiu um sussurro de pena por aquela coisa, casada com a mesma sede que a havia matado. Mas eu podia ver manchas de sangue nos punhos de sua roupa, em sua lapela queimada – aquele monstro não tinha ficado ocioso nas noites desde que havia se Transformado.

"*Os Mortos são como feras, parecem homens, morrem como demônios.*

"Com um último esforço, o vampiro se jogou sobre meu mestre. Descuidado. Cheio de ódio. Mãocinza se afastou para o lado, girou e continuou, e, com um único golpe final terrível, a cabeça do vampiro foi separada de seu pescoço, e o corpo desabou em ruínas.

"Meu mestre disparou perseguindo a mulher enquanto eu saía do sarcófago despedaçado. Mancando e ensanguentado, eu não consegui acompanhar a perseguição, mas sabia para onde ela levava. E, me amaldiçoando por ter sido a porra de um idiota, me arrastei para a luz escura do dia.

"Mãocinza estava de joelhos ao lado de De Coste. Meu colega iniciado estava esparramado nas pedras do pavimento, com os lábios cortados, o nariz quebrado e o cabelo louro farto encharcado de sangue. Ele me lançou um olhar de puro assassinato enquanto eu subia a escada. O mestre Mãocinza se levantou e vi que suas presas tinham ficado compridas com sua fúria.

"'Seu babaca idiota.'

"Ele avançou rapidamente em minha direção, me segurou pelo pescoço e me jogou contra a face do penhasco.

"'Eu falei para você guardar posição!'

"'A-achei que tinha ouvido...'

"'Você *achou*? Você achou que ia ser a porra de um herói, foi isso o que você achou! Sua desobediência nos custou nossa presa, e talvez mais uma vida inocente! *Pense* nisso!'

"'D-desculpe, mestre! P-por favor...'

"Ele me sufocou por mais um momento, então me deixou deslizar pela parede. De Coste ficou de pé, com o nariz escorrendo sangue. Ele me lançou outro olhar de ódio.

"'Encontrou o garoto de De Blanchet, mestre?'

"Mãocinza levou um momento para se acalmar, cuspindo nas pedras do chão.

"'Não. Sua tumba estava vazia. Mas ele sem dúvida espreita essas ruas. Junto com a filha profana que esse *idiota* permitiu que escapasse.' Mãocinza esfregou o queixo pontudo, de cara fechada.

"'Havia um pouco de brita na tumba do garoto, um cheiro parecendo pó explosivo. Ele pode estar alternando entre ninhos. De Coste, você e eu vamos procurar nas minas antes do pôr do sol.'

"'E eu, mestre?'

"Mãocinza se virou para mim, me olhando furiosamente.

"'Até você aprender a agir como um caçador, vou lhe tratar como um maldito cachorro. Você vai voltar para a propriedade do conselheiro e ficar de guarda ao lado da cama de madame De Blanchet até voltarmos.

"Ele pôs a espada de aço de prata ensanguentada em meu ombro, delicado como as primeiras chuvas.

"'E se *algum dia* eu lhe der uma ordem que não seja seguida diretamente, juro pelo Deus Todo-poderoso e todos os Sete Mártires, eu vou *acabar* com você, garoto. Ponho você na cova antes de permitir que sua impaciência e busca por glória acabem com a vida de um inocente.

"Baixei a cabeça, a língua presa pela vergonha.

"'Entendido, mestre.'

"Mãocinza abaixou a espada e me ofereceu sua mão.

"'Agora levante-se. Você tem corpos para queimar.'"

✦ V ✦
UMA BELA VISTA

– "CHÁ, INICIADO?"

"A voz de *pére* Lafitte me acordou de meus devaneios, e ergui os olhos da lareira. A imagem do cadáver em chamas de uma menina estava gravada em minha memória. O fedor estava em minhas roupas; o horror, fresco, e tudo aquilo tinha me feito lembrar de minha irmã outra vez. A morte de Amélie parecia ter sido em outra vida, e eu achava que o garoto que havia visto seu corpo queimar era apenas um fantasma. E mesmo assim, naquele dia mostrei mais uma vez que era um menino. Teimoso e tolo.

"'Não', respondi. '*Merci*, padre.'

"O criado de De Blanchet assentiu, pôs a bandeja que carregava em cima da lareira e saiu do quarto. O bule era de prata; as xícaras, da porcelana mais fina. O cheiro do chá era doce, pronunciado, me lembrando um pouco da mesa de minha mãe em minha infância.

"O sol lá fora tinha caído, e meus camaradas ainda não tinham voltado. Ferida como ela estava, sabia que a alto-sangue que nos tinha escapado seria mais perigosa na calada da noite. Meus companheiros estavam em risco mais profundo. Pela centésima vez, xinguei minha própria estupidez.

"'O que o preocupa, meu filho?', perguntou Lafitte, sentando-se a minha frente.

"'Meu assento ficava perto da cama da madame De Blanchet, a Garra de Leão facilmente à mão. A *chaise longue* era de couro vermelho e veludo grosso, grande o bastante para me perder nela. Voltei os olhos para a dama escondida em sua montanha de travesseiros. Sua respiração estava entrecortada e rápida; sua pele, pálida como papel. O conselheiro estava trabalhando em seu escritório no fim do corredor.

"'Nada importante, padre.' Eu dei um suspiro.

"'Você parece exausto.'

"Sacudi a cabeça, sabendo que o vermelho injetado de meus olhos era apenas um resíduo do sacramento.

"'Não vou dormir esta noite.'

"'Eu só ouvi rumores sobre sua ordem sagrada', observou Lafitte. 'Meu pai conheceu um de vocês uma vez. Ele disse que o homem matou uma bruxa que assolava sua aldeia quando ele era pequeno. Ele a localizou e prendeu sua alma em seu corpo com um bom pedaço de ferro frio antes de incendiá-la. Na verdade, eu achava que era besteira e sem sentido.'

"'Não conheci nenhuma bruxa, padre. Mas eu já *vi* o mal. E ele agora anda entre nós, não tenha dúvida.' Eu engoli em seco. 'Haverá noites sombrias à frente.'

"'As pessoas que vocês encontraram nas catacumbas. Elas estavam... mudadas?'

"Eu assenti.

"'Já lutei contra os Mortos antes, mas... não assim. A mulher parecia... com medo. O homem a mandou correr. Era como se eles se lembrassem do que tinham sido.'

"'Eu conhecia os dois', disse Lafitte, secando o lábio suado com um lenço. 'Paroquianos meus. Eduard Farrow e Vivienne La Cour.' As pontas dos dedos pairaram sobre a roda de prata em torno de seu pescoço. 'Eles iam se casar na primavera.'

"'E a garotinha? O nome dela era Lisette.'

"Lafitte deu de ombros.

"'Há muitas pessoas de rua em uma cidade deste tamanho, iniciado De León. Chegam e partem. Ninguém sente falta. Uma tragédia.'

"'É a vontade de Deus', declarei. 'Tudo na terra abaixo e no céu acima é obra de sua mão.'

"'Véris.' O padre sorriu. 'Mas, vamos lá, se ficaremos de vigília até o amanhecer, você deve beber alguma coisa. Um chá bom como esse é uma raridade nessas noites. Seria um pecado desperdiçá-lo.'

"Peguei a xícara que Lafitte ofereceu, olhando fixamente para as chamas. Eu me lembrei de minha mãe, fazendo chá em sua grande chaleira preta nos anos anteriores à morte dos dias. Minhas irmãs e eu sentados à mesa, Amélie zombando enquanto Celene e eu discutíamos por uma brincadeira de crianças. Sentia falta de minha irmã mais nova, me sentia culpado por não responder suas cartas. Eu me perguntei se devia escrever para minha mãe e perguntar a ela a verdade sobre meu pai. Parte de mim não queria saber. O resto de mim precisava desesperadamente.

"'*Santé*, iniciado', disse Lafitte, erguendo a xícara.

"'*Santé, mon père*', respondi.

"Engoli a bebida com uma careta. Amarga e quente demais. Lafitte pôs sua xícara de lado, me observando. Ele era bem bonito, verdade seja dita – de origem nórdica, de cabelo e olhos escuros. Muito provavelmente filho de um homem rico, para ser indicado pelo pontífice para uma cidade tão rica com sua idade.

"'Há quanto tempo você serve à Ordo Argent, iniciado De León?'

"Olhei para madame De Blanchet enquanto ela gemia em seu sono.

"'Sete meses.'

"'Há muitos irmãos em sua ordem sagrada?'

"'Algumas dúzias'", respondi, levantando-me de meu assento. 'Embora às vezes seja difícil dizer. A Caçada sempre nos mantém longe de casa. É raro que estejamos todos em San Michon ao mesmo tempo.'

"'Por que tão poucos de vocês? Se noites escuras vão chegar como você diz, vocês não podiam recrutar mais?'

"Verifiquei a temperatura de madame De Blanchet, e ela gemeu quando minha estrela de sete pontas tocou sua pele.

"'O nascimento de um sangue-pálido não é uma coisa comum, padre. Nós somos como os sangues-frios que caçamos. Somos criados por acaso. Uma maldição, e uma maldição que não deve ser estimulada.'

"Ele franziu o cenho.

"'Sangues-frios são feitos por outros sangues-frios, não são?'

"'*Oui*. Mas nem todo o folclore é verdade. A aflição deles é caprichosa, padre. Passada para suas vítimas apenas por acaso. Alguns ficam mortos. Outros se levantam como monstros sem mente.'

"'Acaso, você diz?' Lafitte franziu o cenho. 'Curioso.'

"Esfreguei minha testa suada e tirei meu sobretudo.

"'É a vergonha de tudo isso. O vampiro que começou essa confusão pode nem ter sabido que Claude de Blanchet se Transformou.'

"'Madame Luncóit não me parecia uma mulher descuidada.'

"Eu pisquei.

"'Achei que você tinha dito que não conhecia a madame Luncóit.'

"'Só pela reputação. As pessoas com quem ela lidava em Skyefall a tinham em alta estima. Até o conselheiro parecia sob seu feitiço.'

"'Com que outras pessoas ela lidava?', perguntei, enxugando suor do lábio.

"Mas Lafitte não deu resposta. Sua cabeça estava inclinada como se ele estivesse escutando, seu chá intocado. Minha cabeça estava latejando. Meus olhos ardiam e se nublavam.

"'Pelos Sete Mártires, está um forno aqui dentro...'

"O padre sorriu para mim.

"'Abra a janela, é uma bela vista.'

"Eu assenti e fui lentamente até as grandes portas de vidro. Com os olhos ainda ardendo, segurei as cortinas e as afastei. E ali, brilhando pálido como a lua no exterior escuro, estava o rosto do pequeno Claude de Blanchet.

"'Doce Redentor!'

"Dez anos de idade. Cabelo preto como carvão e pele branca como um túmulo. Ele estava vestindo roupas elegantes de nobre, veludo preto e botões de ouro, um lenço de seda no pescoço. Mas seus olhos eram sua parte mais escura, de pálpebras pesadas e brilhando como joias molhadas. E ele os fixou no padre e pressionou a mão sobre o vidro.

"'Bonito, não é?'

"Eu me virei e vi o padre Lafitte, agora segurando minha espada na bainha. Os olhos do padre estavam cheios da alegria de um escravo, olhando para a sombra pálida do outro lado do vidro.

"'Deixem-me entrar', murmurou ele.

"'Lafitte, *não*!', gritei.

"'Entre mestre', disse o padre.

"As portas se abriram bruscamente, rachando o vidro na moldura. Mal tive tempo de me virar antes que Claude de Blanchet estivesse em cima de mim, me jogando com força contra a parede. A argamassa rachou, as costelas que eu tinha quebrado mais cedo tornaram a se incendiar outra vez. Vi Lafitte andar até a varanda, mas estava ocupado demais enfrentando o garoto para fazer qualquer coisa além de gritar um protesto quando ele jogou minha espada pela janela. Como se despertada pela presença profana da coisa, madame De Blanchet agora estava sentada na cama. Ela tinha desamarrado a camisola e estava com os braços estendidos.

"'Meu menino', disse ela, com lágrimas nos olhos. 'Meu doce menininho.'

"Aquele doce menininho me jogou outra vez na parede, suas unhas afiadas e duras como ferro. Toda sala era um borrão, havia um travo em minha língua, e percebi por fim que Lafitte tinha botado alguma toxina no chá, reduzindo o hino de sangue em minha cabeça. Quando o vampiro fixou seu olhar negro em mim, percebi que estava na maior merda de minha vida.'

"'*Ajoelhe-se*', ordenou Claude.

"As palavras me atingiram como um tiro de pistola, embaladas em seda. O desejo de agradar àquela coisa era tão real quanto o ar que eu respirava. Sabia que se eu simplesmente cedesse tudo ficaria bem. Tudo seria *maravi-*

lhoso. Mas em algum canto obscuro de minha mente eu podia sentir a espada de Mãocinza me prendendo contra aquela árvore, as chamas de suas palavras queimando a escuridão.

"*Não escute uma palavra do que esses bastardos digam, ou você vai se transformar em sua refeição.*

"Peguei o bule de chá que estava em cima da lareira. Prata brilhante e reluzente. Senti minha fúria crescer, meus caninos ficarem afiados. O vampiro tornou a falar:

"'*Ajoelhe-se!*'

Meus dedos, então, conseguiram apoio, e eu disse:

"'Vá se foder!'

E bati com o bule em seus lábios de rubi.

"Claude gritou de dor e cambaleou. O bule amassou como papel, mas me deu um momento para respirar enquanto a porta do quarto se abriu bruscamente. O conselheiro estava parado no umbral, pálido com o choque. Ele observou o caos – a mulher gritando, padre Lafitte sacando uma faca da manga enquanto eu tornava a bater na cara do monstro. Mas os olhos de De Blanchet estavam fixos na coisa com a qual eu estava brigando, o remanescente sombrio do garoto que ele havia enterrado meses antes.

"'Meu filho?'

"Saltei para tentar pegar minha bandoleira de água benta e bombas de prata, mas o padre pulou sobre meus ombros e me esfaqueou com sua pequena faca repetidas vezes. A força de Lafitte era impressionante, sua faca perfurou meu peito uma dúzia de vezes. Mas eu não era a porra de um escravo como ele. Eu era um sangue-pálido, um iniciado da Ordo Argent, treinado aos pés de um mestre da Caçada. Dei uma cotovelada em seu queixo e ouvi osso partindo, um grito da boca quebrada do padre. Eu saltei para trás, senti as costelas de Lafitte desmoronarem quando colidimos com a parede com força suficiente para quebrar os tijolos.

"Mas a essa altura o pequeno Claude estava de pé outra vez, dando um golpe tão violento em meu saco que, na verdade, me fez vomitar. Eu me dobrei ao meio de agonia, e ele me derrubou nas tábuas do piso. Sentando em meu peito, o vampiro mergulhou na direção de meu pescoço.'

"Um pedaço de madeira em chamas bateu com força na cabeça do menino, estilhaçando-se em uma chuva de fagulhas. Claude gritou de agonia, com os cabelos queimando. Ele se levantou de mim e se voltou para o pai parado junto da lareira com um tronco estilhaçado nas mãos.

"'Pai', sibilou o vampiro.

"'Você não é filho meu', murmurou De Blanchet com lágrimas nos olhos.

"Ele tornou a bater no menino, a coisa gritando enquanto o fogo enegrecia sua pele. Um grito, então, soou no quarto, e madame De Blanchet pegou a faca caída de Lafitte e se lançou contra as costas do marido. A lâmina penetrou na carne do conselheiro, e o homem arquejou quando ele e a mulher desabaram no chão coberto de sangue.

"'Claudette! P-pare...'

"Com vômito na boca, sangue escorrendo pelo peito, tentei pegar a bandoleira novamente. Ouvi uma respiração sibilante e senti mãos fortes me jogarem através do quarto, demolindo a cama magnífica de madame De Blanchet. Ergui a mão esquerda quando Claude aterrissou em cima de mim, o escrotinho profano gritando enquanto a prata na palma de minha mão brilhava forte. Mas ainda assim ele me batia como um martelo, expulsando o ar de meus pulmões perfurados. Com uma mão em garra, ele segurou meu braço, forçando a luz de minhas tatuagens para longe de seus olhos. Com a outra, ele tentou agarrar minha garganta. E desesperado, arquejando e sangrando, eu segurei seu pulso.

"Minha força contra a dele. Sua vontade contra a minha. Ele assomava sobre mim, seu rosto de querubim queimado e sujo de vermelho. Eu me lembrei daqueles dois altos-sangues nas criptas, uma semelhança de suas vidas antigas ainda agarrada a seus cadáveres. Mas a porra desse monstro em cima de mim, alimentado por meses de assassinato, isso, *isso* era o que eles realmente eram.

"'*Quieto, agora...*'

"Eu tinha 13 anos outra vez. Deitado na lama no dia em que Amélie voltou para casa. E ali, como antes, com o hálito frio da morte em meu pescoço, senti calor inundar meu braço. Algo se agitou mais uma vez dentro de mim, tenebroso e antigo. E com um grito agudo de agonia, Claude de Blanchet recuou, segurando a mão que segurava a sua.

"Sua mão estava enegrecendo em minha pegada, como se queimasse sem chamas. A coisa tentou se soltar, e sob meus dedos apertados vi sua pele de porcelana borbulhar e se romper, e vapor vermelho se erguer das rachaduras como se o próprio sangue estivesse queimando em suas veias mortas. Sua voz era de criança outra vez, lágrimas sangrentas em olhos negros.

"'Me *solte*!', gritou ele. 'Mãe, *faça com que ele pare*!'

"Sua mão era, agora, uma ruína chamuscada, com sangue escaldante escorrendo por meu antebraço como cera quente. Ainda assim, eu continuei a segurá-lo, horrorizado e impressionado. Ouvi botas subindo a escada. O grito de Mãocinza. O pequeno Claude arquejou quando o mangual de meu mestre o enrolou pelo peito e pelo pescoço. E finalmente, preso por prata, o bastardinho caiu no chão. Madame de Blanchet deixou o marido e veio em minha direção, mas De Coste a segurou no chão.

"'Vou matar você! Se machucar meu bebê, bastardo, VOU MATAR VOCÊ!'

"A mulher estava encharcada de sangue, seu marido morto por suas próprias mãos, e ela pensava apenas no sanguessuga que jazia indefeso ao meu lado. Claude de Blanchet olhou fixamente para mim, os olhos sem alma cheios de malícia. Eu visualizei os ferimentos de mordida nos seios da mãe e entre suas pernas, tentando não imaginar a forma de suas visitas noturnas. E eu me perguntei se já tinha estado tão perto do inferno antes.

"Mãocinza pôs as mãos embaixo de meus braços e me levantou. Minhas pernas estavam tremendo tanto que eu mal conseguia ficar em pé, a cabeça girando pelo veneno de Lafitte. Meu mestre examinou a carnificina: o padre esmagado, o alto-sangue gemendo, o conselheiro assassinado e sua mulher aos gritos. Eu estava ensopado de vermelho grudento, com ferimentos de faca no peito e costelas quebradas. Meu cabelo caía sobre meus olhos em uma cortina emaranhada e sangrenta, a mente correndo com o pensamento de que eu de algum modo tinha fervido o sangue do vampiro só por *tocá-lo*.

"'O que eu fiz?', murmurei, olhando para a carne negra do menino. 'Como eu fiz isso?'

"'Eu não tenho ideia.'

"Mãocinza deu um tapinha em meu ombro e assentiu para mim com relutância.

"'Mas bom trabalho, Pequeno Leão.'"

✦ VI ✦
A FUNDIÇÃO ESCARLATE

– CHEGAMOS DE VOLTA a San Michon duas semanas depois, aqueles poderosos pilares de pedra se erguendo das névoas do crepúsculo à nossa frente. Na verdade, eu não sabia o que sentir. Eu tinha ao mesmo tempo falhado e voado em minha primeira Caçada. Minha impaciência tinha me vencido, posto vidas inocentes em risco. Eu tinha matado um homem com as próprias mãos, e não é pouca coisa ser a pessoa que tira uma vida desta terra. Você diminui o mundo fazendo isso, e, se você for descuidado, você também se diminui.

"Mas, em vez de arrependimentos, eu só me sentia vingado. Por ter defendido os fiéis de Deus do mal que os acossava. Por ter feito o *certo*. E, principalmente, eu tinha derrotado um alto-sangue sozinho. Admito que estava me sentindo mais que um pouco cheio de mim por isso – sentado ereto na sela de Justiça com um sorriso que nunca deixava totalmente meus lábios.

"Claude de Blanchet e Vivienne La Cour estavam ambos enrolados em correntes de prata no cavalo de Mãocinza. O braço do menino ainda tinha de se curar totalmente dos ferimentos que eu havia lhe infligido, e Mãocinza teve de silenciar seus lamentos com uma mordaça. Mas as perguntas sobre o que eu tinha feito exatamente, e, mais importante, *como* eu tinha feito aquilo, ainda estavam sem resposta.

"Apesar de minha insubordinação, Mãocinza, mesmo contrariado, mostrava respeito – eu percebia que ele estava impressionado com minha habilidade para derrotar o menino. Mas os olhos de De Coste estavam cheios de ódio quando ele olhava para mim. Minha desobediência tinha conseguido que seu crânio fosse quebrado por um recém-nascido, e eu tinha derrotado seu criador desarmado e sozinho. Aaron tinha sido ofuscado, e eu sabia que ele ia falar sobre isso quando estivéssemos longe da vista de Mãocinza.

"Paramos nossos cavalos diante dos portões do estábulo, e entrei para buscar os cavalariços enquanto Aaron e Mãocinza descarregavam os sangues-frios capturados. Eu chamei Kaspar, com os olhos se ajustando à luz mortiça dos globos químicos. E nas sombras vi duas figuras, assustando-se como se tivessem sido surpreendidas. A primeira era Kaveh, irmão mudo de Kaspar. E a segunda, o rosto empalidecendo um pouco ao me ver, era a assistente do serafim Talon, a irmã Aoife.

"'Bom amanhecer, iniciado', gaguejou ela, fazendo uma grande reverência.

"'Bom dia, boa irmã.' Eu assenti lentamente. 'Kaveh.'

"Ele tinha baixado os olhos, mudo como sempre.

"'Vocês voltaram da Caçada?', perguntou Aoife. 'Me disseram que tudo correu bem. Arqueiro chegou na semana passada com as notícias da carga que vocês trazem.'

"Olhei para Aoife com atenção, com a cabeça inclinada. Era incomum e estranho encontrar uma irmã da Sororidade da Prata desacompanhada na companhia de um cavalariço. Kaveh ainda se recusava a me olhar nos olhos. Mas no fim supus que não era problema meu.

"'*Oui*', assenti para a irmã. 'Dois altos-sangues recém-nascidos, ambos do sangue Voss.'

"'Maravilhoso.' Aoife sorriu, ajeitando o hábito. 'Eu vou acompanhá-lo.'

"A boa irmã saiu atrás de mim, e Kaveh correu para tirar nossos cavalos do frio. Aaron e Mãocinza fizeram uma reverência em cumprimento a Aoife, e juntos subimos as alturas estonteantes de San Michon, enquanto eu carregava o garoto De Blanchet, e Aaron carregava La Cour. Observei a irmã de lado enquanto a plataforma subia, mas o rosto de Aoife era de pedra. Arqueiro voava acima, cantando de alegria para o vento pelo retorno de seu mestre. Mãocinza ergueu o braço, e, enquanto o falcão pousava em seu pulso, seus lábios se retorceram o mais próximo possível de um sorriso.

"Achei que fôssemos falar com o abade Khalid ou encher a barriga, mas Aoife nos conduziu diretamente para o arsenal. Como sempre, as janelas estavam iluminadas pelo fogo das forjas, as chaminés arrotavam fumaça negra – todas menos uma, que emitia uma coluna fina de escarlate. O próprio serafim Talon estava à nossa espera na escada, com a gola de seu sobretudo amarrada extremamente apertada, seu bastão de freixo na mão.

"'Bom amanhecer, *frère* Mãocinza', disse Talon, com a voz tranquila de uma pessoa de alto berço. 'De Coste.'

"'Bom dia, serafim', responderam eles.

"O serafim da Caçada olhou diretamente para mim, acariciando seu bigode escuro e comprido como uma criança de 6 anos acaricia seu gatinho favorito.

"'Bom amanhecer, meu pequeno sangue-merda.'

"'Bom dia, serafim.' Eu suspirei.

"Talon fez um pequeno movimento com a cabeça, e nós quatro o seguimos pelo arsenal. O calor das forjas era uma mudança abençoada da estrada, os globos químicos brilhando como estrelas nas empenas acima. As paredes estavam cobertas de aço de prata, e ali, entre as estantes, vi Baptiste Sa-Ismael, o jovem dedo preto que tinha forjado minha espada. Sua pele escura estava molhada de suor, os músculos brilhando enquanto ele empurrava um carrinho de mão cheio de coque bruto para as forjas. Ele parou quando nos viu e limpou a testa.

"'Bom amanhecer, serafim', disse ele em sua voz cálida de barítono. 'Irmã Aoife.'

"Talon assentiu, e Aoife fez uma mesura.

"'Bom dia, Sa-Ismael.'

"O ferreiro deu para o resto de nós um sorriso impecável.

"E um bom amanhecer para todos vocês. Irmãos. Voltaram em triunfo, não?' Ele olhou para a espada em minha cintura. 'Como Garra de Leão se saiu em sua viagem de donzela? Matou para mim algo monstruoso?'

"'Ela foi jogada pela janela por um padre traiçoeiro, irmão. Por isso, temo que não.'

"Baptiste olhou na direção de Aoife e sorriu.

"'Bom, parece que, pelo menos, você deu a ela uma aventura. As mulheres gostam desse tipo de coisa.' Ele me deu um tapinha no ombro com a mão quente. 'Não tenha medo, Pequeno Leão. Deus vai lhe dar a chance de fazer sua vontade.'

"Inferno, eu gostava de Baptiste. E não estava sozinho. De Coste perdia qualquer traço de sua arrogância habitual quando estava na companhia do dedo preto. Até Mãocinza parecia perto de abandonar sua expressão fechada costumeira perto do jovem ferreiro. Baptiste tinha um sorriso que parecia feito só para você, uma risada agradável, uma boa alma. Mas ele olhou para Talon quando o serafim limpou sua garganta.

"'Vejo que vocês têm negócios para cuidar, irmão. Não vou impedi-los de fazer o trabalho sagrado de Deus. Podemos ouvir suas histórias no refeitório esta noite bebendo um copo.'

"'Ou uma garrafa', retrucou Aaron.

"O ferreiro riu, e seus olhos brilharam.

"'Pelo sangue. Esta noite, *mes amis*.'

"Nós nos despedimos e seguimos o serafim Talon e a irmã Aoife para uma área do arsenal que eu não tinha visitado antes. Portas maciças revestidas de prata barravam o caminho, abertas por uma chave de prata que Talon levava ao pescoço. Depois delas, um grande salão de pedra escura nos esperava. O gosto de sangue velho estava no ar. Tetos altos iluminados com globos chymicos faziam um arco, as paredes cobertas com ilustrações anatômicas de sangues-frios, faekin e outras monstruosidades. Mas o salão era dominado por um aparato grande, cuja aparência eu nunca tinha imaginado.

"Parecia uma espécie de forja, sonhada por uma mente inquieta. Um ninho serpentino de tubos cercava uma série de grandes lajes de pedra. Havia canais escavados nas pedras na forma da estrela de sete pontas, e em meia dúzia, eu podia ver a forma emaciada de vampiros, presos em prata. Muitos eram atrozes, mas pelo menos um era alto-sangue – um belo *monsieur*, com longo cabelo vermelho de Ossway. Sua carne era de um cinza sem vida, murcha como fruta velha. Tubos de prata tinham sido enfiados em seu peito, e eu podia ouvir o *ping, ping, ping* de sangue em jarros de vidro.

"Olhei para Aoife ao meu lado e murmurei:

"'O que é este lugar, irmã?'

"'A fundição escarlate', explicou ela. 'O coração dos sangues-frios na verdade não bate, sabe? E sem um pulso para movimentá-los, seu sangue vai apenas para onde eles desejam. A fundição é o meio mais eficiente de colher sua essência, e assim produzir a maior quantidade de *sanctus*.'

"Olhando em torno do salão de queixo caído, eu pude sentir uma estranha corrente percorrer minha pele. Aquele dispositivo parecia nascido meio da ciência, meio de feitiçaria.

"'De Coste', disse Mãocinza. 'De León. Deixem nossos convidados confortáveis.'

"'Aaron e eu obedecemos, botando nossos sangues-frios capturados nas lajes frias. Os dois estavam amordaçados e vendados, mas um gemido baixo de agonia saiu dos lábios de Vivienne La Cour quando Aoife prendeu grilhões de prata em seus pulsos e tornozelos. Quando sua carne começou a fervilhar, tive de lembrar a mim mesmo que aquelas coisas não eram nada mais que sanguessugas usando pele humana.

"'Pelo castigo que eles suportaram, eles são, sem dúvida, Voss', disse Mãocinza.

"Talon assentiu para o menino.'

"'Esse foi o primeiro da ninhada?'

"'*Oui*', assentiu Mãocinza. 'Um bastardinho assustador para um recém-nascido.'

"'Pobre alma', suspirou Aoife baixinho. 'Ele é pouco mais que um bebê.'

"'Que nunca vai se tornar homem.' Mãocinza franziu o cenho.

"'Nós vamos examiná-lo detalhadamente', disse Talon, com um pouco mais de prazer do que o normal. 'As chamas vão esclarecer o que quer que seu sangue não revele antes de ele nos deixar e ir para o inferno.'

"Aoife fez o sinal da roda. O serafim olhou para o antebraço do menino coisa, ainda queimado de meu toque. Eu o vi trocar um olhar com nosso mestre.

"'Vocês dois.' Mãocinza se voltou para mim e Aaron. 'Vão tomar um banho e se alimentar. Podemos sair para caçar de novo antes do que vocês imaginam. De León, vou arrumar deveres extras para você até partirmos outra vez de San Michon.'

"'...Deveres, mestre?'

"'A partir de amanhã, você vai se apresentar nos estábulos antes da missa do amanhecer e limpar aquelas baias até ficarem imaculadas. Vou informar Kaspar e Kaveh esta noite. Tenho certeza de que nossos cavalariços vão gostar da hora a mais de sono que seu trabalho vai proporcionar a eles.'

"Pisquei sem acreditar enquanto Aaron continha um sorriso triunfante.

"'Eu tenho de retirar estrume toda manhã? Eu derrotei essa coisa *sozinho*.'

"'A desobediência tem seu preço. Você acha que estou sendo injusto?'

"Me irritei com a indignidade daquilo, mas fiz uma mesura rígida.

"'Não, mestre.'

"'Bom. Podem ir, vocês dois. Eu vou em seguida.'

"'Pelo sangue, *frère*.' De Coste fez uma reverência. 'Serafim. Irmã.'

"Aoife deu um sorriso de despedida. Talon assentiu vagamente, ainda olhando para o braço do pequeno Claude enquanto eu e Aaron saíamos para a noite congelante. Parado nos degraus do arsenal, cerrei os dentes, tentando me acalmar. Eu tinha desobedecido Mãocinza, sem dúvida. E, apesar de ter capturado o garoto De Blanchet, eu sabia que merecia castigo. Mas aquilo?

"De Coste passou a mão por sua cabeleira loura suja e sorriu. 'Vai ficar até as canelas em merda toda manhã, hein, camponês? Vai ser igual a como era em casa.'

"'Por falar em casa, como vai sua mãe? Diga a ela que estou com saudade, está bem?'

"De Coste se virou para me encarar. Quando se aproximou, percebi que, embora ele fosse mais velho, eu agora estava quase tão alto quanto ele. Capaz de encarar seu olhar azul-pálido.

"'*Feche os olhos*', disse ele.

"As palavras de Aaron penetraram em meus ouvido como a mais esperta das facas. Não o tiro de veludo do comando daquele garoto filho das trevas em Skyefall. Algo mais sutil e mais assustador. Era proibido que sangues-pálidos usassem seus dons uns nos outros, e parte de mim estava furiosa por ele ousar fazer isso. Mas, para o resto de mim, aquilo parecia a coisa mais razoável no mundo. *Aaron é seu amigo*, veio um sussurro do interior. *Confie nele, goste dele*.

"Então, fechei os olhos.

"Seu soco me acertou bem na barriga, e todo o ar deixou meus pulmões. Caí de joelhos nos degraus do arsenal, com as mãos na barriga dolorida.

"'Você b-bate c-como um lorde', consegui dizer.

"'Não gosto de você, seu bastardinho mal gerado.'

"'Q-quer dizer que isso não é... uma p-proposta de casamento?...'

"Aaron assomou sobre mim, com dentes afiados nos cantos da boca.

"'Você me fez passar por bobo na frente de Mãocinza. Eu devo a você a porra de *sangue* por isso. Nosso mestre pode ficar satisfeito que você use uma pá por algum tempo, mas eu com certeza não vou ficar. Agora que ele não está por perto para cuidar de você, é melhor tomar cuidado, sangue-frágil.'

"Aaron cuspiu nos degraus ao meu lado e saiu andando para o alojamento. Ele tinha quebrado as leis de San Michon, usando seus dons de sangue em mim, e eu agora estava meio tentado a uma provocação de despedida sobre sua covardia. Na verdade, eu estava apenas satisfeito por ele me deixar em paz. Eu tinha captado o olhar que Mãocinza e Talon haviam trocado e me perguntei se o serafim sabia algo da ferida que eu tinha causado no menino De Blanchet.

"Com os olhos de Aaron longe de mim, decidi descobrir. Então simplesmente praguejei às suas costas e, com as mãos sobre a barriga machucada, voltei para o interior do arsenal.

"Meu coração estava acelerado, mas todas aquelas noites que eu tinha ido escondido para o quarto de Ilsa voltaram a mim em uma torrente. Eu ainda podia ser um bastardo furtivo quando queria, mesmo sem lábios quentes esperando por mim no fim. Passei em silêncio pelas estantes de armas, com as luzes baixas cor de mel brilhando no teto. E logo estava outra vez agachado em frente às portas da fundição.

"Olhando ali dentro, vi Mãocinza e Talon ao lado do corpo do pequeno Claude. A irmã Aoife estava do outro lado do salão, agora ocupada com os mecanismos da fundição.

"'...grande infestação, considerando o tempo que esse filhote de verme teve para caçar', estava dizendo o serafim. 'Você diz que ele só se Transformou há dois meses?'

"'Quase três', assentiu Mãocinza. 'Mas, *oui*. O sangue corre grosso nele.'

"'É interessante que a sanguessuga que o fez o tenha abandonado, não?'

"'Ela podia não saber que o garoto havia se Transformado. Aparentemente, ela partiu às pressas.'

"'Uhmmm.' O menino coisa gritou por trás de sua mordaça quando Talon enfiou um daqueles tubos com ponta de prata em sua pele. 'E esta queimadura em seu braço? A mensagem de Arqueiro disse que era importante.'

"Mãocinza deu uma olhada para Aoife, e baixou sua voz até um sussurro conspiratório.

"'O garoto fez isso com as mãos nuas.'

"'De Coste?'

"'De León.'

"Talon escarneceu.

"Aquele pequeno sangue-aguado manja-rola?'

"'Esses ferimentos foram causados há duas semanas', disse Mãocinza. 'Eles deviam ter se curado na manhã seguinte e ainda assim permanecem.

Quando entrei no quarto, ainda pude ver o sangue *fervendo* sob a pele desse sanguessuga onde De León o tocava.'

"'Fervendo? Tem certeza?'

"'Eu vi. Eu *senti o cheiro*. Você sabe o que é isso, Talon.'

"'Não conheço nada disso.'

"''Droga, abra seus olhos. Isso é *sanguemancia*.'

"Agachado na porta, senti todo o meu corpo ficar tenso. Eu não sabia o que a palavra significava, mas a forma como Mãocinza a sussurrou me fez sentir um calafrio em minha barriga dolorida. Eu podia ouvir assombro na voz de meu mestre, agora. Assombro e medo.

"'Impossível', disse Talon. 'Essa linhagem se extinguiu há séculos.'

"'Séculos não são nada para essas criaturas. E se as histórias estiverem erradas, ou forem mentira?' Mãocinza olhou para Aoife, baixando a voz ainda mais. 'De León falhou em todos os testes na prova do sangue, mas nunca o testamos para isso. E se o sanguessuga que o semeou em sua mã...'

"'Então temos de levá-lo para a ponte do céu agora mesmo', rosnou Talon. 'Cortar sua garganta e entregá-lo às águas.'

"Mas uma vez, senti uma onda de palpitações. Tinham me ensinado que havia apenas quatro casas kith. Voss. Chastain. Ilon. Dyvok. Eu tinha ouvido bem?

"*Estavam falando sobre uma quinta linhagem de sangue?*

"*E eu era... um deles?*

"Eu me apertei contra as portas. Não tinha certeza se meu peito havia caído em meu estômago ou o estômago saltado para o peito. Meu mestre havia mentido para mim quando disse que não tinha ideia do que eu tinha feito com o menino De Blanchet. E Talon estava falando sobre *acabar* comigo. Eu me perguntei se devia fugir. Simplesmente voltar para os estábulos, encilhar Justiça e correr.

"'Não devemos fazer nada drástico até falarmos com Khalid', murmurou Mãocinza. 'Eu sou o mestre do garoto. Ele é impaciente. Arrogante. Ansioso demais por glória. Mas é um dos melhores espadachins que já treinei e derrotou um alto-sangue sozinho, totalmente drogado de rêvre. Se o que desconfio sobre sua linhagem for verdade... ele pode ser o maior de nós, Talon.'

"'Ou o mais terrível.'

"'Não cabe a Deus decidir isso?'

"'Deus ajuda aqueles que ajudam a si mesmos, velho amigo.' Talon se apoiou na laje e deu um suspiro. 'Você *é* o mestre do garoto, e não vou contrariá-lo. Mas se Khalid disser que devemos acabar com ele...'

"Mãocinza assentiu, carrancudo.

"'Que seja. Vamos falar com o abade depois da missa do anoitecer.'

"O gosto de ferro e adrenalina estava pesado em minha língua. Fui embora antes que Mãocinza pudesse me ver, atravessando outra vez o arsenal. Quando saí pelas portas, fui correndo pela ponte de corda até o alojamento com a cabeça girando com tudo o que eu tinha ouvido.

"Um dom oculto chamado sanguemancia.

"Uma quinta linhagem de sangue dos kith.

"O que isso tudo significava? Por que Mãocinza falava disso com medo? E eu podia mesmo ter nascido dessa linhagem misteriosa e não ser o sangue-frágil que Talon observara que eu era?"

Jean-François mergulhou a pena no tinteiro, com os olhos de chocolate sobre seu tomo.

– Você não podia simplesmente perguntar ao abade Khalid?

– Droga, não. – Gabriel franziu o cenho. – Tudo que ouvi tinha sido escondido. Mãocinza tinha *mentido* para mim em Skyefall. Deus Todo-poderoso, Talon estava disposto a me levar para a ponte por causa daquilo. Além disso, não era de minha natureza ir reclamar com adultos quando surgiam problemas. Quando você cresce com um padrasto como o meu, aprende a resolver a porra de seus próprios problemas.

O polegar de Gabriel passou pelos pequenos relevos da estrela de sete pontas na palma de sua mão.

– Então resolver meus problemas foi exatamente o que eu decidi fazer.

✦ VII ✦

UMA BIBLIOTECA
DE FANTASMAS

– NAQUELA NOITE, FIZ uma coisa que nunca me imaginei fazendo na primeira vez que entrei em San Michon.

– E isso foi? – perguntou Jean-François.

– Eu desrespeitei as regras.

Os olhos do vampiro se arregalaram de susto.

– *Escandaloso*.

– Pode zombar, se quiser.

– *Merci*, acho que vou fazer isso.

– Vá se foder. – Gabriel franziu o cenho. – Você não tem ideia de como foi, seu babaca sem sangue. Em toda a minha vida fui criado na Fé Única. A ilusão se abateu sobre mim como uma corda em torno de meu pescoço. San Michon era um lugar *sagrado*, e nos últimos sete meses os mandamentos da ordem tinham se tornado como as leis do Todo-poderoso para mim. Ao desobedecê-los, eu sentia como se estivesse indo contra o próprio Deus, e, sendo um sangue-pálido, eu sabia que minha alma já estava em perigo eterno. Mas não havia nada que eu pudesse fazer. E não era o sangue de cordeiros que corria em minhas veias.

Gabriel deu um suspiro e tomou um grande gole de vinho.

– Eu não costumava beber nada além de água nas refeições, por medo do que a bebida tinha feito com meu padrasto. Mas Aaron tinha dividido uma garrafa com Baptiste como prometido, e, quando fui para cama naquela noite, ele já estava babando no lençol. Seu parceiro De Séverin estava deitado de costas, respirando suavemente, recém-regressado de uma Caçada perto de Aveléne. Theo Petit estava roncando alto o suficiente para abalar o chão. Mas eu estava totalmente acordado e tenso de medo.

"Fiquei ali deitado com a Garra de Leão escondida embaixo das cobertas, com uma das mãos em torno de seu punho. O coração martelando. A boca seca. Estava esperando ouvir Talon e Mãocinza abrirem a porta, prontos para me arrastarem para a ponte do céu. Eu sabia que não podia enfrentá-los, mesmo assim jurei lutar com tudo o que eu tinha se eles viessem por mim. Mas horas se passaram, e não ouvi nenhum passo pesado, nenhuma marcha da morte até o pé de minha cama. E, finalmente, percebi que o abade Khalid devia ter julgado que eu tivesse permissão de viver. Que qualquer que fosse a verdade sobre minha linhagem de sangue, ainda não valia a pena me matar por isso.

"Eu me permiti dar um suspiro de alívio. Meu estômago aos poucos começou a relaxar. Mas, apesar de certo alívio, eu não tinha paz. Mãocinza tinha me enganado. Talon me odiava. Minha vida ainda podia estar em risco. Eu queria a verdade de tudo aquilo, e havia apenas um lugar onde eu achava que poderia encontrá-la."

Jean-François ergueu uma sobrancelha em uma pergunta muda.

– A grande biblioteca. A seção proibida. Devia haver uma razão para que nós iniciados não tivéssemos permissão de visitá-la. Se alguma informação sobre essa quinta linhagem de sangue pudesse ser encontrada em San Michon, imaginei que ela me esperasse ali.

"O alojamento era trancado após o anoitecer, mas eu já tinha imaginado um jeito para sair da casa de cachorro. Eu me levantei trêmulo da cama e, com pés sussurrantes, fui até as latrinas.

"A eliminação de dejetos em San Michon era uma coisa simples – o alojamento tinha uma parede que se projetava além do grande pilar de pedra em que estava construída. Havia um banco ao longo dessa parede, com doze buracos recortados nele, com as águas do rio Mère esperando 150 metros abaixo."

— Parece agradável — murmurou Jean-François.

— Melhor do que jogar pela janela. — Gabriel deu de ombros. — Levantei a tampa da latrina, olhando para a fita prateada do Mère e me perguntando se eu estava louco por fazer aquilo. Eu já estava em gelo fino depois de Skyfall. Se eu fosse pego saindo depois dos sinos da noite, Talon podia convencer Mãocinza a me levar para a ponte do céu e acabar comigo. Mas aquilo, então, não era apenas uma curiosidade tola. Minha vida podia estar em risco. Eu não sabia outro meio de procurar a verdade sobre o que eu era. E, depois de derrotar aquele vampiro com as mãos nuas, ainda estava me sentindo um pouco invencível. Então, respirando fundo, desci pela abertura da latrina.

Gabriel fez uma pausa, olhando fixamente para o sangue-frio.

— ...Bem?

— Essa é a parte em que você faz alguma piada sobre os dejetos humanos e minha relação com eles.

— Por favor, De León, deixei de ter 12 anos há décadas.

— Nenhuma provocação por eu estar jogando meu aprendizado no esgoto nem nada assim?

— Se eu fosse provocá-lo, seria muito mais divertido que isso.

Gabriel escarneceu.

— O vento frio era cortante como faca, atingindo meu cabelo e deixando minhas unhas azuis. Desci agachado pelo andaime, com as mãos estendidas para me equilibrar. Um homem comum teria quebrado as pernas com a queda, mas, embora eu ainda não fosse um homem, estava longe de ser comum. Andando pelas madeiras depois escalando a parede de pedra com as mãos nuas, eu me vi de pé em uma saliência estreita que ladeava a construção. Recusando-me a olhar para baixo, fui arrastando os pés até que, com a cabeça girando um pouco, cheguei ao pátio do alojamento.

— Não havia guardas? Nenhum vigia noturno?

313

— Pude ver uma lanterna chymica perto do ossuário, sustentada por uma figura escura que eu achei ser o guardião do portão Logan. Fora isso, não havia mais nenhuma alma viva. Fiz o sinal da roda quando passei sob o beiral da igreja suplicando a Deus que perdoasse minha desobediência. Quando atravessei a ponte seguinte, eu me perguntei se ele tinha acabado de me abandonar e me enviaria para mergulhar para minha própria morte. Mas em pouco tempo eu estava diante da entrada da grande biblioteca.

"As portas estavam trancadas, é claro. Elas eram enormes e revestidas de cobre, ilustradas com lendas barrocas dos Mártires – Cleyland com sua chave do inferno e Michon com seu cálice de prata. Eu me perguntei se teria de arrombá-las para entrar. Mas, estranhamente, quando pressionei uma das mãos sobre elas, descobri que as portas já estavam destrancadas. Prendendo a respiração e com o peito pulsando, entrei escondido no vasto vazio da biblioteca de San Michon.

"O salão era uma câmara ampla, coberta do chão ao teto de livros. Elementos decorativos de latão reluziam sob a luz fraca, e o teto era coberto de afrescos com anjos da hoste. Escadas em trilhos se estendiam até as prateleiras mais altas. Olhando a escuridão com olhos de sangue-pálido, vi a imagem familiar dos volumes encadernados em couro, pergaminhos empoeirados, belos tomos banhados com arco-íris baços de luar que se derramavam através de janelas com vitrais.

"O mais curioso de tudo, o chão era pintado como um grande mapa, delineando o império e os cinco reinos dos quais ele tinha sido forjado. A noroeste, as extensões congeladas de Talhost, agora perdido para o Rei Eterno. Para leste, o trono do imperador Alexandre, o grande Elidaen. Nordlund sempre no meio, e Ossway e Sūdhaem no sul, o espinhaço poderoso das Montanhas dos Anjos descendo pelo flanco oeste de Nordlund. Foi a sensação mais estranha, andar pela grande biblioteca. O conhecimento do império inteiro estava reunido em suas prateleiras, e o próprio império, estendido sob seus pés.

"Passei por sombras longas, por incontáveis livros com inúmeras histórias para contar, até chegar aos portões pesados de ferro que fechavam a seção proibida. Através das barras grossas, eu pude ver um salão comprido, um labirinto de prateleiras superlotadas. Estranhamente, senti cheiro de fumaça de velas. E, muito delicado no ar, o perfume suave de...

"'Sangue', murmurei.

"Fiquei na defensiva. Minha boca estava se enchendo de água. Eu tinha recebido o sacramento na missa do anoitecer, como sempre, mas o animal dentro de mim nunca ficava realmente saciado, e eu pude senti-lo se agitar. Eu me lembrei de *frère* Yannick tendo sua garganta cortada no rito vermelho na primeira noite em que cheguei no mosteiro. Aquele destino esperava todos os sangues-pálidos vivos.

"Eu antes dos outros, se Talon conseguisse o que queria.

"Voltei minha atenção novamente para a tarefa e segurei os portões da seção proibida. Pensei em talvez afastar as barras com minha força sombria e entrar, mas, quando os empurrei, eles se abriram como as águas do Mar Eterno diante das orações de San Antoine.

"*Já destrancado.*

"As dobradiças não emitiram nenhum sussurro quando eu entrei. O cheiro de sangue ficou mais forte enquanto eu percorria um labirinto de prateleiras empoeiradas, carregadas de livros, pergaminhos e os objetos mais estranhos e curiosos. Crânios de homens com dentes de animais. Estrelas de sete pontas feitas de ossos humanos. Caixas de quebra-cabeças de metal entalhadas com glifos arcanos. Vi uma criatura esquelética em conserva em um vidro e *jurei* que ela piscou para mim quando passei. Os tomos eram de todas as formas e tamanhos, mas cada um deles era encadernado em couro claro, embranquecido pelo tempo. Eles eram como os cadáveres de livros em vez de livros propriamente ditos. Parecia que eu tinha entrado em uma biblioteca de fantasmas.

"Pude ver uma luz fraca à frente. Meu desconforto ia aumentando junto com o cheiro de sangue. E, fazendo a volta em uma estante de segredos esmaecidos e silenciosos, encontrei a visão mais estranha que tinha visto na biblioteca.

"'Deus Todo-poderoso...', murmurei.

"Uma mesa de carvalho sólida, coberta de livros e cercada por cadeiras de couro, iluminada por uma única vela. Uma garota com os trajes pálidos de uma irmã noviça estava jogada sobre a mesa, com o cabelo escuro sobre os olhos, sangue denso empoçado em torno de seu rosto.

"Doce Virgem-mãe, aquilo cheirava como o perfume do céu...'

"Parecia que alguém tinha acertado a garota enquanto ela estava ali sentada lendo, partindo seu crânio. Eu andei adiante, com o coração batendo forte. E, quando estendi a mão para mexer em seu cabelo à procura do ferimento, a garota abriu os olhos, olhou direto para mim, e gritou.

"Eu dei um grito curto e pulei para trás. Ela se afastou da mesa, com o rosto coberto de sangue, e levantou o candelabro para me acertar na cabeça. Olhando ao redor com olhos arregalados e escuros, ela levou uma das mãos pálidas ao coração e sussurrou em um sotaque pronunciado de aristocrata.

"Ah, seu maldito bastardo...'

"'Perdão?'

"A garota passou uma mão trêmula pelo cabelo comprido e escuro e deu um suspiro.

"'Implore o quanto quiser, garoto. Você quase me deu a porra de um ataque cardíaco.'

"'...Você é a irmã noviça que desenhou meu aegis', percebi. 'A que vi açoitada nos estábulos.'

"'E você é o camponês que levou meu cavalo.'

"'Não sou um camponês', disse de expressão fechada. 'Sou um iniciado da Ordem da Prata.'

"'Essas dificilmente são atribuições excludentes.'

"'Você está bem?'

"Ela deu de ombros.

"'Só descansando os olhos, se isso for da sua conta.'

"'De cara em uma poça de sangue?'

"A irmã noviça então piscou, percebendo que seu rosto estava vermelho e grudento, e mais sangue ainda estava empoçado a sua frente.

"'Ah, *merda*', resmungou ela, levando a mão a sua roupa para pegar um lenço sujo de sangue. 'Desculpe. Parece muito mais dramático do que é.'

"Olhei para o sangue em seus lábios, com o pulso martelando em minhas têmporas. Aquela era a primeira vez que eu ficava sozinho com uma garota desde que tinha quase matado Ilsa. Lembrei da sensação daquele vermelho quente entrando em minha boca enquanto ela se remexia e suspirava...

"'Achei que seu crânio estivesse quebrado', consegui dizer.

"'É meu nariz', respondeu ela, limpando o rosto. 'Ele tem sangrado muito ultimamente. Desconfio que tenha alguma coisa a ver com a altitude desse chiqueiro desolado.'

"Minha mente estava tomada. Eu me perguntei o que em nome dos Sete aquela garota estava fazendo ali. Sozinha, depois de escurecer, contra as regras. Mas, apesar do sangue – ou provavelmente *por causa* dele –, não pude deixar de notar o quanto ela era bonita. Pele como leite. Uma marca de beleza ao lado da curva suave de seus lábios sanguíneos. Ela tinha os olhos de um anjo das sombras." Gabriel sorriu. "A boca de uma demônia menstruada."

"'Já vi você por aí', declarou ela jogando o cabelo. 'E, embora eu o tenha espetado várias vezes, não fomos apresentados formalmente. Meu nome é Astrid Rennier.'

"'Gabriel de León', respondi, ainda mais desconcertado.

"'*Oui*. De León.' Olhos escuros me examinaram dos pés à cabeça. 'Você não parece muito um leão. Mas você *está* fora da cama mesmo depois dos sinos da noite. O que significa que tem mais coragem do que o resto desses garotos grosseiros.'

"Muito lentamente, ela estendeu a mão.

"'Acho que nossa amizade vai ser famosa.'

"Pisquei para sua mão como se fosse uma serpente preparada para atacar. Aquela garota tinha me visto seminu, afinal de contas, me tocado em lugares onde muito poucos tinham tocado. O cheiro de seu sangue estava agitando essa memória, agora, e além disso meu próprio sangue. Mas ela era uma noviça da Sororidade da Prata, e logo estaria casada com Deus. Eu era um iniciado da Ordem da Prata, servo do mesmo Pai Celestial. Eu não devia nem estar *falando* com ela, muito menos...

"'As maneiras educadas dizem que um cavalheiro beija a mão de uma dama quando a conhece', disse Astrid movendo os dedos.

"'Suponha que eu não queira beijá-la.'

"'Então eu suponho que você seja o camponês sem modos que no início achei que você fosse.'

"Ela me deu um sorriso ingênuo, mas percebi sua armadilha: obedecer seu comando ou ser rude. O problema era que eu não queria fazer nenhum dos dois. Tirando votos sagrados e leis de Deus, aquela garota me lembrava Aaron de Coste e os outros iniciados que faziam de minha vida um tormento, com seus sotaques aristocratas e narizes empinados. Bela como ela era, a forma *incrível* como ela cheirava, Astrid Rennier ainda me parecia um tanto vadia.

"Mesmo assim, ela tinha feito um belo trabalho com a tinta em meu peito. E minha mãe tinha me criado para sempre tratar garotas do jeito que eu queria que elas me tratassem. *Há três maneiras como os homens veem as mulheres do mundo, Gabriel. Inimigas a serem derrotadas. Prêmios a serem conquistados. Ou como pessoas. Meu conselho é: escolha esta última, meu amor. Ou elas vão começar a considerá-lo a primeira.*

"Então, eu peguei a mão de Astrid.

"Sua pele era maravilhosamente quente depois do frio lá fora. Eu podia sentir o cheiro de seu cabelo – água de rosas e sino-de-prata misturados com o perfume estonteante de seu sangue. Contive um tremor ao lembrar de seu toque em meu peito nu, a dor das agulhas em minha pele. E, supondo que um beijo casto não pudesse enraivecer Deus tanto assim, rocei os lábios nas costas de sua mão, tentando parecer cortês.

"'Encantado, *mademoiselle*.'

"'Ainda não', prometeu ela.

"'O que você está fazendo aqui?'

"'Eu podia lhe fazer a mesma pergunta, bom *frère*.'

"'Eu ainda não sou um irmão da ordem. Meu título apropriado é iniciado.'

"'Ah, é isso que estamos sendo agora?' Ela ergueu uma sobrancelha escura. 'Apropriados?'

"Eu olhei para os livros que Astrid estava lendo. A maioria era escrita em línguas das quais eu não tinha ideia, mas os que eu podia compreender pareciam uma seleção estranha. As páginas eram cobertas de rabiscos loucos, cheias de formas geométricas estranhas e símbolos arcanos. Passei o dedo por uma das lombadas pálidas, murmurando em voz alta.

"'*Um relato completo daquele perigo que os homens de Deus chamaram de heresia aavscent, contado em sete partes, sendo esta a terceira parte.*'

"'Não é um título muito criativo, é?'

"'*De portentos e prognósticos astrológicos terríveis – Uma história completa.*'

"'Olhe, com licença', disse Astrid, cobrindo protetoramente os livros.

"'Sobre o que você está lendo aqui? E por que à noite?'

"'Em que isso interessa a você?'

"'Em nada. Imagino que por isso seja algo do meu tipo favorito.'

"Ela deu um leve sorriso.

"'Mesmo assim. Por que eu dividiria com você?'

"'Nós dois estamos desobedecendo as regras.' Eu dei de ombros. 'Honra entre ladrões?'

"'Eu não sou ladra, Gabriel de León. Mas se você *precisa* saber, estou lendo à noite porque o arquivista Adamo não permite Irmãs Noviças na seção proibida durante o dia. Mesmo que eu *fosse* uma irmã plena, ainda possuo um par de seios, o que desqualifica você de todo tipo de coisa por aqui. E estou chafurdando por essa coleção de estrume de cavalo, porra de porco e absurdos lunáticos em uma tentativa para entender a morte dos dias.' Ela soprou uma mecha escura de cabelo dos olhos.

"'Morte dos dias', murmurei, de repente intrigado. 'Você descobriu alguma coisa?'

Ela apontou para alguns livros, um de cada vez.

"Estrume de cavalo. Porra de porco. Absurdos lunáticos. Honestamente, acho que metade dessa coleção é proibida devido ao profundo embaraço de alguém ter sido estúpido o suficiente para começar a colecioná-los.'

"Sentando ao lado dela, olhei para os livros com interesse renovado.

"'Por que você está pesquisando o segredo da morte dos dias?'

"'Bom, enquanto eu continuar presa neste buraco, por que eu não estaria? O império logo vai estar sitiado por um bando cada vez maior de cadáveres sedentos de sangue. Isso não é problema para *você*. Você se diverte pelos campos em casacos de couro fabulosos, transformando sangues-frios em cinzas e garotas camponesas em poças. Mas ninguém com autoridade parece especialmente preocupado com o que causou o fenômeno que levou a essa merda de calamidade, para começo de conversa. Eles estão só...' A irmã noviça agitou a mão. '...*Reagindo* a ela.'

"'Eu mesmo já pensei nisso', confessei.

"'Bom, então o Todo-poderoso deve ter dado a você um cérebro funcional. Viva! Isso parece raro nessa merda de lugar.'

"Eu apenas a encarei. Aquela garota era intrigante. Em um segundo usava seu charme com a facilidade com que respirava. No seguinte, cuspia veneno como uma cobra-verde.

"'Desculpe.' Ela suspirou, tocando outra vez o nariz. 'Sou um dragão em seu período quando estou má. Devíamos remediar isso.'

"Ela se levantou da cadeira, foi até uma das estantes e pegou algo atrás de uma pilha de livros. De algum esconderijo secreto, ela tirou um cachimbo de haste longa e, para minha surpresa, vi que ele era de ouro sólido. Eu a observei pegar uma pitada de raiz-armadilha com uma porção maior de uma substância verde grudenta de um pequeno estojo dourado.

"'O que é isso?', perguntei.

"'Rêvre', respondeu ela.
"'Irmãs Noviças têm permissão de fumar erva-do-sonho?'
"'É claro. Eu só escapo para fumar um cachimbo na calada congelante da noite por diversão.'
"Eu revirei os olhos.
"'*Touché*, imagino. Onde você conseguiu?'
"Ela deu de ombros.
"'O guardião Logan e Kaveh me devem favores.'
"'Kaveh?', perguntei. 'O irmão mais novo de Kaspar?'
"Astrid assentiu.
"'Ele faz as viagens de suprimentos até Beaufort com o bom guardião, e eu ainda tenho alguns amigos lá que o mantêm bem pago e a mim bem abastecida.'
"Na verdade, e para minha vergonha, admito que tinha confundido Kaveh com um tipo simplório. Mas entre seu encontro estranho com a irmã Aoife e agora aquela revelação, parecia haver mais no jovem cavalariço mudo do que eu havia percebido antes.
"Astrid franziu o cenho, a língua se projetando entre os lábios enquanto ela misturava o rêvre e a raiz-armadilha. Depois de preparar o cachimbo, ela o pôs entre os lábios e, inclinando-se na direção da vela, deu um trago longo e profundo. Seus cílios compridos e enfumaçados adejaram em seu rosto, e ela balançou para trás, segurando a respiração.
"A raiz-armadilha era bem comum – era favorita havia séculos entre os marinheiros sūdhaemis e servida em cachimbos por todo o império agora que a planta do tabaco tinha se tornado difícil demais de cultivar. Mas erva--do-sonho era um narcótico forte, preferido dos menestréis videntes, autores e outros idiotas sem valor. Era quase impossível cultivá-la desde a morte dos dias e custava uma pequena fortuna; aquela garota obviamente tinha riqueza. Olhando para o estojo dourado, fiquei surpreso ao perceber o desenho gravado: um unicórnio rampante diante de cinco espadas cruzadas.

"'Onde você conseguiu isso?', disse eu.

"Astrid ergueu um dedo, ainda segurando o que havia inalado. Minha mente viajou imaginando como ela poderia ter obtido tamanho prêmio. O roubo parecia o mais óbvio para um viciado em sonho, mas eu me forcei a realmente estudar aquela garota. Olhando além da beleza, do sangue, e pensando como o caçador que eles estavam me treinando para ser.

"Pela delicadeza de suas mãos, ela não tinha feito muito trabalho duro na vida. Ela se portava como Aaron de Coste, não um viciado em drogas das sarjetas – aquele mesmo sotaque e arrogância, suavizados por sua aparência e seu charme. E o brasão naquele estojo...

"Astrid foi até a janela, exalou um suspiro cinzento e delicado na noite lá fora.

"'Mártires e Virgem-mãe, *assim* está melhor.'

"Apontei para o estojo outra vez.

"'Esse é o brasão de Alexandre III. Imperador de todo Elidaen.'

"'E daí?'

"'E daí que ou você é uma ladra comum ou algum tipo de princesa.'

"Astrid ergueu o cachimbo.

"'Eu já lhe disse. Eu não sou uma ladra, Gabriel de León.'

"Eu escarneci.

"'Princesa, então?'

"Ela deu um trago profundo e ficou um bom tempo sem dizer nada, simplesmente segurando a respiração. Então finalmente ela falou, com a obscuridade suave nos olhos injetados contradita pelo aço em sua voz.

"'Eu não sou princesa. Sou a porra de uma rainha.'

✦ VIII ✦
LIDANDO COM O DIABO

— ISSO PARECE IMPROVÁVEL — respondi, fazendo o possível para não parecer impressionado. — Há apenas uma soberana neste império, e seu nome é Isabella Primeira.

"'Que o diabo foda essa puta sifilítica', rosnou Astrid.

"Mais uma vez, isso me abalou. O imperador era escolhido por direito divino, sua união abençoada pelo próprio Deus. Falar assim da imperatriz não era apenas traição, mas blasfêmia. E aquela irmã noviça não parecia dar a mínima para nenhuma das duas.

"Como se tivesse se lembrado, Astrid me ofereceu o cachimbo.

"'*Merci*, não.'

"'Achava que vocês sangues-pálidos gostavam de fumar.'

"'O *sanctus* é um sacramento.' Eu franzi o cenho. 'Não a indulgência de um vício.

"'Como você preferir, iniciado.' Astrid deu outro trago, exalando pela janela. 'Minha mãe é Antoinette Rennier, ex-cortesã na corte do Imperador Philippe IV e amante favorita de seu filho, o príncipe Alexandre.

"'Você quer dizer imperador Alexandre.'

"'Ele não era imperador quando minha mãe começou a deitar com ele.'

"'Você é... filha do governante de todo Elidaen', disse eu, com os olhos perplexos. 'Benfeitor da Ordem de San Michon, protetor do império e escolhido do próprio Deus.'

"'Você faz com que meu pai pareça *muito* mais impressionante do que ele é, pode confiar em mim.'

"Eu mal podia acreditar no que estava ouvindo. Mas podia sentir o peso em suas palavras. Astrid Rennier tinha ar de nobreza, *oui*. Mas tinha algo mais. Por trás de seus olhos turvos pela fumaça, eu podia sentir uma indignação e uma fúria que me deixaram com poucas dúvidas de que ela falava a verdade.

"'Você é, na verdade... da *realeza*...'

"'Uma bastarda é o que eu realmente sou.'

"'Eu na verdade nunca pensei em meninas sendo bastardas.'

"'Isso porque meninas não podem herdar propriedade. Mas eu *sou* mesmo uma bastarda real.' Astrid botou uma mecha de seu cabelo escuro como corvo atrás da orelha. 'Às vezes também uma vadia real.'

"'Bom, não ia ser eu a sugerir isso...'

"'Ah, finalmente ele mostra os dentes. Talvez *haja* um leão dentro dele, afinal de contas.'

"'O que você está fazendo em San Michon?'

"'Sendo mantida longe dos olhos e das mentes', respondeu ela, brincando com a haste de seu cachimbo. 'Sabe, eu fui criada na corte. Minha mãe era mantida da maneira habitual de uma amante do príncipe. Mas quando o príncipe se tornou imperador e arrumou uma imperatriz, sua nova noiva se opôs a nossa presença. Então, sofremos o destino de todas as mulheres nobres indesejadas neste império. Fomos mandadas para o silêncio e a segurança de um convento.' Os lábios de Astrid se retorceram em um sorriso amargo. 'Melhor que um bordel, eu acho.'

"'...Sua mãe está aqui também?'

"'Não, a vadia da imperatriz Isabella achou que não seria sábio nos manter juntas. Minha mãe está no Promontório Rubro. A prioresa de San Cleyland. Eu não a vejo há um ano.'

"'Sinto muito. Isso parece...'

"'*Injusto*', murmurou Astrid. 'Injusto é o que é.'

"'Foi por isso que você deu esse nome a ele', percebi.

Ela, então, olhou para mim, seus olhos injetados intrigados.

"'O cavalo. Você o chamou de Justiça.'

"'Ah.' Ela assentiu, seu capricho se mostrando outra vez. 'Mais uma coisa que eles tiraram de mim. Eles são muito bons nisso neste lugar. Quero dizer, em tirar.' Ela cruzou os braços, com os lábios estreitos. 'De que você o chamou, em vez disso? Alguma besteira sem sentido como Sombra ou Fuligem?'

"'Eu mantive o nome que você lhe deu. Justiça lhe cai bem.'

"Observei sua marca de beleza ao lado de seus lábios quando ela deu um sorriso triste.

"'*Merci.*'

"'Desculpe. Por eles o terem tirado de você.'

"'Corações só se machucam. Eles nunca se partem.' Astrid deu de ombros, como se quisesse afastar as sombras. 'Mas agradeço por você ter me defendido na frente da prioresa naquele dia, Gabriel de Léon. Tendo nascido camponês ou não, isso exigiu uma alma nobre.'

"Eu me senti em chamas com seu elogio. Completamente confuso em sua presença. Ela era mais velha. Obviamente, mais aprofundada nos modos do mundo. A tinta em minha própria pele tinha sido gravada por sua mão. Na verdade, embora eu fosse mais alto, mais forte, endurecido por anos de trabalho e meses de treinamento com a espada, eu me sentia uma criança desajeitada perto daquela garota.

"'Como você entrou aqui?', perguntou ela. 'Você roubou uma chave?'

"'Eu também não sou ladrão, irmã noviça.'

"'Então como você esperava se virar por aqui? Aquele velho bastardo mal-humorado Adamo geralmente deixa tudo trancado à noite.'

"'Achei que eu ia forçar as barras. Mas, para ser honesto, eu não tinha realmente planejado tão longe. Nem tenho certeza de como vou voltar para o alojamento.'

"'Supostamente pelo mesmo caminho que você saiu?'

"'É impossível fazer isso sem asas. Eu saí rastejando pelas latrinas.'
"'Esse parece um plano de merda, iniciado.'"
Jean-François parou de escrever, dando uma risada leve.
– Viu, *isso* foi divertido, De León.
– Vá se foder, vampiro.
O historiador fez uma pequena mesura e continuou a escrever.
– Eu abaixei a cabeça, percebendo que a irmã noviça estava certa. Mãocinza tinha me alertado sobre minha impetuosidade em Skyefall, mesmo assim, aparentemente, eu não tinha aprendido a lição.
"'Isso *foi* um pouco tolo, imagino', admiti.
"'Bom, vamos dizer apenas que foi descuidado', declarou Astrid. 'Descuido é uma qualidade muito mais admirável em um membro da Ordo Argent que a tolice, você não acha?'
"Olhando para seu sorriso, eu me peguei sorrindo em resposta.
"'Encantado *agora*, não está?', perguntou ela.
"Astrid ofereceu o cachimbo outra vez.
"'Não sobrou muito.'
"'*Merci*, não. Eu não vim aqui para fumar.'
"'Então por que você está aqui, iniciado De León?'
"Eu estudei a irmã noviça, tentando ignorar a fragrância doce e arrepiante de seu sangue entre nós. O fato de ela estar na seção proibida – e falando com tamanho desdém dos poderes estabelecidos – me dizia que ela provavelmente não ia sair gritando por aí se eu lhe contasse a verdade. Eu não sabia se devia confiar nela. Mas Deus sabia que eu não confiava em mais ninguém.
"Além disso, ela estava certa. Esqueça encantado. Àquela altura, eu estava quase enfeitiçado.
"'Você já ouviu falar na palavra *sanguemancia*?'
"'Não. Algum tipo de feitiçaria de sangue?'
"'Eu não sei o que é. Aparentemente é um dom que foi passado para mim.
"'Mas... você é um sangue-frágil, não é?'

"Eu mordi o lábio, me lembrando do toque de seus dedos em minha pele enquanto ela desenhava o leão em meu peito. Levei a mão esquerda à mão direita, brincando com o anel que minha mãe tinha me dado quando menino. Me perguntando por que ela não tinha apenas me dado a verdade, em vez disso.

"'O serafim Talon me *disse* que eu era um sangue-frágil. Mas Mãocinza desconfia que eu descenda de outra linhagem de sangue kith totalmente diferente. Uma temível e antiga, que achavam estar extinta há séculos.'

"Astrid debruçou-se para frente, intrigada.

"'Seu pai...?'

"'Eu nunca o conheci. Mas vim aqui esta noite na esperança de descobrir alguma coisa sobre tudo isso nesses arquivos. Não posso perguntar a Mãocinza. Ele já mentiu para mim sobre isso. Ele e Talon estavam falando em me *matar* por isso. Mas eu preciso saber sobre essa sanguemancia se quiser dominá-la e entender a verdade do que eu sou. Nos últimos sete meses eu circulei por aqui achando que eu era o mais baixo dos mais baixos. E agora eu descubro que tenho um dom que pode fazer de mim o maior Santo de Prata já conhecido?'

"Uma sobrancelha se ergueu.

"'E é isso o que você quer? Ser grande? Ser conhecido?'

"'Minha irmã foi morta por um sangue-frio', disse eu, com o tom de voz ficando feroz. 'Ela tinha 12 anos. Em vez de ser deixada para descansar em seu túmulo, Amélie se levantou outra vez, nada além de um monstro. Se por estar aqui eu puder salvar uma criança, poupar uma mãe do inferno do que a minha sofreu, vou fazer o possível para fazer isso bem. E você está certa que eu quero ser grande. Você não? Você não quer que sua vida conte para alguma coisa? Que ela *importe*?

"'Mais do que qualquer coisa.' Seus olhos eram como uma breve chama quando ela olhou para a janela. Ela, então, sussurrou, e suas palavras pareceram mais uma oração. 'Eu arrancaria as asas de um anjo para voar dessa gaiola. Eu desceria do céu para marcar meu nome nesta terra.'

"Eu assenti.

"'Um dia como leão vale dez mil como cordeiro.'

"A irmã noviça inclinou a cabeça e olhou para mim.

"'Interessante', murmurou ela.

"'O quê?'

"'*Você*.'

"Voltei meus olhos para as fileiras de volumes incontáveis nas estantes ao nosso redor. Todos aqueles segredos silenciosos. Astrid tamborilou os dedos no livro ao seu lado.

"'Peça com jeito', disse ela.

"'O quê?'

"'Há livros demais aqui para você procurar sozinho. Mesmo que você tivesse mil noites e pudesse ler todas as línguas em que eles estão escritos. E qualquer dia desses você provavelmente vai ser mandado para uma nova Caçada. Então você está pensando: *Se ela já está procurando informação sobre a morte dos dias, será que poderia ficar com um olho aberto para qualquer menção sobre esse meu dom?*'

"'Você faria isso? Por quê?'

"'Talvez eu aprecie você ter agido em minha defesa no estábulo naquele dia. Talvez a história sobre sua irmã tenha tocado meu coração sombrio e ressequido. Talvez eu apenas goste desses seus belos olhos verdes.'

"'Ou talvez você goste da ideia de eu dever favores para você? Como Kaveh e o guardião Logan, e Deus sabe quem mais?'

"Seus lábios se curvaram no que talvez tenha sido o primeiro sorriso de verdade que ela deu para mim a noite inteira.

"'Sabe, fora pular pela latrina, você na verdade é bem inteligente para um garoto camponês.'

"Revirei os olhos outra vez.

"'Por que eu sinto como se estivesse fazendo uma barganha com o diabo?'

"'Ah, sou duas vezes mais esperta do que o diabo, Gabriel de León. Mas nós não vamos fazer nada a menos que você me peça com educação.'

"'O que isso significa?'

"'Diga por favor, é claro.'

"Olhei para ela ali na penumbra, mais uma vez tomado pela sensação de que Astrid Rennier estava brincando comigo. Em Lorson, um olhar demorado era o suficiente para ganhar o favor da maioria das moças em minha aldeia. Mas ali, na presença de Astrid, eu me sentia como um camundongo especialmente gordo barganhando com um gato especialmente faminto.

"Mas ela falava a verdade. O arquivo era vasto demais para que eu procurasse sozinho. Por isso, me ajoelhei sobre um joelho. E peguei sua mão. E mais uma vez rocei os lábios sobre as costas de sua mão.

"'Por favor, majestade.'

"'Majestade?', zombou ela.

"Eu dei de ombros.

"'Você é a porra de uma rainha, lembra?'

"Ela me olhou nos olhos, os seus brilhando quando sorriu.

"'*Oui*, acho que nossa amizade *vai* ser famosa.'"

Gabriel ficou em silêncio, tornando a encher seu copo. Perdido na lembrança dos olhos de um anjo, um sorriso do demônio. Apesar do vinho, a memória estava aguçada como vidro quebrado. Ele temia se cortar se permanecesse nela por tempo demais. Mas mesmo assim, permaneceu, se agarrando o mais firme que podia.

– De León? – perguntou por fim Jean-François.

– Nós ficamos acordados por horas – disse ele, os olhos claros voltando ao foco. – Lendo em silêncio. É estranho o quanto você pode aprender sobre uma pessoa apenas ficando sentados juntos e calando a porra da boca. Astrid Rennier lia rápido em pelo menos uma dúzia de línguas. Ela se sentava com as costas eretas como uma dama de berço, xingava como em uma taverna cheia de marinheiros ossianos e roía as unhas como uma garota com segredos demais.

"Como ela havia dito, a maioria da seção proibida parecia os desvarios de fanáticos tocados pela lua. Mas eu sabia que aquela busca podia levar meses. Por isso, em seguida, talvez a uma hora do amanhecer, Astrid Rennier e eu nos despedimos.

"'Bom dia, iniciado.'

"'Você vai voltar esta noite, irmã noviça?'

"Astrid sorriu.

"Estamos *tão* encantados assim?'

"'Tenho vontade de chegar ao fundo disso o mais rápido possível.'

"Ela inclinou a cabeça.

"'Eu escapo na maioria das noites para fumar. Se você me acha insuportável agora, devia me ver depois de alguns dias sem um cachimbo. Eu chego por volta da meia-noite. Se você tem vontade de se encontrar novamente, posso sugerir que você suba pelo telhado quando voltar para o alojamento? As telhas estão velhas neste lugar. Elas saem fácil.'

"'*Merci*, majestade.' Eu fiz uma reverência. 'Que Deus a acompanhe.'

"Ela vez uma mesura como uma dama na corte.

"E a você, iniciado.'

"Sem mais nada a dizer, saímos pela porta da frente, que Astrid trancou com firmeza às nossas costas. Eu não tinha ideia de onde ela havia conseguido as chaves, mas desconfiava que ela mentiria se eu perguntasse. O vento estava congelante depois do abrigo da biblioteca, cortando através de meu casaco como facas quando nos separamos.

"Os sinos da manhã soavam no campanário da catedral, mandando cozinheiros para as cozinhas, irmãos para a cesta de pão. Eu tinha ficado lá por mais tempo do que era minha intenção – eu devia me apresentar nos estábulos para meu primeiro encontro com um carrinho de mão e a porra de uma pá. Eu podia ver Logan perto da plataforma do céu, em silhueta contra sua lanterna chymica. Atravessando o mosteiro, eu me aproximei como se estivesse chegando do alojamento, com as mãos nos bolsos. O magro guardião do portão grunhiu um cumprimento em seu dialeto ossiano.

'"Bom amanhecer, jovem filhote.'

'"Bom dia, bom guardião. Tenho que me apresentar abaixo para..."

'"Sim, sim, Mãocinza me contou tudo sobre isso. Sua primeira Caçada pareceu sombria, rapaz. Crianças mortas e tudo mais. Negócio ruim.' O guardião cuspiu no guincho e o destravou, olhando para meu braço da espada. 'Já resolveu o que vai tatuar?'

"Eu dei de ombros, subindo a bordo da plataforma do céu. A pele formigava enquanto eu me perguntava se Astrid ia fazer o desenho outra vez.

'"Quase.'

'"Bom, meus parabéns, jovem. Nem todos sobrevivem à prova da Caçada. E também não dê atenção para o que os outros rapazes dizem às suas costas. Seu sangue pode ser tão ralo quanto mijo aguado de gato sūdhaemi, e sua origem pode ser lixo nórdico comedor de ovelhas, mas você está fazendo a obra de Deus. Quando você morrer, vou dizer uma oração junto de sua lápide, com certeza.'

'"*Merci*, bom guardião.'

'"Está bem, rapaz.'

"Logan deu um sorriso cheio de dentes e me desceu. O vale ainda estava envolto em escuridão e névoa congelante, e a plataforma pousou com um baque pesado e surdo. Kaspar e Kaveh normalmente já estariam trabalhando, mas Mãocinza tinha informado aos cavalariços de minha punição como prometido. Havia uma pá e um carrinho na neve diante dos portões do estábulo, um bilhete preso na lanterna apagada em seu interior.

PORTÃO DESTRANCADO. DESCEMOS DEPOIS DA REFEIÇÃO DA MANHÃ.
MERCI! — K & K

"Xingando em voz baixa, pendurei a lanterna no carrinho e o empurrei através dos portões rangentes. Dispensei um alô para Justiça, dando nele um abraço longo e um dos torrões de açúcar que ele tanto amava.

"E depois de cuspir nas mãos, comecei a recolher merda."

✦ IX ✦
SANGUE NA ESTRELA

— ESSA SERIA MINHA vida pelas duas semanas seguintes. Bosta de cavalo de manhã, treinamento durante o dia e, depois de algumas horas de sono roubado, tomos empoeirados na companhia da irmã noviça Astrid Rennier. Na verdade, eu podia conjurar jeitos piores para passar minhas noites.

"Os dias eram outra questão.

"Embora tivéssemos retornado recentemente para San Michon, Mãocinza não deu a mim e a Aaron nenhum alívio. Em vez disso, ele nos botou direto para treinar na manopla, trabalhando conosco até estarmos pingando, apesar do frio. Embora eu soubesse que Mãocinza podia ter acabado comigo se Khalid tivesse ordenado, o fato de eu não ter sido levado para a ponte me disse que sua sabedoria tinha vencido diante dos medos de Talon em relação à minha linhagem. Cruel e duro como Mãocinza podia ser, ele tinha me elogiado para o serafim na forja. Parte de mim queria agradar a ele. O resto de mim apenas o temia. Na verdade, eu não sabia em que situação eu estava agora com meu mestre.

"Alguns outros iniciados tinham voltado da Caçada, e a manopla estava quase lotada. Estávamos treinando um dia; De Coste e seu amigo com cara de peixe, De Séverin, estavam trabalhando com a foice, eu estava lutando com o homem com espinhos, com o jovem Fincher ao meu lado. Nossa forma estava sendo estudada pelos olhos vigilantes de Mãocinza e do mestre De Fincher – um irmão grande com voz trovejante chamado *frère* Alonso.

"Alonso era forte, de cabelo escuro e origem nórdica. Havia uma cicatriz longa e irregular rasgada no lado esquerdo de seu rosto, dando a ele uma aparência assustadora, selvagem. Ele havia tirado o sobretudo, revelando braços com muitas cicatrizes cobertos com belos retratos da Virgem-mãe, de Raissa, anjo da justiça, e de meu homônimo Gabriel, anjo do fogo. Ele nos observava como um falcão, bebendo de vez em quando de uma garrafinha de prata.

"'Você está arrastando esse pé de novo, De León', alertou Mãocinza.

"'*Oui*, mestre', disse eu, mudando minha postura.

"'E amarre direito esses seus cabelos bonitos, ou vou tosquiá-lo como um carneiro.'

"'Seu garoto se movimenta bem, Mãocinza' murmurou Alonso. 'Para um sangue-frágil.'

"Fiquei com raiva ao ouvir isso, e parei de treinar para fazer uma reverência.

"'*Merci, frère*. O alto-sangue que eu venci sozinho em Skyefall com certeza achou isso.'

"'Chega disso, De León', rosnou Mãocinza. 'O orgulho é um pecado.'

"Mas o grande Alonso apenas riu enquanto tomava outro gole.

"'Você também tem personalidade, rapaz. O fogo nórdico. Acha que você tem o bastante para vencer Fincher, aqui?'

"Olhei para meu colega iniciado enquanto Finch interrompia seu treinamento, olhando para mim com seus olhos diferentes. Ele era rápido e preciso, mas mais baixo do que eu. Ele não tinha alcance. E o sangue Voss em suas veias não ia fazer nenhuma diferença para sua esgrima.

"'O suficiente para vencer Fincher', declarei. 'E, também, todo iniciado nesta manopla.'"

Jean-François ergueu uma sobrancelha.

– *Sério*, De León?

– O que posso lhe dizer. – O Santo de Prata deu de ombros. – Eu ainda estava me sentindo um pouco orgulhoso depois de derrotar o garoto De Blanchet.

Mas, mais importante, eu tinha trabalhado muito naquele círculo e estava cansado de ser tratado como merda pelo sangue em minhas veias. Especialmente se eu não fosse um sangue-frágil.

"Mãocinza olhou feio para minhas vanglórias, mas Alonso morreu de rir.

"'A coragem desse bastardinho! Venha então, Finch! No círculo. Vocês, rapazes', gritou Alonso para De Coste e De Séverin, tirando uma moeda reluzente de seu bolso.

"'Vamos fazer um torneio, hein? Vale um royale de ouro para o vencedor!'

"Mãocinza fechou ainda mais a cara, mas, se minha boca fosse grande o bastante para me enterrar em merda, ele não era do tipo que ia me tirar dela. De Coste e De Séverin caminharam pelo círculo e pararam na borda da pálida estrela de sete pontas. Fincher se preparou para me enfrentar, os lábios apertados. Olhando para seu mestre, ele cuspiu na pedra fria.

"'Vou ter que acabar com você agora, Gatinho. Sem ofensa.'

"O garoto se movia rápido como moscas, avançando e golpeando meu pescoço. Mas, rápido como aranhas, bloqueei seu ataque, me esquivei para o lado, golpeei e tirei a espada de sua mão.

"Então recuei e deixei que ele recuperasse a espada.

"'Não me senti ofendido.'

"Fincher franziu o cenho e cortou o ar com sua espada. Atacou novamente, dessa vez com mais cautela, tecendo um padrão de ataque cegante, cabeça, peito, cabeça, barriga. Mas eu conhecia essa música. Eu a havia cantado com tanta frequência que ela estava queimada em meus ossos. O aço era a mãe. O aço era o pai. O aço era amigo. E eu ataquei e tirei a espada da mão de Fincher outra vez, e com um golpe selvagem do cotovelo abri seu lábio até o queixo e o derrubei no chão do círculo. Parado sobre ele, apontei minha espada para sua garganta, com o coração empolgado com a visão de seu sangue.

"'Desista, irmão.'

"Fincher esfregou o lábio cortado.

"'Melhor de três?'

"'Filhotes não sabem contar até tanto.' Eu sorri.

"Finch olhou para seu mestre, então resmungou.

"'Desisto, então.'

"Ofereci a mão e o ajudei a se levantar do chão. Finch fez uma expressão de dor e esfregou o queixo, mas, a seu favor, ele não pareceu muito aborrecido com aquilo. *Frère* Alonso bateu as mãos largas e sorriu.

"'Belo golpe, De Léon. Fincher, parece que temos trabalho a fazer.'

"'Sim, mestre', balbuciou o rapaz, com os olhos baixos.

"'De Séverin, você é o próximo', disse Alonso, com olhos no rapaz maior. 'Vamos testar a força desse sangue-frágil contra um Dyvok, hein?'

"De Séverin olhou para Mãocinza como se pedisse permissão, mas, mais uma vez, meu mestre não fez nada para interromper aquilo. Minha mão, pensava ele. Meu problema. Assim, o grande filho da nobreza ergueu suas espadas de treino, deu um sorriso malicioso para De Coste, e andou pela estrela.

"A túnica de De Séverin estava desamarrada, e eu podia ver um urso rosnando desenhado em seu peito – o emblema do sangue Dyvok. Todos os sangues-pálidos tinham força sobrenatural, mas os jovens Dyvoks eram aterrorizantes. A maioria usava espadas de empunhadura dupla com apenas uma das mãos, e havia uma regra não dita que eles treinavam com espadas de madeira na manopla para não cortar seus parceiros de treino ao meio.

"De Séverin ergueu espadas grandes como pequenas árvores, uma em cada mão.

"'*Au revoir*, sangue frágil.'

"As espadas ecoaram quando cortaram o ar, passando perto de minha cabeça. Eu recuei, com olhos arregalados enquanto De Séverin avançava como um trovão, sem espaço para clemência. Nós bailamos por algum tempo, ele golpeando com fúria calculada, eu ficando fora de seu alcance. As espadas de De Séverin tinham 1,80 metro de comprimento, sua força era temível, mas, na verdade, ele era principalmente músculos, pouca *finesse*. Mas, principalmente, e uma verdade ainda maior, não há ninguém com mais a provar que o garoto na base da pilha. Você alimenta um homem com os restos de sua mesa, ele fica com fome *bem* antes de ficar magro. E a fome pode transformar cãezinhos em lobos, e gatinhos na porra de leões.

"Eu me esquivei de um ataque da mão boa de De Séverin, desviei um golpe da outra e entrei em seu alcance. Perto assim, aquelas espadas grandes eram de difícil manejo, com força profana ou não, e ele foi lento demais para impedir que o botão do punho de minha espada o atingisse no queixo, jogando-o para trás em um arco de saliva e sangue brilhante. De Séverin bateu com força nas pedras, cuspindo xingamentos. E, parado acima dele, eu baixei minha espada até sua garganta.

"'Eu desisto', rosnou o garoto, com as presas reluzindo.

"Alonso ergueu uma sobrancelha peluda para Mãocinza.

"'Que bastardinho combativo, esse.'

"'Para um sangue-frágil', disse eu, com o peito arquejando.

"O sorriso de Alonso se curvou mais com isso, a cicatriz retorcendo seu rosto.

"'De Coste. Você é o próximo.'

"'Acho que já vimos o suficiente', disse Mãocinza.

"'Ah, vamos, irmão.' Alonso sorriu. 'Um gole de clarete é bom para...'

"'Eu disse que já é o suficiente', repetiu Mãocinza, olhando nos olhos de Alonso. Embora ele fosse um pouco menor, o tom de meu mestre não tolerava discordância. 'Esses dois são meus aprendizes, irmão. Não vou fazer com que sangrem um ao outro sem uma boa razão.'

"Eu tive de respeitar isso – o fato de Mãocinza estar cuidando de nós, apesar de sua máscara de crueldade fria. Mas ainda havia um sentimento ruim entre De Coste e mim, tão denso que podíamos cortá-lo com nossas espadas de treino. Sua surra e ameaças ainda queimavam em minha memória. E pude ver que ele ainda estava ressentido por ter sido ofuscado em Skyefall.

"'Mestre', disse ele. 'Terei prazer em ensinar a esse...'

"'Eu disse não, iniciado. E não vou dizer de novo.'

"Eu olhei nos olhos de Aaron, com meus lábios se curvando.

"'O anjo Fortuna sorri para você, cachorro.'

"'De que você me chamou, camponês?'

"'Você me deu um golpe de cachorro no outro dia e sabe disso. Venha me encarar de frente. Eu arrancaria a porra dos dentes de seu crânio. Você é um *covarde*, De Coste.'

"E bastou isso. Aaron me atacou, com a força de um martelo e a rapidez de uma serpente. Seu rosto bonito estava distorcido pela raiva, e ele atacou minha garganta como se quisesse realmente me *matar*. Eu afastei seu golpe, mas ele bateu contra mim, e como dois garotos de 5 anos rolamos em uma briga. Aaron agarrou minha túnica, enterrou o cotovelo em meu pescoço. Eu bati os nós dos dedos em sua boca, sorrindo ao sentir seus lábios se rasgarem contra suas presas.

"'*Chega!*' Mãocinza nos segurou pelo pescoço e nos afastou. De Coste e eu nos engalfinhamos um momento mais, até Mãocinza me derrubar de bunda e empurrar Aaron para trás com um rosnado.

"'Vocês não são cães vadios no jardim de um ladrão!'

"'Ele começou!'

"'E vou terminar também, seu bastardo sangue-frágil! Eu vou matar você, porra!'

"'*Chega!*', berrou Mãocinza.

"A fúria na voz de nosso mestre nos forçou a obedecer. Aaron e eu olhamos fixamente um para o outro de lados diferentes do círculo enquanto Alonso, Finch e De Séverin observavam em silêncio.

"'Lembrem-se de quem vocês são e onde vocês estão!', ordenou Mãocinza. 'Vocês são iniciados da Ordo Argent! Os *dois*! Irmãos em sangue e prata. Suas vidas podem estar nas mãos um do outro uma noite. Nunca esqueçam: os Mortos não se importam com nosso credo e nossa origem. Para eles, todos temos o mesmo gosto! Agora façam sua paz.'

"Aaron e eu nos olhávamos furiosos, os olhos ardendo de ódio.

"'Façam. Sua. Paz.'

"Ficamos parados por um momento a mais. Então, a contragosto, De Coste e eu finalmente apertamos as mãos, murmuramos um desejo de paz que nenhum de nós compartilhava.

"Eu sabia que aquela rixa não tinha acabado. Não estava nem perto disso.

"Como castigo, Mãocinza nos fez trabalhar mais duro naquele dia do que eu podia me lembrar. Bem depois de Fincher e Alonso partirem, mesmo depois de De Séverin ir embora, ainda assim nosso mestre nos exercitava – como se pudesse nos fazer *suar* a inimizade de nossos corpos. O alívio chegou apenas quando tocaram os sinos para a missa do anoitecer, e quando os serviços terminaram, Mãocinza nos levou de volta para a manopla para mais. Quando desabei na cama, estava quase em coma, caindo no tipo de sono desfrutado apenas por cadáveres.

"Assim, acordei no escuro, horas depois, presa de um temor repentino.

"Eu estava atrasado para meu encontro com Astrid."

✦ X ✦

UM FRAGMENTO ERRANTE DE UM NAUFRÁGIO

– ESTAVA CONGELANDO QUANDO eu saí da cama. Na noite depois que nos encontramos pela primeira vez, eu segui as instruções da irmã noviça e achei uma saída através das telhas velhas do telhado do alojamento. Desde então, eu estava saindo escondido para encontrá-la todas as noites. Naquele momento, eu me movi o mais rápido que pude, atravessando o mosteiro e evitando o guardião Logan, mas era perto do segundo sino quando entrei pela porta da frente da biblioteca.

"Os portões da seção proibida estavam destrancados como sempre. Mas, ao andar pelo labirinto de saberes esquecidos, encontrei a mesa de Astrid vazia. Olhando ao redor das grandes fileiras de livros e objetos curiosos, eu podia sentir o cheiro da fumaça de vela e o perfume de sino-de-prata e água de rosas, mas não podia ver vivalma. Parecia que a irmã noviça tinha se cansado de esperar.

"'Merda.' Eu dei um suspiro.

"'É verdade', disse uma voz às minhas costas.

"'Santa *porra* do Redentor', assustei-me, girando com medo.

"'Lisonjeiro. Mas prefiro quando você me chama de majestade.'

"Astrid estava ali parada entre as estantes, os olhos escuros brilhando, a pele pálida como a luz das estrelas. Por um momento, pareceu que ela era um pedaço da própria noite que tinha ganhado vida. Eu sorri simplesmente ao vê-la, mas esse sorriso morreu rapidamente quando vi uma figura nas sombras ao lado dela. Quando entrou à luz da vela, vi um cabelo de cachos rebeldes castanho-claro, olhos verdes bonitos e pele sardenta. Uma garota da idade de Astrid, mas quase trinta centímetros menor.

"'Eu conheço você.' Eu franzi o cenho.

"'Gabriel de León', disse Astrid. 'Deixe-me apresentar a irmã noviça Chloe Sauvage.'

"'Bom amanhecer, iniciado', murmurou Chloe. 'É um prazer tornar a vê-lo.'

Olhei intrigado para Astrid. Até onde eu sabia, estávamos nos encontrando como tínhamos feito pelos últimos quinze dias – para procurar menção da quinta linhagem, descobrir a verdade sobre a morte dos dias.

"'Chloe é uma amiga, Gabriel', disse Astrid. 'A mais querida que tenho dentro desses muros.'

"'Não tenho dúvida. Mas o que ela tem a ver comigo?'

"'Você me deve um favor, não deve?'

"Eu gemi por dentro.

"'*Oui*.'

"'Eu devo a Chloe mais de um. Serviços prestados e coisas assim.' Astrid acenou vagamente com a mão. 'É tudo muito complexo. A questão é, você vai pagar sua dívida comigo pagando a ela.'

"'E como eu devo fazer isso?'

"'A irmã noviça Sauvage deseja aprender a arte da espada.'

"'Aprender o *quê*?'

"'A arte. Da espada. Todos aqueles ataques e estocadas e coisas assim.' Astrid olhou para minhas mãos, então para meus olhos. 'Soube por boas fontes que você derrotou dois iniciados na estrela sem sofrer nenhum arranhão. E mesmo entendendo que isso aqui não é nenhuma manopla, Chloe gostaria de algumas dicas. Do artífice para a noviça, na verdade.'

"'Mas... ela é uma garota.'

"Astrid olhou para a pequena garota ao seu lado, aproximando-se para ver de perto o peito de Chloe.

"'Meu Deus. Você tem razão.'

"'Eu disse a você que era uma ideia tola', falou Chloe. 'Eles não ensinam garotas aqui.'

"'Paciência, *ma chérie*', murmurou Astrid. 'Nosso bom iniciado vai acabar descobrindo que seus peitos, mesmo sendo *magníficos*, não são nenhum impedimento real para a destreza no combate.'

"As bochechas de Chloe arderam em um vermelho furioso.

"'Eles na verdade a...'

"'Silêncio agora, querida', disse Astrid, dando tapinhas na mão de Chloe. 'Já vai acontecer.'

"'Você contou à irmã noviça o que estamos procurando aqui?', perguntei.

"'Não tenha medo, iniciado. Chloe sabe guardar segredo.'

"'Eu não consigo escapulir com a mesma facilidade que Astrid', declarou Chloe. 'Meu quarto é bem ao lado do da prioresa. Mas uma noite por semana ela faz vigília na capela do priorado, e eu consigo sair.'

"'E você está disposta a ajudar?'

"'Não estou nada convencida de que as respostas para a morte dos dias estão nesta biblioteca. É através de orações e piedade que vamos recuperar o amor do Senhor. Através de *suas* palavras.' Chloe gesticulou para as estantes ao nosso redor. 'Não destas. Mas toda essa história sobre uma quinta linhagem é intrigante.'

"'É como mamãe sempre dizia, *ma chérie*.' Astrid sorriu. 'Quando em uma tempestade, a mulher sábia reza para Deus. Mas ela também rema para a praia.' A irmã noviça olhou para mim. 'Chloe sabe ler talhóstico e ossiano antigos. O que eu não sei. Então, por duas horas por semana, você vai ensinar a ela a arte do aço. E pelo resto da noite ela vai nos ajudar a procurar. Concorda?'

"Me sentia desconfortável com aquilo. Não conhecia Chloe Sauvage nem um pouco. Mas Astrid confiava nela, e eu *tinha* uma dívida com ela. E não era um cachorro traiçoeiro como De Coste. Eu jogava minhas cartas de modo limpo e pagava o que devia.

"'Nós não temos espadas', declarei por fim.

"'Viu?' Astrid sorriu para Chloe. 'Um homem de palavra.' A irmã noviça levou a mão ao interior de sua capa e sacou duas espadas de madeira de treinamento.

"'Onde você conseguiu isso?', perguntei.

"Ela acenou de modo vago.

"'É tudo muito complexo.'

"Olhei ao redor do salão; os tomos incontáveis, as lombadas ilegíveis, o emaranhado de palavras que podiam conter o segredo do que eu era. Eu sabia que teria de me esforçar para ler um quarto dela, e que os segredos de uma antiga linhagem provavelmente estariam escritos em uma língua antiga. Então, finalmente, peguei as espadas de treinamento das mãos de Astrid com uma expressão fechada.

"'Parece que eu não tenho muita escolha.'

"'Eu lhe avisei. Sou duas vezes mais esperta que o diabo. Então é melhor vocês dois começarem logo com isso. Atacar. Estocar. Tome isso, vilão. Toda a baboseira maravilhosa e suada.'

"'Você não quer aprender também?'

"'Doce Redentor, não. Vou ficar bem longe do caminho e emitir ruídos de apreciação enquanto vocês tentam quebrar o crânio um do outro. Deixe a guerra para a porra dos guerreiros.'

"Afastei a mesa e as cadeiras, abrindo espaço para nós. Astrid se dirigiu ao batente da janela, tirando um bastão de carvão e um pequeno caderno de desenho de suas roupas enquanto eu voltava meu olhar para Chloe. A jovem estava arregaçando as mangas, com o rosto sardento corado. Ela usava trajes de noviça como Astrid, mas estava desconfortável por estar fora da cama na presença de um *garoto*. Ela me pareceu uma garota tranquila. Estudiosa. Firme. E, acima de tudo, devota.

"'Por que você deseja aprender a espada, irmã noviça?'

"'Não saber como usar uma é uma boa maneira de ser morta por uma, iniciado.'

"'Boa resposta. Você alguma vez já usou uma espada?'

"'Eu já estudei... em livros. E sei que sou pequena. Mas aprendo rápido.'

"Eu dei um suspiro. Aquela garota era verde como grama. Mas Astrid estava certa – o fato de Chloe ser uma garota não era razão para que ela não pudesse usar uma espada. Desarmada, uma garota tão pequena seria assassinada em uma luta, com toda a certeza. Mas, por sua própria natureza, armas são multiplicadores de força. *Equalizadores*. Por isso, pus a ponta de minha espada sob o queixo de Chloe e ergui sua cabeça.

"'Você *é* pequena. Mas a habilidade com uma arma conta muito mais do que a força. Então, primeira lição, irmã noviça. Sempre olhe seu inimigo nos olhos.'

"'Chloe me encarou. Vi um leve brilho em seus olhos. Ela cerrou os dentes e ergueu a espada de treinamento.

"'Sempre olhe seu inimigo nos olhos.'

"Nós treinamos. Só o básico. Movendo-nos pelo salão enquanto Astrid desenhava ao lado das janelas altas com vitrais. No fim de duas horas, Chloe estava pingando de suor, e eu estava seco como poeira. Mas os olhos da garota miúda estavam iluminados, seu sorriso brilhando como o fogo de uma forja.

"'Ele é um professor muito bom', murmurou Chloe quando Astrid tornou a se juntar a nós no centro.

"'Eu vi.' Astrid beijou sua bochecha suada. 'Mas você também foi *brilhante*. Uma espada para se equiparar à da própria anjo Eloise. Você não acha, iniciado?'

"'Ela foi... excelente para uma principiante.'

"Astrid me olhou de lado com a expressão fechada.

"'Esse elogio podia fazer os anjos chorarem.'

"'Está tudo bem, Azzie.' Chloe sorriu. 'O Senhor diz que devemos andar antes de correr.'

"'E, tenho certeza que você logo vai estar correndo círculos em torno do bom iniciado, *ma chérie*.'

"Vi Chloe enrubescer com o elogio, como tinha acontecido comigo

quando nos conhecemos. O charme da irmã noviça Rennier podia transformar geleiras em poças, sem dúvida. Mas mesmo assim...

"'Vamos ao que interessa? Temos apenas algumas horas antes do amanhecer, Irmãs Noviças.'

"'*Oui*', assentiu Astrid. 'Essas bobagens não vão se ler sozinhas, infelizmente.'

"Levei a mesa de volta para o lugar, erguendo-a sem esforço. Passando os olhos pelas estantes, Chloe pegou um velho tomo encadernado em latão, sua lombada gravada em uma língua tão estranha que quase fez meus olhos doerem. Eu me sentei à mesa, com a irmã noviça Sauvage à minha esquerda. Botando seu caderno de desenho à sua frente, Astrid se enroscou na cadeira de couro à minha direita, com um pergaminho empoeirado no colo, a luz de vela em sua pele.

"Olhando para seu caderno, vi que ela tinha desenhado Chloe enquanto treinávamos. Impressionado com a forma como ela podia extrair tanta vida de simples linhas em uma página.

"'Belo trabalho, irmã noviça', murmurei.

"Astrid deu de ombros, roendo uma unha bem desgastada.

"'Eu fui treinada pelos mestres dos salões dourados quando menina. Eu costumava ser muito boa. Mas isso é besteira, agora.'

"Chloe franziu o cenho.

"'A prioresa nunca a teria aceitado como aprendiz se *isso* fosse verdade.'

"'Não foi como se ela tivesse escolha', escarneceu Astrid. 'Os olhos de Charlotte estão fraquejando. A vadia velha precisa treinar substitutas para tatuar os aegis enquanto pode.'

"'Astrid!', espantou-se Chloe, fazendo o sinal da roda.

"'O quê? Ela *é* uma vadia velha. Pode confiar em mim. É preciso uma vadia nova para identificar uma.' Astrid olhou para seu caderno de desenho com uma expressão distante nos olhos escuros. Seu rosto era uma bela máscara – do tipo que uma filha de amante teria aprendido a usar cedo nos salões dourados. 'Quando minha mãe insistiu que eu fosse educada nas artes, não tenho certeza se ela sabia que eu estaria tatuando prata na pele de garotos mestiços de vampiros antes de mandá-los para morrer no escuro.'

"'Bom, eles fizeram uma bela escolha com você', murmurei, passando as pontas dos dedos pelo leão sob minha túnica. 'Você tem um olho perspicaz e mão mais perspicaz ainda, como disse Khalid.'

"Astrid olhou para meu peito.

"'Na verdade, você foi meu primeiro. Espero não tê-lo machucado.'

"'Não muito', menti.

"Ela sorriu com isso, a marca de beleza ao lado de sua boca era tentadora como o pecado.

"'Um pouco de dor nunca machucou ninguém, hein?'

"Chloe olhou de um lado para outro entre Astrid e mim, com os lábios apertados. E senti uma empolgação no estômago, arrepios formigando quando um filete fino de sangue escorreu do nariz de Astrid. Seu cheiro penetrou o ar, a onda de ferrugem e cobre correndo por meu crânio, por meu peito e, depois, ainda mais baixo. Como sempre, eu tinha tomado o sacramento na missa do anoitecer para acalmar minha sede. Mas eu me vi desviando os olhos, levando as mãos aos bolsos.

"'Nariz', disse eu, oferecendo meu lenço.

"'Ah, merda', reclamou Astrid. Inclinando a cabeça para trás, ela falou, com a voz abafada pelo lenço. '*Merci*. Isso vai parar em um minuto.'

"Engoli em seco, pressionando minha sede para baixo, além de minha virilha até minhas botas onde era seu lugar. Olhando para qualquer lugar menos para Astrid até ela ter limpado aquela marca de um *vermelho* brilhante e sedutor. Eu podia sentir o olhar de Chloe, meus dentes ficando afiados e, por um momento, me senti horrivelmente envergonhado do que eu era. Do pecado de meu nascimento. Minha fome. Minha natureza. Era muito bom ser parte da chama prateada que ardia entre a humanidade e a escuridão. Mas eu nunca podia me permitir esquecer que a escuridão também vivia em *mim*.

"Nós três nos instalamos à luz de vela, e, quando a pressão de minha sede diminuiu, fiquei surpreso com como era agradável simplesmente ficar imóvel por um tempo. Nos últimos sete meses, minha vida tinha sido suar, rezar, caçar e sangrar. Nunca pensei que encontraria tamanha paz na *leitura*. As palavras eram uma espécie de mágika, me tomando pela mão e me levando para terras não vistas, tempos não lembrados, pensamentos não imaginados. Durante todos os meus anos em San Michon, com todo o sangue, o suor e as estradas na escuridão que percorri, aprendi uma de minhas maiores lições sentado naquela biblioteca com aquelas garotas na imobilidade da noite.

"Uma vida sem livros é uma vida não vivida.

"Ainda assim, eu me via olhando discretamente para Astrid quando eu podia, o cheiro de seu sangue formigando em minha pele. Ela lia rápido como uma tempestade, devorando tomos inteiros enquanto eu lia capítulos. Percebi que, com todos os palavrões e impetuosidade, Astrid era apenas uma estudiosa tão dedicada quanto eu era um espadachim. Uma garota que brandia livros como espadas.

"Ela se levantou depois de uma hora e pegou seu cachimbo dourado. Sem dizer nada, ela preparou uma mistura de rêvre e raiz-armadilha, com a língua projetada entre os lábios. Eu a observei inalar aquela fumaça doce, e ela pareceu uma estátua sob a luz mortiça, esculpida pela mão de Deus.

"O Deus com quem ela em breve se casaria...

"'Estou com dor de cabeça', disse Chloe, esfregando as têmporas.

"'*Oui*.' Eu assenti, estalando o pescoço. 'Tenho olhos de sangue-pálido e mesmo assim eles estão doendo com essa luz de vela. Só o Todo-poderoso sabe como vocês duas estão conseguindo.'

"Astrid deu um suspiro cinzento pela janela.

"'Tudo isso *seria* mais fácil se tivéssemos acesso a estes disparates durante a luz do dia. Mesmo do jeito que é a luz do dia. Mas nós duas somos garotas, e você é um iniciado, e nenhuma dessas circunstâncias parece prestes a mudar tão cedo. Então, infelizmente, estamos à mercê do arquivista Adamo e suas regras idiotas.'

"Chloe assentiu e deu um suspiro.

"'Como seria este mundo se não estivesse total e unicamente nas mãos de homens velhos e teimosos.'

"Astrid escarneceu.

"'*Oui*.'

"'Acho que tem menos a ver com o fato de eles serem homens', disse eu. 'É mais por serem velhos.'

"Os olhos de Astrid se encontraram com os meus.

"'Você acha isso, não é?'

"'Ah, meu bom...', murmurou Chloe.

"Eu dei de ombros.

"'A prioresa Charlotte parece tão ruim quanto o arquivista Adamo.'

"'Uma bela resposta', cedeu Astrid. 'Mas a prioresa Charlotte é produto da doutrinação da Igreja. E a Igreja está total e exclusivamente nas mãos de homens velhos e teimosos.'

"'Você vai ser uma freira muito estranha, Astrid Rennier.'

"'Honestamente, olhe ao seu redor. Você não percebeu que não há nenhuma mulher em verdadeira posição de poder neste mosteiro?'

"'Percebi', admito. 'Mas e San Michon? *Ela* era uma mulher.'

"'Não me venha com essa história sobre o panteão. Há Sete Mártires Sagrados, Gabriel de León. E *uma* mulher entre eles. Sabe, nós somos metade da população.'

"'Bom, e a Virgem-mãe? Ela é mulher. Inferior somente ao próprio Deus.'

"'Ah, sim, a virgem santa.' Astrid revirou os olhos. 'Deixe-me lhe contar, se o Todo-poderoso me oferecesse o prato de merda que constitui a maternidade divina e me negasse o prazer de uma boa rolada no feno antes disso, eu o teria mandado se foder.'

"'Astrid!', assustou-se Chloe, fazendo o sinal da roda. 'Blasfêmia!'

"'Ah, ele sabe que eu não falo sério', escarneceu ela, olhando para cima. 'Ele sabe de *tudo*.'

"Eu também fui pego de surpresa, e não apenas pelo sacrilégio da irmã noviça. Ouvi-la falar daquele jeito me lembrou de como era vasto o golfo entre nós. Astrid era meio realeza. Eu era meio monstro. Ela era uma filha da corte dourada. Eu era um pirralho das províncias. Mas, acima de tudo, Astrid era a filha de uma cortesã. Ela provavelmente tinha visto e feito coisas que eu mal podia imaginar. Coisas maravilhosas. Coisas perversas. Eu baixei os olhos, então. Mordi o lábio. Astrid olhou para mim por trás de cílios escuros como carvão.

"'Quantos anos você tem?'

"'Meu dia de santos é em cinco dias', percebi. 'Vou fazer 16.'

"'Quase um homem.' Ela inclinou a cabeça. 'E mesmo assim eu ainda o faço enrubescer.'

"'Essa sua boca podia fazer um *marinheiro* enrubescer, Astrid Rennier.'

"'Bom Deus Todo-poderoso...', disse Chloe.

"Eu olhei para o assombro e o medo na voz da irmã noviça e segui a linha de seu olhar até as janelas. Uma luz brilhava no escuro lá fora, e, por um momento terrível, temi alguma descoberta. Mas Astrid empurrou e abriu o vidro, dando um suspiro de maravilhamento.

"Chloe e eu nos juntamos atrás dela. E, olhando para o escuro acima, uma imagem que não me lembrava de ver desde criança. Uma imagem que nenhum de nós entendeu na época. Uma imagem que iria mudar minha vida e a forma de todo este império.

"Uma estrela cadente.

"Ela era fraca, e mesmo assim deve ter queimado com uma fúria impossível para ser vista através até da mortalha da morte dos dias. Segui seu caminho pelos céus sombreados, senti minha pele formigar. Olhando para Astrid ao meu lado, eu a vi sorrir, aquele esplendor cadente refletido no escuro injetado de seus olhos, traçando uma luminosidade pálida por seu rosto.

"'*Bonito*', murmuramos os dois.

"Ela olhou para mim, e eu virei os olhos, olhando para o escuro acima. Aquilo era um presságio? Um portento do mal ou anúncio do caos? Eu não sabia se devia rezar ou entrar em pânico. Entretanto, no fim das contas, eu era um garoto camponês. O folclore de minha aldeia dizia que estrelas cadentes eram os espíritos de santos novos, prontos para começar uma vida aqui na terra. Por isso, fiz o que qualquer rapaz das províncias de Nordlund teria feito."

Jean-François sorriu enquanto escrevia em seu tomo.

– Você fez um desejo.

– Eu fiz isso.

– Que singular. O que você desejou?

Gabriel olhou fixamente por um longo momento para o vinho no fundo de seu cálice. Observando o jeito como a luz brincava no vermelho, o som de vidro quebrado e corações partidos ecoando em sua cabeça. Ele bebeu o que restava e se serviu mais um.

– Não importa. Não se realizou.

– Mas o aparecimento daquela estrela mudou sua vida?

Gabriel assentiu.

– Nós só íamos descobrir anos depois o que ela realmente significava. Mas só sua visão foi o suficiente para empurrar as pedras que se tornariam a avalanche. Chloe estava boquiaberta enquanto olhava para a luz cadente, maravilhada, e dela para meus olhos.

"'Auspicioso', murmurou ela. 'Muito auspicioso, na verdade.'

"'O que você quer dizer com isso?'

"Ela olhou ao redor da seção proibida, para os tomos secos e empoeirados e as palavras esquecidas.

"'Quero dizer que não foi por acaso nós três termos nos encontrado em meio a essas estantes esta noite. Isso está claro para qualquer pessoa com olhos ver.'

"'Chloe?', perguntou Astrid.

"A pequena irmã noviça olhou novamente para aquela estrela incandescente acima.

"'A luz divina do Todo-poderoso brilha sobre nós. Eu admito que duvidei, mas estava certa em confiar em você, Azzie. O próprio Deus marcou este momento.' Ela olhou entre nós, com um sorriso ardente nos lábios. 'Acho que ele pretende grandes coisas para nós, *mes amis*. Acho que este encontro foi *ordenado*.'"

Nos confins daquela torre solitária, Jean-François do sangue Chastain conteve um bocejo.

– Ela parece positivamente desequilibrada.

– Como eu disse, Chloe Sauvage era uma das vadias mais astutas que já conheci.

– Um fragmento errante de um naufrágio mergulha pelo firmamento, e ela sente o hálito de Deus em seu pescoço? A garota era nitidamente louca, De León.

– Não. – O Último Santo de Prata sacudiu a cabeça. – Para uma mente simplória, ela podia parecer isso. Para uma pessoa não criada em um lugar como San Michon, cercada todos os dias pelas pompas do sagrado e as palavras do Todo-poderoso. Mas Chloe Sauvage não era nenhuma lunática. Ela era algo duas vezes mais perigoso. Algo que, na época, eu também era. Mas nunca mais vou ser outra vez.

– E o que era isso, Santo de Prata?

Gabriel olhou nos olhos do vampiro, com um sorriso amargo nos lábios.

– Um *crente*.

✦ XI ✦

SALTOS DE PRATA

— A ESTRELA AINDA estava cruzando a escuridão quando deixei a biblioteca e, em meu coração, tive um estranho sentimento de esperança. Não sabia ao certo se acreditava naquele portento tão profundamente quanto Chloe, ou se estávamos destinados por Deus a nos encontrar, como ela disse. Mas admito que o fervor da irmã noviça era contagiante. Eu era apenas um garoto camponês, como eu disse. Mais que isso: talvez, pela primeira vez desde que eu chegara a San Michon, sentia ter encontrado pessoas às quais eu realmente pertencia.

"Não irmãos. Mas amigas.

"Neve estava caindo dos céus em chamas quando eu atravessei o mosteiro. Pude ver luzes nas janelas ao meu redor, pessoas em silhueta contra o vidro enquanto olhavam para o céu. Ainda faltava uma hora para o começo de meu trabalho nos estábulos, e eu não queria mais nada além de voltar para a cama. Mas, quando me aproximei do alojamento, congelei, tão imóvel quanto as estátuas no claustro da catedral.

"Na penumbra à frente, eu vi outra pessoa.

"Um homem de capa preta estava saindo escondido das portas do arsenal. Quando me encolhi fora de vista perto da manopla, ele olhou para a maravilha acima, e eu o reconheci sob sua luz sagrada.

"Aaron de Coste.

"Iniciados não tinham permissão de sair depois dos sinos da noite, e, embora eu fosse culpado exatamente do mesmo crime, fiquei na defensiva enquanto observava Aaron baixar o capuz e voltar para o alojamento. Nossa briga na manopla ainda estava fresca em minha mente. Seu alerta de que eu devia tomar cuidado ecoava em meu crânio. O que aquele babaca insuportável estava fazendo no arsenal?

"Verifiquei as portas do arsenal e as encontrei trancadas. Tentando ouvir seu interior, não escutei nenhum som, refletindo então sobre o que fazer. Se De Coste estivesse apenas voltando para a cama, ele nunca ia deixar de me ver fazer o mesmo, e ele ia me delatar, sem dúvida. Por isso, resolvi buscar abrigo em outro lugar enquanto esperava a hora passar.

"A catedral.

"Entrei pelas portas duplas na parede leste – as portas para os vivos e o amanhecer, me abrigando em uma alcova perto das velas votivas. Sempre me senti em paz dentro da catedral, respirando profundamente a imobilidade e sussurrando uma oração para o Todo-poderoso. Olhei para a grande janela acima em forma de estrela de sete pontas, para os Mártires desenhados nos vitrais. Meus olhos caíram sobre Michon; vestindo armadura, com o Graal erguido em sua mão enquanto ela liderava seu exército de fiéis. Minha mente ainda estava naquela estrela cadente. E então, eu ouvi. Baixo no escuro. Um som que me disse que eu não estava sozinho.

"O som de choro.

"Tentei ver na escuridão, iluminada pela luz pálida do arauto. E, perto do altar, vi uma figura ajoelhada na primeira fila. Embora não pudesse ver seu rosto, meus sentidos de sangue-pálido reconheceram os cachos avermelhados, o tom de sua voz.

"Era a irmã Aoife. A auxiliar do serafim Talon.

"Sua cabeça estava baixa, e seus soluços ecoavam na pedra escura. Eu não sabia o que fazia a jovem irmã chorar, e ela parecia muito infeliz por isso. Mas, embora ela sempre tivesse sido simpática comigo, perguntar sobre seus problemas ia revelar o fato de que eu estava fora do alojamento. Então, em vez disso, fiquei parado e a escutei chorar. Só uma vez em toda aquela hora de choro ela falou; uma prece triste para uma estátua perto do altar. Seus braços estavam envoltos em torno de si mesma enquanto ela sussurrava:

"'Ah, abençoada Virgem-mãe, mostre-me a verdade. Este dom que me destes é uma maldição ou uma bênção?'

"Fiquei sentado imóvel no escuro, silencioso como sepulturas. Finalmente, o campanário soou para acordar os cozinheiros para a cozinha. A irmã Aoife ajeitou seus cachos e tentou encontrar um pouco de calma. Antes que ela pudesse me ver, saí pelas portas para a noite lá fora. Ladeando a fonte dos anjos, eu me afastei da catedral e encontrei o guardião Logan perto da plataforma do céu.

"Os olhos do homem magro estavam fixos na luz fraca ainda no céu.

"'Você está vendo isso, garoto?'

"'*Oui*.' Mais uma vez, olhei para aquele arauto que caía do céu. 'Estou vendo.'

"'Você acha que isso é um bom ou um mau presságio?'

"Pensei na irmã Aoife chorando na catedral, na proclamação de Chloe de que tudo aquilo tinha sido ordenado, na luz daquela estrela cadente brincando na curva da face de Astrid.

"'*Tudo na terra abaixo e no céu acima é obra de minha mão*', disse eu.

"'*E toda obra de minha mão está de acordo com meu plano.*' Logan fez o sinal da roda enquanto terminava a citação dos Testamentos. 'Bem-dito, jovem.'

"'Eu tenho meus momentos.'

"O guardião me olhou de canto de olho, com um sorriso carinhoso.

"'Você sabe que você não é não é nem um pouco o lixo caipira e chorão que os outros rapazes fazem você parecer ser, De León. Eu, na verdade, gosto muito de você. Para um garoto nórdico comedor de ovelhas.'

"'*Merci*, bom guardião.'

"Logan piscou.

"'Está certo, rapaz.'

"Como em todas as manhãs anteriores, os estábulos estavam escuros, minha pá e carrinho de mão fiéis me esperando nos portões. Os cavalos estavam agitados, o que atribuí à estrela caindo do céu. Deixei meu carrinho e lanterna perto da primeira baia e, andando pelo corredor, cheguei a meu Justiça, e o cavalo bufou e pisoteou o chão ao me ver. Dei a ele um torrão de açúcar e um abraço, apertando meu rosto liso contra o seu peludo.

"'Bom amanhecer, garoto.'

"Justiça relinchou e farejou minha túnica, e eu ri e dei a ele outro torrão escondido. Empurrando meu carrinho até a baia principal, lancei um olhar cauteloso para os dois atrozes suspensos do teto, enrolados em suas correntes de prata. Os dois eram mantidos ali para acostumar os cavalos à presença dos Mortos, mas isso não significava que os cavalos *gostassem* deles, e, na verdade, trabalhar embaixo deles pelos últimos quinze dias tinha me deixado nervoso, também. Os dois eram machos, um deles corpulento e mais antigo, o outro um lixo magro, talvez tivesse 17 anos quando foi assassinado. Seus olhos famintos estavam fixos em meu pescoço enquanto eu tirava a túnica, erguia a pá e começava a trabalhar. Todas as baias estavam cheias de bosta, e eu tinha de trabalhar rápido – meu castigo só ia piorar se eu perdesse a missa do amanhecer.

"Eu já tinha enchido sete carrinhos quando a vampira me atingiu.

"A história teria sido muito mais curta se eu não tivesse sido alertado. Mas quando a sombra voou sobre minhas costas através dos portões do estábulo, Justiça relinchou e estremeceu o suficiente para me fazer virar a cabeça. Assim, quando o monstro me atingiu pelas costas e me derrubou no chão, suas presas perfuraram meu ombro em vez de meu pescoço. Gritando e atacando com os punhos, eu percebi quem tinha me atacado.

"Vivienne La Cour.

"A vampira mordeu mais fundo, enfiando os dentes em minha carne. Eu tornei a gritar, golpeando sua cabeça com meu ombro quando rolamos na terra. Ela estava em um frenesi, com as garras fechadas em torno de meu pescoço. Tentei tirá-la de cima de mim, mas, poderoso Deus, ela era forte, apertando minha cabeça na lama enquanto tomava outro gole de meu sangue. O êxtase do beijo correu, então, através de mim, minha pele empolgada, as veias cantando, e eu percebi como seria fácil fechar os olhos e deixar que aquilo me levasse, me afogasse, me engolisse por inteiro.

"Era um pensamento tentador. Morrer em êxtase e não em dor.

"*Eu podia fazer isso?*, eu me perguntei.

"*Eu faria?*

"Ouvi uma pancada molhada e o estalo de osso partindo. La Cour deu um grito agudo quando foi jogada para trás, rolando até parar contra uma das colunas do estábulo. Quando abri os olhos, vi Justiça acima de *mim*, as narinas dilatadas, os olhos loucos – ele tinha quebrado e saído de sua baia para me salvar e deu um coice forte nas costelas da vampira. O êxtase terrível de seu beijo desapareceu, e percebi o quanto tinha chegado perto da morte. E, enquanto eu me esforçava para ficar de pé, com sangue escorrendo pelo peito, descobri que o céu vermelho foi substituído por meu amigo mais antigo e querido.

"O ódio.

"Vivienne se levantou para me enfrentar, ainda vestindo suas roupas elegantes do funeral. Sua pele estava cinzenta, emaciada e drenada por aquela máquina temível na fundição. Seus pulsos e lábios estavam enegrecidos pela prata que a havia mantido presa, olhos escuros fixos em mim, lágrimas de sangue escorrendo pelo rosto.

"'Você os matou', sussurrou ela. 'Você matou Eduard e Lisette.'

"Em nossa volta, os cavalos relinchavam aflitos, mas Justiça se mantinha como uma rocha às minhas costas. Eu não tinha nenhuma arma além de minha pá e a prata em minha pele, mas eu já havia derrotado um alto-sangue com as mãos nuas antes. Mais uma vez, senti aquela queimação na palma da mão e no peito; o fogo sagrado de Deus aceso na tinta de meu aegis. Eu ergui a mão, com a estrela de sete pontas brilhando forte, e a vampira soltou uma praga sombria quando virou a cabeça.

"'Para trás, sanguessuga', disse eu com raiva.

"'Sanguessuga?', sussurrou ela com as presas brilhando. 'Vocês homens santos. Vocês filhos de Deus. Vocês nos prendem em prata e nos sugam até secar e ousam chamar a mim de parasita!'

"Ela circundou pela borda de minha luz, com os olhos frios e sombrios como a maldade.

"'Como você escapou da fundição?', perguntei, andando aos poucos na direção de meu carrinho de mão.

"Os lábios enegrecidos de La Cour então se curvaram em um sorriso.

"'Talvez seus amados amigos não o amem tanto quanto deveriam, garoto.'

"Eu cuspi na palha.

"'Línguas mortas ouvidas são línguas dos Mortos provadas.'

"'Venha prová-la, então!'

"Ela atacou com o punho chamuscado e, tarde demais, vi que ela havia se aproximado da corrente que prendia aqueles outros atrozes suspensos acima das baias. Com um estalo, a trava arrebentou e, livre, a corrente deslizou e se soltou. Os dois atrozes caíram do teto dentro da baia principal, despencando no meio dos cavalos agora abalados.

"E assim, passaram a ser três contra um.

"Vivienne voou sobre mim no escuro, as mãos queimadas retorcidas em garras. Mesmo assim, seus olhos quase foram cegados por minha estrela de sete pontas, o leão em meu peito, e eu me afastei para o lado, golpeando seu crânio com minha pá. O cabo quebrou, a lâmina dobrou como papel, mas foi suficiente para deixá-la cambaleante, ensanguentada e engasgando em seco.

"Um uivo profano atravessou os estábulos. O atroz mais velho estava solto de suas correntes, me atacando. Eu ergui a palma da mão esquerda, a prata brilhando forte enquanto o monstro erguia as mãos para proteger o rosto. Golpeando por cima de suas mãos, enterrei o que restava do cabo da pá em sua órbita ocular, a estaca quebrada explodindo pela parte traseira do crânio do sangue-frio.

"O segundo atroz ainda estava tentando se soltar da prata que o prendia, e eu saltei a cerca da baia e passei correndo pelos cavalos agora agitados em sua direção. Mas Vivienne La Cour me atacou vinda da escuridão outra vez, me jogando contra outra coluna. Ela era forte como a morte, de olhos fechados contra a luz de meu aegis enquanto sua cabeça mergulhava na direção de meu pescoço. Apertei a palma da mão em seu rosto e fui recompensado por seu grito sobrenatural de dor. Ela cambaleou para trás, e eu a chutei com vontade, atirando-a com força através da cerca.

"Livre de suas correntes, o atroz mais jovem avançou, louco pela sede de sangue. Mas ele provavelmente tinha sido um garoto camponês quando morreu, e eu tinha treinado aos pés de uma das melhores espadas da Ordem da Prata. Eu o segurei pelo braço e o joguei contra a coluna ao meu lado. Seu ombro estourou quando eu o torci, forçando-o sobre a palha no chão. Eu não tinha levado comigo a Garra de Leão para limpar os estábulos, mas percebi que ainda carregava prata aonde quer que eu fosse. E, levantando o pé, pisei várias vezes com força na cabeça do atroz com meus saltos de prata até seu crânio se abrir como fruta madura, espalhando o cérebro podre sobre a palha.

"Fui atingido por trás, o outro atroz me jogando de cara na coluna, com o cabo da pá ainda enfiado no crânio. Meu nariz quebrou, minha bochecha se cortou, e eu gritei quando ele mordeu meu pescoço. Eu podia ter terminado ali e naquele instante, mas, outra vez, Justiça veio em minha ajuda e, com um coice selvagem, o atroz foi jogado longe com o peito afundado.

"Quando meu cavalo começou a pisotear o monstro que rugia, Vivienne atacou como uma serpente, e suas mãos se emaranharam em meu cabelo e puxaram minha cabeça outra vez na direção de suas presas. Desesperado, consegui me soltar usando toda minha força, gritando de dor enquanto deixava um pedaço de escalpo rasgado e ensanguentado pendurado na mão da vampira. Rolei pela palha até meu carrinho, peguei a lanterna e a joguei contra o peito de La Court. Vidro estourou. Óleo se espalhou. E o grito sombrio que saiu de sua garganta pareceu nascido na barriga do inferno.

"Luz do dia. Prata. Fogo. Isso era a ruína para os sem morte. La Cour saiu correndo dos estábulos, uma tocha viva iluminando o amanhecer obscuro. Os cavalos, então, escaparam, Justiça com eles, fugindo das chamas que tinham brotado em seu rastro. Depois de esmagar o crânio do outro atroz sob meu salto, segui La Cour pela neve. O fedor de carne e cabelo queimados encheu meus pulmões. Com a carne queimada até o osso, Vivienne emitiu um último lamento – um grito mais de pesar que de dor. Então, caiu de joelhos, a pele estourando como mechas de fogo enquanto ela desabava, e a morte que ela havia enganado veio finalmente reclamá-la.

"Os estábulos estavam em chamas, outros cavalos se debatendo em suas baias enquanto as chamas ficavam ferozes. E, embora meu ombro e meu pescoço jorrassem sangue e minha cabeça estivesse descascada como fruta, voltei correndo para salvá-los. Enchi o carrinho de neve e o joguei sobre as chamas que aumentavam. Outro carrinho se seguiu. E mais um. A fumaça sufocava meus pulmões. O calor escaldava minha pele. Mas, apesar de ferido, eu ainda era um sangue-pálido, e quando os intrigados Kaspar e Kaveh chegaram para começar seu trabalho do dia, eu estava sentado em meio ao fedor de carne, palha e merda queimados, o peito, o ombro e o cabelo encharcados de vermelho, o fogo debelado, e todos os três vampiros na porra de cinzas.

"'Em nome do Deus Todo-poderoso...', disse Kaspar.

"Kaveh hesitou, mudo e de olhos arregalados enquanto seu irmão se ajoelhava ao meu lado.

"'O que aconteceu, Pequeno Leão?'

"Apontei com a cabeça as cinzas de La Cour, ainda fumegantes sobre a neve recente.

"'Tentaram me matar', disse com dificuldade com meu queixo quebrado.

"Os jovens sūdhaemis montaram o quebra-cabeça, olhando perplexos. Os dois me ergueram até a plataforma do céu. Com mãos escuras encharcadas de sangue, Kasper pressionou minha túnica sobre as feridas que aquelas presas mortas tinham aberto enquanto Kaveh ia recolher os cavalos. Os olhos de Kaspar permaneceram na mancha negra dos restos de La Cour abaixo enquanto nos levantávamos da neve.

"'É um milagre você tê-los derrotado com as mãos nuas, *mon ami*', disse o rapaz.

"'Deus seja louvado', murmurei.

"Kaspar fez o sinal da roda enquanto eu caía de costas sobre a plataforma. Eu não conseguia sentir o frio, menos ainda as lágrimas sangrentas em minha carne, a dor de meus ossos quebrados. Em vez disso, eu estava revivendo as palavras que Vivienne tinha dito com raiva antes de morrer.

"*Talvez seus amigos não o amem tanto quanto deveriam.*

"E, embora eu soubesse que a moeda dos Mortos era o engodo e achasse saber que não podia confiar em uma palavra do que aquela vaca profana tinha dito, não consegui deixar de me perguntar como ela tinha se soltado da fundição.

"Eu me lembrei da figura que tinha visto saindo pelas portas do arsenal.

"Coberto de preto. Escondido como um ladrão.

"*A porra de Aaron de Coste.*

"E murmurei novamente, dessa vez mais baixo.

"'Tentou me matar...'"

✦ XII ✦
UMA CARTA DE CASA

— A ENFERMARIA DE San Michon cheirava a ervas, incenso e, acima de tudo, sangue velho.

"Eu me sentei no primeiro andar do prédio do priorado, com a sororidade alojada acima. O salão de entrada era um espaço grande e aberto, e uma luz vermelha e profunda se derramava pelas janelas altas e arqueadas, globos chymicos brilhando ao longo do teto. Havia tapeçarias penduradas nas paredes — grandes retratos da Virgem-mãe e do bebê Redentor, anjos da hoste. Mas a cela em que eu estava me recuperando era mais austera: paredes brancas, cama macia, lençóis limpos. Acima de minha cama havia um belo vitral retratando Eloise, anjo da vingança, com as mãos no rosto, chorando suas lágrimas de sangue.

"A enfermaria era o domínio de uma irmã chamada Esmeé, e foi sob seus cuidados atenciosos que fui deixado por Kaspar. Esmeé era uma mulher enorme, as mãos lembrando grandes pernis. Ela parecia tão deslocada no priorado quanto uma freira comum estaria em um bordel de verdade."

Gabriel acenou vagamente com a mão.

— Tirando os serviços de especialistas, é claro.

— Mais humor de prostitutas. — Jean-François deu um suspiro. — Muito engraçado.

— Vá se foder — sugeriu animado Gabriel, erguendo seu copo de Monét.

— Acho que você já tomou bastante vinho, santo.

– Acho que você é o último bastardo no mundo a poder dar um sermão em um homem sobre seus hábitos de bebida, vampiro. – Gabriel se encostou, dando outro longo gole. – Fazia horas desde o ataque no estábulo, e meus ossos estavam colando. Mas as feridas abertas por aquelas presas mortas iam demorar muito tempo para cicatrizar, mesmo para um sangue-pálido. Por isso, eu estava sob os cuidados do priorado.

"'Você certamente consegue aguentar uma surra, Pequeno Leão. Tenho de admitir isso.'

"Ergui os olhos para a voz e vi Mãocinza na minha porta, observando com olhos incisivos.

"'Se eu não soubesse, diria que você é do sangue Voss', declarou ele.

"Levei alguns momentos para entender que meu mestre estava tentando fazer uma piada. E, embora aquela fosse a primeira vez da qual eu pudesse me lembrar que ele fazia isso, eu não estava no clima para diversão.

"'Como está o pescoço?', perguntou ele.

"'Vou sobreviver', murmurei, com o maxilar ainda doendo.

"'Três contra um.' Ele assentiu, tamborilando no punho da espada. 'Impressionante, garoto.'

"'Sou o que meu mestre me fez ser.'

"'Deus seja louvado. Ou poderíamos estar enchendo duas sepulturas neste dia.'

"Eu pisquei. Inclinando a cabeça, percebi que podia ouvir um choro baixo no priorado propriamente dito. Uma multidão suave em lágrimas.

"'La Cour... ela matou alguém durante sua fuga?'

"Mãocinza assentiu.

"'Uma irmã do priorado. O jovem Kaveh a encontrou quando estava buscando os cavalos. Drenada até secar e jogada das alturas do mosteiro.'

"O medo congelou meu estômago.

"*Chloe e Astrid estavam fora do priorado ontem à noite...*

"'Que irmã, mestre?'

"'Aoife.' Mãocinza fez o sinal da roda. 'Pobre garota.'

"Eu fui tomado por um alívio culpado e uma tristeza suave pela morte de Aoife. Ela tinha sido uma filha fiel de Deus e sempre havia oferecido a mim simpatia e bondade. Ela estava em solo sagrado quando eu a vi na noite anterior, mas imagino que La Cour deve tê-la pegado quando ela saiu da catedral, depois foi para os estábulos para me atacar. Eu me perguntei se tivesse dito algo a Aoife, confortado-a em seu pesar, talvez eu pudesse tê-la salvado.

"Mas por que, para começar, ela estava na catedral? E ainda por cima, chorando?

"Meus olhos se estreitaram quando olhei para Mãocinza.

"*Há mistérios demais aqui.*

"'Como La Cour escapou, mestre?'

"Mãocinza deu um suspiro.

"'Drenada pela fundição e queimada pela prata, suas mãos ficaram finas o bastante para saírem dos grilhões. Talon está arrasado com culpa por isso, pobre bastardo. Aoife foi sua auxiliar por anos. Ela era o mais próximo de uma filha que ele jamais vai conhecer. Mas ele jura pelo Todo-poderoso e todos os Sete Mártires que isso nunca mais vai tornar a acontecer.'

"'Isso já aconteceu antes?'

"'Não que eu me lembre, não.'

"Mantive o rosto imóvel, mas meu estômago estava se revirando. Eu não podia ter certeza, mas teria apostado minhas bolas que Aaron de Coste havia libertado aquela vadia com a intenção de acabar comigo. Ele sabia muito bem que eu estaria nos estábulos sozinho. Ele já tinha se revelado um cão, usando seus dons de sangue em mim, e tinha jurado me matar na manopla. Aquele era o jeito perfeito de deixar suas mãos brancas como lírios e se manter como membro mais graduado de nosso grupo.

"Mas Aaron era mau o bastante para realmente me querer morto? Por causa de orgulho ferido?

"E sua vingança tinha feito com que uma irmã inocente fosse morta?

"Mãocinza era meu professor. Meu protetor. Eu queria confiar naquele homem. Mas ele já tinha mentido para mim uma vez. E eu ainda estava na merda por minha desobediência. Compartilhar minhas suspeitas com ele seria menos que inútil, especialmente sem provas.

"Meu mestre confundiu meu silêncio com tristeza. Ele me deu tapinhas no ombro, desconfortável, como um pai que nunca teve nenhuma vontade de ser pai.

"'A tristeza não é nenhum pecado. Mas a irmã Aoife está com os Mártires, agora. E você fez bem, derrotar dois atrozes e um alto-sangue sozinho não foi um feito pequeno. E ainda por cima com as mãos nuas?'

"Eu dei de ombros.

"'Justiça fez sua parte.'

"Ele me estudou com cuidado.

"'Nada estranho, então? Como em Skyefall?'

"Eu me lembrei do sangue do pequeno Claude fervendo ao meu toque. Das palavras de Talon: *Temos de levá-lo para a ponte do céu agora mesmo. Cortar sua garganta e entregá-lo às águas.*

"*Se Khalid tivesse dado a ordem, Mãocinza teria mesmo acabado comigo?*

"'Não, mestre', disse eu.

"Ele deu um grunhido, como se quase acreditasse em mim. 'Bom, é melhor você se curar rápido e estar pronto para montar, garoto. O crepúsculo não espera por nenhum santo.'

"Senti palpitações em meu estômago.

"'Nós vamos caçar novamente?'

"Mãocinza assentiu.

"'Talon terminou de testar o garoto De Blanchet. Como eu suspeitava, seu sangue era assustadoramente grosso para um recém-nascido. Os kith ficam mais fortes ao envelhecer, mas algum grau de potência sempre é passado do criador para a criatura. Talon declarou que a criatura que transformou o pequeno Claude foi quase certamente um ancien.'

"'Um Voss *antigo*?', sussurrei.

"'*Oui*', assentiu Mãocinza. 'O abade Khalid ordenou que nós o cacemos. E com uma presa tão perigosa, nós não caçamos sozinhos. O próprio Talon viaja conosco.'

"Gemi por dentro ao pensar naquele babaca rabugento se arrastando atrás de mim pelas províncias.

"'Mas Talon é serafim. Ele não é importante demais para arriscar?'

"'Um ancien é uma presa letal. E o serafim é o mais velho do sangue Voss em San Michon. Ele vai ensinar você e De Coste a se defenderem contra nossa presa.'

"Eu assenti, com relutância.

"'Quando partimos?'

"'Amanhã. Então é melhor você tomar um pouco de sopa e se reforçar, Pequeno Leão. Matar recém-nascidos é uma coisa. Mas essa presa vai testar seu vigor, com toda a certeza.' Ele levou a mão ao interior do sobretudo, com o rosto suave como nunca. 'Uma coisa para ler enquanto você se recupera.'

"Mãocinza me passou uma carta lacrada com uma simples cera de vela. Toda dor de meus ferimentos desapareceu quando percebi de quem era. Meu mestre assentiu e me deixou com ela, e eu rompi o lacre com mãos trêmulas, examinando a bela letra cursiva.

"Meu querido irmão,

"Rezo a Deus e aos Mártires para que esta carta o encontre bem. Saiba que estou bem furiosa com você, já que esta é minha quinta missiva, e você não escreveu nem *uma vez* nos meses em que esteve longe. Mas, em um momento de fraqueza, eu me vi novamente com saudade sua, e mamãe disse que eu devia escrever para contar a você. Então aqui está.

"Estou muito bem, mas ainda desejando que você estivesse aqui. A vida em Lorson é horrivelmente sem graça sem seu comportamento vergonhoso para desviar as atenções de meu próprio mau comportamento. Em uma tentativa desesperada de provar para papai que sou a filha temente a Deus que ele tentou criar, atualmente estou servindo na capela como virgem das velas. Você vai gostar de saber que *père* Louis está insuportável como sempre – a filha do conselheiro vai se casar na primavera, e ele insistiu que ensaiássemos *toda semana* até o dia abençoado. Estou considerando seriamente envenenar seu vinho sacramental. Você tem algum conselho sobre que ervas usar?

"Em outra notícia, estou sendo perseguida em termos amorosos pelo filho do pedreiro, Philippe. Seu entusiasmo é louvável, mas decidi nunca me casar. Acho que vou me tornar uma aventureira, viajar pelas terras em busca de fama e fortuna e de uma conquista mais interessante do que o filho de um artífice. Talvez eu passe em seu pequeno mosteiro em algum momento para lhe dar um tapa na orelha por não ter a decência comum de responder as cartas de sua amada irmã.

"Mamãe também sente sua falta, muita. Ela diz que espera que você esteja comendo bem e não fazendo nenhuma tolice. Perguntei se ela tinha mais alguma coisa a dizer, mas ela está chorando agora, então você pense nisso como quiser.

"Acredito que você esteja se divertindo, vadiando pelos campos atrás de monstros. Por favor, me faça o grande favor de não ser morto. Eu nunca ia saber como acaba.

"E, pelo amor de Deus, escreva para a droga da sua mãe.

"Sua irmã amorosa,

"Celene

"Minha pequena peste...', murmurei.

Meus olhos estavam ardendo quando apertei a carta de minha pequena irmã junto ao peito. Eu não havia percebido o quanto sentia sua falta e de minha família em Lorson. Imaginei Celene escrevendo à mesa da cozinha, mamãe trabalhando no fogão, e por um momento sua ausência ficou tão afiada que temi me cortar com ela. A notícia de que minha antiga paixão estava prometida também foi uma pedra em meu estômago. Parte de mim sabia que Ilsa devia me odiar depois do que eu tinha feito com ela, e, de qualquer forma, santos de prata não podiam tomar esposas. Ainda assim, senti uma tristeza suave por meu antigo mundo estar se saindo muito bem sem mim.

"'Bom amanhecer, iniciado', disse uma voz.

"Ergui os olhos da carta de Celene e a vi emoldurada pela porta. A luz mortiça da morte dos dias parecia um halo em torno de sua cabeça, e seus olhos negros como carvão estavam tão ilegíveis como sempre. Mas, olhando para seu rosto, senti a tristeza em meu coração desvanecer.

"'Meu nome é irmã noviça Astrid. Vamos alimentar você e lhe dar de beber, está bem?'

"Ela entrou em meu quarto com uma bandeja de sopa e se sentou ao lado da cama.

"'Abra bem!'

"'Eu...'

"Meu protesto foi silenciado quando ela enfiou uma colher cheia em minha boca. Esperou até que eu mastigasse, então enfiou mais. Ela estava agindo de forma muito diferente, e eu me perguntei se ela podia estar abalada pela morte de Aoife, até que vi a Irmã Esmeé passando, chorando alto. Quando a mulher grande estava fora do campo de audição, Astrid sussurrou, furiosa.

"'Sei que eu disse que o descuido é uma qualidade mais admirável que a tolice. Mas enfrentar três sangues-frios armado apenas com a porra de uma pá pode ter sido levar as coisas um pouco longe demais.

"'É bom ver você também, majestade.'

"'Ah, prepare um lanche para esse seu sorriso de estudante e o mande passear.' Ela franziu o cenho, enfiando outra colherada em minha boca. 'Ele não funciona comigo, Gabriel de León.'

"'Você trabalha na enfermaria?'

"Astrid escarneceu.

"'Urinóis e estas mãos? Acho que não.'

"'Então por que você está *aqui*?'

"'A irmã que ajuda Esmeé era próxima de Aoife. Béatrice está um pouco transtornada depois do... incidente.' Astrid deu de ombros. 'Eu me ofereci para fazer suas obrigações, hoje.'

"'Deixe-me adivinhar. Por um favor?'

"'Eu sem dúvida não fiz isso pela generosidade de meu coração sombrio e ressequido.'

"Alguma coisa na voz de Astrid me disse que ela podia estar mentindo em relação a isso, mas não insisti.

"'Tudo bem, mas você não respondeu minha pergunta. Por que você está aqui?'

"A irmã noviça franziu os lábios e deixou a refeição de lado.

"'Estou insatisfeita. Você quebrou sua palavra para mim, iniciado.'

"'Eu nunca...'

"'Não é totalmente sua culpa', disse ela, erguendo a mão contra meu protesto. 'Mas soube que você não vai poder treinar esgrima com Chloe na semana que vem, considerando que você vai estar assassinando um ancien do sangue Voss com uma pá de jardim ou coisa assim.'

"'Eu... temo que vá ser um pouco mais difícil que isso.'

"'Como você quiser.' Ela alisou para trás uma mecha comprida de cabelo escuro.

"'Mas eu queria garantir que nossa combinação ainda esteja valendo. Vou continuar a procurar os segredos de sua linhagem na biblioteca quando você estiver fora. E você vai continuar a treinar a boa Chloe quando voltar.'

"Eu a olhei nos olhos. E embora seu olhar estivesse insondável como sempre, pude perceber o medo que ela pôs nessa palavra final. Percebi que Astrid estava com medo por mim. Depois do assassinato de Aoife, do ataque nos estábulos, talvez ela tivesse finalmente entendido o quanto eram realmente perigosas as águas em que eu nadava. E eu me perguntei, então, se Astrid Rennier podia estar dizendo alguma coisa sem na verdade dizê-la.

"'Eu vou voltar', assenti. 'Sou um homem de palavra, majestade.'

"'Ainda não é totalmente um homem.' Ela exibiu um sorriso discreto. 'Dezesseis na semana que vem, não é?'

"Astrid me entregou um maço de papel grosseiro e, ao desdobrá-lo, senti meu coração pular três batimentos cardíacos. Era uma página de seu caderno de desenho, mas podia muito bem ser um espelho. Seu trabalho artístico era impecável como sempre, mas em vez de Justiça ou Chloe, dessa vez Astrid tinha me desenhado.

"Olhando para o rosto daquele garoto, pude ver o quanto ele havia mudado desde sua chegada a San Michon. Cabelo escuro e comprido. Queixo pronunciado. Olhos cinza. Ao meu lado, ela havia desenhado um leão, feroz e orgulhoso, com olhos da mesma forma que os meus. Era como se Astrid tivesse visto por baixo do rapaz que eu era e conjurado as linhas do homem que eu ia me tornar. Ao olhá-la nos olhos, eu me vi sorrindo outra vez. Aquela garota era uma irmã noviça da Ordem da Prata. Ela não tinha nada além da roupa no corpo. E, mesmo assim, ela tinha encontrado um jeito de me dar um presente.

"'Feliz dia de santos, iniciado.'

"'*Merci* por seu presente, irmã noviça.'

"Ela piscou.

"'Você... não parece impressionado.'

"Olhei para a carta de Celene no lençol ao meu lado.

"'É um presente maravilhoso, sem dúvida. Estou só me perguntando se sou corajoso o bastante para implorar por mais um.'

"'Você já ouviu a expressão "abusar da própria sorte"?'

"'Acabei de ter notícias de minha irmã menor. Ela está me escrevendo há meses, e eu na verdade não soube o que dizer. Mas sua carta me fez lembrar de minha mãe. Estou me perguntando se devia escrever a ela para perguntar sobre meu pai. Estou falando de meu *verdadeiro* pai.' Eu sacudi a cabeça. 'Mas, na verdade, não tenho certeza se quero que qualquer pessoa em San Michon leia sua resposta. Muitas pessoas neste mosteiro lhe devem favores. Você acha eu conseguiria enviar uma mensagem para ela em segredo?'

"Os olhos escuros de Astrid se suavizaram quando ela olhou para a carta de Celene.

"'É claro. Uma carta não respondida é como um beijo ignorado. E sua mãe sente sua falta, sem dúvida.' Ela retirou o caderno de desenho do interior de seu hábito branco, rasgou uma página e me entregou um bastão de carvão. 'Esconda a carta embaixo do travesseiro antes de sair. Vou cuidar para que sua mãe a receba enquanto você estiver viajando pelos campos matando sanguessugas e fazendo todas as garotas camponesas desmaiarem.'

"'*Merci*, majestade.' Eu sorri. 'Eu lhe devo uma. De verdade.'

"'E não vou me esquecer disso. Tome cuidado, iniciado.' Ela olhou para a luz fraca do dia do outro lado do vitral. 'Logo você vai estar tão endividado que vai ser forçado a me ajudar a escapar deste lugar horrível. E por uma estrada melhor que a viajada pela pobre Aoife.'

"'É tão ruim?', perguntei com delicadeza. 'Estar aqui?'

"'Ruim?' Ela riu, de repente cruel e fria. 'Eu não tenho nada. Não possuo nada. O sangue de imperadores corre nessas veias e, apesar disso, sou um barco sem leme em uma tempestade, soprado para onde quer que os ventos levem. Não há inferno tão cruel quanto a impotência.'

"Fiquei um pouco triste com isso. San Michon agora era minha casa, mas para Astrid não passava de uma jaula. Eu só conhecia aquela garota estranha e exasperadora havia algumas semanas, mas, mesmo assim, eu me perguntei como seria aquele lugar sem ela. Observei enquanto ela recolheu a bandeja e saiu andando pela pedra fria. Quando chegou à porta, ela se virou pela última vez.

"'Uma garota fraca e tola desejaria sorte em sua Caçada, Gabriel de León. Uma garota fraca e tola rezaria para Deus abençoá-lo e protegê-lo de qualquer dano.

"'Mas você não é uma garota fraca e tola.'
"'Não. Eu sou a porra de uma rainha.'
"E com isso, ela foi embora."

✦ XIII ✦
TODOS OS TONS DE SANGUE

– Fiquei por um longo momento olhando para o lugar onde Astrid tinha estado, percebendo como o quarto parecia menor agora que ela o havia deixado. Então, com um suspiro, peguei o carvão e comecei a escrever. Um pedaço de pergaminho não era lugar para dizer tudo o que eu precisava, mas fiz o melhor possível. Tempo suficiente tinha se passado desde que havíamos nos despedido. Noites suficientes cheias apenas de perguntas.

"Querida mamãe,

"Por favor, me perdoe por não escrever antes. Recebi todas as cartas de Celene e rezo a Deus para que esta as encontre com boa saúde. Nós não nos despedimos nos melhores termos, mas saiba que estou bem e pensando em você e na peste. Sinto muita falta de vocês duas.

"O pecado de meu nascimento foi explicado pelos irmãos de San Michon, e faço o possível para lidar com isso todos os dias. Entendo por que você não me revelou a verdade antes, mas agora eu preciso saber tudo o que você possa me contar. Qual era o nome de meu pai? Como vocês se conheceram? Esse monstro ainda vive e, se vive, onde ele pode ser encontrado?

"Minha própria vida pode depender disso, mãe. Se você tem alguma consideração por mim, rezo para que me conte tudo de que preciso saber. Por favor, mande todo meu amor para Celene, menos a parte que você guardar para si mesma. Vocês duas têm tanto quanto eu posso dar.

"Seu filho amoroso

"Gabriel

"P.S. Diga à peste que vou escrever em breve para ela. Por enquanto, tenho monstros para perseguir.

"Dobrei bem a carta e a escondi embaixo do travesseiro, como disse Astrid. Eu não tinha ideia de quanto tempo minha mãe podia levar para responder, mas não me deixaram me perguntar sobre isso.

"Na manhã seguinte, recebi a aprovação da irmã Esmeé. E depois de uma missa do amanhecer envolta em música fúnebre pela pobre irmã Aoife, desci para os estábulos outra vez, para encilhar Justiça. Kaspar e Kaveh estavam lá para ajudar, os dois rapazes parecendo abalados pelo assassinato de Aoife. Observei Kaveh em especial, pensando sobre aquele estranho encontro que eu tinha interrompido entre ele e a irmã morta. Eu me perguntei o que podia ter significado, mas não era como se eu pudesse perguntar a ele – mesmo que o rapaz não fosse mudo, ele provavelmente ia apenas mentir.

"O fedor de fogo e cabelo queimado ainda pairava no ar após minha batalha contra os sangues-frios. O mestre Mãocinza e Aaron estavam ali comigo, assim como o bastardo obstinado que ia nos acompanhar. O bastão de freixo que tinha cobrado um preço tão sangrento nos nós de meus dedos não estava em nenhum lugar à vista – o serafim Talon estava vestido como um irmão da Caçada. Ele usava um sobretudo comprido e uma bandoleira carregada de bombas de prata; seu peito estava adornado por uma estrela de sete pontas de prata. A ideia de que o abade Khalid estava enviado um serafim conosco mostrava o quanto nossa presa ia ser perigosa.

"A expressão de Talon estava fechada, seu rosto marcado pelo pesar. Eu podia estar errado, mas me pareceu ter visto lágrimas em seus olhos.

"'*Merci*, garoto. Por vingar a pobre Aoife. Bom trabalho.'

"Eu fiz uma reverência.

"'Para um sangue-frágil.'

"'Três sangues-frios desarmado e sozinho?' Aaron olhou de esguelha para mim. 'Você vai ter de me contar como sobreviveu a essa, Gatinho.'

"Sorri para De Coste, intrigado.

"'Gatos têm nove vidas, Aaron. Leões também.'

"'E você vai precisar de todas elas', rosnou Mãocinza, erguendo sua sela. 'E que a graça de Deus faça com que saiamos dessa Caçada ilesos.'

"Eu assenti enquanto De Coste me encarava com seu olhar frio e azul. Sua voz estava suave, mas ele falou com clareza no silêncio.

"'Agradeço a Deus Todo-poderoso que você os tenha derrotado, De León.'

"'Eu agradeço a ele também', respondi. 'E a você pela preocupação, irmão.'

"Aaron voltou a empacotar suas coisas. Mãocinza grunhia baixinho, satisfeito por haver algum sinal de *pax* entre nós. Mas, enquanto encilhava Justiça, eu sabia que não havia nada disso. Eu ainda não tinha provas, mas estava quase certo que De Coste tinha libertado a mulher La Cour da fundição. Por que mais ele estaria no arsenal?

"O babaca falso tinha soltado um alto-sangue sobre mim por causa do orgulho ferido, e sua vingança havia custado a vida da pobre Aoife. Eu não deixava de pensar que Astrid ou Chloe podiam facilmente ter sido pegas por aquele monstro em seu lugar. E agora eu estava saindo na Caçada mais perigosa que eu já havia enfrentado, com De Coste fazendo minha cobertura.

"Ainda assim, eu não tinha escolha. Um ancien do sangue Voss estava à espreita em Nordlund. Fazia pouco sentido que um coração de ferro tão poderoso estivesse a leste de Talhost, se o Rei Eterno estava reunindo toda sua força em Vellene. Assim, com o serafim Talon nos guiando pela neve que caía, pegamos a trilha que ia nos levar para as Montanhas dos Anjos.

"Nenhum de nós entendia o horror que íamos encontrar no fim daquela estrada. Não que essa fosse ser a última Caçada que Mãocinza, Aaron e eu faríamos juntos. Mas destemido, até mesmo ávido, botei meu destino mais uma vez nas mãos de Deus e saí atrás de nossa presa."

Em uma cela de prisão silenciosa e alta no meio de uma fortaleza solene, o Último Santo de Prata estendeu a mão para tornar a encher seu copo. Encontrando apenas algumas gotas de Monét, ele disse um palavrão em voz baixa. Ele era muito bebedor para que uma única garrafa o deixasse embotado, e o *sanctus* que haviam lhe dado estava começando a perder o efeito. Gabriel agora podia senti-lo, formigando nas profundezas de seu estômago, coçando por trás de seus olhos. Seu inimigo mais querido. Seu amigo odiado.

– Com sede? – perguntou Jean-François, desenhando em seu maldito caderno.

– Você sabe que estou.

– Mais vinho? – Os olhos de chocolate se ergueram para encarar os de Gabriel. – Ou alguma coisa mais forte?

– Só me arranje a porra de uma bebida, seu babaca ímpio.

Gabriel apertou as mãos trêmulas enquanto o vampiro estalou os dedos. A porta revestida de ferro se abriu, aquela mulher escrava sempre à espreita na porta. A mordida em seu pulso agora eram apenas dois arranhões leves, o sangue que ela tomara das veias de seu mestre curando a ferida quase como se ela nunca tivesse acontecido. Mas Gabriel ainda podia sentir o perfume de seu sangue, e virou a cabeça para não ter de olhá-la nos olhos.

Ele sentia como se estivesse naquela cela por toda sua vida.

– Mais vinho, meu amor – disse Jean-François. – E um copo novo para nosso convidado.

A mulher fez uma mesura.

– Sou sua criada, mestre.

O pé de Gabriel tamborilou um ritmo rápido e quebrado no chão. Seu estômago estava se revirando lentamente em um nó duro como gelo. Aquela mariposa pálida como um fantasma tinha voltado, se debatendo em vão contra a chaminé de vidro da lanterna mais uma vez. Debruçando-se para frente e delineando aquelas cicatrizes em forma de lágrima em sua bochecha direita com um dedo, Gabriel olhou para o tomo no colo de Jean-François. O vampiro estava terminando um retrato de Astrid como ela estava naquela noite na biblioteca, emoldurada por velas acesas e janelas com vitrais. Para sempre jovem. Para sempre bela. A semelhança era tamanha que fez seu peito doer.

– Então – murmurou o vampiro. – Um ancião dos Corações de Ferro, circulando por Nordlund.

– *Oui* – respondeu Gabriel.

– Não foi um pouco canhestro para um *ancien*? Ter deixado uma trilha para vocês seguirem?

Gabriel deu de ombros.

– Até os anciãos precisam se alimentar. E, com todo seu poder, os Voss não tinham como viajar pelo império além dos meios mundanos. Se o Rei Eterno soubesse falar diretamente com os animais do céu, toda essa história poderia ter sido diferente. Mas vocês, Chastains, ainda estavam encolhidos nas sombras nessa época.

– Não confunda paciência com covardia, De León.

– Uma canção cantada por todo alimentador inferior que já conheci.

O vampiro ergueu uma sobrancelha loura.

– Não é um Rei Eterno que vai governar este império no fim, mestiço. É uma imperatriz de lobos e homens. E você dificilmente pode zombar de devoradores de carniça, considerando a linhagem de sangue da qual você descende.

– Eu estava me perguntando quando você ia voltar a isso.

Esfregando o queixo por barbear, Gabriel olhou o monstro nos olhos.

– Quarenta – disse pensativo. – Talvez 50.

Jean-François piscou.

– Desculpe?

– Você perguntou mais cedo que idade eu achava que você tinha. –

Gabriel deu de ombros. – Agora que passamos algum tempo juntos, posso arriscar um palpite. Você se porta como um ancien, historiador, mas você não é nenhum ancião. Na verdade, eu diria que você não é muito mais velho que eu.

– É mesmo. E o que faz você dizer isso, De León?

– Você não está assustado o bastante. – Gabriel inclinou a cabeça. – Diga-me, quando sua mãe sombria e amante pálida, Margot Chastain, primeira e última de seu nome, lhe ordenou esta tarefa, você achou que ela estava me trancando aqui com você, ou você aqui comigo?

– Não tenho nada a temer de você, De León – escarneceu o vampiro. – Você é uma ruína bêbada, descendente de uma casa de cães, que permitiu que a última esperança para sua espécie escapasse por seus dedos e se espatifasse como vidro sobre a pedra.

– O Graal. – Gabriel assentiu. – Eu estava me perguntando quando você ia voltar a isso, também.

– Eu não volto a lugar nenhum, Santo de Prata.

– Se você soubesse como isso é verdade, seu parasita.

A porta se abriu, e a escrava estava parada na entrada, equilibrando a bandeja dourada em uma das mãos. Ela sentiu a tensão no ambiente, com os olhos sobre o historiador.

– Está tudo bem, mestre?

O vampiro afastou um cacho dourado dos olhos.

– Muito bem, Meline. Embora pareça que o humor de nosso convidado piore quando sua língua está seca. Cuide disso, *merci*.

A mulher entrou na cela, pôs um copo novo de vinho sobre a mesa e a garrafa ao lado. Gabriel manteve o olhar para frente, fixo na ilustração no caderno do vampiro. As lembranças de Astrid agora estavam frescas. A ferida reabriu. Quanto mais ele contasse sua história, mais cedo iria chegar ao fim dela, e ele sabia que não havia nem de longe bebido o suficiente para isso. Portanto, ele voltou os olhos para o monstro à sua frente. Aquele horror em brocados de seda, penas pretas e pérolas reluzentes.

— Posso falar mais sobre a companhia do Graal — ofereceu ele. — Chloe. Dior. Padre Rafa e os outros. Se você desejar.

— Eu não desejo — protestou o vampiro, talvez com um pouco de veemência demais. — Você não pode ficar dando voltas em torno de contar essa história como se fosse um coelho no cio, Santo de Prata.

— Acho que você vai descobrir que eu posso fazer a merda que eu quiser, vampiro. Pelo menos até sua imperatriz ter o que quer. — Ele estudou as unhas negras e quebradas, o sangue seco, as cinzas e a tinta prateada em suas mãos. — E o que ela quer é a história do Graal. O que aconteceu com ele. Como eu o perdi. Então, o que acha de deixarmos de fingimento por um tempo? Pelo menos até eu estar bêbado o suficiente para voltar a San Michon.

O rosto do vampiro não se alterou. Mas Gabriel sabia muito bem reconhecer a fagulha brilhando naqueles olhos de chocolate. Ele podia senti-la, flutuando como fumaça entre eles. Sentir seu cheiro, entrelaçado com o vinho e o sangue.

Desejo.

— Como quiser — disse Jean-François sem alterar a voz.

— Tem certeza? Como você disse, você não está interessado em histórias de crianças.

— Recebi ordens de minha senhora pálida para registrar *toda* a sua história, De León. Pessoalmente, eu não me importo.

— Línguas mortas ouvidas são línguas dos Mortos provadas.

— É isso o que você quer, santo? — perguntou o vampiro, os olhos escuros examinando o cinza pálido. — Uma prova de mim? Ouvi dizer que você tinha desenvolvido um apetite por nós.

Gabriel pegou seu copo novo de vinho e deu um gole longo.

— Você não é meu tipo, Chastain.

Jean-François sorriu com o fedor da mentira e molhou sua pena.

— Então. Chloe Sauvage e seu grupo esfarrapado. Uma garota que você conheceu como irmã noviça em San Michon. Uma garota que havia afirmado que seu primeiro encontro tinha sido comandado pelo próprio Pai Celestial. Descobrir você em Sūdhaem dezessete anos depois pouco deve ter ajudado a dissuadi-la de suas ideias insanas.

— Longe disso. Chloe, como eu disse, era uma crente.

— Você tinha escapado de Danton, a Fera de Vellene e filho mais novo do Rei Eterno, que parecia interessado no garoto Dior. Você tinha resgatado o grupo de Chloe de um bando de atrozes, despachado outro alto-sangue misterioso que também perseguia os passos do jovem Dior. E aquele menino dizia conhecer a localização do Graal. O cálice perdido de San Michon, que recolheu o sangue do Redentor enquanto ele morria sobre sua roda.

— É quase como se você estivesse prestando atenção.

— Mas por que concordar em acompanhar Chloe até o rio Volta? — Jean--François apontou com a cabeça para a palavra PACIÊNCIA escrita sobre os dedos do Santo de Prata. — Sua mulher e sua filha o esperavam em casa. E você claramente não acreditava que esse Dior soubesse a localização do cálice.

— Não. Eu achava que o garoto era a porra de um mentiroso, e Chloe a porra de uma tola. Mas Danton Voss claramente achava que Dior merecia ser perseguido, mesmo que eu não achasse. Eu tinha negócios com a *famille* do Rei Eterno. Inacabados, e com todos os tons de sangue. Eles podiam ser mentirosos e tolos, mas o grupo de Chloe podia me servir pelo menos de uma maneira.

— Isca — compreendeu Jean-François.

— *Oui.*

O vampiro observou Gabriel, com os lábios franzidos.

— O que aconteceu com o garoto para quem a mentira era como uma corda em torno de seu pescoço? Que tinha tanto apreço pela vida que entrou em um estábulo em chamas para salvar um punhado de cavalos? Que faria *qualquer coisa* para salvar uma criança, poupar uma mãe do inferno que sua própria mãe tinha sofrido? — Jean-François olhou para a estrela de sete pontas na mão de Gabriel. — O garoto cuja fé no Todo-poderoso brilhava como prata e iluminava a escuridão como uma chama sagrada?

– A mesma coisa que acontece com todos os garotos.
O Santo de Prata deu de ombros e terminou seu copo.
– Ele cresceu.

Livro Quatro

LUZ DE UM SOL NEGRO

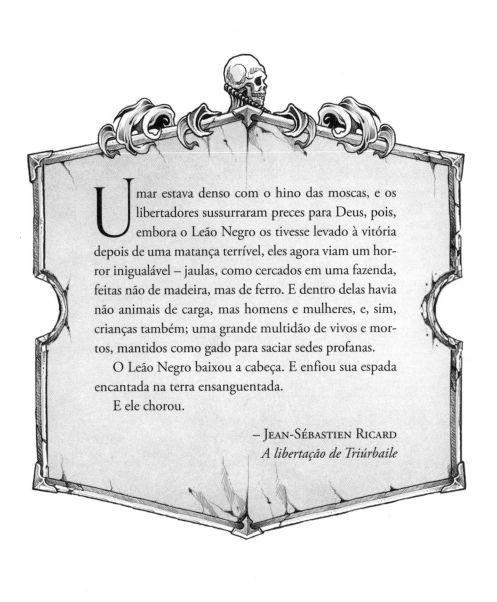

Umar estava denso com o hino das moscas, e os libertadores sussurraram preces para Deus, pois, embora o Leão Negro os tivesse levado à vitória depois de uma matança terrível, eles agora viam um horror inigualável – jaulas, como cercados em uma fazenda, feitas não de madeira, mas de ferro. E dentro delas havia não animais de carga, mas homens e mulheres, e, sim, crianças também; uma grande multidão de vivos e mortos, mantidos como gado para saciar sedes profanas.

O Leão Negro baixou a cabeça. E enfiou sua espada encantada na terra ensanguentada.

E ele chorou.

— Jean-Sébastien Ricard
A libertação de Triùrbaile

✦ I ✦
FUNDO E MAIS FUNDO

— NÓS TÍNHAMOS CAVALGADO durante a noite, como se o próprio inferno estivesse em nosso encalço. As primeiras neves estavam caindo, as manchas de sangue de nossa batalha na torre de vigia ainda secas sobre minhas mãos. Mas foi apenas quando o sol conseguiu se arrastar até o céu que me senti quase seguro. A luz do dia não era mais a destruição para os Mortos, mas Danton Voss não era tolo o bastante para atacar com nada menos que toda sua força outra vez.

"Na próxima vez, ele viria à noite.

"Viajamos por um longo trecho de carvalhos mortos cobertos de emaranhados de fungos. O vento norte sussurrava segredos frios, mordendo orelhas e pontas de dedos azuis. Eu cavalgava no flanco, estudando aquele estranho grupo de lado e me perguntando que profundidade realmente tinha a merda para a qual a pequena Chloe Sauvage tinha me arrastado.

"Fazia mais de uma década que eu não a via, mas ainda me surpreendi com o quanto ela havia mudado. Chloe sempre tinha sido um tipo intelectual, empertigada e extremamente devota. Mas suas sardas haviam esmaecido, e seus olhos estavam mais velhos — uma mulher, agora, onde antes havia uma garota. Ela estava vestida mais como um soldado do que como uma freira; um sobretudo escuro sobre uma cota de malha, uma espada de aço de prata ao seu lado e um fuzil em suas costas, aquela massa irritante de cachos castanho-claro presa em um rabo de cavalo comprido. Mas, enquanto seguíamos pela floresta fantasma, ela ainda esfregava sem parar a estrela de sete pontas de prata, os lábios se movendo em preces silenciosas.

"Dior viajava na garupa de Chloe, os braços do garoto envolvendo a cintura da irmã sagrada enquanto ele falava quase sem parar. Ele era estranho – uma sobrecasaca de aristocrata com calças de um rei dos mendigos, aquela massa de cabelo branco como cinza caindo sobre olhos azuis brilhantes. Ele levava um punhal de prata no casaco. Eu teria dito que ele tinha 14 anos, mas havia alguma coisa nele, cortante como vidro e nascida nas sarjetas. Ele olhava para mim como se fosse me matar por meio-royale de latão.

"Saoirse viajava a pé, com Phoebe trotando ao seu lado. De todo o grupo, a assassina era quem mais me impressionava – ela andava pelas árvores mortas como se fosse um espectro, e se movia com uma graça que me dizia que aquelas armas que ela levava não eram para brincadeiras. Por baixo de sua capa de pele de lobo, ela usava roupas de couro muito bem-feitas e cota de malha, um *kilt* em preto e três tons de verde. Havia duas listas entrelaçadas tatuadas no lado direito de seu rosto, escarlates como sangue. Aquele grande leão da montanha avermelhado com quem ela corria deixava a maioria dos cavalos nervosos, e a dupla passava o dia incansavelmente explorando, voltando só de vez em quando para conferir as coisas.

"Por último, vinham *père* Rafa e Bellamy Bouchette, o padre e o menestrel cavalgando lado a lado. O hábito de Rafa era feito do mesmo tecido claro e artesanal que você encontra vestindo a maioria dos homens nos mosteiros. Sua pele era escura e desgastada como couro velho, óculos quadrados grossos equilibrados precariamente na extremidade de um nariz magro e comprido. Ele parecia magro o suficiente para se quebrar com meu menor dedo, mas eu ainda me lembrava de nossa batalha junto à torre de vigia – aquela roda em torno de seu pescoço ardendo como uma fogueira quando ele tirou aquele alto-sangue estranho e mascarado de cima de nós.

"Bellamy usava um gibão elegante cinza-escuro, cota de malha, uma capa do que podia ter sido uma raposa-cinzenta. Havia uma corrente prateada com seis notas musicais pendurada em seu pescoço. Sua espada longa estava pendurada ao seu lado, o chapéu de feltro cinza inclinado de modo tão libertino que era um espanto ele não cair de sua cabeça. Seu queixo era como uma pá, e eu não tinha certeza de como ele conseguia, mas sua barba por fazer estava com perfeitos três dias de comprimento. Ele seguia ao lado do padre e, embora eu achasse que ele devia ter em torno de 20 anos, ele tocava seu belo alaúde de pau-sangue como um garoto de 13 anos toca o próprio pau."

– Com arte? – perguntou Jean-François.

– Constantemente. Eu *odeio* menestréis videntes. Quase tanto quanto batatas.

– Por quê?

– Poetas são punheteiros. – Gabriel deu um suspiro. – E menestréis são apenas poetas que têm a permissão para tocar em público. É um tagarela que se acha importante e acredita que seus pensamentos merecem ser postos em pergaminhos e que seja escrita a porra de uma balada sobre eles.

– Mas *música*, De León... – O vampiro se inclinou para frente, animado, talvez, pela primeira vez desde o início de sua conversa. – A música é uma verdade que vai além do contar. Uma ponte entre almas estranhas. Dois homens que não falam uma palavra da língua um do outro podem ainda assim sentir seus corações se elevarem da mesma forma com o mesmo refrão. Dê a um homem a mais importante das lições, e ele pode esquecê-la no dia seguinte. Dê a ele uma bela canção, e ele vai cantarolá-la até o dia em que os corvos fizerem um castelo com seus ossos.

– Muito bonito, vampiro. Mas a verdade é uma faca mais afiada. Na realidade, a maioria dos homens escreve canções para ouvir a si mesmos cantando. E o resto canta não pela música, mas pelo aplauso no fim. Sabe o que a maioria dos homens não faz o suficiente?

– Conte-me, santo.

– Eles não calam a porra da boca. Eles não sentam e escutam simplesmente. É no *silêncio* que nós nos conhecemos, vampiro. É na imobilidade que ouvimos as perguntas que realmente importam, arranhando como filhotes de passarinho nas cascas de ovos de seus olhos. *Quem sou eu? O que eu quero? Em que me transformei?* Na verdade, as perguntas que você escuta no silêncio são sempre as mais aterrorizantes, porque a maioria nunca tira um tempo para ouvir as respostas. Elas dançam. E cantam. E lutam. E fodem. E se afogam, enchendo suas goelas de mijo e seus pulmões de fumaça e as cabeças de merda de modo que nunca têm de descobrir a verdade sobre quem porra eles são. Ponha um homem em um quarto por cem anos com mil livros, e ele vai conhecer um milhão de verdades. Ponha-o em um quarto por um ano com silêncio, e ele vai conhecer *a si mesmo*.

O vampiro viu o Santo de Prata beber seu vinho até o fim e depois tornar a encher seu copo até a borda trêmula.

– Você sabe o que é ironia, De León?

– Eles fazem espadas com isso, não fazem? Misture-a com carvão e bata nela com um malho?

– Na metade da segunda garrafa, suando por outro cachimbo, e ele repreende os outros por seus vícios – reprovou-o Jean-François. – A única coisa pior que um tolo é um tolo que se acha sábio.

– Eu tenho passado muito tempo nesse quarto silencioso, vampiro. Eu *sei* o que sou.

O Santo de Prata ergueu seu cálice e sorriu.

– Eu só não gosto muito disso.

"Nós finalmente atravessamos o Ūmdir em um vau raso, com as águas batendo nos flancos de nossos cavalos. Dior parecia estar erguendo as costas à medida que o rio ficava mais fundo, e me perguntei se o garoto estava com medo de molhar aquela sua bela sobrecasaca roubada. Isso, pelo menos, interrompeu seu falatório for algum tempo. Jezebel não parecia se incomodar com a água, e acariciei carinhosamente minha grande égua de carga entre as orelhas. Apesar da mudança de sua situação, a égua parecia satisfeita em me conhecer – imagino que eu fosse um mestre mais bondoso que o par de inquisidoras de quem eu a havia tirado. Eu só queria ter um pouco de açúcar para dar a ela.

"Enquanto subíamos a margem congelada, desdobrei meu mapa surrado, saquei minha luneta e dei uma última olhada para as terras atrás. Em nosso rastro ficava Sūdhaem; climas mais quentes e pequenas faixas de civilização ainda livres da fome dos sangues-frios. Mas, à nossa frente, entre nós e o Volta, as áreas devastadas pela guerra de Ossway nos aguardavam. O rio estava a pelo menos um mês de viagem, supondo que ninguém atrapalhasse nossos passos. Mas, na verdade, eu estava esperando que alguém fizesse isso.

"'Por que os Voss botaram a Fera de Vellene em seu encalço?', gritei.

"A pergunta estava se remoendo em mim a noite e o dia inteiros, e, agora que estávamos do outro lado da água e mais seguros, ela precisava ser feita. Eu ainda me sentia muito no escuro em relação a Chloe e seu pequeno bando – de onde eles tinham vindo, como tudo aquilo havia começado. Se eles iam ser minha isca para Danton, eu queria saber exatamente o que estava botando em meu anzol.

"'Como o Rei Eterno sabe sobre essa besteira de Graal?'

"Olhei para Chloe, com Dior sentado atrás dela. Estávamos seguindo por uma faixa estreita de lama que mal podia ser considerada uma estrada. As árvores mortas estavam envoltas em sombras e colônias congeladas de fungos, cobertas de neve cinza. Mas os olhos de Chloe estavam fechados e apontados para o céu. Mais provavelmente, perdida em orações.

"'Chloe?'

"'Temo que a culpa seja minha, Santo de Prata.' O velho Rafa deu um suspiro.

"'Então comece a falar diretamente, padre. Nós temos um dos sangues-sugas mais perigosos do império nos caçando, e eu gostaria de sabe o porquê disso. Assim que Danton reunir força suficiente, ele vai cair sobre nós como um marinheiro de folga no puteiro mais próximo.'

"O punheteiro parou de tocar.

"'Ele quer dizer "com entusiasmo", *père*.'

"'*Merci*, Bellamy. Eu entendi a implicação.' O velho voltou seus olhos escuros para mim. 'E temo que esse príncipe da eternidade não vai ser a única sobra atrás de nós, santo.'

"'Não tenho paciência para enigmas, velho. É melhor começar do começo.'

"Rafa respirou fundo.

"'Eu sirvo a Deus desde que era jovem. Quando g...'

"'Espere, espere.' Eu ergui uma das mãos. 'Quando falei do *começo*, não quis dizer que queria a porra da história de sua vida. Vá para a parte que importa, padre.'

"Isso valeu alguns olhares enviesados do grupo; Chloe abrindo os olhos e erguendo uma sobrancelha, Dior franzindo o cenho, o punheteiro rindo com seu alaúde. *Oui*, eu estava sendo escroto. Mas fazia mais de 24 horas desde que eu tinha fumado aquele cachimbo nos muros de Dhahaeth, e a sede estava me segurando pelos bagos. O sangue que eu tinha espremido do coração daquela recém-nascida ainda estava guardado dentro de meu sobretudo, e eu praticamente já podia sentir seu gosto. Mas não tínhamos tempo nem para nos coçar, muito menos para cozinhar uma dose de *sanctus*, então eu estava racionando o pouco que tinha, fumando apenas o suficiente para conter os efeitos.

"Na maioria das vezes, pelo menos.

"'Bom, está certo.' Rafa limpou a garganta. 'Mas para entender o que quero dizer, servi à Ordem de San Guillaume por 41 anos. Sou linguista e astrólogo. Um estudante das esferas universais.' Ele ergueu os braços para o céu como um maestro antes de uma sinfonia. 'E quando a sombra caiu sobre nosso sol, dediquei minha vida a descobrir como isso podia ser desfeito.'

"'O que *père* Rafa é modesto demais para dizer', interrompeu Chloe, 'é que ele é um dos estudiosos mais importantes no império sobre a morte dos dias.'

"O velho sorriu com dentes pequenos e desgastados.

"'Você me lisonjeia, boa irmã.'
"Chloe fez uma reverência.
"'Lisonja bem-merecida, bom padre.'
"'*Oui, oui*, vou agradá-lo mais tarde', resmunguei. 'Mas San Guillaume é uma destilaria, não uma biblioteca. Costumava haver os melhores campos de cevada de Ossway naquelas colinas. Mesmo hoje em dia, eles fazem uma vodka que arranca a tinta das paredes.'

"'É verdade que minha irmandade ganhou dinheiro com os frutos da garrafa', assentiu Rafa. 'Mas esse dinheiro sempre foi gasto na aquisição e preservação de conhecimento. San Guillaume tem uma das melhores bibliotecas do império, Santo de Prata.'

"'Tenho procurado histórias sobre a morte dos dias na biblioteca de San Michon pelos últimos dezessete anos, Gabe', disse Chloe. 'Mas, dez anos atrás, ouvi dizer por *pére* Fincher que um monge em San Guillaume era um estudioso ávido do tema. Eu enviei uma carta, e Rafa respondeu.'

"'Assim começou uma longa correspondência.' O velho sorriu, terno como um pai. 'E a melhor das amizades com uma das mentes mais perspicazes que encontrei em toda a min...'

"'Que merda.' Eu dei um suspiro. 'Ela já é casada, padre. E nada mais nada menos que com Deus.'

"'Você está se esforçando para ser a droga de um babaca, herói?' Dior franziu o cenho. 'Ou esse é um dom natural seu?'

"'Feche esse buraco barulhento, garoto. Os adultos estão falando.'
"Chloe apertou a mão do rapaz.
"'Dior... por favor...'
"O garoto ficou em silêncio, com seu olhar azul brilhante e penetrante como um punhal em meu pescoço.

"'Durante a década seguinte', continuou Rafa, 'a irmã Chloe e eu trocamos informação. Seguimos uma linha frágil através de *milhares* de textos. Com o conselho da boa irmã, procurei na biblioteca com olhos renovados. E nas páginas de um tomo velho e surrado desvendei uma mensagem. Escrita de um jeito com o qual acredito que você esteja familiarizado, Santo de Prata.'

"Olhei Chloe nos olhos, assentindo devagar.

"'Que tipo de mensagem?'

"'Um poema. Escrito em talhóstico antigo. *Do cálice sagrado nasce a sagrada seara; a mão do fiel o mundo repara. E sob dos Sete Mártires o olhar, um mero homem esta noite sem fim vai encerrar.*'

"'É uma profecia, Gabe.' Os olhos de Chloe flamejavam com um fervor familiar. 'Uma profecia sobre o Graal e terminar com a morte dos dias de uma vez por todas.'

"Eu escarneci.

"'E o abade permitiu que você deixasse San Michon com base nisso? Sozinha?'

"'Eu finalmente o convenci de que podia haver mérito em tudo isso pouco mais de um ano atrás. A guerra tinha se aprofundado muito, então, para que ele dispensasse alguns santos por uma aposta tão frágil. Mas ele *enviou* dois irmãos comigo na estrada. *Frère* Theo Petit e seu aprendiz, Julién.'

"'Eu me lembro de Theo', sorri. 'Um bom homem. Uma espada melhor. Como está aquele cachorro velho?'

"Chloe baixou os olhos. O velho *père* Rafa fez o sinal da roda.

"'Fomos emboscados uma noite', disse ele. 'Atravessando o Ossway, logo depois de me buscarem em San Guillaume. Um grupo de guerra do sangue Dyvok. O irmão Theo e Julién...'

"Eu olhei para espada de aço de prata que Chloe usava, percebendo a quem ela tinha pertencido.

"'Merda...'

'Rafa assentiu.

"'Nós continuamos a viajar com destemor, há mais de um ano, agora. Mas precisávamos de mais ajuda. O jovem Bellamy se juntou a nós em Sul Ilham há meio ano atrás...'

"Eu olhei para o punheteiro enquanto ele tocava uma nota em seu alaúde pelo efeito dramático.

"'A jovem Saoirse tem viajado conosco há talvez três meses', continuou Rafa.' E M. Lachance aqui é a mais nova adição a nosso pequeno bando.'

"'Certo, então, tirando a poesia de louco e o pequeno lorde Caganascalças, como o Rei Eterno soube disso?'

"'Como eu digo, temo que a culpa seja minha', disse o padre, coçando a barba grisalha pontuda. 'Quando Chloe e eu montamos um caso convincente, informei o líder de minha ordem, e o abade Lian enviou notícias de minha descoberta para o pontífice Gascoigne na capital. Temo que alguém no círculo interno do pontífice possa estar... comprometido.'

"Eu suguei meu lábio, franzindo o cenho, a mente dando voltas na história.

"'Bom, tudo me parece bosta de cavalo. Mas se o Rei Eterno mandou a Fera de Vellene atrás de vocês...'

"'Por que o chamam de Fera de Vellene?'

"Foi Dior quem falou, o resto do grupo ficando em silêncio. Eu examinei o garoto, o jeito de se portar, a cara fechada. Ele tinha um daqueles *cigarelles* de raiz-armadilha pendurado nos lábios, apagado. Quando a olhei nos olhos, Chloe sacudiu a cabeça em um alerta. Mas achei que o babaquinha podia aguentar ser um pouco despertado para a merda em que todos estávamos.

"'Vellene foi a primeira cidade a cair para o Rei Eterno', disse eu. 'Dezessete anos atrás. Depois que os portões caíram, Voss mandou matar todos os homens e mulheres no interior para aumentar os números de sua legião. Sua filha Laure assassinou todos os bebês da cidade e tomou banho com seu sangue. Mas o caçula dos Voss, Danton, tem um gosto particular por garotas intocadas. Segundo rumores, ele levou todas as donzelas que pôde encontrar para as masmorras de Vellene. Ele as trancou. As mantinha alimentadas. E toda noite liberava dez delas dos portões da cidade.'

"Dior franziu o cenho.

"'Para quê?'

"'Por esporte. Ele prometia que elas seriam poupadas se conseguissem despistá-lo até o amanhecer. E então, uma a uma, ele as caçava. Seguindo-as pelas terras devastadas e congeladas, matando-as como porcos antes de partir para a seguinte. Ele caçou e matou todas as garotas da cidade desse jeito. Levou *meses*. E a última delas, àquela altura uma concha vazia e partida, ele deixou viver, libertando-a apenas para que ela pudesse contar histórias da matança.'

"'Meu puto Redentor...', murmurou o menestrel.

"'Blasfêmia, Bellamy', murmurou Chloe.

"'Esse é quem está nos caçando, garoto', disse eu. 'Esse é o tipo de sabujo que nós...'

"Minha voz se calou quando ouvi o trovejar baixo de cascos. Meu pulso se acelerou, e eu me perguntei se, por falar da Fera, eu o havia de algum modo conjurado. Mas todos os pensamentos sobre Danton evaporaram quando ergui minha luneta e avistei uma dúzia de cavaleiros seguindo pela trilha enlameada às nossas costas. A maioria eram homens, soldados vestindo tabardos vermelhos. Mas a dupla na frente eram mulheres, o cabelo longo e preto cortado em franjas pronunciadas sobre os olhos velados. Senti um grande nó no estômago quando as reconheci. Calças justas de couro. Cotas de malha escuras. Tão idênticas que não podiam ser outra coisa que não gêmeas. Elas usavam manoplas negras na mão direita, tabardos vermelho-sangue com a marca da flor e do mangual de Naél, anjo da felicidade.

"*O bando daquelas inquisidoras...*

"'Merda.' Eu dei um suspiro.

"'Meeerda', disse Dior.

"'Meeerda?', perguntei.

"'*Meeeeeerda*', assentiu ele.

"O toque de uma trompa soou acima de um grito distante.

"'Alto! Em nome da Inquisição!'

"'Que a Virgem-mãe as amaldiçoe', disse Chloe.

"Bellamy deu um tapa em seu cavalo e gritou:

"'Vamos!'

"E nós partimos, seguindo pela trilha enlameada com o bando em nosso encalço. Nós corremos muito, mas o velho Rafa não tinha uma bunda de cavaleiro, e nossas montarias estavam precisando de um descanso para recuperar o fôlego depois de uma noite dura de viagem. Olhando para trás, vi que o grupo estava se aproximando. E se você vai ter de lutar, sangue-frio, não gaste o seu melhor fugindo.

"Segurei o punho da Bebedora de Cinzas e saquei sob a luz baça do dia.

"*Que essa não seja a f-freira em que você atirou, v-você atirou?*

"'É ela.'

"*Ela parece aborrecida. Você devia lhe m-mandar flores. Garotas gostam de f-flores, Gabriel.*

"'Guarde esse alaúde, Bouchette!', gritei. Temos algumas cabeças que precisam ser quebradas!'

"Então veio um grito:

"'Não!'

"Captei um brilho de movimento, vi Saoirse correndo através das árvores rápida como uma corça, as tranças louro-amorangado flutuando às suas costas. Phoebe ia correndo na trilha da assassina, a leoa apenas um borrão avermelhado. Com uma habilidade que eu raramente tinha visto, a mulher de clã saltou a bordo do cavalo a galope de Rafa, empurrando o padre para trás e segurando as rédeas.

"'Não é lugar para enfrentar tantos! Sigam!'

"Saoirse conduziu o cavalo para a floresta morta à nossa volta. Chloe e Dior foram atrás, Bellamy piscou para mim ao passar a galope, com o alaúde ainda na mão. Desacelerei por tempo suficiente para disparar o tiro em minha pistola, então parti, cavalgando com intensidade atrás do traseiro do menestrel enquanto corríamos através de arbustos podres e espiras altíssimas de cogumelos e fungos.

"A luz mergulhava e diminuía enquanto cavalgávamos, os galhos estendidos acima como um emaranhado de mãos de mendigos. Eu ouvia a perseguição atrás, e outro grito:

"'Parem! Em nome da Inquisição!'

"Mas, honestamente, quando isso funcionou? Eu não sabia aonde ela estava indo, mas seu conhecimento da floresta era excelente, e ela nos conduziu por uma trilha sinuosa através de espinheiros e galhos congelados antes de nos levar por uma ravina estreita.

"A terra tinha se aberto, larga e profunda, as raízes de árvores antigas e ramos de asphyxia fresca formavam um telhado emaranhado sobre nossas cabeças. Sua leoa não podia ser vista em lugar nenhum, mas Saoirse ergueu a mão para pararmos, com o dedo sobre os lábios. A cabeça de Chloe estava curvada em oração, o velho Rafa esfregando sua roda entre o indicador e o polegar. Ouvi outro toque daquela trompa, o trovão baixo de cascos se aproximando.

"'Talya!', gritou uma mulher. 'Você consegue vê-los?'

"'Valya! Por aqui!'

"*Gosto de sua voz. Ela parece bonita, ela é b-bonita?*

"Olhei de cenho franzido para a espada em minha mão, com a dama prateada no punho.

"*H-hoje não estou no clima de matar freiras, Gabriel. Já fiz isso o suficiente p...*

"'Cale a boca', rosnei.

"Rafa olhou para trás.

"'Eu não disse nada, Santo de Prata.'

"'*Pssst!*', chiou Saoirse.

"O barulho dos cascos ficou mais alto, e ouvi a respiração entrecortada de cavalo e homem quando os cavaleiros se aproximaram. Se aqueles babacas perturbadores de Deus tivessem nos pegado naquela ravina, teria sido uma matança vermelha. Mas meu coração se acalmou quando eles passaram correndo, todos trovão e fúria, algumas dezenas de metros na direção sul. Chloe fez o sinal da roda. Dior estava sentado atrás dela com o punhal na mão, o rosto rosado pelo frio, aquele *cigarelle* apagado ainda pendurado nos lábios. O garoto me olhou nos olhos através de sua cabeleira branca, e vi que ele estava mais furioso do que com medo.

"O que quer que ele pudesse ser, parecia que Dior Lachance não era um covarde.

"O barulho dos cascos desapareceu. Eu me encolhi em minha sela quando uma sombra caiu sobre mim, mas, olhando para cima, vi apenas Phoebe, parada na borda da ravina acima. A leoa da montanha olhava com olhos dourados cintilantes, a cicatriz que cortava de sua testa e sua bochecha parecendo retorcer suas mandíbulas em um sorriso quando ela rosnou.

"'Estamos liberados', sussurrou Saoirse. 'Vamos embora daqui.'

"Sem dizer uma palavra, obedecemos, conduzindo nossos cavalos para fora da ravina. Virando para o norte, trotamos através de neve caindo, Phoebe acompanhando no fim da fila e olhando para mim e Jezebel com olhos famintos. Ouvi as inquisidoras se afastarem de nós, mas sabia que seria apenas questão de tempo até que elas percebessem que tinham sido enganadas.

"'Você as *conhecia*.'

"Erguendo os olhos, vi Dior me observando da garupa do cavalo de Chloe.

"'Aquelas vadias. Você as conhecia.'

"'Já nos encontramos. Rapidamente.'

"Bellamy me olhou de lado. *Père* Rafa me lançou um olhar fixo e curioso. Até Chloe me deu uma olhada do lado errado da suspeita.

"Se encontraram como?'

"'Atirei em uma pelas costas e roubei seu cavalo.'

"Dior escarneceu. Chloe ficou de queixo caído.

"'Gabriel de León, você *atirou* em uma *freira*?'

"'Não para matar. Bom... não tecnicamente.' Eu cocei o queixo, um pouco mortificado. "'Mas estou impressionado que aqueles atrozes não as tenham assassinado.'

"Chloe simplesmente hesitou enquanto eu dava de ombros.

"'É uma história longa.'"

No alto de sua torre solitária, Jean-François limpou a garganta e tamborilou com a pena sobre a página com impaciência.

– Como se fosse para uma...

– A Inquisição é uma sororidade da Fé Única. – Gabriel deu um suspiro. – Encarregada de descobrir e remover heresia na Igreja. Ao contrário da maioria das ordens sagradas, a sororidade não jura por Deus, pela Virgem-mãe nem pelos Mártires, Mas por Naél, anjo da felicidade. O que faz quase tanto sentido quanto eu depois de minha quarta garrafa de vinho.

– Isso significa exatamente o quê? – perguntou o vampiro.

– Significa que elas são a porra de um bando de sádicas. Elas acreditam que a felicidade só pode ser apreciada na ausência de dor, e a única oração de que elas participam é a tortura. – Gabriel ergueu o copo até os lábios. Freios da fofoca. Garfos heréticos. Arranca-peitos. Aquelas vadias pervertidas inventaram todos eles. Quando o velho cardeal Brodeur foi acusado de heresia em 64, ele foi entregue aos cuidados gentis da alta inquisitrix na Torre das Lágrimas de Augustin. Dizem que elas arrancaram sua pele, depois o deixaram passar a noite em sal para impedir a sepsia. O pobre bastardo confessou depois de um dia. Elas o mantiveram vivo por mais sete. No fim, elas cortaram seu bastão viril e o enfiaram em sua boca, e deixaram que ele sangrasse até o fim de seu sofrimento.

Jean-François ergueu uma sobrancelha.

– Isso é verdade?

– Como eu posso saber? – Gabriel deu de ombros. – Nunca deixe que a verdade fique no caminho de uma boa história. A questão é: elas são convidadas horríveis para o jantar. A menos que você goste de conversas sobre não ser abraçado o suficiente na infância ou a melhor maneira de chutar cachorrinhos de pontes sem sujar as botas de sangue.

"E, para falar a verdade, eu tinha atirado em uma pelas costas. E aquelas vadias gostavam de ressentimento. Dizem que a melhor vingança é viver bem, mas ainda há muito a ser dito sobre dançar sob luas de sangue em uma capa feita da pele de seu inimigo. Mas, ao perceber os olhares nervosos que meus novos camaradas estavam trocando, achei que aquele grupo não estava indo para Dhahaeth para provar a vodca quando tropecei em sua carroça afundada na lama e roubei Jezebel.

"Nós já tínhamos o filho de Fabién Voss em nosso encalço. Mas parecia que o pequeno bando de Chloe tinha conquistado as atenções da Inquisição também.

"A merda em que eu estava chafurdando tinha acabado de ficar um metro mais funda."

✦ II ✦

GRAÇAS A DEUS

– PARAMOS PARA DORMIR perto do pôr do sol em uma garganta cheia de árvores, com uma névoa fria pairando no ar. Havia uma cabana de caçador ali muito tempo atrás, mas agora eram apenas algumas paredes em destroços e um local para acender fogo. As árvores estavam mortas havia muito tempo, gemendo sob o peso de florescências de fungos, de todos os tons de pálido. Mas, pelo menos, estávamos protegidos do maldito vento.

"Àquela altura, eu estava acordado havia trinta horas direto, e só a Virgem-mãe sabia quanto tempo fazia desde que eu tinha fumado. Meus olhos estavam como arenito em suas órbitas, minha pele pronta para saltar de meus ossos. Quando os outros se deitaram sob a proteção das paredes em ruínas e das árvores tristes e mofadas, comecei a quebrar os galhos mais altos. Chloe observava, aninhada ao lado de Dior no calor de uma pele grossa e escura.

"'O que você está fazendo, Gabe?'

"'Praticando caligrafia,'

"'É sábio acender um fogo, Santo de Prata?', perguntou *père* Rafa. 'E se...'

"'Aquelas inquisidoras também precisam dormir, padre. E se a Fera de Vellene nos encontrar, *oui*, nós queremos um fogo. Quente como a barriga do inferno.' Eu parti mais um galho. 'Mas nosso príncipe das trevas vai esperar um pouco. Para começar, ele precisa encontrar uma ponte sobre o Ūmdir. E vai levar mais ou menos uma semana para que seu braço torne a crescer, dependendo do quanto ele se alimente.'

"Bellamy sacudiu a cabeça, perplexo.

"'Você cortou o braço de um Voss ancien?'

"'O sol estava alto. Eu tive sorte. Na próxima vez, não conte com nenhum dos dois.'

"'Não tema, padre.' Saoirse se instalou entre as raízes de um carvalho apodrecido e acenou com a cabeça para Rafa. 'Depois de descansarmos um pouco, Phoebe e eu ficamos de vigia.'

"'*Todos* vamos nos revezar na vigília. Você, garoto', rosnei para Dior. 'Não fique com esse rabo parado quando há trabalho que precisa ser feito. Tire essa fumaça da boca e encontre alguma coisa para queimar.'

"Dior fez uma cara feia, mas, depois de um sinal de cabeça de Chloe, saiu da proteção das peles da irmã. Enfiando seu *cigarelle* atrás do ouvido, ele ergueu sua gola elegante para se proteger do frio e foi até a jovem ossiana.

"'Posso pegar seu machado emprestado, Saoirse?'

"A garota afastou as tranças do rosto e piscou.

"'Para quê?'

"'Nosso herói quer lenha.'

"'Você quer usar *Bondade* para cortar árvores? Eu devia lhe dar umas palmadas.'

"Dior levantou a parte de trás da sobrecasaca e rebolou a bunda magra.

"'Provoque.' Saoirse riu. 'Vá em frente.'

"'Não é preciso cortar nada, garoto', disse eu. 'Só pegue gravetos. Os mais secos que você encontrar.'

"O sorriso do rapaz azedou, mas ele obedeceu, vasculhando as ruínas à procura de iscas para fazer fogo. Chloe o observou como uma águia com seu filhote.

"'Não vá longe demais, Dior.'

"Eu andei pelas árvores, estudando a assassina com o canto do olho. O conjunto que ela levava era impressionante: botas pesadas e calça trabalhada em um belo padrão de mãos em garras, igual a seu escudo. Mas o machado em seu colo era a verdadeira obra de arte – lâmina dupla, gravada com um padrão incrível de nós eternos. A menos que eu estivesse enganado, seu cabo era de madeira-da-fidelidade pura.

"'Bondade, hein?'

"Ela me observou com olhos tranquilos, acariciando as orelhas de sua leoa.

"'Assim eu posso...'

"'Matar pessoas com ele. Muito inteligente. Sabe, uma vez me disseram que um homem que dá nome a sua espada é um homem que sonha que outros conheçam *seu* nome um dia.'

"'Ainda bem que eu não sou homem, santo.' Saoirse fungou, e seus olhos verdes se dirigiram para a espada quebrada em meu colo.

"'Foi por isso que você a chamou de *Bebedora de Cinzas*?'

"'Eu não dei um nome à espada, garota. Ela veio com um.'

"'E eu também. Então eu agradeço a você por usá-lo e parar com essa merda de "garota".'

"'Bebedora de Cinzas.' Bellamy disse o nome com delicadeza, ao chegar vindo dos cavalos. 'Nunca achei que eu fosse viver para vê-la pessoalmente. Eles ainda cantam canções sobre você e essa espada em Augustin, *chevalier*. O Leão Negro e sua espada sangrenta.' Ele empurrou o chapéu para trás e me lançou um sorriso que a maioria teria descrito como galante. 'Bom Deus, as histórias que escutei...'

"'E o que você escutou?', perguntou Saoirse.

"'Meu coração canta ao ouvi-la perguntar!' Bellamy se sentou junto do fogo e pegou o alaúde em suas costas. 'Mas não há história mais doce que uma canção, mlle. Saoirse. Então, escute! Eu ouvi essa em Ossway, na corte de Laerd Lady á Maergenn. Eles a chamam de *A batalha de Báih Sì...*'

"'Não, você não vai', disse eu rispidamente. 'Você quer ser de alguma utilidade, garoto das baladas, cate mais lenha. Ou vou dar boa serventia para esse alaúde e vou queimá-lo.'

"O jovem Bellamy me deu um sorriso, imperturbável.

"'Depois do jantar, então?'

"*Père* Rafa estava bem abastecido. Ele botou uma panela para ferver e preparou uma sopa que teria tido um cheiro delicioso se eu não tivesse outra fome em mente. Peguei a pequena fundição chymica em meu alforje e montei o aparelho de ferro fundido perto do fogo para esquentar. Rafa e Bellamy observavam fascinados enquanto eu enchia a esfera externa com água salgada. E, com mãos trêmulas, retirei de dentro de meu sobretudo um frasco de vidro cheio de vermelho forte e lindo.

"'O que é isso?', perguntou Dior, olhando fixamente do outro lado das chamas.

"'Tudo o que resta da filha de Danton Voss', respondi.

"Derramei o sangue na câmara interna da fundição e acionei a válvula de pressão. Levaria horas para que ele secasse o suficiente para misturar com os outros componentes em minhas bolsas, então peguei meu cachimbo e botei um pouquinho de meu *sanctus* quase esgotado no fornilho. Apenas o suficiente para matar a sede enquanto aquela boa partida era preparada.

"'Isso é sangue', percebeu o garoto. 'Você usa sangue como *eles*.'

"Com o cachimbo nos lábios, usei a pederneira.

"'Eu não sou nada como eles, garoto.'

"'Os santos de prata são homens bons, Dior', disse Chloe, envolvendo o garoto mais apertado em suas peles. 'Eles podem ter nascido de pais vampiros, mas lutam ao lado da luz. O *sanctus* é um sacramento que contém a sede profana. Gabriel é um fiel guerreiro de Deus.'

"Traguei a fumaça em meus pulmões e vi os olhos do garoto se arregalarem com meu próprio rubor escarlate. O sangue era de qualidade pobre, mas, mesmo assim, senti aquela necessidade deixar meus ossos, toda a noite ficando mais brilhante e bela, aguçada como alfinetes, macia como pétalas e profunda como um sonho.

"*Père* Rafa fez o sinal da roda. Saoirse observava com olhos curiosos. O olhar de Bellamy estava na Bebedora de Cinzas enquanto tocava alguns acordes, e eu dei um suspiro vermelho, fumaça vermelha.

"'Há quanto tempo essas inquisidoras estão caçando vocês, Chloe?'

"A irmã me olhou nos olhos. Afastando um cacho do rosto, ela olhou ao redor do fogo. Eu, então, senti os segredos sob suas peles. Fazia muito tempo que não nos víamos, mas havia uma história entre nós, por isso machucou um pouco perceber que Chloe não confiava mais em mim como tinha confiado antes.

"'Quase dois meses. Desde Lashaame.'

"'E o que aconteceu em Lashaame?'

"'Você não tem necessidade de saber isso, santo.' Saoirse franziu o cenho, sua grande leoa ronronando como trovão enquanto a garota a acariciava por baixo da coleira de couro.

"'Eu pareço a porra de um cogumelo para vocês? Foram *vocês* que me chamaram para essa dança, então se planejam me manter no escuro e me alimentarem de merda o dia inteiro...'

"'Eu não pedi nada a você, Santo de Prata. Você está aqui por um pedido da irmã, não meu. E se você está disposto a viajar conosco até o Volta e enfiar essa espada no bastardo que está tentando nos pegar, que seja. Mas você sabe tanto quanto precisa para fazer isso.'

"Bellamy tossiu desconfortavelmente. Eu olhei para Chloe, mas ela permanecia muda. Ela foi salva de um esporro pela intervenção de *pére* Rafa, que bateu em sua panela fumegante e sorriu.

"'A sopa está pronta.'

"O padre serviu sua comida em tigelas de madeira, e depois de um dia sem comer nada, tive de admitir que ela cheirava bem o suficiente para casar. Eu me encostei em uma das paredes em destroços e me preparei para começar a comer quando Rafa limpou a garganta e ergueu a roda que levava em torno do pescoço.

"Todos ao redor do fogo baixaram a cabeça, os olhos fechados para o Graças a Deus.

"'Pai Celestial', disse Rafa. 'Nós agradecemos por esse prêmio, que nos foi dado por sua mais divina mão. Nós agradecemos ao Senhor por este grupo, reunido por sua mais santa vontade. Nós damos as boas-vindas a nosso novo amigo, Gabriel de León, e pedimos que o Senhor dê ao *chev*...'

"'Ei!'

"Rafa se encolheu quando um pedaço de tijolo quebrado atingiu a fogueira, espalhando fagulhas na direção do céu. Ele olhou para mim, em silêncio e em choque enquanto eu levantava outro pedaço como alerta.

"'Não reze por mim, velho. Não ouse fazer isso.'

"O silêncio ecoou em torno das chamas. Rafa olhou para Chloe, observando com olhos preocupados.

"'Perdoe-me, *chevalier*, eu só procurava obter as bênçãos do Todo-po...'

"'Se quer desperdiçar o fôlego, esteja à vontade. Só me deixe fora disso.'

"'*Não há fôlego perdido que cante o louvor ao Deus Todo-poderoso. E não...*'

"'*...resta chamado sem ouvir que tenha sido cantado aos céus por corações fieis.* Eu conheço os Testamentos, padre. Venda essas merdas para os caipiras no *prièdi*.'

"Rafa olhou para a estrela de sete pontas na palma da minha mão.

"'Os filhos de San Michon não são servos fieis de nosso mais elevado Senhor?'

"'Servo?' Eu franzi o cenho, vermelho-sangue. 'Eu pareço a você um homem de joelhos?'

"O crepitar das chamas encheu o silêncio frio entre Rafa e mim. Eu tomei minha sopa, joguei a tigela vazia aos pés do velho e me levantei sobre os meus.

"'Você quer cuspir na terra e chamar isso de oceano, que seja. Você quer cantar canções para os surdos, não encontro nenhuma razão para dar a mínima. Só mantenha meu nome fora da porra de sua boca quando fizer isso. Você me ouviu, perturbador de Deus?'

"'Eu o escutei, *chevalier*. E o Todo-poderoso também o escuta.'

"'Não tenho dúvida de que ele escuta, velho. Eu só duvido que ele se importe.'

"Usei a pederneira outra vez e inalei o resto de minha dose. Nos meus alforjes, peguei uma das garrafas de vodka que tinha levado de Dhahaeth.

"'Durmam um pouco. Eu fico com o primeiro turno de vigia.'

"Com a mão no punho da Bebedora de Cinzas, saí andando pelo escuro. Eu podia sentir seus olhares entre minhas omoplatas, mas não dei nenhuma importância. A noite estava viva e cantando, o hino de sangue correndo em minhas veias. E junto da luz do fogo às minhas costas, ouvi Dior murmurar para Chloe, baixo o bastante para que nenhum homem comum escutasse.

"'Fiel guerreiro de Deus é o caralho...'"

✦ III ✦
MONSTROS QUE VESTEM AS PELES DE HOMENS

– ERA ALGUM MOMENTO perto do amanhecer quando acordei.

"O hino de sangue estava suave em minhas veias; a vodka, amanhecida em minha língua. Meu sono tinha sido assombrado por sonhos que me fizeram desejar ter simplesmente ficado acordado. Eu, porém, precisava dormir, e me enrosquei embaixo de minhas peles tentando voltar ao sono. Mas quando olhei para o outro lado das brasas, vi que o lugar onde Dior estava dormindo estava vazio.

"Com os músculos doendo, eu me levantei em meio ao frio cortante. A escuridão antes do amanhecer era do tipo que parecia feita de vidro; imóvel, negra e aguçada. A neve tinha parado. Rafa, Chloe e Bellamy estavam enroscados perto dos carvões em brasa, os cavalos agrupados juntos para se aquecerem, Jezebel bem no meio. Saoirse tinha se oferecido para a vigília do amanhecer, mas não conseguia ver nenhum sinal dela. Chutei com uma bota de salto de prata as peles de Dior – *oui*, elas estavam vazias.

"Verifiquei minha fundição perto do fogo, vi que o sangue da recém-nascida tinha se reduzido a uma crosta grossa e escura. Afastando o aparelho do calor, fui dar uma olhada.

"O cheiro de Saoirse era fácil de seguir, ferro e aço através das árvores tristes. Subi pela ravina com os olhos brilhando no escuro. E, talvez a cem metros do acampamento, eu a encontrei, apoiada contra o cadáver de um velho carvalho.

"Com Dior em seus braços.

"Seus lábios estavam apertados juntos em um beijo carinhoso. Ela era mais alta do que ele, os braços na altura de seus ombros, os do garoto em torno de sua cintura. Os dedos de Saoirse delinearam o queixo de Dior e subiram por seus cachos brancos. O garoto a puxou com delicadeza, seu beijo se aprofundando. As mãos de Dior desceram, e Saoirse riu quando ele atingiu a barra de seu *kilt*.

"'Devagar, flor', sussurrou ela. 'Sem pressa.'

"Os olhos dele brilharam quando ele sorriu para ela.

"'Você é lin...'

"'Espero não estar interrompendo.'

"O casal chiou e se afastou, e o machado de Saoirse saiu de suas costas em um piscar de olhos. Seus olhos se estreitaram com uma fúria suave enquanto ela arrumava o *kilt*, os lábios rosados pela pressão da boca de Dior. Atrás dela, o garoto parecia constrangido, ajeitando apressadamente seus botões.

"'Você devia estar de vigia', disse eu, olhando fixamente para Saoirse.

"Ela esfregou o queixo e franziu o cenho.'

"'Você parece estar vigiando o suficiente por nós dois.'

"'Conseguiu dar uma boa olhada?', perguntou Dior.

"'Se as coisas que estão nos caçando nos atacarem à noite sem serem vistas, *você* vai conseguir dar uma boa olhada, garoto. Na porra das suas tripas.'

"Saoirse sacudiu a cabeça, enfiando uma trança atrás da orelha.

"'Não tem nem um camundongo em um quilômetro daqui que já não tenha sido marcado, santo.'

"'Eu me aproximei por suas costas, e você não tinha ideia de que eu estava aqui.'

"'Talvez não. Mas *ela* tinha.'

"Senti seu cheiro antes de ouvi-la – um toque de almíscar felino e um rosnado baixo às minhas costas. Voltando-me para as árvores mortas atrás, vi olhos dourados, estreitos e reluzentes. Quando Phoebe saiu da escuridão, tive de admirar o animal – com ou sem sentidos de sangue-pálido, eu não tinha ideia de que a leoa estava à minha espreita.

"'Ela teria rasgado suas belas costas como se fosse um bolo de dia de santos se achasse que você fosse uma ameaça.' Saoirse sorriu. 'Phoebe vê o que eu não vejo, Santo de Prata. Não precisa ter medo com nós duas de vigia.'

"Dior tinha terminado de abotoar o casaco, chiando entre dentes cerrados.

"'Então não seria melhor você cuidar de seus próprios assuntos no futuro?'

"Com as bochechas ainda ruborizadas de embaraço, o rapaz me lançou um olhar mortífero e saiu andando na direção do acampamento. Eu o observei seguir aos tropeções sobre o terreno irregular na escuridão, xingando sem parar. Com o rosto duro como pedra, eu me voltei para o olhar frio e verde de Saoirse.

"'Ele é um pouco novo, não é?'

"A garota se apoiou em Bondade e tirou as tranças do ombro. Muda e feroz como a leoa que agora circundava entre as raízes podres a minha esquerda.

"'Não há muitos garotos da idade dele com bom senso o suficiente para recusar um amasso com uma garota bonita. Mas eu achei que você soubesse que não devia oferecer isso. Quantos anos você tem, 20? E ele, *talvez* 14?'

"'Tenho 19.'

"'Ah, me perdoe por isso.'

"'Você não é o pai dele. Você não é seu amigo. Por que você se importaria, Santo de Prata?'

"Eu pensei sobre isso por um minuto. Saoirse não estava fugindo de seu turno de vigia como eu tinha desconfiado. A leoa dela se movia com mais delicadeza que eu e, da mesma forma, provavelmente via igual a mim no escuro. Então, finalmente, eu dei de ombros.

"'Sabe, você tem razão, mlle. Saoirse. Eu *não* dou a mínima.'

"E girando sobre os calcanhares, eu me movi para ir embora.

"'Por que você está aqui?', perguntou ela.

"Eu me virei para encará-la. Estudando-a como um caçador estuda sua presa. Ela era alta, de ombros largos, músculos fortes – provavelmente tinha treinado com aquele machado e escudo a vida inteira. Sua capa de pele de lobo e sua cota de malha eram adornadas com penduricalhos de luas vermelhas crescentes, suas tranças entremeadas com anéis de ouro. Sua calça de couro era decorada com padrões de garras entrelaçadas, a gola em torno de seu pescoço tecida com nós eternos – o mesmo desenho que enfeitava o pescoço de sua leoa. Tudo isso para dizer que ela vinha da riqueza. E talvez, um pouco de feitiçaria.

"'Só ajudando uma velha amiga', respondi.

"'Besteira', escarneceu Saoirse. 'Você deixou essa amiga de lado bem rápido em Dhahaeth. Mais preocupado com chegar ao fim de uma garrafa, pelo que eu me lembro. E você com certeza não está fazendo isso por sentimento religioso.'

"'O mesmo poderia ser dito de você.'

"'Ah, é?'

"Eu apontei para os padrões em preto e verde em seu *kilt*.

"'Levei um tempo para me lembrar da trama. É bem parecida com à Rigan. Mas conheci um de vocês no ataque sobre Báih Sìde. Você mentiu para Chloe e os outros. Você não é do clã Rígan. Você é do clã Dúnnsair.'

"Phoebe rosnou para mim, um rosnado baixo e profundo.

"Mostrei as presas para a leoa e rosnei em resposta.

"'E daí?', bocejou Saoirse.

"'Daí que você pode conseguir acompanhar quando o velho Rafa balbucia o Graças a Deus, mas nós dois sabemos que você tem tanto da Fé Única em todo o seu corpo quanto eu tenho em meu dedinho do pé.'

"'Tenho muita fé, Santo de Prata. Só não nos todo-poderosos e mártires e coisas assim.'

"Eu assenti, olhando para as linhas de tinta marcadas sobre sua testa, olho e bochecha.

"'Você guarda tudo para as Luas Mães, hein?'

"'Eu guardo para aqueles que merecem.'

"'Mas esse garoto deve saber o paradeiro do Graal de San Michon. O cálice que recolheu o sangue do próprio sagrado Redentor. O que levanta a pergunta: por que uma pagã descrente a Deus arriscaria a vida para encontrar um cálice que ela nem acredita existir?'

"'Arriscando a vida?' Saoirse exibiu os dentes em um sorriso brilhante e feroz; 'Eu não estou arriscando nada. Não é meu destino morrer hoje. Tampouco amanhã.' Ela tocou a tatuagem em seu rosto. 'Nenhum homem pode me matar. E nenhum demônio ousaria tentar.'

"'Sem brincadeiras, agora. Por que você está viajando com Dior?'

"'Ele beija bem.'

"'Acho que isso depende do ponto da carne que você gosta.'

"'Macia e sangrenta como você, hein?' Os olhos de Saoirse foram para o cachimbo em meu sobretudo. 'Sabe, minha avó me alertou contra pessoas como você.'

"'Pessoas como eu?'

"'Monstros. Monstros que vestem as peles de homens.'

"Saoirse, então, se aproximou, agora a apenas alguns centímetros de distância, com cerca de 1,80 m de altura. Eu podia ouvir a leoa circundando às minhas costas, sentir o calor de seu hálito.

"'Você não precisa saber minhas razões para estar aqui, Santo de Prata. Quando chegarmos ao Volta, você vai voltar para casa para sua bela esposa e sua bela filha e uma bela garrafa funda, sem nenhuma preocupação no mundo. Até lá, guarde seus olhos para você e faça o mesmo com suas opiniões, e vamos nos dar fabulosamente bem. É justo?'

"A assassina não esperou resposta, jogando as tranças e passando por mim. A leoa permaneceu um momento antes de mergulhar nas sombras atrás de sua senhora.

"Eu fui atrás também e dei um suspiro.

"'É justo.'"

✦ IV ✦

UMA *CAPITAINE,* UM CURSO

— "COM TODO RESPEITO, bom padre, você está com a cabeça enfiada no traseiro."

"'Com todo o respeito por *você*, irmã, um homem de minha idade simplesmente não é tão flexível.'

"Voltei à ravina e encontrei Chloe e Rafa discutindo em torno do fogo aceso. Chloe penteava o cabelo com os dedos, a cabeça envolta em um halo de cachos volumosos. Saoirse ainda estava em algum lugar na mata, Bellamy tocava seu alaúde – rapidamente guardado quando ele ouviu meus passos voltando na direção do acampamento. Dior estava mal-humorado entre suas peles, fumando um *cigarelle* e olhando para mim com a medida *exata* de fúria que você esperaria que um garoto de 14 anos tivesse em relação ao homem que tinha acabado de destruir suas chances de molhar o biscoito.

"'San Michon é nosso caminho, Rafa', estava dizendo Chloe. 'Nossas respostas estão lá.'

"'Disso eu não tenho dúvida', respondeu o padre, mexendo uma panela fumegante. 'Mas San Michon está a mais de 1.500 quilômetros de distância. San Guillaume é muito mais perto.'

"'San Guillaume é uma destilaria, Rafa.' Chloe deu um suspiro. San Michon é uma fortaleza. Quando o Rei Eterno varreu Nordlund, ele deu uma olhada para aquelas espiras e decidiu que era mais fácil simplesmente dar a volta nelas. É *lá* que o fim da morte dos dias nos espera.'

"'Se vamos andar por 1.500 quilômetros, vamos precisar reabastecer. Não podemos comer neve, Chloe.'

"'O bom padre levanta uma questão excelente, irmã', disse Bellamy.

"'Mas vamos precisar desviar semanas de nosso caminho só para *chegar* lá', disse Chloe.

"'A boa irmã levanta uma questão excelente, padre', assentiu Bellamy.

"'Essa porra é batata?' Eu franzi o cenho, olhando para a sopa de Rafa.

"'*Oui, chevalier*', assentiu Rafa. 'Minha especialidade.'

"'É *claro* que é.'

"'O que você acha, Gabe?', perguntou Chloe.

"Eu olhei de um para o outro enquanto me servia uma tigela fumegante cheia. Na verdade, eu não me importava para onde eles iam – o garoto ia servir igualmente como isca para Danton em qualquer dos dois caminhos.

"'Acho que a melhor maneira de levar um navio para as rochas é ter dois *capitaines* no leme. Então um de vocês deve assumir o timão. E o outro deve calar a matraca.'

"Chloe projetou o queixo e olhou para Rafa.

"'San Michon, então.'

"O velho empurrou os óculos para o alto do nariz e coçou o cabelo grisalho que nascia em seu couro cabeludo.

"'Como quiser, boa irmã.'

"'De acordo!', exclamou Bellamy. 'Viva!'

"'Cale a porra da boca, Bouchette', rosnei.

"Pegamos nossos cavalos, e Saoirse nos conduziu pela escuridão. Neve começou a cair outra vez, e seguimos pela floresta por dois dias antes de pegar uma estrada lamacenta para o norte que cruzava Ossway. Eu podia ver o que teriam sido colinas verdejantes, agora transformadas em lama e cogumelos. Outra floresta morta nos esperava como uma mancha no horizonte. Passamos por uma gaiola pendurada em uma encruzilhada sobre a qual havia corvos pousados, rangendo sob o vento cortante. Havia a palavra BRUXA escrita no metal enferrujado. Rafa e Chloe fizeram o sinal da roda quando passamos. Dior olhou fixamente com os dentes muito cerrados.

"Os restos dentro da gaiola pertenciam a uma velha.

"É preciso um narrador melhor que eu para fazer com que quilômetros enfadonhos de viagem em silêncio pareçam interessantes, sangue-frio. Saoirse e Phoebe exploravam à frente. O resto de nós cavalgava encolhido em nossas selas. Rafa lia de olhos apertados sua cópia envelhecida dos Testamentos, esfregando sua roda de prata entre o polegar e o indicador. Eu examinava meu mapa surrado, Bellamy brincava com seu pau de madeira enquanto Dior falava com o menestrel sobre qualquer coisa. O clima estava pura desgraça. Mas eu tinha pilhado aquele sangue de recém-nascida antes de deixarmos a cabana de caça, e minha bandoleira estava carregada com uma dúzia de doses de *sanctus* de alta qualidade, o que me deixava feliz como um porco na merda.

"Nós encontramos os refugiados após cinco dias.

"No início, um pequeno grupo – um fazendeiro e sua *famille* caminhando penosamente em nossa direção. Mas, através da neve que caía, observei uma multidão atrás. Centenas. Eles arrastavam carrinhos com suas mãos, os fardos de vidas abandonadas, crianças pequenas nas costas. Eu vi até um burro entediado com o mundo entre eles, triste e faminto. Eles passaram por nós sem dizer palavra – mesmo quando *père* Rafa chamou, eles simplesmente seguiram adiante como fantasmas. Pés se arrastando sobre a neve suja.

"'Pela porra do Redentor...', murmurou Dior.

"'Blasfêmia, Dior', murmurou Chloe.

"'De onde todos eles estão vindo?'

"'São pessoas de Ossway', respondi, indicando os *kilts* entre eles. 'Há uma aldeia distante a leste daqui chamada Valestunn. Um vilarejo maior a noroeste chamado Winfael...'

"'Gabriel de León?'

"Pisquei ao ouvir meu nome, procurando a voz que o havia dito. Ali, em meio à fila de refugiados, vi um homem sujo de lama, trinta e poucos anos, com uma menina de cabelo louro em seus ombros. Ele era alto, grisalho, olhos azuis brilhantes reluzindo em uma máscara de sujeira.

"'Pelos Mártires e a Virgem-mãe, *é* você!'

"Eu franzi o cenho, tentando me lembrar do rosto do homem enquanto ele se aproximava mancando pela neve com a mão estendida. Empurrando meu tricórnio para trás, eu desci para a neve e segurei seu antebraço. Praticamente não havia carne nele, mas seu aperto era de ferro.

"'Você não vai se lembrar de mim', disse ele. 'Mas lutamos juntos em Triúrbaile. Eu lutava com o martelo na companhia de Lady á Cuinn no dia em que liberamos...'

"'Lachlunn', disse eu, estalando os dedos. 'Lachlunn á Cuinn.'

"'Isso mesmo!' Ele piscou, surpreso, e olhou para a menina em seus ombros. 'Viu isso, boneca? O próprio Leão Negro se lembrou de seu velho pai.'

"'É bom vê-lo outra vez, *mon ami*.' Eu sorri. 'Como você anda?'

"'Ah', suspirou o homem. 'Eu tentei ganhar a vida honestamente depois dos problemas, com minha coxa fodida.' Ele tocou a perna com uma bengala. 'Fazendeiro de cogumelos, hein? Mas os Dyvoks tomaram Dún Cuinn no último inverno, e quando o castelo caiu ficou simplesmente perigoso demais. Nós vamos atravessar o Ūmdir e ir para Sūdhaem antes que chegue o inverno profundo.'

"Assenti, com a expressão fechada, mas dei um sorriso para a menina.

"'E quem é a pequena assassina?'

"'Aisling.' Ele acariciou o rosto da menina. 'Diga olá, minha flor.'

"A garota abaixou a cabeça de modo que seu cabelo caiu em torno de seu rosto.

"'Ah, desculpe, Leão. Ela é tímida.'

"'Bom amanhecer, mlle. Aisling.' Peguei sua mão e beijei os nós com covinhas de seus dedos. 'Esse troll feioso roubou você dos fae? Ou você se parece com sua linda mamãe?'

"A menina olhou para o chão, e o sorriso do homem desapareceu como uma máscara partida. E eu soube em um instante qual era a história, sem que eles precisassem contá-la. Eu já a havia escutado mil vezes através de mil quilômetros e mil vidas.

"'Minhas condolências, á Cuinn', murmurei. 'Por sua perda.'

"O homem fungou e cuspiu, esfregando os cílios sujos. Ele olhou para nosso grupo, Rafa e Chloe fazendo o sinal da roda, Dior observando com olhos azuis frios.

"'Ouvi dizer que você estava morto, Leão.'

"'Eles tentaram.'

"'Para onde vocês estão indo?'

"'Para o rio Volta.'

"'Norte?' O homem ergueu uma sobrancelha. 'Não tem muita coisa ao norte daqui além de ruínas e atrozes, Santo de Prata. E no oeste está pior. Nós viemos de Valestunn, e lá não há mais esperança. Os atrozes são numerosos como moscas na merda desde que o dún caiu.'

"'Esses atrozes. Tem algum senhor de sangue que os esteja liderando?'

"'Não. Os locais são só a escória. Os senhores Dyvok estão agora olhando para oeste, abrindo caminho para Dún Maergenn. Mas você sabe como é. Os bastardos andam em bandos com ou sem alguém movendo seus cordões. Aqui tem dezenas deles. E todo mundo que eles matam, em geral, se levanta podre enquanto permanece morto. É melhor seguir para o sul antes de congelar. Nós soubemos que lá está melhor.'

"'Um pouco', assenti. 'Mas não desviem muito na direção do pôr do sol. Os Chastains têm tudo a oeste de Sul Adair, agora.'

"'Doce Virgem-mãe', murmurou ele.

"'Dias sombrios', assenti. 'E noites ainda mais sombrias.'

"'Mesmo assim, o Leão Negro está cavalgando mais uma vez, você vai ajeitar as coisas.' Ele me deu um tapa no ombro, se animando. 'Ainda me lembro daquele dia em Triúrbale, sabe? O maior da minha vida. Você estava como a mão de Deus Todo-poderoso. De peito nu e ensanguentado, como as lendas antigas. O campo de batalha inteiro banhado em prata. Nunca vi nada igual.' Ele sacudiu a cabeça, com olhos brilhando. 'Dei o; nome de meu filho mais novo em sua homenagem depois disso. Gabrael.'

"'Você me honra, *mon ami*', sorri, com a mão no coração. 'E onde está esse pequeno leã...'

"Minha voz vacilou quando o homem baixou a cabeça, sua filha olhando para mim com olhos cheios de lágrimas. Eu também conhecia aquela história. E com a respiração presa e a mão trêmula, dei um tapinha em seu ombro, sabendo que não faria diferença nenhuma.

"'Tenham uma viagem segura, á Cuinn.'

"'Que Deus o acompanhe, santo.'

"Nós observamos as pessoas passarem cambaleantes, levando suas vidas nas costas, seguindo na direção de uma chama que em breve ia se apagar. Eu olhei para Dior, com o lábio curvado, cheio de desprezo por aquele pequeno bastardo plantar uma esperança onde nenhuma podia florescer. Não havia tiro de bala mágiko, nenhuma profecia divina, nenhuma porra de cálice que fosse acabar com aquela escuridão. Aquele era nosso aqui e agora e nosso para sempre. E se não fosse pelo fato de ser minha isca para Danton, eu teria chutado os dentes do escrotinho pelo rabo ali mesmo.

"'Ainda quer seguir para o norte, *mon amie*?, perguntei a Chloe.

"'Uma *capitaine*, Gabe', respondeu ela, olhando-me nos olhos. 'Um curso.'

"Eu assenti, olhando para a escuridão que se aprofundava à frente.

"'Como você quiser.'"

✦ V ✦

UMA COISA DIFÍCIL DE ENCONTRAR

– A TEMPESTADE NOS atingiu como um martelo do inferno dois dias depois. O vento vinha gritando do norte, a neve caía como facas. E uma minúscula parte de mim torcia para que Lachlunn e Aisling á Cuinn tivessem encontrado algum lugar quente para descansar suas cabeças. O resto de mim, a *maior parte* de mim, estava apenas ocupado tentando não morrer congelado.

Gabriel estendeu a mão para encher seu copo de vinho, olhando para Jean-François.

– Você consegue se lembrar de como é sentir frio, sangue-frio?

O vampiro fez uma pausa, com um leve franzir de cenho marcando sua testa de porcelana.

– Entendo que essa é mais uma tentativa de comédia simples, santo. Talvez você devesse se ater a piadas sobre prostitutas. Pelo menos aí você parece estar em terreno familiar.

– Estou falando com frio *de verdade* – disse Gabriel. – Não o frio do túmulo. O frio que bota você *em* um. Quando suas mãos doem tanto que você não consegue fechá-las. Quando sua aliança de compromisso parece gelo em seu dedo, e dói até mesmo para respirar. *Esse* tipo de frio.

O historiador inclinou a cabeça, e dedos pálidos alisaram o emblema dos Chastain em seu peito enquanto ele dizia o credo de sua linhagem:

– O lobo não se importa com os problemas da minhoca.

Gabriel deu um longo gole de vinho.

— Você não sente falta?

— Falta de quê? Da futilidade de construir uma vida que um dia vai se desfazer em pó?

— Da maciez de um travesseiro depois de um dia de trabalho duro? Do sorriso no rosto de sua filha quando você entra pela porta? A alegria de uma amante em seus braços?

— Uma amante que vai envelhecer e fenecer enquanto eu permaneço inalterado? — Jean-François deu um sorriso frio e estreito. — A menos que eu as mate, é claro. Rezando a Deus e ao anjo Fortuna que meu amor se erga inteira e bela, em vez de uma abominação podre? Ou simplesmente permanecer morta por minha mão? — O vampiro sacudiu a cabeça. — O romance é uma tolice mortal, Santo de Prata.

— Parece alguém falando por experiência própria.

— A dor de um estômago vazio? Ou uma bexiga cheia. Ou uma lareira fria. — O historiador acenou com a mão, e um cacho dourado caiu sobre seus olhos. — Carne, Santo de Prata. Todas as preocupações da carne fraca. Não há dor mortal que possa me tocar. Nenhum pecado da pele que possa se comparar ao sangue de algo maduro e jovem e delicioso, veludo derramado e suculento em minha língua. O ladrão imaturo do tempo nunca vai pôr as mãos sobre minha beleza. E quando o templo de seu corpo apodrecer para os vermes, De León, quando suas costelas forem suas vigas e seu estômago seu salão de bailes, eu vou permanecer *exatamente* como estou agora. Perpétuo. Eterno. E você pergunta se eu *sinto falta* disso?

Gabriel ergueu seu copo de vinho.

— Confie em mim, vampiro. Nada dura para sempre.

— A minha paciência, sem dúvida. — Jean-François tamborilou com a pena. — A tempestade.

— A tempestade. — Gabriel deu um suspiro e se esticou na poltrona de couro. — Estava frio como uma cama sem amor. Os invernos estavam piorando ano a ano, sem tempo para degelar entre eles. Mas eu tinha passado tempo demais em Sūdhaem, onde ainda restava uma leve primavera. Curvado em minha sela, com as mãos nas axilas, eu não era o gato mais aconchegado. Então exalei um suspiro branco de alívio quando Chloe me chamou acima do vento uivante.

"'Gabe, não podemos ficar aqui fora no meio disso!'

"'Eu sei!' Eu apontei com a cabeça para as colinas desoladas. 'Acho que Winfael fica apenas alguns quilômetros a nordeste daqui! Podemos cortar caminho pelos campos e chegar lá em algumas horas!'

"'Você sabe o caminho?', gritou Bellamy.

"'*Nós* sabemos o caminho!'

"Saoirse se materializou saindo da neve cegante, a pele de lobo enrolada em torno do rosto. Phoebe andava ao seu lado, a fronte e os bigodes da leoa brancos com gelo.

"'Vá em frente, bela *mademoiselle*!', gritou Bellamy. 'Aonde você for, eu sigo o...'

"'Cale a porra da boca, Bouchette!'

"Chegamos à cidade horas depois, com Saoirse nos conduzindo como uma flecha em um vale nevado. Um grande lago enchia sua barriga, cinza como os céus acima. Em suas margens, havia uma aldeia de pescadores, cercada por uma paliçada com pontas afiadas como os braços de uma mãe. Mas olhando por minha luneta, pude ver que as defesas tinham sido destruídas em alguns lugares, vários prédios consumidos pelo fogo. A cidade tinha nitidamente sido atacada – e eu apostaria qualquer coisa que podia adivinhar pelo quê.

"'Algo se mexendo?', gritou Bellamy.

"Eu sacudi a cabeça, pressionando a língua sobre os dentes afiados.

"'Não podemos ficar aqui fora!', gritou Dior. 'Rafa está congelando!'

"O velho padre estava encurvado em sua sela, a barba e os óculos encrostados de gelo.

"'Tenho de adm-m-mitir que perdi todas as sensações ab-b-baixo da cintura vários q-quilômetros atrás.'

"Seguimos em meio ao vento e finalmente chegamos à paliçada. As defesas eram sólidas – madeira pesada reforçada com braçadeiras de ferro. Os portões ainda estavam fechados, mas a paliçada em si tinha sido destruída por impactos colossais, vigas partidas na base como se fossem gravetos secos. Phoebe entrou primeiro pelo buraco irregular, e segui atrás da leoa, sacando a Bebedora de Cinzas enquanto olhava para os troncos despedaçados.

"*Uma demonstração vulgar de p-poder*, disse a voz. *Dyvok, mais provavelmente, mais provavelmente.*

"Eu assenti.

"'Forte o suficiente para ser pelo menos mediae.'

"*O dano não-não é recente. Acho duvidoso que haja altos-sangues aqui.*

"*Oui. Mas outros vermes podem ter entrado na sepultura que eles deixaram para trás.*

"*D-devíamos ir depressa para Triúrbale, Gabriel. O ataque está marcado para o findi de manhã.*

"Olhei para a bela dama de prata sobre o punho de minha espada, a voz suave com pena.

"'Bebedora... o ataque a Triúrbale aconteceu treze anos atrás...'

"'Com quem diabos você está falando?', perguntou Dior.

"'Com a Bebedora de Cinzas!', gritou Bellamy, acima do vento, apontando minha espada com a cabeça. 'A espada do Leão Negro é encantada, Dior! Mágikas da Idade das Lendas! A Bebedora de Cinzas *fala* com a mão que a brande. Algumas histórias dizem que a espada rouba as almas de todos os que ela mata e canta com suas vozes enquanto mata. Outros dizem que ela sabe a verdade sobre como todos os homens sob o céu vão morrer, e ela conta esses segredos para o homem que a domina!'

"Olhei para a espada em minha mão, com a sobrancelha erguida.

"*Gostei do novo b-b-bufão. Ele é muito divertido, m-muito divertido.*

"'Vamos! Eu apontei para um campanário acima dos telhados. 'Podemos nos abrigar na igreja!'

"Seguimos com dificuldade entre prédios amontoados e descemos um bulevar coberto de neve. A tempestade estava caindo forte, mas as casas estavam silenciosas e imóveis. Winfael parecia mais a memória de uma cidade que uma cidade em si, portas penduradas como queixos quebrados, velhas manchas de sangue sobre vidro empoeirado.

"Na verdade, ela me lembrava um pouco minha Lorson...

"'Entendemos a ideia, santo', rosnou Saoirse.

"Olhando adiante, vi a catedral na praça da cidade – destruída pelas chamas, vigas quebradas arranhando o céu como uma caixa torácica aberta. A torre do campanário ainda resistia, mas o badalo há muito tempo tinha enferrujado e caído, deixando o sino balançando no vento cortante.

"Sem voz.

"Sem sentido.

"Rafa estava quase morto no cavalo, Chloe e Dior tremiam descontroladamente. Não havia como ficar no solo sagrado, mas pelo menos havia abrigo, do outro lado da praça.

"'Vamos para o bar!'

"Era um prédio de dois andares, sua placa com um homem barbado com avental de couro nadando em uma caneca de cerveja. Havia O FERREIRO BÊBADO escrito em letras esmaecidas abaixo. As janelas estavam bloqueadas, a porta trancada, mas uns chutes rápidos a abririam...

"'Espere!', gritou Dior. 'Se você arrancar a porta do lugar, que abrigo esse vai ser?'

"Eu baixei a bota quando o garoto passou correndo.

"'Você tem uma chave, espertinho?'

"'Para todas as fechaduras do império, bundão.'

"Dior pegou um estojo chato de couro enfiado em sua bota. Dentro dele, vi gazuas de ferro, um gancho de torção, um martelo pequeno e uma cunha, tudo bem mantido e lubrificado.

"'Gazuas de ladrão', rosnei. 'Por que não estou surpreso?'

"'Não é só uma cara muito feia, imagino?', murmurou o garoto.

"Olhei para Chloe, e a irmã apenas me lançou um sorriso estranho. E embora estivesse congelando, e os dedos dele estivessem trêmulos, o garoto abriu aquela fechadura tão rápido quanto a bolsa de um bêbado quando o bar vai fechar. Com um sorriso triunfante, Dior empurrou e abriu a porta, fazendo uma reverência vistosa quando Saoirse deu uma pequena salva de palmas. No entanto, ele pulou um metro para trás com um grito assustado.

"'Merda!'

"Agarrando seu casaco elegante, puxei o rapaz da porta. Entrei, com a Bebedora de Cinzas erguida, e olhei para o salão, mostrando as presas: mofado, frio, vazio.

"'O quê?', perguntei. 'O que você viu?'

"O garoto apontou.

"'Ratos.'

"Na verdade, o chão estava repleto deles, magros, pretos e lustrosos, olhando para mim com olhos escuros. Mas eles se espalharam quando eu entrei, se enfiando em buracos no piso e subindo pelas paredes emboloradas. Eu olhei feio para o garoto.

"'Eu odeio a porra de ratos, está bem?' Ele fez uma expressão contrariada.

"Sacudindo a cabeça, levei o grupo para dentro enquanto Bellamy levava os cavalos para o estábulo. Poeira cobria os móveis, havia velhas garrafas de vinho nas mesas ou espalhadas pelo chão. As paredes estavam manchadas por mofo escuro, e tudo fedia a podridão e merda de rato. Mas pelo menos estávamos fora do vento, e, com alguma sorte, eu encontraria alguma coisa para beber.

"'Vou olhar lá em cima', disse eu. 'Saoirse, fique aqui com os outros.'

"'Um por favor seria bem-vindo.'

"Eu inclinei a cabeça para ela.

"'O que você disse?'

"A jovem assassina apoiou o machado no ombro.

"'Não sou um soldado com quem você lutou em dias de glória. Nem um lacaio para receber ordens. Um por favor seria bem-vindo.

"'Estamos quase morrendo congelados. No cadáver de uma cidade que obviamente foi estripada por sangues-frios. E você agora quer fazer um concurso para ver quem tem o pau maior?'

"'Você já balança o pau em toda oportunidade que tem. Por que agora seria diferente?'

"Caminhei pelo piso rangente até ficarmos peito contra peito.

"'Um por favor lindo. Com a porra de açúcar. Fique aqui com os outros.'

"Saoirse franziu o cenho. Eu virei sobre meus calcanhares e subi para o andar de cima pisando firme, fazendo uma visita com minhas botas de porta em porta. A Bebedora de Cinzas estava cantando uma velha cantiga infantil em minha cabeça, e fiz o possível para ignorá-la enquanto ia de quarto em quarto. Os cômodos eram pequenos, empoeirados e vazios, exceto por um punhado de ratos que pareciam levemente ultrajados por minha presença. Mas, aparentemente, tínhamos pelo menos algum lugar onde dormir – supondo que tivéssemos permissão para fazer isso.

"Bellamy chegou do exterior, batendo a porta contra o clima quando eu voltei para o salão, embainhando Bebedora para calar sua música desarticulada em minha mente. Os outros estavam na cozinha – facas enferrujadas nas paredes, panelas velhas de ferro fundido. Mas não havia nenhum traço de comida. Pior ainda: nem de bebida.

"'Lá em cima está limpo.' Eu olhei para Dior, estremecendo. 'Exceto pelos ratos.'

"'Gabe, pare com isso', murmurou Chloe.

"'Eles são mesmo uns bastardos enormes.' Eu medi um metro com as minhas mãos. 'Bem alimentados, também, pela aparência. Juro por Deus que um deles estava usando um sobretudo de pele humana.'

"O garoto me mostrou o pai-de-todos.

"'Chupe meu pau, herói.'

"'Podemos esperar aqui até o tempo melhorar', declarou Chloe.'
"Rafa estava encurvado junto da lareira, tremendo dos pés à cabeça. A irmã se ajoelhou ao seu lado e passou o braço em torno do coitado para aquecê-lo. Bellamy removeu a neve de sua ainda perfeita barba por fazer de três dias, bateu os pés para recuperar a sensibilidade.
"'Vou acender um fogo.'
"Eu assenti, olhando para Saoirse.
"'Onde está aquela sua gata?'
"'Phoebe anda por aí. Ela vai voltar quando ficar entediada.'
"'Certo. Talvez eu mesmo saia para dar uma olhada. O resto de vocês fique aqui, fique aquecido. Por favor.' Eu olhei para Chloe. 'Se você tiver problemas quando eu estiver fora, sopre aquela sua trompa, *soeur* Sauvage.'
"Chloe me lançou um último sorriso agradecido.
"'Ande com cuidado, *mon ami*.'
"'Eu volto. Rápido como um bispo em cima de um coroinha.'
"Rafa piscou, tremendo.
"'Acho que t-talvez sua experiência com b-bispos seja diferente da minha, Santo de Prata.'
"Eu saí em meio a neve e chuva, os ombros curvados enquanto eu fazia um circuito lento por Winfael. Andei lentamente por ruas apinhadas, examinando casas e porões, então fui até a margem de um lago congelante. Um emaranhado de redes velhas. Barcos abandonados. Água fria como os peitos de uma bruxa. Se as casas tinham sido esvaziadas, ou pelas pessoas que viviam ali ou por coletores, eu não sabia. Mas com a exceção de insetos, não havia vivalma em todo aquele lugar desolado.
"Nenhum Morto, também, pelo menos.
"Eu fiz um círculo de volta à praça principal, as botas de saltos de prata esmagando a neve nova. Os fantasmas nas casas sussurravam antigos segredos para a tempestade. Através da neve à frente, captei um vislumbre de azul e prata desaparecendo através das portas da igreja queimada.

"*Dior.*

"Estava congelando, e eu estava louco para fumar. Mas eu confiava tanto naquele merdinha metido quanto eu podia mijar contra o vento. Por isso, saí andando pela praça e pelas portas forçadas do amanhecer da catedral de Winfael.

"Era um local modesto – circular, de pedra calcária enegrecida pelas chamas. Seu telhado tinha desabado, e a neve entrava em seu estômago esvaziado. As janelas eram vitrais antigos, a maioria estilhaçada no chão. Mas, na parede mais ao norte, o vidro estava intacto – uma cena retratando Michon liderando seu exército durante as Guerras da Fé. A primeira Mártir era alta, de cabelo louro, feroz como uma centena de anjos. Dior parou diante do vitral com uma expressão intrigada no rosto.

"'Que merda você está fazendo?'

"O garoto levou um susto quando falei, girando para trás. Seu punhal de prata saiu de seu casaco em um piscar de olhos. Eu tinha de admitir – as mãos do babaquinha eram tão rápidas quanto sua língua.

"'Achei que tivesse lhe dito para cuidar da própria vida, herói.'

"'E quem disse que você pode me dizer qualquer coisa, garoto?'

"'Sua mãe.' Ele franziu o cenho. 'Depois que eu a comi na cama de seu pai.'

"Eu ri disso e o saudei com meu tricórnio.

"'Você tem colhões, Lachance. Tenho de admitir isso. Mas minhas botas são maiores. O que você está fazendo aqui?'

"Ele apontou para os bancos quebrados em torno do altar.

"'Bellamy precisa de lenha.'

"'*Umph.*' Eu assenti. 'Boa ideia. O inútil servir para alguma coisa.'

"'Você não pode sinceramente imaginar o alívio que sinto por ter sua aprovação, herói.'

"Dior andou entre os bancos, recolhendo madeira despedaçada. Levei a mão ao interior de meu sobretudo para pegar meu cachimbo e preparei uma boa dose de *sanctus* no fornilho. Eu estava consumindo a nova partida

que havia preparado tranquila e lentamente, e o sangue daquela recém-nascida era saboroso como vinho bom. Eu provavelmente ainda não precisava fumar de novo. Mas necessidade e vontade são dois mestres completamente diferentes.

"Aquele ruído preciso de ferro sobre pederneira. Aquela feitiçaria de vapor entrando como a mais doce das lâminas em meu peito, o rosto para cima, flocos de neve dando beijos delicados em meus cílios adejantes, tão perto do céu quanto eu jamais chegaria.

"'Qualquer oportunidade para alimentar essa necessidade, hein?'

"A voz de Dior me trouxe de volta à terra. Exalei um pulmão cheio de vermelho e olhei para ele com olhos da mesma cor. Alta-costura elidaeni sobre suas costas. Couro barato sūdhaemi em seus pés. Sangue de Nordlund em suas veias. Um botão faltando em sua manga direita. Canhoto. Muito magro. Um sinal de beleza em sua bochecha direita. Dedos manchados de cinza devido a seus *cigarelles* de raiz-armadilha. E pela primeira vez, vi que ele tinha cicatrizes nas palmas das mãos – ferimentos de faca cortados em sua pele, longos e profundos. Pelo aspecto, com apenas alguns meses de idade.

"'E o que você sabe sobre isso, garoto?'

"'Sei que você suga esse cachimbo como se estivesse sendo pago para fazer isso.' Dior ergueu um pé e estraçalhou um banco ao meio. 'Sei que você tem uma sombra em você, herói.'

"'Você não sabe merda nenhuma, Lachance. Continue falando, veja o que acontece.'

"O garoto escarneceu e assentiu para si mesmo.

"'E aí está.'

"'Aí está o quê?'

"'O primeiro recurso de todo homem como você que já conheci.'

"'Não cometa o erro de achar que me conhece, garoto.'

"Ele sacudiu a cabeça e olhou para meu cachimbo.

"'Conheci pessoas como você minha vida inteira. Não importa se é a garrafa, a agulha ou fumar, o mesmo é verdade para todos vocês. Quando esse anzol está em sua pele, ele simplesmente extrai o pior em você.'

"'Você nunca viu o pior em mim.'

"'Já vi o suficiente. Você trata as pessoas a sua volta como merda.'

"'Trato as pessoas a minha volta como elas merecem. Só que a maioria das pessoas merece ser tratada como merda.' Fixei sobre ele um olhar sanguíneo, observando seus olhos. 'Especialmente mentirosos.'

"O garoto encarou meu olhar, sem medo.

"'Todo mundo mente.'

"'Isso é verdade. Mas você não é tão bom nisso quanto acha, garoto. Com essa sua atitude confiante, suas botas de mendigo e sobrecasaca elegante.'

"'Não é apenas elegante, herói.' O garoto alisou a lapela azul meia-noite. 'Este casaco é *mágiko*.'

"'*Mágiko*', escarneci. 'Bobagem. Igual ao resto de vocês.'

"'Como você quiser.'

"Ergui meu cachimbo olhando para a imagem da primeira Mártir no vitral.

"'O Graal de San Michon, hein? Você quer me contar como um ladrão da pior parte de Sūdhaem nascido nas sarjetas descobriu o paradeiro da relíquia mais valiosa da Santa Igreja?'

"'Não', respondeu Dior. 'Não quero.'

"Eu me aproximei, observando suas pupilas dilatarem, ouvindo seu coração batendo um toque mais acelerado.

"'Danton Voss. Irmãs da Inquisição. Assassinos de Dúnnsair. Menestreis videntes e homens santos. Vocês têm um grupo estranho emaranhado nessa sua merda, Lachance. E normalmente, eu estaria me esforçando para encontrar uma razão para me importar. Mas a irmã de prata naquela taverna lá atrás que acredita *tanto* em você? Ela é minha amiga. E eles são muito poucos sobre a terra essas noites para fazer com que eu me sinta superprotetor em relação aos poucos que me restam.'

"Dior cerrou os dentes.

"'A Irmã Chloe salvou minha vida. Eu nunca faria *nada* para lhe causar mal.'

"'Menos arrastá-la pelo inferno em nome de um cálice que não *existe*?'

"Seus olhos, então, brilharam.

"'Mas essa é a piada, herói. Ele existe.'

"'É mesmo?' Eu, sorri, me aproximando. 'Por que você não me conta onde ele está, então?'

"'E por que eu faria isso?'

"'Porque se alguma coisa acontecer com minha amiga por causa de suas mentiras...' Pus a mão em seu ombro, os dentes afiados contra minha língua. 'As coisas não vão ficar boas para você.'

"'Aí está de novo', murmurou ele. 'O primeiro recurso de todo homem mau que conheci.'

"'O mundo precisa de homens maus, garoto. Nós mantemos os monstros longe da porta.'

"'Mas esse é o problema, herói. Homens maus nunca percebem quando o monstro são *eles*.'

"'Gabe? Dior?'

"Eu me virei e encontrei Chloe parada nas portas quebradas, o vento uivando às suas costas. Sua capa estava puxada sobre seus cachos, o cachecol em torno do rosto. Mas seus grandes olhos verdes estavam fixos em mim.

"'Vocês dois estão bem?'

"'Só conversando.' Dei um aperto no ombro de Dior. Machucando apenas o suficiente para que ele soubesse que eu podia fazer muito pior. 'De homem para homem.'

"'...Dior?'

"O garoto deu de ombros e afastou minha mão, e, cuspindo no chão aos meus pés, ergueu sua pilha de madeira partida e saiu andando pelas portas. Chloe o observou com olhos de mãe, e eu me perguntei o que em nome de Deus tinha feito com que ela se apegasse tanto àquele garoto.

"Talvez porque ela nunca tenha tido um filho?

"*Podia ser tão simples?*

"'Phoebe acabou de voltar', murmurou Chloe. 'Saoirse diz que talvez tenhamos problemas.'

"'Bom, essa é uma mudança agradável.'

"Saí andando em meio aos bancos quebrados na direção das portas, mas Chloe segurou meu braço quando tentei passar. Eu olhei para baixo, ela mal chegava a 1,5 metro, criada em um convento, pequena e magra. Mas eu senti a força em sua mão. Vi o fogo em seus olhos.

"'Posso confiar em você, Gabe?'

"'Por que você não poderia confiar em mim, Chlo?'

"'Você parece... diferente. O que você disse para Rafa outro dia. Sobre Deus...'

"'Eu disse que ia acompanhar vocês até o Volta, e vou fazer isso. Não é comigo que você devia estar preocupada.'

"'Dior não é o que você pensa, Gabriel.'

"'Um vigarista? Um ladrão? Ele é tudo isso e mais. Posso sentir o cheiro disso em seu suor. Ouvir nas batidas de seu coração. Ele á a porra de um *mentiroso*, Chlo. E estou me perguntando se todos os anos que você passou enterrada naqueles livros a deixaram tão cega que você não consegue ver o horizonte. Se você quer acreditar tanto nessa besteira de cálice sagrado, você vai engolir qualquer coisa que alguém disser a você.'

"'Confie em mim', sussurrou ela.

"'Por quê? O que faz com que você tenta tanta certeza?'

"Ela estreitou os lábios.

"'Lembra-se de quando você costumava me treinar na biblioteca? *Sempre olhe seu inimigo nos olhos? Nunca saque sua espada a menos que você pretenda usá-la?*'

"'Eu me lembro.'

"'Eu levei aquelas lições a sério.' Ela tirou a luva, e eu vi que a palma de sua mão era calejada, os dedos ásperos onde antes havia apenas cortes de papel. 'Não sou mais aquela garotinha, Gabe. Eu *sei* o que estou fazendo. E, se *não* posso contar tudo a você, imploro que me perdoe. Mas, por Deus, na verdade é melhor que você não saiba de tudo.' Ela apertou minha mão com sua mãozinha. 'Preciso de sua espada, *mon ami*. Preciso de sua força. Mas, acima de tudo, preciso de sua fé.'

"Estendi o braço e tirei minha mão da dela.

"'A fé é algo difícil de se encontrar essas noites, irmã.'

"E, com a cabeça baixa, eu saí para o frio."

✦ VI ✦
O PLANO

— "ATROZES', RELATOU SAOIRSE. 'Um bando deles. Seguindo nesta direção.'

"Estávamos reunidos no salão do Ferreiro Bêbado, o sol escuro mergulhando na direção do horizonte como se tivesse ganhado um descanso. Bellamy tinha acendido um fogo forte, e eu estava sem luvas, esquentando as mãos no calor duplamente abençoado. Saoirse estava agachada ao lado de Phoebe, coçando o grande felino por baixo da coleira. A leoa bocejou, e vapor subia de seu pelo avermelhado enquanto ela se esticava ao meu lado, perto das chamas.

"A voz do velho Rafa estava abafada dentro dos cobertores que ele tinha roubado no andar de cima.

"'Quantos?'

"'Uma dúzia, talvez', respondeu Saoirse. 'Phoebe os viu alguns quilômetros a leste. Movendo-se devagar na tempestade. Mas eles vão se mover mais depressa quando o sol se puser totalmente.'

"'Eles podem passar por nós', disse eu. 'Não temos razão para pensar que eles sabem que estamos aqui.'

"Chloe me olhou nos olhos.

"'Eles sabem, Gabriel. E estão vindo por nós.'

"'Como você pode ter certeza?'

"Saoirse ergueu o machado e o escudo.

"'Eles estão vindo, Santo de Prata.'

"Eu dei um suspiro e passei a mão pelo cabelo. Uma dúzia de atrozes não era nada para se desprezar, mas pelo menos tínhamos sido alertados de que eles estavam a caminho. Então, estendi a mão para dar um tapinha agradecido em Phoebe.

"'*Merci, mademois...* merda!'

"A leoa rosnou e mostrou as presas, e puxei rapidamente a mão antes que ela a arrancasse do meu pulso. Saoirse olhou para meus dedos tatuados e sorriu.

"'Talvez você queira guardar essas suas mãos para você mesmo. Como a maioria das mulheres, Phoebe não gosta de ser tocada sem permissão.'

"A leoa lambeu seus maxilares com cicatriz, rosnou fundo o bastante para que eu sentisse isso em meu peito.

"'Anotado.' Tornei a calçar minhas luvas e me levantei. 'Certo, está bem. Se temos certeza de que esses bastardos ímpios estão a caminho, é melhor tornarmos a vestir as ligas e as calças.'

"'Você quer dizer enfrentá-los?', perguntou Rafa.

"'Com toda certeza, não temos como fugir nessa tempestade. Quando consertarmos a paliçada, teremos uma posição fortificada. E temos um lago às nossas costas.'

"Bellamy franziu o cenho.

"'Baladas antigas criticam exércitos que lutaram com água às suas costas, *chevalier*. Se a memória servir, você mesmo ganhou a batalha de Tarren Moor ao...'

"'O que você consegue quando mistura um padre com água, Bouchette?'

"'Com esse tempo?' Dior olhou sério para Rafa, que tremia. 'Pneumonia?'

"Peguei uma garrafa de vinho empoeirada e arranquei o velho toco de vela de seu gargalo.

"'Observe e aprenda, seu merdinha.'

"Nós começamos os preparativos, e, embora Saoirse ainda se irritasse por lhe dizerem o que fazer, a fé que Chloe tinha em mim era o suficiente para fazê-la obedecer. Desenhei a carvão um mapa da cidade no piso do

Ferreiro Bêbado e dei uma tarefa para cada membro do grupo. Pensando rápido, falando ainda mais rápido. Fazia mais de uma década que eu não liderava a defesa de nada além de um momento de paz e tranquilidade na latrina, mas o manto caiu sobre meus ombros como um casaco muito usado.

"Bellamy e eu fomos consertar as defesas, arrancando madeira das casas abandonadas e empilhando-a nos buracos na paliçada. Dei mais um trago em meu cachimbo, vermelho-sangue e cheio, e o jovem menestrel ficou parado de olhos arregalados enquanto eu enfiava madeiras quebradas na terra congelada com a mão, cravando-as mais fundo com uma marreta encontrada nos estábulos.

"Depois de aproximadamente uma hora, Dior chegou andando ruidosamente através da neve uivante, empurrando um carrinho de mão com uma pilha de garrafas de vinho cheias com as águas turvas do lago. Depois de subir a escada, o garoto começou a empilhá-las nas passarelas elevadas ao lado das aberturas.

"Bellamy o saudou com o chapéu e sorriu.

"'Está tudo bem, m. Lachance?'

"O garoto deu de ombros e gritou mais alto que o barulho do vento.

"'Saoirse encontrou um barril de sebo no porão do bar, e a Irmã Chloe está preparando algumas setas incendiárias com ele. *Père* Rafa está dando bênçãos o mais rápido possível.' Dior ergueu uma das garrafas na mão e olhou para mim.

"'Tenho de admitir que estou dois terços de um oitavo impressionado, herói.'

"'Cravei mais uma madeira, com os dentes cerrados quando ela penetrou triturando o chão.

"'Você honestamente não pode imaginar o alívio que eu sinto por ter sua aprovação, garoto.'

"'Se você está impressionado agora, Dior, espere até a noite. Você provavelmente vai ver uma imagem inigualável.' Bellamy fechou mais sua capa e sorriu. 'Testemunhar o Leão Negro em batalha... a Bebedora de Cinzas liberada. Deus Todo-poderoso, isso com certeza vai merecer uma canção.'

"Eu cravei mais uma madeira no lugar. Dior desceu da paliçada, olhando para a Bebedora de Cinzas. Eu trabalhava com mais facilidade sem a espada em minha cintura, por isso eu a havia apoiado contra a barricada. Os olhos do garoto examinaram a bainha surrada, a donzela de prata na guarda.

"'Ela realmente... fala com você?'

"'É uma pena', resmunguei, cravando mais uma viga.

"'De onde ela veio?'

"'Ah, aí está o problema, Dior', respondeu Bellamy. 'Ninguém sabe. Um mentor meu, o famoso menestrel Dannael á Riagán, canta que o Leão Negro pegou a espada nos salões de um rei dos túmulos que não dormia, nas profundezas das florestas de Nordlund. Mas o historiador Saan Sa-Asad conta que o *chevalier* ganhou a Bebedeira de Cinzas em uma competição de charadas com um horror inominável e ancião, nas profundezas das entranhas da escuridão eterna das Montanhas dos Anjos. Eu ouvi até uma história de que o Leão pegou a Bebedora de Cinzas do tesouro da temida rainha dos faekin, Ainerión. O beijo dela significa morte para qualquer homem mortal, Dior, e mesmo assim o Leão amou Ainerión por tanto tempo e com tanto carinho que conseguiu roubar a espada encantada do lado de sua cama depois que ela desabou de exaustão. Mas até onde sei, o *chevalier* nunca confirmou *nenhuma* dessas histórias.'

"Bellamy olhou para mim esperançosamente, com uma sobrancelha erguida.

"'Cale a porra da boca, Bouchette.'

"'Como ela quebrou?', perguntou Dior, os olhos ainda na espada.

"'Hein?' Bellamy piscou.

"'O fim', disse o garoto. 'A extremidade pontuda, seja lá como você chame isso.'

"'A ponta?'

"'*Oui*. Eu vi quando entramos pelos muros. Ela foi quebrada.'
"Bellamy jogou seu chapéu de libertino para trás e esfregou o queixo.
"'Confesso que não percebi. Nenhuma história nunca mencionou nenhuma espada quebrada. Mas... para os ousados, o *bouquet*.' O jovem andou na direção da Bebedora de Cinzas, com a mão estendida. 'Será que podemos perguntar a ela?'
"'Ei!', reagi rispidamente. 'Toque nessa espada e você vai tocar seu alaúde com os pés, menestrel.'
"'Estou brincando, *mon ami*.' Bellamy me deu uma piscadela e um sorriso malicioso. 'Um homem que põe uma mão familiar na espada de outro homem é como se estivesse botando as mãos em sua noiva. E eu nunca toco em noivas sem um convite *expresso*.'
"'Você é um bastardo, Bel.' Dior sorriu. 'Um patife, um salafrário e um mau elemento.'
"'Eu sou um *romântico*, m. Lachance. Fique comigo por tempo o bastante, e vou lhe ensinar como.'
"'Enquanto isso, que tal vocês dois voltarem para a porra do trabalho?', rosnei.
"O menestrel apertou mais sua capa e coçou os cachos escuros. Dior escarneceu, e saiu se arrastando pela neve. Fizemos pilhas as mais altas e grossas possíveis, deixando apenas o portão principal destrancado para Saoirse voltar por ele. Empilhando o bulevar e as ruas estreitas com móveis e madeiras quebrados, criamos um anel interno para onde recuar se as coisas corressem mal. Estava um frio terrível, e, quando terminamos, a noite tinha caído como uma bigorna. Ainda assim, eu estava satisfeito. Entre nossos muros e nossas armas, podíamos derrotar uma dúzia de atrozes. Com a tempestade em fúria, Bellamy e eu voltamos com dificuldade para o Ferreiro Bêbado.
"O grupo estava ali dentro, com Rafa debruçado sobre uma panela fumegando na lareira.
"'É a porra daquela batata outra vez?'

"'Tenho nabo, se você preferir.' O velho padre sorriu.

"'Onde está Saoirse?', perguntou Chloe.

"'Ainda explorando com Phoebe', respondeu Bellamy. 'Elas vão voltar logo mais.'

"Peguei uma tigela cheia das malditas batatas e a comi rápido o suficiente para não perceber que estava comendo. Em seguida, fiz um grande círculo e passei os saltos das botas pelo mapa a carvão que eu tinha desenhado no piso. Por um momento, eu me lembrei da biblioteca de San Michon; o grande mapa do império em seu chão.

"'Através de sangue e fogo, agora dança comigo assim.'

"Eu ergui os olhos enquanto Chloe murmurava, vi seus olhos fixos nos meus. Eu sabia que ela estava vivendo o mesmo momento que eu. Tudo, então, pareceu ter sido muito tempo atrás. E muito longe.

"'Certo.' Eu toquei o mapa com a ponta do pé. 'Eu vou cuidar dos portões, com o pequeno lorde Falademais na passarela elevada. Chloe, você e Saoirse ficam com a abertura leste; Rafa e Bellamy, a oeste. Se vocês tiverem problema, chamem. Eu vou estar lá. Se formos superados, recuem para o círculo interno, e depois para a catedral. O solo sagrado vai mantê-los afastados como último recurso.'

"'Por que não recuar agora para a catedral?', perguntou Rafa.

"'E depois o quê? Nos escondermos lá dentro até morrermos de fome? Essas coisas podem esperar para sempre se quiserem. Mas não se preocupe, padre. Esses bastardos podres vão nos atacar de maneira irrefletida e de frente, sem um senhor de sangue na liderança.'

"Dior estava terminando a segunda tigela, falando com as bochechas cheias.

"'Você perguntou ao soldado que encontramos sobre isso. O que é um senhor de sangue?'

"'Altos-sangues podem controlar a casta inferior de vampiros, Dior', respondeu Chloe. 'Quanto mais profundo seu sangue, mais atrozes eles podem manter sob seu domínio. Com uma inteligência a comandá-los, os atrozes ficam muito mais perigosos. Mas esse bando não parece ter nenhum.'

"Rafa assentiu, fazendo o sinal da roda.

"'Graças ao Todo-poderoso por sua piedade.'

"O garoto engoliu um bocado ambicioso, olhando fixamente para mim.

"'E o que aquele soldado quis dizer? Quando falou que você banhou em prata o campo de batalha?'

"'Ah, o aegis.' Bellamy sorriu.'A mágika sagrada pela qual os santos de prata têm seu nome e sua fama, Dior. Está vendo aquela tatuagem nas mãos do Leão Negro? Na verdade, elas cobrem a maior arte de seu corpo. E na batalha elas servem como condutoras de sua fé em nosso Senhor acima.'

"As sobrancelhas do menino desapareceram sob seu cabelo.

"'Você quer dizer... que você luta... nu?'

"'Não completamente.' Chloe sorriu. 'Eles são vestidos de prata, como diz a ordem.'

"Bellamy assentiu, com olhos brilhantes.

"'Quando o *chevalier* lutar esta noite, você vai ver o aegis brilhar, como *mil* tochas. No sítio de Tuuve, dizem que o Leão Negro brilhou tão...'

"'Cale a porra da boca, Bouchette', rosnei. 'A água benta que estocamos naquelas garrafas vai queimá-los melhor que ácido. Provavelmente não o suficiente para matá-los, mas vai fazê-los arrefecer um pouco. Se eles atravessarem a paliçada, o fogo queima esses sanguessugas melhor que um gigolô com gonorreia. Então, se você não estiver brandindo prata, uma tocha é sua melhor arma.'

"Os dedos de Rafa tocaram sua roda, com olhos na estrela de sete pontas em torno do pescoço de Chloe.

"'Posso pensar em outra arma, Santo de Prata. A Fé é mais do que páreo para qualquer chama.'

"'Talvez você possa, então, rezar para um ou dois anjos. Ver se algum deles aparece.'

"O velho sorriu para mim, os olhos escuros reluzindo acima de seus óculos.

"'Acho que Deus já nos mandou anjos o suficiente, *mon ami*. Mas vou rezar para que ele olhe por nós esta noite, mesmo assim.'

"'E qual o objetivo disso, padre?'

"Rafa piscou.

"'Qual o objetivo de...'

"'Rezar. *Oui*.'

"O velho olhou para mim como se eu tivesse perguntado o objetivo de respirar.

"'Eu...'

"'Dois soldados estão em um campo de batalha', disse eu a ele. 'Os dois estão convencidos de que Deus está do seu lado. Os dois rezam para que seu Senhor e Redentor derrote seu inimigo, e que a Virgem-mãe os proteja de todos os males. Mas alguém vai perder. Alguém está perdendo a porra do tempo. Talvez, só talvez... sejam os dois?'

"O padre franziu o cenho.

"'Não se pode dizer que Deus está ao lado dos Mortos.'

"'Você não está entendendo a questão, velho. *Tudo na terra abaixo e no céu acima é obra de minha mão...*'

"*E toda obra de minha mão está de acordo com meu plano.*'

"'Você acha que aqueles refugiados que encontramos na estrada não rezavam com todas as suas forças para não perderem suas casas? Você acha que Lachlunn á Cuinn não rezou para que sua mulher e seu filho permanecessem vivos? Sabe, os vigaristas dos púlpitos nos vendem essa merda de plano divino quando as coisas começam a dar errado. Depois que eles passaram o prato de coleta, é claro. Quando você perde sua lavoura ou seu câncer se espalha ou o que quer que você tenha implorado a ele não acontece, esse é o consolo que eles oferecem. *É a vontade de Deus*, dizem eles a você. *Parte do plano divino.*

"'O que eles não observam é se ele *tem* um plano. Não faz sentido rezar por nada. Se *Sua vontade vai ser feita* é a regra de ouro, então Deus vai fazer o que quiser, independentemente do fervor com que você reze para ele.

E imagine, só por um segundo, a sensação de merecimento necessária para pedir qualquer coisa a ele, para começo de conversa. A porra do ego de que ia precisar para achar que isso de algum modo é tudo para você. E se pedir uma coisa que não seja a vontade dele? Você quer que ele altere o curso do plano divino? Por *você*? Sabe, esse é o problema disso tudo. Isso é a *genialidade*. Você consegue aquilo pelo que reza? Viva, Deus o ama. Mas e se suas preces não são atendidas?' Eu estalei os dedos. ' Simplesmente não eram parte do plano.'

"Botei uma dose de *sanctus* em meu cachimbo sob o olhar preocupado de Chloe.

"'Eu já estive em lugares sagrados, padre. Li sua escritura de capa a capa. Cantei louvores em seu nome e lhe digo agora, e lhe digo a verdade: uma mão segurando uma espada vale dez mil delas juntas em oração.'

"'*Não há árvores com galhos que se estendem para o céu*', citou Rafa, '*que não tenham raízes que se estendem para o inferno. E nós t...*'

"'Chloe!'

"O padre se calou quando a assassina entrou pela porta, com os olhos arregalados.

"'Saoirse?' Chloe ficou de pé. 'O que é?'

"'Phoebe voltou,' A garota tirou a neve de suas tranças, batendo os pés. 'Os atrozes estão a dez minutos daqui. Mas não tem uma dúzia.'

"Dior ficou de pé, com o rosto pálido.

"'Tem mais?'

"A assassina ergueu o machado e assentiu com a expressão fechada.

"'Cinquenta. Pelo menos.'

"'Cinquenta atrozes...', disse Chloe. 'Contra sete de nós.'

"Bellamy olhou em torno do salão, com os olhos arregalados.

"'Meu Deus.'

"Acionei a pederneira e ri, olhando o padre nos olhos.

"'Tem certeza que não quer rezar para aqueles anjos, velho?'"

✦ VII ✦
A BATALHA DE WINFAEL

– A COISA MAIS perturbadora é o silêncio.

"Sangues-frios não precisam respirar. O que significa que eles não falam sem pensamento consciente. E se o vampiro que você está enfrentando tem um cérebro que apodreceu e virou papa antes que ele se Transformasse, ele não é capaz de muito pensamento além de "fome" e "comida". Há níveis disso, é claro. Um sangue-frio que fica inchando em uma vala por um ou dois dias pode se lembrar o suficiente de si mesmo para vocalizar. Mas um monstro que apodreceu em uma cova rasa por uma semana ou mais não vai ser nada além de instinto. Então, enquanto alguns atrozes podem balbuciar meias palavras para você, ou gritar quando você os fere, a maioria já está perdida demais para se lembrar de como inspirar.

"Assim, quando eles chegam, eles chegam em silêncio completo.

"Foi isso o que eles fizeram, lá em Winfael. Uma horda de olhos sangrentos atacando pela neve nossos muros finos, sem fazer nenhum barulho. Mas aquele instinto ainda existe. Aquele impulso bestial na direção do coração de todos nós – agarrar, matar, se alimentar, repetir. E enquanto aqueles sem mente apenas se jogaram contra a abertura mais próxima e começaram a abrir caminho, os menos apodrecidos, os mais *inteligentes*, eles se separaram e fizeram a volta na paliçada à procura de pontos fracos. Outras maneiras de entrar e alcançar as bolsas deliciosas de sangue que eles podiam farejar logo depois dos muros.

"'Eles são muitos!', gritou Dior.

"'Só não pare de jogar essa água benta!', berrei.

"O garoto jogou outra garrafa de vinho, e eu ouvi vidro se estilhaçando e o fervilhar de bacon gordo na frigideira em meio ao bando abaixo. Estávamos na passarela elevada acima dos portões onde os atrozes eram mais numerosos, o garoto jogando garrafas, eu cortando qualquer bastardo que tentasse subir. Saoirse estava na passarela leste, lançando flechas em chamas nos horrores. Chloe atirava garrafas ao seu lado. Bellamy e Rafa estavam no alto da passarela oeste, o menestrel atirando com sua besta, o padre lançando água benta e orações.

"Os atrozes queimam como mechas em um dia quente de verão, e os tiros de fogo estavam fazendo um bom trabalho. O problema é que havia muito mais vampiros do que tínhamos flechas. A água benta queimava carne morta como centelha do inferno, mas mesmo o recém-nascido mais fraco só ia ser debilitado se recebesse uma garrafa na cabeça, em nenhum outro lugar. E estávamos ficando sem garrafas, também. Era apenas questão de tempo até...

"'*Gabriel!*'

"O grito de Chloe ecoou pela cidade, iluminado pelo medo, seguido pelo toque de uma trompa de prata.

"'Merda', disse eu com rispidez. Girando o pavio em uma de minhas últimas bombas de prata, eu a joguei sobre os atrozes abaixo. Eles estavam aglomerados, e a explosão brilhou como um pequeno sol. Membros voaram e barrigas estouraram, prata cáustica ardendo em meus olhos de sangue-pálido.

"'Você consegue segurá-los?'

"'Vou tentar!' Dior jogou outra garrafa. 'Vá ajudá-la!'

"Saltei seis metros na neve e avancei na direção da voz de Chloe. Saoirse e ela estavam no alto da passarela elevada, e vi que alguns atrozes tinham escalado os muros, flanqueando-as pelos dois lados. Chloe lutava com bravura, aço de prata em uma das mãos, a estrela de sete pontas na outra. O símbolo queimava como chama branca, iluminando a tempestade à sua volta e os atrozes à sua frente. Às costas de Chloe, Saoirse tinha abandonado o arco, atacando com o escudo e o machado. Ela era uma vadia má, e, embora Bondade não tivesse prata, aquele machado de algum modo cortava carne morta como uma espada quente na neve. Mas, defendendo a passarela elevada, elas haviam ignorado a abertura, e os atrozes tinham conseguido entrar, jorrando em uma torrente silenciosa através da paliçada.

"Eu os ataquei, o hino de sangue brilhando e queimando, a Bebedora de Cinzas como uma pena sangrenta em minha mão. A espada não cantava canções, não roubava almas, em vez disso estava murmurando o que parecia uma receita de sopa de cogumelo, mas ela cortava a carne dos Mortos como papel. Eu vi um brilho avermelhado, Phoebe saindo da escuridão em um borrão, rosnando enquanto caía sobre o cadáver do filho azarado de um fazendeiro e arrancava sua cabeça do pescoço. Um sangue-frio caiu do alto – com o suficiente dentro dele para emitir um lamento quando Saoirse decepou suas pernas nos joelhos e o derrubou da passarela elevada.

"'Onde está Dior?', gritou Chloe.

"'Ainda nos portões'"

"'Você o deixou *sozinho*?'

"*Quatro colheres de sopa de manteiga...* sussurrou a Bebedora de Cinzas.

"Cortei mais um atroz na neve, com as presas à mostra.

"'Ele está bem. Você precisa...'

"'*Santo de prata!* Veio um grito distante. '*De León!*'

"'Bellamy?', gritou Saoirse.

"'Eu vou buscá-los! Recuem para o círculo interno!', gritei. 'Por favor!'

"*Uma colher de sopa de óleo...*

"'Pegue Dior!', gritou Chloe. 'Gabriel, ele é tudo o que importa!'

"'Simplesmente vá, droga! Eu vou buscá-los!'

"'Phoebe, vá junto!' Saoirse partiu a cabeça de um atroz ao meio, girou sobre os calcanhares e abriu a barriga de outro. 'Vá!'

"Saí correndo pelo escuro, limpando sangue dos olhos. A leoa corria à minha frente, rápida como uma navalha. Atravessando a rua e saltando por cima de nossa barricada, olhei na direção dos portões e vi Dior jogando garrafas e gritando palavrões triunfantes.

"'Chupem meu pau, seus mer...'

"'Lachance, recue!'

"'Mas eles ainda não passaram!'

"*Duas cebolas bem picadas...*

"'Pare com isso, Bebedora! E leve esse seu rabo magro para trás da barricada antes que eu dê você de comer aos Mortos, garoto!'

"Com o coração batendo forte, corri por um beco sinuoso na direção da abertura oeste. À frente, vi um brilho fantasmagórico, cheio de sons de assassinato e do fedor de carne queimando. E, virando a esquina, eu parei, erguendo as mãos para proteger meus olhos.

"*Père* Rafa estava como um farol na escuridão, a roda de prata em uma das mãos magras. Sombras longas estavam gravadas na neve cinza, o símbolo projetando um facho cegante de luz na escuridão à sua frente. Bellamy estava ao lado do padre, sangrando de um corte feio acima do olho, a espada longa em uma das mãos, uma tocha acesa na outra.

"'O Senhor é meu escudo, inquebrável!', gritou Rafa. 'Ele é o fogo que queima toda a escuridão!'

"*Impressionante*, sussurrou a Bebedora de Cinzas.

"'Ninguém perguntou a você', respondi, cortando a cabeça de outro atroz na neve.

"*Eu me lembro das noites em que você brilhava i...*

"'Cale a boca, Bebedora', reclamei.

"A espada falava a verdade – o velho Rafa *era* impressionante. Onde quer que sua luz atingisse os atrozes, eles retrocediam como se tocados pela chama mais quente. O problema era que a luz brilhava apenas onde o padre apontava. Bellamy estava fazendo o possível para manter os bastardos longe das costas do velho, balançando a tocha como um porrete. Mas a dupla agora estava cercada.

"Corri pela escuridão congelante, cortando os sangues-frios e gritando acima da tempestade.

"'Bouchette! Rafa! Por aqui!'

"A dupla veio pela abertura que eu tinha feito e correu pelo beco atrás de mim. Eu os segui, com a mão erguida para me proteger da luz de Rafa enquanto o padre cobria nossa retirada. Os atrozes se espalharam, alguns procurando outros caminhos, outros seguindo em nossos calcanhares. Bellamy ajudou Rafa a passar por cima da barricada, o velho arquejando e com a mão no peito. Eu cortei os atrozes que estavam às nossas costas – uma jovem com cachos cereja, um soldado com cicatrizes nos braços, um velho, nu e pelancudo – sem pensar no que tinham sido, mas apenas no que tinham se tornado, e meu velho amigo, o ódio, ardia brilhante por quem tinha deixado que tudo chegasse àquele ponto.

"'Gabriel!', gritou Chloe. 'Por que você não está vestido de prata?'

"Ignorei o grito de Chloe, atacando os bastardos na barricada. Já tínhamos derrotado muitos deles, mas ainda não era o suficiente. Sem medo, sem mente, eles batiam contra as madeiras, se agarrando e subindo. Dior chegou correndo dos portões com um grupo mutilado em seu encalço, pulando a barricada como se fosse um dançarino, rolando e ficando de pé.

"'Dior, volte para a catedral!'

"'Não vou deixá-la, irmã Chloe!'

"'Dior, pelo amor de Deus, faça o que eu *digo*!'

"O garoto a ignorou e enfiou o punhal de prata no olho de um sangue--frio. Chloe e Saoirse estavam de costas uma para a outra, a irmã mantendo os atrozes afastados do rabo da assassina enquanto Saoirse semeava o caos. Phoebe atacava fora de nosso bloqueio, rasgando os Mortos em pedaços antes de voltar correndo para o escuro. O número de atrozes estava diminuindo, corpos caídos em torno de meus pés. Se eu me esforçasse, conseguiria ver luz no fim do túnel.

"Mas, então, como sempre, chegou o escuro.

"Um grupo dos Mortos mais espertos tinha subido pelos telhados e caiu em nosso meio. Dior deu um grito de alerta e atacou com sua faca de prata. Mas o garoto gritou quando os monstros saltaram em cima dele, e, com seus gritos, Rafa e Chloe voltaram sua luz sagrada na direção dele.

"Os atrozes em cima de Dior se encolheram para trás, se arrastando, andando com dificuldade, mas tanto o padre quanto a irmã tinham deixado suas costas sem vigia. Phoebe e Saoirse seguraram a torrente, mas, armado apenas com sua tocha, Bellamy não conseguiu. Os atrozes abriam caminho através da barreira, e o menestrel deu um grito alto quando o peso dos Mortos o derrubou. Dentes mortos rasgaram sua pele. Como dominós caindo, o colapso começou, o cadáver de um adolescente ágil saltando sobre as costas de Rafa com um sorriso de dentes negros. O padre gritou, os joelhos e as mãos do velho falhando, sua roda brilhando prateada quando voou de seus dedos.

"Rafa gritou enquanto o garoto morto arrancava uma mordida sangrenta de seu pescoço:

"'Deus me ajude!'

"O atroz recuou, gorgolejando, quando a Bebedora de Cinzas mandou sua cabeça girando para o escuro. Bellamy estava se debatendo, com sangue nas mãos e no rosto enquanto socava e chutava os cadáveres que se empilhavam em cima dele. Eu abri caminho através deles, com Chloe ao meu lado, a espada de aço de prata brilhando enquanto ela gritava do Livro dos Votos.

"'*Voltem-se agora, oh reis infiéis de homens! E olhem para sua rainha!*'

"Era tolice. Com os pescoços rasgados com facilidade, artérias abertas como cartas de amor, Rafa e Bellamy já estavam mortos. E, para ajudá-los, tínhamos deixado Dior – o garoto agora gritando quando um horror de dedos rápidos e coberto de sangue o derrubou de costas na neve. Outro se empilhou em cima dele, enquanto ele não parava de apunhalar, e seu grito rasgou a noite quando seu braço foi torcido para trás, os atrozes atacando como raptores e mordendo fundo sua pele.

"'*Dior!*'

"Então ouvi um som. Não bem um som, mas um *movimento*, como se a terra tivesse tremido uma vez e tudo sobre ela, humanos, animais e tudo entre eles, prendesse a respiração. E aqueles atrozes em cima do garoto recuaram como se tivessem sido atingidos pelo punho de Deus, e com os olhos sangrentos arregalados, eu vi começar – um brilho, queimando quente e branco naquelas gargantas ávidas. Ele se espalhou como chama em iscas de fogo em verões de distante lembrança, e, em um instante, todos os atrozes gritaram como se tivessem se lembrado do que era a dor, e explodiram em colunas de chamas quentes e brancas.

"O fogo ardia, queimando-os até virarem ossos e cinzas, e, acima do som de estômagos estourando e ossos quebrando, ouvi o grito prateado da Bebedora de Cinzas dentro de minha cabeça.

"'*Lute, seu tolo!*'

"Fiz o que ela disse, atacando os Mortos restantes. Alguns tiveram bom senso o bastante para fugir, outros ficaram perplexos no brilho daquela chama, derrotados por mim, Saoirse ou Phoebe. E, em alguns instantes, a maré tinha virado, nossos inimigos espalhados pela tempestade ou salpicados de vermelho na neve funda aos nossos pés.

"'Dior!' Chloe caiu de joelhos ao lado do garoto. 'Meu Deus, você está bem?'

"Com o rosto coberto de sangue, enfiei a Bebedora de Cinzas na neve. Arrancando os cadáveres dos sangues-frios de cima do padre caído, eu me ajoelhei ao lado dele. Saoirse fez o mesmo com Bellamy, o menestrel arquejando enquanto sangue espumava em sua garganta rasgada. Ele era pouco mais que um garoto, o pobre coitado. Rafa estava com o rosto para baixo em uma poça que aumentava cada vez mais, e eu virei o velho bastardo de costas, pressionei minha mão em seu pescoço dividido. O rio que antes jorrava agora era apenas um filete.

"Para logo não sei nada mais.

"Seus olhos escuros estavam fixos em mim, o perfume de seu sangue se erguendo acima da onda do *sanctus*, e, apesar do horror, criando uma fome deliciosa e sombria em meu estômago, eu os amaldiçoei – o que eu era e aquilo que me tornei, e no que ele, em sua onisciência, tinha me transformado. E olhando para os olhos do padre, que se apagavam, sacudi a cabeça e dei um suspiro.

"'Onde está seu Deus agora, velho?'

"'Saia da *porra* do meu caminho!'

"Dior bateu contra mim, arquejante e furioso, o cabelo encharcado de sangue em seus olhos.

"'Mas que merda você está fa...'

"'Gabriel, afaste-se!', gritou Chloe, me puxando para trás.

"Eu me soltei de sua mão ensanguentada e olhei com raiva para a irmã, seu sobretudo e sua espada salpicados de sangue e entranhas. Mas ela tinha olhos apenas para o garoto. Vi Dior pressionar a mão sobre os rasgos no pescoço do padre, com olhos arregalados e cheios de lágrimas.

"'Pelos Sete Mártires, ele está acabado, garoto. Deixe o homem morrer em p...'

"'Cale a porra da boca!'

"O braço de Dior ainda estava sangrando, seu pescoço também, e o garoto esfregou o sangue de seus próprios ferimentos na palma da mão. E, enquanto eu observava, ele apertou aquela mão vermelha sobre o buraco aberto no pescoço de Rafa, e meu coração pareceu parar. Porque, juro por Deus, pela Virgem-mãe e pelo Redentor, também, que, ao seu toque sangrento, aquela ferida se fechou sozinha.

"'Chloe...', murmurei.

"Dior saiu andando pela neve. Saoirse removeu a mão do pescoço de Bellamy. Os lábios do menestrel estavam rosa com espuma quando o garoto cobriu a palma da mão com o próprio sangue outra vez e a apertou sobre aqueles ferimentos horríveis. E, assim como com o padre, fiquei pasmo quando os cortes se fecharam diante de meus olhos, sem deixar uma cicatriz, um arranhão.

"'Bellamy?', murmurou Dior, desesperado. 'Você pode me ouvir?'

"O jovem menestrel ainda parecia fraco, ainda coberto de suor. Mas sua respiração saía fácil e seus olhos brilhavam, e ele apertou a mão ensanguentada sobre a de Dior.

"'*M-merci, m-monsieur* Lachance.'

"'Pela porra do Redentor...', disse eu.

"Eu olhei para Rafa, sentado na neve. O velho estava tremendo, o hábito encharcado de vermelho. Mas, ainda assim, ele estava saudável e respirando, quando um instante antes ele era quase um cadáver.

"'V-você me perguntou... onde estava meu Deus, *chevalier* De León.'

"O padre olhou para Dior e conseguiu dar um sorriso azulado por um hematoma.

"'E *aí* está ele.'"

✦ VIII ✦
DO CÁLICE SAGRADO

— "O QUE EM nome do Pai, da Virgem-mãe e de todos os Sete Mártires está acontecendo?"

"Eu estava no Ferreiro Bêbado, com as mãos encrostadas de cinzas e sangue. Bellamy e Rafa estavam curvados junto ao fogo. Chloe estava ao lado de Dior, Saoirse por perto, limpando o sangue de Bondade. Phoebe tinha seguido os atrozes, se para pegá-los um por um ou garantir que eles recuassem, eu não sabia. Mas eu não ligava para alguns cadáveres vagabundos.

"Meus olhos estavam fixos em Chloe, com a Bebedora de Cinzas na mão. Minha velha amiga estava evitando meus olhos, cuidando dos ferimentos no pescoço e no braço de Dior. O lenço e a camisa do bastardinho estavam encharcados de sangue, mas o garoto estava me encarando, desafiador como sempre.

"'Bom?', perguntei. 'Diga logo, Chloe. O que eu acabei de ver?'

"*Saiba o que você t-testemunhou, Gabriel.*

"Eu olhei para a espada em minha mão, com os dentes afiados cerrados.

"*Você pode não ter fé, mas ainda assim tem olhos para ver, para ver. Um milag...*

"Guardei a espada bruscamente, silenciei sua voz e olhei com raiva para Chloe. Ela se ocupava e cuidava de Dior como uma galinha mãe, envolvendo seus ferimentos em faixas até que finalmente o garoto fez uma expressão de dor e a dispensou com um aceno.

"'Eu estou bem, irmã Chloe. É a verdade de Deus.'

"Chloe se afastou, com as mãos ensanguentadas nos quadris, um medo fundo nos olhos.

"'Abençoada Virgem-mãe, essa foi perto demais, Dior. Eu *disse* a *você* para correr para a catedral.'

"'E eu disse a você', disse o garoto, 'que não vou deixar meus amigos para lutarem minhas batalhas por mim.'

"'Você não pode se arriscar assim! Você é *importante* demais!'

"'Por quê?', perguntei.

"Chloe finalmente me olhou nos olhos. Segredos trancados por trás de seus lábios.

"'Maldita você, Chloe Sauvage, fale! Foi *você* que me arrastou para esta cavalgada de merda, e o silêncio enigmático está perdendo a força. Se você quer minha ajuda, é melhor começar a cantar, ou vou deixar todos vocês para a porra dos Mortos!'

"A irmã sagrada se sentou de pernas cruzadas no chão e olhou ao redor do salão. Saoirse sacudiu a cabeça, com uma expressão sombria. Bellamy passava a língua por seus lábios sujos de sangue e assentiu uma vez. Rafa permanecia em silêncio, olhando fixamente para Dior.

"O garoto estava olhando para mim, com uma expressão de dor quando tornou a botar os braços em seu casaco bonito. Enquanto ele olhava para a espada ao meu lado, pude ver um respeito relutante em seus olhos – o conhecimento de que todos provavelmente estariam mortos se não fosse por mim. Mas, mesmo assim, seu olhar se desviou para o cachimbo em meu sobretudo, a camada escarlate ainda vitrificando meus olhos, e eu vi o mesmo desprezo que tinha visto na igreja.

"*Homens maus nunca percebem quando o monstro são* eles.

"Dior olhou para a irmã sagrada e, finalmente, assentiu com relutância.

"'Você se lembra da noite em que me treinou pela primeira vez na biblioteca, Gabe?'

"Eu olhei para Chloe e para o passado através daquele oceano de tempo. Ele estava profundo e distante. Eu quase não conseguia ver a linha da costa.

A corrente era negra e perigosa, ameaçando me arrastar para as profundezas enquanto eu visualizava nós dois treinando sob a luz dos vitrais, Astrid desenhando perto da janela. Um momento tão simples, tão imaculado por sangue, morte e futilidade que fez meu peito doer.

"*Pelo amor de Deus, nós éramos apenas crianças...*"

"'Eu me lembro.'

"'Nós treinamos. Depois lemos. Depois conversamos. Você, eu e Azzie.'

"'*Que mundo este seria...*' Eu sorri. '*Se não estivesse única e totalmente nas mãos de homens velhos e teimosos.*'

"Ela também sorriu, e pude ver a garota que ela tinha sido em seus olhos.

"'E então?'

"'...A estrela.' Entendi finalmente. 'Aquela estrela cadente.'

"Ela assentiu, com olhos brilhantes.

"'Eu disse a você na época que ela era auspiciosa. Eu disse que Deus planejava grandes coisas para nós. E eu estava certa. Mas, muito maior do que nós três nos encontrando, aquela estrela cadente marcou outro triunfo. Um cuja verdade levei quase dezesseis anos para descobrir. Um *milagre*, Gabriel.'

"Chloe olhou para o garoto que estava parado, todo ensanguentado e machucado ao lado do fogo.

"'E ali está ele.'

"'De que merda você está *falando*, Chloe?'

"'O quanto você conhece dos Testamentos, *chevalier?*', perguntou Bellamy.

"Olhei para o menestrel, encolhido junto ao fogo.

"'Muito mais do que você, aposto.'

"'E o que você sabe sobre a heresia Aavsenct?', perguntou Rafa.

"Eu franzi o cenho e cocei o sangue seco em meu queixo.

"'Eu acho... que me lembro de um livro sobre isso, talvez? Na seção proibida de San Michon?'

"'Há uma história a ser contada aqui, Santo de Prata.' Rafa apontou com a cabeça para o menestrel. 'Acho que devíamos deixar nosso especialista fazer isso.'

"Eu olhei para Bellamy.

"'Você não vai cantar essa merda, vai?'

"O homem esgotado se empertigou.

"'Gostaria que eu fizesse isso?'

"Olhando seriamente para Chloe, remexi em meus alforjes perto da porta. Peguei uma de minhas garrafas de vodka e puxei uma cadeira para perto do fogo.

"'Fale.'

"Sem medo, o menestrel adivinho botou para trás seus cachos perfeitos. Olhou ao redor do salão, respirando fundo. E, então, começou sua história, com o floreio de um jovem que tinha inúmeras conquistas sexuais com sua língua de prata.

"'Talvez mil anos atrás, em algum lugar de Nordlund, nasceu um menino. Seu nome se perdeu no tempo, mas ele veio a ser conhecido como o Redentor. Quando se tornou adulto, ele virou um sacerdote itinerante, pregando que havia apenas um Deus. O Redentor não só proclamava que os velhos deuses eram uma mentira, mas também dizia ser o *filho* do verdadeiro Deus. Ele fazia milagres, levantava os mortos. E, com o tempo, um *exército*. Marchando para o oeste, ele espalhou a sua Fé Única na ponta de uma espada. O conflito foi sangrento e durou décadas.'

"'Não fode, Bouchette, você não está me contando...'

"'Silêncio, Gabriel', reclamou Chloe. 'Escute.'

"Bellamy voltou a sua história.

"'O Redentor foi traído por seus discípulos e assassinado na roda por sacerdotes dos velhos deuses. Mas sua última seguidora leal, a caçadora Michon, recolheu seu sangue da vida em um cálice de prata enquanto ele morria. Michon assumiu a guerra em nome de seu Redentor, até ela própria ser martirizada em batalha. Mas os *ideais* da Fé Única permaneceram. E séculos depois, o líder militar Maximille de Augustin e sua *famille* finalmente unificaram os cinco reinos em um império, sob a Fé Única e Verdadeira.'

"Eu dei um suspiro e um gole na garrafa. Aquilo não era nada que eu já não soubesse.

"'Preste atenção, Gabe', insistiu Chloe. 'O que você está prestes a ouvir pode fazer com que você e todos os que ama sejam esfolados até a morte na roda. Esta é a heresia mais sombria no império.'

"Engoli em seco e dei um suspiro.

"'Então bote logo isso para fora.'

"*Père* Rafa se curvou para frente, os dedos com manchas da idade unidos junto de seus lábios. Ele olhou para Dior, e eu pude ver o medo nele – como se apenas *falar* aquelas palavras fosse um pecado.

"'Chloe e eu montamos essa história juntos ao longo de muitos anos, Santo de Prata. Fragmentos de conhecimento. Meros restos de verdade, misturados em meio a quilômetros de garatujas e mentiras de loucos. Até hoje, não sabemos nem metade dela. Mas uma coisa é certa. Michon não era apenas discípula do Redentor.'

"O velho deu um suspiro que parecia saído de seus ossos.

"'Ela era sua amante.'

"Se o padre esperava que isso tivesse um grande impacto, ele se equivocou bastante.

"'O filho primogênito de Deus gostava de uma trepada como o resto de nós.' Eu dei de ombros. 'E daí?'

"'E daí que os Testamentos foram originalmente escritos em talhóstico antigo, Santo de Prata. E em talhóstico antigo, as palavras para *sangue da vida* e *essência* são quase iguais: *aavsunc. Aavsenct.*'

"'Michon não capturou o sangue da vida do Redentor em um cálice, Gabe.' Chloe levou a mão à barriga. 'Ela capturou sua *essência* em sua própria. E, nove meses depois de sua morte, Michon deu à luz a sua filha. Uma menina. Chamada Esan.'

"Meus olhos se estreitaram com isso.

"'Isso também é talhóstico antigo. Significa *fé*...'

"Chloe assentiu e murmurou:

"'Esani.'

"'*Sem* fé...', murmurei, olhando para a veia em meu pulso. 'Mas que *merda*...'

"'Uma descendente direta do filho de Deus', murmurou Rafa. 'Mas, em um *ano*, sua mãe estava morta. E, temendo perseguição, os guardiões de Esan a levaram para Talhost. No fim, ela teve seus próprios filhos. Os descendentes do Redentor frequentemente exibiam sinais de divindade em seu sangue, mas mantiveram sua origem em segredo. Eles construíram uma dinastia e, depois de algum tempo, deram início a uma rebelião contra o próprio imperador. Alegando um direito divino de se sentar no trono das cinco partes.'

"'A Heresia Aavsenct...', murmurei.

"'Assim, ela foi chamada pelo pontífice da Fé Única', disse Chloe. 'A ideia de o Redentor ter uma amante mortal foi declarada sacrilégio, e os descendentes de Esan, blasfemos. E, no expurgo que se seguiu, sua linhagem foi praticamente extinta – ironicamente, pela Igreja que sua progenitora, Michon, tinha ajudado a criar.'

"'Todos os registros foram eliminados dos arquivos da Igreja', disse Rafa. 'Só restaram fragmentos. A linhagem de Esan se reduziu a praticamente nada e perdeu todo o conhecimento sobre si mesma. O sangue se diluiu. A linhagem estava quase terminada.'

"'Quase.'

"Chloe olhou para Dior, a silhueta do garoto contra as chamas.

"'Mas aquela estrela cadente que vimos? Aquela estrela marcou o nascimento de Dior. Rafa e eu pesquisamos por mais de um ano. Seguindo histórias de mágika, bruxaria, feitiçaria. Nós tínhamos quase desistido de toda esperança quando soubemos de um garoto cujo sangue fazia milagres. Ele chegava a trazer de volta pessoas à beira da morte.'

"'Pela porra do Redentor', disse eu.

"'Blasfêmia.' Ela deu um leve sorriso.

"'Você está me dizendo que esse merdinha magricela...'

"'É o último descendente da linhagem de Esan. Dior não sabe onde está o Graal, Gabriel. Ele *é* o Graal. O cálice do sangue do Redentor.'

"'*Do cálice sagrado nasce a sagrada seara;*', disse Rafa.
"'*A mão do fiel o mundo repara*', murmurou Bellamy
"'*E sob dos Sete Mártires o olhar*', sussurrou Chloe.
"Dior me olhou nos olhos e deu de ombros.
"'*Um mero homem esta noite sem fim vai encerrar.*'
"O crepitar das chamas era o único som a encher o silêncio. Eu olhei em torno do salão, o pulso martelando em minhas têmporas. Aquele parecia o pior tipo de loucura. O frio do ar penetrou em meu peito, e eu me levantei, tão de repente que Saoirse levantou o machado, com dentes cerrados. Chloe olhou para mim com olhos arregalados; a mão de Rafa estava dentro de sua manga. Mas eu apenas andei de um lado para outro no salão, passando uma das mãos em meu cabelo antes de parar para olhar para o garoto – a mancha branca de merda de gaivota em seu casaco roubado e as botas em frangalhos. Ele não se parecia nada com a salvação do mundo. Mas eu tinha *visto aquilo* com meus próprios olhos. Aqueles monstros explodindo em chamas quando seu sangue tocou seus lábios. Aquelas mãos vermelhas trazendo Rafa e Bellamy de volta dos limites da morte. Beber o sangue de um kith ancien podia curar um ferimento tão profundo quanto aqueles dois tinham sofrido, mas Dior era um garoto vivo, que respirava.

"*Como podia ser isso?*, eu me perguntei.

"*Podia mesmo ser?*

"Andei lentamente até Dior, e o garoto apenas observou. Parei a alguns centímetros de distância e ele olhou para mim, sem piscar. Eu podia sentir Saoirse às minhas costas, os dedos de Bellamy se dirigindo a sua arma. Mas eu só estendi a mão entre mim e o garoto e peguei minha vodka. Tomei um gole grande, três, quatro, e senti meus olhos lacrimejarem com a queimação. E, jogando a garrafa vazia na lareira, disse a coisa mais inteligente que consegui imaginar na hora.

"'Caralhos me fodam...'"

✦ IX ✦

DUAS PALAVRAS

– "GABRIEL."

"Meus olhos se abriram, as pupilas se dilatando no escuro. Um pássaro com asas quebradas tentou batê-las em meu estômago. Por um momento abençoado, achei que estava em nossa cama em casa. O ritmo pacífico da respiração de minha filha vindo pelo corredor, os galhos nus do sicômoro diante de nosso quarto arranhando a janela. Tudo era paz, e tudo estava bem, e eu me agarrei a isso, fechando os olhos contra a verdade.

"Mas então senti o cheiro de podridão nas paredes, toques vagos de sangue fresco, mofo antigo e ratos. Os sons delicados que vinham do corredor pertenciam a Dior, o garoto agora gemendo enquanto dormia. E o arranhar suave como a seda na janela começou a...

"'Gabriel.'

"Eu me sentei na cama e a vi, suspensa e sem respirar na noite fora da janela. Seu cabelo era do mais negro veludo; suas bochechas, a curva de um coração partido. Sua pele estava pálida e nua como os ossos embranquecidos nas sepulturas de rainhas há muito esquecidas. Em seus olhos, vi a resposta para toda pergunta, todo desejo, todo medo cujo nome eu nunca soube, e ela se apertou contra o vidro, as mãos, os lábios e os seios, todos eram curvas suaves e sombras cheias de promessas, sussurrando com tanta delicadeza quanto o sono do qual ela havia me tirado.

"'Deixe-me entrar.'

"Eu me levantei de minhas peles, os pés descalços sobre as tábuas duras, o peito nu no ar frio. A aliança de compromisso de prata em meu dedo parecia pesada como chumbo. Ela acompanhava meus movimentos como um lobo em uma caçada; então ela recuou, desaparecendo no escuro beijado pela neve, então retornou, pressionando agora com mais força contra a janela. Unhas pretas sussurravam acima de seus quadris, afundando como garras nas ondas macias de seus ombros, descendo fundo por seus braços e então, vermelhas e gotejando, arranhando o vidro; mais uma vez. Com os olhos nos meus, ela mordeu, e uma pérola escura de promessa se formou em seu lábio.

"'Deixe-me entrar, meu leão.'

"Tudo o que havia entre nós agora eram duas palavras. É estranho como tanto poder, tanto perigo e promessa residam em uma coisa tão pequena. Duas palavrinhas podem ter peso suficiente para ver impérios se erguerem e reinos caírem. Duas palavrinhas podem começar o fim de tudo. Quantos corações não ficaram completos com uma palavra tão pequena quanto *aceito*? Quantos mais foram despedaçados por uma palavra tão pequena como *acabou*? Pequenos sons que mudam a forma ou desfazem seu mundo inteiro, como grandes feitiços antigos para redesenhar as linhas através das quais você se vê e a todo o resto ao seu redor. Duas palavrinhas.

"'*Perdoe-me*.'

"'*Faça isso*.'

"'*Não posso*.'

"'*Você* precisa.'

"Eu já podia sentir seus lábios quentes como um velho outono, o gosto de folhas queimando em sua língua. Eu podia imaginar mãos pálidas entrando em minha calça, pernas pálidas me envolvendo apertadas pela cintura, meus dentes arranhando seu lábio, e seu sangue cantando entre nós, enchendo o interior vazio. Ela se apertou outra vez contra a janela quando eu me aproximei com mais fome e um desejo mais forte, e ela sorriu, com todas as cores do desespero. Com mãos trêmulas, destranquei a janela e levantei o batente devagar. E com uma voz que não parecia a minha, eu disse duas palavras.

"Duas palavras pequeninas.

"'Pode entrar.'"

✦ X ✦

NENHUMA FLOR FLORESCE

— A TEMPESTADE TERMINOU quatro dias depois, e toda a terra estava vazia e cinzenta.

"O peso daquilo ainda estava sobre mim, assim como a espada quebrada ao meu lado. Toda vez que eu olhava para Chloe e Dior, a estranheza me atingia com mais força. Ao longo de minha vida, tinha visto minha cota do impossível. Muros de castelos desmoronando sob os golpes de punhos há muito tempo mortos. Monstros que dançavam em peles de animais e usavam o rosto de homens. Legiões dos Mortos e os olhos de um rei eterno, penetrando negros e sem fundo nos meus.

"'*Eu tenho a eternidade, garoto.*'

"Verdade seja dita, eu nunca tinha provado o impossível daquele jeito. Eu só havia concordado em acompanhar Chloe por uma chance de atingir Danton. Mas eu não conseguia me esquecer do que tinha visto.

"Por isso, na manhã em que nos preparávamos para deixar Winfael, eu saí à procura. Encontrei o garoto na catedral em ruínas outra vez, olhando para o vitral de San Michon como se aquilo tivesse a resposta para alguma pergunta não feita. O chão estava coberto de neve recém-caída, e minha respiração pairava gelada. Eu podia sentir o cheiro de seus ferimentos – velhos, cicatrizando, uma atadura em seu pescoço onde ele tinha sido mordido. Por mais milagroso que fosse seu sangue, aquele garoto não parecia capaz de curar a si mesmo.

"Quando entrei, Dior olhou para trás e deu um suspiro.

"'O que você quer?'

"'Chloe está preocupada com você. Você não devia andar por aí sozinho.'

"'Preciso de seu conselho tanto quanto de um burro dançando em cima do meu pau, herói.'

"'Sabe, esse metal em seu ombro deve ficar terrivelmente pesado em alguns dias. E a maioria das pessoas daria um *merci* para o homem que salvou a vida delas, Lachance.'

"'Se você veio aqui para me perturbar...'

"'Eu vim lhe dar isto.'

"O garoto olhou para minha mão estendida, onde havia um velho vidro de *sanctus*, o sacramento fumado muito tempo antes, o vidro agora cheio até a tampa com sangue suculento e fresco.

"'Eu não fumo essa merda, o que eu...'

"'Não é sangue de vampiro. É *meu*.' Eu cerrei os dentes e franzi o cenho. 'Eu tenho... dons, garoto. Dons que a maioria dos sangues-pálidos não têm. Não sei como muitos deles funcionam, mas sei que se você carregar isso, eu posso senti-lo. Segui-lo, encontrá-lo em qualquer lugar do império.'

"'E por que eu ia querer que você fizesse isso?'

"'Se o que Chloe disse é verdade...'

"'Se?' Ele cruzou os braços, escarnecendo. 'Sabe, quando a irmã Chloe e o padre Rafa me encontraram, admito que levei algum tempo para acreditar no que eles disseram. Quando alguém cresce como eu, é melhor supor que todo mundo que você conhece é a porra de um escroto. Assim, quando as pessoas se mostram ser apenas escrotas normais, você tem uma grata surpresa. Mas você? Você *cresceu* com tudo isso. Mártires, Virgens-mães e Redentores. E ainda não há em você nenhuma gota de crença em nada disso.' Ele olhou do frasco em minha mão para o cinza em meus olhos. 'Não quero seu sangue, herói. Não quero que você me siga. Quero que você volte para sua mulher, sua pirralha, sua garrafa e seu cachimbo e me deixe em paz, porra.'

"Ele cuspiu uma vez no chão e, depois de passar por mim, saiu andando pela porta.

"Então partimos, nós sete, sob a neve que caía. Deixamos Winfael para trás, seguindo para nordeste, Dior estava com a expressão muito fechada atrás de Chloe em seu cavalo. E, embora eu não conseguisse conjurar muita afeição pelo bastardinho, ainda tinha de encarar aquilo. Ainda tinha de me perguntar. Podia ser verdade? Um descendente do filho de Deus?

"Um fim para a morte dos dias, ali na palma prateada de minha mão?

"Chloe acreditava. Rafa e os outros. A Inquisição, doce Virgem-mãe, até Danton Voss acreditava, o que, é claro, significava que seu pai também acreditava. Eu finalmente entendi uma fração do que estava em jogo ali. O garoto não era mais apenas uma isca em meu anzol. Aquilo era maior que eu. Maior que tudo.

"Eu podia sentir correntes escuras a nossa volta, tão profundas que eu não conseguia ver o fundo. E pensei novamente naquela alto-sangue misteriosa que tinha nos abordado na torre de vigia perto de Dhahaeth. Cabelo azul como a meia-noite e espada ensanguentada, olhos mortos estreitos enquanto estendia a mão para o garoto.

"'*Venha conosssco, criança. Ou morra.*'

"*Aqui há mistérios demais...*

"'Aquela vadia sangue-frio com a máscara e o casaco vermelho elegante', disse eu. 'A que Rafa deteve com sua roda. Algum de vocês a tinha visto antes?'

"O grupo sacudiu a cabeça, silêncio por toda a volta.

"'Por que você pergunta, Santo de Prata?', respondeu Rafa.

"Olhei para a neve que caía atrás.

"'Danton, a essa altura, deve ter encontrado um jeito de cruzar o rio. Nós perdemos dias para a tempestade. E ainda temos de nos preocupar com a Inquisição. Eu estou me perguntando qual a situação dessa outra sangue--frio. Aposto que não é nenhuma amiga de nosso príncipe da eternidade.'

"Bellamy inclinou a cabeça.

"'O inimigo de meu inimigo...'

"'É só mais um inimigo, Bouchette. Só estou pensando em qual vai nos fazer uma visita primeiro.'

"'Bom, *eu* ainda acredito que devíamos fazer uma visita a San Guillaume', disse Rafa. 'A essa altura, o abade pode ter recebido notícias do pontífice Gascoigne. Até onde sabemos, há um exército de soldados tementes a Deus sob as cores de sua santidade esperando para nos escoltar até San Michon.'

"'Até onde sabemos, o pontífice vai declarar nossa história uma heresia', disse Bellamy.

"'A Igreja tem sido governada pelo medo e um fervor equivocado por noites passadas, isso é verdade.' Rafa assentiu. 'Mas o pontífice Gascoigne é um homem *bom*. Ele quase esvaziou os cofres da Igreja para alimentar os despossuídos que rumaram para Augustin depois da chegada da morte dos dias. Ele é um servo verdadeiro e sagrado de Deus.'

"'Confie em mim, padre', escarneci. 'Ele é como todo político que conheci, com hábito sagrado ou não.'

"O padre me ignorou, olhando para Chloe.

"'Nós devíamos seguir para San Guillaume, irmã.'

"'Uma *capitaine*', respondeu Chloe. 'Um curso.'

"Rafa apertou os lábios, mas conteve sua objeção junto com sua língua.

"'O que tem em San Michon que a deixa tão ansiosa para voltar, Chlo?', perguntei.

"'Não há nenhum lugar mais seguro para Dior em todo o império. E não só pelos santos de prata. San Michon também tem uma biblioteca. A seção proibida, os segredos lá dentro. As palavras são nossas maiores armas nesta guerra, Gabe. Não só a história de Esan. A profecia fala de um jeito pelo qual a morte dos dias pode ser terminada, e acredito ter encontrado isso também.' Ela olhou para o garoto às suas costas, e seus olhos brilharam como se ela estivesse olhando para o Redentor renascido.

"Adoração.

"*Crença*.

"'Dior vai salvar a *todos* nós.'

"O garoto sorriu, mas vi incerteza em seus olhos. Com todo o fervor da irmã sagrada, com toda a merda que ela tinha me dito, eu podia dizer que o próprio Dior tinha dúvidas em relação a tudo aquilo. Eu sabia o que era ser um rapaz daquela idade. Ter um peso em seus ombros que você não queria. Verdade seja dita, ele lidava com isso melhor do que a maioria. Mas seu olhar se encontrou com o meu, e vi o dele endurecer.

"'O que você está olhando, herói?'

"Sacudi a cabeça e dei um suspiro.

"*Mas ainda é um babaquinha detestável...*

"Seguimos para o norte, dias sem parar através do frio crescente. Aquela região de Ossway parecia completamente abandonada, seus habitantes provavelmente tinham fugido para o sul depois da queda de Dún Cuinn. Passamos por fazendas, tavernas de beira de estrada e cidades fantasmas em ruínas – todas vazias, exceto pelos ratos. Aqueles bastardos eram numerosos, gordos e ferozes graças aos mortos e ao que eles deixaram para trás. Eu sabia porque aquele lugar tinha sido deixado para apodrecer. Sem nenhuma Laerd Lady para protegê-los, faria pouco sentido permanecer ali e virar presa. Mais um pedaço do império caído. Mais uma joia roubada da velha coroa vazia de Alexandre."

O Último Santo de Prata inclinou a cabeça até o pescoço estalar e bebeu o que restava em seu copo de vinho. Jean-François ergueu os olhos de seu tomo.

– Laerd Lady? – perguntou o vampiro.

Gabriel assentiu, tornando a encher seu copo.

– Ossway era uma nação matriarcal. Pelo menos, antes de ser fodida dezessete vezes pelo sangue Dyvok. Toda região fez parte do Império elidaeni por séculos, é claro. Alexandre III governava tudo ostensivamente. Mas os feudos individuais eram governados por *femmes*. O conselho do clã era comandado por damas veneráveis. Maridos de fora do clã assumiam o nome da matriarca quando se casavam.

— Parece uma nação positivamente esclarecida — murmurou o vampiro.

— Depende a quem você pergunta. A prática estava envolvida no culto dos deuses antigos. Um aspecto feminino da natureza, da caçada, das luas chamada *Fiáin*. Mas a Santa Igreja eliminou o paganismo dos ossianos com o tempo. Algumas tradições sobreviveram. Mulheres lutavam nas guerras ao lado dos homens. Mulheres tinham o controle do fogo. Mas, em vez de Fiáin, o culto local mudou para a Virgem-mãe depois das Guerras da Fé. Havia mais igrejas e abadias devotadas a ela em Ossway do que em qualquer outro lugar do império.

Gabriel se encostou e bebeu seu vinho.

— Só nos cantos mais remotos onde os modos antigos ainda viviam. Religião do velho mundo. Culto a Fiáin. Caçadas selvagens. Feitiçaria fae. Tudo raro o bastante para ser considerado folclore pela maioria. Mas os santos de prata sabiam que isso não era verdade. Mesmo antes da morte dos dias, havia lugares em Ossway onde um homem não se arriscava à noite sozinho. Alguns clãs das Terras Altas que ainda levavam essa merda a sério.

— Como os Dúnnsair? — perguntou Jean-François.

Gabriel assentiu.

— Como os Dúnnsair.

— Sua boa amiga Saoirse, então, era uma dessas... bruxas fae?'

— Bom... — Gabriel deu de ombros. — Existe *mágika*, e também existe mágika. Mas não havia um grama de prata naquele machado dela, e o Bondade ainda atravessava sangues-frios como Philippe Primeiro atravessava suas amantes. E a jovem Saoirse não tatuou o rosto por estética. Há poder nas tatuagens, sangue-frio. E não apenas do tipo prateado.

"Nós dormíamos em solo elevado quando podíamos. O clima estava piorando a cada dia, mas, se estivéssemos em posição elevada, pelo menos poderíamos vê-los chegando. Só Phoebe e eu conseguíamos ver alguma coisa no escuro, e teria sido ridículo acender tochas. Então acampávamos à noite, e mal dormíamos por um piscar de olhos. Também não podíamos arriscar acender fogo para cozinhar, por isso as refeições eram mais uma marcha da desgraça. E o pior de tudo? O medo que estava gelando meu mijo?"

– O fato de Danton estar seguindo vocês? – perguntou Jean-François. – De você não saber nada sobre aquela alto-sangue mascarada, e mesmo assim ela parecer conhecê-lo muito bem? Da Inquisição com certeza ainda estar atrás de vocês, e mesmo assim vocês não terem visto nenhum sinal delas desde o Ūmdir?

– Não – escarneceu o Santo de Prata. – Minha vodka estava acabando.

"Eu estava sentado nos galhos nus de um antigo carvalho, com a garrafa ao meu lado, praguejando baixo. A árvore era uma de uma dúzia em um bosque alto no topo de uma colina irregular. O vento soprava tão forte e constante do norte que as árvores tinham crescido tortas, os galhos jogados para o lado como cabelos soprados pelo vento, envoltos em cordas de asphyxia.

"'Odeio a porra deste lugar', resmunguei. 'Nada cresce, exceto na direção errada.'

"'O que *é* isso, Santo de Prata?'

"Bellamy estava no galho acima, apontando com a cabeça para o pergaminho em minha mão. Eu estava sombreando as terras do Cuinn com carvão, os dedos sujos de preto.

"'Um velho mapa meu. Só mantendo o registro das peças que Alexandre perdeu neste jogo.'

"'Você sabe onde estamos?', perguntou Chloe da árvore ao lado.

"Eu dei de ombros, traçando uma linha escura no pergaminho.

"'A essa altura, devemos estar perto do Dílaenn. As coisas podem ficar mais fáceis depois de atravessarmos, mas não tenho certeza onde podemos fazer isso. Costumava haver uma ponte depois das colinas de Haemun, mas não tenho ideia se ainda está de pé.'

"'Podemos perguntar a Saoirse quando ela voltar', disse Chloe.

"Bellamy estremeceu e se enroscou em suas peles.

"'Tenho de confessar, *mes amis*, quando deixei a capital, há dois anos, não tinha ideia que ia acabar em um lugar como este. Não que a companhia não seja da melhor qualidade', acrescentou ele apressadamente. 'Mas em noites como esta sinto falta de Augustin. Seus pequenos cafés e bulevares largos, amantes de olhos gentis andando de braços dados por seus canais.' Ele se mexeu em seu galho, derrubando um pouco de neve em minha cabeça, e deu um suspiro que veio do fundo da alma. 'Meu coração anseia por vê-la de novo. Minha Augustin e sua divina imperatriz.'

"Olhei para o alto de cara fechada, limpando a neve de meu cabelo.

"'*Você* conhece Isabella?'

"'Conhecê-la?' O menstrel sorriu, aqueles olhos azuis bonitos olhando para a escuridão. 'Eu posso dizer que a sirvo, tão lealmente quanto qualquer cavaleiro ou guerreira. Posso dizer que escrevi canções para ela, tão belas que podem fazer os anjos chorar. Mas conhecê-la?' Ele sacudiu a cabeça. 'Que homem pode realmente dizer isso de Isabella, santo?'

"Olhei para Bellamy com seu chapéu bobo, sua barba por fazer perfeita e seus olhos de sonhador, e então percebi como ele era jovem. Como *todos* nós éramos jovens.

"'Pelo menos você esteve na capital', disse Dior, soprando suas mãos e enfiando-as embaixo dos braços. 'Eu nunca nem a *vi*.'

"O menstrel adivinho se animou, belo como um punhado de príncipes.

"'Nós vamos vê-la juntos, *mon ami*.' Sua voz ficou grave e dramática, e ele fez um gesto amplo na direção do céu. 'Quando tudo isso acabar, eu mesmo vou levá-lo lá. A boa *soeur* Sauvage e *père* Sa-Araki podem visitar a Cathèdrale d'Lumière, para rezar ali sob o brilho cálido e cor de mel da luz eterna. Mlle. Saoirse pode se banhar na fonte perfumada embaixo da Pont de Fleur – Deus sabe que ela precisa disso.' Ele piscou para o garoto, com os olhos brilhando. 'E você, eu e o *chevalier* De León vamos ver um show na Rue des Méchants.'

"'Você *não* vai.' *Père* Rafa franziu o cenho.

"'Por quê?', perguntou o garoto. 'O que acontece na Rue des Méchants?'

"'Sexo', respondi, tomando um gole grande de minha vodka.

"Chloe franziu o cenho, fez o sinal da roda. Bellamy emitiu uma expressão contrariada e inclinou seu chapéu ridículo.

"'Isso não é *tudo* o que acontece lá, Santo de Prata...'

"'Bom, na verdade, não', admiti. 'Tem muito jogo também. Uma boa dose de traficantes de erva-do-sonho, antros de ópio e burlesco. Mas também há uma quantidade tremenda de sexo. Na verdade, aposto que você não conseguiria exibir um royale na Rue des Méchants sem que alguém lhe oferecesse abertamente, estivesse desesperadamente à procura ou entusiasticamente envolvido em s...'

"'Pelo amor de Deus, Gabriel, nós *entendemos*.'

"Um rubor estava tornando cor-de-rosa as bochechas de Chloe, e dei para ela uma piscadela provocativa.

"'Entende mesmo? Eu não achava que os livros na seção proibida fossem *tão* sugestivos, irmã.'

"Chloe lançou um olhar furioso em minha direção e fez o sinal da roda. Eu ri, me encostei em um galho e me perguntei se devia fumar outra vez agora, ou adiar por uma hora ou mais. Dior observou o rubor desaparecer do rosto da Irmã da Prata, franzindo os lábios pensativo.

"'Você sempre quis ser freira, irmã Chloe?'

"Minha velha amiga olhou para o garoto e respirou fundo.

"'Desde que eu era menina.'

"'Você já...' O rapaz limpou a garganta, inseguro. 'Quero dizer, você alguma vez já...'

"'Cuidado, garoto', rosnei. 'Você está navegando muito perto da costa de uma ilha que a maioria chama de Não é da Porra da Sua Conta.'

"'Há muitos tipos de amor, Dior', disse Chloe. 'Se você está perguntando o que eu acho que está, eu abri mão do amor dos homens pelo amor mais elevado por Deus.'

"'Você... sente falta disso?'

"'Uma mulher que nunca viu a noite não pode sentir falta das luas.'

"'Está bem, então, você não fica... curiosa?'

"Chloe me olhou de lado, nós dois sabendo como era fino o gelo sobre o qual ela estava andando. Mesmo assim, senti um lampejo de raiva fria quando ela falou.

"'O desejo não é pecado, exceto quando nos entregamos a ele. Mas tenho certeza de que *père* Rafa concordaria que o amor de Deus sustenta além de qualquer apetite terreno.'

"'Verdade.' O velho deu de ombros. 'Mesmo assim, eu sinto falta.'

"Quatro cabeças se voltaram para o padre. Quatro pares de sobrancelhas se projetaram para o céu.

"'Sinto falta disso como...' O padre acenou a mão vagamente, empurrou os óculos para o alto do nariz magro e olhou para o menestrel. 'Você ajuda um velho a sair dessa, Bellamy?'

"'Como... o deserto sente falta da chuva?'

"Rafa fez uma expressão contrariada.

"'Um pouco clichê.'

"'Como o amanhecer sente falta da escuridão? Bellamy se sentou ereto e estalou os dedos. 'Não... como uma mulher de peitos grandes sente falta de se deitar de bru...'

"'Cale a porra da boca, Bouchette.'

"Dior estava olhando para o padre com um sorriso pecaminoso.

"'*Père* Rafa... o senhor já...'

"'Eu nem sempre fui um servo do hábito, Dior.' O velho deu um sorriso afetuoso. 'Eu já fui um jovem como você. Uma vez cheguei até perto de me casar.'

"'Qual era o nome dela, padre?', perguntou Bellamy.

"'Ailsa.' O padre olhou para a escuridão acima, suspirando seu nome como fumaça açucarada. 'Uma caçadora que vendia velino para San Guillaume. Eu era um acólito quando nos conhecemos, antes que eu fizesse meus votos. Nós nos apaixonamos tão profunda e repentinamente que fiquei tentado a deixar para trás tudo para o que eu havia estudado. Mas Ailsa pôde ver meu sofrimento, dividido entre o amor por ela e o amor por Deus. Ela me disse que nenhuma flor floresce em dois canteiros, e, mesmo assim, eu não conseguia me decidir. Então, um dia, ela me deu um beijo de despedida, partiu em uma caçada e nunca mais voltou a San Guillaume. Eu procurei por ela. Meses e quilômetros. Mas nunca mais tornei a ver minha doce Ailsa.'

"Bellamy deu uma fungadela e pegou seu alaúde.

"'Nenhuma flor floresce em dois can...'

"'Nem ouse, Bouchette...'

"'Isso é triste', murmurou Dior, olhando para o padre. 'Sinto muito, Rafa.'

"O velho sorriu.

"'Foi a vontade de Deus. Se eu tivesse me casado com Ailsa, eu nunca teria sido contatado pela irmã Chloe, nunca teria encontrado *você*, Dior. E a boa irmã está certa. O amor de Deus me sustenta onde nenhum amor mortal teria sobrevivido.' Ele segurou a roda em torno de seu pescoço com uma mão manchada e enrugada. 'Esta carne fraca derrete cedo demais, criança. Mas o amor de Deus é perene. E ele vai me levar para seu reino eterno.'

"'Mas isso parece um pouco sádico, não parece?'

"Rafa me lançou um olhar indulgente.

"'O que parece, *chevalier*?'

"'Dar-lhe desejos, depois negar a possibilidade de saciá-los? Olhe, mas não toque? Prove, mas não engula? Por que fazer você querer uma coisa que não pode ter?'

"'Para testar nossa fé, é claro. Para julgar se somos merecedores do reino do céu.'

"'Mas ele vê tudo, não vê? É onisciente? Deus *sabe* se você vai passar em seu teste antes mesmo de dá-lo a você. E se você sucumbir a seu desejo? Ele o condena a queimar. Ele prepara tudo para seu fracasso, depois tem a coragem para questionar o próprio trabalho.'

"'Não cabe aos mortais entender a mente de Deus, Santo de Prata.'

"'O homem sábio sabe que você não culpa a espada, padre. Você culpa o ferreiro.'

"'A bondade de um pai é frequentemente cruel. Você tem uma filha, não tem? Apostaria as joias da coroa contra meio-royale que você a ama mais que a qualquer coisa sob o céu.'

"'Claro que amo.'

"'Você já negou à sua Paciência aquele desejo que ela tinha quando criança? Os doces pelos quais ela chorava antes do jantar? Um tapa em sua mão antes que ela se queimasse no fogo? A dor que você causou vem de um lugar de pura adoração, embora na época ela pudesse não ter entendido isso. Mas você a machuca pelo seu próprio bem.'

"'Meu padrasto batia muito em mim quando eu era criança, padre. E tudo o que ele me ensinou foi a odiá-lo.' Lancei um olhar fixo e raivoso para Rafa. 'Quem levanta a mão para uma criança e chama isso de amor é o tipo mais baixo de homem. E o pior tipo de tirano é aquele que exige que você o adore acima de todos os outros.' Eu sacudi a cabeça e olhei para o velho de alto a baixo. 'Essa roda pendurada em volta de seu pescoço não vai mantê-lo aquecido no escuro, padre. Não vai nem retribuir seu amor. E ela pode ser de prata, mas uma noite você vai aprender como na verdade ela vale pouco.'

"Dior, então, olhou para mim, os olhos azuis se dirigindo para a prata em minha pele. Parecia que o rapaz estava prestes a falar quando...

"'*Chloe!*'

"Ergui os olhos para o grito distante, os olhos estreitos no escuro. Eu pude ver Phoebe correndo pela encosta nevada, a leoa apenas uma sombra sobre a cinza. E ao lado dela...

"'Saoirse?', chamou Dior, sentando-se em seu galho.

"A assassina estava acenando enquanto corria em nossa direção, e eu guardei meu mapa e minha garrafa, desci de meu galho e corri para me encontrar com ela. Quando chegou ao meu lado, Saoirse se dobrou ao meio, com o peito arquejando como um fole. A assassina parecia ter vindo correndo desde Alethe.

"'Problemas?'

"A garota assentiu, esforçando-se para recuperar o fôlego.

"'Seu p-príncipe... dos ossos...'

"Senti pequenas palpitações no estômago.

"'Danton.'

"'Ele viaja', engasgou em seco Saoirse. 'Apenas alguns quilômetros ao sul. Uma dúzia de homens e cavalos.'

"'Cavalos?', perguntou Bellamy. 'Achava que animais da terra e do céu temiam os Mortos.'

"'O sangue', disse eu a ele. 'Beba três vezes durante três noites e você vai se tornar um escravo da vontade de seu mestre. Não importa o quanto você o tema. A essa altura, Danton pode ter cem homens e cavalos escravizados.'

"'Não tantos.' Saoirse se aprumou e olhou Chloe nos olhos. 'Mas muitos.'

"'Gabe?', perguntou Chloe. 'Nós lutamos?'

"Olhei para minha velha amiga, parada de olhos arregalados na neve com seu grupo maltrapilho: assassina, menestrel, padre e animal. Na verdade, não dava a mínima para nenhum deles, exceto ela. Mas, por último, escondido atrás de Chloe como se ela pudesse protegê-lo de todos os males do mundo, estava o garoto.

"Minha isca.

"Ele tinha trazido Danton até mim. Como eu havia esperado. E com apenas uma dúzia de homens ao seu lado. E eu apostava que poderia botar minha mão em torno da garganta daquele bastardo. Eu devia sangue a sua *famille*. E quanto mais corrêssemos, mais tempo Danton teria para reunir uma força que eu não poderia esperar enfrentar. Atrozes desgarrados, espadas de aluguel, outros altos-sangues em busca do favor do Rei Eterno. Melhor atacar agora, com alguma lenha para queimar, com uma bandoleira cheia de bombas de prata e a fé de dois verdadeiros crentes para cegá-lo. Eu podia proteger Chloe. O que importava se os outros caíssem? O que aquelas pessoas eram para mim?

"Nada.

"*Nada e ninguém.*

"Mas o garoto. A isca. O sangue. Esfregado naqueles pescoços abertos e os fechando. Queimando a goela daqueles atrozes e incendiando-os. Eu conhecia a verdade havia anos. Não havia nenhum tiro mágiko de prata, nenhuma profecia divina, nenhuma porra de cálice sagrado que poria fim àquela escuridão.

"Aquele era nosso aqui, nosso agora e nosso para sempre.

"*Não era?*

"Olhando para o céu, eu me vi tentando me lembrar de como era realmente ver estrelas. Eu tinha uma vaga lembrança delas da minha juventude – aninhadas como diamantes nos braços da meia-noite do céu. Tudo era escuridão, agora. Havia apenas os crescentes de luas fracas e vermelhas para iluminar meu caminho. Mas pela primeira vez em tanto tempo quanto me lembrava, eu fiquei em dúvida.

"'Gabe?', perguntou Chloe, agora desesperada. 'Nós *lutamos?*'

"'Não.' Eu dei um suspiro. 'Nós fugimos.'"

✦ XI ✦
UMA COROA NEGRA

– "CORRAM PARA O rio!"

"O vento açoitava nossa pele. A chuva e a neve vergastavam nossos olhos. Jezebel era um motor de músculos e ossos embaixo de mim, com o grupo atrás. Eu assumi a dianteira, seguindo tão rápido quanto os outros podiam me acompanhar. A luz de minha lanterna de caçador balançava e piscava, projetando sombras loucas à frente. Eu podia ouvir Chloe e Dior atrás, Saoirse e Rafa vindo em seguida, Bellamy no fim. Com o frio roubando a respiração de nossos pulmões, nós seguimos em frente. Cavalgávamos como se nossas vidas estivessem em jogo. Como se o próprio diabo estivesse atrás de nós. Porque, é claro, ele estava.

"E estava se aproximando.

"Molhe três vezes a língua de um homem ou mulher com o sangue dos kith, e eles viram escravos. Mas não um servo fraco, com as costas cansadas e o coração surrado. Alguma dose de força profana é passada do mestre para os escravos, tornando-os mais que páreo para qualquer homem. Cavalos e cães não são tão diferentes de humanos, exceto que os primeiros costumam morrer com dignidade e os últimos com ganidos. Eu não sabia onde Danton tinha encontrado suas montarias nem seus homens, mas, no fim, isso importava pouco. Ele tinha os dois em abundância – uma dúzia, seus cavalos correndo com mais força e mais velocidade do que os nossos podiam suportar. E logo atrás, com toda a arrogância insuportável de um bastardo que acredita piamente que nasceu para governar, vinha o filho mais novo do Rei Eterno.

"A Fera de Vellene.

"Ele havia voltado à Dhahaeth, de onde eu partira, e buscado a porra de sua carruagem. Mas, em vez de cadáveres de garotas assassinadas, ela agora era puxada por quatro cavalos sosyas, com olhos vermelhos e bocas espumando sangue. Eu esperava que as pessoas de Dhahaeth tivessem dado a Danton o que ele queria sem resistência – que ele estivesse tão ansioso para se vingar de mim que não tivesse parado para se vingar deles.

"Eu esperava. Mas duvidava.

"Cavalgar fora da estrada era um risco grande demais no escuro – uma toca de coelho ou um galho cruel embaixo do cavalo de Chloe e tudo estaria perdido. Por isso, seguimos por uma estrada enlameada, flanqueada por árvores moribundas. Olhei para a Irmã da Prata, para o garoto em sua garupa, a dupla cavalgando com o maior vigor que poderiam ousar. O destino do mundo estava a apenas alguns metros de distância.

"'Por que correr, De León', chamou-me uma voz vinda de trás. 'Quando posso segui-los para sempre?'

"O bastardo falava a verdade, e eu sabia disso – naquele ritmo, nossos cavalos iam pifar em poucos quilômetros, e a pé nunca poderíamos ser mais rápidos do que um alto-sangue. Eu não tinha ideia da distância para o rio, e se a ponte de Haemun ainda estava de pé...

"Chloe deu um grito, com a mão na testa. Seu cavalo continuava avançando, mas Dior teve de se lançar para segurar as rédeas, agarrando a pequena mulher em seus braços.

"'Irmã Chloe!'

"'Ele...', ofegou Chloe, com uma careta. 'Ele está em... m-minha cabeça...'

"Eu me virei na sela e o vi. Como uma sombra pela manhã vindo com energia e confiança atrás de você. Seus olhos estavam vermelhos e cheios como sepulturas de crianças, dentes afiados e um sorriso de açougueiro. Ele se debruçou pela janela da carruagem, o cabelo penteado para trás desde seu bico de viúva. No banco do cocheiro havia uma garota de pele escura e bonitos olhos verdes. Uma marca vermelha tênue no rosto. Eu reconheci a garçonete do Marido Perfeito. Me recusando a me lembrar de seu nome.

"'Guarde seus pensamentos, Chloe! Encha sua cabeça, force-o a sair!'

"Ela apertou a estrela de sete pontas em seu pescoço.

"'*O Senhor é meu escudo, inquebrável...*'

"Os cavaleiros de Danton passaram por ele, agora apenas uns dez metros atrás de nós. Fazendeiros e pedreiros, alguns membros da milícia entre eles – antes, homens com vida, mulheres e sonhos, agora, nada mais do que escravos de sua vontade. Prendi meu cachimbo entre as presas cerradas enquanto procurava um vidro de *sanctus*. Eu não tinha tempo para medir, jogando tudo no fornilho, derramando a maior parte e apertando com o polegar. Tentei meia dúzia de vezes acionar a pederneira, e finalmente traguei um pulmão cheio, áspero e queimando, sentindo aquela potência se desenrolar, o animal em mim acordado. E, levando a mão ao cinto, saquei minha pistola e girei na sela.

"Danton, na verdade, riu ao ver a pistola em minha mão. Contra a pele de um ancien Voss, o disparo seria menos que inútil. Por isso, apontei, apertei o gatilho, a ignis negra se acendendo quando o cano brilhou e o tiro explodiu,

"'Desculpe, garoto...'

"Bem no meio dos grandes olhos castanhos de meu alvo.

"O cavalo que vinha à frente caiu como uma pedra, o cérebro transformado em polpa. Quando ele desabou, o cavalo atrás dele gritou e colidiu contra seu companheiro, e vi os olhos de Danton se arregalarem, seu sorriso desaparecer quando os cavalos desmoronaram em um emaranhado de arreios e ossos se partindo. A barra dianteira bateu na terra, e o barulho de madeira se quebrando ecoou na noite, e a carruagem de Danton virou de ponta-cabeça, aquela garota de cabelo escuro com os bonitos olhos verdes atirada como uma boneca de pano. Eu me virei antes que ela atingisse a terra, fechei os ouvidos para não ouvi-la se quebrando, dizendo a mim mesmo repetidas vezes que é sempre melhor ser um bastardo do que um tolo.

"*O nome dela...*

"'Melhor ser um bastardo do que um tolo', disse eu em voz baixa.

"*O nome dela era Nahia...*

"Vários cavaleiros pararam para ajudar seu senhor caído, mas o resto seguiu em frente, com as setas das bestas sibilando pelo ar. Rafa deu um grito quando uma delas acertou sua omoplata, e Saoirse xingou quando seu cavalo quase caiu. Bellamy girou em sua sela, disparou sua própria besta no escravo mais próximo. O homem corcoveou, tossiu sangue, mas se manteve ereto. Uma faca brilhou na noite, atingiu o sujeito no pescoço e o derrubou, e outra já estava na mão de Saoirse.

"'Quanto falta para o rio?', perguntou Chloe.

"'A colina Haemun está aí à frente!'

"Levei a mão à minha bandoleira, tirei a tampa de um frasco de vidro e o joguei. A bomba de prata explodiu, arrancando escravos de suas celas em um clarão cegante. Mas os outros continuaram em frente. E a distância entre os cavaleiros que tinham parado para ajudá-lo...

"'Merda', reclamei.

"'Gaaaaaaabe!'

"'Eu o estou vendo, Chloe!'

"'Não, Gabe, à frente, à frente!'

"Tínhamos feito a curva na colina Haemun, os cavalos espumando, os corações batendo forte, e, à frente, vi uma margem íngreme mergulhando três metros na direção da corrente negra do rio Dílaenn. As pedras de amarração ainda estavam no lugar, encrustadas com florescências de mosto-de--maria. Mas, depois...

"'Luas-mães, a ponte caiu!', gritou Saoirse.

"'Continuem em frente!', berrei.

"'Mas Gabriel...'

"'Eu vou segurá-los, Chloe. CONTINUEM EM FRENTE!'

"Puxei as rédeas de Jezebel, reduzindo a velocidade da égua e sacando minha espada. A Bebedora de Cinzas brilhou à luz de minha lanterna, um sorriso de prata no punho e um sussurro de prata em minha mente. Naquela noite, ela parecia mais segura, sua voz estava mais firme, mais perto do que já tinha sido.

"*Nenhuma clemência pedida, Gabriel. E nenhuma concedida.*

"O primeiro escravo me alcançou – um miliciano com uma lança comprida de freixo e uma cota de malha sólida. Parti a lança do homem ao meio, e fiz suas entranhas se derramarem no escuro. Ouvi Bellamy empolgado, e Chloe berrando.

"'Segure firme, Dior!'

E o garoto gritando quando seus cavalos mergulharam nas corredeiras abaixo. Três cavaleiros passaram correndo por mim, e, quando fizeram isso, eu tirei um de seu cavalo e o braço de outro do ombro. Soltei um grunhido quando uma espada penetrou em minhas costelas, cortando couro, carne e osso, *girando* ao sair.

"*Você era muito mais rápido em sua juventude, Gabriel.*

"Eu ataquei o homem que tinha me atingido, com sangue escorrendo quente e molhado pelo lado de meu corpo.

"'Ninguém p-pediu a porra de sua opinião, Bebedora.'"

"*Você pode me usar como bengala se precisar.*

"O escravo gorgolejou quando enfiei a Bebedora de Cinzas em seu pescoço, dois arcos de sangue jorrando para o céu quando a espada atingiu sua espinha.

"*Ah, assim é muito melhor, m-muito melhor mesmo. Corta aqui, corta ali, e tudo fica vermelho, vermelho.*

"O espadachim levou a mão ao pescoço aberto e desabou na estrada. Mas, olhando além, surgia uma sombra negra, sem mais nenhum sorriso no rosto – a fera que lhe dera o nome emergindo quando ele exibiu as presas e gritou:

"'De León!'

"'Gabriel!', berrou Chloe.

"'*Lute* comigo, seu canalha imaturo!'

"*O primeiro de sete, Gabriel. O primeiro de s-sete. Como Fabién tirou de você, você tira igualmente dele.*

"Um grito à minha frente. Outro atrás. A vingança que havia me arrastado para o norte naquele inverno solitário, ou talvez a promessa de acabar com aquilo de uma vez por todas.

"Um inimigo à vista. Uma amiga em necessidade.

"Nenhuma escolha.

"*Dessa v-vez, juro que v...*

"A Bebedora de Cinzas ficou em silêncio quando a embainhei em minha cintura e dei um tapa na anca de Jezebel. A égua se animou e acelerou, sua respiração como uma fornalha acesa. Achei que ela talvez refugasse na margem, que eu teria de forçá-la a mergulhar ou simplesmente saltar de cima dela para a água abaixo. Mas ela avançou na direção daquela ponte partida de forma tão destemida quanto qualquer cavalo que conheci. E, quando Jezebel pulou no vão aberto, corajosa, mergulhando naquelas corredeiras escuras atrás de Chloe e dos outros, eu me agarrei firme a sua crina e sussurrei:

"'Preciso lhe dar um nome melhor, meu amor.'

"Mergulhamos na água escura, o mundo inteiro emudecido. O rio estava *congelante*, e quase enchi o pulmão quando o choque atingiu minha espinha. Eu voltei à superfície, afastando uma mecha de cabelo encharcado dos olhos e inalando uma respiração trêmula em pulmões sangrando. Vi Jezebel ao meu lado, estendi as mãos em sua direção, tentando flutuar com a corrente quando...

"Um escravo caiu em cima de mim, cravando sua espada em meu ombro, raspando minhas costelas. Eu urrei de dor e agarrei seu pescoço, arrastando os dois para baixo. Ele soltou sua arma e golpeou outra vez, dessa vez na minha barriga. Mas àquela altura meus polegares tinham encontrado seus olhos, e eles se enfiaram, até os nós dos dedos, um grito emudecido e um pequeno barulho de trituração erguendo-se acima do ronco das corredeiras. Ele me atacou mais uma vez antes que ela falhasse – aquela força que lhe haviam dado, mas com a qual eu tinha nascido. Então ele ficou imóvel, a água quente em torno de minhas mãos. Livrando-me de seus braços, eu subi de volta para o ar.

"'Gabriel!'

"'O grito de Chloe, tomado por terror. Procurei pela escuridão e a avistei a certa distância rio abaixo, agarrada desesperadamente a seu cavalo, em pânico para que sua cota de malha e sua espada não a arrastassem para a morte. Mas seus olhos estavam cheios do mais puro horror.

"'Dior não sabe *nadar*!'

"'Ah, bendita *merda*...

"Olhei para os lados, batendo as pernas e me erguendo desesperado para ver melhor. Vi espuma sendo cuspida, rochas sorridentes e negras rolando. Mas, do garoto, não havia sinal.

"'Gabe, você precisa...'

"O resto das palavras de Chloe se perdeu quando mergulhei abaixo da espuma. O hino de sangue mantinha contida a agonia de meus ferimentos, e nadei através de galhos submersos e de um frio profundo como tumbas. Por um tempo muito longo, não vi nada além de escuridão e da insensatez de tudo o que eu tinha feito. Mas, à frente, agarrado à borda afiada de uma pedra há muito submersa, eu o avistei – um vislumbre pálido. Mostrando as presas, mergulhei, batendo as pernas com botas cheias de água e bolsos cheios de sangue, e, *finalmente*, finalmente segurei uma sobrecasaca elegante, azul meia-noite com arabescos em prata.

"Surgi na superfície com um arquejo entrecortado. As corredeiras roncavam em meus ouvidos, os ferimentos de espada em minha barriga e meu ombro sangravam vermelhos na corrente escura, e meu coração cantou em meu peito quando vi Dior respirando com dificuldade. Então o garoto percebeu onde estava, água por toda a sua volta, água *embaixo*, e eu vi o pânico cerrar seus dentes, e ele se agarrou ao meu pescoço e me arrastou de novo para a porra do fundo.

"Ele se debatia e nos afundou, chutando minha barriga ensanguentada com suas botas. Batemos em uma pedra afundada, e algo dentro de mim se rasgou. Eu urrei e tentei segurá-lo, mas seu pânico o havia tomado pela nuca. Seu polegar encontrou meu olho e seu salto me acertou nos bagos, e eu o senti escapar de meus braços. Meio cego, agarrei aquele cabelo branco com a mão e nos arrastei de volta em uma explosão de respiração quase afogada.

"'Você chutou meu saco, seu pau de porco de merda!'

"'Eu n-não sei...' Ele engoliu e gorgolejou quando afundou de novo.

"'Pare de reclamar e se agarre a mim!'

"'Ele me puxou por mais um momento, os dedos dentro de minha boca e o outro braço em torno de meus olhos. Mas eu ainda era filho de meu pai, uma força além da força na maldição que ele tinha me dado, e, com o garoto arfando em minhas costas, eu nadei. A margem era alta demais; a corrente, rápida demais, por isso seguimos com ela, ao longo de uma margem que se erguia, à procura dos outros.

"Então, como uma martelada no crânio, eu o senti.

"Sombrio e solitário e com a profundidade de um pesadelo. O peso de séculos encharcados de sangue no fundo de meus olhos. Olhei para a escuridão acima e o vi, senti seu cheiro, *senti*-o, à espreita na margem alta como o pai de todos os lobos. Vestido em uma sobrecasaca comprida e com babados de seda, um caçador vermelho-sangue a apenas alguns metros e mil quilômetros de sua vítima.

"Danton Voss.

"As corredeiras passavam rápido, mas ele saltava de árvore em árvore, lambendo dentes brilhantes como punhais e observando com olhos grandes e líquidos. Dior o viu também, e ouvi o garoto emitir uma expressão de susto quando o olhar de Danton caiu sobre ele. A mão estendida.

"'Vem aqui, Dior', disse o vampiro.

"'Não escute nada do que ele diz', alertei, nadando para trás e me afastando da margem.

"'*Vem para mim.*'

"'Ele é Voss, vai entrar na sua cabeça', disse eu rispidamente, batendo as pernas com força para nos manter flutuando. 'Pense em bobagens, não pense em nada. Encha sua mente de barulho, o mais alto possível.'

"O vampiro prendia Dior em seu olhar negro, e senti o garoto ficar tenso como aço. Mas, estranhamente, vi os olhos de Danton se estreitarem, seus dedos se apertarem. Dior olhava para trás, o cabelo branco como cinza grudado sobre seus olhos, e eu soube em um instante que, de algum modo, *ele* era o mais forte. Que com todos os séculos nas veias de Danton, a mente do rapaz era um quarto trancado.

"'É verdade, então.' O vampiro sorriu, perplexo. 'É *tudo* verdade...'

"Me afastei batendo as pernas pelas corredeiras, cada vez mais perto da margem norte. Danton seguia na margem murmurante do rio, os olhos escuros engolindo Dior por inteiro.

"'Não tenho desejo de machucar-te', jurou a Fera. "Por meu sague real, eu juro, garoto. Meu temido pai ordena que eu te leve para o lado dele. Uma coroa negra será posta sobre tua cabeça, e vão homenagear-te, como um sacerdote dos deuses antigos. Medo. Dor. Ódio. Tu serás o soberano temido por todos. O próprio Rei Eterno vai se curvar a ti, Dior.'

"'*Línguas mortas ouvidas são línguas dos Mortos provadas*', disse eu rispidamente.

"'*Patife* inútil', rosnou o vampiro. 'Não falo com você.' A mão, pálida como mármore, ainda estendida. 'Venha para mim, Dior. E vou te mostrar uma vida nunca sonhada.'

'Senti o garoto ficar tenso em meus ombros. E, por um momento terrível, achei que ele pudesse me soltar. Mas, em vez disso, meio afogado, respirando com dificuldade, ele se ergueu e disse ríspida e venenosamente:

"'V-vá se foder.'

"Os lábios da Fera de Vellene se contorceram em um sorriso sombrio.

"'Tu precisas dizer por favor, amor.'

"Danton abaixou a mão. Seus olhos caíram sobre os meus, e eu pude sentir o gosto entre nós – de todo aquele sangue não derramado. O que cada um de nós tinha roubado, e depois tinham igualmente roubado de nós. O vampiro pressionou a língua nos dentes e falou para os arco-íris negros entre nós.

"'Tu devias ter ficado enterrado, De León...'

"Chegamos à margem norte, próxima o suficiente da linha d'água para podermos subir cambaleantes por ela. Eu ajudei Dior, arrastando o garoto pela gola antes de largá-lo na margem. Quando virei para olhar novamente para Danton, ele tinha desaparecido. Mas sua sombra permanecia, pesada e fria como a água e o sangue que escorriam de mim em enxurradas. A Fera tinha a eternidade, mas ele não ia me fazer esperar por tanto tempo. Ainda assim, ele tinha me dado mais um grão. Mais um sinal de como Dior parecia ser desesperadamente importante para aqueles bastardos.

"*Eles o querem vivo...*

"Eu olhei para o rato trêmulo aos meus pés.

"'Você está bem, garoto?'

"'E-eu estou bem', disse ele, respirando com dificuldade.

"'Porque você parece merda em que pisaram duas vezes.'

"Dior estreitou os olhos em minha direção e tossiu.

"'Nós não s-somos nada parecidos, herói.'

"Eu quase ri, sacudindo a cabeça, perplexo a sua frente.

"'A maioria das pessoas guardaria um *merci* para o homem que acabou de salvar sua vida, Lachance.'

"Ele afastou as mechas molhadas dos olhos, com os lábios apertados e estreitos. Mas não disse nada.

"'Essa merda de casaco quase afundou você. Por que não arrancou essa droga fora?'

"'Eu já lhe disse.' Dior tossiu com força e cuspiu. 'Ele é m-mágico.'

"Eu escarneci, olhei de um lado para outro na beira do rio. A noite estava escura, o ronco das corredeiras lançava uma névoa fria no ar. Mas eu vi um movimento distante, suspirei de alívio quando vi Jezebel andando pela margem. Seus flancos estavam exalando vapor, a crina e a cauda encharcadas, mas ela parecia ilesa, jogando a cabeça e relinchando quando me avistou nas águas rasas.

"'Vadia de sorte...'

"'Gabe?', veio um grito distante. '*Gabriel!*'

"'Chloe! Aqui embaixo!'

"Agarrei a gola mágika de Lachance, puxei o garoto de pé com uma das mãos. Nós tínhamos escapado por muito pouco, mas Danton não podia nos perseguir até encontrar outro lugar para atravessar o rio. Meu sobretudo estava rasgado devido àqueles golpes de espada, e sangue escorria pela minha calça de couro, mas os ferimentos estavam lentamente fechando. Meu cachimbo, pelo menos, estava seguro, aninhado confortavelmente contra a curva de meu...

"'Ah, merda...', disse eu com raiva.

"Eu girei onde estava, com uma dor no coração.

"'Seus sodomitas de santos, seus bocetas comedores de merda!

"'*O que foi?*', perguntou Dior.

"Eu não sabia como tinha acontecido. Talvez tenha sido cortada quando aquele escravo me espetou com a sua mata-porcos. Mais provavelmente, eu a havia perdido lutando com aquele cagalhãozinho idiota enquanto ele tentava afogar a nós dois. Mas os *comos* não faziam nenhuma diferença.

"Eu tinha perdido minha bandoleira. E com ela tinham ido minha ignis negra, minhas balas de prata, minhas poucas bombas de prata restantes e pior, pior, *pior* que tudo...

"'Deus gozou nas minhas batatas de novo.'

"Afastei o cabelo de meu rosto e dei um suspiro.

"'Meu *sanctus* desapareceu.'"

✦ XII ✦

VELHOS MONARCAS, NOVOS SOBERANOS

— HAVÍAMOS PERDIDO A maioria de nossas armas. Toda nossa comida. E todos os cavalos que tínhamos, menos Jezebel.

"Chloe suspirou com as mãos na cabeça.

"'Você devia mesmo pensar em um nome melhor para ela, Gabe.'

"Estávamos reunidos no estômago raso de uma caverna de arenito, em algum lugar das colinas ao norte de Dílaenn. O amanhecer tinha surgido como o cálice nupcial em um banquete de casamento, trazendo toda a mesma má sorte. O clima estava indo para o inferno, e nossa única refeição foram os cogumelos que Saoirse havia coletado. Phoebe, pelo menos, tinha conseguido nos encontrar, o grande felino ronronando como um terremoto enquanto sua senhora a acariciava entre as orelhas. Tínhamos um fogo aceso para secar nossas roupas congelantes, mas esse era o máximo de nossas boas notícias. E as más estavam se empilhando como corpos na direção do céu.

"'Perdi minha estrela de sete pontas', sussurrou Chloe, com as mãos no pescoço. 'De todas as coisas...'

"'Meu *sanctus* também', reclamei. 'Meu mangual. Bombas de prata. Balas. Tudo.'

"Bellamy olhou em torno da caverna com um sorriso esperançoso.

"'Eu salvei meu alaúde, pelo menos?'

"'Então me ajude, Bouchette, porra...'

"Rafa estava vestindo apenas ceroulas de aniagem, tremendo de frio.

"'Não há mais nada, agora. *Precisamos* ir para San Guillaume.'

"Chloe arrastou outro tronco úmido para as chamas, tremendo em uma combinação fina e escura.

"'Andar até San Guillaume acrescenta semanas a nossa viagem, Rafa. Se seguirmos para o Mère...'

"'Não podemos viajar até Nordlund a pé, irmã.' Bellamy estava parado na entrada da caverna, torcendo seu gibão. 'E San Guillaume é uma destilaria. Não sei sobre o resto de vocês, mas uma boa bebida forte me cairia bem.'

"'Podemos seguir o rio para noroeste', disse o velho padre. 'O mosteiro fica no alto de um penhasco onde o Dílaenn encontra o Volta. Vamos, pelo menos, estar protegidos pela água.'

"'Esse caminho vai nos levar através de Fa'daena', alertou Saoirse. A Floresta dos Pesares.'

"A assassina tinha se despido até ficar com suas roupas de dias de santos, totalmente sem vergonha de sua nudez. Havia espirais fae gravadas em sua pele, colorizadas com pigmento vermelho – uma se retorcendo por todo o seu braço da espada e circundando o seio direito, a outra descendo por seu quadril e perna esquerdos, até o tornozelo. Ela era músculos definidos e pele nua com cicatrizes, e eu pude sentir um sorriso repuxando o canto de minha boca enquanto Rafa olhava para qualquer lugar menos para a garota nua enquanto ainda tentava se dirigir a ela com educação.

"'O que há na floresta que a preocupa, mlle. Saoirse?'

"A garota olhou para o grupo, o rosto destacado pelas chamas.

"'Meu clã ouve histórias terríveis sobre a floresta do sul. Uma escuridão cresce nos lugares do mundo que antes eram verdes. Sonhando com noites passadas, porém não mais. Nós tomaremos nossas vidas em nossas mãos entrando em Fa'daena.'

"'Nós abrimos mão completamente de nossas vidas ficando aqui', disse eu. 'Danton vai voltar.'

"'Ele conhece nosso destino.' Chloe estremeceu, envolvendo o próprio corpo com os braços. 'Ele... o tirou. De dentro de minha cabeça. Abençoada Virgem-mãe, eu ainda posso senti-lo...'

"'Poupe suas costas das chicotadas, Chlo', disse eu, dando tapinhas em seu ombro. 'Um vampiro tão velho é um poder quase imensurável. Seria necessário treinamento de verdade e sangue-pálido em suas veias para mantê-lo afastado. Mas pelo menos sabemos que a Fera quer o garoto vivo. E se ele acredita que estamos indo para o norte, San Guillaume pode ser uma estrada mais sábia. Ele é um rastreador bem ameaçador, é verdade. Mas o rio e a floresta podem tirar Danton de nosso rastro.'

"Chloe sacudiu a cabeça, silenciosamente furiosa.

"'O conhecimento de que precisamos para terminar com a morte dos dias está em *San Michon*, Gabe.'

"'E nós vamos chegar lá, irmã', disse Rafa com delicadeza. 'Mas San Guillaume é solo sagrado. Podemos reagrupar lá, atacar de um lugar de força. Precisamos andar com cuidado, agora, com esse mal em nosso encalço. O destino de todo o mundo dos homens está sobre nossos ombros.'

"'E o mundo das mulheres?'

"'Rafa olhou para Saoirse, então afastou os olhos rapidamente.

"'É o mesmo mundo, minha filha.'

"'É mesmo?' A assassina escarneceu. 'Eu vou só dar uma mijada em pé, está bem?'

"'Eu... acho que qualquer coisa é possível?'

"Saoirse se levantou e olhou para o fogo.

"'Há outro caminho que podemos tomar. Outro destino que podemos buscar. Sólido como montanhas e seguro como os braços da Virgem.'

"'O que você quer dizer com isso, Saoirse?', perguntou Bellamy.

"'Podemos nos abrigar nas Terras Altas', respondeu a assassina. 'Em meio ao *meu* povo. Nós conhecemos mágikas que eram antigas antes que seu Deus nascesse.'

"'Deus não nasceu, minha filha', disse Rafa. 'Ele *sempre* existiu.'

"'Meu povo diz outra coisa. Meu povo diz que...'

"'Chega!', interveio Chloe com rispidez. 'Nós *não* vamos para San Guillaume e *sem dúvida* não vamos caminhar até as malditas Terras Altas. Nós evitamos a floresta, seguimos para noroeste até chegarmos ao Mère. San Michon é nossa estrada. Uma *capitaine*, um curso.'

"A irmã olhava furiosamente do outro lado do fogo, uma cortina de cachos encharcados sobre os olhos. Eu me perguntei sobre a maldita determinação que parecia impulsioná-la. Até mesmo cegá-la. Ela tinha dedicado os melhores anos de sua vida àquilo, é verdade. Mas ela não estava usando a razão.

"'Talvez nós devêssemos deixar o garoto decidir?', disse eu.

"Chloe me olhou com fúria, mas todos os outros olhos se voltaram para Dior. O garoto estava agachado ao lado das chamas, com a pele formigando de frio. Mesmo encharcado como estava, ele tinha se recusado a tirar a camisa e a calça, tremendo como um cordeiro enquanto se encolhia perto das chamas.

"Ele olhou para mim, e seus olhos percorrerem a tinta prateada em minha pele. O leão em meu peito e os anjos em meus braços, a Virgem-mãe, a rosa dos santos e as pombas. Mas ele não respondeu nada.

"'Ele *é* o Graal', disse Rafa. 'Se Deus deve assumir a direção de nosso caminho...'

"'O que você diz, garoto?', perguntei.

"Dior engoliu em seco e olhou na direção de Chloe. Ele sentia que tinha uma dívida com a irmã; ele não queria contradizê-la, isso estava claro. Ele também estava enamorado por Saoirse, eu também podia ver isso, com toda a certeza. Mas, por baixo de tudo, havia nele aquela esperteza das ruas. Uma vantagem das sarjetas. Ele podia ver a sabedoria nas palavras do velho Rafa. Nós precisávamos de comida. Cavalos. Santuário. E, quando ele falou, sua voz não se abalou. Eu tive de concordar com a cabeça com o bastardinho mesmo a contragosto. Ele podia ser muitas coisas – mentiroso, ladrão, um merdinha ingrato –, mas Dior Lachance ainda não era um covarde.

"'Nós vamos para San Guillaume', disse ele.

"Chloe franziu os lábios e sacudiu a cabeça. Mas finalmente ela suspirou.

"'Como você quiser.'

"Nós descansamos até o meio-dia, em seguida enfrentamos as neves que pioravam. Eu queria distância de Danton antes que a noite caísse, mas tinha outra razão para nos afastarmos da margem – uma que estava me preocupando mais a cada momento. Por algum motivo, Dior parecia atrair os Mortos como um cadáver atrai corvos. E, quanto mais cedo começássemos a nos mover, mais cedo encontraríamos atrozes.

"Doze horas desde que eu tinha fumado pela última vez. Eu tinha mais um frasco – uma reserva de sangue de recém-nascida em minha bota. Mas, quando aquilo terminasse, eu ficaria em um inferno. E ao mesmo tempo em que era apenas uma leve coceira agora, eu sabia que a coceira logo ia se transformar em arranhões, depois em marcas de garra, e que o Redentor me ajudasse se fosse além disso...'

"'Chloe e Rafa montavam Jezebel, agarrados um ao outro para se aquecerem, enquanto Dior conduzia o cavalo para as profundezas da floresta, conversando o tempo todo com Bellamy. Saoirse e eu caminhávamos nos flancos, e Phoebe sempre estava explorando, e embora eu ainda achasse a assassina uma pessoa estranha e carrancuda, eu tinha de agradecer aos Sete Mártires por aquela sua leoa. O animal costumava desaparecer por horas a cada vez, mas sempre voltava, às vezes com um coelho magro na boca, outras vezes com notícias que Saoirse sempre sabia entender. Eu me perguntei se era instinto ou algo mais profundo entre elas – alguma ligação estabelecida por feitiçaria do Velho Mundo, como as espirais na pele de Saoirse.

"Três dias depois, atravessamos um riacho sinuoso, Saoirse murmurou uma prece para as luas mães, e nós entramos em Fa'daena.

"No início, a Floresta dos Pesares não parecia diferente das outras florestas do mundo – o que quer dizer uma extensão de árvores velhas sendo lentamente sufocada por um amante pálido indesejável. Nos anos após a morte dos dias, a maioria dos lugares verdes do império tinha definhado, desprovidos do sol que antes lhes dava vida. Mas isso não queria dizer que mais nada crescia em Elidaen. São intermináveis os sucessores à espera da queda de velhos monarcas, e no espaço deixado por aqueles gigantes enormes em suas túnicas de verde sussurrante, um novo rei havia surgido.

"Fungos.

"Flores luminosas de mosto-de-maria. Gavinhas compridas e apertadas de asphixia. Pústulas inchadas de barriga-de-mendigo e fileiras irregulares e rastejantes de espinha-de-sombra. Esses eram os novos soberanos da floresta, os grandes senhores da decomposição, construindo castelos sobre as tumbas pútridas dos reis que vieram antes. Fungos e cogumelos, tranças-de-mofo e esporos-brancos correndo abundantes pelo chão ou florescendo nos cadáveres ainda de pé, tão densos que você mal conseguia ver a forma da árvore por baixo.

"'*Ishaedh*', disse Saoirse com raiva, espreitando a estrada estreita e enlameada.

"'Hein?'

"A assassina olhou em minha direção e sacudiu a cabeça.

"'É assim que nós chamamos, santo. *Ishaedh*. A *Ruína*. Retorcendo e destruindo tudo o que antes era verde e bom.'

"Eu olhei ao redor e dei de ombros.

"'Eles são só cogumelos, garota.'

"A assassina fechou a cara.

"'Continue a me chamar de *garota* e você vai acordar um dia de manhã com seu pau na boca, De León. Eu juro.'

"'O sonho de todo contorcionista.' Bellamy sorriu enquanto caminhava em meio ao frio.

"'Você não tem ideia do que está falando', disse a assassina. 'Mas mesmo assim você fala.'

"'Essa é uma de minhas qualidades mais adoráv...'

"Senti um nó na garganta quando uma dor vermelho-vivo atravessou

minha barriga. Eu parei, sibilando enquanto ela se espalhava pelas minhas veias como fogo.

"'Gabe?', perguntou Chloe. 'Você está bem?'

"Levei a mão ao bolso do sobretudo e tomei um gole grande de minha última garrafa de vodka, acabando com tudo. Joguei fora a garrafa vazia, respirei fundo e assenti.

"'Nunca me senti melhor.'

"Era mentira, claro. Fazia quase dois dias que eu não fumava, e o vidro de reserva em minha bota estava agora um quarto vazio. Minha pele estava coberta de piolhos invisíveis, e eu estava suando no frio cortante. Mas eu ainda não podia arriscar fumar de novo – eu não tinha ideia de por quanto tempo iríamos caminhar por aquela floresta maldita, nem quando eu poderia encontrar mais sangue de sanguessugas.

"Vampiros eram uma ruína em minha existência desde que eu me lembrava. Mas agora que eu precisava de um, não víamos um atroz desde aquele ataque em Winfael.

"Era quase como se alguém lá no alto me odiasse.

"'Pela porra do Redentor...'

"Chloe franziu os lábios.

"'Blasfêmia, Dior.'

"'Não', sussurrou o garoto. '*Vejam.*'

"À nossa frente, vi uma forma pálida atravessando a trilha. No início, achei que estivesse sonhando acordado – que a sede estivesse criando fantasmas em meus olhos. Mas não, ali estava ele, se movendo através de colônias de cogumelos e esporos-brancos, orgulhoso como um lorde.

"Um veado.

"O clima ainda estava quente o suficiente em Sūdhaem para caça de porte médio, e animais como coelhos e raposas sobreviviam no norte. Mas eu não via um animal tão magnífico em *anos*. Ele era tão alto quanto eu, músculos definidos e couro marrom-claro, uma grande coroa de chifres na testa. Bellamy imediatamente pegou a besta, e o resto de nós ficou imóvel como pedras. Por mais sede que eu sentisse, a ideia de veado cozido quase baniu completamente minha agonia.

"O menestrel apontou com cuidado. Eu prendi a respiração. Sua besta cantou, e a seta voou certeira, atingindo o animal bem no pescoço.

"'Há!', gritou Bellamy. 'Vocês viram *isso*?'

"O menestrel ficou em silêncio quando o veado cambaleou e se virou para olhar para nós. E, ao ver aquilo, ele quase deixou cair a besta.

"'Pela porra do Redentor.'

"'Blasfêmia, Bellamy...', murmurou Chloe.

"O lado esquerdo do corpo do animal estava coberto de tumores pálidos, pústulas ligadas por uma rede de teias. Seu olho esquerdo se projetava da órbita, inchado com o que podia ser sangue. O veado tremeu; sangue e tecidos jorravam da seta em seu pescoço. Empinando nas patas traseiras, ele jogou a cabeça para trás e gritou. Mas quando sua boca se abriu mais, *e mais*, ela se rompeu totalmente, queixo e mandíbulas e, Santo Deus, até sua garganta se desdobrou como as pétalas de uma flor horrenda para formar uma boca terrível cheia de dentes. E seu grito...

"Era o grito de uma menininha. De uma menina *humana*.

"Saquei a Bebedora de Cinzas, gritando acima daquele uivo profano.

"'*Atire de novo!*'

"O menestrel atirou – um disparo preciso, e a flecha atingiu aquele olho inchado com um baque surdo, estourando-o como se fosse uma bolha. Mas o animal apenas abaixou a cabeça e atacou, a coroa de chifres como uma foice em nossa direção. Saoirse ergueu o Bondade, Jezebel empinou horrorizada, e Rafa e Chloe caíram da sela. Gritei um alerta enquanto o animal se aproximava, com aquele urro horrível enchendo meus ouvidos. Eu tinha enfrentado horrores das trevas antes, mas nada como aquela coisa, e, na verdade, eu não tinha ideia de como matá-la. Mas, em um clarão vermelho-sangue, um borrão de presas e garras voou dos arbustos apodrecidos como uma lança para as costas do veado que estava atacando.

"O peso de Phoebe fez o animal cambalear, o veado gritando mais alto enquanto as presas da leoa se afundavam na base de seu crânio. O animal virou para o lado e bateu contra um carvalho retorcido, aquele grito de menininha ficando mais agudo conforme Phoebe mordia com mais força, *tremendo*, tremendo, enquanto ela derrubava sua presa e, com um giro final da cabeça, partia o pescoço do veado. A coisa se debateu por mais um momento, agitando as pernas sem força enquanto gorgolejava seu fim.

"E então, ele ficou imóvel.

"Phoebe sacudiu a cabeça, tossindo e tentando cuspir, como se o gosto do sangue do animal fosse ruim. Chloe se levantou, abalada, com olhos no horror caído.

"'Pela porra do Redentor.'

"'Blasfêmia', dissemos todos em coro.

"Paramos ao lado do veado morto, em silêncio e horrorizados. De perto, vi que os tumores cobriam grande parte de seu corpo – seu couro marrom-claro na verdade era mais musgo. As pústulas se espalhavam por sua pele, e ele cheirava como folhas em decomposição, entrelaçadas com um fedor mais profundo, parecido com o dos atrozes. Um perfume de morte e podridão.

"'*Ishaedh*', murmurou Saoirse. 'A Ruína.'

"'Você já viu isso antes?', perguntei, segurando meu estômago dolorido.

"'Em meus sonhos', respondeu a assassina, olhando ao redor. 'Não é tão ruim por aqui. Mas nas matas do norte, perto das Terras Altas e nas florestas antigas do mundo, a Ruína tem um forte domínio. Fiáin e fae, ramo e galho, tudo corrompido. E isso sempre cresce.'

"'E essa Ruína... ela começou com a morte dos dias?'

"Ela me olhou de lado.

"'Por que você se importa, santo?'

"'Por que você?'

"'Porque estou comprometida com isso. Por sangue e respiração, mães e luas.'

"Eu assenti, entendendo finalmente porque aquela assassina pagã estava andando com um bando de seguidores da Fé Única e um suposto descendente do próprio Redentor.

"'Uma *obrigação*.'

"'É.' Saoirse delineou as tatuagens em seu rosto.

"'Fiz um juramento de terminar com a Ruína, pelo espírito do Rígan-Mor e de Todas as Mães gravado em meu próprio sangue-da-lua sobre minha pele sagrada. E, até que meu juramento seja cumprido, nenhum homem pode me matar. E nenhum demônio ousará tentar.'

"Olhei para Dior. O garoto estava acariciando e falando com Jez para acalmá-la.

"'E, pelo que entendi, o pequeno Lorde Enfianocu é o segredo para terminar com essa Ruína?'

"Saoirse afastou uma trança dos olhos, ainda de cara fechada.

"'*Mortos viverão e astros cairão;*'
"'*Florestas feridas e floradas ao chão.*'
"'*Leões rugirão, anjos pranteařão;*'
"'*Pecados guardados pelas mais tristes mãos.*'
"'*Até o divino coração brilhar pelos véus,*'
"'*Do sangue mais duro vem o mais puro dos céus.*'

"Eu sacudi a cabeça e dei um suspiro.

"'Sempre a porra de um poema, não é?'

"Rafa tinha se levantado do chão e limpava a neve de suas peles. Ele era um homem santo, um crente que não tinha nenhum envolvimento com a profanidade. Entretanto, ele também era um estudioso, com toda a sabedoria de um estudioso brilhando naqueles olhos escuros.

"'Está vendo, Santo de Prata? Mesmo aqueles que acreditam em falsas fés creem que podemos terminar com essa escuridão. As profecias estão inscritas nos ossos do mundo. Palavras poderosas. Palavras verdadeiras. Quando o sol tornar a brilhar forte no céu, todo esse sofrimento vai acabar.'

"'E Dior é a chave', disse Chloe, apertando a mão do garoto.

"Olhei para o veado infectado aos nossos pés. O sonho de veado assado tinha sido abandonado havia muito tempo, e restava apenas um leve horror, fazendo companhia à sede em minhas veias. Talvez aquela Ruína fosse a razão para nenhum atroz ter entrado na floresta. Talvez, por as pessoas não irem mais ali, não houvesse presas para os sangues-frios caçarem. Qualquer que fosse a razão, a dor em mim estava se espalhando como um veneno ardente. Quando olhei para Chloe, meus olhos não conseguiram evitar se dirigir para as artérias pulsando delicadamente abaixo da linha de seu queixo. Quando Bellamy se aproximou de mim por trás, não consegui deixar de ouvir a canção de seu coração batendo sob sua respiração áspera.

"Meus dentes estavam afiados contra minha língua. Minha garganta, seca.

"'Vamos dar o fora desta floresta.'

"Seguimos em frente, sem ousar forragear por alimentos. Acendíamos fogo, sem ligar para o fato de que pudessem ser um farol, e dormíamos apenas algumas horas por noite, todos nós nervosos. A escuridão era cheia de sussurros, o som de pés delicados. Phoebe nunca ia longe, e eu não tinha coragem para contar aos outros sobre as silhuetas que via se arrastando em torno dos limites da luz de nosso fogo. Mas, embora eles nos seguissem e observassem, na verdade nada nos atacou. Nós ali éramos intrusos, não éramos bem-vindos, mas a Floresta dos Pesares parecia contente em nos deixar sair. Eu racionava meu *sanctus*, mantendo-me pouco acima do precipício, meu humor azedando mais a cada dia.

"'Aquelas aranhas têm mãos humanas.'

"'Cale a porra da boca, Bouchette.'

"'Aquela árvore... seu rosto parece... o da minha mãe.'

"'Cale. A porra. Da boca. Bouchette.'

"'Sou eu, ou as penas daquele pássaro são... pequenas línguas?'

"'CALE A PORRA DA BOCA, BOUCHETTE!'

"Em cima de Jezebel, curvado para se proteger do frio, *père* Rafa deu um suspiro.

"'O Livro dos Votos diz que não somos tornados maiores pelo Deus acima de nós, mas pelos amigos ao nosso lado. Entretanto, neste caso, tenho de concordar com nosso bom *chevalier*. *Por favor*, pelo amor de Deus, cale a boca.'

"A floresta a nossa volta se aprofundou, e a estranheza com ela, e, depois de duas semanas, nosso humor estava em frangalhos. Estávamos quase sem comida, e eu estava reduzido à minha última pitada de *sanctus* – apenas alguns flocos escuros como sangue no fundo de meu frasco. Mas, finalmente, saímos da floresta e chegamos a uma tundra coberta de neve, uma longa planície cinza e ondulada a nossa frente. Phoebe correu pela neve como um filhote cheio de alegria. Rafa segurou sua roda e voltou os olhos para o céu. Dior apenas suspirou.

"'Vou morrer feliz se nunca mais vir uma árvore na minha frente.'

"Para o sul, o rio Dílaenn podia ser visto tenuemente – uma faixa estreita de prata no cinza do meio-dia. E, a distância, à frente, vimos uma coisa que provocou um suspiro coletivo de alívio. Uma série de colinas – anteriormente campos de cevada, agora cobertos de folhas de batatas. Uma estrada longa e sinuosa levava até um pico alto, e, em cima dele, como a Laerd Lady de todos os arredores, estava nosso objetivo.

"Eram muros altos e de boa pedra. Eram portões resistentes e era civilização. Era comida. Era fogo. Era bebida. Era santuário.

"'Finalmente.'

"Rafa sorriu e fez o sinal da roda.

"'San Guillaume.'"

✦ XIII ✦
TRISTEZA E CONSOLO

— SAN GUILLAUME ERA um mosteiro, mas ele passaria facilmente por uma fortaleza.

"A estrutura coroava uma subida íngreme, inacessível exceto por uma estrada estreita e sinuosa que levava a seus muros. Dos dois lados, o solo mergulhava em penhascos abruptos, o Dílaenn se afastando do Volta na bifurcação e correndo na direção do mar. Os muros eram de pedra calcária pálida, ameias cobertas de neve cinza. Buracos assassinos olhavam como olhos escuros para a subida abaixo. Em torno dos muros havia um mar de barracos e tendas — pessoas comuns à procura de abrigo à sombra do mosteiro, pela aparência. San Guillaume se erguia silenciosa e imperial, um monólito à majestade de Deus naquela região selvagem.

"Mas eu soube, assim que captei o cheiro no vento...

"'Tem alguma coisa errada', murmurou Rafa.

"Nós apressamos o passo, a dor em meu estômago e no fundo dos meus olhos piorando à medida que o cheiro de sangue velho ficava mais forte. Chegando mais perto, vi que aqueles barracos e tendas estavam todos vazios, e havia formas escuras penduradas nos muros — rodas de carroça presas às ameias com correntes de ferro. Sobre elas, pregados de cabeça para baixo para que suas almas fossem conduzidas para o inferno, estavam os corpos de uma dúzia de homens com os mesmos hábitos pálidos que o velho Rafa usava.

"A música de corvos gordos e negros pairava no vento com o fedor de morte. O padre respirou fundo, e seus olhos se encheram de lágrimas.

"'Que obra do demônio é essa?'

"'Gabe...', murmurou Chloe, sacando seu aço de prata.

"Eu tirei a Bebedora de Cinzas da bainha, apertando firme.

"*Há sete quartos de s-sangue em um homem crescido, sabia disso?*

"'Isso eu sabia', murmurei.

"'*Embora isso dependa se a pessoa usa o quarto elidaeni ou nórdico, imagino. O comumente acei...*

"'Bebedora', rosnei. 'Olhos abertos, hein?'

"'*Eu não tenho olhos*, sussurrou ela.

"Olhei para Saoirse enquanto ela pegava o machado às suas costas. Phoebe era uma sombra sangrenta ao seu lado, os pelos eriçados ondulando quando nos aproximamos dos portões. Eles eram largos, reforçados com aço, entalhados com o círculo da roda. Mas se abriram com um rangido ao meu toque, e a assassina e eu trocamos um olhar austero.

"'Rafa, Chloe', disse eu. 'Fiquem aqui com Dior.'

"Phoebe saltou para dentro, em silêncio, e Saoirse e eu a seguimos com Bellamy atrás. Quando entrei em um pátio amplo que estava silencioso como túmulos, pude sentir o gosto de fuligem, podridão e bebidas fortes. Prédios se erguiam dos nossos dois lados; as abóbadas arqueadas de uma biblioteca para o oeste, dormitórios e destilarias para o leste. À frente, o pátio se abria em um jardim vasto e redondo – agora coberto de neve e silêncio. Em seu centro, o grande círculo de uma catedral, toda de pedra calcária e vitrais finos nas janelas. Havia belos mosaicos retratando a vida dos Mártires sobre as pedras aos nossos pés. Mas eles agora estavam sujos – sangue velho absorvido pelas lajotas.

"*Um mosteiro*, perguntou a Bebedora de Cinzas, *ou um mausoléu?*

"Mais corpos. Dúzias e dúzias, a maioria vestindo hábito de monge. Pela aparência, estavam mortos havia aproximadamente uma semana, deixados para apodrecer aonde caíram. O chão estava coberto de ratos, de olhos negros e gordos. Havia corvos sobre os corpos, bicando tesouros parcialmente congelados. Ali havia mais homens presos às paredes, invertidos como os pobres bastardos nos muros.

"'Trabalho de espada', relatou Bellamy, se ajoelhando ao lado de um dos corpos.

"'Os homens nos muros parecem esfolados até os ossos.' Cuspi o gosto de morte de minha língua, com o estômago doendo. 'Torturados e deixados para sangrar.'

"'O que em nome de Deus aconteceu aqui, Gabriel?'

"'Um massacre...'

"'Santo.'

"Olhei para Saoirse, de pé no alto do muro acima dos portões. A assassina estava apontando para os corpos e marcas de sangue no chão do pátio. Só quando subi a escada ao lado da guarita eu entendi o que ela tinha visto. Do chão, parecia uma simples carnificina, mas, do alto, havia método naquela loucura. Com meu estômago se revirando, percebi que os corpos estavam arrumados em um padrão – uma assinatura repugnante em carne morta.

"*Flor e mangual, mangual e f-f-flor.*

"Eu assenti.

"'Naél, anjo da felicidade.'

"'Isso é trabalho da Santa Inquisição', sussurrou Bellamy.

"'Ah, meu Deus querido...'

"Olhei para baixo para o gemido e vi o velho Rafa no portão, a pele escura embranquecida pela tristeza. Ele entrou cambaleante no pátio, segurando a roda em seu pescoço com tanta força que achei que a prata pudesse se dobrar.

"'Oh, Pai Celestial, que diabo é isso?'

"Ele correu até o cadáver mais próximo, e os ratos se espalharam. Caindo de joelhos, ele o virou com delicadeza, um gemido longo e trêmulo saindo de seus lábios.

"'Ahhhhhh, não. Alfonse...?'

"Ele virou outro corpo, pela aparência, apenas um menino, e o rosto de Rafa se enrugou como velino velho em um punho apertado.

"'Jamal? *Jamal!*'

"Ele segurou o corpo, apodrecendo e inerte, nos braços.

"'O que é isso? QUE LOUCURA É *ESSA?*'

"'Rafa!' Chloe correu para o lado do velho, horrorizada. O padre a abraçou, com saliva nos lábios enquanto começava a desmoronar. 'Ah, Rafa, Rafa...'

"'Ch-chloe, e-este é Jamal. Ele... escreve poesia. E-ele...Ah, *Deus*.... ah, Deus...'

"Dior estava parado nos portões, com a manga apertada sobre os lábios. Um vento cortante soprava do vale abaixo, a sobrecasaca mágika do garoto se agitando ao seu redor quando ele me olhou nos olhos. E ele sabia com a mesma certeza que eu. Com a mesma certeza de que o sol escuro baixando do horizonte deve se pôr. Todas as pessoas naquele mosteiro tinham sido mortas. E de algum modo, de algum jeito...

"'Isso é por minha causa', sussurrou ele.

"A assassina tomou a mão marcada por cicatrizes do garoto.

"'Não diga isso, minha flor.' E, quando Dior olhou Saoirse nos olhos, vi lágrimas se acumulando em seus cílios com a verdade que ninguém podia negar.

"'Saoirse', murmurei. 'Fique aqui e cuide dos outros. Vou procurar sobreviventes.'

"Rafa começou a emitir soluços animais e das profundezas de suas entranhas. Troquei um olhar com Chloe quando ela apertou o velho contra o peito, tranquilizando-o e balançando-o como faria uma mãe. A atrocidade daquilo tudo estava gravada em seus olhos, injetados e cheios até a borda, e meus dentes estavam cerrados quando ergui a Bebedora de Cinzas e entrei na biblioteca.

"A porta estava reduzida a carvão, e havia fumaça velha no ar. Cinzas bailavam em torno de minhas botas, as janelas estavam escurecidas por fuligem. Fiquei arrasado, uma parte de mim doendo mais do que tinha doído ao ver aqueles homens massacrados. A espada em minha mão sussurrou, prateada e cheia de tristeza.

"*Blasfêmia...*"

"Livros. *Milhares* de livros. Códices com acabamento em metal e gravuras em madeira. Rolos de velino e tomos de pergaminho, cada um iluminado por mãos amorosas. E eles tinham sido jogados como lixo no chão da biblioteca e, ali, foram incendiados. Todos eles. Queimados até virarem cinzas.

"Eu me ajoelhei ao lado da pilha carbonizada e folheei páginas arruinadas. O conhecimento de gênios, homens santos e pagãos, milhares de verdades e milhares de mentiras, cada uma delas uma história digna de ser contada. E agora, elas não eram nada além de fuligem em minha boca enquanto eu sussurrava:

"'Uma vida sem livros é uma vida não vivida.'

"Revistando outros prédios, encontrei apenas corpos e o resto de vidas desfeitas. Pratos com refeições parcialmente comidas. Uma coroa parcialmente tecida na cela de um monge, que nunca seria terminada. Saí andando da catedral vazia com a sede me apunhalando com o cheiro implacável de sangue velho e desperdiçado. Fontes esculpidas com as imagens de anjos jorravam água repulsiva em lagos compridos. Além da catedral, havia um muro alto acompanhando as bordas dos penhascos. Depois dele, aguardava uma queda, talvez cinquenta metros, até os rios espumantes abaixo.

"Rafa estava no alto dele, olhando para aquelas águas cinza e congelantes.

"Quando cheguei ao seu lado no alto do muro, o velho padre me olhou nos olhos. Ele segurava a roda pendurada em seu pescoço, esfregando a prata entre os dedos. Seu rosto estava atormentado, as bochechas molhadas pelas lágrimas. Eu não disse uma palavra. Eu não tinha nenhuma em mim para um horror daqueles.

"E então... música.

"No início, ela começou baixa. Algumas notas ecoando na pedra suja de sangue. Mas os acordes se juntaram em um compasso, e o compasso se transformou em melodia, e logo eu estava em silêncio e perplexo quando aquele pequeno conjunto de notas alcançou a imobilidade terrível e a preencheu.

"O jovem Bellamy estava sentado no muro, tocando seu alaúde.

"Mas não apenas uma canção. Um *feitiço*. Ela começou com a espiral de cordas de um refrão melancólico, mas terminou, trêmula sobre minha pele e soltando as âncoras em todo o meu coração. Era uma canção como eu nunca tinha ouvido, uma canção que podia fazer pedras chorarem e os ventos cessarem seu suspiro por medo de perder um momento delicado e tristíssimo. Era dor e saudade, fastio e desejo, cada ondulação e mudança erguendo-a mais alto enquanto ela falava – embora em nenhuma língua de homem nem em forma fraca como palavras – uma verdade além do que se pode contar. Um círculo doce e pesaroso, como o crescente branco-perolado das asas de anjos se curvando para cima na direção de um crescendo e depois descendo, suave e mais suave, de volta àquelas poucas notas quentes como brasa que começaram tudo. Ela sussurrava nos limites da audição e pressionava lábios macios como seda em sua testa dolorida e lhe dizia que embora todas as coisas tivessem de chegar ao fim, a escuridão também devia terminar, e ali, naquele momento reluzente e abençoado, você estava vivo e respirando.

"Bellamy tocou um acorde final, como o calor de um beijo que permanece depois que os lábios se separam. E ele baixou a cabeça e ficou imóvel. Chloe estava sentada com o rosto virado para o alto, chorando. Rafa e eu tínhamos seguido a música de volta até o pátio, em transe, Dior esfregando os cílios na manga. Até Soirse estava com as mãos nos olhos. E, ao levar a mão às bochechas, me surpreendi ao encontrá-las molhadas. Mas de algum modo, não havia tristeza em meu coração.

"'Pelos Sete Mártires', disse eu.

"'Isso foi... *bonito*, Bellamy', sussurrou Chloe.

"'*Merci, soeur* Sauvage.'

"'Ela tem um nome?'

"Os dedos de Bellamy percorreram seu colar de prata, demorando-se na sexta das notas musicais penduradas nele.

"'Um menestrel deve escrever sete canções para ser considerado um mestre por seus pares no Opus Grande. Sete canções através das quais eles podem falar a verdade do mundo. Essa foi minha sexta. *Tristeza e consolo.*'

"Eu sacudi a cabeça, olhando para Bellamy com novos olhos.

"'E sua sétima?'

"O jovem sorriu e guardou delicadamente o alaúde.

"'Eu ainda não a encontrei, Santo de Prata. Por isso deixei minha Augustin e minha divina imperatriz. Para cantar a verdade do mundo, eu preciso primeiro vê-lo. E, quando eu encontrar essa canção, vou voltar para seus braços.'

"Fez-se, então, um silêncio estranho. Varrido pelo vento, mas de algum modo quente. E, dentro dele, Dior fez a pergunta que estava queimando na mente de todo mundo.

"'O que nós vamos fazer agora?'

"Chloe e Bellamy olharam para mim. Rafa ainda olhava para a carnificina à nossa volta.

"'Não há cavalos nos estábulos.' Eu suspirei. 'Mas ainda há alguma comida que não estragou no refeitório. Vodka na destilaria. As coisas vão parecer menos sombrias com alguma coisa quente em nossas barrigas.' Eu olhei para Chloe. 'Será que você e Dior podiam ajudar Rafa a preparar uma refeição, irmã?'

"Chloe me olhou nos olhos e assentiu.

"'Mãos ocupadas, mentes ocupadas.'

"Ela atravessou a carnificina e foi até Rafa, parado imóvel e em silêncio. Pegando o braço do velho padre, ela murmurou, e ele piscou como se tivesse se lembrado de onde estava e se permitiu ser conduzido dali, para além das portas de carvalho arqueadas e fora de vista. Bellamy desceu dos muros. Saoirse se juntou a mim enquanto Phoebe saía pelo portão como fumaça.

"Amarrei minha gola em torno do rosto e olhei do menestrel para a assassina.

"'Vamos começar a queimar.'

✦ XIV ✦
LIATHE

"O CHEIRO DE CARNE queimada estava forte em minha língua. Tínhamos ateado fogo aos corpos algumas centenas de metros morro abaixo, e a fumaça subia na direção do céu em meio a uma neve que ficava mais densa. Eu estava jogando o último deles na pira – um menino, talvez 12 anos de idade – quando Phoebe voltou correndo pela estrada.

"O sol ainda não tinha se posto; a leoa se movia em um borrão suave através das sombras longas, toda olhos dourados e pelo cor de ferrugem. Saoirse se ajoelhou no gelo quando o animal trotou até ela e a rodeou uma vez, rosnando, a cauda balançando de um lado para outro.

"Os olhos da assassina se estreitaram, e ela imediatamente olhou para mim.

"'Problemas chegando.'

"'Danton?'

"Ela sacudiu a cabeça e pegou o machado em suas costas.

"'A outra.'

"Eu olhei morro abaixo, cerrando os dentes quando vi uma mancha vermelha leve andando em nossa direção através do cinza que caía.

"'O mosteiro é solo sagrado. Vocês dois, voltem para dentro. Agora.' Eu olhei para Saoirse e dei um pequeno sorriso para ela.

"'Um lindo por favor com açúcar em cima.'

"A assassina escarneceu, e voltamos pelos portões. Bellamy estava no alto dos muros com uma seta coberta de sebo em sua besta e um barril em chamas ao seu lado. Esperei com Saoirse no interior dos portões abertos, armados e prontos.

"Os corpos não estavam mais ali, mas o cheiro permanecia, as garras profundas de sangue velho no fundo de minha garganta. A dor, agora, era constante, minhas presas ficando longas em minhas gengivas. Mas eu afastava os pensamentos em sangue da melhor maneira possível, observando aquela figura avançar como um lobo sobre um veado ferido, até que ela parou a algumas dezenas de metros dos muros.

"A alto-sangue estava em pé sob a luz moribunda, mechas de um azul meia-noite opaco repartidas em torno de seu rosto, escorrendo fartas até a cintura. Ela usava sua sobrecasaca vermelha comprida e calça de couro preto justa, uma camisa de seda aberta no peito pálido. Seu rosto estava obscurecido por aquela máscara de porcelana, lábios pretos e cílios escuros com *kohl*. Ela era magra, alta – só uma virgem quando tinha sido assassinada. Mas seus olhos eram descoloridos pelo tempo – olhos de uma coisa morta, desprovidos de toda luz e vida. Olhando para Bellamy no muro acima, Saoirse e eu esperando logo além do portão, ela jogou a barra de sua sobrecasaca para trás e fez uma reverência formal e estranhamente masculina, como aristocratas na corte. Sua voz era suave como sombras, desfigurada apenas por aquele leve ceceio indistinto.

"'Boa noite, monsssieur, mademoissssselle, *chevalier*.'

"Olhei para o sol no horizonte ainda quente.

"'Não, ainda não é.'

"A vampira olhou para os prédios atrás de mim.

"'Onde esssstá a criança?'

"'Você tem coragem, vadia. Vir até o solo sagrado com o sol ainda alto.'

"'Quem vem depoisss de nósss não vai sssser tão educado para perguntar. Mas nós vamos nos repetir uma vez.' Aqueles olhos pálidos estavam fixos nos meus. 'Onde esssstá a criança?'

"Phoebe mostrou os dentes em um rosnado baixo enquanto Saoirse apoiava o Bondade no ombro.

"'Desafio você a cruzar esse umbral para procurar por ele, sanguessuga.'
"A vampira não piscou. Mas meus olhos agora estavam fixos na espada em sua mão. A arma era delicadamente curva, longa e graciosa como sua senhora. Quando eu a vira no escuro perto daquela torre de vigia perto do Ūmdir, achei que a espada estivesse simplesmente coberta de vermelho com o sangue dos atrozes que ela tinha matado. Mas, agora, com os ossos queimando e a língua ressecada, percebi que a espada não estava apenas coberta de sangue. Ela era *feita* de sangue.
"O sangue *dela*.
"'Quem é você?', perguntei.
"A vampira fez outra reverência, dessa vez curvando-se ainda mais.
"'Você pode nos chamar de Liathe.'"

Nos confins elevados de uma torre solitária, uma pena que arranhava com rapidez ficou imóvel de repente. O Último Santo de Prata bebeu seu copo até o fim enquanto o historiador de Margot Chastain, primeira e última de seu nome, imperatriz imortal de lobos e homens, piscou uma vez. A voz de Jean-François ainda estava doce como fumaça, mas uma fúria fervia por baixo de seus tons suaves como mel.

– Liathe.

Gabriel se inclinou para a frente para tornar a encher seu copo.

– *Oui*.

– Eu sabia que você era um tolo, De León. Mesmo assim, minha mente ainda deseja saber por que você me chama de sanguessuga se já teve como companhia a rainha deles. Pensar que...

– Cuidado, sangue-frio! Se você quiser a verdade desta história, é melhor me deixar contá-la. O que você sabe e o que *acha* que sabe são dois animais inteiramente diferentes.

O vampiro franziu o cenho.

– Como você quiser.

Gabriel ergueu seu cálice.

– É muita generosidade sua.

"'Você pode noss chamar de Liathe', disse a vampira, fazendo uma reverência. 'Embora desconfiemos que você se importa menosssss com o *quem* e mais com *o quê*, e nós não temos tempo nem para uma coisa tão pequena quanto o *porquê*. Danton Voss está a poucas horas atrás de nós. Ele está rastreando vocês desde o Dílaenn, e todos os sangue-ruins infestados de vermes em quilômetros foram reunidos sob seu estandarte pálido. E, quando ele chegar, no início da noite, a Fera vai matar vocês todos e tomar o cálice em nome de seu pai. A criança sssó tem uma chance de sobreviver.'

"Liathe retirou uma mecha longa e negra dos olhos sem cor.

"'Nósss.'

"Saoirse escarneceu.

"'Você está muito preocupada com o bem-estar de Dior, não está?'

"'Nós estamos protegendo seus passos há semanasss. Um grupo de inquisidorasss saído de Sul Ilham foi derrotado por nossa mão. Outro De León. O bando sssanguinário que cometeu a carnificina onde vocês estão nosss escapou, mas dessde que notíciass da confusão que você causou em Lashaame chegaram à Torre das Lágrimasss, toda a Inquisição foi posta em ação contra seu pequeno grupo.' Ela inclinou a cabeça, os olhos estreitos por trás de sua máscara. 'Por que vocês acham que não viram nem sinal delas?'

"Dei uma fungada forte e cuspi grosso.

"'Posso sentir o cheiro das suas mentiras daqui, sanguessuga.'

"'Nós temos a eternidade.' A sangue-frio deu um suspiro, jogando a echarpe de seda sobre o ombro. 'Entretanto, não temos mais um momento a desperdiçar em besteiras como esssssa.'

"'Bom, eu a convidaria a entrar. Mas com solo sagrado e tudo mais...'

"'Quinta Lei?', perguntou ela indistintamente.

"Eu assenti, com as presas brilhando.

"'*Até os Mortos têm leis.*'

"Com a espada sangrenta na mão, a sobrecasaca vermelho-sangue adejando ao seu redor, a vampira caminhou lentamente na direção dos portões de San Guillaume. E, apesar do conhecimento de que aquela vadia não podia entrar, ainda saquei a Bebedora de Cinzas de sua bainha com um tinido pronunciado de metal afiado como navalha. Os olhos do monstro se dirigiram para o aço de estrela escuro, a borda irregular onde a ponta da lâmina tinha se quebrado.

"*Nunca confie em uma mulher que esconda o r-rosto, Gabriel.*"

"'Nunca confunda um monstro com uma mulher, Bebedora.'"

"*É. C-cuidado com essa.*"

"Eu não precisava de nenhum alerta, isso é certo. Eu podia sentir o poder naquela coisa, naquela espada sangrenta e na mágika sombria que a havia feito. Perguntas para as quais eu não tinha respostas estavam sussurrando no fundo de minha mente. Mas não importava a idade, não importava a potência, nenhum sangue-frio podia botar os pés em solo santificado. Essa era a lei do próprio Deus Todo-poderoso.

"Liathe levou os bicos de suas botas que chegavam aos joelhos até o limite do mosteiro. Ela olhou ao redor, os olhos examinando a extensão e a largura dos portões. O vento frio soprou uma mecha de azul meia-noite sobre sua máscara, e ela a afastou para trás da orelha.

"Então, ela atravessou direto o limite.

"'Mas que *merda*', disse eu.

"*Feitiçaria...* sussurrou a Bebedora de Cinzas.

"Eu olhei para a espada na mão do monstro. Aquelas perguntas sem resposta soando mais alto em minha cabeça. Então dei um palpite, com os olhos nos da vampira quando sussurrei:

"'Sanguemancia?'

"'Ele não tem a menor ideia.' Liathe olhou para mim com algo próximo de pena. 'É impressssionante que você ainda posssssa respirar, Gabriel...'

"Saoirse ergueu seu belo machado, e Bellamy acendeu a seta carregada em sua besta, enquanto Phoebe rosnava circundando o flanco da vampira.

Liathe não parecia intimidada por nenhum de nós, olhando em vez disso para as portas do refeitório atrás das quais Dior estava escondido.

"'Vocês jogam um jogo que não podem ganhar', disse-nos Liathe, com suavidade e veneno. 'Tragam-noss a criança agora e vamosss permitir que o res...'

"A vampira recuou quando Saoirse atacou com seu machado, a lâmina passando a um pelo de seu queixo. Silenciosa, e rápida, Liathe desviou de Phoebe, e as garras da leoa pegaram aquela sobrecasaca vermelha, rasgando-a como papel. Gritei um aviso quando a vampira revidou, tentando atingir com sua espada o pescoço de Saoirse. A garota ergueu o machado para bloquear, mas a espada da vampira simplesmente fluiu *ao redor* da guarda da garota como líquido e tornou a se formar do outro lado, deixando uma mancha de sangue no cabo enquanto continuava a se dirigir para o pescoço de Saoirse.

"Os olhos da garota se arregalaram, ela se curvou para trás, e aquela espada sangrenta cortou duas de suas tranças como se fosse uma navalha. Além de seus limites, Saoirse gritou quando a bota da vampira chutou como um trovão, bem no meio de suas pernas, jogando-a caída sobre as lajotas sujas de sangue.

"Bellamy atirou, mas Liathe cortou a flecha em chamas em pleno ar. A Bebedora de Cinzas sibilou, a vampira se esquivou, e Phoebe saltou sobre suas pernas outra vez. O monstro se moveu, sinuoso e rápido, rolando para o lado e tentando ficar de pé enquanto aquela espada vermelha brilhava na direção de meu peito. Mas eu ergui a Bebedora de Cinzas e a espada soou como aço quando bloqueei seu golpe.

"*Ora, ora*, sussurrou a Bebedora.

"Captei um vislumbre de surpresa nos olhos da sangue-frio. Sua espada tinha fluído em torno do machado de Saoirse como se fosse água, mas a Bebedora de Cinzas a havia parado. E a vadia presunçosa cambaleou quando meu contragolpe a atingiu bem na bochecha daquela máscara pintada.

"Porcelana se espatifou, e a sangue-frio saltou para trás, o casaco flutuando em torno de seu corpo como se fosse fumaça. Sua máscara tinha se quebrado, só os olhos ainda estavam cobertos, e olhei horrorizado para a coisa por baixo.

"Não havia pele na metade inferior de seu rosto. Ela não tinha o lábio inferior, e os dentes afiados estavam em gengivas azuis acinzentadas, carne lacerada agarrada a osso pálido. Por baixo de sua echarpe de seda, pude ver expostos os músculos de seu pescoço. Era como se alguém tivesse agarrado um pedaço de sua garganta e rasgado a carne em uma faixa até o queixo. Vi fúria irromper através do gelo de seus olhos quando ela olhou para a máscara quebrada sobre a pedra aos seus pés.

"'Você *ousa*...', gritou ela.

"Bellamy disparou outra seta em chamas, e mais uma vez a vampira se moveu como água em torno de uma pedra alisada pelo rio. Liathe levou o pulso à boca, presas perfurando sua pele de mármore. Sangue brotou do ferimento, brilhante e belo, enquanto a vampira girava o pulso e falava uma palavra invertida, ecoando com poder. E, diante de meus olhos espantados, aquele fluxo vermelho como um rubi tomou a forma de um mangual comprido, sólido como a espada de sangue que ela ainda carregava. O cheiro daquilo agarrou meu estômago dolorido; minha fome crescia enquanto Liathe falava.

"'Você devia ter continuado a perseguir...'

"Phoebe urrou e atacou o peito da sangue-frio, mas Liathe era mais rápida, abaixando-se, desviando de mais outro disparo em chamas de Bellamy e me atacando. Eu desviei meia dúzia de golpes de espada – virilha, peito, pescoço –, mas aquele mangual vermelho me atingiu no antebraço e eu me senti perdendo o chão, sendo jogado através do pátio e destruindo completamente uma fonte. Ainda enrolado, urrei quando ela me atacou outra vez, me jogando no chão, dentes chacoalhando em meu crânio quando espatifei o mosaico sob mim.

"'Pelo amor de Deus, *atire nela*, Bouchette!'

"O menestrel atirou outra vez, agora perto o bastante para o disparo atravessar uma mecha comprida de seu cabelo cor de meia-noite.

"'Droga, ela é rápida demais!'

"*Solte-se, seu m-maldito idiota!*

"Ataquei com a Bebedora de Cinzas, cortando o mangual sangrento em um jato de cinzas. A alto-sangue me atirou para trás, com uma explosão de estrelas negras quando atingi o muro e caí no chão. Liathe desviou de outro disparo em chamas, aquele rosto sem pele gritando quando Phoebe finalmente cravou suas garras. A leoa rasgou talhos compridos através da calça de couro da sangue-frio, a carne pálida por baixo, e Liathe contra-atacou com o punho, batendo a cabeça de Phoebe contra pedra. O grande felino se dobrou, gemendo, a vampira ergueu sua espada de sangue, e a boca de Saoirse se abriu em um grito:

"'PHOEBE, SAIA DAÍ!'

"Quando a espada desceu com um brilho como a mão sangrenta de...

"'*D-d-deusss*', engasgou em seco Liathe, cambaleando para trás.

"A vampira olhou perplexa para o metro e trinta de metal das estrelas se projetando de seu peito. A Bebedora de Cinzas estremeceu, bambeando com a força que eu tinha posto atrás do arremesso – suficiente para estilhaçar as costelas do monstro e sair por suas costas. A carne de Liathe fervilhou como linguiça em uma frigideira e ela cambaleou, e sua própria espada sangrenta caiu e se desfez em uma longa poça vermelha no chão.

"Ela olhou para mim. Eu agora estava me levantando hesitantemente.

"'V-você...'

"Liathe gemeu, as mãos fumegando quando ela as fechou em torno do punho da Bebedora de Cinzas e arrancou a espada de seu peito enegrecido. Ela deixou que minha arma caísse no chão com um forte ruído metálico, os dedos queimados em gravetos de carvão, olhos mortos fervendo enquanto ela cuspia cinzas.

"'N-nós devíamos *matá-lo* por isso, seu ingra...'

"'*Sabei meu nome, pecadores, e tremei!*, veio um grito feroz. '*Pois estou em vosso meio como um leão entre cordeiros!*'

"Uma luz forte e prateada brilhou no pátio, e Liathe se encolheu como se tivesse levado um tapa no rosto mutilado, as mãos carbonizadas sobre os olhos. Ao me virar, vi Chloe e Rafa caminhando pela pedra, a irmã brandindo sua espada de aço de prata, o padre segurando sua roda, queimando com uma luz que era quase cegante.

"'Saia deste lugar sagrado!', gritou Chloe, erguendo a espada com as duas mãos.

"Liathe cuspiu através dos dentes expostos.

"'Seus *tolos* desprezíveis, vocês não sa...'

"'Em nome de Deus e da abençoada Virgem-mãe', gritou Rafa. 'Digo que *vá embora*!'

"A vampira sibilou ao comando do padre, recuando daquela luz cauterizante. Seu peito estava aberto; a máscara, esfacelada; costelas e mãos ainda fumegando do beijo da Bebedora de Cinzas. Rafa gritou outra vez, brandindo sua roda como uma espada:

"'Eu disse VÁ EMBORA, demônio!"

"E como quando lutamos na torre de vigia, o corpo de Liathe pareceu tremer, explodindo em mil mariposas vermelho-sangue, agora zumbindo e girando na direção das neves pálidas.

"Eu me dobrei ao meio, cuspindo sangue. E, enquanto eu observava, aquela tempestade de asas diminutas se ergueu através da luz fraca do sol e se espalhou na escuridão.

"Phoebe estava sobre pernas vacilantes. A leoa tremia da cabeça à cauda e resfolegava sangue. Dior chegou correndo pelo pátio e parou ao lado de Saoirse.

"'Saoirse?', perguntou o garoto, segurando sua mão. 'Você está bem?'

"'A v-vadia... me chutou n-na b-boceta...', reclamou ela.

"'Quem *é* esse demônio?', perguntou Dior.

"'E como em nome de Deus ela entrou em solo sagrado?', perguntou Rafa.

"'Ela era uma bruxa de sangue.' Chloe olhou para mim, com os olhos verdes arregalados. 'Gabe, ela poderia...'

"Mas a voz da boa irmã falhou quando sacudi a cabeça. Eu mesmo, no início, tinha pensado naquilo – uma arte sombria o bastante para desrespeitar até mesmo a lei de Deus. Mas, olhando para a pedra ensanguentada aos meus pés, o fedor dos corpos queimando ainda pairando no vento, eu percebi a verdade simples.

"'Não há mágika em ação, aqui. Só assassinato.'

"Bellamy estava acima, com a besta em mãos trêmulas.

"'O que você quer dizer com isso?'

"Olhei ao redor para as entranhas ensanguentadas de San Guillaume e dei um suspiro.

"'Quero dizer, como este solo ainda pode ser santificado quando ele foi banhado com o sangue dos fiéis de Deus? Como ele podia permanecer sagrado quando foi corrompido em nome desse mesmo Deus?'

"'A Inquisição...', sussurrou Rafa.

"'Ao matar os irmãos do mosteiro, esfolando-os, queimando-os e torturando-os, aquelas tolas profanaram este lugar. Banhado no sangue de inocentes e homens santos.' Eu sacudi a cabeça, pegando a Bebedora de Cinzas da pedra. 'San Guillaume não é mais solo sagrado.'

"*E a p-perdição segue em sua direção, sobre asas negras.*

"Saoirse se ergueu de pé com uma expressão de dor.

"'Aquela vadia disse que a Fera de Vallene vai estar em nossas gargantas ao cair da noite. Se ela falou a verdade...'

"Chloe olhou para mim, empalidecendo sob as sardas.

"'Como podemos esperar enfrentar Danton sem Deus sob nossos pés?'

"'Nós podíamos usar esses pés', sugeriu Bellamy. 'Podíamos fugir?'

"'Covardes nunca triunfam, Bellamy', rosnou a assassina.

"'Eles também não morrem com muita frequência, Saoirse', observou Chloe.

"Olhei morro abaixo com a expressão fechada.

"'O único caminho que temos pelo qual fugir iria nos levar direto para os braços de Danton. O bastardo pode localizar uma palha em um monte de agulhas. E se ele nos pegar à noite em campo aberto, vai nos matar como carneiros na primavera. Não temos escolha além de resistir aqui.'

"'Mas aquela bruxa de sangue disse que Danton reuniu todos os atrozes em quilômetros', protestou Bellamy. 'Nós mal detivemos algumas dezenas em Winfael, e isso foi sem a liderança de um alto-sangue. Nós estamos presos como malditos ratos!'

"Eu olhei ao redor para o grupo e vi o medo de Bellamy penetrando neles como veneno. As mandíbulas de Dior estavam cerradas, toda cor desaparecida de seu rosto – era sua decisão que tinha nos levado até aqueles muros, afinal de contas. Chloe estava andando de um lado para outro, passando a mão pelos cachos enquanto olhava para os muros às nossas costas, os penhascos íngremes, a queda desesperançada até o rio cinquenta metros abaixo. Bellamy tornou a falar, sua voz tremendo de medo.

"'Nós nunca devíamos ter vindo para cá, *mes amis*.'

"'Calma, Bouchette', resmunguei.

"'Me acalmar?', escarneceu o rapaz, quase rindo. 'Você *viu* aquele monstro? Ela tinha uma espada feita de *sangue*! Ela se transformou em uma tempestade da porra de *mariposas*! Talvez esses horrores sejam comuns para um Santo de Prata, mas eu sou apenas um menestrel vidente! Não sou nem mesmo um soldado!'

"'Soldado?' Eu suspirei. 'Deixe-me lhe contar sobre os soldados com os quais lutei, Bellamy. Todas aquelas grandes batalhas sobre as quais você canta? Os heróis que lutaram em Tuuve e Báih, Triúrbaile e Coste? Eles eram *garotos*, em sua maioria. Adolescentes, como você. Pedreiros e carpinteiros. Fazendeiros e pescadores. Eles lutaram porque não tinham pais ricos. Eles lutaram porque não tinham um pedaço de pergaminho com o selo do imperador para salvá-los. Eles lutaram por que *tinham* de fazer isso. E a maioria deles não tinha nada a que aspirar depois. Tudo o que aconteceria no fim seria estarem vivos. Mas antes de todas as batalhas que lutei, eu olhava para o rosto daqueles garotos, para a lealdade uns com os outros, sua coragem diante da visão daqueles horrores. Eu lhe digo com toda a sinceridade que costumava ver o rosto de Deus.'

"Fui até o muro do mosteiro e bati meu punho contra ele.

"'Temos pedra forte ao nosso redor, Bouchette. Bebida nos porões e água para ser abençoada, rodas santas e aço de prata.' Olhei ao redor para o grupo, com fogo nos olhos. 'Não precisamos de soldados para vencer. Só precisamos ficar juntos.'

"'Véris, Santo de Prata.' *Père* Rafa sorriu, apertando sua roda. 'Véris.'

"Dior aprumou os ombros e assentiu. Chloe passou o braço em torno do garoto e o apertou com força. Até Saoirse estava um pouco mais confiante.

"'Bouchette, quero que você pegue o máximo de água possível. Rafa, comece a abençoá-la. Saoirse, comece a trazer bebida da destilaria. Há barris dela, pura e forte como um pecado. Chloe, Dior, quero que vocês procurem sebo, madeira, palha – *qualquer coisa* que queime. Não temos muito tempo até o pôr do sol, e quero estar pronto quando sua majestade chegar.'

"Olhei para o menestrel, que ainda estava imóvel.

"'Você ainda tem de escrever sua sétima canção, Bellamy. Você não vai morrer esta noite.

"O grupo se pôs a trabalhar. Dior foi para as cozinhas; Saoirse, para o porão; Bellamy, atrás de Rafa, ainda parecendo trêmulo. Só Chloe ficou. Ela era quase meio metro menor do que eu, vestida com cota de malha e aço de prata, as mãos nos quadris quando sorriu.

"'Você sempre faz um discurso empolgante, *mon ami*. Você não perdeu o jeito desde a Batalha dos Gêmeos.'

"Eu dei de ombro e virei o rosto, para não ter de ver aquela veia, pulsando logo abaixo da linha de seu queixo.

"'Quando tocar sua última canção, escolha uma que vá agradar ao público.'

"'Última canção?'

"Ainda me recusando a olhar para ela, falei baixo para que ninguém pudesse ouvir.

"'Quando Danton chegar, mantenha Dior por perto. Se eu conseguir, vou encontrar uma saída para vocês.'

"'O que aconteceu com ficarmos juntos?'

"'Pelo amor de Deus, abra os olhos, Chloe', retruquei com rispidez.

"'Eu não...'

"'Estamos imobilizados. Penhascos pelas costas e só Deus sabe o que chegando à nossa frente. A maioria das pessoas neste grupo não sabe lutar nada, e os que sabem não vão ser nem a metade do suficiente. Eu não fumo nada há dias. E Danton só vai atacar à noite. Todo o seu poder, *toda* sua força em ação. As probabilidades de todos morrermos são quase perfeitas.'

"'Ela passou a língua pelos lábios secos, olhando morro abaixo.

"'Você acha mesmo que não temos chance?'

"'Mantenha Dior por perto', repeti. 'Se vir uma brecha, *corra*.'

"Chloe mordeu o lábio, o medo finalmente irrompendo através daquela capa de eterno otimismo. Ela sempre tinha sido uma crente. Sempre sentiu que estávamos destinados a coisas maiores. Engolindo em seco, ela assentiu consigo mesma, tirou a manopla da mão e me ofereceu o pulso.

"'Aqui, então.'

"Meus dentes se cerraram. As pupilas se dilataram.

"'Que diabos você está fazendo?'

"'Sei que é pecado', disse ela, trêmula. 'Mas dediquei dezessete anos de minha vida para essa causa, e todo o império depende disso. Por isso, Gabe, se você precisa de força...'

"Minhas presas estavam brilhantes e afiadas contra meus lábios. De repente, meu coração se jogou contra minhas costelas com tanta força que engasguei em seco. Minhas veias estavam em chamas, aquela sede se erguendo sobre asas vermelhas – ter aquilo oferecido livremente quando eu mal conseguia me segurar para simplesmente não *tomá-lo*...

"'Chloe... afaste-se de mim...'

"'Gabriel, eu...

"'AFASTE-SE DE MIM, PORRA!'

"Ela cambaleou para trás quando gritei, a boca aberta com o choque. Eu sabia como eu devia estar – olhos vermelhos, caninos brilhando, a coisa em mim tão perto de se libertar que era possível sentir suas garras atravessando minha pele. Mas não ali. Não daquele jeito. Eu tinha prometido.

"Chloe ficou aterrorizada enquanto eu me afastava. Ela, então, pareceu menor, mais perto da garota que eu tinha conhecido. Ainda havia fogo em seus olhos. Fé. Fúria. Mas agora também havia medo – o medo que vem ao saber que o mundo é muito maior do que você jamais poderá ser, e que simplesmente há algumas verdades que você nunca vai entender.

"'Desculpe, Gabe', murmurou ela. 'Desculpe por tê-lo arrastado para isso. Desculpe por tê-lo tirado de Astrid e Paciência. Eu nunca devia ter feito isso.' Abaixando a cabeça, ela tornou a calçar a manopla de couro. 'Acho que há muitas coisas que eu não devia ter feito. Mas fiz todas elas esperando o melhor. Porque eu acreditava. Em Dior. Em você. E ainda acredito. Não há nada, *nada* que eu não faça para garantir que isso aconteça.'

"Olhando na direção do sol poente, ela deu um suspiro.

"Eu fechei os olhos, sem dizer nada quando ela foi embora. O animal em mim se debateu contra suas barras, uivando para que eu fosse em frente, tomasse, engolisse só um gole, só *a porra de uma gota*. E o terrível daquilo era que eu sabia, no fundo, que Chloe não era uma tola por oferecer o que ela tinha – que eu estava fraco e faminto, e que ia precisar de toda a minha força se eu esperava terminar aquela noite vivo, muito mais para derrotar um príncipe da eternidade. Mas eu tinha feito um juramento. Uma promessa sussurrada no escuro, fria como tumbas e negra como o inferno. *Nunca mais.*

"Nunca mais."

Jean-François parou de escrever e mergulhou a pena na tinta ao seu lado.

– Uma promessa para quem, Santo de Prata?

Mas Gabriel apenas sacudiu a cabeça.

– Paciência, sangue-frio.

✦ XV ✦
UM PRÍNCIPE DA ETERNIDADE

— NÓS NOS PREPARAMOS da melhor maneira possível no tempo que tínhamos. O que quer dizer muito mal.

"Eu tinha lutado em meia dúzia de cercos antes, mas nunca com tão pouco. Tínhamos água benta em abundância, e isso era uma boa notícia. Uma bomba elaborada descia o penhasco até as profundezas do Volta, usada pelos monges para suas necessidades diárias. Bellamy girou a manivela o mais rápido possível, enquanto Rafa abençoava a água e também as fontes do pátio. Eu tinha descoberto uma pequena oficina de chymica na destilaria, frascos espalhados de salitre e enxofre — o suficiente para misturar alguns punhados de ignis negra, pelo menos.

"Saoirse pegou barris e garrafas na destilaria abaixo. Me cortava o coração sombrio e ressequido desperdiçar bebida tão forte quanto aquela, mesmo que *fosse* a merda de vodka. Mas, mesmo assim, encharcamos os muros e o pátio em torno dos portões, molhando a pedra com o fedor de bebida forte, acrescentando um pouco de serragem da tanoaria para aumentar a pegada. Usamos tudo o que eles tinham, esvaziando cada gota. E, mesmo assim, eu guardei uma única garrafa, e a bebi inteira para amortecer a dor de minha sede cada vez maior.

"O sol escuro estava se pondo, agora, restando apenas alguns minutos de luz fraca antes que a noite caísse como a espada de um carrasco. Olhei ao redor para o grupo, com vidro partido em meu estômago. Saoirse e Rafa pareciam firmes; Bellamy e Chloe, um pouco trêmulos. Dior estava como pedra.

"'Certo', disse eu. 'Se aquela vadia da Liathe disse algum tipo de verdade, Danton reuniu todos os atrozes em quilômetros ao seu lado. Eles irão aonde seu senhor de sangue desejar que vão, o que significa que, dessa vez, eles não virão de forma impensada. Saoirse, você e eu vamos mantê-los fora dos muros o máximo possível. E quando eles atravessarem, e eles vão atravessar, Bellamy acende a bebida com sua besta, e nós recuamos para a catedral. Não é solo sagrado, mas a maioria das janelas é estreita demais para passar por elas, e há apenas duas passagens para entrar e sair.

"Dior roía uma unha serrilhada, então cuspiu.

"'Armadilha de vermes.'

"'O quê?', perguntei.

"'Um golpe que pensei com meus amigos em Lashaame', murmurou o garoto. 'Você arranja uma garota bonita, faz com que ela mostre uma bolsa pesada em uma taverna vagabunda e saia depois de uma bebida. Alguns babacas vão segui-la com a intenção de roubar seu dinheiro. Mas a garota leva o sujeito para um beco sem saída, onde você e seu bando estão esperando. E você o rouba e leva tudo o que ele tem, aí vai dormir satisfeito por ter pisado em um bastardo que merecia.' Dior deu de ombros'. 'Eu chamava isso de uma armadilha de vermes.'

"'E você fazia isso como recreação?', perguntou Rafa.

"'Nós fazíamos para comer. Mas não há nada de errado em gostar de seu trabalho.'

"'Em termos militares, é chamado de um gargalo', disse eu.

"O garoto fungou.

"'Meu nome é melhor.'

"'Como quiser.' Eu dei um suspiro e acenei para o prédio circular às nossas costas. 'Agora, más notícias. Depois de molharmos os muros, sobrou vodka suficiente para molhar uma entrada da catedral. A do *oeste*. A boa notícia é que, em um belo espaço fechado como esse e com tempo para evaporar, uma bebida tão forte vai queimar como o peido de um glutão em uma loja de velas. Então, quando vocês voltarem, voltem pela porta *oeste*. Os atrozes vão seguir. E Dior vai estar à espera com a centelha.'

"'E depois disso?', perguntou Chloe.

"'Com sorte, vamos reduzir o número deles o suficiente para que eu ponha as mãos em Dant...'

"Eu arquejei, me dobrando ao meio quando um espasmo de dor atravessou meu estômago. Eu podia sentir as unhas se agitando nas pontas dos dedos, minhas presas nas gengivas. Por um momento, a sede era tudo o que eu sabia – o calor, o cheiro do grupo ao meu redor, as batidas surdas daquela pulsação vermelha, quente e saborosa logo abaixo de sua pele...

"'Gabe?', perguntou Chloe. 'Você está bem?'

"'Estou m-maravilhoso, p-porra...'

"'Você parece um monte de merda, santo.' Saoirse ergueu Bondade, seu rosto severo. 'Deixe o ossudo príncipe da eternidade comigo. Não é meu destino morrer hoje. Nem amanhã.'

"Bellamy assentiu, sério.

"'Eu não vou para o túmulo com minha canção ainda dentro de mim.'

"'Bênçãos para todos vocês', disse Chloe, me observando com olhos arregalados e preocupados. 'Que Deus e a Virgem-mãe e todos os Mártires nos tragam a vitória sobre esse mal.'

"Eu olhei para Dior, com o estômago ainda queimando.

"'Você, esteja pronto para meu sinal, garoto.'

"'Vou estar pronto, herói.'

"Eu olhei para Rafa.

"'Você me faz um favor, padre?'

"'Peça, Santo de Prata.'

"'Se por acaso você se encontrar com o Criador esta noite, dê-lhe um chute no pau por mim.'

"Saoirse, Bellamy e eu fomos para os muros, envoltos no fedor de vodka evaporando. Rafa e Chloe estavam na luz trêmula de tochas do pátio; Dior, escondido na catedral. Os penhascos em nossos flancos significavam que havia apenas um caminho pelo qual Danton podia se aproximar, mas, à medida que a escuridão se aprofundava, densa e congelada, eu não tinha ideia se tínhamos força suficiente para detê-lo.

"E a sede... Grande Redentor. Eu estava com muita sede..."

"'Lembrem-se', sibilei. 'Recuem pela passagem *oeste* da catedral. As portas para os mortos.'

"'Poético', murmurou Bellamy. 'Se sobrevivermos, tem uma balada e tanto nisso.'

"Saoirse cerrou os dentes, e sua pegada no cabo de Bondade se apertou.

"'Eles estão chegando.'

"Olhei para o escuro, vi uma multidão subindo o morro. Com as presas à mostra, saquei a espada da bainha, aquela dama prateada no punho sempre sorrindo para mim.

"'Boa sorte, Bebedora.'

"*Não me morra agora, Gabriel. Temos sete bastardos para matar, para m-matar.*

"Eles avançaram na direção de San Guillaume, figuras escuras correndo através da noite que caía. Eu contei cem ou mais atrozes, mas, contra nosso pequeno grupo, eles podiam muito bem ser um exército de milhares. E, em algum lugar no escuro, seu general sinistro esperava. Eu ainda não podia vê-lo, mas podia senti-lo, como uma sombra às minhas costas. Eu tinha lutado contra coisas como ele pela maior parte de minha vida, e mesmo assim parte de mim achava o pensamento em Danton Voss absolutamente aterrorizante. Não assustador, veja bem. Apenas... aterrorizante."

– Por quê? – perguntou Jean-François.

Gabriel sacudiu a cabeça.

– Eu costumava me perguntar o que levava pessoas como ele a se tornarem os monstros que se tornavam. Se era consequência de todo aquele *tempo*, talvez – a necessidade de se permitirem desejos cada vez mais sombrios, apenas para conter o tédio esmagador da eternidade. Mas, se você vive por tempo o bastante, se olha para a obscuridade mundana da alma das pessoas com frequência suficiente, você vê que Danton na verdade não *se tornou* nada. Ele só teve os grilhões das consequências removidos. Dê a alguém o poder de fazer qualquer coisa que queiram, e eles vão fazer exatamente isso. *Essa é a parte aterrorizante* – a única coisa que impede algumas pessoas de cometer as piores atrocidades que podem imaginar é o medo de poderem não conseguir se safar.

"Seus atrozes avançavam, meio apodrecidos e totalmente silenciosos. Eu os observava enquanto botava os últimos flocos de *sanctus* no cachimbo. Inalando fumaça vermelha, fechei os olhos e escutei os pés se aproximando através da neve, sentindo flocos de neve diminutos se derreterem gelados sobre minha pele, as notas leves de morte e sangue no ar, a roupa de couro de Saoirse, o medo de Bellamy...

"'Gabriel...'

"'...a canção do vento acima e das águas abaixo, o peso da espada d...

"'*De León!*'

"Abri os olhos e encontrei Bellamy olhando para mim, incrédulo, enquanto o inimigo chegava, cada vez mais perto, olhos mortos, carne podre e...

"'Você não devia estar vestido de prata? Se não precisamos antes, precisamos do aegis agora! No cerco de Tuuve, sua fé ardia tão brilhante que os Mortos ficaram cegos. Na batalha de Báih Sì...'

"'Você ainda não entendeu, Bel?', perguntou Saoirse.

"'Entendi o quê?'

"A assassina olhou para mim e deu um suspiro.

"'De que vale toda essa tinta bonita? Qual o uso de um canal para a fé? Se um homem não tem uma gota de fé dentro de si para dar?'

"Então os Mortos chegaram sobre nós, e não havia mais tempo para falar. Alguns se jogaram sobre os portões e começaram a golpear com força, outros jorravam sobre as pedras como se fossem água. Acendi uma bomba de ignis e a joguei por cima do muro. O pó se inflamou, e pregos e pedaços de metal rasgaram através dos sangues-frios. Saoirse e Bellamy entraram em ação, atacando com água benta e disparos em chamas de besta, e os atrozes começaram a cair. Mas outros estavam subindo, olhos mortos e bocas famintas, e, em pouco tempo, eles se derramaram sobre os muros.

"Foi, então, trabalho de espada, e quilômetros dele, correndo de um lado para outro na passarela elevada em uma tentativa desesperada de conter a maré. Bellamy recuou para a passarela leste, sem disparar mais chamas por medo de atear fogo à bebida embaixo de nós, enquanto Saoirse e eu cortávamos os Mortos. Um velho enrugado, um rapaz magro, uma mãe apodrecida com a barriga ainda inchada do bebê que estava carregando quando foi assassinada – todos caíram sob o gume da Bebedora de Cinzas. Mas uma sensação ruim estava crescendo no fundo de minha mente, ficando mais sombria a cada momento.

"*Onde diabos estava Danton?*

"Bellamy engasgou em seco, com a mão na testa.

"'Eu... eu posso s-senti-lo... n-na minha cabeça...'

"'Force-o a sair, Bel!', gritou Saoirse.

"'N-não consigo...'

"'Luas-mães, onde *está* ele?'

"'GABRIEL!'

"Eu me virei com o grito de Chloe, extremamente preocupado. E então eu o vi ali, como uma sombra, empoleirado atrás de nós em cima da muralha oeste. Uma hoste de atrozes estava subindo pelas pedras em torno dele, dezenas deles. E, com um aperto no coração, percebi que os Mortos tinham usado sua força profana para simplesmente rastejar ao redor dos penhascos em nosso flanco, evitando completamente as armadilhas de fogo que tínhamos preparado.

"'Bastardo esperto...', sussurrei.

"'Para trás!' Rafa ergueu sua roda, a prata ardendo no escuro. 'Para trás, agora!'

"Os sangue ruins começaram a se derramar pelo pátio, mas Chloe e

Rafa se mantinham erguidos, a irmã brandindo seu aço de prata, a roda nas mãos do padre queimando como chama. Phoebe atacou o primeiro atroz a tocar as pedras do pátio, rasgando-o enquanto Chloe cortava outro na altura dos joelhos. Eu derrubei um sangue-ruim no muro e gritei para Saoirse:

"'Fomos flanqueados, recuem!'

"Bellamy acendeu a seta em sua besta e ergueu a arma.

"'Ele estava em minha cabeça, ele...'

"'ACENDA, BOUCHETTE!'

"Saoirse pulou da muralha para a pedra abaixo. Os portões começaram a ceder, e mais atrozes subiam pelas paredes quando Bellamy atirou na passarela elevada sob meus pés. A bebida e a serragem explodiram em chamas, brilhantes e calcinantes. Atrozes caíram, a carne se incendiando como iscas de fogo, alguns sibilando em agonia enquanto caíam em meio a seus companheiros abaixo e queimavam mais. Mas mais ainda chegavam, uma torrente implacável e faminta. Então eu me virei, os olhos sobre seu general. Com o fogo se erguendo às minhas costas, avancei pela passarela elevada a oeste, disposto a matar aquele pastor sombrio e ver suas ovelhas se espalharem.

"'DANTON!'

"Ele se virou para olhar para mim enquanto seu bando se derramava sobre o pátio abaixo. Estava todo vestido de preto, com sobrecasaca e mangas com babados, o lenço no pescoço manchado com o sangue do último pobre atroz que ele tinha matado. A força de assassinatos com séculos de profundidade se expandiu em suas veias e se acumulou por trás de seus olhos.

"*Ponha a-apenas uma mão sobre ele, Gabriel...*

"Ele ergueu seu sabre, sua lâmina encontrou a Bebedora de Cinzas e a virou para o lado. Eu estava vagamente consciente de Bellamy na passarela leste, atirando, agora, disparos em chamas no pátio abaixo. Luz de prata ardia nas mãos de Rafa enquanto Chloe e Saoirse lutavam lado a lado. Mas eu tinha olhos apenas para meu inimigo. Nossas espadas cantaram enquanto lutávamos pela passarela elevada, a fúria retorcendo meus lábios em uma

expressão feia. A lâmina de Danton cortou meu braço, e eu não senti nada. Outro golpe abriu minha bochecha até o osso, e eu nem pisquei.

"'Você parece com sede, mestiço', sibilou ele.

"'Você parece assustado, sanguessuga', retruquei com rispidez.

"'Gosto de sua nova freira. Um pouco mais baixa do que a última. Qual o gosto dela?'

"Seu golpe me fez recuar derrapando sobre as tábuas, com as presas à mostra.

"'Não, não me conte.' Ele sorriu. 'Eu mesmo vou descobrir em breve.'

"Ouvi Chloe gritar e Bellamy berrar. Mais atrozes tinham nos flanqueado, coroando agora a passarela leste. O menestrel foi atacado por trás e deixou a besta cair. Os Mortos caíram sobre eles dos dois lados, e, em desespero, ele tirou o alaúde das costas, mergulhou aquele belo pau-sangue no barril em chamas ao seu lado e começou a brandi-lo como um porrete.

"'Para trás, seus bastardos! PARA TRÁS!'

"Eles, agora, estavam nos dominando, inteligentes demais controlados por aquele lorde sanguessuga. Desesperado, eu me lancei sobre ele, a espada de Danton perfurando minha barriga e saindo pelas minhas costas quando finalmente, *finalmente*, minha mão se fechou em sua garganta.

"*Isssso...*

"Danton segurou meu pulso, meus dedos roçaram sua pele. Eu ataquei, rosnando, mas inflado com a matança, lábios vermelhos, olhos injetados, o bastardo era simplesmente mais forte que eu. E enquanto sentia meus ossos sendo triturados em sua pegada, percebi como minha tolice tinha sido terrível.

"Eu estava faminto. Fraco. E ele, o filho de um Rei Eterno. Ombros coroados com o manto das noites, toda sua força, todo seu poder ao seu comando.

"'Não esta noite.' Ele sorriu.

"Meu pulso se partiu como um graveto. A lâmina dentro de mim *girou*. Ouvi Rafa gritar o nome de Bellamy.

"'Corra! CORRA!', berrou o menestrel quando seu alaúde em chamas quebrou no ombro de um cadáver e uma multidão de Mortos o derrubou. O colar que ele usava arrebentou, e notas musicais giraram na noite enquanto eles cravavam seus dentes em sua pele.

"'*BELLAMY!*', gritou Chloe.

"Arquejei em agonia quando Danton se dobrou e me levantou do chão, o punho de seu sabre apertado contra minha barriga, sua lâmina enterrada em minhas entranhas.

"'Sangue é devido a você, De León. E sangue deve ser pag...'

"Um machado atingiu o lado do pescoço do vampiro, batendo com a canção de pedra lascando. Danton rosnou e, girando sem sair do lugar, ele me atacou com toda a força. Ouvi Chloe gritar quando deslizei de sua lâmina e voei através do pátio, sem peso, girando, caindo com força no chão de mosaico e estilhaçando-o como se fosse vidro. Senti costelas quebrarem. Senti gosto de sangue. Estrelas negras em meus olhos.

"Saoirse enfrentava Danton nas muralhas, e a assassina arrancou o Bondade da pele do vampiro. Seu golpe teria decepado uma cabeça comum de seus ombros, partido uma árvore até as raízes. Mas a Fera de Vellene era um coração de ferro ancien; sua carne, como pedra. Mesmo assim, sua garganta estava estilhaçada, com fendas se espalhando por sua pele como veias através de mármore pálido. E a fúria iluminou seus olhos quando Saoirse bateu com o escudo em seu rosto e golpeou sua barriga com o machado.

"O alto-sangue cambaleou enquanto a assassina avançava, furiosa, destemida. Eles se chocaram no alto da passarela elevada quando Chloe chegou ao meu lado, com o aço de prata na mão, gritando:

"'*Gabriel, levante!*'.

"Ela me colocou de pé. Meu braço esquerdo estava quebrado, a Bebedora mal estava segura na outra mão. Acima de nós, Rafa tinha ido salvar Bellamy, com a roda estendida, e os atrozes sibilaram e se espalharam quando o padre chegou ao corpo ensanguentado do menestrel. Minhas costelas estavam trituradas sob minha pele, havia sangue em minha boca. Mas eu observei

Saoirse rodar, as tranças louro-amorangado girando no ar ao seu redor enquanto ela golpeava Danton com Bondade outra vez.

"'Nenhum homem pode me matar, vampiro!' A assassina sorriu, feroz, o rosto respingado com o sangue dele enquanto ela enterrava o machado em seu ombro. 'E nenhum demônio ousaria tentar!'

"A mão de Danton se fechou em torno da de Saoirse com maldade, seus dedos presos apertados sobre o cabo de seu machado.

"'Não sou homem nem demônio', disse o vampiro.

"Ele golpeou e afastou seu escudo, recuou a outra mão.

"'Eu sou o príncipe da eternidade.'

"E, atacando com os dedos em garras, ele rasgou a garganta de Saoirse.

"Sangue jorrou, vermelho e brilhante. Phoebe olhou do corpo destroçado de um atroz, e a leoa urrou enquanto sua senhora cambaleava. Chloe correu pelo espaço que havia até Saoirse, gritando, Rafa observava horrorizado Danton jogar a cabeça para trás, rindo, enquanto duas fontes do sangue da assassina jorravam sobre sua pele.

"Saoirse caiu de joelhos, a calça de couro encharcada de vermelho. Suas mãos estavam apertadas sobre a garganta aberta, os olhos arregalados com descrença. Phoebe urrou em uma fúria impossível e subiu correndo a escada da passarela elevada na direção de sua senhora. Rafa estava com sua roda erguida, gritando enquanto recuava na direção da catedral.

"'Chloe! *Para cá!* Venha para cá!'

"Virando, vi que os portões tinham desmoronado, e atrozes entravam por eles. Ainda assim, mais deles caíram da passarela leste em cima de mim, garras e presas rasgando minha pele. Enquanto eu lutava, desesperado, socando e estocando, ouvi um grito de terror animal, e algo pesado passou voando por mim, derrubando para os lados os atrozes que se aproximavam – Jezebel, que tinha entrado em pânico por causa dos Mortos e das chamas. A égua tinha se libertado dos estábulos, agora avançando como uma lança através dos atrozes e saindo pelos portões quebrados. Eu não podia culpá-la por fugir, pensando que pelo menos um de nós podia terminar a noite vivo. Mas ela, pelo menos, me comprou momentos preciosos, o suficiente para ficar de pé e cambalear para trás na direção da catedral. 'Boa sorte, garota. Eu devia t-ter lhe dado um nome melhor.'

"Chloe me puxou para trás, atacando com seu aço de prata. Eu a segui, arquejando, golpeando com a Bebedora de Cinzas e arrancando a cabeça de um atroz dos ombros, decepando a mão de outro de seu braço e, com um giro, separando seu torso dos quadris.

"Eu cambaleei e empurrei Chloe para longe de mim.

"'Vá para a catedral!'

"Joguei minhas últimas bombas de ignis nos portões, recompensado com um ronco profundo quando as pedras encharcadas em bebida pegaram fogo. Chloe se juntou a Rafa para arrastar um Bellamy sangrando e encharcado de sangue na direção da porta para os mortos. O jovem menestrel estava com a mão sobre a garganta rasgada, sussurrando:

"'Eu... eu não... n-não vou para meu...'

"'Phoebe!', gritei. "VOLTE!'

"Mas a leoa não me deu atenção, movendo-se em um borrão vermelho-sangue ao longo da passarela *oeste*. Danton ergueu a cabeça das ruínas de Saoirse, encharcado no sangue da assassina. Erguendo a mão, ele arrancou Bondade de seu ombro estilhaçado, o machado perversamente afiado e belo em sua mão. E quando Phoebe saltou sobre ele, com as garras e as presas ensanguentadas à mostra, a Fera de Vellene arremessou aquele machado com toda sua força profana.

"A lâmina cortou o ar, zunindo ao se aproximar, os nós eternos reluzindo sobre o aço sujo de sangue quando ele girou e atingiu o peito de Phoebe. A leoa urrou e girou em pleno ar, caindo sobre as tábuas, uma trilha comprida de tecido reluzente em seu rastro enquanto ela escorregava pela passarela elevada.

"'Ah, merda...', murmurei.

"A leoa parou aos pés de Danton, com o machado de sua senhora enterrado em suas costelas. Ela tentou se levantar, as garras arranhando o bico lustrado da bota de Danton. A Fera de Vellene pegou a leoa pelo pescoço e a ergueu pendurada, flácida e se retorcendo a sua frente. E, com uma brutalidade natural, ele arrancou Bondade em um jorro de sangue e jogou a arma predestinada pelo penhasco às suas costas. E, erguendo Phoebe alto no ar, ele jogou a leoa no pátio abaixo, e seu corpo se arrebentou no chão.

"Eu mal conseguia andar, com o braço e as costelas quebrados, tripas penduradas do corte em minha barriga. Rafa e Chloe arrastaram Bellamy através da porta para os mortos, e eu atrás, todos os atrozes de Danton em nosso encalço exatamente como tínhamos planejado. Eu podia sentir o cheiro pronunciado do vapor, rezando para que Dior estivesse pronto para nossa pequena armadilha de vermes. Cambaleando contra as portas da catedral, eu me virei e vi Danton saltar dos muros, encharcado com os restos de Saoirse e Phoebe.

"Ele sorriu para mim, olhos negros em uma máscara escarlate.

"'Você deve me achar tolo, De León, para cair em uma manobra tão simples.'

"Ele ergueu a mão, como um maestro diante de uma orquestra profana. E a seu comando mudo, os atrozes deixaram de nos perseguir. Em vez de nos seguirem sem pensar pela entrada oeste, eles seguiram para leste, na direção das portas do amanhecer. Chocando-se contra elas agora, madeiras se partindo quando eles jorraram para o interior; uma torrente faminta com garras e carne morta correndo para o corredor estreito.

"E Dior Lachance estava em sua extremidade, com um *cigarelle* aceso na mão.

"'*Bonsoir*, vermes', murmurou ele.

"O garoto jogou o *cigarelle* na imobilidade encharcada de bebida e fechou a porta às suas costas. Vapor explodiu, calcinante e roncando pelo corredor. As portas da catedral explodiram para dentro; Dior foi jogado sobre a pedra enquanto uma longa língua de chamas queimou o ar acima de sua cabeça, incinerando cadáveres se debatendo, caindo. Incendiando os atrozes de Danton em um instante."

Gabriel se encostou e estalou os dedos.

– Como eu tinha planejado.

Jean-François parou de escrever e ergueu uma sobrancelha.

– Você disse que era o corredor oeste que estava preparado para queimar.

– Foi isso o que eu disse aos outros. – Gabriel deu de ombros – Você não vive por séculos atacando às cegas. Eu sabia que Danton ia entrar na cabeça de um deles antes de nos atacar. Mas a capacidade de ler mentes não é tão útil quando essas mentes estão cheias de mentiras. Com a exceção de Dior, contei a meus camaradas o que eu queria que o inimigo pensasse.

O historiador tocou o lábio e, relutantemente, assentiu.

– Muito inteligente, De León.

– Danton não achou. A Fera de Vellene urrou de raiva e atravessou o pátio com as presas à mostra. Suas forças estavam em frangalhos carbonizados, mas o príncipe mal tinha sido ferido. E, embora a Bebedora de Cinzas estivesse ensanguentada em minha mão, eu não tinha mais nada por dentro.

"*Para trás, Gabriel. P-para trás agora para trás para trás agora.*

"Então eu fiz a volta e cambaleei para a barriga da catedral.

"Ela era circular, cercada por bancos, com um altar de pedra em seu coração. Janelas com vitrais circundavam o espaço, apenas alguns centímetros de largura, exceto uma – um retrato em tamanho real de San Guillaume na parede norte, com um tomo em uma das mãos, uma tocha em chamas na outra. Rafa, Chloe e Dior estavam ajoelhados em torno de Bellamy, as mãos do garoto encharcadas de sangue. A garganta, os pulsos e as coxas do menestrel estavam rasgados. Dior apertava mãos vermelhas sobre os ferimentos.

"'Bel?', suplicou ele. '*BELLAMY!*'

"Os olhos do menestrel estavam abertos, olhando fixamente para o teto. E, embora o sangue do Redentor o houvesse salvado uma vez antes – ele podia, na verdade, trazer uma alma de volta dos limites da morte –, esse mesmo sangue parecia ter pouca utilidade depois que a alma tinha partido. E, ao olhar para os olhos vazios de Bellamy, eu soube.

"'Não', sussurrou Chloe. '*Não...*'

"'Rafa', disse eu arquejante, entrando cambaleante na nave.

"'Ah, meu Deus', disse ele, olhando por cima de meu ombro.

"Danton estava atrás de mim, envolto em sombra. O padre ficou de pé, o rosto severo e respingado de sangue. E, embora fizesse anos que ele havia passado dos 60, com as costas curvadas e a pele enrugada, Rafa pareceu a porra de um gigante. Além da fé dentro dele, eu vi fúria, queimando como o fogo do céu quando ele ergueu a roda em sua mão. Luz surgiu, brilhante como prata, e eu passei cambaleante pelo padre e caí de joelhos em uma poça do sangue de Bellamy. A sede rugia dentro de mim, e por um momento, só por um *segundo*, tive de me segurar para não levar o rosto até a pedra e lambê-la, como um mendigo com migalhas.

"Dior se levantou do cadáver de Bellamy e berrou com Danton.

"'Seu bastardo de merda!'

"O garoto deu um passo à frente, contido por uma Chloe desesperada.

"'Dior, *não*!'

"A Fera de Vellene assomou a nossa frente, iluminado por trás pelo brilho dos cadáveres em chamas. O velho Rafa erguia-se alto, corajoso, banhado no poder de seu Deus. Eles observaram um ao outro, padre e vampiro, luz e escuridão, chama e sombra, um páreo para o outro.

"'Impasse', disse Danton.

"'Aos olhos de um tolo', respondeu Rafa. 'E você certamente tem desses.'

"O vampiro sorriu, vermelho e sensual. Tudo o que eu podia ver dele era seu rosto, astuto, aquele bico de viúva negro penteado para trás, e suas mãos, pálidas como um fantasma e sujas de sangue quando ele as ergueu e ajeitou o lenço em seu pescoço.

"'Eu os vejo em minha mente, padre. Com esses olhos de tolo.'

"Rafa se recusou a responder, permanecendo parado com a roda ardendo a sua frente. Mas Danton fez a volta na borda do brilho, como um lobo faminto circundando uma fogueira antiga.

"'Todos aqueles irmãos mortos', sussurrou ele. 'Alfonnse e Jean-Paul. O velho Tariq e o pequeno Jamal. Esfolados e deixados para os corvos. Se você não tivesse saído em busca do Graal, se você tivesse ficado aqui entre seus livrinhos, essas palavras pequenas, a Inquisição nunca teria sido lançada sobre seus irmãos.'

"O vampiro deu um suspiro triste.

"'Eles estão mortos por *sua* culpa.'

"Mas o velho sacudiu a cabeça, desafiador.

"'Não fale seus nomes. Não fale uma palavra comigo. Sou surdo a tudo menos à voz do Senhor nosso Deus. Sou sua mão nesta terra, e minha fé em seu amor não vai ceder um centímetro diante das artimanhas de um *verme* atroz como você.'

"O padre deu um passo à frente, e observei perplexo Danton hesitar.

"'Para trás', disse Rafa rispidamente, sua voz tomada por uma fúria virtuosa. 'Volte para o abismo que o criou, para o pai sem amor que o gerou. E diga a ele que pode mandar cem filhos para me testar, e eu vou derrotá-los todos. O Senhor é meu escudo inquebrável. Ele é o ar em meus pulmões e o sangue em minhas veias. E você não tem *nenhum* poder sobre mim.'

"A Fera de Vellene estreitou os olhos e alisou o cabelo para trás com a mão ensanguentada.

"'Você não tem nada a temer de mim, padre?'

"'Nada, vampiro.'

"Danton, então, deu um sorriso, sombrio e venenoso.

"'Então jogue sua roda fora.'

"Rafa piscou. Seu olhar indo do monstro a sua frente para o círculo sagrado ardendo eu sua mão. Eu olhei para eles, sangrando, ferido, com o medo se soltando em meu estômago.

"'Rafa...', sussurrei,

"'O Senhor é seu escudo inquebrável?', sibilou Danton. 'Sem dúvida, então, ele não vai permitir que um verme atroz o toque. Então jogue-a fora, padre. Enfrente-me em condições iguais. Mostre-me poder *verdadeiro*. Mostre-me um deus que não vai deixar seu amado servo morrer.'

"'Ah, Virgem-mãe...', disse Chloe.

"Rafa olhou para a irmã, seus olhos se encontrando com os dela. E ali, naquele momento, o padre cometeu seu erro. Se ele tivesse feito aquilo – se tivesse jogado aquela roda fora e permanecido intrépido, sem medo, não tenho dúvida em minha mente de que Danton teria se quebrado como vidro. A roda era apenas uma *coisa*. Era a fé de Rafa que importava.

"Mas o padre hesitou. Ele duvidou. Ele *temeu*.

"E o brilho na roda começou a morrer.

"No início, apenas um tremeluzir, como uma sombra cruzando o sol negro. Mas os olhos do padre se arregalaram. Um tremor passou por sua mão. Ele olhou para o vampiro e o viu, não se encolhendo, mas se erguendo alto, um sorriso faminto nos lábios de rubi.

"'Para trás!', gritou Rafa. 'Em nome de Deus, eu lhe ordeno!'

"E vazio, encharcado de sangue, Danton jogou a cabeça para trás e riu. O vampiro deu um passo à frente, e Rafa, um para trás, e com cada passo, a luz naquela roda diminuía cada vez mais. Chloe gemeu, aterrorizada, Dior xingando baixo enquanto aquela luz pálida morria. E meu coração sofreu ao ver o resto de nossa esperança morrer com ela.

"A Fera de Vellene estendeu as mãos e fechou os dedos longos e com garras em torno da roda na mão de Rafa. Carne pálida fervilhou sobre prata, Danton fechou a mão, e o metal se amassou. Rafa abriu a boca, talvez para rezar, talvez para xingar, mas a outra mão da Fera segurou o ombro do padre. Rafa então gritou:

"'Salve-me, Deus!'

"E o vampiro abriu a boca e cravou fundo suas presas no pescoço do homem santo.

"'Rafa!', gritou Chloe.

"'NÃO!', urrou Dior, e com a boca cheia de sangue e com dentes cerrados, eu fiquei em pé. Nosso último bastião tinha caído. O padre gritava enquanto o beijo começava a fazer efeito, erguendo os braços e os jogando, como um homem se afogando com madeira flutuante, em torno dos ombros da coisa que o estava assassinando. Chloe ergueu seu aço de prata, gritando de fúria, mas eu a agarrei e impedi que ela se atirasse na mesma pira.

"'Chloe, ele vai matar você!'

"Olhei a nossa volta para o vitral de San Guillaume na parede às nossas costas, e, com o braço que ainda funcionava, arremessei a Bebedora de Cinzas, estilhaçando o vidro em cacos.

"'Vão!'

"Dior agarrou Chloe e arrastou a irmã dali, e eu fui mancando atrás. O garoto subiu pela janela, puxou Chloe por ela, e eu deixei uma trilha de sangue enquanto subia atrás deles, rasgando minha pele. Chloe estava arquejante tentando recuperar o fôlego, os olhos arregalados de horror e loucura enquanto eu pegava a Bebedora de Cinzas...

"*FUJA, GABRIEL!*

"E a guardava novamente na bainha. Nós não tínhamos nenhum lugar para onde fugir, mesmo assim eu peguei a mão de Chloe e nós corremos, arrastando Dior para longe da janela quebrada onde agora estava Danton, encharcado com o sangue de Saoirse, Phoebe e Rafa.

"'Eu lhe disse que posso persegui-los para sempre, De León!'

"Recuamos pela escada para os muros do mosteiro, a passarela que acompanhava a borda dos penhascos. A queda assomava às nossas costas, pedras pontudas como dentes, cinquenta metros abaixo no negro sem luz. Danton estava na escada, agora, sorrindo, a uma respiração de distância.

"'N-nós temos de fazer isso', murmurou Chloe.

"'É alto demais', exclamou o garoto. 'As pedras... eu não sei nadar!'

"Eu cerrei os dentes.

"'Segure minha mão, garoto.'

"E apertando firme, com uma careta de agonia quando Chloe segurou meu pulso quebrado, eu arrastei os dois para o alto da muralha. A escuridão abria seus braços abaixo de nós, os olhos de Dior arregalados de terror, Danton avançando em nossa direção como um vento sombrio. Chutando a proteção, saltei o mais longe que pude, Chloe segurando uma mão, Dior, a outra. Na noite varrida pelo vento, sem peso e com vertigem. Um grito brotou de repente da garganta de Chloe, subitamente interrompido quando uma mão pálida se estendeu até a beira e agarrou a gola da bela sobrecasaca mágika de Dior.

"O garoto emitiu um lamento quando a mão de Danton se apertou, detendo nosso movimento, as mãos de nós dois grudentas de sangue. Meus músculos gritavam enquanto estávamos ali pendurados, suspensos em uma corrente, Chloe se agarrando a mim, eu a Dior, e Danton a nós todos. Minhas mãos estavam cheias – não houve nada que eu pudesse fazer quando, com um sorriso triunfante e a força de séculos sangrentos, a Fera nos puxou de volta.

"Em um segundo, ele nos teria.

"Em um segundo, estaria acabado, tudo por nada.

"E, naquele segundo, Chloe me olhou nos olhos. Ardendo com um fogo familiar. 'Dior é tudo o que importa, Gabe.'

"E largando minha mão, ela mergulhou na escuridão.

"'*CHLOE!*', gritou Dior.

"Não havia tempo para pensar. Não havia tempo para chorar, apenas tempo para estender meu braço para o alto, mão quebrada e presas sangrentas, pegando e agarrando aquele casaco ridículo, e o colete e a camisa por baixo, com uma agonia brilhando em meu braço estilhaçado quando rasguei costuras e linhas, botões prateados giraram pela noite e, mágiko ou não, o casaco se soltou de seus braços, meu peso o arrastou para baixo, e Danton proferiu uma maldição enquanto cambaleava para trás, deixado apenas com um casaco rasgado de azul meia-noite e um arabesco prateado na mão.

"O vento soprava em meus ouvidos.

"Havia um garoto gritando em meus braços.

"E, para baixo, para dentro do escuro, nós caímos.'

✦ XVI ✦
O DETALHE

— QUANDO EU ERA garoto, costumava jogar um jogo com minhas irmãs, Amélie e Celene. Ele se chamava Elementos. Você fecha a mão, conta um, dois, *três*, então dá uma forma a sua mão. O punho para madeira. Os dedos virados para cima para fogo. A mão espalmada para água. Água vence fogo. Fogo vence madeira, madeira vence água. Depois de cair por cinquenta metros dentro dela, agora minha posição oficial era de que a água vencia praticamente tudo.

"Pareceu pedra quando nós a atingimos. Eu tinha sido socado por anciens do sangue Dyvok, levado explosões de bombas de prata no peito, estado no interior de um destilador chymico enquanto o bastardo louco que o operava o acionava com toda a força, e eu lhe digo agora, nunca senti nada como aquilo. Se eu fosse um homem comum, estaria morto. Fim da história. Fim da canção. Mas, quebrado e sangrando como eu estava, ainda era um sangue-pálido, e como o velho mestre Mãocinza costumava me assegurar enquanto me cortava em retalhos todas as noites no treinamento, sangues-pálidos não morrem com facilidade. O impacto foi ensurdecedor, agitando meu cérebro dentro de meu crânio, transformando o negro em branco cegante. Eu perdi a consciência, tenho certeza disso. Mas só por um segundo. O frio me levou de volta para meu corpo como uma corda de arco.

"Tudo era de um negro congelante, abaixo e acima. Mas, quando abri os olhos, me revirando na água, eu o vi. O cabelo branco flutuando em torno de seu rosto, inerte como um peixe desossado. E mesmo com a dor que eu sentia, ainda me lancei em sua direção, passei o braço bom em torno de sua cintura e, batendo pernas desesperadamente, perfuramos a superfície com um arquejo entrecortado e ferido até os ossos.

"'Lachance?', gritei. 'Lachance!'

"Ele não deu resposta, de olhos fechados, a cabeça pendendo do pescoço. Mas, milagrosamente, de algum modo, ele estava respirando. Olhei ao redor, desesperado, berrando acima do barulho do rio.

"'*CHLOE!*'

"Nenhum som. Nenhum sinal. Nada. Se eu mergulhasse para procurar por ela, o garoto em meus braços ia se afogar. E, se ficássemos na água, ele ia congelar com ela. Então, gritando o nome dela uma última vez, com os olhos ardendo, segurei Dior firme e nadei para o norte para o outro lado do Volta, arrastando ao lado meu braço quebrado. Para longe daqueles penhascos acima, do matadouro de San Guillaume, dos pobres coitados que Danton tinha assassinado. Eu havia alertado a todos eles, Chloe também, mas, mesmo assim, tive de afastar isso da mente. A imagem de Saoirse sendo rasgada de orelha a orelha. Os olhos de Bellamy arregalados, cegos para sempre. E Rafa. O pobre bastardo. Morrendo com a boca de Danton em seu pescoço e o nome do Deus que lhe havia falhado nos lábios.

"Eu nadei, deixando para trás a água sangrenta, todos os músculos gritando. Meu único consolo era um peso familiar em meu quadril; a Bebedora de Cinzas esbarrava em minha perna enquanto eu nadava na direção da margem. Eu tinha perdido todos eles, mas pelo menos tinha mantido a espada. E quando uma tosse encharcada abalou sua estrutura e um gemido fraco escapou de lábios arroxeando, eu soube que ainda tinha...

"'Lachance.'

"Ele tornou a gemer, quase inconsciente.

"Segure-se em mim, garoto.

"Suas pálpebras estavam pesadas, e ele se agarrou sem força ao braço que passei em torno de seu peito. Mas, embora eu pudesse dizer que ele estava aterrorizado com a água ao seu redor, como se soubesse que, se eu o soltasse, ele afundaria como uma pedra, mesmo com o frio, ele não tremia.

"Ele podia ser muitas coisas, mas Dior Lachance nunca foi um covarde.

"Chegamos no raso e consegui ficar em pé, jogando o garoto em cima do ombro. Ele ainda estava sem sentidos pela queda, o cabelo branco como cinza pendendo liso sobre seu rosto. Eu tinha tirado todas as peças de roupa dele da cintura para cima para livrá-lo das garras de Danton, e eu sabia que o bastardinho ia congelar em pouco tempo. Então, subindo cambaleante a margem onde estava a floresta, eu o larguei contra uma velha árvore apodrecida, e, com uma expressão de dor ao olhar para meu pulso ainda estilhaçado, tirei o sobretudo dos ombros.

"Então eu vi.

"O detalhe que ia mudar *tudo*.

"Dior estava sem casaco e sem camisa. Mas não totalmente nu. A atadura de Chloe ainda estava em torno de seu pescoço, mas havia outra atadura envolta em torno de seu peito, várias e várias vezes. No início, achei que o garoto pudesse estar ferido; a atadura algum resquício de uma batalha mais antiga. Mas, então, por baixo dos curativos. Eu o vi. Eu *os* vi. Presos de forma desconfortavelmente apertada, mas inconfundíveis."

Jean-François piscou, erguendo os olhos de seu tomo e estalando os dedos.

– Seios.

Jean-François deu um sorriso que subiu até seus olhos escuros e bateu palmas, como se estivesse encantado.

– Dior é tanto um nome de garota quanto de garoto, Santo de Prata.

– Não diga, vampiro.

O historiador deu uma gargalhada alta, dando um tapa no joelho e batendo os pés.

– Você nunca desconfiou? Mas sua querida Chloe *disse a você* que aquela estrela cadente tinha marcado o nascimento do Graal! É *por isso* que ele não tirava a camisa para secar. Por isso Saoirse se referia a ele com um termo carinhoso feminino como "flor". *Ele* não era um garoto de 14 anos, *ela* era uma garota de 16! Ah, De León, você é impagável. Você se sentiu muito tolo?

O Santo de Prata pegou seu vinho, murmurando.

– Não precisa esfregar na cara, babaca.

Jean-François deu uma risada e voltou a seu tomo.

– Eu cambaleei para trás, com o sobretudo na mão, e balancei. Eu examinei Dior, olhos percorrendo os ombros, a cintura e o queixo. Eu tinha achado que ela era apenas um rapaz, andrógino, talvez, bonito, *oui*, mas o jeito como cuspia, xingava, fumava e andava... Grande Redentor, a vadiazinha tinha me enganado. E então aqueles olhos azuis piscaram e se abriram, e se arregalaram quando Dior percebeu que aquela sobrecasaca elegante e a camisa de seda haviam desaparecido. Mãos pálidas se ergueram para cobrir seu peito – uma tentativa fraca de modéstia que nós dois sabíamos estar fadada ao fracasso.

"A garota me olhou nos olhos: horror, indignação, medo...

"'Mas', disse ela

"'Que', retruquei.

"'Merda', dissemos juntos."

✦ XVII ✦
LEMBRANÇA

JEAN-FRANÇOIS AINDA ESTAVA RINDO, o vampiro sacudindo a cabeça enquanto escrevia em seu livro maldito. A cela em torno deles estava fria e silenciosa, exceto pelo arranhar delicado sobre a página. Mergulhando a pena outra vez, o historiador franziu o cenho, percebendo que seu tinteiro estava quase vazio.

– Meline? – chamou ele. – Minha pombinha?

A porta se abriu imediatamente. A escrava com suas longas madeixas de cabelo avermelhado estava parada na porta; uma marionete conjurada por fios invisíveis. Ela era uma mulher bonita, percebeu Gabriel, vestida em rendas e corpete pretos. O sangue que ela havia sugado do polegar de Jean-François a havia curado por inteiro, agora; só a mais tênue cicatriz marcava o lugar onde ele tinha mordido seu pulso. Mas, mesmo assim, Gabriel podia sentir seu cheiro – leves traços de ferrugem e de fim de outono. Ele visualizou a mulher de joelhos a sua frente, os olhos delineados com *kohl* olhando para ele enquanto ela afastava aquele cabelo avermelhado da promessa pálida de seu pescoço. Seu sangue foi pulsando para baixo ao pensar naquilo, deixando-o duro e dolorido em sua calça de couro.

– Mestre? – perguntou ela.

– Mais tinta, minha pombinha – disse Jean-François. – E algo para beber para nosso convidado?

Gabriel esvaziou o copo e assentiu.

— Outra garrafa.

— Vinho? — Olhos escuros se dirigiram ao volume abaixo do cinto do Santo de Prata. — Ou algo mais forte?

Os olhos de Gabriel brilharam.

— Outra garrafa.

Jean-François olhou para a escrava, e Meline fez uma mesura delicada, os pés sussurrando enquanto ela se retirava pela escada. Gabriel contou o número de passos outra vez, ouvindo o som baixo no *château* abaixo – risos, ecos imóveis, gritos baixos. A noite tinha passado de seus momentos mais profundos, e ele podia sentir a promessa distante do amanhecer no horizonte. Ele se perguntou se iam deixá-lo dormir.

Ele se perguntou se iria sonhar.

— A esperança do império inteiro – refletiu Jean-François. – O último descendente da linhagem de Esan. O cálice que conteve o sangue do próprio Redentor. Uma garota de 16 anos.

Gabriel serviu as últimas poucas gotas de Monét em seu copo.

— Uma virada na trama.

— E, pelo que entendo, Danton também não tinha ideia dessa revelação, não? Imagino que sua perseguição teria sido um tanto mais obstinada se ele soubesse a verdade das coisas. Apesar de sua idade, a Fera de Vellene sempre favoreceu as *demoiselles* bonitas.

— Chloe sabia. – Gabriel deu de ombros. – Saoirse também. Mas a *soeur* Sauvage guardava o segredo da garota tão fundo que Danton não o colheu de seus pensamentos na noite que resolveu visitá-los. Ele nunca se deu o trabalho de vasculhar a cabeça de Saoirse. E a mente de Dior sempre foi uma sala fechada para os Mortos.

— Então, em vez disso, Danton brincou com *você*. – Jean-François emitiu uma expressão de desaprovação. – Permitindo que sua pequena vingança familiar o distraísse de simplesmente pegar seu prêmio e, em vez disso, o visse escorregar, literal e metaforicamente, através de seus dedos sangrentos.

— Eu não descreveria a vingança entre mim e os Voss como *pequena*, Chastain. A rixa de sangue entre mim e os filhos de Fabién estava fermentando por metade de minha vida.

— E então. — Jean-François uniu as pontas dos dedos junto aos lábios de rubi. — Nós retornamos. De volta ao começo. E a San Michon.

Gabriel deu um suspiro, olhando para o copo vazio em sua mão. Perguntando-se se estava suficientemente entorpecido. Suficientemente gelado. Ele podia sentir os dois; os finais das histórias que ele tinha começado como velhas cicatrizes em pele tatuada. Ele se perguntou qual ia se abrir mais, sangrar mais, e, por um breve momento tocado pela lua, ele pensou no copo em sua mão, na lâmina que podia fazer com ele; não o suficiente para a pele de um vampiro, certamente, mas o suficiente para a sua própria.

Não atravessar o rio, mas subi-lo. O caco mergulhando fundo, deixando fluir aquele sangue maldito. Mas esses pensamentos eram tolice, e ele sabia disso — sabia pela própria experiência amarga e por noites longas e solitárias observando os ferimentos se fecharem diante de seus olhos cheios de lágrimas, a maldição em suas veias não permitindo que ele morresse. Dormisse.

Dormisse e nunca sonhasse.

Meline voltou, passos suaves na escada. Ela entrou pela porta que tinha deixado destrancada com a bandeja dourada apoiada sobre uma mão bem cuidada. O damasco de suas saias farfalhava como folhas caindo quando ela entrou na cela, e Gabriel pôde sentir o calor de seu corpo, ouvir a música de seu pulso quando ela botou a garrafa nova de Monét sobre a mesa entre ele e o historiador. Ela, então, se ajoelhou, com a cabeça baixa e as mãos para cima como uma sacerdotisa diante da estátua de mármore de um deus antigo. E Jean-François pegou o tinteiro novo de suas mãos espalmadas.

— *Merci*, minha pombinha.

— Deseja mais alguma coisa, mestre?

O vampiro estendeu a mão e passou uma unha comprida e afiada com muita delicadeza pela face da mulher. Ela perdeu o fôlego quando ele enganchou a garra embaixo de seu queixo e ergueu seu rosto para que ela pudesse olhá-lo nos olhos.

— Ah, minha querida — sussurrou ele. — Sempre.

Os lábios dela se entreabriram, e um suspiro trêmulo escapou de sua boca. Mas o vampiro retirou a mão como Deus retira uma bênção.

— Deixe-nos agora.

— Sou sua serva, mestre.

A escrava se ergueu sobre pernas bambas, fez uma mesura e se retirou da cela. A dupla foi deixada sozinha outra vez, matador e monstro, um oceano não dito entre eles. O vampiro observou Gabriel tornar a encher o copo, o vinho escuro como sangue, sem, porém, guardar nenhuma de suas promessas, enchido até a borda. Asas coriáceas cortaram os céus noturnos além da janela. As luas gêmeas pairavam nos céus, mergulhadas em vermelho.

— Temos, em algum momento, de voltar, De León — disse Jean-François. — Retornar aos sete pilares, à fundição escarlate e aos muros da manopla. Ao sábio mestre Mãocinza e ao cruel serafim Talon, ao jovem e traiçoeiro Aaron de Coste e sua última Caçada juntos. Você tinha sido mandado pelas estradas congeladas de Nordlund, Santo de Prata. Um Voss de sangue antigo estava por trás da doença em Skyefall. Um coração de ferro de poder incomensurável já estava a leste das Montanhas dos Anjos, quando o próprio Rei Eterno ainda estava reunindo sua legião infinita em Talhost. Há um segredo enterrado em suas câmaras, De León. Um segredo embebido no sangue mais escuro e sussurrado com línguas santas. E eu gostaria de desenterrá-lo antes que você fique tonto demais com o vinho para se lembrar.

— Mas esse é o problema, vampiro. Por mais que eu tente. Por mais que eu deseje.

Gabriel olhou para a noite desolada do lado de fora. As mãos se cerrando em punhos, ouvidos zunindo com o som de trombetas de prata, a língua formigando com o sabor do fruto proibido.

— Eu me lembro de *tudo*.

Livro Cinco

A estrada para o inferno

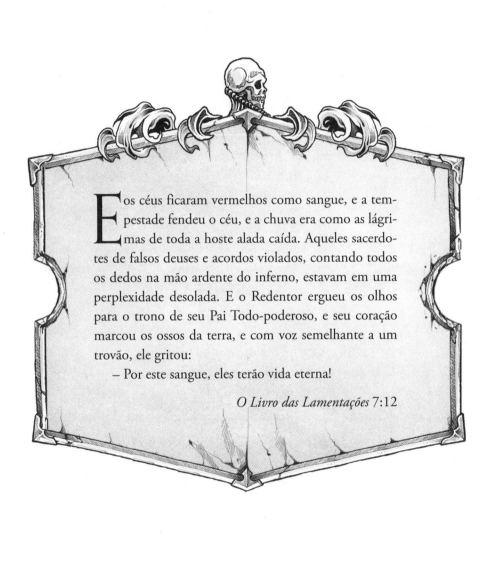

E os céus ficaram vermelhos como sangue, e a tempestade fendeu o céu, e a chuva era como as lágrimas de toda a hoste alada caída. Aqueles sacerdotes de falsos deuses e acordos violados, contando todos os dedos na mão ardente do inferno, estavam em uma perplexidade desolada. E o Redentor ergueu os olhos para o trono de seu Pai Todo-poderoso, e seu coração marcou os ossos da terra, e com voz semelhante a um trovão, ele gritou:

— Por este sangue, eles terão vida eterna!

O Livro das Lamentações 7:12

✦ I ✦
A VERDADE ALÉM DA VERDADE

– "O NOME DE sua irmã é... Celene. Mas não é assim que você a chama."

"O serafim Talon se sentou à minha frente diante do fogo, os olhos escuros nos meus. A caverna a nossa volta era pequena e quente, e as chamas se refletiam no olhar do mestre Mãocinza enquanto ele observava. Meu cenho se franziu quando captei o olhar de Talon, minha cabeça cheia com tanto ruído quanto eu conseguia conjurar.

"'Cabelo preto', declarou o homem magro, alisando o bigode. 'Olhos negros. Uma encrenqueira. Uma provocadora. Por isso você a chama de... peste.'

"'Merda', sussurrei.

"Desviei de nosso concurso de encarada, suspirando enquanto massageava as têmporas. Minha cabeça estava doendo; meu coração, pesado. Apesar de todos os meus melhores esforços, o serafim mais uma vez tinha obtido as imagens e verdades de minha cabeça depois de apenas um minuto aproximadamente.

"'Você está melhorando, seu balde de merda com porra na cabeça', declarou Talon. 'Mas não é o bastante. Se eu ainda posso penetrar suas defesas, um Voss ancião vai destroçá-las em um piscar de olhos sangrentos. Trabalhe nelas.'

"'Eu *tenho* trabalhado nelas, serafim, todos os dias desde que deixamos San Michon,'

"'Dia *e* noite, então', rosnou Mãocinza. 'Quando encontrarmos nossa presa, você precisa estar pronto.'

"Mantive uma expressão de pedra, mas, por dentro, escarneci. *Quando encontrássemos nossa presa?*

"Grande Redentor, nós estávamos naquela Caçada havia meses.

"O serafim Talon, Aaron, Mãocinza e eu. Nunca vi um grupo mais estranho. Depois de partirmos de San Michon, rumamos para noroeste na direção das Montanhas dos Anjos, seguindo uma trilha de um mês através de uma paisagem de picos gelados desolados e árvores moribundas. O inverno ainda não tinha chegado com toda força quando partimos, mas, agora, as neves caíam pesadas, as estradas estavam mais solitárias e desoladas.

"Enquanto viajávamos, *frère* Mãocinza tinha usado dons do sangue Chastain para rastrear nossa presa, murmurando para corujas velhas e sábias e conversando com raposas astutas quando parávamos para dormir. Muitos dos animais não sabiam nada sobre nossa presa; outros sussurravam sobre monstros diferentes, formas escuras se erguendo na floresta ao sul, e faekin espreitando as charnecas com facas de osso reluzente. Alguns, ainda, falaram sobre uma mulher – uma coisa sombria, uma coisa morta – percorrendo estradas solitárias na companhia de outras sombras. Se dirigindo para o norte. Sempre para o norte.

"E, como bons sabujos, nós seguimos.

"Visitamos a cidade movimentada de Almwud e encontramos uma história parecida com a de Skyefall – a filha do conselheiro assassinada, um grupo de aristocratas sucumbindo a uma doença terrível. O ninho que queimamos era pequeno – um único recém-nascido que não sabia nada sobre o que era. Na encruzilhada da aldeia de Benhomme, começamos a montar um retrato da coisa que estávamos caçando. Aquela caçadora pálida que enchia túmulos de crianças em todo lugar que ia.

"Aquela Marianne Luncóit.

"*Filha do corvo.*

"Ela era bonita – todos diziam isso, desde a primeira vez. Uma graça tão perigosa que tanto homens quanto mulheres não conseguiam evitar adorá-la.

Ela caçava em meio à alta sociedade, cheia de lisonjas e sedas elegantes, atacando seus filhos e filhas como uma aranha ao partir.

"Meia dúzia lhe fazia companhia. O primeiro, outro sangue-frio que se passava por seu filho – um jovem bonito e de cabelo escuro chamado Adrien. Cinco outros homens atendiam a dupla como criados. Em Tolbrook, Luncóit tinha informado o conselheiro que estava examinando uma área de mineração nas colinas acima da cidade, como tinha feito em Skyefall. Na fortaleza de muros altos de Ciirfort, a charmosa madame e seu filho bonito foram levados por um passeio pela guarnição por um *capitaine* extasiado, cuja filha foi posteriormente encontrada assassinada na cama. Não tínhamos certeza verdadeira de por que essa vampira estava espreitando cidades ao longo das Montanhas dos Anjos, mas ela estava fazendo isso com determinação. E estávamos sempre alguns passos atrás dela.

"Os rios agora estavam cobertos de gelo, o inverno profundo se aproximando sobre pés gelados. Estávamos acampados abaixo de um pico nevado chamado Eloise, anjo da vingança. Um pouco mais para o norte assomava a montanha com o nome de Raphael, anjo da sabedoria. E no vale entre elas estava a próxima parada em nossa busca de meses – a cidade de mineração de prata mais rica da província, e pela mão do destino, trono do padrasto de Aaron.

"O baronato De Coste.

"Nós não estávamos em bons termos, Aaron e eu. Eu ainda tinha certeza de que o bastardo tinha tentado me matar em San Michon e assassinado a pobre irmã Aoife no processo. Eu não me sentia confortável com a ideia de que estávamos viajando para seu antigo lar, que eu estaria descansando a cabeça em meio a seu povo. De sua parte, Aaron me tratava como um merda como sempre. Me observava do outro lado da fogueira à noite com ameaça silenciosa. Mas, à medida que nos aproximávamos de sua terra natal, eu esperava que o estado de ânimo de nosso jovem aristocrata melhorasse pelo menos um pouco. Ele sempre falava com carinho da mãe, e achei que ele estaria feliz com a ideia do reencontro.

"Mesmo assim, quanto mais nos aproximávamos de Coste, mais sombrio ficava seu humor.

"Na noite anterior à nossa chegada, estávamos acampados em uma caverna no flanco leste de Raphael. Nossos sosyas estavam agrupados na entrada, com neve se prendendo a suas pelagens emaranhadas. Talon estava ensinando a mim e a Aaron questões de defesa mental ao longo da estrada, e, embora eu não gostasse do serafim em minha cabeça, sabia que vampiros do sangue Voss podiam ler os pensamentos de homens inferiores. Melhor Talon em minha mente reforçando-a do que um *deles* pilhando-a.

"Com a lição da noite terminada, o serafim estendeu as mãos na direção do fogo.

"'Grande Redentor, está frio o bastante para congelar o sangue de um homem nas veias.'

"Esfreguei minha testa dolorida e olhei para o norte.

"'E os rios em seus leitos.'

"Aaron me olhou nos olhos, também assentindo. Podíamos nos antagonizar como fogo e gelo, mas, em um temor, estávamos de acordo.

"'O Rei Eterno logo vai marchar de Talhost.

"'Provavelmente', grunhiu Mãocinza. 'Mas não é uma certeza. A paciência é uma qualidade que vampiros antigos têm em abundância. Fabién Voss vai marchar quando estiver pronto.'

"'Nós devíamos estar fazendo mais.' Aaron franziu o cenho. 'Não apenas caçando fantasmas e sombras.'

"'Um Voss ancien não está a leste das Montanhas dos Anjos por um propósito trivial, De Coste', rosnou Talon. 'Ao determos Luncóit, vamos deter qualquer papel que ela tenha nos planos de Fabién.'

"Mergulhamos em silêncio, olhando fixamente para as chamas. Eu entendia que devíamos ser tão pacientes quanto nossa presa, mas, como De Coste, sentia que estávamos caçando Marianne Luncóit por uma eternidade. A ameaça da legião do Rei Eterno pairava agora sobre Nordlund como o machado de um carrasco. Os exércitos do imperador estavam divididos entre as cidades fortificadas de Avinbourg no norte e Charinfel no sul, e ainda não sabíamos onde o golpe cairia.

"'Abençoada Virgem-mãe', disse eu. 'Aqui está frio como os peitos de uma bruxa do pântano.'

"Os olhos do serafim Talon cintilaram abaixo dos arcos negros de suas sobrancelhas. Alisando seu bigode comprido, o homem pequeno remexeu em seu alforje e pegou uma garrafinha de prata. Ele deu um gole grande e me ofereceu. Eu pude sentir o cheiro da vodka de onde estava sentado.

"'*Merci*, não, serafim.'

"'Vamos lá, sangue-frágil.' O homem pequeno agitou a garrafinha diante de meu rosto. '*Gentileza desdenhada é ira ganha*, assim diz o Senhor. E os Testamentos não citam a bebida como pecado.'

"'Não é por causa do pecado, serafim. Eu não tenho desejo de seguir os passos de meu padrasto. Ele ficava um demônio quando bebia.'

"'Umph.' Aaron pegou a garrafinha na mão de Talon. 'O meu também.'

"Pisquei ao ouvir isso, estudando De Coste do outro lado das chamas enquanto ele tomava um gole lento e demorado. Nosso jovem aristocrata só falava da mãe, nunca do homem que o havia criado.

"'Meu padrasto era soldado', declarou Mãocinza. 'Adorava beber. Eu me lembro que certa noite ele ficou péssimo, perdeu a chave. Então, quando finalmente chegou em casa, entrou pela janela, foi para a cama e se deitou com quem ele achava ser minha mãe. Na verdade era a casa do magistrado, e a dama em questão, sua mulher.'

"Risos circularam em torno de nossa fogueira. Até Mãocinza deu um vestígio de sorriso.

"'O magistrado não ficou satisfeito.'

"'Ah, mas e a mulher dele, mestre?', perguntei.

"Mãocinza me olhou fixamente do outro lado do fogo, impassível.

"'Você teria de perguntar a ela, filhote.'

"Eu ri de novo, salivando sobre minha pedra de amolar enquanto eu afiava a Garra de Leão.

"'Quando eu era pequeno, minha mãe ficou tão cheia com as bebedeiras de meu pai que escondeu suas roupas para que ele não pudesse ir para a taverna. Ele botou o vestido dela de igreja e foi mesmo assim. Simplesmente andou pela rua no melhor dela para o *prièdi*, orgulhoso como um lorde. Eu me lembro que ele era branco. Com flores azuis.'

"'Parece cativante', assentiu Mãocinza.

"'Ele tinha belos tornozelos", admiti a contragosto.

"O serafim Talon deu outro gole demorado, então passou a garrafinha novamente para Aaron.

"'Você se lembra daquela Caçada em Beaufort, Mãocinza?'

"'Com o velho Yannick? Como eu poderia me esquecer?'

"Meus ouvidos ficaram atentos a isso. Eu só tinha conhecido *frère* Yannick como um homem alquebrado, cujo sofrimento tinha sido encerrado no rito vermelho na primeira noite em que cheguei a San Michon. Mas sempre adorei ouvir as histórias dos velhos santos de prata. Histórias de horror, glória e sangue.

"'Vocês dois caçaram juntos?', perguntei, olhando entre os homens.

"'Eu nem sempre fui um serafim da ordem, seu sangue-merda', rosnou Talon. 'Eu conquistei meu aegis quando você ainda era um girino nadando no saco de seu pai profano.'

"'Foi muitos anos atrás, Pequeno Leão', disse Mãocinza. 'Eu tinha feito meus votos apenas recentemente. Um dançarino da noite estava espreitando as docas de Beaufort havia meses. O velho abade Dulean enviou nós três até lá para dar um fim virtuoso àquilo.'

"Talon assentiu.

"'Quanto mais um dançarino da noite adota a forma de seu animal, mais o animal deixa suas marcas sobre ele. Aquele bastardo era velho. Nascido lobo e horrendo. Mesmo quando usava a pele de homem, tinha olhos de lobo. Cauda de lobo. Patas de lobo. Então ele desenvolveu um gosto por prostitutas, atraindo-as para as sombras com a promessa de dinheiro e, em seguida, estripando-as como cordeiros. Decidimos usar uma isca para atraí-lo. Tiramos a sorte, e o velho Yannick se viu de peruca e um vestido de costas nuas, banhado em perfume de puta e desfilando pelo cais de cima a baixo como uma meretriz de meio-royale.'

"Mãocinza sacudiu a cabeça.

"'As melhores pernas que eu já vi em um homem.'

"'Elas funcionaram, também. Nem mesmo aquele dançarino da noite bastardo conseguiu resistir. Atenção a isso agora, sangue-frágil. Um bom caçador usa o apetite de suas presas contra elas. Desejo é uma fraqueza.'

"Mãocinza suspirou enquanto olhava fixamente para o fogo.

"'Sinto falta daquele cachorro velho falastrão. Foi Yannick que me chamou de Mãocinza.'

"'Ele era um bom caçador.' Talon assentiu. 'E um bom amigo.'

"'*Oui*.' Meu mestre sacudiu a cabeça e vi tristeza em seus pálidos olhos verdes. 'Mas Yannick fez a escolha certa. Rezo a Deus Todo-poderoso e todos os Sete Mártires que me deem a mesma coragem quando a sede chamar e minha hora chegar.'

"Eu ainda podia me lembrar do horror que senti em torno do fim do velho Yannick; ritualmente assassinado pelo abade e jogado nas águas do Mère antes que a *sangirè* – a *sede vermelha* – pudesse consumi-lo. Foi uma morte de Santo de Prata. Uma morte de homem. Mas, olhando para a estrela de sete pontas na palma de minha mão, eu me vi pensando sobre a mesma maldição de sangue-pálido em minhas veias. Por mais *sanctus* que fumássemos para contê-la, sabia que a *sangirè* ia acabar levando todos nós à loucura. E, antes disso, cada um de nós teria de fazer a escolha de Yannick.

"'Melhor morrer como um homem que viver como um monstro', murmurei.

"Talon assentiu, carrancudo.

"'Véris.'

"'Véris', disse Mãocinza, atiçando o fogo.

"*Uma verdade além da verdade.*

"Ficamos sentados com o som dos troncos crepitando, Mãocinza e Talon agora olhando para as chamas sem dizer nada. O silêncio se estendeu, e Aaron deu um gole profundo na garrafinha, mudo e taciturno. Finalmente tornei a falar para romper o silêncio desconfortável.

"'Por que o velho Yannick o chamou de Mãocinza, mestre?'

"'Uhmm. Uma história que não merece ser contada, Pequeno Leão.'

"'Sabe, os pedreiros em San Michon têm uma aposta. Quem quer que descubra seu nome verdadeiro ganha uma semana inteira em dinheiro sem precisar trabalhar.'

"'Jogar é algo profano. E, da última vez que eu soube, era o valor de apenas três dias.'

"'Parece que sua lenda cresce ao ser contada.' Eu sorri.

"'As lendas sempre crescem, Pequeno Leão. E sempre na direção errada. Mas um homem que canta a própria canção é surdo à música do céu. Como vou ouvir a voz de Deus se estou enamorado pelo som de minha própria voz?'

"Eu podia sentir a confiança silenciosa de Mãocinza. Sua fé inabalável. Ele não tinha necessidade de elogios mortais nem de tocar o próprio alaúde – seu serviço para o Todo-poderoso era suficiente, e pela porra do bom Redentor, eu invejava essa humildade. Mas Talon falou, com olhos em nosso mestre.

"'Eu, então, vou contar a história. Yannick a contou para mim uma noite enquanto bebia uma taça de vinho.'

"'Ah, essas fontes impecáveis', escarneceu Mãocinza. 'Fofoca de bêbados em torno dos canecos de San Michon.'

"Mas Talon falou mesmo assim, baixando a voz conforme adentrava na história.

"'Isso foi na época em que Mãocinza era apenas um aprendiz, sabem? Segundo a história, ele e seu mestre foram atacados por cinco sangues-frios nas profundezas de uma ruína antiga perto do lago Sídhe. Seu mestre Michel foi morto na emboscada, e Mãocinza recuou. Mas, ao amanhecer, ele voltou sozinho, apenas com sua espada e sua fé para protegê-lo. E, quando ele emergiu daquele poço, as cinzas daqueles cinco sanguessugas estavam tão grossas sobre suas mãos que você não conseguia ver a pele. Por isso...' Talon apontou com a cabeça para nosso mestre. Mãocinza.'

"'Umph.' Ele franziu o cenho.

"'Observo uma notável falta de negações, mestre', disse eu.

"'De que adianta negar? Quando os fofoqueiros já tomaram sua decisão? Da próxima vez que contar a história, serafim, faça com que eu mate uma dúzia. Para arredondar mais os números.'

"'É um fardo pesado, mestre.' Eu sorri. 'Ser um herói.'

"'Herói', escarneceu ele. 'Anote minhas palavras, sangue-jovem. Você não quer ser um herói. Heróis têm mortes desagradáveis, longe de casa e da lareira.'

"Olhei para as chamas. Pensando no que eu era. No destino que tinha se abatido sobre o velho Yannick e na loucura que esperava por todos nós. Mãocinza cuspiu na fogueira, as chamas chiaram.

"'Chega de conversa fiada. Chegamos a Coste amanhã. O que seus companheiros devem saber sobre sua cidade natal, iniciado?'

"Todos os olhos se voltaram para Aaron enquanto ele tomava outro gole, com uma careta enquanto engolia. Mais uma vez, a ideia de que eu estava entrando no local de nascimento daquele bastardo caiu como uma pedra em meu estômago.

"'Coste é a cidade mais rica da província', disse Aaron. 'Sua fortuna foi feita em cima de prata e ferro. O barão tem os favores da corte, é amigo do imperador Alexandre. Meu irmão, Jean-Luc, é *capitaine* da Hoste Dourada em Avinbourg; minha irmã, prima em segundo grau de sua majestade imperial. E também tem a mim.'

"'Nós ganhamos terreno sobre nossa presa nesse último mês', disse Mãocinza. 'Talvez nossa filha do corvo nos espere dentro dos muros de

Coste. E a festa de San Maximille acontece em dois dias. Sem dúvida a cidade estará indulgente.'

"Aaron escarneceu.

"'O barão de Coste nunca perde uma chance de festejar.'

"'Isso é boa notícia, então. Nossa presa é do tipo *bon vivant*, atraída pelas coisas mais elegantes como um pássaro cetim-azul por coisas brilhantes. Se ela está à espreita nas sombras de Coste, haverá oportunidade para atraí-la para a luz. Então durmam agora. Não tenham medo da escuridão.' Mãocinza lançou um olhar de alerta em minha direção. 'E não sonhem com heroísmo, mas com o serviço fiel ao Senhor seu Deus.'

"Nós nos arrumamos para dormir. Eu ouvia o fogo crepitante e tentava não pensar no frio, na serpente dormindo em frente a mim do outro lado das chamas. Não sabia o que nos esperava em Coste, nem se Aaron ia tentar terminar o que tinha começado em San Michon, mas eu podia sentir que nossa presa estava perto. Eu havia me permitido ser tomado pela impaciência em nossa caçada em Skyefall e estava determinado a não falhar outra vez. Mas, apesar do alerta de Mãocinza, eu ainda sonhava com glória.

"Glória e um sorriso emoldurado por uma marca de beleza e madeixas de cabelo preto como o corvo."

✦ II ✦
CONVIDADOS INDESEJADOS

— CHEGAMOS A COSTE no dia seguinte, quando o sol estava mergulhando para seu sono. A cidade era algo ainda maior que Skyefall; uma bela área de pedra escura e telhados pálidos entalhados nas margens de uma cachoeira magnífica. O inverno ainda não tinha transformado sua queda d'água em gelo, mas isso estava quase acontecendo — esculturas enormes de água gelada pendiam sobre a queda, reluzindo como diamante. A grande cidade era dividida em dois, e três pontes atravessavam o rio congelante. Havia uma fortaleza principesca no alto de uma colina, exibindo bandeiras de um campo verde cercado enfeitado por dois martelos de guerra cruzados — o brasão da *famille* De Coste. Ao passarmos pelos portões poderosos, toda a cidade ecoava uma canção apesar do frio.

Jean-François tamborilou sua pena sem dizer nada, erguendo uma sobrancelha.

Gabriel suspirou.

— A festa do mártir Maximille é a maior bebedeira no calendário elidaeni. Menos solene que o Primal ou o Dia da Roda, as festas do nascimento e morte do Redentor, é um dos festivais mais importantes do ano. Maximille de Augustin era um senhor guerreiro que, dependendo de em quem você acreditava, ou recebeu suas ordens direto da boca do Deus Todo-poderoso, ou era apenas completamente louco. De qualquer modo, ele juntou um exército e tomou o controle de Elidaen, Nordlund e Ossway em nome da Fé Única.

"Ele foi morto em batalha por uma flecha no olho, o que você pensaria que seria o tipo de coisa sobre a qual o Deus Todo-poderoso alertaria seu escolhido. Mas seus filhos seguiram em frente e conquistaram Sūdhaem e Talhost, finalmente unindo os reinos em guerra em um único império sob o estandarte da roda. Eles forjaram o trono das cinco partes, criaram a dinastia Augustin e tornaram seu querido pai o sétimo mártir. As pessoas têm ficado completamente bêbadas no aniversário de sua morte desde então.

"Aaron baixou o tricórnio enquanto seguíamos além das muralhas, a gola amarrada alta para que ninguém pudesse ver seu rosto. Algumas pessoas ficavam desconfiadas ao nos verem e faziam o sinal da roda quando passávamos. Outros olhavam fixamente com vontade nos olhos, sentindo o animal sob nossas peles. Mas a maioria estava envolvida nos próprios assuntos e deu pouca atenção. Coste era a maior cidade que eu tinha visto em minha vida. Trinta mil pessoas a chamavam de lar, e a maioria estava nas ruas naquela noite. Se uma vampira estivesse escondida em meio àquela multidão, seriam necessários os melhores perdigueiros para farejá-la.

"Mas eu acreditava nisso e mais.

"Ao atravessar aqueles portões, fiquei surpreso com o rumo estranho que minha vida tinha tomado. Nove meses antes, eu estava andando dormindo; um filho de ferreiro sem ideia do futuro que vinha correndo direto em sua direção. E agora, ali estava, vestido de negro e gravado com prata. Confesso que nunca tinha me sentido tão vivo. Um jovem leão caçando, com o nariz ao vento. E, embora eu ainda não captasse nenhum traço de nossa presa, antes de mais nada, eu estava acordado.

"Pegamos as ruas sinuosas morro acima, passando por tavernas lotadas e prostíbulos barulhentos. Aaron apontou com a cabeça para a fortaleza acima.

"'Meu padrasto dá um banquete para seus lordes todos os anos nesta data. Aqueles salões devem estar cheios com o melhor da corte esta noite.'

"'Então você está planejando esperar do lado de fora?', rosnei.

"'Você ficou a noite inteira escrevendo isso, não foi, camponês?'

"Mostrei o pai de todos para ele, e De Coste deu um tapa no pescoço como se estivesse espantando um inseto. Eu sabia muito bem que era tolice ficarmos provocando um ao outro numa hora daquelas. Mas eu também sabia que podia me ver sozinho com Aaron me apoiando naquela noite, e depois do ataque que ele tinha orquestrado contra mim nos estábulos, eu não confiava que ele não fosse me enfiar uma faca.

"'Parem com essa sua discussão', rosnou Mãocinza. 'Nós estamos na Caçada esta noite.'

"Eu apontei para meu sobretudo e minha espada.

"'Se nosso objetivo é esperar entre as ovelhas até que o lobo mostre seus dentes, não me parece bom nos vestirmos como pastores.

"Talon assentiu.

"'Nós chamamos a atenção como quatro dedos vestidos de couro.'

"'Tenho certeza de que trajes mais sutis podem ser adquiridos com o mestre da casa.' Aaron esfregou o queixo e deu um suspiro. 'Por isso, eu acho melhor irmos falar com ele.'

"As ferraduras de nossos cavalos ecoavam nas pedras do calçamento enquanto subíamos a rua, e a luz tinha acabado havia muito quando chegamos à fortaleza. A grade da entrada estava erguida em sinal de boas-vindas; a ponte levadiça, abaixada. Tochas ardiam nos muros, iluminando a névoa fria no pátio. Eu podia ver soldados, bem equipados com aço e tabardos da casa. A bandeira da *famille* De Coste tremulava orgulhosa nos muros, brilhando em todas as superfícies.

"Um oficial dos *gens d'armes* saiu para nos receber, vestido com cota de malha pesada. Antes mesmo que De Coste abrisse sua gola, vi reconhecimento nos olhos do homem.

"'Mestre Aaron...'

"'É bom vê-lo, *capitaine* Daniau. Como está seu filho?'

"'Está bem, meu senhor, *merci*.' O homem olhou para nós, e pude dizer por sua mistura de medo e aversão delicada que ele sabia *exatamente* o que éramos. 'O que o traz para casa depois de tantos meses, mestre Aaron? E... nessa companhia?'

"'Preciso falar com minha mãe.'

"'Ela está se preparando para o banquete, senhor, temo que ela não possa...'

"'Infelizmente os bons modos desapareceram em minha ausência, *capitaine*.' O jovem aristocrata se aprumou mais alto, aquela mistura familiar de arrogância e confiança emanando de seus poros. 'A menos que tenha se tornado um hábito no *château* De Coste que os nascidos na mansão sejam questionados pelos auxiliares.'

"'Perdoe-me, senhor. Mas seu pai deixou ordens para que se algum dia o senhor...'

"A voz do homem falhou quando Aaron se inclinou mais perto, com um brilho de predador nos olhos.

"'*Mande avisar a minha mãe que desejo vê-la, capitaine.*'

"O rosto do homem relaxou, e seus olhos ficaram baços.

"'Imediatamente, senhor.'

"'Mande nossos cavalos para os estábulos. Se você tem homens sem fazer nada, ponha-os de guarda. Um perigo mortal vem à casa de seu mestre esta noite, Daniau. E ele não veste nenhuma prata no peito.'

"Observei Aaron entrar no papel de filho da nobreza com a mesma facilidade de vestir um casaco velho, lembrando-me de todas as coisas nele de que eu não gostava. Ele dava ordens para aqueles homens como se fosse melhor que eles, e eu não tinha dúvidas de que ele acreditava nisso – sobre eles e sobre mim. Aquele babaca era uma cobra. Não importava que estivéssemos na Caçada – eu nunca ia dar a ele a chance de me atingir novamente.

"Dez minutos depois, estávamos no grande salão de entrada da fortaleza de Coste, cercados por ricas tapeçarias e estátuas de mármore. Uma escadaria larga levava para o andar superior e, à nossa esquerda, eu podia ver um belo salão de bailes, decorado com requinte e com grande atividade de criados.

Mesas compridas estavam sendo arrumadas com toalhas brancas de linho, e, depois delas, um quarteto de menestréis videntes ensaiava acima de uma pista de dança com piso decorado em pau-sangue e madrepérola.

"Se a riqueza de Skyefall tinha me deixado desconfortável, a opulência ali era repulsiva. Eu não podia imaginar como devia ter sido crescer em um lugar como aquele – não era surpresa que De Coste agisse como se a Virgem-mãe chupasse seu pau até secar todo dia antes da refeição matinal.

"'Meu filho?'

"Aaron ergueu os olhos, e vi a tensão em sua estrutura derreter. Uma mulher imponente estava no patamar da escada, trajando um belo vestido de noite esmeralda, com uma peruca espetacular sobre a cabeça. Ela tinha talvez 40 anos, toda empoada e pálida, os olhos do mesmo azul brilhante dos de Aaron.

"'Mãe', sussurrou ele.

"'Aaron!', exclamou ela, descendo e caindo em seus braços. Lágrimas brilhavam em seus cílios quando ela o apertou, girando-o onde estavam como se estivessem dançando. 'Quando você chegou?'

"'Agora mesmo. Você se lembra do mestre Mãocinza? Esses são meus camaradas, mãe. O serafim Talon de Montfort e Gabriel de León.'

"A baronesa cumprimentou a todos com uma mesura perfeita.

"'Todo camarada de meu querido é bem-vindo ao interior destes muros. Mas louvado seja San Maximille e a Virgem-mãe. Achei que não ia vê-lo tão cedo, meu filho. O que eu fiz para merecer tamanha bênção?'

"'O quê, na verdade?', disse uma voz baixa e rouca.

"Eu me virei para a escadaria acima e vi um homem observando o encontro com os olhos estreitos. O barão de Coste estava vestindo uma sobrecasaca verde elegantemente cortada, calção e camisa de seda. Ele irradiava autoridade fria e escorria riqueza por todos os dedos enfeitados com ouro. Mas nenhuma maquiagem pesada conseguia mascarar os capilares estourados garatujados em seu rosto nem o morango inchado que era seu nariz.

"Crescer perto de um bêbado torna um jovem um especialista em identificar outros, e marquei o barão como um beberrão assim que pus os olhos sobre ele. Ele não era do tipo que tinha ficado inchado com isso; passando por seus copos como uma baleia pelas ondas. Não, o padrasto de Aaron era do tipo cuja doença o devora de dentro para fora. O barão de Coste era um esqueleto bem-vestido, olhando para Aaron com um desprezo indisfarçado.

"'Por que, dentre todas as noites, você resolveu nos visitar logo hoje, bastardo?' Ele olhou para nosso grupo com uma expressão de escárnio. 'E o que em nome do Todo-poderoso possuiu você para trazer um bando de suínos mestiços para minha porta?'

"'Baron de Coste.' Mãocinza fez uma reverência. 'É bom tornar a vê-lo, *seigneur*. Peço desculpas por...'

"'Tenho tanto uso para suas desculpas quanto para sua companhia, mestiço', disse o barão. 'Você foi bem-vindo em meus salões na última vez que nos visitou só porque tirou esse mestiço de minhas mãos. Devo entender que você o está devolvendo?'

"'Estamos aqui por ordem de nosso abade, barão.' Talon fez uma reverência. 'Temos razões para crer que o senhor pode ter uma convidada indesejada em seu banquete esta noite.'

"'Vários, aparentemente.'

"'Um vampiro', disse Aaron. 'Um que estamos seguindo há meses.'

"Vi a mãe de De Coste ficar tensa com isso. Mas o próprio barão não parecia impressionado.

"'Bom, não pode ser o mesmo que espoliou sua mãe, bastardo. Seu pai estuprador foi mandado para seu inferno muito merecido anos atrás. O mesmo que o aguarda, espero.'

"'Uma mulher', respondeu Aaron, corajosamente. 'Uma ancien mergulhada em assassinato, que tem espreitado as margens das Montanhas dos Anjos há luas, agora. Seus convidados podem estar em perigo.' Ele olhou para sua mãe. '*Você* pode estar em perigo.'

"De Coste dirigiu o olhar novamente para o barão. Seus dentes estavam cerrados em desafio, e ele se ergueu mais alto, fazendo a pose do jovem aristocrata orgulhoso. Mas, embora eu fosse novamente lembrado de todas as coisas sobre ele que odiava, eu agora podia ver a verdade na pose do merdinha. Uma fachada para esconder o medo por dentro. Um medo que eu podia sentir nele, certo como a respiração. Apesar de tudo o que era, Aaron de Coste tinha medo de seu padrasto. Tinha medo e era cheio de ódio.

"O barão nos olhou com olhos muito estreitos. Os lábios curvados.

"'Bom, então. Acho melhor vocês entrarem.'"

✦ III ✦

PROBLEMAS COM UM SABOR DIFERENTE

— A GRANDE FORTALEZA do barão de Coste estava totalmente lotada, seus pavões e galinhas todos em desfile. Cavaleiros de tabardos verdes e ornamentos aristocráticos, chapéus com penas e veludo amassado. Damas e *demoiselles* com rostos e bochechas maquiados, pálidos e avermelhados com sangue, envoltas em metros de velho damasco, *chiffon* e crepe. E também, estávamos nós.

"O barão tinha graciosamente emprestado uma muda de roupa, mas ele vestiu Mãocinza, Talon e a mim como criados em vez de convidados. Eu usava um gibão preto simples e uma calça clara justa, o cabelo preso em uma trança comprida. As únicas armas que eu podia esconder por baixo eram meu punhal de aço de prata e duas bombas de prata.

"Mãocinza estava posando de soldado, observando os convidados quando chegavam à porta do barão, e Arqueiro rondava o céu acima, o falcão sempre auxiliando seu mestre. O serafim Talon estava vestido como um dos *gens d'armes* da casa, patrulhando o interior da fortaleza caso Luncóit entrasse em segredo. Aaron estava vestido como nobre, é claro, de braços dados com a mãe. E eu estava bem ali no salão de bailes com ele, servindo a porra das bebidas.

"Observei a dupla enquanto eles circulavam pelo salão, meus olhos fixos na baronesa de Coste. Ela nitidamente gostava do filho, embora Aaron fosse o resultado de sua violação. Ao observá-la, pensei em minha própria mãe. E em meu pai.

"Quem ela tinha sido para ele? Amante ou vítima?

"E, no fim, o que aquilo fazia de mim?

"A fumaça de rêvre e papoula-branca pairava no ar, entrelaçada com o perfume de senhoras enfeitadas. A música de menestréis misturada com a melodia de dedos enfeitados de ouro no cristal, de riso cruel e provocações cortantes. O vinho era raro como fio de ouro tanto tempo depois da morte dos dias, e mesmo assim ele corria como água. Eu me senti nadando em um rio sangrento, cercado de répteis famintos.

"Mas de Marianne Luncóit, não havia sinal.

"'Terrivelmente entediante, não acha?'

"Pisquei com a voz sensual, virei e encontrei uma *demoiselle* bonita me olhando com uma expressão entediada. Ela usava seda verde, seu espartilho transformando suas curvas em uma ampulheta perfeita. Seu cabelo louro era dourado como folhas de outono; seus olhos, azuis como os céus antigos.

"'O que é entediante, *mademoiselle*?'

"'Tudo isso.' A garota gesticulou ao redor. 'As mesmas velhas pessoas tendo as mesmas velhas conversas. É igual ao ano passado. E ao ano anterior.' Ela olhou para mim através de cílios longos e escuros. 'Menos você, é claro.'

"Eu ofereci minha bandeja.

"'Posso lhe oferecer uma bebida, *mademoiselle*?'

"A garota pegou um copo, mas ergueu uma sobrancelha.

"'Diga, agora. Você não é mais criado que eu. Você chegou com Aaron e os outros hoje mais cedo. O homem de expressão azeda e o magro com o bigode seboso. Quem são vocês?'

"Eu estava me perguntando o mesmo sobre ela, mas voltei os olhos para as tábuas do piso como faria um bom criado.

"'Ninguém importante, *mademoiselle*.'

"'Uhmm.' Ela fungou. 'Deixe que *eu* julgue isso.'

"Com mais um olhar em minha direção, a jovem me deu as costas com os saltos lustrosos e se dirigiu para a multidão. Eu sacudi a cabeça, e meus olhos voltaram para as pessoas. O salão de bailes do barão de Coste estava cheio de pessoas assim, todas com as características que eu teria esperado – a ingênua ruborizada, o libertino elegante. O senhor bêbado e a serpente sorridente. Minha mão se dirigiu a um bolso interno de meu gibão, bem em cima do coração, para o presente de dia de santos ali dobrado. Meu retrato que Astrid tinha desenhado. Eu estava cercado por beldades em veludo velho e cetim, espartilhos de barbatana de baleia e colares de ouro. E a única garota em que eu me via pensando vestia o branco simples das noviças.

"Eu sentia falta dela.

"O banquete terminou, a diversão começou, casais cruzando a pista de dança ao som de uma música bonita. O barão de Coste estava sentado entre seus lordes, gargalhadas cortando o ar como facas enferrujadas. Horas se passaram e, ainda assim, nem sinal de nossa presa. Mas agora, olhando para o outro lado do salão, percebi que podia ter problemas com um sabor diferente.

"A baronesa de Coste estava em meio a um buquê de damas de alta estirpe fazendo a corte. Aaron tinha se liberado do lado da mãe e agora estava sentado a uma mesa redonda, cercado de mulheres jovens e bonitas. Elas eram atraídas por ele, vestidas de seda e sorridentes, enfeitiçadas pelo retorno do jovem e belo aristocrata de cabelos dourados. Mas, olhando para o rubor no rosto dele quando terminou outro cálice, não havia nenhuma dúvida.

"De Coste estava ficando bêbado.

"Eu não podia acreditar. Ali e naquele momento? Proferindo um xingamento baixo, atravessei a pista de dança e parei ao lado da mesa dele, em silêncio e olhando com raiva.

"'Ah, esplêndido.' Uma das *demoiselles* atacou minha bandeja, levou todas as bebidas restantes e acenou com a cabeça na direção das cozinhas. 'Vá buscar mais, garçom. E seja rápido.'

"De Coste olhou para mim e sorriu.

"'Você ouviu a mlle. Monique, camponês.'

"Eu estava meio convencido a arrastar o merda mimado para algum lugar reservado e botar a força um pouco de juízo na cabeça dele. Mesmo com toda a aparente futilidade disso, ainda estávamos em uma Caçada. Portanto, em vez de fazer uma cena, fiz para o grupo reunido vestido em seda minha melhor reverência cortês – que não é nada cortês, veja bem – e meu melhor sorriso astuto, que já me asseguraram ser tão astuto quanto de um coletor de impostos ossiano.

"'Com licença, *mademoiselles*. Mas tenho uma mensagem do barão para o lorde De Coste.'

"As garotas olharam para Aaron questionando e, depois de uma revirada dramática de seus olhos azul-bebê, o jovem aristocrata pediu licença e as mandou embora. Esperei até que o grupo estivesse fora do alcance auditivo, então me sentei ao lado dele, com um sorriso educado pintado em meu rosto quando falei como se estivesse com a boca cheia de mijo.

"'Você perdeu completamente a razão?'

"Aaron tomou outro gole.

"'Qual o problema, sangue-frágil?'

"'Estamos em uma Caçada, e você está tão bêbado que mal se aguenta em pé!'

"'Está ficando tarde, e ainda não tivemos sinal de Luncóit. Acho que a víbora farejou os sabujos em seu rastro. Então, *oui*, vou tomar a porra de uma bebida.' Os olhos de Aaron percorreram os convivas ao nosso redor, depois me miraram de lado. 'Você parece ridículo com essas calças justas, por falar nisso.'

"'Que bom que você percebeu, seu merda.'

"Seu sorriso de escárnio se abriu.

"'Se é algum conforto, minha prima também percebeu.'

"Segui a linha de visão de Aaron, notando um grupo de jovens *femmes* me olhando por cima de seus leques adejantes. Entre elas, vi novamente aquela garota de cabelo cor de outono, me observando com olhos azuis cuidadosos. Em torno do salão, vi outros também olhando fixamente para nós – o predador em nosso sangue sempre atraindo as atenções em nossa direção.

Aquelas pessoas não sabiam o que éramos, mas *alguma coisa* em seus corações lhes dizia que não éramos como elas.

"'Véronique está olhando para suas panturrilhas bem torneadas a noite inteira.' Aaron ergueu o cálice, e a garota de cabelo de outono ergueu o dela em resposta, com um sorriso doce. 'Espere uma proposta quando seu pai estiver bêbado o bastante para perceber. Eu adoro a vadiazinha. *Famille* é *famille*. Mas ela é do tipo que gosta muito de se misturar com os criados.'

"'Do tipo?'

"'Pobre menina rica.' Aaron deu um suspiro e olhou ao redor. 'Todas elas. Que clichês.'

"Cerrei os dentes enquanto De Coste terminava o vinho, com olhos em seu padrasto. O barão De Coste estava regalando seus lordes com uma história obscena, e os nobres caíram na gargalhada no momento certo, como cachorrinhos treinados. Aaron sacudiu a cabeça, insatisfeito.

"'*Especialmente* ele.'

"'Não tenho desejo de causar alarme.' Apontei com a cabeça para o cálice vazio de De Coste. 'Mas, de meu ponto de observação, você e seu padrasto têm posturas terrivelmente parecidas.'

"'Cuidado, sangue-frágil.' Aaron olhou para mim, sua voz sombria com malícia. 'Você não tem ideia de como foi crescer sob o teto desse bastardo.'

"'Lençóis de seda. Criados para tudo. Tenho certeza de que foi pura tortura.'

"'Você me conhece muito bem, não é?'

"'Conheço você *perfeitamente*, De Coste. Você fala dessas pessoas pelas costas, ainda assim você é o pior de todos. O pirralho da nobreza, acima de tudo e de todos. A única pessoa que você trata pior do que essas ao seu redor são as que estão abaixo de você.'

"'Você ficaria chocado ao saber que meu primeiro amor foi da plebe como você?'

"'Falando na porra de clichês', escarneci. 'Só porque você resolveu passar um tempo com as classes baixas...'

"'Cuidado com a língua', disse Aaron de forma indistinta, batendo com o punho.

"Alguns dos nobres se viraram para olhar quando os copos sobre a mesa saltaram. Aaron deu para eles um sorriso principesco e ergueu o copo até que todos voltaram para seus próprios assuntos.

"'Eu *amava* Sacha', sibilou ele. 'Como o oceano ama o céu.' Seu olhar voltou para o barão, brilhando de fúria. 'E uma noite meu nobre padrasto nos pegou juntos quando estava bêbado. E em sua raiva por me flagrar me encontrando com *uma pessoa malnascida*, ele pegou sua caneca e *quase* me matou de pancada. Mas não houve quase para Sasha.'

"Eu olhei para o barão, horrorizado.

"'...Ele a matou?'

"'Eu também podia ter morrido, não fosse pelo sangue em minhas veias. Foi nessa noite que minha mãe me contou o que eu era. Então você não *ouse* me comparar àquele bastardo, De León. *Nunca*.'

"Olhei fixamente para Aaron; aquele nobre babaca e ciumento que eu tanto desprezava. Achei que não tínhamos nada em comum além da maldição sangue-pálido, entretanto, parecia que Aaron e eu concordávamos em mais de uma maneira: nós dois odiávamos os homens que nos haviam criado.

"Mesmo assim, eu conseguia encontrar pouca compaixão por ele. O babaca tinha feito com que a irmã Aoife fosse assassinada por seu ciúme. Em vez de simpatia, senti apenas fúria por sua hipocrisia.

"'Que seja, De Coste, mas se Mãocinza vier aqui e encontrá-lo ficando bêbado, ele vai lhe bater até arrancá-lo de seus sapatos.'

"'Você está muito preocupado com meu bem-estar?' Aaron pegou outro cálice. 'Estou emocionado.'

"Arranquei o vinho de sua mão.

"'Não dou a mínima para seu bem-estar, seu babaca arrogante. Mas estamos em uma Caçada, aqui. Seu erro pode significar a minha morte.'

"'Ah, não. Isso não seria *terrível*?'

"'Você ia gostar disso, hein? Que sua presa lhe poupasse o trabalho? Eu sei o que você pensa, bastardo.'

"Aaron revirou os olhos.

"'Meu Deus, do que você está falando agora?'

"Eu sibilei, a acusação se liberando antes que eu pudesse detê-la.

"'Eu *vi* você.'

"'Me viu o quê?'

"Na verdade, eu sabia que era tolice desenterrar aquela encrenca, agora. Mas estava furioso. E, se aquele cretino quisesse me pegar, eu queria ter certeza. Que ele *soubesse* que eu sabia.

"'Na noite em que fui atacado nos estábulos por La Cour e aqueles atrozes', disse eu rispidamente. 'Na noite em que Aoife foi *assassinada*. Eu vi você saindo escondido do arsenal como a porra de um ladrão. O mesmo arsenal de onde La Cour escapou momentos depois. Coincidência?'

"Vi minhas palavras atingirem o alvo, uma nesga de raiva perfeita penetrando nos olhos de Aaron. Por um momento, honestamente achei que ele pudesse pegar a faca de aço de prata em seu gibão. Eu pude ver em seu rosto, então, com a mesma certeza de que Deus era minha testemunha.

"Aquele bastardo queria me *assassinar*.

"Mas então...

"Então...

"Nós *a* sentimos."

✦ IV ✦
FILHA DO CORVO

– AQUILO ME TOMOU como o sono no fim de um dia tranquilo. Um frio formigando em minha nuca. Aaron também sentiu, olhando na direção daquele grupo de *demoiselles*. E, entre elas, havia uma figura onde antes não havia ninguém, como se tivesse sido conjurada das próprias sombras.

"Ela era silêncio. Folhas mortas caídas. Era uma mancha vermelho-sangue, derramando-se lentamente pela pista de dança e fazendo meu coração parar. A gota de cera quente sobre sua pele nua. O primeiro movimento da língua de uma amante em sua boca aberta e desejosa.

"Ela estava vestida de vermelho. Um vestido comprido e vasto de rendas e corpete, como uma noiva banhada em sangue. Sua pele não estava apenas maquiada de pálido como a das mulheres ao seu redor, mas era branca e lisa como o mais fino alabastro. Seu cabelo era ruivo como chamas, caindo sobre seus ombros nus além de sua cintura fina. E ela olhava para os dançarinos nos limites da luz tremeluzente do salão de bailes, e seus olhos eram negros como os poços do inferno.

"'Deus Todo-poderoso...', disse eu em voz baixa.

"Eu tinha visto altos-sangues antes, *oui*. Mas *nunca* como ela. Ela flutuava em meio aos convivas, enfeitiçando aqueles sobre os quais voltava sua atenção, passando pelos outros como fumaça. Ninguém tinha anunciado sua chegada, e fui atingido pela noção de que talvez ela *sempre* tivesse estado ali, esperando, observando. Era impossível tirar os olhos dela, mas medo encheu meu estômago mesmo enquanto eu a observava. Aquela coisa olhava para as pessoas ao seu redor com a crueza e a frieza que apenas o entendimento de "eternidade" pode trazer.

"Quando ela nos via, ela não via pessoas. Ela via *comida*.

"'*E eu vi uma donzela pálida*', disse um murmúrio às nossas costas. '*Seus olhos eram negros como a meia-noite, e sua pele, fria como o inverno, e, nos braços, ela levava os pesadelos de todo bebê adormecido, toda criança trêmula, em toda a plenitude para o mundo que despertava.*'

"'*E seu nome era Morte*', murmurou Aaron.

"Olhei para Mãocinza nas sombras às nossas costas. Seus olhos verdes pálidos estavam fixos na recém-chegada, injetados de vermelho pelo cachimbo de *sanctus* que aparentemente ele já havia fumado.

"'O Livro das Lamentações não faz justiça a ela, faz?'

"'Nem as histórias que escutamos na estrada.' Eu tornei a olhar para a vampira, com a boca seca como cinza. 'Grande Redentor, nunca vi nada como ela.'

"'Ancien', assentiu Mãocinza. 'Não há presa mais perigosa sob o céu.'

"Em silêncio, observamos o monstro atravessando a multidão, e todo o mundo ao seu redor pareceu sem cor. Um galanteador bonito fez uma reverência em frente a ela; uma mosca convidando a aranha para dançar. A vampira riu, permitiu que o cavalheiro a conduzisse pela pista, totalmente ignorante do perigo em que estava. Não apenas sua carne, mas sua própria alma.

"Aaron e eu ficamos de pé quando Talon se juntou a nós. O rosto do serafim estava corado enquanto ele observava a vampira dançar, os olhos dele também vermelho-sangue.

"'Deus Todo-poderoso, que monstro.'

"'Se forçarmos o confronto aqui...' Aaron olhou ao redor do salão de bailes, primeiro para sua prima bonita, depois para sua mãe de pele e cabelo claro. 'Nós botamos todas as pessoas neste salão em perigo.'

"'Elas já estão *em* perigo', respondi, com os olhos ainda em nossa presa.

"'De Coste tem razão', disse Talon, com a respiração acelerada. 'Agora que botei meus olhos nela... Não podemos provocar nenhuma luta aqui. Dançar com tal demônio em um salão repleto é um convite ao massacre.'

"'Qual o plano então, serafim?', perguntou Mãocinza.

"'Nossa Marianne está aqui para caçar', respondeu Talon, os olhos vermelho-sangue ainda na vampira. 'Nós esperamos. Nós observamos. E, quando a aranha escolher sua vítima, nós a seguimos para qualquer lugar onde ela estender a sua teia e caímos como martelos de Deus quando o sol nascer.'

"Eu franzi o cenho ao ouvir isso.

"'Nós simplesmente deixamos que ela... pegue um dos convidados? Isso não é pecado?'

"Mãocinza olhou a nossa volta, desconfortável.

"'O que De León diz faz sentido, serafim.'

"'Um bom caçador usa os apetites de sua presa contra ela. Desejo é uma fraqueza. Olhe para ela, Mãocinza. Esse monstro é perigoso demais para ser enfrentado no escuro.'

"'Ela vai estar menos perigosa se a mandarmos para a cama com fome, não é verdade?', perguntei.

"'Mostrar nossas cartas aqui põe *todo mundo* em risco, sangue-merda', retrucou Talon com rispidez. 'Não podemos errar quando aplicarmos esse golpe. Perder uma ovelha esta noite vai poupar a vida de milhares mais tarde. Deus Todo-poderoso vai perdoar nossa transgressão.'

"Olhei para Mãocinza e vi que a ideia não caía muito bem com meu mestre, assim como não caía comigo. Mas Talon era um serafim na hierarquia da ordem, e Mãocinza, apenas um *frère*.

"'Mestre...'

"'O serafim já disse. Você vai fazer como ordenado, iniciado.'

"Eu podia sentir o gosto de ferro na boca. O medo frio se acumulando em meu estômago. Mas eu já tinha desobedecido Mãocinza uma vez na Caçada, em Skyefall. Eu não *ousava* fazer isso de novo.

"'*Oui*, mestre.'

"'Vocês acham que ela nos notou?', perguntou Aaron.

"'Ainda não', murmurou Mãocinza. 'Mas ficarmos aqui parados como moscas em torno de um cadáver só convida a isso. De Coste, saia e vá para onde os soldados se reúnem. A sangue-frio chegou em uma carruagem manual puxada por um de seus escravos – um ossiano com barba escura. Jogue esse seu charme de Ilon e veja se consegue obter a localização de seu abrigo. Pegue leve. Se eles souberem que os localizamos, não vão voltar para casa.'

"Aaron assentiu, com a língua ainda um pouco enrolada.

"'Delicado como cordeiros, mestre.'

"'De León, vigie perto da entrada. O serafim e eu vamos guardar os flancos.'

"Talon me segurou pelo braço quando me movimentei.

"'Lembre-se, mestiço, essa coisa é um coração de ferro ancien. Se ela sequer *olhar* para você, lembre-se das lições que eu lhe ensinei. Pense em trabalho, em pés cansados e tarefas domésticas. Construa um muro com isso e esconda seus segredos dentro dele.'

"'Pelo sangue, serafim.'

"Saí andando pela multidão, levando minha bandeja vazia. Na verdade, eu estava me sentindo muito mal. Eu sabia que aquela criatura era mais mortal do que qualquer inimigo que eu tinha enfrentado; que, se atacássemos à noite quando ela estaria mais forte, ela poderia matar todos nós. Mas a ideia de usarmos como isca em nossa armadilha um daqueles pobres tolos maquiados era como uma pedra em meu estômago.

"Observei a sangue-frio circundar o salão, encantando todos ao seu redor. Aquelas pessoas não sabiam o mal que estava entre elas. Em vez disso, eram atraídas por ele como mariposas pelo fogo. Mas, de vigia na entrada, percebi outra pessoa examinando o salão de bailes como eu tinha feito. Um jovem de cabelo escuro, com a aparência de ser alguns anos mais jovem que eu, vestindo veludo negro e um fio de pérola. O que posava como filho de Marianne, percebi.

"*Adrien.*

"Ele era bonito. Eterno. E, quando nossos olhos se encontraram, senti a pressão de sua mente sobre a minha, delicada como um primeiro beijo. Era a sensação mais estranha – como se dedos frios alisassem meu couro cabeludo, abrindo a cúpula mole como geleia de meu crânio. Amontoei meus pensamentos como Talon havia me ensinado, levantando reclamações sobre pés machucados e as maneiras rudes dos nobres. Mas os olhos da coisa foram para meu gibão, para as armas por baixo. Ele podia dizer que havia algo errado – talvez não o que eu era, mas sem dúvida que eu não era uma mera ovelha.

"Ele olhou para a pista de dança com os olhos fixos naquela que o havia feito. E, embora o comportamento de Marianne Lincóit não tivesse mudado em nada, vi quando ela trocou um olhar rápido com sua cria. Algo passou entre eles, e os olhos negros dela caíram sobre mim, e eu a senti me *ver*, como se eu estivesse completamente nu diante do próprio Deus.

"Sem dizer nada, Adrien desapareceu, atravessando a multidão como uma faca. Olhei para Mãocinza, para o serafim Talon, sem saber se eu o seguia ou se guardava meu posto. Marianne estava em movimento, agora, de braços dados com uma garota enfeitiçada, seguindo na direção das portas enquanto os convidados se abriam diante dela como água.

"Meu mestre tinha me dito para não fazer nada além de observar. Talon tinha dado ordens expressas para seguir nossa presa até o solo. Eu queria provar meu valor. Queria ser um irmão da Ordem da Prata e sabia que, depois de minha desobediência, eu já estava dançando em um precipício. Mas observei aquele monstro se aproximar e vi que a jovem em seu abraço tinha o cabelo da cor de folhas de outono.

"A prima de Aaron. *Véronique.*

"Pensei, então, em minha irmã Amélie. Em minha promessa a Astrid de que, se eu pudesse poupar mais uma mãe da dor que a minha tinha sofrido, eu faria isso de bom grado. Eu não queria ser um herói. Nem um tolo. Mas também não queria me tornar tão monstruoso como aquelas coisas que caçávamos.

"Véronique mal tinha 15 anos. Amélie, então, teria essa idade. Talvez eu pudesse ter dado as costas, feito o que tinham me dito para fazer pelo menos *uma vez* se eu não soubesse seu maldito nome. Mas a vida inteira daquela garota estava a sua frente. Ou vida nenhuma.

"'Ajude-me, Deus', murmurei. 'Ajude-me, por favor.'

"Então, senti um calor prateado e queimando em minha mão e sobre meu peito. E olhando para a palma da minha mão, vi que minha estrela de sete pontas tinha começado a brilhar. Eu me agarrei àquele calor que se espalhava, enchendo minha cabeça de preces ao Todo-poderoso. A sanguessuga se aproximou, e eu sabia que, se ficasse em seu caminho, ela ia me estilhaçar como gelo. Mas eu conseguia sentir o hálito de Deus em meu pescoço, prata queimando em minha pele. Levando a mão ao interior de meu gibão, saquei o punhal de aço de prata, afrouxei a gola. E entrei no caminho da vampira, com a palma estendida, queimando com uma luz fria e branco-azulada.

"'Pare. Em nome do Todo-poderoso.'

"'De León!', rosnou Talon. 'Que droga, garoto!'

"A vampira estreitou os olhos. A música hesitou, as pessoas ao meu lado ficaram assustadas. Sob a luz pálida que ardia de minha mão e em minha garganta, Luncóit de algum modo não parecia mais tão bonita. O monstro falou, e eu não soube ao certo se sua voz soou só em minha mente.

"'*Teu Todo-poderoso não tem poder sobre mim, criança.*'

"Onde antes eu tinha sentido a pressão delicada do menino coisa em minha mente, agora eu senti uma martelada, revirando meus pensamentos. Eu fiz força, tentando expulsá-la enquanto Mãocinza e Talon vinham por entre a multidão. A vampira deu um passo em minha direção, e a luz na palma de minha mão brilhou tão forte que a fez se encolher. Véronique piscou com força, o feitiço sobre seus olhos eliminado enquanto ela se encolhia na pegada de ferro do monstro.

"'Solte-a', disse eu. 'Pelo Sangue do Redentor, eu ordeno.'

"Eu podia ver a fúria sombria em Lincóit se aprofundar enquanto ela dava outro passo em minha direção. Aquela era uma criatura velha como os séculos. Eu era um inseto ao seu lado. E, mesmo assim, com Deus ao *meu* lado, eu me erguia a quinhentos metros de altura. Com luz brilhando a sua frente, Talon e Mãocinza correndo às suas costas, a vampira jogou Véronique contra a parede como se fosse uma boneca de pano. Eu gritei, saltei e segurei a garota no ar enquanto a força jogava a nós dois sobre pedra. A vampira se moveu em um borrão, derrubando os observadores e quebrando e saindo pelas janelas do salão de bailes. Vidro estilhaçado choveu no chão enquanto Mãocinza e Talon voavam atrás dela pela noite.

"'Assassinato!', disse um grito. 'Assassinato, por Deus!'

"Sacudi a cabeça para limpá-la, piscando enquanto olhava ao redor. Vi um dos *gens d'armes* da casa entrar cambaleante no salão, com o corpo de uma jovem criada nos braços. A garota estava morta, pálida como cinza, duas perfurações no pescoço. A multidão ao meu redor emitiu expressões horrorizadas.

"'Ninguém importante, hein?', gemeu Véronique em meus braços.

"Com um momento para conferir a garota perplexa, fui atrás de meu mestre e Talon, voando através da janela quebrada. Eu podia ver Aaron perto das carruagens, lutando com um homem alto e barbado. Mãocinza atacou no pátio, passando por soldados atônitos, Talon atrás, os dois rápidos como falcões com o sacramento que tinham fumado. Correndo para o lado de Aaron, bati com o cabo do punhal na cabeça do escravo, permitindo que o jovem aristocrata lhe aplicasse uma chave de braço e o jogasse no chão. Vi que o gibão de Aaron estava encharcado de sangue – atrapalhado pela bebida, o jovem nobre tinha sido esfaqueado. Mas ele parecia mais furioso que com dor.

""Maldito bastardo', disse ele com rispidez, botando a bota na cabeça do escravo.

"'Você está bem?', arquejei, olhando para suas roupas ensanguentadas.

"'Não se anime, seu peão trêmulo.' Ele fez uma expressão de dor, apertando uma mão ensanguentada sobre o peito. 'O que em nome de Deus aconteceu aqui?'

"'Luncóit me viu... Ou melhor, eu...'

"De Coste me olhou nos olhos.

"'Ah, Virgem-mãe, De León, você não...'

"Senti um nó no estômago. Eu não tinha arrependimentos, mas sabia que minha desobediência tinha me enfiado novamente em merda até a cintura. Ouvi o barulho de passos, senti alguém segurar meu pescoço. Fui jogado contra a carruagem, e estrelas negras explodiram em meus olhos. Um punho atingiu meu estômago, outro golpe atingiu o lado de minha cabeça com tanta força que quase soltou meu maxilar. Com sangue na boca, eu desabei nas pedras do calçamento, gritando quando uma bota me atingiu nas costelas.

"'Seu sodomita sangue-merda!', rosnou Talon. 'Eu devia tê-lo arrastado para a ponte do céu quando tive a chance! Você acabou de custar a porra da nossa presa!'

"Eu me ergui sobre os cotovelos, cuspindo sangue.

"'Eu acabei de s-salvar a v-vida de uma garota!'

"'E acabou com incontáveis outras!' A máscara estoica de Mãocinza tinha sido abandonada, suas presas compridas enquanto ele assomava sobre mim, sacando sua espada de aço de prata. 'O que eu lhe *disse*, garoto? O que eu *falei* que ia acontecer se você algum dia me desobedecesse outra vez?'

"Convidados do banquete tinham se reunido diante da casa baronial. Aaron olhou para os degraus, viu a prima entre a multidão, seu vestido de seda rasgado, seu cabelo de outono despenteado. O barão e a baronesa observavam quando Mãocinza ergueu a espada. Mas Deus estava comigo quando encarei aquele monstro. Ele *quis* que eu salvasse a vida daquela garota.

"Com certeza ele não ia me abandonar agora.

"A luz baça do luar brilhou sobre aço de prata, toda minha vida em um clarão diante de meus olhos. E quando a espada começou a cair, Aaron entrou no caminho de Mãocinza.

"'Mestre, pare!'

"Mãocinza se deteve, olhando com raiva enquanto De Coste apontava para o escravo inconsciente.

"'Esse bastardo revelou onde é o ninho deles! Uma propriedade perto da Ponte da Cachoeira, na Travessa da Prata. Se agirmos depressa, podemos incinerá-los antes que eles fujam.'

"'Supondo que eles voltem para lá, agora que foram descobertos', resmungou Talon. 'E supondo que Luncóit não nos faça em pedaços antes mesmo que o sol nasça.'

"'Mais uma razão para poupar esse idiota.' Aaron olhou para a prima, depois outra vez para mim. 'Pelo menos por enquanto. Vamos precisar de todas as espadas que possamos reunir para derrotar esse inimigo.'

"Mãocinza e Talon trocaram olhares vermelho-sangue. Vi a pegada de meu mestre na espada se apertar. Ele estava tão perto de deixar que aquele golpe caísse que eu podia sentir seu gosto. Mas, por fim, ele olhou para os nobres e os soldados ao nosso redor, depois para Aaron, agora parado em seu caminho.

"'É melhor você rezar a Deus para que De Coste esteja certo, De León', rosnou Mãocinza. 'Porque, se esse monstro e sua cria nos iludirem, todo assassinato que eles cometerem depois disso vai ser uma mancha em *sua* alma. E o que quer que aconteça esta noite, quando voltarmos para San Michon vai haver um ajuste de contas. Anote minhas palavras. Você *nunca* mais vai caçar como meu aprendiz outra vez.'

"Eu baixei a cabeça e assenti lentamente.

"'*Oui*, mestre.'

"Mãocinza embainhou sua espada. Talon se voltou para a fortaleza, os olhos vermelhos como sangue.

"'Reúnam suas coisas, irmãos. Temos uma sanguessuga para matar.'"

✦ V ✦

A IDADE DA QUEDA

— EU ESTAVA DEITADO em um telhado na Travessa da Prata com Aaron, nós dois olhando por cima da cumeeira. As pedras do calçamento abaixo estavam cheias de pessoas em festa, sua música e risos abafados pelo barulho da cachoeira próxima. Mas a propriedade do outro lado da rua estava escura como o breu. Silenciosa demais. Arqueiro estava pousado perto em um cata-vento, me observando como um gavião.

Jean François retorceu o lábio.

— Um falcão observando-o como um gavião? Sério, De León, seu palavreamento é uma maravilha de se ver.

— Minha história, sangue-frio. Eu vou contar como eu quiser. — Gabriel terminou o vinho e esfregou os lábios. — E para sua informação, palavreamento não é uma palavra de verdade.

— Nem "paunocuzice", mas você não me escuta reclamar.

— Estranho, juro que foi *exatamente* isso o que acabei de ouvir. Agora, posso contar minha história ou não?

Jean-François deu um suspiro.

— Como você quiser, Santo de Prata.

Gabriel virou o copo, acariciando o queixo.

— Então não tínhamos como saber se Luncóit ou sua cria tinham voltado para lá depois da fortaleza. Mas não tínhamos outra trilha a seguir. Aaron mantinha os olhos na propriedade, enchendo seu cachimbo com o *sanctus* entregue a ele por Mãocinza. A culpa estava me consumindo enquanto ele acendia a pederneira e dava um trago profundo para dentro de seus pulmões. Eu me perguntei outra vez se nosso mestre estava certo, se minha desobediência tinha salvado uma vida só para custar centenas mais.

"Além disso, eu estava também abrigando outra culpa. Eu sabia que não fazia sentido que De Coste tivesse agido em minha defesa se ele estivesse por trás do ataque nos estábulos de San Michon. Se Aaron realmente me quisesse morto, ele podia simplesmente ter ficado de boca fechada e deixado que a espada de Mãocinza caísse. Apesar do quanto eu quisesse que fosse verdade...

"Talvez eu estivesse errado em relação a ele.

"Talvez outra pessoa tivesse libertado La Cour.

"Ou talvez ela tivesse apenas fugido sozinha, como sempre disse Talon.

"*Então por que Aaron estava escondido no arsenal naquela noite?*

"Quando o jovem aristocrata abriu os olhos, eu os vi tomados de vermelho, as íris quase engolidas pelas pupilas. Eu assenti quando ele me passou o cachimbo.

"'*Merci.*'

"'De nada, camponês.'

"'Não... estou dizendo... por ter enfrentado Mãocinza em minha defesa. *Merci*, De Coste.'

"Os olhos de Aaron estavam de volta à casa, sua respiração saindo como a de um cavalo de corrida. Mas o *sanctus*, pelo menos, parecia tê-lo deixado sóbrio.

"'Você é um idiota, De León. Um babaca teimoso que acha saber mais do que homens que caçam esses monstros há anos. E essa vaidade vai fazer com que você seja morto.' Ele olhou rapidamente para mim. 'Mas você salvou a vida de minha prima. *Famille* é *famille*. Agora, apresse-se. Eles já estão entrando em ação.'

"Aaron disse a verdade; eu podia ver as silhuetas escuras de Mãocinza e Talon convergindo para a cerca de ferro fundido que circundava a propriedade. Assim, inspirei uma dose fervente de vermelho em meus pulmões, momentaneamente tomado por sua ação, por sua pulsação se soltando em meus limites e enchendo cada centímetro meu. Então entramos em movimento, passando por pessoas em festa atônitas, com tochas acesas e aço de prata na mão até chegarmos às portas da propriedade e derrubá-las como ventos de tempestade.

"Manchas de sangue no carpete. Respingos na parede. Havia um criado morto em uma *chaise longue*, a luz de nossas tochas brilhava nos candelabros de cristal enquanto andávamos pela casa. Mãocinza e Talon estavam vestidos de prata, livres das túnicas e sobretudos, mas eu não conseguia ver luz em suas tatuagens, nem sentir qualquer calor em meu próprio aegis. Mãocinza desceu para o porão enquanto Talon revistava o andar inferior. Lado a lado, Aaron e eu subimos a grande escadaria.

"Nós nos separamos e saímos andando pelo patamar. Entrei no que parecia ser o *boudoir* principal, vi uma mulher idosa na cama, respingos vermelhos nos lençóis de seda. Eu sabia que ela tinha sido morta mais cedo – que não havia nada que eu pudesse ter feito para impedir aquela carnificina. Mas os monstros que tinham assassinado aquelas pessoas ainda estavam soltos. A cada momento que se passava, a certeza de que eles haviam nos enganado estava crescendo, e a culpa por aqueles que eles matariam amanhã à noite, nas noites depois disso, ficava mais pesada sobre mim a cada passo.

"Ouvi um grito de Aaron, uma pancada surda. Eu girei, saí correndo pelo corredor e entrei em um estúdio luxuoso. De Coste estava no chão, lutando com um homem sūdhaemi grande. O sujeito tinha duas vezes o peso de Aaron e era obviamente um escravo – mesmo com uma dose de *sanctus* nele, De Coste estava com dificuldade. Eu dei um chute na cabeça do homem grande e prendi um de seus braços enquanto Aaron o pegava pelo pescoço. Olhando nos olhos do homem, De Coste sibilou.

"*Agora fique quieto.*

"O escravo gemeu, tentando se livrar da compulsão, mas àquela altura Mãocinza e Talon tinham chegado. O homem foi imobilizado, Talon e eu segurando seus braços, e Mãocinza sentado sobre seu peito, com um punhal de prata em seu pescoço.

"'Saia de cima de mim, porco de Deus!', gritou o homem.

"'Onde está sua senhora?', perguntou Mãocinza, apertando seu punhal. '*Fale!*'

"O homem deu uma cusparada no rosto de Mãocinza. Nosso mestre quebrou seu nariz com o punho do punhal e olhou para De Coste.

"'Encontre-a.'

"Aaron assentiu, ajoelhando-se ao lado da cabeça do escravo. O homem tentou fechar os olhos e virar o rosto, mas Aaron o segurou imóvel.

"'*Conte-nos onde está sua senhora.*'

"Ao mesmo tempo, Talon pôs a mão na testa do homem e estreitou os olhos enquanto forçava a entrada em seus pensamentos. Senti aquela inveja familiar – ver dons de sangue em ação enquanto eu ficava ali, inútil como bolas em um padre.

"O escravo corcoveou e sibilou, o sangue de seu nariz quebrado acendendo a sede dentro de mim. Ele fez o possível para resistir – se Aaron e Talon fossem meras inquisidoras com algo tão mundano quanto uma grade ou uma roda, tenho certeza de que o escravo nunca abriria a boca. Mas, no fim, o sangue venceu.

"'A ponte', disse Talon erguendo os olhos. 'Eles estão na Ponte da Cachoeira.'

"'Por quê?', perguntou Mãocinza. 'Por que não simplesmente fugir?'

"'Porque vocês chegaram tarde demais!', disse o escravo. 'Tudo o que precisa ser sabido é sabido! O mestre está vindo, seus porcos de Deus de merda! E sangue e fogo vão marcar sua passagem!'

"O punho de Mãocinza atingiu o queixo do escravo, deixando-o imóvel e sem sentidos.

"'Esse enigma não faz sentido...'

"'Vamos saber a verdade sobre ele', disse rispidamente Talon, 'quando derrotarmos esse animal profano.'

"Nós quatro saímos voando pelas ruas, correndo pelas vias públicas abarrotadas. Aaron nos conduzia como uma flecha, passando por pessoas dançando e amantes circulando, na direção do rio que cortava a cidade em dois. Neve cinza caía dos céus. Arqueiro cortou a escuridão com um pio penetrante.

"Aaron tirou o casaco dos ombros, arrancou a túnica e deixou suas tatuagens à mostra. Enfiei o retrato de Astrid na calça e fiz o mesmo. Nós quatro estávamos vestidos de prata, agora, mas o *sanctus* mantinha o frio afastado, o pensamento no que estava por vir correndo como fogo pelas minhas veias. Quando chegamos à Ponte da Cachoeira, olhei para Mãocinza e vi aquele brilho na prata em sua pele; o sinal revelador de que o mal estava perto, e Deus cavalgava conosco.

"A cachoeira agora era um ronco corrente, mas, acima dele, ouvi risos na multidão diante de nós. Meu coração estava batendo forte, a música de um martelo enquanto atravessávamos a aglomeração e finalmente, milagrosamente, vimos nossa presa à nossa frente. A vampira que estávamos caçando desde Skyefall.

"Marianne Luncóit.

"A Ponte da Cachoeira era de pedra escura, os peitoris decorados com estátuas de latão de santos e anjos. Ela estava em meio a elas, toda de vermelho, seu filho Adrien ao seu lado. Uma multidão de pessoas bêbadas estava reunida a sua volta, vibrando quando ela abriu a mão como um mágico de esquina e liberou um corvo branco no ar. O pássaro era lindo, mergulhando pelos borrifos congelantes e novamente seguindo pela noite. Havia três gaiolas alinhadas ao longo da mureta, duas já vazias. Olhando atentamente para o céu, vi mais pássaros voando para oeste sobre o pico Raphael. E meu coração se apertou quando entendi o que eram.

"'Mensageiros...', disse eu em voz baixa.

"Um grito nítido cortou o ar, e um escravo com um machado de batalha veio em minha direção do meio da multidão. Recebi o golpe com a Garra de Leão, a turba a minha volta aos gritos. Sangue jorrou quando contra-ataquei, chutando o homem no peito e derrubando-o nas pedras do calçamento. Um rapaz de pele escura e cabelo liso estava atacando Aaron com uma espada larga, e Aaron sacou sua pistola e a descarregou no rosto de um homem sūdhaemi que o atacava com golpes de punhal. A multidão gritou outra vez quando ouviu o barulho do disparo, e Mãocinza gritou acima do pânico.

"'*Fujam!* Pelo amor de Deus e o bem de suas almas! Fujam!'

"A multidão se espalhou enquanto eu cravava minha espada na barriga do escravo grande. Todo o mundo estava em movimento como em um sonho, o *sanctus* correndo em minhas veias. O machado do escravo atingiu as pedras do calçamento quando desviei para o lado, e seu maxilar se quebrou quando enterrei o punho de minha espada em seu rosto. Quando sangue e dentes voaram, eu me perguntei se aquele homem chegava a entender o que estava fazendo. Se o veneno que ele havia engolido do pulso de sua senhora das sombras lhe permitia o luxo de medo ou arrependimento, ou simplesmente fazia dele um escravo de sua vontade antiga. Morrendo pelo único deus que importava.

"Mas ele morreu, suspirando seu fim na ponta de minha espada enquanto os celebrantes do Dia de Maximille fugiam aos gritos, deixando-nos com os dois monstros no meio da Ponte da Cachoeira. Neve cinza redemoinhava ao nosso redor em turbilhões congelantes, água cinza corria abaixo de nós, além daquela borda congelada. Marianne Luncóit abriu as mãos outra vez, liberando mais um corvo branco na noite, e vi um pequeno rolo de pergaminho preso a sua perna com um laço de fita negra.

"Suas gaiolas agora estavam vazias. Seu olhar também, quando ela se virou para nós, perigosa e bela. Cabelo comprido e flamejante emoldurava seu rosto, de algum modo intocado pelo vento uivante. Sua pele era branca e dura como mármore. E talvez fosse um truque da luz, mas, olhando para as pedras do calçamento embaixo dela, parecia que ela não projetava nenhuma sombra.

"'Chegastes tarde demais, crianças', disse ela. 'Tudo o que é preciso saber é sabido. E agora *ele* também vai saber.'

"'Alegrem-se.' A criança me deu um sorriso sombrio. 'A idade da queda começou.'

"Olhei para os corvos brancos voando para o oeste e soube com uma certeza terrível para onde eles se dirigiam. Quem *ele* era. O leão em meu peito e a estrela de sete pontas na palma da minha mão queimavam com o calor divino, esquentando meu sangue. E, assustadores e sobrenaturais como eram aqueles dois, eu pude ver a forma como seus olhos se estreitaram quando nos aproximamos deles. A forma como o lábio do garoto se retorceu quando um leve sibilar escapou através de suas presas.

"'Por longas noites tu acossaste meus passos', murmurou a mulher para Mãocinza. 'Eu te sentia, como lábios delicados em minha nuca trêmula. E tu estás aqui, meu belo caçador.'

"Ela estendeu os braços.

"'Beija-me.'

"'O Senhor é meu escudo, inquebrável', disse rispidamente Mãocinza. 'Ele é o fogo que queima toda a escuridão. Ele é a tempestade que se ergue e vai me alçar até o paraíso.'

"O *frère* deu um passo à frente, e a vampira recuou. O queixo dela estava baixo, os cílios adejando como se estivessem de algum modo encantados pela dor que a luz sagrada provocava. Seus lábios de rubi se curvaram em um sorriso que era quase... afetuoso.

"'Eu vos conheço, santos de prata. Talon de Montfort, Aaron de Coste. Gabriel de León.'

"'Não deem ouvidos ao que ela diz', alertou Talon.

"'Se eu sei vossos nomes, vós não saberíeis o meu?' Ela passou as mãos sobre a ondulação pálida de seus seios e as desceu até os quadris enquanto sorria para Mãocinza. 'Que nome tu vais sussurrar, do contrário, Aramis Charpentier, quando eu te amar?'

"'Nós *sabemos* seu nome. Luncóit? Filha do corvo? Longe de ser o enigma mais profundo, Voss.'

"O monstro sorriu, astuta e perversa quando enunciou o credo de sua linhagem.

"'Todos vão se ajoelhar, bom *frère*.'

"Ela, então, se moveu, com a rapidez de um assassinato, para a luz de Mãocinza. Embora o brilho estreitasse seus olhos e retorcesse seus lábios, mesmo assim ela atacou, rápida como o estrondo de um trovão. Mãocinza arquejou, inclinando-se para trás quando unhas duras como diamantes zuniram perto de seu pescoço. A outra mão dela o atingiu no peito, a mão fervilhando, jogando-o para trás através da ponte como se ele fosse feito de penas. Eu gritei quando meu mestre atingiu a mureta, transformando pedra em pó e desabando de joelhos.

"Mãocinza ficou novamente de pé em um piscar de olhos, avançando na direção de Luncóit. Mas o garoto agora também estava em movimento, rápido como a língua de uma serpente. Ele sacou um punhal de aparência maligna de seu gibão com uma das mãos, com uma pistola na outra. Eu gritei quando ele apertou o gatilho, e Aaaron virou bruscamente de lado quando o disparo o atingiu no peito. Então o garoto voou sobre mim. Ele passou por baixo da bomba de prata que joguei, em silhueta contra a explosão às suas costas. Dancei para trás, mantendo-o a distância com a Garra de Leão enquanto o serafim Talon atacava as costas de Luncóit.

"A memória muscular entrou em ação; as incontáveis horas de treino entrelaçadas com o hino de sangue em minhas veias. Mas eu agora estava enfrentando altos-sangues – os inimigos de quem eu tinha ouvido falar muito, mas nunca realmente enfrentara. Eles se moviam com a rapidez de um furacão, e, embora a luz de nossas tatuagens fizesse aquele belo garoto morto fazer expressões de dor, mesmo assim ele atacava. Atirei outra bomba de prata, golpeei com minha espada. Botei tudo o que tinha no golpe, mas a Garra de Leão encontrou o pescoço de Adrien, e sua carne era pedra, e sua faca, rápida como mercúrio quando ele contragolpeou, rápido demais para acompanhar.

"Eu cambaleei e atingi as pedras do chão, com sangue em minha boca. A sombra de Adrien caiu sobre mim, e vi a morte estender sua mão. Mas a carne no pulso dele se rachou como vidro quando a espada de Aaron caiu sobre ele, e Adrien sibilou, desviando-se da chama que De Coste enfiou na direção de seu peito. Aaron golpeou outra vez, o aço de prata passando pelo rosto do garoto, cortando seus cachos escuros. O vampiro saltou para trás, uma das mãos no rosto ensanguentado, a outra ainda segurando a faca igualmente cheia de sangue. De Coste montava guarda sobre mim, os olhos iluminados pela tocha em chamas. Havia um buraco sangrento aberto em seu peito, anjos da hoste queimando prata em seus braços.

"'Você está bem?', sibilou ele, os olhos ainda no garoto que nos mirava com raiva.

"Olhei para minha barriga, percebi que Adrien tinha me apunhalado uma dúzia de vezes.

"'Na v-verdade, não.'

"'Leve o tempo que for necessário, camponês'. De Coste deu um sorriso malicioso, cuspindo sangue. 'Vou assumir essa dança.'

"Aaron atacou o vampiro. A dupla se movimentava como água e sombra pálida sob a luz de prata. Olhando para trás, vi Mãocinza e Talon ainda envolvidos com a ancien, apenas um borrão. O fedor de ignis e prata cáustica pairava no ar, bombas de prata estourando, maças e espadas brilhando. A mulher se movia entre eles como uma faca ensanguentada, o vermelho de seu vestido, seu cabelo e seus lábios a única cor sob o brilho prateado.

"'Para trás!', gritou Mãocinza, cortando o ar.

"'Diga por favor.' Ela sorriu e cortou seus braços com aquelas garras malignas.

"'Nós somos a luz na noite!', gritou Talon, atacando com sua maça. 'Nós somos o fogo que arde entre isto e todo o fim do mundo!'

"'Beije-me então, caçador. E veja qual de nós vai queimar.'

"Luncóit arrancou uma das estátuas de metal da mureta e a brandiu como se fosse um porrete. Mãocinza foi derrubado para o lado, sem sentidos e sangrando. Recuando o braço, Luncóit arremessou a estátua como uma lança. Talon deu um grito quando o anjo o atingiu, esmagando-o contra a mureta com força suficiente para eliminar qualquer homem mortal.

"Eu fiquei de pé com dificuldade, sangue enchendo minhas botas, a

Garra de Leão inerte em minha mão. Talon estava de joelhos, mas Mãocinza estava de volta à refrega, atacando Luncóit como um raio. Assim, eu cambaleei de volta para ajudar Aaron. Com todas as suas bravatas, ele estava sendo superado por aquele menino sombrio, e, mesmo ferido como eu estava, mais uma espada podia virar a balança.

"De Coste enfiou a espada no lado do vampiro, e ouvi um som que mais parecia pedras rachando que carne sendo cortada. Arrancado de suas mãos, o aço de prata de Aaron caiu nas pedras do calçamento. A reação de Adrien abriu um rasgo vermelho sobre as costelas do garoto, através do entrelaçado de rosas em seu peito. Com a mão sobre a ferida terrível, Aaron caiu de joelhos.

"'*Feche os olhos*', sussurrou ele, e o garoto morto apenas riu. Adrien mergulhou sobre De Coste, a faca correndo na direção do coração de Aaron, e então eu caí sobre ele, batendo contra o peito do vampiro e fazendo com que nós dois caíssemos pela ponte. Atingimos as pedras do calçamento com força, e um gongo tocou em meus ouvidos quando minha cabeça bateu na pedra.

"'Inseto', disse Adrien, virando-se para mim. '*Gado*.'

"Engasguei em seco quando mãos gosmentas de sangue se fecharam em torno de meu pescoço, a carne de Adrien fervilhando sobre a prata enquanto ele batia minha cabeça contra a pedra. Enfiei a mão direita em seu rosto, recompensado por um uivo de dor enquanto a luz brilhava, enquanto o calor de Deus subia por meu braço até o coração. A coisa se encolheu para trás, sibilando, e, em um golpe desesperado, eu me lancei para cima e o chutei para longe, sobre a mureta despedaçada.

"O garoto balançou, os braços girando enquanto ele tentava encontrar o equilíbrio. Sangrando, com as costelas abertas até os ossos, Aaron pegou sua espada caída. O jovem aristocrata deu um sibilo de raiva, mostrando as presas, e, com um golpe final contra o peito de Adrien, De Coste jogou o monstro para trás por cima da mureta e dentro do rio congelante abaixo.

"Eu sabia que vampiros não podiam atravessar água corrente. Mas não tinha ideia do que acontecia quando eles eram submersos nela. Adrien começou a gritar e a se debater, como se tivesse sido jogado em um rio de lixívia em chamas. A corrente levou o monstro na direção da cachoeira, a carne de alabastro correndo para a espuma e sendo lavada de seus ossos enquanto ele era jogado pela borda congelada.

"'*Adrien!*', veio um grito. '*NÃO!*'

"Eu me virei na direção de Luncóit, vi seus olhos cheios de fúria. Mãocinza aproveitou a vantagem, chamando pelos céus enquanto golpeava com a espada em um arco sibilante no pescoço dela. Foi um golpe que teria partido uma bigorna em dois, e a carne da vampira se estilhaçou como gelo. Mas ela era um coração de ferro. Ancien do sangue Voss. E então eu vi o perigo terrível em que Mãocinza estava: ao arriscar seu golpe mortal, nosso mestre tinha ficado desequilibrado. Dedos brancos como ossos se fecharam em torno de sua garganta, fervilhando sobre a prata. As garras dela rasgaram o lado de sua cabeça, arrancaram sua orelha do crânio, quebraram seu maxilar, esmagaram seu olho direito como um ovo podre.

"'Mestre!', gritei, correndo adiante.

"A vampira pegou o pulso de Mãocinza e o jogou com tanta força sobre o chão que as pedras do calçamento estilhaçaram. Mãocinza deu um grito, sangue em seus lábios. Luncóit o jogou como se fosse um saco de pedras – uma, duas vezes, *girando* ao fazer isso. Ouvi osso quebrando, vi os olhos vermelhos de Mãocinza arregalados em agonia. E então ele deu um grito, com a cabeça jogada para trás quando a vampira cravou o salto em seu peito e se moveu para longe, arrancando seu braço da espada pela raiz.

"'Santo Deus...', disse eu em voz baixa, parando onde estava.

"Talon se levantou cambaleante, sangrando pelos olhos e os ouvidos. Seu ombro estava quebrado; o peito, afundado; o braço esquerdo, sangrando ao lado do corpo. De Coste e eu nos juntamos a ele, tentando recobrar o fôlego. A pele de Aaron estava marcada com uma dúzia de ferimentos, o cabelo louro grudado no rosto ensanguentado. Mãocinza estava surrado sobre as pedras enquanto a vampira se virava para nós, jogando o braço arrancado de meu mestre por cima da mureta dentro do rio abaixo.

"'O que fazemos, serafim?', perguntou Aaron.

"Talon sacudiu a cabeça, os dentes vermelhos com sangue.

"'Eu... eu não...'

"'Não podemos abandonar Mãocinza', sussurrei. 'Nós três podemos derrotá-la.'

"A vampira riu. Sua pele estava salpicada de vermelho, os olhos procurando os meus quando ela levantou a mão e lambeu o sangue de seus dedos escurecidos.

"'Me derrotar?'

"A neve caía sobre sua pele como se ela fosse uma estátua. Seu vestido flutuava ao seu redor como fumaça vermelha. Ela parou no limite de nossa luz, bela e terrível, e falou com uma voz que acelerou meu sangue.

"'Eu nunca sou derrotada. Eu apenas *derroto*. Esta é a província de um príncipe da eternidade.'

"Senti meu coração se apertar no peito quando a compreensão se abateu sobre mim.

"'Luncóit', sussurrei. 'Filha do corvo.'

"'Filha *dele*', disse Talon.

"Vi o rosto de Talon ficar mais pálido, a espada ensanguentada de Aaron tremer em sua mão. Nós sabíamos que o monstro que estávamos caçando era poderoso. Mas nunca imaginamos...

"Aquela coisa era velha quando o império era jovem. A soberana vermelha de *séculos* de matança. E então murmurei, com voz trêmula. O nome daquele animal que estávamos caçando desde Skyefall. Aquela vampira que agora nos caçava.

"'Laure Voss...'"

✦ VI ✦
ONDE GAROTAS MORTAIS TEMEM PISAR

— LAURE VOSS. FILHA favorita do Rei Eterno.

"Eu me lembrei das histórias que tinha ouvido sobre ela em torno da fogueira. Um terror da noite. Uma *verdadeira* ancien. Quando os muros de Vellene caíram para a legião sem fim de seu pai, Laure reuniu todos os bebês da cidade, arrancando-os de berços e dos braços de mães aos prantos como um horror de uma história em torno de uma fogueira alta. Ela os abriu como presentes de dia de santos e derramou seu sangue na fonte na praça de Vellene.

"E então, ela tomou a porra de um *banho* nela.

"*A Aparição de Vermelho*.

"Minha mão estava erguida a minha frente, a de Aaron também, e nossas tatuagens ardiam com um brilho sagrado, mantendo a vampira afastada. Mas eu só tinha uma bomba de prata. Nossas pistolas estavam vazias. Com Talon ferido tão seriamente, Aaron e eu apenas iniciados, tínhamos poucas chances contra um monstro de poder tão terrível.

"Mãocinza observava de onde tinha caído; nós três encolhidos em nosso círculo de luz.

"'N-não sejam heróis', murmurou ele. 'F-*fujam*...'

"Talon falou com um assovio na voz através de lábios ensanguentados.

"'Temo que esse inimigo esteja além de nós...'

"'A catedral.' Aaron assentiu às nossas costas. 'Solo sagrado.'

"'*Não podemos* deixar Mãocinza', disse eu.

"'Vós deveis deixá-lo.' Laure dirigiu os olhos para mim. 'Como tu a deixaste?'

"Meu estômago se revirou quando senti a vampira tentar forçar a entrada em minha mente. Tentei mantê-la fora como Talon tinha me ensinado, mas minhas defesas desmoronaram sob o peso de anos incontáveis.

"'Eu a vejo, sangue-frágil', sussurrou Laure. 'Aquela doce filha de Lorson, flutuando ao teu lado como uma sombra. Sinto o cheiro dela, escorrendo como sangue de tuas mãos culpadas. Se tu estivesses lá, talvez pudesses tê-la protegido. Se tivesses ido com ela para a mata naquele dia como ela te pediu, tua irmã Amélie ainda podia estar viva.'

"Os olhos de Laure perfuraram os meus, e sua voz era uma faca em meu peito.

"'Em vez disso, ela me encontrou.'

"Meu estômago se agitou com fúria. As presas se agitavam em minhas gengivas.

"'Você está mentindo.'

"Laure Voss inclinou a cabeça.

"'Estou?'

"'Não escute', alertou Aaron. '*Línguas mortas ouvidas são línguas dos Mortos provadas.*'

"'Ah, *oui*', disse a vampira, circundando nossa luz. 'Aaron de Coste. Sangue nobre bombeado por um coração de covarde. Tens medo de mim, amado? Da mesma forma que tiveste medo de seu padrasto quando ele te encontrou entrelaçado na cama de seu amor? Suando e cansado...'

"Vi De Coste ficar tenso com isso. Cerrar os punhos.

"'Sasha te amava. Implorando de joelhos diante do barão, e tu não fizeste nada para interceder. Em vez disso, jogaste seu amor para o lobo para te salvares de sua mordida.'

"'Silêncio', sibilou Aaron, com as presas brilhando. 'Isso não é verdade.'

"'Não é minha culpa, pai', disse dissimuladamente Laure, com a mão no peito. 'Eu não queria. Sacha me obrigou, pai. Sacha me *forçou*...'

"'SILÊNCIO!' Aaron ergueu a espada, a luz diminuindo quando as duas mãos se fecharam sobre a empunhadura. Só o brilho de minha palma permanecia, agora, e a tinta em nosso peito e nossos braços. O círculo estava diminuindo. Os olhos dela se estreitavam.

"'De Coste, mantenha posição!', gritou Talon. 'Ela quer que você lute com ela! Fique no círculo! Na luz de Deus, nós somos mais fortes juntos!'

"Laure apenas riu.

"'Achas que teu Deus vai salvar-vos de mim?'

"Talon fez uma expressão de dor, mostrando as presas.

"'S-saia... de m-minha cabeça, vadia...'

"'Nós somos teu castigo, serafim. E teu Deus não vai te poupar. Ele te *odeia*, e tudo o que és.' A cabeça dela se inclinou, os lábios se curvando. 'E eu te faria me amar, Talon de Montfort. Eu te prometerias um prazer com o qual nenhum irmão casto e santo poderia sonhar. Mas eu vejo, agora, por trás de teus olhos cheios de sangue. Sobre tuas mãos encharcadas de sangue.'

"A vampira sorriu.'

"'Tu já és nosso, sangue-pálido. Tua pequena Aoife podia testemunhar que...'

"E foi isso. Eu gritei em alerta, mas Talon simplesmente surtou e atacou, com Aaron ao seu lado. E, embora eu avançasse, com a luz brilhando, mesmo assim Laure Voss abriu os braços. Ela desviou da clava de Talon, passou rápida como um beija-flor pela espada de Aaron. Sua mão direita penetrou a guarda do serafim, torcendo seu braço com tamanha brutalidade que seu osso saiu pela pele. A outra mão dela colidiu com sua barriga, garras rasgando fundo. Ela jogou Talon para trás, as entranhas se derramando da ferida aberta. Aaron se lançou com um grito para o Todo-poderoso, mirando o ferimento que Mãocinza já havia iniciado. E *finalmente*, finalmente, a espada atravessou, partindo aquele acabamento de mármore e abrindo um grande talho no pescoço de Laure.

"Mas a princesa da eternidade contra-atacou, e gritei quando aquelas unhas duras como diamantes rasgaram o rosto de Aaron, abrindo sua bochecha até o osso. Ouvi as costelas de Aaron se partirem quando um golpe atingiu seu peito, jogando-o para trás através da ponte.

"'De Coste!'

"'*Gabriel.*'

"Eu me virei na direção da vampira, mais uma vez circundando os limites de minha luz. Eu estava sozinho, agora, em um oceano de escuridão. E me lembrei de Skyefall, do sangue do pequeno Claude de Blanchet fervendo sob minha mão. Mas, se aquele dom ainda me pertencia, eu não tinha ideia de como conjurá-lo. Os olhos de Laure estavam fixos em mim, emoldurados pelo cabelo vermelho-fogo, os lábios levemente entreabertos. Ela passou a língua pelos dentes, dedos sangrentos pela ferida aberta em seu pescoço, alisando a ampulheta de seu corpo e apertando forte entre as pernas.

"'Sinto o desejo em ti, sangue-frágil. Sinto o medo. Sei o que fizeste com a pobre Ilsa. Teu terror de poder fazer o mesmo com tua querida Astrid. Mas eu não tenho uma carne fraca e débil, para partir sob tua pedra. Tu não podes me *ferir*, Gabriel. Por mais que queiras.'

"Ela era horrenda. Era o mal encarnado. Mas, Deus me ajude, ela era bela e sombria como o fim de todos os dias. Eu engoli em seco. Pensando no sangue de Ilsa pulsando em minha boca. No perfume do sangue de Astrid no ar. Laure rondava de um lado para outro à minha frente, mas juro que podia senti-la atrás de mim, as mãos percorrendo meu peito nu, minha barriga, mais baixo e ainda mais baixo. Ela olhou para o bolso onde o retrato de Astrid estava dobrado e mordeu o lábio, estremecendo quando seu dente cortou fundo, sangue em sua boca.

"'Deixa-me beijar-te, Gabriel. Deixa-me beijar-te em lugares onde garotas mortais temem pisar.'

"Olhei para meus camaradas, as espadas caídas e ossos quebrados. Eu podia ter corrido. Dado as costas e escapado para a catedral, mesmo agora com as badaladas anunciando a virada do Dia de San Maximille. Mas recuar era deixar meus irmãos para morrer.

"'Vai ser êxtase', prometeu Laure. 'Vou ser a deusa pela qual tu vais morrer.'

"E, olhando para aqueles lábios vermelhos brilhantes, aquelas mãos esguias e curvas sangrentas, eu me perguntei novamente como seria morrer em prazer em vez de dor. Como poderia ser a *sensação* de ter aqueles dentes penetrando em minha pele. Ser tomado em vez de tomar.

"'*Beija-me*. Só uma vez, Gabriel. Beija-me.'

"Senti a mão cair ao lado do corpo. A luz à minha volta estava enfraquecendo, só o leão em meu peito ardia, agora, fraco e diluído como água. O sorriso da vampira se abriu, e ela se aproximou. Sua garganta estava despedaçada onde Aaron e Mãocinza tinham enfiado a espada em sua carne, e eu podia sentir o frio que emanava de sua pele, o cheiro de sangue, morte e terra enquanto ela me envolvia em seus braços. Seus lábios se aproximaram cada vez mais dos meus. Todo meu corpo se excitou com seu toque. E, murmurando uma prece para o Todo-poderoso, acionei o detonador de minha última bomba de prata e a empurrei no ferimento em seu pescoço.

"A explosão rasgou através de seu corpo, e me jogou para trás. Fogo de prata calcinou a carne de Laure, transformando mármore em ébano. Seu ombro e seu pescoço se abriram, um golpe que nenhum sangue-frio comum poderia ter aguentado. Mas, embora ela cambaleasse, *ainda assim* aquela vadia profana não caiu, o rosto retorcido de dor e medo enquanto seu belo vestido de seda pegava fogo.

"Eu me levantei com dificuldade enquanto as chamas tomavam conta, e Laure começou a gritar quando caí de joelhos ao lado de Mãocinza. Meu mestre estava inconsciente, mas ainda respirava, e eu o joguei nas costas enquanto Laure girava e gritava, rasgando o vestido antes que se tornasse um pilar de chamas. Em seguida, corri até Talon, o serafim arquejando em agonia quando eu o ergui.

"'VAMOS LÁ!'

"Logo depois, cheguei a De Coste, seu rosto rasgado e ensanguentado, seu peito em frangalhos. Levantei-o sob um braço, e com Talon ao meu lado e Mãocinza no ombro, nós corremos. Descemos por ruas calçadas com pedras, passamos por moradores da cidade aterrorizados e, finalmente, saímos na grande praça. E ali estava ela, tocando a meia-noite no campanário: um círculo de mármore e espiras góticas, erguendo-se para o céu que, talvez, ainda não tivesse nos abandonado.'

"A catedral de Coste.

"Chutei e abri as portas e entrei cambaleante sobre solo sagrado. Talon atravessou o umbral aos tropeções, sua barriga aberta era uma mixórdia sangrenta. Eu botei Mãocinza no chão, apoiei Aaron contra a parede e pressionei a mão sobre sua fronte ensanguentada.

"'De Coste?', murmurei. 'Está me ouvindo?'

"'Estou.'

"Meu estômago se encheu de gelo quando me virei para a praça lá fora. E ali estava ela, nua e apodrecida. O alabastro antes imaculado de sua pele estava arruinado, ossos brilhando por baixo da fachada estilhaçada. Seu cabelo vermelho-fogo era cinzas.

"Mas ainda *assim*, Laure vivia.

"'Não há Deus que vá salvar-te de mim', prometeu ela. 'Sou uma princesa da eternidade, e por toda a eternidade vou caçar-te. Tudo o que tens, vou tomar. Tudo o que és, vou desfazer. E, no fim, vou deixar-te de joelhos, sangue-frágil. Vou provar-te quando estiveres morrendo.'

"Laure olhou para a rua na direção do som de trombetas, botas reforçadas com aço sobre a pedra coberta de neve. O barão de Coste tinha finalmente reunido seus homens; soldados com piche em chamas e tochas acesas. Ferida como ela estava, a vampira ainda podia ter semeado a ruína entre eles como um fazendeiro nos campos. Mas, na verdade, ela não tinha necessidade de lutar. Ela já tinha feito o que tinha ido fazer em Coste. E, afinal, ela podia esperar para sempre.

"'Todos vão se ajoelhar.'

"Ela desapareceu. Um piscar de olhos, e ela não estava mais ali, deixando a praça abandonada. Minha boca era pó. As mãos tremiam. Mas, contra chances impossíveis, estávamos vivos.

"'Bastardinho... tolo.'

"Olhei para Mãocinza. O estrago de seu rosto. O ferimento que sangrava lentamente onde antes costumava ficar seu braço da espada. Eu procurei à nossa volta e arranquei uma tapeçaria da parede da catedral para botar em torno de seus ombros. Ele era um sangue-pálido, e o sangramento não ia matá-lo. E só o fato de estar consciente provava como a prata corria fundo em seus ossos.

"'Eu mandei que fugissem', sussurrou ele. 'A desobediência v-vai ser sua morte, garoto.'

"Olhei para Aaron. Para Talon. Para meu mestre. Todos nós aliados estranhos, com pouco em comum além do pecado de nosso nascimento. Mas mesmo assim. Mas mesmo assim...

"'Talvez sim, mestre. Mas meus irmãos são a colina sobre a qual vou morrer.'

"Aaron conseguiu emitir uma expressão de escárnio. Seus ferimentos desciam por sua testa e sua bochecha, rasgados pelas garras de Laure. Eu sabia que ele ia levar aquela cicatriz pelo resto da vida.

"'Belo s-sentimento. Mas não c-consigo evitar p-perceber que você não está morto, De León.'

"'Sempre há o amanhã.' Meus olhos retornaram para o lugar onde Laure Voss estivera. Sua promessa ainda pairando no ar.

"'Esta Caçada não acabou.'

"'Mas até agora, n-não deu em nada. Ainda não sabemos p-por que ela estava aqui.'

"Um grito agudo cortou a noite. Olhei para a praça da catedral, vi a chegada dos primeiros homens do barão, espadas e tochas acesas na mão. Acima de suas cabeças, um gavião cinzento desceu da escuridão. Arqueiro fez uma volta, depois entrou voando pelas portas da catedral, as asas agitando o cabelo encharcado de sangue em torno de meu rosto. Ferido como estava,

Mãocinza conseguiu dar um sorriso, e suspirei surpreso quando vi o que Arqueiro levava em suas garras.

"Um corvo branco morto.

"'Garoto esperto', assentiu Mãocinza. 'Meu garoto esperto.'

"O falcão fez um ruído estridente quando rastejei até seu prêmio. Eu desfiz o laço preto, desenrolei a tira de pergaminho amarrada à pata do corvo morto. Examinando a mensagem, vi que era um pequeno mapa das Montanhas dos Anjos, pintado com uma mão caprichosa. Uma bela escrita cursiva detalhava as cidades que ocupavam a cordilheira – população, ativos e guarnições de homens. Setas pretas desciam do norte, apontando na direção de Coste, Tolbrook, Skyefall e então para a própria Nordlund. E, apesar de meus ferimentos, eu fiquei de pé, o sangue correndo gelado quando percebi o que tinha em minhas mãos trêmulas.

"'De León?', murmurou Talon. 'O que é?'

"Olhei para meus companheiros, sem saber se ficava muito contente ou horrorizado.

"'Um plano de invasão.'"

✦ VII ✦
OS SEM FÉ

— CAVALGAMOS SEM DESCANSO de volta a San Michon, Arqueiro indo à frente levando notícias de nossa descoberta. E, embora nossas feridas se fechassem na estrada, o preço de nossa quase vitória estaria para sempre inscrito em nossa pele. Meu peito e braço estavam marcados pelas garras do filho morto de Laure Voss. A barriga de Talon ia carregar o toque daquele espectro para o resto de seus dias, e o rosto de Aaron estava marcado para sempre — uma cicatriz comprida em forma de gancho que atravessava sua testa e sua bochecha.

"Mas Mãocinza estava na pior situação.

"Ele havia perdido o braço da espada e também o olho e a orelha direita, arrancados pelas garras dos Mortos. Em nossa primeira noite de volta ao mosteiro, Mãocinza se ajoelhou na primeira fila na missa como se nada estivesse errado. Mas ele nunca mais seria o caçador que tinha sido. E todos nós sabíamos disso.

"Quando os hinos de encerramento estavam sendo cantados, o abade Khalid e o serafim Talon pediram para que eu e Aaron ficássemos. Tentei captar o olhar de Mãocinza quando ele saiu, mas ele me ignorou como tinha feito na estrada de volta para casa. Eu sabia que havia palavras não ditas entre nós — embora tivéssemos descoberto o estratagema do Rei Eterno, a forma como as coisas tinham se desenrolado em Coste era *minha* culpa. Meu mestre tinha jurado que eu nunca mais caçaria como seu aprendiz, e temi ser expulso da ordem por minha desobediência. Por mais estranho que fosse, por mais duras que tivessem sido minhas lutas, San Michon agora era meu lar. E eu estava com medo que pudesse ser forçado a deixar tudo aquilo para trás.

"Khalid estava parado no altar, Talon ao seu lado. Como sempre, o abade de San Michon era uma visão imponente, pele escura brilhando com a prata de seu aegis. Seus olhos verdes delineados com *kohl* estavam iluminados pela luz chymica dos globos acima, e a catedral estava em um silêncio mortal.

"'O serafim Talon me contou tudo o que aconteceu em Coste', disse ele. 'Enfrentar uma filha do Rei Eterno e sair vivo não é um feito pequeno. Vocês são nitidamente favorecidos pelo Todo-poderoso, iniciados.'

"Senti um nó em meu estômago se apertar quando o olhar de Khalid caiu sobre mim.

"'Isso, ou o diabo ama os seus.'

"Engoli em seco quando o abade se voltou para Aaron.

"'Iniciado De Coste, Mãocinza me informou que você se saiu admiravelmente bem nesses últimos meses. Você mostrou paciência, valor e disciplina, e deu o golpe mortal em um neto do próprio Rei Eterno. Ele sente que você está pronto para ser santificado na ordem.'

"De Coste olhou para mim, claramente dividido.

"'Abade... foi Gabriel que criou a oportunidade para que eu desse o golpe mortal no filho de Laure. Gabriel que deteve a própria Laure por tempo suficiente para buscarmos solo sagrado. Sem ele, estaríamos *todos* mortos.'

"'Mãocinza me informou da conduta do iniciado De León em Coste', respondeu Khalid.

"Eu baixei os olhos, com meu estômago se revirando outra vez. Claro que Mãocinza tinha contado a Khalid sobre minha desobediência. Minha precipitação tinha custado o braço da espada de meu mestre e quase nos custaram nossa presa. Mãocinza tinha me defendido quando Talon sugeriu que eu fosse levado para a ponte do céu e, ao ganhar sua ira, eu sabia que podia ter perdido meu único benfeitor. Mas ainda assim...

"'O que vai acontecer com o mestre Mãocinza, abade?', perguntei com delicadeza.

"'Achei que você estaria mais preocupado com seu próprio destino, Pequeno Leão.'

"'Fiz o que achei ser justo', murmurei, com os olhos baixos. 'A verdade de Deus é que eu faria de novo. Mas... sei que o que aconteceu com Mãocinza foi minha culpa.'

"'Mãocinza ainda vai decidir seu caminho.' Khalid deu um suspiro. 'Ele é forte como aço de prata. Mas vai levar tempo para se recuperar do que a Aparição de Vermelho fez com ele. No corpo e na mente.'

"'Sanguessuga ímpia', murmurou Aaron.

"'Nós devemos a ela um ajuste de contas', disse eu rispidamente. 'Nós devíamos localizá-la e...'

"'Você não vai fazer nada disso, seu resto de porra das sarjetas', retrucou Talon. 'Considere-se abençoado por não arrancarmos a tinta de sua pele e o jogarmos destes salões.'

"Pisquei ao ouvir isso.

"'O senhor quer dizer... que não vou ser expulso da ordem?'

"'Não', respondeu Khalid, fazendo meu coração cantar. 'Sua desobediência merece censura. Mas não se pode negar que você salvou a vida de seus companheiros, Pequeno Leão, nem que sua coragem tenha nos dado uma vantagem enviada pelos céus contra o Rei Eterno. Mas agora não é hora de vingança contra Laure Voss. Toda nossa força deve ser direcionada para deter seu pai. E, graças a seus esforços, agora sabemos com certeza onde ele e sua legião sem fim vão atacar.'

"Fui tomado de alegria ao pensar em meu perdão, que eu ainda poderia estar com meus irmãos na batalha que estava por vir.

"'Avinbourg', sussurrei.

"Khalid assentiu.

"'Pelo plano que vocês descobriram, sabemos que Voss pretende tomar a cidade fortificada, depois rumar para o sul ao longo das Montanhas dos

Anjos e tomar Coste, Tolbrook e Skyefall, cortando o fornecimento de prata para o império inteiro. E, mesmo com o conhecimento desse estratagema, temos pouco tempo para detê-lo. O inverno profundo está sobre nós. O rio Cherchant já está quase congelado. O imperador Alexandre esvaziou todas as guarnições ao longo das Montanhas dos Anjos para reforçar Avinbourg, e uma hoste poderosa está sendo reunida de Dún Fas, de Dún Cuinn, de Promontório Rubro e de Beaufort. Eles vão ser liderados pela própria impertriz.'

"Aaron piscou ao ouvir isso.

"'Isabella vem a San Michon?'

"Khalid assentiu.

"'Ela e suas forças vão se reunir aqui dentro de uma semana. Por isso, confio que sua Caçada não os tenha exaurido demais, iniciados. Vocês logo serão chamados outra vez para defender a Santa Igreja de Deus.'

"Medo e alegria borbulharam dentro de mim com aquele pensamento. A ideia de lutar em um cerco contra milhares de Mortos pelo destino de Nordlund era quase demais. Aquilo era tudo pelo que eu tinha trabalhado. E nós tínhamos visto em primeira mão, agora, a profundidade do mal que enfrentávamos.

"'Iniciado De Coste, você vai ser santificado na ordem no próximo *prièdi*', disse Talon. 'Se você tiver tempo agora, vou lhe passar seus votos. E nossas expectativas.'

"Khalid se voltou para mim. Eu sabia em meu coração pulsante como estivera perto do limite, ali, e eu podia ver em seus olhos que tinham sido as palavras do abade que haviam me poupado da queda.

"'Durma esta noite, Pequeno Leão. Você vai precisar.'

"Eu fiz uma reverência, entorpecido pela gratidão.

"'Pelo sangue, abade.'

"Eu me virei para ir embora, mas então ofereci a mão para De Coste. Depois de uma breve hesitação, ele a apertou. Apesar de nossas diferenças, sabia que Aaron tinha conquistado sua indicação. E desde que salvamos a pele um do outro em Coste, eu estava começando a sentir uma leve afinidade com ele. Nós não éramos amigos. Mas há um amor estranho e feroz forjado nas chamas do combate. Uma irmandade escrita apenas em sangue. Mesmo entre homens que normalmente odiariam um ao outro.

"Deixei a catedral e saí na noite congelante. Eu podia ouvir uma boa animação no refeitório, o riso do ferreiro Baptiste, as flautas de *frère* Alonso, mas minha mente ainda estava inquieta. Na viagem de volta de Coste, eu estava ruminando aquilo insistentemente. Eu *sabia* que não podia acreditar em nada do que Laure Voss tinha nos contado. Mas a forma como Talon se enfureceu quando Voss mencionou a irmã Aoife... Apesar de meu perdão, ali ainda havia um mistério. Um cujo fundo eu não conseguia ver.

"Entretanto, eu sabia de alguém que talvez conseguisse...

"A espera foi uma tortura. Aaron e eu fomos deitar no alojamento naquela noite, e todos os outros iniciados pediram que contássemos a história da batalha com a filha do Rei Eterno. Passaram-se horas até que os bastardos fossem dormir. E, finalmente, escapei do alojamento, atravessei o mosteiro e entrei no escuro da grande biblioteca.

"Tudo era silêncio enquanto eu andava em meio às estantes. Aquele grande mapa do império estava gravado na madeira do piso, e meus olhos se dirigiram para as Montanhas dos Anjos, o nome de um anjo diferente escrito em cada pico. Visualizei a legião do Rei Eterno, marchando agora mesmo na direção de Avinbourg, com uma empolgação no estômago ao pensar na batalha por vir.

"Mais ainda ao pensar *nela*.

"Fazia meses que eu não a via, e aqueles poucos minutos em que andei pela seção proibida foram certamente os mais longos. E se ela não estivesse ali? E se tivesse encontrado um jeito para escapar daquela gaiola, como tinha prometido? E se...

"Mas dei a volta nas estantes, e lá estava ela. Sentada à grande mesa de carvalho, cercada de livros. Seu cabelo estava livre de sua touca, comprido, madeixas negras emoldurando bochechas pálidas. Uma das mãos delineava o texto que ela lia, a outra segurava um lenço sujo de vermelho junto do nariz. A irmã noviça Chloe estava sentada ao lado dela, examinando um tomo empoeirado. O cheiro de sangue e erva-do-sonho pairava no ar. E, estranhamente, vi um fuzil perto da mão de Chloe.

"'Bom amanhecer, *mesdemoiselles*.'

"Chloe se assustou com meu sussurro. Astrid levantou o rosto de seu livro, olhos escuros se encontrando com os meus. Ela então sorriu para mim. E Deus, o jeito que ela fez isso..."

Gabriel se encostou em sua poltrona, olhando para o teto de sua cela com olhos brilhantes.

– Aquela garota tinha *mil* sorrisos. – Ele deu um suspiro. – Um sorriso cruel como o vento de inverno, que cortava você até seus ossos trêmulos. Um sorriso leve como plumas de pombo, apenas o mais leve toque disso em seu rosto só para que você soubesse que ela estava ouvindo enquanto você falava. Um sorriso que podia deixá-lo com medo, um que podia fazê-lo chorar, e um sorriso que fazia com que você se sentisse o único homem vivo. E o sorriso que ela deu para mim naquela noite foi a primeira vez que ela sorriu daquele jeito, e não me esqueci, nem mesmo depois de todo sangue e fogo, nem mesmo depois de tantas noites desde aquela. Um sorriso que sussurrava e me fazia sorrir da mesma forma.

– O que ele sussurrava? – perguntou Jean-François.

– Que ela estava feliz. Que *me* ver a havia deixado assim.

"'Bom dia, Gabriel', disse ela.

"'É bom ver vocês duas, irmãs noviças. Rezo a Deus por encontrá-las bem.'

"'Bem o bastante.' Astrid esfregou o nariz. 'Tirando essa pequena perda de sangue.'

"Chloe sorriu, com os olhos verdes brilhando.

"'Fico feliz que você tenha voltado em segurança, iniciado.'

"'Em mais segurança que alguns, pelo menos. Para que é o fuzil?'

"'Ah.' Astrid fez uma careta. 'Não ligue para isso, é de Chloe.'

"'Você roubou um fuzil do arsenal? Pelo amor de Deus, por quê?'

"'Eu não o *roubei*', disse Chloe, fazendo o sinal da roda. 'O roubo é um pecado, Gabriel.'

"'O abade Khalid está nos ensinando', disse Astrid com irritação. 'A irmandade tem lições todo findi desde que a irmã Aoife foi morta por aquela alto-sangue. É horrível.'

"Chloe olhou para a garota ao seu lado.

"'Foi *sua* ideia, Azzie.'

"'Eu só sugeri ao alcance da audição do abade que algumas garotas poderiam dormir com mais facilidade se soubessem como se defender. Não achei que eles fossem tornar essa merda obrigatória.'

"Chloe revirou os olhos para mim.

"'Ela, agora, está escondendo a verdade, que Deus a abençoe. Ela, na verdade, atira muito bem. Mas os céus proibiram que ela pareça estar se divertindo.'

"'Sua asna do pântano traiçoeira, como você *ousa*? Eu vou ficar infeliz o quanto quiser. É *você* que está se divertindo. E um pouco demais, alguns poderiam dizer. Você devia estar comprometida com o Todo-poderoso, mas você leva essa coisa por aí como se estivesse dormindo com ela.'

"'Ah, *pare*.' Chloe enrubesceu furiosamente e repetiu a roda. 'Eu não gosto dessa conversa.'

"Contendo um sorriso malicioso, Astrid me lançou um olhar astuto. Pegando a mão de Chloe, ela a beijou e a pressionou contra o rosto.

"'Desculpe, *ma chérie*. Só estou brincando.'

"'Bom, acho que treinar é uma grande ideia', disse eu, apontando com a cabeça para o fuzil. 'Tirando a morte de Aoife, a noite fica mais escura fora desses muros. E as noites à frente prometem ainda mais escuridão.'

"Chloe afastou uma mecha do rosto, a voz ficando baixa.

"'Nós soubemos histórias de sua Caçada em Coste. Pareceu uma coisa assustadora.'

"'Não vou ter sonhos agradáveis com isso, é verdade.'

"Astrid olhou para mim, com a cabeça inclinada.

"'Você está... bem?'

"Olhei para nosso pequeno santuário, depois novamente para seus olhos.

"'Melhor agora.'

"Ela tornou a sorrir, e eu puxei uma cadeira. O cheiro metálico do sangue de Astrid estava aguçado como uma faca no ar, arrepios tomando minha pele. Eu podia sentir a sede, como uma rachadura que se espalhava lentamente pelo gelo sob os meus pés. Mesmo com todo o *sanctus* que eu tinha fumado na estrada, aquelas rachaduras pareciam estar crescendo mais fundas como se alimentar isso toda noite estivesse ajudando a despertá-lo. E, embora estivesse contida, andando de um lado para outro atrás das grades em vez de se jogar contra elas, a lembrança desse animal em meu sangue me deixava desconfortável.

"Eu nunca o havia encontrado, mas, mesmo assim, eu sempre era filho de meu pai...

"'Bom', declarou Astrid. 'Chloe e eu temos notícias que podem animá-lo ainda mais. Duas, na verdade. Vou começar com a que, espero, seja a menos dramática.'

"Ela me entregou um maço de pergaminho lacrado com cera de vela. Assim que vi a caligrafia, soube quem o havia enviado.

"'Mãe...'

"'Ela respondeu quase imediatamente.' Astrid sorriu. 'Eu disse a você que ela sentia sua falta.'

"As garotas observaram com olhos curiosos enquanto eu abri e li a carta, o mais depressa que pude.

"Meu filho querido.

"Sua carta encheu minha alma de alegria. A natureza de nossa despedida tem sido uma pedra em meu pescoço, e sinto sua falta como flores sentem falta do sol. Celene também sente muito sua falta e lhe garante que está se comportando admiravelmente mal para preencher o vazio de sua ausência. Ela também me informa que você está profundamente atrasado em relação às cartas que lhe enviou.

"Fico feliz que você tenha encontrado um lar, meu amor. Fico muito triste por não ter lhe contado sobre sua origem. No início, rezava para que seu pai não tivesse lhe passado a maldição. E, quando pude ver que você estava destinado a carregar o peso de meu pecado, temi o que você poderia pensar de mim. Eu devia tê-lo preparado. Agora só posso implorar que você me perdoe.

"Eu era pouco mais que uma criança quando conheci seu pai, Gabriel. E o amor convence uma menina de que quase qualquer mentira é verdade. Mas eu sei que eu o *amava*, e, à sua maneira, talvez ele também me amasse. Vou lhe contar mais, mas que Deus me perdoe, não posso fazer isso sem olhá-lo nos olhos.

"Peço a você que solicite uma licença ao abade para vir para casa para o Primal. Vou lhe contar tudo o que você deseja saber. E então, vou implorar que você me abrace e me perdoe, e saiba que sou sua mãe e o amo mais do que você pode imaginar.

"O sangue de leões corre em você, meu filho. Peço que aguente por mais um ou dois meses. Aí você vai saber tudo de que precisa, e mais.

"Com todo meu amor

"Mamãe.

"Terminei de ler com uma expressão fechada e sombria no rosto, minhas presas se agitando nas gengivas conforme a raiva crescia. Eu podia entender que uma carta não fosse lugar para uma verdade tão pesada. Mas, mesmo assim, ser deixado sem respostas foi uma bebida amarga, e a pontada de querer algo que eu não podia ter estava se tornando familiar demais.

"'Não eram as notícias que você estava esperando?', murmurou Astrid.
"Respirei fundo para me acalmar.
"'Apenas mais perguntas.' Eu dei um suspiro.
"'Bom, então. Temos pelo menos uma resposta.' Chloe se levantou e foi remexer as estantes empoeiradas. 'Embora tenhamos tido pouca sorte em nossa busca de textos sobre a morte dos dias, Azzie e eu *tivemos* algum sucesso em sua tarefa.'
"Eu ergui os olhos, com empolgação no estômago.
"'Vocês descobriram informação sobre a quinta linhagem? Por que não disseram?'
"'Ela acabou de dizer, Gabriel', disse Astrid, sua voz abafada pelo lenço. 'Todo esse sangue é um tanto fortuito, na verdade.'
"'Veja aqui.' Dentre as pilhas, Chloe pegou um livro antigo, com bordas de latão manchado e encadernado em couro pálido e rachado. O título estava gravado na lombada em letras douradas, quase completamente esmaecido com a idade.
"'Não consigo lê-lo', confessei.
"'Não há muitos que conseguem. É um dialeto de talhóstico antigo, anterior às Guerras da Fé. Levei dias para traduzir alguns fragmentos. Mas esse livro é um bestiário. Escrito por um estudioso vampiro chamado Lûzil. Ou Lûsille. Não temos certeza.'
"Chloe abriu as páginas quase com reverência. Elas estavam amareladas pela idade, rangendo quando ela as virava. Vi ilustrações anatômicas de animais horrendos, alguns totalmente fictícios, outros, variantes dos faekin, dançarinos da noite e caídos que eu sabia muito bem serem reais. O livro parecia meio folclore, meio verdade, tudo loucura.
"'Velino estranho', observei, tocando a página.
"'Achamos que é pele humana', murmurou Astrid.
"'Doce Virgem-mãe...'
"'Aqui. Aqui está.' Chloe virou o livro em minha direção. Vi brasões

heráldicos em um estilo arcaico, representando as quatro linhagens de sangue dos vampiros: o corvo branco com coroa de sangue do sangue Voss, as rosas e serpente do Ilon, os lobos e as luas gêmeas de Chastain, o urso e o escudo partido do Dyvok. Mas a linguagem era ilegível.

"'O que tudo isso diz? Isso menciona a quinta linhagem?'

"Astrid foi para a última página, vazia e ressecada com a idade.

"'Parece que não.'

"Eu cerrei os dentes, a frustração aumentando.

"'Então por que você está me mostrando isso, Astrid?'

"'*Porque*, Gabriel, as aparências podem ser enganadoras.' Ela afastou o lenço e, debruçada sobre o livro, deu uma forte fungada. O sangue começou a *gotejar, gotejar, gotejar* sobre a página vazia.

"'O que você es...'

"Chloe ergueu a mão, os olhos brilhando de empolgação.

"'Só observe.'

"Fiquei sentado e calado, tentando ignorar o perfume do sangue de Astrid, tentando não imaginar qual seria seu gosto, suave, delicado e grosso em minha língua. Ele brilhou como rubis escuros sobre aquela página empoeirada, doce como veneno. E então meu estômago se revirou devagar, meus olhos se arregalaram.

"O sangue estava *se movendo*.

"Devagar no início. De forma trêmula. Mas *oui*, como se por alguma chymica sombria, o sangue tivesse assumido vontade própria, mergulhando no velino como se ele fosse uma esponja. A mancha se espalhou, formando palavras ilegíveis em torno de um emblema, muito parecido com a heráldica das outras linhagens de sangue.

"Dois crânios se encarando acima de um escudo ornamentado.

"'Grande Redentor', murmurei. 'O que isso diz?'

"'*A última e, na verdade, mais desprezível de todas as cortes do sangue*', leu Chloe. '*Uma linhagem interrompida de feiticeiros e canibais, amaldiçoados até* entre os amaldiçoados. Cospe seu nome de tua língua como farias se fosse sangue de porcos, e protege teu próprio sangue, pois eles podem arrancá-lo de tuas veias.'

"Astrid apontou para um nome inscrito abaixo dos crânios.

"*Esani*', disse ela. '*Os sem fé.*'

"'Esani...', sussurrei.

"Astrid apontou a página com a cabeça.

"'Cortesãos passam mensagens assim. Eles usam suco de limão ou leite, pintados sobre pergaminho. A escrita é invisível, mas, quando aproximada das chamas, o suco queima, e as letras se tornam legíveis. Nós chamávamos isso de "escrever com fogo" nos salões dourados.'

"'Eu *não* tinha ideia que os kith se comunicavam assim.'

"'Acho que ninguém tinha. Eu estava folheando as páginas quando meu nariz começou a jorrar. E vi a escrita enquanto estava tentando limpar a porra da sujeira. E, em uma hora, ela tinha desaparecido outra vez.'

"'O anjo Fortuna sorri para nós...'

"'Não, não o anjo da fortuna', disse Chloe, com olhos brilhantes. 'Você não vê? É como eu disse na noite em que aquela estrela caiu do céu! Tudo isso foi ordenado. *Esta* é a resposta.' Ela espetou o dedo na escrita esmaecida. 'Em algum lugar desta biblioteca, em algum lugar entre esses livros, está a solução para a morte dos dias.'

"Astrid deu de ombros.

"'Se estiver escondida assim, explicaria por que ninguém ainda a encontrou.'

"'Mas como *vocês* vão descobrir isso? Vocês não podem sangrar em todos os livros.'

"'Não tenho certeza.' Astrid sugou o lábio. 'Mas talvez Chloe esteja certa...'

"'Eu *estou* certa', insistiu Chloe. 'Você devia nos conduzir a esta tarefa, Gabriel. Astrid devia encontrar essa escrita de sangue e, através dela, a maneira de trazer o sol de volta. Eu *sei*.'

"O fervor nos olhos de Chloe era contagiante. Juro que podia sentir a presença de Deus naquela sala conosco e, olhando para a escrita de sangue desaparecendo daquela página, achei fácil acreditar que tudo aquilo *tinha sido* ordenado.

"'Nós devemos falar com o abade sobre isso', sugeri.

"'Você está *completamente* louco?' Astrid acenou a nossa volta. 'Seção proibida, lembra?'

"'Há livros demais aqui para você testar sozinha. Se *há* uma resposta para a morte dos dias escondida nessas páginas, vocês vão precisar de ajuda para encontrá-la.'

"'Nós vamos precisar de ajuda para botar nossa carne novamente nos ossos se a prioresa souber que estamos saindo escondidas à noite. Algumas de nós não se curam tão rápido quanto outros, Gabe.'

"'Eu vou falar com Khalid, então. Eu não preciso mencionar vocês duas.'

"'Ah, é mesmo?', perguntou Chloe. ' Você sabe ler talhóstico antigo, não sabe?'

"Olhei para a escrita que estava desaparecendo da página, com lábios apertados.

"'O arquivista Adamo nunca ia permitir que nenhum de nós voltasse à biblioteca se soubesse que estamos lendo esses livros sem permissão', disse Astrid. 'Se tivéssemos alguma coisa definitiva para mostrar, a prata poderia superar o sangue. Mas ainda não tenho intenção que esfolem a pele das minhas costas, *merci*.'

"'E, de qualquer forma, a cabeça do abade Khalid está na defesa de Avinbourg', disse Chloe.

"Assenti com relutância. Elas estavam certas, é claro – todo o mosteiro estava dedicado a deter o Rei Eterno.

"'A própria imperatriz está a caminho de San Michon.'

"'Nós soubemos', murmurou Astrid. 'Charlotte mandou todas as noviças do priorado lustrarem cada peça de prata do refeitório, caso aquela grande vadia se permita jantar conosco.'

"'Blasfêmia, Astrid', repreendeu Chloe. 'A imperatriz é escolhida por direito divino.'

"'A imperatriz é escolhida pelo *pau* idiota do imperador. E rezo a Deus para que ela e ele sejam mastigados e cagados por cachorros hidrófobos.' Astrid olhou para mim. 'Você pode querer se barbear antes que ela chegue, por falar nisso. Essa *coisa* em seu lábio não lhe cai bem.'

"'É um bigode', disse eu, esfregando meu buço ralo.

"'É uma heresia.'

"Olhei Astrid nos olhos e ofereci um sorriso simpático apesar da babaquice. Desconfiei que ela estivesse se sentindo amarga, sabendo que a mulher que a havia exilado para aquela prisão agora ia visitá-la na liderança de um exército imperial. Uma mudança de assunto pareceu sábia, e eu mesmo tinha mais uma pergunta antes que começássemos a trabalhar.

"'Digam-me... O quanto vocês conheciam a irmã Aofie?'

"Chloe baixou a cabeça, mais uma vez fez o sinal da roda.

"'Ele foi boa para mim quando entrei para o priorado. Uma boa mulher, que Deus lhe dê descanso.'

"'Na noite em que fui atacado no estábulo... talvez uma hora antes de sua morte, vi Aoife chorando na catedral. Perguntando à Virgem-mãe se ela tinha recebido uma bênção ou uma maldição. E, alguns dias antes disso, eu a vi nos estábulos conversando com o jovem Kaveh. Ele, pelo menos, pareceu nervoso por eu tê-los descoberto juntos. Você sabe o que alguma dessas coisas pode ter significado, Irmã Noviça?'

"'Não tenho ideia', respondeu Chloe.

"'Bom, Kaveh fornece minha erva-do-sonho.' Astrid franziu o cenho para mim. 'Talvez Aoife também tivesse alguns maus hábitos. Mas por que você está perguntando sobre ela agora?'

"Eu mordi os lábios, com os olhos estreitos.

"'A vampira que enfrentamos em Coste. Ela mencionou Aoife, e isso fez com que o serafim Talon ficasse furioso. Estou me perguntando se...'

"'A menos que eu esteja errada, a ordem tem uma lei sobre ouvir o que vampiros dizem a vocês.' Astrid franziu o cenho. 'Em vez disso, você não deveria se concentrar na batalha iminente contra um exército de cadáveres sedentos de sangue?'

"'Há mistérios demais aqui...'

"Mas eu sabia que Astrid estava certa. Se as batalhas que eu tinha lutado em Skyefall e Coste haviam me ensinado alguma coisa, era que eu precisava ser paciente. Parar. *Pensar*. Atacar diretamente era uma boa maneira de botar a mim e às pessoas a minha volta em perigo.

'*Os mortos não podem matar os Mortos.*

"'Está bem, eu já esperei até agora. Avinbourg primeiro.'"

✦ VIII ✦
CORAÇÃO DE LEÃO

— EU AINDA ESTAVA me sentindo desconfortável quando saí da biblioteca e me dirigi para o alojamento. Meus pensamentos estavam cheios com aquela imagem gravada em sangue — dois crânios se encarando. Um nome ecoando em minha cabeça, como uma canção cuja letra de algum modo eu já sabia.

"*Esani*.

"*Os sem fé*.

"Virando para o alto, olhei para a escuridão e para o céu que certamente devia estar por trás dela. Mais uma vez, me perguntei se tudo aquilo tinha sido ordenado, como Chloe dizia. Se a chave para o fim da morte dos dias *estava* naqueles tomos empoeirados — um segredo que só o sangue podia contar. Mas os pensamentos sobre linhagens de sangue, planos divinos e verdades ocultas foram abandonados quando vi uma figura familiar se movendo como um ladrão pelo escuro. Eu, então, o reconheci apenas por sua silhueta; afinal de contas, tinha caçado com ele nas sombras por meses.

"Aaron de Coste.

"Eu me agachei no escuro do claustro da catedral, os anjos da fonte me observando com olhos sem visão. De Coste olhou ao redor, então entrou pelas portas do arsenal.

"Eu podia não ter dado importância àquilo. Ele ainda era um babaca pomposo, mas Aaron tinha sangrado por mim em Coste. Ele tinha impedido que Mãocinza me matasse, e tinha me defendido novamente mais cedo nessa noite diante de Khalid. Eu, agora, estava certo de que ele não estava por trás do estábulo. Nem da morte de Aoife.

"Mas ainda me lembrava da fúria em seus olhos quando eu lhe disse que o tinha visto saindo escondido do arsenal. E como eu tinha dito uma vez para Astrid, os assuntos de outras pessoas sempre foram o meu tipo favorito. A curiosidade tinha matado incontáveis gatos, eu sabia disso. Mas gatos tinham sete vidas, e leões também.

"Verificando a porta do arsenal, encontrei-a trancada. Mas, determinado, subi para o telhado. Como no alojamento, as telhas eram velhas, fáceis de mover. Segui pelo andar superior e desci pela escada em caracol até o salão de entrada, banhado pela escuridão. Olhando para as portas da fundição escarlate, eu me perguntei quantos vampiros estavam ali dentro, agora, acorrentados àquela máquina abominável para abastecer nosso sacramento. Mas então, na forja às minhas costas, ouvi uma pancada surda, seguida por um grito atormentado.

"Perguntando-me se havia alguma diabrura em andamento, peguei uma espada de aço de prata na parede e atravessei o *foyer*. Estantes de carvalho estavam cheias de ferramentas, com pilhas de barris de ignis negra. A forja depois disso era mantida quente pelas brasas, o cheiro de carvão e suor me lembrando da casa de meu padrasto em Lorson. Quatro grandes fornalhas ardiam no interior, ainda brilhando após os trabalhos do dia. Ouvi outro arquejo, um impacto, um sibilar sufocado – o que parecia com homens lutando. E, correndo na direção do barulho, finalmente encontrei Aaron e Baptiste Sa-Ismael, o belo jovem ferreiro de San Michon, juntos sob a luz de chamas moribundas.

"Mas percebi que eles não estavam lutando.

"Eles estavam se beijando.

"Eu mal podia acreditar no que estava vendo. As mãos de Aaron estavam na calça de Baptiste, apertando e acariciando, o ferreiro gemendo do fundo do coração. Eles gemeram na boca um do outro, com a voracidade de lobos famintos. Enquanto eu observava, Aaron empurrou Baptiste para trás, e a dupla colidiu contra a parede de pedra. Eles estavam alheios a tudo exceto um ao outro, perdidos em paixão, muito corpo e poucas mãos. Eu nunca tinha imaginado uma cena daquelas, parte de mim assustada, parte de mim fascinada, observando-os ondular sob a luz da forja.

"Baptiste segurou Aaron pelo cabelo louro e o jogou para trás contra uma pilha de caixotes. A respiração de Aaron saiu entrecortada quando Baptiste o virou e mexeu em seu cinto. As mãos de De Coste se juntaram às de Baptiste, abrindo e baixando sua calça. Baptiste tirou a própria túnica, a pele escura brilhando à luz avermelhada quando ele cuspiu na mão. Aaron baixou a cabeça, pingando suor, e cuspiu na própria mão. Eu, então, sabia o que estava para acontecer. E decidi que não tinha mais direito de ver aquilo.

"Eu me afastei dali, aço de prata na palma agora suada de minha mão. Mas, tolo como eu era, e sem ver por onde estava indo, tropecei em um balde de restos de aço. Agarrando-o para interromper o clamor, eu xinguei em silêncio. Então ouvi passos, respiração acelerada, e fui empurrado para trás contra a parede com tanta força que vi a porra de estrelas.

"'*Bastardo* traiçoeiro', sibilou Aaron, apertando o antebraço sobre meu pescoço.

"'Me s-solte, porra.'

"'O que você viu, De León?', perguntou ele, apertando com mais força. '*O que você viu?*'

"'N-nada', arquejei.

"Era tolice e mentira, e nós dois sabíamos disso. A calça de De Coste ainda estava aberta; seus lábios, vermelhos da boca de Baptiste. Meu irmão iniciado estava furioso, da mesma forma que estivera no salão de seu padrasto. Com medo que todo seu mundo estivesse se desfazendo diante de seus olhos.

"Eu agora entendo aquela sensação. Não posso culpá-lo por me machucar. Mas, na época, eu fiquei furioso. E mais, assustado. Eu era tão grande quanto De Coste, agora, talvez, até mesmo mais forte, mas com Baptiste ao seu lado, eles eram dois contra um. Eu podia ver assassinato no olhar de Aaron enquanto ele apertava o antebraço sobre minha garganta, olhando ao redor à procura de martelos e bigornas e qualquer meio pelo qual um rapaz enxerido pudesse ser eliminado de forma rápida e limpa. Finalmente, seu olhar se dirigiu para o aço de prata que eu tinha deixado cair quando ele me atingiu, brilhando à luz da forja. Seu olhar se encontrou com o meu. O dele aguçado com um brilho de predador.

"'*Feche os olhos.*'

"Mas uma voz suave então falou.

"'Aaron. Solte-o.'

"'Mas ele sabe', retrucou com raiva De Coste, virando-se para Baptiste. 'Ele *viu*, porra.'

"Passando a mão pelas tranças amarradas em seu couro cabeludo, o jovem dedo preto deu um suspiro. Ele olhou para o arsenal ao redor e de volta para o garoto que me prendia contra a parede.

"'Nós dois sabíamos que isso não podia durar para sempre.'

"'Nós podemos resolver isso, podemos...'

"'Silenciá-lo? É isso o que você está pensando? Comprar nossa segurança com *pecado*?'

"'Não é pecado', disse com raiva Aaron, com o rosto retorcido. 'Você e eu não somos a porra de um pecado.'

"'Mas o que você está pensando é. Solte-o, amor.' Baptiste sacudiu a cabeça. 'Solte-o.'

"De Coste se voltou para mim, com fúria nos olhos. Mas eu também podia ver o início de lágrimas. Por um momento, ele continuou, apertando mais forte. Mas finalmente, ele se afastou. Arquejante, escorreguei pela parede. Com medo. Horrorizado. Com raiva. Aqueles dois eram membros que tinham feito juramento a uma ordem sagrada de Deus. E eles...

"'Eu *tranquei* a porta', sussurrou De Coste. 'Eu tranquei.'

"Baptiste chegou por trás de Aaron, pressionou os lábios sobre o ombro nu do garoto. De Coste fechou os olhos e xingou em voz baixa. Então Baptiste se abaixou até mim.

"'Você está bem, Pequeno Leão?'

"Eu olhei para o ferreiro, para as pequenas cicatrizes de queimadura em sua pele de mogno. Não havia fúria em seus olhos. Tristeza, talvez. Medo. Eu olhei para a mão que ele ofereceu. Grande e calejada como a do homem que chamava a si mesmo de meu pai. Uma mão de ferreiro. Uma mão de gênio. Uma mão que forjara a espada que tinha salvado minha vida em Coste.

"Eu a segurei.

"Ficamos em um silêncio desconfortável, e massageei meu pescoço machucado. Aaron parecia mortificado, furioso, mas, acima de tudo, com medo. Baptiste me olhou nos olhos.

"'Seria... *desagradável*', disse ele, 'se o abade Khalid ou o mestre da forja Argyle soubessem disso.'

"Eu olhei nos olhos do rapaz mais velho. Desagradável? Nós dois sabíamos que isso era um sussurro contando a história de um furacão. A Fé Única não era brincadeira para os homens dentro daqueles muros. As escrituras eram claras, a palavra do próprio Deus; aquele Deus ao qual todos tínhamos devotado nossas vidas.

"'Os Testamentos dizem que isso é pecado', disse eu com delicadeza.

"'Os Testamentos também dizem que julgar é papel de Deus. Não do homem.'

"'Você é um irmão da Ordem da Prata, Baptiste', disse eu, com indignação crescente. 'Você fez o juramento de San Michon. Obediência. Fidelidade. Castidade.'

"'Eu jurei não amar nenhuma mulher além da Mãe e Virgem. E isso eu respeito.' Baptiste segurou a mão de Aaron e a apertou, desafiadoramente. 'Eu não amo nenhuma mulher.'

"'Nem eu', respondeu delicadamente Aaron.

"Olhei nos olhos de Aaron. Aquele bastardo nobre e escorregadio que me insultava em toda oportunidade que tinha. O irmão ao lado de quem eu tinha lutado e sangrado.

"'Então por que ficar aqui?'

"Baptiste franziu o cenho.

"'Como você diz, nós fizemos um juramento à Ordem da Prata.'

"'Mas por que arriscar? Por que ficar em um lugar onde a descoberta pode custar suas vidas?'

"Baptiste cruzou os braços e olhou com raiva.

"'Porque somos membros da Ordem da Prata. A escuridão está aumentando. Uma escuridão que ameaça todos os homens. E nós *somos* homens, Gabriel de León. Então escolhemos lutar contra isso.'

"Aaron apertou a mão de Baptiste.

"'Juntos.'

"Eu me lembrei da história que Aaron tinha me contado no salão de seu padrasto. A amante que o barão de Coste espancara até a morte. E percebi que "Sacha" era tanto nome de garoto quanto de garota.

"Eu entendi, então, por que Aaron ficava ali apesar de dizer que tudo aquilo não ia dar em nada. Eu entendi, então, por que ele se esforçava tanto para conquistar um lugar pelo qual ele parecia não ter nenhum desejo. E entendi, um pouco, a coragem que devia ser necessária para permanecer dentro daqueles muros. Só Deus sabe o que Khalid e os outros fariam se soubessem a verdade. Os votos de castidade que os santos de prata faziam deviam garantir que não criássemos mais abominações sangues-pálidos como nós mesmos. Mas mesmo assim, os Testamentos eram claros.

"Aaron e Baptiste podiam ter fugido. Ido viver em Asheve ou Augustin, onde uma vida daquelas não seria malvista. Mas eles escolheram ficar perto do carvão e arriscar a chama. Porque, apesar de tudo, eles acreditavam que a escuridão devia ser combatida.

"Durante toda a minha vida, tinha sido criado para ver a palavra de Deus como lei. Mas eu mesmo era um pecador, não era? Eu tinha desobedecido as

leis de San Michon naquela mesma noite. Astrid tinha desobedecido a mesma regra para me ajudar, mas, por meio disso, descobrimos um caminho em direção da verdade do que eu era. Um encontro que, se fôssemos acreditar em Chloe, tinha sido ordenado pelo próprio Todo-poderoso.

"E eu, então, me perguntei: será que o bem podia vir do pecado?

"E, se pudesse, como ele podia ser um pecado?

"O que me importava a vida que aqueles dois viviam? Os Mortos não se importavam com quem amávamos, nenhum credo, parentesco ou qualquer outra coisa. E se eu fosse arriscar tudo contra eles, ia querer ao meu lado irmãos que não arriscariam menos. Aaron de Coste e eu não *éramos* amigos. Naquele momento, eu ainda duvidava de que algum dia pudéssemos ser. Mas nós éramos irmãos. E como diz a velha verdade, você pode escolher seus amigos, mas nunca sua *famille*.

"'Não vou contar ao abade', declarei. 'Nem ao mestre da forja Argyle, tampouco para o mestre Mãocinza. Não vou dizer nada.'

"Aaron e Baptiste olharam um para o outro. Atônitos. Desconfiados.

"'Você jura?', perguntou o ferreiro.

"'Juro, irmão', disse eu, oferecendo a mão. 'Pela porra da minha vida.'

"Baptiste esperou um instante a mais, então tomou minha mão e me puxou em um abraço apertado. Havia lágrimas nos olhos do jovem ferreiro, e, embora ele sorrisse, os olhos de Aaron também estavam brilhando. Ele me deu um tapinha nas costas e deu um suspiro, como se estivesse exalando todo o peso do mundo.

"'*Merci*', assentiu De Coste. '*Merci*, Pequeno Leão.'

"Eu assenti para ele, retribuindo o sorriso. Como eu disse, não sabia se ele e eu poderíamos ser amigos. Mas talvez agora pudéssemos ser algo mais que dois garotos que implicavam e enfrentavam um ao outro enquanto a sombra ao seu redor ficava cada vez mais profunda.

"'Você tem um bom coração, Gabriel de León', disse-me Baptiste. 'Um coração de leão.'

"Eu apenas dei de ombros.

"Meus irmãos são a colina sobre a qual eu morro.'

"Eu fui embora, deixando a dupla ali parada gravada à luz das forjas. E, o mais rápido possível, voltei para o alojamento sob a cobertura da escuridão. Minha mente estava em turbilhão com tudo o que eu tinha feito e visto naquela noite. Mas um pensamento gritava mais alto do que os outros – mais que o mistério de minha herança, de amizades volúveis e novos aliados, uma pergunta que ardia mais brilhante que aquela estrela, caindo do abraço negro do céu.

"O que é pecado, afinal de contas?"

✦ IX ✦

VESTIDO PARA A GUERRA

— SAN MICHON ESTAVA mais movimentado do que eu já o havia visto.

"Santos de prata estavam sendo chamados de todo o império para a defesa de Avinbourg, e havia mais de uma dúzia de iniciados dormindo no alojamento, agora. O grande Theo Petit com seu cabelo claro e ombros como os de um boi. Fincher com seus olhos diferentes e garfo de trinchar embaixo do travesseiro. Os amigos de Aaron: De Séverin e os Philippes Grande, Mid e Pequeno – todos jovens de berço nobre que tinham feito de minha vida um inferno no ano anterior.

"A maioria não sabia o que pensar sobre mim agora. Eu ainda era um sangue-frágil – o mais baixo dos baixos em uma sala cheia de Dyvoks, Ilons, Chastains e Voss. Mas todos tinham sabido de nossa batalha contra a Aparição de Vermelho. E a primeira vez que De Séverin me chamou de "camponês", Aaron ergueu a cabeça do Livro dos Votos que estava estudando, com a voz macia como veludo.

"'Deixe-o em paz, Sév.'

"'O quê?', escarneceu o rapaz grande. 'Esse maricas sem berço? Ele tem sorte que eu...'

"'Sév.' Aaron olhou fixamente nos olhos do outro jovem nobre. 'Deixe-o em paz.'

"Três dias depois, era *faindi*, o dia antes do *prièdi*, e, quando os sinos anunciaram o amanhecer, eu já estava acordado. O dia seguinte seria marcante

— a imperatriz Isabella estava prevista para chegar à frente do exército de seu marido, e Aaron seria promovido a um Santo de Prata completo. Mas esse dia era especial para mim. Eu tinha sobrevivido à minha primeira Caçada, e, finalmente, ia ganhar mais uma parte de meu aegis sob as agulhas da Sororidade da Prata.

"Quando entrei na catedral com De Coste ao meu lado, vi uma figura familiar entre as irmãs no altar. Olhando através de seu véu rendado, vi uma marca de beleza ao lado de lábios com uma expressão estranha e orgulho em olhos escuros e brilhantes.

"Eu nem olhei para Astrid quando eles me prenderam, não ousava entregar nada dos segredos que compartilhávamos. Mas, mesmo assim, eu podia senti-la ao meu lado, sentir o cheiro de água de rosas e sino-de-prata em seu cabelo. Depois de doze horas sob suas agulhas, envolto em incenso e hinos do coro, estava quase delirante de dor. Mas eu não podia reclamar. Aaron teve as suas costas completamente tatuadas antes de fazer seus votos. Ele já tinha sofrido por três dias sob as agulhas da priorisa Charlotte, mas agora o desenho estava quase completo – um belo retrato do redentor, cercado por anjos da hoste.

"Eu observei a priorisa Charlotte trabalhar, pensando no que Astrid tinha dito sobre os papéis das mulheres em San Michon. Como, na verdade, elas exerciam pouco poder. Havia uma dúzia de irmãs ao nosso redor, cantando louvores, limpando sangue ou misturando prata e tinta.

"Quem cantava louvores por elas?"

– Que desenho você escolheu, De León? – perguntou Jean-François.

Gabriel arregaçou a manga do braço esquerdo. Sobre sua mão havia uma coroa de rosas.

– Pelo perfume do cabelo dela – explicou ele. Seu antebraço estava marcado por cicatrizes, cortes e lágrimas gravados em sua pele. Mas, por baixo das cicatrizes no interior de seu antebraço, de armadura, bela e brilhante, com as asas abertas como fitas de prata incandescentes...

– Eirene – assentiu o historiador. – Anjo da esperança.

— Esse foi o presente que Astrid Rennier me deu. E, quando tudo terminou, olhando para aquela poesia em prata que ela tinha escrito em minha carne, não consegui evitar enunciar o pensamento.

"'Você faz um belo trabalho, Irmã Noviça.'

"'O trabalho que fazemos é do Deus Todo-poderoso, iniciado', respondeu a prioresa Charlotte, ainda curvada sobre as costas ensanguentadas de Aaron. 'Você, eu, todos nós somos meramente seus instrumentos nessa terra.

"'Véris, prioresa. Mas a ordem não poderia servir sem a irmandade. Sem a prata em nossa pele, seríamos presa para a escuridão. Por isso, sou agradecido, por tudo o que vocês fazem.' Olhei para o grupo reunido à minha volta e fiz uma grande reverência. '*Merci*, irmãs. A todas vocês. Não somos nada sem vocês.'

"Astrid, então, sorriu para mim, rápida e secretamente. O olhar que a velha Charlotte deu para mim fez com que eu me perguntasse se algum santo de prata alguma vez antes tinha realmente dito isso a ela. As cicatrizes em seu rosto se retorceram em um quase sorriso, mas, limpando a garganta, ela voltou ao trabalho.

"'Não há de que, iniciado De León.'

"Eu fiquei com Aaron enquanto Charlotte dava os toques finais. O pobre bastardo mal parecia estar se aguentando. Mas, finalmente, a prioresa se ergueu e olhou para a tatuagem com olho crítico. Era um trabalho impressionante; o olhar do Redentor parecendo queimar sobre a pele de Aaron, a luz das velas fazendo a prata brilhar.

"'Véris', murmurou ela.

"'Véris', foi a resposta das irmãs ao nosso redor.

"Ajudei Aaron a ficar de pé enquanto ele piscava como um recém-nascido.

"'Tudo bem, irmão?'

"'Preciso de uma bebida', declarou ele com voz trêmula. 'Uma bebida muito grande e muito forte.'

"Eu ri, puxando minha túnica por cima de minha própria pele ferida. E, com uma reverência para as irmãs, um olhar para Astrid, nós deixamos a catedral. Estava nevando lá fora e, depois da dor ardente da agulha, o frio parecia uma bênção de Deus. Enquanto caminhávamos na direção do refeitório, meus olhos se dirigiram para o norte. Admito que estava com inveja por Aaron fazer seus votos no dia seguinte; por ele ir lutar em Avinbourg como um Santo de Prata completo. Mas eu também sabia que ele tinha conquistado isso.

"'Estou feliz por você, De Coste. De verdade.'

"Ele me olhou de lado, as palavras nitidamente em conflito por trás de seus dentes.

"'Tenho uma dívida com você, De León. E devo desculpas.'

"Eu sacudi a cabeça.

"'Você salvou minha pele em Coste da mesma forma que eu salvei a sua. Não há...'

"'Não estou falando de Coste', disse ele, baixando a voz. 'Estou falando de mim e Baptiste. Eu o julguei mal. E o tratei mal. Sangue-frágil ou não, nascido camponês ou não. Você é meu irmão, De León, e eu peço seu perdão.'

"Ele ofereceu a mão, e eu a apertei firme.

"'Que eu lhe concedo. Com prazer.'

"Aaron assentiu, com os dentes cerrados. Eu sabia que três dias sob a agulha o haviam deixado sensível. Seus muros ficam finos depois de uma provação como aquela, e a pessoa que você é por baixo pode facilmente vazar. Mas fiquei surpreso ao ver lágrimas em seus olhos.

"'O que Laure nos disse na ponte... sobre Sacha...'

"'Não importa, Aaron. O que quer que você tenha feito quando garoto, você não é mais ele. Seu passado é pedra, mas seu futuro é barro. E você decide a forma da vida que vai fazer.'

"Ele assentiu e esfregou os olhos.

"'Eu nunca achei que fosse me ouvir dizer isso. Mas vou ficar feliz de ter você ao meu lado em Avinbourg, De León.'

"'Ao seu lado?, escarneci, com tapinhas na espada em meu cinto. 'Irmão, eu vou estar à sua *frente*. Tenho de conquistar mais tinta. E a Garra de Leão está com sede.'

"'Você ainda é um idiota, De León. E isso vai fazer com que você seja morto.' Aaron sacudiu a cabeça e sorriu. 'Mas quando você morrer, vai morrer virtuoso.'

"'Mas não esta noite.' Eu sorri. 'Vamos. Vamos conseguir aquela bebida para você.'

"Eu lhe dei um tapa nas costas sem pensar, e ele deu um grito de agonia. Balbuciei desculpas, mas não rápido o bastante, e De Coste me socou no braço esquerdo, enviando uma onda de fogo até meu ombro. Começamos a lutar por um momento, trocando golpes amigáveis antes de cairmos no riso. E, lado a lado, entramos no refeitório.

"Vivas empolgados nos receberam quando entramos, os santos de prata e iniciados reunidos batendo seus canecos nas mesas. Não era sempre que um novo membro fazia o juramento da ordem, nem havia tantos de nós reunidos em San Michon ao mesmo tempo. Santos mais antigos davam os parabéns a Aaron; os mais jovens se reuniram para dar uma olhada em sua nova tatuagem. *Frère* Alonso estava tocando uma melodia alegre em um conjunto de flautas. O abade Khalid o acompanhava em um belo alaúde de pau-sangue, com o mestre da forja Argyle levando a canção com sua bela voz de barítono. E, embora Mãocinza estivesse nitidamente ausente, o serafim Talon estava batendo na mesa com seu bastão de freixo, marcando o ritmo. Ele até sorriu para nós quando entramos.

"Baptiste tinha nos guardado lugares à mesa e nos chamou. Quando nos sentamos, o jovem ferreiro empurrou um copo de vodka na minha direção. Mas, como sempre, eu recusei.

"'Para mim não, irmão, *merci*.'

"'Ah, vamos lá!', insistiu o dedo preto. 'Isso faz nascer pelos no peito! E não é todo dia que vemos a ordenação de um membro da ordem! Uma bebida não vai matar você.'

"'Ele tem suas razões', falou De Coste em voz baixa, afastando o copo. 'Esqueça, está bem?'

"Olhei entre Aaron e Baptiste, os irmãos ao meu redor. Os fogos estavam quentes e os sorrisos largos, e eu soube que uma noite como aquela não chegava com frequência a muros como aqueles. Eu tinha crescido como o filho de um bêbado. Mas, na verdade, eu nem era filho de Raphael Castia. E a maldição que meu pai verdadeiro tinha me dado não ia ser acesa por um gole de bebida.

"'Uma bebida', declarei, estendendo a mão para o copo que Baptiste tinha servido. 'Não vai me matar.'

"Baptiste vibrou, e eu ergui o copo para Aaron. Mas, antes que eu pudesse sugerir um brinde, houve uma batida alta na cabeceira da mesa. *Frère* Alonso interrompeu sua música, e todos os olhos se voltaram para o abade Khalid. O grande sūdhaemi estava de pé, sorrindo.

"'Amanhã vamos receber um membro integral da Ordo Argent!'

"Gritos soaram pelo salão enquanto Khalid continuava.

"'Depois, marchamos para Avinbourg junto com os exércitos do imperador, para lá botarmos o Rei Eterno para descansar. Sei que todos vocês vão demonstrar força imperecível e fé inquebrantável e provar que San Michon é digno do patronato de nossa imperatriz. Mas, por enquanto, vamos brindar a nosso novo irmão e conhecer a glória à luz do amor do Todo-poderoso.'

"Khalid ergueu o copo para Aaron.

"'Santé, Aaron de Coste. Que a escuridão conheça seu nome e seu poder!'

"'*Santé!*', responderam aos gritos, Aaron sorrindo como uma criança no Primal.

"Celebramos noite adentro, e quando Baptiste me serviu outro copo, não recusei. A bebida era boa, e a companhia, excelente, e eu flutuava por ali, ouvindo os velhos santos contarem histórias de escuro, sangue e prata. Senti o amor de Deus em meio àquela irmandade. Senti, talvez pela primeira vez na vida, que finalmente estava onde eu pertencia.

"Foi então que ouvimos trombetas no vale do Mère, levando imobilidade ao salão. Alguns momentos depois, os sinos da catedral soaram em resposta, ecoando pelo mosteiro.

"'Ela chegou cedo', murmurou Baptiste.

"Eu compreendi.

"'A imperatriz Isabella.'

"Os irmãos e os iniciados se levantaram ao mesmo tempo, saindo apressados do refeitório. A honra que a imperatriz nos fazia não passava despercebida por ninguém, e todos queriam testemunhar sua chegada, ver o exército que ela tinha levado a San Michon. Reunidos na passarela da catedral, nós os ouvimos no escuro – a batida de pés e aço contra aço, uma grande multidão no vale negro como a noite. Podíamos ver milhares de tochas, iluminando milhares de tabardos amarelos trazendo o unicórnio de Alexandre III. Uma hoste como eu nunca tinha visto.

"'Isso é uma visão do cacete.' Fincher deu um suspiro.

"De Séverin assentiu.

"'Em estandartes dourados, vem a salvação.'

"'Irmãos!', gritou Khalid. 'Preparem-se para a chegada de sua majestade, depois se reúnam na grande biblioteca! Serafim Talon, prioresa Charlotte, venham comigo.'

"Com alguns deles não muito bem devido à bebida, os irmãos obedeceram, o banquete abandonado. Em meia hora, estávamos reunidos na biblioteca, enfileirados com botas engraxadas e o aço de prata brilhando. A Sororidade também estava reunida, as irmãs de preto, as noviças de branco. Vi Astrid entre elas, os lábios bem apertados. Chloe estava ao lado dela, acenando uma vez com a cabeça para mim. Mas, olhando ao redor, ainda não via sinal do mestre Mãocinza em lugar nenhum.

"Os livros se estendiam altos acima de nós, o grande mapa do império aos nossos pés. O arquivista Adamo tinha arrumado figuras de madeira pelo chão, representando os exércitos do Rei Eterno, os defensores de Avinbourg e a grande hoste que estava se reunindo abaixo.

"A batalha iminente agora estava na mente de todo mundo, e conversas sobre ela percorriam a reunião. Mas ficamos em silêncio quando o abade Khalid entrou, seguindo rapidamente para a frente da biblioteca, Talon e Charlotte ao seu lado. Um jovem ágil vestindo o cetim amarelo da corte entrou e bateu um machado comprido nas tábuas do chão três vezes.

"'Sua majestade imperial, Isabella, primeira de seu nome, esposa amada de Alexandre III, protetor da Santa Igreja de Deus, espada da fé e imperador de todo Elidaen.'"

Gabriel sacudiu a cabeça.

– Eu nunca tinha visto a realeza. Pelo jeito como Astrid falava, a corte de Alexandre era uma cloaca, cheia de devassidão e corrupção. Eu não teria ficado surpreso se a imperatriz fosse uma serpente em um vestido de pele humana. Mas a mulher que entrou na biblioteca nada tinha a ver com isso.

"Primeiro, fiquei surpreso com o quanto ela era *jovem*. O imperador Alexandre estava com 40 e tantos anos, mas sua noiva devia ser vinte anos mais nova; na verdade, apenas alguns anos mais velha do que Astrid. Ela era bonita, sem dúvida: membros compridos e graciosos, com cabelo castanho avermelhado arrumado no alto de sua cabeça à semelhança de uma coroa. Mas beleza era algo de se esperar em uma imperatriz. O que eu não esperava era sua maneira de se vestir. Pois, embora ela usasse um vestido do amarelo real, veludo amassado caindo em ondas até o chão, ela também estava usando um peitoral de prata polida e levava uma espada ao seu lado. A arma era mais decorativa que mortal, mas sua mensagem era clara.

"Nossa imperatriz tinha chegado a San Michon vestida para a guerra.

"Ela estava cercada de soldados dos dois sexos, vestidos com os tabardos amarelo-girassol do imperador. Na testa de Isabella havia um aro de diamantes, e quando ela tomou seu lugar à frente do salão, olhou para nós com um orgulho régio.

"'Nossa estrada foi longa', disse ela, com a voz baixa e doce. 'Mas nossos corações não podiam estar mais cheios de alegria por encontrar companhia tão boa em seu fim. Profunda é a fé que depositamos em seu abade, e vemos que ela não foi posta em lugar errado. Pois em cada um de vocês, vemos uma esperança que brilha com a luz de toda a graça de Deus, e, através de vocês, esta terra vai ser libertada da noite invasora. Vocês têm nossa gratidão. E mais, vocês têm nosso amor.'

"Isabella olhou ao redor do salão, e você poderia ouvir as lágrimas caindo dos olhos de um anjo na imobilidade.

"'Nós os saudamos, santos de prata. Que Deus os abençoe e os mantenha protegidos de todos os males.'

"'Três vivas para sua majestade imperial!', gritou o serafim Talon.

"Um grito ecoou na biblioteca, mais alto do que eu já tinha ouvido. Isabella tinha falado por apenas um minuto, e juro por Deus que metade dos homens naquele salão estava apaixonada por ela. Se ela tivesse nos mandado voar para Vellene e nos jogar contra o Rei Eterno com nada além dos punhos nus, teríamos pulado dos muros com um sorriso no rosto.

"'Esperem agora, irmãos', disse Khalid, com a voz como ferro.

"Fez-se, então, silêncio. Os santos e iniciados reunidos, as Irmãs da Prata que espreitavam como sombras – todos observavam enquanto o abade andava pelos picos das Montanhas dos Anjos. Raissa, anjo da justiça, e Raphael, anjo da sabedoria. Sarai, anjo das pragas, e Sanael, anjo do sangue. Todos caíram sob seus saltos de prata enquanto ele caminhava pela extensão do império, chegando, finalmente, a Avinbourg. A cidade fortificada ficava na extremidade norte do espinhaço, barrando o caminho para Nordlund, cercada por soldados de madeira.

"'Todas as guarnições reais ao longo das Montanhas dos Anjos agora estão esvaziadas e marchando para o norte para reforçar Avinbourg. Uma tempestade de neve caiu em Talhost, desolada e escura demais para se ver através dela, mesmo com os olhos que comandamos. Há alguma feitiçaria sombria em ação, ocultando a hoste de Voss. Mesmo assim, não temos dúvida de que a legião sem fim está em movimento.'

"'E quais são seus números, abade?', perguntou *frère* Alonso.

"'Pelo menos dez mil.'

"Alonso aprumou os ombros. Ele era um homem poderoso. Originário de Nordlund, com uma grande barba preta e uma juba de cabelo comprido.

"'Perdoe-me, abade. Minha imperatriz. Mas nós somos caçadores, não soldados. De que vão adiantar nossos números contra uma hoste tão vasta?'

"'Na verdade, de nada, bom *frère*', respondeu Isabella. 'Aqueles soldados corajosos lá embaixo e os que já estão cuidando dos muros de Avinbourg vão aguentar o ímpeto da fome da legião.'

"'Nós somos uma faca, irmãos', disse Khalid. 'Não um martelo. Mas uma criatura tão antiga quanto Fabién Voss não se arrisca na vanguarda. Não com dez mil cadáveres para lançar primeiro. Como todos aqueles que temem a morte, o Rei Eterno lidera da retaguarda.'

"A imperatriz assentiu.

"'E enquanto Voss jogar sua hoste contra as defesas da cidade, esta companhia de prata *vai* navegar em torno da boca do Cherchant, atacar por trás das linhas de Voss à luz do amanhecer e, com toda a graça de Deus, remover a coroa vazia de sua cabeça.'

"'Uma emboscada', assentiu Alonso.

"'Uma execução', disse Khalid. 'Uma pela qual o próprio Todo-poderoso vai sorrir.'

"As palavras do abade provocaram palpitações em meu estômago. Eu podia ver sabedoria no plano; uma maneira pela qual nossa pequena irmandade ainda podia aplicar um golpe mortal. O Rei Eterno era o mais velho de sua linhagem, controlando suas crias como uma aranha no centro de uma teia grande e podre. Com sua morte, sua legião ficaria desorganizada, pelo menos temporariamente – presas fáceis para a Hoste Dourada. Matar um ancien não seria um feito pequeno, mas, se conseguíssemos, podíamos deter a invasão nos muros de Avinbourg.

"Eu falei alto, sem conseguir me conter.

"'Quando marchamos, abade?'

"Os olhos de Khalid se encontraram com os meus.

"'Você não vai, iniciado.'

"Senti um vazio no estômago. Por um momento terrível, temi que minha conduta na Caçada tivesse me custado meu lugar entre os escolhidos. Mas o olhar do abade se dirigiu aos iniciados, um de cada vez.

"'Nenhum de vocês vai. Todos os iniciados vão ficar em San Michon. Laure Voss ainda está à solta em Nordlund, e ela vai procurar vingança. Não seria sábio deixar este mosteiro desguarnecido.'

"Um murmúrio percorreu os iniciados. Aquela era a maior batalha de nossa era, e nós estávamos sendo deixados para trás? Qualquer rapaz sensato teria ficado com a porra da boca fechada, mas, com algumas vodkas em mim, eu estava me sentindo menos que sensato.

"'Abade, não quero desrespeitá-lo. Mas há apenas algumas noites o senhor me assegurou que logo seríamos chamados para defender a Igreja de Deus.

"Talon bateu com seu bastão no chão.

"'*De León*, cale a droga da sua b...'

"'Poupe sua raiva, serafim.' Isabella olhou para mim, o olhar percorrendo das botas à cabeça.

"'De León. Você fez parte daquele grupo corajoso que descobriu o plano do Rei Eterno.'

"'Um dos quatro, majestade.' Eu fiz uma reverência. 'Mas eu fiz minha parte.'

"'Realmente um leão. Nós entendemos sua decepção por ser deixado para trás enquanto os outros partem para lutar. Mas não há vergonha em cuidar de casa e da lareira.'

"'Também não há glória, majestade.'

"'Nós não lutamos por glória, iniciado', rosnou Khalid. 'Nós lutamos por Deus. Lutamos para nos redimir do pecado de nosso nascimento. Louvores mortais não significam nada. Quando você estiver diante de seu Criador, *ele* vai saber o papel que você teve na derrota do Rei Eterno.'

"'Supondo que nós o derrotemos.'

"Todos os olhos se voltaram para o fundo do salão. Lá, delineado contra o céu noturno, estava *frère* Mãocinza. Seu rosto não estava barbeado, o cabelo estava despenteado. Mas fogo queimava em seu olho restante. As grandes portas se fecharam atrás dele enquanto ele entrava no mapa do império.

"'Supondo que o Rei Eterno nos permita', disse ele.

"'Ele vai ter pouca escolha, irmão', respondeu Khalid. 'Nós lutamos com Deus ao nosso lado.'

"O senhor está supondo que vamos conseguir lutar, abade. Não temos olhos para ver através dessa tempestade maldita. Nenhuma notícia de nossos aliados nos ventos.' Mãocinza levou a única mão boa ao interior do sobretudo e pegou um pedaço de pergaminho familiar. 'Tudo o que temos para nos assegurar que Voss pretende esmagar Avinbourg é um único bilhete.'

"'Perdoe-nos, *frère*.' Isabella olhou para o mapa da invasão que Mãocinza segurava. 'Mas esse não é um bilhete que você mesmo roubou? Depois de uma batalha que quase matou a você e a seus aprendizes?'

"'Perdão, majestade, mas isso é o que tem me atormentado. O *quase*.' Mãocinza fechou os dedos em torno do mapa e jogou o pedaço de pergaminho amassado no chão. 'A Aparição de Vermelho é uma princesa da eternidade. Se ela estava explorando cidades ao longo das Montanhas dos Anjos para preparar a invasão de seu pai, por que deixar uma trilha tão fácil de seguir?'

"'Ela precisa se alimentar, irmão', disse Khalid. 'E vampiros são criaturas de hábitos, você sabe disso. Talvez ela não tenha percebido que íamos localizá-la tão rápido.'

"'Talvez', assentiu Mãocinza. 'Mas como dois santos de prata e dois iniciados enfrentaram uma das vampiras vivas mais poderosas, e todos viveram para contar a história?'

"Eu troquei um olhar com Aaron ao ouvir isso. Na verdade, em algum lugar por baixo da onda de nossa suposta vitória, eu tinha me perguntado a mesma coisa.

"'O senhor acha que ela nos usou, mestre?', perguntou De Coste.

"'Acho que não é surpresa ela nos ter tomado por tolos', disse Mãocinza, com o único olho bom fixo nos meus. 'Considerando a forma como alguns de nós agiram naquela noite.'

"Eu baixei os olhos, com o rosto afogueado.

"A imperatriz Isabella falou no silêncio.

"'Você acredita que estamos sendo enganados, bom *frère*?'

"'Não tenho certeza de nada, majestade. Exceto do amor do Deus Todo--poderoso. Mas essas criaturas conhecem suas presas. E tenho medo de estarmos protegendo o pescoço e deixando a barriga exposta.'

"Mãocinza andou até a extremidade sul das Montanhas dos Anjos. E ali ele pisou com o salto na cidade fortificada que guardava a outra passagem para Nordlund.

"'Charinfel', murmurou Khalid.

"'Talvez Voss *quisesse* que interceptássemos a mensagem', disse Mãocinza. 'Com essa maldita tempestade, não temos como ter certeza. Mas não acho bom jogarmos tudo o que temos para defender Avinbourg, Khalid. Algo nisso cheira mal.'

"'O que, então, você sugere?'

"'Guardar os dois passos.'

"'Não podemos atacar Fabién Voss com menos que todas as nossas forças', disse Talon. 'Todos os santos de prata aqui podem não ser suficientes para acabar com ele. E se nossa batalha terminar mal, Avinbourg vai precisar de todos os soldados no vale abaixo para enfrentar a legião sem fim.'

"'Então deixe-nos ir, abade.'

"Todos na biblioteca se viraram para olhar para mim quando dei um passo à frente. O garoto que eu tinha sido podia ter tremido com aqueles olhos sobre mim – generais, irmãos santos e imperatrizes. Mas, depois das coisas que eu tinha visto, do sangue que eu tinha derramado, eu não era mais aquele garoto.

"'Quero dizer, nós iniciados'. Se isso é um plano de Voss, *nós* podemos defender Charinfel! Mãocinza pode nos liderar! Não estaremos fazendo bem nenhum a ninguém ficando presos aqui em San Michon!'

"Murmúrios de concordância percorreram os iniciados até Talon cortar o ar e berrar por silêncio. Mas Mãocinza olhava Khalid nos olhos.

"'Se meus medos se revelarem ser verdade, eles vão ser mais úteis na linha de frente do que atrás dela.'

"'Se seus medos se revelarem ser verdade, você e duas dúzias de iniciados não vão *segurar* essa linha.'

"Mãocinza esfregou o queixo e olhou para nossa imperatriz. Isabella estava em meio a seus conselheiros, os olhos piscando entre Mãocinza e o abade. Um general com rosto de rochedo sussurrou em seu ouvido, e ela ouviu atentamente, estudando o mapa. Eu podia sentir a tensão nos rapazes a minha volta – a ideia de que no fim pudéssemos ter um papel nos enchendo de fogo.

"'O general Nassar me aconselha que podemos ceder mil homens', declarou por fim a imperatriz. 'Não podemos reduzir mais nossos números. O último relatório dos batedores que recebemos disseram que a legião sem fim *estava* se deslocando a noroeste de Vellene. Apesar de seus medos, todos os sinais apontam que o Rei Eterno vai atacar em Avinbourg, *frère*, não em Charinfel.'

"'Se isso for verdade, vou me considerar alegremente castigado, majestade', respondeu Mãocinza. 'Mas, na batalha, o homem sábio reza para Deus, mas mesmo assim ergue sua espada.'

"Senti palpitações no estômago quando Isabella inclinou a cabeça.

"'Que seja.'

"Uma pequena comemoração ergueu-se entre os iniciados, e Talon mais uma vez gritou por silêncio. Nossas vozes morreram, mas os sorrisos permaneceram, e vários rapazes me deram tapinhas nas costas em gratidão antes de voltar à ordem. A sessão do conselho continuou, mas na verdade nenhum de nós estava ouvindo. Um momento antes íamos ficar acorrentados à lareira como cãezinhos sem treino, e agora seríamos liberados como uma alcateia de lobos. E mesmo que nenhum mal se abatesse sobre Charinfel, pelo menos não íamos ficar parados como cogumelos no escuro."

Gabriel alisou o cabelo para trás e virou na garganta o resto de seu vinho.

– Só na manhã seguinte eu soube que isso era *exatamente* o que eu iria fazer.

✦ X ✦

O PECADO COMPARTILHADO

— O ALOJAMENTO ESTAVA agitado naquela noite, e eu ganhei mais uma dúzia de tapinhas nas costas quando fomos dormir. Todos sabíamos que íamos partir ao amanhecer, mas, mesmo assim, Theo e o pequeno Phil tinham contrabandeado um pouco de vodka do refeitório, e compartilhamos mais alguns goles em torno de nossos catres. Finch ergueu uma garrafa em minha direção, e até De Séverin conseguiu dar um sorriso.

"'Pensamento rápido e fala ainda mais rápida, De León.' O nobre assentiu. '*Santé*.'

"'Vocês viram a cara de Talon?' Fincher riu. 'Achei que ele estivesse prestes a cagar sangue.'

"Petit sorriu.

"'Mas acho que a imperatriz gostou do corte do casaco de nosso gatinho.'

"Aaron ergueu a vodka em um brinde, a cicatriz em seu rosto se retorcendo enquanto ele me concedia um raro sorriso.

"'Para os bravos, as recompensas.'

"Eu retribuí o sorriso.

"'Um dia como leão vale dez mil como cordeiro.'

"Nós nos deitamos depois de mais alguns goles, e a bebida ajudou a levar meus irmãos para seus sonhos. Nós íamos marchar no dia seguinte, e eu sabia que também devia estar dormindo. Mas havia mais uma visita que eu tinha de fazer antes que a noite me levasse. Mais uma palavra que precisava ser dita. Se tudo o que Mãocinza temia fosse verdade, aquela viagem podia ser minha última.

"A biblioteca estava em silêncio quando eu entrei às escondidas, as tropas de madeira ainda dispostas sobre o mapa. Senti palpitações no estômago quando vi o pergaminho deixado por Mãocinza amassado no chão.

"Eu o peguei e alisei o mapa, pensando no preço que nós pagamos por ele. Eu voltei os olhos para o império aos meus pés; para Avinbourg, para Charinfel, me perguntando qual o Rei Eterno ia realmente atacar. Mãocinza podia estar certo. Laure Voss era ancien, e parecia que talvez ela tivesse brincado conosco em Coste. Mas mesmo assim... alguma coisa naquilo tudo não parecia certa. Alguma coisa que eu ainda não conseguia identificar.

"Senti o cheiro de água de rosas e rêvre enquanto eu andava pela seção proibida, com um pequeno sorriso nos lábios. E, depois de fazer a volta nas estantes, eu a encontrei; ali sentada com o queixo apoiado nas mãos espalmadas, o cabelo preto e comprido caindo sobre o rosto. Os livros a sua frente não tinham sido lidos; o cheiro de erva-do-sonho estava pesado no ar. Olhando para os olhos dela, eu pude ver que ela havia fumado mais do que o habitual.

"'*Bonsoir*, majestade.' Eu fiz uma reverência.

"Astrid olhou para mim e de volta para a chama da vela.

"'O que tem de tão boa nela?'

"Eu ergui o que restava da vodka de Theo.

"'Eu vim trazendo presentes?'

"Astrid olhou para mim novamente, o lábio se contorcendo.

"'Você pode se sentar.'

"A bebida da festa ainda estava acelerada em meu sangue, a dor de minha tatuagem nova era um latejar suave por baixo dela. Entreguei a garrafa a Astrid, observando a luz da vela brincar em seu pescoço quando ela tomou um gole longo e lento. Seus olhos estavam com pálpebras pesadas, injetados, e ela bebeu metade do que restava antes de passar a garrafa de volta para mim.

"'Imagino que você se ache terrivelmente inteligente.'

"'O que é exatamente terrível em ser inteligente?', perguntei, tomando um gole.

"'*Tsc*. Garotos.' Ela pegou a garrafa de volta, sacudindo a cabeça. 'Chamar a atenção de Isabella assim não é sábio.'

"'Eu não percebi que tinha *chamado* a atenção dela.'

"'Ela sabia seu *nome*. Mas cuidado. Gabriel de León. Nossa imperatriz quebra os brinquedos com os quais ela brinca.' Astrid deu um gole profundo com uma careta. 'Quero dizer, honestamente, você viu aquela espada que ela estava usando? Ela ia ter sorte se encontrasse a extremidade pontuda. Vadia exibida.'

"'Não percebi. Meus olhos estavam em outro lugar.'

"Ela escarneceu.

"'É verdade.'

"'Estou falando sério. Não tenho utilidade para vestidos bonitos e lábios pintados. Deem-me prata e sangue. Deem-me uma mente rápida como as mudanças do céu e afiada como a espada ao meu lado.'

"'Ora, quem diria. Alguns goles de mijo artesanal e ele se transforma em um poeta.'

"'Não acho que nada disso rimou.'

"'Um poeta horrível, então.' Seu sorriso vacilou, e ela tomou outro gole. 'Desculpe. Estou sendo uma vadia outra vez. Embora minha mãe tenha me dito: na vida, sempre faça o que você ama.'

"'Você não é nenhuma vadia, Astrid Rennier.'

"'Está bem, *agora* estou me sentindo insultada.'

"'Você faz a pose muito bem. Mas, se você é tão vadia, por que está aqui toda noite procurando a salvação do império que a abandonou?'

"'Há poucas outras coisas a fazer neste buraco. Com a exceção de ficar me torturando com fantasias de fugir dele.'

"'Você não me engana mais. Um coração sombrio não faz presente de dia de santos para as pessoas, nem arranja aulas de esgrima para suas amigas, nem passa tempo convencendo o abade a permitir que suas irmãs aprendam a se proteger. Há ouro puro pulsando dentro de seu peito.'

"'Ah, Virgem-mãe, você *está* encantado, não está?'

"Ela captou meu olhar, e eu não desviei o rosto. Eu podia sentir um precipício, e embora eu soubesse que nós dois gostássemos daquele jogo, eu estava cauteloso em relação a sua borda. Eu devia estar na cama. Eu ia precisar de minha força para a viagem à frente, talvez para a batalha em seu final. Mas a bebida estava quente em seu rosto, e a ideia de deixá-la novamente tão cedo era uma pedra em meu peito.

"Astrid me ofereceu a garrafa.

"'Mais um? Ou o resto é para sua rainha?'

"Eu dei de ombros.

"'Mais um não vai me matar.'

"'Últimas palavras famosas, Pequeno Leão.'

"'Não planejo morrer esta noite, majestade.'

"'E amanhã?'

"Então olhei para ela. Para a névoa daqueles olhos compridos e sombreados. Ela estava aborrecida, isso estava claro. Mas achei que ela tivesse se entorpecido de fumar por causa de Isabella – a visão da imperatriz que a havia exilado naquela prisão, o pensamento sobre o que poderia ter sido. Astrid Rennier era uma bastarda real que, não fosse por um capricho do destino, podia muito bem ter sido princesa.

"Mas, olhando para ela agora, não vi nenhuma autopiedade. Esse não era o jeito de Astrid. Em vez disso, olhando para o escuro injetado de sangue de seus olhos, eu vi medo. Não por ela. Mas por mim.

"'Eu tenho pensado', declarou ela.

"'Eu estava me perguntando o que estava fazendo esse barulho de trituração.'

"Ela escarneceu.

"'Babaca.'

"'Bastarda.'

"'*Touché*. Mas eu prefiro quando você me chama de majestade.'

"Eu me joguei para trás, rindo.

"'Em que você tem pensado?'

"Seu tom de voz ficou sério, o pequeno sorriso morrendo em seus lábios.

"'Sobre sua história do que você fez com o recém-nascido. E o que Chloe e eu descobrimos naquele livro.'

"Meu sorriso também morreu. Os pensamentos voltaram para Skyefall e para o sangue daquele garoto do inferno fervendo ao meu toque. Para o Rei Eterno correndo direto em nossa direção, todo barulho e atividade da última semana, foi difícil encontrar tempo para me preocupar com aquilo. Mas, além daquele nome estranho – *Esani* –, eu ainda não tinha realmente ideia do que eu era. Nem do que podia fazer.

"'Eu estava pensando', continuou Astrid. 'Se é um dom de sangue, então você deve treiná-lo como qualquer outro. E você sabe que não tem ninguém aqui que possa ensiná-lo, nem nenhuma ideia de verdade de como conjurá-lo. Mas se você quiser ajuda para dominá-lo... eu ofereço.'

"'Você quer dizer... tentar usá-lo em você?'

"'Você precisa praticar se tem alguma intenção de usá-lo com alguma habilidade.'

"'Não quero machucar você, Astrid.'

"Olhos escuros cintilaram quando se encontraram com os meus.

"'Um pouco de dor nunca machucou ninguém.'

"Eu me surpreendi ao sentir uma leve empolgação no estômago com essas palavras. Eu a olhei nos olhos e pude ver, com a mesma certeza que podia ver meu reflexo no escuro de suas pupilas.

"*Desejo*.

"Aquilo agora estava perigoso. Eu sabia muito bem do perigo que vinha quando uma conversa daquelas estava misturada com fumo e bebida. Aquela garota estava prometida a Deus, e eu em pouco tempo ia fazer os votos como seu soldado. Com toda a empolgação de nossos pequenos flertes, não havia futuro naquilo. Nada a ser ganho e tudo, *tudo* a ser perdido.

"Mas Grande Redentor, ela era linda. Cílios sensuais, emoldurando lagos de negro meia-noite. Meu olhar percorreu seu rosto, desceu pela linha de seu pescoço até os segredos além.

"Eu devia ter dito a ela que não.

"Para começar, ela nunca devia ter oferecido.

"Mas, na verdade, esse era o fascínio daquilo tudo.

"'Então está bem', disse eu.

"Ela afastou a garrafa e os livros e subiu na mesa à minha frente. Eu podia sentir o cheiro de vodka em seus lábios e de erva-do-sonho no ar enquanto ela oferecia a mão. Senti um *frisson* através de seus dedos quando nos tocamos. Pensei em Skyefall, na onda de calor percorrendo meu braço enquanto eu fervia o sangue daquele recém-nascido.

"Mas sentados tão perto, todo o pensamento em dons de sangue e treinamento derreteram. Como eu disse, nem mesmo o próprio Deus pode ficar entre uma garota e um garoto que realmente desejem um ao outro. E, olhando nos olhos de Astrid, eu soube o que ela queria. E, Deus me ajude, eu queria também.

"'Isso é loucura', sussurrei.

"Ela entrelaçou os dedos nos meus, o polegar roçando minha pele, leve como uma pena.

"'Digamos que é temerário.'

"Não sei quem se moveu primeiro. Não sei quem se moveu em seguida, só sei que nosso primeiro beijo foi mais uma colisão, um encontro de pólvora e chama. Ela afundou em meu colo e apertou a boca na minha, enfiando os dedos em meu cabelo. Eu a puxei mais para perto, com toda a força que ousei, o poder do sangue escuro em minhas veias cantando. E o gosto dela, o cheiro dela, a sensação dela, viva e quente e desejosa em meus braços, despertaram dentro de mim a mesma fome que eu conhecera na cama de Ilsa. Senti aquela sede crescer como uma chama, roncando através de mim, presas se agitando em minhas gengivas, calor em minhas veias. O desejo se tornando querer, e o querer, necessidade, e *tudo* aquilo, tudo aquilo era a necessidade dela.

"Mas aquilo era loucura. Aquilo era *errado*. Aquilo era contra a regra do mosteiro, as ordens de nossos superiores e até mesmo a própria vontade do céu.

"Astrid', sussurrei. 'Não podemos fazer isso.'

"'Eu sei', disse ela, me beijando outra vez.

"Ela estendeu a mão entre nós, e arquejei quando senti seus dedos percorrendo minha calça de couro de cima a baixo. Seu beijo se aprofundou, desejo sangrando dentro de mim, e embora soubéssemos que aquilo fosse um pecado, de algum modo isso só nos fez arder mais forte. A boca dela estava aberta, seus beijos famintos, e eu a ouvi sibilar quando minhas presas arranharam seu lábio e uma punhalada de sangue impossivelmente forte e ardente derramou-se sobre minha língua.

"Engasguei em seco e tentei me afastar, morrendo de medo de machucá-la. Mas suas mãos entraram em minha calça e se fecharam ao meu redor, segurando-me imóvel. Ela, então, podia ter me conduzido com o mais leve toque. Ela podia ter me matado com um sussurro. Ela me olhou nos olhos e pude ver a verdade daquilo, aninhada na beira de seu sorriso sangrento.

"Não há pecado tão perigoso quanto o pecado que é escolhido.

"Nenhum pecado tão glorioso quanto o pecado que é compartilhado.

"'Como um homem reza, Gabriel?'

"Eu estava sem ar, sem fala, lambendo seu sangue de meus lábios e sacudindo a cabeça.

"Astrid segurou minhas mãos e as apertou contra seu corpo. Conduzindo meu toque pela ondulação de seus seios, descendo pelas costelas até as curvas enlouquecedoras de seus quadris. Ela passou a língua pelo lábio sangrando, os olhos piscaram e fecharam, e os quadris ondularam quando ela meneou junto a mim. Inclinando-se para perto, ela pressionou a boca ensanguentada sobre a minha, o gosto dela quase me levando à loucura.

"'Como um homem reza?'
"'Não sei. Não...'
"'Ele reza de joelhos, Gabriel.'
"Então ela voltou a subir na mesa, passou as mãos sobre meus ombros e me puxou para mais perto, mais baixo. O gosto de seu sangue explodia e queimava em minha língua, e seus olhos olharam profundamente nos meus enquanto ela sussurrava as palavras que me fizeram cair completa e finalmente.'
"'Reze para mim.'
"'E parte de mim, então, era só um garoto de 16 anos. Implorando apenas para servir e querendo apenas agradar. Mas o resto de mim, a maior parte de mim, estava cheio com uma fome mais sombria do que qualquer outra que eu já conhecera. Passei as mãos por suas pernas, embolando lentamente seu hábito em torno de seus quadris, sua respiração se acelerando quando caí de joelhos. O cheiro dela explodiu sobre mim, a necessidade dela me encheu completamente. E ela estremeceu quando sentiu o primeiro toque leve como pena de minha língua, seu pulso trovejando por baixo da pele, os dedos deslizando pelo meu cabelo enquanto ela me apertava mais perto.
"'*Por favor.*' Ela deu um suspiro. 'Por favor.'
"Eu a beijei, a adorei – macia, lânguida, cada suspiro e gemido um convite para extrair mais um daqueles lábios, mais alto e mais longo. Ela era minha, então, não de Deus, e exclusivamente minha. Pétalas melífluas sob minha língua, nada e ninguém entre nós. Ela olhava em meus olhos e estremecia mais forte a cada respiração, seus lábios ondulando, os dedos dos pés se curvando quando ela afastou mais as pernas, uma das mãos em meu cabelo, a outra agora encontrando seu seio, acariciando e apertando através de seus trajes sagrados. Eu estava perdido no gosto dela, na emoção daquilo tudo, tão suave, sedoso e macio como veludo que eu mal conseguia respirar. Eu nunca tinha conhecido um pecado tão doce quanto aquele. Nunca quis nada em minha vida tanto quanto eu a queria.
"'Toque-me', implorou ela, e eu obedeci.

"'Dentro de mim', suplicou ela, e eu quase perdi a cabeça.

"Ela gemeu meu nome, a cabeça jogada para trás, tremendo tanto que eu mal conseguia me segurar. Se afogando, implorando, Deus, ela era tão quente ali. Todos os seus segredos macios ao toque de meus dedos, gemendo no ritmo de cada beijo ardente. Ela tornou a se afundar na mesa, espalhando livros, arqueando a espinha enquanto começava a tremer, as pernas subindo na direção do céu, os olhos se revirando em sua cabeça, os lábios entreabertos enquanto ela tornava a chamar meu nome, tão alto e demoradamente que soube com certeza que estávamos acabados...

"Então os sinos começaram a soar.

"Nossos olhos se encontraram acima da planície de sua barriga ofegante. A confusão interrompendo a maré de fome, a onda da necessidade. Meu pulso estava martelando, meus lábios e queixo encharcados, néctar doce, sangue quente e suor salgado enquanto as badaladas soavam pelo mosteiro, ecoavam pela biblioteca vazia.

"'O que é isso?', sussurrou ela.

"Era tarde, mas a alvorada não estava próxima; aquele não era um chamado para a missa. E, ajudando Astrid a se levantar de onde estava deitada, ignorando a sede que me consumia com mais força do que nunca enquanto eu olhava para sua boca ainda sangrando, eu falei com um calafrio de medo.

"'Tem alguma coisa errada.'"

✦ XI ✦

QUAL VOCÊ VAI SER

– "PERJUROS! MALDITOS BLASFEMOS!"

"'Cale a boca!'

"'Pecadores bastardos que reviram latrinas! Cuidado! Cuidado agora, irmãos!'

"Esses foram os gritos que saudaram a mim e Astrid quando saímos da biblioteca para a noite. O ar estava congelante depois do fogo de seus quadris, e eu ainda podia sentir seu corpo apertado contra mim, sentir o gosto do pecado em minha boca enquanto observávamos um bando de santos de prata e iniciados diante do arsenal.

"'É melhor voltar para o priorado, majestade', disse eu a ela.

"Ela assentiu, apertando minha mão.

"'Cuidado, Gabe.'

"Fiz uma volta pelas pontes do mosteiro e me aproximei como se chegasse do alojamento. Quando cheguei perto do arsenal, vi o serafim Talon na escada, fúria em seus olhos. E ao lado dele...

"'Ah, não...', murmurei.

"'Cuidado!', gritou Talon. 'Cuidado, agora! Pecado maligno e juramentos quebrados, por Deus!'

"Aaron e Baptiste estavam juntos, as roupas desarrumadas, os lábios de Aaron vermelhos e sensíveis. Eu me juntei ao fundo da multidão, mais santos e iniciados agora se derramando do alojamento. Talon estava gritando veneno puro, saliva em seu bigode. Baptiste parecia preocupado; Aaron, furioso enquanto o abade Khalid e o mestre da forja Argyle finalmente abriram caminho em meio às pessoas.

"'Serafim, qual o significado disso?', perguntou Argyle.

"Talon apontou o bastão para Aaron e Baptiste.

"'Pederastas bastardos, eu os vi!'

"'Viu o quê?', perguntou Khalid com rispidez. 'Fale claramente, homem!'

"'Eu tinha trabalho na fundição! Uma partida de *sanctus* para acompanhar Mãocinza a Charinfel. Mas ouvi barulho na forja e procurei sua origem. E eu os vi ali, nus nos braços um do outro.' O serafim apontou um dedo calejado enquanto eu sentia um aperto no peito. 'De Coste e Sa-Ismael! Excitados como cachorros no cio!'

"Um murmúrio sombrio retumbou em meio à assembleia. Argyle piscou, perplexo, esfregando o queixo com sua mão de ferro. 'Que loucura é essa?'

"'Loucura nenhuma.' Talon cuspiu sobre a pedra. 'Transgressão e traição, é isso o que é! Bastardos do inferno, os dois!'

"'Baptiste?', perguntou Khalid. 'Aaron? Do que o serafim Talon está falando?'

"Meu estômago estava se retorcendo em um nó pequeno e gelado quando vi os amantes trocarem um olhar desesperado. Aaron estava com medo, infeliz, observando tudo o que ele tinha treinado virar fumaça. Baptiste estava com os dentes cerrados, as mãos marcadas pelo fogo fechadas em punhos. *Frère* Alonso exigiu explicação. Ouvi o grande Phil cuspir no chão. De Séverin e os outros amigos de Aaron sussurrando 'perjuros', 'pederastas' e 'malditos dândis'.

"E, embora eu soubesse ser tolice, ainda assim não consegui permanecer mudo. Aaron era meu irmão; Baptiste, meu amigo. Eu não sabia o que ia dizer, mesmo assim, abri caminho através da multidão. Mas o jovem ferreiro captou meu olhar, e a expressão em seu rosto implorou que eu ficasse quieto.

"'Isso foi coisa minha!', declarou ele.

"Baptiste se erguia alto e olhou o mestre da forja nos olhos.

"'Aaron estava bêbado depois dos festejos, mestre. Eu me aproveitei, admito.'

"Os lábios de Argyle tremeram de fúria.

"'Você quebrou seu juramento sagrado a San Mich...'

"'Não quebrei nenhum juramento. Eu jurei não amar nenhuma mulher e respeito isso.'

"'Se deitar em pecado fora do casamento é pecado o bastante" Mas se deitar com outro homem é um pecado dobrado!', gritou Talon. 'E na porra de solo sagrado? Ainda mais com a imperatriz dormindo no vale abaixo? Você envergonha a todos nós, manja-rola filho de uma rameira!'

"A multidão rosnou, concordando, a maré a nossa volta ficou sombria.

"'Isso é pecado mortal, Baptiste', rosnou Khalid. 'Você amaldiçoa sua alma com ele.'

"'Sei que os Testamentos dizem isso, abade. Mas Deus vai decidir meu destino no dia do julgamento, mais ninguém.' O jovem ferreiro olhou para seu amante, e meu coração doeu com o sofrimento em seus olhos. 'Mas Aaron não tem culpa. Ele estava cheio de bebida. Atordoado com a dor em sua tatuagem. Ele não sabia o que fazia. Suplico que o senhor o poupe por isso.'

"Eu olhei para Aaron. Os olhos do jovem aristocrata estavam voltados para a neve aos seus pés. Tudo pelo que ele tinha trabalhado estava em jogo. Sua própria vida podia estar em risco. E eu soube que ele se deteve naquela ponte em Coste, então. Laure Voss sorrindo enquanto circundava os limites de nossa luz.

"*Não é minha culpa, pai. Eu não queria. Sacha me obrigou, pai. Sacha me forçou.*

"Aaron sacudiu a cabeça. Se preparando como se fosse dar um soco.

"'Não...', murmurou ele.

"'Aaron...', implorou Baptiste.

"'Não', disse ele outra vez, com mais firmeza, olhando Khalid e Argyle nos olhos. 'Baptiste diz mentira para me poupar de punição. Mas só porque ele me ama. Da mesma forma que eu o amo.' Sua voz se ergueu mais alta que o clamor crescente. 'E isso não é a porra de *pecado* nenhum!'

"'Filhos de rameiras!', gritou *frère* Charles.

"'Levem-nos para a ponte!', rosnou *frère* Alonso, e a multidão avançou. Eu lutei contra eles, gritando enquanto mãos grosseiras seguravam Baptiste e Aaron, golpes caindo como chuva enquanto Khalid berrava por ordem. Eu soquei e ataquei, tudo mergulhando em caos quando um disparo de pistola soou mais alto que o tumulto.

"*BUM.*

"Abateu-se uma imobilidade. Virando, vi Mãocinza, sua pistola fumegante erguida no ar. Seu olho bom estava injetado e envolto em sombra. Mas sua mão estava firme.

"'Parem, irmãos.'

"'Mas eles são pecadores, *frère*!', disse com raiva o pequeno Phil. '*Perjuros* bastardos.'

"'Eles admitiram a culpa, irmão', disse *frère* Alonso. 'Eles devem se responsabilizar por seus pecados!'

"'Devem', assentiu Mãocinza. 'Mas Aaron de Coste ainda é meu aprendiz até fazer o juramento do rito da prata diante de Deus e San Michon. Não vou vê-lo ser julgado pela loucura da turba.'

"'Mãocinza diz a verdade, irmãos!', berrou Khalid. 'O fato de esse pecado merecer sanção não está em dúvida! Mas nenhuma medida será encontrada sem oração e contemplação! Tranquem os dois no subsolo da catedral.' O abade olhou para a multidão ao redor, com olhos brilhando. 'Nós marchamos *amanhã*! Olhem para seus próprios reflexos e suas próprias almas! Pois logo *todos* nós podemos estar despidos e ensanguentados diante do julgamento de Deus!'

"Mãos grosseiras arrastaram Aaron e Baptiste para a catedral, conduzidas pelo serafim Talon. O resto da turba permanecia como carniceiros acima de um campo de batalha, insatisfeitos, mas sem vontade de contrariar

Khalid. E com xingamentos emudecidos, eles começaram a seguir de volta para o alojamento.

"Eu fiquei ali no frio. A memória dos lábios de Astrid permanecia com o sangue em minha língua. Mas Mãocinza também ficou, Arqueiro pousado em seu ombro bom. O falcão olhava para mim com olhos dourados, soltou um pio áspero; eu olhei para o lugar onde ficava o braço da espada de meu mestre. O vazio entre nós. As palavras não ditas.

"'Mestre...'

"'Você sabia?', perguntou ele, sua voz como botas velhas sobre cascalho.

"Eu queria lhe contar a verdade. Eu queria confiar nele como confiava antes. Ele tinha sido um bastardo cruel comigo, sem dúvida. Mas ao contrário de meu padrasto, a crueldade de Mãocinza servia a um propósito. Há uma diferença em ser esfregado no chão ou em uma pedra de amolar. Eu estava mais duro e melhor que nunca por causa dele, e queria implorar perdão por minha desobediência em Coste. Apesar de salvar a vida daquela garota, queria dizer a ele que desejava poder não ter feito nada daquilo. Perguntar se ele me culpava como eu me culpava.

"'O que vai acontecer com eles?', perguntei em vez disso.

"Mãocinza estreitou o olho bom, a manga vazia tremulando ao vento.

"'Vou pedir clemência. Mas as regras da ordem são claras. Eles vão sofrer o destino de todos os perjuros quando Khalid voltar. Aaron vai ser levado para a ponte, amarrado à roda e esfolado com espinhos prateados até não restar mais nada do aegis que o marca como membro desta irmandade. E depois, os dois vão ser banidos de San Michon.'

"'Mas isso é loucura! Baptiste é o melhor ferreiro do mosteiro! E Aaron ia ser introduzido entre os irmãos amanhã!'

"'Baptiste quebrou seu juramento', disse Mãocinza com rispidez. 'E não fale com língua traiçoeira sobre homem e mulher, ele sabia muito bem que era errado. E Aaron também sabia. Tolo é quem brinca junto do precipício. Mas só o príncipe dos tolos culpa outra pessoa quando cai.'

"O vento cantava um hino triste. Parte de mim não conseguia acreditar que Aaron e Baptste tinham sido descuidados o suficiente para se encontrar outra vez logo depois que eu os havia descoberto. Mas eu tinha arriscado a mesma coisa com Astrid naquela noite, pensando que podia estar indo para minha morte no dia seguinte. Eu não podia culpar meu irmão por fazer o mesmo. Meu peito doía com tudo aquilo. Mas tentei encontrar consolo na fé, como sempre tinha feito. O que quer que acontecesse com Aaron e Baptiste, era a vontade do Todo-poderoso, não era? Eles tinham desobedecido as leis de Deus, não tinham?

"Pensei em Astrid novamente, o gosto de nossa colisão ainda em meus lábios. Senti como se tivesse água gelada jogada em minha cabeça, o desejo pelo qual eu estava inundado agora sóbrio com a certeza de como tinha sido tolice. Como tinha sido egoísta. Como tinha sido perigoso.

"Chloe, a estrela cadente, a escrita de sangue – tudo isso me dizia que tínhamos um papel maior naquilo. Era certo arriscar tudo isso? Isso não era o tipo mais sombrio de maldade?

"Não há pecado tão perigoso quanto o pecado que é escolhido.

"Não há pecado tão glorioso quanto o pecado que é compartilhado.

"Mas mesmo assim...

"'Mestre... não sei se posso viajar para Charinfel e deixar Aaron para trás para apodrecer em uma cela.'

"'Bom', rosnou ele. 'Porque você não vai viajar para lugar nenhum, De León.'

"Eu pisquei e captei o olhar frio de Mãocinza.

"'Mestre, eu não...'

"'Você não pode me chamar de mestre. Não mais. Eu lhe disse em Coste que você nunca mais ia voltar a caçar como meu aprendiz.' Ele se aproximou de mim, uma tira de couro escuro no lugar onde devia estar seu olho. 'Você achou que eu tinha esquecido? Que talvez a Aparição de Vermelho tivesse arrancado o juízo de meu crânio quando ela rasgou fora meu braço e arrancou o olho de minha cabeça?'

"'Eu salvei sua vida.'

"'E me custou isso', disse ele, apontando para o olho e o braço.

"'Mestre, desculpe p...'

"O punho de Mãocinza colidiu com meu estômago como um aríete contra o portão de uma cidade. Caindo de joelhos, engasguei em seco quando ele me atingiu no rosto com as costas da mão, me jogando esparramado na neve. Tentei ficar de pé, mas suas botas atingiram minhas costelas e me deixaram enroscado de agonia sobre a pedra congelante.

"'Que se *danem* suas desculpas, garoto', sibilou ele, batendo no espaço vazio em seu ombro. 'Isso é a vontade do Todo-poderoso, e eu a aceito como um servo fiel deve fazer! O que eu *não* vou aceitar é um aprendiz que busca a própria glória quando devia buscar a de Deus!'

"'Eu n-não...'

"'Claro que busca! Você disse isso esta noite diante da própria imperatriz! Mesmo agora, mesmo aqui, sua primeira preocupação não é com seus irmãos que marcham na direção da guerra e da morte sem você, mas com ser deixado para trás! Você não tem paciência, De León! Não tem disciplina! Você não *pensa*, exceto que sabe mais que todo mundo! Bom, você vai *aprender* a pensar, garoto! E vou garantir que você tenha todo o tempo do mundo para fazer isso!'

"O *frère* recuou devagar, controlando sua fúria crescente.

"'*Melhor morrer como um homem que viver como um monstro*, dizemos. Mas há muitos tipos de monstro nesse mundo, garoto. Um homem faz o que precisa fazer. Um monstro faz o que quer. Um homem serve a Deus. Um monstro serve apenas a si mesmo. E eu não cavalgo com monstros.'

"Cuspi sangue de minha língua, mostrando as presas em minha fúria. Mas Mãocinza apenas franziu o cenho.

"'Quando seus irmãos estiverem fora, escolha qual você vai ser.'

"E com isso, ele me deu as costas e me deixou sangrando na neve."

✦ XII ✦
AGORA DANÇA COMIGO

— SAN MICHON ESTAVA vazio como a sepultura de minha irmã; meu coração, pesado como a pedra que o identificava.

"Khalid, Talon e os outros santos de prata tinham partido ao amanhecer, marchando para noroeste ao som de trombetas de prata. Estandartes dourados ondulavam no vento duplamente cortante, homens, carroças e cavalos avançando para a defesa de Avinbourg e o assassinato do Rei Eterno. Mãocinza e meus colegas iniciados partiram logo depois, com mil soldados atrás, seguindo na direção do gambito em Charinfel. Eu tinha observado tudo da ponte do céu, colunas de homens fluindo como formigas pela neve fria e cinza. E quando eles saíram de vista, eu cuspi na queda até o Mère que aguardava, xingando em voz baixa.

"Por quatro dias, eu me esquivei pelo mosteiro como um fantasma. Em chamas pela injustiça. Aaron e Baptiste estavam trancados sob a catedral até a volta de Khalid, e eu tentei visitá-los. Mas o guardião Logan me impediu, me informando que o serafim Talon tinha proibido que qualquer pessoa visse 'aqueles bastardos pederastas.' A prioresa Charlotte tinha a chave de suas celas revestidas de prata, e ela os visitava apenas para alimentá-los e dar a Aaron seu sacramento noturno.

"Eu ia à missa toda noite em uma catedral quase vazia, evitando os olhos de Astrid. Eu não estava envergonhado do que tínhamos feito. Eu sonhava com aquilo toda noite. Mas eu estava envergonhado da punição que havia recebido, e, criança como eu era, temi parecer menor a seus olhos – ter sido deixado para trás quando meus irmãos lutavam para decidir o destino do império.

"Eu tentava encher as horas de luz do dia na biblioteca, mas o mapa no chão era um lembrete constante da batalha que estava por vir e, além disso, o arquivista Adamo era um bastardo horrível para se ter por perto. Ele era o tipo de bibliotecário que acreditava que as melhores bibliotecas eram aquelas desprovidas de pessoas. A visão das estantes organizadas era uma alegria para ele. Alguém dobrando a ponta de uma página para marcá-la era a porra de um pesadelo. É uma verdade estranha, mas algumas pessoas gostam da ideia de *possuir* livros mais que de lê-los, e logo me cansei dele me olhando carrancudo pelas costas.

"Então, no fim, eu passava a maioria dos dias rezando na catedral, pedindo a Deus e à Virgem-mãe para me concederem humildade. Paciência. Serenidade. Não encontrei nada disso, por mais que eu suplicasse. Eu enchia o resto de meu tempo no alojamento, olhando para o pedaço de pergaminho que tínhamos roubado em Coste. Olhando para o mapa da invasão do Rei Eterno, eu podia sentir rodas girando, a maquinação de mentes com séculos de profundidade por trás delas.

"Tinha sido a intenção de Lauren Voss que encontrássemos aquele mapa?

"Nós a tínhamos caçado, ou ela tinha nos atraído?

"*Todos devem se ajoelhar.*

"Apesar de minhas preces, eu ardia de fúria com tudo aquilo. E finalmente, joguei o pergaminho no chão, proferindo todos os xingamentos que podia conjurar. Eu tinha vontade de apunhalar alguém para que outra coisa pudesse sangrar. Depois de todas as minhas provações, eu tinha sido deixado para trás como uma criança desobediente, e parte de mim supunha que eu tinha sido exatamente isso. Mas eu não havia desobedecido meu mestre apenas por orgulho. Eu tinha salvado a vida de Véronique de Coste. Eu tinha salvado a vida *dele*, pelo amor de Deus, e também as de Aaron e Talon.

"Mas aonde isso tinha me levado? Apesar de todos os alertas de Mãocinza, eu *queria* provar meu valor. Eu *queria* glória. E ter isso negado porque eu tinha me recusado a mandar uma garota inocente para seu caixão me enchia de raiva. No fim, ela me dominou. E sem mais nada para liberá-la, eu a liberava contra as coisas ao meu redor.

"Como a porra de uma criança.

"Fiz minha cama em pedaços. Joguei meu baú de guerra como se *fosse* um brinquedo indesejado. E, finalmente, voltei-me para a parede e a soquei. De novo. De novo. Sentindo meus nós dos dedos se rasgarem e a pele virar polpa, a dor dos meus ossos sendo triturados sobre pedra superava a dor da ideia de que talvez aquilo fosse minha culpa. Eu, afinal de contas, tinha nascido do pecado. E tinha me permitido mais do que minha cota justa, Deus sabia disso. Talvez ele finalmente estivesse me castigando.

"Eu caí de joelhos, arquejando e esgotado. A parede estava esburacada e rachada, os nós dos meus dedos em frangalhos. Eu ergui as mãos, observando o sangue correr vermelho e denso pelos meus dedos, respingando no chão, naquele maldito pedaço amassado de pergaminho que tinha me custado tanto. E olhando por trás de minhas lágrimas de vergonha, eu finalmente vi."

– O sangue – entendeu Jean-François.

Gabriel assentiu.

– *Oui*.

– Ele estava se movendo.

– É claro que estava. – Gabriel deu um suspiro. – Por alguma chymica sombria, meu sangue assumiu vontade própria, penetrou no pergaminho e expôs a mensagem escrita sobre ele.

– O pecado do orgulho, De León. – O historiador sorriu. – Ele sempre lhe serviu bem.

– Ou o diabo ama os seus, vampiro. – Gabriel deu de ombros – De qualquer modo, peguei o pergaminho com mãos trêmulas. E no verso do mapa de Voss, como eu tinha visto na seção proibida da biblioteca com Astrid e Chloe, o sangue assumiu a forma de palavras.

"Na justiça e na esperança, esperança não vai existir,
"Na piedade e na alegria, não há alegria para ti,
"Na morte e na verdade, não há verdade em si,
"Através de sangue e fogo, agora dança comigo assim.

"Olhei para aquelas palavras como se quisesse abrir um buraco através delas, minha mente totalmente confusa. Aquela era uma mensagem secreta de Laure Voss, dirigida aos olhos do próprio Rei Eterno.

"*Mas o que ela significava?*

"Eu já estava esperando na biblioteca naquela noite quando Astrid e Chloe entraram, cautelosas como gatas. Saí das sombras antes mesmo que as portas se fechassem às suas costas, com aquele pedaço de pergaminho na mão, a escrita agora já desbotada.

"'É isso', disse eu.

"'As duas se assustaram quando falei, Chloe pegando seu fuzil, Astrid apertando a mão contra o peito.

"'Ah, seu *bastardo* sacana, Gabriel...'

"'Esta é a resposta. Vejam.' As garotas observaram e se encolheram quando enfiei meus dentes no polegar com força suficiente para romper a pele. E derramando o sangue sobre o pergaminho, eu o ergui sob a luz mortiça para que as irmãs noviças pudessem ver aquele enigma tomar forma mais uma vez.

"'Uma mensagem oculta que a filha enviou para o Rei Eterno', disse eu.

"'Grande Redentor...', murmurou Chloe.

"Astrid pegou o pergaminho de minha mão, erguendo mais a sobrancelha.

"Ela não é uma grande poetisa, não é? Depois de alguns séculos de prática, era de se imaginar que a vadia foss...'

"'Azzie...' Chloe deu um suspiro.

"'Desculpe. Eu preciso fumar.'

"'O que isso significa?', perguntou Chloe.

"'Esse é o problema, Irmã Noviça', disse eu. 'Eu não tenho ideia.'

"Eu andei pela biblioteca, seguido por Chloe, Astrid parada em uma poça da luz mais fraca do luar e apertando os olhos para o texto.

"'Passei o dia inteiro pensando sobre isso', disse eu. 'E acho que Mãocinza estava certo. Esses bastardos conhecem sua presa. Eles estão nos fazendo de bobos.'

"'Então tudo foi uma armação?', perguntou Chloe. 'Laure Voss deixou uma trilha ao longo das Montanhas dos Anjos larga o bastante para ser seguida, na esperança de que nós a alcançássemos?'

"'Essas criaturas estão escondidas nas sombras há séculos. Então eu acho que Laure *estava* percorrendo as Montanhas dos Anjos com um objetivo. Explorando guarnições, avaliando as forças que o imperador podia reunir. O fato de Fabién Voss enviar sua filha amada para a tarefa mostra o quanto ela era importante para ele. Laure era os olhos de seu pai em Nordlund.'

"'Mas esse enigma fala de algo mais profundo que o plano que vocês encontraram', disse Chloe.

"'Eu *sei*. Do contrário, por que escondê-lo?' Mas Laure disse que sabia que nós estávamos a sua espreita. E ela enviou uma dúzia de corvos para seu pai, supostamente levando uma dúzia de cópias desta mensagem. Acho que ela estava esperando que interceptássemos pelo menos uma delas. Acho que ela deixou o mapa para que nós o encontrássemos, e escondeu a verdadeira mensagem para seu pai no sangue.'

"'Avinbourg é uma armação', disse Astrid. 'O exército de Isabella está marchando para o lugar errado.'

"'*Oui.*'

"'Charinfel, então?'

"Fui até o grande mapa, ao longo das Montanhas dos Anjos, até meus saltos de prata pararem em cima da cidade fortificada no sul. Eu podia visualizar Mãocinza e meus colegas marchando para auxiliar a guarnição. Se

Voss atacasse Charinfel, ele podia tomá-la com apenas mil homens extras e um punhado de iniciados para defendê-la. Mas eu ainda estava me sentindo desconfortável.

"'Temo que não seja tão simples. Com esses sanguessugas, são mentiras dentro de mentiras.'

"'*Na morte e na verdade, não há verdade em si, através de sangue e fogo, agora dança comigo assim.*' Astrid franziu o cenho. 'Isso parece prosa para crianças. Quero dizer, honestamente...'

"'Deixando de lado a poesia medíocre, a resposta está claramente nesse enigma', disse Chloe.

"'E eu não tenho os olhos para vê-la', reclamei.

"'Bom, precisamos *encontrar* os olhos. Talvez tenha sido por isso que Deus nos reuniu.'

"'Irmã Noviça, você não está me dizendo nada que eu já não saiba.'

"'Bom, *pense*!', gritou Chloe. 'Laure disse alguma coisa que possa ser uma pista? Porque enquanto estamos aqui parados, o exército imperial avança na direção de uma batalha que nunca vai acontecer, e se o Rei Eterno passar pelas Montanhas dos Anjos, todo o império vai cair diante de sua hoste maldita.'

"Astrid e eu olhamos um para o outro. E vi o pensamento tomar forma em seus olhos quando eu o derramei de meus lábios.

"'Hoste...'

"'Desculpe?'

"'Os anjos da hoste', sussurrei. E, olhando para a Irmã Noviça, comecei a andar pela extensão das Montanhas dos Anjos, batendo o salto sobre cada pico ao passar. 'Cada montanha tem o nome de um". Sarai, anjo das pragas. Evangeline, anjo da temperança. E vejam aqui! Justiça e esperança. Misericórdia e júbilo. Morte e verdade. Eles são duplas! Passos nas montanhas!' Eu me ajoelhei ao lado do Monte Sanael e do Monte Gabriel, anjos do sangue e do fogo. 'Laure não estava apenas investigando nossas forças, ela estava procurando o melhor caminho para atravessar as montanhas! Um dos escravos de Voss disse isso em Coste. *O mestre vem. E sangue e fogo vão marcar sua passagem!*'

"'O Rei Eterno não vai contornar as Montanhas dos Anjos', disse Astrid.

"'O bastardo vai por *cima* delas.' Eu apunhalei o mapa com o dedo. 'Aqui nos Gêmeos.'

"Chloe franziu o cenho.

"'Mas estamos no auge do inverno. O vento no alto das Montanhas dos Anjos faz o sangue congelar e virar gelo, e as neves têm trinta metros de profundidade. Nenhum exército poderia atravessá-las.'

"'Nenhum exército vivo. Mas nossos inimigos são os Mortos.'

"Chloe olhava fixamente para o mapa, sua voz um sussurro.

"'Deus Todo-poderoso...'

"'Precisamos informar Isabella', disse Astrid.

"'Precisamos', assenti. 'Mas Voss deve ter recebido a mensagem da filha há semanas. A legião sem fim já está em movimento. Mesmo que enviemos um cavaleiro agora, e a Hoste Dourada mude de destino, eles podem não chegar aos Gêmeos a tempo.'

"'O que você propõe?', perguntou Chloe.

"'Impedi-los, é claro.'

"'*Sozinho?*'

"'Os Irmãos da Lareira ainda estão aqui. Argyle, o guardião Logan e outros.'

"'Vigias noturnos e ferreiros?', perguntou Astrid. 'Contra dez mil atrozes e só a Virgem-mãe sabe quantos altos-sangues mais?'

"Voltei os olhos para a janela, para a catedral do lado de fora e as celas abaixo.

"'Há pelo menos dois outros irmãos em San Michon que ainda podem me ajudar.'

"'Isso é loucura. Isso é uma maldita *tolice* absoluta!'

"'Vamos dizer apenas que é temerário.'

"'Ah, guarde esse seu sorriso de estudante, Gabriel de León!'

"'Se você tiver uma ideia melhor, sou todo ouvidos, majestade. Vamos enviar um cavaleiro até a imperatriz, por garantia. Outro até Mãocinza. Mas até que as notícias os alcancem, as únicas pessoas entre Fabién Voss e Nordlund somos nós três nesta sala.'

"Eu me levantei e limpei a poeira das mãos.

"'Então se me dão licença, *mesdemoiselles,* tenho que acordar uma prioresa.'"

✦ XIII ✦
SANGUE E FOGO

– DUAS HORAS DEPOIS, estávamos parados na neve em frente aos estábulos de San Michon, nossa respiração branco-inverno no ar noturno. Olhei para nosso grupo, vi o peso do mundo em cada ombro. O guardião Logan e o guardião Micah. Uma dúzia de dedos pretos, os dois cavalariços, Kaspar e Kaveh. E, é claro, Baptiste e Aaron, recém-libertados do subsolo da catedral.

"A velha Charlotte não gostou nada de ter sua vigília interrompida por minhas batidas na porta do priorado. Mas depois que Astrid e Chloe estavam de volta a seus quartos, foi exatamente o que eu fiz. Charlotte ouviu com atenção, sua expressão marcada por cicatrizes ficando sombria enquanto eu explicava meus medos, a estratégia de Voss, a reação desesperada que eu havia planejado e minha declaração de que eu ia precisar de todos os homens que pudesse conseguir. A probabilidade de meu plano se mostrar algo que não fosse suicida era quase nenhuma. Mas a seu favor, a priorosa entregou as chaves das celas de Aaron e Baptiste com pouca resistência. E junto com elas, ela me deu uma dúzia de frascos de *sanctus*, escuro como chocolate, doce como mel.

"'Que Deus Todo-poderoso possa protegê-lo, iniciado.'

"'Que ele proteja a todos nós, priorosa.'

"Eu estava, agora, parado ao lado do jovem Kaveh, botando o mapa amassado de Laure em sua mão. Seu irmão Kaspar já estava a cavalo.

"'Cavalguem incansavelmente, irmãos. Kaspar, procure a Hoste Dourada. Kaveh, vá para o sul atrás de Mãocinza. Rápidos como o vento.'

"'Que Deus Todo-poderoso esteja com você, Pequeno Leão.' Kaspar olhou para o irmão. 'E com todos nós.'

"Eu apertei a mão de Kaveh e falei em voz baixa.

"'Quando você voltar, irmão, quero conversar discretamente. Sobre você e a irmã Aoife. Na improbabilidade de que eu ainda esteja vivo, é claro.'

"O garoto olhou para mim com expressão sombria. Mas ele assentiu, só uma vez.

"'Vão. Partam!'

"Dei um tapa nos cavalos e sussurrei uma prece enquanto os rapazes galopavam noite adentro. Os irmãos dedos pretos de Baptiste tinham carregado nossas carroças, e eu estava conferindo os barris quando o barulho de correntes de ferro chamou minha atenção. Olhei para cima, vi a plataforma do céu descendo mais uma vez da catedral.

"Eu olhei para Logan, intrigado.

"'Guardião?'

"'Não sei o que é, rapaz', rosnou o homem magro.

"A plataforma descansou sobre a neve com um baque surdo. Duas dúzias de irmãs da Sororidade da Prata estavam sobre ela, vestindo sobretudos de inverno e botas com saltos de prata – obtidos no arsenal, sem dúvida. Elas carregavam fuzis, chifres de ignis negra, bolsas com balas de prata. Charlotte, a irmã Esmeé, Chloe Sauvage entre elas. E o mais estranho de tudo, Astrid.

"'Prioresa? O que é isso?'

"'Exatamente o que parece, iniciado.'

"Um murmúrio circulou entre os homens enquanto eu olhava Charlotte nos olhos.

"'Prioresa, eu...'

"'Não estou aqui para um debate, iniciado De León. Na ausência do abade Khalid e do serafim Talon, *eu* sou a luminar mais antiga deste mosteiro. Você me disse uma vez que os santos de prata não podiam servir a seu propósito sem a Sororidade. Eu concordo sinceramente. E se seus medos se mostrarem ser verdadeiros, pela abençoada Virgem-mãe, vocês vão precisar de toda ajuda que puderem encontrar.'

"'Sem querer ser desrespeitoso, prioresa', disse Aaron com delicadeza. 'Mas que ajuda vocês podem ser?'

"Charlotte deu um olhar de reprovação em sua direção e ergueu o rifle.

"'O abade Khalid passou muito tempo nos ensinando a nos defender com essas coisas abomináveis. Mas, em vez disso, prefiro pensar que Deus tinha a intenção que defendêssemos este império. E com a graça do Todo--poderoso e as bênçãos dos Mártires, isso é exatamente o que vamos fazer.'

"Olhei para as irmãs e noviças ali na neve que caía. Vi medo, é claro. Joelhos trêmulos, olhos arregalados e lábios franzidos. Mas também vi dentes cerrados, punhos fechados e fé em que o Senhor Deus iria apoiá-las. Eu vi *crença*.

"'Somos abençoados por contar com vocês em nosso grupo, irmãs', disse eu.

"Charlotte se voltou para suas protegidas.

"Aquelas de vocês que sabem cavalgar, peguem uma sela. O resto de vocês, pegue uma carroça. Rápido, agora.'

"As irmãs e noviças fizeram como ordenado, a maior parte delas subindo nas carroças com nossas provisões. Mas algumas encilharam sosyas, auxiliadas obedientemente pelos irmãos. Eu fui até Astrid e a ajudei a encilhar uma égua corajosa chamada Rio. Eu estava consciente das pessoas reunidas ao nosso redor, mantendo a voz em um sussurro e falando principalmente com os olhos.

"'O que em nome do Todo-poderoso você está fazendo?'

"'O clima está ótimo para uma cavalgada pelo campo.'

"'Isso não é nenhuma brincadeira. Não foi você que disse que a guerra deveria ser deixada com os guerreiros?'

"Astrid olhou para as mulheres ao seu redor, os garotos; aquele bando lamentável viajando na direção das mandíbulas abertas do inferno.

"'É difícil fazer isso quando a guerra está a sua porta.'

"'O que aconteceu com a vadia de coração sombrio que só queria escapar desses muros?'

"'Ah, Gabe.' Ela deu um sorriso triste. 'Se isso acabar como provavelmente vai, eu *vou* ter escapado.'

"Meu coração estava doente de medo por ela. Ela me olhou nos olhos, e pude ver a memória de nossa noite na biblioteca em seu rosto, um toque de desejo em seus olhos que fizeram meu sangue cantar. Mas, com Charlotte observando, irmãs e irmãos a nossa volta, eu não ousava entregar nada do que compartilhávamos. E Deus sabia que não tínhamos tempo para discutir.

"Com um suspiro, eu me resignei àquele lance de dados desesperado. Terminei com a sela de Astrid e subi em Justiça. Baptiste captou meu olhar, amarrando a gola em torno dos lábios.

"'Rezo a todos aos Sete Mártires que você esteja errado sobre isso, Pequeno Leão.'

"'Ninguém reza com mais fervor do que eu', respondi, calçando as luvas. 'Mas é como Mãocinza disse, irmão. Na batalha, o homem sábio reza a Deus. Mesmo assim ele ergue sua espada.'

"'Mãocinza também tinha palavras sobre o assunto de heróis, se eu me lembro', rosnou Aaron.

"Olhei para nosso grupo, um pequeno fiapo de chama em um mar de escuridão. O medo de tudo aquilo era como gelo em minhas entranhas. Eu sabia que estávamos quase certamente viajando para nossa morte. Mas também sabia que, se deixássemos o medo nos governar, nunca iríamos nem partir. *Alguém* precisava falar. Por isso, segurei as rédeas de Justiça com força para fazer com que minhas mãos parassem de tremer, e, de pé sobre os estribos, levantei a voz.

"'Não sei o que nos espera no fim dessa estrada. Vamos olhar de frente para o horror, isso é certo. Mas coragem é a disposição de fazer o que outros não fazem. E nos braços da hoste dos céus, somos invencíveis. Eu olhei nos olhos dos Mortos e não recuei. Eu enfrentei uma princesa da eternidade e sobrevivi. E vou lhes dizer agora com sinceridade, nunca senti tanto orgulho quanto viajando com um grupo como vocês.'

"'Véris, Pequeno Leão.' Baptiste sorriu. 'Véris.'

"'É, belo discurso.' Logan coçou as suíças e me deu uma piscadela. 'Para um moço bonito nórdico que gosta de foder ovelhas.'

"'*Merci*, bom guardião.'

"E com isso, nós partimos.

"Uma hoste de pouco mais de cinquenta pessoas enfrentando um exército de dez mil. E mesmo assim nós seguimos como se estivéssemos nos dirigindo para os braços do céu. A prioresa Charlotte liderava as irmãs em hinos enquanto avançávamos para oeste, a estrada um frio cortante, a neve caindo densa. Viajamos parando apenas para comer e dormir, tão frio quando parávamos para a noite que alguns mal conseguiam se mexer. Acampando junto da estrada, com a sombra severa das Montanhas dos Anjos se erguendo à nossa frente, eu me via imaginando os horrores famintos que estavam se reunindo depois delas. Sabendo que cada minuto descansado era um minuto desperdiçado.

"Dias e dias sem parar.

"Os Gêmeos se ergueram à nossa frente quando chegamos aos contrafortes irregulares, e rezei para que os anjos Sanael e Gabriel velassem por nós enquanto dormíamos. O vento era uma lâmina, o ar tão rarefeito que doía ao respirar. O eixo de nossa principal carroça quebrou, e seguimos adiante com apenas uma. Dois sosyas morreram congelados na noite, e quatro irmãs e um irmão dedo preto tiveram de voltar, com ulcerações demais provocadas pelo frio para seguir em frente. Eu tinha certeza de que Astrid ia desistir, suplicando em silêncio toda vez que captava seu olhar. Mas ela permanecia curvada em sua sela, tremendo, dura como aço. E mesmo assim nós subimos, cruzando o passo entre o Sangue e o Fogo. Mais alto. Mais frio. Mais desolação.

"Uma tempestade nos atingiu no 12º dia, e, se o sol nasceu, nós mal conseguíamos dizer. O frio era tanto que outra meia dúzia de nosso grupo não conseguiu montar, a pequena Chloe entre eles. Foi decidido que eles deviam ficar para trás para conduzir a Hoste Dourada quando eles chegassem, enquanto o resto de nós seguiu a pé para a passagem. O caminho era perigoso demais para a carroça, e meus irmãos e eu tivemos de arrastar os barris que tínhamos levado conosco através das neves cinzentas. Pela primeira vez na vida, fiquei grato pela força sombria com a qual meu pai tinha me abençoado.

"A noite caiu, e nesse dia não houve hinos em torno do fogo. A ideia do que podia estar atravessando aquelas montanhas pesava sobre todos nós, então, e a neve acima estava tão densa que ninguém ousava fazer um som. Meu padrasto tinha me ensinado sobre o gelo. Tinha me ensinado sobre a neve. Como ela cai. Como ela mata. Eu sabia que a ideia de que barulhos altos pudessem causar avalanches era ficção, mas ninguém sabia o que estava ouvindo, lá fora no escuro. Por isso, silêncio.

"Seguimos em frente com dificuldade no dia seguinte, apenas duas dúzias em nosso grupo agora, lutando contra o congelamento e o vento uivante. Mesmo ao meio-dia, só conseguíamos ver com o brilho pálido de nossas lanternas e os breves clarões de relâmpagos imolando os picos. Mas, por fim, perto do crepúsculo, o vento diminuiu, e finalmente chegamos ao passo entre Fogo e Sangue.

"Havia duas torres de vigia altas contra a tempestade, projetando-se da encosta como dedos negros erguidos para o céu. Elas tinham sido construídas durante as Guerras da Fé, projetadas com a aparência dos anjos que davam nome àqueles picos. A tempestade soprava para o sul, e a torre de Gabriel estava quase toda enterrada, apenas uma mão escura estendida da neve empilhada ao seu redor. A neve compactada se erguia em um penhasco íngreme, trinta metros de profundidade, toneladas incontáveis. Então nos abrigamos sob a proteção das asas elevadas de Sanael.

"Aaron estava encolhido ao meu lado, a gola amarrada alta para se proteger do vento, apoiado em seu barril para recuperar o fôlego. Baptiste estava agachado com suas peles congeladas, olhando para o amplo vale abaixo do outro lado do passo. A prioresa Charlotte estava de pé e encolhida contra o vento uivante com suas irmãs sagradas, Astrid entre elas. O fato de ela ter chegado tão longe revelava uma força na Irmã Noviça Rennier com a qual eu nunca havia sonhado.

"No início, não vimos nada. Mesmo quando o raio caiu, iluminando as extensões de neve cinza do lado de Talhost do pico, não houve movimento. A encosta abaixo era um plano vasto de gelo e árvores engolidas, comprimido duro pelo vento e em uma pilha de profundidade impossível, de peso impossível – nenhum exército de homens podia atravessar um espinhaço tão traiçoeiro sem congelar até a morte ou provocar uma avalanche.

"Meus dentes estavam batendo tanto que eu mal conseguia falar.

"'Alguém t-tem uma bebida?'

"'N-não t-tem m-mais', sibilou Logan.

"'Eu não vejo nada', disse De Coste, sua respiração se condensando. 'E n-não p-podemos demorar m-muito. Esse frio v-vai s-ser nossa m-morte, Gabriel.'

"'Quais são as n-novidades, irmãos?', perguntou a prioresa.

"Baptiste sacou uma luneta ornamentada com prata. Eu peguei a minha, me agachei ao seu lado e olhei para o vale abaixo. Por minutos compridos, não vi nenhum sinal, nenhum perigo do outro lado daquela vastidão congelada. Pensei que a legião sem fim pudesse já ter atravessado, mas isso era tolice; nós teríamos nos encontrado com eles no caminho. Ocorreu-me, então, uma esperança vã – que talvez eu tivesse me enganado, e naquele momento as forças do Rei Eterno estivessem quebrando como ondas sobre os muros de Avinbourg. Então caiu um raio, e no redemoinho cinza que se iluminou a nossa frente, por uma breve pulsação, claro como o dia há muito perdido, minha respiração ficou presa nos pulmões quando vi o que estava subindo as montanhas em nossa direção."

— E isso era? — perguntou Jean-François.

— Vampiros. — Gabriel engoliu em seco. — Milhares e milhares de vampiros.

✦ XIV ✦
ESTE MOMENTO

– "DOCE REDENTOR", DISSE eu.
"'O que você v-viu?', perguntou Charlotte.
"Baptiste baixou a luneta e falou baixo.
"'Eles estão v-vindo.'
"'Quantos?', perguntou Astrid.
"Eu engoli em seco, olhando-a nos olhos. '*Muitos.*'
"'E nós somos duas dúzias.' Baptiste se voltou para Aaron. 'Duas dúzias contra milhares.'
"Olhei para nosso grupo. Eles estavam todos com medo. Percebi que olhavam para mim, que os havia levado até ali. Todos sabiam como era perigosa a situação em que estávamos. Como era provável que estivéssemos diante de nossa morte. Eu aprendi uma lição ali naquela encosta congelada, abrigado sob as asas de um anjo. Sobre liderar homens. Sobre liderar qualquer um."
– Qual foi? – perguntou Jean-François.
– Quando todo o seu mundo está indo para o inferno, tudo o que você precisa é de uma pessoa que pareça saber o caminho.
"'Na prova do sangue', gritei, 'o serafim Talon me disse que os piores horrores forjam os maiores heróis. Mas *frère* Mãocinza sempre disse que é tolice ser herói. Que eles têm mortes desagradáveis, longe de casa e da lareira.' Eu ergui a voz acima dos ventos, tentando acender uma chama que pudesse afastar aquele frio. 'Acho que a verdade está no meio. Um ou dois momentos

de heroísmo – é isso o que buscam os sábios. Um ou dois instantes que duram toda uma vida. E *este* é um deles. Um momento para levar um sorriso ao rosto de vocês em seu leito de morte. Um momento que os outros vão lamentar não terem estado aqui para compartilhar. Um momento do qual vocês vão dizer, a muitos anos e quilômetros daqui, que *nesse momento*, mesmo que nunca mais se repita, você estava entre heróis. E você era um deles.'

"Eu olhei para eles, as presas expostas em um sorriso feroz.

"'Este momento.'

"Aaron assentiu.

"'Este momento.'

"'Prioresa Charlotte', chamei. Forme sua linha de fuzis ao longo deste espinhaço, da torre até a escarpa. A metade atirando, a outra metade recarregando. Mantenham-os afastados de mim da melhor maneira possível.'

"'O que você pretende fazer?', perguntou Charlotte.

"'Segurá-los por tempo suficiente para que nossos irmãos dedos pretos nos salvem.' Eu me virei para Baptiste e seus colegas ferreiros, batendo com o punho sobre os barris de ignis negra que tínhamos arrastado desde San Michon. 'O gelo compactado é mais pesado ao longo do espinhaço norte. Lá em cima, abaixo da torre de Gabriel. Alguns barris devem derrubar a coisa toda sobre aqueles bastardos. Centenas de milhares de toneladas. Só se assegure de deixar seus pavios compridos o bastante para estarem longe quando tudo desabar.' Eu engoli em seco. 'E tentem me dar um alerta antes da explosão. Vai estar sangrento lá embaixo.'

"'Há milhares deles.' Charlotte franziu o cenho. 'Vai ser uma *matança*.'

"'Talvez', assenti, olhando para o grupo. 'Mas meus amigos são a colina sobre a qual eu morro.'

"Aaron conferiu as bombas de prata em sua bandoleira.

"'Eu vou com você.'

"'E eu.' Baptiste ergueu um poderoso martelo de batalha de aço de prata. 'O Luz do Sol aqui está com sede. O irmão Noam e o irmão Clement podem cuidar de preparar as cargas.'

"Aaron franziu o cenho.

"'Baptiste, você é um ferreiro, não um...'

"O rapaz grande pressionou os lábios nos de Aaron.

"'Cale a boca, amor.'

"Levei a mão ao interior de meu sobretudo e peguei um cachimbo de prata. A respiração de Aaron se acelerou quando eu o enchi com o *sanctus* que Charlotte tinha me dado – uma dose mais profunda do que qualquer um de nós havia ousado antes. Astrid observou quando acionei a pederneira e inspirei, seus olhos escuros nos meus quando atingiu meus pulmões e entrou pelas minhas veias; aquele perfume monstruoso, aquela loucura divina, me elevando para os céus congelados.

"Preparei outra dose para Aaron, observando enquanto ele consumia todo o fornilho em um trago. Todo o corpo de De Coste se tensionou, caninos ficando longos e afiados. Ele exalou uma nuvem de fumaça escarlate no ar congelante, os tendões em seu pescoço estendidos e tensos. E quando ele abriu os olhos, eu os vi banhados de escarlate, as pupilas tão dilatadas que suas íris tinham praticamente desaparecido.

"'Ah, *Deus*.' Ele exalou, vermelho como sangue. 'Ah, Deus.'

"Aaron enfiou sua espada de aço de prata na neve, desafivelou o sobretudo e tirou a túnica dos ombros. Eu fiz o mesmo, nós dois vestidos de prata em meio ao cinza. Os ferreiros pegaram os barris de ignis e seguiram na direção da neve compactada abaixo da torre de Gabriel. Charlotte, Astrid e as outras irmãs formaram a linha ao longo do espinhaço, o guardião Logan e Micah prontos para defendê-las. Quando meu olhar se encontrou com o de Astrid, todas as palavras que eu desejava poder dizer ficaram contidas por trás de meus dentes que se aguçavam. A lembrança de seus lábios queimando de forma mais luminosa que o sacramento em minhas veias. E ela então sorriu para mim. Um de seus mil sorrisos – um sorriso que me pegou e abraçou forte, banindo qualquer coisa que restasse de medo de dentro de mim.

"'*Este* momento, Gabriel de León.'

"O mundo inteiro estava tremendo quando Aaron, Baptiste e eu descemos correndo a encosta na direção dos Mortos. Eu não me lembrava de sacá-la, mas a Garra de Leão estava em minha mão, uma tocha acesa na outra. Não havia, então, nenhum terror em mim. Nenhuma lembrança de amigos, da *famille* ou mesmo do sorriso de Astrid. Havia apenas o hino de sangue. Martelando tão forte que eu me vi *rindo* – realmente rindo enquanto avançávamos juntos para nossa morte.

"Vi formas na escuridão, pés correndo pela neve cinza. Os Mortos tinham visto nossa luz e estavam chegando, ah *Deus*, eles estavam chegando. Meus dedos estavam em torno do punho da Garra de Leão, e meu coração batia contra as costelas quando olhei para meus companheiros e vi seus olhos brilhantes nos meus.

"'*Agora*', sibilou Baptiste. 'Agora você pode matar alguma coisa monstruosa para mim.'

"O ar estava congelante, mas nós não sentíamos frio, sentíamos o surgimento de arrepios com a visão dos desenhos em nossas peles: rosas e serpentes, o Redentor em sua roda, anjos cantando e leões rugindo, do pescoço ao pulso e à cintura em tinta de prata.

"E eles estavam brilhando.

"Suavemente no início. Mas, à medida que os passos se aproximavam, nossa luz ficou mais forte, um círculo de iluminação até nove, dez metros a nossa volta. Senti a mão esquerda esquentar, e vi a estrela de sete pontas na palma da minha mão e o anjo de prata em meu braço, o leão em meu peito – todos queimando com aquela mesma luz feroz e terrível.

"'Deus está conosco, irmãos', disse Baptiste. 'Não podemos cair.'

"'Sem medo', murmurei.

"Aaron assentiu.

"'Só fúria.'

"E então, eles nos atingiram.

"Saídos do escuro, sibilando e com garras. Um enxame, olhos mortos cheios

de fome, presas brilhando quando um raio fendeu o céu. Os atrozes de Talhost vestiam as roupas nas quais tinham sido assassinados – vestidos elegantes ou farrapos de camponês, sobrecasacas ou túnicas puídas, hectares de pele pálida e exangue. Não havia forma em suas fileiras, apenas números, dentes e uma força enorme e profana, dispostos a drenar todo o mundo até virar poeira e ossos.

"Mas, pela porra do Redentor, nós estávamos *intocáveis*. Aquela hoste pútrida fluía como uma inundação, e quando chegavam à nossa luz, eles se abriam como água sobre pedra. Nossas tatuagens os cegavam, nosso aço de prata cortava através deles como uma foice no trigo. O ar era cinzas e sangue enquanto lutávamos, a neve encharcada de vermelho. Olhando para o cume norte quando houve um relâmpago, vi as figuras diminutas do irmão Noam e dos outros dedos pretos enterrando seus barris de ignis negra na base da neve compactada. Disparos de prata passavam zumbindo por nossa cabeça vindos das irmãs, e, nos limites de nossa luz, vi um atroz cair, crânios estilhaçados, ossos quebrados.

"Todo mundo sabe que a guerra é o inferno, sangue-frio. Mas também há um paraíso nela. Uma alegria selvagem em resistir no chão onde o inimigo quer que você caia. Eu não podia sentir meu corpo. Posso ter conhecido o arranhão de uma garra ou a pontada breve de osso quebrando. Mas dor? Dor era para o inimigo. Dor e prata.

"E então, eu o senti.

"O beijo de presas de serpente em minha pele. A infinidade desolada de anos incontáveis, a poeira nas tumbas de reis esquecidos. O peso de uma presença impossível, uma mente impossível de conhecer, forçando-se sobre a minha saída do escuro longo e solitário.

"A mente de um Rei Eterno.

"Eu o vi, como se ele estivesse parado a minha frente. Sua pele, cabelo, olhos – tudo descolorido e pálido como a neve por anos além das contas e pecados além do perdão. Um jovem, estranho e eterno, belo e terrível, envolto por uma escuridão tão fria, dura e desolada que senti meu coração

685

congelando no peito. E eu o ouvi, então, falar em minha cabeça, do outro lado da neve encharcada de sangue entre nós, e suas palavras eram a canção que ia desfazer o mundo.

"'*Eu sinto a ti.*'

"'Grande Redentor...', sussurrei.

"'Eu o senti também', ofegou Aaron.

"Os atrozes continuavam a chegar, e nosso aço de prata reluzia, vermelho-sangue e com um brilho sagrado. Mas eles não eram *nada*, percebi, nada em comparação com o que caminhava por trás deles com passo firme, implacável, inescapável, nenhum impulso tão básico quanto a pressa para arruinar o retrato enquanto ele caminhava em nossa direção, cercado por seus filhos, seus netos, toda sua descendência – uma corte temível de seu sangue, com todo o tempo da criação do seu lado.

"Então eu ouvi gritos. Atrás.

"'Gabriel!'

"*Astrid...*

"'GABRIEL!'

"Com um aperto no coração, olhei para trás encosta acima, vi tochas queimando sobre o cinza pálido – o irmão Noam e os outros ferreiros dançando no escuro. E a sua luz, vi uma figura familiar passando por eles como uma sombra, retalhando-os na neve.

"Uma sombra envolta em vermelho.

"'Laure...'"

✦ XV ✦
DE VERMELHO

– EU XINGUEI A mim mesmo. Claro que aquela vadia profana ia estar ali para se encontrar com seu pai quando ele atravessasse as Montanhas dos Anjos. Laure Voss tinha se aproximado de nós por trás, como um ladrão, e eu havia deixado nossas costas expostas como um tolo. Pela aparência, Noam e os outros tinham colocado as cargas, mas agora Laure os estava fazendo em pedaços, e sem ninguém para acender o pavio...

"'Você consegue segurá-los?', gritei para Aaron, retalhando mais um atroz.

"'Ou morro tentando!'

"'Quando eu der o sinal, você volta correndo por essa encosta!'

"'Vá, Pequeno Leão!', berrou Baptiste. 'Que o Todo-poderoso esteja com você.'

"Dei as costas para meus irmãos e subi correndo aquele espinhaço. Vi os clarões de bombas de prata, marcas de sangue. Os dedos pretos estavam lutando com bravura, mas eram Irmãos da Lareira não da Caçada, e eles agora estavam enfrentando uma filha do Rei Eterno.

"Suas tochas vacilaram e falharam, mergulhando aquele espinhaço novamente na escuridão. Um raio rachou o céu, um arco brilhante, e vi uma sombra vermelho-sangue tremeluzir sobre a neve na direção da torre de Sanacl e das irmãs que disparavam de seu abrigo.

"'Charlotte, volte! Astrid, *CORRA!*'

"Ouvi um grito na escuridão, e meu coração se retorceu no peito, mas então eu estava entre eles, com a espada erguida, avançando e cortando na direção daquela figura banhada na luz de meu aegis. Laure estava completamente coberta de sangue e tecidos, o queixo e o pescoço pintados de vermelho, toda aparência de beleza que eu tinha visto em Coste deixada de lado. Um monstro, agora, desolado e de verdade.

"Desviando de meu golpe e voltando depressa para os limites de minha luz, a princesa da eternidade se ergueu em toda a sua altura. Seu vestido escarlate flutuava ao seu redor como neblina nos ventos congelantes, o cabelo vermelho e comprido grudado no sangue que encharcava sua pele.

"'Para trás!', gritei. 'Em nome de Deus e do Redentor!'

"'Eu já disse antes a ti, garoto. Teu Deus não tem nenhum poder sobre mim.'

"As irmãs se reuniram atrás de mim sob o abrigo de minha luz. Eu podia sentir Astrid ali, e sussurrei uma prece de agradecimento. Mas os corpos das outras irmãs estavam abertos e sangrando na neve, os guardiões Logan e Micah ao lado delas. Olhando encosta abaixo, pude ver que Aaron e Baptiste tinham perdido terreno, recuando agora diante daquela maré incansável. Tínhamos apenas momentos antes que a legião tomasse o passo e passasse por cima de todos nós.

"Laure sorriu, e senti seu veneno penetrando em minha mente.

"'Eu terei a ti de joelhos, sangue-frágil. Vou provar-te até a morte.'

"Havia uma crosta de cinzas e sangue sobre minha pele, e meu aegis queimava com fogo sagrado. Os olhos de Laure se estreitaram para se proteger contra isso quando atirei minha última bomba de prata, sentindo o calor em minha pele quando ataquei com a espada. Botei toda a minha força no golpe, e ele teve bom destino. Mas a pele dela era, como sempre, de pedra quando eu a atingi, e seu punho era um aríete quando me bateu em resposta.

"O ar saiu de meus pulmões. Senti algo se rasgar. Então eu estava voando e caí com força. Estrelas negras brotaram quando Laure se inclinou sobre mim, de braços abertos para acabar comigo.

"Os estrondos de pequenos trovões ecoaram pela encosta, meia dúzia de tiros de prata pura e abençoada atingindo o rosto, o peito e o pescoço de Laure. Ela cambaleou para trás, com uma teia de rachaduras sobre a pele. Pisquei para tirar o sangue dos olhos e ouvi a prioresa Charlotte gritar.

"'Recarregar!'

"Todo o céu prendeu a respiração. Todo o tempo se imobilizou. Eu me levantei da neve, com a Garra de Leão na mão, e com toda a minha força e o nome de Deus em meus lábios, recuei minha espada e a mergulhei no peito de Laure.

"Mais uma vez, ela me atingiu, garras rasgando minha pele e me jogando para trás contra a torre. As pedras se desfizeram em pó quando eu as atingi, com sangue na boca, costelas se estilhaçando. A ancien cambaleou com as mãos agarrando a Garra de Leão, agora enterrada até o cabo em seu peito. Mas, mesmo assim, aquela vadia coração de ferro não *caía*. Seu rosto se retorceu, e senti um aperto no coração quando ela segurou a espada com mãos fumegantes e a arrancou de seu peito estilhaçado.

"'Eu sou uma princesa da eternidade. Tu achas que uma prata como essa pode acabar *comigo*?'

"A prioresa Charlotte deu um passo à frente, a roda em torno de seu pescoço como fogo de prata, as marcas de garras em seu rosto se retorcendo enquanto ela berrava.

"'Em nome da Virgem-mãe, eu digo para trás!'

"A vampira sibilou e ergueu uma das mãos para se proteger da luz. E, com a outra, ela ergueu a espada que tinha acabado de tirar do peito e a arremessou. Ouvi Astrid gritar quando a espada penetrou o crânio de Charlotte, partindo-o ao meio e jogando o corpo da prioresa para trás como se fosse uma boneca de pano. E, quando aqueles olhos sem fundo caíram sobre Astrid, eu fiquei de pé.

"Minhas bombas de prata e água benta tinham sido usadas; não me restava nada para jogar. Por isso, eu me joguei, atingindo Laure e derrubando nós dois na neve.

"Seu punho colidiu com meu crânio, e ela montou sobre mim, os olhos negros apertados contra meu aegis, as mãos sujas de sangue fervilhando quando se fecharam em torno de meu pescoço. O peito dela estava estilhaçado onde minha espada a havia atingido, mas, mesmo assim ela estava viva, sua força a soma de dez mil vidas roubadas. Eu podia sentir o frio emanar de sua pele. Ver a morte em seus olhos.

"'Isto é teu melhor? Tão débil, teu suspiro final. Até os bebês de tua amada Lorson lutaram com mais bravura antes que eu me banhasse neles.'

"Meu coração congelou dentro do peito.

"'O quê?'

"Os lábios dela se curvaram, todo o horror do inferno em seus olhos.

"'Eu jurei que ia tirar tudo o que tu tinhas, Gabriel de León. Tua casa. Tua mãe. Tua pequena Celene...'

"'Você *mente*!'

"Uma risada ecoou pelos picos congelados, sombria e desolada.

"'Vou erguer um palácio com teu sofrimento, sangue-frágil. Vou reinar sobre o trono de tua desgraça. Tudo v...'

"A Garra de Leão atingiu Laure na parte de trás da cabeça, osso se quebrando, sangue jorrando. A vampira bambeou, sibilando, as presas à mostra.

"'A única rainha nesta montanha sou *eu*', disse Astrid com raiva.

"Parada sobre nós, ela puxou minha espada ensanguentada para outro golpe.

"'E ele não é nenhum sangue-frágil, sua vadia profana.'

"Há uma libertação na morte. Quando você *sabe* que vai morrer, o medo dela vai embora. Tudo o que resta é a *fúria*. E quando segurei o pescoço de Laure, isso era tudo o que eu sentia. Fúria. Visualizei minha mãe, trançando meu cabelo nos meus dias de santos, me ensinando a usar meu nome como uma coroa. Vi minha irmã menor, minha pequena peste, minha Celene, rindo enquanto eu lhe contava alguma história indecente, ouvindo sua voz nas cartas que eu nunca tinha respondido. E, finalmente, pensei em minha outra irmã. Minha doce Amélie. A garota que nos contava histórias de noite, que dançava com uma música que só ela conseguia ouvir. *Ma famille.* Meu coração. E aquela sanguessuga tinha arrancado tudo. Eu, então, estava de volta à lama de Lorson. No dia em que o que restou de Amélie voltou para casa. E eu o senti, soando em minha cabeça como uma canção cuja letra eu já soubesse. Uma promessa. Um nome.

"*Esani.*

"Minha mão se apertou em torno de seu pescoço e eu senti: todo o meu ódio e toda a minha fúria fervendo sob minha pele. Os olhos de Laure se arregalaram, e sua boca se abriu enquanto seu pescoço começava a escurecer ao meu toque. Ela segurou minha mão, mas eu continuei a apertar, vapor emanando das rachaduras quando seu corpo começou a ferver por baixo de sua pele.

"'*Solta-me!*'

"Ela gritou, carne imortal queimando em minhas mãos, aquela porcelana se carbonizando até o osso. Sangue fervente se derramou sobre meu braço, escaldando, fumegando, mas, mesmo assim, eu continuei segurando, empurrando-a então de cima de mim para a neve, sua carne se desfazendo em minha mão. Aqueles olhos sem idade se derreteram e escorreram pelo seu rosto como cera de vela quando ela tornou a gritar.

"'*PAI!*'

"E do outro lado da escuridão entre nós, ouvi um rugido da fúria mais pura soar em resposta. Eu pude ouvir a angústia nele. O ódio, com a vastidão de uma eternidade. Mas, com um último grito, a Aparição de Vermelho arqueou a espinha, e sua língua ensanguentada pendeu frouxa entre suas presas, e com toda a fúria dos séculos negados, Laure Voss explodiu em cinzas em minha mão, deixando pouco além de uma marca fumegante na neve e os restos de um vestido esfarrapado, vermelho como sangue.

"Eu me levantei cambaleante, e Astrid olhou em meus olhos.

"'*Gabe...*'

"'Abrigue-se na torre', disse eu, ofegante. 'Vá!'

"Sem fôlego, sangrando, corri pela neve vermelha na direção dos barris de ignis. Aaron e Baptiste tinham abandonado a luta abaixo, a legião sem fim uivando atrás deles. Quando cheguei à neve compactada, procurando na ignis os pavios, eu gritei.

"'CORRAM MAIS DEPRESSA!'

"Peguei, então, a pederneira e acendi o pavio. O cordão cuspiu fagulhas, o fogo chiando por toda sua extensão na direção daqueles barris enterrados e da destruição em seu interior.

"'De Coste! Baptiste!', gritei. '*CORRAM!*'.

"Então eu estava correndo encosta acima, triturando a neve sob minhas botas, na direção da única salvação que podia ver. A ignis detonou às minhas costas, abafada pela tempestade e a neve. Mas, por baixo, ouvi um som temível, como os passos de botas poderosas. Um grande estrondo, quando a neve fresca daquela tempestade em fúria se abriu, uma fenda cascateou através do pico de Gabriel e liberou as neves mais fracas por baixo.

"Senti o chão ceder, tentando desesperadamente me manter de pé. Mas toda aquela massa desmoronou, e eu me joguei pela borda na direção de minha única esperança – a mão estendida daquele anjo alto ainda enterrado sob a neve. Foi o hino de sangue que me salvou, eu acho. Isso, e talvez a mão de Deus. E eu caí na palma da mão aberta de Gabriel, agarrando-me com os dedos à pedra da torre enquanto todo o mundo era destruído.

"Todas as Montanhas dos Anjos ecoaram com seu trovão. Só Deus sabe quanta neve se soltou. Uma grande onda cinza, uma calamidade desabando pela encosta da montanha, pegando cada vez mais peso e velocidade, e, enquanto a legião sem fim era varrida montanha abaixo, eu o senti, como dedos em garras e congelantes penetrando em meu crânio.

"O juramento de um pai eterno para aquele que assassinou sua amada filha.

"'*Eu tenho a eternidade, garoto*'

"'*Eu* sou *a eternidade.*'"

✦ XVI ✦
O ÚLTIMO FILHO

— EU ME XINGUEI de tolo por toda a viagem. Todos os seus dezessete dias. Aaron de um lado, Baptiste do outro. E, como uma sombra às nossas costas, inesperado, talvez indesejado, chegou Mãocinza, seguido por uma corte de soldados de sua majestade em tabardos amarelo-girassol.

"Eles nos encontraram apenas algumas horas depois da batalha, ensanguentados nas encostas do leste com Chloe e as outras irmãs que não tinham subido até lá em cima. Mãocinza e os outros irmãos iniciados chegaram primeiro, um Kaveh sem fôlego à sua frente. Cavaleiros da Hoste Dourada chegaram a galope do amanhecer logo depois, liderados por Khalid e os outros santos de prata. E eles ficaram pasmos quando Astrid lhes contou a história – uma história de duas dúzias contra dez mil, empurrando a legião sem fim de volta para Talhost embaixo de centenas de milhares de toneladas de neve.

"O abade e os irmãos santos de prata ficaram para trás com a Hoste Dourada para guardar a passagem. A legião sem fim não estava derrotada, e todos sabiam que aqueles cadáveres iam sair do túmulo congelado que tínhamos construído. Mas, como conta a história, Fabién Voss não invadiu Nordlund naquele ano, em vez disso recuou de volta para Talhost para esperar.

"Ele tinha a eternidade, afinal de contas.

"Mas nossa vitória não era conforto. E, embora eu soubesse que os Mortos eram todos raposas e serpentes, eu tinha de voltar a Lorson para ver. Nós paramos para descansar só o suficiente para poupar os cavalos. Eu mal dormia ou comia, doente com a ideia do que poderíamos encontrar, de *ma famille*, minha casa e, mais sombria entre elas, a ideia de que tudo era minha culpa. Laure tinha roubado a imagem de minha aldeia de minha própria cabeça em Coste. Eu a havia *levado* até lá."

Gabriel olhou para suas mãos abertas. E deu um suspiro do fundo de sua alma.

– As ruínas tinham parado de fumegar quando nós chegamos. O cheiro se erguia no horizonte, e meu choro já estava querendo abrir caminho por minha garganta. Eu saltei sobre a neve recém-caída e provei o ar como cinzas, me sufocando quando gritei no vazio.

"'Mãe? *Celene!*'

"Só corvos gordos responderam, olhando fixamente para mim com olhos negros e famintos. Os cadáveres estavam onde Laure os havia deixado; uma grande multidão na praça da aldeia, jogados uns sobre os outros como bonecas quebradas. Vi rostos familiares entre eles, o horror congelando meu coração. Luc e Massey, meus amigos de infância. Minha doce Ilsa retorcida como se fosse feita de varas e trapos. Os corpos de bebês mortos espalhados como pétalas de rosa pela neve.

"'Deus Todo-poderoso', disse Aaron, fazendo o sinal da roda.

"Os olhos de Baptiste estavam cheios de tristeza. Atrás dele, vi que as paredes da igreja ainda estavam intactas, a pedra escurecida pelas chamas. Erguendo os olhos através das lágrimas, vi que o teto havia desaparecido, e percebi imediatamente o que tinha acontecido – as pessoas de Deus em Lorson tinham fugido para solo santificado ou se entrincheiraram em suas casas, onde um sangue-frio não convidado não podia entrar. E a Aparição de Vermelho tinha ateado fogo a seus telhados, deixando uma escolha simples para eles: fugir do inferno para seus braços à espera, ou ficar ali dentro e queimar.

"Caminhei entre os bancos carbonizados da casa de Deus, examinando os mortos. Minha mente evitava o horror que deviam ter sido seus momentos finais. Eu reconheci muito poucos, seus corpos transformados em cinzas. Mas, no coração da igreja, vi uma figura agachada diante dos destroços do altar. Queimada quase além de qualquer possibilidade de reconhecimento. Um padre."

– O bom padre Louis – murmurou Jean-François.

– *Oui.*

– Você rezou para que ele morresse gritando, *chevalier.*

Gabriel ergueu o rosto, os olhos cinza como aço.

– *Oui.*

– E sua *famille*?

Gabriel exalou, prendendo a respiração sem nenhum ar nos pulmões. Ele parecia um homem menor, então, os ombros largos curvados sob o peso de anos e perdas.

– Olhei para os restos do padre Louis, ali no solo sagrado que não o havia salvado. E senti um aperto no coração quando vi outra figura, aninhada em seus braços como para protegê-la das chamas. Ela estava carbonizada como lenha, a pele de carvão esticada sobre ossos que pareciam gravetos de acender fogo. Mas eu podia dizer que tinha sido uma garota. Uma virgem das velas.

"'Não', sussurrei. 'Não, *não...*'

"Minha irmã menor. Minha pequena peste. Minha Celene. Seu cabelo palha preta e poeira, e seus dedos estavam queimados. E caí de joelhos em suas cinzas e gritei tão forte que senti minha voz vacilar, e estendi a mão para tocar seu rosto e ver a pele descolar e sair voando no vento frio de inverno. Eu nunca tirara tempo para responder suas cartas, percebi.

"E agora, nunca faria isso.

"Eu andei como um homem a caminho da forca. Estava consciente dos homens que tinham ido até ali comigo apenas como fantasmas. Eu me lembro de alguém querendo impedir meu caminho e de empurrá-lo para o lado e cuspir fúria. E cambaleei pelas cinzas e a neve até encontrá-la. A casa de meu padrasto.

"Eles estavam no quintal. Claro que estavam. Quando viram que a igreja estava em chamas com minha irmã em seu interior, eles nunca teriam permanecido trancados por trás de portas fechadas. Meu padrasto jazia com sua espada de combate a alguns centímetros da mão. Ele parecia tão grande para mim quando eu era menino. Um gigante, sempre projetando sua sombra sobre mim. Ele nunca tinha sido o melhor dos homens, nem o melhor dos pais, e mesmo assim ele me pertencia por seu papel. E a imagem dele jogado destroçado e sem sangue a apenas alguns metros da forja à qual ele havia dedicado a vida...

"Mas isso não foi nada. Nada em comparação com o que veio em seguida. Se a imagem do corpo de minha irmã tinha me devastado, a visão de minha mãe me estilhaçou como vidro. Sua mão estava estendida na direção da capela. Seus olhos estavam congelados em seu crânio. E a expressão em seu rosto não era de medo, dor ou angústia. Era *fúria*. A fúria da leoa que ela tinha sido, tentando voltar para sua cria em chamas.

"Eu tinha conhecido a fúria no dia em que Amélie chegou em casa, sangue-frio. Eu tinha conhecido o ódio. Mas agora eu senti isso correr por cima e por dentro de mim como água benta. Como as chamas enviadas pelo céu. E eu lhe digo agora e lhe digo a verdade: o garoto que eu tinha sido *morreu* naquele dia. Morreu como se tivesse queimado naquela igreja com sua irmã. Eu estava desmantelado. Estava desfeito.

"O último filho de Lorson.

"Mãocinza se sentou comigo enquanto os soldados empilhavam corpos e ateavam fogo a eles. Eu observei as chamas consumirem os cachos escuros de minha mãe, as mãos de meu padrasto, a fumaça e as fagulhas subindo para o céu da morte dos dias enquanto Mãocinza me dava tapinhas no ombro, estranho, como um pai que nunca tinha tido vontade de ser um.

"Seu rosto estava sujo de cinzas, marcado por cicatrizes, uma tira de couro cobrindo o vazio de seu olho roubado. Eu olhei para o alto, para o escuro, para a fumaça daquelas piras, me perguntando se aquilo era tudo algum tipo de pesadelo do qual eu acordaria se rezasse o suficiente.

"'Desculpe, Mãocinza', disse eu 'Desculpe pelo que eu permiti que ela tirasse de você.'

"'É o desejo de Deus, De León. Quem somos nós para conhecer a mente do Todo-poderoso?'

"Eu abaixei a cabeça.

"'Isso é a vontade dele, então? Minha irmã caçula queimada como gravetos? Minha mãe abatida como gado? Como pode ser isso? Como ele pode querer isso?'

"'Minha mãe morreu quando eu era um menino', disse ele com delicadeza. 'Ela era todas as estrelas de meu céu. Eu me lembro de me perguntar: se eu a amava mais do que a própria vida, como eu podia continuar a viver depois de sua morte? Mas isso é o que fazemos, Pequeno Leão. Nós carregamos os maiores fardos não em nossos ombros, mas em nossos corações. Mas aqueles levados de nós nunca morrem de verdade. Eles nos esperam à luz do amor de Deus.'

"Ele se inclinou para perto e procurou meus olhos.

"'Essa é a *verdadeira* imortalidade. Não a falsificação sombria que nosso inimigo diz lhe pertencer. A eternidade está nos corações daqueles que nos estimam. Ame-os, Gabriel. E saiba que eles esperam sua chegada ao trono do Todo-poderoso. Mas ainda não.' Ele sacudiu a cabeça. 'Ainda *não*.'

"Olhei para meu velho mestre e, através de minhas lágrimas, vi a verdade de suas palavras. Há um momento para o luto e um momento para as canções, e um momento para se lembrar com carinho de tudo o que aconteceu e se passou. Mas também há um momento para matar. Há um momento para sangue e um momento para a fúria, e um momento para fechar os olhos e se tornar a coisa que o céu quer que você seja.

"'Eu vou amá-las.' Eu lambi as cinzas de meus lábios. 'E vou vingá-las.'

"Ouvi botas de salto de prata se arrastando pela neve e o carvão. Ergui os olhos e encontrei Aaron e Baptiste parados lado a lado. Seus rostos estavam tomados de tristeza e horror, mas eles se mantinham altos, juntos. Irmãos ao lado dos quais eu havia arriscado a vida. Irmãos que eu amava.

"'Vocês vão voltar conosco para San Michon?', perguntei.

"Baptiste olhou para Mãocinza.

"'Nós seríamos bem-vindos?'"

"Nosso mestre deu um suspiro.

"'Os Testamentos são claros, Sa-Ismael. A palavra de Deus é lei. O pecado é seu para responder por ele.'

"'Eu o senti naquela encosta, Mãocinza', disse Aaron. 'Banhado em sua luz sagrada. Deus estava conosco, com Baptiste e comigo, quando enfrentamos uma escuridão que procura consumir todos os homens. *Todos* os homens. E se seu Deus chama meu amor de pecado, então ele não é nenhum Deus que eu conheça.'

"'Para onde vocês vão?', perguntei.

"'Sul, talvez?' Baptiste deu de ombros. 'Você podia vir conosco, Pequeno Leão.

"'Não.' Eu sorri, embora meu peito estivesse doendo. 'Eu tenho coisas monstruosas para matar.'

"'Você tem um coração de leão, *mon ami*.' O sujeito grande pegou minha mão e me puxou em um abraço forte e com marcas de lágrimas. 'Cuide para que aquelas coisas monstruosas não o tirem de você.'

"'Corações só se machucam. Eles nunca se partem.'

"Dei um tapinha nas costas de Baptiste e o soltei. E então, eu me voltei para Aaron. Aquele jovem aristocrata babaca e arrogante que eu desprezara tanto, com quem eu tinha lutado e sangrado, que eu nunca havia pensado em considerar um amigo, muito menos *famille*.

"'*Adieu*, irmão.'

"Aaron segurou meu braço e me puxou de lado, e embora Mãocinza observasse de esguelha, ele não nos seguiu. Quando estávamos fora do alcance auditivo perto dos cavalos, Aaron me soltou e me olhou nos olhos.

"'Rezo para que Deus e a Virgem-mãe cuidem de você, De León. Mas, ainda mais: rezo para que você cuide de si mesmo. E, acima de tudo, cuidado com o serafim Talon.'

"'...Talon? Por quê?'

"'Na noite em que a imperatriz chegou a San Michon. Na noite que ele... pegou a mim e a Baptiste. No banquete, eu *juro* que senti alguém em minha cabeça. Um toque leve como penas, mas mesmo assim... Temo que Talon não tenha nos descoberto por acidente como ele disse. Temo que ele quisesse se livrar de mim.'

"'Com que objetivo?'

"'Não sei. Mas não se deve confiar nele, Gabriel. Proteja-se.'

"Eu engoli em seco. Assenti uma vez.

"Aaron me abraçou, e eu retribuí seu abraço, devastado com a ideia de mais uma perda.

"'Eu, então, lhe digo até breve, irmão', disse ele. 'Mas não adeus. Nós *vamos* nos encontrar de novo.'

"Observei Aaron e Baptiste partirem juntos a cavalo para o interior da escuridão e do frio, lado a lado. E eu me perguntei se o bem podia vir do pecado, e, se podia, o que era o pecado. Eu me questionei que, se Deus nos amava, como ele podia odiar que nós mesmos encontrássemos o amor. Como ele podia deixar tal sofrimento ficar sem resposta, como ele podia considerar sábio criar um mundo que abrigava horrores como esses.

"Eu perguntei a mim mesmo, mas não ouvi nenhuma resposta.

"Eu ainda não estava pronto para ouvir."

✦ XVII ✦

ESPADA DO IMPÉRIO

— O ABADE KHALID estava de pé diante da convocação, a estátua do Redentor acima, o falso Graal atrás. Todos os olhos estavam voltados para baixo enquanto ele falava a palavra de Deus em sua voz trovejante, mas, mesmo assim, vi meu olhar desviar do altar para nossos convidados honrados. Ninguém podia me culpar, é claro. A catedral de San Michon nunca havia recebido um *entourage* como aquele.

"A imperatriz Isabella, primeira de seu nome, amada esposa de Alexandre III, protegida da Sagrada Igreja de Deus, espada da fé e imperatriz de todo Elidaen estava sentada na primeira fila, com uma hoste de cem soldados dos dois sexos ao seu redor. Isabella estava resplandecente no amarelo real, sua fronte adornada com diamantes, os olhos cintilando como safira enquanto ela assistia à missa. A honra que eu sentia por sua presença não passava despercebida por ninguém.

"Meu coração estava batendo forte em meu peito, as palmas das mãos úmidas de suor. E no fim da palavra de Deus, quando as notas do coro tinham esmaecido como a luz do crepúsculo, o abade voltou os olhos para as empenas no alto e o céu além.

"'Pai Todo-poderoso, Virgem-mãe e Mártires, ouçam minhas preces. Pelas provas do sangue, da Caçada e da espada, destaca-se um servo fiel em meio a nós merecedor de ser santificado em prata. Ouçam-no agora e julguem se ele é sincero nisso, seu compromisso.'

"Senti todos na catedral observando enquanto eu permanecia de pé. Mas dei uma olhada para a galeria do coro e vi a única pessoa que importava. A distância entre nós parecia insuperável. Mas, mesmo assim, eu podia sentir Astrid ao meu lado enquanto andei até o altar. Minha boca estava seca; meu estômago, cheio de palpitações.

"'Ajoelhe-se, iniciado De León', comandou Khalid. 'E diga seu juramento sagrado.'

"Eu tinha sangrado de trabalhar para criar meu lugar ali. Quase tinha desistido sobre essa roda. A perda de *ma famille* e meus amigos, as provações pelas quais eu havia passado – tudo havia queimado qualquer coisa do garoto que eu tinha sido. O pecado de meu nascimento, o conhecimento de que Deus ia me punir por ele, a verdade sombria do que eu era – eu aceitava tudo como um preço a ser pago para proteger as coisas que eu amava. E, embora eu não tivesse percebido na época, soube que todas as minhas quedas e erros que havia cometido pelo caminho tinham me levado até aquele momento. Eu havia olhado nos olhos da eternidade e visto as profundezas do mal que enfrentávamos. Eu sabia a dedicação que seria necessária para mandá-lo de volta para o inferno. E, assim, quando o coro ergueu suas vozes em uma canção, fiz o sinal da roda diante do Redentor que tinha morrido pela minha salvação. E caí de joelhos.

"'Diante dos olhos de Deus Todo-poderoso, criador do céu e da terra, de tudo o que foi e vai ser, entrego minha vida à Ordem de San Michon.'

"'Eu sou a luz na noite. Sou a esperança para os desesperançados. Sou o fogo que arde entre isso e todo o fim do mundo. Não vou conhecer famille, exceto por esses meus irmãos. Não vou amar mulher alguma, exceto por nossa Virgem e Mãe. Não vou buscar repouso, exceto no paraíso e à mão direita de meu Pai Celestial.'

"'E diante de Deus e seus Sete Mártires, eu aqui juro; que as sombras conheçam meu nome e desespero. Enquanto queimar, eu sou a chama. Enquanto sangrar, eu sou a espada. Enquanto pecar, eu sou o santo.'

"'E eu sou prata.'

"'Diante de Deus Todo-poderoso, da Virgem-mãe, dos Sete Mártires e de todos os anjos da hoste celestial, eu o nomeio irmão da Caçada. Você se ajoelhou apenas como um iniciado da Fé.' Khalid se afastou, as bochechas retorcidas na cicatriz de seu sorriso. 'Levante-se, agora...'

"'Espere,'

"Uma imobilidade se abateu sobre a catedral, todos os olhos se voltando para Isabella. A imperatriz se levantou e, fazendo o sinal da roda, foi até o altar à minha frente.

"'Sangue derramado é sangue devido', disse ela. 'Valor provado deve ser valor retribuído. Não há dúvida em seus olhos de que a mão do céu está sobre você, Gabriel de León. Todo o nosso império está em dívida com você. Então nosso império dá a recompensa que pode.'

"Isabella sacou sua espada com um floreio.

"'Diante de Deus, da Virgem-mãe e dos Mártires, nós o nomeamos defensor de nosso império e guardião de nossa fé sagrada. Que você seja justo com nossos súditos e impiedoso com nossos inimigos, e verdadeiro em tudo o que esteja sob o céu. Você é nossa espada. Nosso escudo. Nossa esperança. Levante-se Gabriel de León, Santo de Prata de San Michon e *Chevalier* de Elidaen.'

"Um grande clamor se ergueu em meio à congregação, e senti o coração se elevar em meu peito. Olhando ao redor, vi seus rostos quando ficaram de pé: Theo e Fincher, De Séverin e os Philippes. O sorriso de Khalid. O meneio de cabeça a contragosto de Talon. Até os lábios estreitos e cruéis de *frère* Mãocinza pareciam estar sofrendo uma leve curvatura, embora eu tivesse certeza de que ele ia atribuir isso a um truque da luz. A imperatriz estava de pé, reluzente como o sol há muito perdido, toda sua hoste aplaudindo. E eu então dei mais uma olhada para o coro, passando por Chloe e pela irmã Esmeé, finalmente encontrando aquela que mais importava. A única que realmente importava.

"Astrid Rennier. Sorrindo para mim.

"Embora eu não pudesse dizer nada com todos os olhos sobre mim, eu esperava que ela soubesse. E olhando para a imperatriz, jurei que ia compensar aquela garota por tudo o que ela tinha feito.

"Não importava o que isso me custasse.

"Banqueteamos no refeitório, uma variedade apropriada para a realeza, embora a própria Isabella não comparecesse. Os iniciados que tinham me chamado de sangue-frágil, que tinham mijado em minhas botas e cagado em minha cama, todos ergueram suas canecas, e eu deixei meus ressentimentos para trás, sabendo que aqueles rapazes eram melhores como meus irmãos do que como meus inimigos. Eu era um garoto de 16 anos. Um herói. Uma espada da porra do império. Não há glória tão doce quanto a glória conquistada. Entretanto, havia um peso sobre mim que precisava ser erguido. Palavras que precisavam ser ditas, mas permaneciam caladas.

"Eu me levantei devagar, e silêncio se abateu sobre o refeitório.

"'À prioresa Charlotte', disse eu. 'Ao guardião Logan. A Michele, Micah e Tally, a Robert, a Demi e Nicolette, e a todos aqueles que marcharam até lá, mas não marcharam de volta. A Aaron de Coste e Baptiste Sa-Ismael.' Eu ergui meu cálice e olhei em meio à reunião. 'Aos mortos corajosos. E aos irmãos perdidos.'

"Uma sombra, então, caiu sobre o salão. Mas Mãocinza se levantou e gritou:

"'*Santé*!'

"E logo todos também gritaram. E então bebemos, porque estávamos vivos e estávamos respirando, e, mesmo nas noites mais escuras, isso pode ser causa suficiente para o triunfo. A comida estava boa, os sorrisos estavam largos, e a paz que eu conhecia estava completa. Mas depois de cerca de uma hora, silêncio caiu sobre nossos números, e eu me virei e encontrei quatro homens na libré da imperatriz às minhas costas, um homem sūdhaemi grande com rosto de pedra marcado por cicatrizes de batalhas à frente.

"'Sua majestade imperial exige sua presença, *chevalier*.'

"'Ouvir esse título realmente fez que eu compreendesse – o que eu era agora e o que eu tinha feito. Nós nos dirigimos para a grande biblioteca, e vi mulheres armadas à porta. Ao entrar, vi todo o salão cercado por soldados e figuras de madeira espalhadas sobre o grande mapa aos seus pés. O abade Khalid e o serafim Talon já estavam esperando, o mestre da forja Argyle e meu velho mestre Mãocinza também. Mas minha atenção foi atraída pela mulher no fim do salão.

"'Saudações, *chevalier*.' A imperatriz Isabella sorriu. 'Nossos parabéns por sua ascensão. Nós e todo nosso império temos uma dívida com você.'

"Eu me ajoelhei e curvei a cabeça para que ela parasse de girar. E me perguntei o que minha mãe e Celene teriam pensado de mim, então, me vendo ser sagrado cavaleiro diante da imperatriz. Meu peito doía com a perda. Mas eu sabia que elas estariam sorrindo sobre mim das margens do céu, Amélie ao seu lado. Que elas teriam ficado orgulhosas.

"'Vossa majestade me honra.'

"'Honramos. Mas é honra conquistada.' Isabella brincou com um anel de prata em seu dedo. 'De León. *Leão* em nórdico antigo. O bom abade nos informa que é o nome de sua mãe?'"

"Olhei para o anel de sinete que minha mãe tinha me dado – aqueles leões flanqueando aquelas espadas cruzadas.

"'Se for do agrado de vossa majestade, não conheci o monstro que era meu pai. E minha mãe...' Eu dei um suspiro. 'Ela nunca teve a oportunidade de me contar sobre ele. Mas ela me contou que o sangue de leões corria em minhas veias. Para eu nunca me esquecer disso, não importa o que mais possa acontecer.'

"'Ela parece uma mulher e tanto.'

"'Ela era, majestade.'

"'Você tem nossa simpatia, *chevalier*. Mas levante-se agora, eu suplico. Gostaríamos de ouvir sobre a Batalha dos Gêmeos de seus próprios lábios. Como você descobriu o plano do Rei Eterno quando todos os outros olhos permaneceram cegos a ele?'

"Eu olhei para Khalid, inseguro, mas ele apenas assentiu. Por isso, falei de tudo o que tinha acontecido desde o momento em que descobri a mensagem oculta de Laure. Deixei Chloe e Astrid de fora, é claro, mas contei todo o resto – a missiva de sangue, nossa cavalgada desesperada de San Michon, a Aparição de Vermelho e o juramento do Rei Eterno, badalando em meu crânio como sinos fúnebres.

"A imperatriz permaneceu muda todo o tempo e, mais uma vez, me impressionou o quanto ela era jovem. Isabella era uma mulher apenas em meados de seus 20 anos e mesmo assim se sentava no trono de um império. Seus *capitaine*s e ajudantes de campo me observavam como falcões, e eu estava consciente do peso no ar, do escrutínio sobre cada palavra minha. Eu, então, me senti como um peixe pequeno em grandes águas escuras. E no fim, Isabella se voltou para o homem sūdhaemi ao seu lado.

"'Como de Fronsac não soube dessa manobra, Nassar? Nós nos perguntamos o que nosso general em Avinbourg faz o dia inteiro. Como o *capitaine* Belmont e seus batedores não conseguiram nos dizer em que direção marchava um exército de *dez mil* cadáveres até ser tarde demais?'

"'Temo não saber a resposta, majestade', confessou o homem.

"'Não? Parece haver muita coisa que nossos comandantes não sabem, apesar de ser sua obrigação fazer isso. E, não fosse pela perspicácia de um *garoto de 16 anos*, Nordlund já estaria tomada. Quanto de nosso império já se tornou escravo desses monstros? Quanto de nosso exército? Quantos em nossa corte?'

"Eu olhei para o abade Khalid, mas seus olhos me disseram para conter a língua. Comecei a ter uma ideia do que estava acontecendo ali. Olhando com mais atenção para as figuras em cima do mapa a nossos pés, vi lobos de madeira na costa de Sūdhaem, ursos de madeira em Ossway. Diversas rosas espalhadas no interior. E senti um aperto no estômago quando percebi o que estava vendo.

"'As outras linhagens de sangue começaram a atacar.'

"'De León, você vai falar quando falarem com você!', repreendeu Talon.

"'Está tudo bem, bom serafim', disse a Imperatriz. 'Não fosse pelo pensamento rápido de nosso jovem sangue-pálido aqui, Fabién Voss estaria marchando sobre nossa capital.' Ela inclinou a cabeça em minha direção. 'É verdade, *chevalier*. Dyvok, Ilon, Chastain – todos estão em movimento. Os senhores de sangue dessas linhagens terríveis temem ficar para trás se Fabién Voss fizer uma reivindicação de posse muito profunda. Então, agora, nossos inimigos avançam sobre nós não em uma frente, mas quatro. E não sabemos em quem podemos confiar.' Seus olhos me prenderam ao chão. 'Mas não foi por nada que o nomeamos nossa espada, Gabriel de León. E vamos convocá-lo em breve para resistir na defesa de nosso império.'

"Eu, então, permaneci em silêncio. Eu não tinha ideia das facções da corte, da política em jogo. Olhei para a imperatriz e, além do vestido bonito e dos lábios pintados, vi um punho de ferro em uma luva de seda. Astrid e sua mãe tinham sido afastadas para o lado como madeira morta no caminho daquela mulher, e parte de mim a odiava por isso. Mas não tinha sido Alexandre III, imperador de Elidaen e protetor da Sagrada Igreja de Deus, que tinha cavalgado em defesa de Avinbourg.

"'Obrigado por seu testemunho, Pequeno Leão', disse Khalid. 'Deixe-nos agora.'

"'Pequeno Leão?', perguntou Isabella, erguendo uma sobrancelha.

"'É como nós o chamamos, majestade', respondeu Talon. 'Um apelido, de quando ele chegou.'

"Isabella me olhou de cima a baixo, os lábios se curvando em um sorriso cuidadoso.

"'Achamos que ele não é mais tão pequeno.' Ela assentiu para o serafim, depois novamente para mim. 'Nós estamos satisfeitos. Você pode ir, e com nossos agradecimentos sinceros, *chevalier*. Que o Todo-poderoso abençoe e cuide de você.'

"'Majestade, se me permite... posso lhe implorar um favor?'

"'Patife impertinente!', vociferou Talon. 'Silencie sua língua, De León, antes que...'

"As repreensões do serafim foram interrompidas quando Isabella ergueu a mão delicada. Em vez de ficar ofendida, ela na verdade parecia estar... se divertindo.

"'É mesmo um Pequeno Leão. Não acha que a maioria consideraria que já demonstramos favor o suficiente a você?'

"'Não imploro por mim, majestade.'

"'Ah. Caridade. Uma característica respeitável para um verdadeiro cavaleiro de nosso império. Fale, então, *chevalier*. Vamos ver seu altruísmo recompensado.'

"Eu abri a boca, mas, ao olhar para Khalid, para Talon e Mãocinza, descobri que não saía nenhuma palavra. Implorar aquele favor me botava em perigo, mas eu temia por outros além de mim mesmo. A imperatriz Isabella me observava com cuidado, olhos como facas.

"'Deixem-nos', ordenou ela, olhando em torno da biblioteca.

"Vi os irmãos olharem uns para os outros, sem saber ao certo o que fazer. Mas mesmo assim eles obedeceram, santos de prata e soldados, cortesãos e criados saindo em marcha para o ar cortante da noite. Quando eles saíram, senti um toque em minha mente. Tão suave quanto algodão que era quase imperceptível. Tão rápido para quase não ser notado.

"Mas mesmo assim. Eu o senti.

"'Você parece um homem incomum, Gabriel de León', disse-me Isabella. 'Gostaria que alguns generais de nosso amado marido fossem tão ousados.'

"'Um amigo disse que o descuido é uma qualidade mais admirável que a tolice, majestade', disse eu, com olhos baixos. 'Embora frequentemente não consiga ver a diferença.'

"'Seu amigo me parece sábio.'

"'É por ela que imploro o favor, majestade.'

"'Ah, *ela*. Agora você está caindo em um clichê, *chevalier*. Quem é essa donzela pela qual você implora? Você não pode desejar uma esposa, agora que fez seus votos. Isso é certo.'

"'...Astrid Rennier.'

"O sorriso de Isabella vacilou. Só por um segundo, mas, mesmo assim, eu vi. E mais, um toque de algo mais sombrio por trás daqueles belos olhos azuis.

"Descontentamento.

"'Astrid ainda vai fazer seus votos à Sororidade da Prata. Eu imploro a sua majestade clemência, e um fim para seu exílio. Ela lutou com bravura nos Gêmeos, resistindo onde quase mais ninguém ousou resistir. E a origem da nobreza de Astrid não é sua culpa. Ela não pertence a este lugar.'

"'Eu devia saber. Essa também era a natureza de sua mãe. A serpente crava suas presas em qualquer lugar do qual aproxime a cabeça. Mesmo, aparentemente, em uma casa de Deus.' Isabella estudou as unhas, com lábios estreitos. 'Você está apaixonado por ela, não está? Saiba que você não é a primeira mosca a cair nesse pote de mel, Pequeno Leão. Ela teve muitos favoritos na corte, sua querida Astrid, e ela os manipulava com facilidade. E agora ela está manipulando você.'

"'Eu peço humildemente seu perdão, majestade', disse eu, engolindo em seco. 'Mas a Irmã Noviça não sabia que eu falaria em seu favor.'

"Eu estava aterrorizado ao dizer isso, mas não era medo da ira de uma imperatriz. Se meu desejo fosse concedido, eu nunca mais poria os olhos em Astrid. Pensei sobre nossos encontros naquela mesma biblioteca, me perguntando como seria a sensação de vazio naquele lugar sem ela. E, mesmo assim, eu não conseguia me esquecer da dívida que tinha com ela, nem do quanto ela era infeliz, olhando para os muros que tinham se tornado sua prisão. Eu ia sentir falta dela como se uma parte de mim tivesse sido cortada. Mas corações apenas se machucam, ela tinha me dito. E se ela estivesse feliz, esse era um preço que eu pagaria de bom grado.

"*Doce Redentor*, eu *a amo...*

"'O que você vai nos dar, *chevalier*, se nós lhe concedermos esse obséquio?'

"'Lealdade. Lealdade até a morte.'

"'Nós somos sua imperatriz, Gabriel de León. Você já nos deve *isso*.' Isabella fez uma pausa, olhando para aqueles lobos, ursos e rosas de madeira espalhados pelo império aos seus pés, os corvos ainda à espreita a oeste das Montanhas dos Anjos, 'Entretanto, não podemos negar que o próprio Deus parece tê-lo escolhido. Não foi apenas por acaso que você descobriu o plano do Rei Eterno, nem sobreviveu à tempestade na qual muitos outros caíram.' Seus olhos se encontraram com os meus, brilhado como as pedras preciosas em sua testa. 'Achamos que talvez o Todo-poderoso tenha um plano para você.'

"Pensei, então, na pequena Chloe, suas palavras naquela noite em que a estrela caiu do céu.

"Isabella inclinou a cabeça.

"'Que seja.'

"Meu coração se acelerou tanto com essas palavras que doeu, e eu me perguntei se teria doído menos se Isabella houvesse negado. Fiz uma grande reverência, o cabelo tocando o chão.

"'Estou em dívida com vossa majestade. Sua misericórdia não tem limites.'

"'Ah, pode ter certeza de que sim, *chevalier*.' A imperatriz olhou para o mapa do inferno, a voz dura como ferro. 'Nossa misericórdia está quase no limite. Então não fique confortável demais aqui em San Michon. Nós vamos chamá-lo, Gabriel de León. E logo.'

"Isabella ofereceu a mão, dedos mergulhados em prata e pedras preciosas. Não consegui evitar pensar na primeira noite em que tinha falado com Astrid, ali sob aquele mesmo teto. A mão que ela havia oferecido e eu, então, beijado, e que eu agora estava abandonando para sempre.

"Pressionei os lábios sobre os nós dos dedos de Isabella.

"'Deixe-nos agora', ordenou ela.

"E, como um bom soldadinho, eu obedeci.

✦ XVIII ✦

UMA HISTÓRIA QUE VOCÊ PODE VIVER

— VOLTEI À BIBLIOTECA mais tarde naquela noite, na hora que normalmente nos encontrávamos.

"Eu não sabia ao certo se estava fazendo a coisa certa. No início, senti frio no estômago, meu coração socando em meu peito. Naquele último ano, tinha cometido mais que minha cota de erros, apostas negligentes, suposições cegas, pensando naquela minha vaidade que eu conhecia. E, embora agora eu fosse um cavaleiro do império, um Santo de Prata ordenado, embora tivesse visto através das maquinações de um Rei Eterno, eu ainda esperava ali nas sombras da seção proibida, olhando fixamente para a luz de nossa única vela, me perguntando se eu era um tolo.

"Mas não fui deixado por muito tempo a me fazer perguntas.

"Meu pulso se acelerou quando ouvi passos cautelosos. Silenciosos e rápidos. Um ritmo agora familiar, percorrendo seu caminho através do labirinto de estantes, objetos curiosos e livros empoeirados, até nosso pequeno santuário protegido do mundo. Eu me perguntei se ela estaria com raiva de mim. Me perguntei o que ela diria. Me perguntei se aquilo ia acabar como eu achava que podia acabar. E quando os passos chegaram ao fim do labirinto, ele surgiu na luz, com falso ultraje no rosto, acusação já se derramando de seus lábios.

"'Que *diabrura* é essa?'

"Tirei minhas botas da mesa.

"'*Bonsoir*, serafim.'

"Talon olhou ao redor da sala, o bigode tremendo enquanto percebia que eu estava sozinho.

"'Esperando alguém?'

"'Esta seção da biblioteca é proibida, De León.'

"'Não sou mais um iniciado, serafim. Eu vou aonde quiser.'

"'E o que você está fazendo aqui no meio da noite?'

"'Esperando você.'

"'Eu?'

"'Eu o senti em minha cabeça mais cedo.'

"O homem magro me olhou de cima a baixo e disse com raiva através de dentes que se afiavam.

"'Como você ousa me acusar disso? Santos irmãos não usam seus dons uns nos outros em San Michon sem permissão, seu lambe-rabo sangue-frágil.'

"'Sei que é por isso que você está aqui, Talon. Na esperança de flagrar a mim e a Astrid como você flagrou Aaron e Baptiste. Um bom caçador usa o apetite de suas presas contra elas. O desejo é uma fraqueza, não é? Que melhor maneira de se livrar de mim com as mãos brancas como asas de anjos?'

"'Então você admite. Você tem se encontrado com uma Irmã Noviça aqui?'

"'Mas como você podia saber disso? A menos que estivesse em minha cabeça?'

"'Eu tenho olhos, De León. Eu vejo o jeito como ela olha para você.'

"'Ah, *oui*. Não tenho dúvida que você tem observado *todas* as irmãs noviças. Decidindo qual escolher para sua nova assistente? Faz meses desde que a irmã Aoife morreu. Aquela garota que você assassinou em Coste provavelmente não ajudou muito a aliviar o incômodo.'

"'Os olhos de Talon se estreitaram e viraram fendas em seu crânio.

"'O que você acabou de dizer?'

"'A criada na fortaleza de Coste. Você armou muito bem com vampiros à solta no *château*. Mas você também estava à solta, Talon. Sozinho. E quando você apareceu no salão de bailes depois da chegada de Laure, seus olhos estavam vermelhos como sangue.'

"'Os de Mãocinza também. Eu tinha apenas acabado de fumar um cachimbo de *sanctus*, seu porco imundo.'

"'Só que você não tinha o mesmo cheiro de Mãocinza. Seus olhos não estavam injetados por causa do cachimbo. Eles estavam injetados porque você tinha acabado de *se alimentar*. Como você se alimentou de Aoife na noite em que ela morreu.' Eu me levantei da cadeira e andei na direção dele. "Eu me fiz perguntas quando Aaron me alertou que você tinha entrado em sua cabeça. Eu me perguntei por que você ia querer se livrar dele e de mim. Então eu me lembrei. Mãocinza estava apagado, mas Aaron e eu ouvimos o que Laure disse a você naquela ponte. *Eu lhe prometeria um prazer com o qual nenhum irmão casto e santo poderia sonhar. Mas você já é nosso, sangue-pálido.* E quando ela mencionou o nome de Aoife, você a atacou diretamente como um idiota. Não porque estivesse com raiva. Porque você queria impedir que ela dissesse mais em frente a Aaron e a mim.'

"'Seu bastardo...' sibilou Talon.

"'Há quanto tempo?', perguntei. 'Há quanto tempo você estava se alimentando de Aoife? Há quanto tempo estava *dormindo* com ela?'

"Os olhos de Talon se arregalaram de fúria.

"'Como você ous...'

"Eu a vi na catedral na noite em que ela morreu! De joelhos diante da Virgem-mãe, os braços em volta da barriga. *Este dom que me destes é uma maldição ou uma bênção?*, perguntou ela. Mas só quando conversei com Kaveh é que eu soube a verdade. Erva-de-sonho não é a única erva que ele pode conseguir em suas viagens de suprimentos a Beaufort. A irmã Aoife pediu que ele lhe conseguisse poço-de-mel. Sorveira-branca e baga-de-chuva. Você é um mestre da chymica, Talon, então me diga! Por que uma mulher *jovem* ia querer ervas desse tipo?'

"Talon me olhou nos olhos, os dele cheios de lágrimas furiosas.

"'Você não tem ideia de como é, garoto', sibilou ele, com as mãos cerradas. 'Você é jovem. O sacramento ainda o sacia. Você não sabe o que é estar acordado e sentir a *sangirè* dentro de você, se espalhando como chama. Mas você *vai*. Você já escuta aquele suspiro, delicado como chuvas de primavera, mas ah, ele *cresce*, garoto. Ele cresce a cada pôr do sol até que a única coisa que você consegue escutar é seu grito.'

"'Ela estava grávida, seu bastardo!'

"Talon passou as unhas pelo couro cabeludo mal raspado, uma expressão de raiva nos lábios. Ele deu um passo em minha direção, e cada centímetro meu se eriçou com a ameaça. O animal que eu era andava de um lado para outro atrás das grades de minhas costelas, meus dentes agora afiados como navalhas.

"'Você a matou', disse eu furioso. 'E a criança que você botou dentro dela.'

"'Não era uma criança, era uma *abominação*! Seu fim foi misericordioso!'

"'E a mulher que você matou em Coste? Que misericórdia você deu a ela? Você assassinou duas garotas inocentes, e tudo porque não tem estômago para encarar o rito vermelho como fez Yannick! Você envergonha a estrela de sete pontas e todos os que a usam, seu maldito covarde!'

"Talon rosnou e me atacou, e colidimos em um abraço cheio de ódio. O serafim era mais velho, mais forte, mas eu tinha o apoio de minha velha amiga, a fúria, me estimulando a ir em frente. Nós batemos contra as estantes, madeiras quebraram, pergaminho voou quando suas mãos se fecharam em torno de minha garganta. Bati nele com meus punhos enquanto seus dedos esmagavam minha laringe. Os nós de meus dedos atingiram seu queixo quando ele enterrou o joelho em minha virilha. Quando gritei e me dobrei ao meio, seu joelho transformou meu nariz em purê, e eu me vi voando, batendo em outra estante e derrubando os tomos antigos.

"'Eu lhe disse, garoto', disse ele com raiva, montando em meu peito. 'Conquistei meu aegis quando você ainda era uma gota no pau de seu pai profano.'

"Ataquei seus olhos com minhas garras, e ele agarrou meu pulso. Eu gritei quando suas presas se cravaram em minha carne. Sangue jorrou quando soltei minha mão, mas, quando o vermelho tocou sua língua, vi o monstro emergir das profundezas de Talon – aquela fome da qual ele se via escravo. Seu rosto estava retorcido; sua força, aterrorizante, um rabisco injetado se espalhando pelo branco de seus olhos enquanto ele segurava meu pescoço. Eu dei um grito quando suas presas se afundaram em meu pescoço, socando e corcoveando mesmo enquanto o beijo me arrebatava: aquela alegria, aquele horror, aquele *desejo* terrível e sangrento pedindo para que eu ficasse *imóvel*, imóvel, fechasse os olhos, prendesse a respiração e rezasse para que não acabasse cedo demais.

"Um chute acertou as costelas de Talon, tão forte que ouvi osso quebrar. Com um grito ensanguentado, o serafim rolou e se soltou, caindo por cima das páginas espalhadas. Arquejei tentando recuperar o fôlego, apertei a mão sobre os buracos irregulares que ele tinha aberto em meu pescoço. Olhando para cima, vi botas de saltos de prata, uma manga vazia em um sobretudo de couro e um olhar verde-pálido.

"'Eu não acreditei quando o garoto me contou', rosnou Mãocinza. 'Não Talon, pensei. Ele teria a coragem de fazer o que era certo quando chegasse sua hora.'

"'Mãocinza...' O serafim sorriu e tentou se levantar. 'Deixe-me explicar, velho ami...'

"Talon arquejou quando a espada de Mãocinza afundou até o cabo em seu peito, saindo pelas costas, vermelha e reluzente. Os olhos injetados do serafim se arregalaram quando Mãocinza girou a espada de aço de prata através de suas costelas, dividindo seu coração traiçoeiro.

"'Melhor morrer como um homem que viver como um monstro.' Mãocinza arrancou sua espada e deu um suspiro. 'Desculpe, eu não pude poupá-lo disso, amigo velho.'

"Talon desabou nas tábuas do piso em uma poça crescente de sangue.

Seu peito estava aberto por aço de prata; o coração, dividido. Com as presas ensanguentadas à mostra, seus olhos caíram sobre mim.

"'Você v-vai entender um dia, g-garoto.' Seu peito estremeceu com um arquejo final, grudento e vermelho. 'V-vou esperar p-por você no inferno...'

"Eu estava deitado de costas em uma poça vermelho-escuro, as mãos apertadas sobre meu pescoço destroçado. Meu nariz estava esmagado em meu rosto; as pernas, tremendo; o sangue, grosso em meus dedos. Olhando para o corpo do bastardo, eu não consegui sentir nada próximo de pena depois do que ele tinha feito. Mas eu *senti* um horror gelado ao pensar que um santo de prata tão elevado tinha caído tão fundo. Se um irmão tão dedicado podia sucumbir à loucura da sede, qualquer um podia.

"*Qualquer um.*

"'Você consegue andar?'

"Olhei para o olho de Mãocinza, seu rosto, como sempre, uma rocha.

"'A-acho que sim.'

"O Santo de Prata estendeu sua mão boa.

"'Vamos levá-lo para a enfermaria, Pequeno Leão.'

"Minha mão se encontrou com a dele, a outra ainda estancando o sangue.

"'*Merci*, mestre.'

"'Não sou mais seu mestre, *chevalier*.' Ele passou meu braço em torno de seu ombro, os lábios estreitos se retorcendo. 'Na verdade, tecnicamente, você agora provavelmente é mais graduado que eu.'

"Apontei com a cabeça para o cadáver às nossas costas.

"'Ele podia ter me matado se você não estivesse aqui para impedi-lo. Parece que você ainda tem algumas lições para ensinar.'

"'Não sinta vergonha, Pequeno Leão.' Mãocinza sacudiu a cabeça, o fantasma de um sorriso nos lábios. 'Idade avançada e traição sempre podem superar juventude e habilidade.'

"'Vou me lembrar disso.'

"'Tenho certeza de que vai.'

"Fomos nos arrastando desde a biblioteca até a enfermaria, sangue escorrendo por meu pescoço e meu peito, deixando pegadas vermelhas para trás enquanto Mãocinza suspirava.

"'Eu o conhecia desde que tinha sua idade. Eu não teria acreditado se não tivesse ouvido de seus próprios lábios. Não Talon.'

"Eu sacudi a cabeça, grudenta e apertada sobre meu pescoço que sangrava.

"'Se passamos toda a nossa vida na escuridão, é alguma surpresa que a escuridão comece a viver em nós?'

"'Uhmm', Mãocinza olhou para os céus acima. Para aquele que nos protegia. 'Nada nisso é certo, exceto o amor de Deus. A vida não é uma história que você pode contar, De León. É apenas uma história que você pode viver. A boa notícia é que você escolhe de que tipo a sua vai ser. Uma história de terror ou uma história de coragem. Uma história de indulgência ou uma história de dever. A história de um monstro. Ou a história de um homem.'

"As portas do priorado se abriram a nossa frente, e eu vi luz e calor em seu interior.

"'Qual vai ser sua história?'"

✦ XIX ✦
NAQUELE FOGO

– ABRI OS OLHOS, flutuando no escuro entre sonhar e estar acordado.

"Eu a senti antes de vê-la – o cheiro de seu cabelo e os traços mais tênues de sangue, entrelaçados com o perfume delicado de ervas secas da enfermaria lá fora. Virei a cabeça e a encontrei ao lado de meu leito, silenciosa e imóvel no escuro. Pela milésima vez, eu me perguntei como ficaria aquele lugar quando ela deixasse a ele e a mim para trás.

"'Astrid', sussurrei.

"Ela apenas olhava fixamente, com expressão inescrutável; aquela máscara que ela aprendera a usar como filha de uma amante nos salões dourados. Mas seus olhos estavam brilhando, profundos e escuros como a noite. E eu me perguntei sobre o mistério de tudo aquilo – eu ter chegado àqueles muros tão distantes de casa para conhecer uma garota como aquela. Uma garota para qual agora eu devia dizer adeus.

"'Eu devia jogar esse penico na sua cabeça', disse ela.

"'O quê?'

"'De todos os cérebros de merda, bebês abandonados, cabeças de porco e malditos...'

"Ela se ergueu rapidamente, mordendo o lábio para deter seu discurso. A enfermaria estava silenciosa como tumbas, e vozes altas com certeza iam atrair gatos curiosos. Mas eu podia ver fúria nos olhos de Astrid enquanto ela olhava para mim com raiva, os nós dos dedos brancos aos seus lados.

"'Eles me contaram o que você fez. O que você disse para a vadia do inferno Isabella.'

"'Achei que você fosse ficar satisfeita. Eu acabei com seu exílio.'

"'Ninguém pediu a você para fazer isso, Gabriel!'

"'Você nem precisava. Sei como você se sente em relação a San Michon, Astrid. Nenhum inferno é tão cruel quanto a impotência, lembra? Você disse que arrancaria as asas de um anjo para escapar desta gaiola. Bom, agora você pode partir quando quiser.'

"Seus lábios estavam apertados e finos; os olhos, brilhando de raiva.

"'E se eu não quiser partir?'

"'Mas você *odeia* este lugar.'

"'Se o ódio conduzisse os rumos de meu caminho, eu já teria partido. Mas ele não conduz!'

"'Do que você está falando?'

"Ela me olhou nos olhos e deu um suspiro.

"'Você não sabe mesmo?'

"Eu vi a súplica em seu olhar, e meu estômago se incendiou com palpitações. Eu sabia do que ela estava falando. É *claro* que sabia. Se eu tentasse, ainda podia me lembrar do prazer de sua boca na minha, da dor solitária e vazia de desejar algo que eu nunca poderia ter. Mas eu *não podia* tê-la. Porque aquilo era *errado*.

"Tudo aquilo, *errado*.

"Astrid, não há futuro para você aqui. Não há futuro... nisto.'

"'Você quer dizer *nós*.'

"'Quero dizer que fiz um juramento diante da Virgem-mãe, dos Mártires e do próprio Deus de não amar mulher alguma. E, além disso, se você ficasse aqui, logo ia estar casada com ele.

"'Você me *ama*, então...'

"Eu virei o rosto para que ela não visse a resposta em meus olhos. Mas ela se sentou na cama ao meu lado, levou a mão ao meu rosto e me forçou a olhar para ela. A *vê-la*. Ela era a sombra em meus pensamentos quando eu tentava dormir. O fogo em meus sonhos que me sugeria nunca acordar.

"'Diga que você não me quer', sussurrou ela.

"'Astrid...'

"'Diga-me e vou deixar este lugar e nunca mais pensar em você.' Uma lágrima escorreu por seu rosto e ficou presa trêmula no arco de seu lábio. 'Mas se você me quer, Gabriel de León, então *diga isso*. Por que só um covarde ia apreciar o desejo de uma coisa e mesmo assim mandá-la embora. E eu não vou entregar meu coração a um covarde. Eu vou dá-lo a um *leão*.'

"Por Deus e os Mártires, ela era bonita. Aquele rosto com a forma de um coração partido, como um segredo não revelado. Seus olhos eram mais escuros que todas as estradas que eu tinha percorrido e todas as coisas monstruosas que eu tinha visto, e neles eu sabia que encontraria um paraíso, bastava que eu estivesse disposto a arriscar um inferno.

"'Diga que você não me quer.'

"'Não posso', sussurrei. 'Deus me ajude, não posso.'

"'Então me tome, Gabriel.' Ela empinou o nariz, feroz e furiosa. 'Me tome, e que se danem Deus, a Virgem-mãe e os Mártires em relação a nós dois.'

"Então não restava nada: nenhuma restrição, nenhuma lei, nenhum juramento que pudesse ter me mantido ancorado em meio à sua tempestade. Eu a beijei, com fome e com força e, naquele beijo, conheci salvação e condenação. Um juramento que eu podia realmente manter.

"Naquele fogo, eu ia queimar.

"E ali, no escuro daquela cela, nós desnudamos um ao outro, pele contra pele. Seus dentes mordiscaram meu lábio, e seus dedos se entrelaçaram em meu cabelo, e ela montou em mim e afastou com beijos todos os pensamentos e medos. Toda esperança abandonada para as chamas entre nós. Meus dedos delinearam seu corpo, curvas e vales, até a sombra entre suas pernas, a maciez que tinha assombrado meus sonhos. Estávamos em silêncio, nós dois, falando apenas com olhos e mãos e desesperadas, respirações sussurradas, o medo da descoberta excitando a nós dois, a culpa gloriosa e libertina tornando tudo aquilo ainda mais doce.

"Seus lábios eram chamas e gelo sobre minha pele, beijando-me em todos os lugares onde garotas mortais não ousavam pisar. Eu a beijei da mesma forma, mergulhando entre suas coxas enquanto ela me tomava em sua boca, e o gosto dela quase me deixou louco. Nós nos movimentamos lentamente no escuro, contendo nossos suspiros nos segredos um do outro até não restar nada além do inevitável, nada além do fogo esperando por nós dois, ela me arranhava e suplicava.

"'Me foda, me *foda*.'

"E, quando eu a penetrei, devagar e fundo e duro, não havia mais nada no mundo que importava. Nenhuma divindade além do desejo em seus olhos. Nenhuma eternidade no inferno que eu não teria sofrido de bom grado se pudesse ter vivido só mais um momento do paraíso dentro dela.

"Nós nos movimentamos juntos, ela agora em cima de mim, as navalhas de meus dentes roçando o cetim de sua pele, sentindo-a estremecer ao dizer meu nome. E, quando aquela onda tomou conta, quando eu a senti cantando dentro de mim, ela apertou as mãos em torno de meu rosto para que pudesse me olhar nos olhos. Desesperada. Carente, os lábios avermelhados como cerejas.

"'Me morda', ofegou ela.

"'O quê?'

"'Me morda, Gabriel.'

"Meus dentes estavam afiados contra minha língua, e eu podia ver seu pulso batendo seco pela pele branca como leite de seu pescoço. Eu *queria*, Deus me ajude, eu queria tanto que era tudo o que eu conseguia ver, tudo o que eu podia provar. Mas ainda restava o suficiente de mim para afastar isso para longe, a respiração entrecortada em meus pulmões enquanto ela se mexia em cima de mim, mais fundo, mais rápido, quente e tão absurdamente macia, fazendo com que eu dançasse cada vez mais perto de meu limite.

"'Vão ver', sussurrei. 'A marca...'
"'Aqui', implorou ela, passando a mão sobre o peito. "*Por favor.*'
"'Não há necessidade mais profunda do que ser desejado. Não há expressão mais doce sob o céu que *por favor*. E eu me entreguei totalmente. Sentindo-a estremecer quando um rosnado sombrio se ergueu em minha garganta, e a fome me tomou por completo. Agarrei seu cabelo, sorrindo ao puxá-la para perto. Uma necessidade à beira da loucura. Um desejo à beira da violência. E ela gemeu e se apertou contra mim, mais fundo, mais forte, e minha língua passou por seu mamilo duro como pedra, e suas unhas arranharam minhas costas enquanto o monstro que eu era cravava as presas em seu peito, perfurando o branco e dando origem ao vermelho.

"Ela nos apertou juntos, as costas arqueando, a boca aberta em um grito silencioso quando o Beijo tomou conta. Todo o seu corpo começou a tremer, suas pernas se fecharam mais apertadas ao meu redor enquanto ela se perdia no fogo de tudo aquilo, e seu sangue – Deus, aquela *vida* ardente e impossível – desabou sobre minha língua e em meu próprio coração.

"E então eu soube a cor da felicidade. E sua cor era vermelha.

"Eu a bebi, como um rio bebe a chuva. Parado sob a luz vermelha de um sol há muito esmaecido, tão perdido que estava apenas vagamente consciente de ela sair de mim e terminar comigo com a mão, a morte provocada por mim escorrendo por sua pele enquanto eu engolia apenas mais um pouco, apenas mais uma gota. Arquejante, ela se soltou de minha boca e, ferida, desejosa, esmagou os lábios contra os meus, ferro, ferrugem e sal entre nós. Mergulhamos na ruína que tínhamos feito de minha cama, nossos corpos molhados, seu rosto contra meu rosto, e toda ela envolta em meus braços.

"Ficamos ali deitados por eras em silêncio. Na verdade, eu não sabia o que dizer. Aquela era a estrada para o inferno, eu sabia. E nós dois agora seguíamos por ela.

"'Isso é pecado', disse eu. 'Vão nos castigar por isso. E Deus com eles.'

"Astrid ergueu a cabeça e me olhou nos olhos.

"'Mas eu não me importo', disse eu.
"Seus dedos alisaram meu rosto, fazendo-me estremecer.
"'Nós podíamos ir embora?'
"Eu sacudi a cabeça, dando a resposta que ela já sabia.
"'Você disse que não daria seu coração para um covarde. Nós não poderíamos partir mesmo que desejássemos. E eu não acho que nenhum de nós realmente deseje isso.'
"'Esta vai ser nossa sina, então? Amar no escuro? Como mentirosos?'
"Eu beijei sua testa, os olhos bem fechados.
"'Até que a guerra seja vencida. Até que a canção seja cantada.'
"'E depois?'
"'Depois nós. Para sempre.'
"Ela me beijou outra vez, se derretendo em meus braços. Um beijo de fogo e lágrimas, do mais doce pecado, um beijo com o qual todos os outros seriam comparados desfavoravelmente. E se aquilo era errado, eu decidi que seria o errado pelo qual eu morreria. Ali, com aquela garota nos braços, eu jurei a Deus que daria todo o resto – meu sangue, minha vida, meu tudo – se apenas ele me deixasse tê-la.
"Só. Ela."

✦ XX ✦

VIDRO QUEBRADO

GABRIEL FICOU EM SILÊNCIO, olhando para a prata que tinha inscrita na pele. Ele ouviu o grito de um lobo sofrendo de amor, um uivo solitário naquele escuro longo e isolado.

Ele segurava a taça de vinho vazia entre dedos entorpecidos, sentindo a bebida correr quente como o sangue em suas veias. Se ele se esforçasse o suficiente, podia estender a mão e tocá-la, agora. Ele precisava apenas abrir a janela do olho de sua mente e encontrá-la ali, esperando, sorrindo, intocada pelos dentes do tempo. Cabelo preto comprido e olhos negros profundos, e uma sombra que pesava uma tonelada.

— Você serviu a San Michon por mais cinco anos — disse Jean-François, traçando linhas longas e suaves em seu maldito livro. — Cinco anos nos quais seu nome se tornou lenda. Você liderou o ataque em Báih Sìde e liberou as fazendas abatedouros dos Dyvok em Triúrbaile quando tinha apenas 19 anos. Você liberou Qadir e rompeu o cerco em Tuuve aos 20. Você matou anciãos Dyvok em Ossway, Chastain em Sūdhaem, incendiou um ninho de anciens Ilon que ameaçava a própria coroa. *O Leão Negro*, eles o chamavam. Seu nome era um toque de clarim. Um hino nas casas dos santos e uma maldição nas cortes de sangue.

O vampiro parou de desenhar por tempo o suficiente para olhar nos olhos de Gabriel.

— Como tudo degringolou?'

– Paciência, sangue-frio, respondeu Gabriel.

Raiva brilhou no olhar do vampiro, rápida e sombria.

– Não, Santo de Prata. Eu já demonstrei a paciência dos anjos eternos. Você vai terminar esse capítulo *agora*. Como ele acabou?

Gabriel olhou o monstro nos olhos e aproximou as mãos tatuadas da luz.

– *Paciência*.

Jean-François piscou para o nome escrito sobre os dedos do Santo de Prata.

– Sua filha.

Gabriel estendeu a mão até a garrafa e derramou vinho em seu cálice, escuro e vermelho. Ele levou o copo até os lábios e deu um gole profundo. O lobo tornou a cantar no escuro, sozinho e melancólico. Demorou uma eternidade até que o Santo de Prata conjurasse voz suficiente para falar.

– Nós não planejamos isso. Astrid e eu. Nós nunca imaginamos. Ela fez os votos na Sororidade da Prata, se tornou senhora do aegis em San Michon. Eu, o jovem modelo de perfeição da Ordo Argent. Nós vivíamos como ela profetizara; roubando nossos momentos no escuro quando o dever permitia. Fodendo como ladrões. Mas era o suficiente. *Ela* era o suficiente.

"Éramos cuidadosos. Tão cuidadosos que, quando ela me contou, com a mão na barriga, eu me perguntei se era um sinal de Deus. Por um momento de tolice, achei que aquilo pudesse não importar. Àquela altura, meus louvores eram numerosos demais para serem contados. Alguém me contou que, no último ano em que servi em San Michon, houve mais bebês chamados Gabriel do que os que receberam o nome do próprio imperador."

O Último Santo de Prata sacudiu a cabeça.

– Mas, é claro, isso mudou *tudo*. Eu, àquela altura, tinha muitos inimigos. Fora de San Michon e dentro. A vaidade contra a qual Mãocinza me alertara era sempre minha fraqueza. Eu não era um cordeiro, era a porra de um leão, e andava pela terra como um. Mas a luz que queima duas vezes mais forte brilha a metade do tempo. E a papoula que cresce demais é podada do tamanho das outras. *Perjuro*, eles me chamavam. *Blasfemo*. Há muitas coisas das quais você pode se safar se seu nome cresce grande o bastante, sangue-frio. Mas aquela não era uma bela cortesã pintada que tinha me recebido em sua cama. Aquela era uma Irmã da Sororidade da Prata. E, por mais hinos que eles cantem para você, por mais bebês que ganhem seu nome, é um padre muito bondoso aquele que perdoa o homem que bota chifres em Deus.

"Os irmãos exigiram que eu afastasse Astrid. Até Mãocinza. E eu disse a ele aonde enfiar a porra de suas exigências. Então ela e eu fomos excomungados. Eles pelo menos me deixaram preservar meu aegis – provavelmente por medo de perderem as mãos. Mas, mesmo com todos aqueles anos de serviço, todas aquelas vidas que eu tinha salvado, ninguém em San Michon teve permissão sequer para se despedir de nós. Finch, Theo, os Phils, Sév, Chloe – ninguém. Nós montamos em Justiça, os braços de Astrid em volta de minha cintura, e sozinhos, sem amigos, partimos pelo escuro."

O sorriso de Gabriel estava como o sol nascente.

– Mas não ficamos sozinhos por muito tempo. E nunca mais outra vez. Deus ainda nos deu mais uma bênção. Uma bênção pequenina e linda, com o sorriso de sua mãe e os olhos de seu pai, e nenhum sinal da maldição que corria em suas veias de sangue-pálido.

Gabriel sacudiu a cabeça, a voz suave, maravilhada.

– A primeira vez em que eu a segurei nos braços, chorei mais do que *ela*. Eu costumava observá-la enquanto ela dormia quando bebê. Ficava horas acima de seu berço e me perguntava como diabos alguém como eu tinha feito algo tão bonito. E, conforme ela crescia, percebi que *ela* era a razão por eu ter sido posto nesta terra. Não para liderar exércitos, defender cidades ou salvar um império. Olhando em seus olhos, eu sabia, com a mesma certeza de que conhecia o gosto dos lábios de minha mulher ou a canção do sangue. Bondade *podia* vir do pecado, e ela era prova disso. Ela era perfeita. Grande Redentor, ela era *tudo*. Nossa Paciência.

Gabriel esticou as pernas à sua frente, os tornozelos cruzados, o couro de sua calça murmurando. Inclinando a cabeça para trás, ele terminou seu vinho, uma gota escorrendo pelo queixo. Pegando o Monét, ele o encontrou vazio e xingou baixo.

— Corações só se machucam — murmurou o vampiro — Eles nunca se partem.

Gabriel assentiu.

— Era o que Astrid costumava me dizer.

— Um belo sentimento.

— A porra de uma mentira.

— Para onde vocês três foram?

Os olhos de Gabriel estavam fixos no cálice em sua mão. Os reflexos da chama da lanterna brincando como vaga-lumes sobre a gota escura da cor do sangue no fundo. Passando o polegar pelo arco das cicatrizes em forma de lágrima em seu rosto, ele olhou para aquela mariposa pálida ainda batendo as asas em vão sobre a cúpula da lanterna, negligente e sem esperança.

— De León?

— Sua voz nunca vai parecer tão minúscula quanto quando você está gritando com Deus — sussurrou ele.

— ...O quê?

Gabriel piscou, seus olhos entrando em foco. Ele olhou para o historiador e sacudiu a cabeça devagar.

— Não quero mais falar sobre elas.

— Nós precisamos fazer isso outra vez? Minha imperatriz exige sua história.

— E ela vai tê-la. — Gabriel apertou o copo vazio, os nós dos dedos brancos. — Mas não sinto vontade de falar sobre *ma famille* agora.

— Você é um prisioneiro aqui. Completamente sob nosso poder. Para todas as intenções e propósitos, *chevalier*, você é meu escravo. Então, desculpe — disse o vampiro, inclinando-se para frente —, mas de algum modo lhe foi transmitido que faz alguma diferença o que você sente?

O copo de vinho se estilhaçou na mão de Gabriel. Cem cacos cintilantes se quebraram em seu punho fechado e caíram sobre a pedra. O Santo de Prata fez uma expressão de dor e abriu os dedos, olhando para o sangue escorrendo, escuro e doce e grosso.

Jean-François ficou em pé de repente. Embora mal parecesse se mover, o historiador estava do outro lado da cela, enraivecido e ameaçador. Uma fome sombria enchia seus olhos enquanto ele observava o vermelho gotejar.

– Você está *louco*?

Gabriel sorriu e estendeu a mão machucada.

– Com medo de um pouco de sangue, vampiro?

Jean-François sibilou, as presas brancas como pérolas à mostra.

– Se temo alguma coisa, De León, é o que eu faria com você se deixasse minha fome assumir o controle.

– E o que você acha que faria comigo, sangue-frio? – Os olhos de Gabriel se estreitaram. – Antes que sua imperatriz tenha toda sua história?

O Último Santo de Prata se levantou de sua poltrona e deu um passo à frente, a mão sangrando estendida. Jean-François deu outro passo para trás.

– Parece que todos somos escravos de *alguém*.

– Meline! – berrou Jean-François.

A porta se abriu em um instante, a mulher escrava no umbral em seu vestido preto e comprido. Seus olhos estavam arregalados. Uma de suas mãos estava por baixo do corpete.

– Mestre?

O vampiro piscou, a sombra escura que tinha enchido seus olhos diminuindo. Ele alisou a sobrecasaca e mexeu nos punhos em babados de suas mangas.

– Nosso convidado se cortou.

– A mulher soltou a arma que tinha escondido no corpete. Um punhal, mais provavelmente, embora fosse difícil para Gabriel saber. Ela fez uma mesura e foi até o lado do Santo de Prata. Por mais que fosse delicada, Gabriel ainda podia sentir a força terrível em sua pegada; o poder concedido por goles noturnos do pulso de seu mestre. Os olhos do Santo de Prata ainda estavam fixos nos do vampiro, seus lábios se curvando em um sorriso severo quando viu que, apesar de recuperar a compostura, a criatura ainda se recusava a se aproximar.

– É fundo, mestre – relatou Meline. – Vai fechar com o tempo, mas é melhor que eu...

– Depressa, então.

A escrava fez outra mesura e saiu apressada da cela.

– E traga a porra de outra garrafa! – gritou Gabriel.

A mulher desceu correndo a escada em uma agitação de damasco negro. Mais uma vez, ela deixou a porta destrancada às suas costas. Gabriel escutou-a descer, quarenta degraus, setenta, seus sentidos ainda afiados como navalhas. Ele ouviu chaves de ferro. Uma fechadura pesada. Uma porta batendo.

Ele voltou os olhos cinza-pálido novamente para o historiador. Jean-François ainda espreitava do outro lado da cela da prisão. A história tinha caído no chão, aberta em um desenho de Dior no Marido Perfeito, envolta em sua sobrecasaca ridícula. O Santo de Prata se pegou maravilhado mais uma vez com as habilidades artísticas do vampiro.

– É uma boa semelhança. – Ele sorriu, com dor no coração. – A vadiazinha ficaria lisonjeada.

– Largue isso. Você vai sujá-lo de sangue.

Gabriel largou o livro na poltrona do vampiro.

– Que o céu não permita.

O historiador afastou um cacho comprido e dourado dos olhos e sussurrou, de forma delicada e com ameaça.

– Vou providenciar para que seja castigado por isso, De León. Vou botá-lo de joelhos.

– Tenho certeza de que você já pode sentir meu gosto. Mas você sabe que tudo isso é uma perda de tempo, não sabe?

– Tempo é uma coisa que minha imperatriz tem em abundância.

Gabriel sacudiu a cabeça, sujando o queixo de vermelho quando acariciou a barba por fazer.

– Se fosse isso, eu já estaria morto, vampiro. Sua imperatriz precisa do segredo do Graal. Mas você mesmo disse. O cálice está quebrado. O Graal *não existe* mais. Este é seu mundo, sanguessuga. Seu aqui e seu agora e seu para sempre. E, quando os monstros que vocês geraram secarem a última gota dele, vocês não terão a quem culpar além de si mesmos.

Gabriel olhou para trás.

– Isso foi rápido.

A mulher escrava estava outra vez na porta.

– Mestre?

Gabriel tornou a olhar Jean-François nos olhos.

– Não quero mais falar de *ma famille*, vampiro. Então você pode ficar sentado me olhando ficar tranquilamente bêbado ou posso parar de desperdiçar seu tempo e voltar à história que estou aqui para realmente contar.

Um momento se passou, longo e silencioso, antes que o vampiro tornasse a falar.

– ...Como você quiser, *chevalier*.

O Santo de Prata voltou para sua poltrona, pingando sangue. Quando se sentou com uma expressão de dor, a escrava se ajoelhou ao seu lado. Ele viu uma tigela de água fumegante, ataduras, sentiu o perfume antisséptico de aveleira-de-bruxa e mel-dos-tolos. E ao lado da tigela...

– *Merci*, mlle. Meline – disse ele, pegando a nova garrafa de Monét. – Quando me conduzirem para o inferno, garanto que vou falar uma palavra a seu favor.

Jean-François voltou lentamente para sua poltrona, olhos na mão sangrando do Santo de Prata enquanto ele retomava sua história. O vampiro alisou seu belo casaco, levou o tempo de três respirações para recuperar a compostura, então falou.

– Então sua jogada em San Guillaume tinha se transformado em um massacre, Santo de Prata. A irmã Chloe, o *père* Rafa, Saoirse, Bellamy, Phoebe... toda a companhia do Graal. Todos mortos pela Fera de Vallene. Os únicos a sobreviver à ira de Danton foram você e Dior.

Os lábios de Jean-François se retorceram no mais leve sorriso.

– E *ele*, na verdade, era *ela*.

Gabriel fez uma expressão de dor quando Meline tirou um caco de vidro comprido da palma de sua mão. Ele olhou fixamente para a estrela de sete pontas gravada ali, tinta de prata brilhando sob a luz dourada da lanterna.

– Imagino que eu não possa fumar de novo, certo?

O historiador levantou sua pena e olhou para ele com a expressão fechada.

Gabriel deu de ombros.

– Não se pode culpar um homem por tentar.

Ele levou o Monét aos lábios e deu um gole longo e lento direto do gargalo.

– Então. O fim. O começo. O Graal.

Livro Seis

COMO DEMÔNIOS PODEM VOAR

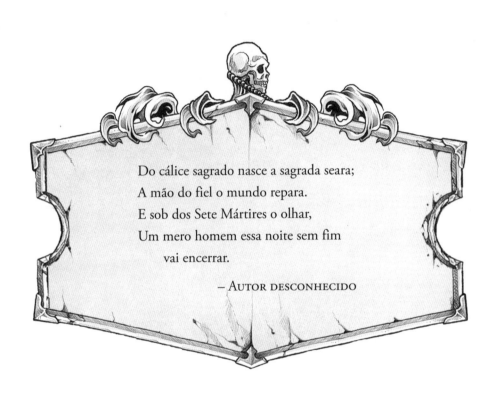

Do cálice sagrado nasce a sagrada seara;
A mão do fiel o mundo repara.
E sob dos Sete Mártires o olhar,
Um mero homem essa noite sem fim
vai encerrar.

— Autor desconhecido

✦ I ✦
NÃO TEMA NENHUMA ESCURIDÃO

– "VOCÊ É UMA garota.'

"'Eu percebi.'

"'*Merda.*'

"Eu passei minha mão boa pelo cabelo encharcado, meu hálito pairando pálido e pesado entre nós. Dior olhou para mim, molhada até os ossos, seus lábios ficando roxos pelo frio. Estávamos agachados na margem do rio Volta, suas bordas encrostadas de gelo como a barba congelada de um caçador, uma árvore morta se erguendo além disso. A noite estava sombria, escura como o rio às nossas costas, trevosa como o coração da coisa que tinha feito nosso grupo em pedaços.

"'Merda.'

"'V-você já disse isso. O que aconteceu com Saoirse?'

"'Ela está morta.' Eu dei um suspiro.

"Os olhos de Dior se arregalaram.

"'Tem c-certeza?'

"'Danton despedaçou ela e Phoebe bem na minha frente. Então *oui*, tenho a porra da certeza.'

"A garota engoliu em seco, com os dentes cerrados.

"'A irmã Chloe?'

"Olhei para as águas escuras que haviam levado minha velha amiga, silenciosas e famintas. E com os olhos queimando, eu sacudi a cabeça.

"'*Merda*', sibilou Dior.

"'Foi isso o que eu disse.'

"A garota abaixou a cabeça, com os braços em torno de si mesma, tremendo. Por um momento, achei que ela fosse começar a chorar. A desmoronar. Nada na terra podia culpá-la por isso. Ela, então, pareceu muito pequena e muito sozinha. Mas, em vez disso, ela ficou de pé, trêmula e meio cambaleante, chapinhou pelas águas rasas, com os olhos azuis fixos na silhueta de San Guillaume sobre os penhascos do outro lado do rio. Ela apontou um dedo para o mosteiro, gritando a todo pulmão.

"'Eu vou *matar você*! Está me ouvindo, bastardo? Vou arrancar a porra de seu coração e dar para você comer, seu filho da puta, seu filho de uma rameira, seu...'

"'Chega', disse eu, botando a mão em seu ombro.

"'Tire a porra das suas mãos de mim.' Ela agitou os braços.

"'Ela também era minha amiga!', gritei. "'Eu a conhecia desde antes de você *nascer*! Mas você está gritando para o vento, e cada minuto que perdemos é mais um que Danton vai usar para atravessar o rio e vir em cima de nossas gargantas outra vez! Precisamos andar.'

"'Mas quem merda somos *nós*?' A garota movia as pernas para cima e para baixo, com água congelante na altura dos joelhos. 'Este é o Volta. Era até onde você ia, lembra?'

"'...Você acha que eu deixaria você aqui? Que tipo de erva podre você acha que sou?'

"'Bom, por que você ficaria? Você não dá a mínima para mim! Você manteve sua palavra para Chloe. Vai voltar para sua mulher e *famille*, não? Arrume suas merdas, herói!'

"Eu olhei para aquela garota: seminua, congelada até os ossos, furiosa. E pude me ver no espelho de seus olhos. Não podia culpá-la por achar que eu ia abandoná-la, por acreditar que eu era esse tipo de monstro. Alquebrado. Egoísta. Ímpio. Cruel.

"Ela mal me conhecia havia um mês e já sabia mais sobre mim do que a maioria.

"'Aqui", eu estendi meu sobretudo. 'Você vai encontrar a morte.'

"'Não quero sua pena. E não preciso de sua ajuda.'

"'O orgulho nunca encheu uma barriga vazia, nem impediu que um homem morresse congelado. Nem garotas, aposto.' Eu tornei a estender o casaco. 'Não seja tola.'

"Ela me olhou com raiva por um momento a mais, então pegou o casaco de minha mão.

"'A maioria das pessoas diria um *merci* para o homem que acabou de salvar sua vida, Lachance.'

"Sua expressão fechada relaxou um pouco, mas, mesmo assim, ela não agradeceu. Em vez disso, jogou o sobretudo em torno dos ombros trêmulos. Era muito maior do que ela, ficando pendurado em sua estrutura estreita, o cabelo pálido como neve gotejando sobre olhos azul-pálido. Ela estava fazendo daquilo uma grande exibição, e eu sabia mais que a maioria como a fúria pode aquecer seu corpo por algum tempo. Mas se não encontrássemos abrigo e acendêssemos um fogo, aquela garota estava destinada a morrer congelada. E eu a seguiria logo depois.

"'Vamos.' Eu apontei com a cabeça. 'Há penhascos por esse caminho. Se tivermos sorte, vamos encontrar uma caverna.'

"'E se não tivermos sorte?', perguntou ela, os dentes já começando a bater.

"'Aí podemos agradecer a Deus por sua consistência.'

"Subimos com dificuldade as margens gelificadas, deixando a sombra de San Guillaume para trás. Grande Redentor, estava congelando. Minha túnica e minha calça estavam encharcadas, sangue escorria de minha barriga perfurada, toda respiração uma grande nuvem de gelo de meus lábios. Aquele resto final de *sanctus* que eu tinha fumado nos muros do mosteiro era tudo o que me mantinha em frente, mas Dior estava tremendo tanto que logo estava cambaleando. Em um quilômetro, ela caiu pela primeira vez, de cara na neve e na terra por cima de uma raiz de árvore. Ela empurrou minha mão quando eu a ofereci, rosnando e ficando de pé. Mas, algumas centenas de metros depois, ela caiu de novo. E de novo.

"Seus lábios agora estavam azuis. Ela tremia tanto que mal conseguia respirar, muito menos andar. Meu pulso ainda estava quebrado da surra de Danton, e por isso me ajoelhei ao seu lado, levantei-a no ombro com meu braço bom enquanto ela rosnava um protesto.

"'S-saia de m-mim.'

"'Tecnicamente, *você* está em cima de *mim*.'

"'V-v-você b-b-bem q-q-que g-gostaria.'

"'Cale a porra da boca, Lachance.'

"A neve caía mais forte, o frio penetrando meus ossos machucados. Meus pés estavam dormentes; meu anel de compromisso, como gelo em meu dedo dolorido. Mas, finalmente, abençoadamente, chegamos aos penhascos acima do rio, e, cambaleando e tremendo, encontrei uma brecha estreita no arenito vermelho que se alargava depois em uma fenda. Era quase negro lá dentro, mas avistei ossos no chão, senti o cheiro de rastro velho e um leve almíscar animal – um covil de lobos, havia muito abandonado.

"Botei Dior no chão e afastei o cabelo bordejado de gelo de seu rosto.

"'Lachance? Está me ouvindo?'

"Ela gemeu em resposta, olhos vazios, lábios roxos.

"'Preciso encontrar alguma coisa para queimar. Fique acordada, está ouvindo?'

"Mais uma vez, a garota apenas murmurou, suas pálpebras com hematomas azul-profundo. Eu sabia que se ela perdesse a consciência ali, podia nunca mais recobrá-la. Então, com um palavrão, saquei a Bebedora de Cinzas da bainha. Botando a espada no colo de Dior, eu apertei o punho, os nós dos dedos brancos.

"'Mantenha-a acordada, Bebedora.'

"*Dedos não para beliscar, nem mãos p-para estapear. Espada para perfurar e gume para cortar e música para a d-dança e o vermelho, vermelho...*

"'Só... conte a ela a porra de uma história, está bem? Não a deixe dormir.'

"*Histórias para c-contar? Essas eu tenho, em abundância.*

"Envolvi a mão de Dior em torno do cabo da espada quebrada. Os olhos da garota adejaram e se abriram quando seus dedos tocaram o couro desgastado, a respiração fluindo quando ela sussurrou.

"'Ah... ah... *Deus.*'

"'Nada muito sombrio, Bebedora', alertei. 'Só finais felizes, entendido?'

"'*"Nada dessas coisas, dessas coisas, Gabriel.*

"'Estou falando sério.'

"*Eu também, meu amigo. E sinto muito por isso.*

"Eu soltei o punho da espada e saí correndo. Pelo escuro, procurando qualquer coisa seca o suficiente para queimar antes que o último vestígio de *sanctus* passasse. Andando pela floresta, quebrando galhos, tentei não visualizar Chloe largando minha mão e mergulhando nas águas escuras abaixo. Suas últimas palavras ecoando agora em minha cabeça dolorida: *Dior é tudo o que importa, Gabe.*

"Ela acreditava, Chloe Sauvage. Acreditava o suficiente para morrer por ela.

"*O que eu ia fazer agora?*

"Depois de recolher uma grande braçada, voltei com dificuldade para a caverna, tão rápido quanto meus pés dormentes me levaram. Dior estava encolhida lá dentro, tremendo dos pés à cabeça. Mas ela ainda estava acordada, suas mãos no punho da Bebedora de Cinzas, olhos arregalados fixos em mim enquanto eu preparava o fogo. Eu tinha conseguido manter a pederneira daquele velho *capitaine*, usando-a agora para acender as mechas que eu tinha coletado. Por um momento, eu me lembrei de meu padrasto, suas lições nas florestas de Nordlund quando eu era um garotinho.

"Lorson. Mamãe. Amélie. Celene.

"'Ela está cantando para m-mim', sussurrou Dior. 'A Bebedora de Cinzas.'

"Eu olhei para a espada nas mãos trêmulas da garota. A dama de prata na guarda. Bela. De enfureccr. Completamente louca.

"'E sobre o que ela está cantando para você?'

"'A b-b-batalha nos Gêmeos.'

"Eu escarneci.

"'Então não acredite em nenhuma palavra. A Bebedora não estava nem presente nessa.'

"'Você a m-matou. A irmã de D-d-danton.'

"Soprei delicadamente as chamas, meu braço quebrado latejando, mãos dormentes.

"'Você o viu', insistiu Dior. 'O R-r-rei Eterno.'

"Eu, então, o visualizei. Por mais que isso me custasse. A juventude perpétua, belo e terrível, envolto em uma escuridão tão amarga e desolada que congelava seu coração. E eu ouvi de novo; o juramento de um pai eterno para aquele que tinha assassinado sua filha amada.

"*Eu tenho a eternidade, garoto.*

"Peguei a espada das mãos trêmulas de Dior.

"'Eu disse a você, nada de finais infelizes, Bebedora.'

"*Desculpe, Gabriel, mas ela precisa saber a v-verdade cedo ou tar...*

"Embainhei a espada e a apoiei contra a parede. Voltando-me novamente para as chamas, as aticei para ficarem mais altas, a sensação penetrando em meus dedos, latejando em meu braço quebrado. A fumaça subia pelas fendas acima, calor sangrando em nosso pequeno refúgio. Tirei minha túnica ensopada e examinei o ferimento que se fechava lentamente em minha barriga dolorida. Danton tinha me atingido em cheio, o bastardo. Mas não foi bom o suficiente, e jurei que ele ia se arrepender disso. Durante todo o tempo, Dior observava, em silêncio, tremendo um pouco menos no calor crescente.

"'Dez *mil*', disse ela por fim. 'Você derrotou um exército de dez mil vampiros.'

"'Não sozinho. Não só eu.'

"'O Rei Eterno teria tomado Nordlund se n-não fosse por você.'

"'Ele *tomou* Nordlund, garota. Três invernos depois, a Baía das Lágrimas congelou, e ele atravessou o norte como uma dose de sais. Tudo o que eu fiz foi fazê-lo esperar.'

"'Você tinha 16 anos.'

"'E daí?'

"'Daí que *eu tenho* 16, e a coisa mais impressionante em que eu já bati foi meu...' A garota olhou para si mesma e deu um suspiro. 'Na verdade, acho que piadas de pênis perderam um pouco o sentido, agora, não é?'

"'Garotos costumam contar muitas delas.' Eu dei de ombros. 'Um bom jeito de fingir ser um.'

"'Eu percebi.'

"'Mas por que você fez isso?'

"'Perceber?'

"'Fingir ser um.'

"Dior olhou para a tinta em meus dedos.

"'Quantos anos tem sua filha, herói?'

"Olhei fixamente para aquela garota estranha do outro lado das chamas. Depois de abandonar os fingimentos, ainda havia aquela aspereza, endurecida pelas ruas e aguçada pela sarjeta. Um destemor. Um jeito de andar afetado.

"'Por quê?'

"'Mais nova que eu?'

"Eu assenti lentamente.

"'Ela tem quase 12 anos.'

"'Então ela vai estar percebendo agora. Você provavelmente não vai por mais algum tempo. A maioria dos pais preferia derrubar o céu que ver sua filha crescer. Mas sua mãe observou isso, aposto. Ela sabe o que um mundo como este faz com meninas.'

"'Não há *ninguém* que perca mais o sono por isso que um pai, garota. Acredite em mim.'

"'Se isso fosse verdade, você nunca perguntaria por que eu fingi ser um garoto.'

"Dior mexeu no couro surrado em torno de seus ombros, suspirando.

"'Você destruiu minha sobrecasaca mágika, herói.'

"'Aquela sobrecasaca quase fez com que você fosse morta. Mais uma vez. E ela era mágika como um cu de porco.'

"'Você está errado.' Ela olhou para o outro lado das chamas, sacudindo a cabeça. 'Ah, ela não deteria uma espada encantada nem me permitia viajar por mundos nem nada impressionante o suficiente para o pobre Bel escrever uma canção.' Ela, então, baixou a cabeça, coçando unhas muito roídas. 'Quer saber o que aquela sobrecasaca fazia?'

"'Acho que você vai me dizer de qualquer jeito.'

"'Ela me permitia andar por uma rua escura sem ter de olhar para trás. Entrar em uma sala e não sentir os olhos percorrendo cada centímetro de minha pele. Me permitia elevar a voz sem que rissem de mim, ameaçar matar você se não tirasse suas malditas mãos imundas de mim. Ela me permitia fazer todas as coisas que sua filha está começando a descobrir que *não pode*, porque sua filha está começando a descobrir o que um mundo como este faz com meninas.'

"Dior deu um suspiro, afastando o cabelo branco como cinza do rosto.

"'Eu *amava* aquela sobrecasaca.'

"'Alguém botou as mãos em você?', perguntei com delicadeza.

"Seus olhos estavam duros como diamantes.

"'Minha mãe tinha um gosto excelente por homens horríveis.'

"Dei um sorriso triste para isso.

"'A minha também.'

"Dior relaxou, seu gelo derretendo um pouco.

"'Até onde sei, a minha nunca levou nenhum vampiro para casa. Por isso, imagino que a sua vença a minha.'

"'Ela era como você?'

"'Não tenho *nada* a ver com ela.' Dior olhou de cara fechada.

"'Quero dizer... Esan. A linhagem do Graal. O sangue dela...'

"'Curava pessoas?' Dior cuspiu nas chamas, com maldade. 'Se curava, ela não sabia. Ou teria engarrafado e vendido como fazia com todas as outras partes de si mesma.'

"'Ela era uma *cortesã?*'

"'Ela era uma viciada em ópio. E uma bêbada. E se você quer chamar de cortesã uma mãe que vende o corpo para alimentar seu vício enquanto deixa a filha com fome, à vontade. Mas eu tenho uma palavra mais simples para isso.'

"'Seu pai?'

"'A garota apenas deu de ombros e me mostrou o pai de todos.

"Ela, então, não sabia quem ele era. Mais uma coisa que tínhamos em comum.

"'O que aconteceu com sua mãe?'

"'O que acontece com todos os viciados, herói.'

"'Foi ruim?'

"'...Pior.'

"Dior olhou para o fogo, as chamas crepitando enquanto sua voz ficava mais baixa.'

"'Ela estava como um fantasma perto do fim. Pele cinza. Sem dentes. Morta sem morrer. Mas permaneceu uma escrava durante todo o tempo. Daquele deus para qual ela rezava. Aquele demônio que ela culpava. Estúpida demais para saber que os dois eram a mesma coisa.

"'Eu estava fora havia dias. Àquela altura, eu tinha começado a cuidar de mim mesma. Encontrei meus próprios amigos. Mas eu tinha voltado para ver como ela estava. Eu a encontrei no chão ao lado da cama. Os olhos virados para trás em seu crânio. Eu pensei o pior, assim que a vi – eu sabia que aquilo ia matá-la no fim. Mas eu ainda podia ver seus lábios se movendo. Achei que talvez ela estivesse sonhando. Então sacudi-a para acordá-la, e sua boca se abriu e um rato saiu de dentro dela.'

"Meu estômago se revirou lenta e horrivelmente.

"'Doce Virgem-mãe.'

"Dior sacudiu a cabeça, respirou fundo.

"'Eu sonho com essa merda quase toda noite.'
"'Quantos anos você tinha?'
"'Onze, talvez. Depois disso, foram as ruas de Lashaame.' Ela afastou a franja dos olhos, o jeito afetado voltando. 'Um casaco roubado. Corte de cabelo com uma faca enferrujada. Mais simples assim. Não fácil. Mas *mais fácil*. A sarjeta não fode com garotos do mesmo jeito que fode com garotas.'
"'Sinto muito.'
"'Sente mesmo?'
"'Claro que sinto', rosnei. 'Sou um bastardo, não um monstro.'
"Dior levou a mão ao interior do sobretudo que eu havia lhe emprestado e pegou meu cachimbo de prata. 'Então você devia jogar esta coisa no rio, herói. Volte para casa e beije sua mulher e abrace sua filha e diga a elas que você nunca mais vai tornar a deixá-las.'
"'E abandonar você?'
"'Todo o resto das pessoas faz isso.'
"Não havia autopiedade naquelas palavras. Fúria, talvez. Mas sofrer de tristeza não parecia ser o jeito daquela garota. Um silêncio se abateu sobre ela. Suave como sombra. Eu tentei me lembrar de como era quando tinha 16 anos e pude ver que ela era mais velha do que eu jamais tinha sido com sua idade.
"'Sabe, quando a irmã Chloe e o *père* Rafa me encontraram, eu imediatamente tentei entender seu ponto de vista. Eu tinha fugido com um bando depois que minha mãe morreu. Ratos da sarjeta e batedores de carteira. Nós costumávamos jogar um jogo à noite para manter a fome longe. Falar sobre o que íamos fazer quando ficássemos mais velhos. Conhecer um príncipe bonito e se casar com ele. Tornar-se um pirata famoso, navegar pelo Mar Eterno, esse tipo de besteira. Mas, por maiores que esses sonhos ficassem, nenhum de nós imaginou que íamos ser a salvadora do mundo quando crescêssemos.'
"'O que você queria ser quando crescesse?'

"Dior deu de ombros, me olhou nos olhos.

"'Perigosa.'

"'Ela voltou o olhar novamente para as chamas.

"'Depois que a irmã Chloe e Rafa me contaram sobre a profecia, por um minuto realmente pensei as coisas iam ficar bem. Que estupidez a minha. Todo mundo parte. Minha mãe. Saoirse. Chloe. Toff' Ela cerrou os dentes, furiosa. 'Todo mundo.'

"'Quem é Toff?'

"Mas Dior estava perdida, olhando fixamente para as chamas.

"'Muita estupidez...'

"Eu dei um suspiro. Cansado. Ensanguentado, cheio de raiva e dolorido de pesar. Chloe estava morta. Rafa, também. Não era para isso que eu tinha ido para o norte – ser arrastado para conspirações antigas e ser babá da descendente do próprio Redentor. Eu nunca quis *nada* daquilo. O Volta era o mais longe até onde eu concordara em ir. Eu devia reduzir minhas perdas agora.

"*Sempre melhor ser um bastardo do que um tolo.*

"Mas não restava nada para aquela garota. Com toda a sua fachada, ela estava por um fio. E, por mais estranho que parecesse, sem merecimento como foi, aquele fio era eu.

"'Você deve dormir.' Eu suspirei. 'As coisas vão parecer melhores quando amanhecer. E nós queremos nos mover durante o dia.'

"A voz de Dior estava embotada como ferro velho.

"'Nós.'

"'Há uma cidade fortificada a noroeste daqui. Promontório Rubro. Era um lugar rústico há uma década, e não imagino que tenha melhorado. Mas, quando chegarmos lá, resolveremos o que vem depois.'

"'Eu disse a você, herói', alertou ela. 'Volte para sua mulher e sua filha.'

"'E eu disse a *você*, garota', rosnei. 'Eu sou um bastardo, não um monstro.'

"Dior cerrou os dentes, projetando o queixo à frente. Eu podia ver as rodas dentro de sua cabeça girando. E mais: eu podia ver tristeza. Medo. Todo o peso daquele mundo podre sobre aqueles ombros magros. Então, finalmente, ela fechou mais meu sobretudo em torno de si mesma e me olhou nos olhos.

"'Estou com frio demais para dormir.'

"'Bom, que merda. Porque você precisa dormir.'

"Dior olhou para mim do outro lado do fogo.

"'Você podia me esquentar?'

"'O quê?'

"Meu estômago sofreu uma reviravolta terrível quando ela passou a mão lentamente pelo pescoço, dedos deslizando pela clavícula. Seus lábios afastados, agora. Sua voz um ronronar.

"'Alto. Moreno. Você é meu tipo favorito de veneno.'

"Seus dedos chegaram às bandagens em torno de seu peito, então se ergueram um por um. E com um suspiro de alívio, vi que ela estava me mostrando o pai de todos outra vez.

"'Deixei você preocupado, não deixei?'

"Uma bolha de riso nervoso explodiu em meus lábios. Baixando a cabeça, ri quando a garota agitou os dedos.

"'Sua vadiazinha.'

"'*Oui, eu* sou a vadia', escarneceu ela. 'Corte dez anos e essa barba desastrosa, e você nem assim teria uma adoradora no inferno, herói.'

"Eu franzi o cenho, coçando minha barba por fazer.

"'Perdi minha navalha.'

"O sorriso travesso em seus lábios diminuiu.

"'Deixando de brincadeiras, agora. Eu estou congelando. E sua virtude está segura comigo. Para começar, você é casado. E você tem paus demais.'

"'Na última vez em que conferi, só tinha um.'

"'Como eu digo. Demais.'

"Seus olhos se estreitaram em apenas uma fenda, observando-me na luz tremeluzente do fogo. Eu me lembrei de vê-la com Saoirse, então, perdidas nos braços uma da outra.

"'Ah.'

"'Ahhh', ecoou ela.

"Aquilo era um teste, eu sabia. A maioria das pessoas se recusava a se envolver com aquele tipo de vida, especialmente os devotos. Mas aquilo não tinha me incomodado quando eu era um crente. Com certeza, não me incomodava agora. Dentre todas as pessoas, quem era eu para julgar alguém por com quem ele transava?

"'Acomode-se, então', disse eu.

"Dior olhou por um momento a mais, então se afastou da parede da caverna. Tirando suas botas e calça encharcadas, ela chegou para mais perto do fogo. Eu mantive os olhos afastados, olhando para o escuro lá fora. Quando ela estava instalada, peguei a Bebedora de Cinzas e me deitei, de costas para Dior, puxando o sobretudo por cima de nós dois. Nós não éramos grande coisa um para o outro em todo aquele frio escuro e vazio. Mas era melhor que nada.

"Ficamos deitados em silêncio por algum tempo, de costas um para o outro, o único som as chamas crepitando.

"'Sinto muito', disse eu por fim. 'Por Saoirse.'

"Dior deu um suspiro.

"'Eu sinto muito por todos eles.'

"'*Oui*.'

"Mais silêncio. Mas Dior tornou a falar, em voz baixa.

"'Herói?'

"'O quê?'

"'E se Danton vier?'

"'Ele não vem. Ainda não. O rio.'

"'Mas e se ele vier?'

"'Vou ficar de vigia. Durma agora, garota. Não tema nenhuma escuridão.'

"Mais silêncio. Longo como uma vida.
"'Herói?'
"'O quê?'
"'*Merci*.'"

✦ II ✦

UM REINO OUTRORA VERDE

– "*GABRIEL.*"

"O sussurro me acordou de sonhos desolados, marcados pelo perfume de sangue. O escuro estava à espera quando abri os olhos, meu corpo rígido e doendo com o frio. Havia calor às minhas costas, e ouvi seu murmúrio quando me mexi, e, por um segundo, desejei estar de volta à minha casa na cama que tínhamos feito e na vida que tínhamos construído, a canção do mar em meus ouvidos. Mas a voz veio outra vez, não de trás, mas lá de fora na noite além da caverna.

"'*Gabriel.*'

"Tirei meu sobretudo de cima de nós e o arrumei em torno das costas de Dior. Mais uma vez, a garota se mexeu, franzindo o cenho, os olhos se movimentando por baixo das pálpebras fechadas. Sonhando com ratos e bocas de mães, imaginei. Eu arrastei o último tronco para as brasas para aquecê-la e me levantei. E, silencioso como gatos, saí para o escuro lá fora.

"O mundo estava imóvel e congelado, escuro como um sonho. Vi a fita de prata do Volta abaixo, a borda estreita de um penhasco que levava a uma queda solitária. E ela chamou outra vez, com a delicadeza de um sussurro.

"'*Gabriel.*'

"Eu segui sua voz, acompanhando a pedra congelante e subindo até a borda daquele precipício. E, do outro lado do rio, além do Volta congelante, eu a vi na margem. Apenas uma sombra pálida do alvorecer tênue, o rosto emoldurado por longos cachos de meia-noite. Uma marca de beleza ao lado de lábios escuros, uma sobrancelha arqueada como sempre. Ela estava em meio aos galhos cobertos de neve e às ruínas de um reino outrora verde, me observando. E então ela falou, lábios se movendo, sua voz um sussurro quente em minha mente.

"'*Meu leão.*'

"'Minha vida.' Eu dei um suspiro. 'Como você...'

"'*Sempre, Gabriel. Eu sempre vou encontrar você.*'

"Ela olhou para mim do outro lado daquele vazio escuro e congelado. Minhas botas se aproximaram da queda. O sol estava lutando para erguer a cabeça acima do fim do mundo, através da mortalha da morte dos dias. Todo o horizonte estava cor de sangue, como se o mundo inteiro estivesse se afogando nele. Bonito. Aterrorizante. E eu percebi que não conseguia mais me lembrar de como era um amanhecer de verdade.

"'*Diga que me ama.*'

"'Eu *adoro* você.'

"'*Prometa que nunca vai me deixar.*'

"'Nunca', disse eu. 'Nunca!'

"Sua mão se dirigiu a seu rosto, uma unha comprida delineando o arco de seu lábio. Eu percebi que ela estava chorando, lágrimas de sangue escorrendo pelo rosto.

"'*Sinto tanto a sua falta...*'

"'Herói?'

"Eu me virei ao ouvir o chamado, a voz de Dior ecoando na caverna atrás. Tornei a olhar para Astrid, parada naquela margem desolada, o vento soprando seus cachos compridos em torno de suas curvas pálidas. Por um segundo, tive de me segurar para não me jogar daquela borda, nadar através daquela extensão e me jogar em seus braços.

"'*Se eu pude encontrar você*', alertou ela, '*Danton também pode.*'

"'Na próxima vez, estarei pronto.'

"'Herói?'

"Eu, agora, podia ouvir o leve tremor na voz de Dior. Olhando para a caverna.

"'Eu preciso voltar', sussurrei. 'Ela parece assustada.'

"*'Ela não é problema seu, amor. Lembre-se de por que você nos deixou.'*

"'Astrid, eu...'

"Minha voz falhou quando ela se virou, desaparecendo como um fantasma, nua e pálida entre as árvores. Nada, além de uma margem vazia e a queda no Volta abaixo. Com as mãos tremendo, limpei as lágrimas em meu rosto, arrumei o cabelo para trás, me espremi pela fenda e entrei no calor da caverna. Dior estava perto das chamas, encolhida dentro de meu sobretudo.

"'Aí está você', disse ela.

"'Aqui estou eu. *Você* está bem?'

"Ela deu de ombros, como se estivesse vestindo uma armadura.

"'Achei que talvez você...' Dior franziu o cenho, notando meus olhos injetados. Meu rosto selvagem.

"'Você está bem?'

"'Não. Estou com sede.'

"A garota olhou para mim, desconfiada.

"'Sabe... você fala dormindo.'

"'E você ronca. Mas você não me escuta reclamar.' Eu olhei para o romper do amanhecer do lado de fora enquanto Dior emitia pequenos ruídos de ultraje. 'Se você está acordada, devemos ir andando. É uma longa caminhada até Promontório Rubro. E eu preciso encontrar alguma coisa para fumar.'

"Seu rosto azedou com isso, toda a preocupação desaparecendo.

"'Precisa alimentar sua necessidade, hein?'

"'Não é assim', resmunguei. 'Não sou sua mãe. Sou um sangue-pálido, garota.'

"'Pode ser. Mas ainda posso ver uma sombra em você.'

"'Essa coisa está em minhas veias. Ela faz de mim o que sou. Não faço isso por diversão. Faço porque *preciso* fazer. Você paga o preço ao animal, ou o animal cobra seu preço de você.'

"'Mas... sua fundição, seus chymicos, eles estavam em seus alforjes.'

"Eu dei um suspiro, lançando um olhar pesaroso novamente para o outro lado do rio.

"'*Oui*.'

"'Nós não podíamos voltar para San Guillaume? Jezebel ainda está no estábulo. Nós podí...'

"'Não', disse eu sem rodeios. 'Perigoso demais. E Jezebel fugiu mesmo durante a batalha. Agora, ela está a quilômetros de distância. Eu visitei Promontório Rubro anos atrás, e há pessoas lá que atuam em lugares escuros. Se chegarmos ao mercado noturno, vou encontrar o que preciso.'

"'O que acontece se você não encontrar?'

"Eu engoli em seco. A queimação já estava sob minha pele, para logo se espalhar pela minha espinha, seguindo até a ponta de meus dedos. Olhei para os lábios de Dior, o queixo pontudo embaixo, aquela veia fina e pulsante logo abaixo de seu maxilar.

"Eu peguei a Bebedora de Cinzas na parede.

"'Vamos andando.'"

✦ III ✦

CULPE O FERREIRO

— TRÊS DIAS DEPOIS, mal estávamos avançando.

"Congelados. Cambaleantes. Nada para comer além de alguns cogumelos congelados. Nada para fumar. Para nosso azar, tínhamos sido atacados por atrozes no segundo dia – uma dupla deles vindos em nossa direção através das árvores mortas. Fazendeiros – mãe e filho pela aparência, derrotados por mim e pela Bebedora de Cinzas sem muito drama. Mas, sem nada para coletar seu sangue, não havia como prepará-lo, e tive de desperdiçá-lo na neve.

"Meus ferimentos tinham se curado, mas eu sentia a sede em meu estômago como um nó de chamas, agora, incomodando cada vez mais. Nós seguimos as margens congeladas, eu cambaleando na frente, Dior atrás, aos tropeções. A floresta morta estava silenciosa; o rio, moroso, um vestido cinza bordejado de gelo. O inverno profundo agora estava em nossos calcanhares, e até um rio poderoso como o Volta logo iria congelar completamente.

"Se não chegássemos a Promontório Rubro, iríamos congelar muito antes.

"Dior estava encolhida em meu sobretudo, tremendo e em situação lamentável. Ela não reclamava, o que era um ponto a seu favor, mas parecia possuída por uma necessidade incontida de falar. De *perguntar*. Sobre a Ordem da Prata. Sobre San Michon. Sobre vampiros, a capital, qualquer coisa que passasse por sua maldita cabeça. Não sei se ela fazia isso para manter a mente afastada do frio ou minha mente afastada de minha sede, ou simplesmente

para me torturar. Mas se lembra do que eu disse sobre o problema com a maioria dos homens ser o fato de eles nunca calarem a porra da boca?"

– *Oui.* – Jean-François assentiu.

– Isso também é verdade para garotas adolescentes.

– "Como ela consegue fazer o que ela faz?", perguntou ela no terceiro dia.

"'Hein?', resmunguei, cambaleante ao longo da margem do rio.

"Os olhos de Dior estavam fixos na espada em minha cintura.

"'A Bebedora de Cinzas. Como ela pode ferir os Mortos com tanta facilidade? Quando você enfrentou aquela vampira mascarada em San Guillaume, aqueles atrozes em Winfael, parecia que a espada os *queimava*. Achei que só prata fizesse isso.'

"'Ela é mágika', resmunguei, exalando uma nuvem congelada. 'E agora estou falando de mágika verdadeira. Forjada com o coração de uma estrela cadente, muito tempo antes do nascimento do império.'

"'É... impressionante observá-la.'

"'Você devia tê-la visto quando eu era mais novo. Ela podia cortar a noite em dois.' Eu dei um suspiro, meu olhar percorrendo a dama prateada no punho. 'Ela nunca gaguejava, sabe? Mas ela não é o que costumava ser desde que quebrou. Ela, agora, às vezes fica confusa. Sobre onde estamos. Ou quando. Na verdade... acho que ela ficou um pouco louca.'

"'Como ela quebrou?'

"'Eu a empurrei escada abaixo depois que ela fez perguntas demais.'

"'É verdade o que Bellamy disse?'

"Eu dei um suspiro.

"'Provavelmente não.

"'Sobre você encontrá-la na tumba de um rei dos túmulos de pedra?'

"'Tumbas de reis dos túmulos de pedra são túmulos de pedra. Por isso o nome. E não. Uma bobagem completa.'

"'Então você a ganhou em um concurso de charadas em Sombra Eterna?'

"'Nunca fui a Sombra Eterna. Não sou tão suicida.'

"'Então... você fez sexo tão habilmente com uma rainha fae mortal que ela desmaiou e...'

"'Pelo amor de Deus, cresça, está bem?'

"'Bom, e sobre ela saber como todo mundo vai morrer?'

"Eu dei outro suspiro, olhando para a Bebedora de Cinzas.

"'Isso é verdade.'

"'...É mesmo?'

"Eu olhei para trás.

"'Você quer saber?'

"'Como eu morro?' Dior engoliu em seco, os dentes batendo. 'Acho... que s-sim.'

"Eu parei e olhei fixamente.

"'Tem certeza? Não é uma verdade que você pode desaprender, garota.'

"Ela me olhou nos olhos. Aprumou os ombros e assentiu.

"'Dê-me sua mão, então', disse eu.

"Dior obedeceu, seus dedos tremendo. Eu a segurei e com a outra mão peguei o cabo da Bebedora de Cinzas. Neve caía delicadamente a nossa volta, derretendo em nossa pele enquanto eu franzia o cenho e murmurava baixo. Então eu abri os olhos e previ a morte de Dior.'

"'Você continua a me fazer perguntas idiotas e eu a afogo nessa merda de rio.'

"'Meu *Deus*, você é um babaca', reclamou ela, puxando a mão.

"'Seria um bom castigo para você.'

"'Por quê?'

"'Alto, moreno e problemático?'

"Ela escarneceu.

"'A verdade é a faca mais afiada.'

"Eu ergui um dedo de alerta.

"'Vou fazer com que você sabia que eu...'

"Eu engasguei em seco e me dobrei ao meio em agonia quando uma onda de chamas percorreu minha espinha. Com as mãos na barriga, os olhos bem fechados, apenas me esforçando para permanecer de pé. Senti a mão de Dior no meu ombro quando todo o mundo ao meu redor se curvou e oscilou.

"'Está piorando?'

"'Sempre só piora, garota.'

"'Tem alguma coisa que eu possa fazer?'

"Inspirei através de dentes cerrados para que não tivesse de sentir seu cheiro.

"'Além de conjurar um atroz belo e gordo e alguma coisa com o que preparar, t-talvez calar um pouco a boca.'

"Ela mordeu o lábio.

"'Eu posso fazer isso.'

"'Aposto um royale de o-ouro como você não resiste uma hora.'

"Seguimos cambaleantes, congelando e com dor, a sede rasgando por baixo de minha pele. Eu nunca tinha passado mais de sete dias sem saciá-la, mas eu sabia o que ia acontecer quando eu não aguentasse mais. E o medo puro e sombrio desse pensamento tinha me prendido de um jeito pior do que um laço de carrasco, em cada passo, em cada minuto, cada vez mais difícil de respirar.

"'Herói...', disse Dior.

"'Quarenta e sete minutos, garota', resmunguei. "'Você me d-deve um royale de ouro.'

"'Não, *olhe*!'

"Limpei o gelo de meus cílios e olhei para onde ela estava apontando. E, no meio do Volta congelante, talvez uns oitocentos metros rio abaixo, vi uma coisa que quase me fez acreditar que o passatempo favorito do Todo-poderoso não era cuspir nas minhas batatas.

"'Uma balsa', disse Dior.

"Ela estava certa. Um barco de fundo chato estava subindo o rio, conduzido por uma tripulação de uma dúzia com remos compridos. Os barqueiros cantavam enquanto trabalhavam, e eu agora, se tentasse, conseguia ouvi-los, acima da pulsação que corria em meus ouvidos.

"'Havia uma bela mulher em Dún Fas,
"'Que tinha uma bunda incrível;
"'Não redonda e caprichada, rapaz
"Mas em outro nível...'"

– Era cinza, tinha quatro patas e comia grama? – interrompeu Jean-François.

Gabriel sorriu e bebeu seu vinho.

– Já ouviu essa antes, não ouviu?

– É mais velha que eu. – O vampiro demonstrou irritação. – Gente do rio.

– Elas não mudam muito. – O Santo de Prata riu. – O Volta é o maior rio de Ossway, e as pessoas estão conduzindo barcos ao longo dele há séculos. Era um jeito mais difícil de ganhar a vida do que tinha sido, mas o comércio fluvial tinha se tornado o sangue vital do império desde que as guerras pioraram. Sangues-frios não podiam mexer com eles. Até a chegada do inverno profundo e as águas congelarem, é claro. Aí as festas começavam.

"'Eu!', gritou Dior. 'Aqui!'

"Eu me juntei aos seus gritos da melhor maneira possível, meu estômago ainda queimando. Mas dei um suspiro de alívio quando um dos remadores apontou para nós. Os barqueiros vieram em nossa direção, se aproximando enquanto Dior pulava e acenava. A barca era de bom carvalho, talvez vinte metros, sua proa deslizando pela água à imagem de um belo cisne. Produtos comerciais enchiam seu convés, mas ela também levava passageiros; quarenta ou mais. Quando a barca se aproximou, vi que eram refugiados, sem dúvida fugindo dos senhores de sangue dos Dyvok e sua guerra por Ossway.

"A barca reduziu a velocidade a uns dez metros da margem, os remadores nos observando com olhos desconfiados. Um ossiano de barba grisalha deu um passo à frente, com as mãos nos quadris. Ele tinha cabelo ruivo flamejante e estava vestido como um marinheiro, um chapéu tricórnio e um casaco comprido, verde-mar com botões e detalhes em metal dourado.

"'*Belo* casaco', murmurou Dior.

"'Bom amanhecer, viajantes', chamou o homem com um forte dialeto do oeste.

"'Bom dia, *capitaine*', assenti.

"'Para onde vocês estão indo?'

"'Promontório Rubro. Mas, nesse momento, qualquer lugar que não seja aqui parece muito bom.'

"'O anjo Fortuna sorri para vocês. Nosso destino é qualquer lugar que não seja aqui. Você tem dinheiro?'

"Dei um tapinha na bolsa pendurada no cinto da espada ao lado da Bebedora de Cinzas. O olho do homem se demorou sobre a espada, em seguida se dirigiu a Dior. Eu estudei os passageiros atrás dele – homens e mulheres imundos, crianças magras, todos observando com algo entre a hostilidade e a curiosidade.

"'Bem, se vocês nadarem com essa bolsa, vocês são bem-vindos a bordo', declarou o *capitaine*.

"'Nadar?, escarneceu Dior. 'A porra dessa água está congelante.'

"'Ela também está *correndo*, criança. E vocês acham que eu devo ser um idiota completo para embarcar dois estranhos pálidos como vocês em dias escuros como esses sem um teste.'

"Meus dedos estavam tremendo demais para usá-los, por isso tirei minha luva com os dentes. Os olhos do *capitaine* se arregalaram ao ver minha estrela de sete pontas.

"'Vocês estão em segurança comigo a bordo, *capitaine*.'

"'*Santo de Prata*...', veio um sussurro entre os refugiados.

"O capitão coçou sua densa barba ruiva, então se virou para o remador ao seu lado e o mandou pegar o bote. Dior observava as águas escuras sob nós enquanto éramos levados até a balsa, mas em pouco tempos estávamos a bordo, minha mão trêmula apertando a do capitão.

"'*Merci, mon ami*. Estamos em dívida com você.'

"'Dívida nenhuma.' O homem fez uma reverência. 'É uma honra transportá-lo. Meu nome é Carlisle á Cuinn. Meu irmão lutou com dois de vocês no cerco de...'

"Eu levei as mãos ao estômago, cambaleando quando outra onda de dor me atravessou. Dior segurou meu braço; Carlisle, o outro... 'Você está bem, *frère*?'

"Cerrei meus dentes aguçados, a visão se enchendo de vermelho.

"'Qual a distância para Promontório Rubro, *capitaine*?'

"'Dois dias', respondeu o homem corpulento. 'Se nos apressarmos.'

"Dior olhou Carlisle nos olhos.

"Posso lhe pedir humildemente que faça isso, *monsieur*?'

"O *capitaine* lançou um olhar preocupado em minha direção, mas logo estava gritando ordens. Dior e eu saímos do caminho, entrando no meio da carga e dos refugiados amontoados. O grupo era heterogêneo, olhos vazios e mãos sujas. Eles observavam com curiosidade, desconfiança e perplexidade enquanto Dior e eu seguíamos até a proa e nos encolhíamos perto da figura de proa.

"'Você está com uma aparência de merda', murmurou ela.

"'Nós não somos nada parecidos', consegui responder.

"Seu sorriso estava tênue.

"'Você consegue durar mais dois dias?'

"Eu me encolhi em posição fetal, com os braços em volta da barriga.

"'Quer apostar?'

"A garota olhou para sua mão, passando o polegar pelo antebraço. Eu podia ver a veia por baixo de sua pele, azul-claro, pulsando com aquela vida bela e enlouquecedora.

"'Talvez você pu...'

"'*Não*', rosnei, meus dedos se fechando em torno de seu pulso.

"'Você está me machucando', sussurrou ela.

"Eu a soltei, envergonhado e enjoado.

"'Desculpe, só... nunca mais me ofereça isso outra vez, está bem? Nem mesmo *pense* nisso.'

"'Por quê? Se a escolha é entre isso e a fom...'
"'Porque eu não sou a *porra de um animal*. Então apenas prometa.'
"Ela olhou para mim, com os lábios estreitos.
"'Prometo.'
"Então, começou. Dois dias de inferno enquanto subíamos o Volta no que parecia um passo de caracol. Carlisle voltou para ver como eu estava depois de cerca de uma hora, mas eu dei respostas monossilábicas até que ele entendeu a mensagem e me deixou em paz. Eu provavelmente era o primeiro membro da Ordo Argent que aquelas pessoas tinham visto em carne e osso, e tenho certeza de que o *capitaine* e a tripulação se decepcionaram com o espetáculo que eu estava fazendo. Mas o máximo que eu conseguia fazer era me esforçar para não desmoronar. Eu mantinha a cabeça baixa, consciente da vigília de Dior ao meu lado. A garota não se moveu um centímetro até que tocou o sino para o jantar e, então, desapareceu por um momento.

"'Tem um homem morrendo lá atrás.'
"Eu pisquei em meio à turvação, erguendo os olhos quando ela me entregou uma tigela de madeira de – você adivinhou – guisado de batata.
"'O quê?'
"'Lá atrás.' Ela assentiu. 'Na bunda do barco.'
"Eu ergui a tigela e me forcei a tomar um bocado.
"'A bunda de um barco se chama p-popa.'
"'Ele está com sua *famille*. Refugiados de Dún Cuinn. Todas essas pessoas.' Dior jogou o cabelo sobre o rosto. 'O homem quebrou a perna na viagem. Ela está ficando preta.'

"Eu olhei para a popa e vi a família da qual Dior estava falando em meio à multidão. Um homem de rosto desdentado com uma mulher magra, duas garotas de olhos azuis como o velho céu. O pobre bastardo estava deitado no colo de seu amor, coberto de suor apesar do frio do inverno.

"'Posso sentir seu cheiro daqui', assenti. 'A perna gangrenou. Ele é um homem m-morto.'

"'O nome dele é Boyd. A mulher dele é Brenna. Sua mais velha é...'

"'Você não está contemplando o que eu acho que você está contemplando...'

"Dior olhou para aquelas cicatrizes na palma de sua mão. Em seguida para meus olhos.

"'E o que é isso?'

"'Uma coisa que vai fazer com que você seja *morta*', rosnei, baixo e de forma mortal. 'Olhe ao redor. Esses são camponeses, garota. Eles não se envolvem com mágika, e eles não acreditam em milagres. Eles vão acreditar é em diabrura e feitiçaria sombria; se você começar a abrir suas veias e usar suas mãos ensanguentada para curar as pessoas de seus males, eles vão queimá-la como a porra de uma bruxa.'

"'Não preciso de sermões de você, herói.'

"'Então comece a pensar', sibilei.

"'Certo, sei que você não está bem. Mas vou precisar que você agora se afaste totalmente de meus peitos.'

"Eu olhei para seu peito magro.

"'Você não tem peitos.'

"Dior engasgou em seco, surpresa com o ultraje.

"'Seu maldito...'

"'Escute, quando você chegar a San Michon, pode fazer qualquer merda que eles precisem que você faça. Até lá, fique de cabeça baixa. Porque não tenho certeza se você percebeu, mas se encontrarmos problema, vou ser tão útil como bolas em um padre.'

"Dior franziu o cenho e começou a comer seu jantar. Calada. Aquela garota era uma figura. Uma mancha branca como merda de gaivota com cascas de ferida nos nós dos dedos. Sempre pronta para uma confusão, a responder, a cuspir. Mas, na verdade, havia uma boa alma por trás de toda aquela fachada. Olhos que viam os sofrimentos do mundo, e um coração que queria repará-los. Por um momento, ela me lembrou tanto minha Paciência que perdi o fôlego.

"'Olhe.' Eu cerrei os dentes. 'Desculpe. Sou péssima companhia quando estou com sede.'

"'Tenho notícias para você. Você também não é um balde de risadas quando *não* está com sede.' Ela me olhou com raiva. 'Tenho peitos que fariam anjos vibrar, seu merda mal-humorado.'

"'Vou acreditar em sua palavra. Mas não estou andando com sua bunda magra pela diversão. Aqui estamos em um mundo de inimigos, garota. Tirando Danton, tem aquela maga mascarada perseguindo você, e, até onde sabemos, a Inquisição ainda está farejando seu rastro.' Franzi o cenho tomando um bocado escaldante. 'Maldito Rafa. Não entendo por que ele mandou notícias suas para o pontífice. Augustin é um ninho de víboras. Sempre foi.'

"'Bommm.' Dior deu um suspiro triste, mordendo o lábio. 'A Inquisição na verdade não é culpa de Rafa. Aquelas duas vadias que nos perseguiram desde Dhahaeth...'

"'Aquelas em quem eu atirei? Você as conhecia?'

"Ela olhou para o pulso. Aquele fino rabisco azul, como rachaduras em mármore pálido.

"'Vamos dizer apenas que não preciso de um sermão sobre o que as pessoas fazem com as bruxas nessas noites.'

"'Mais razão para manter seu dom em silêncio.'

"'Talvez.'

"'Você não pode salvar o mundo um centímetro por vez, garota. Acredite em mim, eu ten...'

"A sede cresceu outra vez, vermelho-sangue e me apunhalando. Eu cerrei os dentes, senti-os crescendo compridos em minhas gengivas, e me dobrei para que meu cabelo pudesse esconder meu rosto se retorcendo.

"'Talvez você devesse dormir', murmurou Dior.

"'Talvez você pudesse me espancar até me deixar inconsciente?'

"Deus, *com prazer*.'

"'Só não no r-rosto, está bem?'

"Ela deu um suspiro.

"'Isso vai servir?'

"Ergui os olhos e vi uma velha garrafinha de metal em suas mãos.

"'Isso é...?'

"'Isso fede a merda de cachorro mergulhada em cabelo queimando, mas tenho quase certeza de que é aguardente.'

"Desatarraxei a tampa, meu nariz queimando com o cheiro.

"'Onde você conseguiu isso?'

"'Seis anos nas ruas de Lashaame, se lembra?' Ela ergueu os ombros magros. 'Eu a peguei no bolso do *capitaine*. Então talvez seja melhor você bebê-la depressa e...'

"Sua voz desapareceu quando joguei a cabeça para trás e bebi a garrafinha inteira. A bebida queimava como fogo, mas, mesmo assim, ajudou a aliviar um pouco as chamas em meu estômago. Eu me deitei e me enrosquei em posição fetal, dolorido e sofrendo, querendo apenas ficar entorpecido.

"Dior deu um suspiro.

"'Você está horrível, herói.'

"'Não culpe a espada. Culpe o f-ferreiro.'

"Ela deu um suspiro, tamborilou os dedos sobre os joelhos.

"'Vou ficar de guarda. Agora durma.'

"Fechei os olhos e afundei no negro por trás deles. À procura de silêncio. O Todo-poderoso não estava me fazendo muitos favores ultimamente. E, como eu disse a Rafa, só um tolo completo podia achar que o bastardo ia escutar.

"Entretanto, eu quase rezei mesmo assim."

✦ IV ✦
O PREÇO

— ELES A CHAMAVAM de Berço do Mártir. Eles a chamavam de Cidade Escarlate, Ilha dos Santos ou Ilha dos Sete Pecados. Mas principalmente, eles a chamavam de Promontório Rubro.

"Ela tinha nascido como nasce a maioria das cidades fluviais – como uma aldeia de pescadores. Mas ela ganhou fama como lugar de nascimento do quarto mártir, o próprio velho San Cleyland. Ele era um homem de merda completo, a poucos bêbados de se meter em uma briga de bar, mas tinha um talento incrível para matar. Visitado pela Virgem-mãe em um sonho, Cleyland reuniu um exército de lunáticos fiéis e marchou para Ossway, com a intenção de levar a Fé Única para os pagãos do oeste.

"Ele morreu, é claro. Sendo um mártir e tudo mais. Faleceu em uma batalha valente contra uma coalisão de clãs ossianos, ou morreu sufocado com um osso de galinha durante uma bebedeira por uma vitória, dependendo do que você lê. Mas não antes de ter convertido metade do país sob a ponta da espada e construído uma série de priorados para a Virgem-mãe que resistem até hoje. Em recompensa por sua matança fiel, o Todo-poderoso deu a Cleyland a chave do inferno, e o homem grande monta guarda em seus portões severos até hoje. E se você acha que designar como guardião do abismo um idiota completo que não sabe qual parte da galinha é segura para comer parece uma ideia terrível, você e eu estamos totalmente de acordo.

"Chegamos a sua terra natal perto do fim da segunda noite, entrando pela extensão lotada de gente das docas. Promontório Rubro podia ter começado como uma aldeia, mas agora era uma cidade fortificada, e uma das melhores do império. Construída em uma ilha ampla no meio do Volta, seus muros e torres eram feitos do barro do rio vermelho, daí um de seus muitos nomes: a Cidade Escarlate. Seus prédios eram amontoados e altos, cidadãos vivendo em cima uns dos outros como ratos em um maldito labirinto. No lado leste, uma fortaleza agourenta perfurava buracos no céu, e, ao norte, o Priorado de San Cleyland mantinha a vigília de uma mãe sobre a cidade de seu nascimento.

"Eu estava em uma das piores formas de minha vida. A sede, àquela altura, tinha me pegado de tal jeito que todo o mundo estava banhado em escarlate. Dior agradeceu ao *capitaine* Carlisle em meu lugar, e o homem olhou com algo entre pena e medo quando passei me arrastando, com o cabelo jogado no rosto. Por toda a minha volta, eu podia sentir o cheiro, sentir, sentir o gosto. Sangue.

"*Sangue.*

"Mesmo assim, ainda restava o suficiente em mim para perceber Dior trocar um leve meneio de cabeça com outro passageiro imundo quando desembarcamos para o cais. A última vez que eu o havia visto, o homem estava deitado nos braços de sua mulher, morrendo de infecção. Uma olhada para ele me disse que sua perna quebrada agora estava reta como uma lança, e eu não conseguia sentir o cheiro de nenhuma gangrena em suas veias. Ele fez uma reverência, com a mão no coração, quando passamos cambaleantes. Sua mulher tinha lágrimas no rosto; suas filhas fizeram o sinal da roda, observando Dior com olhos apavorados azuis como o velho céu.

"Eu olhei para a mão de Dior, vi uma faixa fresca de pano ensanguentado na palma de sua mão.

"'Você não...'

"'Peitos', disse ela, gesticulando para o peito. '*Direto* deles.'

"'Sua maldita *idiota*.'

"'Eu tomei cuidado', sibilou ela. 'Falei com eles à noite. Ninguém mais viu.'
"Eu sacudi a cabeça.
"'Agora vou lhe dizer uma coisa, garota. E preste atenção nessas palavras, porque são palavras de acordo com as quais se deve viver: é *sempre* melhor ser um bastardo do que um tolo.
"'Você não é a porra do meu pai, está bem? Não preciso de palavras suas para viver de acordo com elas. Agora me diga onde é essa droga de mercado noturno para que possamos conseguir aquilo de que você precisa. Porque se você cair aqui, vou deixar seu rabo grosseiro para a droga dos ratos.'
"'Ali', consegui dizer. 'Entrando naquele beco.'
"Fazia mais de uma década que eu não visitava Promontório Rubro, e como em todos os lugares do império, tudo estava pior do que quando eu a havia deixado. Estava muito mais cheia, para começar, ruas explodindo de gente mesmo depois de escurecer. Mendigos com pústulas abertas e refugiados com rostos chocados, afetados por batalhas, pregadores de rua e garotas de mel, príncipes pescadores e bandidos do rio, e em todo lugar que você olhasse, bastardos fortes no amarelo-girassol das tropas do imperador. Nós abrimos caminho pela multidão, e por toda minha volta eu podia sentir, pulsando em toda veia, correndo por baixo de cada pedaço de pele.
"*Deus me ajude...*'
"'Para onde?', perguntou Dior.
"'A passagem estreita.' Eu fiz uma careta de dor. 'D-depois dos ambulantes.'
"'Passamos por um grupo de ladrões vendendo amuletos contra os Mortos – pingentes de prata rala, tranças de cabelo de virgens, colares de "dentes de dançarinos da noite" arrancados da cabeça de cachorros mortos. Tudo besteira, vendida por bastardos desonestos e comprada por pessoas desesperadas. Mas, além dos golpistas e fraudes, nas sombras úmidas além da monotonia de Promontório Rubro, um homem com olhos podia encontrá-lo. Uma pequena poça de mágika fraca, mas verdadeira, escondida no escuro.
"O mercado noturno.

"Uma única rua. Algumas lojas sem rosto. Mulheres com olhos agudos e homens de má sorte com rostos tatuados, trechos de feitiços gravados sobre pele morena com facas embebidas em tinta. Ferro no ar. Cinzas e sonhos com deuses pálidos, mortos muito tempo antes que descobríssemos haver apenas um. Todos os meus ossos estavam doendo, os olhos vermelhos como barro do rio enquanto cambaleávamos até uma porta preta e estreita, e eu bati seis vezes. A placa acima da soleira dizia apenas O PREÇO.

"'*Souris!*'

"'Esse lugar me dá arrepios', sussurrou Dior.

"'*Souris!*'

"'...O nome dele é Camundongo?'

"'O nome *dela*. Só fique com os olhos baixos e sua boca fechada. Isso são á-águas profundas.' Eu bati outra vez. 'Sour...'

"A cortina preta na janela ao lado da porta foi afastada, e vi um par de olhos, totalmente brancos e aparentemente cegos, olhando através do vidro imundo. Eu pressionei minha estrela de sete pontas sobre a janela, suor condensando sobre o vidro. Até minhas *gengivas* estavam doendo.

"A cortina se fechou. Um momento tão longo quanto minha vida se passou antes de ouvir seis trancas e seis correntes serem abertas. Com um rangido lento, a porta se abriu, revelando uma mulher velha e enrugada, as costas curvadas cobertas por um xale cinza-fumaça enfeitado com amuletos de prata. E embora suas pupilas fossem brancas com a idade, mesmo assim ela estreitou os olhos ao me ver.

"'*Lion Noir*', ronronou ela, sorrindo com gengivas vazias.

"'M-madame.' Eu fiz uma careta de dor. 'Eu tenho desejo de c-comprar, se for de seu agrado.'

"Aqueles olhos cegos como uma minhoca se voltaram para Dior, examinando-a dos pés à cabeça. E finalmente, madame Souris se afastou para o lado.

"'Entrem ao seu dispor e por sua própria vontade.'

"Nós entramos, Dior sussurrando um palavrão baixo. A cena era um caos; como se uma loja de lixo tivesse dado uma foda violenta e bêbada com um asilo de lunáticos. Cada centímetro quadrado estava repleto de estantes, e cada centímetro quadrado dessas estantes estava cheio – livros e frascos, ervas e balanças, pequenas coisas em conserva em vidros sujos, ampulhetas em mãos esqueléticas. A loja era iluminada por uma centena de globos chymicos de brilho suave e fedia a mijo de gato e insanidade.

"'Nós soubemos que você estava morto, Leão', disse Souris, com passos arrastados à frente.

"'Eles t-tentaram.'

"Ela olhou para trás e sorriu.

"'Bom, Deus ama alguns, não é?'

"Seguimos a velha por aquela bagunça, Dior em meus calcanhares e estudando cada fresta e cada canto, até Souris se apoiar contra um balcão comprido. Em meio aos objetos curiosos retorcidos, vidros empoeirados e livros de pele, havia uma cadeira de balanço. Sentado nela, usando um vestido bonito de seda desgastada pelo tempo e uma peruca empoada, havia um esqueleto humano.

"'Veja quem é, Minou', disse carinhosamente Souris. 'Nosso Leão Negro, de volta dos mortos.'

"Fiz uma reverência para os ossos.

"'É bom tornar a vê-la, madame. Você não envelheceu nada.'

"'Já você', disse Souris com reprovação, 'já viu dias bem melhores.'

"'Espero que você possa r-remediar isso.'

"'Espera, não reza?'

"'Isso não é mais do meu interesse.'

"'Foi o que ouvimos.' Os olhos cegos piscaram para Dior. 'E qual *é* seu interesse atualmente?'

"'Com todo o respeito, madame. Isso não é da sua conta.'

"'É justo.' Acendendo um cachimbo de osso, ela exalou um fumaça amarela e tênue em meus olhos. 'Seu desejo? Estamos sem freiras bonitas com mau gosto para homens, infelizmente.'

"Eu falei as palavras como se fossem chocolate derretendo em minha língua.
"'Sangue.'
"'Tem muito disso de graça aí fora. Supondo que você esteja disposto a driblar os soldados e arriscar uma ação da Inquisição.'
"Dior tirou os olhos dos objetos curiosos a nossa volta.
"'Tem Inquisição neste lugar?'
"'Chegaram seis noites atrás.' A velha inclinou a cabeça. 'Isso é um problema para você, garota?'
"'Eu não sou uma garota.'
"Souris riu para o esqueleto.
"'Você ouviu isso, Minou? Ela não é uma garota.'
"'Nosso interesse', sibilei, 'é comércio. E o sangue de que preciso é de um tipo mais sombrio.'
"'Uhm.' Madame Souris se levantou e percorreu suas estantes. Pegando um livro velho e coberto de poeira intitulado *Uma história completa e abrangente da flora elidaeni*, ela o abriu e revelou uma dúzia de vidros de sangue seco em uma reentrância escavada.
"'Infelizmente, tudo de sangues-ruins', declarou Souris. 'Os negócios estão lentos essas noites. Os Dyvok fizeram um caos no oeste, e os Voss, um tumulto no leste.'
"'Eles vão servir', sussurrei, limpando o suor do rosto. 'Também vou precisar de uma fundição chymica. Almofariz e pilão. Raiz-santa. Um pouco de sais vermelhos e...
"A velha ergueu a mão e assentiu.
"'Sangue por sangue?'
"'Sangue por sangue', respondi, arregaçando a manga.
"Souris mexeu atrás do balcão e pegou frascos e um tubo de vidro com uma lâmina prateada. Então ela se voltou para Dior, olhando com olhos cegos.
"'Um deve dar, *ma chérie*.'
"Dior franziu o cenho com isso.'

"'...O quê?'

"'Essa é a pergunta, não é, mlle. Nãogarota. *O quê.*' A velha se inclinou para mais perto, exalando fumaça através dos lábios enrugados. 'Já circulei pelos salões do rei de amarelo. Provei prazeres nos braços de príncipes de nascimento desolado e dancei nua sob estrelas negras com noivas do Nuncadepois. E. *nenhuma* vez em todos os meus anos eu senti o cheiro de algo como você. Então, o que você *é*?'

"'Ela não é p-para negócio, isso é o que ela é', rosnei.

"Souris inclinou a cabeça, observando o ar vazio logo acima de meu ombro esquerdo.

"'Esse é o preço, *Lion Noir*. Não preciso do que está em você. Já tenho muito sangue-pálido.'

"Eu cerrei os dentes.

"'Esse é o único sangue em oferta, madame.'

"Souris deu uma fungada, guardou a fundição, os frascos e as ervas embaixo do balcão.

"'É pena.'

"'Espere um pouco.' Dior olhou para mim, novamente para Souris. 'Ele precisa disso.'

"A velha estendeu um frasco com uma agulha na ponta entre dedos sujos de tinta.

"'Todo mundo precisa de alguma coisa, mlle. Nãogarota. E toda necessidade vem com um preço.'

"Dior arregaçou a manga de couro.

"'Então eu vou...'

"'Não', rosnei. 'Não assim. N-não para mim.'

"'Como quiser.' Souris sorriu como o gato que roubou o creme, vendeu a vaca e comeu a criada. 'Eles vão estar aqui à espera quando você mudar de ideia. Vou até embrulhá-los para você, *chevalier*.'

"Dior teve bom senso o bastante para não criar caso em frente à velha, e depois de uma pequena reverência, saímos andando com dificuldade do Preço. Mas assim que voltamos às ruas sombrias, a garota agarrou meu pulso e sibilou.

"'Você está *louco*? Você precisa daquele sangue!'

"'N-não tanto assim.'

"'Você mal se aguenta em pé! O quanto ainda precisa piorar?'

"'Escute, garota.' Eu agarrei seu braço com fúria nos olhos. 'Eu conheço Souris bem o bastante para comprar dela, mas isso não significa que eu confie nela. Esqueça forcas e piras, esqueça as superstições dos camponeses. Há todo um *mundo* por baixo daquele que a maioria das pessoas vê, e há *verdadeira* feitiçaria nele. Sangues-frios não são nem metade disso. Dançarinos da noite. Faekin. Caídos. Deixando de lado o Rei Eterno, a profecia de Chloe, todo o resto. O que você acha que aconteceria se esse mundo descobrisse o que você pode fazer?' Eu sacudi a cabeça, com uma expressão de dor. 'A cura para qualquer doença, qualquer ferimento, apenas a um golpe de faca de distância? Deus, as coisas que fariam para possuir você...'

"'Mas você *precisa*!'

"Eu cerrei os dentes, tossindo.

"'Vou p-pensar em alguma coisa.'

"A hora ia avançada, e a dor em mim estava me cegando quando voltamos a entrar na multidão nas ruas de Promontório Rubro. Encontramos um albergue nas docas – um lugar muito simples chamado O Beijo de Mandy, suas paredes encrostadas com ramos mortos de hollanfel e extensões de espinha-de-sombra. Eu paguei ao taverneiro duas vezes o preço, disse a ele que não devíamos ser incomodados, e com um olhar astuto para o "garoto" ao meu lado, ele piscou quando nós subimos. Trancando a porta às nossas costas, eu caí na cama, me encolhendo em uma bola muito pequena e infeliz.

"Dior abriu as cortinas, murmurando.

"'Este lugar fede como se alguém tivesse morrido aqui dentro.'

"'Alguém provavelmente m-morreu.'

"'O que você vai fazer agora?'

"'Repetir a p-performance?'

"'Pelo amor de Deus, herói, você...'

"'Eu estou pensando!', reclamei.

"'Bom, pense mais depressa! Porque você parece um morto-vivo prestes a se acabar a qualquer momento!'

"Eu rosnei entre presas cerradas e joguei minha bolsa para ela.

"Se você precisa se sentir útil, vá procurar alguma coisa para eu beber em vez de mijar na porra dos meus ouvidos.'

"'Que tal eu mijar em um copo e economizar seu dinheiro, seu babaca grosseiro.'

"'Grande Redentor, garota...'

"Meu gemido fraco foi silenciado quando a porta bateu. Com sede, infeliz, eu me enrosquei ainda mais e tentei pensar além da dor esmagadora em meu crânio, os piolhos frios em minha pele. Eu não estava em condições de ameaçar violência, e Souris, além disso, não era uma dama para ser delicadamente sacaneada – um homem que levasse um problema até sua porta devia levar algo mais do que uma espada quebrada. Eu poderia oferecer uma soma maior, mas a velha vadia tinha aqueles olhos cegos agora fixos em Dior. Uma obrigação de serviço podia ser suficiente, mas eu não tinha vontade de me comprometer com uma pessoa como ela, e, além disso, eu tinha negócios no leste. Negócios desolados e sangrentos de todo tipo. Negócios que já tinham me arrastado para longe de casa e da lareira e ainda assim não tinham nem começado...

"Como se para me lembrar, ouvi arranhões na janela. Unhas afiadas deslizando pelo vidro frio. Meu estômago se revirou, queimando. Levantando a cabeça, esperava ver olhos escuros olhando para mim, lembrando-me daquela dívida. Mas havia apenas o vento, soprando um ramo seco de hollanfel sobre o vidro.

"Fechei os olhos. Amaldiçoei tudo aquilo. O animal que eu era e logo deveria me tornar. A porta se abriu, e algo fresco e pesado me atingiu no rosto. Sem fôlego, olhei para o que tinha me atingido e vi uma garrafa de solvente de tintas que podia se passar por vodka. Dior estava parada na porta, olhando com raiva.

"'Mais alguma coisa, majestade? Não? Bom.'

"Ela ia começou a fechar a porta outra vez quando dei um grito rouco.

"'Aonde você vai?'

"'Aqui dentro fede', respondeu ela rispidamente. 'E tem uma jovem bonita lá embaixo com uma bolsa de *cigarelles* que parece uma companhia muito melhor que você. Então, quando você tiver pensado e encontrado uma língua civilizada em sua cabeça, venha me procurar. Até lá.'

"Ela bateu a porta com mais força, me levando a fazer uma careta. E como um mendigo, como um cachorro, rompi o lacre da garrafa e bebi grande parte dela sem pausa. Não era nem de perto o que eu precisava, nem de perto a coisa que eu desejava. Mas era o suficiente para me afogar, para me empurrar para braços negros e macios, onde a dor podia não me encontrar – o pensamento do que eu faria quando não resistisse mais. A escuridão se erguendo a minha volta, pedra fria, molhada e grudenta, da cor dos lábios de minha mulher na última vez que eu a beijei.

"E embora não houvesse nada além de escuridão fora da janela, mesmo assim ouvi sua voz, ecoando no negro por trás de meus olhos.

"'Lembre-se de por que você nos deixou.

"*Lembre-se de por que você nos deixou.*"

✦ V ✦
ESPERTA COMO GATOS

– "HERÓI."

"A voz atravessou os suores, aquelas bordas de gelo frágeis do sono.

"'*Herói!*'

"Abri os olhos, arquejando, me sentando na cama e me arrependendo muito disso. Piscando, com olhos turvos, afastei o cabelo de minha testa febril e olhei fixamente. Dior estava ao pé de minha cama, o cabelo cinza afastado dos olhos brilhantes. Ela jogou algo grande no colchão aos meus pés; um pacote embrulhado em aniagem grosseira amarrado com barbante. E eu olhei espantado e surpreso quando ela desfez o laço e me mostrou o que havia no interior.

"Almofariz. Pilão. Fundição. Raiz-santa. Sais vermelhos. Mais uma dúzia de ervas e chymicos. E, por fim, como um monte de pedras preciosas em uma coroa roubada, uma dúzia de frascos de sangue seco e escuro.

"'A velha embrulhou.' Dior sorriu. 'Como ela disse que faria.'

"'Diga que você *não* deu seu sangue para aquelas vadias empoeiradas?'

"Dior plantou a bota na cama, levou a mão a seu interior e girou um estojo fino de couro entre seus dedos. Eu me lembrei de nós implicando um com o outro em frente àquele bar em Winfael.

"*Você tem uma chave, espertinho?*'

"*Para todas as fechaduras do império, bundão.*'

"'Você *roubou* isso?', perguntei.

"Dior deu um sorriso, orgulhosa como um lorde e duas vezes mais desonesta.

"'Elas viram você?'

"Ela sacudiu a cabeça.

"'Sou esperta como três gatos.'

"'Vadia descarada...'

"'Você é lisonjeiro.'

"Era uma tolice roubar pessoas como Souris e o mercado noturno, mas, na verdade, eu podia me preocupar com as consequências depois. Em vez disso, pulei da cama como o Redentor ressuscitado, peguei o almofariz e o pilão e comecei a trabalhar.

"Ao romper o lacre de cera do primeiro frasco, minhas mãos estavam tremendo tanto que quase derramei meu prêmio. O sangue parecia ser do tipo mais pobre, mas o cheiro ainda inundou minha língua. Misturei a raiz-santa, sal vermelho, canção-da-rainha, a receita tão familiar quanto meu próprio nome, quase sem acreditar que, depois de dias de sede, o doce alívio logo seria meu. Espalhando a pasta vermelha grossa no prato de aquecimento da fundição, eu a botei perto da lareira e comecei a andar de um lado para outro.

"Dez minutos.

"Dez minutos e eu estaria em *casa*.

"Dior tinha se jogado no colchão, os braços e as pernas estendidos, os olhos fechados. Olhei para ela de lado, sacudindo a cabeça sem acreditar.

"'Nem quero perguntar como você fez isso.' Eu dei um suspiro. 'Seria necessário uma carroça cheia de raposas com diplomas em astúcia pela Universidade de Augustin para entrar no mercado noturno sem convite.'

"Dior murmurou, os olhos ainda fechados.

"'Cuidado, herói. Isso se pareceu um pouco com um elogio.'

"'E foi.'

"Ela finalmente abriu os olhos e se ergueu sobre um cotovelo.

"'Doce Virgem-mãe. Você *está* mesmo doente, não está?'

"Era vergonhoso o quanto eu me sentia bem. Como apenas a *promessa* de uma dose tinha me deixado leve como nuvens. Eu andava de um lado para outro diante da lareira, brincando com a pederneira em minha calça, observando as chamas, a fundição, o *sanctus* secando em seu interior.

"Mas ainda assim, uma dúvida agora assomava, logo além da janela. Olhei na direção do vidro vazio, ainda meio esperando vê-la ali. A sombra que tinha me seguido desde Sūdhaem, chegando mais perto a cada passo.

"*Lembre-se por que você nos deixou.*

"'Eu tenho pensado...'

"'Eu também', murmurou Dior.

"Eu me agachei contra a parede, os braços apertados em torno do estômago enquanto era atravessado por uma nova onda de agonia flamejante.

"*Só mais alguns minutos.*

"'*Mesdames* antes de *messieurs*.'

"'Como você quiser.' Dior se sentou na cama, roendo uma unha quebrada. 'Agora... por favor tenha em mente, você ainda é o babaca mais grosseiro que já conheci. Você é um bêbado. E um viciado. Você age como a porra de um bastardo e mesmo assim de algum modo parece orgulhoso disso. Na minha opinião, as pessoas que odeiam outras pessoas geralmente apenas odeiam a si mesmas. Mas ainda assim... você ficou do meu lado quando não tinha razão para fazer isso. Depois do que aconteceu em San Guillaume, você podia ter me deixado para trás, mas você manteve sua palavra para a irmã Chloe. Chegou mesmo a ir além disso. Eu estaria morta se não fosse por você.'

"Eu ergui uma mão trêmula.

"'Você não precisa...'

"'Não, não, deixe-me acabar. Você pode agir como a porra de um bastardo, mas já fui uma vadia com você também. Eu não o tratei com justiça. Crescendo como eu cresci... Vamos dizer apenas que os homens que minha mãe levava para casa não me deixaram com a melhor das opiniões sobre eles. Mas você é um homem honrado. Totalmente o herói que as pessoas dizem. Por isso', ela respirou como se estivesse exalando veneno. 'Desculpe.'

"'Está tudo bem, garota.'

"'Sabe, eu tenho um nome. E você nunca o usa. Nem eu o seu, por falar nisso.'

"Ela atravessou ruidosamente a sala com suas botas de mendigo e estendeu a mão.

"'Desculpe, Gabriel de León.'

"'Aceito, Dior Lanchance, e digo o mesmo.'

"Ela sorriu, um sorriso enviesado e bonito. Dior, então, girou e foi até a janela, como se um peso tivesse sido tirado de seus ombros. Ela olhou para o amanhecer mortiço do lado de fora e depois para o couro velho no qual estava envolvida.

"'Sabe, esse seu casaco tem um certo ar de periculosidade e tudo mais, mas eu devia conseguir o meu antes de partirmos. Todo o visual alto, moreno e tatuado fica bem em você, mas você deve estar congelando as bolas só com essa túnica. E vai estar frio como os bagos de um homem de neve no norte.'

"'Dior...'

"'Desculpe.' Ela sorriu e prendeu o cabelo atrás da orelha. 'Sei que às vezes falo muito. Você disse que também andou pensando?'

"Eu mordi o lábio, as presas roçando pele sedenta.

"'Depois que descansarmos, d-devemos seguir para a fortaleza. Falar com o *capitaine*.'

"'Sobre a estrada para San Michon?'

"'Sobre encontrar alguns soldados para escoltá-la até lá.'

"'Você quer dizer que vai conosco?'

"'Quero dizer que deve haver alguns dos oficiais com quem servi nas campanhas em Ossway ainda circulando em um forte desse tamanho. Posso falar a seu favor. Conseguir alguns bastardos endurecidos para cuidar de você. Um cavalo sólido, alguns...'

"'Espere...' Ela olhou com dureza, todo seu mundo ficando imóvel. 'Você está me deixando?'

"'Não sozinha', insisti. 'Esses são bons homens. Veteranos. Eles vão levá-la...'

"'Você está me deixando.'

"Eu cerrei os dentes, abaixei a cabeça. Não era por isso que eu tinha ido até ali. Ser babá daquela garota não era a razão para eu ter partido de casa. Eu tinha uma *famille*. Uma *dívida*, escura como a noite e vermelha como assassinato. Não importava o sangue nas veias de Dior, aquela tarefa não era minha. Eu não era um crente. Não era religioso. Profecias eram para tolos e fanáticos, e depois de tudo o que Deus tinha feito comigo, eu era o último bastardo vivo que ele escolheria para proteger sua própria carne e seu próprio sangue.

"Eu tinha uma filha minha em quem pensar.

"Mas, mesmo assim, a expressão nos olhos de Dior me atingiu no coração. Tão sentida que eu tive de desviar o olhar. Uma lágrima escorreu por seu rosto – a primeira que eu a havia visto chorar, mesmo com todo o sangue e a dor que tínhamos vivenciado. E seu lábio se curvou, ela olhou para aquelas cicatrizes de faca riscadas na palma de suas mãos e deu um suspiro.

"'Eu *sabia*, porra...'

"A porta foi arrancada das dobradiças, caindo ruidosamente no chão. Eu me levantei quando uma dúzia de soldados entrou no quarto, vestindo escarlate, porretes na mão. A Bebedora de Cinzas estava apoiada na parede, e eu saltei em sua direção, desesperado. Mas a sede ainda estava vermelha e descarnada dentro de mim, meus músculos fracos quando quatro dos bastardos caíram em cima de mim.

"'Me larguem!', gritou Dior. 'Me *soltem!*'

"Ouvi um ruído de pancada, um grito do fundo da garganta que me disse que a virilha de alguém tinha encontrado a bota de Dior. Eu me debati, sentindo um queixo quebrar quando meu cotovelo o acertou. Mas os porretes caíam como chuva, e acima do som de minha carne sendo transformada em polpa, ouvi passos lentos caminhando pelas tábuas do piso em minha direção. Elas pararam bem em frente ao meu rosto, e eu me esforcei para ver através da turbidez vermelha: saltos altos, na altura dos joelhos, envoltos em tiras de couro com pontas de metal. Meus olhos percorreram as pernas vestidas de couro acima, até suas donas.

"O cabelo era preto, cortado em franjas pontudas; os olhos, escondidos por tricórnios com véus curtos e triangulares. Manoplas pretas ornamentadas cobriam a mão direita das duas, as pontas dos dedos aguçadas como garras. E meu estômago gelou quando vi que seus tabardos vermelho-sangue estavam marcados com a flor e a maça de Naél, anjo da felicidade.

"A primeira inquisidora caminhou pelo quarto e pegou a Bebedora de Cinzas das tábuas do chão onde ela havia caído.

"'Hoje vocês fizeram o trabalho do Todo-poderoso', declarou a mulher.

"'*Merci*, boas filhas', disse a segunda, olhando para trás.

"Ouvi Dior xingar quando vi duas jovens refugiadas na porta, olhando fixamente com olhos azuis como o velho céu. A mais velha assentiu, fez o sinal da roda.

"'Véris, irmãs.'

"'Suas malditas porcas traiçoeiras', gritou Dior. 'Eu salvei a *vida* de seu pai!'

"A primeira inquisidora deu um tapa em Dior. A cabeça da garota foi jogada de um lado para outro sobre seus ombros, respingando sangue.

"'Silêncio, bruxa. Você nos conduziu por uma dança agradável. Mas agora a música acabou.'

"Eu dei um suspiro, olhando para a outra. Ela estava olhando fixamente para mim, o dedo brincando com o buraco de boulette em seu tabardo.

"'Eu tinha a s-sensação que iria ver vocês vadias outra vez.'

"'Vadias?'

"A mulher sorriu, levantando o pé.

"'Ah, os hinos que vamos cantar, herege.'

"E sua bota desceu como trovão."

✦ VI ✦
NEGÓCIO DA IGREJA

– ÁGUA CONGELANTE ATINGIU meu rosto, e o negro se acendeu em um branco calcinante.

"Cuspindo, afastei cabelo encharcado dos olhos. Eu estava em um aposento escuro, congelando – no subsolo, pelo som. Havia ganchos de ferro presos às vigas. As paredes eram de pedra vermelha e, através da porta pesada, eu podia ouvir mulheres cantando hinos acima.

"Aquilo não era uma cela de prisão, percebi. Eu estava mais provavelmente abaixo do Priorado de San Cleyland, no que parecia ser seu velho depósito de carne.

"E *eu* era a carne.

"Eu tinha sido despido, estava com os pulsos em grilhões, pendurado em um daqueles ganchos de ferro de modo que apenas a ponta dos meus dedos dos pés tocava as pedras do piso. Minha cabeça estava latejando; minha sede, uma coisa viva, respirando. A inquisidora que tinha dançado em meu crânio estava a minha frente, vestindo calça de couro preto e seu tabardo vermelho-sangue. Ela ainda usava seu tricórnio, a maior parte de seus traços escondidos por seu véu, mas eu podia ver lábios vermelhos, curvados e cruéis.

"Sua irmã não estava em nenhum lugar à vista, mas um homem que mais parecia uma mansão de tijolos estava parado junto a uma bancada de açougueiro ao longo da parede. Ao lado de um pacote embrulhado em aniagem, vi uma coleção impressionante de instrumentos de tortura, reais e improvisados. Um chicote de dez pontas, uma serra de ossos, um martelo, tornos de polegar. Um atiçador foi colocado em um braseiro com carvões em chamas, o ferro vermelho de tão quente.

"'Tudo preparado para um fim de semana divertido', sibilei.

"A inquisidora inclinou a cabeça.

"'Você, sem dúvida, consegue resistir mais que isso.'

"'Minha mulher t-tem contado histórias sobre mim outra vez?'

"'Você quer dizer sua puta?'

"Minha expressão se fechou com isso, meu sorriso tênue desapareceu.

"'Ah, *oui*', disse ela. 'Nós sabemos quem você é. *O que* você é.'

"'Se isso fosse verdade, você estaria falando com mais educação sobre minha mulher.'

"'Sou a *soeur* Talya d'Naél.' Ela levantou a mão direita, percorrendo minhas costeletas com uma garra de ferro. 'Vai ser um prazer conhecê-lo.'

"'Onde está D-dior?'

"A inquisidora ignorou minha pergunta, os olhos brilhando por trás do véu.

"'Você... *atirou* em mim.'

"'Aparentemente, não bem o bastante.'

"'Doeu. Muito.' Ela enfiou a garra, levantou meu queixo e me olhou fixamente nos olhos. '*Merci, monsieur* De León.'

"'É *chevalier* De León para você. I-imagino que seja por isso que você tenha me escondido embaixo de um convento em vez de me levar para a fortaleza. O *capitaine* local podia não gostar que vocês vadias assassinas de bebês torturassem uma espada do império.'

"'Você não é nenhuma espada', escarneceu Talya. 'Você é um apóstata. Desgraçado e excomungado. Isso é negócio da *Igreja*. Para ser conduzido em terreno da *Igreja*.'

"'Como o negócio que vocês fizeram em San Guillaume?'

"Talya deu um sorriso, sombrio e desolado.

"'Imaginamos que seu padre pudesse buscar ajuda ali. Um homem se afogando se agarra até a palha. Mas palha queima, mestiço. Assim como hereges.'

"Eu engoli em seco, meu estômago cheio de vidro quebrado. Assim tão perto, eu podia ver a veia pulsando no pescoço de Talya, sentir o cheiro de seu sangue sob seu perfume de couro e desgraça. Sua garra afiada desceu por minha clavícula e traçou as linhas do leão desenhado em meu peito.

"'Bonito', disse ela.

"E com um pequeno sorriso, ela empurrou uma garra afiada através de meu mamilo.

"Soltei um arquejo de *dor*, forçando meus grilhões. A garra da inquisidora se cravou através de músculo, arranhando osso, sangue escorrendo pela minha barriga. Ela se inclinou para perto, sussurrando em meu ouvido.

"'Eu devo dor a você, herege. Eu devo a você...'

"Ela arquejou em seco quando bati minha testa em seu nariz. Senti um barulho satisfatório de coisa se quebrando, ouvi um grito gorgolejante quando meu golpe a jogou cambaleando para trás. Seu capanga deu um passo à frente, pronto para me desmantelar, mas Talya ergueu a mão para detê-lo. Ela apertou a palma da mão sobre o sangue que escorria de seus lábios, o rosto retorcido pela fúria.

"'Você... quebrou meu *nariz*.'

"'Chegue mais perto, vadia, que vou lhe dar um beijo melhor.'

"'*Bastardo* infiel.'

"Eu me debati, selvagem com o cheiro de seu sangue. Ele encheu a cela, meus pulmões, minha cabeça, presas brilhando enquanto eu forçava meus grilhões.

"'*Onde está Dior?*'

"Os lábios de Talya se curvaram em um sorriso sangrento.

"'Minha irmã Valya está ouvindo sua confissão.'

"'Vocês a estão torturando? Ela é uma *criança* inocente!'

"'Inocente?' Talya cuspiu sangue, o cheiro quase me deixando louco. 'Dior Lachance é uma herege. Ela é uma bruxa. E é uma assassina.'

"'De que merda você está falando? Ela não matou ninguém.'

"A inquisidora escarneceu.

"'Dior Lachance matou um padre, mestiço. Nada menos que um bispo que administrava um orfanato. Ela o matou ritualmente, mutilou o corpo e pintou as paredes de sua casa com seu sangue. E não fosse pela confissão de seus conspiradores, ela ainda poderia estar conduzindo seus ritos desviantes nas ruas de Lashaame até hoje.'

"'Mentira.'

"A inquisidora exibiu um maço de pergaminho coberto com uma escrita negra.

"'Você vai dizer que Lachance é uma bruxa', disse Talya. 'Uma praticante de ritos de sangue profanos, enviada para semear discórdia entre os fiéis do Todo-poderoso. Você vai citar aqueles que a ajudaram em sua fuga da justiça em Lashaame – isso é, *soeur* Chloe Sauvage da Ordem de San Michon e *père* Rafa Sa-Araki da Ordem de San Guillaume – como escravos da vontade sombria de Lachance. Você vai confessar seu envolvimento no pacto da garota e suplicar a absolvição de Deus por sua heresia.'

"Meus olhos se estreitaram, as presas estavam à mostra.

"'Nem fodendo.'

"'Como *rezei* para que você dissesse isso.'

"Talya sorriu, gesticulou com a cabeça para o capanga ao lado dos instrumentos de tortura.

"'Philippe?'

"O capanga abriu a aniagem, e meu estômago se revirou quando reconheci tudo o que Dior tinha roubado de madame Souris. Além de minha fundição, meus ingredientes, vi frascos de vidro cheios de pó vermelho-chocolate. O capanga ergueu um entre o polegar e o indicador, sorrindo ao abrir a tampa.

"'Tomamos a liberdade de engarrafá-lo para você', ronronou Talya.

"O homem acenou com o frasco aberto a minha frente, e o cheiro do *sanctus* em seu interior – Deus, aquilo me atingiu como uma lança no peito.

Eu gemi, arquejando enquanto a sede urrava através de mim, presas longas e pontiagudas, o coração martelando, tão *perto*, tão perto.

"Talya pegou o chicote de dez pontas, e meus dentes se cerraram quando vi que as extremidades tinham esporas de metal. O couro rangeu quando ela o enrolou no pulso, caminhando lentamente às minhas costas, os saltos clicando na pedra. Minha pele formigou quando senti as garras da manopla em minha pele outra vez, traçando o desenho em minhas costas nuas. Asas de anjo em meus ombros, a Virgem-mãe e o bebê Redentor abaixo, gravados uma vida antes por mãos que me amavam.'

"*Slapt!*

"Engasguei em seco quando o couro e o ferro entraram em minha pele.

"'Você confessa?'

"'Você podia bater um pouco mais alto, i-irmã?'

"*Slapt!*

"'Não, não... um p-pouco para a esquerda.'

"*Slapt!*

"'Isso, assim.'

"*SLAPT!*

"*SLAPT!*

"*SLAPT!*

O ferro não fere sangues-pálidos como a prata, mas naquele estágio, eu estava faminto, fraco, pronto para ceder. Em vez de se fecharem, meus ferimentos sangravam, sangue escorrendo por meus braços, pela parte de trás de minhas pernas, empoçando na pedra abaixo de mim. E sempre, o cheiro de *sanctus* enchia meus pulmões.

"Eu só tinha sentido fome como aquela uma vez em minha vida inteira. Nenhum simples humano pode imaginar a agonia. Nenhum viciado em fumo, bêbado ou viciado em papoulas pode sequer *começar* a entender."

Jean-François estreitou os lábios e falou em voz baixa.

– *Eu* entendo.

— Eu sabia que aquilo era mentira. Eu conhecia Dior bem o bastante para saber que ela não era uma assassina a sangue-frio. Se alguém a havia entregado à Inquisição, era uma traição, não uma confissão. E eu, então, me lembrei de suas palavras na caverna. O que ela disse sobre todo mundo deixá-la.

"Eu tinha feito a mesma coisa, percebi. Envolto demais em minha própria escuridão. Eu estava pronto para dar as costas para aquela garota, como todo o resto das pessoas tinha feito. E percebi que tinha me esquecido da lição mais importante. Uma lição aprendida através de provações de gelo e fogo. Uma lição que devia estar entalhada em meus ossos com sangue e prata."

— Que lição? — perguntou Jean-François.

O Último Santo de Prata deu um gole em sua garrafa. Demorou um bom tempo até ele voltar a falar.

— Eu estava na escuridão. Encharcado de cheiro de sangue. Senti a mão de minha filha na minha. Seus dedos, macios sobre meus calos, os ecos de seu riso soando em minha cabeça. Vi o rosto de Astrid flutuando na escuridão à minha frente. Cílios adejando acima de suas bochechas como se ela estivesse acordando de um sonho. Lábios vermelhos. Uma palavrinha.

"*Faça.*

"*Não posso.*

"*Você precisa.*

"*Entre.*

"*ENTRE.*

"'Quem está aí?'

"Eu pisquei com força, encharcado de sangue e do perfume do desejo. A dor tinha parado, os estalos ritmados do chicote sobre a carne rasgada de minhas costas tinham cessado. Eu ergui os olhos através de cortinas de cabelo ensopado de suor, vi o capanga a minha frente, de cenho franzido. Eu podia sentir Talya atrás de mim e juro que, sob o fedor de carne e couro e suor, podia sentir o cheiro de desejo; a vadia sádica estava molhada como uma chuva de primavera.

"Mas ela agora tinha parado. A voz estava suave.

"'Quem está aí?', perguntou ela outra vez.

"Uma resposta veio do outro lado da porta, e percebi que alguém estava batendo. A voz era abafada, tímida – imaginei que fosse uma jovem irmã do priorado.

"'Desculpe, inquisidora. Mas sua santa irmã manda uma informação urgente.'

"A dupla se entreolhou, Philippe foi andando até a porta do depósito de carne enquanto Talya torcia o chicote de dez pontas na mão, espremendo uma sopa grossa de sangue do couro para a pedra aos seus pés. O capanga abriu a porta, de cenho franzido.

"'É melhor isso ser im...'

"O homem ofegou quando um metro e meio de metal de ponta irregular foi enterrado em sua barriga. O golpe não foi nada poético, mas a espada mesmo assim perfurou sua cota de malha como uma navalha através de seda. Ele levou a mão à barriga, a espada se soltou quando ele caiu para trás, sangue e tripas se derramando do corte. E através da turbidez de minha fome, meu coração se animou quando uma figura entrou pela porta, os olhos azuis brilhantes loucos de fúria.

"Dior ergueu a Bebedora de Cinzas na mão, apontou a espada para a inquisidora.

"'Sua irmã mandou lhe dizer que a bruxa está solta.'"

✦ VII ✦
SANGRANDO, MAS INTEIROS

— VOU LHE CONTAR uma verdade sobre a luta de espadas, sangue-frio; mesmo que você seja ruim nela, quando a pessoa que você está enfrentando não tem uma, você ainda vai ser muito bom.

"Uma olhada para sua aparência me disse que Dior Lachance nunca tinha usado uma espada longa na vida. Sua pegada era uma merda. Sua postura era lamentável. E como eu disse, só nos livros de história algum bastardinho pega uma espada e a maneja como se tivesse nascido para isso. Aquela espada tinha sido forjada em uma era muito distante pelas mãos de lendas, e, mesmo quebrada como estava, a Bebedora ainda lembrava algo do que tinha sido. Eu podia dizer pelo jeito como Dior olhou para ela: a garota estava ouvindo a Bebedora de Cinzas em sua cabeça. Ela deu um passo à frente com a espada erguida.

"Talya gritou uma prece para Naél e atacou com o chicote. Dior se encolheu quando as pontas morderam o ar, a centímetros de seu pescoço. Dei um grito de alerta quando a garota atacou, quase me atingindo no movimento para trás. Mas destemida, Dior avançou, recortando o ar com golpes amplos, e o chicote de Talya foi jogado girando de suas mãos. A inquisidora recuou, pegando um martelo na bancada e gritando para seus irmãos por ajuda.

"Dior baixou a Bebedora em um golpe alto desajeitado, e a inquisidora desviou e bateu com o martelo na lateral do crânio da garota. Dior cambaleou, arquejando, golpeando com a Bebedora de Cinzas de revés em um arco que forçou Talya a se afastar. Em seu crédito, a inquisidora não era nenhuma preguiçosa, e sozinha, mesmo armada apenas com um martelo, ela podia ter se revelado páreo para Dior. Mas ao desviar do golpe de Dior, ela se aproximou de mim.

"Eu me ergui pendurado nas correntes, sangrando, arquejando, e fechei as pernas em torno do pescoço da mulher. Ela gritou outra vez por seus homens, batendo com o martelo em minha perna, lutando para se soltar. Dior aproveitou a oportunidade, espetando Talya com a Bebedora como um porco de Primal. A espada cortou através daquele tabardo e entrou na carne vermelho-sangue por baixo. A mulher balançou e escorregou de minhas pernas para o chão em uma poça de sangue – dela e meu.

"O cheiro do assassinato, sua torrente forte e enlouquecedora, me tomou. Eu cerrei os dentes, a visão inundada, presas doendo em minhas gengivas. Dior olhou ao redor e pegou meu cachimbo na bancada. Sem se importar com a medida, ela virou o frasco de *sanctus* no fornilho, e gemi ao ver o pó se derramando no chão. Ela enfiou o cachimbo em minha boca e o acendeu com a pederneira.

"'Rápido. Respire.'

"Eu não precisei de estímulo, quase chorando quando a fumaça atingiu meus pulmões. Meus olhos se reviraram para trás em minha cabeça quando ela se abateu dentro e sobre mim, profunda como o rio mais escuro, caindo para cima em um céu em chamas. Eu praguejei mesmo enquanto amava aquilo, dias de agonia desaparecendo em um instante enquanto eu tragava mais um pulmão cheio.

"Ouvi Dior girando a chave de Talya, meus grilhões finalmente se soltando, e deslizei de joelhos em uma poça vermelha. Com a cabeça baixa. Apenas tentando respirar.

"'*M-merci, mademois...*'

"Eu me encolhi quando minha calça caiu sobre minha cabeça e as botas deslizaram pela pedra.

"'Vista-se', disse Dior com rispidez. 'Não podemos ter o pequeno Gabriel balançando por aí enquanto estamos correndo por nossas vidas através de um convento.'

"'Pequeno Gabriel?'

"'Pelo amor de Deus, só se vista!'

"Eu vesti minha calça, calcei as botas. Com uma expressão de dor quando vesti a túnica sobre minhas costas ensanguentadas, observei Dior pelo canto do olho. Ela estava guardando a fundição, os frascos de *sanctus*, amarrando a aniagem com mãos trêmulas. Pela aparência, ela tinha roubado uma camisola de alguma freira, e estava encharcada com sangue, e eu podia ver que seus olhos estavam brilhando de dor – nossas captoras não tinham sido mais bondosas com ela do que comigo.

"'Como você escapou?', murmurei.

"'É a coisa boa em sapatos tão merda quanto esses.' Ela deu um tapinha em suas botas de mendigo e no estojo fino de couro guardado em seu interior. 'A maioria das pessoas não tem vontade de olhar dentro deles.'

"'Vadia esperta.', sussurrei.

"Os sinos do priorado começaram a tocar. Não chamado para a missa ou a canção do amanhecer, mas um alarme, frenético, ecoando no depósito à nossa volta. Dior ergueu os olhos, praguejando.

"'Eles sabem que eu me soltei.'

"'Esses sinos vão botar toda a guarnição da cidade em cima de nós.'

"Dior me jogou a Bebedora de Cinzas, pegou o embrulho de aniagem, e saímos correndo da cela, deixando para trás pegadas vermelhas. Descendo pelo corredor, passamos por outro membro da corte da inquisidora, morto por um único golpe de espada em suas costas. Olhei para Dior, mas ela evitou meu olhar. Subimos, então, uma escadaria com a Bebedora de Cinzas em minha mão.

"*Não a julgues, Gabriel. A garota f-fez o que precisava ser feito, ser feito.*

"'Eu sei.'

"*Essa aí tem fogo. Fúria. Ela me lembra de t-ti em dias mais jovens.*
"'...Eu sei.'
"Chegando ao alto da escada, nós nos vimos no térreo do priorado. Eu podia ver a luz tremeluzente de tochas à frente; as tropas inquisitoriais já vasculhando o pátio. E os sinos estavam trazendo mais soldados como eu temia – eu já podia ouvi-los ao longe, botas pesadas barulhentas através das ruas de Promontório Rubro abaixo.
"'Não é a melhor das ideias sair disso lutando', murmurei.
"Dior apontou com a cabeça para as sombras.
"'Por aqui.'
"Subi mancando outra escada atrás dela, minhas costas destroçadas ainda em carne-viva e sangrando. Ao chegarmos no balcão do primeiro andar, nos abaixamos e corremos por sua extensão, evitando o pátio cheio de gente abaixo. No fim do patamar, Dior me conduziu por uma porta pequena, descemos um lance estreito de escada e chegamos às cozinhas do priorado. Alguém ainda estava tocando aqueles sinos bastardos, e eu sabia que não tínhamos muito tempo antes de sermos dominados.
"Dior pegou um saco de aniagem no chão, cheio de pães de batata e produtos secos. Percebi que ela já tinha estado ali, roubando as lojas. Ferida, ensanguentada e alquebrada como estava, ela ainda mantinha a cabeça no lugar. Mas eu também percebi que ela devia estar se preparando para me deixar para trás – que ela tinha quase chegado até os portões antes de voltar por mim.
"Pela verdade de Deus, eu me perguntei por que ela tinha feito isso.
"Em algum lugar ao longe, ouvi um grito ecoando no escuro. Fervendo de raiva.
"'Acho que a inquisidora Valya acabou de encontrar sua irmã', murmurei.
"'Vadias doentes', disse Dior com raiva. 'Eu queria ter pegado as duas...'
"Saímos pelos fundos da cozinha e seguimos os muros do priorado. Vi luz de tochas sobre pedra, ouvi uma inquisidora gritando que nós devíamos ser *encontrados*, encontrados! A primeira onda de soldados estava chegando

— todos jovens brigões, tabardos amarelo-girassol, espadas novinhas. Se eles nos encurralassem depois de termos assassinado tropas inquisitoriais, não iam estar no clima para conversas.

"Passamos por um varal cheio e, correndo na direção das roupas que adejavam, Dior jogou um embrulho em minha cabeça. Tecido rústico e renda. Preto e branco. Embora o hábito fosse apertado, o véu pelo menos cobria minha barba crescida. E vestidas como irmãs da Sororidade de San Cleyland, andamos pelos muros até uma escada, depois subimos para as ameias acima.

"Olhando pela borda, vi uma queda de quinze metros até as pedras abaixo. Entregando a Bebedora de Cinzas e nossas bolsas para Dior, eu dei um tapinha em meus ombros em frangalhos.

"'Suba a bordo.'

"A garota me olhou nos olhos, em dúvida por alguns instantes até finalmente subir em minhas costas. Com seus braços em torno de meu pescoço e o sacramento em minhas veias, agarrei a alvenaria com os dedos e comecei a descer. Eu podia sentir os batimentos cardíacos de Dior contra minhas costas. Sentir o cheiro de nosso sangue, real e fresco no ar.

"'Desculpe', murmurei. 'Por eles terem machucado você.'

"Ela não respondeu nada, simplesmente segurando firme até chegarmos no chão.

"Neve começou a cair enquanto caminhávamos pelas ruas de Promontório Rubro, silenciosos e rápidos. A cidade fortificada ao nosso redor estava acordando, aqueles malditos sinos ecoando por ruas e paredes de tijolos vermelhos. Mais soldados passaram por nós, indo na direção do priorado, mas cobertos dos pés à cabeça em nossas vestimentas roubadas, não nos deram muita atenção. Seguindo na mesma direção pela escuridão, logo chegamos à área imunda das docas de Promontório Rubro.

"'Podemos roubar um barco', sussurrou Dior. 'Seguir para a margem norte.'

"'Espere', disse eu a ela, olhando para as lojas à nossa volta. 'Aguarde aqui um momento.'

"Eu a deixei no escuro, fui até a fachada elegante de uma loja e girei a maçaneta da porta até sentir sua fechadura se quebrar e abrir. Lá dentro, peguei uma carga rápida: peles, capas, cobertores, enrolei-os embaixo do braço e joguei um punhado de royales no balcão ao sair.

"Quando voltei para fora, vi que Dior já tinha embarcado em um pequeno barco a remo, remando pelo Volta. Eu captei alguns olhares estranhos quando desci o cais correndo na direção da garota, o hábito de freira tremulando às minhas costas quando dei um salto e aterrissei dentro do barco com um baque seco.

"Eu observei a Cidade Escarlate desaparecer na neve e na névoa às nossas costas. Os sinos do priorado ainda estavam tocando, o perfume de sangue pairando no ar. Mas parecia que tínhamos evitado a perseguição. Eu peguei os remos, observando Dior enquanto remava na direção da margem norte. A garota, que estava sentada curvada em suas vestimentas, arrancou o véu e o jogou no rio.

"Gelo bateu contra nosso casco quando nos aproximamos da parte rasa, nossa proa rompendo a camada grossa de gelo sujo. Eu saí na água congelante e arrastei nosso pequeno bote para a margem. Mas Dior apenas ficou sentada no barco, observando a neve cair a nossa volta.

"'Dior? Você está bem?'

"Ela olhou para mim, muda e sem piscar. Seu lábio estava cortado e inchado. Seus olhos com hematomas escuros. Seu rosto pálido e respingado de vermelho. Eu não sabia o que aquelas inquisidoras tinham feito com ela, mas eu mesmo tinha tido uma prova. Por um momento, eu me perguntei se elas tinham quebrado alguma coisa dentro da garota, o ferimento sentido apenas posteriormente.

"'Venha.' Eu estendi a mão. 'Eu garanto você.'

"Mas ela apertou os lábios cortados. Esfregou os olhos negros. Endurecida pela sarjeta e afiada pelas ruas, e eu vi a verdade. Embora ela não tivesse a menor ideia de como usar uma espada, mesmo assim ela tinha pego uma para me defender. Embora ela não tivesse razão para voltar por mim, mesmo assim ela tinha voltado. E embora tivessem batido nela com toda a força que ousaram, mesmo assim ela não estava destruída.

"'Eu garanto a mim mesma', disse ela.

"E, ficando de pé, ela saltou para a margem congelada."

✦ VIII ✦
MÁGIKO

— NA VERDADE, HÁBITOS de freira queimam muito bem.

"Dior ficou sentada enquanto eu acendia um fogo. Tinham sido quilômetros de árvores mortas e esforço entediante fugindo de Promontório Rubro, congelando de frio, e nós dois estávamos cansados e alquebrados demais para falar muito. As florestas à nossa volta estavam em decomposição havia tempo, congeladas, mas quando a luz do sol começou a cair, encontramos um lugar para parar — um carvalho antigo com um grande oco em sua barriga. Dois galhos se erguiam de seus flancos, o que me lembrou um homem penitente; braços estendidos, cabeça jogada para trás para o céu.

"Saí em busca de comida pela escuridão por algum tempo até encontrar o que estava procurando — pequenos cogumelos brotando no tronco de um pinheiro caído. Moendo-os em uma pasta, fervi o resultado em minha fundição, em seguida entreguei o preparado fumegante para Dior.

"'O que é isso?'

"'Sombra-indolente.' Eu apontei para os hematomas terríveis em seu rosto.

"'Pode confundir seus pensamentos um pouco, mas vai ajudar com a dor.'

"Reparti alguns pães de batata e comemos em silêncio por algum tempo. A noite estava de um frio cortante, flocos de neve chiando enquanto as fagulhas subiam para o céu, mariposas pálidas dançando em torno das chamas. Havia algo pacífico em tudo aquilo, mas eu sabia que aquela serenidade seria passageira. Tirando a Inquisição, Danton ainda estava em nosso encalço e, mesmo agora, ele devia estar caçando um meio de atravessar o Volta. Podia levar algum tempo. Droga, podia levar até o rio congelar. Mas o inverno profundo estava soprando frio cortante sobre nossos calcanhares, agora, e logo a Fera de Vellene estaria novamente em nossa garganta.

"'Você voltou por mim.'

"Dior ergueu os olhos quando falei. Ela estava acalentando seu chá, olhos nas chamas que riam. Seu rosto e seus lábios estavam negros e azuis, sangue seco sob suas unhas quebradas.

"'No priorado', murmurei. 'Você voltou por mim.'

"'Claro que voltei.'

"'Achei que tinha dito a você que é melhor ser um bastardo que um tolo.'

"'E eu achei que disse que você não é meu pai. Não me diga o que fazer, velho.'

"Eu ri disso. Ela deu um sorriso fraco em resposta, mas logo ele se transformou em uma expressão de escárnio.

"'Decidi que devia isso a você', disse ela. 'E, para começar, foi minha estupidez que nos botou naquela merda. Você também me avisou. Sobre confiar naqueles merdas ingratos na barca. Você me disse para manter a cabeça baixa, e eu não ouvi. Não sei por que faço isso. Não sei por que ainda não aprendi minha lição. Todo mundo trai. Todo mundo parte.'

"'Nem todo mundo. Nem sempre.'

"'*Você* estava de partida.'

"Eu respirei fundo, assentindo.

"'E peço desculpas por isso, Dior. De verdade.'

"'Você não precisa pedir desculpas.' Ela deu de ombros. '*Eu* sou a tola que continua a cometer os mesmos erros esperando que alguma coisa diferente aconteça.'

"Eu, então, a estudei, do outro lado do fogo crepitante. Os punhos cerrados. Pequenas centelhas de fúria nos olhos. E percebi que ela nem estava mais falando de mim.'

"'Você está falando sobre Lashaame.'

"Ela me olhou nos olhos.

"'Elas contaram, hein? Aquelas vadias inquisidoras contaram a você o que eu fiz?'

"'Uma versão.' Eu dei de ombros. 'Uma em que eu não botei muita fé.'

"'Elas disseram a você que eu matei alguém?'

"'Um bispo.'

"'Ele não era um bispo, era um *bastardo*. A porra de...'

"Sua voz falhou, e ela cerrou os maxilares, virou-se novamente para o fogo. Parecia cansada e alquebrada, todo o peso do mundo em seus ombros. Eu podia ver uma casca de ferida, uma na qual ela queria mexer. Mas eu não tinha ideia do quanto podia sangrar se ela a arrancasse.

"'Você não precisa me contar, Dior. Eu não vou julgá-la mal.'

"Ela deu um suspiro, a mão jogando o cabelo sobre os olhos. Eu tinha percebido que ela fazia isso quando queria que as pessoas parassem de olhar para ela. Um escudo, branco como cinzas, escondendo-a do mundo, como aquela maldita sobrecasaca mágika.

"'Você se lembra que me perguntou o que eu queria ser quando crescesse?'

"'Perigosa', assenti. 'E hoje você provou ser isso, com toda certeza.'

"'Mas era mentira. Na verdade, nunca me preocupei em ser perigosa. Eu só não queria ficar sozinha. Foi assim que minha mãe morreu, sabia? Até *eu* a abandonei no fim.' Ela entrelaçou dedos sujos de sangue, a voz suave. 'Todo mundo parte. Até eu.'

"Dior cuspiu no fogo. Eu permaneci tranquilo e imóvel, só escutando.

"'Depois que minha mãe morreu, me juntei com aqueles ladrões da sarjeta dos quais já falei para você. Dez de nós, morando em um armazém nas docas de Lashaame. O lugar era administrado por um velho arrombador. Ele se chamava de O Homem Estreito. Era um bastardo mal-humorado como você, mas Deus... eu *adorava* aquele lugar. Ele nos dava trabalhos, tirava sua parte, nos mantinha longe de problemas. Até nos ensinou a ler com uma cópia dos Testamentos. Por alguns anos, quase pareceu que fôssemos *famille*.'

"'Parece... um lugar interessante.'

"'Era educativo.' Ela deu um sorriso malicioso. 'Eu aprendi o jogo lá. Trabalho nas sombras e golpes. Armadilhas de vermes e potes de mel.' Ela roeu uma unha por um momento, sua voz abaixando um pouco. 'Havia uma batedora de carteiras no bando do Homem Estreito. Inteligente. Rápida com uma faca. Ela também costumava se vestir de garoto, mas eu a identifiquei imediatamente. Ela usava uma cartola velha e um meio fraque como se fosse aristocrata.' Dior deu um leve sorriso. 'Ela chamava a si mesma de Toff.

"'Eu não sabia que garotas *podiam* amar garotas. Eu só sabia que amava estar com ela. E uma noite, ela e eu estávamos sentadas no telhado do armazém conversando e rindo, e ela tocou meu rosto e disse que eu era bonita. Então me beijou.'

"Dior sacudiu a cabeça, passando as pontas dos dedos nos lábios.

"'Ninguém nunca tinha me beijado daquele jeito antes. Eu não sabia que você *podia* ser beijada assim. Foi como... como se todo o meu corpo fosse pólvora, e ela fosse chama. Um daqueles beijos que você vai comparar com todo beijo que vier depois, sabe?'

"Eu dei um sorriso delicado.

"'*Oui*.'

"'Mas eu podia ver uma sombra nela.' Dior olhou para mim. 'A mesma coisa que eu também vejo em você. Toff costumava ter pesadelos. E às vezes ela acordava chorando. Eu queria ajudar a melhorar as coisas. Sempre perguntava a ela o que estava errado, mas levou quase um ano até que ela me contasse. Sobre um homem. Um *padre*. Chamado Merciér.' Dior disse o nome como se fosse veneno. 'Ele era *muito* popular. Guardião dos pobres. Bispo de Lashaame. Ele obteve respeito administrando o orfanato da cidade. Toff costumava viver lá, antes de se juntar ao Homem Estreito.'

"Dior fez uma leve expressão feroz, passando o polegar nas cicatrizes nas palmas de suas mãos.

"'Na verdade, esse homem popular gostava de garotinhas. E quando Toff era mais nova, ele...'

"Eu sacudi a cabeça e rosnei.

"'Canalha filho da puta.'

"'Eu fiquei muito furiosa por ela. Disse que devíamos acabar com o babaca. Simplesmente... apagá-lo como a porra de uma vela. Mas mesmo depois de tudo o que tinha acontecido com ela, Toff ainda acreditava. Em Deus. Nos Testamentos que o Homem Estreito costumava ler para nós. Ela costumava me arrastar para a missa todo *prièdi*. Matar um padre era um pecado, disse ela. Cabia a Deus julgá-lo. Não a nós.

"'Mas eu a convenci de que podíamos roubar Merciér, pelo menos. Clérigo. Rico. Toff merecia alguma compensação depois do que aquele escroto tinha feito. Então, um dia, arrombamos sua propriedade enquanto ele estava em uma cerimônia particular. Estávamos a meio caminho de limpar o lugar quando o bastardo chegou em casa. Tinha esquecido os óculos, o porco idiota. Nós podíamos ter fugido. Escapar tranquilas. Mas quando Toff botou os olhos nele... ela simplesmente... surtou.

"'Como eu disse, ela era muito rápida com aquela sua faca, e ela a sacou e o atacou. Gritando. Esfaqueando. Ela o atingiu uma dúzia de vezes antes de ele cair. Quando ela terminou, deixou a faca enterrada até o cabo em suas partes privadas.'

"A voz de Dior agora estava um suspiro, bordejada de lágrimas.

"'Eu fiquei *muito* assustada. Toda a minha fachada, minha conversa sobre ser perigosa... merda...' Ela olhou para aquelas mãos sujas outra vez. "Sabe quanto sangue tem dentro de uma pessoa?'

"Eu assenti, com voz delicada.

"'Eu tenho uma ideia.'

"'Tentei arrastá-la dali. Dar o fora daquele lugar. Mas Toff estava olhando para o sangue em suas mãos. E enquanto ela estava ali parada, tremendo e chorando, Merciér se ergueu de pé e enfiou aquela faca direto no peito dela. Uma. Duas vezes. Eu tentei tomar a faca, e ele cortou bem minhas mãos antes que a perda de sangue o derrubasse. Mas quando ele caiu, ficou no chão, e eu peguei Toff e saí correndo, arrastando-a para o armazém do Homem Estreito. E eu a botei no chão, e todos os nossos amigos apareceram, e Toff...... ela só ficou ali deitada tentando respirar. Havia muita porra de sangue, e eu simplesmente queria parar com ele, então apertei as mãos sobre os buracos, gritando para que alguém, qualquer pessoa, me ajudasse.'

"'As palmas de suas mãos estavam cortadas', murmurei, olhando para suas cicatrizes. 'Seu sangue...'

"Dior assentiu.

"'Foi quando eu descobri o que podia fazer. Ali, em um lugar que eu chamava de casa, cercada por pessoas que eu considerava *famille*, salvando a vida da garota que eu pensava amar. E todos ficaram olhando, pálidos como fantasmas, quando os ferimentos de Toff se fecharam e ela se sentou e piscou para mim com aqueles olhos nos quais eu costumava me afogar.'

"Dior sacudiu a cabeça, lágrimas escorrendo pelo rosto.

"'E eles me chamaram de b-bruxa. Todos eles. Até... até *ela*. Toff olhou para mim como seu eu a tivesse ferido, não salvado. Eu tentei segurar sua mão, dizer a ela que a amava, e ela se encolheu e se afastou como se eu a queimasse. Como se ela estivesse... com medo de mim.'

"Eu assenti, lembrando-me do terror nos olhos de Ilsa na noite em que eu descobri o que era.

"'Eu conheço essa sensação.'

"Dior limpou as lágrimas do rosto.

"'Eles me entregaram ao magistrado. Eu fui culpada pelo assassinato de Merciér. Toda Lashaame estava gritando pelo meu sangue. Eles me puseram em exposição pública para que as pessoas cuspissem em mim, jogassem merda. A igreja avisou a Inquisição, e aquelas vadias gêmeas chegaram para queimar a assassina do bispo. A herege. A bruxa.'

"Ela deu de ombros, roendo uma unha serrilhada.

"'Então a irmã Chloe e os outros apareceram. Me tiraram de minha gaiola na calada da noite, e nós demos o fora depressa, o mais rápido possível. Com toda a merda pela qual eu havia passado, eu ainda me permiti pensar que tudo ia ficar bem com eles. A irmã Chloe tinha salvado minha vida. Bel era doce como mel. E Saoirse, ela...' Dior sacudiu a cabeça. 'Mas a mesma coisa acontece. De novo e de novo. Todas as pessoas de quem eu gosto partem, ou são levadas. E como uma idiota, eu continuava a fazer a mesma coisa repetidas vezes esperando que fosse diferente. Não sei por que faço isso. Não sei por que eu simplesmente não aprendo minha lição.'

"'Você tem um bom coração, garota. É por isso.'

"'Com todo o bem que isso me faz. Eu me arrastei por metade do império por causa dessa merda de profecia, e para quê? Eu devia apenas ser como você. Fazer o que é preciso fazer. Pegar o que você quiser. Foda-se o resto.'

"'Você não quer ser como eu, Dior.'

"'Por que não? Você está se saindo bem. Você tem uma esposa. Uma filha. Algumas pessoas que o amam. Mas o resto do mundo? Simplesmente... que *tudo* se foda.'

"Eu, então, abaixei a cabeça. Vendo o que ela via em mim.

"'Minha mulher costumava dizer que corações só se machucam. Eles nunca se partem. Não sei se acredito mais nisso. Sei que este mundo é cruel. Os santos e os pecadores sofrem da mesma forma. Sei que sempre que você dá um pedaço de si mesmo a alguém, você arrisca que essa pessoa o quebre. Sei que há algumas feridas que nunca se curam de verdade, e às vezes tudo o que resta das pessoas são suas cicatrizes. Sei que o tempo devora a todos nós vivos.'

"Dior me observou esfregar a tinta sobre meus nós dos dedos, brincar com meu anel de compromisso.

"'Eu vi o pior que este mundo pode conjurar, garota. Vi pessoas mantidas em jaulas e tratadas como gado para saciar as sedes de monstros cuspidos direto da barriga do inferno. Vi exércitos de homens fiéis abatidos como porcos enquanto Deus não se metia e não fazia *nada*. Vi pais comerem seus filhos. E não *posso* dizer que fica melhor. Não posso lhe dizer que acredito como Chloe acreditava – que você vai ser a pessoa que vai consertar tudo isso. Não vou mentir para você assim.'

"Afastei os olhos das chamas e olhei a garota nos olhos.

"'O que eu posso lhe dizer é que o único céu que encontrei em todo este inferno estava nas pessoas que eu amava. Amigos. *Famille*. Então, você precisa continuar a pensar o melhor das pessoas, apesar de ver o pior em nós. Aferre-se a esse fogo dentro de você, garota. Porque ele faz você brilhar. E quando ele se apaga, se apaga para sempre. Saiba que você vai cometer erros. Entenda que vai se machucar – droga, pode até mesmo se quebrar. Mas não tranque isso dentro do peito.'

"Eu estendi o braço e peguei sua mão.

"'Dirija seu coração para a porra do mundo.'

"Dior levou as mãos aos olhos, e vi aquele fogo ainda ardendo neles. Ela estava ensanguentada, *oui*. Machucada. Mas ainda não tinha se quebrado. Ela olhou para meus dedos envoltos em torno dos seus, os olhos brilhando com lágrimas enquanto ela lia o nome gravado neles.

"'Essa é sua filha? Paciência?'

"Eu assenti.

"'Astrid tatuou depois que Paciência nasceu. Todo o resto disso...' eu arregacei as mangas para mostrar as bordas de meu aegis, "...anjos e Virgens-mães e Mártires, nada disso importava no fim. Eu queria alguma coisa que importasse.

"Dior mordeu o lábio, pensativa.

"'Sabe... a Bebedora de Cinzas me contou.' Ela olhou para a espada ao meu lado. 'Sobre o que a Ordem da Prata fez com você e sua mulher. Eu entendo você não querer voltar para San Michon depois disso. Não culpo você por querer voltar para sua *famille*, Gabriel. Você não pediu por nada disso. E essa não é sua luta.'

"'Se formos acreditar no que Chloe disse, você é a luta de *todo mundo*.'
"'Mas você *não* acredita.'
"Eu olhei para o fogo e dei um suspiro saído de algum lugar velho dentro de mim.
"'Não consigo acreditar em um Deus que nos ama. Não depois de tudo o que vi. Mas acredito nisso: meus amigos são a colina sobre a qual eu morro. Eu me esqueci dessa lição por algum tempo. Mas agora juro: *nunca mais* outra vez. Então se seu caminho leva a San Michon, vou percorrê-lo com você.' Eu apertei sua mão outra vez, com a maior força que ousei. 'Eu não vou deixá-la.'
"Ela sorriu.
"'Somos amigos, então?'
"'Do tipo mais estranho. Mas *oui*. Amigos.'
"Ela afastou o cabelo dos olhos e franziu os lábios, pensativa.
"'Sabe... você me trata de forma diferente agora que sabe que eu não sou um garoto.'
"'Não. Trato você de forma diferente agora que sei que você não é uma babaca.'
"Ela riu, e ver isso, por sua vez, me fez rir. Eu podia dizer que ela estava liberando algo pesado de dentro dela com aquele riso. Algo que ela tinha carregado por um bom tempo.
"'Aqui.' Eu sorri. 'Tenho uma coisa para você.'
"Me voltei para a trouxa que eu tinha pegado naquela loja nas docas em Promontório Rubro. Ela estava embrulhada nas dobras de um casaco pesado de pele de raposa que eu havia pegado para mim mesmo. Mas eu joguei o resto para Dior, um por um por cima das chamas.
"'Uma calça nova', disse ela. 'E botas!'
"'Você não pode andar pelas províncias vestida de freira. Eu já tenho uma reputação muito ruim para esse tipo de besteira. Eu peguei também uma camisa para você. E isso.'

"Os olhos dela se iluminaram quando mostrei uma casaca bem cortada de cavalheiro. Era cinza-neve, até os joelhos, decorada com belos arabescos dourados. Os botões eram gravados com desenhos de pequenas rosas, um alfinete com o mesmo motivo para o lenço do pescoço. O tecido era resistente, mas macio, a parte interna forrada com pele, quente e elegante. Era um casaco apropriado para um lorde.

"'Era o mais elegante que eles tinham', disse eu. 'Eu não tinha certeza da cor.'

"'Não...' Ela olhou para mim com olhos brilhantes. 'Não, é *perfeita*.'

"'Experimente, então.'

"Com um sorriso largo como o céu, Dior tirou suas vestimentas do priorado. Eu fiz uma expressão sentida ao ver as feridas e hematomas por baixo, mas a garota ainda se movimentava como se estivesse dançando, vestindo a camisa e o a casaca sobre os ombros e fechando seus botões. Ela estendeu os braços, ajustou o alinhamento, e fez uma volta onde estava, gritando de prazer.

"'Você vai atrair a floresta inteira até nós', reclamei. 'Acalme esses seus peitos.'

"'Eu não *tenho* peitos, lembra?' Ela chutou um monte de neve em cima de mim e fez mais uma pirueta graciosa. 'Então? Como ficou?'

"Eu simplesmente sorri.

"'Mágiko.'"

✦ IX ✦

UMA SOMBRA SE MOVIMENTANDO LENTAMENTE

— UM ESTALIDO SOOU na floresta morta às nossas costas, e Dior ficou imóvel, seus olhos se arregalando. Eu estava de pé em um segundo, toda a alegria de nossa pequena festividade esquecida, sacando a Bebedora de Cinzas de sua bainha e xingando a mim mesmo de tolo, de idiota, de...

"*Havia uma bela mulher em Dún Fass, que tinha uma bunda incrível; não redonda...*

"'Cale a boca, Bebedora!'

"Eu estreitei os olhos, olhando além do círculo de nosso fogo. A floresta estava negra, fria, congelada até os ossos, e, mais uma vez, eu ouvi; algo pesado, resfolegando e caminhando pelos arbustos mortos em nossa direção. Dior pegou um tronco em chamas na fogueira.

"'Um sangue-frio?'

"'Não', sussurrei. 'Posso ouvi-lo respirar.'

"*Não a Fera de Vellene, pelo menos, pelo menos...*

"'Mas algum tipo de fera. Esse é o barulho de quatro pés, não dois.'

"'Mais um daqueles veados?', sibilou Dior.

"Eu me lembrei daquele veado apodrecido que enfrentamos na Floresta dos Pesares, sua cabeça se desfazendo enquanto gritava com voz de garotinha. Saoirse tinha nos alertado que a ruína ali em cima tinha sido bem pior do que no sul. E, embora ainda não estivéssemos na floresta do norte, mesmo assim eu me perguntava se aquele era mais um horror que nos espreitava na escuridão, atacado pela ruína e deformado.

"Eu o vi se aproximar, então; uma sombra se movendo devagar em nossa direção. Minha pegada na Bebedora de Cinzas se apertou, e quando Dior sibilou um alerta, eu avancei para encontrá-la, os dentes ficando longos em minha boca quando levantei a espada... Só para baixá-la de novo, com a mesma rapidez.

"'Doce Virgem-mãe', sussurrei.

"'O que é?', perguntou Dior.

"'Jezebel...?'

"A égua relinchou quando falei seu nome, jogando a cabeça e batendo um casco no chão. Ela estava parada ali sob a neve que caía, uma sombra cinza contra o escuro mais profundo. Suas pernas estavam arranhadas por espinheiros; sua crina, emaranhada; sua pelagem, imunda. Mas mesmo assim, eu não conseguia acreditar em meus olhos, rindo enquanto fui aos tropeções pelo gelo até seu lado. Dior gritou, maravilhada, assim que reconheceu a égua, correndo para o escuro e jogando os braços em torno do pescoço de Jez. A égua tornou a relinchar, aparentemente tão feliz por ver Dior quanto Dior estava por vê-la.

"'Pelos Sete Mártires, como ela *chegou* aqui?'

"Eu sacudi a cabeça, tão intrigado quanto a garota.

"'A última vez em que vi essa dama, ela estava saindo correndo pelos portões de San Guillaume como se seu rabo estivesse em chamas. Ela devia estar tão assustada com os mortos que atravessou o Volta a nado para escapar deles. Pobre infeliz.'

"'Ela não é uma infeliz, lave sua boca!' Dior franziu o cenho. "'Vamos lá, amor, venha para perto do fogo. Vamos esquentar você, hein?'

"Conduzimos a égua de volta para a luz, e vi Dior começar a agir, desembaraçando os emaranhados da crina de Jez, alimentando-a com um punhado de cogumelos secos de nossas provisões. Mais uma vez, sacudi a cabeça, perplexo. A égua tinha sempre mostrado a coragem de dez garanhões, mas sua sobrevivência, sem falar em nos encontrar ali... bom, isso era um verdadeiro milagre. E embora eu não fosse uma pessoa que botasse fé em milagres, mesmo assim, lancei um olhar cauteloso para os céus, me perguntando se nossa sorte tinha finalmente mudado."

Gabriel deu um suspiro, olhando para a chama da lanterna.

– Eu devia ter imaginado que não.

✦ X ✦

ESCURA E AINDA MAIS ESCURA

– "VALENTE?", SUGERIU DIOR.
"'Não', respondi.
"'Está bem, que tal... Coragem?'
"'Isso significa a mesma coisa que Valente.'
"'Cavalheirismo, então?'
"'Só o pior tipo de idiota chama seu cavalo de Cavalheirismo, Dior.'
"A garota revirou os olhos.
"'Isso de um homem que chamou sua espada de Garra de Leão.'
"'Eu tinha 15 anos, que merda você quer de mim?', disse eu com raiva. 'E eu disse para você parar de conversar com a Bebedora de Cinzas sobre minha infância. Ela nem estava *lá* na maior parte dela.'
"'Se quer que a Bebedora de Cinzas pare de me contar sobre você, devia parar de emprestá-la para mim.'
"'Bom, alguém tem de impedir que você durma quando está de vigia.'
"'Isso aconteceu *uma vez* em duas semanas. Largue do meu pé por causa disso, *merci*.'
"Tínhamos abandonado a margem congelada do Volta e virado para o norte em uma estrada longa e solitária. Duas semanas andando pelo norte de Ossway, e tínhamos visto poucos sinais de vida. Tudo era silêncio, exceto as canções dos corvos famintos, e tudo era imobilidade, com exceção dos redemoinhos de neve caindo. Passamos por gaiolas de castigo cheias de ossos.

Aldeias fantasmas, abandonadas por todos, menos por ratos gordos alimentados de cadáveres. Os destroços vazios de castelos que tinham sido poderosos. Velhos campos agrícolas que tinham se transformados em sepulturas coletivas, os corpos congelados onde haviam caído. Até os Mortos tinham abandonado *aquele* lugar – apenas alguns atrozes desgarrados nos perturbavam, os melhores dos quais agora residiam em pequenos frascos de vidro em meus alforjes. Deus não podia ser visto em lugar nenhum.

"Aquele era o império que eu tinha lutado tanto para salvar – um mar cada vez maior de gelo e escuridão, no qual a luz da humanidade ficava mais escura e ainda mais sombria. Mas Nordlund estava assomando a nossa frente, e eu sabia que naquele mar de sombras algumas pequenas chamas ainda persistiam.

"Eu tinha passado a emprestar a Bebedora de Cinzas para Dior quando a garota estava de guarda à noite. Eu sabia que ela não tinha ideia de como usar uma espada, mas a lâmina ia conversar com ela na madrugada, mantendo-a alerta enquanto eu *conseguia* roubar um pouco de sono. Eu dormia apenas um punhado toda noite, mas estava grato pelo pouco que conseguia. Porque, era verdade de Deus, Dior estava muito perto de me deixar louco sem acrescentar privação de sono à mistura.

"'E Galanteio?', perguntou ela.

"'Não', respondi.

"'Grande Coração?'

"'*Terrível*.'

"'Bom, se você não gosta de minhas sugestões, diga as suas', reclamou a garota. 'Não podemos continuar a chamá-la de Jezebel.'

"'Fale mais baixo, pelo amor de Deus.'

"Dior tornou a falar, duas oitavas mais baixo.

"'O quê, assim?'

"'Ela é uma égua, não dá a mínima para como a chamamos.'

"'Ela é corajosa. É forte. É leal.' Dior coçou a égua carinhosamente atrás das orelhas. 'Ela merece um nome que diga algo sobre quem ela realmente é.'

"'Se é assim que os nomes funcionam, por que o seu não é Irritando a Porra do Gabriel?'

"Dior revirou os olhos.

"'Você é *mesmo* um babaca.'

"'Está vendo, isso ia funcionar também.'

"Meus lábios se retorceram em um sorriso secreto, e voltamos para o caminho. Avançando com dificuldade, logo vi esse sorriso desaparecer. As árvores mortas estavam lentamente rareando e, através dos redemoinhos de neve caindo, eu pude ver o que havia à frente. Era inevitável, é claro – eu estava me remoendo sobre o que fazer havia dias. Mas eu esperava que tivéssemos chegado mais longe antes que aquele balde de picas em particular nos atingisse bem na cara.

"'Merda', disse eu. 'O Ròdaerr.'

"À nossa frente, a estrada mergulhava em uma margem íngreme até um rio largo. A ponte tinha sido destruída, duas pedras de sustentação projetadas da margem, uma delas com uma marca sangrenta de mão. O Ròdaerr tinha apenas oitenta metros de largura. Mas mesmo assim era problema.

"'Deve ser bem fácil atravessar', disse Dior. 'Ele está congelado.'

"'Não totalmente', respondi. 'E isso é um problema.'

"'Nós temos mais de um?'

"Olhei para a neve que caía, tremendo no frio de partir os ossos.

"'O inverno profundo finalmente nos alcançou. Todo rio ao norte do Ūmdir está no processo de congelar.' Olhei a garota nos olhos e sacudi a cabeça. 'Não temos como chegar a San Michon desse jeito, Dior.'

"'Mas se os rios estão congelados... isso vai fazer com que seja *mais fácil* para viajarmos, não mais difícil.'

"'Mais fácil para nós', assenti. '*E* para as coisas que estão nos perseguindo. As noites mais frias do ano estão prestes a cair. A Fera de Vellene vai atravessar o Volta e cair em cima de nós com qualquer força que reunir pelo caminho. Danton se move mais rápido do que nós. Ele *sabe* para onde estamos indo. Nós não vamos chegar a San Michon antes que ele nos alcance.'

"'Tem algum lugar onde possamos nos abrigar?'

"Eu dei um suspiro, pegando meu velho mapa em minha calça. Ele estava surrado, com manchas de água, amassado, mas as linhas do império ainda eram visíveis no pergaminho. Eu apontei para uma estrela negra nas margens do Mère.

"'*Château* Avelène', murmurou Dior. 'O que tem lá?'

"'Talvez, só talvez, um fogo quente o suficiente para queimar Danton até virar cinzas.'

"'O caminho passa pela floresta do norte. Saoirse nos avisou para não ir lá. Ela disse que a ruína era muito pior, que no...'

"'Somos mendigos, Dior, não temos escolha. Mas depois da surra que nos deu em San Guillaume, a Fera vai achar que estamos destroçados. Fugindo por nossas vidas. E, na verdade, isso é tudo o que temos feito. Eu vim para o norte para matar esse bastardo e toda sua família amaldiçoada, e estou cansado de fugir. Você confia em mim?'

"A garota me olhou nos olhos e assentiu.

"'Confio em você, *mon ami*.'

"Olhei para a extensão de gelo cinza a nossa frente.

"'Então está bem. *Esta* é nossa estrada.'

"'Uma com o risco de se partir bem debaixo de nossos pés.'

"'Você tem razão. Por isso eu vou primeiro.'

"Dior ergueu uma sobrancelha, olhando de mim para o rio congelado, depois de volta outra vez.

"'Não seja insensato, Gabriel.'

"'Posso encontrar um caminho seguro. Eu cresci em Nordlund. Eu conheço gelo.'

"'*Eu* vou primeiro. Sou mais rápida. E mais esperta, só que mais quieta. Por isso não quero ficar presa nesta margem segurando a égua enquanto você se manda sozinho.'

"'Você já fez isso antes?'

"Ela deu de ombros.

"'O rio Lashaame congela no inverno. Eles uma vez fizeram uma feira de diversões sobre ele.'

"'Garotas frágeis da cidade', disse eu com reprovação.

"Ela escarneceu, limpando a neve da sobrecasaca.

"'Então me diga o que fazer, caipira.'

"'Ande devagar.' Eu sorri. 'Pernas afastadas. Se o gelo rachar e você cair na água, o frio vai expulsar o ar de seus pulmões. Se isso acontecer, não perca a cabeça. Bata as pernas, faça a volta e retorne pelo caminho que você percorreu. Ainda tem aquele seu punhal?'

"Dior sacudiu a cabeça.

"'Aquelas vadias o pegaram em Promontório Rubro.'

"'Aqui.' Eu soltei meu punhal e sua bainha de meu cinto da espada.

"'Se você cair na água, crave-o no gelo para conseguir sair. Só tome cuidado com a corrente.'

"Ela sopesou o punhal, olhando para a estrela de sete pontas gravada botão do punho.

"'É bonito', murmurou ela.

"Eu assenti.

"'Forjado pelo melhor ferreiro que San Michon já conheceu. Eu tenho esse punhal há dezessete anos. Usei-o na Batalha dos Gêmeos. Báih Sìde. Triúrbale. Tuuve. Não havia muitas pessoas no império consideradas dignas de usar aço de prata.'

"'Devolvo a você no outro lado, prometo.'

"'Pode ficar. É seu.'

"Dior olhou para o punhal em sua mão, as pontas dos dedos passando pela sobrecasaca que eu tinha dado a ela, então jogou o cabelo sobre o rosto e estreitou os lábios.

"'Você não vai ficar mole comigo agora, vai, Lachance?'

"Ela escarneceu, tornando a vestir a armadura.

"'Eu sou dura como a porra de uma pedra.'

"'Só não afunde como uma. Não estou com vontade de mergulhar atrás de você.'

"E ela então sorriu. Porque sabia que eu faria isso.

"Dior desceu pela margem congelada e deu os primeiros passos sobre o Ròdaerr. Ela se movia agachada, ágil, sem medo, limpando a neve da superfície congelada com as palmas das mãos ao avançar. O gelo era cinza-pálido, escurecendo ao ficar mais fino, e imaginei a corrente do rio, ainda passando mortal e rápida por baixo daquela crosta congelada.

"Seu caminho pelo gelo era sinuoso, em ziguezague, e meu coração estava saindo pela boca enquanto eu a observava. Mas, finalmente, ela chegou à margem oposta e acenou para mim em triunfo.

"'Vamos lá, velho!'

"'Eu tenho 32, porra!'

"Ela quebrou um galho de uma árvore próxima e o ergueu.

"'Uma bengala para você.'

"'Sua sacana.' Eu esfreguei o queixo de Jezebel.

"Está bem, garota. O pôr do sol não espera nenhum santo.'

"Pegando as rédeas da égua, eu a conduzi com cuidado pela margem congelada. Jezebel, no início, não sabia o que pensar da água congelada, mas ela seguiu fielmente enquanto eu arrastava lentamente os pés sobre o cinza liso como vidro. No início, foi fácil, o rio congelado e sólido perto da margem. Mas à medida que nos afastávamos, a camada ficava mais fina, mudando de cinza-neve para um ferro mais profundo. O gelo gemeu um pouco sob nós, então, estalidos nítidos ecoaram em meus ouvidos enquanto fraturas diminutas começaram a surgir sob nossos pés. Mas Dior não era tola, e o caminho que ela havia escolhido era bom. Não fosse a insistência de Deus em enfiar a pica em meu ouvido em toda oportunidade, estaríamos em ouro como os melhores dentes de um marinheiro.

"Jezebel os sentiu primeiro, as orelhas se erguendo, bufando. Eu captei algo no vento e inclinei a cabeça para escutar. E então eu ouvi, suaves como pena e rápidos como uma faca no escuro. Passos. Atrás.

"'*Gabriel!*', gritou Dior.

"Eu me virei, com os olhos estreitos ao avistá-los: um garoto maltrapilho, um velho, uma mulher, jovem e corpulenta. Três atrozes estavam descendo aos tropeções as margens congeladas às minhas costas, as mãos e bocas podres com sujeira e sangue velho.

"Agora, normalmente, aquilo não teria significado mais que uma seção diária de prática com a espada. Como eu disse, tínhamos esbarrado com alguns sangues-frios apodrecidos em nossa estrada. Mas *nenhum* daqueles bastardos tinha aparecido enquanto estávamos na metade da travessia da porra de um rio congelado.

"Saquei a Bebedora de Cinzas. A espada brilhou em minha mão quando o menino apodrecido deu o primeiro passo sobre o gelo.

"*C-c-corra, Gabriel.*

"'Eles são apenas três', disse eu com raiva. 'Por que eu devia fugir?'

"*Porque* ela *v-vai.*

"Percebi isso tarde demais. Eu estava muito acostumado a cavalgar com Justiça, sabe? Mas Jezebel não era um sosya corajoso, criado nos intestinos de San Michon para não temer os Mortos. E depois do massacre em San Guillaume, ela parecia odiar e temê-los mais do que a maioria dos animais. Então, quando ela sentiu o cheiro daqueles atrozes no vento, bufou e empinou, e esqueça a trilha de Dior, Jezebel saiu correndo direto pelo gelo.

"Os estalidos se transformaram em barulhos de coisas se rachando e os barulhos de coisas se rachando em barulhos de coisas se estilhaçando. Rachaduras profundas e brancas se espalharam como teias de aranha enquanto quinhentos quilos de égua aterrorizada galopavam sobre o vidro do rio. Os atrozes estavam correndo em minha direção, o velho bastardo deslizando e se arrastando, o garoto trotando de quatro como um lobo, os dedos em forma de garras se cravando na superfície congelada. Senti o gelo se mover, agitando-se embaixo de mim como o convés de um navio jogado por uma tempestade quando Dior gritou um alerta, quando a Bebedora de Cinzas soou dentro de minha cabeça.

"*Corra, seu grande idiota!*"

"Eu fiz a volta e corri, escorregando pela superfície que se estilhaçava. O gelo estava se partindo à minha frente; eu o vi ceder sob o quarto traseiro de Jezebel, a égua gritando quando mergulhou através dele. Um grande pedaço de gelo se rachou sob meus saltos de prata, e cambaleei e saltei sobre uma placa em movimento. E então, todo o mundo cedeu sob meus pés.

"Eu pulei, viajando pelo ar enquanto a placa desmoronava. Mas não longe o bastante. A superfície girou e se estilhaçou quando eu a atingi, rachando padrões enlouquecedores em espiral quando minhas botas atravessaram, e o resto de mim foi atrás, a Bebedora de Cinzas urrando em minha cabeça quando escapou de meus dedos e deslizou pelo gelo. E com um pequeno xingamento, mergulhei no Ròdaerr congelado.

"O choque me deu um forte soco no peito, e como eu tinha prometido a Dior, todo meu fôlego escapou de meus pulmões. Eu tinha rachado a cabeça na placa de gelo quando mergulhei, sentindo o gosto de sangue na boca enquanto o frio apunhalava meus ossos. Demorei alguns instantes antes de conseguir me recompor, me livrar do choque, olhar para o escuro ao redor e começar a bater pernas na direção da luz. Mas xinguei quando bati meu crânio outra vez no gelo acima. Com uma sensação ruim no estômago, percebi que a corrente tinha me pegado e me arrastando rio abaixo para longe do buraco pelo qual eu caíra.

"Chutei e soquei com toda a força, e o gelo rachou sob meus punhos. Mas eu não tinha ar em meus pulmões, e manchas escuras pipocavam em minha visão enquanto eu tornava a socar a superfície.

"*Tump.*

"*Crunch.*

"Nada.

"Eu estava sendo arrastado, agora lutando contra a corrente, pressionado contra o gelo acima. A superfície era lisa como vidro sob minhas luvas, nada ao que me agarrar, e eu xinguei quando tentei pegar meu punhal, lembrando-me de que o tinha dado a Dior. Eu agora podia ver uma força escura através da crosta acima de mim agora – uma sombra suave e uma voz mais suave ainda, quase inaudível acima do ritmo temerário de meu pulso. De todos os lugares onde eu tinha estado, os horrores que eu havia enfrentado, parecia idiota que eu pudesse acabar daquele jeito: sufocando embaixo de apenas trinta centímetros de água congelada. Eu me xinguei de tolo por não ter tomado o sacramento – se eu estivesse recém-saciado, podia ter aberto caminho a socos. Mas como estava, até punhos de sangue-pálido não eram fortes o suficiente para se libertar daquela tumba.

"Golpeei o gelo com o punho de novo e de novo, ouvindo estalos reverberarem pelo cinza congelado. Flores negras estavam desabrochando em meus olhos agora, belas, paralisantes, a pressão em meu peito, a necessidade de *respirar* queimando como fogo.

"Eu estava me entregando aos braços amorosos da corrente, a luz ficando mais fraca. Todo o fogo estava desaparecendo. Toda esperança estava perdida. O inferno me chamava, braços eternos bem abertos, e imaginei que lá pelo menos estaria quente. Então ouvi um estrondo, e através do véu negro sobre meus olhos, vi o gelo acima de mim se partir, estilhaçando como se um cometa tivesse caído em seu rosto. E embora eu não tivesse ar em mim para gritar, eu ainda tentei quando um metro e meio de metal de estrela afiado atravessou o gelo e me perfurou direto através da barriga.

"Eu fui parado imediatamente, preso no aço, a boca aberta em agonia. Ouvi a voz da Bebedora de Cinzas soando na minha cabeça, então, brilhando como prata no negro esmagador.

"*LUTA!*

"Estreitei os olhos no escuro, vi que a espada tinha criado uma teia de rachaduras no cinza acima. E eu pensei em Astrid. Em Paciência. Furioso e rosnando,

rasgando minhas luvas e deixando meus nós dos dedos ensanguentados quando soquei com os punhos de novo, de novo, de novo.
"*Eu me recuso a morrer aqui,* disse eu a mim mesmo.
"Eu.
"*Tump.*
"Me recuso.
"*Crunch.*
"A morrer aqui.
"Meu punho atravessou as rachaduras, esfolado até o osso, e senti alguém me segurar. A agonia foi forte quando a espada foi arrancada de minha barriga. Eu rompi a tampa congelada de meu caixão, os pulmões queimando enquanto os pedaços se separavam, quando uma luz fraca atravessou, finalmente. Batendo as pernas e sendo arrastado de cima, empurrei minha cabeça para o abençoado ar.
"'*Gabriel!*, gritou Dior. '*Segure-se em mim!*'
"Eu não conseguia fazer nada além de engasgar, perfurado e sangrando quando a garota enfiou os dedos em meu antebraço e me puxou de volta. Dior estava de bruços, a Bebedora de Cinzas largada no gelo como uma serpente, e finalmente ela conseguiu me libertar, me tirar daquela escuridão congelante para a superfície cegante.
"'Aguente!', suplicou Dior. 'Aguente, Gabe!'
"Segurando minha barriga aberta, deixei uma longa trilha vermelha no cinza enquanto ela me arrastava na direção da margem. E finalmente paramos, a poucos metros das margens congeladas. Eu me enrolei em posição fetal, segurando a barriga, congelando, o crânio ecoando, babando sangue.
"'Você consegue me ouvir?' Dior apertou minha mão, com olhos selvagens. '*Gabriel?*'
"Puta... q-que... o-o p...'
"Senti mãos remexendo nos bolsos de meu sobretudo, piscando sob a luz da morte dos dias. Eu podia sentir o gosto de meu próprio sangue, sentir vidro quebrado em minha barriga, o coração batendo contra minhas costelas.

"'Aqui. Aqui, respire...'

"Ela apertou meu cachimbo sobre meus lábios, e fui tomado pelo gosto do *sanctus*, vermelho, doce e piedoso. Eu tossi, respingando sangue no gelo, e peguei o cachimbo da mão trêmula de Dior para mais uma tragada. Senti aquela força maldita, a agonia em minha barriga desaparecendo, conseguindo respirar com mais facilidade. Eu apertei a mão sobre a barriga aberta, com sangue escorrendo entre meus dedos.

"'Você...' Olhei com olhos estreitos para Dior. 'V-você...'

"'Está tudo bem', disse ela. 'Eu peguei você, Gabe. Você está seguro.'

"'Você.... me atravessou com a espada... porra.'

"'Espere... você está ficando *irritado* comigo agora?'

"'Irritado?' Eu tossi, cuspindo vermelho. 'Você me atravessou com a espada!'

"'Não foi culpa minha!'

"'Você me atingiu *acidentalmente*?'

"'Não.' Ela franziu o cenho, dando de ombros. 'Foi ideia da Bebedora de Cinzas.'

"Eu olhei com raiva para a espada, agora enfiada na neve ao lado da garota.

"'Foi assim...'

"'Eu só a peguei para quebrar o gelo', disse Dior. 'Mas a corrente o havia apanhado. Precisávamos detê-lo para que você pudesse abrir caminho a socos. Então, ela me disse para... você sabe...'

"A garota fez um círculo com o indicador e o polegar. Enfiou o indicador direito através dele repetidamente. A dama de prata no cabo da espada sorria para mim como sempre.

"'Vadia', disse eu com raiva.

"'Dior se retraiu de forma simpática.

"'Está doendo?'

"'Você me ATRAVESSOU com a espada!'

"'Pelo amor de Deus, não aja como um bebê! Não vai haver nenhuma marca amanhã. Sabe, a maioria das pessoas diria um *merci* para a garota que acabou de salvar suas vidas, De León.'

"O choque, agora, estava passando, o medo de quase me afogar empalidecendo em uma vazante embotada. Por mais que eu fosse um babaca grosseiro, ainda estava entendendo que aquela garota tinha mesmo salvado meu pescoço, e o mínimo que eu podia fazer era deixar de agir como um idiota em relação a isso.

"'*Merci*.' Eu franzi o cenho.

"Ela estreitou os lábios, se levantou e ofereceu a mão.

"'Levante-se, velho.'

"Dior me colocou em pé enquanto eu arquejava em agonia. Com uma das mãos em minha barriga sangrenta, eu pisquei olhando ao redor sob a luz fraca.

"'O que aconteceu com os atrozes?'

"A garota apontou com a cabeça para o gelo quebrado.

"'Eles afundaram. Todos os três. Não fizeram um som.' Ela sacudiu a cabeça, horrorizada. "Mas foi como se eles tivessem simplesmente... derretido.'

"'E Je...'

"Ouvi cascos pesados, triturando a neve quebradiça. Afastando o cabelo dos olhos com a mão ensanguentada, vi Jezebel subindo a margem congelada em nossa direção, um pouco molhada, um pouco abalada, mas aparentemente em boas condições.

"'É a verdade de Deus.' Eu suspirei. 'Você é a vadia mais sortuda que eu já conheci.'

"Dior me olhou nos olhos, o pensamento lhe ocorrendo ao mesmo tempo que ocorreu a mim.

"'É *isso*!', gritou ela.

"'*É* isso...', assenti.

"Fui mancando até o lado da égua, esfreguei sua orelha com uma mão ensanguentada enquanto Dior jogava os braços em torno de seu pescoço.

"'Fortuna.'"

✦ XI ✦

NOITE E FACAS

— UM GRAU É a diferença entre o líquido e o sólido. A divergência entre a água e o gelo. Mas aqueles que cresceram nos lugares mais frios conhecem a mudança que vem com o inverno profundo, e a mudança na forma como vivemos que vem com ele. Dias escuros ficam mais escuros, noites desoladas trazem pensamentos mais desolados. E quando a paisagem ao seu redor muda, o mesmo ocorre com o limite de seu espírito. O escuro é mais pesado quando sua capa está encharcada de neve derretida. É melhor evitar o riso quando sua barba está tão coberta de gelo que dói sorrir. A primavera floresce, e o outono enferruja. Mas o inverno?

"O inverno *morde*.

"Tínhamos entrado na floresta do norte havia dez dias, e tudo era noite e facas. Colônias de mosto-de-maria iluminavam o escuro com luminescência azul fantasmagórica. Pústulas de barriga-de-mendigo e fieiras irregulares de espinha-de-sombra cobriam todas as superfícies. Eu estava uma bola de nervos, inteiramente tenso enquanto conduzia Dior e Fortuna pela floresta retorcida.

"Quanto mais fundo caminhávamos, mais forte me atingia a realidade daquela virada da sorte — que eu dentre todas as pessoas acabaria guiando aquela garota para a segurança, e que a salvação do império tinha de algum modo caído em minhas mãos, tantos anos depois de aquele império dar as costas para mim. Eu não sabia a verdade sobre o sangue de Dior, como ele podia levar tudo aquilo a um fim. Eu só sabia que queria mantê-la em segurança. Assim, eu mal dormia, ficando sentado com a Bebedora de Cinzas na mão à noite, fazendo vigília sobre Dior enquanto ela sonhava. Todo graveto que se quebrava acelerava meu pulso. Olhos tremeluziam como velas no escuro, se apagando quando eu olhava para eles. Pegadas ficavam marcadas na neve em torno de nosso fogo quando nos levantávamos de manhã – lobos, talvez, só que os rastros tinham dedos demais e fediam a podre e enxofre.

"No 11º dia, encontramos uma clareira com uma árvore antiga no centro. Havia em seus galhos esculturas feitas de gravetos... e cadáveres, alguns quase frescos. As outras árvores estavam vergadas em sua direção, os galhos juntos como mãos de penitentes, florescências de asphyxia pendendo como cortinas de cabelo em torno de cabeças curvadas. Vozes suplicavam no limite da audição. *Juro* que a árvore sussurrou para mim quando passamos. Saoirse tinha alertado que a ruína no norte era bem pior que no sul. Mas, na verdade, ela não tinha contado nem metade.

"Dior olhou ao redor e estremeceu.

"'E você não sabe por que eu nunca saí da cidade.'

"'Não', respondi. 'Na verdade, não.'

"'Não acho que devíamos ter vindo por esse caminho.'

"'Bom, não me culpe', reclamei.

"'E por que não?'

"'Porque... eu prefiro que você não faça isso.'

"*Uma resposta incrível.*

"Olhei com raiva para a espada em minha mão.

"'Vadia, você me atravessou. Eu, se fosse você, ficaria quietinha por mais alguns dias.'

"*Eu te ofereci desculpas. O q-que mais tu pedirias?*

"'Que tal nunca mais fazer essa merda outra vez?'

"*Isso.... eu n-n-não posso jurar.*

"'Está sentindo o cheiro?', perguntou Dior.

"Eu ergui o nariz para o vento e assenti uma vez.

"'Morte.'

"Paramos para passar a noite e amarramos Fortuna a uma árvore que parecia uma mulher chorando, com os braços sobre o rosto. O céu estava escuro, a neve caía incansavelmente, vento uivava por toda a nossa volta através dos galhos retorcidos, dos ramos que estalavam, os túmulos de reis que tinham governado aquele lugar quando tudo era verde e bom.

"Depois de uma refeição desanimada, fumei um cachimbo vermelho enquanto ficávamos sentados tremendo. A noite inteira estava viva, todos os meus sentidos acesos. Captei notas de decomposição entrelaçadas com uma dúzia de espécies de fungos, brasas fracas de vida animal estranha, o sangue de Dior. Mas por baixo, suave como sussurros...

"'Você devia descansar um pouco', disse eu. 'Acordo você quando for sua hora de vigiar.'

"'Promete?' Ela franziu o cenho 'Porque você não fez isso na noite passada.'

"'Você precisava dormir. Ser a salvadora do império é trabalho duro.'

"Dior escarneceu.

"'Salvadora...'

"A garota sugou o lábio, os olhos azuis brilharam enquanto ela observava as chamas crepitantes.

"'Você acha mesmo que vai ser como Chloe disse? Só aparecer em San Michon, dizer alguma frase de algum livro empoeirado, e viva, *au revoir* morte dos dias?'

"'Não tenho ideia.' Eu dei um suspiro. 'Mas alguém menos cínico que eu observaria que você deve ser *algum* tipo de ameaça, ou o Rei Eterno não mandaria seu filho caçar você.'

"'Nem aquela vadia com a máscara que você enfrentou em San Guillaume.' Dior roeu uma unha serrilhada, cuspiu no fogo. 'Ela parecia saber alguma coisa.'

"Eu assenti, me lembrando de Liathe e sua espada de sangue, aquela máscara pálida e os olhos ainda mais pálidos por trás. Sanguemantes. Vampiros de sangue ancien. Mistérios dentro de mistérios, como sempre. Eu olhei para a estrela de sete pontas na palma de minha mão, para as veias sob a minha pele.

"'Tudo pode ser mentira. Talvez todo mundo jogando este jogo seja tolo. Imagino que vamos descobrir a verdade quando chegarmos a San Michon. Tem muita falsidade e loucura naquela biblioteca. Mas também *há* verdades. Astrid e eu descobrimos algumas. Quando éramos jovens.

"'*Esani*', murmurou Dior.

"Olhei com raiva para a espada no gelo ao meu lado.

"'Você fala demais, Bebedora.'

"'Acho que ela fica solitária.' Dior sorriu. 'Enfiada nessa bainha o dia inteiro.'

"'Estou sentindo uma dor no coração.' Eu joguei neve na dama de prata. 'Junto com meu *estômago*.'

"'Mas não pode ser coincidência, pode? Uma quinta linhagem de sangue, com quase o mesmo nome que a filha de Michon? Esan. *Fé*. Esani. *Sem* fé.

"'Não sei, Dior. Nós procuramos durante anos naquela biblioteca, Astrid, Chloe e eu. A maior parte do que encontramos era bobagem. Há poder em meu sangue, e aprendi um ou dois truques. Se eu conseguir botar as mãos no pescoço de Danton enquanto estiver no melhor da minha forma, ele vai experimentar a justiça. Mas a verdade é que minha linhagem de sangue nunca fez muita diferença no jeito que vivi minha vida. Astrid costumava me dizer que isso era o que a deixava mais orgulhosa. Criado entre aqueles Dyvoks, Chastains e Ilons, eu me ergui mais alto do que todos.' Eu toquei as veias em meu pulso. 'Não por causa disso.'

"Eu bati com o punho no peito.

"'Por causa *disto*.'

"'Dirija seu coração para o mundo.' Ela sorriu.
"Eu assenti.
"'Um dia como leão vale dez mil como cordeiro.'
"Dior se deitou ao lado do fogo, a capa embaixo, a bela sobrecasaca jogada por cima dela. Uma cabeleira branca como cinza cobria seus olhos que eram azuis como os céus há muito perdidos. Ombros magros e mãos espertas, e o sangue da porra de um Deus em suas veias.
"'Conte-me sobre sua filha', murmurou ela.
"'Vá dormir, Lachance.'
"'Eu *vou*.' Ela sorriu, de olhos fechados. 'Mas gosto de sua voz. É sensual, relaxante.
"Olhei para o nome tatuado em meus dedos. Dando mais um trago e exalando uma coluna escarlate.
"'O que você quer saber?'
"'Qualquer coisa. Qual a cor favorita dela?'
"'Azul. A água em torno de nossa casa em alguns dias era quase azul.'
"'Você mora em um rio?'
"Eu sacudi a cabeça.
"'Um farol. Perto da costa sul. A maré subia com as luas, cobria a ponte para a terra. Então nada podia atravessar à noite.'
"'Inteligente.'
"'Tenho meus momentos.'
"'Ela gosta de lá?'
"'Espero que sim. É no sul. Depois de Alethe. Às vezes temos flores na primavera.'
"'Eu nunca vi uma flor.' Dior deu um suspiro. 'Qual a favorita dela?'
"Eu então senti o cheiro mais forte – aquele cheiro que Dior tinha captado no vento. Na verdade, ele estava nos seguindo o dia inteiro. Como uma sombra. Como um fantasma. Eu olhei para o escuro além da luz do fogo e vi – uma forma que eu conhecia tão bem quanto meu próprio nome, em

silhueta contra os cadáveres de árvores caídas, imperadores mortos se decompondo em tumbas congeladas.

"'Gabe?', perguntou Dior.

"'O quê?'

"'Qual a flor favorita de Paciência?'

"'Sino-de-prata. Como sua mãe.'

"'Você deve sentir falta delas.'

"Eu sacudi a cabeça.

"'Logo vou estar de volta com elas.'

"'Sinto muito.' Ela suspirou. 'Por tê-lo afastado delas.'

"'Chega de perguntas, garota. Vá dormir.'

"Dior se enroscou em seu casaco, com o rosto voltado para as chamas. E eu fiquei ali sentado no frio, observando os olhos que estavam me observando. Eu agora podia vê-la com mais clareza; não era mais uma sombra escura, mas uma pálida, pele de porcelana envolta em mechas de cabelo negro, macio como seda e denso como fumaça. Ela não disse nada, só esperando, até que a respiração da garota ao meu lado desacelerou e se tranquilizou, o peito subindo e descendo na cadência pacífica do sono.

"'A sombra recuou, mais fundo na noite.

"E eu me levantei, seguindo-a na escuridão."

✦ XII ✦
TUDO DESMORONANDO

— ELA ME ACERTOU por trás, me bateu contra a casca de um carvalho apodrecido, talvez a cinquenta metros do fogo. A luz ainda brilhava o bastante para se refletir na pederneira negra de seus olhos, sua força tão desolada quanto a tempestade acima. E ela pressionou os lábios nos meus, e pude sentir as navalhas enquanto ela rosnava como um lobo e apertava o corpo nu contra mim.

"'Meu leão', sussurrou ela.

"Ela mordeu meu lábio, mãos frias nos botões do meu sobretudo, em minha túnica agora, entrando por dentro e passando os dedos pelo músculo e a tinta que haviam por baixo. Ela sibilava baixo, mãos frias queimando sobre tinta de prata, unhas se cravando em minha pele.

"'Você vai se machucar', sussurrei.

"'Um pouco de dor nunca machucou ninguém', disse ela em voz baixa.

"Meu cabelo caiu em torno de seu rosto quando ela me beijou outra vez, como o sol costumava beijar os sinos-de-prata que cresciam em torno de nossa casa. Ela roçou lábios em chamas sobre a tinta em meu pescoço, meu peito, unhas deslizando até meu cinto e abrindo a fivela enquanto descia muito devagar até ficar de joelhos.

"'Pare', implorei. 'Por favor.'

"Ela ergueu os olhos, pupilas tão grandes com a fome que seus olhos estavam negros.

"'Senti sua falta.'

"'E eu a sua', sussurrei, com meu coração se partindo. 'Mais do que qualquer coisa.'

"Ela me beijou além da calça de couro, da base até a coroa, e quando ela baixou mais minha calça, o desejo em mim era tão real que senti meus joelhos balançarem.

"'Só um pouco', implorou ela.

"'Não posso.'

"'Só um gole, amor.'

"'Não posso.'

"Ela sibilou, sombria e trêmula, recuando como uma serpente. Tive de fechar os olhos para me proteger da visão de sua raiva, a ruptura perto demais da superfície.

"Eu nunca quis nada disso.

"Quando abri os olhos, ela estava parada no escuro, os braços esguios cruzados, o vento da tempestade soprando mechas compridas em torno dela. Deus no céu, ela era linda. Eu tive de me segurar para não cair de joelhos, suplicar, rezar. Tudo desvanecendo. Tudo desmoronando.

"'Amo você', disse eu a ela.

"'Se isso fosse verdade, você não me diria não.'

"'Astrid... por favor... eu preciso de minha força.'

"Olhos negros se dirigiram para o fogo distante.

"'Por ela.'

"'Ela não tem mais ninguém.'

"'Ela não é sua filha. Ela não é sua *famille*.'

"'Eu *sei* disso!'

"'*Sabe*?' Ela olhou para mim, um fio de cabelo negro preso na borda de seus lábios. 'Você está desmoronando, amor. Você já deu muito de si para isso, e ainda não chegou nem perto. Você está se esquecendo de por que nos deixou, Gabriel.'

"'Não', respondi, a voz como ferro. 'Eu me lembro.'

"Ela se virou para me encarar, e eu pude ver lágrimas sangrentas em seus cílios.

"'Você está se dirigindo a um lugar aonde eu não posso segui-lo. Não quero que você vá.'

"'Dior vai estar segura em San Michon. E na próxima vez que Danton vier, eu vou estar pronto, vou...'

"'Você não veio aqui por essa garota. Não foi por isso que você deixou Paciência. Não foi por isso que me deixou.'

"Minhas mãos se cerraram.

"'Eu *sei* por que vim aqui. Não preciso que você me lembre. Vejo isso toda vez que fecho a porra dos meus olhos!'

"'Por favor, não se zangue', sussurrou ela.

"Eu abaixei a cabeça, fechando os olhos contra as lágrimas ardentes, seu sussurro o único som no escuro.

"'Diga que você me ama.'

"'É claro que amo.'

"'Prometa que nunca vai me deixar.'

"'Como eu poderia fazer isso?' Eu me agachei, com a cabeça entre as mãos. 'Vocês são tudo o que eu sempre quis. Vocês duas... vocês foram as peças que eu nunca soube que estavam faltando. Vocês...'

"'Gabe?'

"Eu abri os olhos e vi Dior de pé no escuro, olhando fixamente para mim. Ela parecia assustada, com frio, aquela bela sobrecasaca coberta de flocos de neve. A Bebedora estava desembainhada em suas mãos, o aço de estrela escuro brilhando à luz das chamas distantes.

"'Eu ouvi você gritando. Você estava conversando com alguém?'

"Um olhar me disse que Astrid havia desaparecido; um espectro que tinha se esvaído na escuridão.

"'Comigo mesmo', respondi, me erguendo de pé e afivelando o cinto. 'Só comigo mesmo.'

"'Você está sangrando', disse ela, apontando para o lábio.

"Eu passei a língua pelo arranhão, o sangue, minhas presas ainda longas e afiadas em minhas gengivas.

"'Não é nada. Você não devia ficar longe do fogo. Está congelando aqui fora.'

"Eu segurei sua mão e a puxei comigo pelo caminho.

"'Você está bem?', perguntou ela.

"'Eu estou bem. Só... não saia de novo da luz. É perigoso.'

"'Gabriel, estou preocupada com você.'

"'Pare de se preocupar comigo, garota.' Eu tomei a Bebedora de Cinzas de sua mão com uma expressão de raiva. 'E me dê essa maldita espada. Você não tem mesmo ideia de como usá-la.'

"'*Qual é teu jogo, Gabriel?*

"'Cale a boca, Bebedora.'

"*Teus fios se desenrolando. Teus nós desfeitos. Por muitos anos enfrentamos as t-trevas juntos, e eu te digo a verdade, te digo a verdade, sinto muito por minha parte nisso. Mas no fim desta estrada há lou...*

"Eu embainhei a espada, silenciando sua voz. Dior olhava fixamente para mim enquanto voltávamos para o círculo das chamas. Eu me agachei ao lado do calor crepitante, tremendo, passando a língua na mordida em meu lábio. A garota estava do outro lado, as mãos encolhidas dentro de suas mangas bem cortadas.

"'Sabe... você podia me ensinar', murmurou ela. 'Se você está tão preocupado.'

"Eu olhei para cima e encontrei olhos azuis.

"'Ensinar o quê?'

"Ela apontou para a Bebedora de Cinzas, arriscando um pequeno sorriso.

"'Como usar uma espada?'

"'Acho que não.'

"Seu sorriso esmaeceu.

"'Por que não? Eu sei usar uma faca.'

"'Porque uma espada e pouca noção são mais perigosos que nenhuma espada ou nenhuma noção.'

"'Gabriel, me escute...'

"'Não. Isso só encoraja você.'

"'Pessoas suficientes já morreram por minha causa', retrucou ela. 'Não quero outras lutando minhas batalhas por mim.'

"'E mesmo assim, aqui estou eu.'

"Seu queixo caiu um pouco ao ouvir isso e se cerrou rapidamente.

"'Sabe, eu sobrevivi por anos sem uma alma para me ajudar. Eu fui criada na *merda* e consegui sozinha sair dela. Até agora, salvei seu rabo três vezes pelas minhas contas, e você ainda assim não me dá crédito. Você me *trata* diferente agora que sabe que sou uma garota. Você não é meu pai. Eu não sou sua filha.'

"'Com certeza você não é. Ela daria dez de você.'

"Ela, então, deu um passo atrás. Como se eu tivesse batido nela.

"'Droga, você é um filho da puta. Estou tentando ser legal. Eu digo que estou preocupada, e você simplesmente cospe na minha cara como a porra...'

"'Cale a boca.'

"'Você não me manda calar a boca! Quem você acha que...'

"'Não, cale a boca!', sibilei, erguendo uma das mãos. '*Escute!*'

"Com os maxilares cerrados, olhando de cara fechada com fúria, ela se conteve. Inclinando a cabeça, Dior tentou ouvir. A tempestade estava soprando no alto, varrendo através das árvores, mas ali, acima do clamor, ouvi outra vez, baixo, para o oeste.

"Ela me olhou nos olhos, a respiração um pouco acelerada.

"'...Trovão?'

"'Isso são passos.'

"Dior franziu o cenho.

"'Passos *grandes*.'

"Acendi a mecha da lanterna de caçador no meu cinto e peguei um galho em chamas no fogo. Dior permaneceu na luz, os olhos se estreitando enquanto ela se esforçava para ouvir.

"'Eu acho...' Ela sacudiu a cabeça. 'Acho que eles estão se aproximando.'

"'Eles estão.' Eu joguei um cobertor nas costas de Fortuna e dei tapinhas nela.

"'Precisamos ir.'

"Com nossa desavença esquecida, Dior pegou outro galho em chamas no fogo, montando em Fortuna. A égua batia os cascos no chão, as orelhas para trás enquanto eu pegava suas rédeas, conduzindo-a a pé através dos arbustos e do emaranhamento. O vento estava gritando, a neve passando pelos emaranhados acima enquanto seguíamos, eu nos guiando através do escuro com olhos de sangue-pálido.

"'Aonde nós estamos indo?'

"Apontei para o oeste, para o que quer que estivesse dando aquelas pancadas surdas atrás de nós.

"'Para longe disso.'

"'Os passos estavam se aproximando, agora distintos sob a fúria da tempestade. Eu podia ouvir sussurros através das árvores mortas, um calafrio subindo em meu estômago. Arriscando uma olhada para trás, vi formas; uma multidão, distante através dos arbustos emaranhados. No início, temi os Mortos – alguma legião reunida por Danton para nos derrotar, caindo sobre nós nas profundezas da noite. Eu não sabia se devia ficar aliviado ou com medo quando vi que as *coisas* atrás de nós nada tinham de humanas. Sombras dentro de sombras, os sussurros ficando mais altos. Olhos como lanternas de tempestade no escuro, formas poderosas se movendo através de ramos emaranhados, pele coberta de pústulas, pernas demais, bocas demais. Perto e mais perto.

"'Se segure!'

"Nós então corremos, os olhos de Fortuna arregalados, a égua puxando as rédeas em minha mão. Ela queria galopar, o medo roubando sua razão, mas avançar às cegas por aquela floresta à luz de tochas era insanidade. Ainda assim, aquelas formas, aquelas coisas, de membros de aranha e olhos de coruja, elas vieram sobre nós em uma torrente, garras afiadas e dentes de punhal em número grande demais para contar, e embora eu não tivesse ideia de que horrores elas haviam nascido, eu sabia que estavam com fome.

"'Gabriel!', gritou Dior.

"'Puta que... Chegue pra frente!'

"Dior foi para a frente enquanto eu subia na égua atrás dela, jogando meus braços em volta de sua cintura enquanto Fortuna começava a galopar. Galhos chicoteavam e agarravam, meu rosto rasgado e ensanguentado, a cabeça de Dior baixa enquanto ela se curvava e cavalgava como se todo o inferno estivesse vindo atrás de nós. Ela arriscou olhar para trás, os olhos arregalados de medo.

"'Que *merda* é essa?'

"'Não olhe!'

"'Deus, Gabriel! Eles...'

"'NÃO OLHE!'

"Formas de animais, retorcidas além de toda a medida de luz ou razão. Os sonhos de árvores que gritavam, erguidos na sepultura pútrida de um berço outrora verde. Pele de cogumelos e olhos de fungos, rostos dentro de bocas abertas, inertes com esporos e loucura. Eu tinha percorrido as trilhas mais escuras desse mundo. Eu tinha olhado nos olhos do inferno e visto ele olhando também. E pela porra do grande Redentor, juro que nunca tinha visto nada como eles.

"Se não fosse por Fortuna, eles teriam nos pegado. Mas a égua corria com energia como sempre, desviando entre os volumes apodrecidos, os ramos como mãos que tentavam nos agarrar. E embora aquela égua não fosse o animal mais rápido que eu já tinha visto, ela sempre foi uma das mais firmes. Seus flancos logo estavam úmidos de suor, o peito arfando como um fole, e embora pudéssemos ver apenas uns quatro metros à frente na luz tremeluzente de minha lanterna, ela não tropeçou. Em vez disso, seguimos sinuosamente como uma agulha em um tear, curvas e valas, saltando sobre árvores tombadas enquanto a neve caía densa ao nosso redor, e Dior e eu nos agarrávamos por nossas vidas. Eu podia ouvir a garota rezando e encontrei sua mão, apertando-a firme enquanto ela retribuía o aperto.

"'Não tema', disse eu. "Eu estou com você.'

"A neve cegava. Os cascos trovejavam. As formas se retorciam às nossas costas. Nós não conseguíamos ver nada, e mesmo assim seguimos em frente, lágrimas congeladas em nosso rosto. Ouvi uma mudança no vento, que não sibilava mais através da floresta, uivando em vez disso. As árvores à nossa volta rarearam, e por um segundo achei que tínhamos escapado, só para sentir um aperto no coração quando percebi por quê. Fortuna continuou avançando, fiel a seu nome, fiel até o fim, fiel até o momento em que sua sorte finalmente falhou.

"Eu gritei, agarrando as rédeas da égua... mas *tarde demais*, tarde demais, pois a beira do penhasco assomava à nossa frente. E com um berro aterrorizado, a égua em pânico galopou para queda e jogou a todos nós pela borda, no vazio negro além dela.

"Dior gritou e eu rosnei.

"'SE SEGURE!'

"E estávamos caindo na escuridão nevada. Eu agarrei a cintura da garota e nos girei quando nos soltamos das costas da égua, quando a pobre Fortuna gritou outra vez. Me curvando sobre Dior, agarrando-a firme, eu arquejei quando senti atingirmos uma superfície cheia de pontas, quebradiça, que se partiu e se soltou e nos fez girar. Algo bateu em meu crânio, quebrando, e percebi que tínhamos atingido os galhos de um pinheiro nu, caindo, galho quebrado por galho quebrado. Ele nos girou, me perfurou e rasgou, mas, mesmo assim, eu continuei segurando, me recusando a deixar que Dior escapasse de meus braços. Eu a ouvi ofegar, senti quando giramos, minha perna presa entre galhos que tentavam nos agarrar e partida em dois, e urrei em agonia vermelha enquanto todo o mundo girava, e finalmente, batemos em um monte alto de neve recém-caída.

"Tudo era fogo. A dor de todas as cores sob o céu. Eu podia ver osso se projetando em minha coxa rasgada, saindo através de minha calça – uma haste de fêmur com pontas irregulares brilhando vermelha. Sangue em meus olhos e minha boca. Frio e escuro por toda a nossa volta. O medo apunhalou meu coração enquanto eu apertava a garota em meus braços e chamava seu nome desesperadamente.

"'Dior? *Dior!*'

"Ela estava imóvel, o cabelo jogado sobre o rosto, não branco, mas vermelho. Sua testa tinha um corte, mas, ainda assim ela respirava. Eu fechei os olhos e a abracei apertado, tremendo de alívio. A neve formava uma pilha alta à nossa volta, o vento era um cântico fúnebre. Eu olhei ao redor, meu nariz desperto pelo cheiro de morte. E eu a vi, a vinte metros de distância – nossa pobre Fortuna, jogada em um monte de neve.

"Eu não conseguia ver a borda do penhasco acima. Não tinha ideia de quanto havíamos caído, nem se tínhamos sido perseguidos. Havia apenas arbustos esquálidos e pinheiros mortos à nossa volta, nada de floresta pútrida nem olhos brilhantes, e finalmente percebi que tínhamos chegado ao fim da floresta. Mas mesmo que os horrores que estavam atrás de nós não houvessem nos seguido até ali embaixo, a morte ainda assomava a alguns instantes de distância.

"Minha perna estava quebrada, o osso cortando através de carne ensanguentada. Eu podia consertá-la, mas levaria tempo para curar – tempo que nós não tínhamos. A noite era escura, meu sangue congelava na neve ao nosso redor, e não havia nada para fazer fogo, nem um lugar para buscar abrigo.

"Eu peguei meu cachimbo, os pensamentos correndo quando inalei um trago sangrento. E, tirando minhas luvas, cerrei os dentes, com uma expressão de dor quando recoloquei o osso em minha coxa rasgada. A dor me cegava, minhas mãos ensanguentadas tremiam enquanto eu empurrava meu fêmur estilhaçado de volta para dentro do músculo rasgado. Eu pude ouvir um som sob o vento, entrecortado e gutural, e finalmente percebi que era eu; gritando quando senti osso se encontrar com osso quebrado.

"O sangramento estava lento, agora, vermelho forte. Eu tirei o cinto, apertei a Bebedora de Cinzas em sua bainha contra minha perna e a prendi a minha coxa, apertando o mais firme possível. Com mãos trêmulas e escarlates, dei outro trago, sentindo a dor se diluir como sangue em água tépida. Ainda tentava escutar perseguidores, sabendo muito bem que, se aquelas coisas nos seguissem, seríamos feitos em pedaços.

"*Não há tempo para lamúrias*, disse a mim mesmo. *Não há tempo para medo.*

"*Quando há pouco o que fazer, faça o pouco que você pode fazer.*

"Com o rosto retorcido, agarrei a sobrecasaca de Dior e nos puxei para perto do cadáver de Fortuna. Eu examinei a garota, à procura de ossos quebrados, sangramentos, mas meu corpo a havia poupado do pior. Assim, pegando o punhal que tinha dado a ela, eu me voltei para a égua caída. Ela tinha nos levado mais longe do que poderíamos esperar. Tinha sido uma amiga em lugares sombrios, e eu odiava pedir mais a ela. Mas ainda havia uma coisa que ela podia fazer por nós.

"'Desculpe, garota', sussurrei. "Queria que sua sorte tivesse durado mais.'

"Enfiei a faca em sua barriga, e fui recebido por uma torrente gordurosa de sangue e merda. Rasguei-a com a lâmina até as costelas, serrando através do seu osso. Vapor erguia-se do ferimento enquanto eu enfiava as mãos naquele calor horrível. Engolindo minha bile, eu agarrei e puxei – longas espirais de intestinos reluzentes, depois subi, subi por seu peito, as grandes bolsas inchadas de seus pulmões, seu coração corajoso, até haver sobre a neve uma grande pilha de vísceras fumegantes.

"Os lábios de Dior estavam azuis quando eu a tirei de suas peles e sua sobrecasaca, botas e calça. Eu abri bem as costelas de Fortuna, mantendo-as afastadas com o ombro e o cotovelo, minha pele quebrada gritando enquanto eu a arrastava do frio que iria matá-la para dentro do único abrigo que tínhamos. Encharcado e arquejante, finalmente me encostei no flanco da pobre Fortuna, puxando suas entranhas por cima de mim por causa do calor. Acariciando sua cara. Murmurando acima do vento uivante.

"'*Merci*, garota.'

"*Melhor ser um bastardo que um tolo.*

"Eu fiquei ali deitado em meio às entranhas e ao sangue que esfriavam lentamente. Nada a fazer além de esperar, curar e torcer.

"Torcer, mas nunca rezar.

"Levei a mão ao interior do corpo arruinado de Fortuna, segurei a mão de Dior e a apertei.

"E juntos, esperamos pelo amanhecer."

✦ XIII ✦
PARA FRENTE, NÃO PARA TRÁS

— NENHUMA ESCURIDÃO NOS encontrou antes que a luz do dia nos encontrasse.

"Eu tinha mantido uma vigília fatigada, minha perna se emendando lentamente, o frio e o cansaço ainda ameaçando me arrastar para um sono do qual eu poderia não acordar. A tempestade continuava sem dar trégua, mas, agora que o sol escurecido tinha nascido, uma faixa larga e escura de rio congelado serpenteava entre os pinheiros espalhados e os arbustos teimosos da tundra. E, quando olhei para aquela margem gelada, percebi finalmente onde estávamos.

"'O Mère...', disse eu.

"Minha coxa ainda doía, mas o *sanctus* tinha curado bem o bastante o osso quebrado. E assim, levantando-me cambaleante, olhei à nossa volta. Fazia dez anos desde que eu deixara aquele lugar para trás: as majestosas torrentes congeladas, a vastidão coberta de neve, a sombra de picos que assomavam distantes no norte congelante. A terra que tinha me gerado, acendido um fogo dentro de meu peito e, no fim, me banido como um mendigo para o frio.

"'Nordlund.' Eu dei um suspiro.

"Finalmente, eu tinha voltado para casa.

"Um grito abafado veio do cadáver às minhas costas, seguido por um lamento horrorizado, e, me virando, vi mãos ensanguentadas abrindo caminho de dentro de Fortuna.

"'Espere!', gritei, afastando as costelas e a carne congelada, e gelo se quebrando, ossos se partindo. Dior saiu se arrastando dos restos. Ela estava arquejando, encharcada de lama e sangue, olhando para si mesma, horrorizada, as mãos com cicatrizes estendidas a sua frente. Parecia que ela podia vomitar.

"'Pela p-p-porra da d-doce V-virgem-mãe...'

"'Está tudo bem, garota. Respire com calma, agora.'

"Ela olhou para os penhascos acima, o pinheiro quebrado através do qual caímos e, finalmente, os destroços de Fortuna. Vi seus olhos se fecharem, suas bochechas se inflarem. Ela caiu de joelhos na neve rosa, dobrando-se ao meio. No entanto, ela cerrou os dentes, encontrou algo profundo e de ferro em seu interior e engoliu em seco. Eu rasguei o cobertor de Fortuna, limpei o pior da sujeira de sua pele enquanto ela ofegava e engolia em seco outra vez.

"'Você consegue andar?'

"'P-para onde?'

"'Aquele é o rio Mère. Estamos perto de Aveléne. Posso carregá-la se você precisar.'

"'E quem v-vai carregar você?'

"Eu dei um aceno vago.

"'Um detalhe técnico, mlle. Lachance.'

"Dior conseguiu sorrir. E eu observei, maravilhado quando ela afastou o cabelo sujo de sangue e entranhas dos olhos inchados e se levantou sobre pernas trêmulas.

"'Nós chegamos muito longe. Para frente, não para trás.'

"Ela limpou a pele e o cabelo na neve da melhor maneira possível, e eu lhe entreguei suas botas e suas roupas. Dior beijou a ponta dos dedos e apertou-os sobre a bochecha de Fortuna, e pude ver lágrimas em seus olhos enquanto ela murmurava obrigada. Podia parecer uma coisa tola para alguns – aquela garota chorar por um cavalo que mal conhecia quando ela já tinha perdido tanta coisa. Mas, na verdade, não choramos por aqueles que partiram, mas pelos que ficam. E é sempre melhor ter tempo para se despedir. Com frequência demais, o destino nos rouba essa oportunidade.

"Nós seguimos pelas margens, Dior e eu mancando lado a lado. Aquela parte do rio tinha sido de corredeiras rápidas, congeladas agora em uma natureza morta, estagnada, como as coisas que ainda estavam nos caçando. Eu olhei para os cumes acima, o gelo atrás, sabendo que ele ainda estava lá. Eu podia senti-lo, agora, se aproximando, frio e implacável como as neves. A tempestade continuava, nos gelando até os ossos. Um gavião-da-neve voava em círculos acima, quase perdido contra os céus cinza.

"Caminhamos por quatro dias por aquelas margens, e, no fim, nós dois estávamos prestes a cair. Finalmente, subindo até o alto de uma curva serpenteante, peguei a mão de Dior e apontei.

"'Olhe!'

"Um monte pontiagudo erguia-se da margem do Mère como uma torre para o céu. Muros bons e grossos circundavam a base, e em uma estrada que subia em espiral por suas encostas, havia casas pequenas; pedra sólida de Nordlund com telhados de telhas negras. No alto da pedra fria, assomava um castelo entalhado no mesmo basalto escuro sobre o qual estava.

"'*Château* Aveléne', disse eu.

"Ele tinha visto melhores dias, é verdade – não era nenhum castelo encantado de um conto de fadas, nem um lugar onde um rei penduraria de bom grado sua coroa. Aveléne era um lugar agourento e severo, mantendo uma guarda estoica sobre o rio congelado que serpenteava desde o norte. Mas qualquer luz era bem-vinda em um mar de escuridão, e mesmo do vale abaixo, podíamos ver chamas diminutas sobre os muros que nos disseram que, ali, apesar de todas as probabilidades, a humanidade resistia.

"'Quem construiu esse lugar?', sussurrou Dior.

"'Um antigo rei nórdico', respondi. 'Séculos atrás. Lorenzo, o Belo, seu nome. Que ergueu esse castelo como um presente para sua noiva na chegada de seu primeiro filho. Mas tanto a rainha de Lorenzo quanto o bebê morreram no parto. Ela está enterrada aí, junto com o filho que gerou. O castelo ainda tem seu nome até hoje. Aveléne.'

"'Você já esteve aqui antes?'

"'Anos atrás', assenti. 'Astrid e eu paramos aqui, depois que deixamos San Michon. Ela, na época, estava grávida de Paciência, e havia poucos lugares no império onde seríamos bem recebidos em nossa desgraça. Mas dentro desses muros, encontramos santuário. Paz. Pode não parecer muito, mas os dois dias mais felizes de minha vida, eu tive aqui.'

"Dior me olhou nos olhos.

"'Você quer dizer...'

"Eu assenti e engoli em seco, tentando expulsar o volume em minha garganta. O polegar passava pelas tatuagens em meus dedos enquanto ecos de risos soavam em minha cabeça.

"'Foi aqui onde Astrid e eu nos casamos. E onde Paciência nasceu.'

"'Nós subimos penosamente da margem congelada, passamos por um ancoradouro de madeira, agora atolado em gelo. Barcas tinham sido arrastadas para a margem, e trenós pesados agora estavam presos ao cais no lugar de barcos. A neve tinha sessenta centímetros de profundidade, e o avanço era lento, mas finalmente chegamos à frente do fosso e dos muros que circundavam o monte. Braseiros ardiam ao longo das ameias, besteiros com dardos mergulhados em piche montavam guarda. Meu coração se animou ao vê-la – não uma aldeia enlameada com uma paliçada de gravetos, não um mosteiro estripado com cadáveres nos muros. Mas o primeiro verdadeiro santuário que encontrávamos desde que tínhamos deixado Sūdhaem.

"'Esperem!', gritou uma voz do alto dos portões. 'Quem vem lá?'

"Era uma jovem nórdica corpulenta, de cabelo escuro e pele pálida. Ela observou quando tirei a luva de minha mão esquerda com os dentes e ergui a mão espalmada no ar congelante.

"'Um amigo', gritei.

"A jovem me examinou, de cenho franzido.

"'Se você conhecesse nosso *capitaine*, *frère*, saberia como tem pouco peso essa estrela por trás destes muros. Nenhum amigo de Aveléne a usa.'

"'Eu conheço seu *capitaine, mademoiselle*', respondi. 'Melhor que a maioria. Rezo para que você corra, agora, e leve a notícia de que Gabriel de León veio para vê-lo.'

"'O Leão Negro...', sussurrou alguém.

"A jovem vigia me inspecionou e rosnou para o garoto ao seu lado.

"'Depressa, Victor.'

"Ficamos no frio congelante aos pés da muralha. Dior estava tremendo em meus ombros; minha respiração congelada em meus lábios. Estava extremamente aliviado por estar ali, mas quando olhei para os jovens ao longo das muralhas, minha culpa me atormentou ao ver – aquela pequena centelha de luz para a qual tínhamos levado tamanho perigo. Eu só podia esperar que meus amigos entendessem o perigo que estávamos enfrentando e por que eu o havia arrastado até sua porta.

"Na verdade, nós não tínhamos mais nenhum lugar para ir.

"Depois de uma eternidade, ouvi metal sobre metal, um grito abafado. E, com o som de gelo se quebrando sobre dobradiças, a ponte levadiça foi baixada. Vi uma figura, de ombros largos, pele escura, se espremendo pelos portões antes que estivessem totalmente abertos e, em um ímpeto, ele estava correndo em minha direção, seu sorriso tão brilhante que quase me fez chorar. Ele estava mais velho, agora, como todos estávamos, faixas grisalhas em suas têmporas, algumas rugas na pele de mogno. Mas ele ainda era tão bonito quanto no dia em que entrei em seu arsenal todos aqueles anos atrás.

"'*PEQUENO LEÃO!*', gritou Baptiste.

"Ele trombou contra mim, tirando o fôlego de meus pulmões enquanto urrava. E eu ri quando ele me levantou do chão, uivando, e, grande Redentor, a alegria em seus olhos era suficiente para partir meu coração. Eu simplesmente continuei a abraçá-lo, o mais apertado que ousei, sua voz de barítono profunda em meu peito enquanto ele berrava meu nome, e, Deus, por mais que eu tentasse, não consegui conter as lágrimas.

"Baptiste me soltou depois de uma eternidade, e me beijou nas duas bochechas, atônito.

"'Bom Deus Todo-poderoso', disse ele. 'Pensei que nunca mais fosse vê-lo, irmão.'

"'Nem eu a você.' Eu sorri. 'Mas nunca em minha vida fiquei tão feliz por estar errado.'

"'Admitindo que você estava errado?', disse uma voz. 'Bem, isso é uma primeira vez, com toda a certeza.'

"Olhei por cima dos ombros de Baptiste e o vi caminhando pela ponte levadiça na minha direção. Tão principesco como sempre tinha sido: cabelo louro e comprido, penteado para trás de sua testa e rosto marcados, o queixo firme, seus traços orgulhosos. Mas seus olhos agora estavam temperados por sabedoria, brilhando com lágrimas quando ele abriu os braços.

"'Bom amanhecer, camponês.' Aaron sorriu.

"'Bom dia, jovem aristocrata.' Eu ri.

"E ele jogou os braços em torno de meus ombros e me puxou em um abraço, e naquele momento, todos os anos entre nós não eram nada. Éramos apenas garotos outra vez, nascidos sangues-pálidos, irmãos de armas, que tinham permanecido lado a lado e olhado juntos o rosto do inferno. Duros como ferro. Fortes como aço de prata. Ainda inconquistados.

"'É muito bom ver você, irmão', sussurrei.

"'E você, irmão', disse Aaron, sua voz vacilando.

"Eu segurei seu rosto e pressionei nossas testas juntas. E, finalmente, relutantemente, ele se soltou de meu abraço.

"'Na última vez que ouvimos falar de você, você estava em Sūdhaem com sua mulher e sua filha. O que em nome de Deus o traz de volta aqui, Gabe?'

"'Precisamos de sua ajuda, irmão.' Eu olhei para Dior atrás de mim, encolhida para se proteger do frio em sua sobrecasaca de aristocrata. 'Ela precisa de sua ajuda.'

"Baptiste ergueu uma sobrancelha.

"'Ela?'

"Dior fez uma mesura graciosa, como uma dama na corte do imperador.

"'É melhor buscar algumas garrafas', disse eu a eles. 'Temos muito para conversar.'"

✦ XIV ✦

CHÂTEAU AVELÉNE

– "JURO PELO TODO-PODEROSO, pela Virgem-mãe e por todos os Sete Mártires.' Aaron deu um suspiro. "Nunca ouvi uma história nem metade tão estranha quanto essa."

"'O Santo Graal de San Michon', disse Baptiste, fazendo o sinal da roda.

"Aaron estava parado ao lado de uma lareira crepitante, encarando Dior com olhos curiosos. Baptiste estava igualmente estudando a garota, a luz do fogo brilhando sobre a pele escura. A dupla nos levou através dos portões sem perguntas, conduzindo-nos morro acima até sua fortaleza semidestruída, e agora estávamos sentados em um grande salão de pedra. Havia tapeçarias puídas penduradas nas paredes ao lado de um grande mapa do império. As regiões que tinham caído para os sangues-frios estavam marcadas – sem dúvida pela mão de Aaron –, ursos a oeste, cobras e lobos ao sul, e, ao norte e ao leste, os corvos brancos do sangue Voss, aproximando-se cada vez mais da capital, Augustin.

"O *château* Aveléne era velho, sua pedra era rachada e suas paredes tinham correntes de vento, mas, bom Deus, era uma mudança bem-vinda da floresta. Tinham nos trazido bebida e comida fresca – *carne* de verdade, surpreendentemente –, e Aaron e Baptiste escutaram com atenção enquanto eu contei nossa história.

"Eles pareciam bem, meus velhos irmãos. Aveléne era quase uma ruína quando eles se estabeleceram ali anos atrás, mas eles a resgataram das mãos do tempo, e agora ele se erguia como um farol em um oceano de escuridão. O pátio estava cheio de gente quando fomos conduzidos para o interior, não apenas soldados, mas mulheres e crianças – famílias tentando ganhar um pouco de vida ao lado daquela lareira em chamas. Na verdade, era uma maravilha de se ver.

"Baptiste ainda era duro como pregos – ele obviamente tinha continuado a prática de ferreiro nos anos em que passamos afastados. Ele tinha raspado o cabelo, os pelos nascendo pelo couro cabeludo, agora, suas têmporas grisalhas. Ele vestia couro velho decorado com pele pálida, as mãos ainda largas e calejadas de seu martelo.

"O cabelo de Aaron estava mais comprido, e ele tinha deixado crescer uma barba curta, aparada com navalha. Ele ainda usava roupas de aristocrata: uma sobrecasaca elegante no verde-esmeralda de sua família e uma capa de raposa-cinza. Se a roupa era velha, com alguns botões faltando, ele ainda mantinha a mais nobre das poses. E, embora seu corpo ainda tivesse as cicatrizes das garras da Aparição de Vermelho, embora aquele castelo não fosse tão suntuoso quanto sua fortaleza ancestral em Coste, meu irmão ainda era orgulhoso como sempre tinha sido.

"'A história me parece tão estranha quanto a vocês', disse eu a eles, engolindo outro gole de vodka. 'E eu a estou vivendo. Mas, por minha vida, por meu *nome*, eu vi com meus próprios olhos. O sangue de Dior transformando vampiros em pilares de chamas. Trazendo homens de volta do limiar da morte. E o Rei Eterno também acredita nisso. O bastante para botar seu filho em nosso encalço.'

"'A Fera de Vellene', murmurou Aaron. 'O irmão mais novo de Laure.'

"'A essa altura, ele deve ter atravessado o Volta.' Apontei o mapa na parede com a cabeça. 'Não sei se ele vai nos encontrar aqui, mas, até agora, ele está atrás de nós como um maldito perdigueiro.'

"'Tem alguma coisa em meu sangue', disse Dior em voz baixa. 'Ela os atrai como prata atrai mendigos. Aconteceu perto de Lashaame e Dhahaeth.

De novo em Winfael, e através de Ossway. Onde quer que estejamos, os sangues-frios parecem nos encontrar.'

"Aaron olhou para o mapa com uma sobrancelha erguida, bebendo de seu cálice de ferro. Baptiste deu um suspiro profundo, os olhos gentis sobre Dior.

"'O que a Fera quer com você, *mademoiselle*? Por que Fabién Voss se interessa por você?'

"'Não sei.' Ela engoliu em seco, olhando para as mãos com cicatrizes. 'Danton falou alguma coisa sobre uma coroa negra. Que mesmo o Rei Eterno ia prestar homenagens diante de mim.'

"'Mentiras escorrem da língua dos Mortos como mel. Não podemos acreditar em nada do que ele lhe disse.' Aaron me olhou nos olhos, a luz do fogo refletida nos seus. 'E essa mascarada que está caçando vocês? Liathe, você disse? Nunca ouvi esse nome antes.'

"'Nem eu. Mas é poderosa e tem dons de sangue que nunca vi.' Eu sacudi a cabeça. 'Não sei qual é o jogo dela. Mas ela e Danton parecem em conflito. Os dois querem Dior viva, e não se pode confiar em *nenhum* deles. Precisamos atrair a Fera, colocá-lo em seu túmulo, depois levar Dior para San Michon antes que mais inimigos cheguem.'

"'Estou surpreso que você deposite qualquer confiança na Ordo Argent, irmão', disse Aaron, me observando com cuidado. 'Depois de tudo o que eles fizeram com você e Astrid.'

"'Como vai sua leoa, irmão?', perguntou Baptiste, lançando-me um sorriso. 'E sua filhota? A essa altura, ela já deve ser uma verdadeira dama.'

"'Quase.' Eu dei um sorriso tênue. 'Ela tem 11 anos.'

"'Mande um beijo para ela do tio Baptiste quando encontrá-la, hein?'

"'Sei que a ordem não tratou Gabriel com justiça', interrompeu Dior. 'Mas a irmã Chloe acreditava que a resposta para a morte dos dias estava dentro de seus muros. Ela *morreu* por essa crença e não sozinha. Rafa, Bellamy, Saoirse, Phoebe – devo a todos eles levar isso até o fim.'

"'Pobre irmã Chloe', murmurou Baptiste, olhando para seu copo.

"Aaron assentiu, fazendo o sinal da roda.

"'Sempre gostei dela.'

"Dior mordeu o lábio, olhando para meus velhos amigos.

"'Escutem, eu não tinha ideia de que Gabriel fosse me trazer para um lugar como este. Não tínhamos mais nenhum outro lugar para onde ir. Mas assim, vocês têm todas as desculpas que eu consigo expressar por aceitar tudo isso em seus ombros. Desculpem por...'

"'Nada de desculpas, mlle. Lachance', respondeu Aaron. 'Confio em Gabriel de León com minha própria vida. Se ele jura que você é uma causa pela qual vale a pena lutar, então nós vamos lutar, e com toda a graça do céu.'

"'Não quero mais ninguém morrendo por mim...'

"'É bom que não tenhamos planos de fazer isso.' O senhor de Aveléne arregaçou as mangas, e vi a prata tatuada ali, a história de sua juventude, fé e fogo ainda gravados em sua pele.

"'Sei que não parece muito, mas se a Fera de Vellene acha que vai invadir este castelo com algumas criaturas apodrecidas, ele vai ter problemas, com toda a certeza.'

"'Deus está do nosso lado, *mademoiselle*.' Baptiste deu um sorriso, apertando a mão de Dior. 'E também algumas de minhas inovações. Eu vou lhes mostrar antes da missa, se quiserem.'

"'Missa?' Eu franzi o cenho, servindo outra taça.

"'É *prièdi*, irmão.' Aaron coçou sua barba bem cuidada, pensativo, olhando para Baptiste. 'E depois disso, um banquete, eu acho. O que você acha, amor?'

"Baptiste golpeou a mesa com o punho, fazendo os cálices pularem.

"'Uma ótima ideia!'

"Dior franziu o cenho.

"'Não quero lhes dar nenhum trabalho...'

"'Bobagem!', berrou o dedo preto. 'Faz tempo demais que não temos uma desculpa para música e risos. E em noites escuras como essas, quem sabe quando teremos oportunidade outra vez? Um banquete, mlle. Lachance! Nós insistimos! Para abraçar velhos amigos e receber novos.'

"'Podemos não ter a despensa de um imperador.' Aaron sorriu para mim. 'Mas aposto que nossa comida é muito melhor do que o que cozinha esse bastardo.'

"'Ei', reclamei. 'Eu não sou tão ruim.'

"'Ele tenta.' Dior suspirou. 'Mas seu ragu de cogumelos... não é o melhor.'

"'Se você acha que isso é ruim, devia provar seu pão de trilha.' Aaron riu. 'O velho mestre Mãocinza quase escreveu para o pontífice para que ele fosse declarado um crime contra Deus.'

"'Vão se foder.' Eu ri. 'Todos vocês. Cães traidores.'

"Baptiste sorriu e me deu um tapinha nas costas, e eu não consegui evitar me levantar e abraçá-lo outra vez. Eu não tinha ideia do quanto havia sentido falta daqueles homens, daquela irmandade, e a ideia de que eles iam arriscar tudo o que tinham simplesmente porque eu tinha lhes pedido... Deus me ajude se eu quase não chorei de novo, ali mesmo.

"Baptiste nos levou por um *tour* pelo *château* como prometido, e pude ver que ele e Aaron não tinham ficado parados. Aveléne era impressionante quando Astrid e eu a visitamos pela primeira vez, mas, na última década, Aaron e Baptiste tinham transformado a velha ruína em uma fortaleza. Além dos muros em torno da base daquele monte, apenas uma única estrada sinuosa levava aos portões do castelo. Se necessário, os moradores da cidade abaixo podiam recuar para o interior da fortaleza, e o grande projeto de Baptiste.

"'Trabalhos de engenharia em toda a muralha', disse ele com orgulho, caminhando pelos muros com uma das mãos entrelaçadas na de Aaron. 'Lança-chamas e balistas, barris cheios de carvão. Temos um alambique chymico onde ficavam os velhos estábulos, produzindo álcool de madeira puro o bastante para queimar como uma isca de fogo.' Ele olhou para mim. '*Não* recomendo que você o beba, *mon ami*.'

"Eu fiz uma careta, bebendo de minha garrafinha nova.

"'Não pode ser pior que esta vodka.'

"'Ele deixa você cego. E louco.'

"'Como eu digo...'

"'Temos cem bravos guerreiros', continuou Aaron, conduzindo-nos através do pátio cheio de gente, a canção de soldados e aço. 'Bem-treinados, bem-armados. Temos batedores em campo, então vamos localizar qualquer exército muito tempo antes que chegue. Olhos para ver e presas para morder.'

"'Eu podia usar alguns frascos, se você tem de sobra', disse eu com delicadeza.

"'Sem medo. Temos um bom estoque.' Aaron assentiu, dando um tapinha em meu braço. 'Não da melhor qualidade, mas frequentemente atrozes passam por aqui, e eu ainda gosto do...'

"'Ah, Virgem-mãe, eles são *lindos*!'

"Dior correu pelo pátio até um grande cercado coberto. Dentro havia mais de duas dúzias de cachorros – cães de Nordlund musculosos e robustos com pelo grosso, cinza e malhados, e olhos azul-claro. Dior se ajoelhou ao lado do cercado, e os cachorros grandes farejaram suas mãos, lamberam seu rosto enquanto ela ria de prazer.

"'Eu nunca vi tantos, tão grandes!'

"'Nós os estamos criando há algum tempo.' Baptiste sorriu. 'São treinados para puxar trenós no rio quando congela. O comércio é feito em Beaufort, e assim não ficamos isolados quando chegam as neves de inverno.'

"'É possível usá-los para chegar a San Michon?', perguntou a garota.

"Aaron e Baptiste trocaram um olhar, e o dedo preto esfregou o queixo.

"'Não tivemos muitas oportunidades de visitar o lugar, *chérie*. O mosteiro ainda resiste – o Rei Eterno deu uma olhada para ele e decidiu que não valia a pena sitiá-lo. Os olhos de Fabién estavam no leste e em Augustin, os santos de prata guardam nosso flanco norte, e por isso nós agradecemos. Mas Aaron e eu não temos desejo de nos sentar à mesa onde não somos bem-vindos.'

"Eu sacudi a cabeça ainda com raiva deles depois de todos aqueles anos. Aaron era um dos melhores iniciados que a Ordem tinha visto. Baptiste, seu melhor ferreiro. Eu olhei para o que aqueles dois tinham construído ali, para a escuridão se fechando por toda a nossa volta, e fiquei pasmo por San Michon ter dado as costas para aqueles homens. E dentre todas as coisas, para o amor.

"Nós seguimos em frente sinuosamente, o braço de Aaron em torno da cintura de Baptiste enquanto o dedo preto me mostrava orgulhosamente sua forja e uma pequena vidraria ao seu lado. Chegamos a um armazém comprido cheio de suprimentos: mantimentos secos, grandes barris de madeira de vodka e álcool de sua destilaria, barris menores marcados com cruzes pretas. Dior finalmente terminou de brincar com os cachorros e voltou para meu lado. Olhando para o armazém, ela franziu o nariz.

"'...Que cheiro é esse?'

"'Água-amarela e bosta-da-noite.' Aaron apontou para um barracão de madeira em frente ao cercado dos cães. 'Nós também cultivamos isso.'

"A garota olhou para Aaron como se ele estivesse tocado pelas luas.

"'Você está cultivando mijo e merda.'

"'Para o salitre', percebi.

"Aaron assentiu, tamborilando os dedos na pilha de barris menores.

"'As lições de chymica do velho serafim Talon não foram desperdiçadas comigo, irmão. Temos enxofre das minas perto de Beaufort. E bastante carvão.'

"Dior simplesmente pareceu intrigada, mas eu me vi sorrindo. Olhando com mais atenção os barris, percebi que eles não estavam marcados com cruzes, mas com as foices gêmeas de Mahné, anjo da morte.

"'Vocês bastardos descarados estão fazendo a própria ignis negra.'

"'Há anos, agora.' Aaron gesticulou para o *château* com um movimento de sua mão: os soldados armados, os trabalhos de engenharia, os cachorros latindo. A pedra boa e grossa. 'Como eu digo, nosso príncipe da eternidade vai ter problemas se procurar vir em cima de nós.'

"Eu olhei para a cidade, respirando a fumaça, ouvindo os risos e a agitação, o hino de metal contra metal, e me permiti um pequeno sorriso. Tinha sido uma viagem sangrenta até Aveléne, isso é certo. E ainda faltava uma boa caminhada Mère acima até San Michon. Mas parecia que tínhamos encontrado uma espécie de santuário. Ali, pelo menos, podíamos finalmente estar em segurança."

O Último Santo de Prata se encostou e deu um gole longo de sua garrafa de vinho.

– Você devia saber que isso não ia acontecer', murmurou Jean-François.

Gabriel deu um suspiro.

– Devia, porra.

✦ XV ✦
LUZ DO SOL E CHUVA FORTE

– TODAS AS CADEIRAS bambas e mesas tortas no monte tinham sido arrastadas até o salão para o banquete. Havia utensílios diversos sobre as toalhas de mesa de *patchwork*. Louças rachadas e canecas diferentes. Tirando os guardas nas muralhas, a maior parte de Aveléne apareceu naquela noite.

"Eu podia ver famílias no salão, crianças pequenas, até alguns bebês recém-nascidos, e mais uma vez não me senti bem ao pensar que tinha levado o mal para aquela porta. Mas, quando a refeição começou, esqueci do gosto da culpa por um momento e simplesmente me permiti respirar. Como Baptiste tinha dito, havia poucos motivos de celebração naquelas noites, e, embora as pessoas não tivessem a mínima ideia da razão, elas ainda apareceram, banqueteando-se com guisado de coelho, montanhas de cogumelos-botão e pão de batata quente. Eu não sabia o segredo, mas quem quer que trabalhasse nas cozinhas da fortaleza era um feiticeiro – eu até repeti uma segunda porção de batatas.

"Um trio de menestréis começou a cantar canções alegres, e o piso foi limpo para danças. Dior estava sentada ao meu lado direito, seu prato vazio, sua barriga cheia. Algum coitado estava ocupado tentando limpar as manchas de sangue das roupas que eu havia comprado para ela, e ofereceram a Dior um vestido para usar. Mas, em vez disso, ela tinha tomado emprestado uma velha sobrecasaca de Aaron. Só isso me disse que, com todo o calor e diversão, ela ainda estava se sentindo desconfortável. Dior usava aquela sobrecasaca como armadura, o cabelo puxado sobre o rosto. Ela também já estava no terceiro copo da vodka artesanal de Baptiste.

"'Pegue leve com essa coisa', alertei. 'Isso é um coice de mula.'

"'Gosto de mulas.' A garota deu um sorriso malicioso.

"'Está bem, só não me culpe se sua cabeça estiver se partindo ao meio quando amanhecer.'

"'Ceeeeerto, velho', cantarolou ela, mostrando-me o pai de todos.

"'Insisto em dizer a você que tenho só 32.'

"'Você podia ter me enganado com essa barba, vovô.'

"Eu franzi o cenho, esfregando minhas suíças da estrada. 'Eu disse a você que perdi minha navalha.'

"'Bom, arranje outra, você parece o cachorro de um ladrão.' Ela ergueu o copo e sorriu. 'Sua mulher ia deixar você ficar com uma monstruosidade dessas?'

"'Não, Astrid odiava.' Eu sorri. 'Ela costumava chamar meu bigode de heresia.'

"Dior retorceu o nariz.

"'Você tinha um bigode?'

"'Não depois que ela o chamou *disso*.'

"Dior riu enquanto eu me servia outro copo.

"'Esse era um dos muitos talentos de minha mulher, sabe? Ela sempre sabia a coisa certa a dizer para conseguir o que queria. Aquela mulher me tinha na palma da mão, e só ficou pior quando Paciência também aprendeu a fazer a mesma coisa. Ela puxou da mãe, aquela menina, com toda a certeza. Uma olhada naqueles olhos, e eu derretia como neve na primavera.'

"Eu ri comigo mesmo, sacudindo a cabeça. Mas, quando virei outro copo, vi que Dior estava mordiscando o lábio, olhando para mim com duas vezes mais estranheza.'

"'...O quê?'

"'Posso lhe pedir essa dança, *mademoiselle*?'

"Nós dois começamos um concurso de encarada enquanto Baptiste fazia uma reverência à nossa frente. Dior piscou para o ferreiro, esfregando os hematomas em seu rosto.

"'Eu?'

"'Se não ofendê-la.' O ferreiro deu um sorriso para a garota que teria derretido o Mère. 'Meu coração pertence a outro, mlle. Lachance, mas ele não é do tipo ciumento. E nenhuma flor tão divina deve ser deixada murchando em um canto.'

"Os olhos escuros de Baptiste brilharam com um ar alegre e travesso quando ele estendeu a mão. A multidão vibrou quando a música ao nosso redor mudou de tempo, os menestréis acelerando seu ritmo. Mas Dior olhou para mim e sacudiu a cabeça.

"'Talvez depois.'

"'Tem certeza?', perguntou o homem grande, surpreso por seu sorriso ter falhado.

"'*Oui*', assentiu ela. '*Merci*, Baptiste. Depois, prometo.'

"'Como preferir, *mademoiselle*. Mas vou cobrar essa promessa.' O dedo preto fez outra reverência e se retirou. Eu o vi pegar a mão de outra moça, acenando para Aaron enquanto a levava para a pista. Os dançarinos balançavam e vibravam sobre as tábuas do piso, todo o salão batendo palmas no ritmo.

"'Você não gosta de dançar?', perguntei a Dior.

"'Não sei dançar', admitiu ela. 'Não tem muitos bailes nas sarjetas de Lashaame.'

"'Eu ensino a você, então', declarei, estendendo a mão. 'Vai ser um bom treino.'

"'Treino para quê?'

"'Na raiz, dança e esgrima são a mesma coisa.'

"Dior piscou quando lentamente compreendeu. Ela olhou para a Bebedora de Cinzas em meu quadril e deu um grito, dando um beijo rápido em minha bochecha.

"'Você é um homem bom, Gabriel de León.'

"'Eu sou um bastardo, é isso o que sou. Só sou seu tipo de bastardo.'

"Nós fomos juntos para a pista, atrapalhando-nos em nossos primeiros passos, o salão a nossa volta em torvelinho. E, embora ela já tivesse bebido três taças, ainda assim Dior acompanhou com um ritmo inato que me disse que um dia ela poderia ser uma boa espada. Ela pisou em meus pés algumas vezes, é claro, mas seu riso estava mais animado que a música ao nosso redor, e vê-la feliz, por sua vez, me deixou feliz. Eu não me lembrava da última vez que tinha me divertido tanto quanto naquela noite e, por algum tempo, foi suficiente. Mas o tempo todo, estava crescendo em mim – uma melancolia sombria que se aprofundava a cada taça que eu pegava nas bandejas que passavam, cada gole ardente que eu engolia em minha busca para afogá-la.

"Então, quando Baptiste voltou e convidou Dior para dançar outra vez, eu agradecidamente escapei. Àquela altura, eu tinha bebido demais, e sabia que, com alguns goles mais, eu ia ficar cambaleante. Os rostos sorridentes à minha volta pareciam máscaras de morte, agora, a música, um hino fúnebre, e quando os menestréis começaram uma canção alegre e todo mundo começou a bater os pés no ritmo, percebi que não havia nenhum lugar na terra onde eu menos quisesse estar. Dior uivava enquanto girava de braços dados com Baptiste, rodopiando e esbarrando através da multidão, e peguei uma garrafa em uma mesa, empurrei as grandes portas de madeira e saí para o frio solitário.

"O vento fez meus olhos lacrimejarem enquanto eu andava pelo caminho calçado com pedras, os ombros curvados para me aquecer. Eu sabia para onde estava me dirigindo, caminhando sem pensar, tomando outro gole da garrafa quando ela se ergueu à minha frente como uma rocha magnética. Eu podia ver luz de velas através dos vitrais, sentir o cheiro do incenso votivo, ouvir ecos da missa há muito cantada.

"A capela de Aveléne.

"Era um lugar pequeno, nada tão grande quanto a catedral de San Michon. Mesmo assim, não muito tempo atrás ela parecera um palácio. E quando entrei naquela noite no inverno profundo. Eu me vi como tinha sido todos aqueles anos passados. Caminhando com pernas jovens pelas portas do amanhecer, Aaron ao meu lado, indo até o altar e o anjo ali à espera. Ela estava no facho da mais tênue luz do dia, as mãos na barriga, e eu sei que parece clichê, mas ela estava *iluminada*. A ordem tinha nos banido como se fôssemos osso e joio, e eu devia ter ficado envergonhado. Mas ao chegar ao lado de Astrid naquele dia, prometendo estar com ela para sempre, eu só conhecia o amor. O amor mais puro.

"Eu, agora, estava parado na igreja mais de uma década depois, e tudo estava frio e silencioso. Uma roda de madeira de sorveira ainda pendia sobre o altar, um entalhe do Redentor amarrado sobre ela, girando delicadamente ao vento quando as portas se entreabriram às minhas costas. Tomei outro gole da garrafa e dei uma balançada. Eu sabia que ia estar me lamentando na manhã seguinte.

"'Bom amanhecer, Aaron', disse eu.

"'Bom dia, irmão', respondeu ele.

"Eu, então, pude senti-lo parado ao meu lado, como ele tinha feito naquele mais feliz dos dias, carregando os anéis de compromisso que Baptiste tinha forjado com as próprias mãos. Ofereci a garrafa a Aaron, e ele a pegou, bebendo no gargalo. Ficamos lado a lado, e eu olhei para a roda girando acima de nossas cabeças, sacudindo lentamente a minha.

"'Você nunca achou estranho?'

"'Não tenho certeza se sei o que você quer dizer.'

"'A roda.' Eu apontei para ela com a cabeça. 'Por que escolheram *isso* como símbolo da Fé Única.'

"'É um símbolo do sacrifício do Redentor. A oferenda que estabeleceu as fundações para Sua Igreja nesta terra e nossa salvação. *Por este sangue, eles vão ter vida eterna.*'

"'Mas você não acha um pouco mórbido? Me parece que talvez eles devessem ter encontrado algo que celebrasse os dias em que ele *viveu*. As palavras que ele *disse*. Em vez disso, o símbolo da Igreja é aquilo que o matou.' Eu sacudi a cabeça. 'Sempre achei isso estranho.'

"Aaron me devolveu a garrafa.

"'Você está bem, Gabe?'

"Eu, então, olhei para ele. Meu amigo. Meu irmão. Eu nunca tinha visitado as ruínas de Coste, mas tinha ouvido histórias do que Voss havia feito com a cidade depois de atravessar a Baía das Lágrimas. Eu sempre me perguntei se Aaron desejava ter estado lá. Cair em ruína junto com sua *famille* antes do avanço do Rei Eterno. E eu dei um suspiro, olhando novamente para o Redentor.

"'Como você consegue ainda rezar para esse bastardo, Aaron?'

"'Ele é meu Deus. Tudo o que tenho, devo a ele.'

"'Tudo o que você tem?', escarneci. 'Eles *tiraram* tudo de você. Eles o expulsaram da ordem à qual você dedicou sua vida inteira. Você lutou em defesa de seu império e sua Igreja, e os homens de ambos estavam dispostos a arrancar a pele das suas costas por causa de quem você amava. Por causa de algumas palavras em alguma porra de livro empoeirado. Tudo o que você é foi Deus que fez você ser, e mesmo assim eles se voltaram contra você por isso. Como pode rezar para ele depois disso?'

"'É como você disse, irmão. Foram *homens* que fizeram isso comigo e Baptiste. Não Deus.'

"'Mas ele permitiu que isso acontecesse. *Tudo na terra abaixo e no céu acima é obra de minha mão. E toda obra da minha mão está de acordo com meu plano.*'

"Aaron olhou para o Redentor acima de nós, sacudindo a cabeça.

"'Você está vendo as coisas de um jeito errado, Gabe.' Ele deu um suspiro. 'Deus pode ter enviado a tempestade, mas ele me deu braços para nadar para a praia. Ele pode trazer as neves de inverno, mas nos deu mãos para acender a chama. Você vê sofrimento por toda a sua volta, mas não a alegria ao seu lado, e você o amaldiçoa pelo pior, mas não agradece a ele pelo melhor. O que você quer dele?' Aaron olhou para mim, vasculhando meus olhos. 'Se Baptiste e eu nunca tivéssemos sido expulsos da ordem, não teríamos estado aqui tantos anos atrás quando você e Astrid chegaram batendo em nosso portão. E eu não estaria aqui parado ao seu lado quando você jurou seu amor por aquela mulher, nem teria tido a chance de vê-lo chorar quando segurou aquela bebê nos braços. Se tivéssemos ficado em San Michon, não estaríamos aqui para responder quando você e Dior chegaram hoje, saídos cambaleantes da neve. E se aquela garota é a resposta para dar fim a todo esse sofrimento, *meu* sofrimento não vale isso?'

"'Você está me dizendo que não havia outro jeito de levar Dior aonde ela precisava estar?'

"'Estou lhe dizendo que fiz as pazes com ele. Você só aprecia a luz do sol quando esteve em uma chuva forte. Tudo acontece por uma razão, Gabe.'

"'Bobagem!', disse eu com raiva crescente. 'Isso não se trata de razão, trata-se de *vingança*, Aaron! Ele arma tudo para você falhar, e quando você desobedece suas malditas regras, ele o castiga por isso. Ele faz você querer, e quando você toma, ele lhe retira tudo. Que tipo de babaca doente faz isso?'

"'Esse é o preço do pecado, Gabe.'

"'Se é pecado, como o bem pode vir dele? E quem deixaria esse bem florescer por um momento só para arrancá-lo da terra? Um sádico! Um ferreiro que culpa a própria espada! Que tipo de bastardo pune as pessoas que você ama para castigá-lo?'

"Eu atirei a garrafa e o vidro se espatifou sobre a roda do Redentor. Um dos suportes se soltou e a roda caiu, girando torta enquanto eu dizia furioso:

"Não a porra de um irmão meu!'

"Aaron olhou para mim com cuidado, a testa elegante franzida.

"'Estamos falando sobre mim e Baptiste agora? Ou estamos falando de *você*?'

"Eu não dei resposta, olhando para aquele tolo sagrado girando acima de nós.

"'Onde estão Astrid e Paciência, Gabriel?'

"'Esperando por mim.'

"'Em casa?'

"'Onde mais elas estariam?'

"'Se elas estão em casa, por que você está aqui?'

"'Conheço um rei que precisa ser morto.'

"'Voss?'

"'Voss', sibilei, o nome como veneno em minha língua. 'Quando Dior estiver em San Michon, vou para o leste para cortar a cabeça do filho de uma rameira. Para acabar com isso de uma vez por todas.'

"Aaron entrou entre mim e a roda de modo que eu fosse forçado a olhar em seus olhos.

"'Gabe, Fabién Voss está sentado no coração de uma legião com uma força de dez mil. Os maiores exércitos e generais do império recuaram ou simplesmente tombaram diante dele. Nenhum homem nascido de mulher pode matar o Rei Eterno. Você sabe disso. É loucura. Só tentar já é *suicídio*.'

"'E mesmo assim, aqui estou eu.'

"'É isso o que você quer? Morrer? E sua *famille*?' Ele estendeu a mão e segurou meu braço, apertado. 'Gabriel, olhe para mim. Onde elas estão. Por que você as deixou?'

"'Me deixe em paz, irmão', rosnei.

"'Gabe...'

"'*Me deixe em paz!*', gritei, afastando sua mão com um tapa. Agarrando seu casaco, joguei-o contra o altar, meu rosto a centímetros do dele.

"'Você quer se encolher aqui em seus salões em ruínas até que chegue o fim, que seja! Você quer desperdiçar a vida rezando para um Deus que não se importa, como quiser! Mas não vou me esconder no escuro por medo de dormir, nem cantar louvores a um bastardo que chama a si mesmo de senhor de uma terra como esta! Por minha mão, Fabién Voss vai *morrer*! Por meu sangue, por minha alma – *não* pela porra do seu Deus –, eu juro!'

"'Amo você, Gabriel', disse Aaron em voz baixa, mortal. 'Mas *tire suas mãos de mim.*'

"Aquele brilho do predador, aquele velho dom dos Ilons se agitando em suas veias. Sangue-pálido, totalmente. E eu o soltei, envergonhado do que tinha feito, de tudo o que era e tinha me tornado. Eu não conseguia olhar para ele, olhando em vez disso para minhas mãos enquanto sussurrava.

"'Desculpe.'

"'Irmão, não há nada o que desculpar', disse ele, botando a mão em meu ombro. 'Sei que você fala a partir da dor, e, embora eu tema a causa, não vou acrescentar a ela perguntando seu nome. Também não vou lhe dizer no que acreditar. O coração de cada homem só pertence a ele, e no fim cada um tem sua parte. Mas eu lhe digo uma coisa, e se você nunca me escutou antes, por todo o amor que você tem por mim, imploro que escute agora. Porque vejo uma sombra em você, irmão. E estou com *medo*.'

"Ele pegou minha mão, apertando forte enquanto examinava meus olhos.

"'Não importa no que você tem fé. Mas você deve ter fé em *alguma coisa*.'

"Eu o olhei nos olhos, a verdade lutando por trás de meus dentes.

"'Dizer aquilo ia torná-lo real.

"'Dizer aquilo seria vivê-lo outra vez.

"'O pior dia', sussurrei.

"'Um clangor gélido cortou o ar, quebradiço e forte, metal contra metal. O feitiço entre nós se rompeu. As pupilas de Aaron se dilataram à medida que a canção se tornou mais febril. E através do ruído em meus ouvidos, do eco das palavras de meu irmão, eu percebi finalmente o que estava ouvindo.

"Aaron olhou para mim, os maxilares cerrados.

"'Sinos de alarme.'

"Eu olhei para o Redentor pendurado na roda torta e depois para a noite que nos esperava do lado de fora. Sibilando através de dentes que se aguçavam.

"'Danton.'"

✦ XVI ✦
SENHOR DOS CADÁVERES PÚTRIDOS

— O GRANDE SALÃO estava esvaziando quando Aaron e eu chegamos correndo da capela. Os convivas, os menestréis, jovens e velhos – todos estavam seguindo pelo escuro iluminado por tochas na direção dos portões do *château*. Vi Baptiste em meio à multidão, e Aaron e eu abrimos caminho até chegar ao seu lado. Homens e mulheres estavam reunindo armas, os sinos ainda tocando nos muros externos, uma grande multidão agora descendo pela estrada sinuosa até a base do monte. Procurei Dior entre eles, até chamando seu nome, mas não consegui vê-la em lugar nenhum.

"Chegamos aos muros externos de Aveléne, e subi atrás de Aaron até as ameias. Os sinos pararam de badalar quando ele e Baptiste chegaram. Vigias saudaram a dupla rapidamente, assentindo.

"'*Capitaine.*'

"Eu podia ver que sua lealdade a Aaron era forte e verdadeira, que eles amavam aquele homem, não importava quem ele amasse, por sua vez. Mas eu também sentia um toque de medo entre eles. E olhando através da neve cortante e desolada até o limite da luz das tochas dos muros de Aveléne, eu não encontrei maneira de culpá-los.

"A Fera de Vellene estava parada na estrada. Ele estava todo vestido de preto, sua capa de duelista adejando a sua volta em um vento que parecia gemer mais alto ainda quando o tocava. Seus olhos estavam mais escuros que a noite acima, sua pele tão pálida que brilhava como pérola. Qualquer um que olhasse para ele, príncipe, mendigo ou poeta, podia reconhecê-lo pelo que ele era: um senhor dos cadáveres pútridos, com o peso de séculos, coroado de ameaça e maldade. E sua visão fendeu todos os corações, exceto os mais bravos, com desespero.

"Danton caminhou adiante, seu olhar negro como pederneira percorrendo os muros. Homens se encolhiam quando ele os olhava, mulheres tremiam, o frio dele como uma faca em suas mentes. Seus olhos caíram sobre mim, e um sorriso, frio, pálido e cortante, curvou seus lábios de rubi.

"'Onde está o senhor dessa... choupana?', perguntou ele. 'Eu gostaria de falar com ele.'

"Aaron deu um passo à frente, o cabelo louro esvoaçante ao vento.

"'Eu sou ele.'

"O olhar de Danton se dirigiu a meu amigo, e vi Aaron cerrar os dentes, presas à mostra. Senti o ar crepitar entre eles; uma batalha de vontades, ancien contra sangue-pálido. Por fim, vi o sorriso de Danton se fechar.

"'Quem és tu, mortal?'

"Aaron tirou a luva, ergueu a estrela de sete pontas na palma de sua mão, agora queimando com uma luz pálida e forte.

"'Um mortal, *oui*', respondeu ele. 'Mas não filho de mortal. Meu nome é Aaron de Coste, filho da casa de Coste e do sangue Ilon, e você não pode saquear minha mente. Tenho matado a sua espécie desde que eu era pouco mais do que um menino e não sou mais um menino. Agora diga o que tem a dizer e acabe com isso, vampiro. Meu jantar está esfriando.'

"'De Coste?', Danton fez uma pequena reverência. 'É um prazer, *monsieur*. É raro encontrar pessoas de berço tão longe a oeste por essas noites. Por favor, aceita minhas condolências pela queda de tua casa, de tua família, de todo teu legado.'

"'*Esta* é minha *famille*', disse Aaron, gesticulando para as pessoas nos muros. 'E minha casa. Você chega a meu portão com mãos vazias e língua de mentiroso. O que você quer, Voss?'

"'Dior Lachance.'

"'Então temo que você tenha percorrido um caminho longo para uma espera ainda mais longa.' Aaron pôs a mão no punho de sua espada. 'Como todos dentro destes muros, a garota está sob minha proteção.'

"'Garota?' Danton compreendeu, e um brilho de prazer sombrio cintilou em seus olhos quando ele olhou para mim.

"'Ah, De León, tu não estás destinado a perder u...'

"'Não fale com ele', disse Aaron com raiva. 'Você lida comigo. Isso se você chama essa demonstração de mendicância de *lidar*.

"'Tu me chamas de mendigo?'

"'Mendigo?' Aaron sacudiu a cabeça. 'Não. De *piolho*, eu chamo você. *Verme. Sanguessuga*. Um parasita, que ficou gordo e tolo o bastante para chegar sozinho diante de minhas muralhas e pedir qualquer coisa de mim. Eu estava lá nos Gêmeos no dia em que sua irmã morreu, Voss. Ouvi a música de seus gritos. E agora tenho um desejo, que é ver se posso fazê-lo cantar tão bonito.

"Aaron sacou sua espada – aquela mesma bela lâmina de aço de prata que ele carregava durante seu aprendizado em San Michon, o anjo Mahné no punho, escrituras sagradas na lâmina. Ao lado dele, Baptiste erguia seu machado de guerra de aço de prata, e por toda a sua volta, os homens e mulheres de Aveléne sacaram aço, levaram flechas às tochas e ergueram pistolas.

"'Vá embora, verme', rosnou Aaron. 'Antes que eu lance meus cães em cima de você.'

"Danton deu um sorriso desolado e vazio.

"'Chama teus cães', disse ele. 'Eles podem se banquetear com vossos cadáveres.'

"A escuridão por trás de Danton se moveu, e senti meu estômago se revirar. Eu os vi se acumulando saídos das neves atrás da Fera, como sombras mais escuras em seu rastro. Pele fria e corações mais frios. Rostos brancos como osso e belos como um sono sem sonhos, vestidos em todos os trajes da noite. Seus olhos eram penetrantes e impiedosos, e eles vestiam o medo como capas, o terror deles cobrindo os muros em uma névoa. Um homem grande, alto e de olhos mortos. Uma mulher mais magra com cabelo dourado como trigo e olhos vermelho-sangue. Um menino, não mais de 10 anos quando morreu. Quase uma dúzia no total, chamados pela Fera de toda Nordlund, sem dúvida – filhos, netos, primos. Todos corações de ferro.

"'Altos-sangues', disse Baptiste.

"Atrás deles vinha uma turba. Podres e de olhos vazios. Uma multidão de atrozes, escravos da vontade dos altos-sangues. Mais do que eu via desde meus dias de prata. Havia soldados entre eles, vestindo as cores do imperador – os remanescentes de núcleos e cortes mortos nas guerras. Mas havia pessoas comuns, também, homens e mulheres, crianças e velhos, todos arrastados das margens reluzentes do céu de volta para aquele inferno na terra.

"Centenas e centenas deles.

"'Que força...', sussurrou alguém.

"Danton, agora estava parado sob a neve que caía, sua majestade sombria desvelada. Ele pareceu crescer em estatura; antes uma única sombra no limite da luz das tochas, agora a vanguarda de uma escuridão disposta a engolir aquela luz por inteiro. Seu olhar percorreu os muros, lento, penetrante, aqueles homens e mulheres que apenas um momento antes se erguiam ferozes e altos enquanto seu *capitaine* rugia como um leão. Mas, agora, quando aqueles olhos caíram sobre eles, quando a mente sombria por trás deles penetrou nas suas, todo mundo tremeu de medo dele.

"'Vejo a todos vós. Conheço vossos corações. Conheço vossos pecados.' Os olhos de Danton voltaram para Aaron, reluzentes e duros. 'Mas acima de tudo, conheço vossa força. Não há preparativo por trás desses muros agora ocultos de mim. Se resistir a mim, Aaron de Coste, tu vais cair. Como caiu a cidade de teus ancestrais. Como caiu uma antiga linhagem nobre. E para vingar minha irmã amada, vou provocar em vós um sofrimento igual. Vou abater seu bando, de uma vez por todas. Vou fazer vossos filhos assistirem enquanto os sirvo de alimento para os dentes às minhas costas. Vou transformar vossos

filhos em castrati, vou estripar seus pais como porcos, vou construir montanhas com os ossos de vossos bebês. Mas vossas filhas...'

"Ele olhou para o muro mais uma vez, para as pessoas que estavam tremendo naquele frio.

"'Elas eu vou soltar na neve e no escuro. Uma por uma. E quando eu encontrá-las, que a agonia que elas irão suportar caia sobre vossas cabeças. Vou fazer tuas filhas *sangrarem*, Aveléne. Vou dar a elas um sofrimento do qual Deus e os anjos vão desviar os olhos. Ou...'

"A sombra ao redor de Danton diminuiu, seu sorriso voltou, astuto e vermelho.

"'Ou vós podeis me dar o que busco. Uma garotinha não parece um preço muito pequeno? Uma vida diminuta pela vida de todos os homens, mulheres e crianças por trás desses muros? Pois no fim, o que é Dior Lachance para ti, Aveléne? Além de um laço se apertando em torno de teu pescoço.'

"Ouvi uma comoção, um murmúrio percorrendo as muralhas. E olhando para trás, para as pedras do calçamento abaixo, vi Dior parada na rua. Os olhos do povo da cidade estavam fixos nela, pálida e magra, totalmente sozinha entre eles. Mas ela permanecia com os olhos nos portões, ouvindo a voz que vinha de trás deles.

"'Eu te sinto!', gritou Danton no escuro. 'Eu te sinto na mente de todos, garota! Deve a vida deles pagar por tua falta de coragem? Deve seu sangue manchar tuas mãos como tua Saoirse? Teu Bellamy? Teu Rafa? Eu vou levar-te de qualquer maneira, garota! Eu sou um príncipe da eternidade e por toda a eternidade vou caçar-te! Pergunta a teu querido Gabriel o que isso significa no fim!'

"Eu saquei a Bebedora de Cinzas da bainha, urrando ao vento.

"'Você não pode falar sobre coragem e ameaçar crianças no mesmo fôlego, *covarde*! E se você puser um pé nesta cidade, vou lhe ensinar como a eternidade pode ser curta!'

"Danton olhou para a muralha, sacudindo a cabeça com tristeza.

"'Ah, De León. Eu não vou precisar pôr o pé nela.'

"Ele levantou a voz, gritando acima do vento perfurante.

"'Uma noite eu te dou, Avenéle! Que não se diga que Danton Voss não tem piedade. Amanhã vou voltar com toda a fúria do inferno atrás de mim! Se ainda negardes a mim meu prêmio, vou fazer uma matança vermelha com todos vós! E os que se levantarem depois? Cães vós sereis! Alimentados com os restos de carcaças há muito apodrecidas, mais baixos do que vermes, por toda a eternidade!'

"Ele olhou para mim, olhos negros como poços abertos em seu crânio.

"'Por enquanto, observai o que acontece com aqueles que me desafiam.'

"Um dos altos-sangues se adiantou – o nórdico alto e forte com cabelo farto escuro, carregando uma figura sobre o ombro. Ela estava envolta em tecido artesanal, presa por correntes, suja de sangue e imunda. Eu soube quem era antes mesmo que o saco fosse removido de seu rosto, antes que seu corpo fosse jogado na neve, ainda envolto em ferros, língua escurecida e presas longas brilhando quando abriu sua boca podre e gemeu.

"'Rafa...', sussurrei.

"O velho padre estava deitado no cinza, dizendo coisas sem sentido quando Danton pressionou a bota sobre sua nuca e a forçou para dentro da neve.

"'Em uma noite eu vou voltar, Aveléne. Pensai com cuidado, se ireis viver para ver as noites depois.'

"Ele recuou, de volta para as sombras nas bordas trêmulas da luz das tochas. A escuridão pareceu crescer, agarrá-lo e engoli-lo por inteiro. Os altos-sangues recuaram atrás dele, olhos famintos fixos nos muros. Ouvi a multidão de atrozes se retirando com seus mestres, deixando apenas um para trás, preso por correntes, olhando com olhos sem alma para as pessoas no alto dos muros e gritando com uma fome insensata.

"'Ah, Deus...'

"Eu me virei e vi Dior atrás de mim, olhando com horror para o padre caído.

"'Ah, Rafa...'

"O velho uivava, se debatendo contra as correntes nas quais o haviam prendido. Tinham se passado um ou dois dias antes que Rafa se Transformasse, pelo seu aspecto – o intelecto e a inteligência perdidos como toda carne. Só a fome permanecia, agora. A fome e o ódio, brilhando em seu olhar enquanto ele percorria os muros, caindo finalmente sobre Dior e mim. Ele urrou novamente, fraco e faminto demais para romper seus grilhões. Mas eu sabia, e ela também sabia – se não houvesse correntes ou aço ou muros entre nós, ele nos beberia os dois até a morte.

"'Não podemos deixá-lo assim', sussurrou Dior.

"Ela olhou para o velho, se retorcendo e uivando na neve. Lágrimas brilharam em seu rosto quando ela se voltou para mim, uma súplica silenciosa nos olhos. E sem conseguir aguentar mais, peguei um arco do vigia ao meu lado, acendi uma de suas flechas com sebo no braseiro, puxei a corda para trás até meus lábios. O pobre Rafa olhou para mim e, além da loucura e do assassinato em seus olhos, gosto de pensar que o que quer que restasse dele em seu interior possa ter assentido, possa ter me implorado, *faça isso*, faça isso.

"'Melhor ser um bastardo que um tolo', sussurrei.

"A flecha atingiu seu alvo. As chamas se espalharam por aquela batina suja de sangue, a carne imperecível por baixo. Devolvi o arco para seu dono, segurei Dior pela mão para afastá-la daquela visão. Mas ela se forçou a ficar, a ver, a respirar a fumaça e testemunhar o fim de Rafa. E quando terminou, quando nada restava além de cinzas, ela olhou para as pessoas ao seu redor. Todo homem e mulher naqueles muros, agora olhando para ela, avaliando-a em suas mentes. Eles não sabiam nada do que ela era, o que ela *poderia* ser, só que ela e eu tínhamos levado aquele perigo para sua porta.

"Aaron captou meu olhar e olhou novamente morro acima.

"'Talvez seja melhor vocês dois nos esperarem na fortaleza, irmão.'

"Eu assenti.

"'Venha, Dior.'

"Ela olhou para mim quando apertei sua mão, lágrimas pelo pobre Rafa brilhando em seus olhos. E juntos, andamos através da multidão murmurante, de volta àquele velho *château* e qualquer segurança que houvesse agora em seu interior. Atrás de nós, os restos do padre ardiam lentamente na neve, a fumaça subindo devagar na direção do céu. Mas, como sempre, o céu estava silencioso.

"E além do cheiro de queimado e cinza, eu então captei.

"Apenas um sussurro no vento que fez meu coração se acelerar.

"O cheiro de morte.

"Morte e sino-de-prata."

✦ XVII ✦
UM OMBRO NO QUAL CHORAR

— "SUA CABEÇA ESTÁ tão enfiada no rabo que esse nó em sua garganta deve ser a porra do seu nariz."

"'Você não pode partir, Dior.'

"'Bom, com toda a certeza eu não posso ficar, Gabriel!'

"Nós estávamos parados no meu quarto, olhando com raiva um para o outro. Havia um fogo aceso na lareira, e as cortinas abertas davam para a noite lá fora. Pela janela, eu podia ver a capela no pátio onde eu havia me casado e, depois, braseiros queimando nas muralhas de Aveléne, iluminando as almas corajosas que montavam guarda. Mas, de vez em quando, uma delas erguia os olhos na direção da fortaleza, com a expressão fechada ou murmurando com um camarada. Eu sabia as palavras que eles diziam. O medo que eles combatiam. Mas eu não me importava.

"'Se você deixar a proteção desses muros, você vai estar dando a esse filho da puta exatamente o que ele quer. Seria a mesma coisa que amarrar um laço no pescoço e se entregar ao Rei Eterno!'

"'Não posso pedir a essas pessoas que morram por mim, Gabe!'

"'Você não está pedindo! Aaron está no comando! Eles são soldados, é isso o que eles fazem!'

"'Eles não são soldados!', gritou ela. 'Eles são pais e mães! Filhos e filhas! Você ouviu o que Danton vai fazer com eles se resistirem!'

"'Ele está dizendo isso para entrar em suas cabeças. A Fera não vai lutar uma batalha quando pode conseguir que você seja entregue sem que ele arrisque a pele! Tenho matado vampiros por toda a minha vida e digo a você agora: não há *ninguém* com mais medo de morrer do que as coisas que vivem para sempre!'

"'Diga isso para as pessoas que vão morrer nesses muros.'

"'Pelo amor da porra do Redentor, você quer me ouvir? Você viu as defesas que Aaron e Baptiste construíram. Cada um daqueles bastardos não mortos está cagando sangue de pensar em atacar esses muros. Danton quer que você pisque! Ele quer que alguém ceda!'

"'E quem disse que alguém não vai fazer isso? Você acha que eu importo mais para essas pessoas que seus próprios *filhos*? Quem disse que eles não estão tramando agora mesmo para me entregar?'

"'Deixe que eles *tentem*', rosnei, com a mão no punho da Bebedora de Cinzas. 'Deixe que eles tentem, porra.'

"'Não vou me esconder aqui como um coelho enquanto estranhos arriscam suas vidas por mim!'

"'Então para onde você vai?', perguntei. 'Sair a pé pela neve? San Michon fica a trezentos quilômetros subindo o Mère, e eles iam pegar você antes que percorresse trinta!'

"'Não sei, eu não matava essas coisas como meio de vida!'

"'Isso mesmo, *eu* fazia isso! E digo que o lugar mais seguro para você é *exatamente* onde está!'

"'Não aceito isso! Sangue suficiente foi derramado por minha causa! Saoirse, Chloe, Bel, Rafa.' Sua voz, então, vacilou, e Dior virou o rosto, os olhos nas chamas. 'Doce Virgem-mãe... você não viu o que f-fizeram com ele?'

"Minha voz abaixou, e meu humor se reduziu.

"'Claro que vi.'

"Olhei para fora pela janela e vi uma sombra pálida se movendo no escuro. O cheiro de água de rosas e sino-de-prata pairava no ar com meu sussurro.

"'É isso o que eles fazem, Dior. Eles ferem você através das pessoas de quem você gosta.'

"Eu a vi lá fora, então, esperando por mim. Flutuando, como se estivesse submersa sob água negra, braços bem abertos enquanto passava as unhas pelo vidro. Pálida como o luar. Fria como a morte. Sem hálito na janela quando se aproximou.

"'*Meu leão.*'

"Eu virei de costas, olhando, em vez disso, para a garota perto do fogo.

"'Não posso ter mais sangue em minhas mãos, Gabriel', declarou ela. 'Não posso pedir a essas pessoas para morrerem por mim. Não vou fazer isso.'

"'Isso é guerra, Dior. Camponeses servem para que soldados possam comer. Soldados sangram para que generais possam vencer. Generais caem para que imperadores possam manter seus tronos. Sempre foi assim.'

"'Não sou soldado, general nem imperador.'

"'Você é o Santo Graal de San Michon.'

"'Você nem acredita nisso! Não é disso que se trata, Gabe, e você sabe!'

"'Sei que você precisa crescer, porra!', urrei. 'Porque se você é o que Chloe acreditava, isso é apenas o começo! E pode não ser justo, pode não ser certo, mas algumas peças no tabuleiro valem mais que outras! Não importa quantos peões foram perdidos quando o jogo termina! Tudo o que importa é quem *ganhou*!'

"Dior me lançou um olhar duro, a luz do fogo brilhando em seus olhos.

"'Tenho certeza de que isso é pouco consolo para a mulher do peão. Ou marido.'

"Ela olhou para a tinta em minhas mãos, engolindo em seco.

"'...Ou pai.'

"Eu franzi o cenho com isso.

"'O que você está...'

"'Ouvi você e Aaron conversando na capela.' Ela agora tinha parado de andar, de pé delineada contra a luz dançante do fogo. 'E eu sei o que Danton estava tentando dizer a você quando descobriu que eu era uma garota...' Ela sacudiu a cabeça, lágrimas brilhando em seus olhos. '*Ah, Gabriel, você não está destinado a perder mais uma?*'

"'*Línguas mortas ouvidas são línguas dos Mortos provadas*', disse eu com raiva.
"'Você contou a Aaron que elas estavam em casa, Astrid e Paciência.'
"'Elas estão.'
"'Então por que você as deixou?'
"'Se você estava escutando, já sabe.'
"'Você vai matar o Rei Eterno.'
"'Isso mesmo.'
"'Mas por quê? Você deixou essa guerra para trás há meia vida.' Ela cerrou os dentes, os lábios tremendo. 'Desculpe, Gabriel. Desculpe mesmo. Mas o que você está fazendo não é justo.'
"Justo, o que não é...'
"'Sei por que você quer me proteger agora, quando você nunca deu a mínima para mim antes. Sei por que você me trata diferente agora que sabe que sou uma garota.' As lágrimas estavam caindo, agora, correndo por seu rosto enquanto ela olhava para a tinta nos meus dedos. 'E desculpe, mas você não pode me pedir para fazer isso. Eu não sou ela. Eu não sou *elas*. Não posso preencher esse espaço. Nunca vou poder.'
"Minhas mãos se fecharam em punhos. A pele pálida dela pressionada contra o vidro às minhas costas. Seu sussurro delicado dentro de minha cabeça.
"'*Não escute, amor...*'
"'Eu não...'
"'Você mentiu para Aaron', disse Dior, sua voz vacilando. 'Eu sei o que aconteceu com elas.'
"'*Não vá para um lugar aonde eu não possa seguir.*'
"Eu me voltei novamente para a janela, a sombra flutuando na noite além dela. Sua pele era pálida como as estrelas em um céu de ontem, sua beleza de invernos sem gume e alvoradas sem luz, e meu coração doeu ao vê-la – aquele tipo temível de dor que você não pode esperar suportar, excesso pelo vazio que ela deixaria se você a largasse para trás.
"'*Diga que me ama*', suplicou ela.

"Eu me virei para olhar para a garota, os maxilares cerrados.

"'Você pare com isso agora.'

"'O pior dia', insistiu ela. 'O dia em que *ele* encontrou você. Foi por isso que você partiu de casa, por que você chegou até aqui. Por que você bebe. Por que você não acredita mais. Tudo isso. Nada disso se trata de mim. É sobre *elas*, Gabe. Astrid e Paciência.'

"'*Prometa que nunca vai me deixar.*'

"'Astrid e Paciência estão em casa, Dior.'

"'Eu *sei*. Eu sei que estão.'

"Ela respirou fundo, lágrimas se derramando por suas bochechas. Olhos que viam os sofrimentos do mundo, e um coração que queria repará-los. Mas ela não podia reparar aquilo. Ninguém podia.

"'Foi lá que você as enterrou, Gabriel.'

"As palavras foram uma faca em meu peito. Senti meus dentes se cerrarem com tanta força que temi que eles rachassem. Um tambor de guerra soou em minhas têmporas, o coração acelerado quando me voltei para aquela sombra que estava me observando de trás do vidro. Ela olhou para mim com olhos suplicantes, o cabelo comprido flutuando ao seu redor como fitas de seda, se rasgando agora entre as pontas de meus dedos.

"'*Não*', implorou ela para mim. '*Não me deixe ir, amor...*'

"O gosto da traição era veneno em minha boca; minha fúria, um calor calcinante em meu peito. Eu olhei para a espada em minha cintura, aquela dama de prata na guarda. E arranquei a Bebedora de Cinzas da bainha, o aço de estrela brilhando à luz do fogo.

"'Você *contou* a ela?'

"*Gabriel, n-nunca.*

"'Você fala sobre elas no passado, Gabe', sussurrou Dior. 'Você fala dormindo. O tempo todo. Sobre aquele dia. O pior dia.'

"'Cale a boca', sussurrei.

"*Gabriel, l-larga-me. Tu estás descontrolado, descontrolado.*

"'Gabe, desculpe, eu não quis machucá-lo...'
"'*Meu leão... por favor...*'
"'*Cale* a boca.'
"*Pense agora no que tu fazes. Pense no que ela...*
"'Eu às vezes o escuto conversando com ela. Sei que isso a...'
"'*Você prometeu que nunca ia me deixar. Você...*'
"'CALE A BOCA!'
"Eu gritei com todas as minhas forças, me virando e jogando a espada pela janela. O vidro explodiu para fora, um milhão de pedaços cintilantes caindo como neve enquanto a espada voava através da escuridão vazia lá fora. O vento soprou através das vidraças estilhaçadas, e eu caí de joelhos. Olhando para o escuro onde ela nunca tinha estado.

"Porque ela estava em casa.

"*Onde mais ela estaria?*

"Eu senti aquilo crescer dentro de mim, forçando os muros da represa que eu havia construído. A negação, a bebida, a fumaça – tudo isso, qualquer coisa para mantê-lo contido. Mas mesmo assim, eu olhei por aquela janela quebrada, o buraco que elas haviam deixado para trás. Senti Dior se ajoelhar ao meu lado, sem se preocupar com o vidro quebrado quando seus dedos se entrelaçaram nos meus. Minhas presas tinham rasgado meus lábios, havia sangue em minha boca e cabelo em torno de meu rosto enquanto eu me dobrava ao meio e tentava segurá-lo dentro de mim.

"'Não quero machucar você, Gabriel', sussurrou Dior. 'Sei o que elas significavam para você. Não posso deixar que outras pessoas morram por mim porque você tem medo de perder outra pessoa de quem gosta. Não posso ser o que você quer que eu seja. Mas eu *sou* sua amiga. E *posso* ser mais do que apenas uma colina na qual morrer.'

"'E o que mais?', sussurrei.

"'Um ombro no qual chorar.'

"Ela deu de ombros, como se isso fosse a coisa mais simples no mundo.

"'Se você quiser. Não vou julgá-lo mal por isso.'

"Senti as palavras por trás de meus dentes. Tentando em vão engoli-las.

"Falá-las tornaria aquilo real.

"Falá-las seria viver aquilo outra vez.

"Mas mesmo assim...

"Mas mesmo assim.

"Eu falei."

✦ XVIII ✦
O PIOR DIA

— ERA UM DIA comum. Eu o havia passado trabalhando no depósito do farol. O tijolo estava quente sob meus pés descalços. O suor, fresco em minha pele. Eu podia ver nossa casa abaixo, a espira de pedra sobre a qual ela havia sido construída mergulhando no oceano. Paciência e Astrid estavam alimentando as galinhas juntas. A água estava quase azul. Essa é a pior parte disso: os piores dias de sua vida começam como qualquer outro.

"Fazia quinze anos desde a batalha dos Gêmeos. Meu serviço em San Michon parecia ter sido uma vida atrás. A guerra estava se aproximando aos poucos, ano a ano, mas tínhamos ido o mais longe que pudemos para o sul. Eu não fumava o sacramento havia dez anos. Apesar de tudo sobre o que eles haviam me alertado – a sede interior, a maldição de meu pai – tudo isso era contido pelo prazer que Astrid me dava todas as noites de suas veias e na simples alegria de seus braços. A guerra do Rei Eterno, as coisas que eu tinha sido e feito, eram quase longe o bastante para esquecer, e, na verdade, eu estava feliz por me permitir relaxar. E isso é a coisa que me acorda à noite, sabe? Eu devia saber que haveria um ajuste de contas.

"Afinal, ele me disse que tinha a eternidade.

"Não sei como ele nos encontrou. Nem quanto tempo antes ele havia descoberto onde nos escondíamos. Talvez ele sempre soubesse – me dando alguns anos para provar a felicidade, para me iludir a pensar que ele podia ter se esquecido. Só sei que era primavera quando ele chegou. A brisa do oceano estava suave e fresca. O sino-de-prata tentava florescer entre as pedras.

"Tínhamos uma regra de sempre estarmos dentro de casa quando escurecesse. *Sempre.* Mas Paciência amava o perfume, assim como Astrid. E enquanto minha mulher terminava de fazer a comida na cozinha e eu botava a mesa para o jantar, Paciência saiu para colher flores para decorar a mesa. Só por um minuto. Isso é tudo o que é preciso para seu mundo virar de cabeça para baixo, sabe? Um segundo de distração. Um único momento que vai assombrá-lo por todos os momentos pelo resto de sua vida.

"As ondas estavam quebrando nas rochas, mas não havia gaivotas cantando no ar. Foi isso o que primeiro chamou minha atenção; um pequeno silêncio, uma diminuta nota indicando que algo estava errado e que plantou uma lasca de gelo em minhas entranhas. Astrid estava cantando na cozinha, e o que restava do sol estava pressionando lábios vermelhos e escuros no horizonte, e lentamente fiquei imóvel, ouvindo. E aquela lasca de gelo se tornou uma pedra gelada no fundo de meu estômago quando Astrid chamou acima da canção do mar.

"'Paciência, jantar!'

"Nem um som, exceto as ondas tranquilizantes, o vento sussurrante e o silêncio onde devia estar a canção das gaivotas. E, então, eu senti; o medo que eu devia ter acalentado por todos aqueles anos de despertar. A parte pequena de mim que sabia, que *sempre* soubera, me fez andar até a lareira, estender as mãos até a placa de madeira escura sobre ela e pegar a espada que eu havia pendurado ali tantos anos antes com uma prece para nunca mais tornar a sacá-la.

"Mas, quando minha mão se fechou no punho da Bebedora de Cinzas, eu ouvi, baixo na brisa. Uma voz macia como botões de sino-de-prata, temperada com uma nota quebradiça de medo.

"'Mãe?'

"Astrid se virou para a porta.

"'Paciência?'

"'Mãe?'

"Houve uma batida, delicada como penas na porta. Três pancadas na madeira – eu me lembro com a clareza da luz do dia: *uma. Duas. Três.* Então eu senti um calor, como não sentia em anos; um fogo havia muito tempo adormecido agora ardia como uma fênix nas cinzas do que eu tinha sido. Olhei para a tinta em minhas mãos, e a pedra gelada em meu estômago se tornou uma faca quando meu aegis começou a brilhar. E nossos olhos se encontraram, do meu amor e meu, acima das pedras do chão da casa que havíamos construído, e naquele momento, acho que uma parte de nós dois sabia.

"Astrid voou para a porta, e gritei para ela parar, sabendo em meu coração que ela nunca faria isso. E quando ela escancarou a porta e saiu para noite que havia caído lá fora, eu o senti, como neve sobre minha pele; eu o vi, como todos os pesadelos despertando; eu o conheci, como eu conhecia os dentes do tempo, o gosto de sangue e o calor do inferno. Parado ali no umbral da casinha que amávamos, a vidinha que havíamos construído: uma dívida há muito vencida. Havia um sorriso terno em seus lábios, e seus olhos eram carvões com pálpebras pesadas, afiados como a espada embainhada em minha mão.

"'Pai?', sussurrou Paciência.

"'Ah, Deus', disse Astrid em voz baixa. 'Não...'

"Ele estava no vértice da noite, o braço em torno do ombro de minha filha. Ele segurava as flores que ela havia colhido em uma das mãos, como um namorado em uma visita. Vestido de brocado comprido de cetim branco, sem piscar, sem se mover, sem ter mudado nada desde aquele primeiro momento em que tinha posto pela primeira vez os olhos nele tantos anos antes. Como se todos os momentos e quilômetros entre aquele instante e agora não passassem de um sonho do qual eu tinha finalmente acordado.

"'*Posso entrar, Gabriel?*'

"'Ah, não, NÃO!', gritou Astrid, e eu saltei, impedindo-a de se jogar contra sua pedra. E eu a segurei firme enquanto ela berrava e se debatia, e a coisa em frente a nossa porta puxou Paciência para mais perto e passou uma garra branca como osso pela curva de sua bochecha.

"'Ah, Deus...', disse eu.

"Fabién Voss olhou para cima, vasculhando todos os ornamentos do céu. E seu olhar voltou para o meu, e ele sussurrou a pergunta que tenho feito desde então.

"'*Onde*'

"'Por favor', implorei. 'Não a machuque.'

"'*Deixa-me entrar*', prometeu o vampiro, '*e juro que eu a solto.*'

"As maiores mentiras são aquelas que contamos a nós mesmos. O veneno mais mortal é o que engolimos espontaneamente. E, mesmo assim, nós nos agarramos a esses engodos como um homem se afogando se agarra à palha, porque a alternativa é simplesmente horrível demais para considerar. Acreditamos na vida após a morte porque o fim é um abismo sombrio demais para ser contemplado. Dizemos a nós mesmos que nosso criador se importa porque a ideia de um criador que não se importa é aterrorizante demais para ser levada em conta. E ali, parado, com Astrid tremendo em meus braços, eu me convenci de que Fabién Voss falava a verdade. Que ele estava ali apenas por mim, que minha família não tinha culpa, que ele iria deixá-las ir. Porque vislumbrar a alternativa teria simplesmente me espatifado como vidro.

"Em vez disso, olhei nos olhos de minha filha, arregalados, assustados e fixos em mim, seu pai, sua montanha, o homem que faria *qualquer coisa*, daria qualquer coisa para mantê-la segura.

"'Pai?'

"'*Pssst*', disse delicadamente o vampiro. '*Silêncio, criança.*'

"'Tudo vai ficar bem, amor', Astrid disse a ela. 'Me escute. Tudo vai f-ficar bem.'

"O vampiro olhava fixamente para mim, as janelas para sua alma dando para uma sala vazia. A tinta em minha pele queimou com uma radiação fria, mas seus olhos estavam apenas levemente cerrados contra ela; o poder sombrio dentro dele mais forte que o meu. Olhei para a Bebedora de Cinzas em minha mão, pensamentos desesperados em turbilhão em minha mente. Mas Voss apenas moveu a mão no ombro de Paciência, os dedos se aproximando um pouco mais de seu pescoço.

"*Posso entrar, Gabriel?*"

"Tudo o que havia entre nós agora eram poucas palavras. Muito poder. Muito perigo. Quantos corações tinham se tornado completos por palavras tão pequenas como 'Aceito'? Quantos mais foram destroçados com um alento tão pequeno como 'terminou'?

"Poucas palavras.

"*Não pode.*

"*Não há escolha.*

"*Meu bebê.*

"'Entre', disse eu a ele.

"Ele sorriu. Belo. Terrível. E, limpando as botas educadamente no capacho que Astrid havia tecido, o Rei Eterno cruzou a soleira e entrou em nossa casa. Eu vi as formas atrás dele no escuro, outras figuras, meia dúzia; todos príncipes da eternidade imersos em terror e sangue. Eu sabia seus nomes: Alba, Alene, Kestrel, Morgane, Ettiene, Danton. Mas nenhum deles procurou se aproximar, pairando nos limites da noite, sendo testemunhas silenciosas enquanto seu temido pai entrava lentamente. Não consigo lhe dizer o que senti ao ver aquilo – aquele monstro com meu bebê em seu abraço. Tanto terror e fúria que eu mal conseguia falar.

"'Solte-a.'

"'*Logo*', respondeu ele.

"'Se você machucá-la...', disse Astrid com raiva, os dentes à mostra. 'Deus me ajude...'

"O Rei Eterno então deu um sorriso, gesticulando para a mesa de jantar.

"'*Eu vos interrompi em vossa refeição. Minhas sinceras desculpas. Posso me sentar?*'

"Eu assenti, minha mão ainda no punho da Bebedora de Cinzas. Fabién se moveu, líquido, a graça sobrenatural de séculos a seu comando. Não havia nada impensado nele; nenhum movimento desperdiçado, nenhuma respiração perdida. Ele se movimentava como se uma estátua houvesse ganhado vida, toda parte dele descolorida até ficar branca como ossos pelas mãos do tempo, exceto aqueles olhos, negros como buracos entre as estrelas. Uma das mãos se envolveu em torno da cintura de minha filha quando ele a botou em seu colo.

"'*Tu farias a honra de te juntares a mim, velho amigo?*'

"Eu me sentei em frente a ele, tenso como uma corda de arco. Meus olhos se fixaram nos dele. Terror em mim, então. Terror completo e total.

"Voss olhou ao redor da sala, para o fogo crepitante, os potes e panelas, o gancho onde eu pendurava meu casaco; aqueles pequenos fragmentos de nossa vida, agora tão inconsequentes. Ele pegou os sinos-de-prata que Paciência havia colhido e os colocou no vaso.

"'*Uma bela casa fizestes para vós mesmos, eu vejo. Um clima agradável para passar o fim do outono antes da chegada do inverno cruel.*' Ele olhou para Astrid, parada ao meu lado, angústia e terror em seus olhos. '*Viajamos de muito longe para estar aqui. Temo que minha garganta esteja seca. Posso incomodar-te, madame, e pedir um copo de vinho?*'

"'Não temos', respondeu Astrid.

"'*O Beaumont, querida. Escondido na despensa?*'

"Astrid empalideceu um pouco com isso, e com um olhar desesperado para os meus olhos, ela foi até a cozinha. Voss se voltou para mim, com um sorriso conspiratório nos lábios sem sangue.

"'*Ela queria fazer uma surpresa em vosso aniversário de casamento. Tocante, não?*'

"'Eu soube, então, que ele estava na mente dela. Eu também podia senti-lo na minha. Passando como um ladrão por nossos segredos, nossos pensamentos, nada sagrado, nada escondido. As imagens de assassinato enchendo minha cabeça, a espada em minha mão enterrada em seu pescoço, a tentativa de pegar os troncos em chamas no fogo, a matemática desesperada de como eu podia salvá-las – minha filha, meu amor –, tudo desvelado. Paciência olhou para mim e sussurrou outra vez.

"'Pai?'

"E uma lágrima escorreu por seu rosto. Voss se voltou para ela, sua voz como seda negra.

"'*Ah, não, não, quieta agora, pequena flor. Tio Fabién não gosta de ver-te chorar. Conta-me, minha doçura, meu amor, meu anjo querido, quantos anos tens?*'

"'Onze', sussurrou ela.

"'*Ah, que amor precioso. Ah, que idade! Todo o brilho da infância ainda avermelhado em teu rosto, toda a promessa de mulher surgindo em teu horizonte. Teu nome é Paciência, não é?*'

"'*Oui...*'

"Ele olhou para ela com tristeza, os dedos alisando seu cabelo comprido e preto para trás.

"'*Eu já tive uma filha. Ah, sim, eu tive uma filha, tão bonita quanto tu. E eu a amava, Paciência. Eu a amava com tanto carinho quanto teu nobre e corajoso pai te ama.*'

"Astrid pôs o cálice de vinho na mesa, vermelho e reluzente como sangue. E Voss tirou os olhos de minha filha e, em vez disso, olhou para meu amor.

"'*Ah, não para mim, cara madame.*' Seu sorriso agradecido desapareceu, e por um momento, seu rosto era uma máscara de pura malevolência quando seu olhar se dirigiu ao pescoço de Astrid. '*Para ti.*'

"'Voss...'

"'*Ela é uma beleza, Gabriel.*' Ele estava sorrindo mais uma vez, dando um beijo tão frio na bochecha de Paciência que vi sua pele empalidecer onde seus lábios a tocaram. '*As duas, radiantes como o sol. Estás orgulhoso? Deste lar, desta vida que criaste?*'

"'Estou.'

"'*Tu as ama, verdade? Como Deus ama seus anjos?*'

"'Amo.'

"'*E o que tu darias para mantê-las em segurança, teus anjos, teus amores?*'

"'Qualquer coisa.'

"'*Tua vida? Tua liberdade?*'

"'Qualquer coisa! Tudo! *Por favor!*' Eu bati a Bebedora de Cinzas na mesa. '*POR FAVOR!*'

"'*Quatro. Séculos.*'

"Eu pisquei, meu estômago muito mais que gelado.

"'O quê?'

"'*O tempo em que conheci minha Laure.* Meu *anjo.* Meu *amor. Minha Aparição de Vermelho. Quatrocentos. Anos.*' Ele acariciou o rosto de Paciência e sussurrou baixinho. '*Tu guardas esta flor por apenas 11 e já darias tua alma por ela. Tu não te recusarias a nada, pai, para salvar a vida de tua filha preciosa. O que, então, tu não achas que eu faria para vingar minha filha?*'

"Aquela garra parou em seu pescoço. E toda noção desesperada, toda fantasia desolada que eu podia conjurar terminava apenas em horror. Eu sabia que ele queria que eu implorasse, e, mesmo assim, eu fiz isso. Esperando algum adiamento e *rezando* a Deus Todo-poderoso, rezando com cada parte minha, cada partícula de minha alma desprezível, para que ele as poupasse daquilo.

"Eu teria dado *qualquer coisa* para poupá-las daquilo.

"'Voss. Por favor... Seu problema é comigo.'

"'*Problema?*' O vampiro piscou. '*Como escriturários por uma nota? Não. Nada tão raso quanto um problema entre mim e ti. Chama-a pelo que ela é, Santo de Prata. Vingança.*'

"Ele voltou olhos negros para o copo de vinho, depois para Astrid.

"'*Não estás bebendo, madame.*'

"Seu olhar se dirigiu para a mão que ela mantinha trêmula às costas.

"'*Para que é a faca?*'

"'Você', prometeu Astrid. '*Você.*'

"'Voss', sussurrei. 'Me escute. Droga, OLHE PARA MIM...'

"'*Conheces o nome de teu pecado, Gabriel? Tua alma tinha a marca de todos eles, mas sabes qual teu maior? Vamos, diz seu nome. Se tu darias tua vida pela delas, primeiro vou tomar tua confissão. Serei teu padre, e tu, meu filho. Gabriel de León. O Leão Negro. O salvador de Nordlund. Libertador de*

Triúrbaile. Redentor de Tuuve. Espada do império. Santo de Prata. Qual é teu pecado mais doce?

"Eu cerrei os dentes, as presas crescidas compridas em minhas gengivas. Pensando em minha vida, na resposta que pudesse me comprar um alívio, na confissão que ele queria de mim.

"'Orgulho', sussurrei.

"'*Antes talvez. Mas não mais. Fala outra vez, e a verdade.*'

"Olhei para Astrid, minha respiração trêmula. Os juramentos quebrados entre nós. Eu nunca tinha pensado em nosso amor como pecado, mas, mesmo assim, eu falei, agora desesperado.

"'Luxúria, então...'

"'*Teu pecado, é verdade. Mas não o pior. Teu Deus está ouvindo, Gabriel. Suas trombetas cantam. Tu vais morrer com a alma sem absolvição?*'

"Minha pegada se apertou em minha espada enquanto eu sibilava, as coisas que queria fazer com aquele bastardo e toda sua espécie desgraçada em chamas em minha cabeça.

"'*Ira.*'

"'*É preguiça, Gabriel. Esse foi teu pecado no fim, e o pior de todos eles. Não orgulho. Nem luxúria. Nem ira. Simples preguiça.*' Ele gesticulou com a mão ao seu redor, o lábio curvado em aversão. '*Te esconderes aqui, nesta cabana no fim da terra, como um cachorro vira-latas com sua cama cheia de pulgas? Frustrar meus planos, ficar em meu caminho – e também tirar a vida de minha filha –, todos esses males feitos eu podia ter esquecido se tivesses permanecido em teu curso. Por muitos séculos busquei um adversário digno de minha ira. E por um momento desolado e abençoado, quando ouvi minha filha gritar através da morte que destes a ela, meu coração vazio cantou como não cantava em séculos com a ideia... talvez eu o tenha encontrado. Aquele homem que podia me dar pelo menos um segundo no qual eu pudesse mais uma vez saborear a vida através do medo. Eu esperava. Na verdade, eu rezava por isso.*'

"Ele sacudiu a cabeça.

"'*E* isso *foi o que aconteceu contigo? Esta vida comum lamentável?* Não. Não, isso *eu não posso perdoar, amigo velho. Dar as costas sem teres terminado teu feito? Sair do palco sem cantar tua canção? Tu eras magnífico, Gabriel. E agora? Tu és um leão brincando de ser cordeiro.* E é por isso *que fostes abandonado por Deus, e por que ele me mandou contra ti.*'

"'Voss, por favor...'

"'Por favor', sussurrou Astrid. 'Não.'

"'*Tão bela*', sussurrou ele, passando uma garra pelo pescoço de Paciência. 'Mas tu já começas a esmaecer, Paciência. A doçura da fruta não passa do prelúdio da decomposição. Tu tens morrido, desde o dia em que nasceste.'

"'Pelo amor de Deus, Voss, você falou que a deixaria *ir*!'

"Ele olhou para mim. Seus olhos vidrados e escuros, como espelhos nos quais eu me via. Destroçado. Implorando. E então ele falou, as palavras que destruiriam meu mundo.

"'*E ao contrário de ti, eu mantenho minhas promessas.*'

"Sua mão se moveu. Só um pouco. E ele..."

A voz de Gabriel vacilou.

Dizer aquilo faria com que se tornasse real.

Dizer aquilo, seria vivê-lo outra vez.

– Ele...

Jean-François estava sentado com uma das mãos pálidas apertada contra o peito, uma nesga de pena em seus olhos sem alma. A cela em que eles estavam era fria como um túmulo, a luz pálida do amanhecer não muito distante no horizonte. Mas o escuro naquela cela de pedra era tão profundo quanto qualquer um que o vampiro conhecia, tão longo, vazio e desolado quanto uma vida sem amor. E ele olhou para aquele homem, aquele infeliz alquebrado se inclinando para frente em sua poltrona e cobrindo o rosto, os ombros tremendo em soluços silenciosos. E uma única lágrima sangrenta escorreu dos olhos do vampiro quando ele sussurrou.

– Deus Todo-poderoso...

O Último Santo de Prata inalou uma respiração trêmula.
Olhou para os céus acima.
– Onde?

✦ XIX ✦
DESFEITO

— HÁ UM ÓDIO tão puro que cega. Há uma fúria tão completa que tudo consome. Isso leva você e o quebra, e a coisa que você foi é destruída para sempre. Queimada até virar cinzas e então renascida. E isso era tudo o que eu sabia quando me levantei e saquei a Bebedora de Cinzas de sua bainha, a espada uma extensão de meu braço, meu braço uma extensão de minha vontade, minha vontade uma soma daquele ódio, daquela fúria, daquele desejo de desfazer. Não matar. Não destruir. *Aniquilar*. A Bebedora de Cinzas gritou comigo quando cortou o espaço entre nós, vermelha demais para que eu olhasse para ela. Um golpe que podia ter cortado a terra em dois. Um golpe tão perfeito que podia ter partido o céu.

"A espada atingiu o Rei Eterno no pescoço. Aço de estrela caindo dos céus, enfrentando carne imortal, antiga quando o império era um sonho de um louco.

"Eu ouvi o som de aço atingindo pedra.

"O som de sonhos desfeitos."

Gabriel olhou para as mãos.

— Astrid atacou, gritando, a faca de prata em sua mão reluzindo. Toda a fúria do inferno em seus olhos. Se ela pudesse ter dado a vida para fazê-lo sangrar uma gota, ela teria morrido dez mil vezes. Mas, com toda a sua fúria, meu amor era um soco de criança em uma montanha. E a mão de Voss tinha envolvido minha garganta, apertando como uma perversidade de ferro. Eu gritei quando ele pegou Astrid com a outra mão, puxando-a contra o peito enquanto ele olhava em meus olhos e sorria como a morte de toda a luz.

"'*Aí está ele*', sussurrou. '*O leão despertado.*'

"Emiti uma expressão de ódio, fúria cega, raiva estrangulada. E com todo o poder sombrio de seu sangue antigo, Voss me ergueu no alto e me jogou no chão, sua força tão grande que atravessei o piso e caí no porão abaixo. Meu crânio se esmagou ao atingir a pedra, e senti os ossos se estilhaçarem, meu corpo se quebrar, com o coração dentro dele. Sua voz flutuou pela poeira, o sangue, a dor, um sussurro em minha escuridão crescente, suave demais para qualquer um além de nós dois escutar.

"'*Vou te esperar no leste, Leão.*'

"E embora eu tivesse dado minha última gota de sangue, minha própria alma para enfrentar aquilo, mesmo assim eu a senti me levar. Os braços terríveis da escuridão se estendendo daquelas pedras lascadas e me arrastando para um sono indesejado. E o último som que ouvi antes que me tomasse não foi minha respiração irregular e entrecortada, nem meu amor gritando meu nome, nem o som de tudo o que havíamos construído, tudo o que havíamos desejado, desmoronando em torno de meus ouvidos.

"Foi riso.

"O riso de Voss.

"Então, abateu-se a escuridão."

✦ XX ✦
UMA PROMESSA NO ESCURO

– ACORDEI NO ESCURO. Havia sangue em minha boca. Sangue no ar. E me perguntei se aquilo era o inferno. Nada de chamas, nenhum lago de enxofre. Apenas escuridão e silêncio intermináveis. Então eu me mexi e fui atravessado pela dor, ossos quebrados e carne sangrando, e percebi que a vida, amaldiçoada e odiosa, ainda fluía através daquele corpo destroçado.

"Senti um peso sobre meu peito. Meus dedos percorreram um couro velho, metais frios e familiares. Um gume afiado, uma ponta irregular com dezoito centímetros agora faltando – minha espada, disposta sobre meu peito como um rei em um antigo túmulo de pedras. Meus olhos começaram a perceber detalhes no negrume. Garrafas estilhaçadas e prateleiras destruídas. Eu estava em nosso porão, percebi – pelo menos, suas ruínas. Vigas do teto seguravam uma avalanche de pedra quebrada a poucos metros de minha cabeça. Parecia que a casa inteira tinha caído em cima de mim, o farol também – toneladas de tijolos caídos seguros por apenas alguns pedaços de madeira e a mão maldita de Deus.

"'Deus...'

"*Gabriel...*

"A Bebedora de Cinzas sussurrou em minha cabeça, sua voz agora defeituosa como ela.

"*G abriel, d-desculpe por t-ter f-falhado contigo, falhado contigo.*

"Então eu a vi. Jogada na pedra ao meu lado.

"Meu amor. Minha vida. Minha Astrid.

"Meu coração se partiu dentro do peito.

"Ela parecia mais bela do que nunca. Mas não era a beleza de mil sorrisos. Não. A dela, agora, era uma beleza sombria. Aqueles lábios que tinham respirado vida nos meus? Agora estavam vermelhos como assassinato. Aquele rosto com a forma de um coração partido? Não branco como leite e macio, mas marmorizado e duro. Eu não via o subir e descer da respiração em seu peito, nenhum pulso em seu pescoço, ainda marcado pela pressão de seus dentes e os restos de seu banquete. E eu recuei, quase me desfazendo com o horror terrível e final daquilo. Porque ela não estava morta. Ela era uma Morta.

"E então conheci a cor da desolação. E sua cor era vermelha.

"Não vou dar voz aos pensamentos sombrios que entraram em minha mente. Nem mesmo para sua imperatriz pálida, vampiro. Tenho certeza de que você pode imaginar as esperanças desesperadas e vãs, os sonhos malignos e egoístas, tão longe do céu quanto demônios podem voar. Tudo finalmente extinto pelo simples desespero.

"Aquilo não era ela.

"Aquilo não era minha Astrid.

"Eu a visualizei como ela tinha sido. Aquela primeira vez em que nos encontramos na biblioteca de San Michon, aquela beleza, aquele sorriso, aquela garota que brandia livros como espadas.

"Eu beijei seus lábios, vermelhos como rubis, frios como a meia-noite.

"Eu vi seus cílios se remexendo em seu rosto.

"E eu peguei minha espada.

"Poucas palavras.

"'Perdão.'

"*Faz isso.*

"'Não posso.'

"*Tu precisas.*

"'Ah, Deus.'

"E eu fiz aquilo.

"Olhei para o céu que não tinha respondido quando implorei. Para o Deus que permitira que se chegasse àquilo. Eu os senti crescer como veneno dentro de mim, derramando soluços trêmulos através dos dentes ensanguentados. Eu chorei como um pai sem amarras, como um filho traído, como um marido enviuvado, até minha garganta se fechar, minha voz vacilar e eu desejar a morte.

"Mas através do ronco em meus ouvidos, ouvi uma voz dentro de minha cabeça e me agarrei às palavras que ela agora falava. Palavras como *vingança*. Palavras como *violência*. Palavras como *promessa* e *propósito* onde, do contrário, haveria apenas loucura. Não era para eu permanecer quieto em meu túmulo enquanto a pessoa que as havia enterrado ainda caminhava. Não era para eu fechar os olhos e dormir, me entregar àquela tumba. Não até que a canção fosse cantada.

"Se ele quisesse uma guerra, eu seria ela.

"Se ele quisesse um medo, que fosse eu.

"Um último presente que meu amor me deu. Um último sacramento, tomado com lágrimas ardentes em meus olhos, e repulsa por tudo o que estava fervendo em minha alma. Eu não tinha outra saída daquela sepultura, nenhum outro caminho na direção da vingança da qual ela sussurrava. Mas, se havia algum resto esfarrapado de meu coração, então ele se transformou em cinzas quando seu gosto se derramou sobre minha língua uma última vez. Eu, ali e naquele momento, fiz um juramento, uma promessa para as duas, minha Astrid, minha Paciência, meus anjos. Sussurrado no escuro, frio como tumbas e sombrio como o inferno, que nunca mais o sangue de outra pessoa tocaria meus lábios. Nunca mais eu ia alimentar aquele monstro que eu era.

"*Nunca mais outra vez.*

"E com a força que ela tinha me dado, a língua ensanguentada e as mãos trêmulas, eu saí daquela sepultura em que ele havia nos enterrado. E com a fumaça dos fogos que acendi subindo para o céu às minhas costas, eu arrastei a forma do que eu tinha sido e me lembrei; há um momento para tristeza e um momento para canções, e um momento para se lembrar com carinho de tudo o que foi e aconteceu.

"Mas também há um momento para matar.

"Há um momento para sangue.

"E um momento para fúria.

"E um momento para fechar os olhos e se tornar a coisa que o inferno quer que você seja.

"E então. Eu fiz isso."

✦ XXI ✦
TUDO

— FIQUEI EM SILÊNCIO, olhando fixamente por aquela janela vazia do *château* Avellene. O lugar para onde ela jamais voltaria. A capela onde tínhamos nos casado. Ecos de meu dia mais feliz. Dior ainda estava ajoelhada no chão ao meu lado. Apertando minha mão com tanta força que achei que ela pudesse quebrá-la. Chorando tanto que temi que ela pudesse não parar nunca.

"'Sinto muito, Gabe. Meu Deus... eu sinto muito.'

"'Agora você vê', sussurrei. 'Por que não vou entregá-la para ele. Por que não vou perder nem mais uma gota para isso. Por que preciso levar isso até o fim. Porque sinto falta delas, como se parte de mim estivesse faltando. E eu as amo, como se amor fosse tudo o que eu era. E ainda não há nada o que eu não faria, nenhuma profundidade à qual eu não afundaria, nenhum preço que eu não pagaria para tê-las de volta comigo aqui. Porque elas eram tudo para mim.

"'Mas elas se foram.

"'Elas se foram e nunca mais vão voltar. Aquele bastardo as *tirou* de mim. E por isso, ele vai morrer, Dior. Ele e todos de sua linhagem maldita vão morrer.'

"'Deus, Gabriel', sussurrou ela. 'Perdoe-me se eu...'

"Eu sacudi a cabeça.

"Desde que você entenda. Este é o lugar onde você está mais segura, então é onde você fica. Não importa o custo.' Eu a olhei nos olhos, ferro em minha voz. 'Está me ouvindo?'

"'*Oui*.' Ela fungou forte, apertou a cabeça sobre meu ombro. 'Estou.'

"Olhei para o vidro quebrado, a noite lá fora. As crostas de ferida haviam sido arrancadas, agora, a visão daquela janela vazia era um buraco em meu peito. Mas a fúria pouco fez para cauterizar o sangramento, e o pensamento no que estava por vir fez o resto – o suficiente para eu afastar o pesar por um instante a mais e fazer o que precisava ser feito.

"'Tenho que achar a Bebedora. Depois falar com Aaron. Preciso que você vá para seu quarto e fique lá. Vou pedir a Baptiste que envie seu melhor pessoal para vigiar sua porta até eu voltar. Não atenda ninguém até eu voltar.'

"Ela assentiu, os olhos baixos.

"'*Oui.*'

"'Prometa.'

"'Prometo.'

"'Estou falando sério.'

"Ela me olhou nos olhos, com um brilho nos seus.

"'Prometo.'

"Assenti uma vez, engolindo o gosto de sal e sangue. Afastando a tristeza e me concentrando naquele fogo interior enquanto ficava de pé, erguendo Dior junto comigo.

"'Está quase claro. Sei que é difícil, mas tente dormir um pouco. Amanhã vai ser uma longa noite. A mais longa de sua vida. Mas pretendo que você veja o amanhecer.'

"Saltos de prata trituraram vidro quando me movimentei para ir embora.

"'Gabriel.'

"Eu me virei ao ouvir sua voz. E, quando fiz isso, ela jogou os braços ao meu redor, pressionou o rosto contra meu peito e me apertou com todas as suas forças.

"'Você é um bom homem, Gabriel de León. *Merci*. Por tudo.'

"Fiquei tenso com seu abraço, então me entreguei a ele, piscando com força com a ardência em meus olhos. Eu já tinha chorado oceanos. E lágrimas não tinham mais utilidade ali que orações. Mesmo assim...

"'Eu volto logo', prometi. 'E depois não vou sair do seu lado até vê-la em segurança no interior dos muros de San Michon. Durma agora, garota. Não tema nenhuma escuridão.'

"Eu a acompanhei até seu quarto, fechei bem a porta e, lançando um olhar cauteloso em torno dos corredores nas sombras, sai andando para a noite. Eu podia sentir o gosto do medo no ar, ouvir os murmúrios baixos às minhas costas enquanto eu andava em meio à neve que caía. Encontrei a Bebedora de Cinzas em um monte de neve ao lado da capela, a dama de prata brilhando à luz abafada das luas. Alguns dos soldados de Aaron passaram correndo, olhando para mim com estranheza enquanto eu pescava a espada da neve e limpava sua lâmina.

"*Está tudo bem?*

"'Bem como sempre está.'

"*Tu c-contaste a ela, contaste a ela?*

"'Como você disse, Bebedora. Não existe uma coisa como um final feliz.'

"*Desculpe, Gabriel. Para todo o sempre. Aquele d-dia foi meu maior fracasso.*

"Eu olhei para ela, sua lâmina quebrada, as palavras gravadas em sua extensão que só ela e eu sabíamos o que queriam dizer. Tínhamos chapinhado juntos por rios de sangue, ela e eu. Tínhamos gravado nossos nomes nas páginas da história.

"'Nunca culpe a espada. A falha foi minha. Mas tenho vontade de acertar as contas amanhã à noite, se você estiver com vontade de me ajudar. Tenho necessidade de matar alguma coisa monstruosa.'

"*Sempre. Sempre.*

"Eu a embainhei ao meu lado, seu peso um conforto em meu quadril enquanto eu caminhava de volta para a fortaleza. Encontrei Aaron e Baptiste e seus sargentos no grande salão, reunidos em torno de um mapa estendido sobre a mesa de banquetes. Tive uma conversa discreta com Baptiste, e o dedo preto assentiu uma vez e imediatamente enviou três soldados fortes e de punhos de martelo para vigiar a porta de Dior. Então começamos a fazer planos para o ataque.

"Houve vozes levantadas, xingamentos raivosos e olhares sombrios lançados em minha direção – eu sabia que pelo menos metade daquelas pessoas lamentava o dia em que eu tinha posto os pés em Aveléne. Mas, ainda assim, eles amavam muito seu *capitaine* e odiavam todos os sangues-frios, e entre essas duas medidas, Aaron os controlava com firmeza. Todos conheciam o poder da força que ia cair sobre aqueles muros na noite seguinte. Todos sabiam que a vitória – se ela fosse conquistada – seria difícil. Mas Aaron e seus homens estavam preparando suas defesas havia anos, e Baptiste era o gênio que sempre tinha sido, e quando a luz frágil do amanhecer abriu caminho pelas janelas altas, eu sabia que tínhamos uma chance. Mais que isso: com uma dose inteira de *sanctus* em mim, com toda minha força sob meu comando, se eu tivesse apenas um momento, uma janela minúscula na qual botar minhas mãos em torno do pescoço da Fera, eu estaria um passo mais perto da vingança que eu tinha ido encontrar no norte – um passo mais perto de exterminar a linhagem maldita do Rei Eterno.

"Tomamos o desjejum juntos, Aaron, Baptiste e eu. E, embora a memória ainda guardasse dor, aquilo me lembrou dos dias em San Michon. Há um amor estranho e forte forjado nas chamas do combate. Uma irmandade escrita apenas em sangue. E eu não tinha percebido o quanto sentia falta disso até aquele momento, nem o quanto eu estava satisfeito por tê-lo de volta.

"'Vocês têm minha gratidão, irmãos', disse eu a eles. 'E todo o amor que tenho para dar. Vocês arriscam tudo por mim e por apenas uma promessa tênue.'

"'E com prazer', respondeu Aaron. 'Mas não só por você, Gabe.'

"Ele sacudiu a cabeça, olhando fixamente para a estrela de sete pontas na palma de sua mão.

"'Sei que você tem dúvidas, mas sinto a vontade do Todo-poderoso em tudo isso, irmão. Sinto o peso da providência, a própria mão do destino. Juro à Virgem-mãe, não consigo explicar isso. Mas de algum modo sei que tudo isso... todos os momentos de nossas vidas estavam levando a esta noite.' Ele me olhou nos olhos, feroz e orgulhoso. 'E eu estou *pronto*.'

"'Deus está conosco, Gabe', disse Baptiste, apertando minha mão. 'Como ele estava quando lutamos juntos nos Gêmeos. Naquele dia e agora, com ele ao nosso lado, não podemos falhar.'

"'Sem medo', murmurei.

"'Só fúria', assentiu Aaron.

"'Você devia dormir, irmão', murmurou Baptiste. 'Sem ofensa, mas você está com uma aparência horrível.'

"Compartilhamos uma risada cansada, e tornei a agradecer. E abraçando os dois, doente de tristeza, eu me retirei para o andar de cima. Tomei um banho adequado pela primeira vez em tanto tempo quanto eu me lembrava, sangue e sujeira turvando tanto a água que tive de trocar o balde três vezes. Desembaracei os emaranhados em meu cabelo. Raspei a barba da estrada com uma navalha que Aaron me emprestou. Olhei para o homem no espelho e vi as cicatrizes em seu interior e seu exterior. Eu me perguntei se ele algum dia ia encontrar paz. Se ele algum dia conseguiria se perdoar. Se aquilo terminaria algum dia.

"Então fui lentamente para meu quarto, esperando nada mais do que algumas horas abençoadas em lençóis limpos e em uma cama macia... Deus, só pensar nisso já parecia o céu. Mas eu parei primeiro no quarto de Dior, acenei com a cabeça para um dos guardas de serviço em sua porta. Eles olharam para mim com o rosto fechado e olhos estreitos, ressentidos e calados. Mas um deles finalmente falou; um ossiano rude com uma barba que parecia um ninho de texugos.

"'O senhor não vai se lembrar', grunhiu ele. 'Mas lutamos ao lado um do outro em Báih Sìde.'

"Eu olhei para ele, olhos turvos e exausto.

"'Redling', disse eu por fim. 'Redling á Sadhbh.'

"Ele piscou, surpreso.

"'Isso mesmo, como o senhor...'

"'Eu me lembro.' Eu suspirei. 'Eu me lembro de tudo.'

"O homem me examinou, olhos de pederneira e barba eriçada.

"'Não vou lhe agradecer por trazer esse mal para nossa porta', rosnou ele. 'Mas se eu tiver de cair esta noite, tenho orgulho de fazer isso ao lado do Leão Negro.'

"'*Oui*', disse o segundo homem. 'Deus o abençoe, De León.'

"Assenti agradecendo, apertei suas mãos, disse a eles para não terem medo. Então entreabri a porta de Dior e olhei na escuridão de seu quarto. Ela estava de costas para a porta, enrolada embaixo dos cobertores, sem fazer som e imóvel. Eu a observei por um momento, lembrando das noites em que tinha ficado na porta do quarto de Paciência, apenas ouvindo-a respirar e me perguntando como em nome do céu eu tinha feito algo tão perfeito.

"Mais uma vez, senti meus olhos arderem.

"Mais uma vez, pisquei para conter aquelas lágrimas inúteis.

"E então percebi que Dior não estava respirando. Que sua sobrecasaca não estava pendurada no cabide, nem suas botas estavam no pé de sua cama. Meu estômago se transformou em gelo, e entrei no quarto, já sabendo o que ia encontrar quando puxei os cobertores."

Jean-François mergulhou a pena na tinta e deu um leve sorriso.

– Travesseiros.

– Dior Lachance não era covarde. Mas ela com toda a certeza *era* uma mentirosa.

Gabriel sacudiu a cabeça, dando um longo gole de vinho.

– E a vadia mentirosa tinha desaparecido.

✦ XXII ✦
O LEÃO ATACA

— MINHA FÚRIA ESTAVA terrível. Não com os soldados junto da porta de Dior que tinham deixado de ouvi-la descer pela janela, nem com o mestre do canil que estava dormindo quando ela roubou os cachorros do cercado. Não com os vigias que tinham feito vista grossa quando ela conduziu os cães morro abaixo, nem com o soldado que a ajudou a atrelá-los ao trenó que ela tinha carregado.

"Não. Minha fúria era com o tolo que tinha acreditado que aquela garota ia se encolher no interior de um castelo enquanto outra gota de sangue era derramada em seu nome.

"Nós estávamos, agora, na passarela elevada de Aveléne, olhando pelas ameias para o Mère reluzente no vale congelado abaixo.

"'Ela partiu ao amanhecer', relatou Aaron. 'Para a neve, dirigindo-se para o nordeste na direção da Estrada da Virgem. Ela pode seguir esse caminho até San Michon se...'

"'Não.' Eu franzi o cenho. 'Ela está seguindo pelo rio.'

"Baptiste sacudiu a cabeça.

"'Nossos batedores contam que ela estava andando...'

"'Ela fez a volta. A vadiazinha é esperta como gatos. E depois de dar uma olhada naquele mapa em seu salão, ela sabe que o Mère vai levá-la até o mosteiro.'

"'Como você sabe disso, irmão?'

"Eu respirei fundo, suspirei uma nuvem revolta de gelo.

"'Ofereci a ela um frasco de meu sangue em Winfael. Ela o recusou. Então, quando eu arranjei para ela aquela sobrecasaca nova em Promontório Rubro, eu enfiei o frasco no forro.' Sacudindo a cabeça, eu me lembrei das lições do mestre Mãocinza. 'Idade e traição sempre podem superar a juventude e a habilidade, Lachance.'

"'Perdoe-me, Gabe', disse Baptiste. 'Mas para que serve um frasco de seu sangue?'

"'Porque eu posso *senti-lo*.'"

Jean-François parou de escrever, ergueu os olhos de sua crônica.

– Senti-lo, De León?

Gabriel assentiu.

– Eu nunca tive um professor. Nunca conheci ninguém que pudesse destrancar os segredos de minha linhagem de sangue. Mas, mesmo assim, eu tinha aprendido algumas pequenas invocações ao longo dos anos; restos e sussurros, escondidos nas páginas de San Michon e descobertos por meu amor.

– Sanguemancia – murmurou o historiador.

– *Oui*. E no alto dos muros de Aveléne, eu busquei o horizonte e o senti com toda a certeza; um pequeno pedaço de mim dentro de uma prisão de vidro, seguindo para o norte por uma estrada de gelo cinza.

"'Ela está no rio', disse eu. 'E os Mortos a estão seguindo.'

"'Os vigias disseram que ela carregou o trenó com suprimentos', murmurou Baptiste. 'E mesmo com carga, os Mortos não se movem mais rápido do que uma matilha de cães no gelo à luz do dia.'

"'O dia não vai durar para sempre', alertou Aaron.

"'Tenho de alcançá-la antes do anoitecer', disse eu, descendo a escada. 'É quando eles vão atacá-la. Preciso do resto de seus cães, Aaron. E de um trenó. O mais rápido possível.'

"'Eu vou com você', declarou ele, e, mais uma vez, eu me maravilhei com a confiança e o amor que meus irmãos tinham por mim. Eu sorri para ele mesmo enquanto sacudia a cabeça.

"'Ela tem duas horas de dianteira. Preciso correr o mais leve possível.'

"'Gabe, você não pode enfrentar Danton e aquele exército sozinho.'

"Eu bati no punho da Bebedora de Cinzas.

"'Eu não estou sozinho.'

"Baptiste sacudiu a cabeça.

"'Gabe...'

"'Não vou perder tempo discutindo, irmãos. A Virgem-mãe sabe o que eu fiz para merecer amigos tão verdadeiros quanto vocês. Mas vocês não têm cães suficientes para me seguir, nem cavalos que possam correr com segurança sobre um rio meio congelado. E cada minuto que desperdiçamos é mais um minuto que Danton se aproxima do pescoço daquela garota. Então consigam-me esses cães. *Por favor.*'

"O mestre do canil trabalhou rápido, preparando um trenó despido de tudo para que eu pudesse correr mais leve. Eu estava com meus irmãos no cais congelado, o Mère se estendendo para dentro das neves que caíam, os moradores de Avelène observando do alto de seus muros. Eles se sentiam culpados, sem dúvida, por terem feito vista grossa e deixado Dior partir sozinha. E mais: eles estavam conscientes de que a garota tinha afastado a sombra de seus muros, de que ela tinha se jogado da borda para poupá-los do massacre. E suas vozes se ergueram, então, um clamor ao longo da pedra antiga e soando em algum lugar do vazio de meu peito.

"'Que você tenha a velocidade de Deus, De León!'

"'Que a Virgem-mãe o abençoe!'

"'O Leão ataca!

"'O LEÃO NEGRO ATACA!'

"Baptiste jogou os braços ao meu redor e me abraçou apertado.

"'Que o anjo Fortuna viaje com você, Pequeno Leão. Que Deus e toda a sua hoste celestial cuidem de você.'

"'*Merci,* irmão. Cuide desse garoto bonito por mim.'

"Mas Aaron não compartilhou o sorriso que lancei para ele.

"'Isso é tolice, Gabriel.'

"'Vamos dizer que é temerário. Essa sempre foi minha natureza. Agora se despeça de mim, irmão, e me deseje a velocidade de Deus, e se tiver vontade de rezar por ela, não vou xingá-lo por isso.'

"'Por ela, mas não por você?'

"'Ele não escuta, Aaron.' Eu dei um sorriso triste. 'Ele nunca escutou.'

"Aaron vestiu uma bandoleira em meu ombro, totalmente carregada com bombas de prata, água benta, frascos de *sanctus*. Então ele me puxou em um abraço e apertou forte.

"'Lembre-se, Gabe', sussurrou ele. 'Não importa no que você tem fé. Mas você precisa ter fé em *alguma coisa*.' Ele me deu um beijo na testa, os olhos brilhando. 'Tenha a velocidade de Deus. Viaje com disposição.'

"O vento estava às minhas costas quando eu saí, como se a própria tempestade tivesse me levado a partir. Os cães eram daquela raça intrépida nórdica conhecida como lanceiros, e eles corriam depressa, as lâminas de meu trenó sibilando pelo gelo enquanto disparávamos pela curva congelada do Mère.

"No início, as margens do rio eram rochedos e penhasco – o bom basalto negro dos ossos de minha terra natal – e a neve fresca à nossa frente não tinha marca de rastro ou trilha. Mas, algumas horas rio acima, os penhascos deram lugar às terras baixas e florestas mortas congeladas, e eu vi os arcos gêmeos de lâminas de trenó e uma multidão de pegadas de cães saírem das margens para o gelo – a trilha de Dior, com toda a certeza. Ela tinha levado o trenó das rochas para o rio, na esperança de esconder sua passagem. Mas eu sabia que um sabujo tão habilidoso quanto Danton não seria enganado por um estratagema tão simples, e, logo depois, sua trilha se perdeu no rastro das coisas que a seguiam – uma grande hoste saindo da floresta e a perseguindo pelo Mère. Visualizei os altos-sangues e atrozes que Danton tinha trazido com ele, olhei para os poucos suprimentos que eu levava, para a espada quebrada em minha cintura. Na verdade, eu não sabia se isso seria suficiente. Mas quando há pouco o que você pode fazer, faça todo esse pouco que puder.

"'Um gavião-da-neve rasgou os céus acima de mim, sarapintado de branco e cinza-ferro, chamando do ar congelado. Meus lanceiros corriam em frente nas neves cegantes. O vento agora tinha mudado, um norte uivante cortando como uma espada pelas entranhas do Mère, a neve caindo como navalhas. Minha gola estava levantada em torno de meu rosto, meu tricórnio baixo, mas meus olhos ainda queimavam, lágrimas congelavam em minhas bochechas, e o frio fazia os nós dos meus dedos doerem.

"O sol escurecido estava caindo na direção de sua cama, agora, uma noite sem luas à espera nas coxias, e, ainda assim, nenhum sinal de minha presa. Mas, enquanto a estrela do dia mergulhava na direção do horizonte, sombras longas se turvando sob a luz emudecida, meu coração se empolgou quando eu os vi a distância; a leve agitação de poeira erguida por centenas de pés correndo depressa nos calcanhares de Dior, a garota fugindo à frente deles como se o próprio diabo estivesse atrás dela.

"Ela estava curvada sobre o trenó, gritando com seus cães.

"'Corram! CORRAM!'

"E impulsionados pelo medo dos Mortos, os cães corriam pelo gelo como raios. Mas com a queda da luz do sol, os Mortos ficavam mais fortes, corriam mais rápido, se aproximavam, cada vez mais perto de seu prêmio. Os atrozes corriam na frente, como animais diante do chicote de seus mestres. Os altos-sangues vinham em seguida, aqueles primos e filhos terríveis que Danton tinha reunido em seu auxílio, todos corações de ferro. E por fim vinha a Fera de Vallene. Eu agora podia vê-lo se me esforçasse. Raiva resplandeceu com a lembrança dele diante de minha casa na noite em que seu pai bateu três vezes em minha porta, sendo testemunha silenciosa das atrocidades no interior.

"Eu devia sangue a sua *famille*. E naquela noite, *naquela noite*, eu jurei que ia começar a pagar essa soma.

"O cachimbo estava cheio e em meus lábios, e inspirei a cor do assassinato para dentro de meus pulmões. Toda a noite ganhou vida, todos os sentidos em chamas, o cheiro de cães e suor fresco, o som de passos trovejantes e pulso galopante, a visão do inimigo a minha frente e da espada que eu carregava, agora nua e reluzente em minha mão. Com um aperto no coração, vi o último alento do crepúsculo deixar o céu, e minha mente soou com os ecos de minha infância nos salões de San Michon; uma das primeiras lições que aprendi, antes de meu nome se tornar lenda, meu amor queimar como chama de verão e meu orgulho levar ao fim de tudo isso.

"'*Os Mortos correm rápido.*

"Eles agora estavam nos calcanhares de Dior, as garras à mostra. Eu vi que eles iam alcançá-la muito antes de mim e, em desespero, gritei seu nome. Ela olhou para mim através da neve que caía, e achei que finalmente pudesse ver medo em seus olhos. Mas, em vez disso, vi um brilho, afiado como vidro e nascido nas sarjetas. Não a salvadora de um império nem a descendente de um Deus, mas um rato de rua. Uma garota que tinha crescido em becos imundos e barracos podres longe dali, que tinha sobrevivido por inteligência e artimanhas, ladra e vigarista e mentirosa incorrigível.

"A pederneira que ela havia roubado se acendeu, e seus pavios começaram a soltar fagulhas. O punhal de prata que eu tinha dado a ela brilhou, e sua matilha de cães foi solta de suas amarras. A respiração deixou os pulmões dela quando ela saltou, arrastada pelos cães pelo gelo e para longe de seu trenó enquanto ele balançava e virava atrás dela, os barris que ela tinha carregado e acendido agora espalhados pelo gelo, marcados com pequenos *Xs* – as foices gêmeas de Mahné, anjo da morte.

"'Ignis negra', disse eu.

"'*Cuidado!*', gritou Danton. 'CUIDADO!'

"A pólvora se inflamou, explosões ensurdecedoras ondulando pelo vale e iluminando o escuro tão claro quanto o dia. Os atrozes mais próximos foram engolfados ou retalhados em pedaços pela explosão. Mas quando a concussão atingiu o gelo, reverberando com força o suficiente para eu senti-la sob mim, finalmente vi a genialidade do que Dior tinha feito. A superfície congelada do Mère se estilhaçou em espirais espetaculares, como quando Fortuna tinha atravessado o Ròdaerr. E como tinha acontecido comigo naquele dia, a legião de Danton se viu mergulhando abaixo da superfície para as profundezas geladas do rio que ainda corria por baixo.

"'Armadilha de vermes.' Eu sorri.

"Pelo menos cem, dois dos altos-sagues entre eles, quando toda a bancada sob eles se despedaçou. Só alguns tinham mente o suficiente para gritar quando a água lavou a carne de seus ossos, e a morte, há muito negada, finalmente os envolveu em seus braços amorosos.

"Mas outros se espalharam, Danton entre eles, afastando-se da abertura e correndo pela superfície que se estilhaçava. Como sombras, rápidos e mortais, eles dançavam ao longo do gelo se rachando mais perto da margem, onde o rio estava congelado, e, ali, eles continuaram a perseguição. O estratagema de Dior tinha aberto um buraco sangrento na força de Danton, mas ainda restavam dezenas de vampiros – a maioria dos altos-sangues e a própria Fera entre eles – e agora a insensatez de Dior estava exposta.

"Ela estava sendo arrastada pelo gelo atrás de seus cães, se agarrando desesperadamente aos arreios cortados. Eu me curvei, gritando para meus próprios lanceiros correrem em frente, desviando da abertura no vidro estilhaçado do rio e seguindo adiante. Mas Danton agora estava cheio de fúria, ele e sua corte se aproximando, cada vez mais.

"'Eu disse que ia caçar-te para sempre, garota!'

"'Vá se f-foder!', retrucou ela, se agarrando para sobreviver.

"'Tu precisas dizer por favor, amor!'

"'Danton!', gritei. 'Enfrente-me, covarde!'

"Mas a Fera me ignorou, exceto para olhar para trás e me lançar um sorriso assassino. Eu ainda estava longe demais para ajudá-la, mal acompanhando o ritmo enquanto os vampiros se aproximavam a cada passo. Se a pegassem, aqueles altos-sangues podiam me manter ocupados enquanto a Fera escapava com Dior, e tudo aquilo, tudo, teria sido por nada. Eu ouvi aquele gavião-da-neve piar outra vez em algum lugar no escuro no céu. A voz da Bebedora de Cinzas soava em minha mente acima do clamor de meu pulso.

"*Corra, Gabriel! Nós p-precisamos salvá-la! CORRA!*"

"E então, o inevitável aconteceu. Os cães de Dior seguiam adiante, aterrorizados pelos Mortos, alheios à garota que arrastavam atrás. Eles correram na direção de um monte de neve, cerca de meio metro de altura sobre o gelo, e fizeram a volta nele. Mas Dior gritou quando ela foi jogada longe, fechando os olhos quando mergulhou no monte. Sua pegada lhe faltou, e com o som de chicotes estalando, o arreio se rompeu e a jogou girando e esparramada, atravessando a neve, rolando e parando do outro lado. Ela bateu o rosto no gelo, cortou a testa, sangue em suas mãos e bochechas. Eu gritei de horror quando Danton uivou em triunfo, seus altos-sangues arremetendo na direção da garota caída, seus atrozes se arrastando com as garras à mostra.

"Um dos altos-sangues a segurou – um sujeito de idade vestido como um cavalheiro do campo – e a ergueu pela gola como se ela pesasse como uma pena. Dior xingou, tentando atingir seu rosto, o vampiro dando um grito quando seus dedos pintaram linhas vermelhas em seu rosto. E onde seu sangue beijou a carne dele, uma chama ardeu, branca e quente e cegante. Ele cambaleou para trás, uivando, carne de coração de ferro cortada com grandes talhos cinza pelo mero toque de seu sangue.

"Uma bomba de prata detonou entre os atrozes, explodindo alguns em pedaços. Outra explodiu, mais uma, viajando de minha mão e iluminando a noite, prata cáustica escaldando pele e olhos dos Mortos. O bando de Danton se espalhou quando lancei outra salva, saltei do trenó e gritei.

"'DIOR!'

"E a garota gritou.

"'GABRIEL!'

Ela ficou em pé. Um brutamontes alto de olhos mortos tentou agarrá-la quando ela disparou em minha direção através da fumaça de prata, sua bela sobrecasaca se rasgando em sua mão. Um atroz pulou em cima dela, tentando derrubá-la. Ela atacou novamente com aquelas mãos cobertas de sangue, e, mais uma vez, o vampiro caiu para trás, sua carne queimada negra onde o sangue dela o havia tocado.

"Ela chegou ao meu lado e se jogou nos meus braços, o rosto sujo de vermelho. A Bebedora de Cinzas cantou no ar, retalhando através dos atrozes às suas costas, deixando-os em pedaços fumegantes sobre o gelo. Eu atirei minha água benta, minhas bombas de prata, cortando através da turba que me atacava de frente, olhos sem alma e bocas abertas. Dior atacou com seu punhal de aço de prata enquanto eu derrubava mais atrozes na neve ensanguentada, nós dois de costas um para o outro enquanto a canção da espada soava em minha cabeça: aço como mãe, aço como pai, aço como amigo. Eu estava matando aqueles bastardos desde que tinha 16 anos, e praticamente o primeiro deles que eu abati tinha sido uma princesa da eternidade – não havia maneira sob o céu de eu cair sob os dentes de meia dúzia de vira-latas com uma dose completa de *sanctus* em mim, com meu braço da espada inteiro e a fúria de um viúvo e de um pai desfeito queimando no interior. E embora eu tivesse feito um massacre vermelho com aqueles cães, mesmo assim eu sabia que aquilo não era nenhum triunfo. Danton e seus altos-sangues aguardavam afastados, observando enquanto eu gastava o resto de meu arsenal, recuando agora pelo gelo sem mais nada para jogar, sem mais truques na manga.

"E ainda havia quase uma dúzia de altos-sangues para matar.

"Eles se espalharam à nossa volta enquanto recuávamos, cercando lentamente. Eu conhecia alguns pelo nome, pela reputação sangrenta. Um brutamontes de barba escura chamado Maarten, o Açougueiro, que usava cota de malha e carregava uma espada grande de empunhadura dupla em seus punhos de martelo. Outra guerreira chamada Roisin, a Vermelha, rápida e precisa, seu corpo vestido com couro entremeado com peles e seu cabelo em tranças de assassina. Uma mulher magra com cabelo dourado como o trigo e olhos vermelho-sangue chamada Liviana. Um garoto conhecido apenas como Fetch, não mais de 10 anos quando morreu, vestido em roupas elegantes pálidas respingadas de sangue.

"Todos corações de ferro, cada um pai ou mãe de décadas de assassinato, cada um, sozinho, um pesadelo para matar, mais ainda com dez irmãos ao seu lado. E, em sua liderança, um príncipe da eternidade, filho do próprio temível soberano. O açougueiro de mil donzelas, o cão de caça do Rei Eterno, a Fera de Vellene, agora caminhando pelo gelo em minha direção enquanto seus companheiros lentamente fechavam o círculo ao nosso redor.

"'Eu te alertei, Santo de Prata', disse ele. 'Tu devias ter permanecido enterrado.'

"Eu cerrei minhas presas.

"'Seu pai devia ter me matado quando teve a chance, bastardo.'

"'Mas ele te *matou*, De León. Não o herói por quem se cantaram canções, o *chevalier* que derrotou exércitos imperecíveis, o homem que se tornou lenda. Nem mesmo o garoto que matou minha irmã eu vejo a minha frente.' Danton sacudiu a cabeça, seu círculo se apertando. 'Uma sombra é tudo o que resta de ti. Um cachorro vazio, um bêbado e um infeliz, encharcado de bebida e com o espírito destroçado.'

"Danton ergueu sua arma, o gume do sabre brilhando.

"'Mas ainda podes viver para ver o amanhecer, De León. Tu tens negócios com meu temível pai no leste, não tens? Dívidas não pagas?' Ele nos circundou, então, por trás do muro de seus altos-sangues, seu sorriso vermelho de rubi. 'Tua Paciência? Tua Astrid? Tu dormias em teu porão enquanto meu pai fazia o que queria com tua mulher, mas, mesmo assim, estou seguro que imaginaste o doce sofrimento que ele impôs a ela antes de plantá-la no chão ao teu lado. E tenho ainda mais certeza, tu não desejas *nada* tanto quanto ver meu rei outra vez.'

"O couro do punho da Bebedora de Cinzas rangeu quando eu o apertei firme.

"'Eu te ofereço uma chance de vingança', disse Danton. 'Guarda tua espada e te afasta. Entrega a garota para mim, e ainda poderás viver para cumprir teu juramento. Tu não precisas morrer por ela, De León. Pois, no fim, o que é Dior Lachance para ti?'

"Olhei para a garota às minhas costas, ensanguentada e trêmula.

"Olhos arregalados e azuis, bordejados de lágrimas.

"'Gabe...', sussurrou ela.

"E eu então vi a verdade. A verdade daquilo tudo. Não importava a vingança que eu tinha jurado, nem a vida que tinha sido roubada de mim nem a dor sem fim dentro de meu peito. Porque mesmo nas horas mais sombrias, aquela dor fazia com que eu soubesse que ainda estava vivo. Era como meu amor tinha me dito, como ela *sempre* fazia. Corações só se machucam. Eles nunca se partem.

"E no fim, eu soube que não retiraria nada daquilo. Não a felicidade que eu conheci, nem a dor que sentia agora. Nem todas as horas de desalento que tinha passado sem elas, a dor em meus lábios sem o beijo de Astrid, o vazio de meus braços sem o abraço de Paciência. Naqueles poucos momentos em que eu as tive, e talvez só então, eu fui imortal. Porque elas eram imaculadas. E eram minhas.

"E não importava o Deus ao qual eu tinha dado as costas. Não importava o pai que eu amaldiçoava e o céu que eu desafiava. Porque, no fim, não importava no que você tivesse fé. Desde que você tivesse fé em alguma coisa.

"Eu tirei a luva com os dentes e segurei a mão de Dior.

"'Eu *nunca* vou deixar você', jurei.

"Começou como uma brasa, apenas uma centelha na isca, finita e pequena. Mas como a grama descolorida pelo verão de minha juventude, a centelha começou a entrar em combustão, e essa combustão se tornou chama, queimando pelo meu braço até a palma da mão que agora segurava a de Dior. Eu a senti como fogo na tinta que Astrid havia inscrito em minha pele. Eu a senti como seus lábios sobre os meus. E, soltando sua mão, olhando para a estrela de sete pontas na palma de minha mão, eu a vi queimando com luz – não fria e prateada como em dias passados, mas quente e vermelha. Arrancando meu casaco e a túnica por baixo, vi o leão em meu peito ardendo com aquela mesma luz furiosa, vermelha como o calor da forja de

meu padrasto, como o sangue que eu havia derramado e também visto ser derramado, como todos os fogos que certamente queimam no coração banhado de ódio do inferno.

"Eu ergui a mão, em chamas. E os vi tremer.

"'Qual de vocês bastardos profanos quer ser o primeiro a morrer?'

"'Matai-o', sibilou Danton. 'Matai-o e trazei-me a garota.'

"Os vampiros hesitaram, luz vermelha refletida em olhos estreitos.

"'Obedecei-me!', gritou a Fera. 'Vós sois dez, ele é um.'

"Dior ergueu o punhal.

"'Você quer dizer *dois*, bastardo.'

"'Conta de novo, garota.'

"O sussurro se moveu lentamente acima do gelo. Danton se virou, olhando com raiva quando uma figura agora familiar saiu da neve que caía. Mechas fartas de azul meia-noite caíam até sua cintura. Sua sobrecasaca comprida vermelha tremulava ao seu redor no vento uivante, a camisa de seda aberta sobre o peito pálido. Ela tinha feito para si mesma uma máscara nova; porcelana branca com uma impressão de mão sangrenta sobre a boca, cílios bordejados de vermelho. E por trás, aqueles olhos pálidos, drenados de toda a luz e toda a vida.

"Liathe ainda parecia ferida de nossa luta em San Guillaume – seu peito ainda estava marcado pelo beijo da Bebedora de Cinzas, suas mãos ainda carbonizadas pelo toque da espada. Mas, mesmo assim, ela ergueu sua espada e sua clava, os dois esculpidos de seu próprio sangue, brilhando vermelhos em minha luz ardente.

"Quem és tu?', perguntou Danton com raiva.

"'Pode noss chamar de Liathe.'

"A Fera de Vellene estreitou os lábios. Ele podia sentir o poder que havia nela, mesmo ferida como estava.

"'Afasta-te então, Liathe. Essa presa pertence ao sangue Voss.'

"'Não vamosss fazer issssso', respondeu ela. 'A garota vem conosssco.'

"'*Conosco?*', disse Danton. 'Tu és apenas uma, prima. Tu sabes quem eu sou? Conheces meu rei temível e pai em cujo negócio tu agora te intrometes?'

"A vampira inclinou a cabeça, longos cachos pretos esvoaçando naquele vento uivante.

"'Nós conhecemosss Fabién. Conhecemoss muito antess que ele reivindicassse sua coroa vazia. Muito antesss de *você* fazer isso, Danton.' Ela deu um passo à frente, ergueu sua espada sangrenta. 'Esta noite nós beberemos o sssangue de seu coração, pequeno príncipe. Esta noite ssseu pai vai chorar outro filho.'

"O rosto de Danton se retorceu – fúria e talvez um leve traço de medo. Mas um príncipe do sangue Voss não ia ter seu prêmio negado quando estava tão perto dele, nem, desconfio, ele tinha qualquer desejo de explicar para seu pai que o Graal tinha sido arrancado de seus dedos por outro sanguessuga. Assim, ele se voltou para seu círculo sombrio e gritou com todo o peso do sangue do soberano em suas veias.

"'*Matai-a!* E *eu* mesmo pego a garota!'

"Os altos-sangues obedeceram, se movendo como uma tempestade de corvos, negros e rápidos. Tive tempo de ver Liathe erguer sua espada e recuar sua clava sangrenta, então Danton caiu sobre nós. Eu ergui a Bebedora de Cinzas para receber seu ataque e gritei para Dior quando a Fera avançou.

"'Fique atrás de mim!'

"O sabre dele se chocou contra minha espada, fagulhas voando quando os gumes se beijaram. Ficamos um momento encarando um ao outro acima do aço cruzado, os olhos queimando com o ódio mais puro.

"'Esta noite tu dormes no inferno, De León', sibilou ele.

"'Isto *é* o inferno, Danton.' Eu sorri. 'E o diabo ama os seus.'

"E então, começou de verdade.

"Na última vez em que tínhamos nos enfrentado, eu estava faminto, fraco, e ele me espetou como um porco. Na vez anterior, com o sol fraco no céu, eu tinha decepado seu braço no cotovelo e arrancado o coração do peito de sua filha. Mas agora não haveria desculpas, nenhuma medida aceitável. A noite estava de um frio cortante e sombria, todo o poder da Fera sob seu comando. Mas eu queimava como um farol, meu aegis brilhava, o hino de sangue ecoava em minhas veias. Nenhuma piedade pedida, nenhuma clemência implorada, a dívida que eu tinha pairava acima de nós como a espada de um carrasco, e uma sombra pálida – uma beleza de invernos embotados e alvoradas sem luz – parada junto ao meu ombro.

"'*Meu leão*', sussurrou ela.

"Eu podia senti-las, eu juro. Meus anjos. Seu amor. Seu calor.

"E com isso dentro de mim, eu era inquebrável.

"Mas, infelizmente, assim também era a pele de meu inimigo. Fazia anos que eu não enfrentava um inimigo como aquele; um coração de ferro antigo, um príncipe dos Mortos. Sua carne era como pedra quando eu o atingia, a Bebedora de Cinzas quase arrancada de minha mão a cada golpe, e, embora algumas rachaduras profundas tenham aparecido em sua pele de mármore depois de cada ataque que eu acertava, senti como se estivesse lascando uma montanha. O sabre de Danton se movia rápido como prata, refletindo a luz vermelha ardente de meu aegis, e, embora o brilho mantivesse seus olhos parcialmente cegos, o queimasse quando ele se aproximava para atacar, mesmo assim ele fazia isso como trovão, como o monstro que era – um senhor desolado da carne pútrida, carregado demais com o peso de séculos para ser superado apenas pela minha fé.

"A Bebedora de Cinzas o atingiu no pescoço, arrancando um pedaço de sua pele pálida. Sua resposta cortou através de meu ombro, sangue jorrando na neve e o leão queimando em meu peito. Tentei segurá-lo, desesperado para conseguir agarrá-lo e liberar meu dom de sangue. Mas a Fera de Vellene sabia o destino que se abatera sobre a Aparição de Vermelho – sabia que seu eu conseguisse botar as mãos nele, isso poderia significar seu fim. Por isso, ele mantinha distância, circundando como uma cobra e recuando quando eu me aproximava, quase cortando minha mão no pulso quando a estendi para tentar agarrá-lo.

"Ele sorriu, agitando um dedo.

"'Aprende um truque novo, cão.'

"'Cão, não, sanguessuga. O sangue de leões corre nessas veias.'

"Tu és fraco, De León. Tão fraco que não conseguiste nem defender aquilo que mais amavas. E vou fazer-te *ver* enquanto tiro outra de ti.'

"Atrás de mim, Dior ergueu seu aço de prata.

"'Vou queimar seu coração, bastardo.'

"A Fera riu, e nos chocamos outra vez, fagulhas e sangue chovendo na escuridão. Eu podia ouvir gritos atrás de mim, o som de rosnados e aço – eu não sabia como Liathe estava se saindo, mas não podia arriscar uma olhada para saber. Danton atacou de novo, e de novo, seu sabre abrindo um corte fundo até o osso em meu peito, outro em meu braço, e eu senti o peso inerte de músculos cortados e soltos de suas âncoras de osso, meu braço esquerdo agora pendendo pesado, minha velocidade falhando. A voz da Bebedora de Cinzas soou em minha mente, me impulsionando adiante, brilhante como prata.

"*Ele nos conhecia, Gabriel. A e-e-espada que cortou o escuro em dois. O homem t-temido pelos imperecíveis. Eles se lembraram de nós. Mesmo depois de todos esses anos.*

"A dama de prata sorriu em minha mente.

"*E eu também.*

"Nós fintamos, nos movimentamos e finalmente atacamos, botando tudo o que tínhamos por trás daquele golpe. A Bebedora de Cinzas cortou a noite em dois como tinha feito antes, fazendo um arco entre os flocos de neve que caíam na direção do peito da Fera. Com uma velocidade feroz e sinuosa, Danton ergueu o sabre, desviou a Bebedora para o lado e, em vez de dividir seu coração há muito tempo morto, a espada quebrada perfurou seu ombro, entrando até o punho. A Fera urrou de agonia, as presas ensanguentadas expostas. Mas então vi minha insensatez – a mesma de Saoirse nos muros de San Guillaume. Minha espada estava presa na pedra de sua carne, e sua mão se fechou em torno da minha no punho. Suas garras assoviaram ao se aproximar, correndo na direção de meu pescoço. Dior gritou meu nome quando me soltei, garras fatiando meu queixo, e caí para trás, aterrissando com barulho no gelo.

"A Fera, agora, se erguia sobre mim, engasgando em seco quando retirou a Bebedora de Cinzas. Suas mãos queimaram ao seu toque, e, com um xingamento sombrio, ele a jogou para o escuro. Então ele veio, mergulhando o sabre na direção de meu coração. Eu rolei para o lado, chutei seu joelho com saltos de prata e fui recompensado com o barulho de algo se quebrando e um palavrão. Mas ele atacou outra vez, e outra vez, cego pelo meu aegis, por sua fúria, finalmente acertando o alvo, sua espada perfurando meu bíceps e prendendo meu braço esquerdo no gelo. Eu berrei de dor, estendendo a mão livre na direção de seu pescoço quando ele se jogou sobre mim. Nós lutamos, presas expostas, a respiração sibilando através de meus dentes. Tudo o que eu precisava era de um momento, um *segundo* com meus dedos em torno de seu pescoço.

"'Eu vou m-matar você, bastardo!', exclamei.

"'Bastardo?', ele deu um sorriso vermelho-rubi enquanto se aproximava com mais força. 'Não, mestiço, não sou bastardo. Eu sou do sangue Voss. O sangue de *reis*. Eu sou um príncipe da e...'

"O vampiro deu um grunhido quando a Bebedora de Cinzas entrou por suas costas. Seus olhos negros se arregalaram, e ele olhou estupidamente para a espada de aço de estrela quebrada se projetando de seu peito, perplexo por como a Bebedora tinha vencido sua carne.

"Mas, ainda assim, ainda assim ele era o filho de Fabién Voss, coração de ferro ancien, e o bastardo não *morreu*. Ele rosnou para a garota que o havia atingido – Dior, parada atrás dele agora como um ladrão saído da noite. Ela estava ofegante, cansada, suas mãos cobertas de sangue enquanto ela arrancava a espada. A Fera recuou em sua direção, com rapidez de serpente, furioso.

"Mas ele cambaleou quando o ferimento em seu peito começou a entrar em combustão, e eu vi a Bebedora de Cinzas fazer o mesmo, como se o sangue e os tecidos sobre ela queimassem. E percebi finalmente que o sangue na espada não era dele, era *dela* – *era dela*, as palmas de suas mãos com cortes abertos e o sangue do próprio Redentor espalhado no gume quebrado da Bebedora de Cinzas.

"Danton levou as mãos ao peito quando ele entrou em chamas, e o grito que saiu de sua garganta vinha direto das entranhas do inferno. Dior atacou outra vez, nenhum mestre com a espada, mas ainda assim muito rápida. E a Bebedora de Cinzas, forjada em uma era passada havia muito tempo pelas mãos de lendas e agora abençoada pelo sangue do próprio Graal, cortou seu pescoço de orelha a orelha. A Fera cambaleou para trás, tentando gritar, tentando praguejar, tentando implorar através das ruínas de seu pescoço enquanto aquelas chamas se espalhavam, enquanto sua carne se transformava em cinzas, enquanto ele balançava e caía no gelo. Seu corpo entrou em convulsões como se a coisa dentro dele – aquele temível ânimo que havia impulsionado seu cadáver através de anos incontáveis – se recusasse a abandonar sua concha quebrada. E pelo horror em seu lamento rouco e final, gosto de acreditar que o temível imperador do inferno em pessoa tivesse reivindicado a porra de sua alma ignóbil.

"Fiquei de pé, tremendo, olhando para a garota ensanguentada à minha frente.

"'Grande Redentor', sussurrei.

"'Adulador.'

"A Fera de Vellene estava morta."

✦ XXIII ✦
REUNIÓN DE FAMILLE

— UM GRITO RASGOU a noite às nossas costas, o som de gordura fervendo em fogo. Dior me jogou a Bebedora de Cinzas, o punho ainda grudento com seu sangue, e nos voltamos na direção do lamento profano, meus olhos se arregalando com a visão à nossa frente.

"'Que merda', disse eu.

"Liathe ainda lutava com os altos-sangues, dez contra uma. E embora fosse necessário um milagre para vencer inimigos em tão grande número e tão poderosos, naquela noite pareciam estar chovendo milagres no Mère. Na verdade, embora seu cabelo negro estivesse agora encharcado de sangue, seu casaco vermelho e sua pele pálida rasgados por garras mortas, Liathe parecia quase estar... ganhando.

"Maarten, o Açougueiro agora era um monte de cinzas dentro de uma cota de malha fumegante. Roisin, a Vermelha, tinha perdido um braço, usando o outro para segurar o conteúdo de sua barriga aberta. Liviana estava encolhida na neve, segurando os destroços fumegantes de sua mão direita. E eu observei fascinado Liathe erguer o garoto Fetch do gelo, suas roupas pálidas agora vermelhas de sangue, gritando como um leitão espetado enquanto a mão dela se fechava em torno de seu pescoço. Senti um nó no estômago quando ouvi um som familiar, captei um cheiro familiar – o de sangue fervendo.

"'Sanguemancia', sussurrei.

"O garoto gritou outra vez, perninhas se debatendo, o maxilar distendido em agonia. E mesmo que fosse um coração de ferro, vi os dedos de Liathe penetrarem mais fundo na pele de seu pescoço que escurecia, aquele mármore se transformando em cinzas, sangue subindo em jatos de vapor vermelho de seus olhos sangrentos.

"O cavalheiro de idade surgiu da neve, rosnando, e Liathe foi forçada a jogar o garoto para longe antes que pudesse terminar com ele. Mas ele atingiu o gelo, gritando e se debatendo, fumaça vermelha emanando de um pescoço em ruínas.

"'Meu príncipe...', sussurrou Liviana.

"Os altos-sangues se voltaram ao ouvir sua voz, olhando para as ruínas da Fera às minhas costas. Eu caminhei na direção deles pelo gelo, Liathe recuando do brilho de meu aegis, sibilando com uma fúria contida. O inimigo de meu inimigo era apenas outro inimigo, e eu nunca tinha estado espontaneamente ao lado de um vampiro em batalha. Mas se aquela vadia profana por acaso matasse alguns daqueles sanguessugas para mim enquanto eu picava os outros em pedaços, então ela podia ficar à vontade.

"Os corações de ferro tremiam, olhando com uma perplexidade desolada para as ruinas de seu senhor. Avaliando se lutavam ou simplesmente fugiam para a escuridão.

"'O Senhor é meu escudo, inquebrável!'

"O grito soou através do Mère congelado, um pequeno clarão iluminando o escuro distante. Um brilho do qual eu havia me esquecido muito tempo antes iluminava a noite, azul-prata e avançando em nossa direção. Arrepios percorreram minha pele – não pelo frio congelante, mas ao ver a Virgem-mãe e o Redentor, os anjos da hoste, ursos e lobos e rosas, do pescoço ao pulso à cintura. A mágika sagrada, gravada pelas mãos das Irmãs da Prata. A armadura dos santos de prata.

"Quatro figuras se aproximavam correndo pelo gelo vindas do norte, a luz sagrada em sua pele queimando como uma chama fantasma. Eles carregavam espadas de aço de prata, e seus olhos eram ferozes e loucos.

"'Minha nossa...', disse eu.

"Ao ver os santos de prata atacando às suas costas, Liathe e eu em seus flancos, os corações de ferro deram uma última olhada uns para os outros e fizeram sua escolha. Seu temível capitão estava morto. Sua vantagem estava perdida. E você não vive para sempre sendo tolo. Como sombras, eles fugiram para o escuro mais profundo, contentes por viver mais uma noite. E embora eu relutasse em deixá-los escapar, ainda senti uma satisfação terrível ao pensar neles dando as notícias para o Rei Eterno – seu prêmio perdido, sua ambição frustrada, seu filho mais novo morto. E eu jurei em voz baixa, com sangue nas mãos e cinzas de uma Fera em minha pele.

"'Só o começo, Fabién...'

"'Venha conosssco, criança.'

"Eu me virei, incrédulo. Liathe estava parada na neve, dedos estendidos, a marca sangrenta de mão pintada sobre sua boca. Dior trocou um olhar comigo e ergueu seu punhal de aço de prata. Eu quase ri.

"'Com certeza você está brincando.'

"Aquele gavião-da-neve cortava os céus acima enquanto os santos corriam em nossa direção. Liathe me olhou fixamente com olhos pálidos e sem vida, semicerrados contra minha luz.

"'Só há um lugar em todo o império onde essa garota esstá em ssseguranç̧a, e *não* é nos ssalões em ruínass de sua Ordem despre...'

"'Vadia.' Eu dei um suspiro. 'Cale a *porra* da boca.'

"Eu ergui a Bebedora de Cinzas entre nós, sua lâmina encharcada de vermelho-sangue.

"'Se você acha que eu me arrastei por metade desse império, assassinei padres e fui torturado por inquisidoras, enfrentei hordas de atrozes e fugi de horrores em florestas profundas, combati o príncipe da eternidade e comi meu peso na porra de pães de batatas só para entregar a garota a você agora, você é mais louca do que a espada em minhas mãos, vampira.'

"*O corte e o talho*, sussurrou a Bebedora de Cinzas. *E o vermelho, vermelho, vermelho.*

"'Você não tem ideia do que essa garota sign...'
"'Essa garota tem um nome', rebateu Dior. 'E ela está parada *bem aqui.*'
"'Gabriel!', veio um grito distante.
"'Eles não têm compreensão do que você é', sibilou Liathe, olhando para os santos de prata que se aproximavam. 'Venha conosssscо, criança, eu imploro.' Aquela mão pálida foi estendida através da neve que caía. '*Venha conossssco ou morra.*'

"Mas Dior sacudiu a cabeça, com o lábio torcido. 'Vocês filhos da puta mataram Rafa. Saoirse. Bellamy. A irmã Chloe. Posso ainda não saber muito sobre esse jogo dos santos de prata, mas aprendo rápido, e aprendi isso: *Línguas mortas ouvidas são línguas dos Mortos provadas.*'

"'Gabriel!', disse o grito outra vez. '*Dior!*'
"'Tolosss', sibilou Liathe. '*Tolosss...*'
"O grupo de prata nos alcançou, banhado em luz divina. Em inferioridade numérica, ferida e nada tola, Liathe rosnou por trás de sua máscara, puxou o casaco esfarrapado ao seu redor e explodiu naquela tempestade de mariposas vermelho-sangue, voando para o alto pela neve que caía.

"'Doce Virgem-mãe...', sussurrou um dos santos de prata. ' O que era *isso?*'

"Eu olhei para os quatro, vestidos de prata no frio. Um era um sangue--jovem sūdhaemi que eu não conhecia, de pele escura e olhos negros. Mas os outros três eu conhecia de dias de glória. O grande De Séverin, o urso do sangue Dyvok em chamas em seu peito e o rosto dividido por um sorriso estúpido. O pequeno e astuto Fincher, um brilho em seus olhos diferentes enquanto erguia o garfo de trinchar de prata que sua avó tinha lhe dado, lançando-me um sorriso malandro enquanto o girava entre os dedos. E por último, é claro, o que eu conhecia mais entre todos.

"Ele estava mais velho, agora; todo pele e ossos, o cabelo que antes era palha suja agora quase cinza. Mas, mesmo assim, ele havia atacado com toda a fé e a fúria de sua juventude, uma espada longa de aço de prata na única mão, e uma fúria virtuosa queimando em seu único olho bom.

"'Mãocinza...', sussurrei.

"'Gabriel de León', disse meu velho mentor. 'Pela Virgem-mãe e todos os Sete Mártires, achei que nunca mais fosse vê-lo vivo outra vez...'

"'Como em nome de Deus vocês nos encontraram?'

"Ele ergueu o braço bom, e o gavião-da-neve que estava voando em círculos acima pousou em seu pulso.

"'O velho Arqueiro morreu há alguns anos. Essa é Inverno. Ela tem seguido vocês desde antes de chegarem a Aveléne.'

"'Mas como vocês sabiam sequer que deviam nos procurar?', perguntou a garota ao meu lado.

"Apontei com a cabeça para ela como forma de apresentação.

"'Essa é Dior Lachane. Ela...'

"'Nós sabemos quem ela é', disse Mãocinza.

"'Gabe?' Ouvi um grito louco. 'Dior?'

"Meu coração se revirou dentro de meu peito, os olhos de Dior se iluminaram, e nós dois viramos na direção do grito. E cambaleando pela margem congelada do rio, em meio a um grupo de Irmãs da Prata armadas com rifles, vi um rosto que achava que nunca mais veria outra vez.

"'Irmã Chloe!', gritou Dior.

"A garota saiu correndo mancando, e a pequena irmã partiu pelo gelo, escorregando em sua pressa. Dior deslizou quando tentou parar, bateu em Chloe, e as duas caíram outra vez, rindo e chorando enquanto Chloe sussurrava.

"'*Merci*, ah *merci*, Deus Todo-poderoso...'

"'Um contrabandista do rio levou a boa irmã para San Michon há algumas semanas', murmurou Mãocinza. 'Ele a encontrou nas margens do Volta, meio afogada, praticamente congelada. Mas ele era um homem temente a Deus e assumiu a responsabilidade de levá-la de volta para nós. Nós achamos que ela podia não sobreviver, mas sua fé arde forte. E, quando recobrou a consciência, a *soeur* Sauvage nos contou sobre sua viagem juntos e que você e a garota talvez ainda estivessem vivos. Assim, enviamos nossos olhos para procurar vocês, por todas as estradas em que pudessem viajar.'

"Eu sorri enquanto observava Dior e Chloe rolarem na neve, com o coração aquecido.

"'É verdade, Gabe?' Flincher olhou para mim. 'O que a irmã Chloe disse sobre a garota?'

"'Ela é mesmo o Graal de San Michon?', perguntou De Séverin.

"Eu olhei para as ruínas do cadáver de Danton, sacudindo a cabeça.

"'Seu sangue queimou um príncipe da eternidade até virar cinzas. Trouxe homens de volta do limiar da morte. Se ela não é o que Chloe diz, não tenho outra explicação para o que ela faz.'

"'Que o Redentor seja louvado', sussurrou Finch, fazendo o sinal da roda.

"'O fim da morte dos dias', disse o sangue-jovem.

"'...Talvez.' Eu dei um suspiro.

"'É bom tornar a vê-lo.'

"Eu olhei na direção de Mãocinza enquanto ele falava, meus maxilares cerrados. Reunidos depois de todo aquele tempo, eu não sabia como me sentir. Ele tinha sido meu professor, aquele homem. Ele tinha salvado minha vida, e eu, por outro lado, tinha salvado a dele. E, embora eu o houvesse superado em meus dias de glória, parte de todo filho vai sempre se sentir presa na sombra de seu pai. Mas ainda havia uma imensidão entre nós. Mãocinza estava entre aqueles que ordenaram que eu me livrasse de Astrid, que me julgou quando eu me recusei, que nos mandou, eu e meu amor, para o escuro e o frio. E embora eu me lembrasse das palavras de Aaron, embora eu estivesse mais consciente do que nunca de que todos os momentos de minha vida pareciam estar levando àquilo, que tudo o que eu tinha perdido e tudo o que eu havia sofrido pudessem simplesmente ter acontecido para que eu fosse a pessoa a entregar Dior a San Michon, ainda assim, ainda assim...

"'Gostaria de poder dizer o mesmo, *frère*', murmurei.

"'Não *frère*', disse Fincher. 'Não mais. Mãocinza agora é abade, Gabe.'

"Eu olhei para meu velho mestre, intrigado.

"'Khalid?'

"'Sua sede ficou muito alta.' Mãocinza fez o sinal da roda. 'Ele passou pelo rito de sangue há quatro anos. Deus deu a ele a força para a morte de um santo de prata.'

"'Melhor morrer como um homem que viver como um monstro, hein?', perguntei.

"'Você conseguiu!'

"Eu dei um grunhido quando Chloe se chocou contra mim, jogando os braços em torno de meu pescoço de um jeito muito inapropriado para uma irmã da Sororidade da Prata. Mas eu a abracei e ri, a alegria de vê-la viva superando a sombra em meu coração com aquela estranha reunião com a irmandade que havia me abandonado. Chloe beijou meu rosto, indiferente ao sangue e às cinzas, seus olhos brilhando como cristal lapidado.

"'Eu *sabia*!', gritou ela, rindo e chorando. 'Eu não disse a você há muito tempo atrás? Eu não disse então o que digo agora? Que Deus pretendia grandes coisas para você, *mon ami*. E você fez um serviço maior para esse império do que qualquer irmão santo, qualquer *chevalier*, qualquer herói ou imperador em todas as páginas da história!' Ela me beijou outra vez, apertando forte. 'Você é um homem bom, Gabriel de León. O *melhor* dos homens.'

"'Ele é um bastardo, é isso o que ele é.' Dior sorriu, mancando em nossa direção.

"'Cuidado com a língua, garota', rosnei, fingindo seriedade. 'Devo a você uma surra por quebrar sua promessa para mim. E você deve a Aaron e a Baptiste um trenó e uma matilha de cães.'

"O maxilar de Mãocinza se retorceu quando ele olhou rio abaixo.

"'San Michon vai compensar o senhor de Aveléne por suas perdas. Você pode dar a ele minha palavra quando voltar para o *château*.'

"Eu franzi o cenho.

"'Eu não voltar para Aveléne.'

"Chloe assentiu, descendo de meu pescoço.

"'Gabriel tem negócios no les...'

"'Também não vou para o leste.' Eu olhei entre os dois, franzindo lentamente o cenho. 'Eu vou para San Michon com Dior.'

"Chloe deu um sorriso delicado, sacudindo a cabeça.

"'Gabe, ela está segura conosco agora. Você fez mais do que eu jamais poderia ter pedido, mas não há necessidade de perturbar seu...'

"'Não é nada nem perto de uma perturbação.' Eu caminhei pelo gelo para parar ao lado de Dior. A luz de meu aegis agora tinha se apagado, e o frio estava tomando conta. Mas quando ela entregou sua mão na minha, eu ainda podia sentir fogo em meu peito. "Eu não vou deixá-la.'

"'Está tudo bem, irmã', disse Mãocinza. 'Embora tenhamos nos despedido sob uma nuvem, Gabriel serviu a San Michon por muitos anos longos e históricos. Não é pecado que ele se sente à nossa mesa por uma noite. Não tenho dúvida de que alguns de nossos jovens gostariam de conhecer o infame Leão Negro de Lorson.'

"*Não famoso*, pensei comigo mesmo. *Infame.*

"Chloe estreitou os lábios, mas assentiu.

"'Véris, abade.'

"'Vamos partir, então', grunhiu Mãocinza. 'O pôr do sol não espera nenhum santo.'

"As Irmãs da Prata tinham levado um sosya a mais, e enquanto Chloe fazia curativos nas mãos feridas de Dior, eu me envolvi em um cobertor para a viagem de volta para o norte. Dior subiu em um tordilho forte, e eu a peguei olhando para o outro lado do Mére. O gelo estilhaçado e as cinzas frias, os restos de monstros imortais, que se revelaram mortais por sua mão. Seu casaco estava salpicado de neve e respingado de sangue, e senti uma necessidade quase irresistível de afastar a porra de seu cabelo dos olhos.

"Em vez disso, ofereci o sabre de Danton e fiz uma reverência como um cavalheiro na corte.

"'Para que é isso?', perguntou ela.

'Ao vencedor, os espólios. E o melhor tipo de espada, boa para praticar.' Eu dei um sorriso, sangue seco rachando em minhas bochechas. 'Só não corte fora a porra das suas mãos.'

"Ela riu e abaixou a cabeça, o cabelo branco sobre os olhos.

"'Desculpe, Gabe', murmurou ela. 'Desculpe por ter mentido para você.'

"'Desculpas aceitas. Desde que você não torne a fazer isso.'

"Ela ergueu a mão direita ensanguentada.

"'Juro solenemente: nada mais de mentiras para Gabriel.'

"'Bom.' Eu fiz uma careta de dor ao montar atrás dela. 'Porque perseguições dramáticas com hordas imortais fazem o sangue pulsar e tudo mais, mas não sou tão jovem quanto costumava ser.'

"'Quer que eu vá buscar sua bengala, velho?'

"'Vadia insolente.'

"'Vir atrás de mim foi tolice, sabia? Você disse que é sempre melhor ser um bastardo que um tolo.'

"'Privilégios de ser pai. Faça o que eu digo, mas não faça o que eu faço.'

"Ela deu um leve sorriso, os olhos azuis ainda no gelo ensanguentado.

"'*Merci*. Por vir atrás de mim.'

"'Eu lhe disse. Meus amigos são a colina sobre a qual eu morro.'

"'Nós ainda somos amigos, então?'

"'Do tipo mais estranho. Mas *oui*,' Eu respirei fundo e suspirei. 'Ainda amigos.'

"O sorriso dela se abriu, travesso, e se esticando para cima, ela beijou meu rosto ensanguentado.

"'Mas por que essa porra?', rosnei.

"'Por nada', mentiu ela."

✦ XXIV ✦
ESTA NOITE SEM FIM

— ELES SE ERGUIAM à nossa frente da mesma forma que naquele findi dezessete anos antes, envoltos em névoa cinza como a neve. E embora eu os tivesse visto mil vezes, eu soube o que Dior sentia ao ver os penhascos acima e dar um suspiro congelado.

"Simples admiração de cair o queixo.

"'Cacete', sussurrou ela.

"Sete pilares cobertos de líquen erguiam-se acima do vale congelado, coroados com os fantasmas familiares de minha juventude — a manopla, o arsenal, a catedral. Eu me lembrava dos anos que tinha passado ali: momentos silenciosos entre as pilhas empoeiradas da biblioteca, banquetes de vitória, hinos de louvor e momentos roubados de felicidade daquela que era meu amor.

"Antes que eu perdesse tudo.

"Senti uma onda de nostalgia, aquele veneno doce penetrando em meu coração, aquele desejo vão e egoísta de viver entre as glórias do passado, quando os dias eram melhores e mais simples, quando todo o mundo parecia iluminado, tingido de vermelho-rosado nos salões da memória. Mas é um tolo quem olha com mais carinho para os dias que ficaram para trás que para os dias que estão pela frente. E é um homem mergulhado em derrota quem canta aquele refrão triste: que as coisas eram melhores antes.

"Fincher me contou que Kasper e Kaveh tinham se casado e se mudado de volta para casa em Sūdhaem, e eu não conhecia os rapazes que saíram dos estábulos para pegar nossos cavalos. Eu não conhecia o guardião do portão que nos içou na plataforma do céu, nem qualquer das Irmãs da Prata que estavam com Chloe e me olhavam de lado enquanto subíamos do solo do vale. Eles *me* conheciam, é claro – o Leão que as sombras haviam temido, o garoto que a imperatriz Isabella tinha sagrado cavaleiro com sua própria espada, o tolo que tinha roubado uma noiva de Deus. E ao voltar para aquele lugar, eu me senti como um homem que tinha encontrado um casaco velho que usava quando garoto, vestido-o sobre os ombros e descoberto que ele não servia mais.

"Triste pela juventude perdida.

"Orgulhoso por ter crescido.

"Mas acima de tudo, desconfortável.

"'Precisamos começar nossos preparativos com Dior', disse Chloe, sua voz quase tremendo de antecipação. 'O rito deve ser realizado ao amanhecer, e há muita coisa para deixar pronta.'

"'O que é esse rito?', perguntei. 'De onde ele vem?'

"'Descoberto nas profundezas da seção proibida da biblioteca. Um texto antigo em escrita de sangue, redigido por um estudioso do Graal antes do surgimento do império e traduzido com a ajuda do pobre Rafa por muitos anos.' Chloe fez o sinal da roda e baixou a cabeça. 'O livro é muito antigo. Tão frágil que as páginas podem se transformar em pó se tocadas sem delicadeza. Por isso, eu não pude levá-lo comigo na busca. Mas, de qualquer forma, isso é apropriado.' Ela sorriu para Dior como uma mãe duas vezes orgulhosa e apontou para a grande catedral enquanto subíamos e avistávamos. 'É aqui, na igreja da primeira mártir, que a descendente de San Michon vai acabar com a noite sem fim.'

"Como sempre, o fervor de Chloe era contagiante, e os santos de prata e as irmãs à nossa volta murmuraram, olhando fixamente para a garota ao meu lado com uma leve reverência.

"'Véris.'

"Dior olhou maravilhada para a catedral. Com o patronato de Isabella, ela havia sido restaurada em toda a sua glória, projetando-se para o alto como uma lança no céu, pedra negra e belas janelas com vitrais reluzentes.

"'Eu... preciso fazer alguma coisa?'

"'Talvez um banho seja adequado?', repreendeu Chloe. 'Mas não, amor, você só precisa ser você mesma. Deus Todo-poderoso, a Virgem-mãe e os Mártires vão fazer o resto.'

"Dior olhou para mim, e eu assenti.

"'Vá com Chloe. Eu não vou estar longe.' E pegando a mão de Dior, as irmãs a conduziram através das passarelas feitas de corda na direção do priorado. Mãocinza murmurou que precisava se preparar para a missa do anoitecer, que íamos conversar mais tarde. De Séverin me deu um tapa nas costas, e Fincher sorriu.

"'O que acha de lhe pagarmos uma bebida enquanto isso, irmão?'

"'Inclua uma túnica e um sobretudo novo, e eu pego a primeira rodada.' Eu sorri.

"Os irmãos riram e me acompanharam até o alojamento para lavar o sangue e as cinzas de minha pele, e dali até o arsenal. O serafim Argyle estava na forja, em meio a seus dedos pretos como sempre – ele estava velho, agora, mas assim mesmo largo como celeiros e duro no trabalho, sua mão de ferro em torno da espada que ele estava martelando. Ele cumprimentou com um aceno de cabeça, mas não pareceu muito alegre em me ver, mesmo depois de todos aqueles anos; a mancha de meu pecado não se lavava com tanta facilidade. Mas ele pelo menos não protestou quando peguei roupas de couro novas para mim.

"Olhando ao meu redor, vi a marca de dinheiro nas paredes e nas instalações – San Michon era mais uma vez um esplendor. Ainda assim, pude perceber que de algum modo ele parecia mais vazio. Mais vazio até que nos dias de minha juventude. Os números dos sangues-pálidos sempre foram reduzidos, mas parecia que ali, como em todo o resto de Elidaen, a guerra tinha deixado sua marca.

"O sol estava se pondo quando terminei, e os sinos foram tocados para a missa do anoitecer. Eu sabia que ia precisar comparecer à catedral para o rito ao amanhecer, mas naquela noite eu não estava com estômago para orações. Assim, peguei uma garrafa no refeitório sob os olhares de trabalhadores curiosos das cozinhas e fui para a biblioteca. Andei entre as pilhas por algum tempo, bebendo no gargalo e pensando em tudo o que tinha sido. O grande mapa do império estava disposto aos meus pés, os lobos dos Chastains e os ursos dos Dyvoks e os corvos dos Voss espalhados como uma mancha de sangue por todos os cinco países do império.

"*O que vai acontecer com este mundo*, eu me perguntei, *se o sol for realmente restaurado amanhã?*

"*E se tudo isso tiver valido a pena?*

"Deus Todo-poderoso, eu nem me lembrava de qual tinha sido a cor do céu...

"Entrei na seção proibida, minhas botas velhas pesadas sobre a madeira que rangia. Naveguei pelas estantes empoeiradas, os livros e pergaminhos e objetos curiosos estranhos. Me lembrei do cheiro de sangue pairando no ar na primeira noite que fui ali, meio esperando ver meu amor quando fiz a curva até a sala onde falamos pela primeira vez, nos beijamos pela primeira vez, pecamos pela primeira vez. Mas ela estava vazia, é claro – vazia exceto pela mesa comprida onde ficávamos sentados anos atrás, olhando nos olhos um do outro e de braços abertos para a queda que esperava por nós dois.

"Olhei para o tomo sobre a mesa, mais grosso que minha coxa, decorado com latão com pátina. Ele era tão velho que o couro tinha descolorido e ficado cinza; o velino, marrom com os anos incontáveis. O livro estava quase se despedaçando, mas as letras ainda eram visíveis, suaves e esmaecidas, *oui*, mas ainda ali. Aquilo também era uma imortalidade estranha, percebi. Poemas, histórias, ideias congelados para sempre no tempo. A maravilha simples dos livros.

"Passei os dedos logo acima da superfície da página, a um hálito de distância das letras confusas. Eu não conseguia ler nenhuma palavra, com uma exceção.

"*Aavsunc.*

"Eu me lembrei de Rafa explicando o significado da palavra para mim em Winfael: talhóstico antigo para *essência*. A essência capturada pela primeira mártir em seu útero. O patrimônio hereditário que Dior agora levava em suas veias. O sangue do próprio Redentor.

"*Do cálice sagrado nasce a sagrada seara;*
"*A mão do fiel o mundo repara.*
"*E sob dos Sete Mártires...*

"'Um mero homem esta noite sem fim vai encerrar', murmurei.

"Os sinos tocaram para encerrar a missa do anoitecer, e me perguntei sobre Dior. Ela talvez tivesse comido no refeitório, ou talvez no priorado. E embora não houvesse para ela um lugar mais seguro no império que sobre o solo sagrado de San Michon, embora ela tivesse provado ser mais do que capaz de cuidar de si mesma, eu estava desconfortável por não vê-la por algum tempo.

"Saí da biblioteca com a intenção de ir até o priorado. Mas vi meus pés me arrastando na direção da grande espira de granito e vitrais no coração do mosteiro. Passei pela fonte dos anjos – Chiara e Raphael, Sanael e meu homônimo, Gabriel – e entrei pelas portas do amanhecer na barriga da catedral de San Michon. Caminhando pelo corredor, esvaziando o resto da vodka em meu estômago, eu me vi diante do altar. O lugar onde Astrid tinha inscrito o aegis em minha pele, onde eu fizera os juramentos que tínhamos quebrado. Eu ergui os olhos para o Redentor em sua roda, meus dedos tamborilando no punho da Bebedora de Cinzas. Deixei que a garrafa caísse de minha mão e rolasse pela pedra aos meus pés.

"'Você ainda não é meu irmão, bastardo', disse eu. 'Mas espero que seu sangue funcione de verdade.'

"'Como está Astrid?'

"Eu me virei com a voz, vi Mãocinza subindo a escada em espiral que vinha da sacristia abaixo do altar. Era seu dever como abade rezar a missa, é claro – ele devia estar lá embaixo se trocando. Ele agora estava de volta ao traje de Santo de Prata, o olho inundado de vermelho do sacramento que todos os irmãos tomavam nos serviços, o buraco do braço que Laure Voss tinha decepado coberto por uma faixa de couro negro.

"'*Soeur* Sauvage me contou que vocês dois se casaram?'

"Eu olhei para meu velho mestre, a língua grossa em minha boca.

"'E o que tem?'

"'Ela disse que vocês tiveram uma filha. Paciência?' Mãocinza sacudiu a cabeça, fixando o olho bom em mim. 'Graças à Virgem-mãe pela pequena misericórdia de ela não ter sido um filho, imagino. Trazer outro sangue-pálido para este mundo...'

"'Poupe-me o sermão, abade. Não estou bêbado o bastante para isso.'

"Ele fez uma expressão de desaprovação, assentiu lentamente.

"'Então, como está ela? Sua bela mulher?'

"'Não achei que você se importasse, velho.'

"'Astrid Rennier foi senhora do aegis em San Michon por cinco anos, Gabriel. Eu a conhecia como conheço a todos, e melhor do que a maioria. Claro que me importo.'

"'Se importa tanto que nos expulsou no frio sem pensar?'

"'Eu *pensei* muito', disse ele, olhos brilhando. 'A primeira coisa em que pensei foi que vocês sabiam muito bem que o que haviam feito era errado, e mesmo assim vocês o fizeram. Segunda, que você mentiu para mim com cada respiração que conseguiu reunir depois da noite em que a levou para sua cama. E finalmente, que eu tinha sido um tolo em depositar a confiança que tinha depositado em você. Achei que os anos entre aquela época e agora pudessem ter esfriado sua cabeça em relação a isso. Mas vejo que foi uma fantasia fútil.' Ele me olhou de cima a baixo, sacudiu a cabeça. 'Você está como sempre foi.'

"'O que eu devia ter feito, então? Perdoado? Esquecido? Que se foda isso. E que se foda você. Você deu as costas para nós. Depois de tudo o que fizemos.'

"'Eu lhe disse uma vez e vou dizer de novo', disse Mãocinza.' É um tolo quem brinca no precipício, mas só o príncipe dos tolos culpa outra pessoa quando cai. Foi uma grande perda para nós quando você saiu por aquelas portas, Gabriel. A guerra tem se desenrolado mal desde então, e nossos números se reduzem a cada ano. Theo Petit, Philippe Olen, Philippe Clément, Alonso de Madeisa, Fabro...'

"'Há uma razão para eu não ter ido à missa esta noite. Não pregue para mim. E não ouse tentar me pintar com o sangue deles. Isso está nas *suas* mãos, não nas minhas.'

"'E quando foi a última vez em que você *foi* à missa, Gabriel?'

"Ei pisquei, franzindo o cenho.

"'Em que ano estamos mesmo?'

"'É verdade, então, o que Chloe disse. Sem fé como o sangue que corre em suas veias.' Ele olhou para a garrafa vazia aos meus pés. 'Você podia ter sido o maior de nós...'

"'Eu *fui* o maior de vocês.'

"'*Foi*', retrucou ele com rispidez, fogo em seu olho verde-pálido. 'E agora? Um perjuro. Um bêbado. Você nunca teve humildade para pensar além dos próprios desejos. Para afastar o orgulho e fazer o que realmente precisava ser feito. Uma vez eu lhe disse que era você quem contava sua própria história. Que você podia escolher de que tipo ela seria. E *essa* foi *sua* escolha.' Ele sacudiu a cabeça outra vez. 'Deus, que decepção você é.'

"'Eu dei minha *vida* por esse império!', gritei. 'E ainda estou dando! Eu arrastei aquela garota por metade do inferno até esses muros, e mesmo assim você não me dá crédito!'

"'E você ainda deseja isso, como sempre desejou!' Estávamos cara a cara, agora, a amargura do ressentimento que havia supurado por longos anos se derramando como veneno de uma ferida. 'Até agora você ousa falar em sacrifício quando aquela garota vai pagar mil vezes sua própria soma amanhã! *Ela* é quem vai derramar seu sangue em nome deste império, não você!'

"A catedral ressoou com as palavras de Mãocinza, como o eco de um disparo de pistola.

"'...O que você disse?'

"Mãocinza baixou o olhar, os dentes à mostra.

"'Que merda você acabou de dizer?', tornei a perguntar.

"'Demais', rosnou o abade, dando as costas. 'Não vou mais falar disso.'

"Eu agarrei seu braço, incrédulo.

"'Vocês vão...'

"Mãocinza puxou e soltou o braço, um brilho perigoso em seu olho injetado de sangue.

"'Tire suas mãos de mim, Gabriel.'

"Minha mente, então, estava acelerada, e me xinguei três vezes de tolo. Pensei naquele tomo empoeirado na biblioteca, a palavra *Aavsunc* escrita nas páginas esmaecidas. Mais uma vez, me lembrei de Rafa explicando o significado da palavra em Winfael, mas dessa vez, eu me lembrei certo. *Aavsunc* não era *Essência* em talhóstico antigo. Era a palavra para *sangue da vida*. E era isso o que eles pretendiam derramar naquele ritual ao amanhecer.

"'Vocês vão *matá-la*', sibilei.

"'...Esse é o preço.' Ele virou a cabeça para evitar meu olhar, sua voz um rosnado áspero como cascalho molhado. 'Pelo fim da morte dos dias. Pela salvação do império.'

"'Chloe sabe disso?', perguntei, incrédulo.

"'Foi ela quem descobriu o ritual, Gabriel.'

"Senti meu coração partido em dois ao ouvir isso, e meu estômago ficou gelado e endurecido.

"'E Dior? *Ela* sabe? Vocês contaram a ela?'

"Mãocinza me olhou com raiva, seu silêncio dizendo tudo.

"'Que merda', disse eu com raiva. 'Que merda, vocês não pode fazer isso. Ela tem 16 anos!'

"*Uma* vida', retrucou ele com rispidez. 'Uma vida pelo bem de milhares... não, *centenas* de milhares! Tenho enviado homens para a morte há uma década. Estou lutando uma guerra contra um inimigo que não morre, que volta nossos próprios mortos contra nós. Pense no sofrimento que poderia ser evitado! Se o sol nascer de verdade amanhã, a guerra *acabou*, Gabriel! Todo sangue-frio por aí, atrozes e altos-sangues igualmente, vão ser queimados até virar cinzas com um único golpe de uma lâmina!'

"'A lâmina! No pescoço de uma criança inocente!'

"Ele empinou o nariz, desafiador.

"'Deus Todo-poderoso vai perdoar nossa transgressão.'

"'Não, isso é errado. Isso é o mal mais puro, Mãocinza, e você sabe disso! Melhor morrer como um homem que viver como um monstro, você me ensinou. Bem, e isso? Isso é *monstruoso*, porra!'

"'Eu jurei defender este império, Gabriel. Para ser o fogo entre ele e o fim do mundo.' Mãocinza franziu o cenho, sombrio como o anoitecer. 'E ao contrário de você, eu mantenho meus juramentos.'

"Meu punho o atingiu no queixo, cortando seu lábio. Mãocinza cambaleou, o *sanctus* em sua veia mantendo-o de pé. Mas minha espada agora tinha sido sacada, a Bebedora de Cinzas brilhando à luz dos globos chymicos, aquela dama de prata parecendo olhar com raiva para meu velho mestre.

"*Escuridão partida, verdade distorcida, podre podre podre até a medula.*

"'Não vou deixar que vocês façam isso', disse eu com raiva. 'Não há a menor chance de eu deixá-los fazer isso.'

"Eu recuei pelo corredor, os olhos fixos nos de Mãocinza. Eu não tinha fumado desde a manhã, e ele tinha em si uma dose da missa do anoitecer, mas eu tinha duas mãos, não uma. Por isso ele apenas me seguiu, gritando quando eu me virei e corri.

"'Gabriel, não seja tolo!'

"Saí pelas portas do amanhecer enquanto ele corria para a torre do campanário. Sinos começaram a soar; um alarme ecoando pelo mosteiro, entrelaçado com o vento cortante e uivante. Eu corri, corri da catedral e através da passarela feita de corda na direção do priorado, gritando a plenos pulmões.

"'Dior! *Dior!*'

"Ouvi passos correndo, Mãocinza berrando, fazendo a volta à minha direita com a agilidade do *sanctus*. O vigia noturno assomou da escuridão à frente, a lanterna alta, a espada na mão enquanto gritos de "traidor!" e "traição!" ecoavam pelos muros. Eu não tinha desejo de machucá-lo, e golpeei baixo e derrubei suas pernas, quebrando seu nariz com um soco que o deixou sem sentidos na ponte. Mas eu agora podia ver santos de prata: Finch e De Séverin, aquele sangue-jovem sūdhaemi, todos descendo. Eu saí correndo, mas Inverno mergulhou da escuridão e abriu um talho em meu rosto com suas garras. Eu arquejei e ataquei, o gavião-da-neve recuando rápido como mentiras, e quando pisquei o sangue de meus olhos, vi que Finch estava à minha frente, a espada na mão e os pés afastados, seus olhos de fae em Mãocinza.

"'Abade, que diabos...?'

"'Segurem-no!', berrou Mãocinza, correndo em nossa direção.

"'Saia do meu caminho, Finch...'

"'Pelo sangue, homem, eu falei para pegar esse perjuro!'

"'Eles vão matar aquela garota, Finch. Saia *da porra do meu caminho*!'

"Fincher e eu tínhamos lutado lado a lado. Ele estava em Triúrbaile comigo quando libertamos as fazendas abatedouros dos Dyvoks. E, como eu disse, há uma ligação entre homens que puseram suas vidas nas mãos de um irmão e pediram a esse irmão que fizesse o mesmo. Mas há fanatismo, também. Há fé incontida e mentes que não questionam; o soldado, as ordens de seu comandante; o fiel, as palavras de seu padre. E depois de quebrar meus juramentos, meu irmão não confiava tanto em mim quanto havia confiado.

"Na verdade, eu não podia culpá-lo por isso.

"Finch ergueu a espada, e embora eu fosse melhor com uma lâmina, ele tinha tomado uma dose de *sanctus*. Nós colidimos, os dois sangraram, os dois xingaram. Eu ataquei outra vez, e ele desviou meu golpe e gritou quando Inverno me atacou outra vez pelas costas.

"'Você ficou maluco?'

"Eu ataquei outra vez, furioso, e arranquei a espada de Finch de sua mão e cortei seu braço até o osso. Mas àquela altura, o sangue-jovem tinha chegado, e Mãocinza também, e o velho bastardo atacou com sua clava e pegou minha mão da espada no pulso. Eu gritei outra vez:

"'*Dior!*'

"Então girei a Bebedora de Cinzas para a esquerda, perfurando o sangue-jovem quando ele atacou diretamente, deixando-o em uma poça sangrenta sobre a pedra. Eu girei para Mãocinza, tentando soltar minha mão de sua maldita clava e, finalmente, De Séverin chegou, atacando com a força do sangue Dyvok em suas veias.

"'*DIOR, FU...*'

"A espada de De Séverin entrou em minhas costas e saiu pela minha barriga, e eu arquejei, tossindo sangue. Ele me ergueu do chão enquanto eu tentava estripá-lo no contragolpe, deslizando por aquela grande espada de empunhadura dupla até minha espinha ficar arqueada na guarda. Eu ataquei outra vez, e De Séverin me jogou contra a parede com a força dos indomáveis, o tijolo pulverizado onde eu o atingi. E de olhos selvagens, furioso, Finch assomou sobre mim, seu aço de prata erguido em sua mão ensanguentada, e suas presas expostas e reluzentes.

"'ESPERE!', gritou Mãocinza.

"Eu tentei ficar de pé, sangrando e furado, mas a bota de Mãocinza me atingiu no queixo, me jogando esparramado no chão outra vez. Novamente tentei me levantar, e novamente ele me chutou, quebrando minhas costelas. Eu agarrei neve e pedra, tentei chamar por Dior, mas não conseguia inspirar ar o suficiente em meus pulmões perfurados. E Mãocinza me chutou de novo, de novo, de novo, com tanta força que eu vi estrelas negras, senti osso se partir, senti gosto de sangue quente; suas velhas botas dançando, e a fúria de um antigo mestre contra seu aluno mais decepcionante soando em meu crânio.

"Eles pararam à minha volta. Eu estava arquejante, sangrando. Eles podiam ter me matado naquele momento e naquele lugar. Mas com todos os seus defeitos, o velho Mãocinza sempre obedeceu as lcis de San Michon.

"'Esse homem tem o aegis', rosnou ele. 'Não vamos espoliar este solo sagrado assassinando-o como um cachorro na rua. Embora ele tenha caído distante da graça, Gabriel de León já foi nosso irmão. Ele não vai morrer como um monstro. Ele vai morrer como homem.'

"De Séverin me ergueu de pé, com uma baba sangrenta em meu queixo.

"'Isso é o melhor que posso oferecer a você, Gabriel', disse o abade.

"Eles me arrastaram meio inconsciente, com o crânio partido ainda soando com as botas de Mãocinza, grandes fios de sangue balançando de meu queixo. Eu podia dizer que minha mente estava acelerada, procurando desesperadamente um jeito de sair daquilo. Eu podia dizer que tinha gritado outra vez por Dior, meus pensamentos apenas para ela. Mas isso seria mentira. Na verdade, o velho bastardo tinha acabado comigo, e eu mal conseguia conjurar meu nome, muito menos o dela.

"Quando paramos de andar, alguma semelhança de pensamento claro retornou. Eu pisquei com força, tentando entender por que minhas mãos não se mexiam.

"'Imploramos que sejas testemunha, pai Todo-poderoso', ouvi Mãocinza dizer. 'Como teu primogênito sofreu por nossos pecados, nosso irmão também vai sofrer pelo dele.'

"'Véris', foi a resposta ao meu redor.

"E finalmente, percebi para onde tinham me levado.

"A ponte do céu.

"Eu tinha sido acorrentado à roda, o vento gemendo no vazio às minhas costas, aquela queda longa até o Mère congelado. Eu me lembrei de minha primeira noite naquele mosteiro, o velho Yannick se entregando ao rito vermelho e aos braços de Deus. Mas vamos esclarecer as coisas, agora: aquela não era nenhuma cerimônia, nenhuma celebração, nenhuma jornada abençoada para me encontrar com meu criador. Aquilo era assassinato, pura e simplesmente. E minha velha amiga, a fúria, cresceu dentro de mim, e eu gritei e me debati contra os grilhões que me prendiam. Negando com cada centímetro meu, cada resto de respiração em meus pulmões ensanguentados, cada gota de sangue em meu coração furioso que tudo pudesse acabar daquele jeito.

"*Eu me recuso a morrer aqui*, disse a mim mesmo.

"*Eu. Me recuso. A morrer aqui.*

"Mãocinza apertou sua clava em meus ombros – sete toques rituais para as sete noites em que o Redentor sofreu. Uma pederneira beijou minha pele para simular as chamas que queimaram o primogênito de Deus. Então meu velho mestre ergueu sua espada de prata.

"'Do sofrimento vem a salvação', entoou ele. 'No serviço de Deus, encontramos o caminho para seu trono. Em sangue e prata este santo viveu, e agora ele morre.'

"'Vá se foder', disse eu com raiva. '*DIO...*'

"A espada brilhou.

"A dor se acendeu forte.

"Meus olhos se fecharam.

"E meu pescoço foi aberto totalmente."

✦ XXV ✦

DELICADA COMO A LUZ DAS ESTRELAS

— UMA ONDA DE calor impossível cascateou por meu peito.

"Senti os grilhões em meus pulsos se soltarem.

"Senti uma mão em meu peito, como um pai conduzindo seu filho para dormir.

"Eu me senti caindo.

"E quando o vento encheu meus ouvidos, quando comecei aquela longa queda até os braços da mãe, quando fechei os olhos e as lágrimas brotaram com o pensamento de que *finalmente*, finalmente, eu poderia vê-las outra vez, experimentei uma última sensação.

"Delicada como a luz das estrelas.

"Suave como a neve em meu rosto.

"Asas de mariposas."

✦ XXVI ✦
JURAMENTOS QUEBRADOS

—MINHA LÍNGUA ESTAVA queimando enquanto o escuro recuava, um fogo, descendo por minha garganta e inundando minhas veias. Era cobre e ferrugem, outono queimando vermelho, um hino ao mesmo tempo familiar e desconhecido.

"*Sangue.*

"Sangue.

"Meus olhos se abriram, e a compreensão se abateu sobre mim – que eu não estava morto, que aquilo não era nenhuma vida após a morte, que meu merecido sono e o calor dos braços de *ma famille* tinham sido negados a mim. Mas, além disso, percebi que o juramento que tinha proferido nas ruínas de minha casa, aquela promessa que eu tinha sussurrado quando minha dama deu para mim seu último presente, havia sido quebrada. Eu tinha jurado que nem mais uma gota dele passaria outra vez pelos meus lábios, e mesmo assim ele tinha sido *forçado* em mim, inundando minha garganta cortada e me arrancando do próprio limiar da morte.

"O sangue de uma ancien.

"Ela se ajoelhou ao meu lado com o pulso pressionado sobre meus lábios, aquele monstro mascarado em corpo de donzela, a impressão sangrenta de mão sobre a boca, olhos pálidos e mortos fixos nos meus. Eu saltei da neve suja de sangue para o alto, mas ela se afastou, chicotes escuros e compridos de cabelo flutuando ao seu redor como óleo na água. Aquela espada de sangue agora brilhando em sua mão.

"'L-liathe', arquejei, minha laringe apertada e doendo.

"Ela fez uma reverência como um aristocrata, e, mais uma vez, o gesto masculino em uma forma tão feminina me pareceu estranho. Mas esses pensamentos eram sussurros sob a torrente de minha fúria: o juramento que eu fizera a minha mulher tinha sido quebrado para mim por aquela sanguessuga não morta.

"'Você ousa', disse eu com raiva, cambaleando eu sua direção. 'V-você ousa...'

"'Por que a fúria, Santo de Prata? Nós acabamos de salvar sua vida.'

"'Ela não era sua para salvar! Não *assim*!'

"Cuspi vermelho na neve, o fogo terrível e maravilhoso dela ainda inundando minha boca, formigando nas pontas de meus dedos. Embora minha garganta tivesse sido cortada por uma lâmina de aço de prata, o ferimento tinha se fechado; um testamento congelante do poder no coração morto daquela coisa. Eu tinha provado o sangue de anciens antes – fumado em um cachimbo, verdade, mas, mesmo assim, a empolgação e a força do sangue engrossado por séculos não eram estranhas para mim. Mas aquela era uma potência que eu *nunca* tinha sentido antes. Eu esfreguei a manga nos lábios, grudentos e vermelhos, cuspindo uma vez enquanto dizia com uma voz trêmula de ódio.

"'Sua vadia', disse com raiva as mãos se fechando em punhos. 'Sua sanguessuga, sua porra...'

"'Seguro em sua queda por nossas mil asasss, arrancado da porta da morte por nossa veia aberta, e, mesmo assim, você cospe insultos ssssobre nós, como um menino que não ganhou doces depoisss do jantar.' Liathe sacudiu a cabeça e fez uma expressão de reprovação. 'Você foi criado melhor do que isso.'

"'Você não sabe *nada* sobre mim. Nem sobre a mãe que me criou nem a casa onde cresci. Nem sobre o sangue em minhas veias nem o preço que paguei. Então fale como se me conhecesse outra vez, vampira, e vou arrancar a língua mentirosa da porra de seu crânio morto.'

"'Parte de nósss odeia você o suficiente para permitir que tente.' Ela sacudiu a cabeça, sua voz quase triste. 'Mas não esta noite.'

"'Me odiar? Você nem me *conhece*.'

"'Nós essstamosss tão diferentes?', perguntou ela. 'Tão mudadas que você nem nosss reconhece?'

"A vampira levou a mão à máscara que usava, afastou-a para o lado. Mais uma vez, como em San Guillaume, meus olhos se dirigiram imediatamente para a metade inferior de seu rosto, o ferimento horrível ali. Seu lábio inferior e a pele abaixo simplesmente tinham desaparecido. As bordas do ferimento eram irregulares, perpetuamente escuras, como se a carne não tivesse sido cortada, mas *arrancada*, como uma luva incômoda. Os dentes em seu maxilar inferior ficavam expostos, e eu podia ver a cartilagem e o osso, os músculos de seu pescoço se flexionando de forma obscena quando ela falou outra vez.

"'Já foi pior. Tão horrível que você com certeza não teria nos reconhecido. Mas estamos mais perto do que éramos, agora. Então olhe *de novo*, Gabriel. Olhe de novo.'

"Meus olhos se ergueram e se fixaram nos dela, agora, pálidos e descoloridos pela morte. Mas havia alguma coisa em sua forma, alguma coisa... quando ela ergueu uma das mãos magras e afastou aquele cabelo escuro e comprido do rosto, algo na forma de sua bochecha ou no arco de sua testa agitou em meu interior. Uma centelha tênue de reconhecimento.

"'Vosssê não vê mesmo?'

"Então elas me atingiram, um martelo entre os meus olhos. Memórias de uma infância perdida, de uma casa destruída pelas chamas e uma cidade em cinzas. Mas sacudi a cabeça. *Impossível*, pensei, *impossível*, me lembrando do dia em que tinha voltado para Lorson e visto a vingança de Laure Voss por meus pecados. Minha mãe morta na neve, uma das mãos estendida na direção da capela. E em seu interior, aninhada nos braços do velho *père* Louis, outra figura. Pele carbonizada estendida sobre ossos queimados. Mas eu ainda podia dizer que tinha sido uma garota. Uma virgem das velas.

"Minha irmã caçula.

"Minha pequena peste.

"'Celene...', sussurrei.

"Meu estômago se revirou quando ela tentou sorrir com apenas meio rosto.

"'Olá, irmão.'

"Ela não passava de uma menina quando eu parti para San Michon, e garotas crescem depressa naquela idade. Com metade de seu rosto faltando, os olhos descorados, eu podia ser perdoado por não reconhecê-la. Mesmo assim, eu mal conseguia acreditar no que estava vendo. Depois de todos aqueles anos...

"'Mas... Eu vi seu corpo queimado na igreja!'

"'Não eu', disse ela, sacudindo a cabeça. 'Eu não estava na capela naquele dia. Eu esssstava rolando com o filho do pedreiro, Philippe. Você ssse lembra dele.'

"Aqueles olhos pálidos se estreitaram como em uma recordação sofrida.

"'Ela nosss encontrou primeiro. Antes de atacar a aldeia. Laure ficou *felicíssima* quando descobriu que eu era sua irmã, Gabriel. Ela me fez assistir enquanto fez Philippe cantar. Ela me fez chorar. Ela me fez implorar. Ela me fez pensar que pudesse me deixar viver. Então, ela me disse por que tinha ido a Lorssson. O que *você* tinha feito para ganhar sssua ira. E ela me beijou e arrancou meu rosto com suas garras e me bebeu lentamente para que eu pudesse sentir aquilo até o fim. E então, ela me deixou morta na neve.'

"'Celene', sussurrei, completamente chocado. 'Irmã, eu...'

"'Mas eu não morri, irmão. Eu despertei, aproximadamente uma hora após ser morta pela Aparição de Vermelho. Presa no corpo em que tinha morrido. *Esssste*', sibilou ela, apontando para os destroços de seu rosto, 'corpo.'

"'Você disse que seu nome era Liathe.'

"'Meu título. Não meu nome.'

"'Mas seu sangue', disse eu, minha língua ainda em chamas com isso.

'Mesmo que você fosse a filha de um ancien, você é apenas uma recém-nascida. E seus dons...' Eu olhei para a espada em sua mão. 'Sanguemancia é província do sangue Esani, não do Voss.'

"'Há muita coisa que você não ssabe. Um oceano sob seus pésss que você não vê. Mas enquanto você se escondia nasss ssombras depois de sua queda, irmão, eu ass *abracei*.

"Ela ergueu a mão, e aquela espada feita de seu sangue estremeceu e se mexeu, serpenteando pelo ar como uma coisa viva, circundando seu corpo em arcos compridos e canalizados antes de assumir mais uma vez a forma de uma espada.

"'Ao contrário de você, nesses últimosss quinze anos, passssei meu tempo com sabedoria.'

"Minha mente estava cheia, mil perguntas, uma culpa terrível. Uma alegria descobrir que minha irmã caçula não estava morta, um horror descobrir que, em vez disso, ela era uma Morta. E mais, acima de tudo, aquele sangue que ela tinha me dado, a força dele, o fogo, o medo e o ódio por ele – primeiro, por meu juramento ter sido quebrado por sua mão, e mais: o conhecimento de que eu agora estava *ligado* a ela, pelo menos em parte. E que com mais dois goles de seu pulso, eu seria seu escravo.

"'Por que você não disse nada quando nos encontramos pela primeira vez?', perguntei. 'Quando lutamos em San Guillaume? Nós somos sangue, você e eu. Por que você não me *contou*, Celene?'

"'Porque tudo o que eu sssofri, tudo o que eu sssou, é por sssua causa.'

"Mais uma vez, ela me deu aquele sorriso horrendo.

"'Porque eu *odeio* você, irmão.'

"Eu passei a mão pelo queixo ensanguentado, cuspindo vermelho outra vez.

"'Então por que me salvar?'

"Ela olhou para mim como se fosse simples.

"'Porque seus antigos irmãos têm o Graal em solo sagrado, e não posso subir lá e eu messsma e pegá-la.' Olhos pálidos percorreram meu corpo, a neve respingada de sangue. "Por que eles tentaram matar você?'

"'Eles pretendem matar Dior ao amanhecer. Eu tentei impedi-los.'

"'*Matá-la?*' Os olhos de Celene se arregalaram. 'Aqueles *tolosss* desgraçadoss...'

"Ela fixou seu olhar morto, olhos descoloridos pela morte implorando.

"'Você *precisa* detê-los. Você precisa. Eles não têm compreensão do que fazem.'

"'Celene, como você...'

"'Não há tempo!', rosnou ela. 'O sol vai nascer! Se o sangue daquela garota for derramado sobre solo sagrado, então *tudo* vai ser desfeito! *Tudo!*'

"Eu cerrei os dentes, desesperado por respostas, mas sabendo que ela dizia a verdade – pelo menos em parte. Se eu não os impedisse, Chloe e os outros iam assassinar Dior. Não importava qual o jogo de minha irmã, e que papel ela imaginava que Dior pudesse ter nele, que tipo de esquema por trás do qual estava aquela *vampira* que tinha sido o meu sangue. Eu não podia deixar Dior morrer.

"Simples assim.

"Eu olhei para o mosteiro acima, os pilares se erguendo 150 metros na direção do céu, a catedral aninhada em seu topo como uma aranha negra no centro de uma teia horrenda. Não havia como subir na plataforma do céu sem ser notado, e eu ia precisar atacar depressa e em silêncio se quisesse derrotar um mosteiro cheio de meus irmãos. Mas mesmo assim, a potência do sangue que Celene tinha me forçado a beber estava correndo em minhas veias, enchendo-me com uma força sem igual. E eu conjurei outra maneira de subir aquelas alturas e fazer o que precisava ser feito.

"Eu olhei para Celene, agora arrumando a máscara novamente sobre o rosto destroçado.

"'Eu vou voltar', eu disse a ela. 'Então você e eu vamos conversar sobre os últimos quinze anos. Sobre aqueles oceanos não vistos.'

"A neve caía cinza no escuro à nossa volta; o vento uivava no vazio entre nós.

"'...É bom vê-la outra vez, peste. Desculpe por nunca ter respondido suas cartas.'

"'Vá, Gabriel.'

"Fui até a base do pilar do arsenal.

"Cravei os dedos na rocha.

"E com a força de eras perdidas dentro de mim, eu subi."

✦ XXVII ✦
UMA DOCE DESPEDIDA

— A SUBIDA FOI um borrão, na verdade. Enquanto eu corria contra o amanhecer escalando aquela espira de granito negro, temendo o momento de sentir a luz desolada do dia surgir no céu a leste, eu me lembrava apenas do frio; do frio mais cortante. Meus dedos ficaram dormentes, cada respiração fazia meus dentes doerem, meus pulmões queimarem, a vaga ideia de que um escorregão podia significar meu fim se agitando no fundo de minha mente como um vaga-lume incômodo. Mas além disso, e principalmente, minha mente estava cheia com o pensamento sobre a traição de meus irmãos: a espada de Mãocinza em meu pescoço, Finch, De Séverin e os outros me derrubando como um cachorro, e o conhecimento amargo de que Chloe sempre soubera do destino de Dior.

"*Não sou mais aquela garotinha, Gabe. Eu sei o que estou fazendo. E se não posso contar tudo a você, imploro que me perdoe. Mas por Deus, na verdade, é melhor que você* não *saiba de tudo.*

"A pequena Chloe Sauvage.

"Uma crente, aquela, completamente.

"Eu cheguei ao alto do pilar com toda a escuridão ainda às minhas costas. O sangue que minha irmã tinha me dado era a única forma com que eu poderia ter feito aquela escalada. Levando um momento para me recompor no pátio do arsenal, olhei para os prédios antigos de San Michon. A grande biblioteca. O priorado. Aquele lugar com o qual no passado eu comprometera minha vida e que agora estava disposto a desrtruir. Mesmo quando eles me baniram, eu na verdade nunca quis que a Ordem fracassasse. Eu ainda acreditava no que eles faziam. Mas agora, eu estava determinado a queimar aquele lugar até não restar nada.

"O amanhecer era uma promessa temível na borda do mundo, e a qualquer momento os sinos da catedral podiam começar sua terrível canção. Mas só um tolo vai para a batalha de mãos vazias, e uma mão segurando uma espada vale mais que dez mil juntas em oração.

"Subi as paredes do arsenal como tinha feito quando garoto, e embora as telhas velhas tivessem sido substituídas, elas ainda saíram com bastante facilidade. Desci até a forja, levei um momento esquentando minhas mãos congeladas junto ao fogo, deixei que o frio saísse um pouco de meus ossos. E então, fui até o salão principal, aquelas fileiras de belas espadas forjadas pelas mãos de ferreiros santos, e peguei uma espada longa em cada mão. A primeira era uma beleza, o anjo Gabriel na guarda, um verso conhecido do juramento de San Michon sobre a lâmina.

"*Sou o fogo que arde entre isso e todo o fim do mundo.*

"Mas a segunda espada era uma maravilha, o anjo Mahné sobre o punho, foices gêmeas à mostra, a cabeça da morte sorridente, uma promessa inflexível dos Lamentos gravada em sua extensão.

"*Eu sou a porta que todos vão abrir. A promessa que ninguém vai quebrar.*

"Vesti uma túnica, um sobretudo, uma bandoleira e botas de salto de prata novos. E com toda a justiça do inferno, saí andando na direção da catedral.

"Ela se erguia em céus escuros, parecendo olhar severamente para minha aproximação. O vento norte me empurrava para trás, fazia meu casaco tremular ao meu redor. Os anjos da fonte olharam com reprovação quando subi a escada – não para as portas do amanhecer no leste, mas para as do anoitecer no oeste. As portas para os mortos. Como eles haviam me deixado duas vezes, aqueles meus irmãos. E agora eu ia cuidar para que aquele favor fosse retribuído. Ali, eu ia dar fim àquilo.

"Eu pude ouvir uma voz no interior, erguida em oração. Uma mulher a quem eu tinha ensinado a arte da espada, uma mulher em quem eu me permitira acreditar, uma mulher que eu tinha chamado de amiga.

"'*Do cálice sagrado nasce a sagrada seara; a mão do fiel o mundo repara. E sob dos Sete Mártires o olhar, um mero homem essa noite sem fim...*'

"As portas fizeram um estrondo como um trovão quando eu as chutei, destruindo-as contra as paredes quando entrei na catedral. Os sinos começaram a tocar, e o coro ficou em silêncio quando os irmãos da primeira fila ficaram em pé, olhos arregalados ao me ver: Finch e De Séverin, o sangue-jovem, o serafim Argyle e um grande número de ferreiros, vigias e irmãos da lareira e, no fim, Mãocinza, seu olho verde-pálido arregalado com a surpresa. Chloe estava no coração da catedral, os braços erguidos na direção da estátua do Redentor, lendo do tomo antigo no pódio ao seu lado. Dior estava deitada no altar, presa com correias como um jovem santo prestes a receber seu aegis. Ela estava vestindo túnicas brancas, o cabelo branco penteado para trás de olhos azuis que olhavam para Chloe com total confiança. Mas ela se virou quando andei pelo corredor, com espadas na mão.

"'Soltem-na!'

"'Gabriel!', sussurrou Chloe.

"'Gabe?' Dior franziu o cenho. 'O que você está...'

"'Dior, eles pretendem assassinar você!'

"'Em nome do Todo-poderoso, agarrem-no!', berrou Mãocinza.

"Quatro santos me atacaram, e em silêncio agradeci ao anjo Fortuna que o resto deles devesse estar fora na Caçada – eu não tinha como saber se eu poderia ter enfrentado muitos mais. Mas aquela força ancien queimava em minhas veias junto com minha fúria com aqueles bastardos – irmãos ao lado de quem eu anteriormente lutara e sangrara, que agora tinham tentado me assassinar. Eles atacaram não um de cada vez como nas peças de teatro, mas todos juntos, dente e unha, e o corredor não era largo o bastante para mais de dois de cada vez. O sangue-jovem determinado veio primeiro, De Séverin ao seu lado, aquela força Dyvok em um braço de espada. Mas não tinha sido apenas em histórias de tavernas e canções de menestréis que fui chamado de maior espadachim da Ordo Argent – eu tinha conquistado essa parte de minha lenda, com toda a certeza. E famintos e fortes e rápidos como eles eram, eu deixei aqueles dois santos de prata em poças de seu próprio sangue e merda, esparramados no chão de pedra preta da catedral. Finch atacou primeiro – o pequeno Finch com seus olhos diferentes fixos nos meus. O sangue Voss nele tinha se adensado ao longo dos anos, e senti sua mente tentar entrar na minha, tentando ver meus ataques antes que eu os fizesse e contra-atacá-los com os seus. Mas com todos os seus defeitos e todas as suas fraquezas, o velho serafim Talon tinha me treinado bem. Eu invoquei um muro de ruído dentro de minha cabeça, deixei uma pequena fresta pela qual Finch pudesse olhar – o suficiente para ver a finta que conjurei para lançar sobre ele. Mas eu não fiz nenhuma finta, em vez disso ataquei diretamente, e o contra-ataque que ele tinha preparado permaneceu calado enquanto minhas espadas mergulhavam em sua barriga e seu peito.

"Finch rosnou de desespero, cuspindo sangue, sacando aquele maldito garfo de trinchar de prata de seu casaco e tentando enfiá-lo em meu pescoço. Mas eu agarrei seu pulso, ouvindo osso quebrar, e com ele ataquei em resposta. E com o garfo enfiado até o cabo embaixo de seu queixo, eu o deixei aberto e sangrando nas lajotas da catedral.

"Um grito ecoou no granito negro – o pio de um gavião-da-neve – e linhas de fogo foram rasgadas em meu couro cabeludo quando Inverno mergulhou das empenas. A bomba de prata que ergui para atirar escorregou de meus dedos quando uma saraivada de tiros de fuzil soou na galeria do coro; as irmãs reunidas disparando uma dúzia de cargas de prata. Minha bomba explodiu ao meu lado, rasgando minha carne e me cegando em uma nuvem de prata cáustica, e meu velho mestre atacou através dela, o olho brilhando com fúria, aço de prata na mão.

"Aquele homem havia me ensinado desde que eu era um filhote. Cantando para mim o hino da espada na manopla, dia após dia, até meus dedos sangrarem e meus pulmões queimarem e minhas mãos ficarem duras como ferro. E colidimos, então, um contra o outro, como ondas em um mar agitado pela tempestade. Eu me lembrei da bondade e crueldade que ele demonstrara comigo. Que ele tinha sido mais pai para mim do que qualquer homem vivo. E na verdade, parte de mim ainda o amava como um, apesar de tudo.

"Nós dançamos de um lado para outro em meio aos bancos, a pedra soando com a canção de nossas espadas. As irmãs acima arriscaram alguns tiros, mas a maioria estava com medo, agora, de acertar o abade. E embora ele tivesse apenas uma das mãos, eu tinha meia dúzia de balas de prata em minhas costas, e o velho bastardo estava comprovando ser páreo para mim. Arrisquei uma olhada para Dior, vi que ela agora estava lutando contra as correias que a prendiam. Chloe ainda estava de pé com os braços erguidos, ainda lendo alto em talhóstico antigo daquele tomo, apressando-se pelas palavras finais do rito.

"'Chloe, não ouse!'

"'Irmã Chloe, me *solte*!', gritou Dior.

"'Desculpe', sussurrou Chloe, sacando uma faca reluzente de aço de prata de seu hábito. 'Mas tudo isso foi ordenado, Dior.'

"'Não, pare, me *solte*!'

"'É para o bem, meu amor', sussurrou ela. 'É a vontade de Deus. Tudo na terra abaixo e no céu acima é obra de sua mão.'

"'CHLOE!'

"Inverno mergulhou do alto quando gritei, abrindo minha testa com suas garras. Arquejando, com sangue nos olhos, senti outro disparo de sorte da galeria me atingir atrás do joelho. Quando cambaleei, Mãocinza aproveitou sua oportunidade, me perfurando o peito e me empurrando para trás até um dos poderosos pilares de pedra.

"Eu o alertei sobre ser um herói, Gabriel', rosnou ele, girando a espada. 'Heróis têm mortes desagradáveis, longe de casa e da lareira.'

"Eu segurei sua mão em um punho ensanguentado, mantendo-a fechada em torno do cabo. Babando sangue, eu cheguei para a frente em sua espada até a guarda estar pressionada contra minha barriga, e com minha outra mão, eu segurei sua garganta.

"'Quem disse a você que eu era um herói?'

"Os olhos do velho se arregalaram, sua boca se abriu em um grito quando a carne de seu pescoço começou a escurecer. Frenético, ele tentou soltar minha pegada, mas eu continuei segurando, inflexível, cheio de ódio. Ele tinha escolhido me dar uma morte de Santo de Prata, aquele homem, aquele mentor, aquele meu pai; supondo que depois de todo o sangue e amor entre nós, ele me devesse pelo menos isso.

"'Mas eu não devia nada disso a ele. Não uma morte de homem, mas de monstro; um homem que tinha cortado minha garganta e me jogado nas águas, um monstro que tinha ficado de vigia enquanto uma noiva do Todo--poderoso assassinava uma garota de 16 anos dentro da casa do próprio Deus. E o sangue ferveu em suas veias, e vapor se ergueu vermelho e turvo de seu olho, e a carne de seu pescoço se transformou em cinzas em minha mão. Destroçado, fumegante, ele desabou no chão – o abade da Ordo Argent, morto por minha mão.

"'*Au revoir*, pai', sussurrei.

"Eu arranquei sua espada de minha barriga quando Inverno mergulhou das vigas outra vez, gritando de fúria com a morte de seu mestre. Um baque surdo soou quando ataquei, mancando à frente em meio a uma nuvem de penas caindo. Tiros soaram da galeria, e eu arremessei um punhado de bombas de prata, irmãs se espalhando inteiras ou em pedaços em meio às concussões cegantes. Eu continuava a seguir na direção do altar, os olhos vermelho-sangue fixos em Chloe, agora, a irmã parada sobre Dior com a faca de aço de prata levantada, enquanto sua voz vacilava, enquanto ela olhava para mim com olhos verdes arregalados e falava com lábios sem sangue.

"'Gabriel, tudo isso devia aco... *hrrrrrk*!'

"Enterrei a espada em seu peito e a prendi contra o pódio e o tomo aberto sobre ele. Chloe segurou a lâmina, as palmas das mãos cortadas e ensanguentadas, uma expressão de total descrença no rosto – como se mesmo ali, mesmo naquele momento, ela esperasse que Deus interviesse.

"A pequena Chloe Sauvage sempre tinha sido uma crente.

"'N-não...', arquejou ela. 'Toda a o-obra de sua mão está de a-acordo com seu p-plano...'

"Eu me inclinei para perto, sussurrando através das presas à mostra.

"'Que se *foda* o plano dele.'

"Ela tentou falar, uma linha vermelha escorrendo por seu queixo enquanto ela caía sobre o tomo e dava seu último suspiro. Virando, arranquei as correias que prendiam Dior ao altar, e ela se ergueu em meus braços. Eu a apertei o máximo que pude, tremendo, quase chorando de alívio.

"'Você está bem?'

"'Estou bem', disse ela, olhando com olhos arregalados de horror para o corpo de Chloe. 'Ela... ia me matar. Por que ela faria isso?' Ela sacudiu a cabeça. '*Por quê?*'

"'Não é sua culpa, amor. O ritual exige que o sangue da vida do Graal termine com a morte dos dias.

"Eu me virei com uma expressão de raiva, cuspindo através de dentes ensanguentados.

"'Essa porra de livro...'

"Eu chutei o pódio, derrubando-o ruidosamente no chão. O corpo de Chloe caiu, a lombada do tomo antigo se partiu, se abrindo e espalhando as páginas velhas pela pedra ensanguentada. Eu peguei uma vela acesa no altar e me preparei para jogá-la nos restos do livro.

"Dior segurou meu pulso, olhando em meus olhos.

"'...Teria funcionado?', sussurrou ela.

"'Não me importa', respondi.

"E eu deixei a vela cair.

"As chamas se espalharam, o velino queimou, o ritual sobre ele se transformou em carvão e cinzas. Ficamos parados lado a lado, Dior e eu, observando a fumaça subir até a luz dos vitrais coloridos. E eu não senti uma gota de arrependimento. Eu encontraria outro meio de acabar com a noite sem fim, de botar o Rei Eterno de joelhos. Ou ia falhar tentando. Porque alguns preços são simplesmente altos demais para pagar.

"Eu olhei para aquela garota ao meu lado. Minha colina sobre a qual morrer. Meu ombro sobre o qual chorar. Eu não tinha ideia de em que acreditava, exceto apenas que acreditava nela.

"'O que nós fazemos agora?', perguntou delicadamente Dior.

"Eu olhei fixamente para o Redentor e dei um suspiro.

"'Acho que você deve vir conhecer minha irmã.'"

✦ XXVIII ✦
AMANHÃ E AMANHÃ

GABRIEL VIROU A GARRAFA vazia de Monét sobre a boca aberta. A luz do fraco amanhecer estava entrando pela janela, agora, como um ladrão, refratando em gotas vermelho-sangue, caindo lentamente sobre sua língua.

Ping.

Ping.

Ping.

Aquela mariposa pálida como um crânio ainda estava batendo as asas em torno da luz, se debatendo contra o vidro. Com uma velocidade aumentada pelas quatro garrafas que tinha bebido, Gabriel a pegou no ar e apertou. Abrindo a mão, ele deixou o corpo destruído cair na pedra, asas destroçadas empoeirando a estrela de sete pontas em sua mão.

Ele sentia como se estivesse naquela cela por toda a sua vida.

O marquês Jean-François do sangue Chastain mergulhou a pena no tinteiro e escreveu as últimas palavras que o Santo de Prata tinha falado. As páginas, agora, estavam cheias com sua história, palavra por palavra, linha por linha. Gabriel achou estranho, e na verdade, um tanto maravilhoso, que tudo o que ele era e seria pudesse ser destilado em algumas linhas elegantes sobre uma página. A soma de sua juventude e sua glória, seu amor e sua perda, sua vida e suas lágrimas, capturada como uma mariposa errante e presa como que por mágika em uma coisa muito pequena e simples.

A simples maravilha dos livros.

Jean-François terminou de escrever e olhou de cenho franzido para a janela, como se estivesse ofendido pela interrupção da estrela do dia. Soprando um alento sem ar sobre a tinta para secá-la, o vampiro pôs o tomo em cima da mesa e uniu as pontas dos dedos pálidos junto aos lábios de rubi e sorriu.

– Uma bela noite de trabalho, Santo de Prata. Minha imperatriz pálida vai ficar muito satisfeita.

Gabriel largou a garrafa vazia no chão, limpou os lábios com as costas da mão.

– Você sem dúvida não consegue imaginar o alívio que sinto por ter sua aprovação, vampiro.

– Ainda há um longo caminho a percorrer. Seu truque com Liathe e suas ligações com os sem fé. A batalha de Augustin e a traição em Charburg. A morte do Rei Eterno e a perda do Graal. Mas... – Mais uma vez, Jean-François lançou olhos cheios de ódio para o início do alvorecer através da janela. – Temo que o tempo tenha se esgotado por enquanto.

– Eu disse a você, vampiro. Gabriel sorriu, sua língua pastosa com o vinho. – Tudo termina.

– Por esta noite, talvez. O historiador assentiu, alisando as penas altas de sua gola. – Mas nós temos amanhã. E depois. E depois.

Jean-François levou a mão ao interior da sobrecasaca e pegou um estojo de madeira entalhado com o brasão do sangue Chastain. Lobos gêmeos. Luas gêmeas. Com um lenço com monograma, ele limpou fastidiosamente o bico dourado da pena, guardou-a e escondeu o estojo mais uma vez dentro de sua sobrecasaca. Estendendo a mão para pegar seu tomo, ele se levantou para ir embora.

– Antes que você vá...

O vampiro olhou nos olhos do Último Santo de Prata.

– *Oui, chevalier?*

Gabriel respirou fundo, a vergonha ardendo em seu rosto.

– Eu posso fumar mais um pouco?

O monstro olhou para o matador com olhos estreitos. Tão imóvel que parecia esculpido em mármore. Gabriel cerrou seus dentes manchados de vinho, o desejo em sua pele, a necessidade a caminho.

– Por favor – sussurrou ele.

Jean-François inclinou a cabeça. E embora nunca tenha parecido se mover, ele agora estava com uma das mãos estendidas. E ali, em cima de sua mão branco-neve espalmada, havia um frasco de vidro com um pó marrom avermelhado.

– Acho que você mereceu.

Gabriel assentiu, desditoso e com sede, e estendeu a mão lentamente na direção do frasco.

– Sabe, você nunca respondeu minha pergunta, Chastain.

– E que pergunta foi essa, De León?

– Quando sua mãe sombria e senhora pálida lhe deu esta tarefa... você achou que ela estava me trancando aqui com você ou você aqui comigo?

A mão de Gabriel se fechou em torno do pulso do vampiro, rápida como a prata. E com uma velocidade ampliada pelas quatro garrafas de vinho que tinha esvaziado, ele segurou o pescoço de Jean-François. Os olhos do vampiro se arregalaram, e ele abriu os lábios para gritar, e esse grito ficou mais alto quando o mármore de sua carne começou a escurecer, e o sangue em suas veias a ferver.

Gabriel empurrou o vampiro de costas contra a parede, o tijolo esmigalhado em pó. O cronista se debateu, berrando e tentando se soltar. A mesa tinha virado de cabeça para baixo, a história estava derramada, a lanterna de vidro quebrando no chão. Gabriel mostrou as presas, as cicatrizes de lágrima se retorcendo em seu rosto, inalando profundamente a fumaça vermelha que emanava da pele do vampiro.

– Eu disse a você que ia fazê-lo gritar, sanguessuga – disse ele com raiva.

Um grito de fúria soou quando a porta se escancarou, e Meline entrou voando na cela. Ela estava com um punhal brilhante na mão, os olhos queimando com o ardor de uma mãe por seu filho, uma amante por seu amado, uma escrava por seu mestre, enfiando o punhal através do sobretudo de Gabriel em suas costas uma, duas, três vezes. O Sant de Prata se virou e deu um tapa na mulher com força suficiente para jogá-la através da cela, empurrando Jean-François novamente contra a parede. Mas enquanto a dor atravessava seu peito, borbulhando agora em sua boca, vermelha e salgada, ele percebeu que a lâmina com a qual ela o apunhalara não era um mero pedaço de ferro fundido.

– Aço de prata – arquejou ele.

Jean-François se desfez em suas mãos, o corpo do vampiro desabando em uma massa confusa. Enquanto Gabriel cambaleava para trás, com uma espuma rosa em seus lábios, ele percebeu que estava segurando apenas a capa emplumada e a sobrecasaca do vampiro; veludo escuro bordado com arabescos dourados. Uma horda de ratos estava agora enxameando em torno de seus pés, derramando-se das pernas da calça do historiador, das mangas de sua bela casaca, saindo correndo em uma torrente da cela. Meline tinha ficado em pé, agarrando a história contra o peito enquanto saía correndo da cela e batia a porta, alguns ratos chilreando e guinchando enquanto se espremiam pelo umbral. E com um assovio no peito, babando sangue, Gabriel se viu mais uma vez sozinho na cela.

O Último Santo de Prata foi mancando até a mesa caída, pegou o cachimbo de osso, o frasco reluzente de *sanctus*. Depois de encher o fornilho com uma porção saudável do sacramento, Gabriel se sentou de pernas cruzadas em meio aos móveis virados e garrafas quebradas, o cabelo comprido jogado sobre o rosto, inclinando-se na direção da poça em chamas do óleo de sua lanterna. Seu estômago se empolgou quando começou: aquela alquimia sublime, aquela *chymica* sombria, o sangue em pó agora borbulhando, cor derretendo em cheiro, o aroma de raiz-santa e cobre enchendo a cela. E Gabriel apertou os lábios em torno daquele cachimbo com mais paixão do que jamais beijara uma amante, e, ah, doce Deus no céu, tragou.

A portinhola da janela gradeada na porta se afastou bruscamente para o lado. Erguendo os olhos, Gabriel viu um par de olhos marrom-chocolate, injetados de sangue pela dor e a fúria e manchados por lágrimas sangrentas.

Ele ergueu o cachimbo e deu um sorriso inamistoso para Jean-François.

– Não se pode culpar um homem por tentar.

O historiador estreitou os olhos e sibilou.

Gabriel soprou uma nuvem de fumaça sangrenta no ar.

– Até amanhã, vampiro.

ALVORADA

ERA O 27º ANO da morte dos dias nos domínios do Rei Eterno, e seu assassino ainda estava esperando para morrer.

O matador vigiava através de uma janela estreita, as mãos sujas de sangue novo e cinzas pálidas como a luz das estrelas. O chão estava coberto de vidro estilhaçado, móveis quebrados, a pedra sob seus pés marcada por fuligem e tinta derramada. A porta era reforçada com ferro, pesada, ainda trancada como um segredo. O matador observava o sol nascer de seu descanso não merecido, e, levando um cachimbo fino de osso aos lábios, ele se lembrou de como era bom o sabor do inferno.

O *château* abaixo dele agora dormia. Monstros voltando para leitos de terra fria, abandonando a fachada de serem algo perto de humano. O ar lá fora empalidecia com nuvens da neve que caía, com o frio do inverno sem fim. Soldados escravos vestidos de aço escuro ainda patrulhavam as muralhas, e o lábio do matador ainda se curvava ao observá-los. Ele sabia quem era realmente o escravo.

Ele olhou as mãos. Mãos que mataram coisas monstruosas. Mãos que salvaram um império. Mãos que permitiram que escapasse a última esperança para sua espécie, como vidro quebrando sobre pedra.

O céu estava escuro. O horizonte, vermelho como os lábios de sua mulher na última vez que a beijara.

Ele passou o polegar pelos dedos, as letras riscadas abaixo dos nós.

– Paciência – sussurrou.

Map

Norte

TALHOST
- Vellene
- Avinbourg
- Baía das Lágrimas
- Coste
- Tolbrook
- Cirfor
- Almwud
- Skyefall
- Lorson
- Charinfel
- San Micho
- Charbourg
- León
- Château Avelén

Baía da Tumba dos Reis

OSSWAY
- Baih Síde
- Promontório Rubro
- San Guillaume
- Dún Fas
- Dún Cuinn
- Winfael
- Dhahaeth

SUDHAEM

AGRADECIMENTOS

Obrigado e beijos sanguinolentos para:

Peter, Lily, Joe, Sarah, Jeff, Paul, Tom, Young, Jennifer, Lisa, Andy, George, Tracey, Rafal, Lena e todos na St. Martin's Press, Natasha, Vicky, Jack, Micaela, Claire, Sarah, Jaime, Fleur, Isabel, Alice, Fionnuala, Robyn e todos na HarperVoyager UK, Michael, Thomas e todos da HarperCollins Austrália, os incríveis Marco, Sam e todos os meus editores estrangeiros, Bonnieeee, Jason, Kerby, Virginia, Orrsome, Cat, Lindsay, Ursula, Piéra, Fiona, Laure, Josh, Tracey, Samantha, Steven, Toves, Catriona, Tiffany, Clarissa, Sara, Minh, Morgana, Ash, Bill, George, Anne, Stephen, Ray, Robin, China, William, George, Pat, Anne, Nic, Cary, Neil, Amie, Anthony, Joe, Laini, Mark, Steve, Stewart, Tim, Chris, Stefan, Chris, Brad, Marc, Beej, Rafe, Weez, Paris, Jim, Eli, Tom, Joel, Astrid, Ludovico, Mark, Randy, Elliot, CJ, Mitch, Pete (em memória), Tom (em memória), Dan, Sam, Marcus, Chris, Winston, Matt, Robb, Oli, Robert, Maynard, Ronnie, Corey, Chris (em memória), Anthony, Dez, Chino, Jonathan, Ian, Briton, Trent, Phil, Sam, Tony, Kath, Kylie, Nicole, Kurt, Ross, Jack, Max, Poppy, Leila e Indy. Para meus leitores pelo amor, para meus inimigos pelo combustível, para os baristas de Melbourne, Sydney, Paris, Lyon, Londres, Birmingham, Manchester, Edimburgo, Glasgow, Roma, Milão, Veneza e, mais importante, Praga.

Por fim e especialmente, para Amanda, meu sangue e meu fogo.